leven en dood

Twilight herschreven

Uit het Engels vertaald door Maria Postema

STEPHENIE MEYER

Van Goor

Voor mijn jongens, Gabe, Seth en Eli,
omdat ik dankzij jullie het puberjongensbestaan kan meemaken.
Zonder jullie had ik dit niet kunnen schrijven.

ISBN 978 90 00 34188 7
ISBN 978 90 00 34989 0 (e-book)
NUR 285

Uitgeverij Unieboek | Het Spectrum bv, postbus 97, 3990 DB Houten

oorspronkelijke titel *Life and Death*

www.unieboekspectrum.nl
www.facebook.com/youngadultboeken

vertaling en bewerking Maria Postema
vertaling *Twilight* Anneliet Bannier en Maria Postema
omslagbeeld © Roger Hagadone
omslagontwerp Gail Doobinin
omslag © Hachette Book Group
zetwerk binnenwerk Mat-Zet bv, Soest

Inhoudsopgave

Voorwoord

Hallo lieve lezer!

Nogmaals van harte gefeliciteerd en welkom bij het nieuwe bonusmateriaal bij het tienjarig bestaan van *Twilight*!

Allereerst:

SORRY SORRY SORRY.

Ik weet dat er heel wat afgejammerd en getandenknarst gaat worden omdat dit nieuwe bonusmateriaal (a) niet helemaal nieuw is, maar vooral omdat het (b) niet *Midnight Sun* is. (Mocht je bang zijn dat ik niet begrijp hoeveel pijn dit doet: ik kan je verzekeren dat mijn moeder me dat maar al te duidelijk heeft gemaakt.) Ik zal uitleggen hoe ik op dit idee ben gekomen – misschien maakt dat niet alles goed, maar in elk geval begrijp je het dan beter.

Heel kort geleden vroeg mijn agent of ik misschien iets kon doen voor het tienjarig bestaan van *Twilight*. De uitgever wilde graag een soort voorwoord, een 'hoera het is feest'-achtig iets. Dat leek me nogal... saai, heel eerlijk gezegd. Kon ik daar op de een of andere manier nog iets leuks en origineels van maken? Nee. Daarom dacht ik na over andere dingen die ik zou kunnen doen, en mocht je je daardoor beter voelen, *Midnight Sun* is wel degelijk de revue gepasseerd. Het probleem was tijd: die was er namelijk niet. In elk geval niet genoeg om een boek te schrijven, zelfs geen half boek.

Terwijl ik over *Twilight* zat te peinzen nadat ik me er zo lang niet mee bezig had gehouden en het jubileumprobleem met vrienden besprak, moest ik denken aan iets wat ik al vaker had gezegd tijdens signeersessies en interviews. Er is altijd nogal afkeurend gereageerd op Bella omdat ze meerdere keren gered wordt, en mensen hebben altijd geklaagd dat ze zo'n typische 'jonkvrouw in nood' was. Ik heb daar steevast op geantwoord dat Bella een méns in nood was, een heel normaal persoon die aan alle kanten omringd wordt door mensen die in wezen gewoon superhelden en superslechteriken zijn. Ze kreeg ook kritiek omdat ze zich te veel zou laten meeslepen door haar geliefde, alsof dat op de een of andere manier een typisch meisjesding is. Maar ik heb altijd volgehouden dat het niet uit zou maken als de mens mannelijk was en de vampier vrouwelijk – het verhaal blijft hetzelfde. Los van sekse en soort is *Twilight* altijd een verhaal geweest over de magie, de bezetenheid en de gekte van een eerste liefde.

Daarom dacht ik bij mezelf: Stel dat ik nou eens de proef op de som neem? Dat zou best nog eens leuk kunnen worden. Zoals gebruikelijk ging ik ervan uit dat ik een of twee hoofdstukken zou doen. (Het is grappig/treurig om te merken dat ik mezelf blijkbaar nog steeds niet erg goed ken.) Weet je nog dat ik zei dat er geen tijd was? Gelukkig was dit project niet alleen leuk, maar ook heel snel en makkelijk. Er blijkt helemaal niet zo veel verschil te zijn tussen een mensenmeisje dat verliefd is op een mannelijke vampier en een mensenjongen die verliefd is op een vrouwelijke vampier. En zo werden Beau en Edythe geboren.

Een paar opmerkingen over de omzetting:

1. Ik heb eigenlijk zo'n beetje alle personages in *Twilight* van geslacht laten veranderen, maar er zijn twee uitzonderingen.

- De grootste uitzonderingen zijn Charlie en Renée, die Charlie en Renée zijn gebleven. En wel hierom: Beau is geboren in 1987. Het kwam in die tijd zelden voor dat een vader de volledige voogdij over een kind kreeg toegewezen, en al helemaal niet als het kind nog maar een baby was. Dan zou waarschijnlijk eerst bewezen moeten worden dat de moeder op de een of andere manier ongeschikt was om het kind op te voeden. Ik kan me nauwelijks voorstellen dat een rechter in die tijd (en zelfs nu nog) een kind zou toewijzen aan een rondtrekkende, werkloze vader in plaats van aan een moeder met een vaste baan en sterke banden met haar omgeving. Als Charlie in deze tijd een rechtszaak had aangespannen om Bella bij zich te houden, had hij haar waarschijnlijk van Renée kunnen afpakken. De manier waarop het in *Twilight* gaat is dus eigenlijk het minst logisch: alleen het feit dat een jaar of twintig geleden de rechten van de moeder nog boven die van de vader werden gesteld, heeft er, samen met het feit dat Charlie geen rancuneus type is, voor gezorgd dat Renée Bella kon opvoeden – en in dit geval nu Beau.

- De tweede uitzondering is heel klein: een paar bijfiguren die maar twee keer genoemd worden. De reden voor deze uitzondering is mijn misplaatste rechtvaardigheidsgevoel voor romanfiguren. Er waren twee personages in het grotere *Twilight*-universum die er qua verhaal echt van langs kregen. Dus in plaats van deze personages van geslacht te laten veranderen, heb ik ze iets extra's laten doen. Het maakt voor het verhaal verder niets uit. Het is gewoon een beetje een gekke kronkel van mij en ik had zin om toe te geven aan mijn grillen.

2. Er zijn veel meer wijzigingen aangebracht dan alleen de veranderingen die nodig waren omdat Beau een jongen is, dus het leek me wel een goed idee om een soort overzichtje te geven. Dit is natuurlijk maar een ruwe schatting. Ik heb niet geteld hoeveel woorden ik veranderd heb, en ik heb ook geen echte berekeningen gemaakt.

- 5% van de wijzigingen heb ik doorgevoerd omdat Beau een jongen is.

- 5% van de wijzigingen heb ik doorgevoerd omdat Beaus karakter net even anders werd dan dat van Bella. De grootste verschillen zijn dat hij een klein beetje een dwangstoornis heeft, hij praat en denkt een stuk minder bloemrijk, en hij is niet de hele tijd zo bozig – zijn lontje is echt een stuk langer dan dat van Bella.

- 70% van de wijzigingen heb ik doorgevoerd omdat ik na tien jaar weer een nieuwe redactieronde mocht doen. Ik kon vrijwel alle woorden veranderen die me sinds de publicatie van het boek al dwarszaten, *en wat was dat heerlijk*.

- 10% waren dingen waarvan ik zou willen dat ik ze de eerste keer al anders had gedaan, maar die me toen niet zijn opgevallen. Dat klinkt misschien hetzelfde als de categorie hierboven, maar het is toch net even anders. Het gaat hier niet om woorden die houterig of raar klinken. Het gaat hier om ideeën waarvan ik zou willen dat ik er eerder iets mee had gedaan, of gesprekken die gevoerd hadden moeten worden maar niet gevoerd zijn.

- 5% waren mythologieproblemen – fouten, om precies te zijn –, vooral waar het visioenen betrof. Toen ik de vervolgdelen op *Twilight* ging schrijven, en ook *Midnight Sun*, waarbij ik met Edward een kijkje in Alice' hoofd kon nemen, werd de manier waarop de visioenen van Alice werkten steeds verfijnder. In *Twilight* is het nog erg geheimzinnig, en bij nader inzien had ze op sommige momenten moeten ingrijpen waar ze dat niet heeft gedaan. Oeps!

- En dan houden we nog een allegaartje van 5% over, voor alle kleine dingetjes die ik veranderd heb, allemaal om andere, en ongetwijfeld egoïstische, redenen.

Ik hoop dat je het verhaal van Beau en Edythe leuk zult vinden, ook al zat je er niet op te wachten. Ik vond het in elk geval fan-tas-tisch om deze nieuwe versie te schrijven. Ik ben veel meer van Beau en Edythe gaan houden dan ik had verwacht, en door hun verhaal is de verzonnen wereld van Forks voor mij weer fris en vrolijk geworden. Ik hoop dat dat voor jou ook zal gelden. Als je ook maar een tiende van de lol hebt die ik met dit verhaal heb gehad, dan is het al de moeite waard.

Bedankt voor het lezen. Bedankt voor je deelname aan deze wereld, en bedankt voor het geweldige en onverwachte plezier dat je me de afgelopen tien jaar hebt geschonken.

Heel veel liefs,

Stephenie

Als zijn bestemming vreemd is, dan is zij toch ook verheven.

Jules Verne, *20.000 mijlen onder zee*

Proloog

Ik had nooit echt nagedacht over doodgaan, hoewel ik daar de laatste maanden redenen genoeg voor had. Maar zelfs als ik dat had gedaan, dan nog zou ik nooit bedacht hebben dat het zo zou gaan.

Ik staarde naar de andere kant van de lange ruimte, in de donkere ogen van de jager, die vriendelijk terugblikte.

Het was in elk geval een goede manier om dood te gaan: in plaats van iemand anders, iemand van wie ik hield. Nobel, zelfs. Dat zou toch wat waard moeten zijn.

Ik wist dat als ik nooit naar Forks was gegaan, ik nu niet elk moment zou kunnen sterven. Maar hoewel ik doodsbang was, had ik toch geen spijt van die beslissing. Als het leven je een droom biedt die zo ver buiten alle verwachtingen ligt, is het niet redelijk om het einde ervan te betreuren.

De jager glimlachte licht toen ze op me af liep om me te doden.

1. Op het eerste gezicht

17 januari 2005

Mam bracht me naar het vliegveld met de autoraampjes open. In de rest van de wereld was het januari, maar in Phoenix was het 24 graden en de lucht was felblauw. Ik had mijn lievelingsshirt aan: dat van Monty Python met de zwaluwen en de kokosnoot dat ik twee jaar geleden van mam voor Kerstmis had gekregen. Het was inmiddels een beetje te klein, maar dat maakte niet uit. Straks had ik geen T-shirts meer nodig.

Op het Olympic Peninsula in het noordwesten van de staat Washington ligt, onder een bijna altijd aanwezige wolkendeken, de kleine provinciestad Forks. Er valt meer regen op deze onbetekenende stad dan waar dan ook in de Verenigde Staten van Amerika. Juist deze stad en zijn deprimerende duisternis was mijn moeder samen met mij ontvlucht toen ik nog maar een paar maanden oud was. En in deze stad had ik tot mijn veertiende elke zomer een maand moeten doorbrengen. Vanaf dat moment was ik eindelijk ultimatums gaan stellen: de afgelopen drie zomers hadden mijn vader Charlie en ik telkens twee weken doorgebracht in Californië.

Maar om de een of andere reden werd ik nu voor de rest van mijn middelbareschooltijd naar Forks verbannen. Anderhalf jaar. Achttien maanden. Het voelde als een gevangenisstraf. Achttien maanden brommen. Toen ik het portier achter me dichtsloeg, galmde het als ijzeren tralies die in het slot vielen.

Oké, ik overdrijf een beetje. Ik heb een nogal levendige fantasie, zoals mijn moeder zo graag zegt. En dit was natuurlijk mijn eigen keuze. Zelfopgelegde verbanning.

Maakte het nog niet makkelijker.

Ik was dol op Phoenix. Ik hield van de zon en de droge hitte en de grote, uitgestrekte stad. En ik vond het fijn om bij mijn moeder te wonen, waar ik nodig was.

'Je hoeft dit niet te doen,' zei mijn moeder tegen me – de laatste van duizend keer – net voor ik door de beveiligingspoortjes ging.

Mijn moeder zegt dat we zo op elkaar lijken dat ik haar als spiegel zou kunnen gebruiken om me te scheren. Dat is niet helemaal waar, hoewel ik nauwelijks op mijn vader lijk. Haar kin is puntig en haar lippen zijn vol, in tegenstelling tot de mijne, maar we hebben precies dezelfde ogen. Bij haar hebben ze iets kinderlijks, zo groot en lichtblauw, waardoor ze eerder mijn zus dan mijn moeder lijkt. Dat horen we heel vaak, en mijn moeder vindt het fantastisch, ook al zegt ze van niet. Bij mij staat het lichtblauw minder jeugdig en meer... besluiteloos.

Toen ik in die grote, bezorgde ogen keek die zo op de mijne leken, raakte ik in paniek. Ik had mijn hele leven voor mijn moeder gezorgd. Ik bedoel, er is vast een tijd geweest, waarschijnlijk toen ik nog in de luiers zat, dat ik niet verantwoordelijk was voor de rekeningen en de administratie en het koken en het algehele huishoudelijke overzicht, maar die kon ik me niet herinneren.

Was het echt verstandig om mijn moeder aan haar lot over te laten? Dat had ik wel gedacht, in de maanden waarin ik me langzaam naar dit besluit toe had geworsteld. Maar nu voelde het om allerlei redenen helemaal niet goed.

Natuurlijk had ze Phil tegenwoordig, dus de rekeningen zouden waarschijnlijk wel betaald worden, er zou eten in de koelkast liggen, er zou voldoende benzine in de auto zitten en er zou iemand zijn die ze kon bellen als ze verdwaalde... Ze had mij niet meer zo hard nodig.

'Ik wíl gaan,' loog ik. Ik was altijd al een slechte leugenaar geweest, maar ik had deze leugen de laatste tijd zo vaak verteld dat hij nu bijna geloofwaardig klonk.

'Doe Charlie de groeten.'

'Doe ik.'

'Tot gauw,' beloofde ze. 'Je kunt thuiskomen wanneer je wilt. Ik kom meteen terug als je me nodig hebt.'

Maar ik wist wat ze daarvoor zou moeten opgeven.

'Maak je geen zorgen om mij,' zei ik stellig. 'Het wordt geweldig. Ik hou van je, mam.'

Ze omhelsde me stevig, en toen liep ik door de metaaldetector en was ze verdwenen.

 Het is drie uur vliegen van Phoenix naar Seattle, nog eens een uur met een klein vliegtuig naar Port Angeles en vandaar is het nog een uur met de auto naar Forks. Vliegen heb ik nooit erg gevonden, maar ik maakte me een beetje zorgen om dat uur in de auto met Charlie.

Charlie had trouwens helemaal niet moeilijk gedaan over dit hele gedoe. Hij leek oprecht blij dat ik voor het eerst een soort van vast bij hem kwam wonen. Hij had me al ingeschreven bij de middelbare school en zou me helpen bij het vinden van een auto.

Maar het zou niet makkelijk worden. We waren allebei geen praters – dat kon waarschijnlijk ook niet, als je met mijn moeder moest samenleven. Maar wat zou ik verder ook moeten zeggen? Ik had mijn mening over Forks niet bepaald onder stoelen of banken gestoken.

Toen ik landde in Port Angeles, regende het. Ik zag het niet als een voorteken, het was gewoon onvermijdelijk. Ik had al afscheid genomen van de zon.

Charlie wachtte me op met de surveillancewagen. Ik had niet anders verwacht. Charlie is *police chief Swan* voor de brave burgers van Forks. De belangrijkste reden waarom ik een eigen auto wilde, ook al had ik veel te weinig geld, was dat ik het verschrikkelijk vond om rondgereden te worden in een auto met rode en blauwe zwaailichten op het dak. Niets trekt zo veel aandacht als een politieagent.

Ik struikelde het vliegtuig uit en Charlie omhelsde me onhandig met één arm.

'Fijn je te zien, Beau,' zei hij glimlachend terwijl hij me automatisch op mijn benen zette. We gaven elkaar verlegen een paar schouderkloppen en lieten elkaar toen los. 'Je bent niet veel veranderd. Hoe is het met Renée?'

'Prima. Ook fijn om jou te zien, pap.' Ik mocht hem niet aanspreken met Charlie.

'Was het echt niet erg om haar achter te laten?'

We snapten allebei dat hij niet naar míjn geluk vroeg. Hij vroeg of ik onder de verantwoordelijkheid om voor haar te zorgen uit probeerde te komen. Daarom had Charlie nooit geprobeerd de voogdij over mij te krijgen: hij wist dat mama mij nodig had.

'Neuh. Als ik me er niet goed bij voelde zou ik hier niet zijn.'

'Goed dan.'

Ik had alleen maar twee grote sporttassen bij me. De meeste van mijn kleren uit Arizona waren niet waterproof genoeg voor het weer in Washington. Mijn moeder en ik hadden ons geld bij elkaar gelegd om mijn wintergarderobe aan te vullen, maar die stelde nog steeds niet veel voor. Ik kon de tassen makkelijk allebei dragen, maar Charlie wilde er per se een van me overnemen.

Daardoor liep ik een beetje uit balans – niet dat ik ooit echt in balans was, zeker niet na mijn groeispurt. Mijn voet bleef haken achter de deur van de uitgang, de tas zwaaide naar voren en botste tegen een kerel die net naar binnen wilde lopen.

'O, pardon.'

De man was niet veel ouder dan ik en hij was een stuk kleiner, maar hij kwam met zijn kin omhoog voor me staan. Ik zag tatoeages aan weerszijden van zijn nek. Een vrouwtje met pikzwart geverfd haar stond naast hem dreigend naar me staren.

'Pardón?' herhaalde ze, alsof ik iets beledigends had gezegd.

'Eh, ja?'

En toen zag de vrouw Charlie staan, in zijn uniform. Charlie hoefde niets te zeggen. Hij keek alleen naar die gast, die een halve pas naar achteren deed en opeens een stuk jonger leek, en toen naar het meisje, dat haar roodgeverfde lippen in een pruilmondje trok. Zonder nog iets te zeggen doken ze om me heen en liepen de piepkleine vertrekhal in.

Charlie en ik haalden precies tegelijk onze schouders op. Grappig hoe we soms dezelfde trekjes hadden terwijl we weinig tijd samen doorbrachten. Misschien zat het in de genen.

'Ik heb een goede auto voor jou gevonden, heel goedkoop,' kondigde Charlie aan toen we onze gordels hadden vastgemaakt en wegreden.

'Wat voor auto?' vroeg ik, want de manier waarop hij 'een goede auto voor jóú' zei in plaats van 'een goede auto' maakte me wantrouwig.

'Nou, het is eigenlijk een pick-up, een Chevy.'

'Waar heb je hem vandaan?'

'Ken je Bonnie Black nog uit La Push?' La Push is het kleine indianenreservaat aan de kust, vlak bij Forks.

'Nee.'

'Zij en haar man gingen 's zomers met ons mee vissen,' zei Charlie.

Dat verklaarde waarom ik me haar niet kon herinneren. Ik ben er goed in pijnlijke dingen uit mijn geheugen te wissen.

'Ze zit nu in een rolstoel,' ging Charlie verder toen ik geen antwoord gaf, 'dus ze kan geen auto meer rijden, en ik kon haar pick-up voor weinig geld overnemen.'

'Van welk bouwjaar is hij?' Ik zag aan zijn veranderde uitdrukking dat hij gehoopt had dat ik dat niet zou vragen.

'Nou, Bonnie heeft de motor goed laten onderhouden – hij is eigenlijk maar een paar jaar oud.'

Dacht hij dat ik daar genoegen mee zou nemen?

'Wanneer heeft ze hem gekocht?'

'In 1984, geloof ik.'

'Heeft ze hem nieuw gekocht?'

'Nou, nee. Ik geloof dat hij begin jaren zestig, of eind jaren vijftig op zijn vroegst, nieuw was,' gaf hij schaapachtig toe.

'Char... pap, ik heb helemaal geen verstand van auto's. Ik kan hem niet zelf repareren als er iets kapotgaat, en een garage kan ik niet betalen.'

'Geloof me, Beau, dat ding doet het prima. Zo worden ze niet meer gemaakt.'

Dat ding, dacht ik bij mezelf... daar zat wat in, als bijnaam in elk geval.

'Hoe goedkoop is goedkoop?' Want daar stond of viel die hele auto mee.

'Nou, knul, ik heb hem eigenlijk al voor je betaald. Als een welkom-thuis-cadeau.' Charlie wierp een hoopvolle blik opzij.

Wauw. Gratis.

'Dat had je niet hoeven doen, papa. Ik zou zelf een auto kopen.'

'Ik vond het leuk om te doen. Ik wil dat je hier gelukkig bent.' Hij keek voor zich op de weg terwijl hij dit zei. Charlie had altijd al moeite gehad met het hardop uitspreken van zijn gevoelens. Nog iets wat we gemeen hadden. Dus keek ik voor me uit toen ik antwoordde:

'Super, pap. Dank je wel. Echt heel aardig van je.' Het had geen zin om eraan toe te voegen dat hij het over iets onmogelijks had. Het had geen zin om hem met mij mee te laten lijden. En ik keek een gratis pick-up niet in de bek – of in de motor, beter gezegd.

'Eh, nou, graag gedaan,' mompelde hij, opgelaten door mijn dankbaarheid.

We wisselden nog wat opmerkingen uit over het weer – dat nat was – en daarmee was de conversatie afgelopen. We staarden uit het raam.

Op een bepaalde manier was het ook wel mooi buiten. Alles was groen: de bomen waren bedekt met mos, zowel de stammen als de takken, op de grond groeiden dichte varens. Zelfs het licht dat door de bladeren scheen was groen.

Het was té groen: een vreemde planeet.

Uiteindelijk kwamen we bij Charlies huis. Hij woonde nog altijd in het kleine huis met twee slaapkamers dat hij en mijn moeder gekocht hadden in de begintijd van hun huwelijk. Dat was overigens de enige tijd die hun huwelijk gekend had – het begin. Daar, geparkeerd op de weg voor het huis dat nooit veranderde, stond mijn nieuwe – nou ja, voor mij nieuwe – pick-up. De rode lak was verkleurd en hij had dikke, weelderige bumpers en een bolle cabine.

En ik vond hem fantastisch. Ik had niet zoveel met auto's, dus mijn reactie verbaasde me eigenlijk een beetje. Ik wist niet eens of hij het wel deed, maar ik zag mezelf er al in rijden. Bovendien was het zo'n stevig metalen monster dat nooit beschadigd raakt. Het soort dat je ziet bij een ongeluk en dat zelf geen enkel deukje heeft maar dat wel omringd wordt door de brokstukken van de auto van buitenlands fabricaat die hij zojuist vermorzeld heeft.

'Jemig, pap, te gek! Dank je wel!' Mijn enthousiasme was oprecht. Die pick-up was niet alleen opvallend cool, maar nu hoefde ik morgen ook niet drie kilometer door de regen naar school te lopen. Of een lift te aanvaarden in de surveillanceauto, wat natuurlijk alleen in noodgevallen een optie zou zijn.

'Fijn dat je hem mooi vindt,' zei Charlie bruusk, opnieuw opgelaten.

We hoefden maar een keer te lopen om al mijn spullen naar boven te brengen. Ik kreeg de slaapkamer op het westen, die uitkeek op de voortuin. De kamer was vertrouwd: hij was al sinds mijn geboorte van mij. De houten vloer, de lichtblauwe muren, het plafond dat in een punt liep, de verbleekte, blauw-wit geruite gordijnen voor het raam... ze waren allemaal onderdeel van mijn jeugd. De enige veranderingen die Charlie ooit had aangebracht, waren het vervangen van de wieg door een bed en het toevoegen van een bureau toen ik ouder werd. Op het bureau stond nu een tweedehands computer en over de vloer liep het telefoonsnoer voor het modem naar de aansluiting in de muur. Dat had mijn moeder geëist, zodat we contact konden houden. De schommelstoel uit de tijd dat ik een baby was stond nog in de hoek.

Er was maar één badkamer boven aan de trap, die ik zou moeten delen met Charlie, maar in Phoenix had ik de badkamer moeten delen met mijn moeder en dat was nog veel erger. Ze had veel meer spullen en weigerde mij pertinent de boel een beetje te laten ordenen.

Een van de beste eigenschappen van Charlie is dat hij niet om je heen blijft hangen. Hij liet me alleen zodat ik kon uitpakken en me kon installeren, iets wat mijn moeder nooit gekund zou hebben. Het was fijn om alleen te zijn, niet te hoeven glimlachen en te doen alsof ik op mijn gemak was. Een opluchting om somber uit het raam naar de stromende regen te kunnen staren.

Forks High School had slechts driehonderdzevenenvijftig, nu driehonderdachtenvijftig, leerlingen. Thuis zaten er alleen al in mijn jaar meer dan zevenhonderd leerlingen. Hier waren alle kinderen samen opgegroeid – hun grootouders hadden al als kleuter bij elkaar gespeeld. Ik zou de nieuwe jongen uit de grote stad zijn, iets om naar te staren en over te fluisteren.

Als ik nou cool was geweest, dan had ik daar mijn voordeel mee kunnen doen. Dan had ik de populaire gast kunnen uithangen. Maar het was overduidelijk dat ik die jongen niet was: ik was geen footballheld, geen klassenvoorzitter, geen *bad boy* op een motor. Ik was de jongen die eruitzag alsof hij goed kon basketballen, tot ik begon te lopen. De jongen die tegen de kluisjes werd geduwd tot ik in de tweede opeens twintig centimeter de lucht in schoot. De jongen die te stil en te bleek was, die geen verstand had van computerspelletjes, auto's, basketbaluitslagen en al die andere dingen die ik leuk zou moeten vinden.

In tegenstelling tot andere jongens had ik geen zeeën van tijd voor hobby's. Ik moest rekeningen opmaken, afvoeren ontstoppen en boodschappen doen voor een hele week.

Vroeger tenminste.

Ik kon dus niet zo goed overweg met mensen van mijn eigen leeftijd. Misschien was het wel zo dat ik niet goed overweg kon met mensen, punt. Zelfs mijn moeder, die mij het meest nabij was van alle mensen die ik kende, begreep me nooit écht. Soms vroeg ik me af of mijn ogen wel dezelfde dingen zagen als de rest van de wereld. Misschien was alles wat voor mij groen was voor anderen bijvoorbeeld wel rood, dat idee. Misschien rook ik azijn als zij kokosnoot roken. Misschien maakte iets kortsluiting in mijn hoofd.

Maar de oorzaak deed er niet toe. Het enige wat ertoe deed was het gevolg. En morgenochtend was nog maar het begin.

Die nacht sliep ik slecht, zelfs toen ik mijn hoofd eindelijk stil had gekregen. Het voortdurende *woesj*-en van de regen en de wind tegen het dak wilde maar niet naar de achtergrond verdwijnen. Ik trok de oude quilt over mijn hoofd en later legde ik daar mijn kussen bovenop. Maar ik viel pas na middernacht in slaap, toen de regen eindelijk overging in een zachte miezer.

Dichte mist was alles wat ik de volgende ochtend zag uit mijn raam, en ik voelde hoe claustrofobie bezit van me nam. Je kon hier nooit de lucht zien, het was precies die gevangeniscel die ik me had voorgesteld.

Het ontbijt met Charlie verliep in stilte. Hij wenste me veel succes op school. Ik bedankte hem, in de wetenschap dat zijn hoop tijdverspilling was. Veel succes ging meestal aan mij voorbij. Charlie vertrok als eerste, op naar het politiebureau dat zijn familie vormde. Na zijn vertrek zat ik in een van de drie niet bij elkaar passende stoelen aan de oude, vierkante eiken tafel en bestudeerde de vertrouwde keuken, met zijn donkere houten wanden, heldergele kastjes en witte linoleumvloer. Er was niets veranderd. Mijn moeder had de kastjes achttien jaar geleden geschilderd in een poging het huis wat zonniger te maken. Boven de kleine open haard in de aangrenzende, minuscule woonkamer hing een serie foto's. Een trouwfoto van Charlie en mijn moeder in Las Vegas, een van ons drietjes in het ziekenhuis vlak na mijn geboorte genomen door een vriendelijke verpleger, en een opeenvolging van schoolfoto's van mij tot en met die van dit jaar. Die waren gênant om te zien – de afschuwelijke kapsels, de beugeljaren, de pukkels die eindelijk verdwenen waren. Ik moest maar eens proberen Charlie zo ver te krijgen dat hij ze ergens anders ophing, in elk geval zolang ik hier woonde.

Hier in dit huis was het onmogelijk niet te beseffen dat Charlie mijn moeder nooit vergeten was. Het gaf me een ongemakkelijk gevoel.

Ik wilde niet te vroeg op school komen, maar ik hield het niet meer uit in dit huis. Ik trok mijn jack aan – een dik, niet ademend geval dat aanvoelde als een antistralingspak – en stapte de regen in.

Het miezerde alleen nog een beetje, niet voldoende om gelijk doorweekt te raken. Ik tastte naar de voordeursleutel die altijd verstopt was onder de dakrand bij de deur en sloot af. Het klossen van mijn nieuwe waterdichte laarzen klonk raar. Ik miste het gebruikelijke knersen van grind terwijl ik liep.

In de pick-up was het lekker droog. Het was duidelijk dat Bonnie of Charlie, een van de twee, hem had opgeruimd, maar de met donkere stof beklede stoelen roken nog steeds een beetje naar sigaretten, benzine en pepermunt. De motor startte tot mijn opluchting snel, maar luidruchtig: hij kwam brullend tot leven en bleef met veel lawaai draaien. Tja, met een pick-up van deze leeftijd moest er wel iets mis zijn. De antieke radio werkte, dat was een onverwachte meevaller.

Het was niet moeilijk om de school te vinden: net als de meeste andere dingen lag hij vlak langs de autoweg. Het was me niet meteen duidelijk dat dit een school was; ik ontdekte het alleen door het bord waarop stond dat dit de Forks High School was. Hij zag eruit als een verzameling identieke gebouwen van donkerbruine bakstenen. Er stonden zo veel bomen en struiken dat ik in eerste instantie niet kon zien hoe groot de campus was. Waar was het gevoel dat dit een instituut was, vroeg ik me af. Waar waren de stalen hekken en de metaaldetectoren?

Ik parkeerde bij het eerste gebouw, waar een klein bord boven een deur hing met SECRETARIAAT erop. Er stonden verder geen auto's dus ik was ervan overtuigd dat je hier niet mocht parkeren, maar ik besloot binnen de weg te vragen in plaats van als een idioot in de regen rondjes te rijden.

Binnen was het licht en warmer dan ik had gehoopt. Het kantoor was klein: een wachtgedeelte met klapstoelen, oranje gevlekte vloerbedekking, muren vol aankondigingen en mededelingen, en een grote klok die hard tikte. Overal stonden planten in grote plastic potten, alsof het buiten niet al groen genoeg was. De ruimte werd in tweeën gedeeld door een lange balie, bedekt met bakjes van metaaldraad vol paperassen. Op de voorkant waren talloze kleurige folders geplakt. Achter de balie stonden drie bureaus. Aan een daarvan zat een dikke, kale man met een bril. Hij droeg een T-shirt, waardoor ik gelijk het idee had dat ik veel te warm aangekleed was.

De kale man keek op. 'Kan ik iets voor je doen?'

'Ik ben Beau Swan,' vertelde ik, en ik zag meteen een blik van herkenning. Ik werd verwacht, er werd nu al over me geroddeld. De zoon van de chief, die met die labiele moeder, was eindelijk thuisgekomen.

'Juist,' zei hij. Hij groef door een wankele berg documenten op zijn bureau tot hij vond wat hij zocht. 'Hier heb ik je rooster, Beaufort, en een plattegrond van de school.' Hij liep met de papieren naar de balie.

'Eh, zeg maar Beau, hoor.'

'O, ook goed, Beau.'

Hij nam mijn rooster met me door, markeerde de snelste route naar alle lessen op de plattegrond, en gaf me briefjes mee die elke docent moest tekenen en die ik aan het eind van de dag weer moest inleveren. Hij glimlachte naar me en hoopte, net als Charlie, dat ik het hier in Forks leuk zou vinden. Ik glimlachte zo overtuigend als ik kon terug.

Toen ik terugliep naar mijn pick-up, begonnen er andere leerlingen te arriveren. Ik reed om de school heen achter de andere auto's aan. De meeste auto's waren ouder, net als de mijne, en niet opzichtig. Thuis had ik in een van de weinige niet zo rijke buurten gewoond die het Paradise Valley District kent. Het was heel normaal dat er op de leerlingenparkeerplaats een nieuwe Mercedes of Porsche stond. De mooiste auto hier was een gloednieuwe, zilverkleurige Volvo, en die viel op. Toch deed ik de motor uit zodra ik op een plekje stond, zodat het oorverdovende lawaai geen aandacht zou trekken.

In de auto bestudeerde ik de plattegrond in een poging hem in mijn geheugen te prenten; hopelijk hoefde ik dan niet de hele dag met dat ding voor mijn neus rond te lopen. Ik propte alles in mijn rugzak, hing hem over mijn schouder en zoog mijn longen vol lucht. Het wordt heus niet zo erg, loog ik tegen mezelf. Kom op, ik was niet in levensgevaar of zo: het was de middelbare school maar. Niemand ging me bijten. Ik ademde eindelijk uit en verliet de pick-up.

Ik trok mijn capuchon over mijn gezicht terwijl ik naar de stoep vol scholieren liep. Ik was blij om te zien dat mijn eenvoudige zwarte jas niet opviel, maar aan mijn lengte kon ik weinig doen. Ik boog mijn hoofd en keek strak naar de grond.

Eenmaal voorbij de kantine was gebouw drie eenvoudig te vinden. Op de linkerhoek was een grote zwarte 3 op een wit vlak geschilderd. Ik volgde twee uniseks regenjassen naar binnen.

Het lokaal was klein. De mensen voor me stopten gelijk achter de deur om hun jassen op te hangen aan een lange rij haken. Ik deed hen na. Het waren twee meisjes, de één een porseleinkleurige blondine, de ander ook bleek met lichtbruin haar. Mijn huid zou hier tenminste niet opvallen.

Ik bracht het briefje naar de lerares, een schriele vrouw met dunner wordend haar die volgens het bordje op haar bureau mevrouw Mason heette. Ze gaapte me aan toen ze mijn naam zag – lekker bemoedigend – en ik voelde het bloed naar mijn gezicht stijgen, waar het ongetwijfeld lelijke vlekken op mijn wangen en in mijn nek vormde. Gelukkig stuurde ze me naar een lege tafel achterin zonder me aan de klas voor te stellen. Ik probeerde me zo onopvallend mogelijk achter het kleine tafeltje te wurmen.

Het was lastiger voor mijn nieuwe klasgenoten om me achterin aan te staren, maar op de een of andere manier lukte het hen toch. Ik hield mijn blik gericht op de leeslijst die de lerares me gegeven had. Die was nogal standaard: Brontë, Shakespeare, Chaucer, Faulkner. Ik had alles al gelezen. Dat was een troost... en saai. Ik vroeg me af of mijn moeder me mijn map met uittreksels zou willen sturen, of dat ze dat oneerlijk zou vinden. In mijn hoofd hield ik verschillende discussies met haar terwijl de lerares maar doordreunde.

Toen de bel ging, leunde een bleek, mager meisje met een pukkelige huid en haar zo zwart als een olievlek over het gangpad om me aan te spreken.

'Jij bent toch Beaufort Swan?' Ze had die uitstraling van een al te hulpvaardig schaakclubtype.

'Beau,' verbeterde ik. Iedereen binnen een straal van drie stoelen draaide zich om en keek naar me.

'Waar is je volgende les?' vroeg ze.

Dat moest ik nakijken in mijn tas. 'Eh, maatschappijleer van Jefferson, in gebouw zes.'

Ik kon geen kant op kijken zonder nieuwsgierige blikken te zien.

'Ik moet naar gebouw vier. Ik kan je de weg wijzen...' Jep, veel te hulpvaardig. 'Ik ben Erica,' voegde ze eraan toe.

Ik perste er een glimlachje uit. 'Dank je.'

We pakten onze jassen en gingen naar buiten, waar het harder was gaan regenen. Ik had het idee dat verschillende mensen net iets te dicht achter ons liepen – alsof ze ons wilden afluisteren of zo. Ik hoopte dat ik niet paranoïde werd.

'Is het hier nou heel anders dan in Phoenix?' vroeg ze.

'Heel erg.'

'Het regent daar niet vaak, hè?'

'Drie of vier keer per jaar.'

'Wauw, hoe zou dat zijn?' vroeg ze zich af.

'Zonnig,' kon ik haar vertellen.

'Je ziet er niet erg bruin uit.'

'Mijn moeder is half albino.'

Ze keek me een beetje angstig aan en ik onderdrukte een kreun. Het zag ernaar uit dat wolken en gevoel voor humor niet samengingen. Nog een paar maanden en ik zou geen sarcastische opmerking meer kunnen maken.

We liepen weer om de kantine heen, naar de gebouwen bij de gymzaal. Erica liep helemaal mee tot aan de deur, hoewel het duidelijk was aangegeven.

'Nou, succes,' zei ze toen ik naar de knop tastte. 'Misschien hebben we nog wat lessen samen.' Ze klonk hoopvol.

Ik glimlachte zo afstandelijk mogelijk naar haar en ging naar binnen.

De rest van de morgen ging zo'n beetje op dezelfde manier voorbij. Mijn wiskundelerares, mevrouw Varner, aan wie ik sowieso al een hekel gehad zou hebben vanwege het vak waarin ze lesgaf, was de enige die me voor de klas liet staan om mezelf voor te stellen. Ik stamelde, kreeg rode vlekken in mijn gezicht en struikelde over mijn eigen voeten toen ik terugliep naar mijn plek.

Na twee lessen begon ik verschillende gezichten te herkennen. Er was altijd iemand die dapperder was dan de rest en zich aan me voorstelde, om me vervolgens te vragen wat ik van Forks vond. Ik probeerde diplomatiek te zijn, maar over het algemeen loog ik veel. Ik had in elk geval geen plattegrond nodig.

Alle leraren noemden me in eerste instantie Beaufort, en hoewel ik ze meteen verbeterde werd ik er toch een beetje moedeloos van. Het had me jaren gekost om van Beaufort af te komen (en bedankt hè, opa, dat je een paar maanden voor mijn geboorte moest overlijden zodat mijn moeder zich verplicht voelde om je te eren). Thuis wist niemand meer dat Beau eigenlijk een bijnaam was. Nu kon ik weer van voren af aan beginnen.

Een jongen zat naast me tijdens zowel wiskunde als Spaans en liep met me mee naar de kantine voor de lunch. Hij was klein – hij kwam niet eens tot mijn schouder – maar door zijn woeste krullenbos leek het verschil minder groot. Ik kon me zijn naam niet herinneren, dus glimlachte en knikte ik terwijl hij maar doorging over de leraren en de lessen. Ik deed geen moeite zijn verhaal te volgen.

We zaten aan het eind van een volle tafel met een aantal van zijn vrienden, die hij aan me voorstelde: ze waren hier wel beleefd, dat moest ik toegeven. Ik vergat al hun namen gelijk nadat hij die genoemd had. Ze leken het heel cool te vinden dat hij me erbij had gevraagd. Het meisje uit mijn Engelse les, Erica, zwaaide naar me vanaf de andere kant van de kantine en iedereen schoot in de lach. Er werden nu al grappen over me gemaakt. Dat zou wel eens een nieuw record voor me kunnen zijn. Maar ze leken het allemaal niet gemeen te bedoelen.

Daar, in de kantine, tijdens mijn pogingen een gesprek te voeren met zeven nieuwsgierige vreemdelingen, zag ik hen voor het eerst.

Ze zaten in de hoek van de lange ruimte, zo ver mogelijk van waar ik zat. Ze waren met z'n vijven. Ze spraken niet, en ze aten niet, hoewel ze allemaal een blad eten voor zich hadden staan. En ze gaapten me niet aan, zoals de meeste andere leerlingen, dus ik kon rustig naar hen staren. Maar toch was het geen van deze dingen die mijn aandacht trokken.

Ze leken totaal niet op elkaar.

Er waren drie meisjes: eentje was voor zover ik kon zien superlang, zelfs als ze zat, misschien wel zo lang als ik, met benen waar geen einde aan leek te komen. Ze zou zo de aanvoerster van het volleybalteam kunnen zijn, en ze kon vast loeihard smashen. Ze had donkere krullen die in een slordige staart bijeen waren gebonden.

Een van de andere meisjes had honingkleurig haar tot op haar schouders. Ze was niet zo lang als de brunette maar waarschijnlijk nog altijd langer dan de meeste jongens bij mij aan tafel. Ze maakte een wat gespannen, nerveuze indruk. Een beetje gek misschien, maar om de een of andere reden deed ze me denken aan die actrice uit die film die ik een paar weken geleden had gezien, waarin ze een stuk of tien kerels met een machete had neergemaaid. Ik wist nog hoe ongeloofwaardig ik dat toen had gevonden, want die vrouw had het nooit van zo veel schurken kunnen winnen. Maar nu bedacht ik dat ik het misschien wel geloofd had als het personage door dit meisje was gespeeld.

Het laatste meisje was kleiner en had haar dat ergens tussen rood en bruin in zat, al was het dat allebei niet. Het had iets metaligs, een soort bronskleur. Ze zag er jonger uit dan de andere twee, die makkelijk op de universiteit hadden kunnen zitten.

De jongens waren elkaars tegenpolen. De langste – die beslist langer was dan ik, ik schatte hem op minstens twee meter – was ongetwijfeld de steratleet van de school. En de *prom king*. En de jongen die altijd mocht kiezen op welk apparaat hij wilde in de fitnessruimte. Zijn steile, goudblonde haar zat in een knotje achter op zijn hoofd, maar hij had niets vrouwelijks – op de een of andere manier maakte het hem juist nog mannelijker. Hij was duidelijk veel te cool voor deze school, of welke andere school dan ook.

De kleinere jongen was pezig, met heel korte zwarte stoppels die als een donkere waas over zijn schedel lagen.

Ze waren zo verschillend en toch leken ze allemaal op elkaar. Ze waren allemaal krijtwit, het bleekst van alle leerlingen uit deze zonloze stad. Bleker dan ik, de albino. Ze hadden allemaal heel donkere ogen – vanaf de plek waar ik zat leken ze zwart –, ondanks hun uiteenlopende haarkleuren. En ze hadden ook diepe kringen onder hun ogen, paarse schaduwen, als blauwe plekken. Misschien hadden ze alle vijf de hele nacht doorgehaald. Of misschien waren ze bijna hersteld van een gebroken neus. Ware het niet dat hun neuzen, al hun gelaatstrekken, kaarsrecht waren, hoekig.

Maar dat was niet de reden waarom ik niet weg kon kijken.

Ik staarde omdat hun gezichten, zo verschillend, zo gelijk, allemaal waanzinnig, onmenselijk mooi waren. Zowel de meisjes als de jongens waren beeldschoon. Het waren gezichten die je in het echte leven nooit zag, alleen geretoucheerd in tijdschriften en op billboards. Of in een museum, geschilderd door een oude meester als het gezicht van een engel. Ik kon haast niet geloven dat ze echt waren.

Ik besloot dat het kleinere meisje met het bronskleurige haar het mooist was, hoewel de vrouwelijke helft van de school waarschijnlijk voor de blonde filmsterrenjongen zou stemmen. Maar die hadden het mis. Ik bedoel, ze waren allemaal oogverblindend, maar het meisje was meer dan gewoon mooi. Ze was volmaakt. Het was een beangstigende, verontrustende soort volmaaktheid. Ik kreeg er een beetje buikpijn van.

Ze keken allemaal weg; weg van elkaar, weg van de andere leerlingen, weg van wat dan ook, voor zover ik dat kon zien. Het deed me denken aan modellen die reuzeartistiek voor een advertentie poseren. Esthetische verveling. Terwijl ik keek stond de pezige skinheadgast op met zijn dienblad – ongeopend blikje fris, onaangeroerde appel – en liep weg met een snelle, sierlijke pas die thuishoorde op de catwalk. Ik vroeg me af of er hier ook een balletgezelschap was en keek hem na tot hij zijn dienblad leegkiepte en door de achterdeur gleed, sneller dan ik voor mogelijk had gehouden. Mijn ogen schoten terug naar de anderen, die nog in dezelfde houding zaten.

'Wie zijn dát?' vroeg ik aan de jongen uit mijn Spaanse les, wiens naam ik vergeten was.

Toen hij opkeek om te zien wie ik bedoelde – hoewel hij dat door mijn toon vast al kon raden – keek ze plotseling naar ons, de volmaakte van het stel. Ze keek slechts een fractie van een seconde naar mijn buurman, en toen blikten haar donkere ogen in de mijne. Langwerpige ogen die in de hoeken omhoogkrulden, volle wimpers.

Ze wendde vlug haar blik af, sneller dan ik kon, hoewel ik meteen mijn ogen neersloeg toen ze onze kant op keek. Ik voelde de rode vlekken alweer opkomen in mijn gezicht. In die korte flits van een glimp had haar gezicht helemaal geen interesse getoond. Het was alsof hij haar naam had geroepen en zij ongewild had opgekeken, hoewel ze al besloten had niet te antwoorden.

Mijn buurman stootte een ongemakkelijk lachje uit, terwijl hij net als ik naar de tafel keek.

Hij gaf fluisterend antwoord. 'Dat zijn de Cullens en de Hales. Edith en Eleanor Cullen, Jessamine en Royal Hale. De jongen die net opstond is Archie Cullen. Ze wonen bij dr. Cullen en haar man.'

Ik gluurde zijdelings naar het volmaakte meisje, dat nu naar haar blad keek en met dunne, bleke vingers een bagel verkruimelde. Haar mond bewoog razendsnel, haar volle lippen gingen nauwelijks open. De overige drie keken een andere kant op, maar toch had ik het gevoel dat ze zachtjes tegen hen sprak.

Rare namen. Ouderwets. Het soort namen dat opa's en oma's hebben – net als mijn naam. Maar misschien was dat mode hier? Kleinsteedse namen? Ik herinnerde me ineens dat mijn buurman Jeremy heette. Een doodgewone naam. Er zaten twee Jeremy's in mijn geschiedenisklas in Phoenix.

'Ze zijn allemaal... best wel knap.' Dat was heel zacht uitgedrukt.

'Ja, hè?' stemde Jeremy in met nog een lachje. 'Maar ze gaan allemaal met elkaar: Royal en Eleanor, Archie en Jessamine. Als stelletjes, zeg maar. En ze wónen samen.' Hij gniffelde en wiebelde veelbetekenend met zijn wenkbrauwen.

Ik weet niet waarom, maar door zijn reactie kreeg ik de neiging het groepje te verdedigen. Misschien gewoon omdat hij zo bevooroordeeld klonk. Maar wat moest ik zeggen? Ik kende die mensen helemaal niet.

'Wie van hen zijn de Cullens?' vroeg ik, want ik wilde wel van toon maar niet van onderwerp veranderen. 'Ze zien er niet uit als familie van elkaar... Of nou ja, een beetje...'

'O, dat zijn ze ook niet. Dr. Cullen is nog erg jong. Ergens begin dertig. De Cullens zijn allemaal geadopteerd. De Hales – die met het blonde haar – zijn broer en zus, een tweeling volgens mij, en dat zijn een soort pleegkinderen.'

'Zijn ze niet veel te oud voor pleegkinderen?'

'Inmiddels wel. Royal en Jessamine zijn allebei achttien, maar ze zijn als kleine kinderen al bij meneer Cullen komen wonen. Hij is hun oom, volgens mij.'

'Eigenlijk best tof, dat ze zomaar voor al die kinderen zorgen terwijl ze zelf nog zo jong zijn en zo.'

'Tja,' zei Jeremy, en het klonk alsof hij eigenlijk niets positiefs over hen wilde zeggen. Alsof hij de dokter en haar man om de een of andere reden niet mocht... En als ik zag hoe hij naar hun geadopteerde kinderen keek, was hij eigenlijk een beetje jaloers. 'Ik denk dat dr. Cullen geen kinderen kan krijgen,' voegde hij toe, alsof dat het minder nobel maakte.

Gedurende dit hele gesprek kon ik mijn blik telkens niet langer dan een paar seconden van het vreemde gezin afhouden. Ze bleven naar de muur kijken en aten niet.

'Hebben ze altijd al in Forks gewoond?' vroeg ik. Ik snapte niet dat ze me tijdens een van mijn zomers hier nog nooit waren opgevallen.

'Nee. Ze zijn twee jaar geleden vanuit Alaska hiernaartoe verhuisd.'

Ik voelde een vreemde vlaag van medelijden, en opluchting. Medelijden omdat, mooi als ze waren, het buitenstaanders waren, niet geaccepteerd. Opluchting omdat ik niet de enige nieuwkomer was hier, en in alle opzichten zeker niet de interessantste.

Terwijl ik hen opnieuw bestudeerde, keek het perfecte meisje, een van de Cullens, op en ontmoette mijn ogen, met onverholen nieuwsgierigheid deze keer. Ik keek snel weg, maar ik had het idee dat er een onbeantwoorde verwachting in haar blik lag.

'Wie is dat meisje met dat roodbruine haar?' vroeg ik. Ik probeerde onopvallend die kant op te gluren, alsof ik gewoon de kantine rondkeek. Ze staarde nog steeds naar me, maar ze gaapte me niet aan zoals de andere leerlingen vandaag hadden gedaan. Ze had een licht gefrustreerde blik die ik niet goed kon plaatsen. Ik keek snel weg.

'Dat is Edith. Superlekker ding natuurlijk, maar verspil je tijd niet aan haar. Ze gaat nooit met iemand uit. Blijkbaar is geen van de jongens hier goed genoeg voor haar,' zei Jeremy zuur, en hij bromde even. Ik vroeg me af hoe vaak ze hem had afgewezen.

Ik perste mijn lippen op elkaar om mijn glimlach te verbergen. Toen gluurde ik opnieuw naar haar. Edith. Haar gezicht was weggedraaid, maar aan de vorm van haar wang meende ik te kunnen zien dat zij ook glimlachte.

Na een paar minuten stonden ze alle vier tegelijk op. Ze bewogen zich allemaal ontzettend sierlijk – zelfs de goudblonde prom king. Het was heel apart om hen tegelijk in actie te zien. Edith keek me niet meer aan.

Ik zat langer aan de tafel met Jeremy en zijn vrienden dan ik gedaan zou hebben als ik alleen was geweest. Ik wilde op mijn eerste dag niet te laat komen. Een van mijn nieuwe kennissen, die zo beleefd was mij eraan te herinneren dat hij Allen heette, had het volgende uur samen met mij biologie II. We liepen zwijgend naar onze klas. Hij was waarschijnlijk ook verlegen, net als ik.

Toen we de klas binnenkwamen, ging Allen zitten aan een zwarte labtafel die er net zo uitzag als die in Phoenix. Hij had al een buurvrouw. Eigenlijk waren op een na alle tafels bezet. Ik herkende Edith Cullen, die naast het middenpad zat, aan haar ongewone, metalige haarkleur. Ze zat naast de enige lege plek.

Mijn hart begon iets sneller te kloppen.

Terwijl ik naar voren liep om mezelf voor te stellen aan de lerares en mijn briefje te laten tekenen, hield ik haar stiekem in de gaten. Op het moment dat ik langsliep, verstijfde ze plotseling. Haar hoofd schoot met een ruk omhoog, zo snel dat ik er een beetje van schrok, en ze staarde me aan met een heel vreemde uitdrukking op haar gezicht – niet zomaar boos, maar vijandig zelfs, woedend. Ik keek verbluft weg en werd weer rood. Ik struikelde over een boek op de vloer en moest me vastgrijpen aan de hoek van een tafel. Het meisje dat daar zat giechelde.

Ik had het goed gezien van die ogen. Ze waren zwart, pikzwart.

Mevrouw Banner tekende mijn briefje en gaf me een boek, zonder onzin over dat ik me moest voorstellen en zonder me bij mijn volledige naam te noemen. Ik wist nu al dat we het goed zouden kunnen vinden. Natuurlijk moest ze me wel naar die ene lege plek midden in de klas sturen. Ik hield mijn ogen naar beneden gericht toen ik in de war en onhandig naast háár ging zitten en me afvroeg waar ik die agressieve blik aan had verdiend.

Ik keek niet op toen ik mijn boek op tafel legde, maar vanuit mijn ooghoeken zag ik hoe haar houding veranderde. Ze leunde van me weg, zat op het uiterste randje van haar stoel en wendde haar gezicht af alsof ze iets smerigs rook. Onopvallend rook ik even aan mezelf. Mijn shirt rook naar wasmiddel. Dat was toch niet vies? Ik schoof mijn stoel naar rechts om haar zo veel mogelijk ruimte te geven en probeerde op de lerares te letten.

De les ging over de anatomie van cellen, een onderwerp dat ik al had gehad. Toch maakte ik keurig aantekeningen terwijl ik steeds naar beneden bleef kijken.

Ik kon er niets aan doen en wierp af en toe een blik op het vreemde meisje naast me. De hele les bleef ze gespannen op het randje van haar stoel zitten, zo ver mogelijk bij me vandaan, met haar haar voor haar gezicht. Haar hand lag in een vuist op haar linkerbovenbeen, de pezen strak onder haar bleke huid. Ze ontspande geen moment. Ze had de mouwen van haar witte truitje opgeschoven tot haar ellebogen, en er liepen verrassend harde spieren onder de bleke huid van haar onderarm. Die huid was trouwens echt volkomen gaaf. Er was geen sproetje of litteken op te ontdekken.

Deze les leek veel langer te duren dan de andere. Kwam dat doordat deze dag eindelijk bijna voorbij was, of doordat ik zat te wachten tot haar vuist zich ontspande? Dat gebeurde niet. Ze bleef zo stil zitten dat het leek alsof ze geen adem haalde. Wat was er met haar aan de hand? Deed ze altijd zo? Ik vroeg me af of ik Jeremy's zure reactie misschien iets te snel als jaloezie had afgedaan. Misschien was hij niet alleen maar wrokkig.

Dit kon onmogelijk met mij te maken hebben. Ze had me nog nooit eerder gezien.

Aan het eind van de les gaf mevrouw Banner een paar overhoringen terug. Ze gaf mij er een aan die ik moest doorgeven aan het meisje naast me. Ik keek meteen naar de bovenkant van het vel: ze had een tien... en ik had haar naam in gedachten verkeerd gespeld. Het was Edythe, niet Edith. Die spelling had ik nog nooit gezien, maar hij paste beter bij haar.

Ik keek even naar haar toen ik het vel naar haar toeschoof, maar daar had ik meteen spijt van. Ze keek me weer woedend aan, haar langwerpige, zwarte ogen vol afkeer. Terwijl ik ineenkromp voor de razernij die ze uitstraalde, schoot de uitdrukking *als blikken konden doden* door mijn hoofd.

Op dat moment klonk luid de bel, zodat ik overeind schoot. Edythe Cullen stond al naast haar stoel. Ze bewoog als een danser – alle lijnen van haar slanke lichaam vormden een volmaakt harmonieus geheel – met haar rug naar me toe en ze verdween door de deur nog voordat er iemand anders was opgestaan.

Ik zat vastgevroren aan mijn stoel en staarde haar ongelovig na. Ze was zo bot. Ik begon langzaam mijn spullen bij elkaar te rapen en probeerde mijn verwarring en schuldgevoel te onderdrukken. Waarom zou ik me schuldig voelen? Ik had niets verkeerds gedaan. Dat kon toch ook helemaal niet? We hadden ons nog niet eens aan elkaar voorgesteld.

'Ben jij niet Beaufort Swan?' vroeg een meisjesstem.

Ik keek op en zag een leuk meisje met een kinderlijk gezicht en haar dat zorgvuldig tot een bleekblond gordijn was gesteild vriendelijk naar me glimlachen. Zij vond duidelijk niet dat ik stonk.

'Beau,' verbeterde ik, en ik glimlachte terug.

‘Ik ben McKayla.’

‘Hoi McKayla.’

‘Heb je hulp nodig bij het vinden van je volgende les?’

‘Ik moet naar het gymlokaal, dus ik denk dat ik het wel kan vinden.’

‘Daar moet ik ook naartoe.’ Ze keek blij, hoewel dit natuurlijk niet zo’n groot toeval was op zo’n kleine school.

We liepen samen naar gym. Ze was een kletskous en hield het gesprek gaande, wat voor mij erg prettig was. Tot haar tiende had ze in Californië gewoond, dus ze snapte hoe ik dacht over de zon. Ze bleek ook tegelijk met mij Engels te hebben. Ze was de aardigste persoon die ik vandaag ontmoet had.

Maar toen we het gymlokaal binnenliepen, vroeg ze: ‘Wat heb je met Edythe Cullen gedaan, haar met een potlood geprikt of zo? Ik heb haar nog nooit zo zien doen.’

Ik trok een grimas. Het was dus nog meer mensen opgevallen. En blijkbaar was dat niet Edythe Cullens normale gedrag. Ik besloot me van de domme te houden.

‘Was dat het meisje dat naast me zat bij biologie?’

‘Ja,’ zei ze. ‘Ze zag eruit alsof ze pijn had of zo.’

‘Geen idee,’ antwoordde ik. ‘Ik heb geen woord met haar gesproken.’

‘Ze is een beetje raar.’ McKayla bleef bij me staan in plaats van naar de meisjeskleedkamer te gaan. ‘Als ik naast jou had gezeten, zou ik wel met je praten.’

Ik glimlachte naar haar voordat ik de jongenskleedkamer binnenging. Ze was aardig en leek me wel te mogen. Maar dat was niet genoeg om me het bizarre afgelopen uur te doen vergeten.

De gymlerares, coach Clapp, vond een tenue voor me, maar ik hoefde vandaag niet mee te doen. Thuis was gym maar twee jaar verplicht. Hier moest je het de volle vier jaar doen. Mijn geheel eigen versie van de hel.

Ik keek naar vier volleybalwedstrijden tegelijk. Toen ik me herinnerde hoeveel blessures ik had opgelopen – en toegebracht – bij het spelen van volleybal, werd ik een beetje misselijk.

Eindelijk klonk de laatste bel. Ik liep langzaam naar het secretariaat om mijn briefjes in te leveren. Het regende niet meer, maar de wind was hard en kouder. Ik ritste mijn jas dicht en stopte mijn vrije hand in mijn zak.

Toen ik het warme kantoor binnenstapte, draaide ik me bijna om om weer naar buiten te gaan. Edythe Cullen stond bij de balie. Dat warrige bronzen haar was niet te missen. Ze leek mijn binnenkomst niet gehoord te hebben. Tegen de muur gedrukt wachtte ik tot de kale administrateur klaar was.

Ze discussieerde met hem met een zachte, fluwelen stem. Het werd snel duidelijk waar het over ging. Ze probeerde biologie om te wisselen voor een ander vak – maakte niet uit welk vak.

Dit kón gewoon niet met mij te maken hebben. Het moest iets anders zijn, iets wat gebeurd was voordat ik het biologielokaal was binnengekomen. Haar boze gezicht moest een andere oorzaak gehad hebben. Dit onbekende meisje kon mij onmogelijk zo plotseling en intens verafschuwen. Ik was niet interessant genoeg om zo'n extreme reactie op te wekken.

De deur ging weer open en de koude wind woei plotseling door de ruimte, liet de papieren wapperen en blies door mijn haar. Het meisje dat binnenkwam liep gelijk naar de balie, legde een briefje in een bakje en ging weer naar buiten. Maar de rug van Edythe Cullen verstijfde. Ze draaide zich langzaam om en keek me boos aan – haar gezicht was bespottelijk volmaakt, zonder een enkel oneffenheidje om haar menselijk te maken – met doordringende ogen vol haat. Een ogenblik voelde ik een vreemde rilling van oprechte ángst, en ik kreeg kippenvel. Alsof ze een pistool ging trekken om me neer te schieten. De blik duurde maar een tel, maar hij was killer dan de bijtende wind. Ze wendde zich weer tot de administrateur.

'Laat maar,' zei ze snel met een zijdezachte stem. 'Ik begrijp dat het niet mogelijk is. Heel erg bedankt voor uw hulp.' Ze draaide zich om en verdween door de deur zonder me nog een blik waardig te keuren.

Ik liep als een robot naar de balie, mijn gezicht voor de verandering wit in plaats van rood, en gaf hem de getekende briefjes.

'Hoe was je eerste dag, knul?' vroeg hij.

'Prima,' loog ik schor. Ik zag dat ik hem niet overtuigd had.

Toen ik bij de pick-up kwam, stonden er vrijwel geen auto's meer op de parkeerplaats. Mijn auto leek een veilige schuilplaats, waar ik me nu al meer in thuis voelde dan waar dan ook in deze natte, groene hel. Binnen bleef ik een tijdje zitten en tuurde met lege ogen door de ruit. Maar algauw had ik het zo koud dat ik de verwarming aan wilde. Dus draaide ik de contactsleutel om en de motor sloeg brullend aan. Ik reed terug naar Charlies huis en probeerde helemaal nergens aan te denken.

2. Open boek

De volgende dag was beter... en erger.

Het was beter omdat het nog niet regende, hoewel de wolken dicht en donker waren. Het was gemakkelijker omdat ik wist wat me te wachten stond. McKayla kwam naast me zitten bij Engels en liep met me mee naar de volgende les, terwijl schaakclub-Erica de hele tijd boos naar haar keek – best goed voor mijn ego. Er werd minder naar me gestaard dan gisteren. Ik zat tijdens de lunch met een grote groep aan tafel, onder wie McKayla, Erica, Jeremy, Allen en nog een paar anderen van wie ik me de namen en gezichten nu kon herinneren. Ik had het gevoel dat ik aan het watertrappelen was, in plaats van te verdrinken.

Het was erger omdat ik bekaf was. Ik kon nog steeds niet slapen door de regen die op het dak roffelde. Het was erger omdat mevrouw Varner me de beurt gaf bij wiskunde hoewel ik mijn hand niet had opgestoken en ik het antwoord fout had. Het was afschuwelijk omdat ik moest volleyballen en de enige keer dat ik niet wegdook voor de bal, ik hem met één beroerde volley tegen het hoofd van twee teamgenoten mepte. En het was verschrikkelijk omdat Edythe Cullen helemaal niet op school kwam.

De hele ochtend probeerde ik niet aan de lunch te denken, want ik wilde die hatelijke blikken het liefst vergeten. Een deel van mij wilde de confrontatie aangaan en vragen wat er aan de hand was. Toen ik klaarwakker in bed lag, had ik zelfs bedacht wat ik zou zeggen. Maar ik kende mezelf te goed om te denken dat ik dit echt zou durven doen. Misschien als ze niet zo abnormaal mooi was geweest.

Maar toen ik met Jeremy de kantine binnenliep, en tevergeefs probeerde niet rond te kijken om haar te zoeken, zag ik dat haar vier geadopteerde broers en zussen samen aan hun vaste tafel zaten en dat zij er niet bij was.

McKayla kwam ons tegemoet en dirigeerde ons naar haar tafel. Jeremy leek te genieten van alle aandacht en zijn vrienden kwamen algauw bij ons zitten. Ik probeerde me op de gesprekken om me heen te richten, maar ik was totaal niet op mijn gemak en wachtte alleen maar op de komst van Edythe. Ik hoopte dat ze me domweg zou negeren en dat ik me druk om niets bleek te maken.

Ze kwam niet en ik werd steeds zenuwachtiger.

Ik liep met meer vertrouwen naar biologie toen ze aan het eind van de lunch nog steeds niet verschenen was. McKayla, die een vreemde, hoe moest ik het zeggen, *territoriumdrift* rondom mij leek te ontwikkelen, liep met me mee naar de les. Bij de deur aarzelde ik even, maar ook daar was Edythe Cullen niet. Ik ademde uit en liep naar mijn plek. McKayla volgde me op de voet en vertelde over een uitje naar het strand dat ze aan het organiseren was. Ze bleef bij mijn tafel hangen tot de bel ging. Ze glimlachte verlangend naar me en ging naast een jongen met een beugel en een soort bloempotkapsel zitten.

Ik wilde niet arrogant klinken maar ik kreeg echt de indruk dat ze me leuk vond, een vreemd idee. Thuis hadden de meisjes me nooit echt zien staan. Ik vroeg me af of ik wel op haar belangstelling zat te wachten. Ze was best knap en zo, maar ik voelde me een beetje ongemakkelijk door al die aandacht. Waarom was dat? Omdat zij mij had uitgekozen in plaats van andersom? Dat zou een domme reden zijn. Nogal zelfingenomen, alsof het allereerst mijn beslissing moest zijn. Toch was het minder dom dan de andere mogelijkheid die ik kon bedenken: ik hoopte echt dat het niet kwam doordat ik gisteren de hele tijd naar Edythe Cullen had zitten staren, al vreesde ik van wel. En dat was echt de domste reden die er was. Als ik het uiterlijk van meisjes voortaan ging beoordelen met Edythe als uitgangspunt, dan kon ik het wel schudden. Dat was fantasie, niet de werkelijkheid.

Ik was blij dat ik de tafel voor mezelf had, dat Edythe er niet was. Dat bleef ik maar voor mezelf herhalen. Maar ik kon het irritante gevoel dat ik de oorzaak van haar afwezigheid was niet van me afschudden. Het was belachelijk en egocentrisch om te denken dat ik zo'n sterk effect op iemand zou hebben. Het was onmogelijk. Maar toch zat ik er de hele les over te piekeren.

Toen de schooldag eindelijk voorbij was en de rode vlekken over het zoveelste recente volleybalincident van mijn gezicht verdwenen, schoot ik weer in mijn spijkerbroek en dikke trui. Ik liep snel de kleedkamer uit, blij dat ik McKayla had weten te ontwijken. Ik stapte in mijn pick-up en doorzocht mijn rugzak om er zeker van te zijn dat ik nog alles had wat ik nodig had.

Het was geen geheim dat Charlie eigenlijk alleen gebakken eieren met spek kon maken. Gisteravond had ik om kookcorvee gevraagd voor de duur van mijn verblijf. Hij liet het maar al te graag aan mij over. Na een snelle inspectieronde bleek dat er geen eten in huis was. Dus had ik een boodschappenlijst bij me en geld uit de pot waar BOODSCHAPPENGELD op stond, en was ik op weg naar de supermarkt.

Ik bracht mijn donderende motor tot leven, negeerde de hoofden die mijn kant op draaiden en reed achteruit naar een plekje in de rij auto's die stonden te wachten tot ze het parkeerterrein konden verlaten. Terwijl ik wachtte, en probeerde te doen alsof de enorme herrie uit iemand anders' auto kwam, zag ik de twee Cullens en de Hale-tweeling naar hun auto lopen. Het was de glanzende nieuwe Volvo, natuurlijk. Hun kleren waren me nog niet opgevallen – ik was te gefascineerd geweest door hun gezichten. Maar nu ik goed keek, was het duidelijk dat ze allemaal dingen aanhadden die waarschijnlijk meer kostten dan mijn hele klerenkast bij elkaar. Maar ze waren zo knap dat ze ook vuilniszakken hadden kunnen dragen, wat dan meteen een nieuwe trend was geworden. Het leek een beetje overdreven dat ze én knap én rijk waren. Maar voor zover ik wist zat het leven meestal zo in elkaar. Al leek het hun hier geen populariteit op te leveren.

Ergens geloofde ik dat niet. Het isolement moest hun eigen keuze zijn. Ik kon me niet voorstellen dat er deuren waren die niet open zouden gaan voor hun schoonheid.

Ze keken naar mijn luidruchtige pick-up toen ik langs hen reed, net als alle anderen. Alleen leken zij in niets op de anderen. Ik zag dat die grote blonde gast... dat moest Royal zijn. Treffend. Hoe dan ook, *Royal* had zijn hand achteloos op de heup van het heel lange meisje met de donkere krullen liggen, dat eruitzag alsof zij net zo vaak in de fitnesszaal te vinden was als hij. Hij was nog minstens vijf centimeter langer dan ik, maar hij stak maar een centimeter of wat boven haar uit. Hoewel hij duidelijk behoorlijk zeker van zichzelf was, verbaasde het me toch een beetje dat hij dat zo ontspannen deed. Niet dat het geen mooie meid was – ze was supermegamooi –, maar ze was niet... benaderbaar. Zelfs The Rock zou niet naar haar durven fluiten, als je begrijpt wat ik bedoel. Het blonde meisje zag me kijken en toen ze haar ogen samenkneep wendde ik meteen mijn blik af en trapte het gaspedaal in. De pick-up ging er niet sneller door, de motor gromde gewoon nog harder.

De winkel was niet ver van school, een stukje verderop langs de autoweg. Het was fijn om in een supermarkt te zijn; het voelde normaal. Thuis deed ik ook de boodschappen en ik nam de vertrouwde taak met plezier op me. De supermarkt was zo groot dat ik de regen op het dak niet hoorde en even kon vergeten waar ik was.

Toen ik thuiskwam pakte ik de boodschappen uit en deelde de kastjes opnieuw in tot alles op een logische plek lag. Charlie had niet echt een systeem in de keuken. Ik hoopte dat Charlie het niet erg zou vinden, en dat hij zijn keuken niet zo dwangmatig indeelde als ik. Toen ik de boel naar tevredenheid had gereorganiseerd, begon ik aan de voorbereidingen voor het avondeten.

Ik heb een soort zesde zintuig wat mijn moeder betreft. Toen ik de gemarineerde biefstuk in de koelkast legde, besefte ik dat ik haar nog niet had laten weten dat ik veilig was aangekomen. Ze was vast aan het flippen.

Ik rende met twee treden tegelijk de trap op en zette de oude computer in mijn kamer aan. Na een minuut kwam hij piepend en krakend tot leven en daarna moest ik nog op de internetverbinding wachten. Toen ik eenmaal online was, bleek ik drie nieuwe e-mailberichten te hebben. De eerste was van eergisteren, toen ik nog onderweg was.

'Beau,' schreef mijn moeder...

Schrijf me zodra je bent aangekomen. Hoe was je vlucht. Regent het? Ik mis je nu al. Ik ben bijna klaar met inpakken om naar Florida te gaan, maar ik kan mijn roze bloes niet vinden. Weet je waar ik hem heb gelaten? Phil doet de groeten. Mama.

Ik zuchtte en opende het volgende bericht. Het was zes uur na het eerste verzonden.

Beau,
Waarom heb je me nog niet gemaild? Waarom duurt het zo lang? Mama.

Het laatste was van vanochtend.

Beaufort Swan,
Als ik om 17.30 nog niets van je gehoord heb, bel ik Charlie.

Ik keek op de klok. Ik had nog een uur, maar mijn moeder liep graag op de zaken vooruit.

Mama,
Rustig. Ik schrijf je zo meteen uitgebreid. Doe geen domme dingen.
Beau

Dat verzond ik en toen begon ik opnieuw.

Mam,
Alles gaat goed. Natuurlijk regent het. Ik wilde wachten tot ik iets had om over te schrijven. De lessen vallen mee, sommige dingen heb ik al gehad. Ik heb een paar leuke mensen ontmoet, met wie ik samen lunch.

Je bloes is bij de stomerij – je had hem vrijdag al kunnen ophalen.

Charlie heeft een pick-up voor me gekocht, echt waar. Supercool ding. Wel een beetje oud, maar heel degelijk en dat komt natuurlijk goed uit.

Ik mis jou ook. Maar ik ga niet om de vijf minuten kijken of ik mail heb. Ontspan, blijf ademhalen. Ik hou van je.

Beau

Ik hoorde de voordeur met een klap opengaan en ik holde naar beneden om de aardappelen uit de oven te halen en de biefstuk onder de grill te zetten.

'Beau?' riep mijn vader toen hij me op de trap hoorde.

Wie anders? dacht ik bij mezelf.

'Hé pap, ook goedemiddag.'

'Dank je.' Hij hing zijn holster op en trok zijn laarzen uit terwijl ik aan de slag ging in de keuken. Voor zover ik wist had hij zijn pistool nog nooit gebruikt tijdens zijn werk. Maar hij hield het gereed. Toen ik hier als kind kwam, haalde hij altijd gelijk de kogels eruit zodra hij thuiskwam. Nu dacht hij waarschijnlijk dat ik groot genoeg was om mezelf niet meer per ongeluk neer te schieten, en niet depressief genoeg om het expres te doen.

'Wat eten we?' vroeg hij wantrouwig. Mama was een fantasievolle kok, als ze zich ertoe zette, en haar experimenten waren niet altijd eetbaar. Ik was verrast, en een beetje verdrietig, dat hij zich dat nog kon herinneren.

'Biefstuk en gepofte aardappels,' antwoordde ik. Charlie keek opgelucht.

Hij voelde zich duidelijk niet op zijn gemak in de keuken waar hij niets kon doen, en slenterde naar de woonkamer om tv te kijken terwijl ik kookte. Dat leek me voor ons allebei prettiger. Terwijl de biefstuk bakte, maakte ik een salade en dekte de tafel.

Ik riep hem toen het eten klaar was en hij snoof waarderend toen hij binnenkwam.

'Ruikt lekker, Beau.'

'Dank je.'

We zaten een paar minuten zwijgend te eten. Het was niet vervelend. We houden allebei van stilte. In sommige opzichten waren we heel geschikt als huisgenoten.

'Ken jij de Cullens?' vroeg ik zo terloops mogelijk.

'Dr. Cullen? Zeker. Dr. Cullen is een fantastische vrouw.'

'Ze... de kinderen... zijn een beetje... anders. Ze lijken nergens bij te horen op school.'

Tot mijn verbazing werd Charlies gezicht rood, zoals het altijd doet als hij boos wordt.

'Wat is dat toch met die mensen hier,' mopperde hij. 'Dr. Cullen is een uitstekend arts die waarschijnlijk in elk ziekenhuis ter wereld zou kunnen werken en tien keer zo veel kan verdienen als hier.' Hij sprak steeds harder. 'We hebben geluk dat ze hier werkt, geluk dat haar man in een kleine stad wilde wonen. Ze is een aanwinst, en die kinderen zijn goed opgevoed en beleefd. Ik had zo mijn twijfels toen ze hier kwamen wonen, met al die geadopteerde tieners. Ik verwachtte dat we problemen zouden krijgen met hen. Maar ze zijn heel volwassen, ze hebben nog nooit overlast veroorzaakt. En dat kan ik niet zeggen van de kinderen van sommige mensen die hier al generaties lang wonen. En ze zijn heel hecht, als een echt gezin: om het weekend gaan ze kamperen... Maar omdat ze nieuw zijn, wordt er over hen geroddeld.'

Het was het langste verhaal dat ik Charlie ooit had horen houden. Hij had blijkbaar een uitgesproken mening over wat de mensen zeiden.

Ik krabbelde terug. 'Ze lijken me erg aardig. Het viel me gewoon op dat ze weinig contact zoeken. Ze zijn allemaal heel aantrekkelijk,' voegde ik toe in een poging complimenteuzer te zijn.

'Je zou de dokter eens moeten zien,' zei Charlie lachend. 'Het is maar goed dat ze gelukkig getrouwd is. Heel wat ziekenhuismedewerkers hebben concentratieproblemen als zij in de buurt is.'

De rest van de maaltijd verliep weer in stilte. Hij ruimde de tafel af en ik begon aan de afwas. Hij ging terug naar de tv, en toen ik klaar was met afwassen – geen vaatwasser – ging ik naar boven om mijn wiskundehuiswerk te doen. Ik voelde hoe er een traditie aan het ontstaan was.

Die nacht was het eindelijk rustig. Ik viel snel in slaap, uitgeput.

De rest van de week gebeurde er weinig. Ik raakte gewend aan de routine van de lessen. Aan het eind van de week kende ik de gezichten en een heleboel namen van bijna alle leerlingen op de school. Bij gym hadden mijn teamgenoten snel door dat ze mij geen bal moesten toespelen. Ik liep hun niet voor de voeten.

Edythe Cullen kwam niet terug naar school.

Elke dag wachtte ik angstig af, terwijl ik net deed alsof ik niet keek, tot de Cullens zonder haar de kantine in kwamen. Dan kon ik ontspannen en aan de gesprekken deelnemen. Meestal ging het over het uitstapje naar het La Push Ocean Park over twee weken dat McKayla aan het organiseren was. Ik was uitgenodigd en ik had gezegd dat ik zou gaan, meer uit beleefdheid dan omdat ik er zo veel behoefte aan had om naar het strand te gaan. Ik vond dat stranden heet en – op de zee na – droog hoorden te zijn.

Tegen de tijd dat het vrijdag was, ging ik op mijn gemak het biologielokaal binnen, zonder de angst dat Edythe er zou zitten. Voor hetzelfde geld was ze van school gegaan. Ik probeerde niet aan haar te denken, maar ik kon het gevoel dat ik de oorzaak was van haar voortdurende afwezigheid niet helemaal uit mijn hoofd krijgen, hoe belachelijk het ook was.

Mijn eerste weekend in Forks ging zonder bijzonderheden voorbij. Charlie was het grootste deel van de tijd aan het werk. Ik stuurde mijn moeder nog meer gemaakt vrolijke e-mails, werkte vooruit aan mijn huiswerk en maakte het huis schoon – mijn dwangstoornis was duidelijk geen probleem voor Charlie. Op zaterdag reed ik naar de bibliotheek, maar ik nam niet eens de moeite om lid te worden: ze hadden niets interessants wat ik nog niet gelezen had. Ik moest binnenkort maar eens naar Olympia of Seattle om een goede boekwinkel te zoeken. Ik vroeg me af hoeveel benzine de pick-up zou verbruiken... en kromp ineen bij de gedachte.

De regen bleef het hele weekend zacht, stil, dus ik kon slapen.

Maandagochtend werd ik door verschillende mensen begroet op de parkeerplaats. Ik wist niet al hun namen, maar ik glimlachte naar iedereen. Het was kouder die ochtend, maar het regende in elk geval niet. Bij Engels ging McKayla op haar inmiddels vertrouwde plek naast me zitten. We hadden een onverwachte overhoring over *Wuthering Heights*. Hij was nogal standaard, erg gemakkelijk.

Alles bij elkaar voelde ik me meer op mijn gemak dan ik verwacht had op dit moment. Meer op mijn gemak dan ik ooit had gedacht me hier te zullen voelen.

Toen we de klas uit liepen, was de lucht gevuld met dwarrelende witte dingetjes. Ik hoorde mensen uitgelaten naar elkaar roepen. De wind voelde ijskoud op mijn wangen en mijn neus.

'Gaaf,' zei McKayla. 'Het sneeuwt.'

Ik keek naar de plukjes katoen die zich opstapelden op de stoep en warrig langs mijn gezicht dansten.

'Gatver.' Sneeuw. Daar ging mijn goede dag.

Ze keek verbaasd. 'Hou je niet van sneeuw?'

'Sneeuw betekent dat het te koud is voor regen.' Logisch. 'Bovendien horen het toch vlokken te zijn, weet je wel, allemaal uniek en zo. Dit ziet eruit als plukjes watten.'

'Heb je nog nooit sneeuw gezien?' vroeg ze ongelovig.

'Tuurlijk wel.' Ik wachtte. 'Op tv.'

McKayla lachte. Toen smakte er een grote, natte bal kledderige sneeuw tegen de achterkant van haar hoofd. We draaiden ons om om te zien waar hij vandaan kwam. Ik verdacht Erica, die wegliep in de verkeerde richting, niet naar haar volgende les. McKayla dacht hetzelfde. Ze bukte zich en schraapte een berg witte derrie bij elkaar.

'Ik zie je in de kantine, goed?' Ondertussen liep ik gewoon door. Ik had absoluut geen zin om de rest van de dag met een smerige kwak smeltend ijs in mijn nek rond te moeten lopen.

Ze knikte alleen en hield haar ogen op Erica's rug gericht.

Ik hield de omgeving scherp in de gaten toen ik na Spaans met Jeremy naar de kantine liep. Overal vlogen druipende ballen door de lucht. Ik had een map in mijn handen, klaar om als schild te gebruiken. Jeremy vond mij erg grappig, maar iets in mijn gezicht weerhield hem ervan om zelf een sneeuwbal mijn kant op te mikken.

McKayla haalde ons lachend in toen we net naar binnen gingen. Haar anders zo steile haar was pluizig van de nattigheid. Zij en Jeremy waren in een levendig gesprek verwikkeld over het sneeuwballengevecht toen we in de rij gingen staan om eten te halen. Gewoontegetrouw keek ik naar de tafel in de hoek. En ik verstijfde ter plekke. Er zaten vijf mensen aan tafel.

Jeremy trok aan mijn arm. 'Hé, Beau? Wat wil je eten?'

Ik keek naar beneden, mijn oren waren warm. Er was geen reden waarom ik me niet op mijn gemak zou voelen, herinnerde ik mezelf. Ik had niets verkeerds gedaan.

'Wat is er met Beau?' vroeg McKayla aan Jeremy.

'Niets,' antwoordde ik. Ik pakte een flesje drinken terwijl ik aansloot bij de rij.

'Heb je geen honger?' vroeg Jeremy.

'Eigenlijk voel ik me niet zo lekker,' zei ik.

Hij schoof een stukje bij me vandaan.

Ik wachtte tot zij hun eten hadden en liep met hen mee naar de tafel terwijl mijn ogen uit alle macht de hoek achter in de kantine meden.

Ik dronk langzaam mijn drinken op, mijn maag in de knoop. Twee keer vroeg McKayla, een beetje aanstellerig bezorgd, hoe ik me voelde. Ik zei dat er niets aan de hand was, maar ik vroeg me af of ik toch niet had moeten overdrijven zodat ik de volgende les kon schuilen in het kantoortje van de verpleging.

Belachelijk. Weglopen zou niet nodig moeten zijn. Waarom was ik zo'n lafaard? Was het zó erg om een boze blik te krijgen? Ze ging me niet neersteken of zo.

Ik besloot dat ik heel even naar de tafel van de Cullens mocht kijken. Alleen om de stemming te peilen.

Ik hield mijn hoofd afgewend en gluurde vanuit mijn ooghoeken. Geen van hen keek deze kant op. Ik draaide mijn hoofd iets verder opzij.

Ze lachten. Het haar van Edythe, Jessamine en Eleanor zat vol met smeltende sneeuw. Archie en Royal bogen opzij toen Eleanor haar druipende haar in hun richting zwiepte en de voorkant van hun jassen bespatte met een brede boog druppels. Ze genoten van de sneeuw, net als alle anderen. Alleen zagen zij eruit als een tafereel uit een film, in tegenstelling tot ons.

Maar afgezien van het gelach en de speelsheid, was er nog iets anders, al kon ik niet precies zeggen wat dat was. Ik bekeek Edythe en vergeleek haar met mijn herinnering van vorige week. Haar huid was minder bleek, vond ik – misschien had ze blosjes van het sneeuwgevecht – en de kringen onder haar ogen waren minder opvallend. Haar haar was donkerder en zat nat tegen haar hoofd geplakt. Maar er was nog iets. Ik zat er zo over te peinzen dat ik vergat te doen alsof ik niet aan het staren was.

'Waar kijk je naar, Beau?' vroeg Jeremy.

Precies op dat moment keek Edythe naar mij.

Ik draaide mijn hoofd helemaal naar Jeremy en keerde mijn schouders ook naar hem. Jeremy leunde naar achteren, een beetje verrast doordat ik ineens in zijn persoonlijke ruimte kwam.

Maar ik was ervan overtuigd dat ze, op het moment dat onze blikken elkaar hadden gekruist, niet zo boos of vol walging had gekeken als de vorige keer. Ze keek gewoon weer nieuwsgierig, onbevredigd op de een of andere manier.

'Edythe Cullen kijkt naar je,' zei Jeremy terwijl hij over mijn schouder keek.

'Ze kijkt toch niet kwaad?' Ik moest het vragen.

'Nee.' Jeremy klonk verbaasd, en toen moest hij ineens glimlachen. 'Heb je haar soms mee uit gevraagd?'

'Nee! Ik heb nog nooit met haar gepraat. Maar volgens mij... vindt ze me niet zo aardig,' biechtte ik op. Ik hield mijn lichaam naar Jeremy toe gekeerd, maar mijn nekharen stonden overeind, alsof ik haar ogen op me gericht voelde.

'De Cullens vinden niemand aardig... althans, ze besteden te weinig aandacht aan anderen om hen aardig te vinden. Maar ze kijkt nog steeds naar je.'

'Niet terugkijken,' zei ik met klem.

Hij gniffelde, maar keek eindelijk weg.

Toen onderbrak McKayla ons: ze probeerde een historisch sneeuwballengevecht te organiseren op het parkeerterrein als de school uit was en wilde dat we meededen. Jeremy stemde enthousiast toe. Uit de manier waarop hij naar McKayla keek, bleek duidelijk dat hij met alles wat ze voorstelde zou meedoen. Ik hield mijn mond. Ik vroeg me af hoeveel jaar ik in Forks zou moeten wonen om zo verveeld te raken dat ik blij zou worden van bevroren water. Waarschijnlijk veel langer dan ik van plan was te blijven.

Tijdens de rest van de pauze hield ik mijn ogen zorgvuldig op mijn eigen tafel gericht. Edythe leek niet meer van plan om me te vermoorden, dus ik kon heus gewoon naar biologie. Ik kreeg buikpijn bij de gedachte dat ik weer naast haar zou zitten.

Ik had niet zo veel zin om zoals gewoonlijk met McKayla naar de les te lopen, want zij was blijkbaar een populair doelwit voor sneeuwballen. Maar toen we bij de deur kwamen zuchtte iedereen teleurgesteld, behalve ik. Het regende. Alle resten sneeuw spoelden in ijzige, heldere stroompjes langs de stoep. Ik deed mijn capuchon omhoog en onderdrukte een glimlach. Ik kon gelukkig gelijk na gym naar huis.

McKayla klaagde op weg naar gebouw vier onafgebroken.

Eenmaal in de klas zag ik tot mijn opluchting dat de stoel van Edythe nog leeg was. Nu kon ik me nog even mentaal voorbereiden. Mevrouw Banner liep door de klas en zette op elke tafel een microscoop en een doosje glasplaatjes. De les begon pas over een paar minuten en overal klonk geroezemoes. Ik keek expres niet naar de deur, maar kliederde op het omslag van mijn schrijfblok.

Ik hoorde duidelijk hoe de stoel naast mij verschoof, maar ik hield mijn ogen strak op het patroon dat ik aan het tekenen was gericht.

'Hallo,' zei een zachte, melodieuze stem.

Ik keek op, geschokt dat ze iets tegen me zei. Ze zat zo ver bij me vandaan als de tafel toeliet, maar haar stoel stond naar me toe gedraaid. Haar haar zat in druipnatte strengen om haar hoofd, maar zelfs zo zag ze eruit alsof ze net uit een reclame was gestapt. Haar volmaakte gezicht was vriendelijk, open, met een lichte glimlach om haar volle roze lippen. Maar haar langwerpige ogen stonden behoedzaam.

'Ik ben Edythe Cullen,' ging ze verder. 'Ik was niet in de gelegenheid om mezelf voor te stellen vorige week. Jij moet Beau Swan zijn.'

Mijn hoofd duizelde van verwarring. Had ik alles verzonnen? Ze was nu hartstikke beleefd. Ik moest iets zeggen, ze wachtte. Maar ik kon niets normaals bedenken.

'H-hoe weet je hoe ik heet?' stamelde ik.

Ze lachte zacht. 'O, ik denk dat iedereen jouw naam kent. De hele stad heeft gewacht op je komst.'

Ik fronste mijn wenkbrauwen, al had ik dat eigenlijk al geraden.

'Nee,' hield ik nogal onnozel vol. 'Ik bedoelde, waarom noemde je me Beau?'

Ze leek verward. 'Heb je liever Beaufort?'

'Absoluut niet,' zei ik. 'Maar volgens mij noemt Charlie, ik bedoel mijn vader, me zo achter mijn rug. Althans, zo kent iedereen me hier.' Ik begon steeds debieler te klinken.

'O.' Ze ging er niet op door. Ik keek gegeneerd weg.

Gelukkig begon mevrouw Banner op dat moment met de les. Ik probeerde me te concentreren terwijl zij uitlegde wat voor onderzoek we vandaag zouden doen. De glasplaatjes in de doos lagen door elkaar. Met z'n tweeën moesten we de plaatjes met de kiemcellen van een ui op volgorde leggen volgens de verschillende fasen van mitose en de juiste fase erbij schrijven. We mochten ons boek niet gebruiken. Over twintig minuten zou ze door de klas lopen om te kijken wie het goed had.

'Begin maar,' beval ze.

'Dames eerst, partner?' vroeg Edythe. Ik keek op en zag de kuiltjes in haar wangen door een glimlach die zo volmaakt was dat ik haar alleen nog maar als een malloot kon aanstaren.

Ze trok haar wenkbrauwen op.

'Eh, tuurlijk, ga je gang,' hakkelde ik.

Ik zag haar ogen naar de rode vlekken op mijn wangen schieten. Waarom kon mijn bloed niet gewoon netjes in mijn aderen blijven?

Ze draaide haar hoofd met een ruk opzij en trok de microscoop naar haar kant van de tafel.

Ze keek een fractie van een seconde naar het eerste glasplaatje.

'Profase.'

Ze wisselde het glasplaatje om voor het volgende, maar toen wachtte ze even en keek naar mij.

'Of wilde je het nog controleren?' vroeg ze uitdagend.

'Eh, nee hoor, prima zo,' antwoordde ik.

Ze schreef netjes 'Profase' boven aan ons werkblad. Zelfs haar handschrift was perfect, alsof ze een cursus schoonschrijven had gedaan of zo. Deden mensen dat nog?

Ze wierp een vluchtige blik door de microscoop op het tweede plaatje en schreef toen 'Anafase' op de tweede regel, met een krullerige A, alsof ze aan het kalligraferen was, of met de uitnodigingen voor een bruiloft bezig was. Ik had de uitnodigingen voor de bruiloft van mijn moeder moeten doen. Ik had de adressen uitgeprint in een mooi lettertype dat lang niet zo sierlijk was geweest als het handschrift van Edythe.

Ze legde het volgende plaatje onder de microscoop, en ik maakte van haar afleiding gebruik om eens goed naar haar te kijken. Van zo dichtbij zou je verwachten dat ik wel een heel klein smetje zou kunnen ontdekken – een beginnend puistje, een verdwaalde wenkbrauwhaar, een porie, wat dan ook. Maar ik zag niets.

Plotseling schoot haar hoofd omhoog en keek ze naar de voorkant van het lokaal, net voordat mevrouw Banner zei: 'Mevrouw Cullen?'

'Ja, mevrouw Banner?' Ondertussen duwde ze de microscoop naar mij.

'Misschien zou je meneer Swan ook de kans kunnen geven om iets te leren?'

'Natuurlijk, mevrouw Banner.'

Edythe draaide zich om en keek me aan met een 'nou, toe maar dan'-blik.

Ik boog me naar voren en keek door de lens. Ik voelde dat ze me in de gaten hield – wel zo eerlijk, als je bedacht hoe ik naar haar had zitten loeren – maar ik voelde me een ontzettende houten klaas, alsof ik al zat te klunzen door alleen mijn hoofd maar te buigen.

Het glasplaatje was in elk geval niet moeilijk.

'Metafase,' zei ik.

'Mag ik ook even kijken?' vroeg ze toen ik het glasplaatje wilde weghalen. Terwijl ze dat vroeg raakte haar hand de mijne om me tegen te houden. Haar vingers waren ijskoud, alsof ze ze voor de les in een berg sneeuw had gehouden. Maar dat was niet waarom ik mijn hand zo snel wegtrok. Toen ze me aanraakte, prikte het alsof ik een lichte elektrische schok kreeg.

'Sorry,' mompelde ze, en ze trok meteen haar hand weg, al pakte ze alsnog de microscoop. Ik keek een beetje verbluft toe hoe ze nog korter dan zo-even naar het plaatje keek.

'Metafase,' beaamde ze terwijl ze de microscoop weer terugschoof.

Ik probeerde de plaatjes te verwisselen, maar ze waren te klein of mijn vingers waren te groot, waardoor ik ze uiteindelijk allebei liet vallen. Het ene plaatje viel op de tafel en het andere schoof over de rand, maar Edythe ving het op voor het de vloer raakte.

'Oef,' verzuchtte ik, en ik kon wel door de grond zakken. 'Sorry.'

'Ach, de laatste is toch wel duidelijk,' zei ze. Ze klonk alsof ze haar lachen moest inhouden. En weer was ik het mikpunt van spot.

Edythe kalligrafeerde de woorden 'Metafase' en 'Telofase' op de laatste regels van het werkblad.

We waren ruim voor de anderen klaar. Ik zag dat McKayla en haar partner twee glasplaatjes steeds opnieuw met elkaar vergeleken, en een ander stel had onder tafel hun boek open.

Omdat ik niets anders te doen had, probeerde ik heel hard niet naar haar te kijken... zonder succes. Ik keek opzij en ze staarde naar me met diezelfde vreemde gefrustreerde blik in haar ogen. Ineens wist ik wat er anders aan haar was.

'Heb je lenzen?' flapte ik eruit

Ze leek verbaasd door mijn volstrekt willekeurige vraag. 'Nee.'

'O,' mompelde ik. 'Ik dacht dat je ogen er anders uitzagen.'

Ze haalde haar schouders op en keek weg.

Maar ik wist zéker dat ze anders waren. Ik kon me nog precies herinneren hoe ze die eerste keer naar me had gestaard alsof ze me wel kon vermoorden. Ik zag nog zo voor me hoe zwart haar ogen waren geweest tegen de achtergrond van haar bleke huid. Vandaag hadden haar ogen een totaal andere kleur: een vreemd soort goud, donkerder dan karamel, maar met diezelfde warme tint. Ik begreep niet hoe dat kon, tenzij ze om de een of andere reden loog over die lenzen. Of misschien werd ik letterlijk gek van Forks.

Ik keek naar beneden. Haar handen waren weer tot vuisten gebald.

Mevrouw Banner kwam naar onze tafel en wierp over onze schouders een blik op ons ingevulde werkblad. Toen keek ze nog eens beter om de antwoorden te controleren.

'Zeg, Edythe...' begon mevrouw Banner.

'Beau heeft de helft van de plaatjes gedaan,' zei Edythe voordat mevrouw Banner haar zin kon afmaken.

Nu keek mevrouw Banner met een sceptische blik naar mij.

'Heb je dit onderzoek al eerder gedaan?' vroeg ze.

Ik haalde mijn schouders op. 'Niet met ui.'

'Blastula van een vis?'

'Ja.'

Mevrouw Banner knikte. 'Volgde je in Phoenix het aangepaste lesprogramma voor gevorderden?'

'Ja.'

'Tja,' zei ze na een korte pauze, 'ik denk dat het goed is dat jullie naast elkaar zitten.' Ze liep door en mompelde nog iets wat ik niet verstond. Toen ze weg was, begon ik weer op mijn schrijfblok te kliederen.

'Jammer hè, van de sneeuw?' vroeg Edythe. Ik had het vreemde gevoel dat ze zichzelf dwong om met me te kletsen. Alsof ze mijn gesprek met Jeremy tijdens de lunch gehoord had en probeerde te bewijzen dat mijn indruk van haar niet klopte. Maar dat kon natuurlijk niet. Ik zag spoken.

'Niet echt,' antwoordde ik eerlijk, in plaats van te doen alsof ik normaal was, zoals ieder ander. Ik probeerde nog steeds dat stomme, achterdochtige gevoel van me af te zetten en ik kon me niet genoeg concentreren om sociaal wenselijke antwoorden te geven.

'Je houdt niet van de kou.' Het was geen vraag.

'En ook niet van de nattigheid.'

'Dan zul je het wel zwaar hebben in Forks,' peinsde ze.

'Je moest eens weten,' mompelde ik donker.

Ze leek erg geboeid door mijn reactie, hoewel ik me dat eigenlijk niet kon voorstellen. Haar gezicht leidde me zo af dat ik probeerde er niet langer naar te kijken dan absolute beleefdheid vereiste.

'Waarom ben je dan hiernaartoe gekomen?'

Niemand had me dat gevraagd – niet rechtstreeks zoals zij het deed, bijna eisend.

'Het is... ingewikkeld.'

'Ik ben een slimme meid,' drong ze aan.

Ik zweeg een tijd en maakte toen de fout om haar aan te kijken. Haar donkere, gouden ogen brachten me in de war en ik antwoordde zonder nadenken.

'Mijn moeder is hertrouwd,' zei ik.

'Dat klinkt niet zo ingewikkeld,' wierp ze tegen, maar haar toon was plotseling milder. 'Wanneer is dat gebeurd?'

'Afgelopen september.' Zonder dat ik het wilde sloop het verdriet mijn stem in.

'En je vindt hem niet aardig,' gokte Edythe, nog steeds vriendelijk.

'Jawel, Phil is oké. Een beetje te jong misschien, maar een prima kerel.'

'Waarom ben je dan niet bij hen gebleven?'

Ik snapte niet waarom ze zo geïnteresseerd was, maar ze bleef met doordringende ogen naar me staren, alsof mijn saaie levensgeschiedenis op de een of andere manier van levensbelang was.

'Phil reist veel. Hij is professioneel honkbalspeler.' Ik glimlachte half.

'Is hij bekend?' vroeg ze, en ze glimlachte terug, net genoeg om de aanzet van haar kuiltjes te zien.

'Niet echt. Hij is niet zo goed. Alleen *minor league*. Hij wisselt vaak van club.'

'En je moeder heeft je hiernaartoe gestuurd zodat ze met hem mee kan.' Het was een conclusie, geen vraag.

Ik rechtte automatisch mijn ingezakte rug. 'Nee. Ik heb mezelf gestuurd.'

Ze fronste haar wenkbrauwen. 'Dat begrijp ik niet,' gaf ze toe, en dat leek haar nodeloos te frustreren.

Ik zuchtte. Waarom legde ik haar dit uit? Ze keek me afwachtend aan.

'Ze bleef eerst bij mij, maar ze miste hem. Ze werd ongelukkig... dus besloot ik dat het een goed moment was om wat tijd met Charlie door te brengen.' Bij dat laatste klonk mijn stem somber.

'Maar nu ben jij ongelukkig,' zei ze.

'Nou en?' kaatste ik terug.

'Dat lijkt me niet eerlijk.' Ze haalde haar schouders op, maar haar ogen waren nog steeds intens.

Ik lachte even. 'Wist je dat nog niet? Het leven ís niet eerlijk.'

'Ik geloof dat ik inderdaad al eens eerder heb gehoord,' stemde ze droogjes in.

'Dus vandaar,' zei ik, en ik vroeg me af waarom ze nog steeds zo naar me staarde.

Ze hield haar hoofd een beetje schuin en haar gouden ogen leken als laserstralen door mijn huid te prikken. 'Je speelt goed toneel,' zei ze langzaam. 'Maar ik durf te wedden dat je ongelukkiger bent dan je laat merken.'

Ik haalde mijn schouders op. 'Nog een keer: nou en?'

'Ik begrijp je gewoon niet zo goed.'

Ik fronste mijn wenkbrauwen. 'Waarom zou je mij willen begrijpen?'

'Dat is een heel goede vraag,' mompelde ze, zo zachtjes dat ik me afvroeg of ze het wel tegen mij had. Maar na een paar seconden stilte nam ik aan dat dat het enige antwoord was dat ik zou krijgen.

Ik voelde me een beetje opgelaten nu we elkaar zo aankeken, maar ze wendde haar blik niet af. Ik wilde naar haar gezicht blijven kijken, maar ik was bang dat ze me een sukkel zou vinden omdat ik de hele tijd zat te staren, dus uiteindelijk draaide ik me om naar het bord. Ze slaakte een zucht.

Ik keek weer opzij, en ze tuurde nog steeds naar me, maar haar blik was anders... een beetje gefrustreerd, of geïrriteerd.

'Sorry,' zei ik vlug. 'Heb ik... Erger ik je?'

Ze schudde haar hoofd en glimlachte met de helft van haar mond zodat er één kuiltje tevoorschijn kwam. 'Nee, ik erger me hooguit aan mezelf.'

'Hoezo?'

Ze keek me peinzend aan. 'Meestal kan ik mensen erg makkelijk doorgronden. Maar bij jou... Ik weet niet zo goed wat ik van jou moet denken. Vind je dat grappig?'

Ik trok gauw mijn grijnzende gezicht in de plooi. 'Eerder... onverwacht. Mijn moeder noemt me altijd haar open boek. Volgens haar staan mijn gedachten nog net niet op mijn voorhoofd geschreven.'

Haar glimlach verdween terwijl ze me met een scherpe blik aankeek, niet boos, zoals eerst, maar heel indringend. Alsof ze die tekst probeerde te lezen die mijn moeder had gezien. Toen verscheen van het ene op het andere moment die glimlach weer.

'Kennelijk ben ik een beetje naast mijn schoenen gaan lopen.'

Ik wist niet wat ik daarop moest zeggen. 'Eh, watte?'

Ze lachte, en het klonk als muziek, hoewel ik niet kon bedenken met welk instrument ik het zou moeten vergelijken. Haar tanden waren perfect – wat een verrassing – en hagelwit.

Op dat moment maande mevrouw Banner de klas tot stilte en ik was blij dat ik mijn aandacht op haar kon richten. Dat kletsen met Edythe was me net iets te heftig. Ik was vreemd duizelig. Had ik echt net mijn saaie leventje uit de doeken gedaan aan dit bizarre, beeldschone meisje dat wel of geen hekel aan me had? Ze leek haast te geïnteresseerd in mijn verhaal, maar nu zag ik uit mijn ooghoeken dat ze weer van me weg leunde en dat haar handen de rand van de tafel strak omklemden.

Ik probeerde me te concentreren terwijl mevrouw Banner met een overheadprojector het onderzoek doornam, maar ik kon mijn gedachten niet bij de les houden.

Toen de bel ging, snelde Edythe net zo vlug en sierlijk de klas uit als ze afgelopen maandag had gedaan. En net als afgelopen maandag staarde ik haar met open mond na.

McKayla stond meteen naast mijn tafel.

'Dat was verschrikkelijk,' zei ze. 'Ze zagen er allemaal precies hetzelfde uit. Je had mazzel dat Edythe naast je zat.'

'Ja, die weet wel raad met een uienschil.'

'Ze leek vandaag wel vriendelijk,' merkte McKayla op toen we onze regenjassen aantrokken. Ze leek er niet erg blij mee te zijn.

Ik probeerde achteloos te klinken. 'Ik vraag me af wat er aan de hand was, afgelopen maandag.'

Ik kon me niet concentreren op McKayla's geklets toen we naar gym liepen, en ook daar kon ik mijn aandacht er niet bij houden. McKayla zat vandaag in mijn team. Behulpzaam ving ze zowel mijn als haar eigen ballen op, dus ik hoefde alleen op te letten als ik moest serveren. Mijn teamgenoten wisten dat ze zich uit de voeten moesten maken als ik aan de beurt was.

De regen was nog slechts mist toen ik het parkeerterrein op liep, maar mijn kleren waren nog steeds klam toen ik in de auto stapte. Ik zette de verwarming zo hoog mogelijk, zonder op het oorverdovende gebrul van de motor te letten.

Toen ik om me heen keek om te zien of er geen auto aankwam, viel mijn oog op de stille, bleke figuur. Edythe Cullen leunde tegen het voorportier van de Volvo, drie auto's bij me vandaan, en staarde strak in mijn richting. Haar glimlach was verdwenen, maar de moorddadige blik in elk geval ook – voorlopig tenminste. Ik keek weg, schakelde in zijn achteruit en knalde in mijn haast bijna op een roestige Toyota. Gelukkig voor de Toyota trapte ik op tijd op de rem, want het was precies het soort auto dat door mijn pick-up in schroot zou veranderen. Ik haalde diep adem, keek nog steeds de andere kant op en reed voorzichtig weg. Deze keer lukte het wel. Ik staarde strak voor me uit toen ik langs de Volvo reed, maar ik zag genoeg uit mijn ooghoeken om te weten dat ze stond te lachen.

3. Fenomeen

Toen ik de volgende ochtend mijn ogen opendeed, was er iets veranderd.

Het was het licht. Het was nog steeds het mistroostige licht van een bewolkte dag in het bos, maar op de een of andere manier was het helderder. Ik besefte dat er geen mistsluier voor mijn raam hing.

Ik sprong op om naar buiten te kijken en kreunde.

Een dun laagje sneeuw bedekte de voortuin, lag op het dak van mijn auto en kleurde de weg wit. Maar dat was niet het ergste. Alle regen van gisteren was stijf bevroren: de naalden aan de bomen waren gehuld in bizarre vormen en de oprit was spekglad. Het kostte me al genoeg moeite om niet te vallen als de grond droog was, dus het was misschien veiliger om gelijk terug mijn bed in te gaan.

Toen ik beneden kwam was Charlie al naar zijn werk vertrokken. In veel opzichten was wonen bij Charlie net alsof ik op mezelf woonde, en ik merkte dat ik al die ruimte fijn vond zonder me eenzaam te voelen.

Ik werkte snel een bord muesli naar binnen en dronk wat sinaasappelsap uit het pak. Ik had zin om naar school te gaan, en daar maakte ik me een beetje zorgen om. Ik wist dat ik me niet verheugde op de interessante lessen of mijn nieuwe vrienden. Als ik eerlijk was, wist ik dat ik graag naar school wilde omdat ik daar Edythe Cullen zou zien. En dat was ontzettend, ongelooflijk stom.

Een paar andere meiden vonden dat misschien reuzeinteressant, zo'n nieuwe jongen, maar Edythe was geen McKayla of Erica. Ik was me er maar al te goed van bewust dat ze ver buiten mijn bereik lag. Ik was nu al bang dat alleen haar gezicht al onrealistische verwachtingen zou scheppen waar ik de rest van mijn leven last van zou hebben. De hele tijd naar haar kijken – naar de manier waarop haar lippen bewogen, terwijl ik haar huid bewonderde en naar haar stem luisterde – zou dat er beslist niet beter op maken. Bovendien vertrouwde ik haar niet helemaal: waarom had ze over haar ogen gelogen? Om nog maar te zwijgen van het feit dat ze me in eerste instantie dood leek te wensen. Dus het was echt heel stom dat ik zin had om haar weer te zien.

Ik moest me tot het uiterste concentreren om het einde van de ijzige bakstenen oprit levend te bereiken. Ik gleed bijna uit toen ik eindelijk bij mijn pick-up was, maar ik kon nog net de zijspiegel grijpen en mezelf redden. De stoep op school zou een uitdaging worden vandaag, met eindeloos veel mogelijkheden om mezelf voor schut te zetten.

Mijn pick-up leek geen moeite te hebben met het zwarte ijs dat de wegen bedekte. Toch reed ik heel langzaam, want ik wilde geen spoor van verwoesting achterlaten in Main Street.

Toen ik bij school uit mijn auto stapte, ontdekte ik waarom het zo makkelijk was gegaan. Ik zag iets zilverkleurigs glanzen en liep naar de achterkant van de pick-up – voorzichtig steun zoekend bij de zijkant – om mijn banden te bekijken. Er zigzagden dunne kettingen over. Charlie moest wie weet hoe vroeg zijn opgestaan om sneeuwkettingen om mijn banden te doen.

Ik fronste mijn wenkbrauwen, verbaasd over het brok dat ik ineens in mijn keel had. Dit was niet hoe het hoorde. Ik had natuurlijk moeten bedenken dat er sneeuwkettingen om zíjn banden moesten, als ik had kunnen uitvogelen hoe dat moest. Ik had hem in elk geval moeten helpen. Dat was niet zijn taak...

Of nou ja, eigenlijk ook wel. Hij was de vader. Hij zorgde voor mij, zijn zoon. Zo ging het ook altijd in boeken en op tv, maar voor mij voelde het als de omgekeerde wereld.

Ik stond bij de achterkant van mijn auto en probeerde de plotselinge golf van emoties die de sneeuwkettingen opriepen te bedwingen, toen ik een gek geluid hoorde.

Het was een hoog, gierend geluid, dat vrijwel meteen pijnlijk luid werd. Ik keek geschrokken op.

Ik zag een aantal dingen op hetzelfde moment. Niets bewoog in slow motion, zoals in de film. De adrenaline die door mijn lijf gierde leek er juist voor te zorgen dat mijn hersenen veel sneller werkten dan normaal, waardoor ik me van verschillende dingen tegelijk bewust was.

Edythe Cullen stond vier auto's bij me vandaan en haar mond hing open van schrik. Haar gezicht viel op in een zee van gezichten die allemaal dezelfde geschokte blik hadden. Tegelijk gleed er een donkerblauw busje met geblokkeerde wielen en piepende remmen wild tollend over de parkeerplaats. Het zou op de achterkant van mijn pick-up botsen en ik stond ertussenin. Ik had zelfs geen tijd om mijn ogen dicht te doen.

Vlak voordat ik de donderende klap hoorde van het busje dat tegen de bak van de pick-up knalde, werd ik hard door iets geraakt, maar niet vanuit de richting die ik verwachtte. Mijn hoofd smakte tegen het ijzige asfalt en ik voelde hoe iets stevigs en kouds me tegen de grond drukte. Ik besefte dat ik op de weg lag achter de bruine auto waar ik mijn pick-up naast geparkeerd had. Maar ik kreeg de kans niet om iets anders te zien, want het busje kwam nog altijd mijn kant op. Het was knersend langs de achterkant van de pick-up geschoven en was, nog steeds tollend en glijdend, opníéuw op weg naar mij.

'Toe nou!' Ze zei het zo snel dat ik het bijna niet hoorde, maar het was onmogelijk de stem niet te herkennen.

Twee lange, witte handen schoten voor me uit en het busje kwam trillend tot stilstand, zo'n dertig centimeter voor mijn gezicht. Haar bleke handen pasten precies in een diepe deuk in de zijkant van het busje.

Toen bewogen haar handen zo snel dat ze wazig werden. Een hand greep plotseling de onderkant van het busje, en iets trok aan mij, zwaaide mijn benen rond als van een lappenpop, tot ze tegen het wiel van de bruine auto sloegen. Ik hoorde een kreunende metalen dreun die pijn deed aan mijn oren en het busje plofte in een regen van glas op het asfalt – precies waar een seconde eerder mijn benen nog hadden gelegen.

Eén lang ogenblik bleef het doodstil. Toen begon het geschreeuw. In de enorme chaos hoorde ik meerdere mensen mijn naam roepen. Maar duidelijker dan al het gebrul hoorde ik de zachte, angstige stem van Edythe Cullen in mijn oor: 'Beau? Is alles goed met je?'

'Ja.' Mijn stem klonk vreemd. Ik probeerde te gaan zitten en realiseerde me dat ze me tegen haar lichaam aan drukte. Kennelijk had ik een hardere smak gemaakt dan ik dacht, want ik kreeg helemaal geen beweging in haar arm. Was ik slap van schrik?

'Voorzichtig,' waarschuwde ze tijdens mijn geworstel. 'Volgens mij heb je je hoofd behoorlijk hard gestoten.'

Ik voelde ineens een kloppende pijn vlak boven mijn linkeroor.

'Au,' zei ik verrast.

'Dat dacht ik al.' Ik vond er niets grappigs aan, maar het klonk alsof ze haar best moest doen om niet te lachen.

'Hoe in godsn...' Ik zweeg en probeerde mijn gedachten op een rijtje te krijgen. 'Hoe ben je zo snel hiernaartoe gekomen?'

'Ik stond gewoon naast je, Beau,' zei ze, ineens weer serieus.

Ik probeerde weer te gaan zitten, en deze keer hielp ze me, maar toen schoof ze zo ver van me weg als mogelijk was in de kleine ruimte. Ik keek naar haar bezorgde, onschuldige gezicht en raakte opnieuw in verwarring door haar goudkleurige ogen. Wat vroeg ik aan haar?

En toen vonden ze ons, een menigte mensen met betraande gezichten die naar elkaar en naar ons schreeuwden.

'Niet bewegen,' beval iemand.

'Haal Taylor uit het busje!' brulde iemand anders. Ik probeerde op te staan, maar Edythes koude hand drukte op mijn schouder.

'Blijf nog maar even zitten.'

'Maar ik heb het koud,' klaagde ik. Tot mijn verbazing grinnikte ze zachtjes. Het klonk een beetje scherp.

'Jij stond daar,' herinnerde ik me plotseling, en ze hield meteen op met grinniken. 'Je stond bij je auto.'

Haar blik verstrakte abrupt. 'Niet waar.'

'Ik heb je gezien.' Om ons heen was iedereen in rep en roer. Ik hoorde de lagere stemmen van de volwassenen die op het toneel verschenen. Maar ik ging koppig door met onze discussie: ik had gelijk en zij ging dat toegeven.

'Beau, ik stond naast je en ik trok je weg.'

Ze keek me aan en er gebeurde iets heel raars. Het leek wel alsof het goud van haar ogen begon te gloeien, alsof haar ogen me bedwelmden, hypnotiseerden. Het bracht me op een vreemde, opwindende manier van slag. Maar haar blik was gespannen. Ik had het idee dat ze me iets belangrijks probeerde duidelijk te maken.

'Maar zo ging het niet,' zei ik zwakjes.

Het goud in haar ogen vlamde weer op. 'Alsjeblieft, Beau.'

'Waarom?' vroeg ik.

'Vertrouw je me?' smeekte ze.

Ik hoorde de sirenes nu. 'Leg je het later allemaal uit?'

'Best,' snauwde ze, ineens geërgerd.

'Goed dan,' mompelde ik, want ik moest zoveel verwerken dat ik haar wispelturigheid er even niet bij kon hebben. Wat moest ik hiervan denken, als wat ik me kon herinneren onmogelijk was?

Er waren zes ambulancemensen en twee leraren nodig – mevrouw Varner en coach Clapp – om het busje zo ver bij ons vandaan te schuiven dat ze er met brancards bij konden. Edythe hield vol dat ze niets mankeerde en ik probeerde hetzelfde te doen, maar ze greep meteen in. Ze vertelde dat ik mijn hoofd gestoten had en smeet met woorden als *hersenschudding* en *interne bloeding*. Ik wilde het liefst dood toen ze me een halskraag omdeden. Het zag eruit alsof de hele school stilletjes stond te kijken hoe ik achter in de ambulance werd geschoven. Edythe mocht voorin meerijden. Ik stond nog veel en veel erger voor schut dan ik van vandaag had verwacht, en ik had de stoep niet eens gehaald.

Om de boel nog erger te maken, arriveerde chief Swan ter plekke voordat ze me konden wegbrengen.

'Beau!' schreeuwde hij paniekerig toen hij zag wie er op de brancard lag.

'Alles in orde, Char... pap,' zuchtte ik. 'Er is niets met me aan de hand.'

Hij draaide zich om naar de dichtstbijzijnde verpleegkundige voor een second opinion. Die probeerde hem te kalmeren, en ik keek de andere kant op om na te kunnen denken over de stroom bizarre beelden die door mijn hoofd buitelden – onmogelijke beelden. Toen ze me optilden, had ik een diepe deuk gezien in de bumper van de bruine auto – een heel opvallende deuk die precies de slanke vorm had van Edythes schouders... Alsof ze zich met zo veel kracht had schrap gezet tegen de auto dat de carrosserie beschadigd was geraakt.

En dan was er nog haar familie, die vanaf een afstand toekeek met uitdrukkingen op hun gezicht die uiteenliepen van afkeuring (Eleanor) tot woede (Royal), maar zonder ook maar enige bezorgdheid om hun kleine zusje.

Ik dacht terug aan het moment waarop ik bijna door de lucht was gevlogen... Dat harde gewicht dat me tegen de grond had gedrukt... Edythes hand onder het busje, alsof ze het busje van de grond hield...

Ik probeerde een logische verklaring te bedenken voor alles wat ik net had gezien. Het enige wat ik kon bedenken was dat ik een psychose had. Ik vóélde me niet gek, maar misschien dachten gekke mensen altijd dat ze gewoon bij zinnen waren.

Natuurlijk kreeg de ziekenauto een politie-escorte naar het ziekenhuis. Ik voelde me belachelijk toen ze me uit de ambulance haalden. Het werd nog erger doordat Edythe gewoon op eigen kracht naar binnen schreed.

Ze brachten me naar de eerste hulp: een lange ruimte met een rij bedden, die van elkaar gescheiden werden door pastelkleurige gordijnen. Een verpleger deed een bloeddrukband om mijn arm en een thermometer onder mijn tong. Omdat niemand de moeite nam het gordijn dicht te doen om me wat privacy te geven, besloot ik dat ik niet meer verplicht was die stomme halskraag te dragen. Zodra de verpleger wegliep maakte ik hem los en wierp hem onder mijn bed.

Er kwam nog een kluitje verpleegkundigen binnen, en een tweede brancard werd naar het bed naast me gereden. Onder het met bloed bevlekte verband dat strak om haar hoofd gewikkeld was, herkende ik Taylor Crowley die met mij maatschappijleer had. Taylor zag er honderd keer erger uit dan ik me voelde. Maar ze staarde bezorgd naar mij.

'Beau, het spijt me echt ontzettend!'

'Ik heb niets, Taylor. Maar jij ziet er verschrikkelijk uit, is alles goed met je?' Tijdens ons gesprek begonnen verplegers het bebloede verband van haar hoofd te wikkelen, zodat er tientallen kleine sneetjes in haar voorhoofd en linkerwang zichtbaar werden.

Ze gaf geen antwoord. 'Ik dacht dat ik je dood zou drukken! Ik reed veel te snel en kwam verkeerd op het ijs...' Ze kromp ineen toen een verpleger haar gezicht begon te deppen.

'Geeft niets. Je hebt me niet geraakt.'

'Hoe ben je zo snel weggekomen? Je stond er, en toen was je weg...'

'Eh, Edythe heeft me weggeduwd.'

Ze keek verward. 'Wie?'

'Edythe Cullen. Die stond naast me.' Zoals gewoonlijk klonk ik absoluut niet overtuigend.

'Edythe? Ik heb haar niet gezien... wauw, het ging allemaal zo snel, denk ik. Is alles goed met haar?'

'Volgens mij wel. Ze loopt hier ergens rond; ze hoefde niet op een brancard.'

Ik wist dat ik niet gek was. Wat was er gebeurd? Er was geen verklaring mogelijk voor wat ik gezien had.

Ze reden me weg om foto's van mijn hoofd te maken. Ik zei dat er niets aan de hand was, en ik had gelijk. Zelfs geen hersenschudding. Ik vroeg of ik weg mocht, maar de verpleger zei dat ik eerst met de dokter moest praten. Dus zat ik vast op de eerste hulp en moest ik Taylors voortdurende verontschuldigingen en beloften om het goed te maken aanhoren. Ze bleef maar om vergiffenis smeken, hoe vaak ik haar er ook van probeerde te overtuigen dat er niets met me aan de hand was. Uiteindelijk deed ik mijn ogen dicht en probeerde haar te negeren.

'Slaapt hij?' vroeg een melodieuze stem. Mijn ogen vlogen open.

Edythe stond aan het voeteneinde van mijn bed, met een glimlach op haar gezicht die erg veel weghad van een grijns. Ik staarde haar aan en probeerde de stukjes in mijn hoofd op hun plek te krijgen. Ze zag er niet uit als iemand die rondtollende auto's met haar blote handen kon tegenhouden. Maar tegelijkertijd had ik nog nooit iemand ontmoet die eruitzag zoals zij.

'Hé, Edythe, het spijt me heel erg...' begon Taylor.

Edythe stak haar hand op om haar de mond te snoeren. 'Geen bloed, niets aan de hand,' zei ze met haar oogverblindende glimlach. Ze ging op het voeteneinde van Taylors bed zitten, met haar gezicht naar mij. Ze grijnsde weer.

'Zo, wat is het vonnis?' vroeg ze.

'Er is niets aan de hand met me, maar ze willen me niet laten gaan,' zei ik. 'Waarom ben jij niet op een brancard gegespt, zoals wij tweeën?'

'Kwestie van de juiste mensen kennen,' antwoordde ze. 'Maar wees niet bang, ik kwam je bevrijden.'

Op dat moment kwam er een dokter de hoek om, en mijn mond viel open. Ze was jong, ze was blond... en ze was knapper dan elke filmster die ik ooit had gezien. Alsof iemand Audrey Hepburn, Grace Kelly en Marilyn Monroe aan stukken had gesneden en de beste delen aan elkaar had geplakt om een godin te maken. Ze was wel bleek, en zag er erg moe uit, met kringen onder haar donkere ogen. Afgaand op Charlies beschrijving moest dit Edythes moeder zijn.

'Zo, meneer Swan,' zei dr. Cullen met een vriendelijke stem, 'hoe voelt u zich?'

'Prima,' zei ik, hopelijk voor de laatste keer.

Ze liep naar de lichtbak aan de muur boven mijn hoofd en deed hem aan.

'De röntgenfoto's zien er goed uit,' zei ze. 'Doet je hoofd pijn? Edythe zei dat je het behoorlijk hard gestoten hebt.'

'Ik voel me prima,' herhaalde ik zuchtend, met een snelle, vragende blik op Edythe. Ze keek expres de andere kant op.

De koele vingers van de dokter betastten voorzichtig mijn schedel. Ze voelde dat ik ineenkromp.

'Gevoelig?' vroeg ze.

'Niet echt.' Ik had pijnlijker bulten gehad.

Ik hoorde een zacht gegniffel en zag Edythe glimlachen.

'Je vader zit in de wachtkamer, je mag met hem mee naar huis. Maar kom terug als je duizelig wordt of minder scherp begint te zien.'

'Mag ik niet terug naar school?' vroeg ik toen ik een soort visioen had van Charlie als ziekenverzorger.

'Misschien moet je het vandaag rustig aan doen.'

Ik keek naar Edythe. 'Mag zíj vandaag nog naar school?'

'Iemand moet het goede nieuws dat we het overleefd hebben verspreiden,' zei Edythe opgewekt.

'Volgens mij,' wees dr. Cullen haar terecht, 'zit bijna de hele school in de wachtkamer.'

'Juk,' kreunde ik.

Dr. Cullen trok haar wenkbrauwen op. 'Wil je liever blijven?'

'Nee, nee!' riep ik terwijl ik mijn benen over de rand van het bed zwaaide en er snel af sprong. Te snel: ik wankelde en dr. Cullen greep me vast. Ze was sterker dan ze eruitzag.

'Niets aan de hand,' verzekerde ik haar opnieuw. Het had geen zin om uit te leggen dat mijn evenwichtsproblemen niets te maken hadden met het stoten van mijn hoofd.

'Neem wat aspirine tegen de pijn,' stelde ze voor terwijl ze me losliet.

'Het doet heus geen pijn,' bezwoer ik.

'Zo te horen heb je ontzettend veel geluk gehad,' zei dr. Cullen glimlachend terwijl ze zwierig mijn ontslagpapieren tekende.

'Geluk dat Edythe toevallig naast me stond,' verbeterde ik met een blik op het onderwerp van mijn opmerking.

'O, nou, goed,' stemde dr. Cullen in, en ze was opeens erg druk met de papieren in haar hand. Toen keek ze naar Taylor en liep naar haar bed. Ik was ervan overtuigd dat de dokter wist hoe de vork in de steel zat.

'Ik ben bang dat jíj wat langer bij ons moet blijven,' zei ze tegen Taylor, en ze begon de wondjes na te kijken.

Zodra de dokter haar rug naar ons toe gedraaid had, liep ik naar Edythe.

'Kan ik je even spreken?' fluisterde ik. Ze deed een stap achteruit met een strakke trek rond haar mond.

'Je vader zit op je te wachten,' zei ze met opeengeklemde kaken.

Ik keek naar dr. Cullen en Taylor.

'Ik moet je echt even onder vier ogen spreken,' drong ik aan.

Ze keek kwaad, maar het was anders dan die eerste dag, lang niet zo moorddadig, dus ik wachtte gewoon af. Een ogenblik later draaide ze zich om en liep met snelle passen de zaal door. Zelfs met mijn lange benen moest ik bijna rennen om haar bij te houden. Zodra we de hoek om sloegen en in een korte gang kwamen, draaide ze zich naar me toe.

'Wat wil je nou?' vroeg ze geërgerd. Haar ogen waren koud.

Haar onvriendelijkheid bracht me van mijn stuk. Mijn woorden kwamen er minder zelfverzekerd uit dan ik van plan was geweest. 'Je bent me een verklaring schuldig,' hield ik vol.

'Ik heb je leven gered, dus ik ben je niets verschuldigd.'

Ik kromp ineen door de boosheid in haar stem. 'Waarom doe je zo?'

'Beau, je hebt je hoofd gestoten, je weet niet waar je het over hebt.' Haar stem was snijdend.

Door haar woede raakte ik er alleen maar meer van overtuigd dat ik gelijk had. 'Er is niets mis met mijn hoofd.'

Haar ogen spuwden vuur. 'Wat wil je nou, Beau?'

'Ik wil de waarheid weten,' zei ik. 'Ik wil weten waarom ik voor je lieg.'

'Wat dénk je dat er gebeurd is?' snauwde ze.

Het was moeilijker om het hardop te zeggen, want dan hoorde ik hoe gestoord het klonk. Ik begon bijna aan mezelf te twijfelen, maar ik probeerde rustig en beheerst te blijven praten.

'Ik weet dat je niet naast me stond. Taylor heeft je ook niet gezien, dus het komt niet door die klap op mijn hoofd. Dat busje zou ons allebei doodgedrukt hebben, maar dat is niet gebeurd. Het leek alsof je handen deuken in de zijkant hadden gemaakt, en je schouders een deuk in die andere auto, maar je bent helemaal niet gewond. En het busje zou mijn benen verpletterd hebben, maar jij tilde het op...' Het klonk steeds erger. Ik viel stil.

Ze staarde me met grote, ongelovige ogen aan. Maar onder die blik zag ik haar gespannen, verdedigende houding.

'Dus jij denkt dat ik een busje van je af tilde?' Haar toon trok mijn geestelijke vermogens in twijfel, maar ergens klopte er iets niet. Het klonk als een zin die werd uitgesproken door een ervaren acteur – je ging er moeiteloos in mee, maar tegelijkertijd werd je er door het bioscoopscherm aan herinnerd dat het allemaal nep was.

Ik knikte kort.

Ze glimlachte bot en spottend. 'Dat zal niemand geloven, dat snap je toch wel?'

'Ik was niet van plan het aan iemand te vertellen.'

Er vloog een verbaasde blik over haar gezicht en haar glimlach verflauwde. 'Wat maakt het dan uit?'

'Mij maakt het wat uit,' zei ik. 'Ik hou niet van liegen, dus moet er een heel goede reden zijn om het wel te doen.'

'Kun je me niet gewoon bedanken en het verder laten zitten?'

'Bedankt,' zei ik, en ik sloeg mijn armen over elkaar. En wachtte.

'Je blijft het proberen, hè?'

'Jep.'

'In dat geval... hoop ik dat je tegen teleurstellingen kunt.'

Ze keek me kwaad aan, en ik keek terug, en haar boosheid was zo mooi dat mijn gedachten alle kanten op gingen. Ik was de eerste die weer iets zei, om te zorgen dat ik mijn hoofd erbij hield. Ik was bang dat ik me veel te veel zou laten afleiden. Het was alsof ik een verwoestende engel van haar stuk probeerde te brengen.

'Als je er zo boos van wordt,' zei ik, 'waarom heb je het dan überhaupt gedaan?'

Ze zweeg even, en een ogenblik lang was haar volmaakte gezicht onverwachts kwetsbaar.

'Geen idee,' fluisterde ze.

En toen draaide ze zich om en liep weg.

Een paar minuten bleef ik verstard staan. Toen ik weer kon lopen, zocht ik langzaam mijn weg naar het einde van de gang.

De wachtkamer was onaangenaam, zoals ik al had verwacht. Het leek alsof ieder gezicht dat ik kende in Forks hier was en naar me staarde. Charlie rende naar me toe – ik hield mijn handen omhoog.

'Er is niets met me aan de hand,' verzekerde ik hem, en werd abrupt chagrijnig door de hele krankzinnige situatie.

'Wat heeft de dokter gezegd?'

'Dr. Cullen heeft me onderzocht, en ze zei dat alles in orde was en dat ik naar huis mocht.' McKayla, Jeremy en Erica waren er allemaal en kwamen op ons af. 'Kom, we gaan,' drong ik aan.

Charlie stak zijn arm naar me uit, alsof hij dacht dat ik hulp nodig had. Ik maakte me haastig uit de voeten naar de uitgang en zwaaide lauwtjes naar mijn vrienden. Hopelijk waren ze dit morgen allemaal vergeten.

Kleine kans.

Het was een enorme opluchting – de eerste keer dat ik dat zo voelde – om in de surveillanceauto te stappen.

We reden zwijgend naar huis. Ik was zo verdiept in mijn eigen gedachten dat ik nauwelijks merkte dat Charlie naast me zat. Ik was ervan overtuigd dat Edythes afwerende houding in de gang een bevestiging was van de bizarre gebeurtenissen waarvan ik nog nauwelijks kon geloven dat ik ze had gezien.

Toen we bij het huis kwamen, deed Charlie eindelijk zijn mond open.

'Eh, je zult Renée moeten bellen.' Schuldig liet hij zijn hoofd hangen.

Ik wist niet wat ik hoorde. 'Heb je het aan máma verteld?'

'Sorry.'

Ik knalde het portier van de auto harder dicht dan nodig was.

Mijn moeder was natuurlijk hysterisch. Ik moest minstens dertig keer zeggen dat er niets aan de hand was voordat ze wat rustiger werd. Ze smeekte me naar huis te komen, maar vergat even dat er thuis momenteel niemand was. Maar ik kon haar smeekbeden makkelijker naast me neerleggen dan ik had verwacht. Ik werd volledig in beslag genomen door het mysterie dat Edythe vormde. En ik was meer dan een beetje geobsedeerd door Edythe zelf. Stom, stom, stom. Ik zou de kans om Forks te verlaten met beide handen moeten aangrijpen, zoals elk normaal, verstandig mens zou doen.

Ik besloot dat ik die avond net zo goed vroeg naar bed kon gaan. Charlie hield me de hele tijd angstvallig in de gaten en dat werkte op mijn zenuwen. Onderweg hield ik halt bij de badkamer om drie paracetamol te pakken. Dat hielp, en terwijl de pijn verdween viel ik in slaap.

Dat was de eerste nacht dat ik droomde over Edythe Cullen.

4. Uitnodigingen

In mijn droom was het erg donker en het beetje licht dat er was, leek afkomstig te zijn van Edythes huid. Ik kon haar gezicht niet zien, alleen haar rug toen ze bij me wegliep en mij in de duisternis achterliet. Hoe hard ik ook rende, ik kon haar niet inhalen; hoe hard ik ook riep, ze draaide zich nooit om. Ik probeerde uit alle macht bij haar in de buurt te komen, tot ik helemaal over mijn toeren wakker werd. Het was midden in de nacht en het leek uren te duren voor ik weer in slaap viel. Daarna kwam ze bijna elke nacht voor in mijn dromen, maar altijd aan het randje, net buiten mijn bereik.

De maand na het ongeluk was ongemakkelijk, gespannen en in eerste instantie gênant.

Ik stond de rest van de week in het middelpunt van de belangstelling, dus dat was balen. Taylor Crowley was superirritant, ze liep de hele tijd achter me aan en verzon allerlei mogelijke manieren waarop ze het zou kunnen goedmaken. Ik probeerde haar duidelijk te maken dat ik het heel fijn zou vinden als ze het gewoon liet zitten, vooral omdat er feitelijk niets met me gebeurd was, maar ze bleef volhouden. Ze zocht me op als we van lokaal wisselden en zat aan onze inmiddels overbevolkte lunchtafel. McKayla en Erica leken daar niet blij mee te zijn en wierpen haar nog meer zijdelingse blikken toe dan elkaar, waardoor ik het angstige vermoeden kreeg dat ik er nog een ongewenste aanbidster bij had. Alsof het opeens in was om de nieuwe jongen leuk te vinden.

Niemand maakte zich zorgen om Edythe – niemand liep achter háár aan, niemand vroeg om háár ooggetuigenverslag. Ik liet haar nooit weg uit mijn verhaal: zij was de held, ze had me weggetrokken en was zelf ook bijna verpletterd, maar het enige wat de anderen daarop zeiden was dat ze haar helemaal niet hadden gezien, totdat het busje werd weggeschoven.

Ik vroeg me vaak af waarom niemand anders gezien dat ze zo ver weg bij haar auto stond voordat ze op onverwachte, onmogelijke wijze mijn leven redde. Ik kon maar één reden bedenken, en die stond me helemaal niet aan. Kennelijk was niemand zich zo bewust van Edythe als ik. Niemand hield haar in de gaten zoals ik. Het was gewoon sneu, en een beetje stalkerig ook.

De mensen meden Edythe, zoals gewoonlijk. De Cullens en de Hales zaten aan dezelfde tafel waar ze altijd aan zaten, aten niet en praatten alleen met elkaar. Ze keken geen van allen nog mijn kant op.

Als Edythe naast me zat in de les, zoals altijd zo ver mogelijk bij me vandaan, leek ze zich totaal niet bewust van het feit dat ik er was. Alsof mijn stoel leeg was. Een heel enkele keer, als haar vuisten zich plotseling balden – de huid nog witter en strakker over haar botten – vroeg ik me af of ze zich écht nergens van bewust was.

Ik wilde heel graag het gesprek voortzetten dat we in de gang van het ziekenhuis hadden gevoerd, en de dag na het ongeluk probeerde ik dat. Ze was zo woedend geweest de vorige keer. En al wilde ik echt graag weten hoe de vork in de steel zat en vond ik dat ik recht had op de waarheid, ik wist ook dat ik nogal had zitten drammen, als je bedacht dat ze net mijn leven had gered en zo. Ik had haar eigenlijk nog helemaal niet fatsoenlijk bedankt.

Ze zat al aan onze tafel toen ik het biologielokaal binnen kwam. Ze keek niet op toen ik ging zitten en bleef recht voor zich uit staren. Ze liet niet merken dat ze wist dat ik er was.

'Hoi Edythe,' zei ik.

Ze draaide haar hoofd een centimeter mijn kant op, maar haar ogen bleven op het bord gericht. Ze knikte licht en draaide haar hoofd toen weer weg.

En dat was het laatste contact dat ik met haar had gehad, hoewel ze daar dag in dag uit zat, een halve meter bij me vandaan. Soms kon ik me niet inhouden en keek ik naar haar, maar altijd van een afstandje, in de kantine of op de parkeerplaats. Ik zag hoe haar gouden ogen dag na dag duidelijk donkerder werden (en toen ineens waren ze weer honingkleurig en begon de langzame overgang naar zwart van voren af aan). Maar tijdens de les liet ik niet merken dat ze bestond, net zomin als zij dat bij mij deed. Ik voelde me ellendig. En de dromen gingen door.

Ze wou dat ze me niet voor het busje van Taylor had weggeduwd. Dat was de enige verklaring die ik kon bedenken. En aangezien ze me dus graag dood wilde, deed ze maar alsof ik dat was.

Ondanks mijn glasharde leugens maakte mijn moeder zich zorgen door de toon van mijn e-mails. Ze belde een paar keer op om te vragen of het wel goed met me ging. Ik probeerde haar ervan te overtuigen dat het gewoon aan de regen lag dat ik zo somber was.

McKayla was in elk geval blij met de overduidelijke afstandelijkheid tussen mijn biologiepartner en mij. Waarschijnlijk was ze bang geweest dat het ongeluk onze band zou versterken of zo. Ze kreeg meer zelfvertrouwen, zat op de rand van mijn tafel voordat de biologieles begon en negeerde Edythe net zo volledig als Edythe ons negeerde.

Uitnodigingen

Na die ene gevaarlijk ijzige dag was de sneeuw volledig verdwenen. McKayla klaagde dat ze nooit haar sneeuwballengevecht had kunnen organiseren, maar ze was blij dat het uitstapje naar het strand steeds dichterbij kwam. Het bleef echter stevig regenen en de weken gingen voorbij.

Ik was me niet echt bewust geweest van het feit dat er zo veel tijd verstreek. De meeste dagen leken op elkaar – grijs, groen, meer grijs. Mijn stiefvader liep altijd te klagen dat Phoenix geen seizoenen kende, maar als je het mij vroeg was Forks nog veel erger. Ik had geen flauw idee dat het al bijna lente was, totdat ik op een regenachtige ochtend met Jeremy naar de kantine liep.

'Zeg, Beau?' vroeg hij.

Ik wilde zo snel mogelijk de regen uit, maar Jeremy kwam schoorvoetend vooruit. Ik vertraagde mijn pas om naast hem te blijven lopen.

'Wat is er, Jeremy?'

'Ik vroeg me alleen af of je al door iemand bent gevraagd voor het lentebal. De meisjes nemen de jongens mee.'

'O. Eh, nee.'

'Hm. Wil je met... Ik bedoel, denk je dat McKayla jou zal vragen?'

'Ik hoop het niet,' zei ik, iets te snel misschien.

Hij keek verbaasd op. 'Hoezo niet?'

'Ik dans niet.'

'O.'

We sjokten een paar minuten zwijgend door. Hij dacht na. Ik wilde de droge kantine in.

'Vind je het erg als ik dat tegen haar zeg?' vroeg hij.

'Nee. Dat lijkt me wel een goed idee. Ik heb geen zin om mensen te moeten afwijzen als het niet hoeft.'

'Oké.'

'Wanneer is dat bal ook alweer?'

We waren nu vlak bij de kantine. Hij wees naar een felgele poster waarop het feest werd aangekondigd. Die was me nog niet eerder opgevallen, maar hij krulde om aan de randjes en was een beetje verbleekt, alsof hij daar al een tijdje hing.

'Volgende week zaterdag,' zei hij.

Ik wist vrij zeker dat Jeremy al iets gezegd had toen McKayla de volgende ochtend lang niet zo vrolijk was als anders. Tijdens de lunch zat ze stilletjes een heel eind bij mij en Jeremy vandaan. Ze bleef stil toen ze met me meeliep naar biologie, maar ze kwam wel weer op de rand van mijn tafel zitten. Zoals altijd was ik me veel te bewust van Edythe die zo dichtbij zat dat ik haar kon aanraken, maar toch zo ver weg was dat ze net zo goed aan mijn fantasie ontsproten zou kunnen zijn.

'Zo,' zei McKayla, met haar blik op de vloer gericht. 'Jeremy zegt dat je niet danst.'

'Ja, klopt.'

Ze keek me aan, met een gekwetste en een wat boze blik. Ik had nog niet eens nee gezegd en ik voelde me nu al schuldig.

'O,' zei ze. 'Ik dacht dat-ie dat misschien verzonnen had.'

'Eh, nee, sorry. Waarom zou hij dat verzinnen?'

Ze fronste haar wenkbrauwen. 'Ik denk dat hij wil dat ik hem vraag.'

Ik wrong er een glimlachje uit. 'Moet je doen. Jeremy is een toffe gast.'

Ze haalde haar schouders op. 'Jawel.' Toen haalde ze diep adem en keek me recht aan met een kort, zenuwachtig glimlachje. 'Geldt dat hele "ik dans niet"-idee nog steeds als ik je zou vragen?'

Vanuit mijn ooghoeken zag ik dat Edythes hoofd een beetje mijn kant op bewoog. Alsof zij ook mijn antwoord wilde horen.

Het duurde een beetje te lang voordat ik antwoord gaf. Ik voelde me nog steeds schuldig, maar ik was ook afgeleid. Luisterde Edythe echt mee?

'Eh, ja, sorry, nogmaals.'

McKayla's gezicht betrok. 'Geldt het nog steeds als iemand anders je zou vragen?'

Zag Edythe dat McKayla's ogen even haar kant op schoten?

'Ja. Het staat sowieso al vast. Ik ga die dag naar Seattle.' Ik moest de stad uit, en zaterdag over een week was daar een heel geschikt moment voor.

'Moet dat per se dat weekend?' vroeg McKayla.

'Ja. Maar maak je over mij maar geen zorgen. Vraag Jeremy mee. Die is toch veel leuker dan ik.'

'Ja, dat zal wel,' mompelde ze. Ze draaide zich om en liep terug naar haar plek. Ik zag haar hangende schouders en voelde me vreselijk. Ik deed mijn ogen dicht en drukte mijn vingers tegen mijn slapen in een poging McKayla's teleurgestelde houding uit mijn hoofd te krijgen. Mevrouw Banner begon te praten. Ik zuchtte en deed mijn ogen open.

Edythe staarde me recht aan, met die bekende gefrustreerde blik nog duidelijker in haar zwarte ogen.

Ik staarde verrast terug en verwachtte dat ze weg zou kijken. Dat deed ze niet. Haar ogen bleven in de mijne priemen, alsof ze daar iets heel belangrijks probeerde te vinden. Ik bleef terugkijken en kon mijn blik niet afwenden, zelfs niet als ik dat gewild had. Mijn handen begonnen te trillen.

'Mevrouw Cullen,' riep de lerares, die een antwoord wilde op een vraag die ik niet had gehoord.

'De Krebscyclus,' antwoordde Edythe, terwijl ze zich met tegenzin tot mevrouw Banner leek te wenden.

Zodra haar ogen me loslieten, boog ik mijn hoofd en deed net alsof ik naar mijn boek keek. Ik vond het maar niets dat er zo'n stroom van emoties door me heen golfde, alleen maar omdat ze me voor de eerste keer in anderhalve maand toevallig aankeek. Het sloeg nergens op. Het was gewoon zielig, en misschien nog wel erger. Ongezond.

De rest van de les deed ik heel hard mijn best om me niet bewust van haar te zijn, of, aangezien dat onmogelijk was, haar niet te laten merken dat ik me bewust van haar was. Toen de bel eindelijk ging draaide ik me opzij om mijn boeken op te stapelen, in de verwachting dat ze zoals gewoonlijk de klas uit zou vliegen.

'Beau?'

Haar stem zou niet zo bekend moeten klinken, alsof ik hem al mijn hele leven had gehoord in plaats van af en toe een uurtje, een paar weken geleden.

Ik draaide me langzaam naar haar toe en wilde niet voelen wat ik wíst dat ik zou voelen als ik naar haar overdreven volmaakte gezicht zou kijken. Ik wist zeker dat mijn blik behoedzaam was; de hare was onleesbaar. Ze zei niets.

'Ja?' vroeg ik.

Ze keek me alleen maar aan.

'Dus... eh... praat je... praat je nou wel of niet weer met me?'

'Niet,' zei ze, maar haar lippen krulden in een glimlachje en ik zag haar kuiltjes.

'Oké...' Ik keek weg, eerst naar mijn handen en toen naar het bord. Ik kon me niet goed concentreren als ik naar haar keek en dit gesprek ging nergens over.

'Het spijt me,' zei ze, en ze klonk oprecht. 'Ik ben erg onbeschoft, ik weet het. Maar het is echt beter zo.'

Ik keek haar aan en ze leek bloedserieus.

'Ik begrijp niet wat je bedoelt.'

'Het is beter dat we geen vrienden zijn,' legde ze uit. 'Geloof me nou maar.'

Ik kneep mijn ogen samen. Die had ik vaker gehoord.

Mijn reactie leek haar te verbazen. 'Waar denk je aan?' vroeg ze.

'Ik denk... dat het jammer is dat je dat niet eerder bedacht hebt, dan had je jezelf de spijt kunnen besparen.'

'Spijt?' Mijn antwoord leek haar van haar stuk te brengen. 'Spijt waarvan?'

'Dat je me niet door dat busje van Taylor hebt laten verpletteren.'

Ze was volstrekt verbijsterd. Ze keek me een minuut lang met grote ogen aan en toen ze eindelijk iets zei klonk ze bijna woedend.

'Jij denkt dat ik er spijt van heb dat ik je leven heb gered?' Het klonk zacht, bijna fluisterend, maar toch heel fel.

Ik wierp een snelle blik op de voorkant van het lokaal, waar nog een paar leerlingen stonden. Ik zag een van hen naar ons kijken. Hij keek weg en ik wendde me weer tot Edythe.

'Ja,' antwoordde ik net zo zacht. 'Wat moet ik er anders van maken? Het is wel duidelijk, volgens mij.'

Ze maakte een heel vreemd geluid – ze ademde uit door haar tanden en het klonk alsof ze síste. Ze keek nog steeds ziedend.

'Je bent gek,' zei ze tegen me.

Nou, toen was ik er klaar mee.

Het was al erg genoeg dat ik zo gefixeerd was op dit meisje, dat ik constant aan haar dacht, elke nacht over haar droomde. Ik had geen zin om hier inderdaad als een starende sukkel te blijven zitten en me door haar te laten beledigen. Ik greep mijn boeken en sprong van mijn stoel, terwijl ik wíst dat ze gelijk had: ik wás gek, want ik wilde eigenlijk blijven, zelfs als ik alleen nog maar meer hoon naar mijn hoofd geslingerd zou krijgen. Ik moest zo snel mogelijk het lokaal uit, dus ik struikelde natuurlijk over de drempel en viel half door de deuropening terwijl mijn boeken om me heen op de stoep vielen. Ik bleef even met mijn ogen dicht staan en overwoog ze te laten liggen. Toen slaakte ik een zucht en knielde om ze op te rapen.

En daar was Edythe: ze had ze al opgestapeld en gaf ze aan mij.

Ik pakte ze aan zonder haar echt aan te kijken.

'Dank je wel,' mompelde ik.

'Graag gedaan,' antwoordde ze. Ze klonk nog steeds boos.

Ik ging rechtop staan en liep zonder om te kijken naar gym.

Gym maakte mijn dag er niet beter op. We waren begonnen met basketbal. Iedereen had me op mijn eerste dag zien volleyballen, en tóch leken mijn medeleerlingen te denken dat ik goed zou zijn. Ze kwamen er snel genoeg achter dat dat niet zo was. Ze speelden me nooit meer de bal toe, dus dat was goed, maar door al dat geren had ik toch nog wel een paar valpartijen per potje. Vandaag ging het nog slechter dan gisteren, want ik kon me niet op mijn voeten concentreren. Ik kon alleen maar aan Edythe denken.

Zoals gewoonlijk was het een opluchting toen ik eindelijk weg mocht. Ik wilde niets liever dan in mijn eentje in mijn auto zitten. De pick-up was er alles bij elkaar best goed van afgekomen. De achterlichten had ik na het ongeluk moeten laten vervangen, maar dat was het wel zo'n beetje. De lak zag er toch al niet uit, anders had ik die krassen misschien nog laten bijwerken. De ouders van Taylor hadden het busje naar de schroothoop moeten brengen.

Ik liep de hoek om en kreeg bijna een hartaanval. Er leunde een klein, dun iemand tegen de zijkant van mijn pick-up. Ik bleef stokstijf staan en haalde diep adem. Het was Erica maar, en ik begon weer te lopen.

'Hé Erica,' riep ik.

'Hoi Beau.'

'Alles oké?' vroeg ik terwijl ik het portier opendeed. Ik keek even naar haar en rommelde met mijn sleutels. Ze keek heel ongemakkelijk.

'Ehm, ik vroeg me af of je misschien met mij naar het lentebal zou willen.'

Ik stak zorgvuldig de autosleutel in het slot.

'Sorry, Erica, maar ik ga niet naar het feest.'

Ik moest haar wel aankijken. Haar hoofd was gebogen en haar zwarte haar hing voor haar ogen.

'O, oké.'

'Ik zit in Seattle die dag,' zei ik snel, in de hoop dat ze zich dan beter zou voelen. 'Dat is de enige dag dat ik kan. Dus, nou ja, dan maar niet. Ik hoop dat het leuk is en zo.'

Ze gluurde onder haar haar vandaan. 'Oké,' herhaalde ze, maar haar stem klonk al iets opgewekter. 'Volgende keer misschien.'

'Goed,' zei ik, al had ik daar onmiddellijk spijt van. Hopelijk zou ze het niet al te letterlijk opvatten.

'Doei,' zei ze over haar schouder. Ze sloeg al op de vlucht. Ik zwaaide nog, maar ze zag het niet.

Ik hoorde een zacht gegniffel.

Edythe liep zonder op of om te kijken langs de voorkant van mijn pick-up, haar gezicht strak in de plooi.

Ik verstijfde even. Ik was er niet op voorbereid om zo dicht bij haar in de buurt te zijn. Normaal gesproken zette ik me altijd schrap voor biologie, maar dit was onverwachts. Ze liep door. Ik trok het portier open, stapte in en sloeg het iets te hard achter me dicht. Ik gaf twee keer oorverdovend gas en reed achteruit weg. Edythe zat al in haar auto, twee plaatsen verderop. Ze gleed uit haar parkeervak en sneed me af. Midden op de weg stond ze stil, om op haar broers en zussen te wachten, nam ik aan. Ik zag hoe ze met z'n vieren deze kant op liepen, maar ze waren nog helemaal bij de kantine. Ik keek in mijn achteruitkijkspiegel. Er begon een rij te ontstaan. Recht achter me zat Taylor Crowley in haar nieuwe tweedehands Nissan Sentra. Ze zwaaide. Ik trok mijn hoofd in en deed net alsof ik haar niet zag.

Terwijl ik daar zat en mijn uiterste best deed om níét naar de automobilist voor me te kijken, hoorde ik een tikje tegen het raam aan de passagierskant. Het was Taylor. Verbaasd keek ik nog eens in mijn achteruitkijkspiegel. Haar motor draaide nog, het portier stond open. Ik leunde naar rechts om het raampje open te draaien. Het ging zwaar. Ik kreeg het tot halverwege en toen gaf ik het op.

'Sorry, Taylor, ik kan niet verder. Ik sta hier vast.' Ik gebaarde naar de Volvo. Ik kon er duidelijk niets aan doen.

'O, dat weet ik – maar nu we hier toch staan wilde ik je wat vragen.' Ze grijnsde.

Wat was dat met die lui hier? Werd er een grap met me uitgehaald? Even die nieuwe ontgroenen?

'Heb je zin om met mij naar het lentebal te gaan?' ging ze verder.

'Ik ben dan de stad uit, Taylor.' Ik hoorde dat mijn stem iets te scherp klonk. Ik mocht niet vergeten dat het niet Taylors schuld was dat McKayla en Erica mijn geduld voor vandaag al hadden opgebruikt.

'Ja, dat zei McKayla al,' gaf ze toe.

'Maar waarom...'

Ze haalde haar schouders op. 'Ik hoopte dat het een smoesje was om haar niet te kwetsen.'

Oké, het was wel echt haar eigen schuld.

'Sorry, Taylor,' zei ik, en ik voelde me veel minder gemeen dan bij McKayla en Erica. 'Ik ga niet naar het feest.'

'Geeft niets,' zei ze onverstoord. 'We hebben ook nog het eindejaarsbal.'

Voordat ik iets kon zeggen liep ze al terug naar haar auto. Ik voelde de rode vlekken over mijn gezicht kruipen. Recht voor me glipten Archie, Royal, Eleanor en Jessamine alle vier de Volvo in. In de achteruitkijkspiegel zag ik de ogen van Edythe – ze keek naar mij. Ze had lachrimpeltjes en haar schouders schudden van het lachen. Het leek wel alsof ze het hele gesprek had gehoord en mijn vlekkerige reactie hilarisch vond. Ik trapte het gaspedaal in en vroeg me af hoeveel schade ik aan de Volvo en de zwarte auto ernaast zou aanrichten als ik er gewoon langs zou beuken om te ontsnappen. Ik wist vrij zeker dat mijn pick-up als winnaar uit de strijd zou komen.

Maar ze zaten allemaal en Edythe scheurde weg met haar haast geruisloze motor.

Onderweg naar huis probeerde ik wanhopig aan andere dingen te denken. Zou McKayla Jeremy meevragen naar het feest? Zou hij mij de schuld geven als ze dat niet deed? Wilde Taylor echt met mij naar het eindejaarsbal? Welke smoes moest ik dáárvoor verzinnen? Misschien kon ik een tripje naar mijn moeder plannen, of misschien kon zij hiernaartoe komen. Wat ging ik straks koken? We hadden al een tijdje geen kip meer gegeten.

Maar telkens als ik mijn eigen vraag beantwoord had, schoten mijn gedachten direct terug naar Edythe.

Toen ik thuiskwam waren mijn vragen op, dus ik probeerde mezelf niet meer af te leiden. Ik besloot enchilada's met kip te maken, want dan had ik iets om me een tijdje bezig te houden en ik had toch niet veel huiswerk. Bovendien moest ik me dan op al het snijwerk concentreren: kip, pepers, uien. Maar ondertussen nam ik in gedachten steeds opnieuw de biologieles door en probeerde ik elk woord dat ze had gezegd te analyseren. Wat bedoelde ze met dat het beter zou zijn als we geen vrienden waren?

De moed zonk me in de schoenen toen ik besefte dat ze eigenlijk maar één ding kon bedoelen. Ze had vast in de gaten hoe geobsedeerd ik door haar was – ik kon het niet bepaald goed verborgen houden. Ze wilde me niet aan het lijntje houden... dus konden we zelfs geen vrienden zijn... want ze wilde me niet kwetsen zoals ik McKayla en Erica vandaag had gekwetst. (Taylor leek het zich niet echt aan te trekken.) Edythe had geen zin in dat schuldgevoel. Want ze was totaal niet in mij geïnteresseerd.

Logisch natuurlijk, want ik wás ook niet interessant.

Mijn ogen begonnen te prikken en te tranen door de uien. Ik pakte een handdoek, hield hem onder de kraan en wreef ermee over mijn ogen. Het hielp niet echt.

Ik was saai, dat wist ik al van mezelf. En Edythe was het tegenovergestelde van saai. Dit had niets te maken met haar geheim, wat dat dan ook was, als ik me dat krankzinnige moment al goed kon herinneren. Inmiddels geloofde ik bijna het verhaal dat ik aan iedereen had verteld. Het was veel logischer dan wat ik gezien meende te hebben.

Maar ze had geen geheim nodig om buiten mijn bereik te liggen. Ze was briljant en mysterieus en mooi en volmaakt. Of ze nou wel of niet in staat was om met één hand een busje op te tillen deed er niet eens toe. Zij was een soort sprookjesprinses en ik was een saaie grijze muis.

En dat was prima. Ik kon haar met rust laten. Ik zóú haar met rust laten. Ik zou mijn zelfopgelegde verbanning in het vagevuur hier doorstaan, en hopelijk zou een universiteit in het zuidwesten of misschien op Hawaï me een beurs aanbieden.

Ik maakte het eten af en probeerde aan palmbomen en zon te denken.

Charlie keek een beetje zorgelijk toen hij thuiskwam en groene pepers rook, maar na de eerste hap ging hij overstag. Het was vreemd, maar ook leuk om te merken dat hij me begon te vertrouwen in de keuken.

'Pap?' vroeg ik toen hij bijna klaar was.

'Ja, Beau?'

'Eh, ik wilde even zeggen dat ik volgende week zaterdag naar Seattle ga. Een dagje maar.' Ik wilde geen toestemming vragen, dat zou verkeerde verwachtingen scheppen, maar mijn mededeling klonk toch een beetje onbeschoft, dus voegde ik eraan toe: 'Als je dat goed vindt.'

'Waarom?' Hij klonk verbaasd, alsof hij zich niet kon voorstellen waarom iemand in hemelsnaam Forks zou willen verlaten.

'Nou, ik wil wat boeken kopen – de bibliotheek hier heeft niet zoveel. En misschien wat warmere kleren.' Ik had wat geld over omdat ik dankzij Charlie geen auto had hoeven kopen, hoewel de auto meer benzinegeld slurpte dan ik had verwachte. De winterkleren die ik in Phoenix had gekocht waren volgens mij ontworpen door mensen die nog nooit temperaturen onder de twintig graden hadden meegemaakt, maar ooit gehoord hadden hoe dat ongeveer voelde.

'Die pick-up rijdt waarschijnlijk niet erg zuinig,' zei hij, alsof hij mijn gedachten kon lezen.

'Weet ik. Ik stop in Montesano en Olympia, en Tacoma als het moet.'

'Ga je helemaal alleen?'

'Ja.'

'Seattle is een grote stad – straks verdwaal je,' waarschuwde hij.

'Pap, Phoenix is vijf keer zo groot als Seattle, en ik kan kaartlezen. Dus maak je maar geen zorgen.'

'Zal ik meegaan?'

Ik vroeg me af of hij zich echt zo veel zorgen maakte, of dat hij gewoon bang was dat hij me verwaarloosde omdat hij op zaterdag bijna nooit thuis was. Waarschijnlijk dat eerste. Ik wist zeker dat hij negen van de tien keer nog een kleuter voor zich zag als hij aan me dacht.

'Hoeft niet. Zo spannend wordt het niet.'

'Ben je op tijd terug voor het schoolfeest?'

Ik staarde hem zwijgend aan tot hij het begreep.

Dat duurde niet lang. 'O, oké.'

'Juist,' zei ik. Ik had mijn evenwichtsproblemen niet van mijn moeder.

De volgende ochtend zette ik mijn auto zo ver mogelijk bij de zilveren Volvo vandaan. Ik zou afstand houden. Ik zou niet meer op haar letten. Ze zou nergens meer over kunnen klagen.

Toen ik het portier dichtsloeg, gleed de sleutel uit mijn hand en viel in een plas water bij mijn voeten. Ik boog voorover om hem te pakken, maar op hetzelfde moment schoot er een bleke hand naar voren die hem opraapte. Ik vloog overeind en stootte bijna mijn hoofd tegen haar. Edythe Cullen stond nonchalant tegen mijn pick-up geleund.

'Hoe dóé je dat?' vroeg ik verbouwereerd.

'Wat?' Ze stak me de sleutel toe. Ik reikte ernaar en ze liet hem in mijn hand vallen.

'Uit het niets opduiken.'

'Beau, ik kan er ook niets aan doen dat jij buitengewoon onoplettend bent.' Haar stem was heel zacht, gedempt fluweel, en haar lippen onderdrukten een glimlach. Alsof ze me ontzettend grappig vond.

Hoe kon ik haar negeren als zij mij niet negeerde? Dat wilde ze toch? Dat ik uit haar goudkleurige ogen zou verdwijnen? Dat had ze gisteren toch gezegd? We konden geen vrienden zijn. Waarom praatte ze dan tegen me? Was ze sadistisch? Vond ze het leuk om de sneue jongen te pesten waar ze geen zier om gaf?

Ik staarde haar gefrustreerd aan. Haar ogen waren weer licht vandaag, een diepe, gouden honingkleur. Ik raakte ervan in de war en keek naar de grond. Haar voeten stonden maar vijftien centimeter van de mijne, de tenen naar me toe. Alsof ze op een antwoord wachtte.

Ik keek over haar schouder naar het schoolgebouw en zei de eerste domme dingen die in me opkwamen. 'Waarom blokkeerde je het verkeer gistermiddag? Ik dacht dat je deed alsof ik niet bestond.'

'Ah. Dat was voor Taylor. Ze zat wanhopig te wachten tot ze eindelijk haar kans kon grijpen.'

Ik knipperde met mijn ogen. 'Hè?' De ergernis van gisteren kroop mijn stem in. Ik had niet het idee dat Edythe en Taylor vriendinnen waren. Had Taylor haar gevraagd om...? Dat leek me sterk.

'En ik doe niet alsof je niet bestaat,' ging ze verder, alsof ik niets gezegd had.

Ik keek haar aan en deed heel erg mijn best om mijn hoofd erbij te houden, ondanks die glanzend gouden ogen, ondanks die lange wimpers tegen haar bleekpaarse oogleden.

'Ik snap niet wat je van me wilt,' zei ik tegen haar.

Het was irritant dat mijn gedachten recht uit mijn mond leken te knallen als ik bij haar in de buurt was, alsof er helemaal geen rem meer op zat. Tegen een ander meisje zou ik dat nooit gezegd hebben.

Haar geamuseerde glimlachje verdween en haar gezicht stond ineens behoedzaam.

'Niets,' zei ze net een tikkeltje te snel, bijna alsof ze loog.

'Dan had je me beter onder dat busje kunnen laten komen. Wel zo makkelijk.'

Ze staarde me even aan en gaf toen op ijzige toon antwoord. 'Beau, je bent volslagen belachelijk.'

Ze wilde me echt pesten. Ik was gewoon een leuk tijdverdrijf in deze saaie stad. Een makkelijk doelwit.

Met één grote stap liep ik haar voorbij.

'Wacht,' zei ze, maar ik dwong mezelf om door te lopen en niet achterom te kijken.

'Het spijt me, dat was onbeschoft,' zei ze terwijl ze opeens naast me liep. Ze hield me makkelijk bij, ook al waren mijn benen twee keer zo lang als de hare. 'Ik zeg niet dat het niet waar is, maar het was niet netjes om het hardop te zeggen.'

'Waarom laat je me niet met rust?'

'Ik wilde je iets vragen, maar je leidde me af.'

Ik slaakte een zucht en vertraagde mijn pas, hoewel ze geen moeite met het tempo leek te hebben. 'Goed dan.' Ik liet me inpakken. 'Wat wil je?'

'Ik vroeg me af of je volgende week zaterdag – je weet wel, de dag van het lentebal...'

Ik bleef staan en draaide me naar haar toe. 'Vind je dit soms gráppig?'

Ze keek me aan en leek zich niet bewust van de motregen. Zo te zien droeg ze helemaal geen make-up – niets wat uitliep of vlekte. Haar gezicht was zeker van nature zo volmaakt. Heel even was ik boos – boos dat ze zo mooi moest zijn. Boos dat ze door haar schoonheid wreed geworden was. Boos dat ze die wreedheid op mij richtte, en dat het me niet lukte om weg te lopen, ook al had ik door wat ze deed.

Daar was die geamuseerde blik weer, met een zweem van kuiltjes in haar wangen.

'Mag ik alsjeblieft uitpraten?' vroeg ze.

Loop weg, zei ik tegen mezelf.

Ik bleef staan waar ik stond.

'Ik hoorde dat je die dag naar Seattle gaat, en ik vroeg me af of je een lift wilt.'

Die had ik niet zien aankomen.

'Huh?'

'Wil je een lift naar Seattle?'

Ik snapte niet helemaal waar haar grap naartoe ging. 'Van wie?'

'Van mij natuurlijk.' Ze sprak elke lettergreep met nadruk uit, alsof ze dacht dat ik de taal misschien niet zo goed sprak.

'Waarom?' Wanneer kwam de clou?

'Nou, ik was toch van plan om de komende weken een keer naar Seattle te gaan, en eerlijk gezegd vraag ik me af of jouw pick-up dat wel haalt.'

Ik kon eindelijk weer lopen, aangespoord door de belediging van mijn pick-up.

'Prima als je mij belachelijk maakt, maar hou mijn pick-up erbuiten,' zei ik.

Opnieuw hield ze me met gemak bij. 'Waarom denk je dat ik je belachelijk maak?' vroeg ze. 'Mijn aanbod is oprecht.'

'Mijn pick-up doet het prima.'

'Maar haalt jouw auto het op één tank benzine?'

Voordat ik mijn pick-up kreeg hadden auto's me nooit kunnen boeien, maar nu voelde ik een vooroordeel jegens Volvo's opkomen.

'Ik geloof niet dat dat jouw probleem is.'

'Het verspillen van energiebronnen is ieders probleem,' zei ze nuffig.

'Edythe, serieus.' Er ging een schok door me heen toen ik haar naam hardop uitsprak, en dat vond ik helemaal niet prettig. 'Ik kan je niet volgen. Ik dacht dat je geen vrienden wilde zijn.'

'Ik heb gezegd dat het beter was als we geen vrienden waren, niet dat ik dat niet wilde.'

'O, wauw, te gek, nu is alles duidelijk.' Dik sarcasme. Ik merkte dat ik weer was blijven staan. Ik keek naar haar beregende gezicht, zo fris en volmaakt, en mijn gedachten kwamen hortend tot stilstand.

'Het zou... verstandiger zijn om niet met mij bevriend te zijn,' legde ze uit. 'Maar ik heb geen zin om je nog langer te mijden, Beau.'

Haar gezicht stond heel ernstig. Haar ogen waren intens, samengeknepen, haar lange wimpers zwart afgetekend tegen haar huid. Haar stem had een vreemd broeierige ondertoon. Ik wist niet meer hoe ik moest ademhalen.

'Mag ik je een lift naar Seattle geven?' vroeg ze met die smeulende stem.

Ik kon niet praten, dus knikte ik maar.

Er trok even een glimlach over haar gezicht, en toen werd ze weer serieus.

'Je kunt écht beter bij me uit de buurt blijven,' waarschuwde ze. 'Ik zie je bij biologie.'

Ze draaide zich om en liep snel terug in de richting waaruit we net gekomen waren.

5. Bloedgroep

Wezenloos liep ik naar Engels. Toen ik het lokaal in liep, had ik niet eens in de gaten dat de les al begonnen was.

De geërgerde toon van mevrouw Mason was mijn eerste aanwijzing. 'Fijn dat u er ook bent, meneer Swan.'

Met rode vlekken op mijn wangen ging ik snel zitten.

Pas aan het eind van het uur merkte ik dat McKayla niet op haar gebruikelijke plek naast me zat, en toen wist ik weer dat ik haar gekwetst had. Maar ze stond met Erica bij de deur op me te wachten, en ik hoopte dat dat betekende dat ik uiteindelijk vergeven zou worden. Tijdens het lopen leek McKayla meer zichzelf te worden, en ze werd steeds enthousiaster toen ze over de weersvoorspelling voor dit weekend begon. Het zou een tijdje droog blijven, dus haar tochtje naar het strand kon waarschijnlijk doorgaan. Ik probeerde net zo enthousiast te klinken als zij om de teleurstelling die ik haar gisteren bezorgd had goed te maken, maar ik merkte dat ze er niet in trapte. Regen of geen regen, we mochten al in onze handjes knijpen als het tien graden werd. Niet mijn idee van een stranddag.

De rest van de morgen ging in een waas voorbij. Ik kon bijna niet geloven dat ik het me niet weer verbeeld had – dat Edythe dat echt gezegd had, en dat ze echt zo gekeken had toen ze het zei. Op de een of andere manier verstoorde ze mijn werkelijkheid. Eerst dacht ik dat ik haar met haar blote handen een busje had zien tegenhouden, en nu dit. Die eerste waanvoorstelling leek nog waarschijnlijker dan die vandaag: dat ze me op de een of andere manier leuk vond. Maar ik tuinde er met open ogen in, en het kon me niet eens schelen dat de grap zijn einde naderde. Op dit moment leek me dat een prima ruil: zij mocht mij straks uitlachen als ze me nu op die manier aankeek.

Ik had reikhalzend en zenuwachtig tegelijk uitgekeken naar de pauze, en nu liepen we eindelijk naar de kantine. Zou ze me zoals gebruikelijk negeren? Zou ze op welke manier dan ook laten blijken dat dat gesprek vanochtend daadwerkelijk had plaatsgevonden? Een klein deel van mijn hersenen luisterde naar Jeremy. McKayla had hem meegevraagd naar het feest en ze gingen met nog een stel anderen: Allen en Erica, Logan en Taylor. Blijkbaar bromde ik op de juiste momenten, want hij leek niet te merken dat ik nauwelijks aandacht aan hem besteedde.

Zodra ik naar binnen liep schoten mijn ogen naar haar tafel, en de teleurstelling voelde als een stomp in mijn maag. Er zaten maar vier mensen, en Edythe was daar niet bij. Zou ze er elke keer dat er iets van betekenis gebeurde vandoor gaan?

Maar het gesprek van vanochtend had natuurlijk alleen betekenis voor míj, dat kon niet anders.

Ik had geen trek meer. Ik pakte een flesje fris om iets in handen te hebben en schuifelde als een robot achter Jeremy aan door de rij. Ik wou dat ik iemand was die zomaar eerder naar huis kon gaan, iemand die zich geen zorgen maakte om ongeoorloofd schoolverzuim en nablijven en teleurgestelde ouderfiguren.

'Edythe Cullen zit weer naar je te staren,' zei Jeremy. Zodra hij haar naam zei had hij mijn volle aandacht. 'Waarom zou ze vandaag alleen zitten?'

Ik keek meteen op en volgde zijn blik. Edythe zat aan een lege tafel aan de andere kant van de kantine van waar ze gewoonlijk zat. Zodra ze wist dat ik haar gezien had, verschenen die kuiltjes in haar wangen. Ze hief haar hand en wenkte me met haar wijsvinger. Toen ik haar met open mond aanstaarde omdat ik mijn ogen niet kon geloven gaf ze me een knipoog.

'Bedoelt ze jóú?' vroeg Jeremy. Zijn verbijstering had iets beledigends, maar dat zou me worst wezen.

'Eh, misschien heeft ze hulp nodig met haar huiswerk voor biologie,' mompelde ik. 'Ik ga denk ik maar even vragen wat ze wil.'

Ik voelde Jeremy's ogen in mijn rug prikken toen ik wegliep. Ik voelde ook die lelijke rode vlekken opkomen in mijn nek en probeerde rustig te blijven.

Toen ik bij haar tafeltje was, bleef ik opgelaten achter de stoel tegenover haar staan.

'Waarom kon je vandaag niet bij mij zitten?' opperde ze met een brede glimlach.

Ik ging automatisch zitten en keek naar haar blik. Was dit het einde van de grap? Ze lachte nog steeds. Ik merkte dat het me niet kon schelen. Alles om maar langer zo dicht bij haar te zijn.

Ze keek glimlachend naar me op. Moest ik iets zeggen?

'Dit is, eh, anders,' wist ik er uiteindelijk uit te krijgen.

'Tja,' zei ze, en toen zweeg ze. Ik voelde dat er meer zou komen, dus ik wachtte af. De rest volgde in een stortvloed van woorden. 'Ik heb besloten dat als ik toch naar de hel ga, ik het maar beter goed kan doen.'

Ik wachtte tot ze het zou uitleggen, maar dat deed ze niet. De seconden verstreken en de stilte werd steeds ongemakkelijker.

'Ik heb echt geen idee waar je het over hebt,' zei ik.

'Daar reken ik op,' zei ze, en toen richtte ze haar blik op iets achter mij. 'Ik geloof dat je vrienden boos zijn dat ik je gestolen heb.'

Plotseling voelde ik al hun ogen in mijn rug boren. Voor deze ene keer kon ik er niet mee zitten.

'Daar komen ze wel overheen.'

Ze grijnsde. 'Maar misschien geef ik je wel niet meer terug.'

Ik slikte moeizaam en ze grinnikte.

'Je kijkt bezorgd,' zei ze.

'Nee.' Ik hoorde dat mijn stem bijna oversloeg en slikte nog een keer. 'Maar wel verbaasd. Waar komt dit ineens vandaan?' Ik gebaarde naar haar en de rest van de lege tafel.

'Heb ik al gezegd. Ik was het zat om steeds maar te proberen je te mijden. Dus geef ik het op.' Haar glimlach verflauwde en bij die laatste woorden werd haar blik ernstig.

'Je geeft het op?' herhaalde ik.

'Ja, ik geef het op. Ik probeer niet meer goed te zijn. Ik ga nu gewoon doen wat ik wil en ik zie wel wat ervan komt.' Haar glimlach was nu helemaal verdwenen en haar zijdezachte stem kreeg een harde ondertoon.

'Ik volg het niet meer.'

Dat leek ze grappig te vinden. 'Ik zeg altijd te veel als ik met jou praat; dat is een van de problemen.'

'Maak je maar geen zorgen, ik begrijp er toch niets van.'

'Zoals ik al zei: daar reken ik op.'

We staarden elkaar een paar tellen aan, maar de stilte was niet ongemakkelijk meer. Eerder... geladen. Mijn wangen begonnen weer te gloeien.

'Dus,' zei ik, en ik keek weg om even op adem te komen. 'Even voor de duidelijkheid: zijn we nu vrienden?'

'Vrienden...' mompelde ze. Het klonk alsof dat niet haar favoriete woord was.

'Of niet,' vulde ik behulpzaam aan.

'Tja, we kunnen het proberen. Maar ik waarschuw je nog maar eens dat ik geen goede vriendin voor je ben.' Haar glimlach was broos, de waarschuwing serieus.

'Dat zeg je wel erg vaak.' Ik had allerlei rare kriebels in mijn maag. Had ik toch trek? Kwam het doordat ze naar me glimlachte? Of doordat ik haar ineens bijna geloofde? Ik zag in elk geval dat zij zélf geloofde wat ze zei.

'Ja, maar je luistert niet. Ik wacht nog steeds tot het eindelijk tot je doordringt. Als je slim bent, blijf je uit mijn buurt.'

Toen moest ik zelf glimlachen, en ik zag hoe haar glimlach daardoor nog groter werd. 'Ik dacht dat we al tot de conclusie waren gekomen dat ik gek was. Of belachelijk, of wat dan ook.'

'Daar heb ik mijn excuses voor aangeboden – voor dat laatste in elk geval. Kun je me dat eerste ook vergeven? Ik zei het zonder erbij na te denken.'

'Ja, natuurlijk. Je hoeft je niet te verontschuldigen.'

Ze zuchtte. 'Nee?'

Ik wist niet wat ik moest antwoorden, en het klonk bovendien als een retorische vraag. Ik staarde naar mijn handen die het flesje omklemden en wist niet wat ik nu moest doen. Het was raar om hier met haar te zitten, als twee normale mensen. Ik wist zeker dat maar een van ons normaal was.

'Waar denk je aan?' vroeg ze.

Ik keek op. Haar gouden ogen stonden nieuwsgierig en, net als de eerste keer dat ik haar had gezien, gefrustreerd. En opnieuw stroomden mijn gedachten zomaar naar buiten.

'Ik vraag me af wat je bent.'

Haar glimlach verstrakte, alsof haar tanden ineens op elkaar werden geklemd, maar ze hield haar mondhoeken zorgvuldig omhoog.

'En, lukt het een beetje?' Haar stem klonk achteloos, alsof mijn antwoord haar niet echt kon schelen.

Mijn nek begon te gloeien en kreeg ongetwijfeld onaantrekkelijke vlekken. De afgelopen maand had ik er wel over nagedacht, maar de enige verklaringen die ik had kunnen bedenken waren volstrekt belachelijk. Onzin van het Clark Kent en Peter Parker-kaliber.

Ze hield haar hoofd een beetje scheef en staarde in mijn ogen alsof ze erdoorheen probeerde te kijken, zo mijn hoofd in. Ze glimlachte, uitnodigend deze keer, en ik kon haar onmogelijk weerstaan.

'Wil je het me niet vertellen?'

Maar ik móést haar weerstaan. Ze dacht nu al dat ik gek was. Ik schudde mijn hoofd. 'Te gênant.'

'Dit is zo ontzettend frustrerend,' klaagde ze.

'O ja joh?' Ik trok mijn wenkbrauwen op. 'Net als... iemand die weigert je te vertellen wat ze denkt, ook al maakt ze de hele tijd onbegrijpelijke opmerkingen die je de hele nacht wakker houden omdat je ligt te piekeren over wat ze in vredesnaam bedoelt... Frustrerend op die manier, bedoel je?'

Ze fronste en trok een erg afleidende pruillip. Ik deed mijn best om me te blijven concentreren.

'Of is het meer frustrerend zoals wanneer ze een heleboel bizarre dingen heeft gedaan, dat ze bijvoorbeeld de ene dag onder onmogelijke omstandigheden je leven heeft gered en je dan de volgende dag als uitschot behandelt, zonder ook maar ooit iets uit te leggen, ook al had ze dat beloofd? Frustrerend op die manier?'

Haar frons vertrok en werd toen nog dieper. 'Ben je daar nog steeds niet overheen?'

'Nog lang niet.'

'Zou het helpen als ik nog een keer mijn excuses aanbood?'

'Een verklaring zou beter zijn.'

Ze tuitte haar lippen, keek even langs mijn linkerarm en lachte kort.

'Wat is er?'

'Je vriendinnetje schijnt te denken dat ik onaardig tegen je ben. Ze vraagt zich af of ze moet ingrijpen.'

'Ik heb geen vriendinnetje en je probeert van onderwerp te veranderen.'

Ze negeerde de ene helft van mijn opmerking. 'Jij vindt misschien van niet, maar zij vindt van wel.'

'Dat is echt niet waar.'

'Wel. Ik zei toch al dat de meeste mensen makkelijk te lezen zijn.'

'Behalve ik.'

'Ja, behalve jij.' Haar ogen schoten terug naar mij en drongen met een intense blik in de mijne. 'Ik vraag me af waar dat aan ligt.'

Ik moest wegkijken. Ik concentreerde me op het losdraaien van het dopje van mijn flesje fris. Ik nam een slok terwijl ik nietsziend naar de tafel staarde.

'Heb je geen honger?' vroeg ze.

Haar blik was minder doordringend, zag ik tot mijn opluchting. 'Nee.' Ik vond het niet nodig om te vermelden dat mijn buik te wiebelig was om te kunnen eten. 'Jij?' Ik keek naar de lege tafel voor haar.

'Nee, ik heb geen honger.' Ze glimlachte alsof ze een grapje maakte dat alleen zij begreep.

'Wil je iets voor me doen?' vroeg ik. De woorden rolden over mijn lippen voordat ik kon bepalen of dat wel mocht.

Ze trok meteen een ernstig gezicht. 'Dat hangt ervan af.'

'Het stelt niet veel voor,' beloofde ik.

Ze wachtte behoedzaam, maar duidelijk ook nieuwsgierig.

'Kun je me van tevoren waarschuwen? Als je weer eens besluit me te negeren? Ook al is dat voor mijn eigen bestwil of zo. Dan ben ik erop voorbereid.' Ik keek weer naar mijn flesje en ging met mijn vinger langs de opening van de hals.

'Vooruit.'

Toen ik opkeek leek ze haar best te doen om niet in lachen uit te barsten.

'Dank je.'

'Wil je dan ook iets voor mij doen?' vroeg ze.

'Tuurlijk.' Nu was het mijn beurt om nieuwsgierig te zijn. Wat zou ze van me willen?

'Vertel eens een van je theorieën.'

Oeps. 'Echt niet.'

'Je hebt het beloofd.'

'Jij houdt je ook niet altijd aan je beloftes,' hielp ik haar herinneren.

'Eén theorie maar. Ik zal niet lachen.'

'Dat doe je wel.' Dat wist ik honderd procent zeker.

Ze keek naar beneden en toen weer op naar mij door haar volle wimpers, met haar verzengende, langwerpige goudgele ogen eronder.

'Alsjeblieft?' fluisterde ze terwijl ze zich naar voren boog. Zonder mijn toestemming leunde mijn lichaam naar haar toe, alsof zij een magneet was en ik een paperclip, tot haar gezicht nog maar dertig centimeter van het mijne was. Ik kon nergens meer aan denken.

Ik schudde mijn hoofd in een poging het helder te krijgen en dwong mezelf weer rechtop te gaan zitten. 'Eh... wat?'

'Eén theorietje maar,' zei ze poeslief. 'Ah toe?'

'Nou, eh, gebeten door een radioactieve spin?' Was ze ook een hypnotiseur? Of was ik gewoon een ontzettend watje?

Ze trok een laatdunkend gezicht. 'Dat is ook niet erg fantasievol.'

'Sorry, meer heb ik niet.'

'Je bent niet eens warm.'

'Geen spinnen?'

'Geen spinnen.'

'Geen radioactiviteit?'

'Absoluut niet.'

'Hm,' mompelde ik.

Ze grinnikte. 'En ik kan ook tegen kryptonite.'

'Je zou niet lachen, weet je nog?'

Ze klemde haar lippen op elkaar, maar haar schouders schudden van het ingehouden lachen.

'Ik kom er heus wel achter,' bromde ik.

Haar vrolijkheid verdween alsof er een knop werd omgezet. 'Het zou fijn zijn als je dat niet probeerde.'

'Het is toch logisch dat ik erover nadenk? Ik bedoel... je bent onmogelijk.' Ik bedoelde het niet als belediging, maar gewoon als feit. *Jij bent niet mogelijk. Je bent meer dan wat mogelijk is.*

Ze begreep het. 'Stel dat ik geen superheld ben? Stel dat ik de slechterik ben?' Ze glimlachte speels terwijl ze het zei, maar er lag een gekwelde blik in haar ogen die ik niet kon plaatsen.

'O,' zei ik verbaasd. Haar vele hints vielen ineens op hun plaats. 'O, op die manier.'

Ze wachtte en leek plotseling verstard van de spanning. In dat ene ogenblik leken alle muren die ze had opgetrokken weg te vallen.

'Wat betekent "op die manier" precies?' vroeg ze zo zacht dat ze bijna fluisterde.

Ik probeerde mijn gedachten op een rijtje te krijgen, maar door haar ongerustheid kwam mijn antwoord er sneller uit. Ik zei de woorden zonder er eerst over na te denken.

'Je bent gevaarlijk?' Het kwam eruit als een vraag en mijn stem klonk twijfelend. Ze was kleiner dan ik, niet ouder dan ik, en tenger gebouwd. Normaal gesproken zou ik het grappig gevonden hebben als iemand als zij 'gevaarlijk' genoemd zou worden. Maar ze wás niet normaal, en ze was anders dan alle anderen. Ik dacht terug aan die eerste keer dat ze me vol haat had aangestaard: ik was echt bang geweest, hoewel ik dat op dat moment niet begreep en ik het een paar tellen later had afgedaan als onzin. Nu begreep ik het wel. Het woord 'gevaarlijk' leek op het eerste gezicht misschien niet van toepassing op haar slanke, volmaakte lichaam, maar onder mijn twijfel voelde ik dat het waar was. Het gevaar was echt, ook al kon ik niet verklaren waarom. En daar had ze me de hele tijd al voor proberen te waarschuwen.

'Gevaarlijk,' herhaalde ik binnensmonds, omdat het woord nog steeds niet rijmde met degene die voor me zat. Haar porseleinen gezicht stond nog altijd kwetsbaar, zonder muren of geheimen. Haar ogen waren groot en wachtten op mijn reactie. Ze leek zichzelf schrap te zetten voor een klap. 'Maar niet de slechterik,' fluisterde ik. 'Nee, dat geloof ik niet.'

'Toch wel.' Haar stem was bijna onhoorbaar. Ze keek naar beneden, stak haar hand uit om mijn flessendop te stelen en liet hem tussen haar vingers tollen. Ik maakte gebruik van de afleiding om nog eens wat beter naar haar te kijken. Ze meende wat ze zei, dat was duidelijk. Ze wilde dat ik bang voor haar was.

Maar ik was vooral... gefascineerd. Ik was ook wel zenuwachtig, natuurlijk, nu ik zo dicht bij haar was. Bang dat ik mezelf voor paal zou zetten. Maar het allerliefst zou ik hier voor altijd blijven zitten om naar haar te luisteren en de emoties over haar gezicht te zien vliegen, veel sneller dan ik ze kon duiden. En toen merkte ik natuurlijk dat de kantine bijna leeg was.

Ik schoof mijn stoel naar achteren en ze keek op. Ze leek... verdrietig. Maar ook gelaten. Alsof dit de reactie was die ze had verwacht.

'We komen te laat,' zei ik terwijl ik opstond.

Ze keek me even verbaasd aan, en daar was die inmiddels vertrouwde geamuseerde blik weer.

'Ik ga vandaag niet.' Haar vingers lieten het dopje zo snel ronddraaien dat het nauwelijks nog te zien was.

'Waarom niet?'

Ze glimlachte naar me, maar haar ogen verhulden niet alles. Ik zag nog steeds de spanning achter het masker.

'Het is heel gezond om af en toe te spijbelen,' zei ze.

'O. Maar ik... Ik kan beter wel gaan, denk ik.' Of toch niet? Ik was niet zo van het spijbelen, maar als zij het vroeg...

Ze richtte haar aandacht weer op de dop. 'Ik zie je wel weer.'

Dat klonk alsof ze me wegstuurde, en ergens vond ik dat niet zo erg. Ik had zoveel om over na te denken, en ik dacht niet zo best na met haar in de buurt. De eerste bel ging en ik holde naar de deur. Toen ik over mijn schouder keek zag ik dat ze zich niet verroerd had, en dat het dopje nog steeds ronddraaide alsof het nooit meer zou ophouden.

Ik liep op een drafje naar de les, en mijn hoofd tolde net zo snel als die dop. Ze had maar heel weinig vragen beantwoord – eigenlijk geen een, nu ik er nog eens over nadacht – en een heleboel nieuwe opgeroepen.

Ik had geluk. De lerares was er nog niet toen ik verhit het lokaal in rende. Allen en McKayla keken naar me: Allen verrast, bijna onder de indruk, en McKayla boos.

Toen kwam mevrouw Banner binnen met een stel kartonnen dozen en maande de klas tot stilte. Ze zette de dozen op de tafel van McKayla en vroeg of ze die wilde uitdelen.

'Oké, jongens. Iedereen pakt iets uit elke doos,' zei ze terwijl ze een paar rubberhandschoenen uit haar labjas haalde en aantrok. Het scherpe geluid waarmee de handschoenen tegen haar polsen kletsten klonk opvallend onheilspellend. 'Het eerste is een kaartje met antiserum,' ging ze verder terwijl ze een wit kaartje ter grootte van een briefkaart omhooghield. Er stonden vier vakjes op in plaats van regels. 'Het tweede is deze applicator met vier tanden,' ze hield iets omhoog wat op een bijna tandenloze kam leek, 'en het derde is een steriel prikkertje.' Ze liet een blauw stukje plastic zien en scheurde het open. Het puntje was vanaf mijn plek niet te zien, maar ik voelde een golf van paniek.

'Ik kom langs met een pipet water om jullie kaarten te prepareren, dus begin alsjeblieft pas als ik bij je geweest ben.' Ze begon weer bij McKayla's tafel en liet voorzichtig een druppel water op elk van de vier vakjes van haar kaart vallen.

'Dan wil ik dat jullie voorzichtig in je vinger prikken met de prikker...' Ze greep McKayla's hand en stak de punt in het topje van haar middelvinger.

'Auw,' klaagde McKayla.

Klam zweet brak uit op mijn voorhoofd en mijn oren begonnen zacht te tuiten.

'Doe een druppeltje bloed op elk van de vier tanden...' Mevrouw Banner deed het voor door in McKayla's vinger te knijpen tot er bloed uit kwam. Ik slikte heftig en mijn maag verkrampte.

'En breng die aan op de kaart,' eindigde ze terwijl ze de druipende rode kaart omhooghield om aan ons te laten zien. Ik deed mijn ogen dicht en probeerde door het gepiep in mijn oren nog iets op te vangen van wat ze zei.

'Het Rode Kruis zamelt volgend weekend in Port Angeles bloed in, dus leek het me een goed idee als jullie allemaal je bloedgroep weten.' Ze klonk trots op zichzelf. 'Degenen die nog geen achttien zijn, hebben toestemming van hun ouders nodig voor het doneren van bloed, de formulieren liggen op mijn tafel.'

Ze liep verder door de klas met haar pipet. Ik drukte mijn wang tegen de koele zwarte tafel en probeerde bij bewustzijn te blijven terwijl alles om me heen een donkere tunnel in leek te glijden. De gilletjes, het geklaag en het gegiechel van mijn klasgenoten die hun vingers doorboorden klonken heel ver weg. Ik ademde langzaam in en uit door mijn mond.

'Beau, gaat het?' vroeg mevrouw Banner. Haar stem was vlak bij mijn hoofd, maar toch ook ver weg, en ze klonk ongerust.

'Ik ken mijn bloedgroep al, mevrouw Banner. Ik ben O-negatief.'

Ik kon mijn ogen niet opendoen.

'Ben je duizelig?'

'Ja,' mompelde ik, en ik kon mezelf wel voor m'n kop slaan omdat ik niet was gaan spijbelen toen het nog kon.

'Kan iemand Beau naar de arts brengen?' riep ze.

'Ik doe het wel.' Zelfs van ver weg herkende ik de stem van McKayla.

'Kun je lopen?' vroeg mevrouw Banner.

'Ja,' fluisterde ik. Ik wil hier weg, dacht ik. Desnoods kruipend.

Ik voelde dat McKayla mijn hand pakte – die was natuurlijk vies en zweterig, maar daar kon ik me nu nog niet druk om maken – en ik kreeg met moeite mijn ogen open toen ze me overeind trok. Ik moest het lokaal uit voordat alles zwart zou worden. Ik strompelde naar de deur terwijl McKayla me met haar arm om mijn middel probeerde te ondersteunen. Ik legde mijn arm om haar schouders, maar ze was te klein om me echt in evenwicht te houden. Ik probeerde zo min mogelijk op haar te leunen.

McKayla en ik hobbelden langzaam over het schoolterrein. Toen we bij de kantine de hoek om waren, uit het zicht van gebouw vier, voor het geval mevrouw Banner ons nakeek, gaf ik het op.

'Mag ik alsjeblieft even een minuutje zitten?' vroeg ik.

McKayla slaakte een zucht van verlichting toen ik onhandig op de rand van de stoep ging zitten.

'En wat je ook doet, hou je hand in je zak,' zei ik. Alles leek te draaien, zelfs als ik mijn ogen dichtdeed. Ik liet me op mijn zij zakken en drukte mijn wang tegen het ijskoude, klamme beton van de stoep. Dat hielp.

'Wauw, je ziet groen, Beau,' zei McKayla nerveus.

'Ik moet gewoon even...'

'Beau?' riep een andere stem van een afstandje.

O nee, alsjeblieft niet. Niet dat ook nog. Ik hoopte vurig dat ik me die afschuwelijk bekende stem verbeeldde.

'Wat is er aan de hand? Is hij gewond?' De stem was dichterbij gekomen en klonk opvallend fel. Ik kneep mijn ogen stijf dicht en hoopte dat ik doodging. Of in elk geval niet zou overgeven.

McKayla klonk gestrest. 'Ik geloof dat hij is flauwgevallen. Ik weet niet wat er is gebeurd, hij heeft niet eens in zijn vinger geprikt.'

'Beau, kun je me horen?' Edythes stem was nu vlak bij mijn hoofd en ze klonk opgelucht.

'Nee,' kreunde ik.

Ze schoot in de lach.

'Ik probeerde hem naar de schoolarts te brengen,' legde McKayla op verdedigende toon uit. 'Maar hij wilde niet verder.'

'Ik breng hem wel,' zei Edythe met die lach in haar stem. 'Ga jij maar terug naar de les.'

'Hè? Nee, ik moest hem...'

En toen schoof er een dunne, sterke arm onder de mijne door, en voor ik het wist stond ik overeind. De sterke arm, net zo koud als de stoep, drukte me stevig tegen een slank lichaam, alsof het een kruk was. Mijn ogen vlogen verbaasd open, maar ik zag alleen haar warrige bronskleurige haar tegen mijn borst. Ze begon naar voren te lopen en mijn voeten struikelden om haar bij te houden. Ik dacht dat ik zou vallen, maar op de een of andere manier hield ze me overeind. Ze wankelde niet eens toen mijn volle gewicht ons naar voren trok.

Maar ik woog ook niet zoveel als een busje.

'Het gaat wel, heus,' mompelde ik. Alsjeblieft, laat me haar niet onderkotsen.

'Hé!' riep McKayla ons na, die gelijk al tien stappen achterlag.

Edythe negeerde haar. 'Je ziet er echt afschuwelijk uit,' meldde ze. Ik hoorde haar grijnzen.

'Leg me nou gewoon weer op de stoep,' kreunde ik. 'Over een paar minuten gaat het wel weer.'

Ze duwde ons in rap tempo vooruit terwijl ik mijn voeten in het juiste ritme probeerde te bewegen om haar bij te houden. Een paar keer zou ik zweren dat mijn voeten over de grond sleepten, maar ik voelde ze niet zo goed, dus helemaal zeker weten deed ik het niet.

'Dus je valt flauw als je bloed ziet?' vroeg ze. Kennelijk was dat vreselijk grappig.

Ik gaf geen antwoord. Ik deed mijn ogen weer dicht en vocht tegen de misselijkheid, mijn lippen op elkaar geperst. Ik mocht haar niet onderkotsen, dat was het allerbelangrijkste. De rest overleefde ik wel.

'En het was niet eens je eigen bloed!' Ze lachte. Het klonk als een klingelend klokje.

'Ik heb een gevoelige nervus vagus,' mompelde ik. 'Het is gewoon een vasovagale collaps.'

Ze lachte weer. Blijkbaar maakten de deftige woorden die ik uit mijn hoofd had geleerd om dit soort situaties uit te leggen minder indruk op haar dan de bedoeling was geweest.

Ik weet niet zo goed hoe ze deur open kreeg terwijl ze mij meesleepte, maar opeens was het warm, behalve waar haar lichaam tegen het mijne drukte. Ik wou dat ik me niet zo beroerd voelde, zodat ik het meer zou kunnen waarderen dat haar lichaam het mijne aanraakte. Ik wist dat ik daar onder normale omstandigheden van zou kunnen genieten.

'Lieve help,' zei een geschrokken mannenstem.

'Hij heeft een vasovagale collaps,' legde Edythe opgewekt uit.

Ik deed mijn ogen open. Ik was in het kantoortje van het secretariaat en Edythe sleurde me langs de balie naar de achterkant van de ruimte. Meneer Cope, de kale administrateur, rende voor haar uit om de deur open te doen. Hij aarzelde toen hij de ernstig klinkende diagnose hoorde.

'Moet ik de ambulance bellen?' vroeg hij angstig.

'Ik ben gewoon flauwgevallen,' mompelde ik.

Een opa-achtige oude man, de schoolverpleger, keek geschrokken op van zijn boek toen Edythe me de kamer in zeulde. Zag hij dat ze me half optilde toen ze me op het bed zette? Het krakende papier protesteerde toen ze me met één hand op mijn borst omlaag drukte, waarna ze zich omdraaide en mijn voeten op het plastic matras zwaaide.

Dat deed me denken aan het moment waarop ze mijn voeten had weggezwaaid voor het busje, en de herinnering maakte me duizelig.

'Ze zijn bloedgroepen aan het bepalen bij biologie,' legde Edythe uit aan de verpleger.

Ik zag de oude man ernstig knikken. 'Er zit er altijd wel eentje bij.'

Edythe sloeg haar hand voor haar mond en deed alsof ze moest hoesten in plaats van lachen. Ze was aan de andere kant van de kamer gaan staan. Haar ogen schitterden opgewonden.

'Blijf maar even liggen, knul,' zei de oude verpleger tegen me. 'Dan gaat het zo over.'

'Weet ik,' mompelde ik. De duizeligheid trok al weg. Zo meteen zou de tunnel weer krimpen en zouden dingen weer normaal klinken.

'Gebeurt dit wel vaker?' vroeg hij.

Ik zuchtte. 'Ja. Ik heb een gevoelige nervus vagus.'

De verpleger keek me niet-begrijpend aan.

'Soms,' verklaarde ik.

Edythe lachte weer en deed geen moeite het te verhullen.

'Jij mag terug naar de les,' zei de verpleger tegen haar.

'Ik moest bij hem blijven,' antwoordde Edythe. Ze zei het zo zelfverzekerd dat de verpleger, hoewel hij even een zuur mondje trok, er verder niet op inging.

'Ik zal wat ijs pakken voor je voorhoofd,' zei hij tegen me, en hij schuifelde de kamer uit.

Ik liet mijn oogleden weer dichtvallen. 'Je had gelijk.'

'Dat heb ik meestal, maar waarover deze keer?'

'Spijbelen is gezond.' Ik deed mijn best om rustig in en uit te ademen.

'Je liet me wel even schrikken,' bekende ze na een korte stilte. Zoals ze het zei klonk het alsof ze een zwakheid opbiechtte, iets waar ze zich voor moest schamen. 'Ik dacht dat die Newton-chick je vergiftigd had.'

'Lachen, joh.' Mijn ogen waren nog dicht, maar ik voelde me met de minuut beter.

'Echt hoor,' zei ze, 'ik heb lijken gezien met een betere kleur. Ik was even bang dat ik je dood zou moeten wreken.'

'McKayla zal wel pissig zijn.'

'Ze vindt me echt een trut,' zei Edythe vrolijk.

'Dat weet je niet,' wierp ik tegen, maar toen vroeg ik me af of...

'Je had haar gezicht moeten zien. Dat sprak boekdelen.'

'Hoe kreeg je ons überhaupt in de gaten? Ik dacht dat je aan het spijbelen was.'

Ik was bijna weer de oude, hoewel de misselijkheid waarschijnlijk sneller was weggetrokken als ik tussen de middag iets gegeten had. Aan de andere kant was het misschien maar goed dat mijn maag leeg was geweest.

'Ik zat in mijn auto naar een cd te luisteren.' Dat was zo'n normaal antwoord dat ik ervan opkeek.

Ik hoorde de deur en toen ik mijn ogen opendeed zag ik de verpleger met een koud kompres in zijn hand.

'Kijk eens aan, jongen.' Hij legde het op mijn voorhoofd. 'Je ziet er al beter uit,' voegde hij eraan toe.

'Het gaat geloof ik wel weer,' zei ik terwijl ik rechtop ging zitten. Alleen wat gesuis in mijn oren, geen getol van mijn hoofd. De mintgroene muren bleven op hun plaats staan.

Ik zag dat hij op het punt stond om te zeggen dat ik weer moest gaan liggen, maar toen ging de deur opnieuw open en stak meneer Cope zijn hoofd om de hoek.

'We hebben er nog een,' waarschuwde hij.

Ik sprong van het bed om plaats te maken voor het volgende slachtoffer en gaf het kompres terug aan de verpleger. 'Hier, dat heb ik niet meer nodig.'

En toen strompelde McKayla naar binnen terwijl ze nu Leann Stephens ondersteunde, ook een meisje uit de biologieles. Ze zag bleekgroen. Edythe en ik drukten ons tegen de muur om plek te maken.

'O nee,' mompelde Edythe. 'Ga naar het kantoortje, Beau.'

Ik keek haar bevreemd aan.

'Vertrouw me nou maar – wegwezen!'

Ik draaide me om, greep de deur vast voor hij dichtsloeg en stommelde de verpleegkamer uit. Ik voelde dat Edythe gelijk achter me aan kwam.

'Je luisterde gewoon naar me,' zei ze verbaasd.

'Ik rook het bloed.' Leann was niet al misselijk geworden bij het zien van andermans bloed, zoals ik. Veel minder gênant, vond ik.

'Mensen kunnen geen bloed ruiken,' sprak Edythe tegen.

'Nou, ik wel: daar word ik misselijk van. Het ruik naar roest... en zout.'

Ze staarde me met een behoedzame blik aan.

'Wat is er?' vroeg ik.

'Niets.'

McKayla kwam naar buiten en keek van mij naar Edythe.

'Heel erg bedankt voor je hulp, Edythe,' zei ze, en haar mierzoete toon gaf aan dat Edythe waarschijnlijk gelijk had over dat trut-idee. 'Ik weet niet wat Beau zonder jou had gemoeten.'

'Geen probleem, hoor,' antwoordde Edythe met een geamuseerd glimlachje.

'Je ziet er beter uit,' zei McKayla op dezelfde toon tegen mij. 'Wat fijn.'

'Zolang je je hand maar in je zak houdt,' waarschuwde ik haar opnieuw.

'Het bloedt niet meer,' zei ze, en haar stem werd weer normaal. 'Ga je terug naar de les?'

'Ik dacht het niet. Dan lig ik binnen de kortste keren weer hier.'

'Ja, dat zal wel... Ga je nog mee dit weekend? Naar het strand?' Ondertussen wierp ze nog een duistere blik op Edythe, die stil als een standbeeld tegen de overvolle balie leunde en in de verte staarde.

Ik wilde haar niet nog meer van streek maken. 'Tuurlijk. Dat had ik toch al gezegd?'

'We verzamelen om tien uur bij de winkel van mijn ouders.' Haar ogen schoten weer naar Edythe – ze was bang dat ze te veel informatie prijsgaf. Haar lichaamstaal maakte duidelijk dat dit geen open uitnodiging was.

'Ik zal er zijn,' beloofde ik.

'Ik zie je straks wel bij gym,' zei ze, en ze liep onzeker naar de deur.

'Ja, tot straks,' antwoordde ik.

Ze keek me nog een keer aan, haar ronde gezicht een beetje pruilend, en toen ze naar buiten stapte, liet ze haar schouders hangen. Net als gisteren werd ik overmand door schuldgevoelens. Ik wílde haar helemaal niet kwetsen, maar het gebeurde gewoon telkens. Ik bedacht dat ik nu de hele gymles naar haar teleurgestelde gezicht zou moeten kijken.

'Bah, gym,' mopperde ik.

'Dat regel ik wel.' Ik had niet gehoord dat Edythe naar me toe was gekomen, maar nu stond ze ineens naast me en ik schrok op. 'Ga zitten en zie bleek,' beval ze fluisterend.

Dat kostte me weinig moeite: ik zag meestal bleek, en door deze laatste aanval lag er een dun laagje zweet over mijn gezicht. Ik ging op een van de krakende klapstoelen zitten en liet mijn hoofd met gesloten ogen tegen de muur rusten. Flauwvallen was hartstikke vermoeiend.

Ik hoorde Edythe zachtjes praten bij de balie.

'Meneer Cope?'

Ik had hem niet terug horen komen, maar hij antwoordde: 'Ja?'

'Beau heeft het volgende uur gym, maar ik denk niet dat hij al voldoende is opgeknapt. Eigenlijk dacht ik dat ik hem beter naar huis kon brengen. Zou u misschien een briefje kunnen schrijven?' Haar stem klonk als smeltende honing. Haar ogen waren vast nog veel overweldigender.

'Heb jij ook een briefje nodig, Edythe?' De stem van meneer Cope sloeg over.

Waarom kon ik dat niet met mensen?

'Nee, ik heb meneer Goff,' zei Edythe. 'Die vindt dat niet erg.'

'Goed, het komt in orde. Sterkte, Beau,' zei meneer Cope tegen mij. Ik dikte het een beetje aan en knikte zwakjes.

'Kun je lopen of zal ik je weer helpen?' Met haar rug naar de administrateur werd haar blik sarcastisch.

'Ik kan lopen.'

Ik stond voorzichtig op en het ging nog steeds goed. Ze deed deur voor me open, haar glimlach beleefd, maar haar ogen spottend. Ik voelde me nogal sukkelig toen ik naar buiten liep, de koude, fijne miezer in die net begon te vallen. Het voelde lekker – dit was de eerste keer ooit dat ik genoot van de eeuwige nattigheid die hier uit de lucht kwam – want zo werd het zweet van mijn gezicht gespoeld.

'Dank je wel,' zei ik toen ze achter me naar buiten kwam. 'Het is bijna niet erg meer om ziek te zijn nu ik niet naar gym hoef.'

'Graag gedaan,' zei ze. Ze staarde langs me heen naar de regen.

'Dus eh, ga je mee? Komende zaterdag bedoel ik, naar het strand?' Ik hoopte van wel, hoewel het me onwaarschijnlijk leek. Ik kon me haar niet voorstellen in een auto vol medeleerlingen; ze hoorde niet thuis in onze wereld. Maar alleen door de hoop dat ze misschien kwam voelde ik voor het eerst iets van enthousiasme voor het uitstapje.

'Waar gaan jullie heen?' Ze staarde nog steeds voor zich uit, uitdrukkingsloos, maar door haar vraag hoopte ik dat ze erover nadacht.

'Naar La Push, naar First Beach.'

Ik keek naar haar gezicht en probeerde haar te peilen. Ik zag dat ze haar ogen een heel klein beetje dichtkneep.

Toen keek ze eindelijk naar me op en glimlachte. 'Ik geloof niet dat ik uitgenodigd ben.'

'Ik heb je toch net uitgenodigd?'

'Ik denk dat jij en ik het die arme McKayla niet nog zwaarder moeten maken deze week. Straks breekt ze.' Haar ogen dansten, alsof ze meer van dat idee genoot dan ze zou moeten.

'Ook goed, laat dan maar,' bromde ik, in beslag genomen door de manier waarop ze 'jij en ik' had gezegd. Dat vond ik leuker dan ík zou moeten.

We waren inmiddels bij het parkeerterrein, dus ik sloeg af naar mijn pick-up. Iets greep mijn jas en trok me een halve stap naar achteren.

'Waar ga jij nou heen?' vroeg ze verbaasd. Haar kleine vuist hield mijn jas vast. Ze leek haar voeten niet eens heel stevig op de grond gezet te hebben. Heel even was ik met stomheid geslagen. Ze zei dat ze geen superheld was, maar in mijn hoofd kon ik het niet anders benoemen. Het was net alsof Supergirl haar cape thuis had gelaten.

Ik vroeg me af of ik het vervelend moest vinden dat ze zo veel sterker was dan ik, maar ik was al heel lang niet meer onzeker geweest over dat soort dingen. Vanaf het moment dat ik mijn pestkoppen was ontgroeid, was ik best tevreden met mezelf. Natuurlijk zou ik graag wat meer coördinatie hebben, maar ik vond het niet erg dat ik slecht was in sport. Daar had ik toch geen tijd voor, en ik vond het ook altijd een beetje kinderachtig. Waarom zou je je zo druk maken om een stel mensen die achter een bal aan holden? Ik was sterk genoeg om ervoor te zorgen dat mensen me met rust lieten, meer wilde ik niet.

Goed, dus dit kleine meisje was sterker dan ik. Veel sterker. Maar ik durfde te wedden dat ze sterker was dan iedereen die ik kende, jongeren én volwassenen. Ze zou Schwarzenegger in zijn hoogtijdagen nog aankunnen. Daar kon ik niet tegenop, en dat hoefde ook niet. Ze was een bijzonder geval.

'Beau?' vroeg ze, en ik besefte dat ik geen antwoord had gegeven.

'Eh, wat?'

'Ik vroeg waar je heen ging.'

'Naar huis. Toch?' Ik raakte een beetje in de war van haar blik.

Ze glimlachte. 'Ik heb toch net beloofd dat ik je veilig thuis zou brengen? Denk je dat ik je in deze staat zelf ga laten rijden?'

'Welke staat?'

'Het spijt me je dit te moeten zeggen, maar je hebt een gevoelige nervus vagus.'

'Ik denk dat ik het wel overleef,' zei ik. Ik probeerde nog een stap naar mijn pick-up te doen, maar haar hand liet mijn jas niet los.

Ik bleef staan en keek op haar neer. 'Vooruit, zeg jij dan maar wat ik volgens jou moet doen.'

Haar glimlach werd breder. 'Heel verstandig van je. Jij gaat in mijn auto stappen en ik ga je naar huis rijden.'

'Daar heb ik twee problemen mee. Ten eerste is het niet nodig, en ten tweede: hoe moet het dan met mijn auto?'

'Ten eerste is "nodig" subjectief, en ten tweede, ik zal zorgen dat Archie die na school langsbrengt.'

Ik werd afgeleid door de terloopse herinnering aan het feit dat ze broers en zussen had: vreemde, bleke, beeldschone broers en zussen. Bijzondere broers en zussen? Net zo bijzonder als zij?

'Je gaat toch niet moeilijk doen, hè?' vroeg ze toen ik niets zei.

'Het heeft weinig zin om tegen te stribbelen, of wel?'

Ik probeerde alle lagen van haar glimlach te doorgronden, maar ik kwam niet ver. 'Het verwarmt mijn koude hart dat je zo snel leert. Deze kant op.'

Ze liet eindelijk mijn jas los en draaide zich om. Ik liep gewillig achter haar aan. Het soepele draaien van haar heupen was net zo hypnotiserend als haar ogen. En ik had er geen enkel bezwaar tegen om meer tijd met haar door te brengen.

De binnenkant van de Volvo was al net zo smetteloos als de buitenkant. In plaats van naar benzine en sigaretten rook het slechts vaag naar parfum. Het kwam me bijna bekend voor, maar ik kon niet bedenken waarvan. Wat het ook was, het rook heerlijk.

Terwijl de motor zacht snorrend tot leven kwam, draaide ze aan een paar knopjes, zette de verwarming aan en de muziek zacht.

'Is dat "Clair de Lune"?' vroeg ik.

Ze keek me verbaasd aan. 'Hou je van Debussy?'

Ik haalde mijn schouders op. 'Mijn moeder luistert veel klassieke muziek thuis. Ik ken alleen mijn favorieten.'

'Dit is ook een van mijn favorieten.'

'Nou, wie had dat gedacht,' zei ik. 'We hebben iets gemeen.'

Ik had gedacht dat ze daarom zou moeten lachen, maar ze staarde naar de regen buiten.

Ik leunde achterover in de lichtgrijze stoel en reageerde automatisch op de bekende melodie. Omdat ik vooral naar haar keek vanuit mijn ooghoeken veranderde de regen alles buiten in wazige grijze en groene vlekken. Pas na een tijdje merkte ik dat we heel hard gingen: de auto reed zo soepel dat ik de snelheid niet voelde. Ik merkte het alleen aan de stad die voorbijvloog.

'Wat is je moeder voor iemand?' vroeg ze ineens.

Haar geelbruine ogen keken me nieuwsgierig aan toen ik antwoord gaf.

'Ze lijkt een beetje op mij, zelfde ogen, zelfde kleur haar, maar zij is klein. Ze is extravert en heel dapper. Ze is ook een beetje excentriek, redelijk onverantwoordelijk en een erg wisselvallige kok. Ze was mijn beste vriendin.' Ik zweeg. Ik werd er een beetje treurig van om zo in de verleden tijd over haar te praten.

'Hoe oud ben je, Beau?' Haar stem klonk gefrustreerd, maar ik kon me niet voorstellen waarom.

De auto kwam tot stilstand en ik realiseerde me dat we al bij Charlies huis waren. Het was veel harder gaan regenen en er viel zo'n stortbui dat ik het huis bijna niet kon zien. Het leek alsof de auto ondergedompeld was in een verticale rivier.

'Zeventien,' zei ik, enigszins verward.

'Je lijkt geen zeventien,' zei ze haast beschuldigend.

Ik lachte.

'Mijn moeder zegt altijd dat ik bij mijn geboorte al vijfendertig jaar oud was en dat ik elk jaar bejaarder word.' Ik lachte weer en zuchtte toen. 'Tja, iemand moet de volwassene zijn.' Ik zweeg even. 'Jij lijkt zelf ook niet bepaald een leerling uit de derde klas van de high school.'

Ze trok een gezicht en veranderde van onderwerp.

'Waarom is je moeder met Phil getrouwd?'

Ik was verrast dat ze Phils naam onthouden had, want ik wist zeker dat ik die slechts één keer had genoemd, bijna twee maanden geleden. Het duurde even voordat ik antwoord gaf.

'Mijn moeder... is erg jong voor haar leeftijd. Ik denk dat Phil ervoor zorgt dat ze zich nog jonger voelt. In elk geval is ze stapelgek op hem.' Zelf begreep ik niet zo goed wat ze in hem zag, maar voor je moeder was natuurlijk nooit iemand goed genoeg.

'Ben je het ermee eens?' vroeg ze.

Ik haalde mijn schouders op. 'Ik wil dat ze gelukkig is... en ze wil bij hem zijn.'

'Dat is erg genereus. Ik vraag me af of...'

'Wat?'

'Zou ze omgekeerd ook zo reageren, denk je? Ongeacht wie jij zou kiezen?' Haar ogen waren ineens gespannen en keken onderzoekend naar de mijne.

'I-Ik denk het wel,' stamelde ik. 'Maar zij is de volwassene, op papier tenminste. Dat is wel een beetje anders.'

Haar gezicht ontspande. 'Geen al te eng iemand dus,' plaagde ze.

Ik grijnsde terug. 'Wat bedoel je met eng? Tatoeages en gezichtspiercings?'

'Tja, dat is een definitie.'

'Wat is jouw definitie dan?'

Ze negeerde mijn vraag en stelde er nog een. 'Denk je dat ik "eng" kan zijn?' Ze trok haar wenkbrauw op.

Ik deed even of ik haar gezicht bestudeerde, gewoon als excuus om naar haar te staren, mijn nieuwe hobby.

Haar trekken waren zo verfijnd, zo symmetrisch. Haar gezicht zou iedereen stil laten staan, maar niet gillend weg laten rennen. Integendeel.

'Dat kan ik me nauwelijks voorstellen,' gaf ik toe.

Ze fronste haar wenkbrauwen.

'Maar, eh, je zou vast wel eng kunnen zijn, als je zou willen.'

Ze hield haar hoofd schuin en glimlachte geërgerd, maar ze zei niets.

'Ga je me nog iets over jouw familie vertellen?' vroeg ik. 'Dat moet wel een interessanter verhaal zijn dan het mijne.'

Ze was meteen op haar hoede. 'Wat wil je weten?'

'De Cullens hebben je geadopteerd?'

'Ja.'

Ik aarzelde even. 'Wat is er met je ouders gebeurd?'

'Die zijn lang geleden overleden.' Haar toon was zakelijk.

'Wat erg voor je.'

'Ik kan me ze niet goed herinneren. Carine en Earnest zijn al jaren mijn ouders.'

'En je houdt van ze.' Het was geen vraag. Het bleek duidelijk uit de manier waarop ze hun namen uitsprak.

'Ja.' Ze glimlachte. 'Ik kan me geen twee betere mensen voorstellen.'

'Dan heb je veel geluk gehad.'

'Dat weet ik.'

'En je broer en zus?'

Ze wierp een blik op de klok van het dashboard.

'Mijn broer en zus, en Jessamine en Royal trouwens ook, zullen niet blij zijn als ze in de regen op me moeten wachten.'

'O, sorry, je moet er natuurlijk vandoor.'

Heel stom, maar ik had helemaal geen zin om uit te stappen.

'En jij wilt waarschijnlijk je pick-up terug voordat chief Swan thuiskomt en jij over je syncope moet vertellen.'

Ze kende haar medische termen, maar haar moeder was dan ook arts.

'Hij heeft het vast al gehoord. Hier in Forks blijft niets geheim,' mopperde ik.

Blijkbaar had ik iets grappig gezegd, maar ik snapte niet goed wat, en ook niet waarom haar lachje een beetje ongemakkelijk klonk.

'Veel plezier op het strand,' zei ze uiteindelijk. 'Lekker weer om te zonnebaden.' Ze gebaarde naar de stromende regen.

'Zie ik je morgen dan niet?'

'Nee. Eleanor en ik beginnen vroeg met het weekend.'

'Wat gaan jullie doen?' Dat mocht een vriend toch wel vragen? Ik hoopte dat ze de teleurstelling in mijn stem niet zou horen.

'We gaan kamperen in de Goat Rocks Wilderness, iets ten zuiden van Rainier.'

'O, klinkt goed.'

Ze glimlachte. 'Wil je iets voor me doen dit weekend?' Ze draaide zich om en keek me recht aan, met die gloeiende, hypnotische ogen van haar.

Ik knikte hulpeloos. Alles, zou ik willen antwoorden, en dat was ook echt zo.

'Niet beledigd zijn, maar je bent geloof ik een van die mensen die problemen aantrekken als een magneet. Pas je op dat je niet in zee valt of overreden wordt of zo?'

Ze liet haar kuiltjes zien, waardoor het ineens minder erg werd om een onhandige sukkel genoemd te worden.

'Ik zal mijn best doen,' beloofde ik.

Ik sprong de verticale rivier in en rende naar de veranda. Toen ik me omdraaide, was de Volvo al verdwenen.

'O!' Ik greep naar mijn jaszak, want ik besefte ineens dat ik er niet aan gedacht had haar mijn autosleutel te geven.

De zak was leeg.

6. Enge verhalen

Terwijl ik me op de derde akte van *Macbeth* probeerde te concentreren, luisterde ik steeds of mijn auto er al aankwam. Ik had gedacht dat ik de herrie van de motor zelfs boven de klaterende regen uit zou horen. Maar toen ik voor de zoveelste keer door het raam ging kijken, stond hij er plotseling.

Ik had niet veel zin om uit bed te komen vrijdag, en al mijn slechte verwachtingen kwamen uit. Natuurlijk kreeg ik opmerkingen over het flauwvallen. Vooral Jeremy leek dat een geweldig verhaal te vinden. Hij stikte bijna van het lachen toen Logan in de pauze deed of hij in zwijm viel. Gelukkig had McKayla haar mond gehouden, en niemand leek op de hoogte van Edythes rol. Maar Jeremy had een heleboel vragen over de lunch van gisteren.

'Wat wilde Edythe Cullen van je?' vroeg hij tijdens wiskunde.

'Ik weet het niet zo goed.' Dat was niet gelogen. 'Ze heeft het niet echt gezegd.'

'Ze keek nogal boos.'

Ik haalde mijn schouders op. 'Is dat zo?'

'Ik heb haar nog nooit met iemand anders dan haar familie zien zitten. Best raar.'

'Ja, raar inderdaad,' beaamde ik.

Hij leek het nogal irritant te vinden dat ik geen betere antwoorden had.

Het ergste van vrijdag was dat, hoewel ik wist dat ze er niet zou zijn, ik toch bleef hopen. Toen ik met Jeremy en McKayla de kantine binnenliep, keek ik toch naar haar tafel, waar Royal, Archie en Jessamine met hun hoofden dicht bij elkaar zaten te praten. Ik vroeg me af of Archie degene was die gisteravond mijn pick-up had teruggebracht, en wat hij daarvan had gevonden.

Aan mijn gebruikelijke tafel was iedereen vol van de plannen voor de volgende dag. McKayla was weer vrolijk en had meer vertrouwen in de lokale weervrouw dan ze volgens mij verdiende. Ik moest die beloofde zon eerst zien voor ik het geloofde. Het was in elk geval warmer vandaag: vijftien graden, al regende het nog wel. Misschien zou ons uitstapje toch niet helemaal in het water vallen.

Ik kreeg een paar onvriendelijke blikken van Logan tijdens de lunch die ik niet goed begreep. Ik had braaf met iedereen meegelachen toen hij zijn flauwvalact deed. Maar het werd me enigszins duidelijk toen we naar buiten liepen. Blijkbaar had hij niet in de gaten dat ik vlak achter hem liep.

Hij haalde zijn hand door zijn achterovergekamde, zilverblonde haar. 'Ik snap niet dat Beaufórt' – hij zei mijn naam hatelijk – 'nu niet bij de Cullens zit,' hoorde ik hem zachtjes tegen McKayla zeggen. Het was me niet eerder opgevallen dat hij zo'n nasale stem had, en zijn kwaadaardige toon verbaasde me. Ik kende hem helemaal niet goed, en hij kende mij ook niet goed genoeg om een hekel aan me te hebben – dat zou ik tenminste denken.

'Hij is mijn vriend, dus hij zit bij ons,' snauwde McKayla terug. Trouw, maar ook bezitterig. Ik liet Jeremy en Allen voorbijlopen. Ik had geen zin om nog meer te horen.

Later, tijdens het eten, leek Charlie enthousiast over mijn tochtje naar La Push de volgende ochtend. Ik denk dat hij zich schuldig voelde dat hij me in het weekend altijd alleen thuis liet, maar hij had te veel jaren zijn gewoontes kunnen volgens om er niet mee te breken. En ik vond het nooit erg om alleen te zijn.

Hij kende natuurlijk alle namen van de mensen die meegingen, en die van hun ouders, en die van hun overgrootouders waarschijnlijk ook. Hij vond het duidelijk een goed plan. Ik vroeg me af of hij het ook een goed plan vond dat ik samen met Edythe naar Seattle zou gaan. Hij leek erg dol op de Cullens. Maar het leek me niet nodig hem daarover te vertellen.

'Pap, ken jij een plek die Goat Rocks of zoiets heet? Ik geloof dat het ten zuiden van Mount Rainier is.'

'Ja, hoezo?'

Ik haalde mijn schouders op. 'Een paar mensen hadden het erover om daar te gaan kamperen.'

'Dat is niet zo'n goede plek om te kamperen.' Hij klonk verbaasd. 'Te veel beren. De meeste mensen gaan daarnaartoe tijdens het jachtseizoen.'

'Hm. Misschien heb ik het niet goed verstaan.'

Ik wilde uitslapen, maar ik werd wakker van het licht. In plaats van het schemerige halfdonker waarin ik de afgelopen twee maanden wakker was geworden, scheen er heldergeel licht door mijn raam. Ik kon het niet geloven, maar inderdaad, daar was dan eindelijk de zon. Hij stond op de verkeerde plek, te laag en minder dichtbij dan hij zou moeten zijn, maar het was absoluut de zon. Aan de horizon hingen nog wolken, maar verder was er heel veel blauwe lucht te zien. Ik kleedde me snel aan, bang dat het blauw zou verdwijnen zodra ik me omdraaide.

De *Olympic Outfitters Store* van de Newtons lag iets ten noorden van de stad. Ik had de winkel wel gezien, maar ik was er nog nooit geweest: ik had nooit zo veel behoefte gehad aan spullen die bedoeld waren om langere tijd buiten door te brengen. Op de parkeerplaats zag ik de Chevrolet Suburban van McKayla en Taylors Nissan Sentra. Toen ik naast hun auto's parkeerde, zag ik de anderen voor de Suburban staan. Erica was er, samen met nog twee meisjes die bij mij in de klas zaten; ik wist bijna zeker dat ze Becca en Colleen heetten. Jeremy was er ook, geflankeerd door Allen en Logan. Naast hem stonden nog drie jongens. Volgens mij was ik over een van hen vrijdag nog gestruikeld bij gym. Hij keek me vuil aan toen ik uit de pick-up stapte en zei iets tegen Logan. Ze barstten in lachen uit en Logan deed alsof hij flauwviel. De andere jongen ving hem op en liet hem toen vallen. Ze lagen helemaal in een deuk, Logan op de stoep met zijn handen achter zijn hoofd.

Dus het werd zo'n dag.

McKayla leek in elk geval blij me te zien.

'Je bent er!' riep ze verrukt. 'En ik had toch beloofd dat de zon zou gaan schijnen?'

'Ik had gezegd dat ik zou komen.'

'We wachten nog op Leann en Sean... tenzij jij nog iemand hebt uitgenodigd,' voegde ze eraan toe.

'Nee, ik ben in mijn eentje,' loog ik luchtig, in de hoop dat ik niet betrapt zou worden. Maar tegelijkertijd had ik dat er wel voor over als ik dan de hele dag bij Edythe kon zijn.

McKayla glimlachte. 'Wil je met mij meerijden? De anderen gaan met het minibusje van Leanns moeder.'

'Prima.'

Ze straalde helemaal. Het was zo eenvoudig om McKayla blij te maken.

'Jij mag voorin,' beloofde ze, en ik zag Jeremy met een boze blik naar ons kijken. Het was níét eenvoudig om McKayla en Jeremy allebei blij te maken.

Maar het kwam allemaal goed. Leann had nog twee mensen uitgenodigd en we hadden elke stoel nodig. Ik liet Jeremy eerst instappen, zodat hij tussen McKayla en mij op de voorstoel van de Suburban gepropt zat. McKayla had het wat hoffelijker kunnen opvatten, maar Jeremy leek in elk geval tevreden.

Het was maar zo'n twintig kilometer van Forks naar La Push. Gedurende vrijwel de hele rit reden we door dichte groene bossen en de Quillayute-rivier slingerde twee keer onder de weg door. Ik was blij dat ik bij het raam zat. We hadden de raampjes opengedraaid – het was nogal benauwd in de Suburban met negen mensen erin – en ik probeerde zo veel mogelijk zonlicht te absorberen.

Tijdens mijn zomers met Charlie in Forks was ik heel vaak naar de stranden bij La Push geweest, dus ik kende het anderhalve kilometer lange, halfronde strand van First Beach al. Het was nog steeds adembenemend. Het water was donkergrijs, zelfs in het zonlicht, met witte koppen, en spatte uiteen op de rotsige kust. Uit de stalen golven van de inham rezen eilandjes op met steile kliffen, allemaal gekroond met spitse zwarte pijnbomen. Het strand had maar een smal reepje echt zand aan de rand van het water; daarna ging het over in talloze gladde stenen die van een afstandje allemaal dezelfde kleur grijs leken, maar van dichtbij alle tinten hadden die een steen kon hebben. Aan de vloedlijn lagen enorme aangespoelde bomen, wit gebleekt in de zoute golven – sommige lagen opgestapeld aan de rand van het bos, andere lagen in hun eentje net buiten het bereik van de golven.

Er kwam een stevige bries van het water, koel en zilt. Pelikanen dreven op de rollende zee terwijl zeemeeuwen en een eenzame adelaar erboven cirkelden. Ver weg pakten wolken zich samen, maar voorlopig scheen de zon nog warm tegen een blauwe achtergrond.

We sjokten door het rulle zand naar het strand beneden. McKayla ging voorop naar een kring van aangespoelde stukken hout die duidelijk eerder voor feestjes was gebruikt. Er was al een ronde vuurplaats aangelegd, vol zwarte as. Erica en het meisje van wie ik dacht dat ze Becca heette, verzamelden afgebroken takken uit de droogste stapels aan de rand van het bos, en algauw stond er een piramidevormige constructie op de zwartgeblakerde resten.

'Heb je wel eens een vuur van wrakhout gezien?' vroeg McKayla. Ik zat op een van de gebleekte banken, met aan weerszijden Jeremy en Allen, maar de meeste andere jongens zaten aan de andere kant van de kring. McKayla knielde bij het vuur en hield een aansteker bij een van de kleinere takken.

'Nee,' zei ik terwijl ze het brandende twijgje voorzichtig tegen de piramide legde.

'Je vindt het vast mooi: kijk maar eens goed naar de kleuren.' Ze stak nog een takje aan en legde het naast het eerste. De vlammen begonnen snel aan het droge hout te likken.

'Het is blauw,' zei ik verbaasd.

'Dat komt door het zout. Cool, hè?' Ze stak een derde tak aan, legde hem op een plek waar het vuur nog niet gepakt had en kwam toen bij me zitten. Gelukkig zat Jeremy aan de andere kant naast haar. Ik keek naar de vreemde blauwe en groene vlammen die naar de hemel knetterden.

Na een halfuur kletsen wilden een paar meisjes naar de nabijgelegen getijdenpoelen wandelen, maar de meeste jongens wilden naar de enige winkel in het dorp om eten te halen.

Ik wist niet goed bij wie ik me wilde aansluiten. Ik had geen honger en ik was dol op de getijdenpoelen, dat was ik als kind al geweest. Ze waren een van de weinige dingen waar ik naar uit had gekeken als ik naar Forks kwam. Aan de andere kant was ik er ook vaak in gevallen. Dat is niet zo erg als je zeven bent en je vader erbij is. Ik moest ineens aan Edythe denken – niet dat ze niet altijd ergens op de achtergrond aanwezig was in mijn hoofd – en aan haar opmerking dat ik niet in zee moest vallen.

Logan hakte de knoop voor me door. Hij voerde de boventoon tijdens de discussie en hij wilde eten. De groep viel uiteen in drie delen – eten, wandelen en blijven zitten – en de meeste mensen volgden Logan. Ik wachtte tot Taylor en Erica besloten hadden met hem mee te gaan en sloot me toen stilletjes bij het wandelgroepje aan. McKayla grijnsde breed toen ze zag dat ik meeging.

Het was niet ver lopen, maar ik baalde dat ik tussen de bomen de zon niet meer kon zien. Het groene licht van het bos vormde een vreemde omgeving voor het gelach van een stel scholieren, het was te somber en te dreigend en paste niet bij de grappen om me heen. Ik moest me op mijn voeten en hoofd concentreren om onder me wortels te vermijden en boven me takken, en ik raakte algauw achter. Ik stapte als laatste uit het donkere bos de rotsige kust weer op. Het was eb en een getijdenrivier stroomde langs ons naar de zee. Aan de met stenen bedekte oevers barstten ondiepe poelen die nooit helemaal leegliepen van de piepkleine zeebeestjes.

Ik paste goed op dat ik me niet te ver over de plassen boog. De anderen waren veel roekelozer; ze sprongen over de rotsen en balanceerden gevaarlijk op de randen. Ik vond een erg stabiel uitziende rots aan de rand van een van de grootste poelen waar ik op ging zitten, geboeid door het natuurlijke aquarium onder me. Boeketten anemonen golfden in de onzichtbare stroming, heremietkreeften krabbelden langs de randen in hun gedraaide schelpen, zeesterren hingen bewegingloos aan de rotsen en elkaar en een kleine zwarte aal met witte race-

strepen kronkelde door het heldergroene wier, wachtend op de terugkeer van de zee. Ik bleef er geboeid naar kijken, al vroeg een klein deel van mijn hoofd zich af wat Edythe nu aan het doen was, en probeerde ik me voor te stellen wat ze zou zeggen als ze hier zou zijn.

Ineens had iedereen honger en ik stond stijf op om mee terug te lopen. Ik probeerde de rest nu beter bij te houden door het bos, dus ik viel natuurlijk. Ik had een paar schaafwonden op mijn handpalmen, maar het bloedde niet erg.

Eenmaal terug bij First Beach bleek de groep die we hadden achtergelaten gegroeid. Toen we dichterbij kwamen zag ik het glanzende, steile haar en de koperkleurige huid van de nieuwkomers, jongeren uit het reservaat die een praatje kwamen maken. Het eten werd al rondgedeeld en de wandelaars gingen snel hun deel opeisen. Erica stelde ons voor aan de nieuwe mensen toen we de kring van wrakhout in stapten. Allen en ik waren de laatsten, en toen Erica onze namen zei, zag ik een jonger meisje dat op de grond bij het vuur zat geïnteresseerd naar me opkijken. Ik ging naast Allen zitten en McKayla kwam er ook bij met broodjes en fris. Het meisje dat eruitzag als de oudste van de bezoekers ratelde de namen op van de zeven anderen die met haar mee waren gekomen. Het enige wat ik ervan meekreeg was dat een van de jongens ook Jeremy heette, en dat het meisje dat naar me gekeken had Julie genoemd werd.

Het was ontspannend om naast Allen te zitten. Hij was makkelijk gezelschap en had niet de behoefte om elke stilte te vullen met gepraat, waardoor ik ongestoord kon nadenken tijdens het eten. En ik bedacht hoe vreemd de tijd leek te verstrijken in Forks: soms vloog hij in een waas voorbij, waarbij bepaalde beelden meer opvielen dan andere. En andere keren was alles belangrijk en werd elke seconde in mijn geheugen geprent. Ik wist precies waardoor dat verschil veroorzaakt werd, en dat baarde me zorgen.

Tijdens de lunch kwamen de wolken dichterbij, ze schoven af en toe voor de zon langs, wierpen lange schaduwen over het strand en kleurden de golven zwart. Toen we klaar waren met eten slenterden sommige mensen in groepjes van twee of drie weg. Sommigen wandelden naar de rand van het water en probeerden stenen over het onrustige oppervlak te keilen. Anderen verzamelden zich voor een tweede expeditie naar de getijdenpoelen. McKayla ging op weg naar het winkeltje, met Jeremy in haar kielzog. Een paar mensen uit het reservaat liepen met hen mee, anderen gingen mee met de wandeling. Tegen de tijd dat iedereen uitgewaaierd was, zat ik in mijn eentje op mijn wrakhouten bank. Taylor en Lauren zaten te praten bij de cd-speler die iemand had meegenomen, samen met drie jongeren uit het reservaat, onder wie ook het meisje dat Julie heette en het oudste meisje dat als woordvoerder had opgetreden.

Een paar minuten nadat Allen met de wandelaars vertrokken was, kwam Julie naar me toe en ging op zijn plek zitten. Ze leek een jaar of veertien, vijftien misschien, en had lang, glanzend zwart haar dat met een elastiekje in haar nek bij elkaar was gebonden. Haar huid was prachtig, als koperachtig zijde. Haar donkere ogen stonden ver uit elkaar boven haar hoge jukbeenderen en haar lippen krulden in de vorm van een boog. Ze had een heel mooi gezicht. Mijn positieve mening werd echter geschaad door de eerste woorden die uit haar mond kwamen.

'Jij bent toch Beaufort Swan?'

Het was alsof ik de eerste dag op school weer helemaal opnieuw beleefde.

'Beau,' zuchtte ik.

'Tuurlijk,' zei ze, alsof ze dat al wist. 'Ik ben Julie Black.' Ze stak haar hand uit. 'Je hebt de pick-up van mijn moeder gekocht.'

'O,' zei ik opgelucht, en ik schudde haar warme hand. 'Jij bent de dochter van Bonnie. Ik zou je waarschijnlijk nog moeten kennen.'

'Nee, ik ben de jongste van het gezin – je kent mijn oudere broers misschien nog.'

En ineens schoot het me te binnen. 'Adam en Aaron.' Charlie en Bonnie en de man van Bonnie (die George heette, wist ik weer, en een paar jaar geleden was overleden, door een auto-ongeluk volgens mij – Charlie was erg van slag geweest) hadden ons tijdens mijn vakanties vaak bij elkaar gezet, om ons bezig te houden terwijl zij visten. We waren nooit echt vrienden geworden. En ik had natuurlijk zo vaak tegengesputterd dat er op mijn elfde een einde kwam aan de vistochtjes. 'Adam, Aaron en... Jules, toch?'

Ze glimlachte. 'Je weet het nog. Sinds mijn broers vertrokken zijn noemt niemand me nog zo.'

'Zijn ze er niet?' Ik keek naar de jongens bij het water en vroeg me af of ik ze nog zou herkennen.

Jules schudde haar hoofd. 'Nee, Adam heeft een beurs gekregen voor Washington State University en Aaron is met een Samoaanse surfster getrouwd – die woont nu op Hawaï.'

'Getrouwd. Wauw.' Ik was stomverbaasd. De tweeling was maar een jaar of wat ouder dan ik.

'En, hoe vind je de pick-up?' vroeg ze.

'Te gek. Hij loopt prima.'

'Ja, maar hij is supertraag,' lachte ze. 'Ik was zó opgelucht toen Charlie hem kocht. Ik mocht van mijn moeder geen andere auto bouwen zolang we nog een auto hadden die het goed deed.'

'Zo traag is hij nou ook weer niet,' wierp ik tegen.

'Heb je al geprobeerd harder dan negentig te rijden?'

'Nee,' gaf ik toe.

'Mooi. Doe maar niet.' Ze grijnsde.

Ik grijnsde onwillekeurig terug. 'Hij doet het prima tijdens botsingen,' meldde ik ter verdediging van mijn pick-up.

'Ik denk dat zelfs een tank dat oude monster niet plat krijgt,' stemde ze lachend in.

'Dus jij bouwt auto's?' vroeg ik, onder de indruk.

'In mijn vrije tijd, en als ik onderdelen heb. Je weet toevallig niet waar ik een hoofdremcilinder kan krijgen voor een Volkswagen Golf uit 1986, hè?' vroeg ze gekscherend. Ze had een interessante stem, warm en een beetje hees.

'Sorry,' lachte ik, 'ik heb er de laatste tijd geen gezien, maar ik zal mijn ogen openhouden.' Alsof ik wist wat dat was. Ze was een makkelijk iemand om mee te praten.

Jules liet een blinkende glimlach zien en bekeek me op een manier die ik begon te herkennen. Ik was niet de enige die het opviel.

'Ken je Beaufort, Julie?' vroeg Logan. Ik had kunnen weten dat iemand als Logan zou aanvoelen wat een hekel ik aan mijn volledige naam had.

'Beau en ik kennen elkaar al min of meer sinds ik een baby was,' zei Jules, en ze glimlachte weer naar me.

'O, leuk zeg,' zei Logan. Ik zag nu pas hoe vissig zijn bleekgroene ogen waren.

Jules trok haar wenkbrauwen op. 'Ja, bijzonder hè?'

Logan leek even van zijn stuk gebracht door haar sarcastische toon, maar hij was nog niet klaar met me. 'Beau, Taylor en ik hadden het er net over dat het zo jammer is dat geen van de Cullens vandaag kon komen. Heeft niemand eraan gedacht hen uit te nodigen?'

Hij keek me aan alsof hij wíst dat ik Edythe had meegevraagd, en het hilarisch vond dat ze me had afgewezen. Alleen had het helemaal niet gevoeld als een afwijzing – ik had juist het gevoel gehad dat ze wel mee had gewild, maar niet kon. Had ik dat verkeerd gezien?

Mijn gepieker werd onderbroken door een krachtige, heldere stem.

'Bedoel je het gezin van dr. Carine Cullen?'

Het was het oudere meisje dat de jongeren uit de buurt had voorgesteld. Ze was nog ouder dan ik had gedacht nu ik haar van dichtbij zag. Eigenlijk meer een vrouw dan een meisje. In tegenstelling tot Julie had ze jongenskort haar. Ze was opgestaan en ik zag dat ze bijna net zo lang was als ik.

Logan keek haar boos aan – met zijn hoofd in zijn nek, want hij was kleiner dan zij – en was geïrriteerd omdat ze iets had gezegd voordat ik antwoord kon geven. 'Ja, ken je ze?' vroeg hij neerbuigend terwijl hij zich maar half naar haar omdraaide.

'De Cullens komen hier niet,' zei ze, en door die heldere, sterke toon klonk het minder als een constatering en meer als een... bevel. Ze had zijn vraag niet beantwoord, maar het onderwerp was hiermee duidelijk afgedaan.

Taylor probeerde Logans aandacht terug te krijgen en vroeg wat hij van de cd vond die ze in haar handen had. Hij werd afgeleid.

Ik staarde naar de vrouw, die met een zelfverzekerde, kaarsrechte houding naar het donkere bos keek. Ze had gezegd dat de Cullens hier niet kwamen, maar haar toon had nog iets meer geïmpliceerd: dat ze hier niet mochten komen, dat het verboden was. Haar gedrag maakte een vreemde indruk op me die ik niet van me af kon zetten.

Jules onderbrak mijn overpeinzingen. 'Word je al helemaal gek van Forks?'

Ik fronste mijn wenkbrauwen. Misschien was ik inmiddels wel letterlijk gek. 'Dat is nog zacht uitgedrukt.'

Ze grijnsde meelevend.

Ik dacht nog steeds aan de opmerking die de vrouw over de Cullens had gemaakt en probeerde een link te leggen met de manier waarop Edythe eerder deze week had gereageerd. Ik keek onderzoekend naar Jules.

'Wat is er?' vroeg ze.

'Heb je zin om een stukje met me over het strand te lopen?'

Ze keek even naar Logan en grijnsde naar me. 'Ja, wegwezen hier.'

Terwijl we naar het noorden liepen richting de muur van wrakhout, kregen de wolken eindelijk de overhand. De zon verdween, de zee werd zwart en de temperatuur daalde. Ik stopte mijn handen diep in de zakken van mijn jas.

Onderweg dacht ik aan de manier waarop Edythe alles uit me leek te krijgen, als ze me aankeek van onder haar volle wimpers met die gloeiende ogen tot ik alles leek te vergeten – hoe ik heette, hoe ik moest ademhalen, alles behalve haar. Ik gluurde even naar het meisje dat nu naast me liep. Jules had alleen een shirt met lange mouwen aan, maar ze zwaaide met haar armen tijdens het lopen en leek geen last te hebben van de kou. De wind striemde haar zijdeachtige zwarte haar op haar rug in strengen en klitten. Haar gezicht had een heel natuurlijke, open uitstraling. Ook als ik dat gloeiende trucje van Edythe zou kunnen, dan zou

dit meisje me waarschijnlijk gewoon uitlachen. Maar niet gemeen, dacht ik. Jules zou nooit achter je rug om grappen over je maken.

'Leuke vrienden,' merkte ze kritisch op toen we zo ver van het kampvuur waren dat het gekletter van de stenen onder onze voeten ons gepraat ruimschoots overstemde.

'Dat zijn mijn vrienden niet.'

Ze lachte. 'Dat dacht ik al.'

'Waren die andere mensen jouw vrienden? Dat ene meisje leek... wat ouder.'

'Dat is Samantha – Sam. Ik geloof dat ze negentien is, ik ken haar niet zo goed. Er was wel een vriendin van mij bij, Quil. Volgens mij is ze naar de winkel gegaan.'

'Ik weet niet meer wie dat was.'

Ze haalde haar schouders op. 'Ik kreeg ook lang niet alle namen mee. Ik weet die van jou alleen nog omdat je altijd aan mijn haar trok.'

'Is dat zo? Sorry daarvoor!'

Ze lachte. 'Die blik van jou. Nee, dat deden alleen mijn broers. Maar ik had je zo kunnen laten geloven dat jij dat deed.'

Ik lachte met haar mee. 'Dat zal best. Hé, mag ik iets vragen?'

'Brand los.'

'Wat bedoelde dat meisje, Sam, over het gezin van de dokter?'

Jules trok een grimas en keek weg, naar de zee. Ze gaf geen antwoord.

En dat betekende vast dat ik gelijk had. Er zat meer achter die opmerking van Sam. En Jules wist wat het was.

Ze keek nog steeds naar de zee.

'Hé, eh, ik wilde niet onbeleefd zijn.'

Jules draaide zich om en glimlachte haast verontschuldigend naar me. 'Maak je geen zorgen. Maar... ik mag er eigenlijk niet over praten.'

'Is het geheim?'

Ze tuitte haar gewelfde lippen. 'Soort van.'

Ik stak mijn handen omhoog. 'Ik heb niets gezegd.'

'Ik heb het eigenlijk al verpest, hè?'

'Nou, jíj niet... Maar die Sam was wel een beetje... fel.'

Ze lachte. 'Mooi. Sams schuld dus.'

Ik lachte ook. 'Niet echt. Ik snap er niets van.'

Ze keek naar me op en glimlachte alsof wij samen ook een geheim hadden. 'Kan ik je vertrouwen?'

'Natuurlijk.'

'Ga je niet meteen alles doorvertellen aan die blonde vriend van je?'

'Logan? Nee, ik kan niets verborgen houden voor die gast. We zijn net broers.'

Dat vond ze grappig. Haar lach gaf me het idee dat ik leuker was dan in werkelijkheid.

Haar hese stem werd nog iets zachter. 'Hou je van enge verhalen, Beau?'

Heel even hoorde ik Edythes stem heel duidelijk in mijn hoofd. *Denk je dat ik eng zou kunnen zijn?*

'Hoe eng precies?'

'Zo eng dat je er nooit meer van kunt slapen,' beloofde ze.

'Nou, dan wil ik het horen.'

Ze grinnikte en sloeg haar ogen neer. Haar mondhoeken krulden omhoog. Ik zag dat ze er iets moois van wilde maken.

We waren nu vlak bij een aangespoelde boom, een enorm wit geraamte waarvan de kronkelige wortels uitstaken als honderden spinnenpoten. Jules klauterde omhoog om op een van de dikkere wortels te gaan zitten, en ik nam onder haar plaats op de stam. Ik probeerde alleen geïnteresseerd naar haar te kijken, en niet alsof ik dit serieus nam.

'Ik ben klaar om doodsbang gemaakt te worden.'

'Heb je wel eens een van onze oude verhalen gehoord, over waar we vandaan komen – de Quileutes bedoel ik?' begon ze.

'Niet echt,' bekende ik.

'Er zijn veel legendes, en van sommige wordt beweerd dat ze teruggaan tot de Grote Zondvloed – ze zeggen dat de oude Quileutes hun kano's vastbonden aan de toppen van de hoogste bomen op de berg om te overleven, net als Noach en de ark.' Ze glimlachte om te laten zien dat zij dit ook niet serieus nam. 'Volgens een andere legende stammen we af van wolven – en de wolven zouden nog steeds onze zusters zijn. Het is tegen de wetten van de stam om ze te doden.

En dan zijn er nog de verhalen over de koude wezens.' Haar stem werd nog zachter.

'De koude wezens?' vroeg ik. Keek ik te geïnteresseerd? Had ze door dat het woord 'koud' iets voor mij betekende?

'Ja. Er zijn verhalen over de koude wezens die net zo oud zijn als de wolflegendes, en sommige zijn veel recenter. Volgens een legende kende mijn eigen overgrootmoeder enkele van hen. Zij was degene die een verdrag met hen sloot waardoor ze niet meer op ons land mogen komen.' Ze rolde met haar ogen.

'Jouw overgrootmoeder?' moedigde ik aan.

'Ze was een stamoudste, net als mijn moeder. De koude wezens zijn namelijk de natuurlijke vijanden van de wolf – althans niet de echte wolf, maar de wolven die in vrouwen veranderen, zoals onze voorouders. Je zou ze weerwolven kunnen noemen.'

'Weerwolven hebben vijanden?'

'Eentje maar.'

Ik staarde haar te gretig aan en probeerde te doen alsof mijn ongeduld geboeidheid was.

'Dus,' ging Jules verder, 'de koude wezens zijn van oudsher onze vijanden. Maar de groep die naar ons gebied kwam toen mijn overgrootmoeder nog leefde was anders. Ze jaagden niet zoals hun soortgenoten deden, en mijn overgrootmoeder ging ervan uit dat ze ongevaarlijk waren voor de stam. Daarom heeft ze een wapenstilstand met hen gesloten. Als zij beloofden niet op ons land te komen, zouden wij hen niet verraden aan de bleekgezichten.' Ze knipoogde naar me.

'Als ze niet gevaarlijk waren, waarom...?'

'Het is altijd riskant voor mensen om bij de koude wezens in de buurt te zijn, zelfs als ze beschaafd zijn zoals deze clan. Je weet nooit wanneer ze zo veel honger krijgen dat ze zich niet meer in kunnen houden.' Ze liet haar stem expres extra dreigend klinken.

'Wat bedoel je met "beschaafd"?'

'Ze beweerden dat ze niet op mensen jaagden. Ze schenen op de een of andere manier in staat te zijn om uitsluitend dieren te eten.'

Ik probeerde nonchalant te blijven klinken, maar ik vreesde dat dat niet lukte. 'Wat heeft dat dan met de Cullens te maken? Zijn zij net zoals de koude wezens die je overgrootmoeder heeft ontmoet?'

'Nee...' Ze laste een theatrale stilte in. 'Zij zíjn die wezens.'

Kennelijk dacht ze dat de uitdrukking op mijn gezicht alleen maar betekende dat ik helemaal opging in haar verhaal. Ze glimlachte tevreden en ging verder.

'Het zijn er nu meer, een nieuw vrouwtje en een nieuw mannetje, maar de rest is hetzelfde. In de tijd van mijn overgrootoma kenden ze de leidster al: Carine. Ze was hier geweest en alweer vertrokken voordat jóúw soort kwam.' Ze onderdrukte een glimlach en probeerde serieus te blijven klinken.

'En wat zijn ze dan?' vroeg ik ten slotte. 'Wat zíjn de koude wezens?'

'Bloeddrinkers,' antwoordde ze met een griezelstem. 'Jullie noemen hen vampiers.'

Na haar antwoord staarde ik naar de ruige branding, omdat ik niet wist wat mijn gezicht verried. *Denk je dat ik eng zou kunnen zijn?* herhaalde de stem van Edythe in mijn hoofd.

'Je hebt kippenvel in je nek!' lachte Jules verrukt.

'Je bent een goede verteller,' antwoordde ik met mijn blik op de golven.

'Dank je, maar je hebt het gewoon koud. Krankzinnig verhaal, hè? Logisch dat mijn moeder niet wil dat we er met iemand over praten.'

Ik kon mijn gezichtsuitdrukking nog niet genoeg onder controle krijgen om haar al aan te kijken. 'Wees maar niet bang, ik zal je niet verraden.'

'Ik heb zojuist het verdrag geschonden.' Ze gooide haar hoofd in haar nek en schaterde het uit.

'Ik zwijg als het graf,' beloofde ik, en er liep een rilling langs mijn rug.

'Serieus, niets tegen Charlie zeggen, hoor. Hij was behoorlijk boos op mijn moeder toen hij hoorde dat sommigen van ons niet meer naar het ziekenhuis gaan sinds dr. Cullen daar werkt.'

'Tuurlijk, ik hou m'n mond.'

'En, vind je ons nu een stelletje bijgelovige indianen?' vroeg ze op speelse toon, maar ook een klein beetje bezorgd. Ik had nog niet weggekeken van de oceaan.

Nu draaide ik me om en glimlachte zo normaal mogelijk naar haar.

'Nee. Ik vind dat je heel goed enge verhalen kunt vertellen. Kijk, ik heb nog steeds kippenvel.' Ik trok de mouw van mijn jas omhoog om het haar te laten zien.

'Cool.' Ze grijnsde.

En toen hoorden we allebei het geluid van tegen elkaar kletterende strandstenen. We keken op hetzelfde moment op en zagen McKayla en Jeremy, ongeveer vijftig meter bij ons vandaan, naar ons toe lopen.

'Daar ben je, Beau,' riep McKayla opgelucht terwijl ze verwoed naar me zwaaide.

'Is dat je vriendin?' vroeg Jules toen ze de ondertoon in McKayla's stem hoorde. Het verbaasde me dat het kennelijk zo opviel.

'Nee, waarom denkt iedereen dat toch?'

Jules snoof. 'Omdat zij dat graag wil waarschijnlijk.'

Ik zuchtte.

'Als je die vrienden van je een keer zat bent, dan hoor ik het wel.'

'Klink goed,' zei ik, en dat meende ik. Ik wist niet of het kwam doordat we elkaar al lang kenden, ook al was het slechts oppervlakkig, of doordat Jules zo'n relaxte meid was, maar ik voelde me nu al meer op mijn gemak bij haar dan bij alle mensen met wie ik straks naar huis zou rijden.

McKayla had ons nu bereikt, met Jeremy, die moeite had haar bij te houden, een paar stappen achter haar. McKayla liet haar blik over Jules glijden en draaide zich toen naar me om op een manier die nogal laatdunkend overkwam jegens Jules. Jules snoof nog een keer, zachtjes.

'Waar was je?' vroeg McKayla, hoewel het antwoord recht voor haar neus stond.

'Jules heeft me een rondleiding over First Beach gegeven.' Ik glimlachte naar

Jules en ze grijnsde terug. Weer was het net alsof we een geheim deelden. En nu was dat natuurlijk ook zo.

'O,' zei McKayla terwijl ze Jules nog eens opnam. 'We zijn de spullen bij elkaar aan het pakken. Het gaat zo regenen.'

We keken allemaal omhoog: de wolken zagen er dicht, zwart en erg nat uit.

'Oké,' zei ik. 'Ik kom eraan.'

'Leuk je weer gezien te hebben,' zei Jules, en volgens mij zat ze McKayla te jennen.

'Vond ik ook. De volgende keer dat Charlie bij Bonnie langsgaat kom ik mee.'

Ze grijnsde van oor tot oor en liet haar regelmatige witte tanden zien. 'Dat zou tof zijn.'

'En bedankt,' voegde ik er zacht aan en iets te ernstig aan toe.

Ze gaf me een knipoog.

Ik deed mijn capuchon omhoog terwijl we over de rotsen naar de parkeerplaats sjokten. Er vielen al een paar druppels, die zwarte vlekken maakten op de stenen waar ze neerkwamen. Toen we bij de Suburban kwamen, waren de anderen al bezig alles in te laden. Ik kroop op de achterbank met Allen en Taylor, met de mededeling dat iemand anders nu voorin mocht. Allen staarde uit het raam naar de naderende storm en Logan draaide zich om op de middenstoel om Taylors aandacht te trekken, dus ik kon gewoon achterover leunen, mijn ogen dichtdoen en heel hard proberen niet na te denken.

7. Nachtmerrie

Ik zei tegen Charlie dat ik heel veel huiswerk had en dat ik geen trek meer had omdat ik in La Push al heel veel gegeten had. Er was een basketbalwedstrijd die hij dolgraag wilde zien, terwijl ik natuurlijk geen idee had wat er zo bijzonder aan was, dus hij merkte niet dat ik een beetje bedrukt keek.

Eenmaal in mijn kamer deed ik de deur op slot. Ik groef in mijn bureau tot ik mijn oude koptelefoon had gevonden en sloot hem aan op mijn kleine cd-speler. Ik pakte een cd die ik voor kerst van Phil had gekregen. Het was een van zijn lievelingsbands, maar ze waren iets te hard voor mij. Ik stopte hem in de speler en ging op mijn bed liggen. Ik deed de koptelefoon op, drukte op *play* en zette hem zo hard dat het pijn deed aan mijn oren. Ik sloot mijn ogen en legde een kussen over de bovenste helft van mijn gezicht.

Ik concentreerde me alleen maar op de muziek, probeerde de teksten te verstaan en de ingewikkelde drumpatronen te ontwarren. Toen ik de cd voor de derde keer gehoord had, kende ik in geval alle refreinen. Tot mijn verbazing vond ik het eigenlijk best een goede band, toen ik eenmaal gewend was aan de herrie. Ik moest Phil nog maar eens bedanken.

En het werkte. De oorverdovende beats maakten nadenken onmogelijk, en dat was precies de bedoeling. Ik luisterde steeds opnieuw naar de cd tot ik alle liedjes mee kon zingen en uiteindelijk in slaap viel.

Ik deed mijn ogen open op een bekende plek. Ergens besefte ik wel dat ik droomde, maar voor het overgrote deel was ik gewoon in het groene licht van het bos aanwezig. Ik hoorde de golven tegen de rotsen in de buurt slaan en wist dat ik de zon zou kunnen zien als ik de zee kon vinden. Ik probeerde het geluid te volgen, maar toen was Jules er ineens, die me aan mijn hand mee trok naar het donkerste gedeelte van het bos.

'Jules, wat is er aan de hand?' vroeg ik. Met een angstig gezicht hing ze aan mijn hand om me terug het donker in te slepen.

'Rennen, Beau, je moet rennen!' fluisterde ze doodsbang.

'Hierheen, Beau!' Dat was de stem van McKayla die me ergens in het dichte bos stond te roepen, maar ik zag haar niet.

'Waarom?' vroeg ik, en ik bleef me verzetten tegen Jules' greep. Mijn droom-ik wilde per se de zon zien. Het was het enige waar ik me op kon richten.

En toen liet Jules mijn hand los; ze slaakte een kreet en viel plotseling trillend en stuiptrekkend op de grond. Ik kon me niet verroeren en keek vol afschuw toe.

'Jules!' schreeuwde ik, maar ze was verdwenen. Op de plek waar ze had gelegen stond nu een grote, roodbruine wolf met zwarte ogen. De wolf keek van me weg, in de richting van de kust. Het haar op haar schouders stond overeind en een laag gegrom kwam tussen haar ontblote tanden vandaan.

'Beau, rennen!' riep McKayla achter me opnieuw. Maar ik draaide me niet om. Ik keek naar een licht dat vanaf het strand naar me toe kwam.

En toen stapte Edythe tussen de bomen vandaan.

Ze droeg een zwarte jurk. Hij kwam helemaal tot de grond, maar liet haar armen en schouders bloot en had een diep decolleté. Haar huid gloeide zachtjes, haar ogen waren inktzwart. Ze stak haar hand op en wenkte me. Haar nagels waren in scherpe punten gevijld en dieprood gelakt, zo donker dat ze bijna net zo zwart waren als haar jurk. Haar lippen hadden dezelfde kleur.

De wolf tussen ons gromde.

Ik deed een stap naar voren, naar Edythe. Ze glimlachte en de tanden tussen haar donkere lippen waren net zo scherp en puntig als haar nagels.

'Vertrouw me,' zei ze spinnend.

Ik deed nog een stap.

De wolf vloog over de open plek tussen mij en de vampier, haar muil gericht op Edythes keel.

'Nee!' schreeuwde ik, en ik schoot overeind in mijn bed.

Door mijn plotselinge beweging trok de koptelefoon de cd-speler van het nachtkastje, en het ding viel kletterend op de houten vloer.

Het licht brandde nog en ik zat op bed met mijn kleren en schoenen aan. Ik keek gedesoriënteerd op de klok op mijn ladekast. Het was halfzes 's ochtends.

Ik kreunde, plofte weer neer en rolde op mijn buik terwijl ik mijn schoenen uitschopte. Maar ik lag te ongemakkelijk om weer in slaap te kunnen vallen. Ik rolde me weer op mijn rug, knoopte mijn spijkerbroek los en wriemelde er moeizaam uit terwijl ik horizontaal probeerde te blijven liggen. Ik trok het kussen weer over mijn ogen.

Het hielp allemaal niet. Mijn onderbewustzijn had besloten om zich te wentelen in het woord dat ik zo wanhopig had geprobeerd te vermijden. Ik moest de confrontatie aangaan.

Eerst het belangrijkste, dacht ik bij mezelf, in een poging het zo lang mogelijk uit te stellen. Ik pakte mijn toilettas.

Het douchen was zo gebeurd. Ik wist niet of Charlie nog lag te slapen, of dat hij al vertrokken was. Ik liep naar het raam en zag dat de surveillanceauto weg was. Weer in alle vroegte aan het vissen.

Langzaam trok ik mijn spijkerbroek weer aan en een oude trui, en toen maakte ik mijn bed op, gewoon om tijd te rekken.

Ik kon het niet langer uitstellen. Ik liep naar mijn bureau en zette mijn oude computer aan.

Internetten was verschrikkelijk hier. Mijn modem hoorde in een museum, en mijn gratis abonnement bewees maar weer eens dat je krijgt waarvoor je betaalt. Alleen het inbellen duurde al zo lang dat ik besloot om tijdens het wachten een bord muesli te eten.

Ik at langzaam, dus de laatste happen waren te soppig geworden. Ik waste de kom en lepel af en ruimde ze op. Met slepende voeten liep ik weer naar boven. Ik raapte eerst de cd-speler op, rolde het snoer van de koptelefoon op en legde hem in het laatje van mijn bureau. Ik zette dezelfde cd weer op, maar veel zachter, tot het achtergrondmuziek was.

Met een zucht ging ik achter de computer zitten en voelde me al een sukkel toen ik het woord intikte.

Vampier.

Ik voelde me een nog grotere sukkel toen ik ernaar keek.

De resultaten waren moeilijk te filteren. Het meeste was amusement: films, tv-series, rollenspellen, metalbands... Ik zag gothic kleren en make-up, Halloweenkostuums en vampierconventies.

Uiteindelijk vond ik een veelbelovende site – *Vampier A-Z* – en ik wachtte ongeduldig tot hij geladen was. Het bleek een eenvoudige pagina die er wetenschappelijk uitzag, met zwarte tekst op een witte achtergrond. Op de homepage stonden twee citaten:

In de enorme schaduwrijke wereld van geesten en demonen is er geen verschrikkelijker figuur, geen figuur zo gevreesd en verafschuwd, maar toch zo bejegend met angstige fascinatie, als de vampier, die zelf geest noch demon is, maar die niettemin de duistere karaktertrekken en de mysterieuze en vreselijke eigenschappen van beiden bezit.
- Ds. Montague Summers

Als er één legende in deze wereld goed gedocumenteerd is, dan is het wel die van de vampier. Niets ontbreekt: officiële rapporten, verklaringen van beken-

de mensen, van chirurgen, priesters, magistraten; de gerechtelijke bewijzen zijn het meest compleet. Maar daarbij komt: wie gelooft er nu in vampiers?
– Rousseau

De rest van de site was een gealfabetiseerd overzicht van alle verschillende vampiermythen uit de hele wereld. De eerste waar ik op klikte, de *Danag*, was een Filipijnse vampier die verantwoordelijk zou zijn voor het planten van taro-knollen op de eilanden, lang geleden. De mythe vertelde verder dat de Danag vele jaren met mensen samenwerkten, maar dat er aan die samenwerking een eind kwam toen een vrouw op een dag in haar vinger sneed en een Danag het bloed oplikte. Hij vond de smaak zo lekker dat hij haar lichaam helemaal leegzoog.

Ik las zorgvuldig de beschrijvingen, op zoek naar iets wat bekend of zelfs geloofwaardig klonk. Ik kreeg de indruk dat de meeste vampiermythen over demonen gingen die eruitzagen als beeldschone vrouwen, en kinderen die het slachtoffer werden. Ze leken ook bedacht om de hoge sterftecijfers onder jonge kinderen te verklaren en als excuus voor mannen om vreemd te gaan. In veel van de verhalen kwamen lichaamloze geesten voor en werd er gewaarschuwd voor een verkeerde manier van begraven. Er was niet veel dat leek op de films die ik me kon herinneren, en er waren maar heel weinig vampiers, zoals de Hebreeuwse *Estrie* en de Poolse *Upier*, die zich met het drinken van bloed bezig leken te houden.

Slechts drie beschrijvingen trokken echt mijn aandacht: de Roemeense *Varacolaci*, een krachtig ondood wezen dat kon verschijnen als een beeldschone, bleke mens; de Slowaakse *Nelapsi*, een wezen dat zo sterk en snel was dat het een heel dorp kon uitmoorden in het ene uur na middernacht, en tot slot de *Stregoni benefici*.

Over die laatste stond er maar een kort zinnetje.

Stregoni benefici: een Italiaanse vampier waarvan beweerd wordt dat hij aan de kant van het goede staat, en een aartsvijand van alle slechte vampiers.

Het was een vreemde opluchting, die ene korte beschrijving, de ene mythe tussen talloze andere die beweerde dat er goede vampiers bestonden.

Maar over het algemeen was er weinig dat overeenkwam met het verhaal van Jules of de dingen die ik zelf had gezien. Ik had in gedachten een klein lijstje gemaakt en vergeleek dat tijdens het lezen met elke mythe. Schoonheid, snelheid, kracht, bleke huid, ogen die van kleur veranderden, en dan Jules' criteria: bloeddrinkers, vijanden van de weerwolf, koude huid en onsterfelijk. Er waren weinig mythen waarin ook maar een van deze kenmerken genoemd werd.

En dan was er nog een ander probleem, dat ik me kon herinneren van de paar griezelfilms die ik had gezien en dat werd onderschreven door wat ik vandaag gelezen had: vampiers konden het daglicht niet verdagen, de zon zou hen gelijk verschroeien. Ze sliepen de hele dag in doodskisten en kwamen alleen 's nachts buiten.

Geërgerd drukte ik op de uitknop van de computer. Ik had niet het geduld om de boel netjes af te sluiten. Naast mijn irritatie voelde ik vooral schaamte. Het was allemaal zo stom. Waarom zat ik in mijn kamer onderzoek te doen naar vampiers? Wat was er met me aan de hand?

Ik moest het huis uit, maar er was geen enkele plek waar ik naartoe wilde die niet drie dagen rijden was. Toch trok ik mijn laarzen aan, niet wetend waar ik heen ging, en liep de trap af. Ik trok mijn regenjas aan zonder te kijken wat voor weer het was en stampte naar buiten.

Het was bewolkt, maar het regende nog niet. Ik liet mijn auto staan en liep naar het oosten, dwars over Charlies grasveld naar het bos verderop. Algauw was ik zo diep in het bos dat ik het huis en de weg niet meer kon zien, en het enige geluid was het gezomp van de vochtige aarde onder mijn voeten.

Er liep hier een smal pad door het bos; het kronkelde steeds dieper het bos in, voornamelijk oostwaarts, als ik me niet vergiste. Het slingerde langs sparren en Canadese dennen, taxusbomen en esdoorns. Ik kende de namen van de bomen om me heen slechts vaag, en alles wat ik wist had ik alleen maar te danken aan Charlie, die ze lang geleden had aangewezen vanuit de surveillanceauto. Een heleboel bomen die ik zag kende ik niet, en van andere was ik niet zeker omdat ze geheel bedekt waren door groene woekerplanten.

Ik volgde het pad zolang mijn boosheid me voortdreef. Toen die wegebde, ging ik langzamer lopen. Er vielen een paar druppels water uit het bladerdak boven me, maar ik wist niet of het was gaan regenen of dat het gewoon nattigheid was van gisteren die zich op de bladeren hoog boven me verzameld had en nu langzaam naar beneden droop. Een pas gevallen boom – ik wist dat het pas was omdat hij nog niet helemaal met mos bedekt was – leunde tegen de stam van een andere en vormde zo een beschut bankje op een paar passen van het pad. Ik stapte over de varens en ging zitten, en ik leunde met mijn hoofd in de capuchon tegen de levende boom.

Dit was niet de goede plek geweest om naartoe te gaan. Ik had het moeten weten, maar waar had ik anders heen gemoeten? Het bos was diepgroen en leek veel te veel op het tafereel uit mijn droom van afgelopen nacht om tot rust te komen. Zonder het geluid van mijn zompige voetstappen was de stilte doordringend. De vogels waren ook stil en het begon steeds harder te druppelen, dus het moest hierboven regenen. Nu ik zat kwamen de varens bijna tot aan mijn hoofd en ik wist dat iemand een meter verderop over het pad kon lopen zonder me te zien.

Hier tussen de bomen was het veel makkelijker om die stomme dingen te geloven waar ik me binnenshuis voor geschaamd had. In dit bos was al duizenden jaren niets veranderd, en alle mythen en legendes leken in deze oeroude groene doolhof veel waarschijnlijker dan ze in mijn alledaagse slaapkamer hadden geleken.

Ik dwong mezelf om me te richten op de twee belangrijkste vragen waar ik een antwoord op wilde.

Ten eerste moest ik bepalen of het verhaal van Jules over de Cullens waar zou kunnen zijn.

Mijn verstand antwoordde onmiddellijk met een luid en duidelijk 'nee'. Het was al stom dat ik er ook maar over nadacht. Het waren gewoon suffe verhalen. Oude griezellegenden.

Maar wat dan, vroeg ik me af. Er was geen rationele verklaring voor het feit dat ik niet door dat busje was verpletterd. Ik somde in mijn hoofd de dingen nog eens op die ik zelf had gezien: de onmogelijke snelheid en kracht, de oogkleur die van zwart naar goud en weer terug veranderde, de bleke, ijskoude huid. En meer, kleine dingen die langzaam tot me doordrongen: hoe ze nooit leken te eten, de verontrustende gratie waarmee ze bewogen. En de manier waarop zíj soms sprak, met ongewone tongval en zinnen die beter pasten bij de stijl van de historische romans waar mijn moeder zo dol op was dan die van een leslokaal in de eenentwintigste eeuw. Ze had gespijbeld toen we bloedgroepen gingen bepalen. Ze had pas nee gezegd tegen het tochtje naar het strand toen ik vertelde waar we heen gingen. Ze leek van iedereen om haar heen te weten wat ze dachten, behalve van mij. Ze had gezegd dat zij de slechterik was, gevaarlijk...

Konden de Cullens vampiers zijn?

Tja, ze waren íéts. In dit onbeduidende stadje gebeurde iets wat de grenzen van normaal en logisch overschreed. Of het nou Jules' koude wezens waren of mijn eigen superheldentheorie, Edythe Cullen was niet... menselijk. Ze was meer.

Dus... misschien. Daar moest ik het voorlopig maar mee doen.

En dan de allerbelangrijkste vraag: wat ging ik ermee doen?

Áls Edythe een vampier was – het kostte al moeite om het woord te denken – wat moest ik dan doen? Iemand anders erbij betrekken was uitgesloten. Ik kon het zelf nauwelijks geloven; als ik zou proberen het aan iemand uit te leggen, zou hij of zij me gelijk laten opnemen.

Er leken slechts twee opties mogelijk. De eerste was haar advies opvolgen: slim zijn en haar zoveel mogelijk mijden. Onze plannen afzeggen en mijn best doen om haar zo goed en zo kwaad als dat ging te negeren. Doen alsof er een ondoordringbare glazen muur tussen ons in stond tijdens die ene les waar we gedwongen naast elkaar zaten. Zeggen dat ze gelijk had, en dan nooit meer met haar praten.

En dat idee alleen al deed meer pijn dan het zou moeten doen. Meer dan ik aankon, voelde ik. Snel schakelde ik over op de volgende optie.

Ik kon alles zo laten. Tenslotte had ze, als ze al iets... boosaardigs was, nog niets slechts gedaan. Integendeel, ik zou een deuk in Taylors bumper zijn als zij niet zo snel had gereageerd. Zo snel, wierp ik mezelf tegen, dat het gewoon een automatisme had kunnen zijn. Maar als het een automatisme was om levens te redden, hoe slecht kon ze dan zijn? Mijn gedachten draaiden in kringetjes rond zonder antwoorden te vinden.

Eén ding wist ik zeker, als ik al iets zeker wist. De Edythe in de zwarte jurk met de scherpe tanden en nagels was slechts de belichaming van het woord dat Jules had gezegd, en niet de echte Edythe. En dat ik 'nee' had geschreeuwd toen de weerwolf aanviel, was niet uit angst voor de weerwolf. Ik was doodsbang geweest dat zíj gewond zou raken. Ook al riep ze me met haar ontblote, scherpe tanden, ik was bang om háár.

En ik wist dat dat mijn antwoord was. Ik wist niet of ik ooit een keus had gehad. Ik zat er al te diep in. Nu ik het wist, áls ik het wist, wat kon ik er dan aan doen? Want als ik aan haar dacht, aan haar stem, haar hypnotiserende ogen, de manier waarop haar lichaam het mijne aantrok, wilde ik alleen maar bij haar zijn. Zelfs als... maar ik wilde dat woord niet meer denken. Niet hier, in het stille bos. Niet nu de regen het zo donker maakte onder het bladerdak en als voetstappen op de aarde roffelde. Ik rilde en sprong overeind, bang dat de regen het pad had uitgewist.

Maar het was er nog, en kronkelde de druipende, groene schemering uit. Ik beende met grote passen terug en terwijl ik bijna tussen de bomen door holde, zag ik verbaasd hoe ver ik had gelopen. Ik begon me af te vragen of ik wel het bos uit liep, of juist het pad dieper het woud in volgde. Maar voordat ik al te zeer in paniek kon raken, zag ik hier en daar open plekken door de takken. En toen hoorde ik een auto over de weg rijden en was ik het bos uit, met Charlies gazon onder mijn voeten.

Het was pas twaalf uur toen ik weer binnenkwam. Ik ging naar boven en trok gewone kleren aan: een schone spijkerbroek en een T-shirt, omdat ik toch niet meer naar buiten zou gaan. Het kostte me niet al te veel moeite om me op mijn huiswerk te concentreren, een werkstuk over *Macbeth* dat we woensdag moesten inleveren. Ik begon aan de ruwe opzet, en ik voelde me rustiger dan ik me gevoeld had sinds... nou, sinds donderdagmiddag, als ik eerlijk was.

Maar zo ging het altijd bij mij. Voor mij was beslissingen nemen het pijnlijkste gedeelte, het deel waar ik moeilijk over deed. Maar als de beslissing eenmaal genomen was, hield ik me er gewoon aan, meestal opgelucht dat de keuze gemaakt was. Soms ging de opluchting gepaard met wanhoop, zoals toen ik besloten had naar Forks te gaan. Maar het was nog altijd beter dan piekeren over alternatieven.

Het was bijna te eenvoudig om met deze beslissing te leven. Gevaarlijk eenvoudig.

De rest van de dag was stil en productief: om acht uur had ik mijn werkstuk af. Charlie kwam thuis met een flinke vangst, en ik bedacht dat ik niet moest vergeten om een viskookboek te kopen als ik volgende week in Seattle was. De golven adrenaline die ik door mijn lijf voelde gieren als ik daaraan dacht, waren nog dezelfde als voordat ik met Jules over het strand had gewandeld. Ze zouden anders moeten zijn, maar het lukte me niet om de juiste soort angst te voelen.

Die nacht had ik geen dromen, uitgeput omdat ik zo vroeg was opgestaan. Voor de tweede keer sinds ik in Forks was werd ik wakker met het heldergele licht van een zonnige dag. Ik strompelde naar het raam en zag tot mijn stomme verbazing dat er bijna geen wolkje aan de lucht was. Ik deed het raam open – verrast dat het stilletjes openging, zonder te klemmen, omdat het al weet ik hoeveel jaar niet open was geweest – en zoog de relatief droge lucht naar binnen. Het was bijna warm en er stond nauwelijks wind. Het bloed bonsde door mijn aderen.

Charlie was net klaar met ontbijten toen ik beneden kwam, en hij had mijn goede humeur meteen in de gaten.

'Lekker weer vandaag,' merkte hij op.

'Zeg dat wel,' beaamde ik grijnzend.

Hij glimlachte terug, met rimpeltjes rond zijn bruine ogen. Als hij zo breeduit lachte, was het makkelijker om hem als de man te zien die, toen hij maar drie jaar ouder was dan ik, in een opwelling met een mooi meisje was getrouwd dat hij nauwelijks kende. Er was niet veel over van die man. Hij was door de jaren heen vervaagd, net als de bruine krullen die zich van zijn voorhoofd hadden teruggetrokken.

Ik ontbeet met een glimlach op mijn gezicht en keek naar de stofjes die dansten in het zonlicht dat door het raam naar binnen scheen. Charlie riep gedag en ik hoorde zijn auto wegrijden. Op weg naar buiten aarzelde ik even, mijn hand op mijn regenjas. Hem thuis laten was de goden verzoeken. Ik vouwde hem over mijn arm en stapte het felste zonlicht in dat ik in maanden gezien had.

Na een korte strijd had ik beide ramen van de pick-up bijna helemaal naar beneden gedraaid. Ik was een van de eersten op school. In mijn haast om naar buiten te gaan had ik helemaal niet op de klok gekeken. Ik parkeerde en ging naar de picknicktafels aan de zuidzijde van de kantine. De bankjes waren nog vochtig, dus ik ging op mijn jas zitten, blij dat ik hem toch nodig had. Mijn huiswerk was af, maar er waren nog wat wiskundeopgaven waar ik over twijfelde. Ik pakte mijn boek, maar halverwege het controleren van de eerste opgave dwaalden mijn gedachten af en ik keek naar het zonlicht dat op de rode bast van de bomen speelde. Gedachteloos zat ik in de kantlijn van mijn huiswerk te tekenen. Na een paar minuten realiseerde ik me dat ik vijf paar donkere ogen had getekend die vanaf het papier naar me staarden. Ik veegde ze uit met mijn gum.

'Beau!' hoorde ik iemand roepen, en het klonk als McKayla. Ik keek om me heen en zag dat er een heleboel mensen naar school waren gekomen terwijl ik hier had gezeten. Iedereen droeg T-shirts, sommigen zelfs korte broeken, hoewel het niet warmer kon zijn dan zestien graden. McKayla kwam naar me toe in een rokje dat tot halverwege haar bovenbenen kwam en een hemdje.

'Hé McKayla,' antwoordde ik.

Ze kwam bij me zitten, haar net gesteilde haar glansde in de zon en ze had een brede grijns op haar gezicht. Ze was zo blij om me te zien, het werkte aanstekelijk.

'Heerlijke dag, hè?'

'Mijn soort dag,' zei ik knikkend.

'Wat heb je gisteren gedaan?' Haar stem had een irritant bezitterige ondertoon, en het deed me denken aan wat Jules zaterdag had gezegd. Mensen dachten dat ik haar vriendje was omdat McKayla wílde dat ze dat dachten.

Maar ik had geen zin om mijn goede humeur te laten verpesten. 'Ik heb vooral aan mijn werkstuk gewerkt.'

'O ja, dat moeten we donderdag inleveren, toch?'

'Eh, woensdag, dacht ik.'

'Woensdag?' Haar glimlach verflauwde. 'Dan heb ik een probleem. Ik denk dat ik er vanavond maar eens aan moet beginnen.' Ze fronste. 'Ik wilde eigenlijk vragen of je zin had om iets leuks te gaan doen.'

'O.' Ik was van mijn stuk gebracht. Waarom kon ik nooit een gesprek met McKayla hebben zonder dat het moeizaam werd?

'Nou ja, we zouden nog wel uit eten kunnen gaan of zo... en dan begin ik er wat later aan.' Ze keek me met een hoopvolle glimlach aan.

'McKayla...' Daar komt het schuldgevoel, dacht ik. 'Ik geloof niet dat dat een heel goed idee is.'

Haar gezicht betrok. 'Hoezo niet?' vroeg ze op haar hoede. Mijn gedachten schoten naar Edythe en ik vroeg me af of McKayla hetzelfde dacht.

'Hoor eens, ik schend allerlei mannencodes door je dit te vertellen, dus je moet me niet verlinken, oké?'

'Mannencodes?' vroeg ze niet-begrijpend.

'Jeremy is een vriend van me, en ik zou hem kwetsen door met jou uit te gaan.'

Ze staarde me aan.

'Ik heb dit nooit gezegd, oké? Het is jouw woord tegen het mijne.'

'Jeremy?' vroeg ze verbijsterd.

'Jemig hé, ben je blind of zo?'

'O.' Ze zuchtte verdwaasd. Tijd om te ontsnappen.

Ik propte het boek in mijn tas. 'Ik wil niet weer te laat komen. Mason houdt me al in de gaten.'

We liepen zwijgend naar gebouw drie. McKayla was ergens anders met haar gedachten. Ik hoopte dat die haar in de juiste richting zouden sturen, waar ze ook aan dacht.

Toen ik Jeremy bij wiskunde zag, bleek hij net zo enthousiast over de zonnige dag als ik. Hij, Allen en Logan wilden naar Port Angeles om naar de film te gaan en corsages voor het bal te bestellen, en hij vroeg of ik meeging. Ik twijfelde. Het zou leuk zijn om even de stad uit te gaan, maar Logan zou er ook bij zijn. En wie wist wat ik vanavond zou doen... Maar zo moest ik niet denken. Natuurlijk was ik blij om de zon weer te zien. Maar die was niet geheel verantwoordelijk voor mijn opgewekte bui, absoluut niet zelfs.

Dus ik zei dat ik misschien mee zou gaan en loog dat ik nog veel huiswerk had.

Eindelijk was het pauze. Ik keek er zo naar uit om niet alleen Edythe maar alle Cullens weer te zien dat het bijna pijnlijk was. Ik móést hen vergelijken met de vermoedens die ik maar niet kon loslaten. Als we allemaal bij elkaar in dezelfde ruimte waren kon ik misschien met zekerheid zeggen dat ik me vergist had, dat ze helemaal niets griezeligs hadden. Toen ik de kantine in liep, kromp mijn maag voor het eerst echt even samen van angst. Zouden ze kunnen horen wat ik dacht? En toen schoot er een ander gevoel door mijn buik: zou Edythe weer op me wachten?

Zoals gebruikelijk keek ik eerst even naar de tafel van de Cullens. Ik voelde een scheut van paniek toen ik zag dat die leeg was. Mijn hoop slonk toen ik de rest van de kantine afzocht, in de hoop haar ergens in haar eentje te zien. De kantine zat stampvol – Spaans was uitgelopen, dus we waren laat – maar Edythe en haar familieleden waren nergens te bekennen. Mijn goede humeur sloeg meteen om.

We waren zo laat dat iedereen aan onze tafel er al was. Vaag zag ik dat McKayla een stoel had vrijgehouden voor Jeremy, waarop zijn gezicht begon te stralen.

Allen vroeg zachtjes een paar dingen over het *Macbeth*-werkstuk, die ik zo natuurlijk mogelijk beantwoordde terwijl mijn humeur een absoluut nulpunt bereikte. Hij vroeg ook of ik vanavond meeging en deze keer zei ik ja, want ik had behoefte aan afleiding.

Stel dat Edythe op de een of andere manier wist wat ik dit weekend had gedaan? Stel dat ze verdwenen was omdat ik in haar geheimen had gegraven? Stel dat ik dit over mezelf had afgeroepen?

Ik besefte dat ik nog een sprankje hoop had gehad toen ik het biologielokaal in liep, haar lege stoel zag en een nieuwe golf van teleurstelling voelde.

De rest van de dag sleepte zich voort. Ik kon de discussie bij biologie niet volgen en ik deed niet eens mijn best om de les van coach Clapp over de regels van badminton bij te houden. Ik was blij dat ik eindelijk het schoolterrein af mocht, zodat ik niet meer hoefde te doen alsof er niets aan de hand was tot het tijd was om naar Port Angeles te vertrekken. Maar ik was nog maar net thuis toen de telefoon ging. Het was Jeremy die onze plannen afzegde. Ik probeerde blij te klinken dat McKayla hem mee uit eten had gevraagd, maar ik vreesde dat ik geërgerd klonk. De film werd naar donderdag verschoven.

Nu had ik niets om me af te leiden. Ik legde een stuk vis in een marinade en maakte mijn nieuwe huiswerk, maar dat had ik na een halfuur al af. Ik keek of ik nog mail had en besefte dat ik mijn moeder al een tijd niets meer had laten horen. Daar was ze niet blij mee.

Mam,
Sorry. Ik was veel weg. Ik ben naar het strand geweest met een paar vrienden. En ik moest een werkstuk maken.

Mijn smoesjes waren nogal zwak, dus hield ik er snel mee op.

Het is vandaag zonnig. Ja, ik ben ook geshockeerd – dus ik ga lekker naar buiten om zoveel mogelijk vitamine D op te nemen. Liefs, Beau.

Ik had een paar van mijn lievelingsboeken mee naar Forks genomen, en nu pakte ik *20.000 mijlen onder zee*, en een oude quilt uit de linnenkast boven aan de trap.

Buiten gooide ik de quilt midden op de zonnigste plek in Charlies kleine vierkante grasveld en plofte erbovenop. Ik bladerde door de paperback, op zoek naar een woord of stuk dat mijn aandacht zou trekken – reuzeninktvissen en narwallen deden het meestal erg goed – maar vandaag keek ik het boek twee keer door zonder iets tegen te komen dat me genoeg boeide om te gaan lezen. Ik klapte het dicht. Ook best. Dan ging ik wel lekker verbranden. Ik rolde op mijn rug en deed mijn ogen dicht.

Ik probeerde mezelf te kalmeren. Het was nergens voor nodig om zo te flippen. Edythe had gezegd dat ze ging kamperen. Misschien waren de anderen al van plan geweest om mee te gaan. Misschien hadden ze allemaal besloten om een dagje langer te blijven omdat het zulk lekker weer was. Een paar dagen spijbelen zou met haar hoge cijfers echt niets uitmaken. Ik moest mezelf niet zo opfokken. Morgen zou ik haar ongetwijfeld gewoon weer zien.

En zelfs als zij of een van de anderen écht kon horen wat ik dacht, dan leek me dat nog geen reden om de stad uit te vluchten. Ik geloofde het zelf niet eens, en ik was niet bepaald van plan om het er met iemand anders over te hebben. Het sloeg nergens op. Ik wist dat het allemaal volstrekt belachelijk was. Er was echt geen reden waarom iemand – vampier of niet – zo overtrokken zou reageren.

En het was net zo belachelijk om te denken dat iemand mijn gedachten zou kunnen lezen. Ik moest echt kappen met dat paranoïde gedoe. Morgen was Edythe weer terug. Niemand vond neurotisch gedrag aantrekkelijk, en het leek me niet dat zij daarop een uitzondering vormde.

Rustig. Ontspannen. Normaal. Dat kon ik. Gewoon blijven ademen.

Het volgende waar ik me bewust van was, was het geluid van Charlies auto op de stenen oprit. Ik ging rechtop zitten, verbaasd dat het licht verdwenen was en ik ineens in de schaduw van de bomen lag. Blijkbaar was ik in slaap gevallen. Ik keek om me heen, nog steeds een beetje versuft, met het plotselinge gevoel dat ik niet alleen was.

'Charlie?' vroeg ik. Maar ik hoorde zijn portier voor het huis dichtslaan.

Ik sprong nerveus op, al vond ik dat ook een beetje stom van mezelf, en raapte de quilt en mijn boek op. Ik haastte me naar binnen om te koken en bedacht dat we nu laat zouden eten. Charlie hing net zijn holster op en trok zijn laarzen uit toen ik binnenkwam.

'Sorry, het eten is nog niet klaar – ik ben buiten in slaap gevallen.' Ik gaapte breed.

'Geeft niets,' zei hij, 'ik wilde toch eerst even kijken wat de stand is van de wedstrijd.'

Na het eten keek ik tv met Charlie, gewoon om iets te doen te hebben. Er was niets wat ik graag wilde zien, maar hij wist dat ik niets met honkbal had, dus hij zette een of andere stompzinnige comedy op waar we geen van beiden iets aan vonden. Hij leek echter blij dat we iets samendeden. En het voelde goed, ondanks mijn stomme donkere bui, om hem blij te maken.

'O, trouwens, pap,' zei ik tijdens de reclame, 'ik ga morgenavond met een paar jongens van school naar de film, dus dan heb je het rijk alleen.'

'Mensen die ik ken?' vroeg hij.

Wie kende hij niet? 'Jeremy Stanley, Allen Weber en Logan van-wie-ik-de-achternaam-niet-weet.'

'Mallory,' meldde hij.

'Als jij het zegt.'

'Prima, maar het is een doordeweekse avond, dus maak het niet te bont.'

'We vertrekken meteen na school, dus we zijn op tijd weer terug. Moet ik iets te eten voor je klaarzetten?'

'Beau, ik heb zeventien jaar voor mezelf gezorgd voordat jij hier kwam,' hielp hij me herinneren.

'Ik snap niet hoe je dat overleefd hebt,' mompelde ik.

De volgende ochtend leek alles minder donker – de zon scheen weer – maar ik probeerde niet te veel te hopen. Vanwege het warme weer trok ik een dunne trui aan – die ik in Phoenix alleen hartje winter had gedragen.

Ik zorgde ervoor dat ik zo laat op school kwam dat ik bijna te laat was. Mijn humeur verslechterde in rap tempo toen ik rondjes over de volle parkeerplaats reed, op zoek naar een plekje... en naar de zilveren Volvo die duidelijk niet aanwezig was.

Het was hetzelfde verhaal als gisteren: ik kon er niets aan doen dat er kleine sprankjes hoop opvlamden, die vervolgens snoeihard de kop in werden gedrukt toen ik tevergeefs de kantine rondkeek en aan mijn lege biologietafel zat. Stel dat ze nooit meer terug zou komen? Stel dat ik haar nooit meer zou zien?

Mijn enthousiasme voor het Port Angeles-plan groeide toen ik hoorde dat Logan vanmiddag niet mee kon. Ik had ontzettend veel zin om de stad uit te gaan, zodat ik niet de hele tijd over mijn schouder hoefde te kijken in de hoop dat ze plotseling uit het niets opdook, zoals ze altijd deed. Ik nam mezelf voor om in een goede bui te zijn zodat ik het niet zou verpesten voor Jeremy en Allen. Misschien vond ik nog een fatsoenlijke boekwinkel als ik er toch was. Ik weigerde te denken dat ik misschien in mijn eentje naar Seattle moest dit weekend. Ze zou me toch niet zonder iets te zeggen laten zitten? Maar goed, wist ik veel aan welke sociale regels vampiers zich wensten te houden?

Na school reed Jeremy in zijn oude witte Mercury achter me aan zodat ik mijn pick-up thuis kon afzetten, en daarna reden we door naar Allen. Hij stond al op ons te wachten. Mijn humeur werd al beter toen we de stad uit reden.

8. Port Angeles

Jeremy reed sneller dan de chief, dus we waren tegen vieren in Port Angeles. Hij bracht ons eerst naar de bloemist, waar de opgedirkte vrouw achter de toonbank Allen binnen de kortste keren orchideeën aansmeerde in plaats van rozen. Allen maakte snel zijn keuze, maar Jeremy deed er een stuk langer over. De verkoopster deed net alsof meisjes alle details heel belangrijk vonden, maar ik kon me nauwelijks voorstellen dat iemand daar echt zo veel waarde aan zou hechten.

Terwijl Jeremy verschillende kleuren linten besprak met de vrouw, gingen Allen en ik op het bankje bij de etalageruit zitten.

'Zeg, Allen...'

Hij hoorde mijn gespannen stem en keek op. 'Ja?'

Ik probeerde te doen alsof ik gewoon nieuwsgierig was, alsof het antwoord me niet echt kon schelen.

'Is het normaal dat de, eh, Cullens zo vaak niet op school zijn?'

Allen keek over zijn schouder naar buiten toen hij antwoord gaf, en ik wist zeker dat hij me probeerde te helpen. Hij zag ook wel hoe gênant ik het vond om die vraag te stellen, ook al deed ik mijn uiterste best om onverschillig over te komen.

'Ja, als het mooi weer is, gaan ze altijd lange wandeltochten maken, zelfs de dokter. Ze zijn nogal van de natuur, geloof ik.'

Hij stelde geen enkele vraag en maakte ook geen sarcastische opmerkingen over het overduidelijke en sneue feit dat ik Edythe leuk vond. Allen was waarschijnlijk de aardigste leerling van Forks High School.

'O,' zei ik, en ik liet het verder zitten.

Het leek heel lang te duren, maar uiteindelijk koos Jeremy voor witte bloemen met een witte strik, nogal een anticlimax. Maar toen de bestellingen geplaatst en betaald waren, hadden we nog steeds tijd over voordat de film zou beginnen.

Jeremy wilde kijken of de game-winkel een paar straten naar het oosten nog nieuwe dingen had.

'Ik moet even een boodschap doen, goed? Dan zie ik jullie straks bij de bioscoop.'

'Prima.' Jeremy sleurde Allen al mee over straat.

Het was fijn om weer alleen te zijn. Dit uitje had niet het gewenste effect. Het antwoord van Allen was weliswaar bemoedigend geweest, maar ik kon mezelf niet in een goed humeur krijgen. Ik kon alleen maar aan Edythe denken. Misschien zou een héél goed boek helpen.

Ik vertrok in tegengestelde richting van de anderen. Een paar straten bij de bloemist vandaan kwam ik een boekwinkel tegen, maar het was niet wat ik zocht. De etalage lag vol met halfedelstenen, dromenvangers en boeken over spirituele genezing. Ik wilde naar binnen gaan om naar een andere boekwinkel te vragen, maar een blik op de vijftigjarige hippie die dromerig achter de toonbank zat te glimlachen weerhield me van dat gesprek. Ik ging zelf wel op zoek naar een andere boekwinkel.

Ik slenterde een andere straat in en kwam uit op een afbuigende zijweg waar ik van in de war raakte. Ik had gehoopt dat ik in de richting van het centrum had gelopen, maar ik wist niet zeker of de weg wel die kant op zou gaan. Ik wist dat ik beter op zou moeten letten, maar ik moest de hele tijd denken aan wat Allen had gezegd, en aan zaterdag, en aan wat ik moest doen als ze niet terugkwam, en toen keek ik op en zag een zilveren Volvo langs de weg staan – geen sedan, dit was een SUV, maar toch – en ineens werd ik boos. Waren alle vampiers zo onbetrouwbaar?

Ik sjokte in naar ik dacht noordoostelijke richting, op weg naar een paar gebouwen met glazen puien die er veelbelovend uitzagen, maar toen ik er was, bleken het slechts een gesloten stofzuigerreparatiewerkplaats en een leeg pand te zijn. Ik liep om de hoek van de werkplaats om te kijken of daar nog winkels waren.

Dat had ik niet moeten doen: ik kwam uit in een steegje waar de afvalcontainers stonden. Maar ik was niet alleen. Ik staarde naar het kluitje mensen en struikelde met veel kabaal over de stoeprand.

Zes gezichten draaiden mijn kant op. Het waren vier mannen en twee vrouwen. Een van de vrouwen en twee van de mannen draaiden zich snel om terwijl ze hun handen in hun zakken duwden, en ik kreeg de indruk dat ze iets wilden verstoppen wat ze hadden vastgehouden. De andere vrouw had zwart haar en kwam me opvallend bekend voor toen ze me boos aankeek. Maar ik bleef niet staan om te bedenken waar ik haar van kende. Toen een van de mannen zich had omgedraaid, had ik een glimp opgevangen van iets wat verdacht veel op een pistool leek in de achterkant van zijn spijkerbroek.

Ik liep door, langs de ingang van het steegje naar de volgende straat, alsof ik hen niet gezien had. Toen ik voorbij was, hoorde ik een stem achter me fluisteren: *'Het is een smeris.'*

Ik keek achterom, in de hoop iemand in een uniform te ontdekken, maar de straat was verlaten. Ik was verder bij de hoofdweg vandaan dan ik had gedacht. Ik versnelde mijn pas en lette goed op waar ik liep om niet nog een keer te struikelen.

Ik bevond me op een stoep die langs de achterkant van een aantal grijze pakhuizen liep, elk met grote roldeuren voor het uitladen van vrachtauto's, voorzien van hangsloten voor de nacht. Aan de andere kant van de straat was er helemaal geen stoep, alleen een metalen hek met prikkeldraad erop om een soort van opslagterrein met motoronderdelen af te schermen. Ik had het deel van Port Angeles dat bedoeld was voor bezoekers allang achter me gelaten. Het werd al donker; de wolken waren terug, stapelden zich op langs de westelijke horizon en veroorzaakten een vroege schemering. Ik had mijn jas in Jeremy's auto laten liggen en bij een felle windvlaag stopte ik mijn handen in mijn zakken. Er reed een busje langs en toen was de straat weer verlaten.

'Hé, juut,' riep een vrouwenstem achter me.

Ik keek om en het was de vrouw die ik eerder had gezien, die me bekend voor was gekomen. Achter haar liepen twee mannen uit de steeg, een lange kale en de kleinere man van wie ik dacht dat hij misschien een pistool had.

'Wat?' vroeg ik, en ik ging automatisch langzamer lopen. Ze keek me strak aan. 'Pardon, heb je het tegen mij?'

'Pardon?' herhaalde ze. Ze kwamen nog steeds op me af en ik deinsde achteruit naar de overkant van de straat. 'Is dat je lievelingswoord of zo?'

'Ik... sorry, ik snap niet waar je het over hebt.'

Ze tuitte haar lippen, die ze dik en donkerrood had gestift, en ineens wist ik weer waar ik haar eerder had gezien. Ze was met die gast geweest die ik per ongeluk had aangetikt met mijn tas toen ik aankwam op het vliegveld. Ik keek naar de kleinere man en ja hoor, ik zag de tatoeages aan weerszijden van zijn nek boven zijn kraag uit kruipen.

'Ga je om versterking vragen, agentje?' vroeg hij.

Onwillekeurig keek ik nog eens over mijn schouder. Er was niemand anders. 'Volgens mij hebben jullie de verkeerde voor je.'

'Tuurlijk,' zei de vrouw. 'En jij heb zonet niets gezien, hè?'

'Iets gezien? Nee. Nee, ik heb niets gezien.'

Mijn hak bleef ergens achter haken toen ik nog een stap naar achteren deed en ik begon te wankelen. Ik stak mijn armen uit om mijn evenwicht te bewaren en de langere man, die ik nog nooit gezien had, reageerde.

Hij richtte een pistool op me.

Ik had gedacht dat die kleinere kerel een pistool had. Misschien waren ze allemaal gewapend.

'Hé, hé,' zei ik en ik stak mij handen omhoog om te laten zien dat ik niets vasthield. 'Ik ben geen agent. Ik zit nog op de middelbare school.' Ik bleef achteruit lopen tot mijn rug tegen het hek botste.

'Dacht je dat ik dom was?' vroeg de vrouw. 'Dacht je dat ik in die burgerkleren trapte? Ik heb je met je politiemaatje gezien.'

'Hè? Nee, dat was mijn vader,' zei ik met overslaande stem.

Ze lachte. 'O, dus je bent nog een babysmeris?'

'Ja joh, best. Dan is dat duidelijk. Ik ga maar weer eens...' Ik gleed langzaam langs het hek opzij.

'Blijf staan.'

Dat was de kale man, die nog steeds het pistool op me richtte. Ik verstijfde.

'Wat doe je?' zei de kleinere man tegen hem. Hij praatte zacht, maar het was heel stil op straat dus ik kon hem makkelijk verstaan.

'Ik geloof hem niet,' zei de lange.

De vrouw glimlachte. 'Hoe gaat dat piratenlied ook alweer? De dooien praten niet.'

'Wat?' zei ik schor. 'Nee, luister, dat is... dat is nergens voor nodig. Ik hou mijn mond. Er valt niets te vertellen.'

'Zo is het,' beaamde ze. Ze keek naar de lange man en knikte.

'Mijn portemonnee zit in mijn zak,' bood ik aan. 'Er zit niet veel in, maar jullie mogen hem gerust...' Ik wilde mijn hand in mijn zak steken, maar dat was een verkeerde beweging. Het pistool ging drie centimeter omhoog. Ik stak mijn hand weer in de lucht.

'We moeten geen herrie maken,' waarschuwde de kleine man, en hij bukte zich om een afgebroken stuk pijp uit de goot te rapen. 'Doe dat pistool weg.'

Zodra hij het pistool liet zakken zou ik ervandoor gaan, en die kale leek dat te weten. Hij aarzelde terwijl de gast met de tatoeages op me af kwam.

Zigzaggen, dat had Charlie me geleerd. Een bewegend doelwit was moeilijk te raken, vooral als het niet in een rechte lijn bewoog. Het zou wel helpen als ik nergens over zou struikelen. Laat me voor deze ene keer stevig op mijn benen blijven staan. Dat kon ik toch wel een keer? Een keertje maar, als mijn leven ervan afhing?

Hoeveel pijn zou een niet-dodelijke schotwond doen? Zou ik ondanks de pijn door kunnen rennen? Ik hoopte van wel.

Ik probeerde vast een beetje door mijn knieën te buigen. De man met de pijp was nu nog maar een paar passen bij me vandaan.

Hij verstijfde toen hij een schril gegier hoorde. We keken allemaal opzij toen het geluid steeds harder werd.

Koplampen schoten de hoek om en scheurden op me af. De getatoeëerde gast werd bijna door de auto geraakt, maar sprong nog net op tijd opzij. Het metalen hek rammelde toen hij ertegenaan knalde. Ik draaide me om en wilde wegrennen, maar de auto zwenkte plotseling en kwam een paar stappen bij me vandaan slippend tot stilstand met de passagiersdeur open.

'Stap in,' siste een woedende stem.

Ik dook de donkere Volvo in, zonder zelfs maar te vragen hoe ze hier terechtgekomen was, en ik werd tegelijkertijd overspoeld door opluchting en nieuwe paniek. Stel dat ze gewond raakte? Schreeuwend trok ik het portier achter me dicht. 'Rijden, Edythe, wegwezen! Hij heeft een pistool.'

Maar de auto bleef staan.

'Hoofd omlaag!' beval ze, en ik hoorde haar portier opengaan.

Blindelings tastte ik naar het geluid van haar stem en mijn hand raakte haar tengere, koude arm. Ze verstijfde toen ik haar aanraakte. Haar huid gaf niet mee, ook al sloeg ik mijn vingers stevig om de mouw van haar leren jas.

'Wat doe je?' vroeg ik boos. 'Rijden!'

Mijn ogen begonnen aan het donker te wennen en ik zag haar ogen in de weerkaatste gloed van de koplampen. Eerst gleden ze naar mijn hand die haar arm vastgreep, toen knepen ze samen en staarden ze woest door de voorruit naar de plek waar de man en de vrouw waarschijnlijk stonden te wachten en de situatie probeerden in te schatten. Ze konden elk moment gaan schieten.

'Heel even, Beau.' Ik hoorde dat ze haar kiezen op elkaar klemde.

Ik wist dat ze zich zonder moeite uit mijn greep zou kunnen losrukken, maar ze leek te wachten tot ik haar zou loslaten. Dat ging mooi niet gebeuren.

'Als jij naar buiten gaat, ga ik ook,' zei ik zacht. 'Ik laat je niet neerschieten.'

Haar boze blik gleed weer even naar voren, en toen sloeg haar deur met een klap dicht en reden we voor mijn gevoel met honderd kilometer per uur achteruit.

'Goed dan,' snoof ze.

De auto maakte een scherpe bocht toen we achterwaarts een hoek om scheurden, en toen schoten we plotseling weer naar voren.

'Doe je riem om,' zei ze tegen me.

Daarvoor moest ik haar arm loslaten, maar dat was waarschijnlijk sowieso wel
een goed idee. Het was niet echt normaal om een meisje zo vast te houden. Toch vond ik het jammer dat ik haar nu niet meer aanraakte.

De klik van de gordel in de vergrendeling klonk hard in het donker.

Ze nam een scherpe bocht naar links en negeerde diverse stopborden.

Maar ik voelde me vreemd op mijn gemak, en maakte me totaal geen zorgen over waar we naartoe gingen. Ik staarde naar haar gezicht, dat alleen verlicht werd door de zacht gloeiende lampjes van het dashboard, en voelde een diepe opluchting die verderging dan mijn ontsnapping.

Ze was hier. Ze was echt.

Pas toen ik een paar minuten naar haar volmaakte gezicht had gestaard, viel me nog iets anders op. Namelijk dat ze echt super-, súperpissig keek.

'Gaat het wel?' vroeg ik, verrast door de heesheid van mijn stem.

'Nee,' snauwde ze.

Ik wachtte in stilte af en keek naar haar gezicht en haar ogen die zich boos op de weg richtten.

De auto stopte ineens met gierende banden. Ik keek om me heen, maar het was zo donker dat ik alleen de vage omtrekken van bomen vlak langs de weg kon zien. We waren niet meer in de stad.

'Ben je gewond, Beau?' vroeg ze fel.

'Nee.' Mijn stem was nog rauw. Ik probeerde zachtjes mijn keel te schrapen. 'Jij?'

Ze keek me eindelijk aan, met een soort geërgerd ongeloof in haar ogen. 'Natuurlijk ben ik niet gewond.'

'Mooi,' zei ik. 'Eh, waarom ben je zo boos, als ik vragen mag? Heb ik iets verkeerds gedaan?'

Ze ademde met een diepe zucht uit. 'Doe niet zo dom, Beau.'

'Sorry.'

Ze keek me nog eens ongelovig aan en schudde haar hoofd. 'Zou je het redden als ik je heel even hier in de auto liet en...'

Voordat ze uit kon praten pakte ik haar hand die op de versnellingspook lag. Ze verstijfde opnieuw, maar ze trok haar hand niet weg.

Dit was de eerste keer dat ik daadwerkelijk haar huid aanraakte zonder dat het per ongeluk ging en het maar een fractie van een seconde duurde. Hoewel haar hand net zo koud was als ik had verwacht, leek mijn hand in brand te staan door het contact. Haar huid was heel glad.

'Jij gaat nergens heen zonder mij.'

Ze keek me boos aan, en net als daarstraks leek het alsof ze wachtte tot ik haar zou loslaten in plaats van zich los te rukken, wat ze moeiteloos had kunnen doen.

Na een korte stilte deed ze haar ogen dicht.

'Goed dan,' zei ze. 'Twee seconden.'

Dat vond ik prima. Ik liet mijn hand lichtjes op de hare liggen en maakte gebruik van haar gesloten ogen om vrijuit naar haar te staren. Langzaam leek de spanning in haar gezicht weg te ebben tot het weer zo glad en uitdrukkingsloos was als een standbeeld. Een prachtig standbeeld, uitgehouwen door een briljante kunstenaar. Aphrodite misschien. Dat was toch de godin van de schoonheid?

Weer rook ik die vage geur in de auto – iets heel vluchtigs wat ik niet goed kon thuisbrengen.

Toen gingen haar ogen open, en ze keek langzaam naar mijn hand.

'Wil je... zal ik je loslaten?' vroeg ik.

Haar stem klonk behoedzaam. 'Dat lijkt me het verstandigst.'

'Ga je dan niet weg?' vroeg ik nog even.

'Ik denk het niet, als je daar zo tegen gekant bent.'

Met tegenzin trok ik mijn hand van de hare. Ik had het gevoel alsof ik een handvol ijsklontjes had vastgehouden.

'Beter?' vroeg ik.

Ze haalde diep adem. 'Niet echt.'

'Wat is er, Edythe? Wat is er aan de hand?'

Ze glimlachte bijna, maar haar ogen deden niet mee. 'Dit zal je misschien verbazen, Beau, maar ik kan nogal driftig worden. Soms kan ik mensen moeilijk vergeven als ze me... tegen de haren in strijken.'

'Heb ik je...'

'Hou op, Beau,' zei ze voordat ik mijn zin kon afmaken. 'Ik heb het niet over jou.' Ze keek met grote ogen naar op. 'Besef je wel dat ze het meenden? Dat ze je echt gingen vermoorden?'

'Ja, ik had al zo'n vermoeden dat ze het wilden proberen.'

'Het slaat nergens op!' Volgens mij begon ze weer boos te worden. 'Wie wordt er nou vermoord in Port Angeles? Wat héb jij toch, Beau? Waarom trek jij alles wat dodelijk is aan?'

Ik knipperde met mijn ogen. 'Ik... Dat weet ik niet.'

Ze hield haar hoofd een beetje schuin, tuitte haar lippen en ademde uit door haar neus. 'Dus ik mag die schoften geen lesje in manieren gaan leren?'

'Eh, nee. Alsjeblieft?'

Ze slaakte een lange, trage zucht en haar ogen gingen weer dicht. 'Erg onaangenaam.'

We bleven een tijdje zwijgend zitten terwijl ik probeerde te bedenken wat ik kon zeggen om goed te maken dat ik haar... teleurgesteld had? Want daar leek het toch op, dat ze teleurgesteld was omdat ik liever niet wilde dat ze op zoek ging naar meerdere gewapende gangsters, die haar *tegen de haren in hadden gestreken* door mij te bedreigen. Het klonk niet echt logisch, vooral niet als je bedacht dat ze had gevraagd of ik in de auto wilde blijven zitten. Wilde ze teruglópen? We hadden kilometers gereden.

En nu moest ik voor het eerst sinds ik haar deze avond had gezien aan het woord denken dat Jules had gezegd.

Op datzelfde moment gingen haar ogen open, en ik vroeg me af of ze op de een of andere manier had geweten wat ik dacht. Maar ze keek alleen op de klok en zuchtte opnieuw.

'Je vrienden zullen zich wel zorgen maken,' zei ze.

Het was halfzeven geweest. Ik wist dat ze gelijk had.

Zonder nog iets te zeggen startte ze de motor en keerde de auto. Toen zoefden we terug naar de stad. In een mum van tijd waren we onder lantaarnpalen, en reden we nog steeds veel te snel zigzaggend tussen de auto's door die langzaam over de boulevard gleden. Ze parkeerde langs de stoeprand in een ruimte waarvan ik dacht dat hij veel te klein was voor de Volvo, maar ze zette hem er zonder problemen in één keer in. Door het raam zag ik de felverlichte entree van de bioscoop. Jeremy en Allen gingen net weg en beenden de andere kant op.

'Hoe wist je waar...?' begon ik, maar toen schudde ik mijn hoofd.

'Hou ze tegen voordat ik hen ook nog moet gaan zoeken. Ik denk niet dat ik me in kan houden als ik je andere vrienden weer tegenkom.'

Vreemd hoe haar zijdezachte stem zo... dreigend kon klinken.

Ik sprong de auto uit maar hield mijn hand op de deur. Om haar tegen te houden, net als zo-even.

'Jer! Allen!' riep ik.

Ze waren nog niet ver weg. Ze draaiden zich om en ik zwaaide met mijn vrije arm. Ze renden terug, en de opluchting op hun gezichten ging over in verbazing toen ze de auto zagen waar ik naast stond. Allen staarde de donkere auto in en zijn ogen werden groot van herkenning.

'Waar was je nou?' wilde Jeremy weten. 'We dachten dat je 'm gepeerd was.'

'Nee, ik was verdwaald. En toen kwam ik Edythe tegen.'

Ze boog zich naar voren en glimlachte door de voorruit. Nu puilden de ogen van Jeremy bijna uit hun kassen.

'O, hoi... Edythe,' zei Allen.

Ze zwaaide met twee vingers naar hem en hij slikte moeizaam.

'Eh, hallo,' zei Jeremy, en toen staarde hij me aan: ik stond er vast vreemd bij, met mijn ene hand om het open portier geklemd, maar ik weigerde los te laten. 'Dus... de film is al begonnen, denk ik.'

'Sorry daarvoor,' zei ik.

Hij keek op zijn horloge. 'Ze zijn waarschijnlijk pas bij de voorfilmpjes. Heb je...' Hij keek naar mijn hand op de auto. '... nog zin om te gaan?'

Ik aarzelde en keek even naar Edythe.

'Wil jij ook mee... Edythe?' vroeg Allen beleefd, hoewel het hem een beetje moeite kostte om haar naam uit te spreken.

Edythe deed haar portier open en stapte uit terwijl ze haar lange haar uit haar gezicht schudde. Ze leunde tegen de auto en onderwierp hen aan haar kuiltjes. Jeremy's mond viel open.

'Ik heb deze al gezien, maar bedankt voor de uitnodiging, Allen,' zei ze.

Allen knipperde met zijn ogen en leek zich niet te kunnen herinneren hoe hij moest praten. Ik geneerde me iets minder voor het feit dat ik me altijd zo idioot gedroeg bij haar in de buurt. Iedereen had daar last van.

Edythe keek me aan. 'Hoe graag wil je die film nu zien, op een schaal van één tot tien?' fluisterde ze.

Min vijfduizend, dacht ik. 'Eh, niet zo heel graag,' fluisterde ik terug.

Ze keek Jeremy glimlachend in zijn ogen. 'Zou je het heel verschrikkelijk vinden als ik tegen Beau zeg dat hij me mee uit eten moet nemen?' vroeg ze.

Jeremy kon alleen zijn hoofd schudden. Hij wist nog niet hoe hij zijn mond dicht moest doen.

'Bedankt,' zei ze tegen hem, en daar waren die kuiltjes weer. 'Ik breng Beau wel naar huis.' Ze gleed achter het stuur.

'Instappen, Beau,' zei ze.

Allen en Jeremy staarden me aan. Ik haalde even mijn schouders op en dook toen op de passagiersstoel.

'Da fuck?' hoorde ik Jeremy fluisteren toen ik mijn deur dichtsloeg.

Ik kon hun gezichten niet meer zien. Ze scheurde al weg.

'Wilde je echt gaan eten?' vroeg ik.

Ze keek me onderzoekend aan. Dacht ze wat ik dacht: dat ik haar nog nooit had zien eten?

'Ik dacht dat jij dat misschien wel wilde,' zei ze uiteindelijk.

'Het maakt mij niet uit,' zei ik.

'Als je liever naar huis wilt...'

'Nee, nee,' zei ik te snel. 'Ik wil best eten. Maar het hoeft niet per se, dat bedoelde ik. Wat jij wilt.'

Ze glimlachte en zette de auto stil. We stonden recht voor een Italiaans restaurant.

Mijn handpalmen werden een beetje klam toen ik de auto uit sprong en naar de deur van het restaurant spurtte om die voor haar open te houden. Ik was nog nooit echt op een date geweest, een echte date-date. Ik was in Phoenix wel eens overgehaald om in een groepje iets te gaan doen, maar ik kon in alle eerlijkheid zeggen dat het me echt niet had kunnen schelen of ik die meisjes nog een keer zou zien. Dit was anders. Elke keer dat ik dacht dat dit meisje misschien zou verdwijnen kreeg ik bijna een paniekaanval.

Ze glimlachte toen ze langs me liep, en mijn hart deed iets geks, alsof het een slag oversloeg.

Het was niet druk in het restaurant – het was laagseizoen in Port Angeles. De gastheer was een tot in de puntjes verzorgde jongen die een paar jaar ouder was dan ik, en ongeveer net zo lang maar met bredere schouders. Zijn ogen deden hetzelfde als wat die van Allen en Jeremy hadden gedaan, ze puilden even uit voordat hij zijn gezicht weer onder controle had. Daarna deed hij zijn slijmerigste glimlach en een sullige diepe buiging, allemaal voor haar. Ik wist vrij zeker dat hij niet eens in de gaten had dat ik naast haar stond.

'Wat kan ik voor u doen?' vroeg hij terwijl hij weer rechtop ging staan en nog steeds alleen maar naar haar keek.

'Een tafel voor twee alstublieft.'

Nu leek hij mij eindelijk ook op te merken. Hij wierp me een snelle, geringschattende blik toe. Daarna schoten zijn ogen onmiddellijk weer naar haar – niet dat ik hem dat kwalijk kon nemen.

'Natuurlijk, eh, *mademoiselle*.' Hij pakte twee leren mappen en gebaarde dat Edythe mee moest lopen. Ik rolde met mijn ogen. *Signorina* was waarschijnlijk het woord dat hij had gezocht.

Hij bracht ons naar een tafeltje voor vier midden in het drukste gedeelte van de zaak. Ik wilde al een stoel pakken, maar Edythe schudde haar hoofd naar me.

'Heeft u niet iets rustigers?' vroeg ze zacht aan de gastheer. Het zag eruit alsof ze met haar vingers langs zijn hand streek, wat niets voor haar was, wist ik inmiddels: ze raakte mensen niet aan als het niet hoefde. Maar toen zag ik dat hij die hand naar een binnenzak van zijn jasje bracht, en ik besefte dat ze hem een fooi gegeven had. Ik had nog nooit iemand op die manier een tafel zien weigeren, behalve in oude films.

'Natuurlijk,' zei de gastheer, en hij klonk net zo verbaasd als ik was. Hij bracht ons langs een scheidingswand naar een kleine kring zitjes, allemaal leeg. 'Wat dacht u hiervan?'

'Perfect,' zei ze, en toen liet ze haar glimlach op hem los.

De gastheer verstijfde even als een bang hert, en daarna draaide hij zich langzaam om en wankelde terug naar het restaurantgedeelte, met onze menu's nog steeds in zijn elleboog geklemd.

Edythe gleed in het dichtstbijzijnde zitje en ging vlak aan de rand zitten, zodat ik wel tegenover haar moest gaan zitten met de tafel in de lengte tussen ons in. Na een korte aarzeling ging ik ook zitten.

Plotseling klonken er een paar doffe bonken aan de andere kant van het tussenmuurtje, alsof er iemand over zijn eigen voeten was gestruikeld en zijn evenwicht weer hervond. Het was een geluid dat ik goed kende.

'Dat was ook niet aardig.'

Ze keek me verbaasd aan. 'Wat bedoel je?'

'Dat ding dat jij doet – met die kuiltjes en dat gehypnotiseer en zo. Die jongen had zichzelf wel kunnen bezeren onderweg naar de deur.'

Ze glimlachte half. 'Doe ik een "ding"?'

'Alsof jij niet weet wat een effect je hebt op mensen.'

'Ik kan wel een paar effecten bedenken...' Haar blik betrok heel even, maar toen klaarde ze op en glimlachte naar me. 'Maar dit is de eerste keer dat iemand me beschuldigt van hypnose met kuiltjes.'

'Dacht je dat andere mensen zo makkelijk hun zin kregen?'

Ze hield haar hoofd een beetje schuin en gaf geen antwoord. 'Werkt het ook bij jou? Dat "ding" dat ik volgens jou doe?'

Ik zuchtte. 'Elke keer.'

En toen kwam onze ober eraan met een verwachtingsvol gezicht, dat algauw omsloeg in ontzag. Wat onze gastheer hem ook verteld had, het was duidelijk niet overdreven.

'Hallo,' zei hij, en door de verbazing dreunde hij met monotone stem mechanisch zijn tekst op. 'Ik ben Sal en ik ben vanavond jullie ober. Wat willen jullie drinken?'

Net als de gastheer keek ook hij alleen maar naar haar.

'Beau?' vroeg Edythe.

'Eh, een cola?'

Ik had net zo goed niets kunnen zeggen. De ober bleef alleen maar naar Edythe staren. Ze grijnsde naar me en wendde zich toen tot hem.

'Twee cola,' zei ze, waarna ze hem haast bij wijze van experiment een brede glimlach vol kuiltjes zond.

Hij wankelde even, alsof hij om ging vallen.

Ze klemde haar lippen op elkaar om het niet uit te schateren. De ober schudde zijn hoofd en knipperde met zijn ogen om bij te komen. Ik keek meelevend toe. Ik wist precies hoe hij zich voelde.

'En de kaart?' voegde ze eraan toe toen hij maar bleef staan.

'Ja, natuurlijk. Ik kom het zo brengen.' Hij liep nog altijd hoofdschuddend weg.

'Is je dat echt nog nooit eerder opgevallen?' vroeg ik aan Edythe.

'Het is alweer een tijdje geleden dat ik me druk maakte om wat andere mensen van me vonden,' zei ze. 'En normaal gesproken lach ik niet zoveel.'

'Wel zo veilig, denk ik, voor iedereen.'

'Behalve voor jou. Moeten we het nog over vanavond hebben?'

'Watte?'

'Je bijna-doodervaring? Of was je die alweer vergeten?'

'O ja.' Eerlijk gezegd was ik het inderdaad alweer vergeten.

Ze fronste haar wenkbrauwen. 'Hoe voel je je?'

'Hoe bedoel je?' Ik hoopte dat ze niet haar hypnotiserende blik zou aanzetten om de waarheid uit me te krijgen, want ik voelde me... euforisch. Ze zat vlak bij me, met opzet, ik had haar hand aangeraakt en ik zou waarschijnlijk de komende paar uur nog met haar doorbrengen, want ze had beloofd dat ze me thuis zou brengen. Ik had me nog nooit zo gelukkig en labiel tegelijkertijd gevoeld.

'Heb je het koud, ben je duizelig, misselijk...?'

Ze leek wel een arts, zoals ze het lijstje afging. Maar ik had het niet koud, ik was niet misselijk... en ook niet duizelig, in de medische zin van het woord. 'Moet dat dan?'

Ze lachte. 'Ik ben bang dat je misschien in shock zult raken,' gaf ze toe. 'Dat heb ik met minder aanleiding zien gebeuren.'

'O. Nee, volgens mij voel ik me prima, dank je.' Dat ik bijna vermoord was, was oprecht niet het interessantste wat me vanavond was overkomen, en daar had ik eigenlijk helemaal niet bij stilgestaan.

'Ik ben pas gerustgesteld als je iets gegeten hebt.'

Precies op dat moment kwam de ober terug met onze drankjes en een mandje brood. Hij stond met zijn rug naar me toe toen hij het op tafel zette, en daarna gaf hij Edythe de kaart. Ze had geen zin meer in experimenteren en keurde hem nauwelijks een blik waardig deze keer, maar schoof mij het menu toe.

Hij schraapte zenuwachtig zijn keel. 'We hebben nog een paar gerechten buiten de kaart. Eh, ravioli met champignons, en...'

'Klinkt goed,' onderbrak ik hem. Het maakte me niets uit wat ik kreeg, want eten was wel het laatste waar ik aan dacht. 'Die neem ik.' Ik praatte een beetje te hard, maar ik wist niet zeker of hij wel wist dat ik hier zat.

Hij keek verbaasd naar me om, en richtte toen zijn aandacht weer op haar.

'En u...?'

'Dat is alles. Bedankt.'

Uiteraard.

Hij bleef nog even staan, want hij hoopte vast dat ze weer naar hem zou glimlachen. Hij kwelde zichzelf blijkbaar graag. Toen Edythe naar mij bleef kijken, gaf hij het op en liep weg.

'Drink,' zei Edythe. Het klonk als een bevel.

Ik nam gehoorzaam een slok, en toen een grotere, want ik merkte verbaasd dat ik dorst had. Voor ik het wist had ik het hele glas leeggedronken, en toen schoof ze haar glas naar me toe.

'Nee, dat hoeft echt niet,' zei ik.

'Ík ga het niet opdrinken,' zei ze, alsof ze er zwijgend 'duh' aan toevoegde.

'Juist,' zei ik, en omdat ik nog steeds dorst had, klokte ik haar glas ook naar binnen.

'Dank je,' mompelde ik, terwijl het woord dat ik niet wilde denken weer door mijn hoofd dwarrelde. De kou van de cola verspreidde zich door mijn lichaam en ik onderdrukte een rilling.

'Heb je het koud?' vroeg ze ernstig. Ze klonk weer als een arts.

'Komt door de cola,' legde ik uit terwijl ik een nieuwe rilling smoorde.

'Heb je geen jas?'

'Jawel.' Ik klopte gedachteloos op het lege bankje naast me. 'O, die heb ik in Jeremy's auto laten liggen,' realiseerde ik me. Ik haalde mijn schouders op en rilde.

Edythe begon een ivoorkleurige sjaal van haar nek te wikkelen. Ik bedacht me opeens dat ik nooit echt gelet had op wat ze droeg – niet alleen vanavond, maar helemaal nooit. Ik kon me alleen die zwarte jurk uit mijn nachtmerrie herinneren... Maar al waren de details nooit tot me doorgedrongen, ik wist wel dat ze in werkelijkheid altijd lichte kleuren droeg. Net als vanavond: onder de sjaal droeg ze een kort, lichtgrijs leren motorjasje en een dunne witte coltrui. Ik wist vrij zeker dat ze haar huid meestal bedekt hield, en daardoor moest ik weer denken aan het diepe decolleté van de zwarte droomjurk. Foutje. Ik voelde een gloeiende vlek opkomen in mijn hals.

'Hier,' zei ze terwijl ze me de sjaal toewierp.

Ik duwde hem terug. 'Dat hoeft echt niet.'

Ze hield haar hoofd een beetje schuin. 'Je hebt kippenvel in je nek, Beau,' stelde ze vast. 'En het is geen vrouwensjaal, als je daarmee zit. Ik heb hem van Archie gejat.'

'Ik heb hem niet nodig,' hield ik vol.

'Ook goed, er ligt nog een jas van Royal achter in de auto, ik ben zo...'

Ze wilde opstaan en ik probeerde haar hand te pakken om haar tegen te houden. Ze ontweek mijn vingers en vouwde haar handen onder de tafel, maar ze bleef zitten.

'Niet weggaan,' zei ik zacht. Ik wist dat mijn stem te gespannen klonk – ze ging alleen even iets uit haar auto halen, ze kwam heus wel weer terug – maar het lukte me niet om het normaal te zeggen. 'Ik doe de sjaal wel om. Kijk maar.'

Ik greep de sjaal van tafel – hij was heel zacht en helemaal niet warm, terwijl ze hem net nog had gedragen – en wikkelde hem om mijn hals. Ik kon me niet herinneren dat ik ooit eerder een sjaal om had gehad, dus ik sloeg hem maar gewoon net zolang om tot de stof op was. In elk geval zag je nu de rode vlekken in mijn hals niet meer. Misschien toch wel een goed idee om een sjaal te kopen.

Deze rook heerlijk, en bekend. Ik besefte dat het dezelfde geur was als die in de auto hing. Kennelijk was zij dat.

'Hoort hij zo?' vroeg ik aan haar. De zachte wol werd al warmer door mijn huid, en het hielp echt.

'Hij staat je goed,' zei ze, maar toen schoot ze in de lach, dus het antwoord was waarschijnlijk 'nee'.

'Jat je veel dingen van, eh, Archie?'

Ze haalde haar schouders op. 'Hij heeft de beste smaak.'

'Je hebt nooit meer over je familie verteld. We hadden geen tijd meer, laatst.' Was dat echt nog maar afgelopen donderdag geweest? Het leek veel langer geleden.

Ze duwde het broodmandje naar me toe.

'Ik raak heus niet shock,' zei ik.

'Doe het dan voor mij,' zei ze, en toen deed ze dat trucje met die glimlach en die ogen waardoor ze altijd haar zin kreeg.

'Pfft,' bromde ik terwijl ik een broodje pakte.

'Goed zo,' lachte ze.

Ik wierp haar een dreigende blik toe tijdens het kauwen.

'Ik snap niet dat je hier zo blasé over doet,' zei ze. 'Je lijkt niet eens geschrokken. Een normaal mens...' Ze schudde haar hoofd. 'Maar jij bent niet normaal, hè?'

Ik schudde mijn hoofd en slikte. 'Ik ken niemand die zo normaal is als ik.'

'Dat denkt iedereen.'

'Jij ook?' zei ik uitdagend.

Ze tuitte haar lippen.

'Juist,' zei ik. 'Overweeg je wel eens om antwoord op mijn vragen te geven, of is dat niet eens aan de orde?'

'Dat hangt van de vraag af.'

'Zeg jij dan welke vraag ik mag stellen.'

Daar dacht ze nog steeds over na toen de ober om de scheidingswand heen kwam met mijn eten. Ik realiseerde me dat we onbewust over de tafel naar elkaar toe leunden, want we gingen allebei rechtop zitten toen hij dichterbij kwam. Hij zette het bord voor me neer – het zag er best lekker uit – en keek snel naar Edythe.

'Bent u nog van gedachten veranderd?' vroeg hij. 'Kan ik nog iets voor u doen?' Volgens mij beeldde ik me de dubbelzinnigheid van zijn woorden niet in.

'Nog wat drinken zou fijn zijn,' zei ze. Zonder haar blik van mij af te wenden gebaarde ze naar de lege glazen.

De ober staarde naar mij en ik zag dat hij zich afvroeg waarom iemand als Edythe op die manier naar iemand als ik zou kijken. Tja, dat was mij ook een raadsel.

Hij pakte de glazen en beende weg.

'Je zult wel een heleboel vragen hebben,' mompelde Edythe.

'Een paar duizend maar,' zei ik.

'Dat geloof ik graag... Mag ik jou eerst iets vragen? Is dat oneerlijk?'

Bedoelde ze dat ze daarna de mijne ging beantwoorden? Ik knikte gretig. 'Wat wil je weten?'

Ze staarde naar de tafel en haar ogen gingen schuil achter haar zwarte wimpers. Haar haar viel voor haar gezicht.

Ze begon te fluisteren. 'We hebben het eerder gehad over dat je... probeerde uit te zoeken wat ik was. Ik vroeg me af of je al meer te weten was gekomen.'

Ik gaf geen antwoord en na een tijdje keek ze op. Ik was opnieuw blij met de sjaal, hoewel die niet het rood kon verbergen dat ik nu over mijn wangen voelde kruipen.

Wat moest ik zeggen? Was ik al meer te weten gekomen? Of had ik gewoon een nieuwe theorie ontdekt die nog dommer was dan radioactieve spinnen? Hoe zou ik dat woord over mijn lippen moeten krijgen, het woord dat ik de hele avond niet probeerde te denken?

Ik weet niet wat er op mijn gezicht te lezen stond, maar haar blik werd ineens zachter.

'Is het zo erg?' vroeg ze.

'Ik... ik wil er liever niet over praten hier.' Ik keek even naar het dunne wandje dat ons van de rest van het restaurant scheidde.

'Heel erg dus,' mompelde ze, half tegen zichzelf. Haar ogen leken heel droevig en bijna... óúd. Vermoeid, verslagen. Het deed me opvallend veel pijn om haar zo ongelukkig te zien.

'Nou,' zei ik, en ik probeerde luchtig te klinken. 'Als ik jouw vraag eerst beantwoord, geef jij geen antwoord meer op de mijne. Dat doe je nooit. Dus... jij eerst.'

Haar gezicht ontspande. 'Een ruil?'

'Precies.'

De ober kwam terug met nog twee cola. Hij zette ze deze keer zonder iets te zeggen neer en verdween weer. Ik vroeg me af of hij de spanning net zo goed aanvoelde als ik.

'Dat kunnen we wel proberen,' mompelde ze. 'Maar ik beloof niets.'

'Goed dan.' Ik begon met een makkelijke. 'Waarom ben je naar Port Angeles gekomen?'

Ze sloeg haar ogen neer en vouwde zorgvuldig haar handen op de lege tafel voor haar. Ze keek even naar mij vanonder haar volle wimpers en er trok een zweem van een glimlach over haar gezicht.

'Volgende,' zei ze.

'Maar dat is de gemakkelijkste!'

Ze haalde haar schouders op. 'Volgende?'

Ik keek gefrustreerd naar beneden. Ik rolde mijn bestek uit het servet, pakte mijn vork en prikte er voorzichtig een ravioli aan. Ik stopte hem langzaam in mijn mond, nog altijd naar beneden kijkend, en kauwde terwijl ik nadacht. De champignons waren lekker. Ik slikte en nam nog een slok cola voordat ik opkeek.

'Goed dan.' Ik keek haar boos aan en sprak langzaam verder: 'Laten we ervan uitgaan, hypothetisch natuurlijk, dat... iemand... kan weten wat andere mensen denken, gedachten lezen, je weet wel – met een paar uitzonderingen.' Het klonk bespottelijk. Nu ze op die eerste vraag al niet had willen reageren, ging ze hier natuurlijk nooit...

Maar ze keek me kalm aan en zei: 'Eén uitzondering maar. Hypothetisch.'

Asjemenou.

Het duurde even voordat ik weer was bijgekomen. Ze wachtte geduldig af.

'Oké.' Ik deed mijn best om achteloos te klinken. 'Eén uitzondering dus. Hoe zou zoiets in zijn werk gaan? Wat zijn de beperkingen? Hoe zou... diegene... iemand anders kunnen vinden op precies het juiste moment? Hoe zou ze weten dat ik in de problemen zat?' Mijn omzichtige vragen gingen aan het eind de mist in.

'Hypothetisch?' vroeg ze.

'Inderdaad.'

'Nou, als diegene...'

'Laten we haar Jane noemen,' stelde ik voor.

Ze glimlachte zuur. 'Als jouw hypothetische Jane beter had opgelet, dan had de timing niet zo heel nauwkeurig hoeven zijn.' Ze rolde met haar ogen. 'Ik begrijp nog steeds niet hoe dit heeft kunnen gebeuren. Hoe kan iemand zó vaak in de problemen raken, op zulke onwaarschijnlijke plekken? Je zou de criminaliteitscijfers van Port Angeles de komende tien jaar explosief hebben laten stijgen.'

'Ik begrijp niet wat ik daaraan kan doen.'

Ze staarde me aan met die inmiddels bekende gefrustreerde blik. 'Ik ook niet. Maar ik weet niet wie ik dan de schuld moet geven.'

'Hoe wist je het?'

Ze keek me strak aan, vol twijfel, en ik vermoedde dat ze zich verzette tegen het verlangen om me gewoon de waarheid te zeggen.

'Je kunt me vertrouwen, dat weet je toch,' fluisterde ik. Ik reikte langzaam naar voren om mijn hand op de hare te leggen, maar ze trok ze een stukje terug en ik liet mijn hand op de lege tafel zakken.

'Ik wíl je ook vertrouwen,' bekende ze, nog zachter dan ik. 'Maar dat betekent nog niet dat dat verstandig is.'

'Alsjeblieft?'

Ze aarzelde nog heel even, en toen kwam het er heel snel uit.

'Ik ben je gevolgd naar Port Angeles. Ik heb nog nooit geprobeerd een bepaald persoon in leven te houden, en het is veel moeilijker dan ik had verwacht. Maar dat komt misschien doordat het om jou gaat. Gewone mensen lijken op een dag niet zo veel catastrofes mee te maken. Ik had het fout toen ik zei dat je problemen aantrekt als een magneet – die omschrijving is veel te beperkt. Je trek ongelukken aan als een magneet. Als er in een straal van vijftien kilometer ook maar iets gevaarlijks is, zal het jou ongetwijfeld vinden.'

Ik vond het helemaal niet erg dat ze me was gevolgd; in plaats daarvan voelde ik een vreemd soort blijdschap. Ze was hier voor míj. Ze keek me aan en wachtte op mijn reactie.

Ik dacht aan wat ze had gezegd, vanavond en eerder... *Denk je dat ik eng zou kunnen zijn?*

'En je rekent jezelf daar ook toe, hè?' raadde ik.

Haar gezicht werd hard en uitdrukkingsloos. 'Absoluut.'

Ik strekte mijn arm weer uit over de tafel, negeerde haar toen ze zich weer iets terugtrok, en legde mijn hand op de hare. Ze hield ze heel stil. Daardoor voelden ze als steen: koud, hard, en nu ook roerloos. Ik moest opnieuw aan dat standbeeld denken.

'Dat is al de tweede keer,' zei ik. 'Dank je wel.'

Ze staarde me aan en haar mondhoeken trokken naar beneden.

Ik probeerde de spanning met een grapje te doorbreken. 'Heb je je wel eens afgevraagd of mijn laatste uur misschien had geslagen die eerste keer, met het busje, en dat je met het lot aan het rotzooien bent? Zoals in die *Final Destination*-films?'

Mijn grap sloeg niet aan. Haar frons werd nog dieper.

'Edythe?'

Ze boog haar hoofd, haar haar viel langs haar wangen en ik kon haar antwoord nauwelijks verstaan.

'Dat was niet de eerste keer,' zei ze. 'Toen ik jou voor het eerst zag had jouw laatste uur al geslagen. Je bent niet twee keer bijna doodgegaan, maar drie keer. De eerste keer dat ik je redde... heb ik je tegen mezelf beschermd.'

Ik zag Edythes moordlustige, duistere blik meteen helder voor me, alsof ik weer in die eerste biologieles zat. Ik hoorde weer die uitdrukking die toen ook door mijn hoofd was gegaan: *als blikken konden doden...*

'Weet je nog?' vroeg ze. Ze keek me aan en haar volmaakte gezicht stond heel ernstig. 'Begrijp je het?'

'Ja.'

Ze wachtte tot er meer zou komen, tot ik heftiger zou reageren. Toen ik niets zei, fronste ze haar wenkbrauwen.

'Je kunt gewoon weg, hoor,' zei ze tegen me. 'Je vrienden zitten nog in de bioscoop.'

'Ik wil niet weg.'

Ineens leek ze geërgerd. 'Hoe kun je dat zeggen?'

Ik gaf haar heel rustig een klopje op haar handen. Dit was iets wat ik al had besloten. Het deed er niet toe of ze... gevaarlijk was. Maar zíj deed er wel toe. Ik wilde zijn waar zij was.

'Je hebt nog niet al mijn vragen beantwoord,' hielp ik haar herinneren, zonder op haar boosheid te letten. 'Hoe heb je me gevonden?'

Ze keek me nog even kwaad aan, alsof ze wilde dat ik ook boos zou worden. Toen dat niet lukte, schudde ze haar hoofd en slaakte een zucht.

'Ik hield de gedachten van Jeremy in de gaten,' zei ze, alsof dat de normaalste zaak van de wereld was. 'Niet heel zorgvuldig – zoals ik al zei zou het lang niet iedereen lukken om in Port Angeles vermoord te worden. Eerst had ik niet in de gaten dat je er in je eentje op uit ging. Toen ik besefte dat je niet meer bij hem was, ging ik op zoek naar iemand die jou had gezien. Ik vond de boekwinkel waar je naartoe was gelopen, maar ik merkte dat je niet naar binnen was gegaan. Je was naar het zuiden gelopen, en ik wist dat je gauw zou moeten omkeren. Dus wachtte ik op je terwijl ik willekeurig de gedachten afzocht van iedereen die ik kon horen, om te luisteren of iemand je gezien had, zodat ik wist waar je was. Er was geen reden om bezorgd te zijn, maar ik voelde me toch niet op mijn gemak...' Ze was in gedachten verzonken en staarde langs me heen. 'Ik begon rondjes te rijden en bleef luisteren. De zon ging eindelijk onder en ik stond op het punt om uit te stappen en je te voet te volgen. En toen...' Ze zweeg onverhoeds en haar tanden klapten hoorbaar op elkaar.

'Toen wat?'

Ze richtte haar blik op mijn gezicht. 'Ik hoorde wat zij dacht. Ik zag je gezicht in haar gedachten en ik wist wat ze van plan was.'

'Maar je was er op tijd bij.'

Ze boog haar hoofd een beetje. 'Het was zwaarder voor mij dan jij beseft om gewoon weg te rijden, om ze daar zomaar ongestraft mee weg te laten komen. Het was verstandig, dat weet ik, maar... het viel niet mee.'

Ik probeerde me niet voor te stellen wat ze gedaan zou hebben als ik niet gezegd had dat ze weg moest rijden. Ik wilde mijn verbeelding daarover niet de vrije loop laten.

'Dat is een van de redenen waarom ik wilde dat je mee ging eten,' gaf ze toe. 'Ik had je met Jeremy en Allen naar de film kunnen laten gaan, maar ik was bang dat ik naar die mensen op zoek zou gaan als ik niet bij jou zou blijven.'

Mijn hand lag nog steeds op de hare. Mijn vingers raakten gevoelloos, maar dat kon me niet schelen. Als zij het niet erg vond, zou ik nooit meer bewegen. Ze bleef me aankijken en wachtte op een reactie die ze niet ging krijgen.

Ik wist dat ze me probeerde te waarschuwen met al die eerlijkheid, maar het was verspilde moeite.

Ze haalde diep adem. 'Wil je nog iets eten?' vroeg ze.

Ik keek even naar mijn bord. 'Nee, ik heb genoeg gehad.'

'Wil je naar huis?'

Ik zweeg even. 'Ik heb geen haast.'

Ze fronste alsof mijn antwoord haar dwarszat.

'Mag ik nu mijn handen terug?' vroeg ze.

Ik trok met een ruk mijn hand weg. 'Tuurlijk. Sorry.'

Ze keek me even aan en haalde iets uit haar zak. 'Zou je misschien niet om het kwartier je excuses kunnen aanbieden terwijl dat niet hoeft?'

Als ik niet mijn excuses hoefde aan te bieden omdat ik haar aanraakte, betekende dat dan dat ze het fijn vond? Of alleen dat ze het niet per se erg vond?

'Eh, ik denk het niet,' bekende ik.

Ze lachte even en toen stond de ober weer voor onze neus.

'Is alles naar...' begon hij.

Ze snoerde hem de mond. 'We zijn uitgegeten, bedankt, dit moet voldoende zijn, laat de rest maar zitten.'

Ze stond al naast de bank.

Ik zocht onhandig naar mijn portemonnee. 'Eh, laat mij maar... Je hebt niet eens iets gegeten...'

'Ik trakteer, Beau.'

'Maar...'

'Misschien goed om niet te veel in ouderwetse man-vrouwpatronen te denken.'

Ze liep weg en ik haastte me achter haar aan. De verblufte ober bleef achter met iets wat eruitzag als een briefje van honderd dollar op de tafel voor hem.

Ik snelde haar voorbij om de deur weer voor haar open te doen en sloeg haar opmerking over ouderwetse rolpatronen in de wind. Ik wist dat ze sneller was dan ik me waarschijnlijk kon voorstellen, maar door de mensen die in het halfvolle restaurant toekeken moest ze wel doen alsof ze normaal was. Ze keek me vreemd aan toen ik de deur voor haar openhield, alsof ze geroerd was door het gebaar, maar zich er tegelijkertijd aan ergerde. Ik besloot die ergernis te negeren en sjeesde langs haar om ook de auto voor haar open te doen. Die ging meteen open; ze deed hem nooit slot. Ze keek inmiddels vooral geamuseerd, wat ik als een goed teken opvatte.

Ik rende bijna naar de passagierskant van de auto en liet mijn hand over de motorkap glijden. Ik was ineens doodsbenauwd dat ze spijt had dat ze me zoveel had verteld en er nu misschien zomaar zonder mij vandoor zou gaan om in het donker te verdwijnen. Toen ik eenmaal zat keek ze nadrukkelijk naar mijn gordel tot ik hem weer om had gedaan. Ik vroeg me af of ze een soort 'veiligheid voor alles'-freak was, tot ik zag dat ze haar eigen gordel gewoon had laten hangen en we met een rotgang zonder enige voorzichtigheid het verkeer in raasden.

'Goed,' zei ze met een grimmig lachje, 'jij bent aan de beurt.'

9. Theorie

'Mag... mag ik nog één vraag stellen?' stamelde ik snel toen ze veel te hard optrok in de stille straat.

Ik had helemaal geen zin om haar vraag te beantwoorden.

Ze schudde haar hoofd. 'Afspraak is afspraak.'

'Het is niet echt een vraag,' pleitte ik. 'Alleen een verduidelijking van iets wat je net zei.'

Ze rolde met haar ogen. 'Snel dan.'

'Nou... je zei dat je wist dat ik niet de boekwinkel binnen was gegaan en dat ik naar het zuiden liep. Ik vroeg me af hoe je dat wist.'

Ze dacht even na, overlegde met zichzelf.

'Ik dacht dat we open kaart zouden spelen,' zei ik.

Ze keek me aan met een *dan moet je het zelf maar weten*-blik. 'Goed dan. Ik volgde je geur.'

Ik wist even niet wat ik moest zeggen. Ik staarde uit het raam terwijl ik haar antwoord probeerde te verwerken.

'Jouw beurt, Beau.'

'Maar je hebt nog geen antwoord gegeven op mijn andere vraag.'

'Ach, kom op, zeg.'

'Serieus. Je hebt nog niet uitgelegd hoe het werkt, dat gedachten lezen. Kun je van iedereen de gedachten lezen, overal? Hoe doe je dat? Kan de rest van jouw familie dat ook?'

Het was makkelijker om erover te praten in de donkere auto. We hadden de straatverlichting al achter ons gelaten en in de zachte gloed van het dashboard leken alle bizarre dingen net iets minder onwaarschijnlijk.

Het leek alsof zij datzelfde onwerkelijke gevoel had, alsof het normale leven even op pauze stond zolang we samen in deze auto zaten. Ze gaf rustig antwoord.

'Nee, ik ben de enige. En ik kan niet iedereen overal horen. Ik moet vrij dicht in de buurt zijn. Hoe bekender iemands "stem" is, hoe verder weg ik hem kan horen. Maar dan nog niet verder dan een paar kilometer.' Ze verzonk in gedachten. 'Het is een beetje alsof je in een grote zaal vol mensen staat die allemaal tegelijk praten. Tot ik me richt op één stem, en dan kan ik helder horen wat hij of zij denkt.

Meestal sluit ik me ervoor af. Het kan erg afleidend zijn. Bovendien is het eenvoudiger om normáál te lijken' – ze fronste toen ze dat zei – 'als ik niet per ongeluk op iemands gedachten reageer in plaats van wat op hij zegt.'

'Waarom denk je dat je mij niet kunt horen?' vroeg ik nieuwsgierig.

Ze keek me aan en haar ogen leken dwars door de mijne te priemen, met die gefrustreerde blik die ik zo goed kende. Het begon me te dagen dat ze, elke keer dat ze zo naar me keek, tevergeefs probeerde om mijn gedachten te horen. Haar gezicht ontspande toen ze het opgaf.

'Geen idee,' mompelde ze. 'Misschien werken jouw hersenen anders dan die van hen. Alsof jouw gedachten op de AM-frequentie zitten en ik alleen FM ontvang.' Ze grijnsde naar me, opeens geamuseerd.

'Mijn hersenen werken niet goed, hè? Ik ben gek.' Haar vermoeden klopte. Ik had het altijd al gedacht en ik vond het niet leuk dat het nu bevestigd werd.

'Ik hoor stemmen in mijn hoofd en jij bent bang dat jíj gek bent.' Ze lachte. 'Wees maar niet bang, het is maar een theorie...' Haar gezicht verstrakte. 'Waarmee we terug bij jou komen.'

Ik fronste mijn wenkbrauwen. Hoe moest ik dat uit mijn strot krijgen?

'Ik dacht dat we open kaart zouden spelen,' bracht ze me zachtjes in herinnering.

Ik keek weg van haar gezicht en probeerde mijn gedachten onder woorden te brengen. Mijn ogen dwaalden over het dashboard... en stokten bij de snelheidsmeter.

'Goeie god!' schreeuwde ik.

'Wat is er?' vroeg ze terwijl ze naar links en rechts keek in plaats van recht voor zich uit, waar ze zou moeten kijken. De auto vertraagde niet.

'Je rijdt honderdtachtig!' Ik schreeuwde nog steeds.

Ik wierp een paniekerige blik uit het raam, maar het was te donker om veel te kunnen zien. De weg was alleen zichtbaar in de lange streep blauwachtig licht van de koplampen. Het bos aan weerszijden van de weg was als een zwarte muur: net zo hard als een stalen wand als we met deze snelheid van de weg zouden raken.

'Relax, Beau.' Ze rolde met haar ogen maar vertraagde nog steeds niet.

'Probeer je ons te vermoorden?' wilde ik weten.

'We krijgen geen ongeluk.'

Ik deed mijn best om zachter te praten. 'Waarom hebben we zo'n haast, Edythe?'

'Zo rijd ik altijd.' Ze draaide zich naar me toe en grijnsde naar me.

'Let op de weg!'

'Beau, ik heb nog nooit een ongeluk gehad – ik heb zelfs nog nooit een boete gehad.' Ze grinnikte en tikte tegen haar voorhoofd. 'Ingebouwde radardetector.'

'Handen aan het stuur, Edythe!'

Ze zuchtte en ik zag tot mijn opluchting de naald langzaam naar honderddertig zakken. 'Zo goed?'

'Bijna.'

'Ik haat langzaam rijden,' mopperde ze.

'Vind je dit langzaam?'

'Genoeg commentaar op mijn rijstijl,' snauwde ze. 'Ik heb nog steeds geen antwoord op mijn vraag gekregen.'

Ik rukte mijn blik los van de weg voor ons, maar ik wist niet waar ik heen moest kijken. Het was moeilijk om naar haar gezicht te kijken terwijl ik wist welk woord ik nu moest gaan zeggen. Mijn paniek stond kennelijk op mijn gezicht te lezen.

'Ik beloof dat ik deze keer niet zal lachen,' zei ze vriendelijk.

'Daar maak ik me geen zorgen om.'

'Waarom dan wel?'

'Dat je... van streek zult zijn. Verdrietig.'

Ze haalde haar hand van de pook en stak hem naar me uit – een paar centimeter maar. Ze bood hem me aan. Ik keek even naar haar om te controleren of ik het goed begrepen had, en haar ogen waren zacht.

'Maak je over mij maar geen zorgen,' zei ze. 'Ik kan het wel aan.'

Ik pakte haar hand en ze krulde haar vingers heel even lichtjes om de mijne voordat ze haar hand weer naar de pook liet zakken. Voorzichtig legde ik mijn hand over de hare. Ik wreef met mijn duim over de rug van haar hand, van haar pols naar het topje van haar pink. Haar huid was zo ontzettend zacht – hij gaf niet mee, maar hij was zacht als satijn. Nog gladder zelfs.

'Ik barst van de spanning, Beau,' fluisterde ze.

'Sorry. Ik weet niet waar ik moet beginnen.'

Weer een lange stilte, waarin alleen het gesnor van de motor en mijn eigen haperende ademhaling te horen was. Die van haar hoorde ik helemaal niet. Ik liet mijn vinger terugglijden over haar volmaakte hand.

'Waarom begin je niet bij het begin?' opperde ze, en haar stem klonk normaler. Doelgericht. 'Heb je dit zelf bedacht, of moest je eraan denken door een stripboek of een film of zo?'

'Nee, helemaal niet,' zei ik. 'Maar ik heb het ook niet zelf bedacht.'

Ze wachtte.

'Het was zaterdag, op het strand.'

Ik waagde een blik op haar gezicht. Ze keek verbaasd.

'Ik kwam een oude vriendin van de familie tegen: Jules, Julie Black. Haar moeder Bonnie en Charlie waren al goed bevriend voordat ik geboren werd.'

Ze keek nog steeds niet-begrijpend.

'Bonnie is een van de Quileute-leiders...'

Haar verbaasde blik bevroor. Het was net alsof al haar gelaatstrekken in ijs waren veranderd. Vreemd genoeg was ze zo nog mooier, een godin in het licht van de dashboardlampjes. Maar ze leek niet erg menselijk meer.

Ze ontspande niet, dus ik voelde me gedwongen om de rest ook te vertellen.

'Er was een Quileutevrouw op het strand, Sam nog iets. Logan zei iets over jou, zogenaamd grappig bedoeld. En die Sam zei dat jouw familie niet in het reservaat kwam, maar het klonk alsof ze daar meer mee bedoelde. Jules leek te weten waar die vrouw het over had, dus ik nam haar apart en bleef aan haar hoofd zeuren tot ze... tot ze me de oude Quileute-legendes vertelde.'

Ik schrok een beetje toen ze reageerde; haar gezicht bleef roerloos en haar lippen bewogen nauwelijks.

'En wat waren dat voor legendes? Wat ben ik volgens Jules Black?'

Ik deed mijn mond een stukje open en sloot hem toen weer.

'Nou?'

'Ik wil het niet zeggen,' bekende ik.

'Het is ook niet mijn lievelingswoord.' Haar gezicht was iets zachter geworden en ze leek weer menselijk. 'Maar het gaat niet weg door het niet te zeggen. Soms... soms denk ik dat het juist meer lading krijgt door het niet te zeggen.'

Ik vroeg me af of ze gelijk had.

'Vampier?' fluisterde ik.

Ze kromp ineen.

Nope. Het hardop uitspreken had het niet minder lading gegeven.

Gek dat het nu ineens niet stom meer klonk, zoals in mijn kamer. Ik had niet het gevoel dat we het over onmogelijke dingen hadden, over oude legendes of suffe griezelfilms of spookromannetjes. Het voelde echt.

En met heel veel lading.

We reden een minuut of wat zwijgend door, en het woord 'vampier' leek steeds groter te worden in de auto. Ik had niet het gevoel dat het bij haar hoorde, maar wel dat het haar pijn zou kunnen doen. Ik probeerde iets te bedenken wat ik kon zeggen om het geluid ervan te wissen.

Voordat ik iets kon verzinnen, vroeg ze: 'Wat heb je toen gedaan?'

'O, eh... Ik heb wat rondgezocht op internet.'

'En dat overtuigde je?' Ze klonk nu heel nuchter.

'Nee. Niets klopte. Het meeste was nogal stom. Maar ik...'

Ik zweeg abrupt. Ze wachtte en keek me vragend aan toen ik mijn zin niet afmaakte.

'Maar je?' drong ze aan.

'Nou, ik bedoel, het doet er niet toe toch? Dus toen heb ik het laten zitten.'

Haar ogen werden steeds groter, en toen werden het ineens kleine spleetjes die me boos aankeken. Ik wilde haar er niet nog een keer op wijzen dat ze echt beter op de weg kon letten, maar we reden inmiddels weer honderdvijftig en ze leek de bochten voor ons helemaal niet te zien.

'Eh, Edythe...'

'Het doet er niet toe?' schreeuwde ze bijna tegen me, en haar stem kreeg een schrille, haast metalige klank. *'Het doet er niet toe?'*

'Nee. Voor mij niet in elk geval.'

'Het maakt je niet uit dat ik een monster ben? Dat ik niet menselijk ben?'

'Nee.'

Eindelijk richtte ze haar blik weer op de weg, haar ogen nog steeds lange boze strepen in haar gezicht. Ik voelde de auto onder me versnellen.

'Je bent van streek. Zie je wel, ik had niets moeten zeggen,' mompelde ik.

Ze schudde haar hoofd en gaf met opeengeklemde tanden antwoord. 'Nee, ik weet liever wat je denkt, zelfs als wat je denkt krankzinnig is.'

'Sorry.'

Ze zuchtte geïrriteerd en toen was het weer een paar minuten stil. Ik liet mijn duim langzaam over haar hand glijden.

'Wat denk je nu?' vroeg ze. Ze klonk rustiger.

'Eh... niets, eigenlijk.'

'Ik word er gek van dat ik het niet weet.'

'Ik wil je niet... Ik weet niet, beledigen.'

'Voor de draad ermee, Beau.'

'Ik heb een heleboel vragen. Maar je hoeft geen antwoord te geven. Ik ben gewoon nieuwsgierig.'

'Waarnaar?'

'Hoe oud je bent.'

'Zeventien.'

Ik staarde haar even aan, tot haar lippen een klein glimlachje vormden.

'Hoe lang ben je al zeventien?'

'Een tijdje,' bekende ze.

Ik glimlachte. 'Oké.'

Ze keek me aan alsof ik gek geworden was.

Maar dit was veel beter. Het was veel makkelijker nu ze zichzelf kon zijn en niet de hele tijd bang hoefde te zijn dat ik het zou ontdekken. Ik vond het fijn om haar vertrouwen te hebben. Haar wereld, daar wilde ik zijn.

'Niet lachen, maar hoe kun je overdag buiten komen?'

Ze lachte toch. 'Mythe.'

Haar lach klonk warm. Hij gaf me het gevoel dat ik een hap zonlicht had doorgeslikt. Mijn glimlach werd breder.

'Verbrand door zonlicht?'

'Mythe.'

'Slapen in doodskisten?'

'Mythe.' Ze aarzelde even en voegde er toen zachtjes aan toe: 'Ik kan niet slapen.'

Ik had even nodig om dat te verwerken. 'Helemaal niet?'

'Nooit,' prevelde ze. Ze keek me aan met een melancholische uitdrukking. Ik keek terug en mijn ogen raakten verstrikt in die gouden blik. Na een paar tellen wist ik niet meer wat ik wilde zeggen.

Plotseling wendde ze zich af en haar ogen werden weer spleetjes. 'Je hebt me de belangrijkste vraag nog niet gesteld.'

'De belangrijkste vraag?' herhaalde ik. Ik snapte niet wat ze bedoelde.

'Ben je niet nieuwsgiérig naar wat ik eet?' vroeg ze spottend.

'O. Die vraag.'

'Ja. Die vraag,' zei ze kil. 'Wil je niet weten of ik bloed drink?'

Ik kromp ineen. 'Nou, Jules heeft daar wel iets over gezegd.'

'Wat dan?'

'Ze zei dat jullie niet op... mensen jaagden. Ze zei dat ze ervan uitgingen dat jouw familie ongevaarlijk was omdat jullie alleen op dieren jagen.'

'Zei ze dat we niet gevaarlijk waren?' Haar stem klonk uiterst sceptisch.

'Niet met die woorden. Ze zei dat ze ervan uitgingen dat jullie ongevaarlijk waren. Maar desondanks willen de Quileutes jullie niet op hun land, voor het geval dat.'

Ze keek voor zich, maar ik wist niet of ze op de weg lette of niet.

'Had ze gelijk? Jagen jullie niet op mensen?' Ik probeerde mijn stem zo vlak mogelijk te houden.

'De Quileutes hebben een goed geheugen,' fluisterde ze.

Dat beschouwde ik als een ja.

'Maar je moet er niet onvoorzichtig door worden,' waarschuwde ze me. 'Ze hebben gelijk dat ze ons op een afstand houden. We zijn nog altijd gevaarlijk.'

'Ik begrijp het niet.'

'We... doen ons best,' legde ze uit. Haar stem werd zwaarder en langzamer. 'Meestal zijn we erg goed in wat we doen. Soms maken we... fouten. Ik, bijvoorbeeld, omdat ik mezelf alleen laat zijn met jou.'

'Is dat een fout?' Ik hoorde de gekrenkte toon van mijn stem, maar ik wist niet of zij het ook hoorde.

'Een heel gevaarlijke,' mompelde ze.

Toen zwegen we allebei. Ik keek hoe de koplampen meedraaiden met de bochten in de weg. Ze bewogen te snel. Het leek niet echt maar zag eruit als een videospelletje. Ik was me ervan bewust dat de tijd voortsnelde, net als de zwarte weg onder ons, en ineens was ik doodsbang dat ik nooit meer een tweede kans zou krijgen om weer op deze manier met haar samen te zijn: open, alle muren tussen ons geslecht. Het klonk een beetje alsof ze afscheid nam. Mijn hand kneep in de hare. Ik kon geen minuut van mijn tijd met haar verspillen.

'Vertel eens wat meer.' Het kon me niet veel schelen wat ze zei, ik wilde gewoon naar haar stem luisteren.

Ze wierp een snelle blik op me, ogenschijnlijk verrast door mijn andere toon. 'Wat wil je nog meer weten?'

'Waarom jagen jullie op dieren en niet op mensen?' vroeg ik. Het was de eerste vraag die me te binnen schoot. Mijn stem klonk verstikt. Ik knipperde het overtollige vocht uit mijn ogen.

Haar stem was heel zacht. 'Ik wíl geen monster zijn.'

'Maar dieren zijn niet voldoende?'

Ze wachtte even. 'Ik weet het natuurlijk niet zeker, maar je kunt het vergelijken met een dieet van tofoe en sojamelk. We noemen onszelf vegetariërs, het is ons grapje. Het stilt de honger niet helemaal... of eigenlijk de dorst. Maar het houdt ons sterk genoeg om weerstand te bieden. Meestal dan.' Haar toon werd onheilspellender. 'Soms is het moeilijker dan anders.'

'Is het nu erg moeilijk voor je?' vroeg ik.

Ze zuchtte. 'Ja.'

'Maar je hebt nu geen honger,' zei ik. Het was een constatering, geen vraag.

'Waarom denk je dat?'

'Je ogen. Daar heb ik een theorie over. Ik heb het idee dat de kleur verband houdt met je stemming, en mensen zijn meestal chagrijniger als ze honger hebben, toch?'

Ze lachte. 'Je bent oplettender dan ik had gedacht.'

Ik luisterde naar het geluid van haar lach en prentte het in mijn geheugen.

'Dus alles wat ik die dag met het busje gezien meende te hebben, dat is allemaal echt gebeurd. Je hebt dat busje écht tegengehouden.'

Ze haalde haar schouders op. 'Ja.'

'Hoe sterk ben je?'

Ze keek me even zijdelings aan. 'Sterk genoeg.'

'Zou je tweeduizend kilo kunnen tillen?'

Ze leek een beetje van haar à propos door mijn enthousiasme. 'Als het moest. Maar ik ben niet zo van de krachtpatserij. Dan wil Eleanor de hele tijd wedstrijdjes doen, en zó sterk zal ik nooit worden.'

'Hoe sterk?'

'Eerlijk waar, als ze wil kan ze volgens mij een berg optillen. Maar dat zou ik nooit zeggen waar zij bij was, want dan wil ze het meteen proberen.' Ze lachte, en het klonk ontspannen. Liefdevol.

'Was je dit weekend aan het jagen met, eh, Eleanor?' vroeg ik toen het weer stil was.

'Ja.' Ze zweeg even, alsof ze besloot iets wel of niet te vertellen. 'Ik wilde niet weggaan, maar het moest. Het is iets makkelijker om bij je in de buurt te zijn als ik geen dorst heb.'

'Waarom wilde je niet weggaan?'

'Ik ben... onrustig... als ik niet bij je in de buurt ben.' Haar ogen waren zacht maar intens en maakten het lastig om normaal in en uit te blijven ademen. 'Ik maakte geen grapje toen ik je afgelopen donderdag vroeg niet in zee te vallen of overreden te worden. Ik was het hele weekend afgeleid, maakte me zorgen om je. En na wat er vanavond gebeurd is, ben ik verbaasd dat je het hele weekend ongeschonden bent doorgekomen.' Ze schudde haar hoofd en leek zich toen iets te herinneren. 'Nou ja, bijna ongeschonden.'

'Hoezo dan?'

'Je handen,' merkte ze op. Ik keek naar mijn handpalmen, naar de bijna genezen schaafwonden. Niets ontging haar.

'Ik ben gevallen.'

'Dat dacht ik al.' Haar mondhoeken krulden omhoog. 'Maar in jouw geval had het veel erger kunnen zijn – en die mogelijkheid kwelde me de hele tijd dat ik weg was. Het waren drie heel lange dagen. Eleanor werd helemaal gek van me.'

'Drie dagen? Ben je niet pas vandaag teruggekomen?'

'Nee, we zijn zondag teruggekomen.'

'Waarom was je dan niet op school?' Ik was gefrustreerd, bijna boos toen ik bedacht hoezeer haar afwezigheid me had aangegrepen.

'Je vroeg of ik zonder te verbranden in de zon kan komen, en dat is geen probleem. Maar ik kan niet in het zonlicht lopen, tenminste, niet als iemand me kan zien.'

'Waarom niet?'

'Ik laat het je wel een keer zien,' beloofde ze.

Ik dacht even na. 'Je had het wel even tegen me kunnen zeggen.'

Ze begreep me niet. 'Maar ik wist dat er niets met je aan de hand was.'

'Ja, maar ík wist niet waar jíj was. Ik...' Ik aarzelde en sloeg mijn ogen neer.

'Wat?' Haar zijdezachte stem was net zo hypnotiserend als haar ogen.

'Dit klinkt natuurlijk heel stom... Maar ik flipte echt een beetje. Ik dacht dat je misschien nooit meer terug zou komen. Dat je op de een of andere manier wist dat ik het wist en... Ik was bang dat je zou verdwijnen. Ik wist niet wat ik moest beginnen. Ik móést je terugzien.' Mijn wangen begonnen te gloeien.

Ze zweeg. Ik keek op en zag dat ze gekweld keek, alsof ze pijn had.

'Edythe, gaat het?'

'Ah,' kreunde ze stilletjes. 'Dit is verkeerd.'

Ik begreep haar reactie niet. 'Heb ik iets verkeerds gezegd?'

'Snap je het niet, Beau? Het is een ding dat ik mezelf ongelukkig maak, maar iets heel anders dat jij er zo bij betrokken bent.' Ze richtte haar gepijnigde ogen op de weg en haar woorden stroomden bijna te snel naar buiten om te kunnen volgen. 'Ik wil niet horen dat jij je zo voelt. Het is verkeerd. Het is niet veilig. Ik zal je pijn doen, Beau. Je mag blij zijn als je het overleeft.'

'Dat kan me niet schelen.'

'Dat is een heel domme reactie.'

'Kan wel zijn, maar ik meen het. Ik heb toch al gezegd dat het me niet uitmaakt wat je bent. Het is te laat.'

Haar stem trof me als een zweepslag, laag en fel. 'Dat moet je niet zeggen. Het is nóóit te laat. Ik kan ervoor zorgen dat alles weer wordt zoals het was. En dat ga ik doen ook.'

Ik staarde recht voor me uit, blij met de sjaal. Mijn nek was een grote rode vlek, dat kon niet anders.

'Ik wil niet dat het weer wordt zoals het was,' mompelde ik. Ik vroeg me af of ik mijn hand moest weghalen. Ik hield hem heel stil. Misschien zou ze vergeten dat hij daar lag.

'Het spijt me dat ik je dit heb aangedaan.' Haar stem liep over van oprechte spijt.

Het duister gleed in stilte voorbij. Ik besefte dat we langzamer gingen en zelfs in het donker herkende ik de omgeving. We reden de bebouwde kom van Forks in. We hadden er minder dan twintig minuten over gedaan.

'Zie ik je morgen?'

'Wil je dat?' fluisterde ze.

'Meer dan alles wat ik ooit heb gewild.' Het was gewoon treurig, zo waar als die woorden overduidelijk waren. Hoezo, playing hard to get?

Ze deed haar ogen dicht. De auto bleef keurig langs de middenstreep rijden.

'Dan ben ik er,' zei ze uiteindelijk. 'Ik moet toch nog een werkstuk inleveren.'

Ze keek naar me, en haar gezicht was rustiger, maar haar ogen waren bezorgd.

Ineens stonden we voor Charlies huis. Het licht was aan, mijn pick-up stond op zijn plek, alles was volstrekt normaal. Het was alsof ik wakker werd uit een droom, zo'n droom die je wilde vasthouden, waar je je ogen stijf voor dichtkneep terwijl je je nog een keer omrolde en een kussen over je hoofd legde in een poging er weer in te komen. Ze zette de motor uit, maar ik bewoog me niet.

'Hou je een stoel vrij bij de lunch?' vroeg ik weifelend.

Ik werd beloond met een brede glimlach. 'Dat moet lukken.'

'Beloof je het?' Het klonk niet luchtig genoeg.

'Ik beloof het.'

Ik staarde in haar ogen en ik kreeg weer dat gevoel dat ze een magneet was, alsof ze me naar zich toetrok en ik me niet kon verzetten. Ik wilde het niet eens proberen. Het woord 'vampier' hing nog tussen ons in, maar het was makkelijker te negeren dan ik voor mogelijk had gehouden. Haar gezicht was zo ondraaglijk perfect dat het ergens pijn deed om naar te kijken. Tegelijkertijd wilde ik nooit meer wegkijken. Ik wilde weten of haar lippen net zo glad waren als de huid van haar hand en...

Plotseling schoot haar handpalm naar voren om me tegen te houden, haar handpalm op een centimeter van mijn gezicht. Ze zat in elkaar gedoken tegen het portier, met grote, bange ogen en haar tanden op elkaar geklemd.

Ik trok me met een ruk terug.

'Sorry!'

Ze keek me heel lang aan en ik durfde te zweren dat ze niet ademhaalde. Na een hele tijd ontspande ze weer een beetje.

'Je zult echt voorzichtiger moeten zijn, Beau,' zei ze uiteindelijk op doffe toon.

Heel behoedzaam, alsof ik van glas was of zo, tilde haar linkerhand mijn hand van haar rechter- en liet hem toen los. Ik sloeg mijn armen over elkaar.

'Misschien...' begon ze.

'Ik kan me heus inhouden,' onderbrak ik haar vlug. 'Als jij zegt wat de regels zijn, dan hou ik me daaraan. Ik doe alles wat je wilt.'

Ze zuchtte.

'Echt. Zeg wat ik moet doen en ik doe het.'

Zodra de woorden over mijn lippen rolden had ik er spijt van. Stel dat ze zou zeggen dat ik haar moest vergeten? Sommige dingen lagen buiten mijn macht.

Maar ze glimlachte. 'Goed dan, ik weet wel iets.'

'Wat dan?' vroeg ik op mijn hoede.

'Je moet niet weer in je eentje het bos in gaan.'

Ik voelde de verbazing op mijn gezicht. 'Hoe wist je dat?'

Ze tikte tegen het puntje van haar neus.

'Echt? Jouw reukvermogen moet echt waanzinnig...'

'Ga je doen wat ik zeg of niet?' onderbrak ze me.

'Tuurlijk, geen probleem. En waarom niet, als ik vragen mag?'

Ze fronste en keek met samengeknepen ogen langs me uit het raam. 'Ik ben niet altijd het gevaarlijkste wezen daar. Laten we het daar maar op houden.'

Ik huiverde door de plotselinge kilheid in haar stem, maar ik was ook opgelucht. Ze had ook iets veel moeilijkers van me kunnen vragen. 'Wat je wilt.'

Ze zuchtte. 'Tot morgen, Beau.'

Ik wist dat ze wilde dat ik nu wegging.

'Tot morgen,' benadrukte ik. Ik wilde de auto uit stappen.

'Beau?'

Ik draaide me om en dook onhandig terug. Ze boog zich naar me toe, met haar bleke godinnengezicht op slechts een paar centimeter van het mijne. Mijn hart stond stil.

'Welterusten,' zei ze. Haar adem blies in mijn gezicht; het was diezelfde onweerstaanbare geur die in haar auto hing, maar dan in geconcentreerde vorm. Ik knipperde volkomen daas met mijn ogen. Ze ging weer rechtop zitten.

Het duurde even voordat ik de boel weer op een rijtje had en ik me weer kon bewegen. Ik schoof de auto weer uit en moest het portier vastgrijpen om niet te vallen. Ik dacht dat ik haar hoorde lachen, maar het geluid was te zacht om het zeker te weten.

Ze wachtte tot ik naar de voordeur gestrompeld was, en toen gaf ze zachtjes gas. Ik draaide me om en zag de zilveren auto om de hoek verdwijnen. Ineens had ik het koud.

Ik pakte werktuiglijk mijn sleutel en maakte de voordeur open.

'Beau?' riep mijn vader vanuit de woonkamer.

'Ja, pap, ik ben het.' Ik deed de deur weer op slot en liep naar hem toe. Hij zat op zijn lievelingsbank naar een honkbalwedstrijd te kijken.

'Film nu al afgelopen?'

'Is het nog zo vroeg?' Ik had het gevoel dat ik dagen met haar had doorgebracht... of maar een paar seconden. Niet lang genoeg.

'Het is nog geen acht uur,' zei hij. 'Was het leuk?'

'Eh, niet heel bijzonder.'

'Wat heb je om je nek?'

Ik pakte de sjaal die ik helemaal vergeten was en probeerde hem los te rukken, maar hij zat zo vaak om mijn nek dat ik mezelf zo'n beetje wurgde.

'Eh, ik was mijn jas vergeten, en toen heb ik een sjaal van iemand geleend.'

'Ziet er nogal sullig uit.'

'Ja, dat dacht ik al. Maar wel lekker warm.'

'Gaat het wel? Je ziet een beetje bleek.'

'Ik ben toch altijd bleek?'

'Ja, misschien wel.'

Eerlijk gezegd voelde ik me een beetje duizelig en ik had het nog steeds koud, ook al wist ik dat het binnen warm was.

Dat zou echt iets voor mij zijn, om alsnog in shock te raken. Niet zeuren, zei ik tegen mezelf.

'Ik, eh, ik heb niet zo goed geslapen vannacht,' zei ik tegen Charlie. 'Ik duik er vroeg in vanavond.'

'Trusten, kerel.'

Ik liep langzaam de trap op. Mijn hoofd leek vol watten te zitten. Ik snapte niet waarom ik zo afgepeigerd was en het zo koud had. Ik poetste mijn tanden en plensde wat warm water in mijn gezicht, waardoor ik moest rillen. Ik nam de moeite niet om me uit te kleden en trok alleen mijn schoenen uit, om vervolgens met al mijn kleren aan in bed te stappen – dat was al de tweede keer deze week.

Ik sloeg mijn deken strak om me heen en onderdrukte een serie rillingen.

Mijn hoofd tolde alsof ik duizelig was. Er kwamen allerlei indrukken en beelden voorbij; sommige zou ik beter willen zien en aan andere wilde ik helemaal niet meer denken. De weg die veel te snel voorbij suisde, het gedempte gele licht van het restaurant dat haar bronzen haar deed glanzen, de vorm van haar lippen als ze glimlachte... als ze fronste... Jeremy's uitpuilende ogen, de koplampen die op me af gierden, het pistool dat op mijn gezicht werd gericht terwijl het koude zweet me uitbrak. Mijn bed schudde onder me toen ik weer begon te huiveren.

Nee, er waren te veel dingen die ik wilde onthouden, die ik in mijn hoofd wilde vastleggen, om tijd te verdoen aan de vervelende dingen. Ik trok de sjaal die ik nog steeds omhad over mijn neus en ademde haar geur in. Mijn lichaam ontspande vrijwel meteen, het gesidder hield op. In gedachten zag ik haar gezicht voor me – elke trek, elke blik, elke stemming.

Een paar dingen wist ik heel zeker. Ten eerste: Edythe was echt een vampier. Ten tweede: een deel van haar beschouwde mij als eten. Maar uiteindelijk deed dat er niet toe. Het enige wat ertoe deed was dat ik van haar hield, meer dan ik ooit had gedacht van iets te kunnen houden. Ze was alles wat ik wilde, het enige wat ik ooit zou willen.

10. Ondervragingen

De volgende ochtend was het anders.

Alle dingen die gisteravond in het donker mogelijk hadden geleken, klonken als slechte grappen nu het weer licht was, zelfs in mijn eigen hoofd.

Was dat echt gebeurd? Had ik die woorden goed onthouden? Had ze die dingen echt tegen me gezegd? Was ik echt dapper genoeg geweest om die dingen te zeggen waarvan ik dacht dat ik ze had gezegd?

Haar sjaal – de sjaal die ze van haar broer had gejat – lag opgevouwen op mijn rugzak, en ik moest er telkens even heen lopen om hem aan te raken. Dát was in elk geval echt gebeurd.

Buiten was het mistig en donker. Helemaal perfect. Ze had geen reden om vandaag niet op school te zijn. Ik trok een paar lagen kleren aan, want ik had natuurlijk geen jas en ik hoopte maar dat ik niet helemaal doorweekt zou zijn voordat ik hem terug kreeg.

Toen ik beneden kwam, was Charlie al vertrokken. Ik was later dan ik had gedacht. Ik werkte met drie happen een mueslireep naar binnen, spoelde hem weg met een paar slokken melk uit het pak en holde de deur uit. Hopelijk bleef het droog tot ik Jeremy gevonden had. Hopelijk lag mijn jas nog in zijn auto.

Het was echt heel mistig. Het leek haast of er rook in de lucht hing. De mist was ijskoud op mijn gezicht en ik kon niet wachten tot ik de verwarming van mijn auto aan had. De mist was zo dicht dat ik al bijna halverwege de oprit was toen ik me realiseerde dat er nog een auto op stond: een bekende zilveren auto. Mijn hart sloeg weer een slag over en ik hoopte dat ik geen hartritmestoornis aan het ontwikkelen was.

Het raampje aan de passagierskant was open en ze boog zich naar me toe terwijl ze haar best deed om niet om mijn misschien-heb-ik-wel-een-hartaanvalgezicht te lachen.

'Wil je meerijden naar school?' vroeg ze.

Ze glimlachte, maar in haar stem klonk onzekerheid door. Ze wilde niet dat ik klakkeloos ja zei, maar echt nadacht over waar ik mee bezig was. Misschien wilde ze zelfs wel dat ik haar aanbod zou afslaan. Maar dat ging dus mooi niet gebeuren.

'Ja, graag,' zei ik, zo nonchalant mogelijk. Toen ik de warme auto in stapte, zag ik een beige jas over de hoofdsteun van de passagiersstoel hangen.

'Wat is dat?'

'De jas van Royal. Ik wil niet dat je kouvat of zo.'

Ik legde de jas zorgvuldig op de achterbank. Zij leek het geen probleem te vinden om kleren van haar broers te lenen, maar ik had geen idee hoe zij daar zélf over dachten. Een van de verwarrende beelden die ik me nog van het auto-ongeluk kon herinneren, ook al was het inmiddels weken geleden, waren de gezichten van haar broers en zussen die van een afstandje toekeken. Royals uitdrukking kon het best omschreven worden als 'woedend'.

Ik vond het misschien moeilijk om bang te zijn voor Edythe, maar ik dacht niet dat ik dat probleem ook bij Royal zou hebben.

Ik haalde de sjaal uit mijn tas en legde hem op de jas.

'Ik red me wel,' zei ik, en ik stompte twee keer met mijn vuist op mijn borst. 'Immuunsysteem in topvorm.'

Ze lachte, maar ik wist niet of ze me grappig of lachwekkend vond. Ach ja. Zolang ik haar maar hoorde lachen.

Ze reed door de mistige straten, veel te snel, zonder echt op de weg te letten. Zij droeg ook geen jas, alleen een lichtpaarse trui met omhooggeschoven mouwen. De trui was best strak en ik probeerde niet naar haar te staren. Haar haar was opgestoken in een wrong, een beetje warrig, met overal losse plukken, en de aanblik van haar ranke hals leidde me erg af. Ik wilde mijn vingers langs haar keel laten glijden...

Maar ze had me gisteren gewaarschuwd dat ik voorzichtiger moest zijn. Ik wist niet precies wat ze bedoelde, maar ik zou mijn best doen, want dat was duidelijk heel belangrijk voor haar. Ik wilde niets doen wat haar zou afschrikken.

'Wat, vandaag geen vraag-en-antwoordspelletjes?' vroeg ze.

'Vond je dat vervelend gisteren?'

'Niet vervelend, wel... verwarrend.'

Het verbaasde me dat ze er zo over dacht. Ik had het idee dat ik de enige was die er niets van begreep. 'Hoe bedoel je?'

'Ik begrijp je reacties niet.'

'Mijn reacties?'

Ze keek me aan en trok haar wenkbrauw op. 'Ja, Beau. Als iemand zegt dat ze bloed drinkt, dan hoor je bang te worden. Een kruis te maken met je vingers, met wijwater te gooien, gillend weg te rennen, dat soort dingen.'

'O. Eh... volgende keer zal ik beter mijn best doen.'

'Je mag best een beetje op je doodsbange blik oefenen.'

'"Doodsbang" is niet hoe ik mijn gevoelens van gisteravond zou omschrijven.'

Ze ademde geërgerd uit door haar neus. Ik wist niet wat ik moest zeggen. Ik kon haar onmogelijk zien als iets waarvoor ik zou moeten vluchten.

'Zeg, eh, waar is de rest van de familie?'

Ik had helemaal geen zin om aan haar familie te denken. Ik wilde me niet bezighouden met het idee van méér vampiers – vampiers die niet Edythe waren. Vampiers waar ik misschien wél doodsbang voor zou zijn.

Maar feit bleef dat haar auto normaal gesproken vol zat, en vandaag niet. Daar was ik natuurlijk heel blij om. Ik kon weinig dingen bedenken die me uit een auto zouden houden als Edythe me meevroeg, maar een stel razende vampiers op de achterbank zouden de pret misschien wel een klein beetje bederven.

Ze reed net de parkeerplaats van school op. Nu al.

'Ze zijn met de auto van Royal.' Ze gebaarde naar een glimmend rode cabrio met gesloten kap terwijl ze de parkeerplek daarnaast op draaide. 'Nogal opvallend, vind je niet?'

'Als hij zo'n auto heeft, waarom rijdt hij dan met jou mee?'

'Dat zeg ik toch, hij valt nogal op. We proberen gewoon te lijken.'

Lachend deed ik het portier open. 'Niet lullig bedoeld, maar dat lukt dus echt totaal niet.'

Ze snoof geërgerd.

Ik was niet meer te laat. Door haar krankzinnige rijstijl was ik ineens ruim op tijd. 'Waarom ging Royal vandaag dan met zijn auto als die zo opvallend is?'

'Mijn schuld – zoals gewoonlijk, zou Royal zeggen. Heb je het nog niet gemerkt, Beau? Ik ben nu alle regels aan het overtreden.'

Ze kwam naast me staan bij de voorkant van de auto en bleef vlak bij me toen we het schoolterrein op liepen. Ik wilde die kleine ruimte tussen ons laten verdwijnen, wilde haar hand weer aanraken, mijn arm om haar schouders leggen, maar ik was bang dat dat niet 'voorzichtig' genoeg zou zijn voor haar.

'Waarom hebben jullie überhaupt dat soort auto's?' vroeg ik me hardop af. 'Als jullie je gedeisd willen houden, zijn er genoeg tweedehands Honda's om uit te kiezen.'

'Het is een gril,' gaf ze met een glimlachje toe. 'We houden allemaal van snelle auto's.'

'Juist,' mompelde ik.

Onder het overhangende dak van de kantine stond Jeremy te wachten, en zijn ogen rolden alweer bijna uit hun kassen. Mijn jas hing over zijn arm.

'Hey Jer,' zei ik toen we vlak bij hem waren. 'Fijn dat je die hebt meegenomen.'

Hij gaf me de jas zonder een woord te zeggen.

'Goedemorgen Jeremy,' zei Edythe beleefd. Ik merkte dat ze echt haar best deed om hem niet helemaal van de kaart te brengen, maar zelfs haar kleinste glimlachje was moeilijk te weerstaan.

'Eh... hoi.' Jeremy richtte zijn grote ogen op mij en probeerde zijn verwarde gedachten te ordenen. 'Ik zie je wel bij wiskunde.'

'Ja, tot dan.'

Hij liep weg, maar bleef twee keer staan om achterom te kijken.

'Wat ga je hem vertellen?' mompelde Edythe.

'Huh?' Ik keek naar haar en toen naar Jeremy's rug. 'O. Wat denkt hij?'

Haar mondhoek ging omhoog. 'Ik weet niet of het wel ethisch is om jou dat te vertellen....'

'Het is niet ethisch om je oneerlijke voordeeltjes voor jezelf te houden.'

Ze grijnsde schalks. 'Hij wil weten of we stiekem wat hebben. En hoe ver je al precies gekomen bent bij me.'

Het bloed steeg zo snel naar mijn wangen dat ik binnen een seconde zo rood als een biet was.

Ze keek weg, haar gezicht plotseling net zo ongemakkelijk als het mijne voelde. Ze deed een stapje bij me vandaan en knarste met haar tanden.

Het duurde even voor ik besefte dat mijn blos, waar ik me zo voor schaamde, op haar waarschijnlijk een heel ander effect had.

Dat hielp om af te koelen.

'Eh, wat moet ik tegen hem zeggen?'

Ze begon te lopen en ik liep achter haar aan, zonder op te letten waar ze heen ging.

Even later keek ze naar me op, en haar glimlachende gezicht stond weer ontspannen. 'Goede vraag. Ik ben heel benieuwd naar je antwoord. Ik hoor het nog wel.'

'Edythe...'

Ze grijnsde en toen schoot haar kleine hand omhoog om een pluk haar van mijn voorhoofd te strijken. Meteen daarna hing haar hand weer langs haar zij. Mijn hart sputterde alsof het echt problemen had.

'Ik zie je bij de lunch,' zei ze, een en al kuiltjes.

Ik bleef staan alsof ik een stroomstoot had gekregen terwijl zij zich omdraaide en de andere kant op liep.

Een paar tellen later was ik genoeg bijgekomen om te zien dat ik me recht voor het lokaal van Engels bevond. Drie mensen waren in de deuropening blijven staan en staarden me met verschillende gradaties van verbazing en ontzag aan. Ik boog mijn hoofd en schoot langs hen heen het lokaal in.

Zou Jeremy me dat echt gaan vragen? En zou Edythe echt mijn antwoord afluisteren?

'Morgen Beau.'

McKayla zat al op haar vaste plek. Haar begroeting was een stuk tammer dan ik gewend was. Ze glimlachte, maar het leek meer uit beleefdheid, niet alsof ze echt blij was me te zien.

'Hé McKayla. Hoe gaat-ie?'

'Goed hoor. Hoe was de film gisteren?'

'O, eh, ja. Die heb ik uiteindelijk niet gezien. Ik was verdwaald en...'

'Ja, ik hoorde het al,' zei ze.

Ik knipperde verbaasd met mijn ogen. 'Van wie dan?'

'Ik kwam Jeremy tegen vanochtend.'

'O.'

'Hij zei dat je niet veel gemist had. De film was niks, kennelijk.'

'Gelukkig maar.'

Ze was ineens heel geïnteresseerd in haar nagels en begon de paarse lak eraf te krabben. 'Had je, eh, al andere plannen gemaakt voordat je ging? Dat dacht Jeremy namelijk, en ik vroeg me af waarom je dan al die moeite zou doen, zeg maar.'

'Nee, nee, ik was echt van plan om naar de bioscoop te gaan. Ik had niet verwacht dat... dat ik zou verdwalen... en zo.'

McKayla snoof alsof ze me niet geloofde en keek naar de klok. Mevrouw Mason was met iets bezig achter haar bureau en leek geen haast te maken met het begin van de les.

'Tof trouwens dat je maandag met Jeremy uit eten bent geweest,' zei ik om het gesprek een andere wending te geven. 'Hij zei dat het heel leuk was.' Dat zou hij in elk geval vast en zeker gezegd hebben, als ik ernaar gevraagd had.

Ze keek weer naar haar nagels, maar haar oren werden een beetje rood. 'O ja?' vroeg ze op een heel andere toon.

'Ja.' Ik begon te fluisteren. 'Maar denk eraan hè, ik heb niets gezegd. Ook niet dat hij je het leukste meisje vindt dat hij kent bijvoorbeeld.'

Haar oren werden nog roder. 'Mannencode. Ik snap het.'

'Ik heb niets gezegd.'

Eindelijk moest ze echt lachen.

Toen stond mevrouw Mason op en zei dat we onze boeken moesten opendoen.

Ik dacht dat ik nu eindelijk van McKayla af was, maar na de les zag ik haar een blik wisselen met Erica en begon ze weer aan haar nagels te krabben terwijl we naar buiten liepen.

'Maarreh,' zei ze.

'Ja?'

'Ik vroeg me gewoon af of je misschien toch nog naar het schoolfeest kwam? Je kunt gewoon met onze groep mee, hoor, als je wilt.'

'Het schoolfeest?' Ik keek haar wezenloos aan. 'Nee. Nee, ik ga nog steeds naar Seattle.'

Ze keek verbaasd, maar toen ontspande ze. 'Oké. Nou ja. Misschien kunnen we in elk geval als groep naar het eindejaarsbal. Met z'n allen een limo huren of zo.'

Ik bleef staan.

'Eh, ik was eigenlijk niet van plan om naar het eindejaarsbal te gaan...'

'Echt niet? Wat een verrassing!' McKayla lachte. 'Misschien wel goed om dat ook even tegen Taylor te zeggen. Die denkt dat je met haar gaat.'

Ik voelde mijn mond openvallen. McKayla lag dubbel.

'Dat dacht ik ook,' zei ze.

'Meen je dat nou?' vroeg ik toen ik mijn gezicht weer onder controle had. 'Ze maakte vast een grapje, of niet?'

'Logan en Jeremy hadden het erover dat ze op tijd wilden beginnen en het eindejaarsbal groots wilden aanpakken, en toen zei Taylor dat ze niet meedeed omdat ze al plannen had – met jou. Daarom doet Logan zo... nou ja... tegen jou. Hij vindt Taylor leuk. Ik dacht, ik waarschuw je even. Jij hebt tenslotte de mannencode voor mij geschonden.'

'Wat moet ik dan doen?'

'Zeggen dat je niet met haar gaat.'

'Ik weet niet eens... Wat moet ik dan zeggen?'

Ze glimlachte alsof ze dit leuk vond. 'Kom op, Beau. Wees een vent. En anders moet je een smoking huren. Jij mag kiezen.'

Ik kreeg niet veel mee van maatschappijleer het uur daarna. Moest ik nou echt aan Taylor melden dat ik niet met haar naar het eindejaarsbal zou gaan? Ik probeerde te bedenken wat ik op de parkeerplaats precies tegen haar had gezegd toen ze me had meegevraagd naar het lentebal. Ik wist vrijwel zeker dat ik niets had toegezegd.

De lucht was loodgrijs toen ik naar wiskunde liep, heel donker en dreigend. Vorige week zou ik dat maar een sombere boel gevonden hebben. Vandaag werd ik er blij van. Er was nog iets beters dan zon.

Toen ik Jeremy aan een leeg tafeltje achterin zag zitten, zijn blik op de deur gericht in afwachting van mijn komst, wist ik weer dat ik nog meer aan mijn hoofd had dan Taylor. Mijn nek begon te gloeien en ik wou dat ik die sjaal had gehouden.

Er was nog een stoel vrij, twee rijen naar voren... Maar het was waarschijnlijk beter om dit zo snel mogelijk achter de rug te hebben.

Mevrouw Varner was er nog niet. Waarom waren al die leraren zo sloom vandaag? Het leek wel of niemand zich hier om fatsoenlijk onderwijs bekommerde.

Ik ging naast Jeremy zitten. Hij barstte meteen los.

'Jemig hé, gast,' zei hij. 'Wie had gedacht dat jij zo'n player was?'

Ik rolde met mijn ogen. 'Ik ben helemaal geen player.'

'Hallo.' Hij stompte tegen mijn arm. 'Edythe Cullen. Toe maar. Hoe heb je dát voor elkaar gekregen?'

'Er is niets gebeurd.'

'Hoe lang is dit al aan de gang? Is het geheim? Wil ze niet dat haar familie het weet of zo? Deed je daarom alsof je met ons naar de film zou gaan?'

'Ik deed helemaal niet alsof. Ik had geen idee dat ze gisteravond in Port Angeles zou zijn. Ze was wel de laatste die ik daar had verwacht.'

Hij leek een beetje teleurgesteld door mijn eerlijkheid.

'Ben je al eens eerder met haar uit geweest?'

'Nee, nooit.'

'Hm. Dus het was gewoon puur toeval?'

'Ik denk het.'

Het was duidelijk te zien als ik de waarheid sprak – en ook als ik eromheen draaide. Er verscheen een achterdochtige, uitgekookte blik op zijn gezicht.

'Want iedereen weet natuurlijk dat je al van het begin af aan geobsedeerd bent door haar, zeg maar.'

Ik kromp in elkaar. 'Is dat zo?'

'Dus ik vraag me gewoon af hoe je haar zover hebt gekregen. Heb je een lamp met een geest erin? Heb je haar ergens mee kunnen chanteren? Of heb je je ziel aan de duivel verkocht?'

'Tuurlijk, joh.'

'Hoeveel heb je eruit kunnen slepen? Was zeker wel een wilde nacht?'

Ik begon pissig te worden, maar ik wist dat hij alles zou verdraaien, hoe ik ook reageerde.

Ik gaf heel rustig antwoord. 'We hebben het niet laat gemaakt. Ik was om acht uur thuis.'

'Meen je dat nou?'

'We hebben gegeten en toen heeft ze me naar huis gebracht, Jeremy.'

'En vanochtend dan? Toen was je nog steeds bij haar.'

'Nog steeds? Nee, man. Wat – dacht je dat ze de hele nacht bij me was gebleven?'

'Is dat dan niet zo?'

'Nee.'

'Maar je zat bij haar in de auto...'

'Ze heeft me vanochtend opgehaald.'

'Hoezo?'

'Weet ik veel. Ze bood me een lift aan. Die ging ik niet weigeren.'

'En dat is dat?'

Ik haalde mijn schouders op.

'Echt? Je hebt toch zeker wel met haar gezoend? Of zoiets?'

Ik keek hem boos aan. 'Zo zit het niet.'

Hij trok een vies gezicht. 'Dit is het teleurstellendste verhaal dat ik ooit heb gehoord. Ik neem alles terug over dat je een player bent. Ze heeft gewoon medelijden met je, dat is wel duidelijk.'

'Ja, dat zal wel.'

'Misschien moet ik ook proberen om wat sneuer over te komen. Als Edythe daarop valt.'

'Doe je best.'

'Ze is vast snel op je uitgekeken.'

Mijn onverschillige houding viel even weg. Hij zag het en grijnsde zelfgenoegzaam.

'Ja,' zei ik. 'Je zult wel gelijk hebben.'

Toen kwam mevrouw Varner binnen, en het geroezemoes stierf weg toen ze vergelijkingen op het bord begon te schrijven.

'Zal ik je eens wat zeggen?' fluisterde Jeremy. 'Ik denk dat ik liever met een normaal meisje ben.'

Ik was al geïrriteerd. De manier waarop hij over Edythe praatte stond me niet aan, en de manier waarop hij 'normaal' zei, schoot me echt in het verkeerde keelgat. Nee, Edythe was niet normaal, maar dat kwam niet doordat er, zoals zijn toon leek te suggereren, iets geks of mis was met haar. Ze was zo bijzonder dat ze boven het normale uit steeg. Zo hoog zelfs dat 'normaal' en 'Edythe' niet eens bij elkaar in de buurt kwamen.

'Wel zo verstandig,' mompelde ik fel. 'Je kunt maar beter niet zulke hoge verwachtingen hebben.'

Hij keek me verbluft aan, maar ik staarde naar de lerares. Ik voelde dat hij me weer achterdochtig opnam, totdat mevrouw Varner het merkte en hem de beurt gaf. Hij begon verwoed door zijn boek te bladeren in een poging erachter te komen wat ze had gevraagd.

Jeremy liep voor me uit naar Spaans, maar dat kon me niets schelen. Ik was nog steeds boos. Hij praatte pas weer tegen me toen ik aan het eind van de les mijn boeken net iets te enthousiast in mijn rugzak stond te schuiven.

'Je komt vandaag zeker niet bij ons zitten, hè?'

Zijn gezicht stond weer argwanend, en ook een beetje op zijn hoede. Hij dacht natuurlijk dat ik de blits wilde maken en Edythe wilde gebruiken om zelf cooler te lijken. Jeremy en ik waren ook nog niet zo lang vrienden. Jongens zeiden dit soort dingen tegen elkaar. Het hoorde waarschijnlijk bij die mannencode die ik zelf had verzonnen. Hij was ervan uitgegaan dat ik aan zijn kant zou staan... en nu wist hij dat hij zich had vergist.

'Eh, dat weet ik nog niet,' zei ik. Het was niet slim om al te zeker van mijn zaak te zijn. Ik wist nog heel goed hoe het voelde als ze verdween. Ik wilde geen ongeluk over mezelf afroepen.

Hij liep weg zonder op me te wachten, maar toen stokten zijn voeten en bleef hij op de drempel van het lokaal staan.

'Serieus, doe even normaal,' zei Jeremy zo hard dat ik hem kon horen, net als alle anderen binnen een straal van drie meter.

Hij keek achterom, schudde zijn hoofd en beende weg.

Ik haastte me naar de deur om te zien waar dat nou weer over ging, maar ik was niet de enige. Al mijn klasgenoten bleven om de beurt staan om naar mij om te kijken voordat ze het lokaal uit liepen. Tegen de tijd dat ik eindelijk bij de deur was, had ik geen idee wat ik kon verwachten. Om de een of andere onzinnige reden was ik bijna bang dat Taylor in een glinsterende galajurk en een kroontje op de gang stond.

Maar naast de deur van ons Spaanse lokaal – oneindig veel mooier dan iemand zou mogen zijn – stond Edythe tegen de muur geleund op me te wachten. Haar grote gouden ogen stonden geamuseerd, en haar mondhoeken neigden naar een glimlach. Haar haar zat nog steeds in die slordige wrong en ik had de bizarre neiging om mijn hand uit te steken en de spelden eruit te trekken.

'Hallo Beau.'

'Hoi.'

Ik was me er ergens wel van bewust dat we toehoorders hadden, maar dat kon me niet meer schelen.

'Heb je trek?' vroeg ze.

'Ja hoor.' Ik had eigenlijk geen idee of dat waar was. Mijn hele lichaam tintelde alsof het op een vreemde en erg prettige manier werd geëlektrocuteerd. Meer kon mijn zenuwstelsel niet verwerken.

Ze draaide zich om naar de kantine en zwaaide haar tas om haar schouder.

'Geef die maar aan mij,' bood ik aan.

Ze keek met bambi-ogen naar me op. 'Denk je dat hij te zwaar voor me is?'

'Nou, ik wilde gewoon...'

'Tuurlijk,' zei ze. Ze liet de tas van haar schouder glijden en stak hem naar me uit, waarbij ze hem doelbewust alleen aan het topje van haar pink liet hangen.

'Eh, dank je,' zei ik, en ze liet het hengsel in mijn hand vallen.

Ik had kunnen weten dat haar tas twee keer zo zwaar zou zijn als die van mij. Ik ving hem nog net voor hij de stoep raakte en hees hem over mijn vrije schouder.

'Neem je altijd je eigen bakstenen mee naar school?'

Ze lachte. 'Archie vroeg of ik vanochtend een paar dingen voor hem mee kon nemen.'

'Is Archie je lievelingsbroer?'

Ze keek me aan. 'Het is niet aardig om lievelingetjes te hebben.'

'Enigst kind,' zei ik. 'Ik ben het lievelingetje van iedereen.'

'Dat blijkt. Maar waarom denk je dat?'

'Je lijkt het makkelijkst over hem te praten.'

Daar dacht ze even over na, maar ze ging er niet op in.

In de kantine liep ik achter haar aan naar de rij voor het buffet. Onwillekeurig keek ik net als elke dag naar de hoek achter in de kantine. Al haar broers en zussen waren aanwezig en hadden alleen oog voor elkaar. Misschien zagen ze niet dat Edythe bij mij was, of misschien kon het ze niet schelen. Ik dacht aan het idee dat Jeremy had geopperd, dat Edythe en ik stiekem afspraakjes maakten zodat haar familie het niet zou merken. Het zag er niet naar uit dat ze iets voor hen verborgen probeerde te houden, maar ik vroeg me wel af wat ze van me vonden.

Ik vroeg me ook af wat ik van hen vond.

Net op dat moment keek Archie op en glimlachte naar me door de kantine. Ik glimlachte automatisch terug, en toen keek ik omlaag om te zien of zijn glimlach eigenlijk voor Edythe was bedoeld. Ze had hem wel gezien, maar ze reageerde niet. Ze keek een beetje boos. Mijn ogen schoten van haar naar hem en weer terug, en het leek alsof ze een soort geluidloos gesprek voerden. Eerst glimlachte Archie breder, met tanden die zo wit waren dat ik ze zelfs aan de andere kant van de ruimte nog kon zien fonkelen. Edythe trok uitdagend haar wenkbrauwen op en haar bovenlip krulde een heel klein beetje om. Hij sloeg zijn ogen op naar het plafond en stak zijn handen omhoog alsof hij zich overgaf. Edythe draaide hem de rug toe en liep verder in de rij. Ze pakte een dienblad en begon er eten op te zetten.

'Ik heb een goede band met al mijn familieleden, maar Archie en ik hebben het meest gemeen,' zei ze zacht om eindelijk mijn vraag te beantwoorden. Ik moest me naar haar toe buigen om haar te kunnen verstaan. 'Maar soms kan hij erg vervelend zijn.'

Ik wierp een snelle blik op hem en zag dat hij zat te lachen. Hij keek niet naar ons, maar toch had ik het idee dat hij haar uitlachte.

Ik werd zo in beslag genomen door ons gesprek dat ik pas merkte wat ze allemaal op het dienblad had gezet toen de vrouw achter de kassa alles aansloeg.

'Dat is dan vierentwintig dollar drieëndertig,' zei ze.

'Hè?' Ik keek omlaag naar het dienblad en knipperde met mijn ogen.

Edythe had al betaald en wandelde naar de tafel waar we de week daarvoor ook samen hadden gezeten.

'Hoor eens,' siste ik terwijl ik op een drafje achter haar aan holde, 'dat krijg ik echt niet allemaal op.'

'Maar de helft is natuurlijk voor mij.'

Ze ging zitten en schoof het overvolle blad naar het midden van de tafel.

Ik trok mijn wenkbrauwen op. 'Vast.'

'Pak maar wat je wilt.'

Ik ging op de stoel tegenover haar zitten en liet haar zware tas samen met de mijne op de grond zakken. Aan de andere kant van de lange tafel zat een groep vierdeklassers met grote ogen naar haar te kijken.

'Ik vroeg me af wat je zou doen als iemand je uitdaagde om iets te eten.'

'Jij vraagt je altijd dingen af.' Ze trok een grimas en scheurde toen gracieus het bovenste stukje van een pizzapunt, stopte het in haar mond en begon met een gekwelde blik te kauwen. Even later slikte ze het door en keek me triomfantelijk aan.

'Als iemand je uit zou dagen aarde te eten, zou je dat toch ook kunnen?' vroeg ze.

Ik grijnsde naar haar. 'Dat heb ik wel eens gedaan... Het was een weddenschap. Het viel best mee.'

'Waarom verbaast me dat niet? Hier.' Ze schoof de rest van de pizza naar me toe.

Ik nam een hap. Ik vroeg me af of het voor haar echt als aarde smaakte. Het was niet de lekkerste pizza die ik ooit had gegeten, maar hij was niet slecht. Terwijl ik zat te kauwen keek ze over mijn schouder en lachte.

Ik at vlug mijn mond leeg. 'Wat is er?'

'Je hebt Jeremy echt heel erg in de war gebracht.'

'Jammer voor 'm.'

'Hij dacht echt de wildste dingen toen hij jou uit mijn auto zag stappen.'

Ik haalde mijn schouders op en nam nog een hap.

Ze hield haar hoofd een beetje schuin. 'Ben je het echt met hem eens?'

Ik moest weer zo snel mijn mond leegeten dat ik me bijna verslikte. Ze kwam halfovereind, maar ik stak mijn hand op en herpakte me. 'Niks aan de hand. Waar zouden we het over eens zijn?'

'Over de reden dat ik hier bij jou zat.'

Het duurde even voordat ik me het hele gesprek weer voor de geest kon halen. Er waren een paar dingen waar ze hopelijk geen aandacht aan had besteed – aan het feit dat iedereen blijkbaar wist dat ik vanaf de eerste dag al helemaal in haar ban was, bijvoorbeeld.

'Ik weet niet helemaal wat je bedoelt.'

Ze fronste haar wenkbrauwen. '"Ze heeft gewoon medelijden met je, dat is wel duidelijk,"' citeerde ze.

Tot mijn verbazing zag ik dat ze chagrijnig keek. 'Dat zou een verklaring kunnen zijn.'

'En binnenkort ben ik op je uitgekeken?'

Dat stak een beetje – dat was mijn grootste angst, en die leek maar al te reëel – maar ik probeerde het met nog een schouderophaal te verdoezelen.

'Beau, je doet weer eens belachelijk.'

'Is dat zo?'

Ze glimlachte en fronste tegelijk. 'Er zijn verschillende dingen waar ik me momenteel zorgen om maak. Op jou uitgekeken raken is daar niet een van.' Ze hield haar hoofd schuin en haar ogen boorden zich in de mijne. 'Geloof je me niet?'

'Eh, jawel. Als jij het zegt.'

Haar ogen werden spleetjes. 'Nou, dat klonk als een welgemeende bevestiging.'

Ik nam nog een hap pizza en kauwde langzaam en bewust. Ze wachtte af en keek me aan met die intense, doordringende blik die, zo wist ik inmiddels, betekende dat ze in mijn hoofd probeerde te wroeten. Toen ik nog een tweede hap nam zonder iets te zeggen, ademde ze boos uit door haar neus.

'Ik vind het echt verschrikkelijk als je dat doet.'

Het duurde even voordat ik mijn hap had doorgeslikt. 'Wat? Dat ik niet elke stompzinnige gedachte die door mijn hoofd schiet met je deel?'

Ik zag dat ze moest glimlachen, maar ze gaf zich niet gewonnen. 'Precies.'

'Ik weet niet wat ik moet zeggen. Denk ik dat je op me uitgekeken zult raken? Ja, dat denk ik. Ik begrijp oprecht niet waarom je hier nog zit. Maar ik deed erg mijn best om dat níét hardop te zeggen, want ik wilde je niet wijzen op iets waar je zelf misschien nog niet aan had gedacht.'

De glimlach kreeg de overhand. 'Je hebt gelijk. Ik zou het zelf nooit bedacht hebben, maar nu je het zegt: het is inderdaad tijd om verder te kijken. Die Jeremy is ineens wel erg aantrekkelijk sneu...' En toen zweeg ze abrupt en haar gezicht betrok. 'Beau. Je weet toch wel dat ik een grapje maak?'

Ik vroeg me af wat er op mijn gezicht gebeurde. Ik knikte.

Ze kreeg rimpels in haar voorhoofd. Even later strekte ze aarzelend haar arm uit over de tafel, zodat ik makkelijk bij haar hand kon.

Ik legde mijn hand eroverheen.

Ze glimlachte, maar toen vertrok haar gezicht.

'Sorry,' zei ik terwijl ik mijn hand wegtrok.

'Nee,' protesteerde ze. 'Het ligt niet aan jou.'

Heel voorzichtig, alsof mijn hand geblazen was van flinterdun glas, legde ze haar vingers op mijn handpalm. Net zo behoedzaam vouwde ik lichtjes mijn hand eromheen.

'Wat gebeurde er dan net?' zei ik zachtjes.

'Allerlei verschillende reacties.' Ze fronste weer. 'Royal heeft een nogal snerpende mentale stem.'

Ik kon me niet inhouden en keek naar de andere kant van de kantine, waar ik onmiddellijk spijt van had.

Royal wierp vernietigende blikken op Edythes onbeschermde rug en Eleanor, die tegenover hem zat, had zich ook omgedraaid om boos naar Edythe te kijken. Toen hij mijn blik opmerkte, richtte Royal zijn ziedende ogen op mij.

Ik kreeg kippenvel en mijn blik schoot naar Edythe, maar die staarde met opgetrokken bovenlip dreigend terug naar Royal. Tot mijn verbazing draaide Eleanor zich meteen om en Royals boze blik verdween. Hij keek naar de tafel met een onverwacht nukkige uitdrukking op zijn gezicht.

Archie zag eruit alsof hij het allemaal ontzettend grappig vond. Jessamine draaide zich niet één keer om.

'Zijn ze nou boos...' Ik slikte voordat ik mijn zin kon afmaken. Op mij? Had ik een stel vampiers boos gemaakt?

'Nee,' zei ze resoluut, en toen zuchtte ze. 'Maar wel op mij.'

Ik wierp een razendsnelle blik op Royal. Hij had zich niet bewogen. 'Hoor eens, heb ik je in de problemen gebracht? Kan ik iets doen?' Bij de herinnering aan de manier waarop hij woedend naar haar ranke lijf had gekeken, ging er een golf van paniek door me heen.

Ze schudde haar hoofd en glimlachte. 'Maak je over mij maar geen zorgen,' stelde ze me een beetje zelfingenomen gerust. 'Royal zou me misschien best aankunnen in een eerlijk gevecht, maar ik heb nog nooit eerlijk gevochten en ik was niet van plan daar nu mee te beginnen. Hij weet dondersgoed dat hij niets hoeft te proberen.'

'Edythe...'

Ze lachte. 'Grapje. Het stelt niets voor, Beau. Gewoon broer-en-zus-geharrewar. Dat begrijpt een enigst kind toch niet.'

'Als jij het zegt.'

'Dat zeg ik.'

Ik keek naar onze handen die nog steeds zo behoedzaam over elkaar gevouwen waren. Dit was de eerste keer dat ik echt haar hand vasthield, maar onder mijn opgetogenheid was ik niet vergeten waarom ze me haar hand in eerste instantie had aangeboden.

'Terug naar wat je denkt,' zei ze, alsof ze mijn gedachten kon lezen.

Ik zuchtte.

'Zou het helpen als jij niet als enige beschuldigd bent van obsessief gedrag?'

Ik kreunde. 'Dus dat heb je ook gehoord. Heel fijn.'

Ze lachte. 'Ik was van begin tot eind geboeid.'

'Sorry,' zei ik.

'Waarom bied je je excuses aan? Ik vind het juist fijn om te weten dat ik niet de enige ben.'

Ik keek haar sceptisch aan.

'Laat ik het zo zeggen.' Ze tuitte bedachtzaam haar lippen. 'Hoewel jij de enige bent van wie ik het níét zeker weet, zou ik er alsnog een flinke som geld om durven te verwedden dat ik meer aan jou denk dan jij aan mij.'

'Ha,' lachte ik perplex. 'Die weddenschap zou je zo ontzettend verliezen.'

Ze trok haar wenkbrauw op en praatte zo zachtjes dat ik me naar voren moest buigen om haar te horen. 'Aha, maar jij bent in een periode van vierentwintig uur maar zo'n zestien uur wakker. Dat geeft mij een behoorlijke voorsprong, denk je ook niet?'

'Je vergeet de dromen.'

Ze zuchtte. 'Tellen nachtmerries als dromen?'

Er kropen rode vlekken over mijn nek. 'Als ik over jou droom... dan zijn dat beslist geen nachtmerries.'

Haar mond ging een heel klein beetje open van verbazing, en haar gezicht stond plotseling kwetsbaar. 'Echt?' vroeg ze.

Ze keek erg vergenoegd, dus ik zei: 'Elke nacht.'

Ze deed haar ogen even dicht, maar toen ze ze weer opendeed, lachte ze plagerig.

'De remslaap is de kortste slaapfase. Ik loop nog steeds uren voor.'

Ik fronste mijn wenkbrauwen. Ik kon het maar moeilijk bevatten. 'Denk je echt aan míj?'

'Waarom kun je dat niet geloven?'

'Nou, kijk eens naar me,' zei ik, nogal overbodig, want dat deed ze al. 'Ik ben heel gewoontjes. Nou ja, met uitzondering van alle bizarre dingen, zoals die bijna-doodervaringen en dat ik zo onhandig ben dat ik nauwelijks kan lopen. En kijk eens naar jou.' Ik gebaarde met mijn vrije hand naar haar en al haar gekmakende schoonheid.

Ze glimlachte traag. Hij begon klein maar eindigde met het complete pakket kuiltjes – als de knallende uitsmijter van een vuurwerkshow op Onafhankelijkheidsdag.

'Wat die bizarre dingen betreft moet ik je gelijk geven.'

'Nou, zie je wel.'

'Maar je bent allesbehalve gewoontjes.'

Onze blikken hielden elkaar een hele tijd vast. Ik keek zoekend in haar ogen, terwijl ik probeerde te geloven dat ze echt iets zag wat interessant genoeg was om te blijven. Het voelde altijd alsof ze elk moment kon wegglippen, verdwijnen, alsof ze al die tijd toch alleen een mythe was geweest.

'Maar waarom...' Ik kon niet op de juiste woorden komen.

Ze hield afwachtend haar hoofd schuin.

'Gisteravond...' Ik zweeg en schudde mijn hoofd.

Ze fronste haar wenkbrauwen. 'Doe je dat expres? De onafgemaakte gedachte als middel om mij tot waanzin te drijven?'

'Ik weet niet of ik het goed kan uitleggen.'

'Probeer het eens.'

Ik haalde diep adem. 'Goed dan. Jij zegt dat je niet op me uitgekeken zult raken en dat je niet overweegt om op Jeremy over te stappen.'

Ze knikte en onderdrukte een grijns.

'Maar gisteravond... kreeg ik het gevoel...' Ze keek me bezorgd aan. De rest rolde over mijn lippen. 'Dat je al op zoek was naar een manier om afscheid te nemen.'

'Scherpzinnig,' fluisterde ze. En daar was dat gekwelde gevoel weer, het kwam op toen ze mijn grootste angst bevestigde.

Haar vingers knepen heel zachtjes in de mijne.

'Maar die twee dingen hebben niets met elkaar te maken.'

'Welke twee dingen?'

'De gevoelens die ik voor je koester en de noodzaak om afscheid te nemen. Nu ja, ze hebben wel met elkaar te maken, maar dan andersom.'

De noodzaak om afscheid te nemen. Mijn maag kromp samen. 'Ik begrijp het niet.'

Ze keek me weer aan en haar ogen gloeiden hypnotiserend. Haar stem was nauwelijks hoorbaar. 'Hoe meer ik om je geef, hoe belangrijker het wordt dat ik een manier verzin om... je te beschermen. Tegen mij. Het zou het verstandigst zijn om afscheid te nemen.'

Ik schudde mijn hoofd. 'Niet waar.'

Ze haalde diep adem en ze kreeg een vreemde donkere blik in haar ogen. 'Tja, ik heb geprobeerd je met rust te laten, maar dat lukte niet. Ik weet niet hoe ik het voor elkaar moet krijgen.'

'Doe mij een lol en laat het gewoon zitten.'

Ze glimlachte een beetje. 'Met al die bijna-doodervaringen van jou is het misschien ook wel beter als ik in de buurt blijf.'

'Zo is het maar net. Je weet nooit wanneer ik weer door een afgedwaald busje wordt aangevallen.'

Ze fronste haar wenkbrauwen.

'We gaan toch nog wel samen naar Seattle, hè? Massa's busjes in Seattle. Die liggen daar om elke hoek op de loer.'

'Daar heb ik eerlijk gezegd nog wel een vraag over. Moet je zaterdag echt naar Seattle, of was dat slechts een excuus om je schare aanbidsters niet te hoeven afwijzen?'

'Eh...'

'Dat dacht ik al.'

'Je hebt me in een behoorlijk lastig parket gebracht door dat hele gedoe met Taylor op de parkeerplaats.'

'Omdat je nu met haar naar het eindejaarsbal gaat, bedoel je?'

Mijn mond viel open en toen knarste ik met mijn tanden.

Ze probeerde niet te giechelen. 'O, Beau.'

Ik wist dat er nog meer ging komen. 'Wat?'

'Ze heeft al een jurk.'

Ik was sprakeloos.

Kennelijk zag ze de paniek in mijn ogen. 'Het zou nog erger kunnen zijn – ze had hem al gekocht voordat ze zei dat ze met jou ging. En hij was tweedehands, dus niet vreselijk duur. Een koopje, ze kon hem niet laten liggen.'

Ik kon nog steeds geen woord uitbrengen. Ze gaf weer een kneepje in mijn hand. 'Je verzint wel iets.'

'Ik dans niet,' zei ik treurig.

'Als ík je had meegevraagd naar het lentebal, had je dan ook nee gezegd?'

Ik keek naar haar lange gouden ogen en probeerde me voor te stellen dat ik haar iets zou weigeren. 'Waarschijnlijk niet, maar ik had wel een manier gevonden om het uiteindelijk af te zeggen. Als het moest zou ik er mijn been voor gebroken hebben.'

Ze keek niet-begrijpend. 'Waarom zou je dat doen?'

Ik schudde mistroostig mijn hoofd. 'Jij hebt me waarschijnlijk nog nooit bij gym gezien, maar ik dacht dat je het wel zou begrijpen.'

'Heb je het over het feit dat je niet over een vlakke, stabiele ondergrond kunt lopen zonder over je eigen tenen te struikelen?'

'In één keer goed.'

'Ik ben een heel goede docent, Beau.'

'Volgens mij is coördinatie niet iets wat je kunt leren.'

Ze schudde haar hoofd. 'Terug naar de vraag. Moet je per se naar Seattle, of vind je het goed als we iets heel anders gaan doen?'

Zolang het over 'wij' ging, kon het me niets schelen wat we deden.

'Ik sta open voor alternatieven,' zei ik. 'Maar ik wil je wel nog om een gunst vragen.'

Ze keek argwanend, zoals ze altijd deed wanneer ik een open vraag stelde. 'Wat dan?'

'Mag ik rijden?'

Ze fronste. 'Waarom?'

'Nou, vooral omdat het doodeng is om bij jou in de auto te zitten. Maar ook omdat ik tegen Charlie heb gezegd dat ik alleen zou gaan, en ik niet wil dat hij nieuwsgierig wordt.'

Ze rolde met haar ogen. 'Van alle dingen aan mij die je eng zou kunnen vinden, maak jij je zorgen om mijn rijstijl.' Ze schudde vol ontzetting haar hoofd, maar toen werden haar ogen weer serieus. 'Mag je vader niet weten dat je die dag met mij bent?' Haar vraag bevatte een ondertoon die ik niet begreep.

'Charlie kun je beter zo min mogelijk informatie geven.' Daar was ik heel stellig over. 'Waar gaan we trouwens naartoe?'

'Archie zegt dat het mooi weer wordt, dus blijf ik uit de buurt van mensen... en als je wilt kun je met me mee gaan.' En weer liet ze de keus aan mij.

'Ga je dan laten zien wat je over het zonlicht bedoelde?' vroeg ik, enthousiast bij de gedachte om weer een van haar geheimen te ontrafelen.

'Ja.' Ze glimlachte en aarzelde toen. 'Maar als je liever niet... alleen met me bent, heb ik nog altijd graag dat je niet in je eentje naar Seattle gaat. Al die busjes, ik moet er niet aan denken.'

'Toevallig vind ik het niet erg om met jou alleen te zijn.'

'Weet ik,' zuchtte ze. 'Maar je zou het wel tegen Charlie moeten zeggen.'

Ik schudde mijn hoofd bij de gedachte dat ik Charlie zulke persoonlijke dingen zou moeten vertellen. 'Waarom zou ik dat in hemelsnaam doen?'

Haar ogen waren plotseling fel. 'Om me een reden te geven je terug te brengen.'

Ik wachtte tot ze weer rustig werd. Toen dat niet gebeurde, zei ik: 'Ik waag het erop.'

Ze zuchtte boos en keek weg.

'Goed, dat is dan geregeld. Ander onderwerp?'

Mijn poging om het gesprek een andere wending te geven hielp niet echt.

'Waar wil je het over hebben?' vroeg ze met opeengeklemde tanden, nog steeds geïrriteerd.

Ik keek om ons heen om er zeker van te zijn dat niemand kon meeluisteren. In de achterste hoek zag ik Archie voorovergebogen met Jessamine praten. Eleanor zat naast haar, maar Royal was verdwenen.

'Waarom ging je eigenlijk naar die plek, Goat Rocks, afgelopen weekend... om te jagen? Charlie zei dat je er niet goed kunt wandelen, vanwege de beren.'

Ze keek naar me alsof ik iets heel voor de hand liggends over het hoofd zag.

'Beren?' vroeg ik ongelovig.

Ze grijnsde.

'Maar het berenseizoen is nog niet geopend,' zei ik streng om mijn schok te verbergen.

'Als je goed leest, gaat de wet alleen over het jagen met wapens,' deelde ze mee.

Ze keek vrolijk naar mijn gezicht terwijl ik die informatie verwerkte.

'Beren?' herhaalde ik moeizaam.

'Eleanor is dol op grizzly.' Haar toon was nog steeds luchtig, maar haar ogen letten scherp op mijn reactie. Ik probeerde kalm te blijven.

'Hmm,' zei ik, en ik nam nog een hap pizza als excuus om mijn ogen neer te slaan. Ik kauwde langzaam en slikte.

'En,' zei ik na een tijdje. 'Wat is jouw lievelingseten?'

Ze trok een wenkbrauw op en haar mondhoeken gingen naar beneden, alsof ze mijn vraag afkeurde. 'Poema.'

'Ja, logisch.' Ik knikte, alsof ze iets heel normaals had gezegd.

'Natuurlijk,' en haar stem klonk net zo neutraal als de mijne, hartstikke normaal dit, 'moeten we ervoor zorgen dat we het ecosysteem niet verstoren door overbejaging. We proberen ons te richten op gebieden met een te grote populatie roofdieren – we gaan daarvoor zo ver weg als nodig is. Er zijn altijd meer dan genoeg herten en elanden en die voldoen ook, maar daar is geen aardigheid aan.'

Ze glimlachte.

'Beresaai,' mompelde ik met mijn mond vol pizza.

'De vroege lente is Eleanors favoriete berenseizoen: ze zijn net wakker uit hun winterslaap, dus dan zijn ze nogal prikkelbaar.' Ze glimlachte alsof ze zich iets grappigs herinnerde.

'Er gaat niets boven een prikkelbare grizzlybeer,' beaamde ik knikkend.

Ze schudde grinnikend haar hoofd. 'Wil je alsjeblieft vertellen wat je echt denkt?'

'Ik probeer me er een voorstelling van te maken, maar dat lukt niet,' bekende ik. 'Hoe jaag je zonder wapens op een beer?'

'O, maar we hebben wel wapens.' Ze liet haar tanden blikkeren in een brede grijns die niet echt een lach was. 'Alleen niet het soort waar ze het over hebben als ze jachtwetten opstellen. Heb je ooit op televisie gezien hoe een beer aanvalt? Nou, zo moet je je voorstellen dat Eleanor jaagt.'

Ik keek door de kantine naar Eleanor, blij dat ze niet mijn kant op keek. De lange, gladde spierbundels die over haar armen en benen liepen waren ineens nog een stuk intimiderender. Ik stelde me voor dat ze de onderkant van een berg vastgreep en hem langzaam optilde...

Edythe volgde mijn blik en grinnikte. Ik staarde nerveus naar haar.

'Is het gevaarlijk?' vroeg ik. 'Raken jullie wel eens gewond?'

Haar lach klingelde als een klok. 'O, Beau. Ongeveer net zo gevaarlijk als die pizzapunt van jou.'

Ik keek naar de korst en zei: 'Ieuw. Dus... lijk jij ook... op een aanvallende beer?'

'Meer op een leeuw, althans, dat zeggen ze,' zei ze luchtig. 'Wellicht zijn onze voorkeuren een aanwijzing voor hoe we jagen.'

'Wellicht,' herhaalde ik. Ik wilde glimlachen, maar mijn hoofd probeerde tevergeefs de tegenstrijdige beelden samen te voegen. 'Krijg ik dat misschien ook nog eens te zien?'

'Nee!' fluisterde ze. Haar gezicht werd nog witter dan gewoonlijk en haar ogen stonden ineens doodsbang. Ze trok haar hand voorzichtig onder de mijne vandaan en sloeg haar armen strak om haar lijf.

Mijn hand bleef leeg op tafel liggen, gevoelloos door de kou.

'Heb ik iets verkeerds gezegd?' vroeg ik.

Ze deed haar ogen even dicht en probeerde te kalmeren. Toen ze me eindelijk aankeek, was ze boos. 'Ik zou bijna willen dat het zou kunnen. Je lijkt niet te begrijpen waar je aan toe bent. Misschien zou het wel goed voor je zijn om te zien hoe gevaarlijk ik eigenlijk ben.'

'Oké, maar waarom kan het dan niet?' drong ik aan, en ik probeerde haar felle blik te negeren.

Ze keek me een lange minuut kwaad aan.

'Later,' zei ze uiteindelijk. Met een soepele beweging kwam ze overeind. 'We zijn laat.'

Ik keek om me heen en zag tot mijn verbazing dat ze gelijk had: de kantine was bijna helemaal leeg. Als ik bij haar was, werden tijd en plaats zulke onbeduidende details dat ik het gevoel voor beide volledig kwijtraakte. Ik sprong op en griste onze tassen van de vloer.

'Later dan,' zei ik. Ik zou het niet vergeten.

11. Complicaties

Iedereen keek naar ons toen we samen naar onze labtafel liepen. Ze zette haar stoel niet meer zo ver mogelijk bij me vandaan als de tafel toeliet. In plaats daarvan kwam ze recht naast me zitten, zo dichtbij dat onze armen elkaar bijna raakten. Haar haar streek langs mijn huid.

Toen kwam mevrouw Banner achteruit het lokaal in lopen terwijl ze een ouderwetse tv en videorecorder op een metalen tafel meetrok. Iedereen in het lokaal leek op hetzelfde moment te ontspannen. Ik was ook opgelucht. Ik wist dat ik me vandaag niet op de les had kunnen concentreren. Het was al druk genoeg in mijn hoofd.

Mevrouw Banner schoof een oude videoband in de recorder en liep toen het lokaal door om het licht uit te doen. En toen, terwijl het lokaal donker werd, werd alles ineens heel raar.

Ik was me al hyperbewust van het feit dat Edythe naast me zat, op nog geen twee centimeter afstand. Ik had niet gedacht dat ik me nóg bewuster van haar zou kunnen zijn. Maar in het donker gebeurde er iets... Het leek alsof er een elektrische stroom van haar lichaam naar het mijne liep, alsof er van die minibliksemschichtjes over de kleine ruimte tussen onze lichamen heen en weer vonkten. Mijn arm deed bijna zeer op de plek waar haar haar mijn huid raakte.

Ik werd haast overweldigd door een krankzinnige aandrang om haar aan te raken, om in het donker heel even haar perfecte gezicht te strelen. Wat was er met me aan de hand? Je kunt niet zomaar mensen aanraken omdat het licht uit is. Ik kruiste mijn armen strak over mijn borst en balde mijn handen tot vuisten.

De film begon en het werd iets lichter in het lokaal. Ik kon me niet inhouden en gluurde even naar haar.

Ze zat er precies zo bij als ik: ze had haar armen over elkaar geslagen, haar handen samengeknepen en gluurde ook net naar mij. Ze glimlachte toen ze me zag kijken, alsof ze zich een beetje opgelaten voelde. Zelfs in het donker gloeiden haar ogen nog. Ik moest wegkijken, voordat ik iets stoms zou doen – iets wat beslist niet zou voldoen aan haar definitie van 'voorzichtig'.

De les duurde eindeloos. Ik kon me niet op de film concentreren. Ik had geen idee waar hij over ging. Ik probeerde normaal te doen, te ontspannen, maar de elektrische stroom bleef aanhouden. Af en toe keek ik heel even haar kant op, maar ook zij leek zich niet te ontspannen. Het gevoel dat ik haar gezicht móést aanraken ging maar niet weg. Ik plette mijn vuisten veilig tegen mijn ribben totdat mijn vingers er pijn van deden.

Ik slaakte een zucht van verlichting toen mevrouw Banner het licht weer aandeed aan het eind van de les, strekte mijn armen langs mijn zij en bewoog mijn stijve vingers. Edythe lachte kort.

'Nou, dat was... interessant,' mompelde ze. Haar stem was zacht en haar ogen waren behoedzaam.

'Hm-mm,' was het enige antwoord dat ik eruit kon krijgen.

'Zullen we?' vroeg ze terwijl ze in een vloeiende beweging overeind kwam. Met één vinger hengelde ze haar tas van de grond.

Ik stond voorzichtig op, bang dat ik niet meer recht zou kunnen lopen na deze ervaring.

Zwijgend liep ze met me mee naar gym, en bij de deur bleef ze staan. Ik keek omlaag om gedag te zeggen, maar het woord stokte in mijn keel. Haar blik was verscheurd, bijna gepijnigd, en haar gezicht was zo ondraaglijk mooi dat het verlangen om haar aan te raken nog heviger opvlamde dan eerst. Ik kon haar alleen maar aanstaren.

Ze tilde aarzelend haar hand op, een vertwijfelde blik in haar ogen, en liet haar vingertoppen toen snel langs mijn kaak glijden. Haar vingers waren als altijd ijskoud, maar ze lieten een spoor na op mijn huid dat haast aanvoelde als een brandwond waarvan ik de pijn nog niet voelde.

Zonder een woord te zeggen draaide ze zich om en liep van me weg.

Ik wankelde duizelig naar het gymlokaal en kleedde me als in trance om, me nauwelijks bewust van de mensen om me heen. Ik kwam pas weer terug in de werkelijkheid toen ik een racket in mijn handen gedrukt kreeg.

Het was niet heel zwaar, maar ik wist dat dat niet uitmaakte. In mijn handen was het gevaarlijk. Ik zag een paar klasgenoten al naar mij en het racket kijken. Toen zei coach Clapp dat we zelf teams van twee personen moesten vormen, en ik ging er al van uit dat ik tot het allerlaatst tegen de muur zou staan.

Maar ik had McKayla's trouw onderschat. Ze kwam meteen naast me staan.

'Je hoeft dit niet te doen, hoor,' zei ik tegen haar.

Ze grijnsde. 'Geeft niets. Ik blijf uit je buurt.'

Soms was het zo makkelijk om McKayla aardig te vinden.

Het ging niet zo best. Ik weet niet precies hoe ik het voor elkaar kreeg, maar ik slaagde erin om mezelf voor mijn hoofd te slaan met mijn racket en in een en dezelfde zwaai McKayla's schouder te raken. De rest van het uur bracht ik door achter in het veld, met het racket achter mijn rug. Ondanks het feit dat ze door mij gehandicapt was, was McKayla behoorlijk goed. In haar eentje won ze drie van de vier potjes. Ze gaf me een onverdiende high five toen de coach eindelijk op haar fluitje blies ten teken dat de les was afgelopen.

'Zo,' begon ze toen we de zaal uit liepen.

'Zo?'

'Jij en Edythe Cullen, hè?' Ze klonk een heel klein beetje vijandig.

'Ja, ik en Edythe Cullen,' antwoordde ik. Ik weet zeker dat ze de verwondering in mijn stem kon horen.

'Ik vind het maar niks,' mompelde ze.

'Dat hoeft ook niet.'

'Dus ze hoeft maar met haar vingers te knippen en jij doet wat ze zegt?'

'Blijkbaar.'

Ze keek me boos aan. Ik draaide me om en liep weg. Ik wist dat ik morgen wél tot het laatst tegen de muur zou staan, maar dat kon me niet schelen. Toen ik me had omgekleed, was ik McKayla alweer vergeten. Zou Edythe buiten staan, of zou ik bij haar auto op haar wachten? Stel dat haar familie er ook was? Ze had haar auto recht naast die van Royal gezet. Bij de herinnering aan Royals blik in de kantine vroeg ik me af of ik misschien beter naar huis kon lopen. Had ze hun verteld wat ik wist? Was het de bedoeling dat ik wist dat zij wisten dat ik het wist? Wat waren de regels voor vampierbegroetingen? Was een knikje afdoende?

Maar toen ik het gymlokaal uit liep, zag ik Edythe al. Ze stond in de schaduw van het gebouw op me te wachten, ook al waren de wolken nog donker, met haar handen verstrengeld voor haar lichaam. Haar gezicht was heel kalm en een klein glimlachje trok aan haar mondhoeken. De dunne trui leek niet dik genoeg, en ik wist dat het stom was, maar ik had de neiging om mijn jas uit te doen en om haar heen te slaan. Toen ik naar haar toe liep voelde ik een vreemd gevoel van rust, alsof alles goed was zolang ik maar bij haar in de buurt was.

'Hoi.' Ik voelde de enorme, sullige glimlach op mijn gezicht.

'Hallo.' Haar glimlach was schitterend. 'Hoe was gym?'

Ik rook ineens onraad. 'Prima.'

'Echt?' Haar wenkbrauwen schoten omhoog. 'Hoe is het met je hoofd?'

'Dat meen je niet.'

Ze ging langzaam op weg naar de parkeerplaats. Ik liep automatisch met haar mee.

'Jij zei zelf dat ik je nog nooit tijdens een gymles had gezien. Ik was gewoon nieuwsgierig.'

'Geweldig,' zei ik. 'Heel fijn. Nou, sorry daarvoor. Ik vind het niet erg om naar huis te lopen als je nu niet meer met me gezien wilt worden.'

Ze lachte melodieus. 'Het was erg vermakelijk. Hoewel ik het niet erg had gevonden als je dat meisje nog iets harder had geslagen.'

'Sorry?'

Toen ze achterom keek, vertrok haar mond tot een rechte streep. Ik draaide me om en zag het blonde hoofd van McKayla de andere kant op verdwijnen.

'Het is een tijdje geleden dat iemand buiten mijn familie zulke dingen over me dacht. Het bevalt me niet.'

Ik maakte me ineens een beetje zorgen om McKayla.

Edythe zag mijn geschrokken blik en lachte. 'Wees maar niet bang, ik zal je vriendin met rust laten. Anders heb je straks geen badmintonpartner meer.'

Het was moeilijk te bevatten. Edythe was zo... teer. Maar uit de manier waarop ze het zei bleek duidelijk dat ze niet aan haar eigen kunnen twijfelde. Als ze McKayla – of iemand anders – iets aan wilde doen, dan zou dat heel slecht nieuws voor diegene zijn. Ze was gevaarlijk, dat wist ik, maar ik liep telkens tegen een muur op als ik mezelf ervan probeerde te overtuigen. Ik begon over iets anders.

'Wat voor dingen denken je familieleden over je?'

Ze schudde haar hoofd. 'Het is niet eerlijk om mensen op hun gedachten te beoordelen. Die zijn privé. Het gaat om wat je doet.'

'Dat weet ik nog zo net niet... Als je weet dat iemand je kan horen, dan is dat toch eigenlijk hetzelfde als het hardop uitspreken?'

'Jij hebt makkelijk praten.' Ze grijnsde. 'Het is ongelooflijk moeilijk om je gedachten te sturen. Als Royal en ik ruzie hebben, denk ik veel ergere dingen over hem, en die zeg ik dan ook hardop.' Ze lachte die klinkende lach van haar.

Ik had niet opgelet waar we liepen, dus ik keek verbaasd op toen we niet door konden lopen omdat het pad naar Edythes auto werd versperd door een hele meute mensen. Er stond een kring van twee rijen dik om de rode cabrio van Royal heen, voornamelijk jongens. Sommigen stonden bijna te kwijlen. Haar familieleden waren nergens te bekennen, en ik vroeg me af of Edythe hun gevraagd had haar een beetje ruimte te geven.

De bewonderaars keken niet eens op toen ik me langs hen wurmde om bij Edythes auto te komen.

'Erg opvallend,' mompelde ze toen ze langs me gleed.

Ik liep snel naar de passagierskant en stapte in.

'Wat voor auto is het?'

'Een M3,' zei ze terwijl ze de parkeerplaats af probeerde te komen zonder iemand te raken.

'Eh, ik lees geen *Car and Driver.*'

Ze reed voorzichtig weg. 'Het is een BMW.'

'Oké, die ken ik.'

We reden het schoolterrein af en toen waren we weer met z'n tweeën. De privacy voelde als vrijheid. Hier keek of luisterde niemand naar ons.

'Is het al later?' vroeg ik.

Mijn betekenisvolle toon ontging haar niet.

Ze fronste. 'Misschien wel.'

Ik hield mijn blik neutraal terwijl ik wachtte tot ze het zou uitleggen. Ze keek naar de weg en deed net alsof dat echt nodig was, en ik keek naar haar gezicht. Er schoten meerdere uitdrukkingen overheen, maar ze gingen zo snel dat ik ze niet kon duiden. Ik vroeg me net af of ze mijn vraag gewoon zou negeren toen ze de auto stilzette. Verbaasd keek ik om me heen. We waren al bij Charlies huis en stonden achter mijn pick-up. Het was makkelijker om met haar mee te rijden, besloot ik, als ik pas keek wanneer het voorbij was.

Toen ik weer naar haar keek, zag ik dat ze me aanstaarde, me opnam met haar ogen.

'En jij wilt weten waarom je niet kunt toekijken als ik jaag?' vroeg ze. Haar stem klonk ernstig, maar haar blik was lichtgeamuseerd. Heel anders dan vanmiddag in de kantine.

'Ja. En waarom je zo... boos werd toen ik het vroeg.'

Ze trok haar wenkbrauwen op. 'Heb ik je bang gemaakt?' De vraag klonk hoopvol.

'Was dat de bedoeling?'

Ze hield haar hoofd een beetje schuin. 'Misschien wel.'

'Oké, nou, dan was ik doodsbang.'

Ze glimlachte hoofdschuddend en haar gezicht werd weer ernstig. 'Het spijt me dat ik zo reageerde. Het was gewoon de gedachte dat jij in de buurt zou zijn... terwijl we jagen.' Haar blik verstrakte.

'Zou dat erg zijn?'

Ze gaf met opeengeklemde kaken antwoord. 'Heel erg.'

'Want...?'

Ze haalde diep adem en staarde door de voorruit naar de dikke, rollende wolken die naar beneden leken te komen, bijna binnen bereik.

'Als we jagen,' ze sprak langzaam, met tegenzin, 'geven we ons over aan onze zintuigen... beheersen onszelf minder met ons hoofd. Vooral ons reukvermogen is heel sterk. Als jij bij mij in de buurt zou zijn terwijl ik op die manier de controle verlies...' Ze schudde haar hoofd en keek somber naar de zware bewolking.

Ik hield mijn gezicht uitdrukkingsloos, want ik had al gerekend op de snelle blik waarmee ze mijn reactie wilde peilen. Maar onze ogen hielden elkaar vast en de stilte werd dieper, veranderde. Schokjes van dezelfde elektriciteit die ik vanmiddag had gevoeld zorgden voor een gespannen sfeer terwijl ze zonder te knipperen in mijn ogen bleef staren. Pas toen mijn hoofd begon te tollen realiseerde ik me dat ik geen adem meer haalde. Toen ik naar lucht hapte, en de stilte verbrak, sloot ze haar ogen.

'Beau, ik denk dat je beter naar binnen kunt gaan.' Haar zachte stem klonk minder glad, meer als ruwe zijde, en haar ogen waren weer op de wolken gericht.

Ik deed de deur open en de poolwind die de auto in gierde hielp om mijn hoofd weer helder te maken. Bang dat ik door mijn duizeligheid zou struikelen, stapte ik voorzichtig uit de auto en sloot het portier achter me zonder om te kijken. Maar toen ik het gezoem hoorde van het elektrische raam dat naar beneden schoof, draaide ik me om.

'O, Beau?' riep ze me na. Ze leunde naar het open raampje met een vage glimlach om haar lippen.

'Ja?'

'Morgen is het mijn beurt.'

'Om wat te doen?'

Ze glimlachte breder en liet haar blinkende tanden zien. 'Vragen te stellen.'

En toen was ze weg. De auto scheurde door de straat en verdween om de hoek, nog voordat ik mijn gedachten weer op een rijtje had. Glimlachend liep ik naar het huis. Ze was in elk geval van plan om morgen naar school te komen.

Die nacht speelde Edythe zoals gewoonlijk een hoofdrol in mijn dromen. Maar de sfeer van mijn onderbewustzijn was veranderd. Hij gonsde door dezelfde elektrische lading als die ik de afgelopen middag had gevoeld, en ik lag rusteloos te woelen en te draaien en werd vaak wakker. Pas vroeg in de ochtend zakte ik eindelijk weg in een uitgeputte, droomloze slaap.

Toen de wekker ging was ik nog steeds afgemat, maar ook gespannen. Na mijn douche keek ik mezelf aan in de badkamerspiegel terwijl ik mijn natte haar kamde. Ik zag er nog hetzelfde uit als vroeger, en toch was er iets veranderd. Mijn haar was donker en te dik, mijn huid te bleek, mijn botten hadden allemaal nog dezelfde vorm, daar was niets veranderd. Mijn ogen keken nog steeds lichtblauw terug... maar ik besefte dat zij de boosdoeners waren. Ik had altijd gedacht dat die kleur mijn ogen, en daarmee ook de rest van mijn gezicht, zo'n onzekere uitstraling gaf, maar nu was de kleur niet veranderd, en de besluiteloosheid wel. De jongen die terugkeek in de spiegel was vastberaden, zeker van zijn zaak. Ik vroeg me af wanneer dat gebeurd was. Ik kon het waarschijnlijk wel raden.

Het ontbijt was als altijd een rustige aangelegenheid. Charlie bakte eieren voor zichzelf; ik at mijn bord muesli. Ik vroeg me af of hij vergeten was wat er komende zaterdag op de agenda stond.

'Even over zaterdag...' begon hij, alsof hij mijn gedachten kon lezen. Ik werd echt een beetje paranoïde wat dat onderwerp betrof.

'Ja, pap?'

Hij liep door de keuken en draaide de kraan open. 'Was je nog steeds van plan naar Seattle te gaan?'

'Eh, in principe wel, ja.' Ik fronste mijn wenkbrauwen en wou dat hij er niet over begonnen was zodat ik geen halve waarheden hoefde te fabriceren.

Hij spoot wat afwasmiddel op zijn bord en wreef het uit met de borstel. 'En je weet zeker dat je niet op tijd terug bent voor het bal?'

'Ik ga niet naar het bal, pap.'

'Heeft niemand je gevraagd?' vroeg hij met zijn ogen op het bord gericht.

'Het is niets voor mij,' hielp ik hem herinneren.

'O.' Fronsend droogde hij zijn bord af.

Ik vroeg me af of hij bang was dat ik er niet bij hoorde op school. Misschien had ik moeten zeggen dat een heleboel meisjes me hadden meegevraagd. Maar uiteindelijk had ik daar ook niets aan. Hij zou het niet leuk vinden om te horen dat ik ze allemaal had afgewezen. En dan zou ik moeten zeggen dat er een meisje was... dat me niet gevraagd had... en daar wilde ik het natuurlijk niet over hebben.

Daardoor begon ik te piekeren over het eindejaarsbal en Taylor en de jurk die ze al had gekocht en Logans stomme opmerkingen en al dat gedoe. Ik wist niet zo goed wat ik moest doen. In geen enkel universum zou ik naar het eindejaarsbal gaan. In een universum waarin Edythe Cullen bestond, had ik geen belangstelling voor andere meisjes. Het was niet eerlijk om Taylor in de waan te laten terwijl ik er helemaal geen zin in had. Ik moest alleen bedenken hoe ik haar dat duidelijk ging maken...

Charlie zwaaide gedag en vertrok, en ik ging naar boven om mijn tanden te poetsen en mijn boeken te pakken. Toen ik de surveillanceauto hoorde wegrijden, kon ik me maar een paar seconden bedwingen voor ik uit het raam keek. De zilveren auto stond al op Charlies plek op de oprit te wachten. Ik sprong met drie treden tegelijk de trap af en stond binnen een paar tellen buiten. Ik vroeg me af hoe lang dit vreemde ritueel zou doorgaan. Ik wilde dat het nooit zou ophouden.

Ze zat in de auto te wachten, maar leek niet op te kijken toen ik de voordeur achter me dichttrok zonder de moeite te nemen hem dubbel op slot te doen. Ik liep naar de auto en aarzelde even voordat ik het portier opendeed en instapte. Ze glimlachte ontspannen en was zoals gebruikelijk zo perfect dat het pijn deed.

'Goedemorgen. Hoe is het met je?' Haar ogen bestudeerden mijn gezicht, alsof haar vraag meer was dan simpelweg beleefdheid.

'Goed, dank je.' Het ging altijd goed met me, meer dan goed zelfs, als ik bij haar was.

Haar blik bleef hangen op de kringen onder mijn ogen. 'Je ziet er moe uit.'

'Ik kon niet slapen,' gaf ik toe.

Ze lachte. 'Ik ook niet.'

De motor sloeg zacht zoemend aan. Ik begon gewend te raken aan het geluid. De volgende keer dat ik weer in mijn pick-up reed, zou ik me vast doodschrikken van het gebrul.

'Ja, dat geloof ik graag,' zei ik. 'Ik heb waarschijnlijk meer geslapen dan jij.'

'Wedden van wel?'

'Wat heb je vannacht dan gedaan?'

Ze lachte. 'Vergeet het maar. Vandaag stel ik de vragen.'

'Dat is waar ook.' Ik fronste mijn voorhoofd. Ik kon niets bedenken over mezelf wat ze interessant zou kunnen vinden. 'Wat wil je weten?'

'Wat is je lievelingskleur?' vroeg ze bloedserieus.

Ik haalde mijn schouders open. 'Dat verschilt.'

'En vandaag?'

'Vandaag is het waarschijnlijk, eh... goud, denk ik.'

'Heeft dat nog een reden, of is het volstrekt willekeurig?'

Ik schraapte opgelaten mijn keel. 'Je ogen zijn vandaag goudkleurig. Als je het volgende week vraagt, zeg ik waarschijnlijk "zwart".'

Ze keek me aan op een manier die ik niet helemaal begreep, maar voor ik er iets over kon zeggen, ging ze al over op de volgende vraag.

'Welke muziek zit er op dit moment in je cd-speler?'

Daar moest ik even over nadenken, tot ik bedacht dat ik als laatste naar de cd had geluisterd die ik van Phil had gekregen. Toen ik de naam van de band noemde, deed ze glimlachend een vak onder de cd-speler van haar auto open. Ze trok een van de tientallen cd's tevoorschijn die daar in de kleine ruimte gepropt waren en gaf het doosje aan mij. Het was dezelfde cd.

'Van Debussy tot dit?' vroeg ze met een opgetrokken wenkbrauw.

Zo ging het de hele dag door. Ze vuurde een eindeloze stroom vragen op me af, tussen de lessen door, in de pauze. Ze wilde alle onbetekenende details van mijn leven horen. Films die ik leuk of verschrikkelijk vond, de paar plaatsen waar ik was geweest en de vele waar ik nog naartoe wilde, en boeken, zo veel vragen over boeken.

Ik kon me niet herinneren wanneer ik voor het laatst zoveel gepraat had. Ik voelde me er ongemakkelijk bij, want ik wist dat ik haar verveelde. Maar ze leek telkens op het puntje van haar stoel op mijn antwoord te wachten en ze had telkens een vervolgvraag paraat, wilde telkens meer horen. En dus werkte ik mee aan de psychoanalyse, want blijkbaar was het belangrijk voor haar.

Toen de bel ging na de pauze slaakte ik een diepe zucht. Tijd. 'Je hebt één vraag nog niet gesteld.'

'Ik heb een heleboel vragen nog niet gesteld, maar welke bedoel je?'

'Het gênantste wat ik ooit heb gedaan.'

Ze grijnsde. 'Is het een spectaculair verhaal?'

'Dat weet ik nog niet. Je hoort het over vijf minuten.'

Ik schoof mijn stoel naar achteren. Haar ogen straalden van nieuwsgierigheid.

Aan mijn oude tafel stonden mijn vrienden net op. Ik liep naar hen toe.

Er verschenen rode vlekken op mijn wangen, maar dat was misschien niet zo erg. Het was de bedoeling dat ik eruitzag alsof dit me aangreep. En de knappe gast in de drakerige soapserie die mijn moeder fanatiek volgde, had er ook verhit uitgezien toen hij deze scène speelde. Dankzij hem had ik in elk geval een globaal script, opgesmukt met iets wat ik een keer over Edythe had gedacht – het moest wel vleiend blijven.

Jeremy zag me als eerste, en zijn blik was wantrouwig. Zijn ogen schoten van mijn rode gezicht naar Edythe en toen weer terug naar mij.

'Taylor, kan ik even met je praten?' vroeg ik terwijl ik naar haar toe liep. Ik zei het niet zachtjes.

Ze stond midden in het groepje. Logan draaide zich om en keek me met zijn groene vissenogen boos aan.

'Tuurlijk, Beau,' zei Taylor een beetje verward.

'Hoor eens,' zei ik, 'ik kan dit niet meer.'

Iedereen viel stil. Jeremy kreeg ogen als schoteltjes. Allen keek opgelaten. McKayla wierp me een kritische blik toe, alsof ze niet kon geloven dat ik dit zo deed. Maar zij wist niet wat ik precies aan het doen was, of waarom ik dit publiek nodig had.

Taylor wist niet wat haar overkwam. 'Wat?'

Ik keek boos. Dat kostte geen enkel moeite – ik was behoorlijk boos op mezelf dat ik dit echt aan het doen was en geen betere manier had verzonnen. Maar het was te laat om nog te improviseren.

'Ik wil jouw marionet niet meer zijn, Taylor. Snap je dan niet dat ik zelf ook gevoelens heb? En ik kan alleen maar toekijken hoe jij mij gebruikt om iemand anders jaloers te maken.' Mijn ogen schoten even naar Logan, die met open mond toekeek, en terug naar Taylor. 'Het kan je niets schelen dat je daarbij en passant mijn hart breekt. Is het je schoonheid die je zo wreed heeft gemaakt?'

Taylors ogen waren groot en haar mond vormde een rondje.

'Ik speel jouw spelletje niet meer mee. Dat hele eindejaarsbal? Ik pas. Ga met degene met wie je echt wilt zijn.' Een langere boze blik op Logan.

En toen beende ik weg, waarbij ik naar ik hoopte erg dramatisch de deur van de kantine achter me dichtsloeg.

Hier kwam ik nooit meer van af.

Maar ik was in elk geval vrij. Dat had ik er wel voor over.

Ineens liep Edythe naast me; ze hield me bij alsof we al de hele tijd naast elkaar liepen.

'Dat was werkelijk spectaculair,' zei ze.

Ik haalde diep adem. 'Een beetje overdreven misschien. Heeft het gewerkt?'

'Nou en of. Taylor voelt zich een echte femme fatale, en ze weet niet eens precies waarom. Het zou me zeer verbazen als Logan haar maandag nog niet voor het eindejaarsbal heeft gevraagd.'

'Mooi,' bromde ik.

'En nu terug naar jou...'

Edythe bleef me ondervragen tot we in het biologielokaal zaten en mevrouw Banner binnenkwam. Ze zeulde weer de tv mee. Toen alles goed stond en ze naar het lichtknopje liep, zag ik dat Edythe haar stoel iets verder bij me vandaan schoof. Het hielp niet. Zodra het lokaal verduisterd was, voelde ik weer diezelfde elektrische spanning, dezelfde rusteloze drang om mijn hand uit te strekken om die kleine ruimte te overbruggen en haar koude, gladde huid aan te raken.

Het was als jeuk die steeds erger werd. Ik kon nergens anders meer aan denken. Hopelijk zat die film of wat we dan ook keken niet in het proefwerk.

Na een tijdje, een kwartier misschien – of misschien waren het slechts twee minuten en leek het gewoon zo lang door die elektriciteit – schoof ik mijn stoel naar haar toe en leunde langzaam opzij tot mijn arm haar schouder raakte. Ze trok zich niet terug.

Ik had verwacht dat het contact zou helpen, dat het zeurende verlangen daarmee zou verdwijnen, maar het had juist het tegenovergestelde effect. De elektrische vonkjes werden sterker, gingen over in heviger schokken. Ineens wilde ik vreselijk graag mijn arm om haar heen leggen, haar tegen me aan trekken en stevig vasthouden. Ik wilde mijn hand door haar haar laten glijden, mijn gezicht erin drukken. Ik wilde met mijn vingers haar lippen strelen, haar jukbeenderen, haar hals...

Niet echt gepast in een volle klas.

Ik leunde naar voren, sloeg mijn armen op tafel over elkaar en greep de rand van de tafel vast om op mijn plek te blijven zitten. Ik keek niet naar haar, bang dat als zij naar mij keek het nog moeilijker zou zijn mezelf in bedwang te houden. Ik probeerde de film te volgen, maar de kleurige vlekken wilden maar geen samenhangende beelden vormen.

Ik zuchtte weer van opluchting toen mevrouw Banner het licht aandeed, en toen keek ik eindelijk naar Edythe: ze staarde naar me, haar ogen dubbelzinnig.

Net als gisteren liepen we zwijgend naar het gymlokaal. En net als gisteren raakte ze zonder iets te zeggen mijn gezicht aan – deze keer met de rug van haar koele hand, waarmee ze even van mijn slaap naar mijn kaak streelde – voordat ze zich omdraaide en wegliep.

Gym ging snel voorbij. Om tijd te besparen zei coach Clapp dat we dezelfde teams moesten vormen, dus McKayla werd noodgedwongen weer mijn badmintonpartner. Ik keek naar haar eenvrouwsbadmintonshow zonder mee te doen: veiliger voor ons allebei. Ze zei niets tegen me, maar ik wist niet of dat nu kwam door het gebeuren in de kantine, onze ruzie van gisteren of mijn wezenloze blik. Ergens in mijn achterhoofd voelde ik me daar rot over. Maar ik kon me al net zomin op haar concentreren als op de film bij biologie.

Ik voelde weer diezelfde rust toen ik het gymlokaal uit kwam en Edythe in de schaduw van het gebouw zag staan. Alles in mijn wereld was goed. Er verscheen vanzelf een grote grijns op mijn gezicht. Ze glimlachte terug en ging toen weer door met haar kruisverhoor.

Haar vragen waren nu anders van aard, en niet zo eenvoudig te beantwoorden. Ze wilde weten wat ik het meest miste aan thuis en drong aan op beschrijvingen van alles wat ze niet kende. We zaten urenlang in de auto voor Charlies huis, terwijl de lucht donkerder werd en de regen in een plotselinge stortbui om ons heen klaterde.

Ik probeerde onmogelijke dingen te beschrijven, zoals de geur van de creosootstruiken – bitter, een beetje harsachtig, maar toch lekker –, het hoge, klaaglijke geluid van de cicaden in juli, de dorre, luchtige bomen, de eindeloze hemel die zich witblauw uitstrekt van horizon tot horizon. Het moeilijkste was uitleggen waarom ik het zo mooi vond: het verklaren van een schoonheid die niet afhing van de stekelige begroeiing die er vaak halfdood uitzag, een schoonheid die meer te maken had met de kale vorm van het land, met de ondiepe komvormige valleien tussen de kartelige heuvels, en de manier waarop zij de zon vasthielden. Ik merkte dat ik mijn handen gebruikte toen ik het aan haar probeerde te beschrijven.

Door haar rustige, indringende vragen bleef ik vrijuit praten en vergat ik me ongemakkelijk te voelen over het feit dat ik als enige aan het woord was. Toen ik klaar was met een gedetailleerde beschrijving van mijn oude kamer zweeg ze eindelijk, in plaats van met een nieuwe vraag te reageren.

'Ben je klaar?' vroeg ik opgelucht.

'Nog lang niet, maar je vader komt zo thuis.'

'Hoe laat is het?' vroeg ik me hardop af terwijl ik op de klok keek. De tijd verraste me.

'Het schemert,' mompelde Edythe met een blik op de westelijke horizon, die schuilging achter de wolken. Haar stem klonk peinzend, alsof ze met haar gedachten ver weg was. Ik staarde naar haar terwijl zij door de voorruit tuurde.

Ik staarde nog steeds toen haar ogen zich plotseling weer op de mijne richtten.

'Het is het veiligste tijdstip van de dag voor ons,' zei ze in antwoord op de onuitgesproken vraag in mijn ogen. 'De gemakkelijkste tijd. Maar ook de treurigste, in zekere zin... Het einde van weer een dag, de terugkeer van de nacht. Het duister is zo voorspelbaar, vind je niet?' Ze glimlachte weemoedig.

'Ik hou van de nacht. Zonder het duister zou je nooit de sterren kunnen zien.' Ik fronste. 'Niet dat je die hier vaak ziet.'

Ze lachte en de stemming werd meteen luchtiger.

'Charlie kan hier elk moment zijn. Dus tenzij je hem wilt vertellen dat je zaterdag met mij doorbrengt...' Ze keek me hoopvol aan.

'Nee, dank je.' Ik pakte mijn boeken, stijf van het lange stilzitten. 'Ben ik morgen weer aan de beurt?'

'Absoluut niet!' zei ze met gespeelde boosheid. 'Ik zei toch dat ik nog niet klaar was?'

'Wat wil je dan nog meer weten?'

Ze liet haar kuiltjes zien. 'Daar kom je morgen wel achter.'

Ik staarde haar aan, een beetje verdwaasd, zoals gewoonlijk.

Ik had altijd gedacht dat ik niet echt op een bepaald type meisjes viel. Mijn vrienden in Phoenix hadden allemaal wel een voorkeur: de een viel op blondines, een ander keek alleen naar de benen en weer een ander wilde per se iemand met blauwe ogen. Ik dacht dat ik niet zo kieskeurig was: een mooi meisje was een mooi meisje. Maar nu besefte ik dat ik juist de meest kritische was geweest. Blijkbaar had ik een heel specifiek type – ik was me daar gewoon nooit bewust van geweest. Ik wist niet dat mijn lievelingshaarkleur deze metalige bronstint was, want die had ik nog nooit gezien. Ik wist niet dat ik op zoek was naar ogen met de kleur van honing, want die had ik ook nog nooit gezien. Ik wist niet dat de lippen van een meisje precies die gebogen vorm moesten hebben, dat ze hoge jukbeenderen moest hebben onder lange zwarte wimpers. Al die tijd was er maar één vorm geweest, één gezicht dat me kon beroeren.

Zonder erbij na te denken, al haar waarschuwingen vergeten, reikte ik naar haar gezicht en boog me naar haar toe.

Ze schoof naar achteren.

'Sorr...' begon ik terwijl ik mijn hand liet zakken.

Maar haar hoofd zwiepte opzij en ze keek weer naar de regen.

'O nee,' zei ze ademloos.

'Wat is er?'

Haar kaak was gespannen en haar wenkbrauwen vormden een fronsende streep boven haar ogen. Ze keek me heel even aan.

'Nog een complicatie,' zei ze somber.

Ze boog zich voor me langs en gooide in een snelle beweging mijn deur open – mijn hart begon onregelmatig te bonken toen ze zo dichtbij kwam – en toen kromp ze bijna ineen, weg van mij.

Koplampen schenen door de regen. Ik keek op, in de verwachting dat ik Charlie zou zien en van alles zou moeten uitleggen, maar het was een donkere sedan die ik niet kende.

'Schiet op,' drong ze aan.

Ze staarde door stromende regen naar de andere auto.

Ik sprong gelijk naar buiten, ook al snapte ik er niets van. De regen striemde mijn gezicht en ik zette mijn capuchon op.

Ik probeerde de mensen te herkennen op de voorstoelen van de andere auto, maar het was te donker. Ik zag dat Edythe verlicht werd door de koplampen van de nieuwe auto: ze staarde nog steeds voor zich uit, haar blik gevestigd op iets of iemand die ik niet kon zien. Haar gezichtsuitdrukking was gefrustreerd en uitdagend tegelijk, een vreemde combinatie.

Toen gaf ze gas en de banden piepten op het natte wegdek. De Volvo was binnen luttele seconden uit het zicht verdwenen.

'Hé Beau,' riep een bekende, hese stem vanaf de bestuurderskant van de kleine zwarte auto.

'Jules?' vroeg ik turend door de regen. Net op dat moment draaide Charlies auto de hoek om, en schenen zijn lichten op de inzittenden van de auto voor me.

Jules stapte al uit; haar brede grijns was zelfs in het donker zichtbaar. Op de passagiersstoel zat een veel oudere vrouw, een imponerende vrouw met een ongewoon gezicht: het was streng en stoïcijns, met vouwen die door de roodbruine huid liepen alsof het een oude leren jas was. En verrassend bekende ogen, diep in hun kassen onder de zware wenkbrauwen, zwarte ogen die zowel te jong als te oud leken voor dit gezicht. De moeder van Jules: Bonnie Black. Ik herkende haar meteen, hoewel ik in de vijf jaar sinds ik haar voor het laatst had gezien haar naam vergeten was en me haar dus niet herinnerde toen Charlie vlak na mijn aankomst over haar gesproken had. Ze staarde me aan, bestudeerde mijn gezicht, dus glimlachte ik aarzelend naar haar. Toen zag ik nog meer, dat haar ogen groot waren, alsof ze geschrokken of bang was, dat haar neusvleugels trilden, en mijn glimlach verdween.

Nog een complicatie, had Edythe gezegd.

Bonnie staarde nog steeds naar me met ingespannen, bezorgde ogen. Had Bonnie Edythe zo snel herkend? Geloofde ze echt in de onmogelijke legendes waar haar dochter mee gespot had?

Het antwoord was duidelijk in Bonnies ogen. Ja. Ja, dat deed ze.

12. Balanceren

'Bonnie!' riep Charlie zodra hij uit zijn auto stapte.

Ik liep naar het huis en gebaarde dat Jules mee moest komen terwijl ik de veranda op stapte. Ik hoorde hoe Charlie haar achter me luidruchtig begroette.

'Ik zal doen alsof ik je niet achter dat stuur zag zitten, jongedame.'

'We krijgen jong ons rijbewijs in het reservaat,' zei Jules terwijl ik de deur openmaakte en het buitenlicht aandeed.

Charlie lachte. 'Tuurlijk.'

'Ik moet me toch op de een of andere manier kunnen verplaatsen.' Ik herkende Bonnies diepe stem gelijk, ondanks de jaren. Door het geluid ervan voelde ik me ineens jonger, een kind nog.

Ik ging naar binnen, liet de deur achter me open en deed de lampen aan voordat ik mijn jas ophing. Daarna stond ik in de deuropening te kijken hoe Charlie en Jules Bonnie uit de auto en in haar rolstoel tilden.

Ik stapte opzij toen zij drieën zich naar binnen haastten en de regen van zich afschudden.

'Dat is een verrassing,' zei Charlie.

'Het is te lang geleden,' antwoordde Bonnie. 'Ik hoop dat we niet ongelegen komen.' Haar donkere ogen keken weer naar mij en haar blik was onleesbaar.

'Nee, helemaal niet. Ik hoop dat jullie kunnen blijven voor de wedstrijd.'

Jules grijnsde. 'Ik geloof dat dat juist de bedoeling was. Onze tv heeft het vorige week begeven.'

Bonnie trok een gezicht naar haar dochter. 'En natuurlijk wilde Julie Beau graag weer zien,' voegde ze eraan toe. Jules keek boos terug.

'Hebben jullie honger?' vroeg ik en ik liep naar de keuken. Ik voelde me niet op mijn gemak onder Bonnies onderzoekende blik.

'Neuh, we hebben vlak voordat we weggingen nog gegeten,' antwoordde Jules.

'En jij, Charlie?' riep ik over mijn schouder terwijl ik de hoek om vluchtte.

'Ik wel,' antwoordde hij. Zijn stem bewoog in de richting van de woonkamer en de tv. Ik hoorde dat Bonnies rolstoel hem volgde.

De tosti's lagen in de koekenpan en ik was een tomaat aan het snijden toen ik iemand achter me voelde staan.

'En... hoe staat het leven?' vroeg Jules.

'Best goed.' Ik glimlachte. Haar enthousiasme was moeilijk te weerstaan. 'En jij? Is je auto klaar?'

'Nee.' Ze fronste. 'Ik heb nog steeds onderdelen nodig. Die hebben we geleend.' Ze wees met haar duim in de richting van de voortuin.

'Sorry. Ik heb geen – wat zocht je ook alweer – gezien.'

'Hoofdremcilinder.' Ze grijnsde. 'Is er iets mis met je pick-up?' vroeg ze plotseling.

'Nee.'

'O. Ik vroeg het me gewoon af omdat je er niet in reed.'

Ik staarde naar de pan en tilde een tosti op om de onderkant te controleren. 'Ik kreeg een lift van een vriendin.'

'Mooie bak.' De stem van Jules klonk vol bewondering. 'Maar ik herkende dat meisje dat erin reed niet. Ik dacht dat ik zo'n beetje alle jongeren hier kende.'

Ik knikte vaagjes en bleef naar beneden kijken terwijl ik de tosti's omdraaide.

'Mijn moeder leek haar ergens van te kennen.'

'Jules, zou je me een paar borden kunnen aangeven? Ze staan in het kastje boven de gootsteen.'

'Tuurlijk.'

Zwijgend pakte ze de borden. Ik hoopte dat ze er niet meer over zou beginnen.

'Wie was dat nou?' vroeg ze terwijl ze twee borden naast me op het aanrecht zette.

Ik zuchtte verslagen. 'Edythe Cullen.'

Tot mijn verrassing begon ze te lachen. Ik keek even opzij. Ze leek een beetje beschaamd.

'Dat verklaart veel,' zei ze. 'Ik vroeg me al af waarom mijn moeder zich zo vreemd gedroeg.'

Ik trok een onschuldig gezicht. 'Dat is waar ook. Ze heeft iets tegen de Cullens.'

'Bijgelovig oud mens,' mompelde Jules zachtjes.

'Je denkt toch niet dat ze iets tegen Charlie zal zeggen?' Ik kon er niets aan doen, ik moest het gewoon vragen.

Jules keek me even aan, en ik kon de blik in haar donkere ogen niet peilen. 'Ik denk het niet,' zei ze ten slotte. 'Ik geloof dat Charlie haar de vorige keer behoorlijk heeft uitgekafferd. Daarna hebben ze elkaar niet veel meer gesproken. Vanavond is een soort reünie, volgens mij. Ik denk niet dat ze er nog over zal beginnen.'

'O,' zei ik, en ik hoopte dat het klonk alsof het me hoe dan ook niet veel kon schelen.

Nadat ik het eten naar Charlie in de woonkamer had gebracht, bleef ik bij hen zitten en deed net alsof ik naar de wedstrijd keek terwijl ik afwezig met Jules kletste. Ik luisterde meer naar het gesprek van de volwassenen, waarbij ik vooral lette op signalen dat Bonnie me zou verraden en manieren probeerde te bedenken om haar de mond te snoeren als ze erover begon.

Het was een lange avond. Ik had veel huiswerk waar ik nu niets aan deed, maar ik durfde Bonnie niet alleen te laten met Charlie. Eindelijk was de wedstrijd afgelopen.

'Kom je binnenkort nog met je vrienden naar het strand?' vroeg Jules terwijl ze haar moeder over de drempel duwde.

'Eh, geen idee,' hield ik af.

'Het was gezellig, Charlie,' zei Bonnie.

'Kom de volgende wedstrijd ook hier kijken,' moedigde Charlie aan.

'Graag, graag,' zei Bonnie. 'We zullen er zijn. Slaap lekker, zo meteen.' Haar blik richtte zich op mij en haar glimlach verdween. 'Pas goed op jezelf, Beau,' voegde ze er ernstig aan toe.

'Dank je,' mompelde ik met neergeslagen ogen.

Ik liep naar de trap terwijl Charlie hen in de deuropening uitzwaaide.

'Wacht even, Beau,' zei hij.

Ik kromp ineen. Had Bonnie iets gezegd voordat ik bij hen ging zitten in de woonkamer?

Maar Charlie was ontspannen en grijnsde nog door het onverwachte bezoek.

'Ik heb je nog helemaal niet gesproken vanavond. Hoe was je dag?'

'Prima.' Ik aarzelde met mijn voet op de onderste tree en probeerde details te bedenken die ik zonder problemen kon vertellen. 'Mijn badmintonteam heeft alle wedstrijden gewonnen.'

'Tjonge, ik wist niet dat je kon badmintonnen.'

'Nou, eigenlijk kan ik dat ook niet, maar mijn partner is erg goed,' bekende ik.

'Wie is dat dan?' vroeg hij voor de vorm.

'Eh... McKayla Newton.'

'O ja, je zei al dat je bevriend was met dat meisje van Newton.' Hij veerde op. 'Aardige familie.' Hij dacht eventjes na. 'Wilde zij niet met je naar het dansfeest dit weekend?'

'Pap!' kreunde ik. 'Ze heeft min of meer iets met Jeremy, een vriend van mij. Bovendien weet je dat ik niet kan dansen.'

'O ja,' mompelde hij. Toen glimlachte hij verontschuldigend naar me. 'Nou ja, dan is het denk ik maar goed dat je er zaterdag niet bent... Ik heb plannen gemaakt om te gaan vissen met de jongens van het bureau. Volgens de weersverwachting wordt het lekker warm. Maar als je je tochtje wilt uitstellen tot er iemand met je mee kan, blijf ik thuis. Ik weet dat ik je te vaak alleen laat.'

'Pap, je doet het echt prima.' Ik glimlachte in de hoop dat mijn opluchting niet zichtbaar was. 'Ik heb het nooit erg gevonden om alleen te zijn – ik lijk te veel op jou.' Ik grijnsde naar hem, en hij glimlachte zijn kraaienpootjesglimlach.

Die nacht sliep ik beter, want ik was te moe om weer te dromen. Toen ik in de parelgrijze ochtend wakker werd, was ik bijna in een roes, zo optimistisch voelde ik me. De gespannen avond met Bonnie en Jules leek nu heel onschuldig. Ik besloot hem uit mijn hoofd te zetten. Ik betrapte mezelf erop dat ik floot toen ik een kam door mijn haar haalde en later toen ik de trap af denderde. Charlie merkte het ook.

'Jij bent vrolijk vanmorgen,' zei hij tijdens het ontbijt.

Ik haalde mijn schouders op. 'Het is vrijdag.'

Ik haastte me, zodat ik klaar was om naar school te gaan zodra Charlie vertrokken was. Mijn tas stond klaar, ik had mijn schoenen aan, mijn tanden gepoetst, maar hoewel ik de deur uit rende zodra ik zeker wist dat Charlie uit het zicht was, was Edythe sneller. Ze zat al te wachten, de ramen naar beneden, de motor uit.

Deze keer aarzelde ik niet en ik ging snel op de passagiersstel zitten. Ze liet haar kuiltjes zien en mijn borstkas deed dat minihartaanvalding. Ik kon me niets mooiers voorstellen – mens, godin of engel. Niets aan haar was nog voor verbetering vatbaar.

'Hoe heb je geslapen?' vroeg ze. Ik vroeg me af of ze wist hoe onweerstaanbaar haar stem was, of ze expres zo praatte.

'Goed. Hoe was jouw nacht?'

'Aangenaam.'

'Mag ik vragen wat je hebt gedaan?'

'Nee.' Ze grijnsde. 'Vandaag is nog van mij.'

Ze wilde vandaag alles weten over mensen: meer over mijn moeder, haar hobby's, wat we samen deden in onze vrije tijd. En toen over de enige oma die ik gekend had, de paar schoolvrienden. En toen kreeg ik rode vlekken omdat ze naar de vriendinnetjes vroeg die ik had gehad. Ik was blij dat ik nog nooit echt een vriendinnetje had gehad, dus dat gespreksonderdeel hoefde niet lang te duren. Mijn gebrek aan een romantisch verleden leek haar te verbazen.

'Dus je hebt nog nooit iemand ontmoet met wie je iets wilde?' vroeg ze op een serieuze toon waardoor ik me afvroeg waar ze aan dacht.

'Niet in Phoenix.'

Haar lippen persten zich op elkaar tot een dunne streep.

Inmiddels zaten we in de kantine. De dag was voorbijgevlogen volgens het patroon dat in rap tempo routine aan het worden was. Ik maakte gebruik van haar korte pauze om een hap van mijn broodje te nemen.

'Ik had je vandaag zelf moeten laten rijden,' zei ze ineens.

Ik slikte. 'Hoezo?'

'Omdat ik na de lunch met Archie wegga.'

'O.' Ik knipperde teleurgesteld met mijn ogen. 'Geeft niet, het is niet ver lopen.'

Ze fronste ongeduldig naar me. 'Ik laat je niet naar huis lopen. We halen je pick-up op en zetten hem hier neer.'

'Ik heb de sleutel niet bij me,' zuchtte ik. 'Ik vind het echt niet erg om te lopen.' Wat ik wel erg vond was dat ik mijn tijd met haar kwijt was.

Ze schudde haar hoofd. 'Je auto zal hier staan en de sleutel zal in het contact zitten, tenzij je bang bent dat iemand hem zal stelen.' Ze lachte bij de gedachte.

'Goed dan,' stemde ik toe. Ik was er vrijwel zeker van dat de sleutel in de zak van mijn spijkerbroek zat die ik woensdag had gedragen en die nu onder op een stapel kleding bij de wasmachine lag. Zelfs als ze in mijn huis inbrak, of wat ze dan ook van plan was, dan zou ze hem nooit vinden. Ze leek de uitdaging in mijn toestemming aan te voelen. Ze glimlachte zelfgenoegzaam, volledig overtuigd van zichzelf.

'Waar gaan jullie naartoe?' vroeg ik zo nonchalant mogelijk.

'Jagen,' antwoordde ze grimmig. 'Als we morgen met z'n tweeën zijn, moet ik zo veel mogelijk voorzorgsmaatregelen nemen.' Haar gezicht werd ineens bedroefd... en smekend. 'Je kunt het nog afzeggen, hoor.'

Ik keek naar beneden, bang voor de overtuigingskracht van haar ogen. Ik ging me echt niet door haar van onze dag samen laten afbrengen, hoe reëel het gevaar ook mocht zijn. Het maakt niet uit, herhaalde ik in gedachten.

'Nee,' fluisterde ik en ik keek weer naar haar gezicht. 'Dat kan ik niet.'

'Misschien heb je gelijk,' mompelde ze. Het leek haast alsof haar ogen waar ik bij was donkerder werden.

Ik veranderde van onderwerp. 'Hoe laat spreken we morgen af?' vroeg ik, nu al zwaarmoedig bij de gedachte dat ze straks wegging.

'Dat hangt ervan af... Het is een zaterdag, dus misschien wil je uitslapen?' bood ze aan.

'Nee,' antwoordde ik te snel, en ze grijnsde.

'Dezelfde tijd als gebruikelijk dan?'

Ik knikte. 'Waar zal ik je ophalen?'

'Ik kom naar jou, ook zoals gebruikelijk.'

'Eh, ik heb wel iets uit te leggen aan Charlie als er ineens een onbekende Volvo op zijn oprit staat.'

Ze glimlachte superieur. 'Ik was niet van plan met de auto te komen.'

'Maar hoe...'

Ze kapte me af. 'Maak je daar maar geen zorgen om. Ik zal er zijn, zonder auto. Charlie merkt er niets van.' Haar stem werd harder. 'En als je dan niet thuiskomt heeft hij geen idee wat er gebeurd zou kunnen zijn.'

'Dat zit er dik in,' zei ik schouderophalend. 'Misschien kom ik wel op het nieuws en zo.'

Ze keek me boos aan, maar ik negeerde haar en nam nog een hap van mijn broodje.

Toen haar gezicht eindelijk ontspande, hoewel ze nog steeds niet blij keek, vroeg ik: 'Waar ga je vanavond op jagen?'

'Alles wat er in het natuurpark te vinden is. We gaan niet ver weg.' Ze keek me aan, een beetje gefrustreerd en ook geamuseerd door mijn terloopse opmerking over haar ongebruikelijke bezigheden.

'Waarom ga je met Archie? Je zei toch dat hij vervelend was?'

Ze fronste haar wenkbrauwen. 'Hij staat nog steeds... het meest achter ons.'

'En de anderen?' vroeg ik aarzelend, want ik wist niet of ik het wel wilde horen. 'Hoe denken zij erover?'

Haar voorhoofd rimpelde. 'Ze kunnen het vooral nauwelijks geloven.'

Ik keek even naar ze. Ze zaten in verschillende richtingen te staren, precies zoals op de eerste dag dat ik hen gezien had. Alleen waren ze nu met z'n vieren: hun volmaakte zus met haar bronzen haar was van mij, dit uur in elk geval wel.

'Ze mogen me niet,' gokte ik.

'Dat is het niet,' sprak ze tegen, maar haar ogen waren te onschuldig. 'Ze begrijpen niet waarom ik je niet met rust kan laten.'

Ik fronste mijn wenkbrauwen. 'Dat begrijp ik ook niet.'

Ze glimlachte. 'Je lijkt op niemand die ik ken, Beau. Je fascineert me.'

Een deel van mij wist zeker dat ze me in de zeik nam – dat was het deel dat zich niet kon onttrekken aan het feit dat ik de saaiste persoon was die ik kende. 'Ik vind dat heel moeilijk te bevatten,' zei ik.

'Dankzij mijn gave,' mompelde ze terwijl ze met een vinger haar voorhoofd aanraakte, 'heb ik een beter begrip van de menselijke aard dan de meesten. Mensen zijn voorspelbaar. Maar jij... jij doet nooit wat ik verwacht. Je weet me altijd te verrassen.'

Ik keek weg en mijn blik ging naar zijn vaste plek – de hoek achter in de kantine, waar haar familieleden zaten. Door haar woorden voelde ik me net een wetenschappelijk experiment. Ik kon mezelf wel uitlachen omdat ik iets anders had verwacht.

'Dát deel is heel goed uit te leggen.' Ik voelde haar blik op mijn gezicht rusten, maar ik kon haar nog niet aankijken. Ik wist zeker dat ze de zelfverachting in mijn ogen zou lezen. 'Maar er is meer,' ging ze verder, 'en dat is niet zo eenvoudig onder woorden te brengen...'

Ik zat nog steeds afwezig naar de Cullens te staren. Opeens draaide Royal zijn hoofd opzij om me recht aan te kijken. Of eigenlijk keek hij me niet zomaar aan: hij staarde met woedende, donkere, koude ogen naar me. Ik wilde wegkijken, maar ik was als verstijfd onder zijn openlijke vijandigheid, totdat Edythe midden in een zin zweeg en een laag, boos geluid maakte, een soort gesis.

Royal draaide zijn hoofd weg en ik was blij dat ik bevrijd was. Ik keek met grote ogen naar Edythe.

'Zie je, hij mag me niet,' mompelde ik.

Haar blik was gekweld. 'Het spijt me. Hij maakt zich gewoon zorgen. We hebben al zo veel tijd met elkaar in het openbaar doorgebracht, en het is niet alleen gevaarlijk voor mij als...' Ze sloeg haar ogen neer.

'Als?'

'Als het slecht afloopt.' Ze liet haar hoofd gepijnigd in haar handen zakken. Ik wilde haar troosten, zeggen dat haar nooit iets ergs zou overkomen, maar ik wist niet hoe. Als vanzelf stak ik mijn arm uit om mijn hand zachtjes tegen haar elleboog te leggen. Ze droeg alleen een shirt met lange mouwen en de kou trok onmiddellijk mijn hand in. Ze bleef heel stil zitten en langzaam drong het tot me door dat haar woorden me bang zouden moeten maken. Ik wachtte op die angst, maar ik voelde alleen een hevig verlangen om haar pijn weg te nemen.

Ze liet nog steeds haar hoofd in haar handen rusten.

Ik probeerde heel normaal te klinken. 'En je moet nu weg?'

'Ja.' Ze liet haar handen zakken. Ik liet mijn hand bij haar onderarm liggen.

Ze keek naar de plek waar onze lichamen elkaar raakten en zuchtte. Toen veranderde haar stemming en ze grijnsde. 'Het is waarschijnlijk maar beter ook. We moeten bij biologie nog een kwartier van die verschrikkelijke film doorstaan. Ik geloof niet dat ik dat volhou.'

Ik schrok en trok met een ruk mijn hand terug. Archie – langer dan ik had gedacht, zijn haar in heel korte stoppels op zijn schedel, zijn ogen inktzwart – stond plotseling bij haar schouder.

Edythe begroette hem zonder van me weg te kijken. 'Archie.'

'Edythe,' aapte hij haar een beetje spottend na. Hij had een zachte, vrij hoge stem, net zo fluwelig als de hare.

'Archie, Beau – Beau, Archie,' stelde ze ons aan elkaar voor met een wrange glimlach op haar gezicht.

'Hallo Beau.' Zijn ogen glinsterden als zwarte diamanten, maar zijn glimlach was vriendelijk. 'Leuk je eindelijk te ontmoeten.' Een lichte nadruk op 'eindelijk'.

Edythe zond hem een duistere blik.

Ik geloofde meteen dat Archie een vampier was. Die een halve meter bij me vandaan stond. Met donkere, hongerige ogen. Ik voelde een druppel zweet langs mijn nek rollen.

'Eh, hoi Archie.'

'Ben je er klaar voor?' vroeg hij aan Edythe.

Haar stem was koel. 'Bijna. Ik zie je bij de auto.'

Hij vertrok zonder nog een woord te zeggen. Zijn bewegingen waren zo vloeiend, zo soepel dat ik weer aan dansers moest denken, hoewel ze eigenlijk minder menselijk waren.

Ik slikte. 'Moet ik je "veel plezier" wensen, of is dat niet toepasselijk?'

'"Veel plezier" kan heel goed.' Ze grijnsde.

'Nou, veel plezier dan.' Ik probeerde enthousiast te klinken, maar ik hield haar natuurlijk niet voor de gek.

'Ik zal het proberen. En wees jij alsjeblieft voorzichtig.'

Ik zuchtte. 'Voorzichtig in Forks, wat een uitdaging.'

Haar kaak verstrakte. 'Voor jou is het een uitdaging. Beloof het.'

'Ik beloof dat ik voorzichtig zal zijn,' dreunde ik braaf op. 'Ik was van plan om vanavond de was te doen... of is dat te gevaarlijk? Straks val ik nog in de wasmachine.'

Ze kneep haar ogen tot spleetjes.

'Oké oké, ik zal mijn best doen.'

Ze stond op, en ik ook.

'Tot morgen,' zuchtte ik.

Ze glimlachte treurig. 'Voor jou lijkt dat nog heel ver weg, hè?'

Ik knikte somber.

'Ik zal er zijn morgen,' beloofde ze, en toen kwam ze naast me staan, raakte de rug van mijn hand even aan en liep weg. Ik staarde haar na tot ze verdwenen was.

Ik had echt geen zin om nog naar de les te gaan en ik overwoog om heel gezond te spijbelen, maar dat leek me niet verstandig. Als ik nu zou verdwijnen, zouden McKayla en de anderen denken dat ik met Edythe mee was. En Edythe maakte zich zorgen over de tijd die we samen in het openbaar hadden doorgebracht, voor als er iets misging. Ik wilde niet nadenken over wat dat zou betekenen, of hoe pijnlijk dat zou zijn. Ik bedacht gewoon manieren om het veiliger voor haar te maken. En dat betekende gewoon naar de les gaan.

Ik was ervan overtuigd – en volgens mij was zij dat ook – dat morgen alles voor ons zou veranderen. Zij en ik... als we samen zouden zijn, dan moesten we dit wel onder ogen zien. We konden niet op dit vervaarlijke randje van bijna-samenzijn blijven balanceren. We zouden er hoe dan ook af vallen, maar aan welke kant, dat hing helemaal van haar af. Ik ging er vol voor, nog voordat ik bewust gekozen had, en ik was van plan me daar tot het bittere einde aan te houden. Want niets was zo angstaanjagend, zo hartverscheurend, dan het idee haar nooit meer te zullen zien.

Ik kon me niet echt beter concentreren nu ze niet naast me zat bij biologie. De spanning en de elektrische lading waren verdwenen, maar ik werd te veel in beslag genomen door gedachten over morgen om op te kunnen letten.

Bij gym leek McKayla me vergeven te hebben. Ze wenste me veel plezier in Seattle. Ik legde zorgvuldig uit dat ik besloten had om niet te gaan, omdat mijn pick-up kuren had.

Haar gezicht betrok. 'Ga je met Edythe naar het lentebal?'

'Nee. Ik heb toch gezegd dat ik niet ging.'

'Wat ga je dan doen?'

Opgewekt loog ik: 'De was, en daarna ga voor ik dat wiskundeproefwerk leren, anders haal ik een onvoldoende.'

Ze fronste haar wenkbrauwen. 'Gaat Edythe je helpen met "leren"?'

Ik hoorde de aanhalingstekens om dat laatste woord.

'Dat mocht ik willen,' zei ik met een glimlach. 'Ze is veel slimmer dan ik. Maar ze is een weekendje weg met haar broer.' Grappig hoe de leugens er ineens veel soepeler uit kwamen dan normaal. Misschien kwam dat doordat ik niet voor mezelf loog, maar voor iemand anders.

McKayla veerde op. 'O. Je kunt natuurlijk gewoon nog met ons mee naar het feest. Dat zou cool zijn. Dan dansen we allemaal met je,' beloofde ze.

Het beeld in mijn hoofd van Jeremy's gezicht maakte mijn toon scherper dan nodig was.

'Ik ga niet naar het bal, McKayla. Begrepen?'

'Oké,' snauwde ze. 'Ik bood het alleen maar aan.'

Toen gym eindelijk afgelopen was, liep ik zonder enthousiasme naar de parkeerplaats. Ik had niet veel zin om in de regen naar huis te lopen, maar ik zag niet in hoe ze mijn pick-up had kunnen ophalen. Maar goed, voor haar leek niets onmogelijk.

En daar stond hij, op dezelfde plek waar ze vanochtend de Volvo had neergezet. Verbouwereerd schudde ik mijn hoofd toen ik het portier opendeed en zoals beloofd de sleutel in het contact zag zitten.

Er lag een vel opgevouwen wit papier op mijn stoel. Ik pakte het en sloot het portier voor ik het openvouwde. In haar zwierige kalligrafiehandschrift stonden twee woorden geschreven:

Wees voorzichtig.

Het lawaai van de motor die brullend tot leven kwam liet me schrikken, en ik lachte om mezelf.

Toen ik thuiskwam, zat de voordeur op slot, maar niet dubbel. Precies zoals ik hem vanmorgen had achtergelaten. Binnen ging ik rechtstreeks naar het washok. Ook dat zag er nog exact zo uit als ik het had achtergelaten. Ik zocht naar mijn spijkerbroek en controleerde de zakken toen ik hem gevonden had. Leeg. Misschien had ik mijn sleutels toch opgehangen, dacht ik hoofdschuddend.

Charlie was stil tijdens het avondeten. Ik vermoedde dat hij zich zorgen maakte om iets op het werk, of misschien over een basketbalwedstrijd, of misschien genoot hij gewoon van de lasagne. Je wist het nooit met hem.

'Weet je, pap,' onderbrak ik zijn gepeins.

'Wat is er, Beau?'

'Ik denk dat je gelijk hebt wat Seattle betreft. Ik denk dat ik wacht totdat Jeremy of iemand anders mee kan.'

'O,' zei hij verrast. 'Oké. Wil je dan dat ik morgen thuisblijf?'

'Nee, pap. Je hoeft voor mij niet thuis te blijven. Ik heb van alles te doen: huiswerk, de was... Ik moet nog naar de bibliotheek en boodschappen doen. Ik ben de hele dag bezig. Ga maar lekker vissen.'

'Weet je het zeker?'

'Absoluut, pap. Bovendien is de voorraad vis in de vriezer gevaarlijk aan het slinken. Ik ben bang dat we nog maar voor twee, misschien drie jaar vis hebben.'

Hij glimlachte. 'Wat ben je toch makkelijk om mee samen te wonen, Beau.'

'Ik zou hetzelfde over jou kunnen zeggen,' zei ik lachend. Het geluid van mijn lach klonk vals, maar hij leek het niet te merken. Ik voelde me zo schuldig dat ik tegen hem loog, dat ik bijna Edythes advies volgde en hem vertelde wat ik morgen ging doen. Bijna.

Terwijl ik de was opvouwde, een eentonig klusje, vroeg ik me af of ik met deze leugen Edythe boven mijn vader verkoos, want ik beschermde haar en hij zou... Ik wist eigenlijk niet zo goed wat er zou gebeuren. Zou ik gewoon in rook opgaan? Zou de politie nog... stukken van me vinden? Ik wist dat ik niet goed kon bevatten hoe erg dat voor hem zou zijn, dat het verlies van een kind – ook al had hij me de afgelopen tien jaar niet veel gezien – een grotere klap zou zijn dan ik kon begrijpen.

Maar wat had Charlie eraan als ik hem vertelde dat ik bij Edythe zou zijn, als ik haar bij de eventuele gevolgen betrok? Zou het verlies draaglijker zijn als hij iemand de schuld kon geven? Of zou hem dat juist meer in gevaar brengen? Ik dacht aan de woedende blikken van Royal vandaag. Ik dacht aan Archies fonkelende zwarte ogen, aan Eleanors armen, als lange stalen lijnen, en aan Jessamine, die om onduidelijke redenen het allerengst was. Wilde ik echt dat mijn vader bepaalde dingen wist waardoor zij zich bedreigd zouden voelen?

Het enige waarmee ik Charlie echt zou helpen was als ik morgen een briefje op de deur plakte met 'Ik ben toch van gedachten veranderd' erop, en dan in mijn pick-up stapte om toch naar Seattle te rijden. Ik wist dat Edythe niet boos zou zijn, dat ze daar ergens juist op hoopte.

Maar ik wist ook dat ik dat briefje niet zou schrijven. Ik kon het me niet eens voorstellen. Ik stond morgenochtend gewoon op haar te wachten.

Dus misschien verkoos ik haar inderdaad boven al het andere. En ik wist dat ik me daar rot over zou moeten voelen, dat ik me slecht en schuldig zou moeten voelen, er spijt van zou moeten hebben, maar dat deed ik niet. Misschien doordat het helemaal niet als een keuze voelde.

Maar dit was allemaal alleen van toepassing als het slecht afliep, en ik wist zo goed als zeker dat dat niet zou gebeuren. Deels kwam dat doordat ik nog steeds geen angst voor Edythe kon voelen, zelfs niet als ik haar voor me probeerde te zien als de Edythe met de puntige tanden uit mijn nachtmerrie. Haar briefje zat in mijn achterzak en ik haalde het telkens weer tevoorschijn om het te lezen. Ze wilde dat ik veilig was. Ze had de laatste tijd erg veel moeite gedaan om mij in leven te houden. Dat was toch haar ware aard? Als alle veiligheidsmaatregelen wegvielen, zou dat deel van haar dan niet de overhand krijgen?

Was opvouwen was niet het beste karweitje om mijn hoofd bezig te houden. Ik deed heel erg mijn best om me te concentreren op de Edythe die ik kende, van wie ik hield, maar ik moest de hele tijd denken aan hoe een slechte afloop eruit zou zien. Zou voelen. Ik had genoeg horrorfilms gezien om daar bepaalde ideeën bij te hebben, en het leek me niet de állerergste manier om dood te gaan. De meeste slachtoffers leken er vooral slap en bewusteloos bij te liggen als ze... leeggezogen werden. Maar toen moest ik ineens weer aan Edythes opmerking over beren denken, en ik vermoedde dat een echte vampieraanval iets anders verliep dan de Hollywoodversie.

Maar het was Édythe!

Ik was opgelucht toen het laat genoeg was om naar bed te gaan. Ik wist dat ik nooit zou kunnen slapen door al dat gepieker, dus ik deed iets wat ik nog nooit gedaan had. Ik nam bewust medicijnen die ik niet nodig had, van het soort waardoor ik acht uur lang van de wereld zou zijn. Ik wist dat het niet een erg verantwoorde keuze was, maar morgen zou al lastig genoeg zijn zonder dat ik ook nog eens suf was van het slaapgebrek. Terwijl ik wachtte tot de medicijnen gingen werken luisterde ik nog eens naar de cd van Phil. Het vertrouwde gekrijs was opvallend troostend en ergens halverwege dommelde ik in.

Ik werd vroeg wakker. Dankzij mijn medicijnengebruik had ik goed en droomloos geslapen. Maar ondanks de goede nachtrust was ik toch gespannen en ongedurig, af en toe raakte ik zelfs bijna in paniek. Ik douchte en trok gewoontegetrouw diverse lagen kleren aan, ook al had Edythe beloofd dat de zon vandaag zou schijnen. Ik keek uit het raam en zag dat Charlie al weg was. Er hing een witte, pluizige wolkensluier in de lucht, maar die zag eruit alsof hij snel zou optrekken. Ik ontbeet zonder iets te proeven en waste snel af toen ik klaar was. Ik had net mijn tanden gepoetst toen een zachte klop op de deur me de trap af liet springen.

Mijn handen waren ineens te groot voor de eenvoudige grendel en ik was even aan het klungelen, maar toen gooide ik de deur open, en daar stond ze.

Ik haalde diep adem. Alle zenuwen verdwenen als sneeuw voor de zon en ik kwam volledig tot rust.

Eerst glimlachte ze niet. Haar gezicht was ernstig. Maar toen ze me bekeek lichtten haar ogen op. Ze lachte.

'Goedemorgen,' grinnikte ze.

'Waarom lach je?' Ik keek naar beneden om me ervan te verzekeren dat ik niets belangrijks vergeten was, zoals schoenen of een broek.

'We passen bij elkaar.' Ze lachte weer.

Ze droeg een lichtbruine trui met een lage, ronde hals en een wit T-shirt eronder, en een spijkerbroek. Mijn trui had precies dezelfde kleur, hoewel mijn trui en het witte shirt eronder allebei een gewone hals hadden. Mijn spijkerbroek had ook dezelfde kleur blauw. Alleen zag zij eruit als een fotomodel en ik niet.

Ik deed de deur achter me op slot terwijl zij naar de pick-up liep. Ze wachtte bij de passagiersdeur met een gekwelde uitdrukking die makkelijk te plaatsen was.

'Je hebt zelf ja gezegd,' hielp ik haar herinneren terwijl ik haar deur openmaakte en voor haar openhield.

Ze wierp me een donkere blik toe en stapte in.

Ik liep naar de andere kant en probeerde niet in elkaar te krimpen toen ik de motor erg luidruchtig tot leven wekte.

'Waarnaartoe?' vroeg ik.

'Doe je riem om – ik ben nu al zenuwachtig.'

Ik rolde met mijn ogen maar deed wel wat ze vroeg. 'Waarnaartoe?' herhaalde ik.

'De één-nul-één naar het noorden.'

Het was verrassend lastig om me op de weg te concentreren terwijl ik haar ogen op mijn gezicht voelde. Ik compenseerde dat door nog voorzichtiger door de nog slapende stad te rijden dan anders.

'Was je van plan om Forks nog voor het donker te verlaten?'

'Deze pick-up is oud genoeg om de opa van de Volvo te zijn. Een beetje respect, graag.'

Algauw hadden we, ondanks haar pessimistische instelling, de stadsgrenzen verlaten. De huizen en gazons maakten plaats voor dicht kreupelhout en in groen gehulde stammen.

'Rechtsaf naar de één-tien,' instrueerde ze net voor ik het wilde vragen. Ik gehoorzaamde zwijgend.

'Nu doorrijden tot het einde van de weg.'

Ik meende een glimlach te horen in haar stem, maar ik was te bang dat ik van de weg zou rijden – waarmee zij gelijk zou krijgen – om opzij te kijken of ik gelijk had.

'En wat is er aan het einde van de weg?' vroeg ik.

'Een pad.'

'Gaan we wandelen?'

'Is dat een probleem?'

'Nee.' Ik probeerde de leugen met overtuiging te brengen. Maar als ze mijn auto al langzaam vond...

'Maak je geen zorgen, het is maar een kilometer of zeven en we hebben geen haast.'

Zeven kilometer. Ik gaf geen antwoord, zodat ze de paniek in mijn stem niet zou horen. Hoe ver had ik afgelopen zaterdag gelopen, anderhalve kilometer of zo? En hoe vaak was ik in dat kleine stukje wel niet gestruikeld? Dit werd een ramp.

We reden een tijdje zwijgend door. Ik vroeg me af hoe ze zou kijken als ik voor de twintigste keer op mijn smoel zou gaan.

'Waar denk je aan?' vroeg ze na een paar minuten ongeduldig.

Ik loog weer. 'Ik vroeg me gewoon af waar we heen gaan.'

'Een plek waar ik graag naartoe ga als het mooi weer is.' We keken allebei uit ons raam naar de dunner wordende bewolking.

'Charlie zei dat het vandaag warm zou worden.'

'En heb je Charlie verteld wat je ging doen?' vroeg ze.

'Nee.'

'Maar je hebt vast wel tegen Jeremy gezegd dat ik je een lift naar Seattle ging geven,' zei ze bedachtzaam.

'Nee, ook niet.'

'Dus niemand weet dat je bij me bent?' Nu klonk ze boos.

'Dat hangt ervan af... Jij hebt het vast wel aan Archie verteld?'

'Daar schieten we echt wat mee op, Beau,' snauwde ze.

Ik deed net alsof ik dat niet gehoord had.

'Komt het door het weer? Heb je een winterdepressie? Heeft Forks je zo depressief gemaakt dat je er zelfmoordneigingen van krijgt?'

'Jij zei dat je in de problemen zou kunnen komen als we te veel samen in het openbaar gezien worden,' legde ik uit.

'Dus je maakt je zorgen over de problemen waarin ík terecht kan komen als jíj niet thuiskomt?' Haar stem was kil en bijtend.

Ik knikte, maar hield mijn ogen op de weg gericht.

Ze mopperde binnensmonds, zo snel dat ik het niet kon verstaan.

De rest van de rit verliep in stilte. Ik voelde de golven woede en afkeuring die ze uitstraalde en kon niet bedenken hoe ik mijn excuses moest aanbieden terwijl ik er geen spijt van had.

De weg eindigde bij een klein houten bord, waar een voetpad het bos in liep.

Ik zette de auto in de smalle berm en stapte uit; ik wist niet zo goed wat ik moest doen omdat ze nog steeds boos was. Nu ik niet meer aan het rijden was had ik geen excuus meer om haar niet aan te kijken.

Het was warm. Het was nog niet zo warm geweest sinds ik in Forks was aangekomen, en het was bijna klam onder de sluierbewolking. Ik trok vlug mijn trui uit en gooide hem in de cabine, blij met het T-shirt dat ik eronder droeg, vooral nu we nog zeven kilometer moesten lopen.

Ik hoorde haar portier dichtslaan en keek op. Ik zag dat zij ook haar trui had uitgetrokken en haar haar in een slordig knotje had opgestoken. Ze droeg alleen een dun hemdje. Ze stond met haar rug naar me toe naar het bos te kijken, en ik zag de sierlijke lijnen van haar schouderbladen, als opgevouwen vleugels onder haar bleke huid. Haar armen waren heel dun en het was moeilijk te geloven dat ze echt zo sterk waren als ik wist dat ze waren.

'Deze kant op,' zei ze met een blik over haar schouder, nog steeds geërgerd. Ze liep in oostelijke richting het donkere bos in.

'En het pad dan?' vroeg ik. Ik probeerde de paniek in mijn stem te verhullen terwijl ik op een drafje om mijn auto heen liep om haar in te halen.

'Ik zei dat er een pad was aan het einde van de weg, niet dat we dat zouden nemen.'

'Geen pad? Echt niet?'

'Ik zorg ervoor dat je niet verdwaalt.'

Ze draaide zich om met een spottend glimlachje en ik hapte naar lucht.

Ik had nog nooit zo veel blote huid bij haar gezien. Haar bleke armen, haar tengere schouders, de breekbaar uitziende twijgjes van haar sleutelbeenderen, de kwetsbare holtes daarboven, haar zwanenhals, de lichte welving van haar borsten – *niet staren, niet staren* – en de ribben die ik onder het dunne katoen bijna kon tellen. Ze was te perfect, besefte ik in een verpletterende golf wanhoop. Deze godin kon nooit voor mij bestemd zijn.

Ze staarde me aan, geschrokken van mijn gekwelde blik.

'Wil je liever naar huis?' vroeg ze zachtjes, en haar stem was doordrenkt van een andere pijn dan de mijne.

'Nee.'

Ik liep naar voren tot ik vlak naast haar stond; ik wilde geen seconde verliezen van het duidelijk beperkte aantal uren dat me nog met haar restte.

'Wat is er dan?' vroeg ze nog steeds zacht.

'Ik loop niet zo snel,' antwoordde ik dof. 'Je zult veel geduld met me moeten hebben.'

'Ik kan heus wel geduldig zijn... als ik heel erg mijn best doe.' Ze glimlachte en keek me strak aan in een poging me uit mijn plotseling sombere bui te halen.

Ik probeerde terug te glimlachen, maar ik voelde dat mijn glimlach niet overtuigend was. Ze bestudeerde mijn gezicht.

'Ik zorg ervoor dat je thuiskomt,' beloofde ze. Het was niet duidelijk of die belofte onvoorwaardelijk was, of beperkt tot onmiddellijk vertrek. Ze dacht dat ik van slag was omdat ik bang was dat ik het niet zou overleven, en ik was blij dat ze mijn gedachten niet kon horen.

'Als je wilt dat ik zeven kilometer door de jungle ga zwoegen voor de zon ondergaat, kunnen we maar beter vertrekken,' zei ik verbitterd. Haar wenkbrauwen trokken samen toen ze mijn toon en gezichtsuitdrukking probeerde te begrijpen.

Na een ogenblik gaf ze het op en ging me voor het bos in.

Het was minder moeilijk dan ik had gevreesd. De route was vrijwel overal vlak en ze leek het niet erg te vinden om zich aan mijn tempo aan te passen. Ik struikelde twee keer over een wortel, maar beide keren schoot haar hand uit om me bij mijn elleboog te grijpen voor ik kon vallen. Als ze me aanraakte begon mijn hart zoals gewoonlijk te bonken en te haperen. De tweede keer dat het gebeurde zag ik haar op een bepaalde manier kijken en ineens wist ik zeker dat ze het kon horen.

Ik probeerde niet naar haar te kijken, want elke keer dat ik dat deed vulde haar schoonheid me met verdriet. Het grootste gedeelte legden we in stilte af. Af en toe stelde ze een willekeurige vraag waar ze de afgelopen twee dagen tijdens haar verhoor niet aan toe gekomen was. Ze vroeg naar verjaardagen, mijn leraren, mijn huisdieren. En ik moest bekennen dat ik daar de brui aan had gegeven nadat ik drie vissen op rij had vermoord. Daar moest ze om lachen, harder dan ik gewend was, de klingelende echo's galmden door het bos.

Ik had bijna de hele ochtend nodig voor de wandeling, maar ze leek geen moment ongeduldig. Het bos strekte zich rond ons uit als een labyrint van bomen die allemaal op elkaar leken, en ik begon me zenuwachtig af te vragen of we ooit de weg terug zouden kunnen vinden. Zij leek volkomen op haar gemak in de groene doolhof en twijfelde nooit over de richting die we moesten volgen.

Na een paar uur werd het groene licht dat door het bladerdak scheen heldergeel. Het was zonnig geworden, precies zoals beloofd. Voor het eerst sinds we vertrokken waren voelde ik een golf van opwinding.

'Zijn we er al?' vroeg ik.

Ze glimlachte om de verandering in mijn stemming. 'Bijna. Zie je dat heldere licht daar verderop?'

Ik tuurde het dichte bos in. 'Eh... waar dan?'

'Misschien is het nog iets te ver weg voor jouw ogen.'

'Tijd voor een bezoek aan de opticien.' Ik slaakte een zucht en ze grijnsde.

En toen, na nog eens honderd meter, zag ik duidelijk dat het lichter werd onder de bomen voor ons, een gloed die geelwit was in plaats van geelgroen. Ik ging sneller lopen en ze liet mij voorop gaan terwijl ze me geruisloos volgde.

Ik kwam bij de poel van licht en stapte door de laatste slierten varens de mooiste plek op die ik ooit had gezien.

De wei was klein, volmaakt rond en stond vol met wilde bloemen: paars, geel en wit. Ergens in de buurt hoorde ik het vloeiende geruis van een beekje. De zon stond pal boven ons en vulde de cirkel met een waas van botergeel zonlicht. Langzaam liep ik door het zachte gras, de wuivende bloemen en de warme, vergulde lucht. Na dat eerste moment van bewondering keek ik om, want ik wilde hier samen van genieten, maar ze stond niet achter me waar ik haar verwachtte. Ik draaide me wild om en speurde ongerust de bosrand af. Eindelijk zag ik haar staan, nog altijd in de dichte schaduw van het bladerdak aan de rand van de open plek, waar ze me nauwlettend in de gaten hield. Toen pas wist ik weer waarom we hier waren. Het raadsel van Edythe en de zon, dat ze beloofd had vandaag te zullen oplossen.

Ik deed een stap achteruit en strekte mijn hand naar haar uit. Haar ogen waren behoedzaam, aarzelend – het deed me vreemd genoeg een beetje aan plankenkoorts denken. Ik glimlachte bemoedigend en wilde naar haar toe lopen. Ze stak waarschuwend haar hand op en ik bleef met een ruk staan.

Edythe haalde diep adem, deed haar ogen dicht en stapte het felle licht van de middagzon in.

13. Bekentenissen

Met haar ogen dicht stapte Edythe nietsziend het licht in.

Ik kreeg bijna een hartverzakking en rende naar haar toe.

'Edythe!'

Pas toen haar ogen opengingen en ik zo dichtbij was dat ik langzaam begon te begrijpen wat ik zag, besefte ik dat ze geen vlam had gevat. Ze hield weer haar hand omhoog, de handpalm naar voren, en ik kwam struikelend tot stilstand. Ik viel bijna op mijn knieën.

Het licht vlamde van haar huid, danste in prisma-achtige regenboogjes over haar gezicht en hals, langs haar armen. Ze schitterde zo fel dat ik mijn ogen tot spleetjes moest knijpen, alsof ik in de zon probeerde te kijken.

Even overwoog ik om daadwerkelijk op mijn knieën te zakken. Deze schoonheid moest je aanbidden. Hier bouwde je tempels voor waarin je heilige offers bracht. Ik wou dat ik iets in mijn lege handen had wat ik aan haar kon geven, maar wat had een middelmatige sterveling als ik zo'n godin te bieden?

Het duurde even voordat ik door de fonkelingen de blik op haar gezicht kon zien. Ze keek met grote ogen naar me, bijna alsof ze ergens bang voor was. Ik deed een stap naar haar toe en ze kromp een beetje ineen.

'Doet dat pijn?' fluisterde ik.

'Nee,' fluisterde ze terug.

Ik deed nog een stap naar haar toe; zij was weer de magneet en ik was een machteloos stukje grijs metaal. Ze liet haar waarschuwende hand zakken. Toen ze bewoog glinsterde het vuur over haar arm. Langzaam liep ik een rondje om haar heen, op gepaste afstand, want ik wilde dit helemaal in me op nemen, haar van alle kanten bekijken. De zonnestralen weerkaatsten op haar huid en braken en vergrootten alle kleuren die licht bevatte. Mijn ogen begonnen langzaam te wennen en werden groot van verwondering.

Ik wist dat ze haar kleren met zorg had uitgekozen, dat ze me dit echt wilde laten zien, maar door de manier waarop ze er nu bij stond, met gespannen schouders en verstijfde benen, vroeg ik me af of ze spijt had van haar beslissing.

Ik was klaar met mijn rondje en liep de laatste meter naar haar toe. Ik kon niet ophouden met staren, zelfs niet om met mijn ogen te knipperen.

'Edythe,' prevelde ik.

'Ben je nu bang?' fluisterde ze.

'Nee!'

Ze keek me onderzoekend aan, probeerde te horen wat ik dacht.

Ik stak mijn hand naar haar uit, heel rustig, en keek naar haar gezicht om te zien of het mocht. Haar ogen werden nog groter en toen verstarde ze. Heel langzaam en voorzichtig liet ik mijn vingertoppen over de glinsterende huid van haar arm glijden. Tot mijn verbazing was die nog net zo koud als anders. Toen mijn vingers haar aanraakten flakkerde de weerspiegeling van het vuur op mijn huid, en plotseling was mijn hand niet middelmatig meer. Ze was zo verbijsterend dat ze zelfs mij minder gewoontjes kon laten worden.

'Waar denk je aan?' fluisterde ze.

Ik zocht naar de juiste woorden. 'Ik ben... Ik weet niet wat...' Ik haalde diep adem en toen kwamen de woorden er eindelijk uit. 'Ik heb nog nooit zoiets moois gezien. Ik wist niet dat er zoiets moois bestond.'

Haar ogen stonden nog steeds behoedzaam. Alsof ze dacht dat ik gewoon zei wat ik dacht dat ze wilde horen. Maar het was de waarheid, misschien wel het waarste, oprechtste wat ik ooit had gezegd. Ik was te overweldigd om op mijn woorden te letten of te doen alsof.

Ze wilde haar hand optillen maar liet hem toen weer zakken. De glinstering vlamde op. 'Toch is het vreemd,' mompelde ze.

'Waanzinnig,' prevelde ik.

'Word je niet afgeschrikt door het feit dat ik zo overduidelijk onmenselijk ben?'

Ik schudde mijn hoofd. 'Helemaal niet.'

Ze kneep haar ogen tot spleetjes. 'Dat zou anders wel moeten.'

'Volgens mij wordt menselijkheid maar overschat.'

Ze trok haar arm onder mijn vingertoppen vandaan en legde hem op haar rug. Ik negeerde de hint en kwam nog iets dichterbij. Ik voelde de schitteringen op mijn gezicht.

En toen stond ze plotseling drie meter verderop, haar waarschuwende hand weer opgestoken en haar kaken op elkaar geklemd.

'Sorry,' zei ik.

'Je moet me wat tijd geven,' zei ze tegen me.

'Ik zal voorzichtiger zijn.'

Ze knikte en liep met een boogje om me heen naar het midden van de wei, nog altijd op drie meter afstand. Ze ging met haar rug naar me toe in het gras zitten en het zonlicht fonkelde op haar schouderbladen, die me opnieuw aan vleugels deden denken. Langzaam liep ik op haar af en ging met mijn gezicht naar haar toe zitten, anderhalve meter bij haar vandaan.

'Kan dit?'

Ze knikte, maar ze leek er niet zeker van. 'Ik moet me even... concentreren.'

Ik bleef zwijgend zitten en na een paar tellen deed ze haar ogen weer dicht. Dat vond ik prima. Ik zou er nooit genoeg van krijgen om haar zo te zien. Ik keek naar haar terwijl ik het verschijnsel probeerde te doorgronden, en zij lette niet op mij.

Een halfuur later ging ze ineens op haar rug op het gras liggen met één hand achter haar hoofd. Het gras was zo lang dat het mijn zicht belemmerde.

'Mag ik...?' vroeg ik.

Ze klopte op de grond naast haar.

Ik kwam een halve meter dichterbij, en toen ze niet protesteerde nog eens een halve meter. En nog een stukje.

Ze had haar ogen nog dicht en haar paarsblauwe oogleden glansden boven haar donkere wimpers. Haar borst ging regelmatig op en neer, haast alsof ze lag te slapen, alleen leek de beweging op de een of andere manier gericht en gecontroleerd. Ze leek zich heel bewust van het in- en uitademen.

Ik ging in kleermakerszit naast haar zitten, mijn ellebogen op mijn knieën en mijn kin op mijn handen. Het was heel warm – de zon voelde vreemd op mijn huid nu ik zo aan de regen gewend was – en de wei was nog steeds heel mooi, maar geheel naar de achtergrond verdrongen. Hij was niet bijzonder genoeg meer. Ik had een nieuwe definitie van schoonheid.

Haar lippen bewogen en ze schitterden in het licht terwijl ze bijna... trilden. Ik had het idee dat ze iets gezegd had, maar de woorden waren te zacht en te snel.

'Zei je iets?' fluisterde ik. Hier naast haar zitten en kijken hoe ze glinsterde, dat vroeg om stilte. Eerbied, zelfs.

'Ik zing in mezelf,' mompelde ze. 'Daar word ik rustig van.'

We bleven heel lang roerloos zitten; alleen haar lippen bewogen af en toe als ze zo zacht zong dat ik het niet kon horen. Er ging een uur voorbij, misschien wel meer. Heel langzaam ebde de spanning weg waar ik me in eerste instantie niet gelijk bewust van was geweest, tot alles zo rustig was dat ik bijna begon te soezen. Elke keer dat ik mijn gewicht verplaatste, schoof ik een centimeter naar haar toe.

Ik boog me naar haar toe en bestudeerde haar hand, probeerde de facetten in haar gladde huid te zien. Zonder erover na te denken streelde ik met één vinger over de rug van haar hand, terwijl ik me opnieuw verwonderde over het satijnzachte oppervlak dat zo koel als steen was. Ik voelde haar blik op me gericht en mijn vinger verstarde toen ik opkeek.

Haar ogen waren kalm en ze glimlachte.

'Je bent nog steeds niet bang voor me, hè?'

'Neuh. Sorry.'

Ze glimlachte breder en haar tanden glansden in de zon.

Ik ging wat dichterbij zitten en strekte nu mijn hele hand uit om mijn vingertoppen langs de contouren van haar onderarm te laten glijden. Ik zag dat mijn vingers trilden. Haar ogen gingen weer dicht.

'Vind je het niet vervelend?' vroeg ik.

'Nee. Je kunt je niet voorstellen hoe dat voelt.'

Lichtjes bewoog ik mijn hand over haar sierlijke arm en volgde het vage patroon van blauwige aderen in haar elleboog. Ik wilde haar hand omdraaien, en toen ze besefte wat ik wilde doen, draaide ze haar handpalm zo snel naar boven dat het onmogelijk was. Mijn vingers verstijfden.

'Sorry,' mompelde ze, en toen glimlachte ze omdat dat mijn tekst was. Haar ogen vielen weer dicht. 'Het is te gemakkelijk om mezelf te zijn bij jou.'

Ik tilde haar hand op en draaide hem naar alle kanten terwijl ik keek hoe de zon op haar handpalm glinsterde. Ik hield hem dichter bij mijn gezicht en probeerde opnieuw die facetten te ontdekken.

'Zeg me wat je denkt,' fluisterde ze. Ze keek me aan en haar ogen waren lichter dan ik ze ooit had gezien. Als lichtgele honing. 'Ik vind het nog steeds vreemd om niet te weten wat je denkt.'

'Zo voelt de rest van de wereld zich altijd, hoor.'

'Het leven is hard,' zei ze, en haar stem klonk een beetje droevig. 'Maar je hebt nog geen antwoord gegeven.'

'Ik dacht net dat ik wel zou willen weten wat jij denkt...'

'En?'

'Ik zou willen dat ik kon geloven dat je echt bent. Ik ben bang...'

'Ik wil niet dat je bang bent.' Haar stem was slechts een zacht gemurmel. We hoorden allebei wat ze níét had gezegd: dat ik niet bang hoefde te zijn, dat er niets was om bang voor te zijn.

'Dat is niet de angst die ik bedoelde.'

Zo snel dat ik niet zag hoe het gebeurde zat ze ineens half overeind; ze leunde op haar rechterarm en haar linkerhand lag nog in de mijne. Haar engelengezicht was maar een paar centimeter van het mijne verwijderd. Ik zou naar achteren moeten leunen. Ik moest voorzichtig zijn.

Haar honingkleurige ogen gloeiden.

'Waar ben je dan wel bang voor?' fluisterde ze.

Ik kon geen antwoord geven. Ik rook haar zoete, koele adem op mijn gezicht, net als die ene andere keer. Zonder erover na te denken leunde ik naar haar toe en ademde diep in.

En weg was ze. Haar hand was zo snel uit de mijne gerukt dat het schrijnde. In de tijd die mijn ogen nodig hadden om scherp te stellen, stond ze zes meter bij me vandaan, aan de rand van het weitje in de schaduw van een enorme spar. Ze staarde naar me, haar ogen donker in de schaduw, haar gezichtsuitdrukking onleesbaar.

Ik voelde de schrik op mijn gezicht en mijn handen gloeiden.

'Edythe. Het... spijt me.' Ik fluisterde, maar ik wist dat ze me kon horen.

'Ik heb even nodig,' riep ze, net hard genoeg voor mijn minder gevoelige oren.

Ik bleef heel stil zitten.

Na tien ontzettend lange seconden liep ze terug, langzaam voor haar doen. Toen ze nog een paar passen bij me vandaan was bleef ze staan en zakte elegant op de grond om met gekruiste benen te gaan zitten. Haar ogen bleven op de mijne gericht. Ze ademde twee keer diep in en glimlachte toen verontschuldigend.

'Het spijt me heel erg.' Ze aarzelde. 'Begrijp je wat ik bedoel als ik zeg dat ik ook maar een mens ben?'

Ik knikte, maar ik kon niet echt lachen om haar grap. Adrenaline gierde door mijn aderen toen het tot me doordrong wat er bijna was gebeurd. Ze kon het ruiken vanwaar ze zat. Haar glimlach werd spottend.

'Ben ik niet het beste roofdier ter wereld? Alles aan mij trekt jou aan: mijn stem, mijn gezicht, zelfs mijn geur. Alsof ik dat nodig heb!'

Ineens veranderde ze in een wazige streep. Ik knipperde met mijn ogen en ze was verdwenen, en toen stond ze weer onder dezelfde boom als zo-even. Ze had in een fractie van een seconde om het hele weiland heen gelopen.

'Alsof je me voor zou kunnen blijven,' zei ze verbitterd.

Ze sprong vier meter omhoog, greep een zestig centimeter dikke tak en rukte hem schijnbaar zonder enige moeite van de boom. Op hetzelfde moment stond ze weer op de grond en liet de enorme, knoestige speer even op haar handpalm liggen. Toen sloeg ze hem als een knuppel onvoorstelbaar snel tegen de stam van de boom waar ze hem vanaf had getrokken.

Met een daverende knal braken de tak en de boom allebei doormidden.

Voordat ik ook maar kon terugdeinzen voor de klap, voordat de boom ook maar op de grond had kunnen vallen, stond ze weer voor me, op twee passen afstand, stil als een standbeeld.

'Alsof je me van je af zou kunnen slaan,' zei ze zachtjes. Achter haar dreunde het geluid van de boom die ter aarde stortte door het bos.

Ik had haar nog nooit zo bevrijd gezien van die zorgvuldige menselijke façade. Ze was nog nooit zo onmenselijk geweest... en ook nog nooit zo mooi. Ik kon me niet verroeren, als een vogel die gevangen was in de blik van een slang.

Haar ogen leken te gloeien van opwinding. Toen, terwijl de seconden verstreken, werden ze doffer. Haar uitdrukking verdween langzaam achter een masker van eeuwenoude droefenis. Ze leek elk moment te kunnen gaan huilen en ik ging moeizaam op mijn knieën zitten terwijl ik mijn arm naar haar uitstak.

Ze stak haar hand op om me te waarschuwen. 'Wacht.'

Ik verstijfde weer.

Ze deed een stap naar me toe. 'Niet bang zijn,' prevelde ze, en haar fluwelen stem was onbedoeld verleidelijk. 'Ik beloof...' Ze aarzelde. 'Ik zweer dat ik je geen kwaad zal doen.' Ik had het idee dat ze niet alleen mij, maar ook zichzelf probeerde te overtuigen.

'Je hoeft niet bang te zijn,' fluisterde ze nog een keer terwijl ze met overdreven traagheid dichterbij kwam. Ze bleef dertig centimeter voor me staan en drukte haar hand voorzichtig tegen de mijne, die ik nog steeds naar haar uitstrekte. Ik sloeg mijn vingers stevig om de hare.

'Vergeef me alsjeblieft,' zei ze formeel. 'Ik kan mezelf heus beheersen. Je overrompelde me. Vanaf nu zal ik me gedragen.'

Ze wachtte op mijn antwoord, maar ik knielde zwijgend voor haar neer, helemaal ondersteboven.

'Ik heb vandaag geen dorst, echt niet.' Ze knipoogde naar me.

Daar moest ik om lachen, ook al klonk het een beetje buiten adem.

'Gaat het wel?' vroeg ze terwijl ze langzaam en voorzichtig haar andere hand op de mijne legde.

Ik keek naar haar gladde, marmeren hand en toen in haar ogen. Ze waren zacht en berouwvol, maar ik zag ook nog steeds een glimp van het verdriet.

Ik grijnsde zo breed naar haar dat mijn wangen pijn deden. Haar glimlach was oogverblindend.

Met een bewust rustige, vloeiende beweging zakte ze op de grond en vouwde haar benen onder zich. Een beetje klungelig deed ik hetzelfde, tot we tegenover elkaar zaten met onze knieën tegen elkaar en onze handen nog steeds verstrengeld tussen ons in.

'Zo, waar waren we, voordat ik me zo onbeschoft gedroeg?'

'Ik heb geen idee, eerlijk gezegd.'

Ze glimlachte, maar haar gezicht was beschaamd. 'Ik geloof dat we het erover hadden waarom je bang was, afgezien van de voor de hand liggende redenen.'

'O ja.'

'En?

Ik keek naar onze handen en draaide de mijne om zodat het licht over de hare glansde.

'Wat raak ik toch gemakkelijk gefrustreerd,' verzuchtte ze.

Ik keek in haar ogen en begreep ineens dat dit voor haar net zo nieuw was als voor mij. Ondanks alle jaren ervaring die ze had gehad voordat wij elkaar leerden kennen, vond zij dit ook lastig. Dat gaf me moed.

'Ik was bang... omdat ik, nou, omdat ik om voor de hand liggende redenen waarschijnlijk niet bij je kan blijven, of wel? En dat wil ik juist, veel liever dan goed voor me is.'

'Ja,' beaamde ze langzaam. 'Bij mij zijn is inderdaad niet goed voor je.'

Ik fronste.

'Ik had die eerste dag weg moeten gaan en nooit meer terug moeten komen. Ik zou nu weg moeten gaan.' Ze schudde haar hoofd. 'Toen was het me misschien nog gelukt. Nu zou ik niet meer weten hoe ik dat voor elkaar moest krijgen.'

'Niet weggaan. Alsjeblieft.'

Haar gezicht werd pinnig. 'Wees maar niet bang. Ik ben in wezen een zelfzuchtig type. Ik verlang te veel naar je gezelschap om te doen wat ik zou moeten doen.'

'Mooi zo.'

Ze keek me boos aan, trok voorzichtig haar handen uit de mijne en sloeg haar armen over elkaar. Haar stem klonk ruw toen ze verder praatte.

'Je mag nooit vergeten dat ik niet alleen naar je gezélschap verlang. Je mag nooit vergeten dat ik gevaarlijker voor jou ben dan voor wie dan ook.' Ze staarde nietsziend naar het bos.

Ik dacht even na.

'Ik geloof niet dat ik precies begrijp wat je bedoelt met dat laatste.'

Ze keek me aan en glimlachte – haar onvoorspelbare stemming veranderde weer.

'Hoe moet ik dat uitleggen? Zonder je de stuipen op het lijf te jagen?'

Schijnbaar zonder erbij na te denken legde ze haar hand weer in de mijne. Ik hield hem stevig vast. Ze keek naar onze handen.

'Dat is verbazingwekkend aangenaam, die warmte.'

Er ging een ogenblik voorbij terwijl ze haar gedachten op een rijtje leek te zetten.

'Je weet dat iedereen andere smaken lekker vindt?' begon ze. 'De een houdt van chocolade-ijs, de ander van aardbeien.'

Ik knikte.

'Sorry dat ik het met eten vergelijk, maar ik kon geen andere manier bedenken om het uit te leggen.'

Ik grijnsde en ze grijnsde terug, maar haar blik was berouwvol.

'Iedereen ruikt anders, heeft zijn eigen geur... Als je een alcoholiste opsluit in een kamer vol verschraald bier, zal ze het gewoon opdrinken. Maar ze zou het kunnen weerstaan, als ze zou willen, als ze van haar verslaving af was. Maar als je in die kamer nu eens een glas honderd jaar oude cognac zet, van de lekkerste, bijzonderste soort, en de kamer vult zich met dat warme aroma – hoe denk je dat ze zich dan houdt?'

We bleven even zwijgend zitten, keken in elkaars ogen en probeerden elkaars gedachten te lezen.

Edythe verbrak als eerste de stilte.

'Misschien is dat niet de beste vergelijking. Misschien is het te makkelijk om de cognac te laten staan. Misschien had ik van onze alcoholiste een heroïneverslaafde moeten maken.'

'Dus eigenlijk bedoel je dat ik voor jou een soort heroïne ben?' zei ik plagerig om de stemming wat luchtiger te maken.

Ze glimlachte even en leek mijn poging te waarderen. 'Ja, jij bent voor mij de lekkerste soort heroïne.'

'Komt dat vaak voor?' vroeg ik.

Ze keek naar de boomtoppen en dacht na over haar antwoord.

'Ik heb het er met mijn zussen over gehad.' Ze staarde nog steeds in de verte.

'Voor Jessamine lijken jullie allemaal op elkaar. Zij houdt zich nog maar het kortst van ons aan deze manier van leven en worstelt nog altijd met de onthouding. Ze heeft nog niet genoeg tijd gehad om gevoelig te worden voor de verschillen in geur, in smaak.' Ze keek even naar me. 'Het spijt me.'

'Maakt niet uit. Je hoeft echt niet bang te zijn dat ik beledigd of geschokt zal zijn of zo. Zo denk jij nu eenmaal. Ik begrijp het heus wel, of ik kan in elk geval mijn best doen het te begrijpen. Leg het maar uit zoals het voor jou logisch is.'

Ze haalde diep adem en keek langs me heen.

'Dus Jessamine wist niet zeker of ze ooit iemand tegen was gekomen die net zo' – ze aarzelde en zocht naar het juiste woord – 'aantrekkelijk was als jij voor mij bent. Daarom denk ik dat ze dit nog nooit heeft meegemaakt.' Haar ogen schoten even naar mij. 'Dit zou ze zich echt wel kunnen herinneren.'

Ze keek weer weg. 'El gaat al wat langer mee, om het zo maar te zeggen, en zij begreep wat ik bedoelde. Ze zegt dat zij het twee keer heeft meegemaakt, de ene keer sterker dan de andere.'

'En jij?'

'Tot nu toe nog nooit.'

We staarden elkaar aan. Deze keer was ik degene die de stilte verbrak.

'Wat heeft Eleanor gedaan?'

Dat was de verkeerde vraag. Ze kromp in elkaar en haar gezicht stond plotseling gekweld. Ik wachtte, maar ze zei verder niets.

'Oké, dat was misschien een domme vraag.'

Ze keek me aan met een blik die smeekte om begrip. 'Zelfs de sterksten verliezen wel eens hun zelfbeheersing, toch?'

'Vraag je... vraag je me nu om toestemming?' fluisterde ik. Er liep een rilling langs mijn rug die niets te maken had met mijn koude handen.

Haar ogen werden groot van schrik. 'Nee!'

'Maar je zegt toch eigenlijk dat er geen hoop is, of wel?'

Ik wist dat het niet normaal was, om de dood zo zonder enige angst onder ogen te komen. En ik was ook niet buitengewoon dapper, dat wist ik zeker. Maar zelfs als ik had geweten dat het zo zou eindigen, dan zou ik precies hetzelfde gedaan hebben.

Ze keek weer boos, maar volgens mij was ze niet boos op mij. 'Natuurlijk is er hoop! Natuurlijk zal ik niet...' Ze liet de zin in de lucht hangen. Ik had het gevoel dat haar ogen letterlijk de mijne verschroeiden. 'Voor ons is het anders. Bij El... dat waren onbekenden die ze toevallig tegenkwam. Het was lang geleden. Ze was nog niet zo geoefend, zo voorzichtig als ze nu is. En zij is hier sowieso altijd minder goed in geweest dan ik.'

Ze viel stil en keek me gespannen aan terwijl ik daarover nadacht.

'Dus als we elkaar in een... eh, donker steegje of zo waren tegengekomen...'

'Het vergde alles van me wat ik had – al die jaren van oefening en opoffering en inspanning – om niet midden in die klas vol met leerlingen op te springen en...' Ze zweeg en wendde haar ogen af. 'Toen je langs me liep, had ik in één klap alles kunnen bederven wat Carine voor ons heeft opgebouwd. Als ik mijn dorst de laatste... vele jaren niet onderdrukt had, was ik niet in staat geweest mezelf tegen te houden.'

Ze keek me grimmig aan terwijl we allebei terugdachten aan dat moment.

'Je zult wel gedacht hebben dat ik niet goed bij mijn hoofd was.'

'Ik begreep niet wat er aan de hand was. Hoe je zo snel een hekel aan me kon hebben.'

'Voor mij was het alsof je een soort duivel was, rechtstreeks afkomstig uit mijn eigen persoonlijke hel om me te laten zondigen. De geur die van je huid afkwam... Ik dacht dat ik krankzinnig zou worden die eerste dag. In dat ene uur bedacht ik wel honderd verschillende manieren om je mee te lokken uit het lokaal, om alleen te zijn met je. En een voor een onderdrukte ik ze, denkend aan mijn familie, aan wat ik ze aan zou doen. Ik moest wegrennen voordat ik de woorden kon uitspreken waardoor je me zou volgen...'

Ze keek op en haar gouden ogen verschroeiden me onder haar wimpers, hypnotiserend en dodelijk.

'Je zou zijn meegegaan,' verzekerde ze me.

Ik probeerde rustig te praten. 'Zeker weten.'

Ze keek fronsend naar haar handen. 'En toen, terwijl ik probeerde mijn rooster te veranderen in een vruchteloze poging je te ontwijken, was je daar; in die kleine, warme ruimte was je geur om gek van te worden. Het scheelde niks of ik had je daar genomen. Er was slechts één ander zwak mens in de buurt – die had ik zonder problemen uit kunnen schakelen.'

Het was zo vreemd om mijn eigen herinneringen terug te zien, maar nu met ondertiteling. Ik begreep eindelijk wat het allemaal had betekend, begreep hoe gevaarlijk het was geweest. Arme meneer Cope. Ik kromp in elkaar bij de gedachte dat ik bijna zijn dood op mijn geweten had gehad.

'Maar ik verzette me. Ik weet niet hoe. Ik dwong mezelf niet op je te wachten, je niet te volgen vanaf school. Buiten was het makkelijker, toen ik je niet meer rook, om helder na te denken, om de juiste beslissing te nemen. Ik liet de anderen in de buurt van ons huis achter – ik schaamde me te veel om hun te vertellen hoe zwak ik was, ze wisten alleen dat er iets heel erg mis was – en ging meteen naar Carine in het ziekenhuis om te vertellen dat ik wegging.'

Ik keek haar verbaasd aan.

'Ik ruilde van auto met haar – ze had nog een volle tank en ik durfde niet te stoppen. Ik durfde niet naar huis te gaan en Earnest onder ogen te komen. Hij zou me niet zomaar hebben laten gaan. Hij zou geprobeerd hebben me ervan te overtuigen dat het niet nodig was... De volgende ochtend was ik in Alaska.' Ze klonk beschaamd, alsof ze opbiechtte dat ze vreselijk laf was geweest. 'Daar ben ik twee dagen gebleven, bij oude bekenden... Maar ik had heimwee. Ik vond het verschrikkelijk dat ik Earnest van streek had gemaakt, en de anderen, mijn geadopteerde familie. In de zuivere lucht van de bergen was het moeilijk te geloven dat je zo onweerstaanbaar was. Ik overtuigde mezelf ervan dat het zwak was om weg te rennen. Ik had eerder met verleiding te maken gehad, niet van deze omvang, absoluut niet, maar ik was sterk. Jij was maar een onbetekenende jongen' – ze grijnsde ineens – 'en ik weigerde me door jou te laten wegjagen van de plek waar ik wilde zijn. Tja, trots, de ergste zonde...' Ze schudde haar hoofd. 'En dus ging ik terug.'

Ik kon geen woord uitbrengen.

'Ik nam voorzorgsmaatregelen, jaagde, voedde me vaker dan gebruikelijk voordat ik je zag. Ik was er zeker van dat ik sterk genoeg was om je te behandelen als ieder ander mens. Ik was arrogant.

Het maakte het beslist ingewikkelder dat ik niet gewoon je gedachten kon lezen om te weten hoe je op me reageerde. Ik was niet gewend om zulke omslachtige middelen te gebruiken, om naar jouw woorden in Jeremy's hoofd te moeten luisteren... Zijn gedachten zijn niet erg origineel en het was vervelend dat ik me daartoe moest verlagen. En bovendien wist ik niet of je echt meende wat je zei, of alleen zei wat je publiek wilde horen. Het was allemaal buitengewoon irritant.' Ze fronste bij de herinnering.

'Ik wilde dat je, als het even kon, mijn gedrag van die eerste dag zou vergeten, dus probeerde ik met je te praten zoals ik met ieder ander zou doen. Ik was zelfs gretig, want ik hoopte een paar van je gedachten te ontraadselen. Maar je was te interessant, ik merkte dat ik gebiologeerd was door je gezichtsuitdrukkingen... En af en toe bewoog je en veroorzaakte je een luchtstroom... Dan werd ik weer overrompeld door die geur...

En toen werd je voor mijn ogen bijna doodgedrukt. Later bedacht ik een heel goed excuus voor de manier waarop ik toen reageerde – want als ik je niet had gered, zou je bloed daar voor mijn neus gevloeid hebben en ik denk niet dat ik mezelf ervan had kunnen weerhouden te verraden wat we zijn. Maar dat excuus bedacht ik pas achteraf. Op dat moment dacht ik alleen maar: hij niet.'

Ze deed met een gepijnigd gezicht haar ogen dicht en zweeg een tijd. Ik wachtte gretig, wat waarschijnlijk niet de slimste reactie was. Maar het was gewoon zo'n opluchting om eindelijk de andere kant van het verhaal te begrijpen.

'En in het ziekenhuis?'

Haar ogen schoten naar de mijne. 'Ik was geschrokken. Ik kon niet geloven dat ik ons toch in gevaar had gebracht, dat ik me aan jou had overgeleverd, uitgerekend aan jou. Alsof ik nog een reden nodig had om je te doden.' We krompen allebei even ineen toen dat woord eruit glipte, maar ze ging snel verder. 'Maar die ramp had het tegenovergestelde effect. Ik kreeg ruzie met Royal, El en Jessamine toen zij voorstelden dat dit het moment was om... De ergste ruzie die we ooit gehad hebben. Carine stond aan mijn kant, en Archie ook.' Ze trok een zuur gezicht toen ze zijn naam noemde. Ik begreep niet waarom. 'Earnest zei dat ik alles moest doen wat nodig was om te blijven.' Ze schudde haar hoofd met een toegeeflijk glimlachje om haar lippen.

'De hele volgende dag luisterde ik naar de gedachten van iedereen met wie je praatte, stomverbaasd dat je woord hield. Ik begreep je totaal niet. Maar ik wist dat ik niet nog meer bij je betrokken kon raken. Ik deed mijn uiterste best zoveel mogelijk uit je buurt te blijven. En elke dag werd ik net zo hard getroffen door de geur van je huid en je adem als de eerste dag.'

Ze keek me aan en haar blik was opvallend teder.

'Achteraf gezien,' ging ze verder, 'had ik het beter kunnen verkroppen als ik ons bij die eerste ontmoeting verraden had, dan wanneer ik je nu, hier – zonder getuigen en niets om me tegen te houden – kwaad zou doen.'

'Waarom?'

'O, Beau.' Ze streek lichtjes met haar vingertoppen over mijn kaak. Er ging een schok door me heen bij die oppervlakkige aanraking. 'Beau, ik zou het niet overleven als ik jou iets aan zou doen. Je moest eens weten hoe ik erdoor gekweld werd' – ze keek weer naar beneden, opnieuw beschaamd – 'de gedachte dat je stil, wit, koud... Je nooit meer te zien blozen, nooit meer die flits van intuïtie in je ogen te zien wanneer je mijn voorwendsels doorziet... Ik zou het niet kunnen verdragen.' Haar glorieuze, getergde ogen keken me aan. 'Jij bent nu het belangrijkste voor mij. Het belangrijkste ooit.'

Mijn hoofd tolde door de snelle wending van ons gesprek. Nog maar een paar minuten geleden dacht ik dat we het over mijn op handen zijnde dood hadden. En nu legden we ineens liefdesverklaringen af.

Ik pakte haar hand steviger vast en keek in haar gouden ogen.

'Je weet al hoe ik me voel. Ik ben hier omdat ik liever met jou zou sterven dan zonder jou zou leven.' Ik hoorde ineens hoe dramatisch dat klonk. 'Sorry, ik ben gek.'

'Je bent inderdaad gek,' beaamde ze lachend, en ik lachte met haar mee. Deze hele situatie was krankzinnig – en onmogelijk en magisch.

'En zo werd de leeuw verliefd op het lam,' prevelde ze. Het woord liet weer een elektrische schok door mijn lijf gaan.

Ik probeerde mijn reactie te verbergen. 'Wat een dom lam.'

Ze zuchtte. 'Wat een zieke, masochistische leeuw.'

Ze staarde heel lang naar het bos en ik vroeg me af wat ze dacht.

'Waarom...?' begon ik, maar toen zweeg ik omdat ik niet goed wist hoe ik verder moest.

Ze keek me aan en glimlachte; zonlicht glinsterde op haar gezicht, haar tanden. 'Ja?'

'Waarom rende je daarstraks weg?'

Haar glimlach verflauwde. 'Dat weet je best.'

'Nee, ik bedoel, wat deed ik precies verkeerd? Ik moet leren hoe ik dit makkelijker voor jou kan maken, wat ik wel en niet moet doen. Dit bijvoorbeeld,' ik wreef met mijn duim over haar pols, 'lijkt geen probleem te zijn.'

'Je deed niets verkeerd, Beau. Het was mijn schuld.'

'Maar ik wil je helpen.'

'Nou...' Ze dacht even na. 'Het kwam doordat je zo dichtbij was. De meeste mensen houden afstand, worden afgestoten doordat we zo anders zijn... Ik verwachtte niet dat je zo dichtbij zou komen. En de geur van je keel...' Ze zweeg om te zien of ze me van streek had gemaakt.

'Oké.' Ik trok mijn kin in. 'Geen blote kelen meer.'

Ze grijnsde. 'Maar even serieus, het kwam echt vooral doordat het zo onverwacht was.'

Ze tilde haar vrije hand op en legde hem zachtjes tegen de zijkant van mijn nek. Ik bleef heel stil zitten en begreep dat de kilte van haar aanraking een natuurlijke waarschuwing zou moeten zijn, en ik vroeg me af waarom ik dat niet zo voelde. Ik voelde iets heel anders.

'Zie je?' zei ze. 'Niets aan de hand.'

Mijn bloed gierde door mijn aderen en ik wou dat ik het langzamer kon laten stromen. Dat moest alles nog veel moeilijker voor haar maken: het gebons van mijn hartslag in mijn lichaam.

'O, wat hou ik daarvan,' mompelde ze. Langzaam trok ze haar andere hand weg. Mijn handen vielen slap in mijn schoot. Zacht streek ze met haar hand over mijn warme wang, en toen legde ze haar kleine, koude handen om mijn gezicht.

'Heel stil blijven zitten,' fluisterde ze.

Ik zat als verlamd toen ze zich langzaam naar me toe boog en haar wang tegen mijn borst legde om naar mijn hart te luisteren. Ik voelde haar ijskoude huid door mijn dunne shirt. Haar handen gleden opzettelijk traag naar mijn schouders en ze sloeg haar armen om mijn nek om me stevig tegen zich aan te drukken. Ik luisterde naar het geluid van haar behoedzame, regelmatige ademhaling, die het ritme van mijn hartslag leek aan te houden. Een inademing per drie slagen, en dan weer drie voor een uitademing.

'Ah,' zei ze.

Ik weet niet hoe lang we zo bewegingloos zaten. Misschien duurde het wel uren. Uiteindelijk werd mijn hartslag weer rustig. Ik wist dat het elk moment te veel kon worden en dat mijn leven zou eindigen, zo snel dat ik het misschien niet eens in de gaten zou hebben. En toch was ik nog steeds niet bang. Ik kon nergens aan denken, behalve aan dat ze me aanraakte.

En toen, te snel, liet ze me los en boog zich naar achteren. Haar ogen stonden heel kalm.

'Nu zal het niet meer zo moeilijk zijn,' zei ze tevreden.

'Was het erg moeilijk voor je?'

'Lang niet zo erg als ik had gedacht. En voor jou?'

'Nee, voor mij was het niet... erg.'

We glimlachten naar elkaar.

'Hier.' Ze pakte mijn hand – moeiteloos, alsof ze er niet eens over na hoefde te denken – en legde hem tegen haar wang. 'Voel je hoe warm ik door jou ben geworden?'

En inderdaad, haar normaal gesproken ijskoude huid was bijna warm. Maar ik merkte het nauwelijks, want ik raakte haar gezicht aan, iets waar ik sinds de eerste dag dat ik haar gezien had constant van gedroomd en over gefantaseerd had.

'Niet bewegen,' fluisterde ik.

Niemand kon zo stilzitten als een vampier. Ze sloot haar ogen en veranderde in een standbeeld.

Ik bewoog nog langzamer dan zij had gedaan en zorgde ervoor dat ik geen onverwachte bewegingen maakte. Ik streelde haar wang, liet mijn vingertoppen over haar paarsblauwe oogleden glijden, over de kringen onder haar ogen. Ik volgde de vorm van haar rechte neus en toen, heel voorzichtig, van haar fraaie lippen. Ze deed haar mond een heel klein beetje open en ik voelde haar koele adem op mijn vingertoppen. Ik wilde naar voren leunen om haar geur in te ademen, maar ik wist dat dat misschien te veel van het goede zou zijn. Als zij zich kon beheersen, kon ik dat ook, al stelde het voor mij veel minder voor.

Ik probeerde in slow motion te bewegen zodat ze alles wat ik zou doen kon voorspellen. Ik liet mijn handpalmen langs haar slanke hals glijden en legde ze op haar schouders terwijl mijn duimen de waanzinnige tere lijn van haar sleutelbeenderen volgde.

Ze was zo veel sterker dan ik, op zo veel verschillende manieren. Ik leek de controle over mijn handen te verliezen toen ze van haar schouders omlaaggleden naar haar puntige schouderbladen. Ik kon me niet inhouden en sloeg mijn armen om haar heen om haar weer tegen mijn borst te drukken. Mijn handen kruisten achter haar rug en pakten aan weerszijden haar middel vast.

Ze boog zich naar me toe, maar dat was haar enige beweging. Ze haalde geen adem.

Ik had dus niet veel tijd.

Ik boog mijn hoofd om een lang ogenblik mijn gezicht in haar haar te duwen en zoog mijn longen vol met haar geur. Toen dwong ik mijn handen om haar los te laten en trok me terug. Een van mijn handen wilde niet helemaal gehoorzamen en gleed langzaam over haar arm om op haar pols tot stilstand te komen.

'Sorry,' mompelde ik.

Ze deed haar ogen open, en ze waren hongerig. Niet op een manier die me angst aanjoeg, maar wel zo dat de spieren in mijn onderbuik zich aanspanden en mijn hartslag weer door mijn bloedvaten denderde.

'Ik zou willen...' fluisterde ze, 'dat je de complexiteit... de verwarring... kon voelen die ik voel. Dat je het zou begrijpen.'

Ze bracht haar hand naar mijn gezicht en haalde haar vingers even door mijn haar.

'Vertel me dan hoe het voelt,' fluisterde ik.

'Ik weet niet of ik dat wel kan. Aan de ene kant is er de honger, de dorst, die ik voor je voel omdat ik nu eenmaal ben wat ik ben. En ik denk dat je dat in zeker opzicht kunt begrijpen. Hoewel,' en ze glimlachte licht, 'je niet verslaafd bent aan illegale substanties, waardoor je je waarschijnlijk niet volledig kunt inleven.

Maar...' Haar vingers raakten mijn lippen aan en mijn hart begon te bonken. 'Er zijn ook andere dingen die ik wil, andere hongers. Hongers die ik zelf niet eens begrijp.'

'Dat begrijp ik misschien wel beter dan je denkt.'

'Ik ben het niet gewend me zo menselijk te voelen. Is het altijd zo?'

'Voor mij?' Ik dacht even na. 'Nee, nooit. Voor mij is het nog nooit zo geweest.'

Ze legde haar handen om mijn gezicht. 'Ik weet niet hoe ik dicht bij je moet zijn. Ik weet niet of ik het kan.'

Ik legde mijn hand over de hare en boog me langzaam naar voren tot mijn voorhoofd het hare raakte.

'Dit is voldoende,' zuchtte ik, en ik sloot mijn ogen.

Zo bleven we een tijdje zitten, en toen gleden haar vingers naar mijn haar. Ze keek op en drukte haar lippen tegen mijn voorhoofd. Mijn hart begon wild en onstuimig te jagen.

'Je bent hier beter in dan je zelf denkt,' zei ik toen ik weer iets kon uitbrengen.

Ze leunde naar achteren en pakte mijn handen weer. 'Ik ben geboren met menselijke instincten. Ze zijn misschien diep begraven, maar ze zijn er wel.'

We staarden elkaar weer een oneindig moment aan en ik vroeg me af of ze net zomin wilde bewegen als ik. Maar ik zag dat het licht aan het verdwijnen was, dat de schaduwen van het bos ons bijna raakten.

'Je moet gaan.'

'Ik dacht dat je mijn gedachten niet kon lezen.'

Ze glimlachte. 'Ze worden duidelijker.'

Plotseling keek ze me enthousiast aan. 'Mag ik je iets laten zien?'

'Uiteraard.'

Ze grijnsde. 'Een kortere weg naar de auto bijvoorbeeld?'

Ik keek haar wantrouwig aan.

'Wil je niet zien hoe ík door het bos loop?' drong ze aan. 'Ik beloof dat je niets zal overkomen.'

'Ga je soms in een vleermuis veranderen?'

Ze schaterde het uit. 'Alsof ik die nog nooit eerder heb gehoord!'

'Tuurlijk, dat hoor je vast elke dag.'

Ze kwam weer onwaarneembaar snel overeind. Ze gaf me een hand en ik sprong op. Ze draaide zich om en keek me over haar schouder aan.

'Klim op mijn rug.'

Ik knipperde met mijn ogen. 'Watte?'

'Doe niet zo laf, Beau, het doet echt geen pijn. Ik zweer het.'

Ze bleef met haar rug naar me toe staan wachten. Het was echt geen grap.

'Edythe, ik weet niet... Ik bedoel, hóé dan?'

Ze draaide zich vliegensvlug om en trok haar wenkbrauw naar me op. 'Je hebt toch zeker wel eens bij iemand op de rug gezeten?'

Ik haalde mijn schouders op. 'Ja, tuurlijk, maar...'

'Wat is dan het probleem?'

'Maar... je bent zo klein!'

Ze snoof geërgerd en verdween. Ik voelde de luchtstroom die ze veroorzaakte. Even later stond ze weer voor mijn neus met een rotsblok in haar hand.

Een echt rotsblok. Eentje die ze waarschijnlijk uit de grond had gerukt, want de onderste helft was bedekt met brokken aarde en kronkelende wortels. Als ze hem neerzette zou hij tot haar middel komen. Ze hield haar hoofd schuin.

'Dat bedoelde ik niet. Ik zeg niet dat je niet stérk genoeg bent...'

Ze wierp het rotsblok met een achteloos gebaar over haar schouder. Het ding vloog langs de rand van het bos en viel toen met donderend geraas van versplinterend hout en steen op de grond.

'Dat lijkt me duidelijk,' ging ik verder. 'Maar ik... Dat past toch niet?' Ik keek naar mijn slungelige benen en toen weer naar haar ranke gestalte.

Ze ging weer met haar rug naar me toe staan. 'Komt goed.'

Met het gevoel dat ik de stomste, onhandigste jongen ooit was sloeg ik aarzelend mijn armen om haar nek.

'Toe dan,' zei ze ongeduldig. Ze stak een hand naar achteren, greep mijn been en trok mijn knie langs haar heup.

'Wow!'

Maar ze had mijn andere been al gepakt en in plaats van achterover te kukelen hield ze mijn gewicht met gemak. Ze positioneerde mijn benen rond haar middel. Mijn gezicht was vuurrood en ik wist dat ik eruitzag als een gorilla op een hazewindhond.

'Doe ik je pijn?'

'Beau, alsjeblieft.'

Ik schaamde me dood, maar tegelijkertijd was ik me extreem bewust van mijn armen en benen die ik strak rond haar slanke lijf klemde.

Plotseling greep ze mijn hand en drukte mijn handpalm tegen haar gezicht. Ze snoof diep.

'Steeds gemakkelijker,' zei ze.

En toen begon ze te rennen.

Voor het eerst in mijn leven voelde ik echte angst. Doodsangst.

Ze schoot als een kogel, een schim door het bos. Er was geen geluid, geen teken dat haar voeten de grond raakten. Haar ademhaling veranderde niet, werd niet sneller door de inspanning. Maar de bomen vlogen met dodelijke snelheid voorbij, soms op slechts een paar centimeter afstand.

Ik was zo geschokt dat ik vergat mijn ogen dicht te doen, hoewel de kille lucht in mijn gezicht sloeg en mijn ogen deed branden. Ik had het gevoel alsof ik mijn hoofd uit het raam van een vliegtuig stak.

Toen was het voorbij. Vanochtend hadden we uren gelopen om Edythes veldje te bereiken en nu waren we in een paar minuten, nee, geen minuten, in een paar secónden, terug bij de auto.

'Geweldig, hè?' Haar stem was hoog en opgetogen.

Ze stond bewegingloos te wachten tot ik mijn benen op de grond zou zetten en van haar rug zou klimmen. Ik probeerde het wel, maar mijn spieren waren verstijfd. Mijn armen en benen bleven om haar heen zitten terwijl mijn hoofd akelig tolde.

'Beau?' vroeg ze, bezorgd nu.

'Ik geloof dat ik even moet liggen,' bracht ik uit.

'O. Sorry.'

Na een paar tellen wist ik weer hoe ik mijn vingers moest losmaken. Toen leek alles tegelijkertijd te ontspannen; ik viel van haar af, struikelde naar achteren tot ik mijn evenwicht verloor en op de grond belandde.

Ze probeerde haar lachen in te houden en stak haar hand naar me uit, maar die weigerde ik. Ik bleef zitten en deed mijn hoofd tussen mijn knieën. Mijn oren tuitten en mijn hoofd draaide misselijkmakende rondjes.

Ze legde een koude hand in mijn nek. Dat hielp.

'Ik geloof dat dat niet zo'n goed idee was,' peinsde ze.

Ik probeerde positief te zijn, maar mijn stem klonk dof. 'Nee, het was heel interessant.'

'Ha! Je bent zo wit als een doek. Nee, je bent net zo wit als ik!'

'Ik had misschien beter mijn ogen dicht kunnen doen.'

'Dat moet je onthouden voor de volgende keer.'

Ik keek geschrokken op. 'Volgende keer?'

Ze lachte, nog steeds uitgelaten.

'Opschepper,' mompelde ik terwijl ik mijn hoofd weer tussen mijn knieën stak.

Na een tijdje werd het tollen minder.

'Kijk eens naar mij, Beau.'

Ik tilde mijn hoofd op en daar was ze, haar gezicht vlak bij het mijne. Haar schoonheid voelde als een stomp in mijn maag die me verdwaasd achterliet. Ik kon er maar niet aan wennen.

'Ik heb iets bedacht tijdens het rennen...'

'Dat je geen bomen moest raken, mag ik hopen,' onderbrak ik haar nahijgend.

'Gekke Beau. Rennen is een tweede natuur voor me. Daar hoef ik niet over na te denken.'

'Opschepper,' mompelde ik nog een keer.

Ze glimlachte. 'Nee, ik bedacht dat er iets is wat ik graag wil uitproberen.' Ze legde haar handen weer om mijn gezicht.

Ik kreeg even geen lucht.

Ze aarzelde. Het voelde als een test, alsof ze wilde zien of het veilig was, om zeker te weten dat ze haar zelfbeheersing niet zou verliezen.

En toen drukten haar koude, volmaakte lippen heel zacht op de mijne.

We hadden allebei geen rekening gehouden met mijn reactie.

Bloed kookte onder mijn huid, brandde in mijn lippen. Mijn ademhaling kwam in schokken. Mijn vingers grepen in haar haar, drukten haar gezicht tegen het mijne. Mijn lippen gingen van elkaar terwijl ik haar bedwelmende geur inademde.

Ze veranderde onmiddellijk in koud gesteente onder mijn lippen. Haar handen duwden zachtjes maar krachtig mijn gezicht weg. Ik deed mijn ogen open en zag haar blik.

'Oeps,' zei ik.

'Dat is een understatement.'

Haar ogen waren wild en ze klemde haar kaken op elkaar. Mijn gezicht was nog steeds maar een paar centimeter van het hare en ik had mijn vingers door haar haar gevlochten.

'Moet ik...?' Ik probeerde me los te maken om haar wat ruimte te geven.

Haar handen lieten me niet los.

'Nee, het is draaglijk. Nog heel even wachten, alsjeblieft.' Haar stem was beleefd, beheerst.

Ik bleef haar aankijken, zag hoe de opwinding in haar ogen verdween en zachter werd.

Ze grijnsde, duidelijk tevreden met zichzelf. 'Zo.'

'Draaglijk?' vroeg ik.

Ze lachte. 'Ik ben sterker dan ik dacht. Dat is fijn om te weten.'

'En ik niet. Sorry.'

'Tja, jij bent ook maar een mens.'

Ik zuchtte. 'Klopt.'

Ze trok haar haar uit mijn vingers en kwam toen in een van die vloeiende, haast onzichtbaar snelle bewegingen overeind. Ze stak haar hand weer naar me uit, en deze keer pakte ik hem wel en trok mezelf omhoog. Ik had de steun nodig; mijn evenwicht was nog niet terug. Een beetje wankelend deed ik een stap bij haar vandaan.

'Ben je nog steeds duizelig van het rennen, of was het mijn fantastische kus?' Ze leek heel erg menselijk toen ze vrolijk en zorgeloos begon te lachen. Ze was een nieuwe Edythe, een andere Edythe dan ik tot nu toe had gekend, en ik was nog gekker op haar. Het zou me nu fysiek pijn doen om van haar gescheiden te worden.

'Allebei.'

'Misschien moet ik maar rijden.'

'Eh, ik geloof dat jij wel weer genoeg de snelheidsduivel hebt uitgehangen voor vandaag.'

'Ik rijd beter dan jij op je beste dag,' zei ze. 'Jij hebt veel langzamere reflexen.'

'Dat zal best, maar ik denk niet dat mijn auto jouw rijstijl aankan.'

'Een beetje vertrouwen alsjeblieft, Beau.'

Mijn hand omklemde de sleutel in mijn broekzak. Ik tuitte mijn lippen, alsof ik er even over nadacht, en schudde toen met een kleine grijns mijn hoofd.

'Nee. Geen denken aan.'

Ze trok haar wenkbrauwen op, greep mijn shirt en trok eraan. Ik viel bijna tegen haar aan en hield mezelf staande met mijn hand tegen haar schouder.

'Beau, ik heb al heel wat moeite gedaan om je in leven te houden. Ik laat je niet achter het stuur van een voertuig kruipen als je niet eens op je benen kunt staan. Bovendien zou ik geen echte vriendin zijn als ik je dronken liet rijden.'

'Dronken?' protesteerde ik.

Ze ging op haar tenen staan en bracht haar gezicht naar het mijne. Ik rook de ondraaglijke zoete geur van haar adem. 'Je bent bedwelmd door mijn aanwezigheid.'

'Daar kan ik niets tegen inbrengen,' zuchtte ik. Er was niets aan te doen: ik kon haar niets weigeren. Ik hield de sleutel omhoog en liet hem vallen. Haar hand schoot bliksemsnel naar voren om hem geruisloos op te vangen. 'Doe een beetje rustig aan. Mijn auto is hoogbejaard.'

'Zal ik doen.'

Ze liet mijn shirt los en dook onder mijn hand vandaan.

'Word je helemaal niet beïnvloed door mijn aanwezigheid?'

Ze draaide zich om, pakte mijn hand en legde hem weer op haar gezicht. Ze drukte haar wang tegen mijn handpalm en haar ogen vielen dicht. Ze ademde diep en langzaam in.

'Desondanks...' mompelde ze. Haar ogen vlogen open en ze grijnsde. 'Heb ik betere reflexen.'

14. Zege van de geest op het lichaam

Ze reed prima, dat moest ik toegeven, als ze de snelheid binnen de perken hield. Net als zo veel andere dingen leek het haar geen enkele moeite te kosten. Ze keek nauwelijks naar de weg, maar de pick-up reed altijd precies in het midden van de rijstrook. Ze stuurde met één hand, want ik hield haar andere hand vast tussen ons in. Soms tuurde ze in de ondergaande zon, die robijnrood op haar huid glinsterde. Soms keek ze naar mij, dan keek ze in mijn ogen of naar onze verstrengelde handen.

Ze had de radio op een gouwe-ouwe-zender gezet en zong mee met een liedje dat ik nog nooit had gehoord. Haar stem was net zo volmaakt als al het andere aan haar en zweefde een octaaf boven de melodie. Ze kende de hele tekst.

'Hou je van muziek uit de jaren vijftig?' vroeg ik.

'In de jaren vijftig was de muziek goed. Veel beter dan de jaren zestig, of zeventig, jak!' Ze huiverde even. 'De jaren tachtig waren draaglijk.'

'Ga je me ooit nog vertellen hoe oud je bent?'

Ik was bang dat mijn vraag haar uitstekende humeur zou bederven, maar ze glimlachte alleen.

'Maak het veel uit?'

'Nee, maar ik wil alles van je weten.'

'Ik vraag me af of je er moeite mee zult hebben,' zei ze tegen zichzelf. Ze staarde recht in de zon en zweeg een tijdje.

'Er is maar een manier om daarachter te komen,' zei ik uiteindelijk.

Ze keek me aan en leek de weg even helemaal te vergeten. Kennelijk zag ze iets wat haar moed gaf. Ze wendde haar gezicht naar de laatste bloedrode stralen van de ondergaande zon en zuchtte.

'Ik ben geboren in Chicago in 1901.' Ze wachtte en keek uit haar ooghoeken naar mij. Ik hield mijn gezicht zorgvuldig neutraal, niet verbaasd, in geduldige afwachting van de rest. Ze glimlachte even en vertelde toen verder. 'Carine vond me in een ziekenhuis in de zomer van 1918. Ik was zeventien en lag dood te gaan aan de Spaanse griep.'

Ze hoorde dat ik naar adem hapte en keek me weer aan.

'Ik kan het me niet goed herinneren. Het is erg lang geleden en menselijke herinneringen vervagen.' Ze leek even in gedachten verzonken, maar voordat ik haar kon aansporen zei ze: 'Ik weet nog hoe het voelde toen Carine me redde. Het is erg onaangenaam, niet iets wat je snel vergeet.'

'En je ouders?'

'Die waren al aan de griep overleden. Ik was alleen. Daarom heeft ze mij uitgekozen. In de chaos van de epidemie zou niemand het merken als ik verdween.'

'Hoe heeft ze je... gered?'

Er gingen een paar seconden voorbij en toen ze antwoord gaf leek ze haar woorden heel zorgvuldig te kiezen.

'Het was moeilijk. Maar weinigen van ons hebben de zelfbeheersing die nodig is om het voor elkaar te krijgen. Maar Carine is altijd de meest menselijke, de meest meedogende van ons geweest... Ik geloof niet dat je ergens in de geschiedenis haar gelijke kunt vinden.' Ze viel stil. 'Voor mij was het slechts heel, heel erg pijnlijk.'

Ze stak haar kin naar voren en ik zag dat ze er verder niets meer over wilde zeggen. Ik sloeg het op voor later, al brandde ik van nieuwsgierigheid. Er waren een heleboel aspecten van dit onderwerp waar ik over na wilde denken, aspecten die me nog lang niet helemaal duidelijk waren.

Haar zachte stem onderbrak mijn gedachten. 'Ze handelde uit eenzaamheid. Dat is meestal de reden voor deze beslissing. Ik was de eerste van Carines familie, hoewel ze kort daarna Earnest vond. Hij was van een klif gevallen. Ze hebben hem rechtstreeks naar het mortuarium van het ziekenhuis gebracht, hoewel zijn hart op de een of andere manier nog klopte.'

'Dus je moet stervende zijn om eh...?'

'Nee, dat is gewoon wie Carine is. Ze zou dit iemand die nog een andere keuze had, welke keuze dan ook, nooit aandoen.' Ze sprak met diep respect over haar pleegmoeder. 'Maar ze zegt dat het wel makkelijker is als het hart zwak is.' Ze staarde naar de nu donkere weg en ik voelde dat ook deze discussie gesloten werd.

'En Eleanor en Royal?'

'Carine voegde vervolgens Royal toe aan ons gezin. Ik realiseerde me pas veel later dat ze hoopte dat Royal voor mij zou worden wat Earnest voor haar was – ze paste goed op haar gedachten als ik in de buurt was.' Ze rolde met haar ogen. 'Maar hij is nooit meer dan een broer voor mij geweest. En twee jaar later vond hij Eleanor. Hij was aan het jagen – we woonden destijds in de Appalachen – en kwam een beer tegen die op het punt stond haar te doden. Hij heeft haar meer dan honderdvijftig kilometer terug naar Carine gedragen, bang dat hij het zelf niet voor elkaar zou krijgen. Ik begin nu pas enig idee te krijgen van hoe moeilijk die tocht voor hem geweest moet zijn.' Ze wierp een veelbetekenende blik op mij en tilde onze nog altijd verstrengelde handen op om haar wang even tegen mijn hand te drukken.

'Maar hij heeft het gehaald.'

'Ja. Hij zag iets in haar gezicht dat hem sterk genoeg maakte. En sindsdien zijn ze samen. Soms wonen ze apart van ons, als een getrouwd stel. Maar hoe jonger we ons voordoen, hoe langer we op een bepaalde plek kunnen blijven. Forks is in veel opzichten perfect, daarom hebben we ons allemaal ingeschreven op de high school.' Ze lachte. 'Ik vermoed dat we over een paar jaar wéér naar hun bruiloft zullen moeten.'

'En Archie en Jessamine?'

'Archie en Jessamine zijn twee heel bijzondere wezens. Ze hebben allebei een geweten ontwikkeld – zoals wij dat noemen – zonder stimulering van buitenaf. Jessamine was lid van een andere... familie, een heel ander soort familie. Ze werd wanhopig en ging er in haar eentje vandoor. Archie heeft haar gevonden. Net als ik heeft hij bepaalde gaven.'

'Echt?' onderbrak ik haar gefascineerd. 'Maar je zei dat jij de enige was die de gedachten van mensen kon horen.'

'Klopt. Hij weet andere dingen. Hij ziet dingen – dingen die in de toekomst zouden kunnen gebeuren, dingen die op stapel staan. Maar dat is erg subjectief. De toekomst is niet in steen gehouwen. Dingen veranderen.'

Haar kaken verstrakten toen ze dat zei en haar ogen vlogen zo snel naar mijn gezicht en weer weg dat ik me afvroeg of ik het me had ingebeeld.

'Wat voor dingen ziet hij dan?'

'Hij zag Jessamine en wist dat ze naar hem op zoek zou gaan, lang voor ze het zelf wist. Hij zag Carine, en ons gezin, en samen kwamen ze ons zoeken. Hij is het gevoeligst voor niet-mensen. Hij weet het bijvoorbeeld altijd als er een andere groep van onze soort in de buurt komt. En of ze een bedreiging kunnen vormen.'

'Zijn er veel van jullie... soort?' Ik was verrast. Hoeveel van hen zouden er rondlopen terwijl wij niks in de gaten hadden?

Mijn gedachten richtten zich op één woord dat ze had gezegd. *Bedreiging.* Dit was de eerste keer dat ze leek te suggereren dat haar wereld niet alleen gevaarlijk was voor mensen. Dat baarde me zorgen, en ik wilde er net naar vragen toen ze mijn eerdere vraag beantwoordde.

'Nee, niet veel. Maar de meesten vestigen zich niet op één plek. Alleen degenen die niet meer op jullie mensen jagen' – een ironische blik in mijn richting – 'kunnen gedurende kortere of langere tijd met mensen samenleven. We hebben slechts één andere familie als de onze gevonden, in een klein dorp in Alaska. We hebben een tijdje samengeleefd, maar we waren met zoveel dat het op begon te vallen. Degenen van ons die... anders leven, hebben de neiging om groepen te vormen.'

'En de anderen?'

'Dat zijn over het algemeen nomaden. We hebben allemaal wel een tijdje zo geleefd. Het wordt saai, net als alles. Maar af en toe komen we de anderen tegen, omdat de meesten van ons de voorkeur geven aan het noorden.'

'Waarom?'

We stonden inmiddels voor mijn huis en ze had de motor uitgezet. Na het gebrul was de stilte intens. Het was heel donker en er was geen maan. Het licht op de veranda was uit, dus ik wist dat mijn vader nog niet thuis was.

'Had je vanmiddag je ogen wel open?' zei ze plagerig. 'Denk je dat ik in het zonlicht over straat kan lopen zonder ongelukken te veroorzaken?'

Ik dacht bij mezelf dat ze ook zonder al dat vuurwerk voor heel wat opstoppingen kon zorgen.

'Daarom hebben we voor het Olympic Peninsula gekozen, een van de minst zonnige plekken ter wereld. Het is fijn om overdag naar buiten te kunnen. Je weet niet hoe de nacht je na negentig jaar de keel uit kan komen.'

'Dus daar komen de legendes vandaan?'

'Waarschijnlijk.'

'En Archie kwam van een andere familie, net als Jessamine?'

'Nee, en dat is een mysterie. Archie kan zich zijn menselijke leven helemaal niet herinneren. En hij weet niet wie hem getransformeerd heeft. Toen hij wakker werd was hij alleen. Degene die hem gecreëerd heeft was verdwenen, en we begrijpen geen van allen waarom of hoe hij dat heeft kunnen doen. Als Archie die andere gave niet had gehad, als hij Jessamine en Carine niet gezien had en geweten had dat hij op een dag bij ons zou horen, was hij waarschijnlijk volledig verwilderd.'

Er was zoveel om over na te denken, zoveel wat ik nog wilde vragen. Maar net op dat moment begon mijn maag te rommelen. Ik was zo geboeid geweest dat ik niet eens had gemerkt dat ik honger had. Nu besefte ik dat ik stierf van de honger.

'Het spijt me, ik hou je van je avondeten.'

'Geeft niet.'

'Ik breng niet veel tijd door met mensen die eten. Ik vergeet eraan te denken.'

'Ik wil bij je blijven.' In het donker was dat makkelijker te zeggen, terwijl ik wist dat mijn stem zou verraden dat ik hopeloos verslaafd aan haar was.

'Mag ik niet binnenkomen?' vroeg ze.

'Wil je dat?' Ik kon het me niet voorstellen, deze godin op Charlies oude keukenstoel.

'Graag, als je dat goed vindt.'

Ik glimlachte. 'Jazeker.'

Ik stapte de auto uit en ze stond al buiten. Toen flitste ze weg en verdween. Binnen ging het licht aan.

Ze stond in de deuropening op me te wachten. Het was zo bizar om haar in mijn huis te zien, omringd door de saaie, tastbare details van mijn eentonige leven. Ik dacht aan een spelletje dat mijn moeder altijd met me speelde toen ik een kleuter was. *Een van deze dingen is anders dan de andere.*

'Had ik de deur niet op slot gedaan?' vroeg ik.

'Jawel, maar ik heb de sleutel uit de dakgoot gebruikt.'

Ik kon me niet herinneren dat ik die sleutel ooit in haar bijzijn had gebruikt. Maar ze had immers ook de sleutel van mijn pick-up gevonden, en ik haalde mijn schouders op.

'Je hebt honger, hè?' En ze ging voorop naar de keuken, alsof ze hier al talloze keren geweest was. Ze deed het licht van de keuken aan en ging op dezelfde stoel zitten waarop ik me haar zojuist had geprobeerd voor te stellen. De keuken zag er iets minder sjofel uit. Maar misschien kwam dat vooral doordat ik alleen maar naar haar kon kijken. Ik bleef even staan en probeerde te bevatten dat ze echt hier in dit alledaagse decor aanwezig was.

'Eet iets, Beau.'

Ik knikte en ging op jacht. Er was nog wat lasagne over van gisteravond. Ik legde een stuk op een bord, bedacht me en schepte alles uit de pan wat er nog in zat, en zette het bord in de magnetron. Ik waste de pan af terwijl het bord ronddraaide en de keuken vulde met de geur van tomaten en oregano. Mijn maag rommelde weer.

'Hmm,' zei ze.

'Sorry?'

'Ik zal voortaan beter mijn best moeten doen.'

Ik lachte. 'Wat zou je in vredesnaam nog beter kunnen doen dan nu?'

'Ik moet niet vergeten dat je een mens bent. Ik had een picknickmand mee moeten nemen vandaag, zoiets.'

Het belletje van de magnetron ging. Ik haalde het bord eruit en zette het meteen weer neer omdat ik mijn hand brandde.

'Maak je daar maar geen zorgen om.'

Ik pakte een vork en begon te eten. Ik had écht honger. De eerste hap verschroeide mijn mond, maar ik bleef kauwen.

'Is het lekker?' vroeg ze.

Ik slikte. 'Dat weet ik niet zo goed. Volgens mij heb ik net mijn smaakpapillen verbrand. Maar gisteren was het lekker.'

Ze leek niet overtuigd.

'Mis je wel eens eten? IJs bijvoorbeeld? Pindakaas?'

Ze schudde haar hoofd. 'Ik kan me nauwelijks voedsel herinneren. Ik zou niet eens meer weten wat mijn lievelingseten was. Het ruikt nu niet meer... eetbaar.'

'Best jammer.'

'Het is geen groot offer.' Ze zei het bedroefd, alsof ze aan andere dingen dacht, offers die wél groot waren.

Ik gebruikte de theedoek als pannenlap en droeg het bord naar de tafel om naast haar te kunnen zitten.

'Mis je nog andere dingen van het mens-zijn?'

Daar dacht ze even over na. 'Ik mis niet echt iets, want ik zou het me moeten kunnen herinneren om het te kunnen missen, en zoals ik al zei weet ik weinig meer van mijn leven als mens. Maar er zijn wel dingen die ik graag zou willen doen. Dingen waar ik jaloers op ben, zou je kunnen zeggen.'

'Wat dan?'

'Slapen bijvoorbeeld. Altijd bij bewustzijn zijn gaat vervelen. Ik denk dat ik het wel fijn zou vinden om af en toe van de wereld te zijn. Het ziet er interessant uit.'

Ik nam een paar happen en dacht daar even over na. 'Klinkt best lastig. Wat doe je dan de hele nacht?'

Ze aarzelde even en tuitte haar lippen. 'Over het algemeen, bedoel je?'

Ik vroeg me af waarom ze klonk alsof ze geen antwoord wilde geven. Was de vraag niet specifiek genoeg?

'Nee, je hoeft niet algemeen te zijn. Wat ga je vanavond bijvoorbeeld doen als je hier weggaat?'

Dat was de verkeerde vraag. Ik voelde mijn jubelstemming wegebben. Straks moest ze weg. Al zouden we misschien niet lang van elkaar gescheiden zijn, ik kon er niet aan denken.

Zij leek het ook geen prettige vraag te vinden, om diezelfde reden, dacht ik in eerste instantie. Maar toen schoten haar ogen naar mijn gezicht en weer weg, alsof ze zich niet op haar gemak voelde.

'Wat is er?'

Ze trok een grimas. 'Wil je een geruststellende leugen of de wellicht nogal schokkende waarheid?'

'De waarheid,' zei ik meteen, al wist ik dat eigenlijk niet zeker.

Ze zuchtte. 'Ik kom terug als je vader en jij liggen te slapen. Dat is de laatste tijd een beetje een gewoonte geworden.'

Ik knipperde met mijn ogen. En toen nog een keer.

'Kom je naar ons huis?'

'Bijna elke nacht.'

'Waarom?'

'Je bent erg interessant als je slaapt,' zei ze achteloos. 'Je praat.'

Mijn mond viel open. Mijn nek en wangen begonnen te gloeien. Ik wist natuurlijk dat ik praatte in mijn slaap, mijn moeder plaagde me ermee. Ik had niet verwacht dat het iets was waar ik me hier druk over zou moeten maken.

Ze keek een beetje ongerust van onder haar wimpers naar mijn gezicht.

'Ben je erg boos op me?'

Was ik boos? Ik wist het niet. De kans was groot dat ik mezelf totaal belachelijk had gemaakt. En ik begreep het niet – waar had ze dan naar mijn gebrabbel staan luisteren? Bij het raam? Ik snapte er niets van.

'Maar hoe... Waar... Wat heb ik...?' Ik kon mijn gedachten niet afmaken.

Ze legde haar hand op mijn wang. Het bloed onder haar vingers leek gloeiend heet in vergelijking met haar koude hand. 'Niet boos zijn. Ik bedoelde het niet kwaad. Ik had mezelf echt onder controle, dat zweer ik. Als ik het idee had gehad dat het gevaarlijk ging worden, was ik meteen weggegaan. Ik... ik wilde gewoon bij jou zijn.'

'Ik... Daar maak ik me geen zorgen om.'

'Waar maar je je dan zorgen om?'

'Wat heb ik gezegd?'

Ze glimlachte. 'Je mist je moeder. Je wordt onrustig van het geluid van de regen. Eerst praatte je veel over thuis, maar tegenwoordig minder. Een keer zei je: "Het is te groen."' Ze lachte zacht, in de hoop dat ze me niet nog bozer zou maken.

'En verder?' eiste ik.

Ze begreep wat ik bedoelde. 'Je hebt ook mijn naam genoemd,' bekende ze.

Ik zuchtte verslagen. 'Vaak?'

'Hoe vaak is "vaak"?'

'O nee,' kreunde ik.

Ze sloeg haar armen om mijn schouders, alsof het heel makkelijk en natuurlijk ging, en legde haar hoofd tegen mijn borst. Mijn armen gingen als vanzelf omhoog om haar vast te houden. Haar tegen me aan te drukken.

'Je hoeft je niet te schamen,' fluisterde ze. 'Je hebt al gezegd dat je over me droomde, weet je nog?'

'Dat is iets anders. Toen wist ik wat ik zei.'

'Als ik had kunnen dromen, zou het over jou zijn. En ik schaam me er niet voor.'

Ik streelde haar haar. Uiteindelijk maakte het me niet zoveel uit, geloofde ik. Ik ging er toch niet van uit dat ze zich aan normale mensenregels zou houden. De regels die ze voor zichzelf had opgesteld leken voldoende.

'Ik schaam me niet,' fluisterde ik.

Ze bromde, bijna alsof ze aan het spinnen was, en drukte haar wang tegen mijn hart.

Toen hoorden we allebei het geluid van wielen op de oprit, zagen het licht van de koplampen door de ramen van de woonkamer via de gang naar ons flitsen. Ik sprong op en liet mijn armen zakken terwijl zij rechtop ging zitten.

'Mag je vader weten dat ik hier ben?' vroeg ze.

Ik probeerde snel na te denken. 'Eh...'

'Een andere keer dan maar.'

En toen was ik alleen.

'Edythe?' fluisterde ik.

Ik hoorde een zacht lachje en toen niets meer.

Mijn vader stak zijn sleutel in het slot.

'Beau?' riep hij. Ik had dat steeds grappig gevonden; wie zou het anders kunnen zijn? Nu leek hij opeens gelijk te hebben.

'In de keuken.'

Klonk mijn stem te opgewonden? Ik nam nog een hap lasagne zodat ik kon kauwen als hij binnenkwam. Zijn voetstappen klonken extra lawaaiig nadat ik de hele dag met Edythe had doorgebracht.

'Heb je alle lasagne opgemaakt?' vroeg hij met een blik op mijn bord.

'O, sorry. Hier, er is nog.'

'Hoeft niet, Beau. Ik smeer wel een boterham.'

'Sorry,' mompelde ik nog een keer.

Charlie stampte de keuken door om brood en beleg te pakken. Ik probeerde mijn enorme bord zo snel mogelijk naar binnen te schrokken zonder te stikken. Ik dacht aan wat Edythe net had gezegd: *Mag je vader weten dat ik hier ben?* En dat was iets anders dan *Mag je vader weten dat ik hier geweest ben?* in de verleden tijd. Betekende dat dan dat ze niet echt weg was? Ik hoopte het.

Charlie ging met een boterham in zijn hand tegenover me zitten. Ik kon me nauwelijks voorstellen dat Edythe daar nog maar een paar minuten geleden ook had gezeten. Charlie paste hier. De herinnering aan haar was als een droom die onmogelijk echt geweest kon zijn.

'Hoe was je dag? Heb je alles gedaan wat je wilde doen?'

'Eh, niet echt. Het was... te lekker om binnen te blijven. Beten de vissen?'

'Jep. Die houden ook van lekker weer.'

Ik schraapte het laatste restje lasagne van mijn bord, stopte het in één keer in mijn mond en begon te kauwen.

'Heb je nog plannen vanavond?' vroeg hij ineens.

Ik schudde mijn hoofd, iets te meelevend misschien.

'Je komt een beetje opgefokt over,' merkte hij op.

Natuurlijk lette hij vanavond ineens op.

Ik at mijn mond leeg. 'Is dat zo?'

'Het is zaterdag,' zei hij peinzend.

Ik gaf geen antwoord.

'Je gaat zeker niet meer naar dat schoolfeest vanavond...'

'Wat ik ook nooit van plan ben geweest,' zei ik.

Hij knikte. 'Tuurlijk, dansen, ik snap het. Maar misschien moet je volgende week dat meisje van Newton eens mee uit eten vragen of zo. Even het huis uit. Leuke dingen doen met je vrienden.'

'Ik zei toch al dat ze iets met een vriend van me heeft.'

Hij fronste zijn wenkbrauwen. 'Nou ja, er zwemmen nog genoeg vissen in zee.'

'Niet als jij zo doorgaat.'

Hij lachte. 'Ik doe mijn best... Dus je gaat niet meer de deur uit vanavond?' vroeg hij nog eens.

'Ik zou niet weten waarheen,' antwoordde ik. 'Bovendien ben ik moe. Ik wil gewoon vroeg mijn nest in.'

Ik stond op en bracht mijn bord naar het aanrecht.

'Hm-hm,' zei hij bedachtzaam tijdens het kauwen. 'De meiden in de stad zijn jouw type niet, hè?'

Schouderophalend waste ik het bord af.

Ik voelde dat hij naar me keek en ik deed erg mijn best om geen rode vlekken in mijn nek te krijgen. Ik wist niet zeker of dat lukte.

'Je moet niet te hard oordelen over een klein stadje,' zei hij. 'Ik weet dat er niet zo veel keuze is als in de grote stad...'

'Keuze genoeg, pap. Maak je over mij maar geen zorgen.'

'Oké, oké. Ik zal me er niet mee bemoeien.' Hij klonk een beetje somber.

Ik zuchtte. 'Nou, bedtijd voor mij. Tot morgen.'

'Trusten, Beau.'

Ik deed mijn best om mijn voeten over de traptreden te laten slepen, alsof ik supermoe was. Ik vroeg me af of hij in mijn slechte toneelspel trapte. Ik had niet echt tegen hem gelogen. Ik was echt niet van plan om nog de deur uit te gaan vanavond.

Ik deed mijn slaapkamerdeur hard dicht, zodat hij het beneden zou horen, en sprintte toen zo geruisloos mogelijk naar het raam. Ik schoof het omhoog en leunde naar buiten. Ik zag niets, alleen de contouren van de bomen.

'Edythe?' fluisterde ik terwijl ik me volslagen belachelijk voelde.

Achter me klonk een zacht, lachend antwoord. 'Ja?'

Ik draaide me zo snel om dat ik een boek van mijn bureau gooide. Het viel met een bonk op de grond.

Ze lag op mijn bed, haar handen achter haar hoofd, haar enkels gekruist, een brede kuiltjesgrijns op haar gezicht. In het donker had ze de kleur van rijp.

'O!' hijgde ik terwijl ik steun zocht bij het bureau.

'Sorry,' zei ze.

'Ik heb even een momentje nodig om mijn hart weer aan de praat te krijgen.'

Ze ging rechtop zitten – heel langzaam, zoals ze altijd deed als ze menselijk over probeerde te komen of me niet aan het schrikken wilde maken – en liet haar benen over de rand van het bed bungelen. Ze klopte op het matras.

Ik wankelde naar haar toe en ging naast haar zitten. Ze legde haar hand op de mijne.

'Hoe gaat het met je hart?'

'Dat kan ik beter aan jou vragen, want ik weet zeker dat jij het beter hoort dan ik.'

Ze lachte zachtjes.

We zaten daar even in stilte te luisteren hoe mijn hart tot bedaren kwam. Ik dacht aan Edythe, hier in mijn kamer... aan de achterdochtige vragen van mijn vader... en aan mijn naar lasagne ruikende adem.

'Mag ik even een minuutje om menselijk te zijn?'

'Maar natuurlijk.'

Ik stond op en keek naar haar, zoals ze daar in al haar volmaaktheid op de rand van mijn bed zat, en ik dacht dat het misschien één grote waanvoorstelling was.

'Je zit er nog wel als ik terugkom, he?'

'Ik wijk niet van mijn plaats,' beloofde ze.

En toen werd ze weer volstrekt roerloos, een standbeeld op de rand van mijn bed.

Ik griste mijn pyjama uit de la en snelde naar de badkamer. Ik knalde de deur dicht, zodat Charlie zou weten dat hij bezet was.

Ik poetste mijn tanden twee keer. Toen waste ik mijn gezicht en verkleedde me. Ik sliep altijd gewoon in een joggingbroek vol gaten en een oud T-shirt – van een barbecuerestaurant waar mijn moeder graag kwam, met een blij varken in een broodje erop. Ik wou dat ik iets had wat niet zo typisch Beau was. Maar ik had echt niet op gasten gerekend, en het was waarschijnlijk ook stom om me er druk om te maken. Als ze hier elke nacht kwam wist ze allang waar ik in sliep.

Ik poetste mijn tanden nog één keer.

Toen ik de deur opendeed, kreeg ik weer eens een hartverzakking. Charlie stond boven aan de trap; ik botste bijna tegen hem op.

'Huh!' stootte ik uit.

'O, sorry Beau. Ik wou je niet laten schrikken.'

Ik haalde diep adem. 'Maakt niet uit.'

Hij keek naar mijn pyjama en schraapte zijn keel alsof hij verbaasd was.

'Jij kruipt ook onder de wol?' vroeg ik.

'Ja, beter van wel. Ik moet er mogen weer vroeg uit.'

'Oké. Welterusten.'

'Jij ook.'

Ik liep mijn kamer in, blij dat het bed niet zichtbaar was vanaf de plek waar Charlie stond, en deed de deur stevig achter me dicht.

Edythe was geen millimeter verschoven. Ik glimlachte en haar lippen trilden, ze ontspande en ze werd weer menselijk. Of iets wat daarop leek. Ik ging weer naast haar zitten. Ze draaide zich naar me toe, trok haar benen op en ging in kleermakerszit zitten.

'Ik weet niet zo goed wat ik van dat shirt vind,' zei ze. Haar stem was zo zacht dat ik niet bang was dat Charlie ons zou horen.

'Ik kan wel iets anders aantrekken.'

Ze rolde met haar ogen. 'Niet dat jij het aanhebt, maar het shirt an sich.' Ze stak haar hand uit en liet haar vingers over het glimlachende varken glijden. Mijn hartslag ging omhoog, maar dat negeerde ze beleefd. 'Moet hij wel zo blij zijn over dat eten?'

Ik grijnsde. 'Tja, we kennen zijn kant van het verhaal niet, hè? Misschien heeft hij wel een goede reden om te glimlachen.'

Ze keek me aan alsof ze aan mijn geestelijke gezondheid twijfelde.

Ik pakte haar hand. Het voelde heel natuurlijk, maar aan de andere kant kon ik haast niet geloven dat ik zo veel geluk had. Waar had ik dit aan te danken?

'Je vader denkt dat je straks stiekem het huis uit gaat,' zei ze tegen me.

'Weet ik. Kennelijk kom ik een beetje "opgefokt" over.'

'En ben je dat?'

'Wel meer dan dat, denk ik. Dank je wel. Dat je bent gebleven.'

'Ik wilde dat ook graag.'

Mijn hart begon te bonken... niet zozeer sneller, maar op de een of andere manier sterker. Om redenen die ik nooit zou kunnen begrijpen wilde ze bij me zijn.

Op normale mensensnelheid strekte ze haar benen en legde ze over de mijne. Toen kroop ze tegen mijn borst op die manier die ze het fijnst leek te vinden, met haar oor tegen mijn hart, dat waarschijnlijk een beetje overdreven reageerde. Ik sloeg mijn armen om haar heen en drukte mijn lippen tegen haar haar.

'Mmm,' prevelde ze.

'Dit...' fluisterde ik tegen haar haar, '...is veel makkelijker dan ik had verwacht.'

'Vind je dat het makkelijk lijkt?' Het klonk alsof ze glimlachte. Ze keek op en ik voelde hoe haar neus een koude streep over mijn hals trok.

'Nou,' zei ik ademloos. Haar lippen streken langs mijn onderkaak. 'Het lijkt in elk geval makkelijker dan vanochtend.'

'Hmm,' zei ze. Haar armen gleden over mijn schouders en toen om mijn nek. Ze trok zichzelf omhoog tot haar lippen langs mijn oor gleden.

'Hoe denk je' – mijn stemde trilde gênant – 'dat dat komt?'

'De zege van de geest op het lichaam,' ademde ze in mijn rechteroor.

Er ging een siddering door mijn lijf. Ze verstijfde en leunde toen behoedzaam naar achteren. Haar hand aaide over de huid onder de mouw van mijn shirt.

'Je hebt het koud,' zei ze. Ik voelde het kippenvel onder haar vingertoppen.

'Ik voel me prima.'

Ze fronste en nestelde zich weer tegen me aan. Mijn armen wilden haar niet loslaten. Toen ze uit mijn omhelzing gleed bleven mijn handen op haar heupen liggen.

'Je hele lijf trilt.'

'Ik geloof niet dat dat van de kou is,' zei ik tegen haar.

We keken elkaar even aan in het donker.

'Ik weet niet zo goed wat ik wel en niet mag,' gaf ik toe. 'Hoe voorzichtig moet ik zijn?'

Ze aarzelde. 'Het gaat niet makkelijker,' zei ze uiteindelijk in antwoord op mijn eerdere vraag. Haar hand streek over mijn onderarm en ik kreeg weer kippenvel. 'Maar vanmiddag... had ik nog geen beslissing genomen. Het spijt me. Het is onvergeeflijk dat ik me zo gedroeg.'

'Ik vergeef je,' mompelde ik.

'Dank je.' Ze glimlachte en keek toen met een ernstige blik naar het kippenvel op mijn armen. 'Weet je... Ik wist niet zeker of ik sterk genoeg zou zijn...' Ze pakte mijn hand en drukte hem met neergeslagen ogen tegen haar wang. 'En toen er nog steeds een mogelijkheid was dat ik misschien mijn... zelfbeheersing zou verliezen' – ze snoof de geur van mijn pols op – 'was ik... onvoorspelbaar. Tot ik besloten had dat ik wel sterk genoeg was, dat ik er geen kans was dat ik je zou... dat ik ooit...'

Ik had haar nog nooit zo hard naar woorden zien zoeken. Het was zo ménselijk.

'Dus nu is die kans geweken?'

Eindelijk keek ze naar me op en glimlachte. 'Zege van de geest op het lichaam,' herhaalde ze.

'Klinkt makkelijk,' zei ik met een grijns, zodat ze wist dat ik een grapje maakte.

'In plaats van "makkelijk" zou ik eerder... "uitzonderlijk moeilijk, maar niet onmogelijk" zeggen. En dus... om je andere vraag te beantwoorden...'

'Sorry,' zei ik.

Ze lachte zachtjes. 'Waarom zeg je sorry?' Het was een retorische vraag en ze ging snel verder terwijl ze haar vinger op mijn lippen legde voor het geval ik de behoefte voelde het uit te leggen. 'Het is níét makkelijk, dus als jij het aankunt, zou ik het fijn vinden als je... mij de leiding laat nemen.' Ze liet haar vinger zakken. 'Vind je dat goed?'

'Natuurlijk,' zei ik vlug. 'Wat je maar wilt.' En zoals gewoonlijk bedoelde ik dat letterlijk.

'En als het me... te veel wordt, weet ik zeker dat ik in staat ben weg te gaan.'

Ik fronste mijn wenkbrauwen. 'Ik zal ervoor zorgen dat het je niet te veel wordt.'

'Morgen zal het moeilijker zijn,' zei ze. 'Ik heb jouw geur de hele dag in mijn neus gehad en ik ben er verbazingwekkend immuun voor geworden. Als ik ook maar even bij je uit de buurt ben, moet ik weer helemaal opnieuw beginnen. Hoewel niet helemaal van voor af aan, denk ik.'

'Dan moet je dus altijd bij me in de buurt blijven,' stelde ik voor.

Haar gezicht ontspande in een glimlach. 'Daar heb ik geen problemen mee. Kom maar op met die boeien. Ik ben je gevangene.' Haar koude vingers omsloten mijn pols als een handboei. 'En zou ik nu misschien een deken mogen lenen?'

Het duurde even voor ik kon reageren. 'O, eh, tuurlijk. Hier.'

Ik reikte met mijn vrije hand achter haar, pakte de oude quilt die opgevouwen aan het voeteneind lag, en gaf die aan haar. Ze liet mijn pols los, schudde de quilt uit en gaf hem terug aan mij.

'Ik vind het fijner als ik weet dat je lekker zit.'

'Ik zit hartstikke lekker.'

'Alsjeblieft?'

Ik sloeg de quilt als een cape om mijn schouders.

Ze grinnikte zachtjes. 'Niet helemaal wat ik in gedachten had.' Ze stond al naast het bed, legde de deken over mijn benen en trok hem helemaal op tot mijn schouders. Voor ik snapte waar ze mee bezig was, zat ze alweer op mijn schoot tegen me aan gekropen. De quilt vormde een barrière tussen alle plekken waar onze huid elkaar zou kunnen raken.

'Beter?' vroeg ze.

'Dat weet ik niet.'

'Goed genoeg?'

'Beter dan dat.'

Ze lachte. Ik streelde haar haar. Dat leek me voorzichtig genoeg.

'Het is zo gek,' zei ze. 'Je leest ergens over... Je hoort erover in de gedachten van anderen, je ziet het bij hen gebeuren... En het bereidt je totaal niet voor op het moment dat je het zelf ervaart. De pracht van een eerste liefde. Het is veel grootser dan ik had verwacht.'

'Veel grootser,' beaamde ik verwoed.

'En andere emoties ook: jaloezie bijvoorbeeld. Ik dacht dat ik die heel goed begreep. Ik heb er honderdduizend keer over gelezen, acteurs het zien uitbeelden in talloze films en toneelstukken, luisterde er dagelijks naar in de hoofden om me heen, voelde het zelf wel eens op een oppervlakkige manier, als ik iets wilde wat ik niet had... Maar ik werd er echt door overvallen.' Ze trok een chagrijnig gezicht. 'Weet je nog die dag dat McKayla je meevroeg naar het bal?'

Ik knikte, hoewel die dag om een andere reden in mijn geheugen gegrift stond. 'De dag dat je weer tegen me begon te praten.'

'Ik was verbijsterd over de golf van afkeer, bijna woede die ik voelde – ik snapte eerst niet wat het was. Ik wist niet dat jaloezie zo sterk... zo pijnlijk kon zijn. En toen wees je haar af, en ik wist niet waarom. Het was nog frustrerender dan gewoonlijk om niet te kunnen horen wat je dacht. Was er iemand anders? Was het gewoon omwille van Jeremy? Ik wist dat ik het recht niet had om me daar druk over te maken. Ik probeerde me er niet druk over te maken. En toen stonden ze voor je in de rij.'

Ik kreunde en ze schoot in de lach.

'Ik wachtte,' ging ze verder, 'want ik was veel te nieuwsgierig naar wat je tegen hen zou zeggen, wilde zien hoe je zou kijken. Ik kan niet zeggen hoe opgelucht ik was toen ik de ergernis op je gezicht zag. Maar ik was nog niet overtuigd. Ik wist niet wat je antwoord geweest zou zijn als ík je had gevraagd...'

Ze keek naar me op. 'Dat was de eerste nacht dat ik hier kwam. Ik worstelde de hele nacht, terwijl ik keek hoe je lag te slapen, met de kloof tussen wat ik wist dat goed, moreel, ethisch, eerzaam was, en wat ik wílde. Ik wist dat als ik je zou blijven negeren, zoals ik zou moeten doen, of als ik je een paar jaar met rust zou laten, tot je weg was, je op een dag iemand zou tegenkomen met wie je wél iets wilde, iemand als McKayla. Daar werd ik verdrietig van. En toen' – ze begon nog zachter te fluisteren – 'zei je mijn naam in je slaap. Je sprak zo duidelijk dat ik eerst dacht dat je wakker was geworden. Maar je draaide je rusteloos om, mompelde mijn naam nog een keer en zuchtte. Het gevoel dat door me heen stroomde verwarde me... overviel me. En ik wist dat ik je niet langer kon negeren.'

Ze zweeg even, luisterde waarschijnlijk naar het onregelmatige kloppen van mijn hart.

'Maar jaloezie is zo irrationeel. Net nog, toen Charlie je vroeg naar dat irritante kind...'

'Werd je daar jaloers van? Echt?'

'Dit is nieuw voor mij. Je maakt de mens in mij weer wakker, en alles voelt sterker omdat ik het nog niet ken.'

'Maar serieus, dat je daar moeite mee hebt, nadat ik heb moeten horen dat Royal – mannelijk model van het jaar, Royal, Mr. Perfect, Royal – voor jou bestemd was. Eleanor of geen Eleanor, hoe moet ik daarmee concurreren?'

Haar tanden glommen toen ze haar armen weer om mijn nek legde. 'Er is geen concurrentie.'

'Daar ben ik juist bang voor.' Behoedzaam vouwde ik mijn armen om haar heen. 'Is dit oké?' vroeg ik voor de zekerheid.

'Jazeker.' Ze slaakte een gelukzalige zucht. 'Natuurlijk is Royal op zijn manier beeldschoon, maar zelfs als hij niet als een broer voor me was, zelfs als Eleanor niet bij hem hoorde, dan zou hij nooit een tiende, nee, een honderdste van de aantrekkingskracht op me hebben die jij hebt.' Ze was nu serieus, bedachtzaam. 'Zo'n negentig jaar heb ik rondgelopen tussen mijn soort en de jouwe. Al die tijd dacht ik dat ik voldoende had aan mezelf en realiseerde ik me niet wat ik zocht. En ik vond niets, omdat jij nog niet geboren was.'

'Dat klinkt niet eerlijk,' fluisterde ik in haar haar. 'Ik heb helemaal niet hoeven wachten. Waarom zou ik het zo makkelijk moeten hebben?'

'Je hebt gelijk,' stemde ze in. 'Ik moet dit inderdaad wat moeilijker voor je maken.' Haar hand streelde mijn wang. 'Jij hoeft alleen iedere minuut die je bij me bent je leven op het spel te zetten, dat is natuurlijk niet veel. Je hoeft alleen maar de natuur, de menselijkheid de rug toe te keren... Wat stelt dat nou voor?'

'Ik heb niet het gevoel dat ik iets moet opgeven.'

Ze duwde haar gezicht tegen mijn borst en fluisterde: 'Nog niet.'

'Wat...' begon ik, maar haar lichaam verstarde ineens. Ik hield me stil, maar ze was weg, mijn armen omhelsden de lucht.

'Ga liggen,' siste ze, maar in het donker wist ik niet waar ze was.

Ik liet me snel op mijn bed vallen, schudde de quilt uit en ging op mijn zij liggen, zoals ik meestal sliep. Ik hoorde de deur zachtjes opengaan. Charlie kwam controleren of ik wel in bed lag. Ik haalde regelmatig adem, overdreef de beweging.

Een lange minuut ging voorbij. Ik lag met gespitste oren te wachten tot ik de deur weer dicht hoorde gaan. Ineens lag Edythe naast me. Ze tilde mijn arm op en legde hem over haar schouders terwijl ze tegen me aan schurkte.

'Je bent een superslechte acteur. Ik denk niet dat daar voor jou een carrière in is weggelegd.'

'Daar gaat mijn tienjarenplan,' mompelde ik. Mijn hart deed vervelend. Ze kon het vast horen én voelen, zoals het door mijn borstkas denderde alsof het een van mijn ribben probeerde te breken.

Ze neuriede een melodie die ik niet kende. Het deed me aan een slaapliedje denken. Toen stopte ze. 'Zal ik je in slaap zingen?'

'Ja hoor,' lachte ik. 'Alsof ik kan slapen met jou erbij.'

'Dat doe je de hele tijd,' hielp ze me herinneren.

'Niet met jou híér,' wierp ik tegen terwijl ik mijn arm nog wat strakker om haar heen sloeg.

'Daar zit iets in. Maar als je niet wilt slapen, wat wil je dan doen?'

'Wil je dat echt weten? Een heleboel dingen. Allemaal heel onvoorzichtig.'

Ze zei niets en ik hoorde haar niet ademhalen. Ik ging snel verder.

'Maar aangezien ik beloofd heb voorzichtig te zullen zijn, zou ik graag... meer over jou horen.'

'Vraag maar raak.' Ik hoorde dat ze glimlachte.

Ik zocht tussen mijn vragen naar de belangrijkste. 'Waarom doe je het?' vroeg ik. 'Ik begrijp nog steeds niet waarom je zo hard je best doet om te weerstaan wat je... bent. Begrijp me niet verkeerd, ik ben natuurlijk heel blij dat je het doet – ik ben nog nooit zo gelukkig geweest met mijn leven. Ik begrijp gewoon niet waarom je überhaupt die moeite neemt.'

Ze gaf langzaam antwoord. 'Dat is een goede vraag, en je bent niet de eerste die hem stelt. De anderen – de meerderheid van onze soort die heel tevreden is met ons lot – verbazen zich ook over onze manier van leven. Maar weet je, alleen omdat het leven ons... bepaalde kaarten heeft toebedeeld... wil nog niet zeggen dat we er niet voor kunnen kiezen om ons daarboven te stellen. Om de grenzen te slechten van een bestaan dat geen van ons gewild heeft. Om zo veel mogelijk menselijkheid vast te houden.'

Ik bleef heel stil liggen, onder de indruk. Ze was een beter mens dan ik ooit zou worden.

'Ben je in slaap gevallen?' prevelde ze haast geruisloos na een paar minuten.

'Nee.'

'Is dat het enige wat je wilde weten?'

Ik zuchtte. 'Natuurlijk niet.'

'Wat wil je nog meer vragen?'

'Waarom kun alleen jij gedachten lezen? En Archie, die de toekomst ziet en zo... waarom gebeurt dat?'

Ik voelde onder mijn arm dat ze haar schouders ophaalde. 'Dat weten we niet precies. Carine heeft een theorie. Zij gelooft dat we allemaal een deel van onze belangrijkste menselijke eigenschappen meenemen naar het volgende leven, waar ze versterkt worden, zoals ons verstand en onze zintuigen. Zij denkt dat ik al heel gevoelig moet zijn geweest voor de gedachten van mensen in mijn omgeving. En dat Archie een soort zesde zintuig had, waar hij ook was.'

'Wat heeft Carine meegenomen naar haar volgende leven, en de anderen?'

'Carine heeft haar mededogen meegenomen. Earnest zijn vermogen om gepassioneerd lief te hebben. Eleanor bracht haar kracht, Royal zijn... vasthoudendheid. Je kunt het ook koppigheid noemen,' grinnikte ze. 'Jessamine is erg interessant. Ze was in haar eerste leven erg charismatisch en kon de mensen om haar heen beïnvloeden zodat ze de dingen op haar manier zagen. Nu kan ze de emoties van degenen in haar buurt manipuleren: ze kan bijvoorbeeld een kamer vol boze mensen kalmeren, of juist een futloze menigte opjutten. Het is een heel subtiele gave.'

Ik dacht na over de onmogelijkheden die ze beschreef en probeerde het te bevatten. Ze wachtte geduldig.

'Maar waar is het allemaal begonnen? Ik bedoel, Carine heeft jou veranderd, en iemand moet haar hebben veranderd, enzovoorts...'

'Tja, waar kom jij vandaan? Evolutie? Schepping? Kunnen we niet op dezelfde manier ontstaan zijn als andere soorten, roofdier en prooi? Of, als je niet gelooft dat deze hele wereld helemaal uit zichzelf is ontstaan – wat ik zelf ook een lastig idee vind – is het dan zo moeilijk te geloven dat dezelfde hogere macht die de kleine gup en de haai, het zeehondje en de orka geschapen heeft, ook onze twee soorten gecreëerd heeft?'

'Even voor de duidelijkheid: ik ben zeker het zeehondje?'

'Juist.' Ze lachte en haar vingers gleden langs mijn lippen. 'Ben je niet moe? Het is best een lange dag geweest.'

'Maar ik heb nog een paar miljoen vragen.'

'We hebben morgen ook nog, en overmorgen, en overovermorgen...'

Mijn borst ontplofte haast door een euforisch gevoel van pure vreugde. Ik kon me niet voorstellen dat er ergens een drugsverslaafde was die zijn lievelingsspul níét voor dit gevoel zou inruilen.

Het duurde even voordat ik weer iets kon zeggen. 'Weet je zeker dat je morgenochtend niet verdwijnt? Je bent tenslotte een mythe.'

'Ik blijf bij je,' beloofde ze plechtig, en ik werd overspoeld door datzelfde gevoel, nog sterker dan zo-even.

Toen ik mijn stem weer had gevonden, zei ik: 'Nog eentje dan, vanavond...' En toen steeg het bloed naar mijn wangen. Dat het donker was maakte niet uit. Ik wist zeker dat ze de warmte kon voelen.

'Wat dan?'

'Eh, neuh, laat maar. Toch maar niet.'

'Beau, je mag me alles vragen.'

Ik gaf geen antwoord en ze kreunde.

'Ik blijf maar hopen dat het minder frustrerend zal worden dat ik je gedachten niet kan horen. Maar het wordt alleen maar erger.'

'Het is al erg genoeg dat je me stiekem afluistert terwijl ik lig te slapen,' mopperde ik.

'Wil je het alsjeblieft zeggen?' fluisterde ze, en haar fluweelzachte stem kreeg weer die hypnotiserende intensiteit die ik nooit kon weerstaan.

Ik probeerde het toch. Ik schudde mijn hoofd.

'Als je het niet vertelt, ga ik ervan uit dat het iets veel ergers is dan het is,' dreigde ze.

'Ik had er niet over moeten beginnen,' zei ik, en ik klemde mijn kiezen op elkaar.

'Alsjeblíéft?' Weer die hypnotiserende stem.

Ik zuchtte. 'Als je maar niet boos wordt.'

'Natuurlijk niet.'

Ik haalde diep adem. 'Nou, ik weet dus duidelijk niet zoveel over vampiers...' Het woord glipte er per ongeluk uit omdat ik zo aan het nadenken was over hoe ik mijn vraag moest stellen, en toen ik hoorde wat ik zei verstijfde ik.

'En?'

Ze klonk heel normaal, alsof het woord niets voorstelde.

Ik zuchtte opgelucht.

'Goed, ik bedoel, ik weet alleen wat jij me verteld hebt, en zo te horen zijn we nogal... verschillend. Lichamelijk gezien. Je ziet er wel menselijk uit, alleen dan beter, maar je eet niet, en je slaapt ook niet, zeg maar. Je hebt niet dezelfde behoeftes.'

'Daar valt op bepaalde punten over te discussiëren, maar er zit beslist een kern van waarheid in. Wat wil je nou vragen?'

Ik haalde diep adem. 'Sorry.'

'Vraag nou!'

Ik gooide het er in één keer uit. 'Ik ben maar een gewone jongen, en jij bent het mooiste meisje dat ik ooit heb gezien, en ik ben gewoon... overweldigd door jou, en deels komt dat natuurlijk doordat ik me waanzinnig tot je aangetrokken voel, wat je ongetwijfeld al gemerkt hebt, aangezien je je zeg maar megabewust bent van mijn bloedsomloop, maar ik weet dus niet of het voor jou ook zo voelt. Of is het net zoiets als slapen en eten, wat jij ook niet nodig hebt en ik wel, hoewel ik dat lang niet zo graag wíl als ik jou wil? Je zei dat Royal en Eleanor soms apart wonen, als een getrouwd stel, maar betekent dat voor vampiers hetzelfde? En deze vraag is superongepast, totaal niet geschikt voor de eerste date, en het spijt me en je hoeft geen antwoord te geven.'

Ik haalde diep adem.

'Hmm... Ik zou zeggen dat dit onze tweede date was.'

'Je hebt gelijk.'

Ze lachte. 'Stel je nu een vraag over seks, Beau?'

Mijn wangen begonnen weer te gloeien. 'Ja. Dat had ik niet moeten doen.'

Ze lachte weer. 'Ik ben bij jou in bed gekropen, Beau. Dus deze gedachtegang lijkt me heel begrijpelijk.'

'Toch hoef je geen antwoord te geven.'

'Ik zei toch dat je alles mocht vragen?' Ze zweeg even en toen klonk haar stem anders. Een beetje formeel, als een leraar die iets uitlegt. 'Goed, in algemene zin... Seks en Vampiers, les één. We zijn allemaal als mens begonnen, Beau, en de meeste menselijke verlangens zijn niet verdwenen – ze worden alleen een beetje overschaduwd door sterkere verlangens. Maar we hebben niet de hele tijd dorst en we hebben de neiging om... erg sterke banden te vormen. Zowel lichamelijk als geestelijk. Royal en Eleanor zijn net als elk verliefd stelletje dat zich tot elkaar aangetrokken voelt, oftewel, ongelooflijk irritant voor degenen die met hen samen moeten leven, en nog irritanter voor degene die hun gedachten kan horen.'

Ik lachte zacht en ze lachte mee.

'Gênant,' mompelde ik.

'Je moest eens weten,' zei ze duister, en toen slaakte ze een zucht. 'En nu in specifiekere zin... Seks en Vampiers, les twee: Beau en Edythe.' Ze zuchtte weer, trager deze keer. 'Ik denk niet... dat dat mogelijk is voor ons.'

'Omdat ik dan te... dichtbij moet komen?' gokte ik.

'Dat zou lastig zijn, maar dat zou niet het voornaamste probleem zijn. Beau, je hebt geen idee hoe... nou ja, hoe kwetsbaar je bent. Ik zeg dat niet om je mannelijkheid in twijfel te trekken of zo, maar alle mensen zijn kwetsbaar bij mij. Elk ogenblik dat we samenzijn moet ik mijn bewegingen onder controle houden om je geen pijn te doen. Ik zou je makkelijk kunnen doden, gewoon per ongeluk.'

Ik dacht aan de eerste keren dat ze me had aangeraakt, hoe behoedzaam ze bewogen had, hoe eng ze het leek te vinden. Hoe ze aan mij vroeg of ik mijn hand wilde bewegen, in plaats van gewoon de hare weg te trekken...

Nu legde ze haar handpalm tegen mijn wang.

'Als ik te snel zou gaan... Als ik me zou laten afleiden, zou ik mijn hand kunnen uitstrekken om je gezicht aan te raken om vervolgens per ongeluk je schedel te verpletteren. Je beseft niet hoe ongelooflijk breekbaar je bent. Ik kan het me nooit, maar dan ook nooit veroorloven om ook maar enigszins mijn zelfbeheersing te verliezen als ik bij jou in de buurt ben.'

Als haar leven op die manier in mijn handen lag, zou ik haar dan al gedood hebben? Ik kromp ineen bij de gedachte.

'Ik denk dat ik heel erg afgeleid zou kunnen worden door jou,' mompelde ze.

'Ik word nooit niét afgeleid door jou.'

'Mag ik jou nu iets vragen, iets waar je misschien boos om wordt?'

'Jouw beurt.'

'Heb jij ervaring met seks?'

Ik was een beetje verbaasd dat mijn wangen niet weer rood worden. Het voelde heel natuurlijk om haar alles te vertellen. 'Nee, helemaal niet. Dit is allemaal nieuw voor mij. Ik heb toch al verteld dat ik nog nooit zoiets voor iemand gevoeld heb, in de verste verte niet.'

'Jawel. Maar ik hoor wat andere mensen denken. Ik weet dat liefde en lust niet altijd samengaan.'

'Voor mij wel.'

'Dat is fijn. Dan hebben we dat in elk geval gemeen.'

'O.' Toen ze eerder die dingen zei over de vampierneiging om 'erg sterke banden te vormen, zowel lichamelijk als geestelijk', vroeg ik me onwillekeurig af of ze uit ervaring sprak. Ik merkte dat ik opvallend opgelucht was om te horen dat dat niet het geval was.

'Dus je wordt echt door me afgeleid?'

'Dat klopt.' Ze glimlachte weer. 'Moet ik vertellen waar ik allemaal door afgeleid word?'

'Dat hoeft niet.'

'In eerste instantie waren het je ogen. Je hebt prachtige ogen, Beau, als een wolkeloze hemel. Ik heb mijn hele leven in regenachtige gebieden doorgebracht en ik mis de blauwe hemel vaak, maar niet als ik bij jou ben.'

'Eh, bedankt?'

Ze giechelde. 'Ik ben niet de enige. Zes van je tien bewonderaarsters begonnen ook met je ogen.'

'Tíén?'

'Ze zijn niet allemaal zo uitgesproken als Taylor en McKayla. Wil je een lijstje? Genoeg om uit te kiezen.'

'Volgens mij neem je me in de maling. En bovendien heb ik allang gekozen.' En ik zou nooit meer iemand anders kiezen.

'Daarna kwamen je armen – ik ben érg dol op je armen, Beau – inclusief je schouders en handen.' Ze liet haar hand langs mijn arm glijden, en toen weer omhoog naar mijn schouder, en weer omlaag naar mijn hand. 'Of misschien kwam je kin als tweede...' Haar vingers raakten mijn gezicht aan, alsof ze dacht dat ik misschien niet zou begrijpen wat ze bedoelde. 'Ik weet het niet precies meer. Het kwam als een behoorlijke verrassing toen ik besefte dat ik je niet alleen zeer smakelijk, maar ook heel mooi vond.'

Mijn gezicht en nek stonden in brand. Ik wist dat het niet waar kon zijn, maar op dit moment klonk ze behoorlijk overtuigend.

'O, en ik heb het nog niet over je haar gehad.' Haar nagels kamden over mijn schedel.

'Oké, nu weet ik zeker dat je me in de maling neemt.'

'Echt niet. Wist je dat je haar precies dezelfde kleur heeft als het met teakhout ingelegde plafond in een klooster waar ik ooit heb gelogeerd, in... ik denk dat het nu Cambodja zal zijn?'

'Eh, nee, dat wist ik niet.' Ik gaapte onwillekeurig.

Ze lachte. 'Heb ik je vraag naar tevredenheid beantwoord?'

'Eh, ja.'

'Dan moet je nu gaan slapen.'

'Ik weet niet zeker of dat lukt.'

'Wil je dat ik wegga?'

'Nee!' zei ik iets te hard.

Ze lachte en begon toen diezelfde onbekende melodie te neuriën. Haar stem was als die van een engel, zacht in mijn oor.

Vermoeider dan ik had verwacht, uitgeput van een dag vol mentale en emotionele stress die ik nooit eerder had gevoeld, viel ik in slaap met haar koude lichaam in mijn armen.

15. De Cullens

Ik werd wakker van het gedempte licht van weer een bewolkte dag. Ik lag met mijn arm over mijn ogen, slaapdronken en verdwaasd. Iets, een droom die vastgehouden wilde worden, probeerde mijn bewustzijn binnen te dringen. Kreunend rolde ik op mijn zij in de hoop dat ik weer in slaap zou vallen. Toen kwamen de herinneringen aan gisteren ineens terug.

'O!' Ik ging zo snel zitten dat mijn hoofd tolde.

'Je haar is ook in staat de zwaartekracht te weerstaan.' Haar geamuseerde stem kwam vanuit de schommelstoel in de hoek. 'Dat is dan jouw eigen superkracht.'

Ik stak meteen mijn hand omhoog om mijn haar glad te strijken.

Ze zat in kleermakerszit op de stoel met een volmaakte glimlach op haar volmaakte gezicht.

'Je bent gebleven.' Het was net alsof ik toch niet wakker was geworden.

'Natuurlijk. Dat wilde je toch?'

Ik knikte.

Haar glimlach werd breder. 'Ik wilde dat ook.'

Ik strompelde uit bed, ook al wist ik niet zo goed waar ik heen ging – ik wist alleen dat ik dichter bij haar wilde zijn. Ze wachtte op me, en haar gezicht vertoonde geen verbazing toen ik op mijn knieën voor haar zakte. Ik stak langzaam mijn hand omhoog en legde mijn handpalm tegen haar wang. Ze leunde ertegenaan en deed haar ogen dicht.

'Charlie?' vroeg ik. We hadden allebei op normale toon gepraat.

'Die is een uur geleden vertrokken, met een erg indrukwekkende uitrusting.'

Hij zou de hele dag weg blijven. Edythe en ik hadden het rijk alleen, zonder dat we ergens naartoe moesten. Zo veel tijd. Ik voelde me net een of andere geschifte oude gierigaard, die handenwrijvend boven zijn stapels gouden munten zat, alleen verzamelde ik geen munten maar seconden.

Toen pas zag ik dat ze andere kleren had aangetrokken. In plaats van het hemdje met de spaghettibandjes droeg ze een perzikkleurige trui.

'Ben je weggeweest?' vroeg ik.

Ze deed haar ogen open en glimlachte terwijl ze haar hand optilde om de mijne tegen haar gezicht te drukken. 'Ik kon toch moeilijk weggaan in de kleren waarin ik gekomen was. Wat zouden de buren wel niet denken? En bovendien was ik maar een paar minuten weg en lag jij heel diep te slapen, dus ik weet zeker dat ik niets gemist heb.'

Ik kreunde. 'Wat heb ik gezegd?'

Haar ogen werden iets groter, haar gezicht kwetsbaarder. 'Je zei dat je van me hield,' fluisterde ze.

'Dat wist je al.'

'Het was anders om het hardop te horen.'

Ik keek haar recht aan. 'Ik hou van je.'

Ze boog zich voorover en drukte haar voorhoofd voorzichtig tegen het mijne. 'Jij bent nu mijn leven.'

We bleven een tijd zo zitten totdat mijn maag begon te knorren. Ze kwam lachend overeind.

'Mens zijn wordt zo overschat,' klaagde ik.

'Zullen we maar beginnen met het ontbijt?'

Ik greep met een geschrokken blik naar mijn keel.

Ze kromp ineen, kneep haar ogen tot spleetjes en keek me boos aan.

Ik lachte. 'Kom op, dat was best grappig.'

Ze fronste haar wenkbrauwen. 'Daar ben ik het niet mee eens. Zal ik het anders formuleren? Tijd voor ontbijt voor de mens?'

'Goed dan. Ik heb eerst nog weer even een menselijk minuutje nodig, als je het goedvindt.'

'Natuurlijk.'

'Blijf hier.'

Ze glimlachte.

Ik poetste weer twee keer mijn tanden en nam toen een snelle douche. Ik haalde een kam door mijn natte haar en probeerde het plat te krijgen. Het wilde absoluut niet naar me luisteren. En toen kwam de klap. Ik was vergeten kleren mee te nemen.

Ik aarzelde even, maar ik was te ongeduldig om lang in paniek te blijven. Er was niets aan te doen. Ik sloeg de handdoek stevig om mijn middel en liep met een knalrode kop de gang in. Nog mooier – de rode vlek op mijn borst was nu ook te zien. Ik stak mijn hoofd om de hoek van de deur.

'Eh...'

Ze zat nog in de schommelstoel en moest lachen om mijn gezicht.

'Zal ik maar vast naar de keuken gaan dan?'

'Ja, graag.'

Ze vloog langs me in een koude luchtstroom en was al beneden voordat er een seconde was verstreken. Ik kon haar bewegingen nauwelijks volgen; ze was een wazige bleke streep, meer niet.

'Bedankt,' riep ik haar na voordat ik naar mijn klerenkast snelde.

Ik wist dat ik misschien even moest nadenken over wat ik aan ging trekken, maar ik wilde heel graag naar beneden. Ik dacht er nog wel aan om een dikke trui aan te trekken, zodat ze niet bang hoefde te zijn dat ik het koud zou krijgen.

Ik haalde mijn vingers nog eens door mijn haar om het tot rust te manen en rende de trap af.

Ze stond tegen het aanrecht geleund en leek zich erg thuis te voelen.

'Wat krijg ik voor ontbijt?' vroeg ik.

Dat bracht haar even van haar stuk. Haar wenkbrauwen trokken samen. 'Ik weet niet... Waar heb je zin in?'

Ik lachte. 'Laat maar. Ik red me wel. Kun jij kijken hoe ík jaag.'

Ik pakte een kom en een pak muesli. Ze ging weer op de stoel zitten waar ze gisteravond ook had gezeten en keek hoe ik er melk bij schonk en een lepel uit de la viste. Ik zette mijn kom op tafel en bleef staan. Ik voelde me onbeleefd door de lege plek voor haar op tafel.

'Eh... wil jij niets hebben?'

Ze rolde met haar ogen. 'Eet nou maar gewoon, Beau.'

Ik ging aan tafel zitten en keek naar haar terwijl ik at. Ze staarde naar me en bestudeerde elke beweging. Ik werd er ongemakkelijk van. Ik at mijn mond leeg zodat ik iets kon zeggen, om haar af te leiden.

'Staat er nog iets op het programma vandaag?'

'Misschien,' zei ze. 'Dat hangt ervan af wat je van mijn idee vindt.'

'Leuk,' beloofde ik terwijl ik nog een hap nam.

Ze tuitte haar lippen. 'Zou je mijn familie willen ontmoeten?'

Ik verslikte me in mijn muesli.

Ze sprong overeind en stak hulpeloos haar hand naar me uit terwijl ze waarschijnlijk bedacht dat ze mijn longen zou kunnen fijnknijpen als ze de heimlichgreep probeerde toe te passen. Ik schudde mijn hoofd en gebaarde dat ze moest gaan zitten terwijl ik de melk uit mijn luchtpijp hoestte.

'Het gaat alweer,' zei ik toen ik weer kon praten.

'Dat mag je me niet nog een keer aandoen, Beau.'

'Sorry.'

'Misschien moeten we dit gesprek voeren als je klaar bent met eten.'

'Oké.' Ik had toch even een minuutje nodig.

Ze leek heel serieus. En ik had Archie natuurlijk al soort van ontmoet, en dat was best goed gegaan. En dr. Cullen ook. Maar toen had ik nog niet geweten dat dr. Cullen een vampier was, en dat veranderde de boel. En hoewel ik het bij Archie wél had geweten, wist ik niet of hij wist dat ik het wist, en dat leek me nogal een belangrijk verschil. Bovendien had Archie de minste problemen met onze relatie, volgens Edythe.

Er waren anderen die daar duidelijk meer moeite mee hadden.

'Het is me eindelijk gelukt,' mompelde ze toen ik de laatste hap doorslikte en de kom wegduwde.

'Wat?'

'Je bang maken.'

Daar dacht ik even over na, en toen stak ik mijn hand op, met gespreide vingers, en bewoog hem heen en weer in het internationale gebaar voor 'een beetje, ja'.

'Niemand zal je pijn doen, daar zorg ik voor,' stelde ze me gerust.

Maar daardoor ging ik me juist zorgen maken dat iemand – Royal – me pijn zou wíllen doen, en dan zou zij tussenbeide komen om me te redden. En dat idee stond me helemaal niet aan, wat ze ook zei over dat ze voor zichzelf kon opkomen en nooit eerlijk vocht.

'Niemand zal het proberen, Beau, het was een grapje.'

'Ik wil je niet in de problemen brengen. Weten ze überhaupt dat ik het weet?'

Ze rolde met haar ogen. 'Ze zijn helemaal op de hoogte. Het is onmogelijk om geheimen te bewaren in mijn huis, met al die trucjes die we kunnen. Archie had al gezien dat je misschien langs zou komen.'

Ik voelde allerlei uitdrukkingen over mijn gezicht trekken voordat ik mezelf weer in de hand had. Wat zag Archie allemaal? Gisteren... vannacht... Mijn wangen werden rood.

Ze kneep haar ogen samen, zoals ze altijd deed wanneer ze mijn gedachten probeerde te lezen.

'Ik dacht even aan wat Archie allemaal gezien zou hebben,' legde ik uit voordat ze ernaar kon vragen.

Ze knikte. 'Het voelt soms inderdaad als een aanslag op je privacy. Maar hij doet het niet expres. En hij ziet zo veel verschillende mogelijkheden... Hij weet niet welke daarvan werkelijkheid wordt. Hij zag bijvoorbeeld meer dan honderd verschillende manieren hoe het gisteren had kúnnen gaan, en je bleef maar in driekwart van de scenario's leven.' Haar stem werd wrevelig bij dat laatste, haar houding was afstandelijk. 'Ze hadden weddenschappen afgesloten of ik je wel of niet zou doden.'

'O.'

Ze zat er nog steeds stijfjes bij. 'Wil je weten wie voor en wie tegen was?'

'Eh, misschien beter van niet. Vertel dat maar nadat ik ze heb ontmoet. Ik wil niet bevooroordeeld zijn.'

De verbazing veegde de boosheid van haar gezicht. 'Dus je gaat mee?'

'Dat lijkt me wel zo... respectvol. Ik wil niet dat ze denken dat ik me voor hen verschuil.'

Ze lachte, een langgerekt, klaterend geluid. Ik moest meteen glimlachen.

'Ga je me nu dan ook aan Charlie voorstellen?' vroeg ze geestdriftig. 'Hij is al achterdochtig, en ík wil me ook niet verschuilen.'

'Eh ja, da's goed, maar wat moeten we dan zeggen? Ik bedoel, hoe leg ik dat uit?'

Ze haalde haar schouders op. 'Ik denk niet dat hij het heel erg zal vinden dat je een vriendinnetje hebt. Ook al ben ik niet een van de "meiden" over wie hij het gisteren had.'

'Vriendinnetje,' mompelde ik. 'Dat klinkt... ontoereikend.' Het klonk vooral als iets van voorbijgaande aard. Iets wat niet voor altijd zou duren.

Ze liet haar vinger langs de zijkant van mijn gezicht glijden. 'We hoeven hem natuurlijk niet alle onsmakelijke details te vertellen, maar hij heeft wel een verklaring nodig voor het feit dat ik hier zo vaak ben. Ik wil niet dat chief Swan een straatverbod tegen me uitvaardigt.'

'Zul je hier echt zo vaak zijn dan?' vroeg ik, opeens zenuwachtig. Het leek te mooi om waar te zijn, iets waar alleen een goedgelovige sukkel in zou trappen.

'Zolang als je me wilt.'

'Ik wil je altijd,' waarschuwde ik haar. 'En dan bedoel ik tot in de eeuwigheid.'

Ze legde haar vingers op mijn lippen en deed haar ogen dicht. Het leek haast alsof ze wilde dat ik dat niet gezegd had.

'Word je daar... verdrietig van?' vroeg ik in een poging haar gezichtsuitdrukking te plaatsen. 'Verdrietig' leek het dichtst in de buurt te komen.

Haar ogen gingen langzaam open. Ze gaf geen antwoord en staarde me alleen heel lang aan. Na een tijdje slaakte ze een zucht.

'Zullen we gaan?'

Ik keek uit gewoonte naar de klok van de magnetron. 'Is het niet een beetje te vroe... Nee, laat maar. Ik heb niets gezegd.'

'Ik heb niets gehoord.'

'Kan dit?' vroeg ik met een gebaar naar mijn kleren. Misschien moest ik iets netters aantrekken?

'Je ziet eruit...' Daar waren die kuiltjes weer. 'Om op eten.'

'Dus ik kan het beter veranderen?'

Ze schudde lachend haar hoofd. 'Je moet nooit veranderen, Beau.'

Toen stond ze op en deed een stap naar me toe, zodat haar knieën tegen de mijne drukten. Ze nam mijn gezicht in haar handen en boog zich naar voren tot haar gezicht nog maar twee centimeter van het mijne was.

'Voorzichtig,' hielp ze me herinneren.

Ze hield haar hoofd een beetje schuin en overbrugde de afstand tussen ons. Heel licht drukte ze haar lippen op de mijne.

Voorzichtig! schreeuwde ik in gedachten. *Niet bewegen.* Mijn handen balden zich tot vuisten. Ik wist dat ze het bloed door mijn gezicht voelde bonzen.

Langzaam gleden haar lippen over de mijne. En toen ze gewend was, werden haar lippen steviger. Ik voelde ze een heel klein beetje van elkaar gaan en haar adem blies koel over mijn mond. Ik hield mijn adem in. Ik wist dat haar geur me stomme dingen liet doen.

Haar vingers gleden van mijn slapen naar mijn kin, pakten mijn kaak en trokken mijn lippen nog dichter naar de hare.

Voorzichtig! schreeuwde ik tegen mezelf.

En toen, vanuit het niets, begonnen mijn oren dof en suizend te tuiten. Eerst kon ik me alleen nog op haar lippen concentreren, maar toen viel ik in een zwart gat, steeds verder bij haar lippen vandaan.

'Beau? Beau?'

'Hé,' probeerde ik te zeggen.

'Wat gebeurde er? Gaat het wel?' Door haar bezorgde stem kwam ik weer een beetje bij. Ik was niet helemaal bewusteloos geraakt, dus het ging vrij snel. Ik haalde twee keer diep adem en deed mijn ogen open.

'Alles oké,' zei ik tegen haar. Ze leunde naar achteren maar had haar armen naar me uitgestrekt. Een koude hand lag op mijn voorhoofd, de andere in mijn nek. Haar gezicht leek bleker dan anders. 'Ik vergat gewoon even adem te halen. Sorry.' Ik zoog mijn longen nog eens vol.

Ze keek me bedenkelijk aan. 'Je vergat adem te halen?'

'Ik probeerde voorzichtig te zijn.'

Ineens werd ze boos. 'Wat moet ik in hemelsnaam met jou beginnen, Beau? Gisteren kuste ik je en viel je me aan! Vandaag raak je buiten bewustzijn!'

'Sorry.'

Ze slaakte een diepe zucht en schoot toen plotseling naar voren om me een kus op mijn voorhoofd te geven. 'Het is maar goed dat ik lichamelijk gezien geen hartaanval kan krijgen,' mopperde ze.

'Dat is inderdaad goed,' beaamde ik.

'Zo kan ik je nergens mee naartoe nemen.'

'Het gaat alweer, heus. Helemaal de oude. En je familie zal toch wel denken dat ik niet goed snik ben, dus wat maakt het uit als ik een beetje labiel ben?'

Ze fronste. 'Labieler dan anders, bedoel je?'

'Zoiets. Hoor eens, ik probeer heel hard niet te denken aan wat we zo gaan doen, dus het zou erg helpen als we konden vertrekken.'

Ze schudde haar hoofd maar pakte mijn hand en trok me van de stoel.

Deze keer vroeg ze het niet eens, maar liep rechtstreeks naar de bestuurderskant van de pick-up. Het had vast geen zin om te protesteren na mijn gênante aanval van zo-even en bovendien had ik geen flauw idee waar ze woonde.

Ze reed rustig, zonder over de beperkingen van mijn pick-up te klagen. We gingen aan de noordkant de stad uit, over de brug over de Calawah River, en verder tot we alle huizen achter ons hadden gelaten, het dichte bos in. Ik vroeg me net af hoe ver het nog zou zijn toen ze plots afsloeg en een onverharde weg op reed. De weg was niet aangegeven en werd bijna helemaal aan het oog onttrokken door dichte varens. De bomen stonden zo dichtbij dat er maar een paar meter zichtbaar was van de weg die voor ons uit kronkelde.

We reden zeker een paar kilometer over deze weg, voornamelijk oostwaarts. Ik probeerde dit pad op de vage kaart te plaatsen die ik in mijn hoofd had, maar dat lukte niet zo goed, en toen werd het bos ineens dunner. Ze reed naar een weiland... of was het een gazon? Er stonden zes enorme cipressen – misschien wel de hoogste bomen die ik ooit had gezien – die met hun takken het grootste deel van het gazon overschaduwden. Ze reikten tot aan het huis dat midden op het gazon stond, verborgen het.

Ik weet niet wat ik had verwacht, maar het was in elk geval niet dit. Het huis was waarschijnlijk honderd jaar oud, drie verdiepingen hoog en haast... elegant, als je dat over een huis kon zeggen. Het was geschilderd in een zachte, ivoorwitte kleur en alle ramen en deuren leken authentiek, maar ze waren in zulke goede staat dat ik me dat haast niet kon voorstellen. Mijn pick-up was de enige auto die te zien was. Toen Edythe de motor uitzette, hoorde ik verderop een rivier ruisen.

'Wauw.'

'Vind je het mooi?'

'Het is... geweldig.'

Opeens stond ze naast mijn portier. Ik deed het langzaam open en voelde de zenuwen opkomen die ik geprobeerd had te onderdrukken.

'Ben je er klaar voor?'

'Nope. Kom op.'

Ze lachte en ik probeerde met haar mee te doen, maar het geluid leek in mijn keel te blijven steken. Ik streek mijn haar glad.

'Je ziet er geweldig uit,' zei ze voordat ze achteloos mijn hand pakte, alsof ze er niet meer over na hoefde te denken. Het was maar een klein gebaar, maar het leidde me af, maakte me iets minder nerveus.

We liepen door de donkere schaduwen naar de veranda. Ik wist dat ze kon voelen hoe gespannen ik was. Ze stak haar andere arm voor haar lichaam langs om mijn onderarm even aan te raken. Toen deed ze de voordeur open en trok me mee naar binnen.

De binnenkant was nog minder wat ik had verwacht dan de buitenkant. Het was heel erg licht, erg open en erg groot. Dit moesten ooit meerdere kamers geweest zijn, maar de meeste muren van de begane grond waren weggebroken zodat er één grote kamer was ontstaan. De achtermuur, die op het zuiden lag, was volledig vervangen door glas. Achter de cipressen strekte het gazon zich uit tot aan een brede rivier. Een enorme trap domineerde de rechterkant van de ruimte. De muren, het hoge plafond en de dikke tapijten waren allemaal verschillende tinten wit.

Edythes ouders stonden op ons te wachten, links van de deur op een kleine verhoging voor een gigantische vleugel. Die was ook wit.

Ik had dr. Cullen natuurlijk al eerder gezien, maar ik werd opnieuw overvallen door het feit dat ze zo jong was, en zo waanzinnig mooi. Ze stond hand in hand met Earnest, nam ik aan, het enige familielid dat ik nog niet had gezien. Hij leek ongeveer net zo oud als dr. Cullen, iets ouder misschien, en had dezelfde bleke, perfecte gelaatstrekken als de anderen. Hij had golvend, karamelkleurig haar, een paar centimeter langer dan het mijne. Zijn gezicht had iets heel... vriendelijks, maar ik kon niet goed benoemen waar dat precies door kwam. Ze droegen allebei vrijetijdskleding met lichte kleuren die bij het interieur pasten.

Ze glimlachten, maar maakten geen aanstalten om naar ons toe te komen. Waarschijnlijk probeerden ze me geen angst aan te jagen.

'Carine, Earnest, dit is Beau,' zei Edythe.

'Van harte welkom, Beau.' Carine kwam langzaam en voorzichtig naar me toe. Ze strekte aarzelend haar hand uit. Ik stapte naar voren om haar de hand te schudden, en het verbaasde me een beetje dat dat heel normaal voelde. Misschien omdat ze me in veel opzichten aan Edythe deed denken.

'Leuk u weer te zien, dr. Cullen.'

'Noem me alsjeblieft Carine.'

Ik grijnsde naar haar, en tot mijn verbazing voelde ik me best op mijn gemak. 'Carine,' herhaalde ik. Edythe kneep even in mijn hand.

Earnest kwam ook naar voren en gaf me een hand. Zijn koude, stenen greep was precies wat ik verwacht had.

'Fijn je te ontmoeten,' zei hij oprecht.

'Dank je. Ik vind het ook leuk jullie te ontmoeten.' En dat meende ik. Het voelde goed. Dit was Edythes thuis, haar familie. Het was fijn om daar deel van uit te maken.

'Waar zijn Archie en Jess?' vroeg Edythe.

Niemand gaf antwoord, want ze verschenen net boven aan de trap.

'Hé, Edy is thuis!' riep Archie, en toen vloog hij de trap af, een flits witte huid die plotseling vlak voor ons tot stilstand kwam. Ik zag dat Carine en Earnest hem waarschuwende blikken toewierpen, maar ik vond het wel prima. Dit was normaal voor hem: zo bewogen ze als ze niet bang hoefden te zijn dat er onbekenden toekeken.

'Beau!' begroette hij me enthousiast, alsof we oude vrienden waren. Hij stak zijn hand uit en toen ik die schudde, trok hij me in zo'n eenarmige mannenomhelzing terwijl hij me lichtjes op mijn rug sloeg.

'Hoi Archie,' zei ik, een beetje ademloos. Ik was geschokt maar ook blij dat hij oprecht geen problemen met me leek te hebben, dat hij me zelfs áárdig leek te vinden.

Toen hij een stap achteruit deed, zag ik dat ik niet de enige was die geschokt was. Carine en Earnest keken me met grote ogen aan, alsof ze verwachtten dat ik er elk moment vandoor kon gaan. Edythe klemde haar kaken op elkaar, maar ik wist niet of ze bezorgd of boos was.

'Je ruikt inderdaad lekker. Dat was me nog niet opgevallen,' merkte Archie op. Mijn wangen werden rood, en nog roder toen ik bedacht hoe dat er voor hén uit moest zien, en niemand leek te weten wat hij moest zeggen.

Toen stond Jessamine ineens beneden. Edythe had zichzelf met een jagende leeuwin vergeleken, wat ik me moeilijk voor kon stellen, maar Jessamine zag ik wel meteen zo voor me. Ze had nu al iets katachtigs over zich, terwijl ze daar gewoon stond. Maar ondanks dat voelde ik me ineens volkomen op mijn gemak. Ik had het gevoel dat ik op mijn plek was, omringd door mensen die ik goed kende. Heel ontspannen, zoals wanneer ik bij Jules was. Het was vreemd om me hier zo te voelen, en toen moest ik ineens denken aan wat Edythe over Jessamines gave had verteld. Het was een raar idee, net alsof iemand me had betoverd of zo.

'Hallo Beau,' zei Jessamine. Ze kwam niet naar me toe en gaf me geen hand, maar het voelde niet ongemakkelijk.

'Hallo Jessamine.' Ik glimlachte naar haar en de anderen. 'Leuk jullie allemaal te ontmoeten. Jullie hebben een prachtig huis,' voegde ik er voor de vorm aan toe.

'Dank je,' zei Earnest. 'We zijn blij dat je gekomen bent.' Hij klonk meelevend, en ik besefte dat hij me dapper vond.

Ik besefte ook dat Royal en Eleanor nergens te bekennen waren, en ik was opgelucht, maar ook een beetje teleurgesteld. Het was fijn geweest om dat varkentje te wassen met Jessamine in de buurt om me op mijn gemak te stellen.

Carine keek Edythe betekenisvol aan met een intense blik. Vanuit mijn ooghoeken zag ik Edythe even knikken.

Ik had het gevoel dat ik ze afluisterde en keek weg. Mijn ogen gleden naar de prachtige vleugel op de verhoging. Ik herinnerde me ineens mijn kinderfantasie dat ik een vleugel voor mijn moeder zou kopen als ik later groot was en op de een of andere manier miljonair was geworden. Ze was niet echt goed – ze speelde alleen voor zichzelf op onze tweedehands piano, maar ik vond het heerlijk om dan naar haar te kijken. Ze genoot ervan, ging erin op en kwam dan op me over als een nieuwe, mysterieuze persoon. Ze had me natuurlijk op les gedaan, maar net als de meeste kinderen had ik net zo lang gezeurd tot ik eraf mocht.

Earnest zag me kijken.

'Speel je?' vroeg hij.

Ik schudde mijn hoofd. 'Nee, helemaal niet. Maar het is een heel mooi ding. Is hij van jou?'

'Nee,' lachte hij. 'Heeft Edythe niet verteld dat ze muzikaal is?'

'Eh, nee. Maar ik had het kunnen weten, natuurlijk.'

Earnest trok verbaasd zijn wenkbrauwen op.

'Is ze ook ergens niet goed in?' vroeg ik retorisch.

Jessamine begon te lachen, Archie rolde met zijn ogen en Earnest wierp een erg vaderlijke blik op Edythe, wat best knap was als je bedacht hoe jong hij eruitzag.

'Je hebt toch niet lopen opscheppen, hè?' vroeg hij. 'Dat is niet netjes.'

'O, een klein beetje maar.' Edythe schoot in de lach, een aanstekelijk geluid, en iedereen glimlachte, ik ook. Maar de glimlach van Earnest was het breedst, en Edythe en hij wisselden een korte blik.

'Edythe, speel iets voor hem,' zei Earnest.

'Je zei dat het niet netjes is om op te scheppen.'

'Dit is een uitzondering.' Hij glimlachte naar me. 'Puur eigenbelang. Ze speelt niet vaak genoeg, en ik vind het heerlijk om naar haar te luisteren.'

'Ik wil je graag horen spelen,' zei ik tegen haar.

Edythe schonk Earnest een lange, getergde blik, en mij daarna ook. Vervolgens liet ze mijn hand los en nam plaats op het bankje. Ze klopte naast zich en keek me aan.

'O,' mompelde ik, en ik ging naast haar zitten.

Zodra ik zat vlogen haar vingers over de toetsen en werd de kamer gevuld met een stuk dat zo ingewikkeld en uitgebreid was dat ik nauwelijks kon geloven dat het slechts door één persoon werd gespeeld. Mijn mond viel verbluft open en ik hoorde gegrinnik achter me.

Edythe keek me achteloos aan terwijl de muziek onafgebroken om ons heen bleef golven. 'Vind je het mooi?'

Ik snapte het meteen. Natuurlijk. 'Jij hebt dit geschreven.'

Ze knikte. 'Het is Earnests lievelingsstuk.'

Ik zuchtte.

'Wat is er?'

'Ik voel me gewoon... een beetje onbetekenend.'

Daar dacht ze even over na, en de muziek veranderde langzaam in iets zachters... iets bekends. Het was het slaapliedje dat ze voor me had geneuried, alleen dan veel verfijnder.

'Dit heb ik bedacht,' zei ze zacht, 'terwijl ik keek hoe je lag te slapen. Het is jóúw lied.'

De melodie werd nog zachter en lieflijker. Ik kon geen woord uitbrengen.

Toen werd haar stem weer normaal. 'Ze vinden je erg aardig. Vooral Earnest.'

Ik keek achter me, en de grote kamer was leeg.

'Waar zijn ze heen?'

'Ze geven ons wat privacy. Subtiel, hè?'

Ik lachte en fronste toen mijn wenkbrauwen. 'Fijn dat ze me aardig vinden. Ik vind hen ook aardig. Maar Royal en Eleanor...'

Haar gezicht verstrakte. 'Maak je om Royal maar geen zorgen. Die trekt altijd als laatste bij.'

'En Eleanor?'

Ze lachte wrang. 'El vindt wel dat ik krankzinnig ben, maar ze heeft geen problemen met jou. Ze probeert met Royal te praten.'

'Wat heb ik verkeerd gedaan?' Ik moest het vragen. 'Ik bedoel, ik heb zelfs nog nooit met hem gepraat en...'

'Je hebt niets verkeerd gedaan, Beau, echt niet. Royal heeft de meeste moeite met... wat we zijn. Het is moeilijk voor hem dat iemand van buiten de waarheid weet. En hij is een beetje jaloers.'

'Ha!'

Ze haalde haar schouders op. 'Jij bent een mens. Hij zou dat ook willen zijn.'

Daar had ik niet van terug. 'O.'

Ik luisterde naar de muziek, mijn muziek. Het lied bleef veranderen en uitwaaieren, maar de basis bleef hetzelfde. Ik snapte niet goed hoe ze het voor elkaar kreeg. Ze leek weinig aandacht aan haar handen te besteden.

'Wat Jessamine doet voelt trouwens heel... Vreemd is misschien niet het goede woord. Maar het is wel ongelooflijk.'

Ze lachte. 'Je kunt het niet echt in woorden uitdrukken, hè?'

'Niet echt. Maarreh... vindt ze me niet aardig? Ze leek een beetje...'

'Dat was mijn schuld. Ik heb toch verteld dat zij nog maar het kortst onze manier van leven probeert? Ik had tegen haar gezegd dat ze afstand moest houden.'

'O.'

'Ja.'

Ik deed erg mijn best om niet te huiveren.

'Carine en Earnest vinden je geweldig,' zei ze.

'Hm. Ik heb niet echt iets bijzonders gedaan. Een paar handen geschud.'

'Ze zijn blij dat ik gelukkig ben. Het zou Earnest niet eens kunnen schelen of je een derde oog en vliezen tussen je tenen had. Hij heeft zich al die tijd zorgen om me gemaakt, bang dat ik te jong was toen Carine me transformeerde, bang dat er iets essentieels aan me ontbrak. Hij is ontzettend opgelucht. Elke keer als ik je aanraak begint hij nog net niet te applaudisseren.'

'Archie is ook erg enthousiast.'

Ze trok een grimas. 'Archie heeft een geheel eigen kijk op het leven.'

Ik keek haar even aan en probeerde haar blik te peilen.

'Wat is er?' vroeg ze.

'Je gaat zeker niet uitleggen wat je daarmee bedoelt?'

Ze keek me met samengeknepen ogen aan en we hadden even een soort woordeloze discussie, eigenlijk net zoiets als wat ik ook bij haar en Carine had gezien, alleen dan zonder dat ze mijn gedachten kon lezen. Ik wist dat ze iets voor me achterhield over Archie, iets wat me al eerder opgevallen was aan de manier waarop ze over hem sprak. En ze wist dat ik het wist, maar ze was niet van plan het te vertellen. Nog niet.

'Oké,' zei ik, alsof we dat allemaal hardop hadden uitgesproken.

'Hmm,' zei ze.

En nu ik er toch aan dacht... 'Wat zei Carine daarstraks eigenlijk tegen je?'

Ze staarde ineens naar de toetsten. 'Is je dat opgevallen?'

Ik haalde mijn schouders op. 'Natuurlijk.'

Ze keek me een paar seconden bedachtzaam aan voordat ze antwoord gaf. 'Ze gaf me een bericht door. Ze wist niet zeker of ik wilde dat jij het ook wist.'

'Wil je dat?'

'Dat is waarschijnlijk wel een goed idee. De kans is groot dat ik me de komende dagen, of weken, een beetje vreemd gedraag. Een beetje manisch. Dus ik kan het maar beter van tevoren even uitleggen.'

'Wat is er dan?'

'Eigenlijk is er niets aan de hand, maar Archie ziet dat er binnenkort bezoek komt. Ze weten dat we hier wonen en ze zijn nieuwsgierig.'

'Bezoek?'

'Ja... soortgenoten, maar anders dan wij. Ze hebben andere jachtgewoonten, bedoel ik. Ze komen waarschijnlijk helemaal niet in de stad, maar ik ben niet van plan je uit het oog te verliezen tot ze weer weg zijn.'

'Wow. Moeten we... Ik bedoel, kunnen we de mensen op de een of andere manier waarschuwen?'

Haar gezicht stond ernstig en bedroefd. 'Carine zal vragen of ze niet in de buurt willen jagen, bij wijze van gunst, en hoogstwaarschijnlijk zullen ze dat verzoek honoreren. Maar meer kunnen we om verschillende redenen niet doen.' Ze slaakte een zucht. 'Hier zullen ze niet jagen, maar ergens anders wel. Zo is het nu eenmaal als je in een wereld met monsters leeft.'

Ik rilde.

'Eindelijk een rationele reactie,' mompelde ze. 'Ik begon al te denken dat je helemaal geen gevoel van zelfbehoud had.'

Ik ging er niet op in, keek weg en liet mijn ogen weer door de grote witte kamer dwalen.

'Niet bepaald wat je verwachtte, hè?' vroeg ze geamuseerd.

'Nee,' bekende ik.

'Geen doodskisten, geen stapels schedels in de hoeken. Ik geloof dat we zelfs geen spinnenwebben hebben... Dit moet wel een enorme teleurstelling voor je zijn.'

Ik negeerde haar geplaag. 'Ik had niet verwacht dat het zo licht en zo... open zou zijn.'

Ze was serieuzer toen ze antwoord gaf. 'Het is de enige plek waar we ons niet hoeven te verschuilen.'

Mijn lied kwam tot een eind; de slotakkoorden waren melancholiek. De laatste noot bleef lang hangen en die ene toon had zoiets droevigs dat ik een brok in mijn keel kreeg.

Ik schraapte mijn keel en zei: 'Dank je wel.'

Het leek alsof zij ook aangedaan was door de muziek. Ze keek me even onderzoekend aan, schudde haar hoofd en zuchtte.

'Wil je de rest van het huis zien?' vroeg ze.

'Liggen er nog ergens stapels schedels in de hoek?'

'Nee, helaas.'

'Nou, vooruit dan maar, maar ik verwacht er niet veel van, hoor.'

We liepen hand in hand de brede trap op. Mijn vrije hand gleed langs de satijnzachte leuning. De gang boven aan de trap had een lambrisering van hetzelfde lichte hout dat ook op de vloer lag.

Ze gebaarde naar de deuren waar we langsliepen. 'De kamer van Royal en Eleanor, de werkkamer van Carine, de kamer van Archie...'

Ze zou doorgegaan zijn als ik niet stokstijf was blijven staan aan het eind van de gang om vol ongeloof naar het object aan de muur boven mijn hoofd te staren. Edythe grinnikte om mijn blik.

'Ironisch, ik weet het,' zei ze.

'Dat moet behoorlijk oud zijn,' gokte ik. Ik wilde het aanraken, om te voelen of het donkere patina net zo glad was als het leek, maar het zag er nogal kostbaar uit.

Ze haalde haar schouders op. 'Uit 1630 ongeveer.'

Ik keek weg van het kruis en staarde haar aan.

'Waarom hangt het hier?'

'Nostalgie. Het is van Carines vader geweest.'

'Die verzamelde antiek?'

'Nee. Hij heeft het zelf gemaakt. Het hing aan de muur boven het preekgestoelte in de pastorie waar hij predikant was.'

Ik staarde weer naar het kruis en maakte in gedachten een rekensommetje. Het kruis was meer dan driehonderdzeventig jaar oud. De stilte duurde voort terwijl ik probeerde te bevatten hoeveel tijd dat was.

'Gaat het?' vroeg ze.

'Hoe oud is Carine?' vroeg ik zacht terwijl ik omhoog bleef kijken.

'Ze heeft net haar driehonderdtweeënzestigste verjaardag gevierd,' zei Edythe. Ze hield mijn gezicht nauwkeurig in de gaten toen ze verderging en ik probeerde mijn blik neutraal te houden. 'Carine denkt dat ze in de jaren veertig van de zeventiende eeuw in Londen is geboren. Data werden in die tijd niet zo nauwgezet bijgehouden. In elk geval niet voor het gewone volk. Maar het was vlak voor Cromwell aan de macht kwam.'

Die naam riep een paar onsamenhangende feiten bij me op, van een geschiedenisles die ik vorig jaar had gehad. Ik had beter op moeten letten.

'Ze was de enige dochter van een anglicaanse predikant. Haar moeder stierf in het kraambed. Haar vader was een... moeilijke man. Gedreven. Hij geloofde heel sterk dat het kwaad echt bestond. Hij leidde klopjachten op heksen, weerwolven... en vampiers.'

Vreemd hoe dat woord het perspectief veranderde en het verhaal minder als een geschiedenisles liet klinken.

'Er werden veel onschuldige mensen verbrand – de echte wezens die hij zocht waren natuurlijk niet zo makkelijk te vangen. Carine deed haar uiterste best om die onschuldigen te beschermen. Ze heeft altijd in de wetenschappelijke methode geloofd, en probeerde haar vader ervan te overtuigen dat hij zijn bijgeloof opzij moest zetten om echte bewijzen te zoeken. Hij vond dat ze zich er niet mee moest bemoeien. Hij hield van haar, en de mensen die monsters verdedigden hadden vaak een band met die monsters.

Haar vader was erg vasthoudend... en obsessief. Tegen alle verwachtingen in vond hij bewijs van échte monsters. Carine smeekte hem om voorzichtig te zijn, en tot op zekere hoogte luisterde hij naar haar. In plaats van roekeloos aan te vallen, hield hij ze heel lang in de gaten. Hij bespioneerde een groep echte vampiers die in het riool van de stad woonden, en alleen 's nachts bovengronds kwamen om te jagen. In die tijd, toen monsters niet alleen mythen en legendes waren, was dat de manier waarop velen leefden.

Zijn volgelingen haalden natuurlijk hun hooivorken en fakkels' – ze lachte bitter – 'en wachtten op de plek waar de predikant de monsters de straat op had zien komen. Er waren twee openingen naar het riool. De predikant goot met een paar van zijn mannen een ton brandende pek in een van de gaten, terwijl de anderen bij de tweede opening wachtten tot de monsters tevoorschijn kwamen.'

Ik besefte dat ik mijn adem weer inhield, en dwong mezelf uit te ademen.

'Er gebeurde niets. Ze bleven een hele tijd staan wachten en gingen toen teleurgesteld naar huis. De predikant was boos – hij dacht dat er nog meer uitgangen waren en dat de vampiers angstig op de vlucht waren geslagen. De mannen vormden met hun lompe pieken en bijlen natuurlijk geen enkel gevaar voor een vampier, maar dat wist hij niet. Hoe moest hij die monsters ooit nog te pakken krijgen nu ze gewaarschuwd waren?'

Haar stem werd zachter. 'Het was heel simpel. Blijkbaar had hij ze kwaad gemaakt. Vampiers moeten zich uit zelfbescherming gedeisd houden, anders hadden deze waarschijnlijk gewoon de hele meute afgeslacht. Maar in plaats daarvan achtervolgde een van hen Carines vader naar zijn huis.

Carine kan zich die nacht nog heel goed herinneren, voor een menselijke herinnering dan. Zoiets blijft je wel bij. Haar vader kwam heel laat thuis, of heel vroeg. Carine was ongerust opgebleven. Ziedend tierde hij over zijn nederlaag. Carine probeerde hem te kalmeren, maar hij negeerde haar. En toen stond er ineens een man in hun kleine kamer.

Carine zegt dat hij eruitzag als een bedelaar, gehuld in lompen, maar dat zijn gezicht heel mooi was en dat hij Latijn sprak. Door haar vaders beroep en haar eigen leergierigheid was Carine erg geschoold voor een vrouw in die tijd, en ze begreep wat de man zei. Hij zei dat haar vader een dwaas was en dat hij zou boeten voor de schade die hij had aangericht. De predikant wierp zich voor zijn dochter om haar te beschermen...

Ik denk vaak na over dat moment. Als hij niet op die manier had onthuld wat hem het meest dierbaar was, zouden al onze levensverhalen dan anders zijn?'

Ze zweeg bedachtzaam en ging toen verder. 'De vampier glimlachte. Hij zei tegen de predikant: "Je gaat naar de hel in de wetenschap dat alles wat je liefhebt zal veranderen in alles wat je haat." Hij smeet de predikant opzij en greep Carine...'

Ze leek helemaal op te gaan in het verhaal, maar nu stopte ze abrupt. Haar ogen kwamen terug naar het heden en ze keek me aan alsof ze iets verkeerds had gezegd. Of misschien dacht ze dat ze me van streek had gemaakt.

'Wat gebeurde er?' fluisterde ik.

Toen ze verder praatte, leek ze haar woorden heel zorgvuldig te kiezen. 'Hij zorgde ervoor dat de predikant wist wat er met Carine zou gebeuren, en toen vermoordde hij de man heel langzaam terwijl Carine kronkelend van pijn en angst toekeek.'

Ik kromp in elkaar. Ze knikte meelevend.

'De vampier vertrok. Carine wist wat er met haar zou gebeuren als iemand haar in deze toestand aantrof. Alles wat door het monster was besmet, zou vernietigd moeten worden. Ze reageerde instinctief om haar leven te redden. Ondanks haar pijn kroop ze in een kelder en verstopte zich drie dagen lang onder een berg rottende aardappelen. Het is een wonder dat ze stil wist te blijven en niet ontdekt werd. Toen was het voorbij en realiseerde ze zich wat ze was geworden.'

Ik wist niet wat er met mijn gezicht gebeurde, want ineens brak ze haar verhaal weer af.

'Hoe voel je je?' vroeg ze.

'Goed – wat gebeurde er toen?'

Ze moest een beetje glimlachen om mijn nieuwsgierigheid. Toen draaide ze zich om en trok aan mijn hand.

'Kom maar mee,' zei ze. 'Ik zal het je laten zien.'

16. Carine

Ze leidde me terug naar de kamer die ze aangeduid had als Carines werkkamer. Ze wachtte even voor de deur.

'Kom binnen,' riep Carine vanuit de kamer.

Edythe deed de deur open van een hoge kamer met grote ramen langs de hele lengte van de muren. Langs de wanden stonden boekenkasten die tot aan het plafond reikten en waarin meer boeken stonden dan ik ooit buiten een bibliotheek had gezien.

Carine zat achter een enorm bureau en legde net een boekenlegger tussen de bladzijden van het boek dat ze vasthad. De kamer zag eruit zoals ik me altijd de werkkamer van een rector op een universiteit had voorgesteld. Alleen zag Carine er te jong uit voor die functie.

Nu ik wist wat ze had meegemaakt en in gedachten alles had gezien, ook al wist ik dat mijn verbeelding tekortschoot en het waarschijnlijk veel erger was dan ik me had voorgesteld, bekeek ik haar met andere ogen.

'Wat kan ik voor jullie doen?' vroeg ze glimlachend terwijl ze overeind kwam.

'Ik wilde Beau wat over onze geschiedenis vertellen,' zei Edythe. 'Of over die van jou, eigenlijk.'

'We willen je niet storen,' zei ik verontschuldigend.

'Geen probleem,' zei ze, en toen vroeg ze aan Edythe: 'Waar wilde je beginnen?'

'Met het schilderij van Waggoner,' antwoordde Edythe. Ze draaide me om, zodat we met ons gezicht naar de deur stonden waar we net doorheen waren gekomen.

Deze muur was anders dan de andere. Hier geen boekenkasten, maar tientallen ingelijste schilderijen. Ze verschilden allemaal qua stijl en afmeting; sommige waren dof, andere felgekleurd. Ik liet mijn ogen vlug langs de muur glijden, op zoek naar logica, iets wat ze allemaal gemeen hadden, maar ik kon geen verband ontdekken.

Edythe trok me mee naar links, legde haar handen op mijn armen en zette me recht voor een van de schilderijen. Mijn hart reageerde zoals het altijd deed als ze me aanraakte, zelfs al was het terloops. Ik vond het nog vervelender met Carine in de buurt.

Het schilderij dat ze me wilde laten zien was een klein vierkant doek in een eenvoudige houten lijst; het viel niet op tussen de grotere en kleurigere werken. Het was geschilderd in verschillende tinten bruin en stelde een miniatuurstad voor met steile daken. Een brede rivier vulde de voorgrond met eroverheen een brug met bouwwerken die op kleine kathedralen leken.

'Londen halverwege de zeventiende eeuw,' zei Edythe.

'Het Londen van mijn jeugd,' voegde Carine eraan toe, vlak achter ons. Ik schrok even – ik had haar niet horen aankomen. Edythe pakte mijn hand en gaf er een kneepje in.

'Wil jij het verhaal vertellen?' vroeg Edythe. Ik draaide me om zodat ik Carines reactie kon zien.

Ze zag me kijken en glimlachte. 'Ik zou het graag doen, maar ik ben eigenlijk al te laat. Het ziekenhuis belde vanochtend: dokter Snow heeft zich ziek gemeld. Maar Beau hoeft niets te missen.' Ze glimlachte naar Edythe. 'Jij kent het verhaal net zo goed als ik.'

Het was een vreemde combinatie die ik nauwelijks kon bevatten: de dagelijkse beslommeringen van de stadsdokter, vermengd met een verhaal over haar jonge jaren in zeventiende-eeuws Londen.

Het was ook een nogal bizar idee dat ze waarschijnlijk alleen maar hardop praatte omdat ik erbij was.

Met een laatste warme glimlach liep Carine de kamer uit.

Ik staarde een tijd naar het kleine schilderij van Carines geboorteplaats.

'Wat gebeurde er toen?' vroeg ik weer. 'Toen ze wist wat haar overkomen was?'

Ze duwde me een stapje opzij en richtte haar blik op een groter landschap. Het was geschilderd in doffe herfstkleuren en stelde een verlaten weide in een donker bos voor, met een zwarte bergtop in de verte.

'Toen ze wist wat ze geworden was,' zei Edythe zacht, 'werd ze wanhopig... en toen verzette ze zich ertegen. Ze probeerde zichzelf te vernietigen. Maar dat is niet eenvoudig.'

'Hoe dan?' Ik had het niet hardop willen zeggen, maar ik was zo geschokt dat ik het eruit flapte.

Edythe haalde haar schouders op. 'Ze sprong van grote hoogten. Ze probeerde zich te verdrinken in zee. Maar ze was nog jong toen ze haar nieuwe leven begon, en erg sterk. Het is ongelooflijk dat ze weerstand kon bieden aan de drang om zich te... voeden... terwijl het nog zo nieuw voor haar was. Het instinct is dan sterker, het overheerst alles. Maar ze had zo veel afkeer van zichzelf dat ze de kracht had te proberen zichzelf te doden door uithongering.'

'Kan dat?' vroeg ik zacht.

'Nee, er zijn maar een paar manieren waarop we gedood kunnen worden.'

Ik deed mijn mond open om het te vragen, maar ze vertelde verder voor ik iets kon zeggen.

'Dus werd ze heel erg hongerig en uiteindelijk zwak. Ze trok zo ver mogelijk bij de mensen vandaan, want ze merkte dat haar wilskracht ook aan het verzwakken was. Maandenlang zwierf ze 's nachts rond, op zoek naar de eenzaamste plekken, walgend van zichzelf.

Op een nacht kwam er een kudde herten onder haar schuilplaats door. Ze was zo gek van de dorst dat ze aanviel zonder erover na te denken. Haar kracht keerde terug en ze realiseerde zich dat er een alternatief was en dat ze niet het afschuwelijke monster hoefde te zijn dat ze had gevreesd. Ze had in haar vorige leven toch ook hertenvlees gegeten? In de daaropvolgende maanden ontstond haar nieuwe filosofie. Ze kon bestaan zonder een demon te worden. Ze vond zichzelf terug.

Ze begon haar tijd beter te gebruiken. Ze was altijd al intelligent geweest, leergierig. Nu had ze eindeloos veel tijd. Ze studeerde 's nachts en maakte overdag plannen. Ze zwom naar Frankrijk en...'

'Ze zwóm naar Frankrijk?'

'Mensen zwemmen regelmatig het Kanaal over, Beau,' zei ze geduldig.

'Ja, dat is waar. Het klonk gewoon een beetje vreemd in die context. Ga door.'

'Zwemmen gaat ons makkelijk af...'

'Alles gaat jullie makkelijk af,' mopperde ik.

Ze wachtte met opgetrokken wenkbrauwen.

'Sorry. Ik zal er niet meer doorheen praten, beloofd.'

Ze glimlachte duister en maakte haar zin af. 'Omdat we, technisch gesproken, geen adem hoeven te halen.'

'Hoeven jullie...'

'Nee, nee, je hebt het beloofd,' lachte ze terwijl ze haar koude vinger op mijn lippen legde. 'Wil je het verhaal horen of niet?'

'Je kunt me niet met zoiets overvallen en dan verwachten dat ik niets zeg,' mompelde ik tegen haar vinger.

Ze haalde haar hand weg en legde hem tegen mijn borst. Mijn hartslagen reageerden meteen, maar dat negeerde ik.

'Hoeven jullie geen ádem te halen?' wilde ik weten.

'Nee, het is niet nodig, het is een gewoonte.' Ze haalde haar schouders op.

'Hoe lang kun je... je adem inhouden?'

'Eindeloos, denk ik. Ik weet het niet. Het voelt een beetje ongemakkelijk, want je ruikt ook niets meer.'

'Een beetje ongemakkelijk,' herhaalde ik.

Ik wist niet hoe ik keek, maar iets in mijn uitdrukking maakte haar ineens ernstig. Haar hand viel slap langs haar zij en ze keek roerloos naar mijn gezicht. De stilte duurde voort. Haar gelaatstrekken leken wel van steen.

'Wat is er?' fluisterde ik terwijl ik voorzichtig haar bevroren gezicht aanraakte.

Haar gezicht kwam weer tot leven en ze glimlachte een klein, flets glimlachje. 'Ik weet dat op een gegeven moment iets wat ik je vertel of iets wat je ziet te veel zal zijn. En dan sla je gillend op de vlucht.' Haar glimlach verflauwde. 'Ik zal je niet tegenhouden als dat gebeurt. Ik wíl dat het gebeurt, want ik wil dat je veilig bent. En toch wil ik bij je zijn. Die twee verlangens zijn onverenigbaar...' Haar stem stokte en ze keek naar mijn gezicht.

'Ik ga nergens heen,' beloofde ik.

'We zullen zien,' zei ze, en ze glimlachte weer.

Ik keek haar fronsend aan. 'Goed, terug naar het verhaal. Carine zwom naar Frankrijk.'

Ze had even nodig om weer in het verhaal te komen. Peinzend gingen haar ogen naar een ander schilderij: het kleurrijkste van allemaal, met de weelderigste lijst, het grootste. Het was twee keer zo breed als de deur waar het naast hing. Het doek was gevuld met kleurrijke figuren in zwierige toga's, die tegen pilaren en over marmeren balkons leunden. Ik kon niet zien of het een tafereel uit de Griekse mythologie was, of dat de personen die op de wolken bovenin dreven uit de Bijbel kwamen.

'Carine zwom naar Frankrijk en trok verder door Europa, naar de universiteiten daar. 's Nachts studeerde ze muziek, natuurkunde en medicijnen, en vond haar roeping, haar boetedoening, in het redden van mensenlevens.' Haar gezicht werd eerbiedig. 'Ik kan niet goed beschrijven hoe ze met zichzelf geworsteld heeft: Carine had twee moeizame eeuwen vol kwellingen nodig om haar zelfbeheersing te perfectioneren. Nu is ze nagenoeg immuun voor de geur van mensenbloed en kan ze het werk dat ze zo graag doet zonder moeite verrichten. Ze vindt veel gemoedsrust daar in het ziekenhuis...' Edythe staarde een tijd voor zich uit. Opeens leek ze zich ons verhaal weer te herinneren. Ze tikte tegen het enorme schilderij voor ons.

'Ze was aan het studeren in Italië toen ze de anderen daar ontdekte. Ze waren veel beschaafder en ontwikkelder dan de armzalige wezens in de Londense riolen.'

Ze wees naar een stel statige mensen die op het hoogste balkon waren geschilderd en kalmpjes neerkeken op de chaos onder hen. Ik keek eens goed naar het groepje en besefte met een verbaasd lachje dat ik de goudblonde vrouw aan de zijkant herkende.

'Solimena werd zeer geïnspireerd door Carines vrienden. Hij beeldde hen vaak af als goden.' Edythe lachte. 'Sulpicia, Marcus en Athenodora,' zei ze terwijl ze de andere drie aanwees. 'Nachtelijke beschermers van de kunsten.'

Het haar van de eerste vrouw en de man was zwart, dat van de tweede vrouw lichtblond. Ze droegen alle drie kleurrijke mantels, terwijl Carine in het wit gekleed was.

'En die daar?' vroeg ik en ik wees naar een klein, onopvallend meisje met lichtbruin haar en dito kleren. Ze zat op haar knieën en klampte zich vast aan de rok van een van de andere vrouwen, de vrouw met de dikke zwarte krullen.

'Mele,' zei ze. 'Een... bediende, zou je haar denk ik kunnen noemen. De kleine dievegge van Sulpicia.'

'Wat is er met hen gebeurd?' vroeg ik me hardop af, mijn vinger op een centimeter van de figuren op het doek.

'Ze zijn er nog.' Ze haalde haar schouders op. 'Zoals ze er al millennia geweest zijn. Carine is maar kort bij hen gebleven, een paar decennia slechts. Ze bewonderde hun beschaving, hun verfijning, maar ze bleven proberen om haar van haar aversie tegen haar "natuurlijke bron van voedsel", zoals zij het noemden, te genezen. Zij probeerden haar te overtuigen en Carine probeerde hen te overtuigen, zonder succes. Uiteindelijk besloot Carine de Nieuwe Wereld te proberen. Ze droomde ervan anderen te vinden zoals zijzelf. Want ze was erg eenzaam.

Lange tijd vond ze niemand. Maar toen monsters op een gegeven moment eigenlijk alleen nog maar in sprookjes voorkwamen, merkte ze dat ze met nietsvermoedende mensen kon omgaan alsof ze een van hen was. Ze begon als verpleegster te werken – ze had meer kennis en ervaring dan de chirurgen in die tijd, maar als vrouw kon ze niet in een andere functie aan de slag. Ze deed haar best om patiënten van minder kundige artsen te redden als niemand keek. Maar hoewel ze met mensen werkte, kreeg ze nog steeds niet het gezelschap waar ze zo naar verlangde, want ze kon geen nauwe banden riskeren.

Toen de griepepidemie uitbrak, draaide ze nachtdiensten in een ziekenhuis in Chicago. Ze had een idee dat haar al een paar jaar bezighield en ze had al bijna een besluit genomen: omdat ze geen metgezel kon vinden, zou ze er een creëren. Ze wist niet precies welke onderdelen van haar eigen transformatie echt noodzakelijk waren geweest en welke alleen ter vermaak van haar sadistische schepper hadden gediend, dus ze aarzelde nog. En ze wilde niet iemands leven stelen zoals het hare gestolen was. Op dat punt vond ze mij. Er was geen hoop voor mij: ik lag op de afdeling van de stervenden. Ze had mijn ouders verzorgd en wist dat ik alleen was. Ze besloot een poging te wagen...'

Haar stem, nog slechts gefluister, stierf weg. Ze staarde nietsziend naar buiten. Ik vroeg me af welke beelden nu door haar hoofd gingen: Carines herinneringen of die van haarzelf. Ik wachtte.

Ze keek weer naar mij en glimlachte zacht. 'En zo is de cirkel rond.'

'Ben je al die tijd bij Carine gebleven?'

'Bijna.'

Ze pakte mijn hand en trok me mee naar de gang. Ik keek om naar de schilderijen die ik niet meer kon zien en vroeg me af of ik ooit de andere verhalen nog te horen zou krijgen.

Ze zei verder niets toen we door de gang liepen, dus ik vroeg: 'Bijna?'

Edythe zuchtte, tuitte haar lippen en keek me toen vanuit haar ooghoeken aan.

'Daar wil je geen antwoord op geven, hè?' vroeg ik.

'Het was niet mijn fraaiste tijd.'

We liepen een andere trap op.

'Je kunt alles tegen me zeggen.'

Toen we boven aan de trap waren bleef ze even staan om me aan te kijken.

'Dat ben ik je wel verschuldigd, denk ik. Je moet weten wie ik ben.'

Ik kreeg het gevoel dat wat ze nu zei direct verband hield met wat ze eerder had gezegd, over dat ik gillend op de vlucht zou slaan. Ik hield mijn gezicht ondoorgrondelijk en zette me schrap.

Ze haalde diep adem. 'Ik had een typische periode van opstandige puberteit, ongeveer tien jaar nadat ik... geboren... gecreëerd was, hoe je het ook wilt noemen. Ik was niet overtuigd van Carines manier van leven, van onthouding, en ik nam het haar kwalijk dat ze mijn honger in toom hield. Dus... heb ik een tijdje alleen geleefd.'

'Echt?' Dat zorgde niet voor de schok die ze had verwacht. Ik werd er alleen maar nieuwsgieriger van.

'Vind je dat niet weerzinwekkend?'

'Nee.'

'Waarom niet?'

'Ik denk dat het... logisch is.'

Ze lachte kort en trok me toen rustig weer mee, door een soortgelijke gang als beneden.

'Vanaf het moment van mijn nieuwe geboorte had ik het voordeel dat ik wist wat iedereen om me heen dacht, zowel mensen als niet-mensen. Daarom had ik tien jaar nodig om me te verzetten tegen Carine: ik hoorde haar zuivere oprechtheid, begreep precies waarom ze op die manier leefde.

Ik had maar een paar jaar nodig om terug te keren naar Carine en me weer aan haar filosofie te houden. Ik dacht dat ik vrijgesteld was van de depressieve gevoelens die gepaard gaan met een geweten. Omdat ik wist wat mijn prooi dacht, kon ik de onschuldigen overslaan en alleen de slechteriken uitkiezen. Als ik een moordenaar volgde in een donkere steeg waar hij een jong meisje achternazat, als ik haar leven redde, was ik vast niet zo verschrikkelijk.'

Ik probeerde me voor te stellen wat ze beschreef. Hoe zou ze eruitgezien hebben als ze geruisloos en bleek uit het donker tevoorschijn kwam? Wat zou de moordenaar gedacht hebben als hij haar zag – volmaakt, beeldschoon, meer dan menselijk? Zou hij geweten hebben dat hij bang moest zijn?

'Maar toen de tijd verstreek begon ik het monster te zien in mijn ogen. Ik kon de schuld van zo veel afgekapte levens niet dragen, hoe gerechtvaardigd het ook was. En ik ging terug naar Carine en Earnest. Ze onthaalden me als de verloren dochter. Het was meer dan ik verdiende.'

We stonden inmiddels stil voor de laatste deur in de gang.

'Mijn kamer,' zei ze terwijl ze de deur opendeed en me naar binnen trok.

Haar kamer keek uit op het zuiden, met een raam zo groot als de muur, net als in de woonkamer beneden. Kennelijk was de hele achterkant van het huis van glas. Haar uitzicht besloeg de brede, kronkelende rivier onder ons, volgens mij was het de Sol Duc, en het ongerepte bos tot aan de besneeuwde toppen van de Olympic Mountains. De bergen waren veel dichterbij dan ik had gedacht.

Haar rechtermuur was bedekt met planken vol cd's; ze was beter voorzien dan een muziekwinkel. In de hoek stond een geavanceerd uitziende stereoinstallatie, van het soort dat ik niet durfde aan te raken omdat ik zeker wist dat ik iets kapot zou maken. Er stond geen bed, alleen een diepzwarte leren bank. Op de vloer lag een dik, goudkleurig tapijt en de muren waren behangen met zware stof in een iets donkerder kleur.

'Goede akoestiek?' gokte ik.

Ze knikte lachend.

Ze pakte een afstandsbediening en zette de stereo aan. Hij stond zacht, maar het klonk alsof het rustige jazznummer door een band bij ons in de kamer werd gespeeld. Ik wierp een blik op haar verbijsterende muziekverzameling.

'Hoe heb je dit ingedeeld?' vroeg ik toen ik geen enkel systeem in de titels kon ontdekken.

'Eh, per jaar en daarbinnen op persoonlijke voorkeur,' zei ze afwezig.

Ik draaide me om en ze keek me aan met een blik in haar ogen die ik niet kon plaatsen.

'Wat is er?'

'Ik had me erop ingesteld dat ik me... opgelucht zou voelen als je alles over me wist, als ik geen geheimen meer voor je zou hebben. Maar ik had niet verwacht dat ik nog meer zou voelen. Ik vind het prettig. Het maakt me... gelukkig.' Glimlachend haalde ze haar schouders op.

'Fijn,' zei ik en ik glimlachte terug. Ik was bang geweest dat ze er spijt van zou krijgen dat ze me al die dingen had verteld. Het was goed om te weten dat dat niet zo was.

Maar toen haar ogen mijn blik ontleedden verdween haar glimlach en trokken haar wenkbrauwen samen.

'Je wacht nog steeds tot ik gillend op de vlucht sla, hè?' vroeg ik.

Ze knikte en gniffelde even.

'Ik moet je helaas teleurstellen, maar je bent gewoon lang niet zo eng als je denkt. Ik kan me echt niet voorstellen dat ik bang voor je zou zijn,' zei ik achteloos.

Ze trok haar wenkbrauwen op en toen gleed er een brede glimlach over haar gezicht.

'Dat had je beter niet kunnen zeggen,' meldde ze.

En toen grómde ze, een laag geluid achter in haar keel dat absoluut niet menselijk klonk. Haar glimlach werd breder tot hij van een grijns in een grauw veranderde waarbij ze al haar tanden ontblootte. Haar lichaam nam ineens een half ineengedoken houding aan; haar rug was lang en hol, als een kat die elk moment haar prooi kan bespringen.

'Eh... Edythe?'

Ik zag haar niet aanvallen, daar ging ze veel te snel voor. Ik snapte niet eens wat er gebeurde. Ik vloog een fractie van een seconde door de lucht en de kamer tolde om me heen, ondersteboven en toen weer rechtop. Ik voelde niet dat we neerkwamen, maar plotseling lag ik op mijn rug op de zwarte bank met Edythe boven op me, haar knieën tegen mijn heupen gedrukt, haar handen aan weerszijden van mijn hoofd zodat ik me niet kon bewegen, haar ontblote tanden op een paar centimeter van mijn gezicht. Ze maakte weer een zacht geluidje dat het midden hield tussen grommen en spinnen.

'Wow,' hijgde ik.

'Wat zei je ook alweer?' vroeg ze.

'Eh, dat je een heel erg eng monster bent?'

Ze grijnsde. 'Zo mag ik het horen.'

'En dat ik zó ontzettend verliefd op je ben.'

Haar gezicht werd zacht, haar ogen waren groot; alle muren die ze had opgetrokken waren weer verdwenen.

'Beau,' fluisterde ze.

'Mogen we binnenkomen?' vroeg een zachte stem bij de deur.

Ik kromp in elkaar en zou waarschijnlijk mijn voorhoofd tegen dat van Edythe gestoten hebben als ze niet zoveel sneller dan ik was geweest. In weer een fractie van een seconde had ze me overeind getrokken zodat ik op de bank zat en zij naast me, haar benen over de mijne.

Archie stond in de deuropening, met Jessamine achter hem in de gang. Er kropen rode vlekken over mijn hals, maar Edythe was volkomen op haar gemak.

'Natuurlijk,' zei ze tegen Archie.

Archie leek niet gemerkt te hebben dat we ons wat vreemd hadden gedragen. Hij liep naar het midden van de kamer, waar hij zich zo gracieus op de vloer liet zakken dat het haast onwerkelijk was. Jessamine bleef bij de deur staan en keek in tegenstelling tot Edythe een beetje geschrokken. Ze staarde naar Edythes gezicht en ik vroeg me af hoe de sfeer in de kamer aanvoelde voor haar.

'Het klonk alsof je Beau als lunch ging eten,' zei Archie, 'en we kwamen kijken of wij ook een stukje mochten.'

Ik verstijfde tot ik Edythe zag grijnzen, al wist ik niet of dat was vanwege Archies opmerking of mijn reactie.

'Sorry,' antwoordde ze terwijl ze een bezitterige arm om mijn nek sloeg. 'Ik heb geen zin om te delen.'

Archie haalde zijn schouders op. 'Dan niet.'

'Eigenlijk,' zei Jessamine terwijl ze een aarzelende stap over de drempel zette, 'verwacht Archie een fikse onweersbui vanavond, en Eleanor heeft zin in een wedstrijdje. Doe je mee?'

Edythes ogen lichtten op, maar ze aarzelde.

'Je moet Beau natuurlijk meenemen,' zei Archie. Ik dacht dat ik Jessamine een snelle blik op hem zag werpen.

'Heb je zin om mee te gaan?' vroeg Edythe. Ze keek zo verlangend dat ik overal mee ingestemd zou hebben.

'Tuurlijk. Eh, waar gaan we heen?'

'We moeten wachten tot het onweert om te kunnen spelen. Je merkt wel waarom,' beloofde ze.

'Moet ik een paraplu meenemen?'

Ze lachten alle drie hardop.

'Nou?' vroeg Jessamine aan Archie.

'Nee.' Archie leek zeker van zijn zaak. 'De bui trekt over de stad. Op de open plek blijft het zo goed als droog.'

'Mooi,' zei Jessamine, en het enthousiasme in haar stem was, hoe kon het ook anders, aanstekelijk. Ik merkte dat ik ook opgetogen raakte, al wist ik eigenlijk niet zo goed wat we gingen doen.

'Kom, we gaan Carine bellen om te vragen of zij ook kan,' zei Archie, en hij kwam in weer zo'n vloeiende beweging overeind waar ik met open mond naar staarde

'Alsof je dat niet allang weet,' zei Jessamine plagerig, en toen waren ze weg.

'Maarreh... wat spelen we?' vroeg ik.

'Jíj gaat kijken,' verduidelijkte Edythe. 'Wíj gaan honkballen.'

Ik keek haar sceptisch aan. 'Houden vampiers van honkbal?'

Ze keek glimlachend naar me op. 'Het is de volkssport van Amerika.'

17. De wedstrijd

Het begon net te regenen toen Edythe mijn straat in reed. Tot dan toe had ik zeker geweten dat ze bij mij zou blijven terwijl ik een paar uur in de echte wereld doorbracht.

En toen zag ik de zwarte, gedeukte sedan op Charlies oprit staan, en ik hoorde Edythe binnensmonds iets bozigs mompelen.

Schuilend voor de regen onder het smalle afdak van de veranda stond Jules Black, achter de rolstoel van haar moeder. Bonnies gezicht was zo uitdrukkingsloos als steen toen Edythe mijn auto langs de stoep parkeerde. Jules keek naar beneden, haar blik gekwetst.

Edythes zachte stem was ziedend. 'Dit gaat te ver.'

'Kwam ze Charlie waarschuwen?' raadde ik, en ik voelde eerder afgrijzen dan woede.

Edythe knikte alleen en beantwoordde Bonnies blik met samengeknepen ogen.

Gelukkig was Charlie nog niet thuis. Misschien kon de ramp nog voorkomen worden.

'Laat mij dit maar afhandelen,' opperde ik. Edythes boze blik zag er iets te... serieus uit.

Tot mijn verbazing vond ze dat goed. 'Dat is waarschijnlijk het beste. Maar pas op. Het kind weet nergens van.'

'Het kínd? Jules is bijna net zo oud als ik, hoor.'

Ze keek me aan en haar boosheid was verdwenen. Ze grijnsde. 'Vertel mij wat.'

Ik zuchtte.

'Neem ze mee naar binnen, dan kan ik weg,' zei ze tegen me. 'Ik ben rond zonsondergang terug.'

'Je mag de pick-up wel lenen,' bood ik aan.

Ze rolde met haar ogen. 'Ik lóóp sneller naar huis dan dit geval rijdt.'

Ik wilde niet dat ze wegging. 'Je kunt ook hier blijven.'

Ze raakte mijn frons even aan en glimlachte. 'Nee, dat gaat niet. Als je hen hebt weggewerkt' – ze wierp een boze blik in de richting van de Blacks – 'moet je Charlie nog voorbereiden op een ontmoeting met je nieuwe vriendinnetje.'

Ze moest lachen om mijn gezicht – blijkbaar zag ze precies wat een fijn vooruitzicht ik dat vond.

Het was niet zo dat ik Charlie niet over Edythe wilde vertellen. Ik wist dat hij op de Cullens gesteld was, en hoe zou hij Edythe niet aardig kunnen vinden? Hij zou waarschijnlijk beledigend onder de indruk zijn. Maar ik had gewoon het idee dat ik mijn geluk daarmee op de proef stelde. Het voelde niet veilig om deze veel te mooie fantasie naar de saaie sleur van het gewone leven te brengen. Die twee zouden toch nooit lang naast elkaar kunnen bestaan?

'Ik kom snel terug,' beloofde ze. Haar ogen schoten naar de veranda en toen boog ze zich heel snel naar voren om een kus in mijn hals te drukken. Mijn hart sprong op en neer in mijn ribbenkast terwijl ik ook naar de veranda keek. Bonnies gezicht was niet langer uitdrukkingsloos en haar handen omknelden de armleuningen van haar rolstoel.

'Snel,' benadrukte ik terwijl ik het portier opendeed en de regen in stapte.

'Hé Jules. Hoi Bonnie.' Ik begroette hen zo vrolijk mogelijk. 'Charlie is de hele dag weg – ik hoop niet dat jullie al lang staan te wachten.'

'Niet lang,' zei Bonnie rustig. Haar donkere ogen keken me priemend aan. 'Ik wilde alleen dit even brengen.' Ze gebaarde naar een bruine papieren zak op haar schoot.

'Dank je wel,' zei ik automatisch, al had ik geen idee wat erin zat. 'Willen jullie even binnenkomen om op te drogen?'

Ik deed net alsof ik haar indringende blik niet opmerkte toen ik de deur opendeed en gebaarde dat ze naar binnen moesten gaan. Jules glimlachte even toen ze langs me liep.

'Geef die maar aan mij,' zei ik toen ik me omdraaide om de deur dicht te doen. Ik wisselde nog een laatste blik met Edythe – ze zat doodstil en met een ernstige blik te wachten.

'Je kunt het beter in de koelkast leggen,' zei Bonnie terwijl ze me de zak overhandigde. 'Er zit gebakken vis in van Holly Clearwater. Charlie is er dol op. In de koelkast wordt het niet klef.'

'Dank je wel,' herhaalde ik, maar nu meende ik het. 'Ik was al op zoek naar andere manieren om vis klaar te maken, en Charlie brengt vanavond vast weer vis mee.'

'Is hij alweer aan het vissen?' vroeg Bonnie. Ze keek plotseling gespannen. 'Op zijn vaste stek? Misschien ga ik zo wel even bij hem langs.'

'Nee,' loog ik snel. 'Hij zou naar een nieuwe plek gaan... maar ik heb geen idee waar.'

Ze staarde met toegeknepen ogen naar mijn gezicht. Het was altijd overduidelijk als ik probeerde te liegen.

'Julie,' zei ze, nog steeds met haar blik op mij gericht. 'Wil jij even die nieuwe foto van Aaron uit de auto halen? Dan laat ik die hier ook achter voor Charlie.'

'Waar ligt-ie?' vroeg Jules. Ze klonk een beetje bedrukt. Ik keek naar haar, maar ze staarde met samengetrokken wenkbrauwen naar de grond.

'Volgens mij heb ik hem in de achterbak zien liggen,' zei Bonnie. 'Je moet misschien even zoeken.'

Jules liep met grote passen de regen weer in.

Bonnie en ik keken elkaar zwijgend aan. Na een paar seconden begon de stilte ongemakkelijk te worden, dus draaide ik me om en liep naar de keuken. Ik hoorde haar natte wielen op het linoleum piepen toen ze me volgde.

Ik legde de zak op de bovenste plank van de koelkast en draaide me toen langzaam om naar de ogen die ik in mijn rug voelden priemen.

'Charlie komt pas laat thuis.' Mijn stem was bijna onbeleefd.

Ze knikte, maar zei niets.

'Nogmaals bedankt voor de vis,' zei ik betekenisvol.

Ze knikte weer. Ik zuchtte en leunde tegen het aanrecht.

'Beau,' zei ze en toen aarzelde ze.

Ik wachtte.

'Beau,' herhaalde ze, 'Charlie is een van mijn beste vrienden.'

'Ja.'

Met haar lage stem sprak ze elk woord zorgvuldig uit. 'Ik heb gemerkt dat je met een van de Cullens omgaat.'

'Ja,' herhaalde ik.

Haar ogen vernauwden zich weer. 'Misschien gaat het me niets aan, maar ik geloof niet dat dat zo'n goed idee is.'

'Je hebt gelijk,' beaamde ik. 'Het gaat je inderdaad niets aan.'

Ze trok haar dikke wenkbrauwen op toen ze mijn toon hoorde. 'Je weet dit waarschijnlijk niet, maar de familie Cullen heeft niet zo'n beste reputatie in het reservaat.'

'Toevallig wist ik dat wel,' zei ik met harde stem. Ze keek verbaasd. 'Maar die reputatie kunnen ze niet verdiend hebben, toch? Want de Cullens hebben nog nooit een voet in het reservaat gezet, of wel?' Ik zag dat mijn niet al te subtiele verwijzing naar de overeenkomst die haar stam zowel beschermde als aan banden legde haar aan het denken zette.

'Dat is zo,' gaf ze met een behoedzame blik toe. 'Je lijkt... goed op de hoogte omtrent de Cullens. Beter dan ik had verwacht.'

Ik keek haar strak aan. 'Misschien ben ik zelfs wel beter op de hoogte dan jij.'

Ze tuitte haar volle lippen terwijl ze daarover nadacht. 'Zou kunnen,' gaf ze toe, maar toen werden haar ogen sluw. 'Is Charlie net zo goed op de hoogte?'

Ze had de zwakke plek in mijn wapenrusting gevonden.

'Charlie mag de Cullens erg graag,' zei ik. Ze begreep dat ik haar vraag ontweek. Haar blik was ongelukkig, maar niet verbaasd.

'Het is mijn zaak niet,' zei ze. 'Maar misschien wel die van Charlie.'

'Maar het is weer mijn zaak of ik wel of niet vind dat het Charlies zaak is, vind je niet?'

Ik vroeg me af of ze mijn warrige vraag wel begreep terwijl ik probeerde niets compromitterends te zeggen. Maar ze leek me te kunnen volgen. Ze dacht erover na terwijl de regen steeds harder op het dak roffelde, het enige geluid dat de stilte doorbrak.

'Ja.' Ze gaf zich eindelijk gewonnen. 'Dat lijkt me inderdaad jouw zaak.'

Ik zuchtte opgelucht. 'Bedankt, Bonnie.'

'Denk goed na over wat je doet, Beau,' drong ze aan.

'Doe ik,' gaf ik snel toe.

Ze fronste. 'Ik bedoelde eigenlijk: stop met wat je aan het doen bent.'

Ik keek in haar ogen die me diepbezorgd aankeken en wist niet wat ik moest zeggen.

De voordeur werd met een klap opengegooid.

'Er ligt helemaal geen foto in de auto.' Jules' klagende stem bereikte ons voordat we haar zagen. Ze kwam de keuken in. De schouders van haar T-shirt waren vlekkerig van de regen en haar haar was druipnat.

'Hmm,' bromde Bonnie, opeens onverschillig, terwijl ze haar rolstoel omdraaide naar haar dochter. 'Dan heb ik hem zeker thuis laten liggen.'

Jules rolde overdreven met haar ogen. 'Lekker dan.'

'Goed, Beau, zeg maar tegen Charlie' – Bonnie wachtte even voordat ze verderging – 'dat we langs zijn geweest, bedoel ik.'

'Zal ik doen,' mompelde ik.

Jules keek verbaasd op. 'Gaan we alweer?'

'Charlie komt pas laat thuis,' verklaarde Bonnie terwijl ze langs Jules reed.

'O.' Jules keek teleurgesteld. 'Nou, Beau, ik zie je wel weer, denk ik.'

'Tuurlijk,' antwoordde ik.

'Pas goed op jezelf,' zei Bonnie waarschuwend. Ik gaf geen antwoord.

Jules hielp haar moeder de deur uit. Ik zwaaide even, keek snel naar mijn nu lege pick-up, en sloot de deur voordat ze weg waren.

En toen kon ik alleen nog maar wachten. Nadat ik een paar seconden naar de lege keuken had gestaard, begon ik met een zucht schoon te maken. Dat hield mijn gedachten bezig, maar mijn hoofd niet. Nu ik niet meer onder Jessamines kalmerende invloed stond, raakte ik behoorlijk in paniek door mijn toezegging. Maar hoe moeilijk kon het zijn? Edythe had gezegd dat ik niet hoefde te spelen. Ik probeerde mezelf ervan te overtuigen dat alles goed zou komen terwijl ik net iets te hard het aanrecht schrobde.

Ik was net klaar met de badkamer toen ik eindelijk Charlies auto op de oprit hoorde. Ik zette de schoonmaakspullen op alfabetische volgorde in het kastje onder de wasbak terwijl hij door de voordeur kwam. Hij begon met veel kabaal zijn visgerei op te bergen in de trappenkast.

'Beau?' riep hij.

'Hoi pap,' riep ik terug.

Toen ik beneden kwam stond hij zijn handen schoon te boenen in de gootsteen.

'Waar is de vis?' vroeg ik.

'In de vriezer.'

'Ik pak er even een paar voordat ze bevroren zijn. Bonnie heeft vanmiddag wat van Holly Clearwaters gebakken vis langsgebracht.' Ik probeerde enthousiast te klinken.

'Echt waar?' Charlies ogen lichtten op. 'Daar ben ik dol op.'

Charlie trok schone kleren aan terwijl ik eten kookte. Niet lang daarna zaten we samen aan tafel zwijgend te eten. Charlie genoot duidelijk van zijn eten. Ik vroeg me af hoe ik vredesnaam over mijn nieuwe... vriendinnetje moest beginnen.

'Wat heb je vandaag allemaal gedaan?' onderbrak hij mijn gepeins.

'Nou, vanmiddag heb ik een beetje in huis rondgehangen...' Alleen het laatste deel van de middag, dat wel. Ik probeerde opgewekt te blijven klinken, maar mijn buik deed pijn. 'En vanochtend ben ik bij de Cullens geweest.'

Charlie liet zijn vork vallen.

'Bij dokter Cullen?' vroeg hij stomverbaasd.

Ik deed net alsof ik zijn reactie niet opmerkte. 'Ja.'

'Wat moest je daar nou?' Hij had zijn vork nog niet opgeraapt.

'Nou, ik heb een soort afspraakje met Edythe Cullen vanavond, en ze wilde me aan haar ouders voorstellen.'

Hij keek me aan alsof ik net had verkondigd dat ik de hele dag slijterijen had overvallen.

'Wat is er nou, pap? Je wilde toch dat ik leuke dingen met vrienden ging doen?'

Hij knipperde een paar keer met zijn ogen en pakte toen zijn vork. 'Eh, ja, dat is ook zo.' Hij nam een hap, kauwde langzaam en slikte. 'Maar je zei toch dat de meiden in de stad niet jouw type waren?'

'Dat zei ík niet, dat zei jíj.'

'Niet zo boos, hè, je weet best wat ik bedoel. Waarom heb je het niet verteld? Zat ik te veel te zeuren?'

'Nee, pap, het is gewoon nogal... pril, snap je? Ik wilde het eerst zeker weten.'

'Hm.' Hij dacht even na terwijl hij nog een hap nam. 'Dus je hebt haar ouders al ontmoet?'

'Eh, ja. Ik kende dr. Cullen natuurlijk al. Maar ik heb haar vader nu ook gezien.'

'Earnest Cullen is een fijne kerel – een beetje stil, maar heel... aardig, dat is denk ik het beste woord. Hij heeft iets.'

'Ja, dat viel mij ook op.'

'Maar joh, dat je haar ouders al hebt ontmoet. Dat is toch best serieus? Is ze je vriendinnetje?'

'Ja.' Dit ging veel soepeler dan ik had gedacht. Ik voelde me opvallend trots dat ik haar op die manier de mijne kon noemen. Misschien een beetje holbewonerig van me, maar ik kon er niets aan doen. 'Ja, ze is mijn vriendinnetje.'

'Wauw.'

'Zeg dat wel.'

'En wanneer krijg ik haar te zien?'

Ik trok een wenkbrauw op. 'Zul je je onberispelijk gedragen?'

Hij stak zijn handen op. 'Wie, ik? Heb ik je ooit voor schut gezet?'

'Heb ik ooit een meisje mee naar huis genomen?'

Hij snoof en veranderde van onderwerp. 'Wanneer ga je haar ophalen?'

'Eh, ze komt hiernaartoe. Krijg je haar meteen te zien. Ik denk dat ze hier elk moment kan zijn.'

'Wat gaan jullie doen?'

'Nou, ik geloof dat het plan is om... met haar familie te gaan honkballen.'

Charlie staarde me even aan en barstte toen in lachen uit. Ik rolde met mijn ogen en wachtte tot hij uitgelachen was. Na een tijdje deed hij net alsof hij de tranen uit zijn ogen veegde.

'Nou, dat hebben we ook weer gehad.'

'Honkballen, zeg je? Je moet dat meisje wel heel erg leuk vinden.'

Eerst wilde ik daar nonchalant op reageren, maar dat zou hij toch meteen doorzien. 'Ja,' zei ik. 'Ik vind haar echt heel erg leuk.'

Ik hoorde een onbekende motor brullen voor het huis en ik keek verbaasd op.

'Is ze dat?'

'Zou kunnen...'

Even later ging de bel en Charlie sprong op. Ik rende langs hem en was als eerste bij de deur.

'Beetje bezitterig?' mompelde hij.

Ik had helemaal niet in de gaten gehad dat het zo hard regende. Edythe stond in het licht van de veranda en zag eruit als een fotomodel in een advertentie voor regenjassen.

Ik hoorde Charlie verrast naar adem happen. Ik vroeg me af of hij haar al eens van dichtbij had gezien. Dat wás ook best heftig.

Zelfs als je eraan gewend was. Ik staarde haar met open mond aan.

Ze lachte. 'Mag ik binnenkomen?'

'Ja! Natuurlijk.' Ik sprong aan de kant en botste tegen Charlie op.

Na wat onhandig gestommel had ik haar jas opgehangen en zaten Charlie en zij allebei in de woonkamer. Zij zat in de leunstoel, dus ik ging naast Charlie op de bank zitten.

'Zo, Edythe, hoe gaat het met je ouders?'

'Uitstekend, chief Swan, dank u.'

'Noem me maar Charlie. Ik heb geen dienst.'

'Bedankt, Charlie.' Ze liet haar kuiltjes op hem los en hij staarde haar wezenloos aan.

Het duurde even voor hij was bijgekomen. 'Zo, dus eh, jullie gaan vanavond honkballen?'

Het leek niet bij hen op te komen dat het feit dat het pijpenstelen regende daar misschien verandering in zou kunnen brengen. Welkom in de staat Washington.

'Ja. Hopelijk vindt Beau het niet erg om de avond met mijn familie door te brengen.'

Voordat ik iets kon zeggen gaf Charlie al antwoord. 'Ik denk dat hij dat honkballen erger vindt.'

Ze lachten allebei en ik wierp mijn vader een waarschuwende blik toe. Waar was dat goede gedrag dat me beloofd was?

'Zullen we gaan?' opperde ik.

'We hebben geen haast,' zei Edythe grijnzend.

Ik gaf Charlie een por met mijn elleboog. Edythes grijns werd breder.

'O, eh, ja,' zei Charlie. 'Gaan jullie maar gauw, ik heb nog van alles, eh... te doen.'

Edythe kwam vloeiend overeind. 'Ontzettend leuk je te ontmoeten, Charlie.'

'Ja. Kom gerust nog eens langs, Edythe.'

'Dank je, dat is erg aardig van je.'

Charlie haalde opgelaten zijn hand door zijn haar. Volgens mij had ik hem nog nooit zo van de wijs gezien.

'Komen jullie erg laat thuis?'

Ik keek naar haar.

'Nee, we zullen het beschaafd houden.'

'Maar je hoeft niet op te blijven, hoor,' voegde ik eraan toe.

Ik gaf haar haar jas en hield de deur voor haar open. Toen ze voorbijliep keek Charlie me met grote ogen aan. Ik haalde met een onschuldige blik mijn schouders op. Ik wist ook niet waar ik dit aan te danken had.

Ik liep achter haar aan de veranda op en bleef toen stokstijf staan.

Daar, achter mijn pick-up, stond een monsterlijke Jeep. De banden kwamen tot mijn middel. Er zaten metalen rekken voor de koplampen en achterlichten, en aan de rolbeugel waren vier schijnwerpers bevestigd. De harde kap was knalrood.

Charlie floot zachtjes. 'Wel je gordel omdoen.'

Ik liep naar de bestuurderskant om het portier open te doen voor Edythe. Ze sprong met een soepel sprongetje naar binnen, en ik was blij dat de Jeep tussen ons en Charlie in stond, want het zag er niet helemaal natuurlijk uit. Ik liep naar mijn kant en klauterde houterig op mijn stoel. Ze had de motor al gestart en ik herkende het gebrul dat ik eerder had gehoord. Het was niet zo hard als mijn pick-up, maar het klonk een stuk krachtiger.

Uit gewoonte – ze zou pas wegrijden als ik mijn riem om had – greep ik naar de autogordel.

'Wat... huh... wat is dat is allemaal? Hoe moet...?'

'Zespuntsgordel,' legde ze uit.

'Eh.'

Ik probeerde alle gespen vast te maken, maar dat ging nogal traag. Haar handen flitsten rond, zo snel dat ze bijna onzichtbaar waren, en toen waren ze weer weg. Ik was blij dat het zo hard regende dat ik Charlie niet goed kon zien op de veranda, want dat betekende dat hij mij ook niet goed kon zien.

'Eh, dank je.'

'Graag gedaan.'

Ik was wel zo verstandig om niet te vragen of ze haar eigen gordel ook om ging doen.

Ze reed weg bij het huis.

'Wat een eh... grote Jeep is dit.'

'Hij is van Eleanor. Ik mocht hem lenen zodat we niet de hele weg hoeven te rennen.'

'Waar laten jullie dit ding?'

'We hebben een van de bijgebouwen verbouwd tot garage.'

Ineens drong haar eerste antwoord tot me door.

'Wacht. De héle weg rennen? Bedoel je dat we nog altijd een deel van de weg moeten rennen?' vroeg ik verontwaardigd.

Ze perste haar lippen op elkaar alsof ze haar best moest doen om niet te lachen. 'Jij gaat niet rennen.'

Ik kreunde. 'Nee, ik ga over mijn nek waar je familie bij is.'

'Als je je ogen dichthoudt, is er niets aan de hand.'

Ik schudde mijn hoofd, zuchtte en pakte haar hand. 'Hallo. Ik heb je gemist.'

Ze lachte, een trillend geluid dat niet helemaal menselijk klonk. 'Ik heb jou ook gemist. Gek, hè?'

'Hoezo?'

'Je zou denken dat ik de afgelopen honderd jaar wel wat meer geduld had opgedaan. En nu vind ik het lastig om een middag zonder jou door te brengen.'

'Ik ben blij dat ik niet de enige ben.'

Ze boog zich opzij om me een snelle kus op mijn wang te geven, maar trok zich toen met een zucht weer terug. 'Je ruikt nog lekkerder in de regen.'

'Op een goede of een slechte manier?'

Ze fronste haar wenkbrauwen. 'Altijd alle twee.'

Ik weet niet hoe ze wist waar we heen gingen in de hoosbuien – de regen was een vloeibaar grijs gordijn om de Jeep – maar op de een of andere manier vond ze een zijweg die een soort bergpad was. Een tijdlang was een gesprek onmogelijk, omdat ik als een drilboor op en neer stuiterde in mijn stoel. Maar zij leek te genieten van de rit, want ze had voortdurend een enorme grijns op haar gezicht.

En toen kwamen we bij het einde van de weg; de bomen vormden een groene muur aan drie kanten van de Jeep. Het miezerde alleen nog maar en het klaarde al op, de lucht werd zichtbaar tussen de wolken.

'Sorry, Beau, vanaf hier moeten we te voet.'

'Weet je wat? Ik blijf hier wel wachten.'

'Waar is je moed gebleven? Vanochtend was je nog zo dapper.'

'Ik ben de vorige keer nog niet vergeten.' Was dat echt nog maar gisteren geweest?

In een flits verscheen ze aan mijn kant van de auto en ze begon mijn gordel los te maken.

'Dat doe ik wel. Ga jij maar vast,' protesteerde ik. Ze was al klaar voordat ik de eerste zin had uitgesproken.

Ik bleef in de auto zitten en keek haar aan.

'Vertrouw je me niet?' vroeg ze gekwetst, maar volgens mij was dat gespeeld.

'Daar gaat het helemaal niet om. Vertrouwen en misselijkheid hebben niets met elkaar te maken.'

Ze keek me aan en ik voelde me nogal stom omdat ik daar maar in die Jeep bleef zitten, maar ik kon alleen maar denken aan die misselijkmakendste achtbaanrit die ik ooit had gemaakt.

'Weet je nog wat ik zei over de zege van de geest op het lichaam?' vroeg ze.

'Ja...'

'Misschien lukt het als je je op iets anders concentreert.'

'Zoals?'

Plotseling zat ze naast me in de Jeep, met één knie op de stoel naast mijn been en haar handen op mijn schouders. Haar gezicht was maar een paar centimeter van het mijne. Ik had een lichte hartaanval.

'Blijven ademen,' zei ze.

'Hoe dan?'

Ze glimlachte en toen werd haar gezicht weer ernstig. 'Als we rennen – en nee, daar valt niet over te onderhandelen – wil ik dat je hieraan denkt.'

Langzaam kwam ze dichterbij en draaide haar hoofd zodat we wang tegen wang zaten, haar lippen bij mijn oor. Haar hand gleed over mijn borst naar mijn middel.

'Denk maar aan ons... zoals we nu zitten...'

Haar lippen beten zachtjes in mijn oorlel en kropen toen langs mijn kaak naar mijn hals.

'Ademhalen, Beau,' mompelde ze.

Ik zoog snuivend mijn longen vol.

Ze gaf me een kus op mijn kaak en toen op mijn slaap. 'Maak je je nu nog steeds zorgen?'

'Huh?'

Ze grinnikte. Ze legde haar handen om mijn gezicht en ze drukte een lichte kus op mijn ene ooglid, en toen op het andere.

'Edythe,' hijgde ik.

Toen voelde ik haar lippen op de mijne, en ze waren niet meer zo zacht en behoedzaam als ze tot nu toe waren geweest. Ze waren veel dwingender, koud en hard, en ik wist dat ik het niet moest doen, maar ik kon niet meer helder genoeg nadenken om verstandige beslissingen te nemen. Mijn handen bewogen als vanzelf en ik sloeg mijn armen om haar middel om haar tegen me aan te drukken. Mijn mond bewoog met de hare mee en ik hapte naar lucht terwijl ik haar geur zo diep mogelijk probeerde op te snuiven.

'Verdomme, Beau!'

En toen was ze weg – ze gleed moeiteloos uit mijn greep – en stond al drie meter bij de auto vandaan voordat ik knipperend weer terug naar de werkelijkheid was gekomen.

'Sorry,' zei ik geschrokken.

Ze keek me argwanend aan met zulke grote ogen dat het wit rond haar gouden irissen te zien was. Ik struikelde onhandig de auto uit en deed een stap naar haar toe.

'Ik denk echt dat je nog eens mijn dood wordt, Beau,' zei ze zacht.

Ik verstarde. 'Wat?'

Ze haalde diep adem en toen stond ze weer naast me. 'En nu gaan we, voordat ik iets ontzettends doms doe,' mopperde ze.

Ze ging met haar rug naar me toe staan en keek ongeduldig over haar schouder.

En hoe kon ik haar nu nog iets weigeren? Ik voelde me weer een gorilla, nog bespottelijker dan eerst, en klom op haar rug.

'Hou je ogen dicht,' waarschuwde ze, en toen was ze weg.

Ik kneep mijn ogen dicht en probeerde niet aan de snelheid van de wind te denken die mijn vel plat tegen mijn schedel duwde. Maar verder was het bijna niet te geloven dat we echt weer net als de vorige keer door het bos vlogen. Haar lichaam bewoog zo lichtjes dat ze net zo goed over de stoep zou kunnen slenteren – met een gorilla op haar rug. Haar ademhaling was heel gelijkmatig.

Ik wist niet zeker of we stilstonden toen ze haar arm naar achteren stak en mijn gezicht aanraakte.

'We zijn er, Beau.'

Ik deed mijn ogen open en inderdaad, we stonden stil. In mijn haast om van haar rug te komen verloor ik mijn evenwicht. Ze draaide zich net op tijd om om te zien hoe ik woest zwaaiend met mijn armen op mijn kont viel.

Ze keek me even aan alsof ze niet zeker wist of ze nog te boos op me was om me grappig te vinden, maar toen besloot ze kennelijk dat ze niet té boos was.

Ze begon klaterend te lachen, gooide haar hoofd in haar nek en sloeg haar armen om haar buik.

Ik stond langzaam op en veegde de modder en grasssprieten zo goed en zo kwaad als het kon van de achterkant van mijn spijkerbroek terwijl zij maar bleef lachen.

'Weet je, het is eigenlijk wel zo humaan als je me nu vast gewoon zou dumpen,' zei ik somber. 'Hoe langer het duurt, hoe moeilijker het voor mij wordt.'

Ze haalde een paar keer diep adem om weer rustig te worden.

Met een zucht liep ik het bos in, in de richting die er het pad-achtigst uitzag.

Iets greep de achterkant van mijn trui vast en ik glimlachte. Ik keek over mijn schouder. Ze had mijn trui in haar vuist, net zoals ze me op school voor het kantoor van de verpleging had vastgehouden.

'Waar ga je heen, Beau?'

'Er ging toch gehonkbald worden?'

'Het is de andere kant op.'

Ik draaide me om. 'Oké.'

Ze pakte mijn hand en we liepen langzaam in de richting van een donkere plek in het bos.

'Sorry dat ik je uitlachte.'

'Ik zou mezelf ook uitgelachen hebben.'

'Nee, ik was gewoon een beetje... geagiteerd. Ik moest even afreageren.'

We liepen een paar tellen zwijgend door.

'Ik hoop dat het zege-van-de-geest-op-het-lichaam-experiment in elk geval gewerkt heeft.'

'Nou... ik ben niet misselijk geworden.'

'Mooi, maar...?'

'Ik dacht niet aan wat er in de auto gebeurde. Ik dacht aan wat er daarna gebeurde.'

Ze zweeg.

'Ik weet dat ik mijn excuses al heb aangeboden, maar... sorry. Nogmaals. Ik kan echt leren om het beter te doen, dat weet ik...'

'Beau, hou op. Ik voel me alleen nog maar schuldiger als jij je excuses aanbiedt.'

Ik keek naar haar. We stonden allebei stil. 'Waarom zou jíj je schuldig voelen?'

Ze lachte weer, maar deze keer had haar lach een bijna hysterische ondertoon. 'Ja, inderdaad! Waarom zou ik me nou schuldig voelen?'

Ik schrok een beetje van de donkere blik in haar ogen. Ik zag pijn, en ik wist niet hoe ik die weg kon nemen. Ik legde mijn hand op haar wang. 'Edythe, ik begrijp niet wat je bedoelt.'

Ze deed haar ogen dicht. 'Ik breng jou telkens opnieuw in gevaar. Ik denk dat ik mezelf kan beheersen, en dan komt het zo dichtbij... Ik weet niet hoe ik niet meer zó moet zijn.' Nog steeds met gesloten ogen gebaarde ze naar zichzelf. 'Het feit alleen dat ik besta is voor jou een risico. Soms haat ik mezelf echt. Ik zou sterker moeten zijn, ik zou...'

Ik verschoof mijn hand tot hij over haar mond lag. 'Hou op.'

Haar ogen gingen open. Ze trok mijn hand van haar mond en legde hem weer tegen haar wang.

'Ik hou van jou,' zei ze. 'Het is een zwak excuus voor wat ik aan het doen ben, maar het is wel waar.'

Het was de eerste keer dat ze met zo veel woorden zei dat ze van me hield. Zoals zij vanochtend ook al had gezegd: het was anders om de woorden hardop te horen.

'Ik hou van jóú,' zei ik toen ik weer lucht kreeg. 'Ik wil dat je gewoon jezelf bent.'

Ze zuchtte. 'En nu braaf zijn,' zei ze terwijl ze op haar tenen ging staan.

Ik verroerde me niet terwijl ze haar lippen zachtjes op de mijne drukte.

We keken elkaar even aan.

'Honkbal?' vroeg ze.

'Honkbal,' beaamde ik veel zelfverzekerder dan ik me voelde.

Ze nam me weer bij de hand en leidde me een paar meter door hoge varens en langs een enorme Canadese den, en toen waren we er ineens, aan de rand van een enorme open plek naast een berghelling. Het was twee keer zo groot als het grootste honkbalstadion.

De anderen waren er allemaal. Earnest, Eleanor en Royal zaten zo'n honderd
meter verderop op een uitstekende rots. Veel verder weg zag ik Jessamine en Archie minstens vierhonderd meter bij elkaar vandaan staan. Het leek wel alsof ze speelden dat ze iets overgooiden, want ik kon geen bal ontdekken. Het zag eruit alsof Carine de honken aan het markeren was, maar dat kon niet kloppen. Ze lagen veel te ver uit elkaar.

Toen we het bos uit kwamen, stonden de drie op de rots op. Earnest kwam onze kant op. Royal liep weg, naar de plek waar Carine bezig was. Eleanor liep na een lange blik op Royals rug achter Earnest aan.

Ik staarde ook naar de rug van Royal. Ik werd er zenuwachtig van.

'Was jij dat die we hoorden, Edythe?' vroeg Earnest.

'Het klonk als een stikkende hyena,' voegde Eleanor eraan toe.

Ik glimlachte voorzichtig naar Earnest. 'Dat was zij.'

'Beau deed grappig,' legde Edythe uit.

Archie was opgehouden met overgooien en rende naar ons toe; het leek alsof zijn voeten de grond nooit raakten. Hij was er in een oogwenk en kwam slippend voor onze neus tot stilstand.

'Het is tijd,' kondigde hij aan.

Hij had het nog niet gezegd of een diepe, rommelende donder deed het bos achter ons schudden en sloeg ergens ten westen van de stad in.

'Griezelig, hè?' zei Eleanor tegen me. Toen ik me naar haar omdraaide, verbaasd over haar ontspannen toon, gaf ze me een knipoog.

'Kom op!' Archie pakte Eleanors hand en ze vlogen naar het enorme, ruitvormige speelveld. Archie sprong haast, als een hert, maar dan dichter bij de grond. Eleanor was net zo snel en bijna even sierlijk, maar toch was zij heel anders. Zij sprong niet, zij viel aan.

'Ben je er klaar voor?' vroeg Edythe met fonkelende ogen.

Het was onmogelijk om niet enthousiast te worden over iets waar zij duidelijk zo blij van werd. 'Hup Edythe!'

Ze lachte, haalde haar vingers door mijn haar en sprintte achter de anderen aan. Ze rende agressiever dan de anderen, zoals een luipaard op een gazelle afrent, maar toch soepel en adembenemend mooi. Ze had de anderen al snel ingehaald.

'Zullen we gaan kijken?' vroeg Earnest met zijn zachte, hoge stem. Ik realiseerde me dat ik hen met open mond nastaarde. Snel trok ik mijn gezicht weer in de plooi en knikte. Earnest hield een meter afstand, iets meer dan normaal is voor twee mensen die naast elkaar lopen, en ik nam aan dat hij nog steeds zijn best deed om me niet bang te maken. Hij paste zijn stappen aan die van mij aan zonder ongeduldig te worden over het tempo.

'Speel jij niet mee?' vroeg ik.

'Nee, ik ben liever scheidsrechter. Ik zorg ervoor dat ze eerlijk blijven.'

'Spelen ze dan vals?'

'Jazeker, je zou ze eens moeten horen ruziemaken. Of eigenlijk liever niet, anders denk je nog dat ze opgevoed zijn door een roedel wolven.'

'Je klinkt net als mijn vader,' lachte ik.

Hij lachte ook. 'Nou, in veel opzichten beschouw ik hen ook als mijn kinderen. Ik ben mijn...' Zijn stem stokte en hij haalde diep adem. 'Heeft Edythe verteld dat ik mijn dochter verloren heb?'

'Eh, nee,' mompelde ik verbluft. Ik probeerde te begrijpen over welk leven hij het nu had.

'Mijn enige kind – mijn Grace. Ze stierf toen ze nog maar net twee was. Mijn hart brak. Daarom ben ik van die klif gesprongen,' voegde hij er kalm aan toe.

'O, eh, Edythe zei dat je gevallen was...'

'Altijd beleefd.' Earnest glimlachte. 'Edythe was de eerste van mijn nieuwe kinderen. Mijn tweede dochter. Zo heb ik haar altijd beschouwd, ook al is ze op minstens één manier ouder dan ik, en ik heb me altijd afgevraagd of mijn Grace ook zo'n fantastisch mens geworden zou zijn.' Hij keek me aan en glimlachte warm. 'Ik ben zo blij dat ze jou gevonden heeft, Beau. Ze is al te lang het buitenbeentje. Het deed me pijn haar alleen te zien.'

'Vind je het dan niet erg?' vroeg ik weifelend. 'Dat ik... helemaal verkeerd voor haar ben?'

'Nee,' zei hij bedachtzaam. 'Jij bent wat ze wil. Ik weet zeker dat het allemaal goed komt.' Maar hij kreeg zorgelijke rimpels in zijn voorhoofd.

Weer een dreunende donderslag.

Earnest bleef staan. Blijkbaar hadden we de rand van het speelveld bereikt. Zo te zien hadden ze teams gevormd. Edythe stond links achter in het veld, Carine stond tussen het eerste en tweede honk en Archie stond met de bal op een plek die waarschijnlijk de werpheuvel was.

Eleanor zwaaide met een aluminium bat, die bijna onhoorbaar door de lucht zoefde. Ik wachtte tot ze naar de thuisplaat zou lopen, maar realiseerde me, toen ze de slaghouding aannam, dat ze er al stond: verder van de werpheuvel dan ik voor mogelijk gehouden zou hebben. Jessamine stond een paar passen achter haar, als catcher voor het andere team. Ze hadden uiteraard geen van allen handschoenen aan.

'Goed,' riep Earnest met een heldere stem die zelfs Edythe waarschijnlijk kon horen, hoe ver ze ook stond. 'We gaan beginnen.'

Archie stond rechtop, zo stil als een standbeeld. Zijn stijl leek eerder steels te zijn dan een intimiderende zwaai. Hij hield de bal met beide handen voor zijn middel en toen, als een aanvallende cobra, flitste zijn rechterhand omhoog en smakte de bal met een knal als een pistoolschot in de hand van Jessamine.

'Was dat een slag?' vroeg ik fluisterend aan Earnest.

'Als ze hem niet raken is het een slag,' zei hij tegen me.

Jessamine smeet de bal terug naar Archies uitgestoken hand. Hij grijnsde even. En toen zwiepte zijn hand weer omhoog.

Deze keer zwaaide de bat op de een of andere manier snel genoeg naar voren om de onzichtbare bal te raken. Dat ging gepaard met een oorverdovende, donderende klap die tegen de berghelling echode. Ik begreep meteen waarom hier onweer voor nodig was.

Ik kon de bal nauwelijks volgen; hij schoot als een komeet over het veld en vloog diep het omringende bos in.

'Homerun,' mompelde ik.

'Wacht,' zei Earnest. Hij had zijn hand opgestoken en luisterde ingespannen. Eleanor vloog als een wazige streep van honk naar honk. Carine zat haar op de hielen. Ik merkte dat Edythe ontbrak.

'Uit!' riep Earnest. Ik staarde vol ongeloof naar Edythe die tussen de bomen door kwam en de bal omhooghield. Haar brede grijns kon zelfs ik zien.

'Eleanor slaat het hardst,' legde Earnest uit, 'maar Edythe rent het hardst.'

Het was alsof ik naar een stel honkballende superhelden keek. Het was onmogelijk om de snelheid waarmee de bal gegooid werd te volgen, of het tempo waarin hun lichamen over het veld raceten.

Ik kwam achter de andere reden waarom ze alleen honkbalden als het onweerde toen Jessamine, die Edythes onfeilbare veldwerk probeerde te omzeilen, een bal over de grond naar Carine sloeg. Carine rende naar de bal en volgde toen Jessamine naar het eerste honk. Toen ze tegen elkaar botsten, klonk dat alsof er twee enorme rotsblokken op elkaar vielen. Ik sprong op, bang dat er iemand gewond was geraakt, maar er was niets aan de hand.

'Binnen,' klonk Earnests rustige stem.

Eleanors team stond een punt voor – Royal was erin geslaagd langs de honken te sprinten na een van Eleanors lange ballen – toen Edythe de bal uitving. Ze holde naar me toe, sprankelend van opwinding.

'Wat vind je ervan?' vroeg ze.

'Eén ding is zeker: ik zal nooit meer naar een saaie Major League-wedstrijd kunnen kijken.'

'Want dat deed je immers zo vaak,' lachte ze.

'Ik ben een beetje teleurgesteld,' zei ik plagerig.

'Hoezo?'

'Nou, het zou fijn zijn als ik iets kon ontdekken waar je niet beter in bent dan ieder ander op deze planeet.'

Ze lachte haar kuiltjeslach en ik hapte naar adem.

'Ik ben aan slag,' zei ze en ze liep naar de plaat.

Ze speelde slim, hield de bal laag, buiten bereik van Royals grijpgrage hand in het verre veld, en wist bliksemsnel twee honken te pakken voordat Eleanor de bal weer terug in het spel had. Carine mepte er eentje zo ver uit het veld – met een knal die pijn deed aan mijn oren – dat zowel zij als Edythe binnenliepen. Archie gaf hun high fives.

De score veranderde voortdurend terwijl het spel verderging en ze pestten elkaar als straatspelers toen ze om beurten aan de leiding gingen. Af en toe riep Earnest hen tot de orde. Het donderde nog steeds maar het bleef droog, zoals Archie al had voorspeld.

Carine was aan slag en Edythe was aan het vangen toen Archie ineens naar adem hapte. Mijn ogen waren zoals gebruikelijk op Edythe gericht en ik zag dat ze met een ruk naar hem opkeek. Ze staarden elkaar aan en in een fractie van een seconde vond er een geluidloos gesprek plaats. Ze stond al naast me voordat de anderen aan Archie konden vragen wat er aan de hand was.

'Archie?' vroeg Earnest gespannen.

'Ik zag het niet aankomen,' fluisterde Archie. 'Ik wist het niet.'

Alle anderen stonden nu om hem heen.

Carine was rustig en gebiedend. 'Wat is er, Archie?'

'Ze reisden veel sneller dan ik dacht. Ik zie dat ik de eerste keer het perspectief verkeerd had,' mompelde hij.

Jessamine sloeg in een beschermend gebaar haar arm om hem heen. 'Wat is er veranderd?' vroeg ze.

'Ze hoorden ons spelen en zijn van richting veranderd,' zei Archie berouwvol, alsof hij zich verantwoordelijk voelde voor wat er was gebeurd – wat dat ook mocht zijn.

Zeven paar ogen keken snel naar mijn gezicht en weer weg.

'Hoe snel?' vroeg Carine.

Hij kreeg een uiterst geconcentreerde blik op zijn gezicht.

'Binnen vijf minuten. Ze rennen: ze willen meespelen.' Hij keek boos.

'Red je dat?' vroeg Carine aan Edythe met weer een korte blik op mij.

'Nee, niet als ik hem draag...' Ze zweeg. 'Bovendien zouden ze zijn geur kunnen opvangen en daarop gaan jagen, en dat is het laatste wat we willen.'

'Hoeveel?' vroeg Eleanor aan Archie.

'Drie.'

'Drie!' zei ze minachtend. 'Laat ze maar komen.' Ze spande de lange spierbundels in haar armen.

Carine dacht een fractie van een seconde na, al leek het veel langer te duren. Alleen Eleanor leek ontspannen, de anderen staarden bezorgd naar Carines gezicht.

'We spelen door,' besloot Carine uiteindelijk. Haar stem was kil en vlak. 'Archie zei dat ze alleen nieuwsgierig waren.'

Het hele gesprek duurde maar een paar seconden, maar ik had mijn oren gespitst en dacht dat ik het meeste ervan had meegekregen. Ik kon alleen niet verstaan wat Earnest nu met een gespannen gezicht aan Edythe vroeg. Ik zag alleen dat ze heel lichtjes haar hoofd schudde en dat hij daarna opgelucht keek.

'Ga jij maar vangen, Earnest,' zei ze. 'Dan hou ik de score bij.'

Ze bleef vlak naast me staan terwijl de anderen terugliepen naar het veld en met hun ogen het bos afzochten. Archie en Earnest leken zich om mij heen te positioneren.

Ik zei wat iedereen al wist. 'De anderen komen eraan.'

'Ja. Ik wil dat je heel stil blijft staan, niets zegt en niet van mijn zijde wijkt.' Ik hoorde de spanning in haar stem, al deed ze haar best het te verbergen.

'Dat heeft geen zin,' mompelde Archie. 'Ik kon hem aan de andere kant van het veld ruiken.'

'Dat weet ik,' snauwde Edythe.

Carine stond bij de thuisplaat en de anderen deden zonder veel enthousiasme mee.

'Wat vroeg Earnest net?' fluisterde ik.

Ze aarzelde even voordat ze antwoord gaf. 'Of ze dorst hadden.'

De seconden gleden traag voorbij; het spel verliep lusteloos. Niemand durfde harder te slaan dan een stootslag en Eleanor, Royal en Jessamine bleven in het middenveld hangen. Af en toe voelde ik de ogen van Royal op me gericht. Ze waren uitdrukkingsloos, maar door de stand van zijn mond wist ik zeker dat hij boos was.

Edythe had totaal geen aandacht voor de wedstrijd: haar ogen en gedachten speurden het bos af.

'Het spijt me, Beau,' mompelde ze woest. 'Het was stom en onverantwoordelijk om je zo bloot te stellen. Het spijt me verschrikkelijk.'

Ik hoorde haar adem stokken en haar ogen richtten zich op de rechterkant van het veld. Met een halve stap opzij plaatste ze zich tussen mij en wat er aankwam. Ik raakte in paniek, net als toen ik me had voorgesteld hoe ze me voor Royal probeerde te beschermen: Edythe liep gevaar. Ik wist vrij zeker dat wat er nu aankwam een stuk erger was dan Royal.

18. De jacht

Ze verschenen een voor een aan de rand van het bos, een meter of tien bij elkaar vandaan. De eerste vrouw die het veld op stapte, hield gelijk haar pas in om een andere vrouw op kop te laten lopen. Ze plaatste zichzelf achter de lange, donkerharige vrouw op een manier die duidelijk aangaf wie hier de leiding had. De derde was een man; van deze afstand kon ik alleen zien dat zijn haar vuurrood was.

Ze sloten de rijen voordat ze behoedzaam doorliepen in de richting van Edythes familie. Het was net een natuurdocumentaire: een groep roofdieren toonde instinctief respect omdat ze een grotere, onbekende groep van hun eigen soort tegenkwamen.

Toen ze ons naderden, zag ik hoezeer ze van de Cullens verschilden. Hun manier van lopen was katachtig, ze leken elk moment in elkaar te kunnen zakken om een prooi te bespringen. Ze droegen backpackerskleren: spijkerbroeken en sportieve jacks van zware, waterafstotende stoffen. Maar de kleren waren versleten door het vele dragen, en ze liepen op blote voeten. Hun haar zat vol bladeren en takjes uit het bos.

De vrouw die de leiding had keek onderzoekend naar Carine toen die geflankeerd door Eleanor en Jessamine naar voren stapte om hen te begroeten, en ging rechterop lopen. De andere twee volgden haar voorbeeld.

De voorste vrouw was veruit de mooiste. Haar huid was bleek, maar met een olijfkeurige ondertoon, en haar haar glanzend zwart. Ze was niet lang, maar zag er sterk uit, zij het niet zo sterk als Eleanor. Ze glimlachte ongedwongen, zodat haar glimmende witte tanden zichtbaar werden.

De man was wilder. Zijn ogen schoten rusteloos heen en weer tussen de Cullens en zijn houding was bijzonder katachtig. De tweede vrouw bleef onopvallend achter hen staan. Ze was kleiner dan de leidster, met lichtbruin haar en een heel gewoon gezicht. Haar ogen waren het rustigst en bewogen het minst. Maar ik had het vreemde gevoel dat ze meer zag dan de anderen.

Het grootste verschil waren hun ogen. Die waren niet goud of zwart, zoals ik inmiddels gewend was, maar helderrood.

De donkerharige vrouw stapte, nog altijd glimlachend, op Carine af.

'We dachten een wedstrijd te horen,' zei ze. Haar stem had een licht Frans accent. 'Ik ben Lauren, en dit zijn Victor en Joss.'

'Ik ben Carine. Dit is mijn familie: Eleanor en Jessamine, Royal, Earnest en Archie, Edythe en Beau.' Ze duidde ons in groepjes aan, om bewust geen aandacht te vestigen op individuele personen. Ik voelde een schok toen ze mijn naam noemde.

'Kunnen jullie nog een paar spelers gebruiken?' vroeg Lauren.

Carine antwoordde op dezelfde vriendelijke manier. 'Eigenlijk waren we net uitgespeeld. Maar een volgende keer zijn jullie van harte welkom. Zijn jullie van plan lang hier in de omgeving te blijven?'

'We zijn op weg naar het noorden, maar we vroegen ons af wie er hier in de buurt was. We hebben al een hele tijd geen gezelschap meer gehad.'

'Klopt, deze regio is meestal verlaten, op ons en een enkele bezoeker zoals jullie na.'

De gespannen sfeer was langzaam overgegaan in een gewoon gesprek; ik nam aan dat Jessamine haar vreemde gave gebruikte om de situatie te beïnvloeden.

'Wat is jullie jachtgebied?' vroeg Lauren terloops.

Carine negeerde de veronderstelling. 'De Olympic Range hier, en af en toe de Coast Ranges. We hebben een vaste plek om te wonen hier in de buurt. Er is nog een permanente nederzetting, net als de onze, in Denali in het noorden.'

Lauren keek verbaasd op.

'Een vaste plek? Hoe doen jullie dat?' Ze klonk oprecht nieuwsgierig.

'Waarom gaan jullie niet met ons mee naar huis zodat we wat comfortabeler kunnen praten?' nodigde Carine haar uit. 'Het is een tamelijk lang verhaal.'

Victor en Joss wisselden een verbaasde blik bij het woord 'huis', maar Lauren hield haar gezicht beter onder controle.

'Dat klinkt erg interessant, en we maken graag gebruik van je aanbod.' Ze glimlachte. 'We zijn al vanaf Ontario op jacht en we hebben al een tijd geen gelegenheid gehad ons te wassen.' Haar ogen gleden waarderend over Carines kleren.

'Het is niet persoonlijk bedoeld, maar we stellen het op prijs als jullie niet zouden willen jagen in de nabije omgeving. We moeten ervoor zorgen dat we geen aandacht trekken, zoals je begrijpt,' legde Carine uit.

'Natuurlijk.' Lauren knikte. 'We zullen geen inbreuk maken op jullie territorium. Bovendien hebben we in de buurt van Seattle al gegeten.' Ze lachte. Er liep een rilling over mijn rug.

'Ren maar met ons mee, dan wijzen we jullie de weg. Eleanor en Archie, gaan jullie met Edythe en Beau de Jeep halen,' voegde Carine er terloops aan toe.

Er leken drie dingen tegelijk te gebeuren toen Carine dat had gezegd. Er waaide een briesje door mijn haar, Edythe verstijfde en de andere vrouw, Joss, zwiepte haar hoofd ineens mijn kant op en bestudeerde me met opengesperde neusgaten.

Iedereen verstarde toen Joss een stap naar voren deed en in elkaar dook. Edythe ontblootte haar tanden en kromde haar rug om mij te verdedigen terwijl er een dierlijk gegrom uit haar keel kwam. Dit leek in niets op de speelse manier waarop ik haar eerder had horen grommen; het was het angstaanjagendste geluid dat ik ooit had gehoord. Koude rillingen liepen van mijn kruin naar mijn hielen.

'Wat krijgen we nou?' vroeg Lauren geschokt. Joss en Edythe bleven allebei in hun agressieve houding staan. Joss maakte een schijnbeweging naar opzij, maar Edythe had al gereageerd door haar gewicht te verplaatsen.

'Hij hoort bij ons,' zei Carine met kille stem tegen Joss.

Toen leek Lauren mijn geur ook op te vangen, al leek die op haar een minder sterk effect te hebben dan op Joss, en er verscheen een begrijpende blik op haar gezicht. 'Jullie hebben een snack meegenomen?' Ze deed een stap naar voren.

Edythe grauwde nog feller en haar lip krulde op boven haar ontblote tanden. Lauren stapte weer naar achteren.

'Ik zei dat hij bij ons hoort,' snauwde Carine.

'Maar hij is een méns,' protesteerde Lauren. Ze klonk niet agressief, alleen verbijsterd.

Eleanor leunde naar voren en was ineens erg aanwezig naast Carine. 'Ja.' Haar blik was strak op Joss gericht.

Joss kwam langzaam overeind uit haar gebogen houding, maar ze bleef naar mij kijken en haar neusgaten stonden nog wijd open. Edythe bleef gespannen voor me staan. Ik wilde haar naar achteren trekken – die Jossvampier maakte geen grappen – maar dat zou vast niet gewaardeerd worden. Ze had gezegd dat ik stil moest blijven staan, dus dat zou ik doen... totdat iemand haar pijn probeerde te doen.

Lauren begon op sussende toon te praten in een poging de plotselinge vijandigheid te laten verdwijnen. 'Ik geloof dat we nog veel over elkaar moeten leren.'

'Inderdaad.' Carines stem was nog steeds kil.

'Maar we nemen je uitnodiging graag aan.' Haar ogen flitsten naar mij en weer terug naar Carine. 'En we zullen de mensenjongen natuurlijk geen kwaad doen. Zoals ik al zei: we zullen niet in jullie territorium jagen.'

Joss keek ongelovig naar Lauren en wisselde een korte blik met Victor, wiens ogen nog steeds nerveus van gezicht naar gezicht gleden.

Carine peilde Laurens oprechte blik even en zei toen: 'We zullen jullie voorgaan. Jess, Royal, Earnest?' riep ze. Ze gingen bij elkaar staan en blokkeerden op die manier het zicht op mij. Archie stond meteen naast me en Eleanor stapte langzaam naar achteren, haar ogen strak op Joss gericht terwijl ze zich bij ons aansloot.

'Kom mee, Beau,' zei Edythe zacht en koud. Ze pakte me bij mijn elleboog en trok me naar voren. Archie en Eleanor bleven vlak achter ons om mij aan spiedende blikken te onttrekken. Ik liep struikelend naast Edythe en probeerde haar tempo bij te houden. Ik kon niet horen of de andere groep al vertrokken was. Edythes ongeduld was bijna tastbaar terwijl we met menselijke snelheid naar de rand van het bos liepen.

'Ik ben sneller,' snauwde ze in antwoord op iemands gedachte.

Toen waren we tussen de bomen en Edythe trok mijn arm om haar nek terwijl we nog steeds op een drafje naar voren sukkelden. Ik begreep wat ze wilde en klom op haar rug, nog te geschrokken om me opgelaten te voelen. We renden al voordat ik zat.

Mijn ogen wilden niet dicht, maar het bos was toch een grote zwarte vlek. Ik hoorde Eleanor en Archie niet naast ons rennen. Net als Edythe vlogen ze als schimmen door het bos.

Binnen een paar seconden waren we bij de Jeep. Edythe vertraagde nauwelijks toen ze zich omdraaide en me op de achterbank zette.

'Maak hem vast,' siste ze tegen Eleanor, die naast me ging zitten.

Archie zat al op de voorstoel en Edythe trapte op het gas. Ze reed achteruit, keerde en reed het kronkelige pad op.

Edythe gromde iets wat te snel ging voor mijn oren, maar het klonk als een serie vloeken. De hobbelige rit was veel erger in het donker. Eleanor en Archie keken allebei uit de zijramen.

We kwamen bij de hoofdweg. De Jeep ging nog sneller. Ondanks de duisternis zag ik welke kant we op gingen. We reden naar het zuiden, weg van Forks.

'Waar gaan we heen?' vroeg ik.

Niemand gaf antwoord. Ze keken niet eens naar me.

'Gaat iemand me nog vertellen wat er aan de hand is?'

Edythe hield haar ogen op de weg gericht toen ze begon te praten. De snelheidsmeter gaf honderdzeventig kilometer per uur aan. 'We moeten je hier weg zien te krijgen... zo ver mogelijk hiervandaan... nu meteen.'

'Wat? Maar ik moet naar huis!'

'Je kunt niet naar huis, Beau.' De manier waarop ze het zei klonk nogal definitief.

'Ik snap het niet. Edythe? Wat bedoel je?'

Archie zei voor het eerst iets. 'Zet hem aan de kant, Edythe.'

Ze keek hem woest aan en gaf nog meer gas.

'Edythe,' zei Archie. 'Kijk naar alle verschillende scenario's. We moeten hier goed over nadenken.' Zijn stem had een waarschuwende klank en ik vroeg me af wat hij in gedachten voor zich zag, wat hij Edythe liet zien.

'Je begrijpt het niet.' Edythe krijste bijna van frustratie. De snelheidsmeter stond op honderdvijfentachtig. 'Ze is een spoorzoekster, Archie! Zag je dat niet? Ze is een spoorzoekster!'

Ik voelde Eleanor naast me verstijven en ik vroeg me af wat dat woord voor haar betekende. Het had voor de andere drie duidelijk een andere betekenis dan voor mij. Ik wilde het begrijpen, maar kreeg de kans niet om het te vragen.

'Zet hem aan de kant, Edythe.' Archies stem klonk harder en ijziger.

De snelheidsmeter kroop langs de honderdnegentig.

'Nu,' blafte hij.

'Archie, luister nou! Ik zag wat ze dacht. Spoorzoeken is haar passie, haar obsessie – en ze wil hem, Archie, juist hem. Ze is al begonnen.'

'Ze weet niet waar...'

'Hoe lang denk je dat het duurt voor ze zijn geur tegenkomt in de stad? Ze had haar plannen al gemaakt voordat de woorden Laurens mond uit waren.'

Het voelde als een stomp in mijn maag. Ik kreeg even geen lucht meer toen het eindelijk duidelijk werd waar ze het over hadden. Tot nu toe had het heel abstract geklonken, als een ingewikkelde redactiesom. Het leek niet echt betrekking op mij te hebben.

Ik wist waar mijn geur heen zou leiden.

'Charlie!' zei ik geschrokken. En toen begon ik te schreeuwen. 'Charlie! We moeten terug. We moeten Charlie halen!'

Ik begon aan de gordels te rukken die me op mijn plek hielden, totdat Eleanor mijn polsen pakte. Me los proberen te rukken was net zoiets als proberen mijn polsen uit in beton gegoten handboeien te trekken.

'Edythe! Keer om!' schreeuwde ik.

'Hij heeft gelijk,' zei Archie.

De auto vertraagde een heel klein beetje.

'Laten we gewoon even onze opties bekijken,' zei Archie overredend.

De auto ging nu merkbaar nog iets langzamer rijden en toen kwamen we ineens met gierende banden tot stilstand op de vluchtstrook van de snelweg. Ik vloog tegen de gordels aan en knalde toen weer naar achteren in mijn stoel.

'Er zijn geen opties,' grauwde Edythe.

'We laten Charlie niet achter!' gilde ik.

Ze negeerde me volkomen.

Toen zei Eleanor eindelijk iets. 'We moeten hem terugbrengen.'

'Nee.'

'Ze is geen partij voor ons, Edy. Ze zal hem met geen vinger aan kunnen raken.'

'Ze wacht net zolang tot ze een kans krijgt.'

Eleanor glimlachte een koude, opvallend gretige glimlach. 'Ik kan ook wachten.'

Edythe snoof geërgerd. 'Jij hebt het niet gezien! Je begrijpt het niet! Als ze eenmaal besloten heeft te gaan jagen, brengt niets haar daar vanaf. We kunnen niet met haar praten. We kunnen haar niet wegjagen. We zullen haar moeten doden.'

Daar had Eleanor geen problemen mee. 'Ja.'

'En die man. Die hoort bij haar. Als dit op een gevecht uitdraait, zal Lauren ook aan hun kant staan.'

'Wij zijn met meer.'

'Er is nog een andere optie,' zei Archie zacht.

Edythe draaide zich woedend naar hem om, haar stem een razende grauw. 'Er. Is. Geen. Andere. Optie!'

Eleanor en ik keken haar geschrokken aan, maar Archie leek niet verbaasd. De stilte duurde een lange minuut terwijl Edythe en Archie elkaar aanstaarden.

'Wil iemand misschien mijn idee horen?' vroeg ik.

'Nee,' snauwde Edythe. Archie wierp haar een boze blik toe.

'Luister,' zei ik. 'Breng me terug.'

'Nee!'

'Jawel! Je brengt me terug. Ik zeg tegen mijn vader dat ik naar huis wil, naar Phoenix. Ik pak mijn spullen. We wachten tot die spoorzoekster toekijkt en dan smeren we hem. Ze volgt ons en laat Charlie met rust. Daarna kun je me naar elke plek brengen die je wilt.'

Ze staarden me met grote ogen aan.

'Dat is nog helemaal niet zo'n slecht idee.' Eleanor klonk zo verbaasd dat ik een beetje beledigd was.

'Het zou kunnen werken – en we kunnen zijn vader natuurlijk niet onbeschermd achterlaten,' zei Archie. 'Dat weet jij ook wel, Edythe.'

Iedereen keek naar Edythe.

'Het is te gevaarlijk. Ik wil niet dat ze binnen honderd kilometer van Beau komt.'

'Ze komt niet langs ons.' Eleanor klonk erg zeker van zichzelf.

Archie deed zijn ogen even dicht. 'Ik zie haar niet aanvallen. Ze is iemand van de stiekeme aanpak, niet van de frontale aanval. Ze zal wachten tot we hem alleen laten.'

'Ze zal snel genoeg beseffen dat dat niet zal gebeuren,' zei Edythe.

'Ik móét naar huis, Edythe.'

Ze drukte haar vingers tegen haar slapen en kneep haar ogen even dicht. Toen keek ze me boos aan.

'Jouw plan duurt te lang. We hebben geen tijd voor dat afscheidstoneelstukje.'

'Als ik niet met een reden kom, komt je familie in de problemen. Misschien belt Charlie de FBI wel omdat hij denkt dat je me... weet ik veel, ontvoerd hebt of zo.'

'Dat doet er niet toe.'

'Jawel, dat doet er wel toe. Er is een manier waarop we iedereen kunnen beschermen, en zo gaan we het doen.'

De Jeep kwam grommend tot leven en ze keerde met piepende banden. De wijzer van de snelheidsmeter schoot weer omhoog.

'Je vertrekt vanavond,' zei Edythe, en ze klonk uitgeput. 'Of de spoorzoekster je nou ziet of niet. Zeg maar tegen Charlie wat je wilt, als het maar snel is. Pak de eerste spullen die je tegenkomt en stap in je pick-up. Wat Charlie ook zegt. Je hebt een kwartier. Een kwartier vanaf het moment dat je naar binnen stapt, anders kom ik je halen.'

Er gingen een paar minuten in stilte voorbij, op het gebrul van de motor na.

'Eleanor?' vroeg ik met een blik op mijn handen.

'O, sorry.' Ze liet me los.

'We gaan het als volgt doen,' zei Edythe. 'Als we bij het huis komen en de spoorzoekster is er niet, dan loop ik met Beau mee naar de deur. Dan heeft hij vijftien minuten.' Ze keek me fel aan in de achteruitkijkspiegel. 'Eleanor, jij bewaakt de buitenkant van het huis. Archie, jij haalt zijn auto. Ik ben net zo lang binnen als hij. Als hij weg is, kunnen jullie de Jeep naar huis rijden en Carine op de hoogte brengen.'

'Echt niet,' onderbrak Eleanor haar. 'Ik ga met jou mee.'

'Denk na, El. Ik weet niet hoe lang ik weg zal blijven.'

'Ik blijf bij je tot we weten wat Joss gaat doen.'

Edythe zuchtte. 'Als de spoorzoekster er wel is,' ging ze grimmig verder, 'rijden we door.'

'We zijn er eerder dan zij,' zei Archie stellig.

Edythe leek dat te geloven. Wat haar probleem met Archie ook was, ze leek nu niet aan hem te twijfelen.

'Wat doen we met de Jeep?' vroeg hij.

Edythes stem had een harde klank. 'Daar rijd jij mee naar huis.'

'Nee, dat doe ik niet,' zei hij rustig.

De onverstaanbare reeks vloeken begon weer.

'We passen niet allemaal in mijn pick-up,' prevelde ik.

Edythe leek me niet te horen.

'Ik denk dat je me in mijn eentje naar binnen moet laten gaan,' zei ik nog zachter.

Dat hoorde ze wel.

'Beau, doe niet zo dom,' zei ze met opeengeklemde tanden.

'Hoor eens, Charlie is niet gek,' wierp ik tegen. 'Als jij morgen niet in de stad bent krijgt hij argwaan.'

'Dat doet er niet toe. We zorgen ervoor dat hij veilig is, dat is het enige wat telt.'

'En die spoorzoekster dan? Ze zag hoe je vanavond reageerde. Ze zal denken dat je bij mij bent, waar je ook bent.'

Eleanor keek me aan, opnieuw beledigend verrast. 'Edythe, luister naar hem,' drong ze aan. 'Ik vind dat hij gelijk heeft.'

'Dat heeft hij ook,' zei Archie knikkend.

'Dat kan ik niet.' Edythes stem was ijskoud.

'Eleanor moet ook hier blijven,' ging ik verder. 'Eleanor heeft ongetwijfeld indruk op haar gemaakt.'

'Hè?' Eleanor keek me met een verraden blik aan.

'Je hebt meer kans haar te grazen te nemen als je in Forks blijft,' zei Archie, en hij knikte weer.

Edythe staarde hem ongelovig aan. 'Dus jij vindt dat ik hem alleen moet laten gaan?'

'Natuurlijk niet,' zei Archie. 'Jess en ik gaan met hem mee.'

'Dat kan ik niet,' herhaalde Edythe, maar ze klonk verslagen. Ze kon niet om de logica heen.

Ik probeerde haar te overtuigen. 'Jij blijft hier nog een week...' Ik zag haar gezicht in de spiegel en verbeterde mezelf. 'Een paar dagen. Laat je aan Charlie zien en misleid die Joss. Zorg ervoor dat ze mijn spoor totaal bijster is. Daarna kom je naar mij toe. Met een flinke omweg natuurlijk, en dan kunnen Jessamine en Archie naar huis.'

Ze liet het idee op zich inwerken.

'Waar zie ik je weer?'

'In Phoenix.'

'Nee,' zei ze ongeduldig. 'Ze zal horen dat je daarnaartoe gaat.'

'En jij zorgt er natuurlijk voor dat het op een list lijkt. Ze weet dat jullie weten dat ze meeluistert. Ze zal nooit geloven dat ik echt naar de plek ga waar ik zeg dat ik heen ga.'

'Hij is duivels,' grinnikte Eleanor.

'En als dat niet werkt?'

'Er wonen miljoenen mensen in Phoenix,' vertelde ik.

'Een telefoonboek is zo gevonden.'

'Weet je wat een hotel is, Edythe?'

'Edythe, wij zijn bij hem,' hielp Archie haar herinneren.

'En wat gaan júllie doen in Phoenix?' vroeg ze geringschattend.

'Binnen blijven.'

'Klinkt goed.' Eleanor dacht er ongetwijfeld aan hoe ze Joss te pakken zouden nemen.

'Hou je mond, El.'

'Hoor eens, als we haar te grazen proberen te nemen terwijl Beau nog in de buurt is, is de kans veel groter dat er iemand gewond raakt: hij raakt gewond, of jij omdat je hem probeert te beschermen. Maar als ze alleen is...' Ze viel stil en er kroop een glimlachje over haar gezicht. Ik had gelijk.

De Jeep reed nu met een slakkengang de stad in. Ik voelde dat de haartjes op mijn armen overeind gingen staan. Ik dacht aan Charlie, alleen in huis, en mijn knie ging ongeduldig op en neer.

'Beau,' zei Edythe heel zacht. Archie en Eleanor keken uit het raam. 'Als je ook maar iets met jezelf laat gebeuren, wat dan ook, dan hou ik je persoonlijk verantwoordelijk. Begrepen?'

Ik keek naar haar ogen in de achteruitkijkspiegel. 'Insgelijks, Edythe.'

Ze wendde zich tot Archie.

'Kan Jessamine het aan?'

'Heb een beetje vertrouwen in haar, Edythe. Ze doet het ontzettend goed, gezien de omstandigheden.'

'Kun jíj het aan?'

Archie ontblootte zijn tanden in een afgrijselijke grimas en liet een diepe grauw ontsnappen uit zijn keel waardoor ik in elkaar kromp in mijn stoel.

Edythe glimlachte naar hem. 'Maar hou je mening voor je,' mompelde ze ineens.

19. Afscheid

Zo te zien zat Charlie toch op me te wachten. Alle lichten in huis waren aan. Ik had geen idee hoe ik dit voor elkaar moest gaan krijgen.

Edythe parkeerde een autolengte achter mijn pick-up. Ze zaten alle drie kaarsrecht in hun stoelen en luisterden naar alle geluiden in het bos, keken naar alle schaduwen rond het huis, op zoek naar iets wat niet in de haak leek. Het gebrom van de motor stierf weg en ik bleef stil zitten terwijl zij luisterden.

'Ze is er niet,' siste Edythe. 'Kom, we gaan.'

Eleanor reikte voor me langs om mijn gordels los te maken. 'Maak je geen zorgen, Beau,' zei ze zacht maar opgewekt. 'We zullen de boel hier snel afhandelen.'

Ik werd overvallen door een vreemd verdriet toen ik naar Eleanors beeldschone en angstaanjagende gezicht keek. Ik kende haar nauwelijks, maar toch was het een verschrikkelijk idee dat ik niet wist wanneer ik haar weer zou zien. Ik wist dat dit het makkelijkste afscheid was dat ik het komende uur zou moeten doorstaan, en ik kreeg buikpijn bij de gedachte.

'Archie, El.' Edythes stem was bevelend. Ze glipten geruisloos de auto uit en verdwenen in het donker.

Ik klauterde achter Eleanor aan naar buiten en Edythe stond al naast mijn portier.

'Een kwartier,' zei ze verbeten.

Ik knikte en bleef toen weer staan.

'Schiet op, Beau.'

'Nog één ding.' Ik boog me voorover en gaf haar een ruwe kus. 'Ik hou van je. Wat er ook gebeurt, daar verandert verder niets aan.'

'Er zal je niets gebeuren, Beau.'

'Zorg dat Charlie veilig is.'

'Doen we. Schiet op.'

Ik knikte weer en sprong toen met een laatste blik over mijn schouder de veranda op terwijl ik de voordeur met een knal opengooide. Ik rende naar binnen en schopte de deur achter me dicht.

Ineens wist ik wat ik moest doen, en ik haatte mezelf nu al.

Charlie verscheen in de gang. 'Beau?'

'Laat me met rust!' snauwde ik.

Mijn ogen werden rood en waterig, en ik wist dat ik mezelf moest vermannen om dit tot een goed einde te brengen, als ik Charlie én de Cullens wilde beschermen en het plan wilde laten slagen. Het zou makkelijker zijn als ik niet naar hem keek.

Ik draaide me om en rende de trap op, gooide de deur van mijn kamer dicht en draaide de sleutel om. Ik plofte op de grond om een sporttas vanonder mijn bed te pakken. Toen stak ik mijn hand tussen het matras en de bedbodem en grabbelde rond tot ik de dichtgeknoopte sok had gevonden met mijn geheime spaarpot erin.

Charlie bonkte op mijn deur. 'Beau, is alles goed met je? Wat is er aan de hand?'

'Ik ga naar huis!' brulde ik.

Ik draaide me om naar de kast en daar stond Edythe al. Zwijgend rukte ze ladingen kleren van de planken en gooide die naar mij. Ik ving op wat ik kon en propte dat in de tas.

'Bemoei je er niet mee, Charlie,' gromde ik.

'Heeft ze het uitgemaakt?'

'Ik heb het uitgemaakt.'

Edythe reageerde niet op wat ik zei. Ze was volledig geconcentreerd. Met één zwaai van haar arm veegde ze alles van de bovenste plank van de kast mijn tas in.

'Hoezo?' vroeg Charlie verbaasd. 'Ik dacht dat je haar zo leuk vond.'

'Dat vind ik ook – té leuk.'

'Eh... zo werkt het niet, knul.'

Edythe ritste de tas dicht – meer tijd om in te pakken had ik kennelijk niet. Ze hing het hengsel om mijn schouder.

'Ik wacht in de pick-up – schiet op!' fluisterde ze, en ze duwde me naar de deur. Ze verdween door het raam.

Ik deed de deur van het slot en duwde Charlie opzij. Mijn tas gooide een schilderijtje van de muur toen ik de trap af denderde.

Charlie rende achter me aan en pakte het hengsel van mijn tas om me tegen te houden.

'Ben je aan de drugs, Beau?' wilde hij weten.

'Nee!'

'Rustig nou, ik begrijp er niets van. Vertel eens wat er is gebeurd.'

Hij hield het hengsel stevig vast. Ik kon de tas hier laten, maar dan was mijn verhaal minder geloofwaardig. Ik moest door de zure appel heen bijten.

Ik draaide me om en keek hem aan. Ik hoopte maar dat mijn ogen rood van woede leken.

'Ik zal je vertellen wat er is gebeurd,' zei ik zo boos mogelijk. 'Ik had een fantastische avond met het mooiste meisje dat ik ooit heb gezien, en we hadden het over de toekomst. En zoals zij de dingen voor zich ziet – dat doet me alleen maar aan jóú denken. Ze wil de rest van haar leven hier blijven. Ze gaat trouwen en kinderen krijgen en voor altijd in deze stad wonen. En heel even zag ik dat allemaal ook voor me. Ik raak mezelf kwijt hier. Ik word helemaal meegezogen. Als ik nu niet vertrek, kom ik nooit meer weg!'

'Beau, je kunt nu niet weggaan,' fluisterde hij. 'Het is midden in de nacht.'

'Ik slaap wel in de auto als ik moe word.'

'Wacht nog een week,' smeekte hij, nog steeds geschokt. 'Dan is Renée terug.'

Dat bracht me volledig van mijn stuk. 'Wat?'

Charlie zag mijn aarzeling en zijn blik werd opgelucht. 'Ze belde toen je weg was. Het gaat niet zo goed in Florida en als Phil aan het eind van de week geen contract krijgt aangeboden, gaan ze terug naar Arizona. De assistent-coach van de Sidewinders zei dat ze misschien een plekje hebben voor nog een korte stop.'

Ik schudde mijn hoofd en probeerde verder te gaan waar ik gebleven was. Elke seconde die voorbij tikte bracht Charlie verder in gevaar.

'Ik heb de sleutel,' mompelde ik terwijl ik aan de deurknop draaide. Hij stond te dichtbij en hield met een verbijsterd gezicht nog steeds mijn tas vast. Ik mocht niet nog meer tijd verspillen aan deze discussie. Ik moest hem nog meer pijn doen.

'Laat me gaan, Charlie,' zei ik tandenknarsend. Ik gooide de deur open. 'Ik ben niet gelukkig, oké? Ik háát Forks!'

De wrede woorden hadden effect: Charlie liet mijn tas los. Zijn mond viel open van verbazing en hij kreeg een diep gekwetste blik in zijn ogen. Ik draaide me om en beende naar buiten. Hij mocht mijn gezicht niet zien.

Ik probeerde boos door te lopen, maar het liefst zou ik gaan rennen. Ik zag allerlei donkere schaduwen in de voortuin die ik me vast alleen maar inbeeldde, maar helemaal zeker wist ik het niet. Ik gooide mijn tas achterin en rukte de deur open. De sleutel zat al in het contact.

'Ik bel je morgen!' riep ik.

Ik zou dit nooit aan hem uit kunnen leggen, zou het nooit meer goed kunnen maken. Ik gaf gas en scheurde weg.

Edythe pakte mijn hand.

'Zet hem aan de kant,' zei ze toen Charlie en het huis achter ons verdwenen waren.

Ik hield mijn ogen op de weg gericht en probeerde mijn gezicht onder controle te houden. 'Ik kan rijden.'

Plotseling gleed ze over mijn schoot, legde haar handen op het stuur en duwde met haar voet de mijne van het gaspedaal. De pick-up week geen centimeter van zijn koers en zij zat op de bestuurdersstoel.

'Je kunt het huis niet vinden,' legde ze uit.

Achter ons lichtten koplampen op. Geschrokken keek ik door de achterruit.

'Het is Archie maar,' zei ze. Ze pakte mijn hand weer.

Toen ik mijn ogen dichtdeed zag ik alleen maar voor me hoe Charlie daar in de deuropening had gestaan.

'En de spoorzoekster?'

'Ze heeft het einde van je voorstelling gehoord. Ze volgt ons nu; ze rent zo'n anderhalve kilometer achter ons.'

Mijn lichaam werd koud. 'Kunnen we haar voorblijven?'

'Nee.' Maar ondertussen gaf ze gas. De motor van de pick-up piepte uit protest.

Mijn plan leek ineens niet zo briljant meer.

Ik staarde naar de koplampen van Archie toen de pick-up ineens begon te schudden en er een donkere schaduw langs het raam gleed.

'E...!'

Ze sloeg haar hand over mijn mond voordat ik mijn waarschuwende schreeuw kon afmaken.

'Het is Eleanor!'

Ze legde haar hand op mijn knie.

'Niets aan de hand, Beau,' bezwoer ze.

We scheurden in noordelijke richting de stad uit.

'Ik had niet in de gaten dat je het leven in een provinciestad zo saai vond,' zei ze op luchtige toon, en ik wist dat ze me probeerde af te leiden. 'Het leek erop dat je je aardig begon aan te passen – vooral de laatste tijd. Misschien vleide ik mezelf met de gedachte dat ik het leven hier interessanter maakte voor je.'

'Die was onder de gordel,' bekende ik en ik keek naar mijn knieën. 'Dat was het laatste wat mijn moeder tegen hem zei toen ze bij hem wegging. Dit heeft hem waarschijnlijk meer pijn gedaan dan als ik hem een klap had gegeven.'

'Hij vergeeft het je wel,' beloofde ze.

Ik deed mijn ogen dicht.

'Beau, het komt allemaal goed.'

Ik keek haar aan. 'Het is niet goed als we niet samen zijn.'

'Het is maar voor een paar dagen. Vergeet niet dat dit jouw idee was.'

'Dat maakt het alleen maar erger. Waarom moest dit gebeuren? Ik begrijp het niet.'

Ze staarde naar het wegdek en haar wenkbrauwen trokken samen boven haar ogen. 'Het is mijn schuld. Ik had je niet zo moeten blootstellen.'

Ik greep haar hand. 'Nee, dat bedoel ik niet. Ja, ik was daar – nou en. Die andere twee hadden er geen last van. Waarom wil die Joss per se achter mij aan? Er zijn zo veel mensen, zo voor het grijpen.' Ik keek over mijn schouder naar de schaduw van Eleanor. 'Waarom doet ze al die moeite?'

Edythe aarzelde even en dacht na over haar antwoord. 'Ik heb haar gedachten vanavond goed kunnen zien,' zei ze toen met zachte stem. 'Ik weet niet zeker of ik iets had kunnen doen om dit te voorkomen, nadat ze je eenmaal had geroken. Het is deels jouw fout.' Ze keek me vanuit haar ooghoeken even aan. 'Als je niet zo belachelijk lekker had geroken, zou ze misschien geen moeite gedaan hebben. Maar toen ik je in bescherming nam... Nou, dat maakte het alleen maar erger. Ze is het niet gewend om gedwarsboomd te worden, hoe onbeduidend de situatie ook is. Ze ziet zichzelf als een jager – als dé jager. Ze leeft voor het spoorzoeken en ze is dol op uitdagingen. En wij hebben haar ineens een geweldige uitdaging gegeven: een grote groep sterke vechters die alles op alles zetten om dat ene kwetsbare element te beschermen. Je moest eens weten hoe euforisch ze nu is. Dit is haar favoriete spelletje en wij hebben er zojuist de opwindendste ronde ooit van gemaakt.' Haar stem droop van afschuw. Ze haalde diep adem. 'Maar als ik niets had gedaan, had ze je ter plekke gedood!' siste ze gefrustreerd.

'Ik dacht... dat ik voor anderen niet zo lekker rook... als voor jou.'

'Dat is ook zo. Maar dat betekent niet dat je voor anderen helemaal niet verleidelijk ruikt. Als de spoorzoekster – of een van de anderen – je net zo lekker had gevonden als ik, was het gelijk op een gevecht uitgelopen.'

Ik rilde.

'Ik geloof niet dat ik nog een andere keuze heb dan haar te doden,' mompelde ze. 'Carine zal er niet blij mee zijn.'

'En ik ook niet,' fluisterde ik.

Ze keek me verbaasd aan. 'Wil je dat ik haar laat leven?'

Ik knipperde met mijn ogen. 'Nee... of ja. Het kan me niet schelen of ze doodgaat. Het zou natuurlijk wel een opluchting zijn, maar ik wil niet dat jij... Stel dat je gewond raakt?'

Haar gezicht werd bars. 'Maak je over mij maar geen zorgen. Ik vecht niet eerlijk.'

Ik hoorde de banden over de brug knarsen, hoewel ik de rivier in het donker niet kon zien. Ik wist dat we er bijna waren.

'Hoe dood je een vampier?' vroeg ik zacht.

Ze keek me even aan, maar haar blik was moeilijk te doorgronden. Haar stem werd hard. 'De enige manier om zeker te weten dat ze dood is, is om haar in stukken te scheuren en die te verbranden.'

'En die andere twee zullen haar kant kiezen?'

'De man wel. Van Lauren weet ik het niet zeker. Ze hebben niet zo'n sterke band; ze heeft zich uit gemakzucht bij hen aangesloten. Ze schaamde zich voor de manier waarop Joss zich op het veld gedroeg...'

'Maar Joss en Victor zullen proberen jou te doden?' Mijn stem klonk rauw, alsof mijn keel gezandstraald was.

'Hou op. Jij moet je alleen met je eigen veiligheid bezighouden. Doe wat Archie zegt.'

'Hou kan ik me nou géén zorgen om jou maken? En wat betekent dat eigenlijk, dat je niet eerlijk vecht?'

Ze glimlachte een beetje, maar haar ogen deden niet mee. 'Heb je ooit wel eens iets proberen te doen zonder daar eerst aan te denken? Op onbewuste bewegingen na, zoals met je ogen knipperen en ademhalen, is dat verschrikkelijk lastig. Vooral tijdens een gevecht. Ik zie alles wat ze van plan is, elk zwak punt in haar verdediging. De enige die echt tegen mij is opgewassen, is Archie, want hij ziet immers wat ik besluit te doen. Maar dan hoor ik weer hoe hij gaat reageren. Meestal eindigt het onbeslist. Eleanor vindt dat we vals spelen.'

Ze leek ontspannen; alsof het idee dat ze het tegen de jager en haar partner moest opnemen het makkelijkste onderdeel van dit hele gedoe was. Mijn maag kromp samen.

'Kan Archie dan niet beter bij jou blijven?' vroeg ik. 'Als hij beter kan vechten dan de anderen?'

'Eleanor kan dit allemaal horen, hoor. Ze is beledigd en staat niet te juichen bij dat idee. Het is alweer lang geleden dat ze echte een flinke matpartij heeft mogen vechten waarbij alles is toegestaan. Ze is van plan om mij en mijn valsspeeltrucjes er zoveel mogelijk buiten te houden.'

Daardoor voelde ik me iets beter, al was dat niet eerlijk tegenover Eleanor. Ik keek nog eens over mijn schouder, maar ik kon haar gezicht niet zien.

'Volgt ze ons nog steeds?'

Edythe wist dat ik het niet over Eleanor had. 'Ja, maar ze zal het huis niet aanvallen. Niet vanavond in elk geval.'

Ze sloeg af naar de onzichtbare oprit. Archies koplampen volgden ons. We reden tot vlak bij het huis. De lichten binnen waren fel, maar bereikten de omringende bomen nauwelijks en in de tuin was het donker. Eleanor had mijn portier al opengetrokken voordat de pick-up stilstond. Ze trok me uit mijn stoel, dook onder mijn arm, sloeg haar arm om mijn middel en rende met me naar binnen terwijl mijn voeten dertig centimeter boven de grond bungelden, alsof ik een gigantische lappenpop was.

Ze stormde de grote witte kamer in, met Edythe en Archie aan weerszijden. Iedereen was er, ze waren al overeind gekomen. Lauren stond midden in de kring. Er rommelde een zacht gegrom in Eleanors borst toen ze me naast Edythe neerzette.

'Ze volgt ons,' siste Edythe met een woedende blik op Lauren.

Lauren keek ongelukkig. 'Daar was ik al bang voor.'

Archie schoot naar Jessamine toe en fluisterde iets in haar oor. Ze vlogen samen de trap op. Royal keek hen na en ging toen snel naast Eleanor staan. Zijn ogen waren gespannen en toen ze onwillekeurig naar mijn gezicht keken, vijandig.

'Wat is ze van plan?' vroeg Carine aan Lauren.

'Het spijt me,' antwoordde ze. 'Ik was er al bang voor dat Joss aangemoedigd zou worden toen jouw dochter hem verdedigde.'

'Kun je haar tegenhouden?'

Lauren schudde haar hoofd. 'Niets houdt Joss tegen als ze eenmaal begonnen is.'

'Wíj houden haar wel tegen,' beloofde Eleanor. Er was geen twijfel mogelijk over wat ze bedoelde.

'Je krijgt haar niet te pakken,' antwoordde Lauren. 'In mijn driehonderd jaar heb ik nog nooit zoiets gezien als zij. Ze is absoluut dodelijk. Daarom heb ik me bij haar groep gevoegd.'

Háár groep, dacht ik, natuurlijk. Dat Lauren op het open veld gedaan had alsof ze de leider was, was gewoon een toneelstukje geweest.

Lauren schudde haar hoofd. Ze keek verwonderd naar mij. 'Weten jullie zeker dat hij dit allemaal waard is?'

Edythes woedende grauw sneed door de kamer. Lauren kromp in elkaar.

Carine keek Lauren aan. 'Ik ben bang dat je zult moeten kiezen.'

Lauren begreep het. Ze aarzelde even. Ze keek naar alle gezichten en toen naar de lichte kamer.

'Het leven dat jullie hier hebben opgebouwd intrigeert me. Maar ik wil me hier niet mee bemoeien. Ik draag jullie geen kwaad hart toe, maar ik keer me niet tegen Joss. Ik denk dat ik maar naar het noorden ga, naar die groep in Denali.' Ze zweeg even. 'Onderschat Joss niet. Ze is buitengewoon scherpzinnig en heeft onvergelijkbaar goede zintuigen. Ze beweegt zich net zo gemakkelijk onder de mensen als jullie lijken te doen, en ze zal jullie niet met open vizier tegemoet treden... Ik vind het vervelend wat er hier is ontketend. Echt heel vervelend.' Ze boog haar hoofd, maar ik zag haar nog een keer niet-begrijpend naar mij kijken.

'Het ga je goed,' was Carines formele antwoord.

Lauren keek nog één keer de kamer rond en verdween toen naar buiten.

De stilte duurde minder dan een seconde.

Carine keek naar Edythe. 'Hoe dichtbij?'

Earnest was al van zijn plek gekomen. Hij drukte op een toetsenbord in de muur en enorme metalen luiken schoven kreunend voor de glazen muur naar beneden. Mijn mond viel open.

'Ongeveer vijf kilometer voorbij de rivier. Ze loopt met een boog naar de man toe.'

'En wat is het plan?'

'We lokken haar weg en dan vluchten Archie en Jessamine met hem naar het zuiden.'

'En dan?'

Edythes stem werd ijskoud. 'Zodra Beau weg is, jagen we haar op.'

'Ik vrees dat ze ons geen andere keus laat,' stemde Carine met een grimmige blik in.

Edythe keek naar Royal. 'Neem hem mee naar boven en wissel van kleren.'

Royal staarde haar ongelovig aan.

'Waarom zou ik dat doen?' vroeg hij. 'Wat heb ik ermee te maken?'

'Roy...' prevelde Eleanor. Ze legde een hand op zijn schouders, maar hij schudde hem eraf.

Ik keek naar Edythe, bang dat ze woedend zou worden, maar ze verbaasde me. Ze keek weg van Royal alsof hij niets had gezegd, alsof hij niet bestond.

'Earnest?' vroeg ze rustig.

'Natuurlijk.'

Hij stond al naast me en bukte zich om me over zijn schouder te gooien. Voor ik doorhad wat er gebeurde stonden we al boven.

'Wat gaat er gebeuren?' vroeg ik toen hij me in een donkere kamer ergens op de tweede verdieping neerzette.

'We proberen het geurspoor te verdoezelen. Het zal niet lang werken, maar misschien geeft het je een voorsprong.' Zijn stem klonk gedempt terwijl hij zijn shirt uittrok.

Ik deed gauw mijn trui uit en gaf die aan hem. Hij trok mijn trui aan en ik zijn shirt. Ik worstelde om mijn armen door de juiste gaten te krijgen en stapte toen uit mijn spijkerbroek. We wisselden van broek. Die van hem was iets te kort, maar verder paste hij prima. Earnest trok me weer mee naar de gang. Hij zag er kleiner uit in mijn kleren; hij had mijn broekspijpen opgerold. Ineens stond Archie naast me met een leren tas om zijn schouder. Ze grepen me elk bij een elleboog en schoten de trap af.

Zo te zien was alles ondertussen geregeld. Edythe en Eleanor stonden klaar om te vertrekken. Eleanor had een grote rugzak over haar schouder. Carine gaf Earnest iets kleins. Ze draaide zich om naar Archie en gaf hem hetzelfde: een kleine, zilverkleurige mobiele telefoon.

'Earnest en Royal nemen jouw auto, Beau,' zei ze toen ze langs me liep. Ik knikte en keek behoedzaam naar Royal. Hij keek met een chagrijnig gezicht naar Carine.

'Archie, Jess: jullie nemen de Mercedes. In het zuiden hebben jullie de donkere ramen nodig.'

Ze knikten.

'Wij gaan met de Jeep.'

Carine bleef naast Edythe staan. Ik besefte dat zij de jachtpartij vormden, en ik werd kotsmisselijk. Hoe had het zo ver kunnen komen? Waarom hadden ze naar mijn idee geluisterd? Dit was helemaal niet goed.

'Archie, zullen ze erin trappen?'

Iedereen keek naar Archie die zijn ogen sloot en heel stil werd. Een paar seconden later gingen zijn ogen weer open.

'Zij volgt jullie. De man gaat achter de pick-up aan. Daarna kunnen we vertrekken.' Hij leek het zeker te weten.

'We gaan,' zei Carine terwijl ze naar de keuken liep.

Maar Edythe kwam naar mij toe. Ze keek me aan; haar gouden ogen waren groot en intens en vol met een heleboel woorden die ze niet kon zeggen omdat er geen tijd voor was. Ze legde haar handen om mijn gezicht. Ik boog me naar voren en woelde met mijn handen door haar haren. Een fractie van een seconde drukte ze haar ijzige, harde lippen op de mijne.

Toen was het voorbij. Ze duwde tegen mijn schouders. Haar ogen waren dof, doods, toen ze zich omdraaide.

Ze waren weg.

We bleven staan. Niemand keek naar mij terwijl ik hen nastaarde. Ik had het gevoel dat iemand het vel van mijn gezicht had gerukt. Mijn ogen brandden.

De stilte duurde voort. Archie had zijn ogen weer gesloten. Toen trilde de telefoon van Earnest in zijn hand, en Archie knikte kort. De telefoon schoot naar Earnests oor.

'Nu,' zei Earnest. Royal stampte door de deur zonder mij nog een blik waardig te keuren, maar Earnest raakte mijn schouder even aan toen hij langsliep.

'Pas goed op jezelf.' Zijn fluisterende stem hing nog in de kamer toen hij de deur uitglipte. Ik hoorde mijn pick-up donderend starten en toen wegrijden.

Jessamine en Archie wachtten. Toen hield Archie zijn telefoon bij zijn oor, net voordat hij begon te zoemen.

'Edythe zegt dat de man achter Earnest aan zit. Ik haal de auto.' Hij verdween dezelfde kant op als waar Edythe naartoe was gegaan.

Jessamine en ik keken elkaar aan. Ze stond aan de andere kant van de deuropening.

'Je vergist je, weet je dat,' zei ze.

'Sorry?'

'Ik kan voelen wat je nu voelt, en je bent het wél waard.'

Ik had nog steeds het gevoel dat mijn huid langzaam van mijn lichaam werd gestroopt. 'Als hun iets overkomt, is alles voor niets geweest.'

Ze glimlachte vriendelijk. 'Je vergist je,' herhaalde ze.

Archie kwam binnen en liep met een uitgestoken arm recht op me af.

'Mag ik?' vroeg hij.

'Je bent de eerste die om toestemming vraagt,' mompelde ik.

Archie gooide me over zijn schouder, net als Earnest had gedaan, en toen vlogen we met Jessamine beschermend naast ons naar buiten, de duisternis in.

20. Ongeduld

Ik werd verward wakker. Het duurde erg lang voordat ik weer wist waar ik was.

Deze kamer was zo karakterloos dat hij alleen maar van een hotel kon zijn. De lampjes waren vastgeschroefd aan de nachtkastjes, en de gordijnen waren van dezelfde stof als de bedsprei.

Ik probeerde me te herinneren hoe ik in deze kamer terecht was gekomen, maar in eerste instantie kwam er niets boven.

Wat ik me wel herinnerde was de zwarte auto, met glas in de ramen dat nog donkerder was dan van een limousine. De motor was vrijwel geluidloos, ook al waren we met bijna twee keer de toegestane snelheid over de duistere snelwegen geraasd.

En ik herinnerde me dat Archie naast me op de achterbank zat, en niet voorin naast Jessamine. Ik wist ook nog dat ik ineens beseft had dat hij mee was als een soort lijfwacht, en dat de voorstoel kennelijk te ver weg was. Dat had het gevaar tastbaarder moeten maken, maar het voelde allemaal heel ver weg. Het gevaar waar ik zelf in verkeerde was niet het gevaar waar ik me zorgen om maakte.

Ik had Archie de hele nacht in een soort lange monoloog over de toekomst laten vertellen. Zelfs de kleinste details interesseerden me. Hij vertelde over Edythe, Carine en Eleanor die door het bos liepen, en ik hing aan zijn lippen, ook al kende ik het landschap dat hij beschreef niet. En dan begon hij weer van voren af aan en beschreef dezelfde scène anders, omdat een bepaalde beslissing de toekomst anders vormgaf. Dat ging de hele tijd zo door en het was onmogelijk te volgen, maar dat kon me niet schelen. Zolang de toekomst Edythe en Joss niet bij elkaar bracht, kon ik opgelucht ademhalen.

Soms schakelde hij even over op Earnest. Earnest en Royal waren in mijn pickup op weg naar het oosten. Dat betekende dat de roodharige man nog steeds achter hen aan zat.

Archie vond het lastiger om Charlie te zien. 'Mensen zijn moeilijker dan vampiers,' vertelde hij. En ik wist nog dat Edythe ook een keer zoiets had gezegd. Het leek wel jaren geleden, terwijl het in werkelijkheid slechts een paar dagen waren. Ik herinnerde me dat ik me gedesoriënteerd voelde omdat ik de tijd niet goed kon inschatten.

Ik kon me ook nog herinneren dat de zon opkwam boven een lage bergtop ergens in Californië. Het licht had pijn gedaan aan mijn ogen, maar ik wilde ze niet dichtdoen. Ik kon de beelden die als een diaserie achter mijn gesloten ogen langs flitsten niet aan. Ik verbrandde nog liever mijn ogen dan die dingen weer te zien. De geknakte uitdrukking van Charlie, de ontblote tanden van Edythe, de woedende blik van Royal, de rode ogen van de spoorzoekster die me aanstaarden, de doodsheid in Edythes ogen toen ze zich omdraaide...

Ik hield mijn ogen open terwijl de zon langs de hemel schoof.

Ik kon me nog herinneren dat mijn hoofd zwaar en licht tegelijk had gevoeld toen we over een lage bergpas scheurden en de zon, nu achter ons, op de met dakpannen bedekte daken van mijn stad weerkaatste. Ik had niet genoeg emoties over om me te verbazen over het feit dat we een reis van drie dagen in één dag gemaakt hadden. Ik had wezenloos naar de stad gestaard die voor ons lag, en het was langzaam tot me doorgedrongen dat ik die stad kende. De stekelige creosootstruiken, de palmbomen, de groene golfbanen die me aan amoeben deden denken, de turkooizen klodders van zwembaden: het zou me allemaal bekend voor moeten komen. Ik hoorde het gevoel te hebben dat ik thuiskwam.

De schaduwen van de lantaarnpalen hadden schuin over de snelweg gelopen met scherpere lijnen dan ik me kon herinneren. Zo weinig duisternis. In deze schaduwen kon je je nergens verschuilen.

'Welke afslag gaat naar het vliegveld?' had Jessamine gevraagd. Dat was de eerste keer dat ze iets zei in de auto.

'Je moet op de I-10 blijven,' had ik automatisch geantwoord. 'We rijden er vanzelf langs.'

Het had even geduurd voordat ik besefte wat haar vraag betekende. Mijn hersenen waren wazig van de uitputting.

'Gaan we ergens heen met het vliegtuig?' had ik aan Archie gevraagd. Ik kon me het plan niet meer herinneren, maar volgens mij klopte dit niet.

'Nee, maar het is beter om er in de buurt te zijn, voor het geval dat.'

Ik herinnerde me dat we aan de rondweg om Sky Harbor International begonnen... maar niet dat we hem afmaakten. Toen hadden mijn hersenen er kennelijk eindelijk de brui aan gegeven.

Toch had ik wel, nu ik de herinneringen achterhaald had, een vage voorstelling van het uit de auto stappen. De zon zakte net achter de horizon, ik had mijn arm om Archies schouder geslagen en zijn arm sleurde me mee terwijl ik door de warme, droge schaduwen strompelde.

Ik kon me deze kamer niet herinneren.

Ik keek op de digitale klok op het nachtkastje. De rode cijfers beweerden dat het drie uur was, maar ik had geen idee of het drie uur 's nachts of drie uur 's middags was. Door de dikke gordijnen kwam geen licht, maar de kamer werd hel verlicht door de lampen.

Ik kwam stijfjes overeind en wankelde naar het raam om de gordijnen open te trekken.

Het was donker buiten. Drie uur 's nachts dus. Mijn kamer keek uit over een verlaten stuk van de snelweg en een nieuwe garage voor langparkeren van het vliegveld. Ik voelde me iets beter nu ik enigszins tijd en plaats had kunnen vaststellen.

Ik keek omlaag. Ik droeg nog steeds het shirt en de te korte broek van Earnest. Ik keek de kamer rond en zag tot mijn opluchting mijn sporttas op het lage dressoir zag staan.

Ik schrok van een korte klop op de deur.

'Mag ik binnenkomen?' vroeg Archie.

Ik haalde diep adem. 'Tuurlijk.'

Hij liep naar binnen en keek me aan. 'Je ziet eruit alsof je langer zou kunnen slapen.'

Ik schudde mijn hoofd.

Hij vloog geruisloos naar het raam en trok de gordijnen dicht.

'We zullen binnen moeten blijven,' zei hij.

'Oké.' Mijn stem was schor en sloeg over.

'Dorst?' vroeg hij.

Ik haalde m'n schouders op. 'Het gaat wel. En jij?'

Hij glimlachte. 'Niets onbeheersbaars. Ik heb wat te eten voor je besteld, het staat in de voorkamer. Edythe had me gewaarschuwd dat jullie veel meer en vaker moeten eten dan wij.'

Ik was meteen een stuk wakkerder. 'Heeft ze gebeld?'

'Nee.' Hij zag hoe mijn gezicht betrok. 'Dat was voordat we weggingen. Ze heeft me allerlei instructies gegeven. Kom je eten?'

Hij was de kamer al uit voordat ik kon protesteren dat ik geen honger had. Langzaam sjokte ik achter hem aan.

Naast de slaapkamer lag een woonkamer. Uit de televisie klonk het lage gebrom van stemmen. Jessamine zat aan de tafel in de hoek en keek zonder een spoortje interesse naar het scherm. Archie ging naast haar staan en streelde haar honingkleurige haar.

'Zijn er nog ontwikkelingen?' vroeg ik.

'Earnest en Royal zijn terug in Forks. Die rooie heeft zijn achtervolging gestaakt.'

Ik deed mijn mond open, maar Archie was me voor.

'Ze bewaken je vader. Die rooie komt er niet langs.'

'Wat is hij aan het doen?'

'Hij dwaalt door de stad – waarschijnlijk is hij op zoek naar jou. Hij heeft een tijdje bij de school rondgehangen.'

Mijn ogen puilden bijna uit hun kassen. 'Is er iemand gewond geraakt?'

Archie schudde zijn hoofd. 'Ze lijken zich op de jacht op jou te richten.'

'En Edythe?'

'Die is nogal gefrustreerd volgens mij. Ze waren omgekeerd om de spoorzoekster te overvallen, maar die was er al vandoor gegaan. Nu zitten ze achter haar aan.'

Ik bleef staan en wist niet zo goed wat ik moest doen.

Edythe zat achter Joss aan. Tuurlijk, ze had Carine en Eleanor bij zich, maar Edythe was de snelste...

'Eet iets, Beau. Edythe wordt heel vervelend als ze denkt dat haar instructies niet tot op de letter nauwkeurig worden gevolgd.'

Op de koffietafel stond een dienblad met daarop een paar borden onder roestvrijstalen stolpen. Het enige wat ik kon bedenken was Archies bevel opvolgen. Ik ging op de grond zitten naast de tafel en haalde de stolp van het eerste bord. Ik keek niet naar het eten maar pakte blindelings iets en begon te eten. Waarschijnlijk had ik honger. We waren onderweg niet gestopt om te eten.

Ze bleven zwijgend en roerloos zitten terwijl ik at. Ik staarde naar de tv, maar ik kon er geen touw aan vastknopen. Keken ze naar het journaal? Was het een infomercial? Ik wist het niet. Ik at alle borden leeg. Ik proefde er niets van.

Toen al het eten op was, staarde ik naar de muur.

Ik kon alleen maar aan Edythe denken in het bos, sneller dan een jachtluipaard – sneller dan een kogel. Zij zou als eerste bij de spoorzoekster zijn, dat stond buiten kijf.

De woorden van Lauren galmden door mijn hoofd. *Je krijgt haar niet te pakken. Ze is absoluut dodelijk.*

Ineens stond Jessamine bij me, dichterbij dan gebruikelijk.

'Beau,' zei ze sussend. 'Je hoeft je nergens zorgen over te maken. Je bent hier volkomen veilig.'

'Dat weet ik.'

'Waarom ben je dan zo bang?' Ze leek in de war. Ze voelde mijn emoties wel, maar ze kon de achterliggende redenen niet zien.

'Je hebt gehoord wat Lauren zei. Joss is dodelijk. Wat als er iets misgaat, en ze elkaar kwijtraken? Als er iets gebeurt, als Carine of Eleanor... of Edythe...' Mijn stem stokte. 'Als die gestoorde roodharige man Earnest iets aandoet... Hoe kan ik nog met mezelf leven als het mijn schuld is? Geen van jullie zou zijn leven voor mij moeten wagen...'

'Ophouden, Beau, nu,' onderbrak ze me, en haar woorden kwamen er zo snel uit dat ze nauwelijks te verstaan waren. 'Je maakt je zorgen om de verkeerde dingen, Beau. Neem maar van mij aan – geen van ons is in gevaar. Jij staat al onder te veel spanning, ga daar nou geen onnodige zorgen aan toevoegen. Luister naar me!' beval ze toen ik wegkeek. 'Ons gezin is sterk. Onze enige angst is om jou kwijt te raken.'

'Maar waarom zouden jullie...'

Toen stond Archie bij ons met zijn arm om Jessamines middel. 'Edythe is al bijna een eeuw alleen. Nu heeft ze jou gevonden. Jij kunt de veranderingen die wij zien niet zien, wij die al zo'n tijd bij haar zijn. Denk je dat een van ons haar de komende honderd jaar in de ogen wil kijken als ze jou kwijtraakt?'

Mijn schuldgevoel nam langzaam af. Maar hoewel de rust die ik voelde heel natuurlijk leek, alsof hij vanbinnen uit kwam, wist ik wel beter.

'Ik kan je verzekeren dat ik dit hoe dan ook gedaan zou hebben,' voegde Archie eraan toe. 'Ook als Edythe het niet aan me gevraagd had.'

'Hoezo?'

Hij grijnsde. 'Het is lastig uit te leggen zonder een beetje schizofreen over te komen... Tijd betekent voor mij iets anders dan voor jou, of voor Jess, of voor wie dan ook.' Jessamine grijnsde en trok aan zijn oor. 'Dus jij zult dit waarschijnlijk niet begrijpen. Maar ík heb het gevoel dat we al heel lang vrienden zijn, Beau. Zodra je onderdeel van Edythes leven werd, had ik het gevoel dat we al ongelooflijk veel tijd met elkaar hadden doorgebracht. We hadden samen om Edythes overdreven reacties gelachen, we hadden Royal geïrriteerd tot hij boos het huis uit stampte, we hadden de hele nacht met Carine zitten praten...'

Ik keek hem aan en hij haalde zijn schouders op. 'Zo ervaar ik de wereld.'

'Zijn wij vrienden?' vroeg ik verwonderd.

'Dikke vrienden,' zei hij. 'Ooit. Echt aardig hè, van mijn zus, dat ze verliefd werd op mijn beste vriend? Ik mag haar wel eens bedanken.'

'Huh,' was het enige wat ik kon uitbrengen.

Archie lachte.

Jessamine rolde met haar ogen. 'En bedankt, Archie. Ik had hem net rustig gekregen.'

'Nee, ik voel me prima,' beloofde ik. Misschien loog Archie om me op te beuren, maar het werkte in elk geval wel. Het was minder erg als Archie míj ook wilde helpen. Als hij het niet alleen voor Edythe deed.

'En wat doen we nu?'

'Nu wachten we tot er iets verandert.'

Het was een erg lange dag.

We bleven in de kamer. Archie belde naar de receptie en vroeg hun om voorlopig niet te komen schoonmaken. De gordijnen bleven dicht en de tv bleef aan, hoewel niemand ernaar keek. Om de zo veel tijd werd er eten voor mij bezorgd.

Gek hoezeer ik me ineens bij Archie op mijn gemak voelde. Het was net alsof zijn visioen van onze vriendschap werkelijkheid was geworden doordat hij het had uitgesproken. Hij zat in de stoel naast de bank waar ik languit op lag en beantwoordde alle vragen die ik eerder niet had durven stellen. Soms gaf hij al antwoord voordat ik iets kon vragen. Het was een beetje maf, maar zo voelden alle anderen zich normaal gesproken natuurlijk altijd bij Edythe in de buurt.

'Ja!' zei hij toen ik had bedacht dat ik dat wilde vragen. 'Dat is precies hetzelfde. Ze doet erg haar best om het niet te irritant te laten worden.'

Hij vertelde over het moment dat hij wakker werd.

'Ik kan me nog maar één ding herinneren, maar ik weet niet zeker of het wel echt een herinnering is. Ik dacht dat ik me kon herinneren dat iemand mijn naam zei, me Archie noemde. Maar misschien herinnerde ik me wel iets wat nog niet gebeurd was, en zag ik dat iemand me in de toekomst Archie zou noemen.' Hij glimlachte toen hij mijn gezicht zag. 'Ja, daar kom je dus nooit uit.'

'Mijn haar?' Hij haalde opgelaten een hand over zijn schedel. De stoppels waren net lang genoeg om te kunnen zien dat zijn haar donkerbruin was, bijna zwart, net als zijn wenkbrauwen. 'Het is een nogal extreme look voor 1920. Godzijdank was het nog te vroeg om een skinhead geweest te kunnen zijn. Ik vermoed dat het een ziekte of slecht gedrag is geweest.'

'Slecht gedrag?' vroeg ik.

Hij haalde zijn schouders op. 'Misschien zat ik wel in de gevangenis.'

'Maar je kunt niet veel ouder dan ik zijn geweest,' wierp ik tegen.

Hij drukte nadenkend zijn vingertoppen tegen elkaar. 'Ik stel mezelf graag voor dat ik een meesterbrein en een wonderkind was, als ik echt een misdadiger was.'

Jessamine, die weer aan de tafel zat en niet veel zei, lachte met me mee.

'Het was minder verwarrend dan het waarschijnlijk had moeten zijn,' zei Archie toen ik vroeg hoe hij zijn eerste visioenen had ervaren. 'Het leek heel normaal: ik wist dat wat ik zag nog niet gebeurd was. Ik denk dat ik voor mijn transformatie misschien ook al visioenen had. Of misschien pas ik me gewoon snel aan.' Hij glimlachte, want hij wist al wat ik wilde vragen. 'Jess. Zij was het eerste wat ik zag.' En toen: 'Nee, ik ontmoette haar pas veel later.'

Iets in de manier waarop hij dat zei trok mijn aandacht. 'Hoeveel later dan?'

'Na achtentwintig jaar.'

'Achtentwintig...? Moest je achtentwintig jaar wachten? Maar kon je niet...?'

Hij knikte. 'Ik had haar al eerder kunnen vinden. Ik wist waar ze was. Maar ze was nog niet klaar voor me. Als ik te vroeg was gekomen, had ze me vermoord.'

Ik keek haar geschrokken aan. Ze trok haar wenkbrauw op en ik keek weer naar Archie. Hij schoot in de lach.

'Maar Edythe zei dat jij de enige bent die tegen haar opgewassen is...'

Jessamine siste, niet boos, maar eerder geërgerd. Ik keek weer even naar haar en ze rolde met haar ogen.

'Daar zullen we nooit achter komen,' zei Archie. 'Als Jess Edythe echt zou willen vermoorden, in plaats van gewoon voor de lol een beetje te vechten...? Jess heeft heel veel ervaring. Het feit dat ik in de toekomst kan kijken is niet de enige reden dat ik Edythe bij kan houden, het komt ook doordat Jess me heeft leren vechten. De groep van Lauren had alle aandacht op Eleanor gericht, en die kan er wat van, neem dat maar van me aan. Maar als het op een gevecht was uitgedraaid, zou Eleanor niet hun grootste probleem zijn geweest. Als ze wat beter naar mijn schatje hadden gekeken' – hij wierp haar een kushandje toe – 'dan zouden ze de sterke meid zo vergeten zijn.'

Ik dacht terug aan de eerste keer dat ik Jessamine had gezien, in de kantine met haar broers en zussen. Beeldschoon, net als de anderen, maar met een bepaalde felheid. Nog voordat ik het in mijn hoofd had kunnen benoemen, had ik al gevoeld dat ze iets had wat paste bij het verhaal dat Archie nu vertelde.

Ik keek naar Archie.

'Je kunt het vragen,' zei hij. 'Maar het gaat niet gebeuren.'

'Hij wil zeker mijn verhaal horen,' gokte Jessamine. Ze lachte kort, een donker geluid. 'Daar ben je nog niet klaar voor, Beau. Geloof me maar.'

En ik geloofde haar inderdaad, ook al bleef ik nieuwsgierig.

'Je zei dat mensen moeilijker zijn... maar je lijkt mij best goed te zien,' merkte ik op.

'Ik concentreer me op jou en je bent vlakbij,' zei Archie. 'Bovendien zijn dingen die over twee seconden gebeuren nog makkelijker te voorspellen dan het weer. De lange termijn, die is wispelturig. Zelfs een uur later kunnen dingen alweer anders zijn.'

Archie hield me op de hoogte van wat de anderen aan het doen waren, en dat was niet veel. Joss bleek de anderen erg goed voor te kunnen blijven. Er waren bepaalde trucjes, vertelde Archie. Geursporen konden bijvoorbeeld niet door water gevolgd worden. Joss leek die trucjes ook te kennen. Het spoor leidde minstens een keer of vijf terug naar Forks, om vervolgens weer de andere kant op te vliegen. Archie belde Carine tot twee keer toe om hun instructies te geven. Eén keer ging het over de richting waarin Joss van een klif was gesprongen, de andere keer over de vraag waar ze haar geurspoor aan de overkant van de rivier konden vinden. Aan zijn beschrijving te horen zag hij niet de jager, maar Edythe en Carine. Hij zag zijn eigen familieleden natuurlijk het duidelijkst. Ik wilde vragen of ik de telefoon even mocht, maar ik wist dat er geen tijd was om Edythes stem te horen. Ze waren aan het jagen.

Ik wist ook dat ik moest hopen dat het Edythe en de anderen zou lukken, maar ik voelde alleen maar opluchting toen de afstand tussen haar en Joss groter werd, ondanks Archies hulp. Als dat betekende dat ik de rest van mijn leven in deze hotelkamer moest blijven zitten, dan was dat maar zo. Als zij maar veilig was.

Er was één vraag die ik het allerliefst zou stellen, maar ik durfde niet zo goed. Als Jessamine er niet geweest was, had ik het misschien eerder gevraagd. Bij haar voelde ik me nog niet zo op mijn gemak als bij Archie. Al kwam dat waarschijnlijk alleen maar omdat ze niet probeerde me zo te laten voelen.

Tijdens het eten (was het het avondeten? Zou kunnen, ik wist niet meer bij welke maaltijd ik was) bedacht ik verschillende manieren om het te vragen. En toen ving ik de blik op Archies gezicht op en ik wist dat hij al wist wat ik wilde vragen, en in tegenstelling tot mijn tientallen andere vragen, besloot hij hier geen antwoord op te geven.

Ik kneep mijn ogen tot spleetjes.

'Stond dit op Edythes instructielijstje?' vroeg ik zuur.

Ik meende een heel zachte zucht te horen in de hoek waar Jessamine zat. Het was vast heel irritant om naar een half gesprek te moeten luisteren. Maar dat was ze ongetwijfeld gewend. Ik durfde te wedden dat Edythe en Archie nooit iets hardop zeiden als ze met elkaar praatten.

'Dat heeft ze wel laten doorschemeren,' zei Archie.

Ik dacht aan hun ruzie in de Jeep. Was dat hierom geweest?

'En onze toekomstige vriendschap is zeker niet genoeg om je aan mijn kant te krijgen?'

Hij fronste zijn wenkbrauwen. 'Edythe is mijn zus.'

'Ook al ben je het niet met haar eens?'

We keken elkaar even aan.

'Jij hebt het gezien,' besefte ik ineens. Ik voelde mijn ogen groot worden. 'En toen werd ze zo overstuur. Je hebt het al gezien, hè?'

'Het was een van de vele toekomstmogelijkheden. Ik heb je ook zien sterven,' hielp hij me herinneren.

'Maar je hebt het gezien. Het is een mogelijkheid.'

Hij haalde zijn schouders op.

'Vind je dan niet dat ik het recht heb om het te weten? Als de kans bestaat, hoe klein ook?'

Hij staarde me peinzend aan.

'Ja,' zei hij uiteindelijk. 'Je hebt het recht om het te weten.'

Ik wachtte.

'Edythe wordt ziedend, dus berg je maar vast,' waarschuwde hij.

'Het gaat haar niks aan. Dit is iets tussen jou en mij. Archie, ik smeek het je, als je beste vriend.'

Hij zweeg en hakte toen de knoop door. 'Ik kan je de techniek ervan vertellen, maar ik kan me er zelf niets van herinneren, en ik heb het nooit gedaan of gezien dat het gedaan werd, dus hou er rekening mee dat ik alleen maar de theorie kan vertellen.'

'Hoe word je een vampier?'

'O, is dat alles?' mopperde Jessamine achter me. Ik was vergeten dat ze meeluisterde.

Ik wachtte.

'Wij hebben, als roofdieren,' begon Archie, 'een hele lading wapens in ons fysieke arsenaal – veel en veel meer dan we nodig hebben om op makkelijke prooien als mensen te jagen. Kracht, snelheid, gevoelige zintuigen, en dan heb ik het nog niet eens over diegenen zoals Edythe, Jessamine en ik, die ook nog extra zintuigen hebben. En ten slotte zijn we ook nog, als een vleesetende bloem, fysiek aantrekkelijk voor onze prooi.'

Ik zag weer helemaal voor me hoe Edythe me dit in het weiland allemaal had gedemonstreerd.

Hij grijnsde breed en zijn tanden glinsterden. 'We hebben nog een ander tamelijk overbodig wapen. We zijn ook giftig. Het gif doodt niet – het is puur en alleen bedoeld om te verlammen. Het werkt langzaam en verspreidt zich door de bloedbaan zodat onze prooi, eenmaal gebeten, in te veel fysieke pijn verkeert om te ontsnappen. Grotendeels overbodig, zoals ik al zei. Als we zo dichtbij zijn ontsnapt een prooi niet. Tenzij wij dat willen, natuurlijk.'

'Carine,' zei ik zacht. De gaten in het verhaal dat Edythe me had verteld werden opgevuld. 'Dus... als het gif zich kan blijven verspreiden...?'

'Het duurt een paar dagen voordat de transformatie voltooid is, afhankelijk van de hoeveelheid gif in de bloedbaan en hoe dicht bij het hart het gif binnendringt. Carines schepper beet haar expres in haar hand om het erger te maken. Zolang het hart blijft kloppen, verspreidt het gif zich en geneest, verandert het lichaam terwijl het erdoorheen stroomt. Uiteindelijk houdt het hart ermee op en is de transformatie compleet. Maar al die tijd, elke minuut ervan, zal een slachtoffer naar de dood verlangen – erom schreeuwen.'

Ik huiverde.

'Het is geen pretje, nee.'

'Edythe zei dat het erg moeilijk was om te doen... maar het klinkt best eenvoudig.'

'We lijken ergens ook wel op haaien. Als we eenmaal bloed proeven, of zelfs maar ruiken wat dat betreft, wordt het erg moeilijk om ons niet te voeden. Soms onmogelijk. Dus als je iemand daadwerkelijk bijt, het bloed proeft, dan word je dol. Het is moeilijk voor beide partijen – de bloeddorst voor de ene kant, de vreselijke pijn voor de andere.'

'Het klinkt als iets wat je niet snel vergeet,' zei ik.

'Voor ieder ander is de pijn van de transformatie de levendigste herinnering die ze aan hun leven als mens hebben. Ik weet niet waarom dat voor mij anders is.'

Archie staarde roerloos langs me heen. Ik vroeg me af hoe het zou zijn om niet te weten wie je bent. Om in de spiegel te kijken en degene die terugkijkt niet te herkennen.

Maar ik kon me haast niet voorstellen dat Archie echt een misdadiger was geweest; hij had iets wezenlijks goeds over zich. Royal was de uitslover, de jongen naar wie alle meisjes op school keken, maar Archies gezicht had iets wat beter was dan perfecte gelaatstrekken. Het was heel puur.

'Anders zijn heeft ook zo z'n voordelen,' zei Archie ineens. 'Ik kan me niemand herinneren van de mensen die ik heb achtergelaten. Die pijn heb ik ook overgeslagen.' Hij keek naar mij en kneep zijn ogen een beetje samen. 'Carine, Edythe en Earnest hebben alle drie al hun dierbaren verloren voordat ze hun menselijke bestaan achter zich lieten. Er was verdriet, maar geen spijt. Voor de anderen was dat niet zo. De fysieke pijn gaat relatief snel voorbij, Beau. Er zijn langzamere manieren om te lijden...

De ouders van Royal hielden van hem en waren afhankelijk van hem, en hij had twee zusjes op wie hij dol was. Die kon hij na zijn verandering nooit meer zien. En op den duur gingen ze allemaal dood. Dat soort pijn werkt verschrikkelijk lang door.'

Ik vroeg me af of het de bedoeling was dat ik medelijden met Royal zou krijgen, dat ik niet te hard over hem zou oordelen, ook al had die gast duidelijk een pesthekel aan mij. Nou... dat lukte.

Archie schudde zijn hoofd, alsof hij wist dat ik het niet begreep.

'Dat hoort bij het proces, Beau. Ik heb het niet meegemaakt. Ik kan je niet vertellen hoe het voelt. Maar het hoort erbij.'

En toen begreep ik wat hij me probeerde te vertellen.

Hij zat weer heel stil. Ik legde mijn arm achter mijn hoofd en staarde naar het plafond.

Als... als Edythe me ooit op die manier zou willen... wat zou dat dan voor mijn moeder betekenen? En voor Charlie?

Er waren zo veel dingen om over na te denken. Dingen waarvan ik nooit had geweten dat ik er ooit over na zou moeten denken.

Maar sommige dingen leken erg logisch. Om de een of andere reden wilde Edythe niet dat ik hierover nadacht. Waarom niet? Ik kreeg pijn in mijn buik toen ik het antwoord op die vraag probeerde te bedenken.

Toen sprong Archie overeind.

Ik schrok van de onverwachte beweging en keek op, maar toen ik zijn gezicht zag raakte ik pas echt in paniek.

Hij staarde nietsziend in de verte, zijn mond half open.

Toen duwde Jessamine hem voorzichtig terug in zijn stoel.

'Wat heb je gezien?' vroeg ze zacht en sussend.

'Er is iets veranderd,' fluisterde Archie.

Ik boog me naar hen toe.

'Wat zie je?'

'Een zaaltje. Het is langwerpig en er zijn overal spiegels. De vloer is van hout. De spoorzoekster staat in de zaal te wachten. Er loopt een goudkleurige streep rond de spiegels.'

'Waar is die kamer?'

'Ik weet het niet. Er ontbreekt iets – een volgende beslissing is nog niet genomen.'

'Hoeveel tijd?'

'Gauw. Ze zal vandaag in de spiegelzaal zijn, of misschien morgen. Het hangt er allemaal vanaf. Ze wacht op iets.' Zijn gezicht werd weer uitdrukkingsloos. 'En ze is nu in het donker.'

Jessamines stem was kalm, zorgvuldig. 'Wat is ze aan het doen?'

'Ze kijkt televisie... Nee, ze speelt een videoband af, in het donker, op een andere locatie.'

'Kun je zien waar het is?'

'Nee, het is te donker.'

'En de spiegelzaal, wat is daar nog meer?'

'Alleen de spiegels, en het goud. Het is een streep, om de ruimte heen. En er is een zwarte tafel met een grote stereo-installatie, en een televisie. Ze zit aan de videorecorder daar, maar ze kijkt er niet naar zoals ze in de donkere kamer doet. Dit is de ruimte waar ze wacht.' Zijn ogen staarden in de verte en concentreerden zich toen op Jessamines gezicht.

'Verder niets?'

Hij schudde zijn hoofd. Ze keken naar elkaar, onbeweeglijk.

'Wat betekent dat?' vroeg ik.

Ze gaven geen van beiden meteen antwoord, en toen keek Jessamine me aan.

'Het betekent dat de plannen van de spoorzoekster zijn veranderd. Ze heeft een besluit genomen dat haar naar de spiegelzaal zal brengen, en de donkere kamer.'

'Maar we weten niet waar die zijn?'

'Nee.'

'Maar wat we wel weten is dat ze niet in de bergen ten noorden van Washington wordt opgejaagd. Ze zal aan hen weten te ontkomen.' Archies stem klonk somber.

Hij nam de telefoon op zodra die begon te zoemen.

'Carine,' zei hij. Toen keek hij naar mij. 'Ja.' Hij luisterde een tijdje en toen zei hij: 'Ik heb haar net gezien.' Hij beschreef het visioen zoals hij het net aan Jessamine had verteld. 'Ik weet niet waarom ze dat vliegtuig heeft gepakt... maar het leidt haar naar deze kamers.' Hij zweeg. 'Ja.'

Hij hield de telefoon in mijn richting. 'Beau?'

Ik trok het ding uit zijn hand. 'Hallo?'

'Beau,' fluisterde Edythe.

'O, Edythe,' zei ik. 'Waar ben je?'

'Vlak buiten Vancouver. Het spijt me, Beau – we zijn haar kwijtgeraakt. Ze lijkt ons te wantrouwen – ze blijft telkens net zover uit de buurt dat ik haar niet kan horen. Maar nu is ze weg; waarschijnlijk heeft ze een vliegtuigje gestolen. We denken dat ze teruggaat naar Forks om opnieuw te beginnen.'

Ik hoorde dat Archie achter me Jessamine op de hoogte bracht.

'Ik weet het. Archie zag dat ze ontsnapt was.'

'Maar jij hoeft je geen zorgen te maken. Je hebt geen spoor nagelaten dat ze kan volgen. Jij moet gewoon bij Archie blijven en wachten tot we haar weer vinden. Het zal niet lang duren voor Archie weer iets over haar binnenkrijgt.'

'Ik red me wel. Is Earnest bij Charlie?'

'Ja – de man is in de stad geweest. Hij is bij je huis geweest, maar toen was Charlie aan het werk. Hij is niet bij je vader in de buurt gekomen. Maak je geen zorgen, met Earnest en Royal op wacht is hij veilig.'

Om de een of andere reden vond ik de aanwezigheid van Royal niet heel geruststellend.

'Wat denk je dat Victor aan het doen is?'

'Die probeert het spoor op te pikken. Hij heeft vannacht de omgeving uitgekamd. Royal is hem gevolgd naar het vliegveld in Port Angeles, over alle wegen rond de stad, de school... Hij is aan het spitten, Beau, maar er is niets te vinden.'

'En weet je zeker dat Charlie veilig is?'

'Ja. Earnest verliest hem geen moment uit het oog. En ik kom eraan. Als de spoorzoekster ook maar in de buurt van Forks komt, dan hebben we haar.'

Ik slikte. 'Wees voorzichtig. Blijf bij Carine en Eleanor.'

'Ik weet wat ik doe.'

'Ik mis je,' zei ik.

'Ik weet het – geloof me, ik weet het. Het is alsof je de helft van mezelf met je meegenomen hebt.'

'Kom hem dan halen.'

'Ik kom zo snel mogelijk. Ik móét dit eerst oplossen.' Haar stem klonk ruw.

'Ik hou van je.'

'Kun je geloven dat ik, ondanks alles wat ik je heb aangedaan, ook van jou hou?'

'Ja, dat kan ik.'

'Ik kom je snel halen.'

'Ik wacht op je.'

De verbinding werd verbroken en ik werd overspoeld door een golf neerslachtigheid. Jessamine keek met een ruk op en het gevoel verdween.

Jessamine richtte haar blik weer op Archie. Hij zat op de bank en boog zich met de gratis pen van het hotel in zijn hand over de tafel. Ik liep ernaartoe om te kijken wat hij aan het doen was.

Hij was aan het schetsen op het briefpapier van het hotel. Ik leunde op de rug van de bank en keek over zijn schouder.

Hij tekende een zaaltje: lang, rechthoekig, met een smaller, vierkant gedeelte achterin. Hij trok strepen om aan te geven hoe de houten planken die op de vloer lagen zich in de lengte door de kamer uitstrekten. Langs de muren liepen lijnen die de scheidingen tussen de spiegels aangaven. Zo had ik ze niet voor me gezien: ze besloegen de hele wand. En ten slotte, langs de muren, een lange streep op taillehoogte. De streep waarvan Archie zei dat hij goudkleurig was.

'Het is een balletzaal,' zei ik toen ik plotseling de vertrouwde vormen herkende.

Ze keken allebei verbaasd op.

'Ken je deze ruimte?' Jessamines stem klonk kalm, maar er zat een vreemde ondertoon in. Archie boog zich nog verder naar het papier, zijn hand vloog nu over de tekening. Tegen de achtermuur verscheen een nooduitgang, precies op de plek waar ik wist dat hij zou komen; de stereo en de televisie kwamen rechtsvoor.

'Het lijkt op een plek waar mijn moeder vroeger balletles gaf, al hield ze dat niet lang vol. Die zaal had precies dezelfde vorm.' Ik raakte het papier aan op de plek waar het vierkante deel uitstak, waardoor de achterkant van de ruimte smaller werd. 'Daar waren de wc's, de ingang was aan de andere kant. Maar de stereo stond hier' – ik wees naar de linkerhoek – 'hij was ouder, en er was geen televisie. Er zat een raam in de wachtruimte – als je daar doorheen keek zag je de zaal vanuit deze hoek.'

Archie en Jessamine staarden me aan.

'Weet je zeker dat dit dezelfde ruimte is?' vroeg Jessamine op diezelfde gekunstelde kalme toon.

'Nee, helemaal niet. Ik bedoel, de meeste balletzalen zullen er wel hetzelfde uitzien, met spiegels en een barre.' Ik boog me over de bank en ging met mijn vinger langs de tegen de spiegels geplaatste balletbarre. 'Het is gewoon de vorm die me bekend voorkomt.'

'Zou er een reden kunnen zijn voor jou om er nu heen te gaan?' vroeg Archie.

'Nee. Ik ben er niet meer geweest sinds mijn moeder daar gestopt is. Dat is inmiddels al tien jaar geleden, denk ik.'

'Dus hij kan op geen enkele manier in verband worden gebracht met jou?' vroeg Archie gespannen.

Ik schudde mijn hoofd. 'Volgens mij is hij niet eens meer van dezelfde eigenaar. Ik weet zeker dat het gewoon een andere balletzaal is, heel ergens anders.'

'Waar was de balletschool waar je moeder lesgaf?' vroeg Jessamine, en haar stem klonk veel achtelozer dan die van Archie.

'Net om de hoek van ons huis. Daarom had ze die baan aangenomen, zodat ik daarnaartoe kon komen als ik van school naar huis liep...' Mijn stem stierf weg toen ik hen een blik zag wisselen.

'Hier in Phoenix, dus?' vroeg ze, nog steeds achteloos.

'Ja,' fluisterde ik. 'Op de hoek van Fifty-eighth Street en Cactus.'

We zaten alle drie in stilte naar de tekening te staren.

'Archie, is die telefoon beveiligd?' vroeg ik.

'Het nummer leidt terug naar Washington,' zei hij.

'Dan kan ik hem dus gebruiken om mijn moeder te bellen.'

'Maar die zit toch in Florida? Daar is ze veilig.'

'Jawel, maar ze komt binnenkort thuis en ze kan niet terug naar dat huis als...'

Mijn stem trilde. Ik dacht aan Victor die Charlies huis doorzocht, en de school in Forks waar al mijn gegevens lagen.

'Wat is haar nummer?' vroeg Archie. Hij had de telefoon al in zijn hand.

'Ze hebben geen eigen telefoon behalve thuis. Als het goed is luistert ze regelmatig haar berichten af.'

'Jess?' vroeg Archie.

Ze dacht erover na. 'Ik denk niet dat het kwaad kan – zolang je maar niet zegt waar je bent, natuurlijk.'

Ik knikte, pakte de telefoon en belde het vertrouwde nummer. Hij ging vier keer over, en toen hoorde ik mijn moeders opgewekte stem zeggen dat ik een bericht moest inspreken.

'Mam,' zei ik na de piep, 'met mij. Luister, je moet iets voor me doen. Het is belangrijk. Zodra je dit bericht hoort, moet je me op dit nummer bellen.' Archie wees naar het nummer dat al onder aan zijn tekening stond. Ik las het zorgvuldig twee keer voor. 'Ga alsjeblieft nergens heen voordat je mij gesproken hebt. Maak je geen zorgen, het gaat goed met me, maar ik moet je onmiddellijk spreken, hoe laat je dit bericht ook hoort, oké? Ik hou van je, mam. Dag.' Ik deed mijn ogen dicht en bad dat ze niet door een of andere onvoorziene wijziging in de plannen thuis zou komen voordat ze mijn bericht gehoord had.

En toen moesten we weer wachten.

Ik dacht erover om Charlie te bellen, maar ik wist niet goed wat ik zou moeten zeggen. Ik keek naar het journaal, aandachtig deze keer, en hield in de gaten of er nieuws over Florida was, of over de voorjaarstraining – stakingen of orkanen of terroristische aanslagen – alles waardoor ze eerder naar huis zouden kunnen komen.

Blijkbaar brengt onsterfelijkheid ook eindeloos geduld met zich mee. Noch Jessamine, noch Archie leek de behoefte te voelen om ook maar iets te doen. Archie was nog een tijdje bezig om bij het licht van de televisie de vage contouren van de donkere kamer uit zijn visioen te tekenen. Maar toen hij klaar was ging hij simpelweg naar de lege muren zitten kijken. Ook Jessamine leek niet de aandrang te hebben om te ijsberen, door de gordijnen te gluren of gaten in de muur te rammen, zoals ik had.

 Ik viel op de bank in slaap terwijl ik wachtte tot de telefoon ging.

21. Telefoon

Ik wist dat het nog te vroeg was toen ik wakker werd. Ik was mijn dagen en nachten aan het omdraaien. De tv stond aan en vormde de enige lichtbron in de kamer, maar het geluid was uit. De klok op de televisie gaf aan dat het net na twee uur 's nachts was. Ik hoorde het geluid van zachte stemmen die heel snel praatten en ik nam aan dat ik daar wakker van was geworden. Ik bleef nog even op de bank liggen en wachtte tot mijn ogen en oren waren gewend.

Ik realiseerde me dat het vreemd was dat ze zo hard spraken dat ik er wakker van werd, en ik ging rechtop zitten.

Archie zat over het bureau gebogen en Jessamine stond naast hem met haar hand op zijn rug. Hij zat weer te tekenen.

Ik stond op en liep naar hen toe. Ze keken niet op, te verdiept in wat Archie aan het doen was.

Ik ging aan de andere kant van Archie staan om mee te kijken.

'Hij heeft weer iets gezien,' zei ik zachtjes tegen Jessamine.

'Iets heeft de spoorzoekster teruggebracht naar de kamer met de videorecorder, maar nu is het licht,' antwoordde ze.

Ik keek hoe Archie een vierkante kamer tekende met donkere balken langs het lage plafond. De muren waren bedekt met houten lambrisering, een beetje te donker, ouderwets. Op de vloer lag donker tapijt met een motiefje erin. Er was een groot raam in de achterwand, en een opening in de linkermuur die leidde naar de zitkamer. Eén kant van die doorgang was van steen: een grote stenen open haard die naar beide kamers toe open was. De tekening was vanuit dit perspectief gericht op de televisie en de videorecorder, die in de linkerachterhoek op een te klein houten tafeltje stonden. Een oude hoekbank stond voor de televisie, met een ronde koffietafel ervoor.

'De telefoon staat daar,' fluisterde ik wijzend.

Ze staarden me allebei aan.

'Dat is het huis van mijn moeder.'

Archie stond al aan de andere kant van de kamer met de telefoon in zijn hand te bellen. Ik staarde naar de waarheidsgetrouwe weergave van mijn oude woonkamer. Jessamine schoof dichter naar me toe, wat ongebruikelijk was voor haar. Ze raakte met haar hand lichtjes mijn schouder aan, en het fysieke contact leek haar kalmerende invloed groter te maken. De paniek bleef dof, onscherp.

Archies lippen trilden, zo snel praatte hij. Zijn stem was een zacht, onverstaanbaar gebrom.

'Beau,' zei hij. Ik keek hem verdoofd aan.

'Beau, Edythe komt je halen. Hij en Eleanor en Carine nemen je ergens mee naartoe, om je een tijdje te verbergen.'

'Komt Edythe?'

'Ja, ze neemt de eerste vlucht uit Seattle. We wachten haar op het vliegveld op, en dan ga jij met haar mee.'

'Maar... mijn moeder! Ze is hiernaartoe gekomen voor mijn moeder, Archie!' Zelfs met de hand van Jessamine op mijn schouder voelde ik de paniek door mijn borstkas gieren.

'Jess en ik blijven tot ze weer veilig is.'

'We kunnen niet winnen, Archie! Je kunt niet iedereen die ik ken voor eeuwig bewaken. Zie je niet wat ze aan het doen is? Ze zit niet eens achter mij aan. Ze zal iemand vinden... Ze zal iemand van wie ik hou iets aandoen! Archie, ik kan niet...'

'We krijgen haar wel, Beau.'

'En wat als jou iets overkomt, Archie? Denk je dat ik dat niet erg vind? Denk je dat ze me alleen met mijn menselijke familie kan pakken?'

Archie trok zijn wenkbrauwen op naar Jessamine. Ik werd overspoeld door een zware, vermoeide loomheid, en mijn ogen sloten zich zonder mijn toestemming. Ik verzette me tegen het gevoel, want ik begreep wat er gebeurde. Ik dwong mezelf mijn ogen open te doen en deed een stap opzij zodat Jessamine me niet meer aanraakte.

'Ik hoef niet te slapen,' snauwde ik.

Ik liep naar mijn kamer en smeet de deur achter me dicht. Archie kwam niet achter me aan, hoewel ik dat ergens wel verwacht had. Misschien zag hij hoe hij onthaald zou worden.

Bijna vier uur lang zat ik op de grond naar de muur te staren, mijn handen tot vuisten gebald. Mijn gedachten draaiden in een kringetje rond, probeerden een manier te vinden om uit deze nachtmerrie te komen. Er was geen ontkomen aan – ik zag maar één mogelijk einde. De enige vraag was hoeveel andere mensen iets zou overkomen voordat het zover zou zijn.

De enige hoop die ik nog had was het besef dat ik Edythe binnenkort zou zien.

Als ik haar gezicht weer zag, zou ik misschien ook een oplossing kunnen zien. Dingen waren altijd helderder als we samen waren.

Toen de telefoon ging, ging ik terug naar de voorkamer, een beetje beschaamd over mijn gedrag. Ik hoopte dat ik niemand beledigd had. Ik hoopte dat ze beseften dat ik ontzettend dankbaar was voor de offers die ze voor mij brachten.

Archie stond weer in razend tempo te bellen. Ik keek om me heen, maar Jessamine was weg. Volgens de klok was het half zes 's ochtends.

'Ze stappen nu net op het vliegtuig,' zei Archie tegen me. 'Ze landen om kwart voor tien.'

Ik hoefde het nog maar een paar uur vol te houden voordat ze hier was.

'Waar is Jessamine?'

'Die is de rekening aan het betalen.'

'Blijven jullie niet hier?'

'Nee, we gaan dichter in de buurt van je moeders huis zitten.'

Ik had het gevoel dat ik moest overgeven, maar toen ging de telefoon weer. Archie keek naar het nummer en stak hem naar me uit. Ik griste hem uit zijn handen.

'Mam?'

'Beau? Beau?' Het was de stem van mijn moeder, met een vertrouwde klank die ik talloze keren gehoord had als kind, elke keer dat ik te dicht bij de stoeprand gekomen was of uit haar zicht was gedwaald op een drukke plek. Het was het geluid van paniek.

'Rustig maar, mam,' zei ik met mijn meest geruststellende stem terwijl ik langzaam van Archie terug naar de slaapkamer liep. Ik wist niet zeker of ik overtuigend kon liegen als hij toekeek. 'Er is niets aan de hand, oké? Ik zal je zo alles uitleggen, dat beloof ik.'

Ik wachtte even, verbaasd dat ze me nog niet onderbroken had.

'Mam?'

'Pas goed op dat je niets zegt voordat ik je toestemming geef.' De stem die ik nu hoorde was net zo onbekend als onverwacht. Het was een vrouwenstem, maar niet die van mijn moeder. Het was een zachte, vrij lage stem, een erg prettige, algemene stem – het soort stem dat je hoort tijdens dure-autoreclames. Ze praatte snel.

'Kijk, ik hóéf je moeder geen pijn te doen, dus als je precies doet wat ik zeg, dan overkomt haar niets.' Ze wachtte even terwijl ik in stil afgrijzen luisterde. 'Heel goed,' prees ze. 'Nu herhaal je wat ik zeg, en probeer wel een beetje normaal te klinken. Zeg alsjeblieft: "Nee, mam, blijf waar je bent."'

'Nee, mam, blijf waar je bent.' Mijn stem was nauwelijks meer dan een gefluister.

'Ik merk dat dit lastig gaat worden.' De stem klonk geamuseerd, en nog steeds luchtig en vriendelijk. 'Waarom ga je nu niet naar een andere kamer zodat je gezicht niet alles verraadt? Er is geen reden waarom je moeder zou moeten lijden. En tijdens het lopen zeg je: "Mam, luister alsjeblieft naar me". Zeg het nu.'

'Mam, luister alsjeblieft naar me,' smeekte ik. Ik liep langzaam de slaapkamer in en voelde de ongeruste blik van Archie op mijn rug. Ik deed de deur achter me dicht en probeerde helder na te denken, door de paniek heen die mijn hersenen in zijn greep hield.

'Kijk eens aan, ben je nu alleen? Antwoord maar met ja of nee.'

'Ja.'

'Goed dan,' ging de aangename stem verder, 'zeg: "Mam, geloof me."'

'Mam, geloof me.'

'Dit heeft een stuk beter uitgepakt dan ik verwacht had. Ik had best willen wachten, maar je moeder kwam eerder thuis dan gepland. Veel makkelijker zo, nietwaar? Minder spanning, minder ongerustheid voor jou.'

Ik wachtte.

'Nu wil ik dat je heel goed naar me luistert. Ik wil dat je zorgt dat je wegkomt bij je vrienden – denk je dat dat gaat lukken? Antwoord ja of nee.'

'Nee.'

'Het spijt me dat te moeten horen. Ik had gehoopt dat je iets vindingrijker zou zijn. Denk je dat je van ze weg kunt komen als je moeders leven ervan afhangt? Antwoord ja of nee.'

Er moest toch iets te verzinnen zijn.

'Ja,' zei ik knarsetandend.

'Mooi zo, Beau. Goed, je moet het volgende doen. Ik wil dat je naar het huis van je moeder gaat. Naast de telefoon ligt een nummer. Dat bel je, en dan zal ik je vertellen waar je vervolgens heen moet gaan.' Ik wist al waar ik heen zou gaan, en waar dit zou eindigen. Maar ik zou haar instructies nauwgezet volgen. 'Gaat je dat lukken? Antwoord ja of nee.'

'Ja.'

'Voor twaalf uur vanmiddag alsjeblieft, Beau. Ik heb niet de hele dag de tijd,' zei ze.

'Waar is Phil?' siste ik.

'Aha, oppassen nu, Beau. Wacht tot ik jou vraag om te praten, alsjeblieft.'

Ik wachtte.

'Het is belangrijk dat je je vrienden niet achterdochtig maakt als je weer naar ze toe gaat. Zeg dat je moeder heeft gebeld, en dat je haar uit het hoofd hebt gepraat om voorlopig naar huis te komen. Zeg me na: "Dank je wel, mam." Zeg het nu.'

'Dank je wel, mam,' zei ik met verstikte stem. Het was nauwelijks verstaanbaar.

'Zeg: "Ik hou van je, mam, tot gauw." Zeg het nu.'

'Ik hou van je, mam,' stootte ik uit. 'Tot gauw,' beloofde ik.

'Tot ziens, Beau. Ik kijk ernaar uit je weer te zien.' Ze hing op.

Ik bleef de telefoon tegen mijn oor houden. Mijn gewrichten waren verlamd van angst: ik kon mijn vingers niet bewegen om hem neer te leggen.

Ik wist dat ik na moest denken, maar mijn hoofd was gevuld met het geluid van mijn moeders paniek. De seconden tikten weg terwijl ik mijn zelfbeheersing probeerde terug te winnen.

Langzaam, heel langzaam begonnen mijn gedachten door de bakstenen muur van pijn te breken. Om een plan te bedenken. Want ik had nu geen opties meer, behalve één: naar de spiegelkamer gaan en sterven. Ik had geen enkele waarborg, niets wat ik kon geven om mijn moeder in leven te houden. Ik kon alleen maar hopen dat Joss genoegen zou nemen met de overwinning, dat het verslaan van Edythe voldoende zou zijn. De wanhoop voelde als een strop die zich om mijn nek straktrok; er was geen manier om te onderhandelen, niets wat ik kon bieden of achterhouden om haar te beïnvloeden. Maar ik had nog steeds geen keus. Ik moest het proberen.

Ik duwde de angst zo goed als ik kon weg. Mijn besluit stond vast. Het had geen zin om tijd te verliezen door mezelf erover te kwellen. Ik moest helder nadenken, want Archie en Jessamine wachtten op me, en het was absoluut noodzakelijk om hen om de tuin te leiden – en absoluut onmogelijk.

Ik was opeens dankbaar voor het feit dat Jessamine weg was. Als zij hier was geweest en mijn angst had gevoeld de afgelopen vijf minuten, hoe had ik dit dan voor hen verborgen kunnen houden? Ik vocht tegen mijn zorgen, mijn doodsangst, en probeerde ze diep weg te stoppen. Ik kon me die gevoelens nu niet riskeren. Ik wist niet wanneer ze terug zou komen.

Ik probeerde me op mijn ontsnapping te concentreren, maar besefte onmiddellijk dat ik niets kon plannen. Ik mocht geen besluit nemen. Archie zou de verandering ongetwijfeld snel doorkrijgen, als hij het niet al gemerkt had. Ik mocht hem niet laten zien hoe het ging gebeuren. Als het ging gebeuren. Hoe moest ik wegkomen als ik er niet eens over na kon denken?

Ik wilde weten wat Archie hierover te zeggen had, of hij al veranderingen had gezien, maar ik wist dat ik nog één ding in mijn eentje moest afhandelen voordat Jessamine terugkwam.

Ik moest accepteren dat ik Edythe nooit meer zou zien. Ik zou zelfs geen laatste blik op haar gezicht kunnen werpen om met me mee te nemen naar de spiegelzaal. Ik ging haar kwetsen, en ik kon geen afscheid nemen. Het voelde alsof ik gemarteld werd. Ik liet me even door de pijn verteren, liet hem op me in beuken. En toen moest ik mijn pantser optrekken om Archie onder ogen te komen.

De enige uitdrukking die ik voor elkaar kon krijgen was een doffe, doodse blik, maar dat leek me niet onlogisch. Ik liep de woonkamer in, klaar om mijn tekst op te dreunen.

Archie stond over het bureau gebogen en greep met twee handen de rand vast. Zijn gezicht...

In eerste instantie brak de paniek door mijn masker en ik rende om de bank heen naar hem toe. Maar vrijwel meteen besefte ik wat hij moest zien, en ik bleef een meter voor hem staan.

'Archie,' zei ik dof.

Hij reageerde niet toen ik zijn naam zei. Zijn hoofd wiegde langzaam van links naar rechts. Door zijn blik laaide de paniek weer op: misschien ging het niet om mij, misschien keek hij naar mijn moeder.

Ik deed een stap naar voren en wilde zijn arm aanraken.

'Archie!' knalde de stem van Jessamine bij de deur, en toen stond ze achter Archie, haar handen over de zijne gevouwen om ze los te maken uit hun greep op de tafel. Aan de andere kant van de kamer viel de deur met een zachte klap dicht.

'Wat is er?' wilde ze weten. 'Wat heb je gezien?'

Hij draaide zijn wezenloze gezicht weg van mij en staarde nietsziend in Jessamines ogen.

'Beau,' zei hij.

'Ik ben hier.'

Zijn hoofd schoot opzij en zijn ogen keken in de mijne, maar ze waren nog altijd uitdrukkingsloos. Ik besefte dat hij niet tegen mij had gepraat: hij had de vraag van Jessamine beantwoord.

22. Verstoppertje

'Wat was er?' Ik had geen controle meer over mijn stem, hij klonk vlak en ongeïnteresseerd.

Jessamine staarde me aan. Ik hield mijn gezicht uitdrukkingsloos en wachtte. Haar ogen schoten heen en weer tussen Archies gezicht en het mijne, en ze voelde de chaos. Ik wist wat Archie had gezien.

Er daalde een rustige sfeer neer om me heen. Ik verzette me er niet tegen. Ik gebruikte hem om mijn emoties te bedwingen.

Archie herwon zichzelf. Zijn gezicht werd in een flits weer normaal.

'Niets,' zei hij, met een verbazingwekkend rustige, overtuigende stem. 'Gewoon weer dezelfde zaal.' Hij keek naar mij en zag me nu weer echt. 'Wilde je ontbijten?'

'Ik eet wel op het vliegveld.' Ook ik was erg rustig. Het was bijna alsof ik Jessamines extra zintuig had geleend, want al verborg Archie het goed, ik voelde hoe graag hij mij de kamer uit wilde hebben om alleen met haar te zijn. Dan kon hij haar vertellen dat ze iets verkeerd deden, dat ze zouden falen.

Archie keek nog steeds naar mij.

'Gaat het goed met je moeder?'

Ik moest de gal wegslikken die in mijn keel omhoogkwam. Ik kon alleen maar de tekst volgen die ik eerder had bedacht.

'Mijn moeder was ongerust,' zei ik toonloos. 'Ze wilde naar huis komen. Maar het is in orde. Ik heb haar ervan overtuigd dat ze voorlopig in Florida moet blijven.'

'Mooi zo.'

'Ja,' beaamde ik als een robot.

Ik draaide me om en liep langzaam naar de slaapkamer terwijl ik hun blikken in mijn rug voelde priemen. Ik deed de deur achter me dicht en nam toen alle voorbereidingen die ik nu kon treffen. Ik douchte en trok kleren aan die me pasten. Ik wroette door mijn tas tot ik mijn sok met geld had gevonden, en stopte de inhoud in mijn broekzak.

Ik bleef nog even staan en staarde voor me uit terwijl ik aan dingen probeerde te denken waar ik aan mocht denken. Ik kreeg een idee.

Ik knielde naast het nachtkastje en trok het bovenste laatje open. Onder de verplichte bijbel lag een stapel briefpapier en een pen. Ik haalde een vel papier en een envelop uit de la.

'Edythe,' schreef ik. Mijn hand trilde. De letters waren nauwelijks leesbaar.

Ik hou van je.
Nogmaals sorry. Het spijt me zo.
Ze heeft mijn moeder en ik moet het proberen. Ik weet dat het misschien niet lukt. Het spijt me zo vreselijk erg.
Je moet niet boos zijn op Archie en Jessamine. Als ik aan hen kan ontsnappen is dat een wonder. Bedank ze voor me. Vooral Archie.
En ga alsjeblieft, alsjeblieft niet achter haar aan. Dat wil ze juist. Ik kan het niet verdragen als nog iemand iets overkomt door mij, vooral jou. Alsjeblieft, dit is het enige wat ik je nu kan vragen. Voor mij.
Ik heb er geen spijt van dat ik je ontmoet heb. Ik zal er nooit spijt van hebben dat ik van je hou.

Vergeef me.
Beau

Ik vouwde het vel in drieën, stopte het in de envelop en plakte die dicht. Uiteindelijk zou ze hem vinden. Ik hoopte dat ze het zou begrijpen. Ik hoopte dat ze me zou vergeven. En ik hoopte vooral dat ze naar me zou luisteren.

Toen ik terugliep naar de woonkamer stonden ze al klaar.

Deze keer zat ik alleen achter in de auto. Jessamine keek telkens naar me in de achteruitkijkspiegel als ze dacht dat ik het niet doorhad. Ze hield me rustig, en daar was ik blij om.

Archie leunde tegen de passagiersdeur, met zijn gezicht naar Jessamine, maar ik wist dat hij me vanuit zijn ooghoeken in de gaten hield. Hoeveel had hij gezien? Verwachtte hij dat ik iets zou proberen? Of was hij helemaal op de spoorzoekster gericht?

'Archie?' vroeg ik.

Hij was op zijn hoede. 'Ja?'

'Ik heb een briefje voor mijn moeder geschreven,' zei ik langzaam. 'Wil je dat aan haar geven? In haar huis leggen, bedoel ik?'

'Natuurlijk, Beau.' Hij klonk voorzichtig, zoals je tegen iemand praat die op de rand van het dak staat. Ze zagen allebei dat ik kapotging. Ik moest beter toneelspelen.

Algauw waren we bij het vliegveld. Jessamine zette de auto ergens midden op de derde verdieping van de parkeergarage. De zon drong hier zo diep in dit betonnen blok niet door. We konden de hele tijd in de schaduw blijven toen we naar de terminal liepen. Het was terminal vier, de grootste, de minst overzichtelijke. Misschien kon ik daar mijn voordeel mee doen.

Ik ging voorop, voor deze ene keer beter op de hoogte van mijn omgeving dan zij. We namen de lift naar niveau drie, waar de passagiers aankwamen. Archie en Jessamine stonden een tijdlang het scherm met de aankomsttijden te bestuderen. Ik hoorde ze de voors en tegens bespreken van New York, Atlanta, Chicago. Plaatsen waar ik nooit geweest was. En ook nooit zou komen.

Ik probeerde niet aan mijn vluchtpoging te denken. We zaten in de lange rij stoelen bij de metaaldetectors en mijn knie ging de hele tijd op en neer. Jessamine en Archie deden net alsof ze aan het mensen kijken waren, maar eigenlijk keken naar mij. Elke centimeter die ik in mijn stoel verschoof werd gevolgd door een snelle blik vanuit hun ooghoeken. Dit was hopeloos. Moest ik ervandoor gaan? Zouden ze me tegen durven te houden met al die mensen in de buurt? Of zouden ze gewoon achter me aan komen?

Wat ik ook ging doen, ik moest het juiste moment uitkiezen. Als ik wachtte tot Edythe en Carine in de buurt waren, zou Archie op hen moeten wachten, of niet? Maar ik kon ze niet té dichtbij laten komen. Ik wist vrij zeker dat Edythe zich niet druk zou maken om getuigen als ze achter me aan ging.

Aan de ene kant was ik in staat om deze berekenende afwegingen te maken. En aan de andere kant was ik me er heel erg van bewust dat Edythe er bijna was. Alsof elke cel in mijn lichaam naar haar toegetrokken werd. Dat maakte het lastiger. Ik betrapte mezelf erop dat ik uitvluchten probeerde te verzinnen om te blijven, om haar eerst te zien en er dan vandoor te gaan. Maar dat was onmogelijk als ik echt een poging wilde doen om weg te komen.

Archie bood meerdere keren aan om ontbijt te gaan halen met me. Straks, zei ik. Nu nog niet.

Ik staarde naar het scherm met de aankomsttijden en keek toe hoe vlucht na vlucht op tijd aankwam. De vlucht uit Seattle kroop steeds dichter naar de bovenkant van het scherm.

En toen, op het moment dat ik nog maar dertig minuten had om mijn ontsnapping voor te bereiden, veranderden de cijfers. Haar vlucht was tien minuten te vroeg. Ik had geen tijd meer.

Ik haalde de ongeadresseerde envelop uit mijn zak en gaf hem aan Archie.

'Zorg je dat ze hem krijgt?'

Hij knikte, pakte de brief en stopte hem in zijn rugzak.

'Ik denk dat ik nu wat ga eten,' zei ik.

Archie stond op. 'Ik ga met je mee.'

'Vind je het goed als Jessamine meegaat?' vroeg ik. 'Ik voel me een beetje...' Ik maakte mijn zin niet af. Mijn ogen stonden wild genoeg om duidelijk te maken wat ik bedoelde.

Jessamine stond op. Archie keek verward, maar – zag ik tot mijn grote opluchting – niet achterdochtig. Hij schreef de verandering in zijn visioen blijkbaar toe aan een of andere manoeuvre van de spoorzoekster, en niet aan verraad van mijn kant.

Jessamine liep zwijgend naast me, haar hand op mijn onderrug, alsof ze me leidde. Ik deed alsof ik niet geïnteresseerd was in de eerste paar eetgelegenheden, terwijl mijn ogen de omgeving afspeurden. Er moest ergens een uitweg zijn, een mogelijkheid die ik kon benutten.

Ik zag een bordje en kreeg een idee. Als de nood aan de man is...

Er was één plek waar Jessamine me niet kon volgen.

Ik moest snel handelen, voordat Archie iets zou zien.

'Kan ik even?' vroeg ik aan Jessamine, met een knikje naar de deur. 'Ik ben zo weer terug.'

'Ik wacht hier,' beloofde ze.

De ingang had geen deur en zodra ik de hoek om was en ze me niet meer kon zien, begon ik te rennen.

Deze oplossing was zelfs nog beter dan ik in eerste instantie had gedacht. Ik kon me deze ruimte nog herinneren. Mijn passen werden langer.

De enige plek waar Jessamine me niet zou volgen: het herentoilet. Die hadden vaak twee ingangen, maar meestal lagen die vlak bij elkaar. Mijn eerste plan, om achter iemand aan naar buiten te glippen, zou nooit gelukt zijn.

Maar ik was al eerder in deze toiletruimte geweest. Ik was er een keer verdwaald, omdat de ene uitgang recht tegenover de andere lag, en in een heel andere gang uitkwam. Ik had het niet beter kunnen plannen.

Ik was al in de andere gang en holde naar de liften. Als Jessamine bleef waar ze was, zou ik nooit in haar gezichtsveld komen. Ik keek niet achterom terwijl ik rende. Dit was mijn enige kans, en zelfs als ze achter me aan kwam moest ik blijven rennen. Er staarden mensen naar me, maar ze keken niet al te geschokt. Er waren tal van redenen om te rennen op een vliegveld.

Ik vloog naar de liften en duwde mijn hand tussen de sluitende deuren van een volle lift die op het punt stond naar beneden te gaan. Ik wurmde me tussen de geïrriteerde reizigers en keek of er ook echt op het knopje van de begane grond was gedrukt. Het brandde al, en de deuren gingen dicht.

Zodra de deur openschoof ging ik er weer vandoor, met het geluid van geërgerd gemompel achter me. Ik liep iets langzamer toen ik langs de beveiligingsbeambten bij de bagagebanden kwam, maar begon direct weer te rennen zodra de deuren van de uitgang in zicht kwamen. Ik kon niet weten of Jessamine me al aan het zoeken was of niet. Als ze mijn geur zou volgen had ik maar een paar seconden. Ik wierp mezelf tegen de schuifdeuren en knalde bijna tegen het glas toen ze te langzaam opengingen.

Langs de drukke stoep was geen taxi te bekennen.

Ik had geen tijd. Archie en Jessamine stonden of op het punt te beseffen dat ik er niet meer was, of ze wisten het al. Ze zouden me in een vloek en een zucht vinden.

Een paar meter achter me gingen net de deuren van een rechthoekige, witte pendelbus dicht.

'Wacht!' riep ik, rennend en zwaaiend naar de chauffeur.

'Deze gaat naar het Hyatt hotel,' zei de chauffeur niet-begrijpend terwijl hij de deuren opendeed.

'Ja,' hijgde ik, 'daar moet ik naartoe.' Ik sprong de treeplanken op.

Hij keek achterdochtig naar mijn bagageloosheid, maar haalde toen zijn schouders op, niet geïnteresseerd genoeg om ernaar te vragen.

De meeste stoelen waren leeg. Ik ging zo ver mogelijk bij de andere passagiers vandaan zitten, en keek uit het raam terwijl eerst de stoep en toen het vliegveld achter me steeds kleiner werden. Ik moest de hele tijd aan Edythe denken, aan hoe ze daar bij de rand van de weg zou staan waar mijn spoor zou doodlopen.

Nog even volhouden, zei ik tegen mezelf. Je hebt nog een lange weg te gaan.

Mijn geluk hield aan. Voor de deur van het Hyatt haalde een vermoeid uitziend stel net hun laatste koffer uit de achterbak van een taxi. Ik sprong de bus uit, rende naar de auto en schoof in de stoel achter de chauffeuse. Het vermoeide stel en de buschauffeur staarden me aan.

Ik gaf de verbaasde taxichauffeuse mijn adres. 'Ik moet er zo snel mogelijk heen.'

'Maar dat is in Scottsdale,' klaagde ze.

Ik gooide vier briefjes van twintig over de stoel.

'Is dat genoeg?'

'Tuurlijk, jochie, geen probleem.'

Ik leunde tegen de achterbank en sloeg mijn armen over elkaar. Mijn stad raasde voorbij, maar ik keek niet naar buiten. Ik moest mijn uiterste best doen om mijn zelfbeheersing te bewaren. Het had geen zin om nu in te storten, daar had ik niets aan. Ik was ontsnapt, tegen alle verwachtingen in. Nu kon ik alles op alles zetten om mijn moeder te redden. Mijn pad was uitgestippeld. Ik hoefde het alleen nog maar te volgen.

Dus in plaats van in paniek te raken deed ik mijn ogen dicht en bracht de twintig minuten durende rit met Edythe door.

Ik fantaseerde dat ik op het vliegveld was gebleven om haar op te halen. Ik zag voor me hoe ik helemaal op het randje had gestaan van waar ik mocht komen, de eerste die ze zou zien als ze uit de lange gang van de gates kwam. Ze zou heel snel tussen de andere passagiers door lopen, en die zouden allemaal naar haar staren omdat ze zo gracieus was. Ze zou de laatste meters rennen – net niet helemaal menselijk – en dan zou ze haar armen om mijn middel slaan. En ik zou even niet 'voorzichtig' zijn.

Ik vroeg me af waar we naartoe gegaan zouden zijn. Ergens naar het noorden, zodat ze overdag buiten kon zijn. Of misschien een heel afgelegen plek, zodat we weer samen in de zon konden liggen. Ik stelde me haar voor aan de kust, met een huid die net zo glinsterde als de zee. Het zou niet uitmaken hoe lang we ons verborgen moesten houden. Om met haar opgesloten te zitten in een hotelkamer zou het paradijs zijn. Ik wilde nog zoveel over haar weten. Ik zou eeuwig naar haar kunnen luisteren, nooit hoeven slapen, nooit van haar zijde wijken.

Ik kon haar gezicht nu zo duidelijk voor me zien... hoorde bijna haar stem. En ondanks alles was ik heel even oprecht gelukkig. Ik ging zo op in mijn onwerkelijke dagdromen dat ik de voorbijvliegende seconden helemaal niet meer in de gaten had.

'Hé, welk nummer is het?'

De vraag van de taxichauffeuse doorboorde mijn gefantaseer. De angst die ik een paar minuten had bedwongen nam weer bezit van me.

'Achtenvijftig eenentwintig.' Mijn stem klonk geknepen. De taxichauffeuse keek me aan alsof ze bang was dat ik een aanval had of zoiets.

'We zijn er.' Ze kon niet wachten tot ik de auto uit was, ze hoopte zeker dat ik niet om wisselgeld zou vragen.

'Dank u,' fluisterde ik. Er was geen reden om bang te zijn, hield ik mezelf voor. Ik wist dat het huis leeg was. Ik moest opschieten, mijn moeder wachtte op me, doodsbang, misschien was ze al gewond en had ze pijn, en ze rekende op mij.

Ik rende naar de deur en strekte automatisch mijn arm uit om de sleutel uit de dakgoot te pakken. Het was donker binnen, leeg, gewoon. Het rook zo vertrouwd dat ik door mijn benen zakte. Het voelde alsof mijn moeder in de buurt was, in de kamer hiernaast, maar ik wist dat dat niet waar was.

Ik rende naar de telefoon en deed onderweg het licht van de keuken aan. Daar stond, op het notitiebord, een tiencijferig nummer geschreven in een klein, net handschrift. Mijn vingers struikelden over de toetsen en drukten verkeerd. Ik moest ophangen en opnieuw beginnen. Ik concentreerde me uitsluitend op de knopjes deze keer en toetste ze nauwkeurig een voor een in. Het lukte. Ik hield de telefoon met trillende hand aan mijn oor. Hij ging maar één keer over.

'Hallo Beau,' antwoordde de aangename stem. 'Dat was heel snel. Ik ben onder de indruk.'

'Is alles goed met mijn moeder?'

'Het gaat prima met haar. Maak je geen zorgen, Beau. Ik heb niets tegen je moeder. Tenzij je niet in je eentje gekomen bent natuurlijk.' Luchtig, geamuseerd.

'Ik ben alleen.' Ik was nog nooit in mijn leven zo alleen geweest.

'Heel mooi. Goed, ken je die balletschool net om de hoek van jouw huis?'

'Ja. Ik weet hoe ik er moet komen.'

'Nou, dan zie ik je snel.'

Ik hing op.

Ik rende de kamer uit, de deur door, de ochtendhitte in.

Vanuit mijn ooghoeken kon ik bijna mijn moeder zien staan in de schaduw van de grote eucalyptusboom waar ik als kind altijd had gespeeld. Of op haar knieën bij het modderige lapje grond rond de brievenbus, de begraafplaats van alle bloemen die ze had geprobeerd te laten bloeien. De herinneringen waren mooier dan welke werkelijkheid ook die ik vandaag zou zien. Maar ik rende ze voorbij.

Ik voelde me vreselijk langzaam, alsof ik door nat zand rende – ik leek maar geen grip op het beton te krijgen. Ik struikelde een paar keer over mijn voeten, viel, ving mezelf op met mijn handen, haalde ze open aan de stoep, en krabbelde weer op om me weer naar voren te storten. Maar uiteindelijk haalde ik de hoek. Nog maar één straat. Ik rende snakkend naar adem door, terwijl het zweet van mijn gezicht droop. De zon brandde op mijn gezicht, hij was veel te fel, weerkaatste van het witte beton en verblindde me.

Toen ik de laatste hoek omging, Cactus Street in, kon ik de balletschool zien liggen, precies zoals ik me hem herinnerde. De parkeerplaats voor de deur was leeg, de verticale jaloezieën voor alle ramen gesloten. Ik kon niet meer rennen – ik kreeg geen lucht, de angst eiste zijn tol. Ik dacht aan mijn moeder om mijn voeten in beweging te houden, de een voor de ander.

Toen ik dichterbij kwam kon ik een mededeling zien hangen aan de binnenkant van de deur. Hij was met de hand geschreven op felroze papier en meldde dat de school gesloten was in verband met de voorjaarsvakantie. Ik voelde aan de deurklink, trok er voorzichtig aan. Hij was niet op slot. Ik worstelde om weer op adem te komen en deed de deur open.

De hal was donker en leeg, koel, de airconditioning zoemde. De plastic kuipstoeltjes stonden opgestapeld langs de muren, het tapijt was vochtig. Ik kon door het open binnenraam zien dat de balletzaal links donker was. De balletzaal rechts, de grotere zaal uit Archies visioen, was verlicht. Maar bij dit raam waren de jaloezieën gesloten.

Ik werd zo sterk door angst overmand dat ik er letterlijk in gevangen zat. Ik kon mijn voeten niet vooruit krijgen.

En toen riep mijn moeder me.

'Beau? Beau?' Weer diezelfde toon van hysterische paniek. Ik rende naar de deur, naar het geluid van haar stem.

'Beau, je jaagt me de stuipen op het lijf! Wil je dat alsjeblieft nooit meer doen!' Haar stem praatte door terwijl ik de lange, hoge zaal in rende.

Ik staarde om me heen om te zien waar haar stem vandaan kwam. Ik hoorde haar lachen en draaide me vliegensvlug om naar het geluid.

Daar was ze, op het televisiescherm, terwijl ze opgelucht door mijn haar woelde. Het was Thanksgiving Day, en ik was twaalf. We waren bij mijn oma in Californië, het laatste jaar voor ze overleed. We waren een dag naar het strand gegaan, en ik had te ver over de rand van de pier geleund. Mama had me wild met mijn voeten zien schoppen in een poging mijn evenwicht terug te vinden. 'Beau? Beau?' had ze angstig naar me geroepen.

En toen werd het televisiescherm blauw.

Ik draaide me langzaam om. De spoorzoekster stond heel stil bij de achteruitgang, zo stil dat ik haar in eerste instantie niet gezien had. Ze had een afstandsbediening in haar hand. We staarden een tijd naar elkaar, en toen glimlachte ze.

Ze kwam naar me toe, tot ze nog maar een meter bij me vandaan was, en toen liep ze langs me om de afstandsbediening naast de videorecorder te leggen. Ik draaide me behoedzaam om om naar haar te kijken.

'Sorry hoor, Beau, maar is het niet beter dat je moeder niet echt betrokken is bij al dit gedoe?' Haar stem klonk vriendelijk.

En opeens drong het tot me door. Mijn moeder was veilig. Ze was nog steeds in Florida. Ze had mijn bericht nooit ontvangen. Ze was nooit doodsbang geweest voor de donkerrode ogen in het abnormaal bleke gezicht dat ik voor me zag. Ze had geen pijn. Ze was veilig.

'Ja,' antwoordde ik, en mijn stem sloeg over van opluchting.

'Je klinkt niet boos dat ik je in de val gelokt heb.'

'Dat ben ik ook niet.'

Mijn plotselinge roes maakte me dapper. Wat maakte het nog uit? Het was bijna voorbij. Mama en Charlie zou niets overkomen, ze hoefden nergens bang voor te zijn. Ik was bijna duizelig van opluchting. Een wat bewuster deel van mijn hersenen waarschuwde me dat ik op het punt stond om door te draaien van de stress, maar het leek me op dit moment eigenlijk best een goed idee om mijn verstand te verliezen.

'Wat apart. Je meent het echt.' Haar donkere ogen gleden over mijn lichaam. De irissen waren bijna zwart, met slechts een zweem robijnrood om de randen. Dorstig. 'Ik moet het dat vreemde clubje van je nageven, jullie mensen kunnen best interessant zijn. Ik snap wel dat het iets aantrekkelijks heeft om jullie van dichtbij te bestuderen. Heel bijzonder – sommigen van jullie lijken echt geen enkel gevoel van eigenbelang te hebben.'

Ze stond een paar meter van me vandaan, haar armen over elkaar, en keek me nieuwsgierig aan. Er sprak geen dreiging uit haar gezicht of houding. Ze zag er zo heel gewoontjes uit, er was niets bijzonders aan haar gezicht of lichaam. Alleen de witte huid en de ogen met de donkere kringen waar ik aan gewend was. Ze droeg een lichtblauw shirt met lange mouwen en een gebleekte blauwe spijkerbroek.

'Nu ga je me zeker vertellen dat je vrienden wraak op me zullen nemen?' vroeg ze, hoopvol vond ik.

'Ik heb hun gevraagd dat niet te doen.'

'En wat vond je vriendinnetje daar van?'

'Dat weet ik niet.' Vreemd genoeg was het heel makkelijk om met haar te praten. 'Ik heb een brief voor haar achtergelaten.'

'Hoe romantisch, een laatste brief. En denk je dat ze daar gehoor aan zal geven?' Haar stem klonk nu net iets harder, een zweem van sarcasme verstoorde haar beleefde toon.

'Ik hoop het.'

'Hmmm. Nou, dan hopen we allebei op iets anders. Kijk, dit ging allemaal een beetje te gemakkelijk, te snel. Ik ben teleurgesteld, om heel eerlijk te zijn. Ik had een veel grotere uitdaging verwacht. En uiteindelijk had ik alleen maar een beetje geluk nodig.'

Ik wachtte zwijgend af.

'Toen Victor je vader niet te pakken kon krijgen, heb ik hem wat onderzoek naar jou laten doen. Wat zou het voor zin hebben om je over de hele wereld achterna te zitten als ik op mijn gemak op je kon wachten op een plek die ik zelf uitgezocht had? Dus toen Victor me de nodige informatie had bezorgd, besloot ik naar Phoenix te gaan om je moeder met een bezoek te vereren. Ik had je horen zeggen dat je naar huis ging. In het begin had ik nooit gedacht dat je dat ook echt zou doen. Maar toen begon ik te denken. Mensen kunnen erg voorspelbaar zijn, ze zijn graag op een vertrouwde plek.

En zou het niet de perfecte list zijn als je naar de enige plek ging waar je niet zou moeten zijn om je te verbergen – de plek waar je zei dat je heen zou gaan?

Maar ik wist het natuurlijk niet zeker, het was slechts een vermoeden. Ik krijg meestal een gevoel over de prooi waar ik op jaag, een zesde zintuig, zou je kunnen zeggen. Ik heb je bericht afgeluisterd toen ik bij je moeders huis kwam, maar ik kon natuurlijk niet zeker weten waar je vandaan had gebeld. Het was heel handig om je nummer te hebben, maar je kon net zo goed op de Noordpool zitten, en dit spelletje zou alleen werken als je in de buurt was.

Maar toen stapten je vrienden op een vliegtuig naar Phoenix. Victor hield ze natuurlijk in de gaten voor me; in een spel met zo veel spelers kun je niet in je eentje werken. En zo verrieden zij wat ik al gehoopt en voorvoeld had: dat je uiteindelijk toch hier zat. Ik was voorbereid, ik had jullie schattige familiefilmpjes allemaal al bekeken. En toen was het simpelweg een kwestie van bluffen.

Erg gemakkelijk, zoals je ziet, niet echt mijn gebruikelijke niveau. Dus je begrijpt wel dat ik hoop dat je het mis hebt wat dat meisje betreft. Edythe, toch?'

Ik gaf geen antwoord. Mijn bravoure begon weg te ebben. Ik voelde dat haar monoloog ten einde liep, al zag ik het nut daarvan überhaupt niet in. Waarom legde ze dit allemaal aan mij uit? Er viel weinig eer te behalen aan de overwinning op een zwak mens, leek me. Ik ging toch ook niet elke cheeseburger die ik overwon vertellen hoe stoer ik was?

'Zou je het heel erg vinden als ik ook een berichtje achterliet voor Edythe?'

Ze deed een stap naar achteren en raakte een kleine digitale videocamera aan, die zorgvuldig bovenop de stereo geplaatst was. Een klein rood lichtje gaf aan dat hij al aan het opnemen was. Ze stelde hem een paar keer bij om het beeld te vergroten.

'Ik denk dat ze het niet zal kunnen laten om achter me aan te gaan als ze dit gezien heeft.'

Dus daarom was ze zich zo aan het verkneukelen. Het ging niet om mij.

Ik staarde in de lens van de camera.

Mijn moeder was veilig, maar Edythe niet. Ik probeerde te bedenken hoe ik dit kon voorkomen, hoe ik ervoor kon zorgen dat ze die video niet te zien kreeg, maar ik wist dat ik niet snel genoeg was om de camera te pakken voordat de spoorzoekster daar een stokje voor zou steken.

'Ik weet alleen niet of ze het interessant genoeg zal vinden,' ging Joss verder. 'Je bent kennelijk niet zo belangrijk voor haar dat ze heeft besloten je te houden. Ik moet haar dus echt flink kwaad zien te krijgen.' Ze glimlachte naar me en draaide zich toen om om naar de camera te lachen.

Nog steeds glimlachend liep ze naar me toe. 'Voordat we beginnen...'

Ik wist dat ik ging sterven. Ik dacht dat ik er klaar voor was. Ik had maar één versie voor ogen gehad: ze zou me vermoorden, mijn bloed drinken, en dat was het dan.

Er bleek toch nog een andere versie te zijn.

Ik bleef verdoofd en verstijfd zitten.

'Ik ga je een verhaaltje vertellen, Beau. Ooit, heel lang geleden, is een prooi een keer aan me ontsnapt. Ja, daar schrok ik ook van! Het is me daarna nooit meer overkomen, dus je kunt je wel voorstellen dat het me nog lang dwars heeft gezeten. Het was in veel opzichten een vergelijkbare situatie. Er was een heerlijke mensenjongen – niet persoonlijk bedoeld, maar hij rook nog lekkerder dan jij – maar hij werd maar door één vampier beschermd. Het had een heel makkelijk maaltje moeten worden. Maar ik had de beschermer van dat joch onderschat. Toen ze in de gaten kreeg dat ik achter haar kleine vriendje aan zat, stal ze hem uit de inrichting waar ze werkte. Wat een treurnis, moet je je voorstellen! Ze had gewoon een mensenbaan om aan haar eten te komen!' Ze schudde ongelovig haar hoofd. 'Maar goed, ze haalde hem dus uit die inrichting en zodra ze hem bevrijd had, maakte ze hem onkwetsbaar. Hij was wél belangrijk genoeg voor haar, maar hij was dan ook heel bijzonder. Honderd jaar eerder zou hij op de brandstapel gezet zijn voor zijn visioenen. In de jaren twintig van de vorige eeuw was het de inrichting en shocktherapie. Arme jongen: hij leek de pijn van zijn transformatie niet eens te voelen. Toen hij zijn ogen opendeed, was het alsof hij nog nooit de zon had gezien. De oude vampier maakte van hem een sterke nieuwe vampier, en er was geen reden voor mij meer om hem nog iets aan te doen, geen bloed meer om te drinken.' Ze zuchtte. 'Uit wraak heb ik die ouwe tang om zeep geholpen.'

'Archie!' fluisterde ik.

'Ja, die vriend van je. Wat een verrassing om hem daar op de open plek te zien. Daarom heb ik je dit verhaal verteld, dan kan zijn familie er nog een beetje troost uit putten. Ik krijg jou, maar zij houden hem. Het enige slachtoffer dat ooit aan mij ontsnapt is... Best een eer, eigenlijk. Ik vind het nog steeds jammer dat ik hem nooit heb kunnen proeven...'

Ze kwam nog een stap dichterbij. Nu was ze nog maar een paar centimeter bij me vandaan. Ze bracht haar gezicht naar me toe en ging op haar tenen staan om haar neus langs mijn hals te laten glijden. Ik wilde achteruit deinzen toen ik haar koude huid voelde, maar ik kon me niet verroeren.

'Dan moet ik het maar met jou doen,' zei ze. 'Maar zover is het nog niet. Eerst gaan we nog een beetje lol maken, en dan bel ik je vrienden om ze te vertellen waar ze je kunnen vinden, samen met mijn berichtje.'

Ik was nog steeds verdoofd. Het enige wat ik nu begon te voelen was mijn maag, waar golven misselijkheid doorheen trokken. Ik staarde in de camera en ik had het gevoel dat Edythe al naar ons keek.

De spoorzoekster deed een stap naar achteren en begon een rondje om me heen te lopen, alsof ze een standbeeld in een museum beter wilde bekijken. Haar gezicht stond nog steeds vriendelijk terwijl ze bedacht waar ze zou beginnen. En toen werd haar glimlach breder en breder, steeds breder, tot haar mond een gapende muil vol tanden werd. Ze dook in elkaar, klaar om toe te slaan.

Ik zag niet met welk lichaamsdeel ze me raakte, het ging te snel. Ze werd een vage streep, er klonk een hard gekraak, en toen hing mijn rechteronderarm ineens slap naar beneden, alsof hij niet meer aan mijn elleboog vastzat. De pijn kwam als laatste: die raasde pas een hele tel later door mijn arm.

De spoorzoekster keek toe, maar haar gezicht was nog steeds vertrokken in een grimas die voornamelijk uit tanden bestond. Ze wachtte tot ik de pijn voelde, keek hoe ik naar adem hapte en me om mijn gebroken arm naar voren boog.

Terwijl de eerste pijn tot me doordrong en nog niet eens op volle sterkte was, flitste ze weer naar me toe en werd ik met nog meer harde kraakgeluiden tegen de muur geworpen. De barre boog door achter mijn rug en de spiegels barstten.

Er kwam een vreemd, dierlijk gejank uit mijn mond. Ik probeerde adem te halen, maar het voelde alsof er met tien messen in mijn longen werd gestoken.

'Dat geeft een mooi effect, vind je niet?' vroeg ze, en haar gezicht stond weer vriendelijk. Ze raakte een van de barsten in de spiegel aan die kronkelend weglie-pen van de plek waar ik de muur had geraakt. 'Ik wist meteen dat deze zaal heel geschikt zou zijn voor mijn filmpje. Visueel gezien erg spectaculair. En zo veel gezichtspunten – ik zou niet willen dat Edythe een detail zou moeten missen.'

Ik zag haar niet bewegen, maar er klonk een zacht gekraak en mijn linkerwijsvinger begon te bonzen.

'Hij staat nog,' zei ze, en ze begon te lachen.

Het volgende gekraak was veel harder, als een gedempte ontploffing. De zaal leek om me heen omhoog te vliegen, alsof ik in een gat viel. De pijn begon zodra ik de vloer raakte.

Ik stikte in de gil die door mijn keel naar buiten probeerde te komen, vocht tegen de gal die mijn slokdarm overspoelde. Er was niet genoeg lucht, ik kreeg mijn longen niet vol. Ik slaakte een vreemde, gesmoorde kreun die diep uit mijn bovenlijf leek te komen.

Mijn lichaam hoestte het braaksel automatisch uit zodat ik kon ademhalen, ook al voelde het alsof mijn ingewanden aan stukken werden gescheurd. De bonzende pijn van mijn gebroken arm was naar de achtergrond verdrongen: alle aandacht ging nu naar mijn been. Die pijn was op zijn hoogtepunt. Ik lag languit op de grond in mijn eigen braaksel, maar ik kon me niet bewegen.

Ze zat op haar knieën bij mijn hoofd, en het rode lichtje knipperde.

'Tijd voor je close-up, Beau.'

Hijgend hoestte ik nog meer zuur op.

'Goed, ik wil graag dat je je woorden intrekt. Gaat dat lukken, denk je? Jij doet iets voor mij, ik zet hier een beetje vaart achter. Wel zo eerlijk, toch?'

Mijn ogen kregen haar gezicht niet scherp in beeld, en het rode lichtje was wazig.

'Zeg maar tegen Edythe hoeveel pijn het doet,' drong ze aan. 'Zeg dat je wilt dat ze wraak op me neemt – dat verdien je. Zij heeft dit over je afgeroepen. Heel strikt genomen is zíj degene die jou pijn doet. En een beetje overtuigend, graag.'

Mijn ogen vielen dicht.

Ze tilde opvallend voorzichtig mijn hoofd op, al liet de beweging martelende pijnscheuten door mijn armen en ribben gaan.

'Beau,' zei ze zacht, alsof ik lag te slapen en zij me wakker probeerde te maken. 'Beau? Je kunt het. Zeg dat Edythe achter me aan moet komen.'

Ze schudde me lichtjes door elkaar en er sijpelde een zuchtend geluid uit mijn longen.

'Lieve Beau, je hebt nog ontzettend veel botten over, en de grote kunnen op een héleboel plaatsen gebroken worden. Doe wat ik zeg, alsjeblieft.'

Ik keek naar haar onscherpe gezicht. Ze deed me niet echt een aanbod. Wat ik ook zei, het zou me niet helpen. En er stond veel op het spel.

Voorzichtig schudde ik één keer mijn hoofd. Misschien zou Edythe begrijpen wat ik bedoelde.

'Het wil niet gillen,' zei ze met een gek hoog stemmetje. 'Zullen we het eens laten gillen?'

Ik wachtte op het volgende kraakgeluid.

Maar in plaats daarvan tilde ze voorzichtig mijn goede arm op en bracht mijn hand naar haar lippen. De pijn die volgde was nauwelijks pijn te noemen, vergeleken met de rest. Ze had makkelijk mijn vinger eraf kunnen bijten, maar ze hapte er alleen even in. Haar tanden drongen niet eens zo heel diep door mijn huid.

Ik gaf geen sjoege, maar ze sprong op en draaide zich om. Mijn hoofd bonkte op de grond en mijn gebroken ribben schreeuwden het uit. Ik keek opvallend emotieloos naar haar terwijl ze naar de andere kant van de zaal beende en grommend haar hoofd schudde. Ze had de draaiende camera bij mijn hoofd laten liggen.

Ze probeerde zichzelf tot bedaren te brengen: het bloed, dat was het probleem. Ze had een paar druppels van mijn bloed in haar mond gekregen, maar ze wilde me nog niet vermoorden, dus ze moest zichzelf zien te bedwingen. Ze was even afgeleid, maar er zou niet veel voor nodig zijn om haar aandacht weer op mij te richten.

Het brandende gevoel werd steeds erger. Ik probeerde er niet op te letten, probeerde niet op de steken in mijn borst te letten. Mijn hand schoot naar voren en pakte de camera. Ik tilde hem zo hoog op als ik kon en beukte hem tegen de grond.

En toen vloog ik naar achteren, tegen de gebroken spiegels. Het glas doorboorde mijn schouders, mijn schedel. De klap leek al mijn gebroken botten nog eens te breken. Maar daarom gilde ik niet.

De vinger waar ze in had gebeten stond in brand, mijn handpalm vatte vlam. Hitte verschroeide mijn pols. Het was vuur dat meer was dan vuur, pijn die meer was dan pijn.

Mijn andere verwondingen stelden niets voor. Gebroken botten deden geen pijn. Niet op deze manier.

Het gegil klonk alsof het niet uit mijn lichaam kwam, een aanhoudend gejank als van een krijsend dier.

Mijn ogen staarden naar één punt en ik zag het rode lampje knipperen in de hand van de spoorzoekster. Ze was me te snel af geweest. Ik had gefaald.

Maar het kon me niet meer schelen.

Bloed stroomde langs mijn armen, hoopte zich op onder mijn elleboog.

De neusgaten van de spoorzoekster waren opengesperd, haar ogen waren wild, haar tanden ontbloot. Het bloed druppelde op de grond, maar ik hoorde het niet door het gegil. Dit was mijn laatste sprankje hoop. Ze zou zichzelf niet meer kunnen beheersen. Ze zou me moeten vermoorden. Eindelijk.

Haar mond ging wijd open.

Ik wachtte, gillend.

23. De keuze

Nog een gil, door de mijne heen – een gekrijs alsof er een kettingzaag door wapeningsstaal sneed.

De spoorzoekster viel aan, maar haar tanden klapten een centimeter van mijn gezicht op elkaar toen iets haar naar achteren trok, uit mijn blikveld smeet.

Het vuur brandde nu in de kromming van mijn elleboog, en ik gilde.

Ik was niet de enige, er gilden nog meer mensen: het metalige gegrauw ging vergezeld van een hoog gejank dat tegen de muren weerkaatste en toen plotseling ophield. Onder de andere geluiden knarste een brommend gegrom. Nog meer scheurend, rijtend metaal...

'Nee!' loeide iemand net zo getergd als ik. 'Nee, nee, nee, nee!'

Die stem deed me iets, ondanks het brandende gevoel dat alles overheerste. De vlammen hadden inmiddels mijn schouder bereikt, maar toch trok deze stem mijn aandacht. Zelfs gillend klonk ze als een engel.

'Beau, alsjeblieft,' snikte Edythe. 'Alsjeblieft, Beau, alsjeblieft, alsjeblieft, alsjeblieft!'

Ik probeerde antwoord te geven, maar mijn mond leek niet meer verbonden met mijn lichaam. Ik gilde niet meer, maar dat kwam alleen doordat ik geen lucht kreeg.

'Carine!' krijste Edythe. 'Je moet me helpen! Beau, alsjeblieft, alsjeblieft, Beau, alsjeblieft!'

Ze wiegde mijn hoofd in haar schoot en haar vingers duwden hard tegen mijn schedel. Haar gezicht was onscherp, net als dat van de jager. In mijn hoofd viel ik een tunnel in. Maar het vuur viel met me mee, nog net zo fel.

Ik voelde een koele luchtstroom in mijn mond die mijn longen vulde. Mijn longen duwden terug. Nog een koele ademtocht.

Edythe kwam langzaam in beeld; haar perfecte gezicht was verwrongen en gekweld.

'Blijven ademen, Beau. Haal adem.'

Ze drukte haar lippen op de mijne en vulde mijn longen weer.

Ik zag goudkleurige vlekken aan de randen van mijn blikveld: nog een paar koude handen.

'Archie, maak spalken voor zijn been en arm. Edythe, zorg dat zijn luchtpijp recht is. Welke wond bloedt het hevigst?'

'Hier, Carine.'

Ik staarde naar haar gezicht terwijl de druk op mijn hoofd verdween. Mijn gegil was afgezwakt tot een zacht gejammer. De pijn was niet minder geworden – hij was erger. Maar gillen hielp niet en deed Edythe pijn. Zolang ik mijn ogen maar op haar gezicht gericht hield, kon ik nog aan iets anders denken naast het vuur.

'Mijn tas, alsjeblieft. Hou je adem in, Archie, dat helpt. Dank je wel, Eleanor, ga nu maar gauw naar buiten. Hij heeft bloed verloren, maar de wonden zijn niet diep. Ik denk dat zijn ribben nu het grootste probleem zijn. Kan iemand tape voor me halen?'

'En iets tegen de pijn,' siste Edythe.

'Daar – ik heb geen handen vrij. Kun jij het doen?'

'Straks voel je je beter,' beloofde Edythe.

Iemand legde mijn been recht. Edythe hield haar adem in en wachtte waarschijnlijk tot ik zou reageren. Maar het deed minder pijn dan mijn arm.

'Edythe...'

'Sst, Beau, alles komt goed, echt, maak je maar geen zorgen.'

'E... niet... mijn...'

Er porde iets in mijn schedel en iets anders trok strak tegen mijn gebroken arm. Daardoor bewogen mijn ribben en ik kreeg geen adem meer.

'Hou vol, Beau,' smeekte Edythe. 'Je móét volhouden.'

Moeizaam zoog ik weer wat lucht in mijn longen.

'Niet... ribben...' stootte ik uit. 'Hand.'

'Begrijp jij wat hij zegt?' De stem van Carine klonk pal naast mijn hoofd.

'Rustig maar, Beau. Doorademen.'

'Nee... hand,' hijgde ik. 'Edythe... rechterhand!'

Ik voelde haar koude handen niet op mijn huid, want het vuur was te heet.
 Maar ik hoorde haar wel naar adem snakken.

'Nee!'

'Edythe?' vroeg Carine geschrokken.

'Ze heeft hem gebeten.' Edythes stem klonk zwak, alsof zij ook geen lucht meer kreeg.

Carine hapte geschokt naar adem.

'Wat moet ik doen, Carine?' vroeg Edythe in paniek.

Niemand gaf antwoord. Er werd nog steeds aan mijn schedel gerukt, maar het deed geen pijn.

'Ja,' zei Edythe met opeengeklemde tanden. 'Ik kan het proberen. Archie: scalpel.'

'De kans is groot dat je hem zelf zult doden,' zei Archie.

'Geef hier,' snauwde ze. 'Ik kan het wel.'

Ik zag niet wat ze met de scalpel deed. Ik voelde niets meer in mijn lijf, alleen het vuur in mijn arm. Maar ik zag dat ze mijn hand naar haar mond bracht, net zoals de spoorzoekster had gedaan. Vers bloed welde op uit de wond. Ze drukte haar lippen ertegenaan.

Ik begon weer te gillen, ik kon er niets aan doen. Ik had het gevoel dat ze het vuur weer terug naar mijn hand trok.

'Edythe,' zei Archie.

Ze reageerde niet en bleef haar lippen tegen mijn hand drukken. Het vuur gierde op en neer door mijn arm, schoot heen en weer. Gekreun rolde tussen mijn tanden door.

'Edythe,' schreeuwde Archie. 'Kijk dan.'

'Wat is er, Archie?'

Archies hand schoot uit en sloeg Edythe op haar wang.

'Hou op, Edythe! Je moet nu ophouden!'

Mijn hand viel naar beneden. Ze keek Archie aan met zulke grote ogen dat ze haar halve gezicht in beslag leken te nemen. Ze hapte naar adem.

'Archie!' blafte Carine.

'Het is te laat,' zei Archie. 'We waren te laat.'

'Zie je het?' vroeg Carine op rustiger toon.

'Er zijn nog maar twee toekomstmogelijkheden over, Carine. Hij overleeft het als een van ons, of Edythe vermoordt hem terwijl ze dat probeert te voorkomen.'

'Nee,' kreunde Edythe.

Carine zweeg. De rukjes aan mijn schedel gingen langzamer.

Edythe bracht haar gezicht naar het mijne. Ze kuste mijn oogleden, mijn wangen, mijn lippen. 'Het spijt me. Het spijt me zo.'

'Het hoeft niet zo traag te gaan,' klaagde Archie. 'Carine?'

'Ik heb een eed afgelegd, Archie.'

'Maar ik niet,' grauwde hij.

'Wacht, wacht,' zei Edythe terwijl ze met een ruk opkeek. 'Hij heeft het recht om te kiezen.'

Ze hield haar lippen bij mijn oor. Ik klemde mijn kiezen op elkaar tegen het gekreun en deed mijn best om haar te kunnen horen.

'Beau? Ik ga deze beslissing niet voor je nemen. Dat moet je zelf doen. En ik begrijp het, Beau, echt. Als je niet op deze manier wilt leven, dan zal ik je niet dwingen. Ik respecteer jouw keuze. Ik weet dat het een afschuwelijke keuze is. Ik zou je dolgraag nog een andere optie bieden. Ik zou willen sterven om jou je leven terug te geven.' Haar stem stokte. 'Maar die ruil is niet mogelijk. Ik kan niets voor je doen, behalve de pijn wegnemen. Als je dat wilt. Je hoeft niet zo te worden. Ik kan je laten gaan, als je dat nodig hebt.' Het klonk alsof ze weer aan het snikken was. 'Zeg maar wat je wilt, Beau. Alles kan.'

'Jou,' stootte ik door mijn tanden uit. 'Ik wil alleen jou.'

'Weet je het heel zeker?' fluisterde ze.

Ik kreunde. Het vuur tastte met zijn vingers naar mijn borst. 'Ja,' hoestte ik. 'Ik wil... bij jou... blijven.'

'Aan de kant, Edythe,' gromde Archie.

Haar stem haalde als een zweepslag naar hem uit. 'Ik heb ook geen eed afgelegd.'

Haar gezicht was bij mijn keel, en ik voelde alleen het vuur, maar ik hoorde het zachte geluid waarmee haar tanden mijn huid openreten.

24. Verandering

Uiteindelijk veranderde ik van gedachten.

Het vuur in mijn arm viel eigenlijk wel mee – de ergste pijn die ik tot dan toe ooit had gevoeld, dat was waar. Maar het was minder erg dan mijn hele lichaam dat in brand stond.

Ik smeekte haar of ze het alsjeblieft wilde laten ophouden. Ik zei dat ik niets liever wilde dan dat. Dat het vuur werd gedoofd. Dat was het enige.

Ik hoorde Archie tegen haar zeggen dat iedereen dat had gezegd, en dat ze niet moest vergeten dat zij Carine ook gesmeekt had haar te doden. Hij zei dat mijn eerste beslissing telde.

Ik weet nog dat ik op een gegeven moment gilde dat hij zijn mond moest houden.

Ik geloof dat hij zijn excuses aanbood.

Maar verder was het heel moeilijk om naast het vuur nog ergens anders op te letten. Ik weet dat ze me verplaatsten. Voor mijn gevoel had ik heel lang op die bebloede, met braaksel bedekte houten vloer gelegen, maar het was moeilijk in te schatten hoe de minuten voorbijgingen. Soms zei Carine iets en dan leek er een jaar te verstrijken voordat Archie antwoord gaf, maar waarschijnlijk kwam dat gewoon door het vuur dat seconden in jaren veranderde.

En toen droeg iemand me weg. In weer zo'n jarenlang durende seconde zag ik de zon, die bleek en koel was. Toen werd alles donker. Het bleef heel lang donker.

Maar Edythe zag ik nog. Ze hield me in haar armen, mijn gezicht bij het hare, haar hand op mijn wang. Archie was ook in de buurt. Volgens mij hield hij mijn benen vast.

Als ik gilde bood ze telkens weer haar excuses aan. Ik probeerde niet te gillen. Ik had er niets aan. Het luchtte niet op, bood geen verlichting. Het vuur kon het niets schelen wat ik deed. Dat brandde gewoon door.

Toen ik mijn ogen even scherp kon stellen, zag ik vage lichten voor Edythes gezicht langs bewegen, hoewel om haar hoofd alles donker was. Op haar stem en de mijne na was het enige geluid een zwaar, constant gebrom. Soms werd het harder en dan was het weer stil.

Ik besefte pas dat ik achter in de zwarte auto had gelegen toen hij stilstond. Ik hoorde de deur niet opengaan, maar het felle licht verblindde me. Blijkbaar deinsde ik terug, want Edythe murmelde iets in mijn oor.

'We zijn alleen even gestopt om te tanken. We zijn bijna thuis, Beau. Je doet het ontzettend goed. Straks is het allemaal voorbij. Het spijt me zo.'

Ik voelde haar hand niet op mijn gezicht; hij had koud moeten zijn, maar niets was meer koud. Ik probeerde haar vingers te pakken, maar ik wist niet meer zo goed wat mijn armen en benen deden. Ik denk dat ik af en toe begon te spartelen, maar Edythe en Archie hielden me vast. Edythe voelde aan wat ik wilde. Ze pakte mijn hand en bracht hem naar haar lippen. Ik wou dat ik het kon voelen. Ik probeerde haar hand vast te houden, maar ik wist niet hoe ik mijn spieren moest bewegen, want ik voelde ze niet. Misschien lukte het wel. Ze liet me niet los.

Het werd donkerder. Uiteindelijk kon ik haar niet meer zien. Het was aardedonker in de auto, het maakte niet uit of ik mijn ogen open of dicht had. Ik raakte in paniek. Door het vuur voelde de nacht als een zwarte kamer zonder zintuiglijke prikkels; ik voelde alleen de pijn, niet de bank onder me, niet Archie die mijn benen neerdrukte, niet Edythe die mijn hoofd en mijn hand vasthield. Ik was helemaal alleen met het vuur, en doodsbang.

Ik weet niet wat voor kreten ik had geslaakt – mijn stem was volledig verdwenen, schor van het schreeuwen of zo verbrand dat ik hem niet meer kon gebruiken, een van de twee – maar ik hoorde Edythes stem weer in mijn oor.

'Ik ben bij je, Beau. Je bent niet alleen. Ik laat je niet alleen. Ik blijf bij je. Luister naar mijn stem. Ik ben vlakbij...'

Haar stem kalmeerde me, verjoeg de paniek, maar niet de pijn. Ik luisterde en haalde oppervlakkig adem zodat ik haar beter kon horen. Ik hoefde niet meer te gillen. Het vuur werd alleen maar heviger en nooit minder, maar ik raakte eraan gewend. Het was het enige wat ik voelde, maar niet het enige waar ik aan kon denken.

'Ik heb dit nooit voor jou gewild, Beau,' ging Edythe verder. 'Ik zou er alles voor overhebben om dit te laten ophouden. Ik heb zo veel fouten gemaakt. Ik had bij je uit de buurt moeten blijven, meteen vanaf die eerste dag. Ik had nooit terug moeten komen. Ik heb je leven verwoest, ik heb je alles afgenomen...' Het klonk alsof ze weer zat te snikken.

'Nee,' probeerde ik te zeggen, maar ik weet niet zeker of mijn lippen überhaupt bewogen.

'Hij is waarschijnlijk al ver genoeg om dit te onthouden,' zei Archie zacht.

'Ik hoop het,' zei Edythe met overslaande stem.

'Ik bedoel meer dat je deze tijd wel beter zou kunnen besteden. Hij moet nog zoveel leren.'

'Ja, je hebt gelijk.' Ze slaakte een zucht. 'Waar moet ik beginnen?'

'Je moet uitleggen hoe het is om dorst te hebben,' opperde Archie. 'Dat vond ik het moeilijkst toen ik bijkwam. En we zullen veel van hem vragen.'

Edythe beet hem haar antwoord toe. 'Ik wil hem daar niet toe dwingen. Hij heeft hier niet voor gekozen. Hij mag worden wat hij wil.'

'Ha,' zei Archie. 'Jij weet ook wel dat hij dat niet gaat doen, Edythe. De andere manier is niet goed genoeg voor hem. Zie je het? Het komt wel goed.'

Het was even stil terwijl ze naar de beelden keek die Archie voor zich zag. Ik begreep waarom het stil was, maar nu was ik helemaal alleen in het vuur. Ik raakte weer in paniek.

'Ik ben bij je, Beau. Ik ben bij je. Niet bang zijn.' Ze haalde diep adem. 'Ik zal blijven praten. Ik moet je nog zoveel vertellen. Allereerst moet je weten dat als dit voorbij is, als je... nieuw bent, je niet precies zult zijn zoals ik, in het begin nog niet. Als jonge vampier zijn er een paar dingen waar je rekening mee moet houden, en de dorst is het moeilijkst te negeren. Je zult altijd en overal dorst hebben. Je zult een tijdlang vrijwel nergens anders aan kunnen denken. Een jaar, twee jaar misschien. Het is voor iedereen anders. Zodra dit achter de rug is, gaan we samen jagen. Daar wilde je toch een keer bij zijn? We nemen Eleanor ook mee, dan kan ze haar berenimitatie doen...' Ze lachte even, een geknakt geluidje. 'Als je besluit... als je wilt leven zoals wij, dan zal het heel zwaar worden. Vooral in het begin. Misschien wel te zwaar, en dat begrijp ik. Dat begrijpen we allemaal. Als je het op mijn manier wilt proberen, dan ga ik met je mee. Ik kan vertellen wie de menselijke monsters zijn. Er zijn opties. Wat je maar wilt. Als... als je niet wilt dat ik meega, dan snap ik dat ook, Beau. Ik zweer dat ik je in je eentje zal laten vertrekken als jij dat wilt...'

'Nee,' hijgde ik. Deze keer hoorde ik het mezelf zeggen, dus ik wist dat het echt uit mijn mond was gekomen.

'Je hoeft nu niets te beslissen. Daar is later nog genoeg tijd voor. Als je maar weet dat ik elk besluit zal respecteren.' Ze haalde nog eens diep adem. 'Ik moet je waarschijnlijk waarschuwen voor je ogen. Die zullen niet blauw meer zijn.' Weer zo'n gesmoorde snik. 'Maar laat je niet afschrikken. Ze blijven niet lang zo fel. Maar dat
is maar een detail... Ik moet me op de belangrijke zaken richten. De moeilijke dingen, het allermoeilijkste. O, het spijt me zo, Beau. Je kunt je vader en moeder nooit meer zien. Dat is niet veilig. Je zou ze aanvallen – je zou je niet kunnen beheersen. En... er zijn regels. Regels waar ik, als jouw schepper, me aan moet houden. Als jij door het lint zou gaan, zouden wij daar allebei verantwoordelijk voor gehouden

worden. O...' Haar adem stokte. 'Er zijn nog zo veel dingen die hij niet weet, Archie.'

'We hebben de tijd, Edythe. Rustig aan. Eén ding tegelijk.'

Ik hoorde haar inademen.

'De regels,' zei ze. 'Eén regel met eindeloos veel varianten: het bestaan van vampiers moet geheim blijven. Dat betekent dat nieuwe vampiers in bedwang gehouden moeten worden. Ik zal het je leren – ik zal je beschermen, dat beloof ik.' Weer een zucht. 'En je mag tegen niemand zeggen wat je bent. Die regel heb ik overtreden. Ik dacht niet dat het kwaad kon, dat iemand er ooit achter zou komen. Ik had moeten weten dat mijn nabijheid je uiteindelijk te gronde zou richten. Ik had moeten weten dat ik je leven zou verpesten, dat ik mezelf voorloog dat het niet anders kon. Ik heb alles verkeerd gedaan...'

'Van jouw zelfbeklag leert hij niets, Edythe.'

'Nee, nee, je hebt gelijk.' Een diepe zucht. 'Beau. Kun je je dat schilderij in de werkkamer van Carine nog herinneren – die nachtelijke beschermers van de kunsten waar ik je over vertelde? Dat zijn de Volturi – ze worden, bij gebrek aan een beter woord, de politie van onze wereld genoemd. Ik vertel je straks meer over hen, maar je hoeft alleen maar te weten dat ze bestaan, zodat ik kan uitleggen waarom Charlie en je moeder niet mogen weten waar je bent. Je mag nooit meer met hen praten, Beau.' Haar geknepen stem werd hoger, alsof hij elk moment kon breken. 'Het beste... de enige optie is eigenlijk om hen te laten denken dat je dood bent. Het spijt me zo. Je hebt niet eens afscheid kunnen nemen. Het is niet eerlijk!'

Het was heel lang stil en ik hoorde haar hortende ademhaling.

'Vertel maar verder over de Volturi,' opperde Archie. 'Probeer je eigen gevoelens erbuiten te laten.'

'Je hebt gelijk,' antwoordde ze fluisterend. 'Ben je klaar om een nieuwe wereldgeschiedenis te horen, Beau?'

Ze praatte de hele nacht onafgebroken door, tot de zon opkwam en ik haar gezicht weer kon zien. Ze vertelde me verhalen die klonken als duistere sprookjes. Ik ving een glimp op van de omvang van deze enorme wereld, maar ik wist dat het heel lang zou duren voor ik echt zou beseffen hoe groot hij was.

Ze vertelde over de mensen die ik op het schilderij bij Carine had zien staan: de Volturi. Dat ze hun krachten hadden gebundeld in het Myceense tijdperk, en aan een millennialange operatie waren begonnen om vrede en orde in de vampierwereld te brengen. Dat ze in het begin met z'n zessen waren geweest. Dat ze door verraad en moord nog maar met de helft overgebleven waren. Iemand die Aro heette had zijn zus vermoord, de vrouw van zijn beste vriend. Die beste vriend was Marcus, de man die ik naast Carine had zien staan. Aro's eigen vrouw, Sulpicia, die vrouw met die bos donkere krullen op het schilderij, was de enige getuige geweest. Ze had hem uitgeleverd aan Marcus en hun soldaten. Er was wat gesteggel geweest over wat er moest gebeuren – Aro had een erg sterke gave, zoiets als wat Edythe had, maar dan uitgebreider, zei ze – en de Volturi wisten niet of ze zonder hem wel konden blijven bestaan. Maar Sulpicia had een jong meisje uitgezocht – Mele, over wie Edythe had gezegd dat ze een bediende en een dievegge was – dat zelf ook een gave had. Ze kon de gaven van andere vampiers absorberen. Ze kon die gestolen gave niet zelf gebruiken, maar ze kon hem wel overdragen aan degene die ze aanraakte. Sulpicia liet Mele de gave van Aro overnemen en daarna werd hij gedood door Marcus. Toen ze eenmaal de gave van haar man had, kwam Sulpicia erachter dat de derde man in hun groep bij het complot betrokken was geweest. Hij werd ook ter dood veroordeeld, en zijn vrouw – Athenodora – voegde zich bij Sulpicia en Marcus om hun leger te leiden. Ze brachten de vampiers die Europa terroriseerden ten val, en daarna de vampiers die heel Egypte hadden onderworpen. Zodra ze de macht hadden, stelden ze regels in om de vampierwereld veilig en verborgen te houden.

Ik luisterde zo goed als ik kon. Het leidde me niet af van de pijn – daar viel niet aan te ontkomen. Maar het was fijner om aan haar verhaal te denken dan aan het vuur.

Edythe zei dat de Volturi degenen waren die al die verhalen over kruisen en wijwater en spiegels hadden bedacht. In de loop der eeuwen hadden ze alle meldingen van vampiers in mythen veranderd. En dat bleven ze doen. Vampiers mochten zich niet aan de wereld laten zien... anders volgden er sancties.

En daarom kon ik niet naar mijn vaders huis gaan en hem de ogen laten zien die volgens Edythe 'fel' zouden zijn. Ik kon niet naar Florida rijden en mijn moeder knuffelen en haar laten weten dat ik niet dood was. Ik kon haar niet eens bellen om de verwarrende boodschap uit te leggen die ik op haar antwoordapparaat had ingesproken. Als er iets in het nieuws zou komen, als er een gerucht zou gaan dat er bovennatuurlijke dingen gebeurden, dan zouden de soldaten van de Volturi misschien poolshoogte komen nemen.

Ik moest stilletjes verdwijnen.

Het vuur deed meer pijn dan de dingen die ik hoorde. Maar ik wist dat dat niet altijd zo zou blijven. Binnenkort zouden die dingen meer pijn doen.

Edythe vertelde vlug verder: over hun vrienden in Canada die net zo leefden als zij. Drie blonde Russische broers en twee Spaanse vampiers met wie de Cullens zich het meest verwant voelden. Ze zei dat twee van hen extra krachten hadden: Kirill kon iets met elektriciteit en Elena wist van elke vampier die ze tegenkwam welke gaven hij of zij bezat.

Ze vertelde me over andere vrienden over de hele wereld. In Ierland en Brazilië en Egypte. Zo veel namen. Uiteindelijk kwam Archie weer tussenbeide en zei dat ze prioriteiten moest stellen.

Edythe vertelde dat ik nooit ouder zou worden. Dat ik altijd zeventien zou blijven, net als zij. Dat de wereld om me heen zou veranderen, en dat ik alles zou onthouden, nooit een seconde zou vergeten.

Ze vertelde me hoe de Cullens leefden: hoe ze van de ene bewolkte plek naar de andere trokken. Earnest knapte een huis voor hen op. Archie investeerde hun geld met een waanzinnig goed rendement. Ze bedachten een verhaal om hun onderlinge relaties uit te leggen, en Jessamine creëerde voor iedereen een nieuwe naam en een nieuw, gedocumenteerd verleden. Carine nam een baan in het ziekenhuis met haar nieuwe diploma's, of ze ging terug naar de universiteit om onderzoek naar een nieuw vakgebied te doen. Als de locatie goed leek, deden de jongere Cullens zich nog jonger voor dan ze waren, zodat ze langer konden blijven.

Als mijn periode als nieuwe vampier erop zat, zou ik weer naar school kunnen gaan. Maar ik kon meteen beginnen met leren. Ik had zeeën van tijd in het verschiet liggen, en ik zou alles onthouden wat ik las of hoorde.

Ik zou nooit meer slapen.

Ik zou walgen van eten. Ik zou nooit meer honger hebben, alleen maar dorst.

Ik zou nooit meer ziek worden. Ik zou nooit meer moe zijn.

Ik zou sneller kunnen rennen dan een raceauto. Ik zou sterker zijn dan welk levend wezen op aarde dan ook.

Ik zou geen adem meer hoeven te halen.

Ik zou veel scherper kunnen zien, zou zelfs het zachtste geluidje kunnen horen.

Mijn hart zou morgen of overmorgen ophouden met kloppen, en dan zou het nooit meer op gang komen.

Ik zou een vampier zijn.

Eén voordeel van het vuur was dat ik dit allemaal met enige afstand kon aanhoren. Ik kon verwerken wat ze zei zonder er iets bij te voelen. Ik wist dat die emoties later zouden komen.

Toen het weer donker werd, zat de reis erop. Edythe droeg me het huis in alsof ik een kind was en ging naast me in de grote woonkamer zitten. De achtergrond van haar gezicht veranderde van zwart naar wit. Ik kon haar nu duidelijker zien, en volgens mij kwam dat niet alleen door het licht.

Haar ogen weerspiegelden mijn gezicht en ik zag verbaasd dat het op een gezicht leek, en niet op een stuk houtskool, al was het wel een gezicht dat vertrokken was van pijn. Maar misschien was ik toch niet de berg as die ik me voelde.

Ze vertelde verhalen om de tijd te vullen, en de anderen hielpen haar om de beurt. Carine ging naast me op de grond zitten en vertelde een fantastisch verhaal over de familie van Jules, dat haar overgrootmoeder een weerwolf was geweest. Alle dingen waar Jules zo spottend over had gedaan waren echt gebeurd. Carine vertelde dat ze hun had beloofd dat ze nooit meer een mens zou bijten. Dat was onderdeel van het verdrag dat ze hadden gesloten, het verdrag dat inhield dat de Cullens nooit aan de westkust mochten komen.

Jessamine vertelde me alsnog haar voorgeschiedenis. Kennelijk vond ze dat ik er klaar voor was. Ik was blij dat mijn emoties grotendeels verzwolgen werden door het vuur toen ze haar verhaal deed. Zij was haar familie ook kwijtgeraakt, toen de man die haar gemaakt had haar zomaar had ontvoerd. Ze vertelde over het leger waarin ze had gezeten, een leven vol bloedbaden en dood, en hoe ze uiteindelijk was ontsnapt. Ze vertelde over de dag dat Archie haar hem had laten vinden.

Earnest vertelde dat zijn leven al opgehouden was voordat hij zelfmoord pleegde, over zijn labiele, alcoholistische vrouw en de dochter van wie hij meer had gehouden dan van zichzelf. Hij vertelde over de nacht waarin zijn vrouw in dronken razernij met zijn dochtertje in haar armen van een klif was gesprongen, en hoe hij niets anders had kunnen doen dan achter hen aan springen. Toen vertelde hij me dat er na de pijn een beeldschone vrouw in een verpleegstersuniform was geweest – een verpleegster die hij herkende van betere tijden op een andere plek, toen hij nog maar een jonge man was geweest. Een verpleegster die geen dag ouder was geworden.

Eleanor vertelde dat ze was aangevallen door een beer, en toen een engel had gezien die haar naar Carine had gebracht in plaats van naar de hemel. Ze vertelde dat ze in eerste instantie had gedacht dat ze naar de hel was gestuurd – en terecht, bekende ze – en dat ze toen uiteindelijk toch nog in de hemel was beland.

Zij was degene die me vertelde dat de roodharige man was ontsnapt. Hij was niet meer bij Charlie in de buurt geweest na die ene keer dat hij zijn huis had doorzocht. Toen we allemaal weer in Forks waren, hadden Royal, Jessamine en zij het spoor van de man zo ver mogelijk gevolgd; het was bij Vancouver in zee verdwenen en ze hadden niet kunnen ontdekken waar hij weer aan land was gekomen. Misschien was hij wel rechtstreeks door naar de Grote Oceaan en een ander werelddeel gezwommen. Waarschijnlijk had hij vermoed dat Joss het gevecht had verloren en leek het hem verstandiger om de benen te nemen.

Zelfs Royal deed zijn best. Hij vertelde over een leven dat beheerst werd door ijdelheid, materiële zaken, ambitie. Hij vertelde over de enige dochter van een machtig man – welke macht die man uitoefende was Royal nooit helemaal duidelijk geworden – en dat Royal van plan was geweest om met haar te trouwen en de erfgenaam te worden. Dat de beeldschone dochter had gedaan alsof ze van hem hield om haar vader een plezier te doen, en dat ze toen had toegekeken hoe haar minnaar van een concurrerende criminele organisatie Royal had doodgeslagen terwijl zij er lachend bij had gestaan. Hij vertelde over de wraak die hij had genomen. Royal koos zijn woorden het minst zorgvuldig. Hij vertelde over zijn familie die hij was kwijtgeraakt, hoe dit leven niet opwoog tegen alles wat hij had verloren.

Edythe had zachtjes Eleanors naam gefluisterd, en toen was hij met een korte grom vertrokken.

Ik denk dat het tijdens het verhaal van Royal of dat van Eleanor was dat Archie de video van Joss uit de danszaal bekeek. Toen Royal weg was, nam Archie zijn plek in. Eerst snapte ik niet goed waar ze het over hadden, want alleen Edythe praatte hardop, maar uiteindelijk kreeg ik het door. Archie zat op zijn laptop te zoeken en probeerde erachter te komen waar hij in zijn menselijke leven gezeten zou kunnen hebben. Ik was blij dat hij verder niets over de opname gezegd leek te hebben: alle aandacht ging naar zijn verleden. Ik probeerde me te herinneren hoe ik ook alweer moest praten zodat ik hem kon tegenhouden als hij iets over de rest wilde zeggen. Ik hoopte dat Archie slim genoeg was om de tape te vernietigen voordat Edythe ernaar kon kijken.

De verhalen hielpen me aan andere dingen denken en me voor te bereiden terwijl het vuur voortwoedde, maar ik kreeg niet alles mee. Mijn hoofd begon het vuur in kaart te brengen, onderging het op nieuwe manieren. Ik had het idee dat ik alle cellen in mijn lichaam afzonderlijk voelde branden. Ik voelde het verschil tussen de pijn in mijn longwanden en de manier waarop het vuur in mijn voetzolen, in mijn oogbollen en langs mijn ruggengraat ziedde. Alle verschillende soorten pijn waren duidelijk te onderscheiden.

Ik hoorde mijn hart bonken – het klonk zo hard. Alsof het op een versterker was aangesloten. Ik hoorde ook andere dingen. Voornamelijk de stem van Edythe, en soms hoorde ik de anderen praten, ook al zag ik ze niet. Eén keer hoorde ik muziek, maar ik wist niet waar die vandaan kwam.

Het leek alsof ik jarenlang op de bank lag met mijn hoofd in Edythes schoot. De lichten bleven aan, dus ik wist niet of het dag of nacht was. Maar de ogen van Edythe waren altijd goudkleurig, dus ik vermoedde dat het vuur wederom loog over de tijd.

Ik was me zo bewust van elk zenuwuiteinde in mijn lichaam dat ik onmiddellijk doorhad dat er iets veranderde. Het begon bij mijn tenen. Ik voelde ze niet meer.

Alsof het vuur eindelijk gewonnen had, en stukken van mijn lijf had gebrand. Edythe had gezegd dat ik zou veranderen, dat ik niet zou sterven, maar in deze aanval van paniek dacht ik dat ze het helemaal mis had. Misschien werkte dat vampierding niet bij mij. Misschien was al dat vuur gewoon een manier om heel langzaam dood te gaan. De allerergste manier.

Edythe voelde dat ik weer aan het doordraaien was en begon zachtjes in mijn oor te neuriën. Ik probeerde de voordelen te zien. Als ik doodging, was het in elk geval voorbij. En als het einde naderde, lag ik in elk geval de rest van mijn leven in Edythes armen.

En toen besefte ik dat mijn tenen er nog waren, maar dat ze alleen niet meer brandden. Het vuur trok zich zelfs ook langzaam terug uit mijn voetzolen. Ik was blij dat ik begreep wat er gebeurde, want daarna waren mijn vingertoppen aan de beurt. Geen reden tot paniek, misschien wel reden tot hoop. Het vuur vertrok uit mijn lijf. Alleen leek het niet te vertrekken... het bewóóg. Al het vuur dat zich uit de uiteinden van mijn lichaam terugtrok leek naar het midden van mijn lijf gezogen te worden, en pookten de vlammen daar op tot ze heter waren dan ooit.

Ik had niet geweten dat het nog heter kon.

Mijn hart, dat toch al zo hard klopte, begon nog sneller te bonken. Het leek alsof de kern van het vuur zich daar bevond. Het zoog de vlammen uit mijn handen en enkels, die pijnvrij achterbleven, maar de hitte en de pijn in mijn hart werden alleen maar erger.

'Carine,' riep Edythe.

Carine liep de kamer in, en het bizarre was dat ik haar hóórde. Edythe en haar familie bewogen altijd geruisloos. Maar als ik nu goed luisterde hoorde ik Carines lippen zacht over elkaar glijden toen ze praatte.

'Ah. Het is bijna voorbij.'

Ik zou opgelucht moeten zijn, maar door de toenemende pijn in mijn borst kon ik niets anders voelen. Ik keek naar Edythes gezicht. Ze was mooier dan ze ooit was geweest, omdat ik haar beter kon zien dan ooit. Maar ik kon haar niet echt bewonderen. Te veel pijn.

'Edythe?' hijgde ik.

'Het komt goed, Beau. Het is bijna voorbij. Het spijt me zo. Ik weet nog hoe het voelt.'

Het vuur vlamde nog heter op in mijn hart, trok de vlammen uit mijn ellebogen en knieën. Ik dacht aan Edythe die dit had moeten doorstaan, deze pijn had geleden, en dat plaatste mijn eigen pijn in een ander perspectief. Zij had Carine toen nog niet eens gekend. Ze had niet geweten wat er met haar gebeurde. Ze had niet al die tijd in de armen van haar geliefde gelegen.

De pijn was nu uit vrijwel mijn hele lijf verdwenen, behalve uit mijn borst. Het laatste restje zat nog in mijn keel, maar dat was een ander soort vuur... droger... vervelend...

Ik hoorde nog meer voetstappen, en ik wist vrij zeker dat ik kon horen wie wie was. De gedecideerde, zelfverzekerde stappen waren van Eleanor, geen twijfel mogelijk. Archie had snellere, ritmischere bewegingen. Earnest was iets trager, bedachtzamer. Jessamine was degene die bij de deur bleef staan. Volgens mij hoorde ik Royal achter haar ademhalen.

En toen...

'Aaah!'

Mijn hart steeg op, bonkend als een helikopterpropeller die haast één lange, aangehouden toon voortbracht. Het voelde alsof het door mijn ribben zou breken. Het vuur laaide op in het midden van mijn borst en zoog de laatste restanten van de vlammen uit de rest van mijn lichaam om de pijnlijkste vuurzee tot nu toe van brandstof te voorzien. De pijn overweldigde me. Mijn lichaam kromde zich alsof het vuur me aan mijn hart omhoogtrok.

Het leek alsof er een oorlog werd uitgevochten in mijn binnenste: mijn razende hart nam het op tegen het razende vuur. Ze verloren allebei.

Het vuur trok zich terug, concentreerde zich met een laatste, ondraaglijke steekvlam tot een vuistgrote bal van pijn. De steekvlam werd beantwoord door een zware, hol klinkende bons. Mijn hart haperde even en klopte toen nog één zachte laatste keer.

Ik hoorde niets meer. Geen ademhaling. Zelfs niet de mijne.

Heel even was de afwezigheid van pijn het enige wat tot me doordrong. Het schroeiende, droge gevoel dat het vuur in mijn keel had achtergelaten kon ik makkelijk negeren, omdat de rest van mijn lichaam zo geweldig voelde. De verlichting veroorzaakte een waanzinnige roes.

Verwonderd keek ik op naar Edythe. Ik had het gevoel dat ik een blinddoek had afgedaan die ik mijn hele leven had gedragen. Wat een uitzicht.

'Beau?' vroeg ze. Nu ik er echt aandachtig naar kon luisteren, klonk haar stem pas echt onvoorstelbaar mooi.

'Het is desoriënterend, ik weet het. Je went er snel aan.'

Kon je ooit wennen aan de klank van zo'n stem? De aanblik van zo'n gezicht?

'Edythe,' zei ik, en ik schrok van mijn eigen stemgeluid. Was ik dat? Het klonk niet als mij. Het klonk niet... menselijk.

Geschrokken bracht ik mijn hand naar haar wang. Op het moment dat het verlangen om haar aan te raken in me opkwam, lag mijn hand al tegen de zijkant van haar gezicht. Er zat geen tijd tussen, geen proces waarin ik mijn hand optilde en keek hoe die naar zijn bestemming ging. Hij was er gewoon ineens.

'Huh.'

Ze drukte haar wang tegen mijn hand, legde haar hand over de mijne, en hield hem tegen haar gezicht. Het was vreemd omdat het zo vertrouwd voelde – ik had het altijd fijn gevonden als ze dat deed, om te merken dat ze het prettig vond dat ik haar zo aanraakte, dat het haar iets deed. Maar tegelijkertijd voelde het helemaal anders. Haar gezicht was niet koud meer. Haar hand voelde goed op de mijne. Er was geen verschil meer tussen ons.

Ik staarde in haar ogen en keek toen nog eens goed naar het plaatje dat ik erin weerspiegeld zag.

'Aah...' Er kwam per ongeluk een korte kreet uit mijn mond, en ik voelde mijn lichaam verstijven van schrik. Het was raar – het voelde als een logische reactie dat ik een standbeeld werd omdat ik zo geschokt was.

'Wat is er, Beau?' Ze boog zich bezorgd voorover, maar dat bracht de weerspiegeling alleen maar dichterbij.

'Mijn ogen!' hijgde ik.

Ze zuchtte en trok haar neus op. 'Ze blijven niet altijd zo,' beloofde ze. 'Ik ben me een halfjaar lang elke keer doodgeschrokken als ik in de spiegel keek.'

'Een halfjaar,' mompelde ik. 'En daarna worden ze ook goud?'

Ze keek weg, over de rugleuning van de bank, naar iemand die achter ons stond en die ik niet kon zien. Ik wilde rechtop gaan zitten en omkijken, maar ik durfde niet zo goed te bewegen. Mijn lichaam voelde nog zo vreemd.

'Dat hangt van je eten af, Beau,' zei Carine rustig. 'Als je jaagt zoals wij jagen, krijgen je ogen uiteindelijk deze kleur. Zo niet, dan worden ze net zoals de ogen van Lauren.'

Ik besloot een poging tot zitten te wagen.

En net als zo-even was denken doen. Zonder me bewogen te hebben zat ik ineens rechtop. Edythe hield mijn hand in de hare toen hij van haar gezicht gleed.

Ze stonden allemaal achter de bank naar me te kijken. Ik had al hun voetstappen goed gehoord: Carine stond het dichtstbij, met naast haar Eleanor, Archie en Earnest. Jessamine stond in de deuropening naar een andere kamer en Royal keek over haar schouder mee.

Ik keek nog eens geschokt naar hun gezichten. Als er niet... zo veel meer ruimte in mijn hoofd zou zijn dan vroeger, was ik vergeten wat ik wilde zeggen. Maar nu herstelde ik me vrij snel.

'Nee, ik wil het doen zoals jullie het doen,' zei ik tegen Carine. 'Dat is de beste manier.'

Eleanor glimlachte. Het zou me de adem benomen hebben, als ik nog adem had gehaald.

'Was het maar zo makkelijk. Maar dat is een nobele keuze. We zullen je zo goed mogelijk proberen te helpen.'

Edythe raakte mijn arm even aan. 'We moeten op jacht, Beau. Dan wordt je keelpijn ook minder.'

Toen ze over mijn keel begon, kon ik plotseling alleen nog maar aan de droge pijn denken. Ik slikte. Maar...

'Op jacht?' vroeg mijn nieuwe stem. 'Ik, eh, ik heb nog nooit gejaagd. Zelfs niet op de normale manier, met geweren en zo, dus ik denk niet dat ik echt... Ik zou niet weten hoe ik...'

Eleanor grinnikte zachtjes.

Edythe glimlachte. 'Ik doe het wel voor. Het is heel makkelijk, heel natuurlijk. Je wilde me toch een keer zien jagen?'

'Gaan we met z'n tweeën?' vroeg ik voor de zekerheid.

Ze keek heel even verbaasd, en toen trok ze haar gezicht weer in de plooi. 'Natuurlijk. Wat je maar wilt. Kom mee, Beau.'

En ze stond al overeind, terwijl ze nog steeds mijn hand vasthield. En toen stond ik ook overeind en mijn bewegingen waren zo soepel dat ik me afvroeg waarom ik het eerder niet durfde te proberen. Dit lichaam deed alles wat ik wilde.

Ze vloog naar de achterste muur van de grote kamer, de glazen wand die nu een spiegel was omdat het donker was buiten. Ik zag de twee bleke gestalten voorbijflitsen en bleef staan. Het gekke was dat ik zo onverwacht halt hield dat Edythe doorliep, mijn hand nog in de hare, en ik bleef gewoon staan, ook al trok ze me mee. Mijn hand trok háár terug. Alsof het niets was.

Maar dat registreerde ik slechts met een klein deel van mijn hersenen. Met het overige deel staarde ik naar mijn spiegelbeeld.

Ik had mijn kromgetrokken gezicht gezien in de ronde vorm van haar ogen, zonder de randen. En ik had eigenlijk alleen op mijn ogen gelet, die fel, bijna gloeiend rood waren, en die hadden al mijn aandacht opgeslokt. Maar nu zag ik mijn hele gezicht, en mijn nek, en mijn armen.

Als iemand een silhouet van mijn menselijke gedaante had uitgeknipt, zou deze versie daar nog steeds in passen. Maar ook al nam ik dezelfde ruimte in, alle hoeken waren anders. Harder, duidelijker. Alsof iemand een ijssculptuur van me had gemaakt en de randen scherp had gehouden.

Mijn ogen... Het was lastig om door de kleur heen te kijken, maar ook de vorm leek anders. Heel vaag, alsof ik me iets probeerde te herinneren wat ik alleen in troebel water had gezien, zag ik voor me hoe mijn ogen er vroeger uit hadden gezien. Besluiteloos. Alsof ik nooit zo goed wist wie ik was. En toen, na Edythe – nog steeds moeilijk te zien in mijn herinnering, en de poging voelde ongemakkelijk – waren ze plotseling zelfverzekerder.

Deze ogen gingen nog een stapje verder dan zelfverzekerd – ze waren woest. Als ik deze versie van mezelf in een donker steegje zou tegenkomen, zou ik doodsbang voor mij zijn.

En dat was ook het idee, waarschijnlijk. Mensen hoorden nu bang voor mij te zijn.

Ik had nog steeds mijn bebloede spijkerbroek aan, maar daarboven droeg ik een onbekend, lichtblauw shirt. Ik kon me niet herinneren dat ik dat had aangetrokken, maar ik begreep het wel: vampier of mens, niemand wilde in de buurt zijn van iemand die onder de kots zat.

'Wow,' zei ik. Ik keek Edythe aan in het spiegelende glas.

Dit was ook raar. Want de Beau in de spiegel leek... bij Edythe te pássen. Alsof hij op de juiste plek was. Anders dan vroeger, toen mensen zich alleen maar konden voorstellen dat ze medelijden met me had.

'Het is nogal veel in één keer,' zei ze.

Ik haalde diep adem en knikte. 'Oké.'

Ze trok weer aan mijn hand en ik liep met haar mee. Binnen een kwartseconde waren we door de glazen deur achter de trap en stonden we op het gazon.

Er hing zo veel bewolking dat er geen maan en geen sterren te zien waren. Het had aardedonker moet zijn buiten de rechthoek van licht die door de glazen wand scheen, maar dat was het niet. Ik zag álles.

'Wow,' zei ik weer. 'Supercool.'

Edythe keek me aan alsof mijn reactie haar verbaasde. Was ze vergeten hoe het was om de wereld voor het eerst door vampierogen te zien? Ik dacht dat ze had gezegd dat ik nooit meer iets zou vergeten.

'We moeten een flink eind het bos in,' zei ze tegen me. 'Voor het geval dat.'

Ik kon me zo'n beetje herinneren wat ze me over jagen had verteld. 'O ja. Zodat er geen mensen in de buurt zijn. Ik snap het.'

Weer schoot die verbaasde blik even over haar gezicht.

'Kom maar mee,' zei ze.

Ze schoot zo snel over het gras dat ze voor mijn oude ogen onzichtbaar geweest zou zijn. Aan de rand van de rivier zette ze zich af en sprong in een hoge boog over het water naar de bomen aan de overkant.

'Echt?' riep ik haar na.

Ik hoorde haar lachen. 'Het is heel makkelijk, heus.'

Fijn.

Ik zuchtte en begon te rennen.

Rennen was nooit mijn sterkste punt geweest. Op een atletiekbaan ging het nog wel, als ik goed oplette en mijn ogen op mijn voeten gericht hield. En zelfs dan slaagde ik er nog wel eens in om mijn voeten in de knoop te leggen en op mijn bek te gaan.

Dit was heel iets anders. Ik vloog, ik vlóóg echt over het gras, sneller dan ik ooit had gerend, maar het kostte geen enkele moeite om mijn voeten op precies de juiste plek neer te zetten. Ik voelde al mijn spieren, zag haast hoe ze met elkaar verbonden waren terwijl ze samenwerkten, en kon ze precies laten doen wat ik van ze vroeg. Toen ik bij de oever van de rivier was bleef ik niet eens staan. Ik zette me af tegen dezelfde steen die zij had gebruikt en toen vloog ik écht. Het water verdween achter me terwijl ik door de lucht schoot. Ik passeerde de plek waar zij was neergekomen en viel naar de aarde.

Ik voelde een steek van paniek toen ik besefte dat ik helemaal niet over de landing had nagedacht, maar toen leek mijn hand al te weten dat hij een dikke tak moest vastgrijpen en mijn lichaam zo moest draaien dat mijn voeten haast geruisloos de grond raakten.

'Potverdikke,' mompelde ik vol ongeloof.

Ik hoorde Edythe tussen de bomen door rennen en haar passen klonken me nu al net zo vertrouwd in de oren als mijn eigen ademhaling. Ik wist zeker dat ik haar voetstappen uit duizenden zou herkennen.

'Ik wil nog een keer!' zei ik toen ik haar zag.

Ze bleef een meter voor me staan en ze kreeg een gefrustreerde blik op haar gezicht die ik maar al te goed kende.

Ik lachte. 'Wat wil je weten? Dan zeg ik waar ik aan denk.'

Ze fronste haar wenkbrauwen. 'Ik snap het niet. Je bent zo... vrolijk.'

'O. Is dat slecht?'

'Heb je niet ontzettend veel dorst?'

Ik probeerde het brandende gevoel weg te slikken. Het deed pijn, maar lang niet zo veel pijn als het vuur waar ik net uit was gekomen. De droge dorst was constant aanwezig en werd erger als ik eraan dacht, maar er waren nog zo veel andere dingen om me mee bezig te houden. 'Ja, als ik eraan denk.'

Edythe rechtte haar rug. 'Als je dit eerst wilt doen is het ook goed, hoor.'

Ik keek haar aan. Ik miste duidelijk iets. 'Dit doen? Waar heb je het over?'

Ze keek me even twijfelend aan. Toen gooide ze ineens haar handen in de lucht. 'Weet je, ik dacht echt dat ik je gedachten zou kunnen horen als je geest meer op de mijne zou lijken. Maar dat zit er blijkbaar niet in.'

'Sorry.'

Ze lachte, maar het klonk een beetje wrang. 'Kom op, Beau.'

'Ik wil echt heel graag weten waar we het over hebben.'

'Jij wilde dat we met z'n tweeën gingen jagen,' zei ze, alsof dat alles verklaarde.

'Eh, ja.'

'Omdat je iets tegen me wilde zeggen?' Ze rechtte haar schouders weer, alsof ze zich schrap zette voor iets ergs.

'O. Ja, er zijn natuurlijk wel dingen die nog gezegd moeten worden. Eén belangrijk ding vooral, maar dat bedoelde ik niet.' Omdat ik zag hoe gefrustreerd ze was over deze miscommunicatie, waar die ook over ging, besloot ik heel eerlijk te zijn. 'Ik wilde met z'n tweeën jagen omdat... Nou ja, ik wilde niet onbeleefd zijn, maar ik wilde ook niet voor het eerst op jacht met Eleanor erbij,' biechtte ik op. 'Ik ging ervan uit dat ik vast iets heel stoms zou doen en ik ken Eleanor nog niet zo goed, maar ik denk dat ze dat heel grappig zou vinden.'

Haar ogen werden groot. 'Was je bang dat Eleanor je uit zou lachen? Dat is alles?'

'Ja, dat is echt alles. En nu jij, Edythe. Wat dacht je dat er aan de hand was?'

Ze aarzelde. 'Ik dacht dat je een heer wilde zijn. Ik dacht dat je liever niet tegen me wilde schreeuwen waar mijn familie bij was.'

Ik bevroor weer. Ik vroeg me af of dat elke keer zou gebeuren als ik verrast werd. Het duurde even voor ik weer ontdooid was.

'Tegen je schreeuwen?' herhaalde ik. 'Edythe... o! Je hebt het over al die dingen die je in de auto hebt gezegd, hè? Sorry daarvoor, ik...'

'Sórry? Waarom zou jij in gódsnaam je excuses aanbieden, Beau Swan?'

Ze keek boos. Boos en heel erg mooi. Ik begreep niet waarom ze zo kwaad was. Ik haalde mijn schouders op. 'Ik wilde het toen al tegen je zeggen, maar dat ging niet. Ik bedoel, ik kon me niet echt concentreren en...'

'Natuurlijk kon je je niet concentreren...'

'Edythe!' Met één onzichtbare snelle stap overbrugde ik de afstand tussen ons om mijn handen op haar schouders te leggen. 'Als je me de hele tijd onderbreekt krijg je nooit te horen wat ik denk.'

De boosheid op haar gezicht ebde weg toen ze zichzelf heel bewust tot kalmte maande. Toen knikte ze.

'Oké,' zei ik. 'In de auto wilde ik tegen je zeggen dat je niet je excuses hoefde aan te bieden. Ik vond het verschrikkelijk dat je zo verdrietig was. Jij kunt hier niets aan doen...'

Ze wilde iets zeggen, maar ik legde mijn vinger op haar lippen.

'En niet alles is erg,' ging ik verder. 'Ik... nou ja, het duizelt me nog een beetje en ik weet dat er een heleboel dingen zijn om over na te denken en natuurlijk ben ik verdrietig, maar ik voel me ook goed, Edythe. Ik voel me altijd goed als ik bij jou ben.'

Ze staarde me heel lang aan. Langzaam stak ze haar hand omhoog om mijn vinger van haar mond te trekken. Ik hield haar niet tegen.

'Ben je niet boos op me om wat ik je heb aangedaan?' vroeg ze zacht.

'Edythe, je hebt mijn leven gered! Alweer. Waarom zou ik boos zijn? Om de manier waarop je dat hebt gedaan? Wat had je anders moeten doen?'

Ze snoof, haast alsof ze weer boos werd. 'Hoe kun je... Beau, je snapt toch wel dat dit allemaal mijn schuld is? Ik heb je leven niet gered, ik heb het je afgenomen. Charlie en Renée...'

Ik legde mijn vinger weer over haar mond en haalde diep adem. 'Ja. Dat is moeilijk en het zal nog heel lang moeilijk blijven. Misschien wel altijd, toch? Maar waarom zou ik jou dat kwalijk nemen? Joss is degene die... nou ja, zíj heeft me vermoord. Jij hebt me weer tot leven gewekt.'

Ze duwde mijn hand weer naar beneden. 'Als ik je niet bij mijn wereld had betrokken...'

Ik lachte en ze keek op alsof ik gek geworden was. 'Edythe, als je me niet bij jouw wereld had betrokken, was ik Charlie en Renée drie maanden geleden al ontvallen.'

Ze staarde me fronsend aan. Het was wel duidelijk dat ze hier niets van wilde weten.

'Weet je nog wat ik zei toen je in Port Angeles mijn leven had gered? Voor de tweede of de derde keer?' Ikzelf wist het nauwelijks nog. De woorden waren makkelijker terug te halen dan de beelden. Ik wist dat het ongeveer zoiets was geweest. 'Dat je met mijn lot aan het rotzooien was omdat mijn laatste uur had geslagen? Nou... als ik dan toch dood moest gaan, Edythe... is dit dan niet een fantastische, misschien wel de mooiste manier om te sterven?'

Er ging een minuut voorbij terwijl ze me aanstaarde, en toen schudde ze haar hoofd. 'Beau, jíj bent fantastisch.'

'Tegenwoordig wel, volgens mij.'

'Altijd al geweest.'

Ik zei niets, en mijn gezicht verried me. Of misschien was ze gewoon heel scherp. Ze kende mijn gezicht zo goed, ze deed zo vaak en zo hard haar best om me te begrijpen, dat ze het onmiddellijk in de gaten had als er iets was wat ik niet zei.

'Wat is er, Beau?'

'Gewoon iets... wat Joss zei.' Ik kromp in elkaar. Het was moeilijk om oude herinneringen te zien, maar de danszaal was het meest recent, het levendigst.

Edythe klemde haar kaken op elkaar. 'Die heeft heel veel dingen gezegd,' siste ze.

'O.' Ineens had ik zin om ergens tegenaan te slaan. Maar dan moest ik Edythe loslaten en dat wilde ik niet. 'Je hebt de opname gezien.'

Haar gezicht was lijkbleek. Woedend en gepijnigd tegelijk. 'Ja, ik heb de opname gezien.'

'Wanneer? Ik heb niet gehoord dat...'

'Koptelefoon.'

'Ik wou dat je dat niet...'

Ze schudde haar hoofd. 'Ik moest het zien. Maar laten we het daar niet meer over hebben. Aan welke leugen dacht je?' De woorden spatten tussen haar tanden vandaan.

Na een tijdje zei ik: 'Je wilde niet dat ik een vampier werd.'

'Nee, dat wilde ik inderdaad niet.'

'Dus dat deel was niet gelogen. En je was zo van streek... Ik weet dat je het rot vindt voor Charlie en mijn moeder, maar ergens ben ik denk ik ook bang dat je, nou, dat je niet van plan was om me zo lang bij je in de buurt te houden, dat je daar geen rekening mee hield...' Haar mond zakte zo snel open dat ik mijn hele hand eroverheen legde. 'Want als dat inderdaad zo is, dan hoef je je geen zorgen te maken. Als je wilt dat ik over een tijdje wegga, dan doe ik dat. Jij kunt me leren wat ik moet doen zodat we geen van beiden in de problemen komen. Ik verwacht niet dat je me voor eeuwig op sleeptouw neemt. Jij hebt hier net zomin voor gekozen als ik. Ik wil dat je weet dat ik dat heel goed besef.'

Ze wachtte tot ik mijn hand had weggehaald. Ik deed het heel langzaam. Ik wist niet zeker of ik wel wilde horen wat ze nu zou zeggen.

Ze gromde zacht en liet haar tanden zien – en het was geen glimlach.

'Je hebt mazzel dat ik je niet gebeten heb,' zei ze. 'De volgende keer dat je je hand over mijn mond legt om zoiets krankzinnigs – en belédigends te zeggen – dan bijt ik echt.'

'Sorry.'

Ze deed haar ogen dicht, sloeg haar armen om mijn middel en leunde met haar hoofd tegen mijn borst. Mijn armen vouwden zich als vanzelf om haar heen. Ze kantelde haar gezicht zodat ze me aan kon kijken.

'Nu moet je even heel goed naar me luisteren, Beau. Dit, het feit dat je bij me bent, dat je bij me blijft, voelt alsof alle egoïstische wensen die ik ooit gehad heb zijn uitgekomen. Maar de prijs voor alles wat ik wilde, was dat ik jóú dat allemaal moest afnemen. Je hele leven. Ik ben boos op mezelf, ik ben teleurgesteld in mezelf. En ik zou zo ontzettend graag willen dat ik die spoorzoekster weer tot leven kon wekken zodat ik haar persoonlijk telkens opnieuw kon vermoorden...

Dat ik niet wilde dat je een vampier werd, was niet omdat je niet bijzonder genoeg was. Je bent juist heel erg bijzonder en je verdient iets beters. Ik wilde dat jij had wat wij allemaal niet hebben: een leven als mens. Maar als het alleen om mij zou gaan, als jij geen prijs zou hoeven te betalen, dan zou vannacht de mooiste nacht van mijn leven zijn. Ik staar de eeuwigheid al meer dan honderd jaar aan, en vannacht zag ze er voor het eerst mooi uit. Dankzij jou.

Je mag nooit meer denken dat ik jou niet wil. Ik zal jou altijd willen. Ik verdien je niet, maar ik zal altijd van je houden. Is dat duidelijk?'

Ik kon zien dat ze volstrekt oprecht was. De waarheid klonk door in elk woord.

Er trok een brede grijns over mijn nieuwe gezicht. 'Niks aan de hand, dus.'

Ze glimlachte terug. 'Dat lijkt mij niet.'

'Er was nog één belangrijk ding dat ik wilde zeggen, namelijk dat ik van je hou. Ik zal altijd van je houden. Dat wist ik al vrij vroeg. Dus met die stand van de zaken, moet de rest vast ook wel lukken.'

Ik hield haar gezicht in mijn handen en boog me voorover om haar te zoenen. Net als al het andere ging het nu zo makkelijk. Niks om me zorgen om te maken, geen aarzelingen.

Maar het was wel gek dat mijn hart niet als een waanzinnige drumsolo tekeerging, dat het bloed niet door mijn aderen galoppeerde. Maar er suisde wel íéts door me heen, als elektriciteit, alsof elke zenuw in mijn lichaam tot leven kwam. Meer dan dat – alsof al mijn cellen aan het jubelen waren. Ik wilde haar alleen maar zo vasthouden en zou de komende honderd jaar niets anders nodig hebben.

Maar ze maakte zich lachend los uit mijn greep. Haar gelach klonk opgetogen. Alsof ze aan het zingen was.

'Hoe dóé je dat?' vroeg ze lachend. 'Je hoort een nieuwe vampier te zijn en dan sta je hier heel rustig de toekomst met me door te nemen, en naar me te lachen en me te zoenen! Je hoort alleen maar aan je dorst te denken, en aan niets anders.'

'Ik denk aan een heleboel andere dingen,' zei ik. 'Maar ik heb best wel dorst, nu je het zegt.'

Ze ging op haar tenen staan en gaf me een ruwe kus. 'Ik hou van je. En nu gaan we jagen.'

We renden samen het donker in dat niet donker was, en ik was niet bang. Dit zou makkelijk zijn, dat wist ik, net als al het andere.

Epiloog: een gelegenheid

'Weet je zeker dat dit een goed idee is?' vroeg ze.

'Ik moet erbij zijn.'

'Als het te veel wordt moet je het zeggen.'

Ik knikte.

We zaten dertig meter boven de grond naast elkaar op de dikke tak van een Canadese den. Ik had mijn arm om haar heen en zij hield mijn andere hand in de hare. Ik voelde haar blik op me gericht. Ze maakte zich zorgen.

De tak wiegde onder ons heen en weer in de wind.

Een kilometer of drie verderop reed een stoet auto's Calawah Way op, met hun koplampen aan, ook al was het overdag. We zaten in het zuidoosten, met de wind in onze rug, een plek die we zorgvuldig uitgekozen hadden om niet te dicht bij mensen in de buurt te komen. Edythe zat te ver weg om te kunnen horen wat de mensen dachten, maar dat maakte niet uit. Ik zou het meeste toch wel kunnen raden.

De eerste auto was de lijkwagen. Meteen daarachter kwam de vertrouwde surveillanceauto. Mijn moeder zat op de passagiersstoel en Phil zat achterin. Ik herkende bijna alle mensen in de auto's die daarna kwamen.

Ik had niet naar de rouwdienst kunnen kijken: die was in een kerk gehouden. Ik moest het doen met de begrafenis zelf.

De lijkwagen was overbodig. Van het lichaam dat ze in het uitgebrande karkas van mijn pick-up hadden gevonden was zo weinig over dat er geen kist nodig was. Als ik met mijn ouders had kunnen overleggen, zou ik gezegd hebben dat ze daar geen geld aan moesten verspillen en gewoon een urn moesten nemen. Maar als ze zich hier beter bij voelden... Misschien wilden ze graag een graf dat ze konden bezoeken.

Ik had gezien waar ik kwam te liggen – of waar ze dachten dat ze míj gingen leggen. Het gat was gisteren gegraven, pal naast oma en opa Swan. Die waren allebei gestorven toen ik nog heel jong was, dus ik had hen niet goed gekend. Ik hoopte maar dat ze het niet erg vonden dat een onbekende hen gezelschap kwam houden.

Ik wist niet hoe de onbekende heette. Ik had niet tot in detail willen horen hoe Archie en Eleanor mijn dood in scène hadden gezet. Ik wist alleen dat iemand die ongeveer net zo groot was als ik en die kortgeleden was begraven nog een laatste ritje had gemaakt. Ik nam aan dat alle dingen waarmee hij geïdentificeerd zou kunnen worden – gebit, vingerafdrukken, noem maar op – verwijderd waren. Ik vond het rot voor die gast, maar hij had er zelf waarschijnlijk niet veel last van. Hij had niets gevoeld toen de pick-up ergens in Nevada in een ravijn was gestort en in brand was gevlogen. Zijn familie had al om hem gerouwd. Ze hadden een grafsteen met zijn naam erop. Net zoals mijn ouders nu kregen.

Charlie en mijn moeder hielpen allebei mee om de kist te dragen. Zelfs van deze afstand zag ik dat Charlie twintig jaar ouder leek en dat mijn moeder voortstrompelde alsof ze slaapwandelde. Ik weet niet of ze wel in een rechte lijn over de begraafplaats had kunnen lopen als ze zich niet aan de kist had kunnen vasthouden. Ik herkende de zwarte jurk die ze droeg, die had ze ooit voor een gala gekocht en toen had ze besloten dat ze er oud in leek en was ze in een rode jurk naar het feest gegaan. Charlie droeg een pak dat ik nog nooit eerder had gezien. Het leek me eerder oud dan nieuw: volgens mij kon het jasje niet meer dicht en zijn stropdas was iets te breed.

Phil hielp ook mee dragen, net als Allen, en zijn vader, eerwaarde Weber. Jeremy liep achter Allen. Zelfs Bonnie Black hield een van de koperen handvatten vast terwijl Jules haar rolstoel duwde.

In de menigte zag ik bijna iedereen die ik van school kende. De meesten hadden zwarte kleren aan en een heleboel leerlingen hielden elkaar huilend vast. Dat verbaasde me een beetje: zo goed had ik veel van hen nou ook weer niet gekend. Ze moesten waarschijnlijk ook vooral huilen omdat het gewoon een verdrietig idee was, iemand die doodging terwijl hij nog maar zeventien was. Waarschijnlijk werden ze ook met hun eigen sterfelijkheid geconfronteerd, en zo.

Eén groep viel op: Carine, Earnest, Archie, Jessamine, Royal en Eleanor, allemaal in het lichtgrijs. Hun rug was rechter dan die van alle anderen en zelfs van een afstand kon ik zien dat hun huid heel anders was... in de ogen van een vampier tenminste.

Het leek allemaal vreselijk lang te duren. Het laten zakken van de kist, de predikant die een soort toespraak – een preek? – hield, mijn moeder en mijn vader die allebei een bloem op de kist in het gat gooiden, alle mensen die opgelaten de verplichte rij vormden om mijn ouders te condoleren. Ik wou dat ze mijn moeder zouden laten vertrekken. Ze stond in elkaar gezakt tegen Phil aan en ik wist dat ze moest gaan liggen. Charlie hield zich iets beter, maar hij zag er heel breekbaar uit. Jules reed Bonnie naar hem toe tot ze schuin achter hem stond. Bonnie pakte Charlies hand. Dat leek een beetje te helpen. Nu stond Jules zo dat ik haar gezicht heel goed kon zien, en dat had ik eigenlijk liever niet gewild.

Carine en de andere Cullens stonden aan het eind van de rij. We zagen hoe ze langzaam vooruitkwamen. Ze bleven maar even bij mijn moeder – die hadden ze nog nooit ontmoet. Archie droeg een stoel aan zodat mijn moeder kon gaan zitten en Phil bedankte hem; ik vroeg me af of Archie had gezien dat ze zou vallen.

Bij Charlie bleef Carine langer staan. Ik wist dat ze zich verontschuldigde dat Edythe er niet was en uitlegde dat die te overstuur was om te kunnen komen. Dat was niet alleen een smoes om Edythes afwezigheid van vandaag te verklaren; het legde ook de basis voor het komende schooljaar, waarin Edythe zo overstuur zou blijven dat Earnest zou besluiten haar thuis les te geven.

Ik zag dat Bonnie en Jules weggingen terwijl Charlie nog met Carine stond te praten. Bonnie wierp een duistere blik over haar schouder op de Cullens en staarde toen plotseling mijn kant op.

Ze kon ons onmogelijk zien. Ik keek om me heen om te ontdekken waar ze naar keek. Ik zag dat Eleanor ook naar ons keek – zij had ons meteen gevonden en ze deed erg haar best om niet te glimlachen. Eleanor nam nooit iets serieus. Blijkbaar had Bonnie zich afgevraagd waar Eleanor naar keek.

Na een paar tellen keek Bonnie weg. Ze zei iets tegen Jules. Jules duwde Bonnie verder naar de auto.

De Cullens vertrokken na de Blacks. De rij slonk en eindelijk konden mijn ouders gaan. Phil nam snel mijn moeder mee, ze kregen een lift van de predikant. Charlie bleef in zijn eentje achter terwijl de mensen van de begraafplaats het graf dichtgooiden. Hij keek er niet naar. Hij ging in de stoel van mijn moeder zitten en staarde naar het noorden.

Ik voelde mijn gezicht trekken terwijl het de uitdrukking probeerde te vinden die bij mijn verdriet paste. Mijn ogen waren te droog, ik knipperde tegen het onaangename gevoel. Toen ik weer inademde bleef de lucht in mijn keel steken, alsof ik erin stikte.

Edythe sloeg haar armen stevig om mijn middel. Ik begroef mijn gezicht in haar haar.

'Ik vind het zo erg, Beau. Ik heb dit nooit voor jou gewild.'

Ik knikte alleen.

Zo bleven we heel lang zitten.

Ze gaf me een duwtje toen Charlie vertrok, zodat ik hem kon zien wegrijden.

'Wil je naar huis?' vroeg ze.

'Zo meteen misschien.'

'Goed.'

We staarden naar het kerkhof dat nu grotendeels verlaten was. Het begon te schemeren. Een paar medewerkers ruimden stoelen en afval op. Een van hen haalde de grote foto van mij weg: de schoolfoto van een jaar terug, nog genomen in Phoenix. Ik had het nooit een leuke foto gevonden. Ik herkende die jongen met de onzekere blauwe ogen en de weifelende glimlach nauwelijks. Ik kon me niet goed meer herinneren hoe het was om hem te zijn. Kon me bijna niet voorstellen hoe hij op Edythe overgekomen moest zijn, helemaal in het begin.

'Je hebt dit nooit voor mij gewild,' zei ik traag. 'Wat wilde je dan wel? Hoe zag jij de toekomst voor je, als je bedacht dat ik altijd van je zou houden?'

Ze zuchtte. 'In het beste geval? Ik hoopte dat... dat ik zo sterk kon worden dat we samen konden zijn terwijl jij mens bleef. Dat we... dat we méér konden worden dan gewoon vriendje en vriendinnetje. En op een dag, als je niet genoeg van me zou krijgen, meer dan man en vrouw. We hadden niet samen oud kunnen worden, maar ik zou bij je zijn gebleven terwijl jij oud werd. Ik zou alle jaren van je leven bij je geweest zijn.' Ze zweeg even. 'En als dat leven dan voorbij was... Zonder jou had ik niet verder gewild. Dan had ik een manier gevonden om je achterna te gaan.'

Ze schrok op toen ik begon te lachen. Het was geen harde lach, maar tot mijn verbazing voelde het goed.

'Wat een verschrikkelijk slecht idee,' zei ik. 'Moet je je voorstellen! Dat mensen zouden denken dat ik je vader was? Of je ópa? Straks hadden ze me nog in de gevangenis gegooid.'

Ze glimlachte aarzelend. 'Dat had ik niet erg gevonden. En als iemand je in de gevangenis had gegooid, was ik je komen bevrijden.'

'Maar je zou dus met me trouwen?' vroeg ik. 'Echt?'

Nu glimlachte ze breder. 'Ik zou nog steeds met je trouwen. Archie heeft het gezien.'

Ik knipperde met mijn ogen. 'Wow. Ik... Wat een compliment. Zou je echt
 met míj willen trouwen, Edythe?'

'Is dat een aanzoek?'

Ik dacht even na. 'Tuurlijk. Tuurlijk is dat een aanzoek. Wil je met me trouwen?'

Ze sloeg haar armen om me heen. 'Natuurlijk wil ik dat. Wanneer je maar wilt.'

'Wow,' zei ik weer. Ik omhelsde haar en gaf haar een kus op haar kruin. 'Maar ik denk dat ik de andere versie fijner had gevonden.'

Ze leunde naar achteren om me aan te kijken en haar gezicht werd weer verdrietig. 'Elke andere versie was alsnog hier geëindigd.'

'Maar dan had ik beter... afscheid kunnen nemen.' Ik wilde niet denken aan de laatste woorden die ik tegen Charlie had gezegd, maar ze spookten voortdurend door mijn hoofd. Daar had ik het allermeeste spijt van. Ik was blij dat de herinnering niet heel scherp was, en ik hoopte dat hij in de loop der tijd nog meer zou vervagen. 'Stel dat we echt getrouwd waren? Je weet wel, samen eindexamen hadden gedaan, een paar jaar hadden gestudeerd, en dan een grote bruiloft hadden gehouden waarvoor we al onze vrienden en kennissen hadden uitgenodigd? Dan hadden ze allemaal kunnen zien hoe gelukkig we samen waren. Dan hadden we superkleffe speeches kunnen houden, om iedereen nog eens te vertellen hoeveel we van ze hielden. En dan waren we vertrokken, naar een ander school ergens heel ver weg...'

Ze slaakte een zucht. 'Dat klinkt fijn. Maar dan zou je uiteindelijk een dubbele begrafenis krijgen...'

'Zou kunnen. Of we zouden het een jaar heel erg druk hebben, en als ik mezelf dan genoeg zou kunnen beheersen als vampier zou ik ze weer kunnen zien...'

'Juist,' zei ze met een overdreven grimas. 'En het enige waar we ons dan nog zorgen over zouden hoeven maken is dat we nooit oud zouden worden... en de Volturi achter ons aan zouden krijgen... Dat loopt vast héél goed af.'

'Oké, oké, je hebt gelijk. Er is geen andere versie.'

'Het spijt me,' zei ze zachtjes.

'Maar hoe dan ook, Edythe. Als ik niet zo dom was geweest om naar die spoorzoekster toe te gaan' – ze siste, maar ik praatte gewoon door – 'zou dat de boel alleen maar uitgesteld hebben. Uiteindelijk zouden we alsnog hier zitten. Jíj bent het leven waar ik voor kies.'

Ze glimlachte, eerst langzaam, maar toen grijnsde ze breed, vol kuiltjes. 'Ik heb het gevoel dat mijn leven nooit zin had, tot ik jou vond. Jij bent het leven waar ik op heb gewacht.'

Ik nam haar gezicht in mijn handen en kuste haar terwijl de tak onder ons heen en weer zwaaide. Ik had me dit leven nooit zo kunnen voorstellen. De prijs die ik ervoor had moeten betalen was hoog, maar ik had die ook willen betalen als ik er eerst eindeloos lang over had kunnen nadenken.

We voelden allebei haar telefoon trillen in haar zak.

Ik nam aan dat het Eleanor was die zich sarcastisch afvroeg of we op de terugweg soms verdwaald waren, maar toen nam Edythe op met: 'Carine.'

Ze luisterde even en haar ogen werden groot. Ik hoorde Carines stem razendsnel zoemen aan de andere kant. Edythe schoof met de telefoon nog in haar hand van de tak af.

'Ik kom eraan,' beloofde ze terwijl ze naar de grond zakte en haar val brak met een tak hier en een tak daar. Ik slingerde snel achter haar aan. Ze was al aan het rennen toen ik de grond raakte, en ze wachtte niet tot ik haar had ingehaald.

Het moest wel iets heel belangrijks zijn.

Ik rende zo hard ik kon, met alle extra kracht die ik had omdat ik nieuw was. Het was genoeg om haar in mijn blikveld te houden terwijl ze in een rechte lijn terug naar het huis sprintte. Mijn passen waren bijna drie keer zo lang als de hare, maar desondanks was het alsof je achter een bliksemschicht aan zat als je achter haar aan rende.

Pas toen we vlak bij het huis waren liet ze me haar inhalen.

'Pas op,' waarschuwde ze, 'we hebben bezoek.'

En toen ging ze er weer vandoor. Ik dwong mezelf nog harder te gaan om haar bij te kunnen houden. Ik had niet zo'n positief beeld bij het woord 'bezoek'. Ik wilde niet dat ze hen zou ontmoeten zonder dat ik naast haar stond.

Nog voor we bij de rivier waren hoorde ik haar grommen. Edythe maakte een lage, rechte sprong over het water en stormde het gazon over. De metalen luiken voor de glazen wand waren naar beneden. Ze rende om de achterkant van het huis heen. Ik volgde in haar kielzog.

Ze sprong over het hek van de veranda. Alle Cullens waren er en stonden in een dichte, beschermende groep bij elkaar. Carine stond een paar passen voor de anderen, maar ik kon zien dat niemand dat prettig vond. Ze stond naar de trap gebogen, en staarde met een smekende blik op haar gezicht naar voren. Edythe spurtte naar haar toe en er gromde iets in het donker voor het huis.

Ik slingerde mezelf de veranda op en Eleanor trok me aan mijn arm terug toen ik naar Edythe toe wilde gaan.

'Laat haar vertalen,' mompelde Eleanor.

Ik was klaar om haar handen van haar armen te rukken – zelfs Eleanor was niet sterk genoeg om me tegen te houden nu ik nog zo jong was – en keek langs Carine om de vampiers te zien tegen wie we het moesten opnemen. Ik weet niet zo goed wat ik had verwacht. Een grote groep misschien, omdat de Cullens zich zo verdedigend hadden opgesteld.

Ik was niet voorbereid op drie wolven zo groot als paarden.

Epiloog

Ze gromden niet meer, en hadden alle drie hun enorme kop opgericht, met hun neus naar mij.

De voorste wolf, pikzwart en groter dan de andere twee, hoewel die al drie keer groter waren dan ik ooit van een wolf had verwacht, deed een stap naar voren en ontblootte zijn tanden.

'Sam,' zei Edythe fel. De kop van de wolf zwenkte naar haar. 'Jullie mogen hier niet komen. We hebben het verdrag niet geschonden.'

De zwarte monsterwolf grauwde naar haar.

'Ze hebben ons niet aangevallen,' zei Carine tegen Edythe. 'Ik begrijp niet wat ze willen.'

'Ze willen dat we weggaan. Ze probeerden jullie het huis uit te krijgen.'

'Maar waarom?' vroeg Carine.

De wolven leken aandachtig naar elk woord te luisteren. Begrepen ze wat er werd gezegd?

'Ze denken dat we het verdrag geschonden hebben... Dat we Beau gedood hebben.'

De grote wolf gromde lang en zacht. Het klonk alsof er een zaag over ijzeren gaas werd gehaald.

'Maar...' begon Carine.

'Natuurlijk,' antwoordde Edythe voordat ze kon uitpraten. 'Ze denken nog steeds dat we het verdrag hebben geschonden, dat we er zelf voor gekozen hebben om hem te veranderen.'

Carine keek naar de wolven. 'Ik kan jullie garanderen dat het zo niet gegaan is.'

De wolf die door Edythe Sam was genoemd bleef grommen. Er druppelden slierten speeksel van de ontblote hoektanden.

'Beau,' prevelde Edythe. 'Wil jij het hun vertellen? Ons zullen ze niet geloven.'

Ik had al die tijd als aan de grond genageld op de veranda gestaan. Ik probeerde de schok van me af te zetten en liep naar Edythe toe.

'Ik begrijp het niet. Wat zijn dit? Over welk verdrag hebben jullie het?' Ik fluisterde heel snel, maar aan de gespitste oren en hun waakzame ogen kon ik zien dat ze meeluisterden. Wolven die mensentaal begrepen? Eleanor had gezegd dat Edythe vertaalde. Sprak zij wolfs?

'Beau,' zei Edythe op luide toon. 'Dit zijn de Quileute-wolven. Kun je je dat verhaal nog herinneren?'

'De...' Ik staarde naar de gigantische beesten. 'Zijn dit wéérwolven?'

De zwarte wolf gromde harder, maar de donkerbruine achteraan liet een gek gesnuif horen dat bijna als gelach klonk.

'Niet helemaal,' zei Edythe. 'Heel lang geleden hebben we een verdrag gesloten met een andere roedelleider. Ze denken dat wij dat verdrag geschonden hebben. Kun jij vertellen hoe je bent veranderd?'

'Eh, oké...' Ik keek naar de zwarte wolf, die de leiding leek te hebben. 'Ik eh, ik ben Beau Swan...'

'Ze weet wie je bent. Je hebt Sam al eens ontmoet, op het strand in La Push.'

Zé. De wazige mensenherinneringen leidden me heel even af. Ik dacht aan de lange vrouw op het strand van La Push. En aan Jules die gezegd had dat de wolven haar zusters waren. Dat haar betovergrootmoeder een verdrag met de koude wezens had gesloten.

'O,' zei ik.

'Leg maar gewoon uit wat er is gebeurd.'

'Juist.' Ik keek weer naar de wolf en probeerde me de lange vrouw voor te stellen die op de een of andere manier in dit beest zat. 'Eh, een paar weken geleden was er een spoorzoekster, eh, een vampierspoorzoekster... die hierlangs kwam. Ze vond dat ik lekker rook. De Cullens zeiden dat ze moest oprotten. Ze ging weg, maar Edythe wist dat ze van plan was om mij te vermoorden. Ik ging terug naar Phoenix om me te verschuilen tot de Cullens... nou ja, met haar hadden afgerekend, zeg maar. Maar de spoorzoekster kwam erachter waar ik was en kreeg me te pakken. Het was een spelletje voor haar, een spelletje met de Cullens, en ik was gewoon een pionnetje. Maar ze wilde me niet zomaar vermoorden. Ze... Je kunt wel zeggen dat ze met haar eten speelde. De Cullens vonden me vlak voordat ze me kon vermoorden, maar toen had ze me al gebeten. Hé, hebben we die opname nog?' Ik keek naar Edythe, die naar de wolven stond te staren. Ze schudde haar hoofd. Ik draaide me weer om naar Sam. 'Dat is jammer. De spoorzoekster heeft alles gefilmd. Ik had jullie precies kunnen laten zien hoe het is gegaan.'

De wolven keken elkaar aan. Edythe kneep haar ogen tot spleetjes terwijl ze zich op hun gedachten concentreerde. Ineens staarde de zwarte wolf haar weer aan.

'Dat is een redelijk voorstel,' zei Edythe. 'Waar?'

De zwarte wolf snoof en toen liepen ze alle drie achterwaarts weg van het huis. Toen ze bij de rand van het bos waren draaiden ze zich om en verdwenen tussen de bomen.

De Cullens dromden om Edythe heen.

'Wat gebeurde er?' vroeg Carine.

'Ze weten niet goed wat ze moeten doen,' zei Edythe. 'Ze hadden opdracht gekregen om ons weg te sturen. Sam is het echte opperhoofd, maar alleen in het geheim. Ze is geen directe afstammeling van het opperhoofd met wie we het verdrag hebben gesloten. Ze willen dat we met het waarnemend stamhoofd praten, de ware achterkleindochter van het laatste wolvenopperhoofd.'

'Maar... dat is toch Bonnie?' riep ik geschrokken.

Edythe keek me aan. 'Ja. Ze willen dat we op neutraal terrein bij elkaar komen zodat Bonnie jou kan zien en kan beslissen wat er moet gebeuren.'

'Mij kan zíén? Maar ik kan nog niet zo dichtbij komen...'

'Je kunt het, Beau,' zei Edythe. 'Je bent de verstandigste nieuweling die ik ooit heb gezien.'

'Dat is waar,' beaamde Carine. 'Ik heb nog nooit meegemaakt dat iemand zich zo snel aanpaste. Als ik niet beter zou weten, zou ik denken dat je tien jaar oud was.'

Ik dacht niet echt dat ze logen – ik dacht meer dat ze niet helemaal in de gaten hadden hoe heftig dit voorstel was. 'Maar het is Bónnie. Dat is de beste vriendin van mijn vader. Stel dat ik haar aanval?'

'Wij zijn bij je,' zei Eleanor. 'We laten je geen domme dingen doen.'

'Nou...' zei Edythe.

Eleanor keek haar geschokt aan.

'Ze willen dat we met net zoveel komen als hun roedel: dat zijn er dus maar drie. Ik heb al toegezegd. Beau moet er zijn, ik moet mee, en de laatste moet Carine zijn.'

Eleanor was duidelijk gekrenkt.

'Is dat wel veilig?' vroeg Earnest.

Edythe haalde haar schouders op. 'Het is geen valstrik.'

'Of ze hebben nog niet besloten dat het een valstrik gaat worden,' zei Jessamine.

Ze stond beschermend bij Archie, alsof het niet helemaal goed met hem ging. Hij keek een beetje verdwaasd.

'Archie?' vroeg ik. Ik had hem nog nooit zien kijken alsof... alsof hij achter de feiten aan liep, in plaats van erop vooruit.

'Ik zag ze niet,' fluisterde hij. 'Ik wist niet dat ze zouden komen. Ik zie ze nog steeds niet – ik zie deze vergadering ook niet. Het is net alsof hij niet bestaat.'

Ik merkte dat dit alleen voor mij nieuws was. De anderen hadden het al gehoord voordat wij aankwamen, en Edythe had het al uit zijn hoofd geplukt.

'Wat betekent dat?' vroeg ik.

'Dat weten we niet,' antwoordde Edythe scherp. 'En we hebben geen tijd om daar nu achter te komen. We moeten er zijn voordat ze aankomen. Ze mogen niet de kans krijgen zich te bedenken.'

'Het komt wel goed,' zei Carine tegen de anderen, met haar ogen op Earnest gericht. 'De wolven proberen gewoon de mensen hier te beschermen. Het zijn helden, geen schurken.'

'Ze denken dat *wij* de schurken zijn,' merkte Royal op. 'Helden of niet, Carine, we moeten accepteren dat het onze vijanden zijn.'

'Zo hoeft het niet te zijn,' fluisterde Carine.

'En vanavond doet het er hoe dan ook niet toe,' zei Edythe. 'Vanavond moet Beau aan Bonnie uitleggen wat er is gebeurd zodat we niet hoeven te kiezen tussen uit Forks vertrekken en daarbij argwaan wekken, of met drie nauwelijks volwassen wolven vechten die alleen maar hun stam proberen te beschermen.'

'Archie kan het niet zien als jullie in gevaar zijn,' waarschuwde Jessamine.

'Het komt wel goed. Bonnie zal Beau heus niets aan willen doen.'

'Ik weet niet of dat nog wel zo is. En ik weet dat ze het helemaal niet erg zal vinden als ze *jóú* iets aandoen.'

'Ik hoor de wolven prima. Ze kunnen ons niet overvallen.'

'Zeg maar waar we heen moeten,' zei Eleanor. 'Dan blijven we op afstand en komen we alleen als jullie ons roepen.'

'Ik heb het beloofd. Er is geen reden om ons niet aan de afspraak te houden. Ze moeten zien dat ze ons kunnen vertrouwen, juist nu. Nee!' zei Edythe toen Jessamine blijkbaar weer iets wilde tegenwerpen. 'Daar is geen tijd voor. We komen snel terug.'

Eleanor gromde, maar Edythe luisterde niet.

'Beau, Carine, we gaan.'

Ik rende achter haar aan en ik hoorde dat Carine dat ook deed. Edythe rende minder hard dan zonet en we konden haar makkelijk bijhouden.

'Je lijkt erg zeker van je zaak,' zei Carine tegen Edythe.

'Ik heb hun gedachten goed kunnen zien. Zij willen ook niet vechten. Wij zijn met z'n achten. Ze weten dat ze niet kunnen winnen als het echt tot een bloedvergieten komt.'

'Maar zover mag het niet komen. Ik wil ze geen pijn doen.'

'Daar ben ik het mee eens. Maar het zou voor problemen zorgen als we nu zouden vertrekken.'

'Dat weet ik.'

Ik luisterde mee, maar mijn gedachten waren heel ergens anders, bij Bonnie en Charlie en bij het feit dat ik niet bij mensen in de buurt zou moeten komen. De anderen hadden me een heleboel over hun tijd als nieuweling verteld, vooral Jessamine, en ik was er helemaal niet klaar voor om te proberen de eerste uitzondering op de regel te worden. Inderdaad, de meeste dingen leken me vrij makkelijk af te gaan, en iedereen stond versteld van mijn... kalmte, maar dit was iets anders. Edythe had steeds nauwlettend in de gaten gehouden dat ik niet op de proef werd gesteld wat het allerbelangrijkste betrof, zodat ik niemand zou vermoorden. En als ik het vanavond verpestte, zou ik niet alleen mijn vaders wereld nog verder laten instorten, want die had nu meer dan ooit behoefte aan een goede vriendin, maar ook een soort oorlog tussen de Cullens en de gigantische weerwolven ontketenen.

Ik had me nog geen moment onhandig gevoeld in dit nieuwe lichaam, maar ineens kreeg ik weer dat onheilspellende voorgevoel. Nu kreeg ik de kans om de boel pas écht spectaculair in de soep te laten lopen.

Edythe bracht ons naar het noordoosten. We staken de snelweg over waar die in oostelijke richting naar Port Angeles afboog en liepen nog een stukje naar het noorden over een smallere weg. Edythe bleef staan bij een braakliggend terrein naast de donkere weg, een grote open plek waar onlangs de bomen waren gekapt.

'Edythe, ik denk niet dat ik het kan.'

Ze pakte mijn hand. 'We hebben de wind in onze rug. Carine en ik zullen je proberen tegen te houden als er iets gebeurt. Als je je maar niet tegen ons verzet.'

'Maar stel dat ik me niet kan beheersen? Stel dat ik jóú iets aandoe?'

'Rustig maar, Beau. Ik weet dat je het kunt. Hou je adem in. En als het verkeerd gaat ren je weg.'

'Maar Edythe...'

Ze legde haar vinger op haar lippen en staarde in zuidelijke richting.

Niet veel later zagen we twee koplampen aankomen.

Ik ging ervan uit dat de auto door zou rijden. De wolven zouden immers nooit allemaal in een gewone personenauto passen. Maar hij kwam langzaam tot stilstand, niet ver van de plek waar wij stonden te wachten, en ik besefte dat Bonnie erin zat, met iemand anders achter het stuur.

Toen kwamen twee van de wolven uit het bos aan de overkant van de weg. Ze weken uiteen om aan weerszijden om de auto heen te lopen; het zag er beschermend uit. De vrouw die had gereden stapte uit en liep om de auto heen om Bonnie naar buiten te helpen. Ik wist zeker dat het Sam niet was, al had ze net zulk kort haar. Ik staarde naar haar en vroeg me af of ik haar ook op het strand had gezien, maar ze kwam me niet bekend voor. Net als Sam was ze lang en ze leek erg sterk.

Ze leek niet alleen sterk, ze was het ook. Ze tilde Bonnie op en droeg haar alsof de oudere vrouw zo licht als een veertje was. Een beetje zoals de Cullens mij alle kanten op hadden gesmeten alsof ik een kussen was. Misschien waren de wolven – want dit was duidelijk de grijze wolf die het originele trio compleet zou maken – ook sterker dan gewone mensen.

Sam en de donkerbruine wolf gingen voorop terwijl de lange vrouw Bonnie achter hen aan droeg. Sam bleef minstens dertig meter bij ons vandaan staan.

'Mijn ogen zijn niet zo goed als die van jullie,' zei Bonnie pinnig. Sam sloop nog tien meter naar voren.

'Hallo Bonnie,' zei Carine.

'Ik zie niets, Paula,' klaagde Bonnie weer. Haar stem klonk me rauw en zwak in de oren; ik had een maandlang alleen maar vampiers gehoord. De mens-wolfroedel kwam langzaam verder naar voren tot ze nog maar tien meter bij ons vandaan waren. Ik hield mijn adem in, ook al had ik de lichte bries nog steeds in de rug.

'Carine Cullen,' zei Bonnie kil. 'Ik had het eerder moeten bedenken. Pas toen ik jullie op de begrafenis zag, begreep ik wat er was gebeurd.'

'Maar je vergist je,' zei Edythe.

'Dat zegt Sam ook,' antwoordde Bonnie. 'Ik weet niet zeker of ze gelijk heeft.' Bonnies ogen schoten naar mij en ze huiverde.

'We hebben alleen het woord van Beau en het onze. Kun je een van beide geloven?' vroeg Carine.

Bonnie snoof, maar gaf geen antwoord.

'Alsjeblieft,' zei Carine, en haar stem klonk veel vriendelijker dan die van de anderen. 'We hebben hier nog nooit iemand pijn gedaan. Daar gaan we nu echt niet mee beginnen. Het is voor ons niet verstandig om nu ineens te vertrekken, anders waren we zonder morren gegaan.'

'Je wilt niet schuldig overkomen,' zei Bonnie sarcastisch.

'Nee, liever niet,' zei Carine. 'En we hebben echt het verdrag niet geschonden.'

Bonnie keek naar mij. 'En waar is Beau dan? Dachten jullie echt dat ik zou geloven dat hij in dat ding zit dat wel een beetje op hem lijkt?' Haar stem klonk gekwetst, maar er schemerde ook haat in door. Haar reactie verbaasde me. Zag ik er echt zo anders uit? Alsof ik er niet eens was?

'Bonnie, ik ben het,' zei ik.

Ze kromp in elkaar toen ze mijn stem hoorde.

Ik had geen lucht meer. Ik greep Edythes hand en haalde heel snel adem. Nog steeds de wind in de rug, het ging goed.

'Ik weet dat ik er een beetje anders uitzie en anders klink, maar ik ben het nog steeds, Bonnie.'

'Dat zeg jij.'

Machteloos stak ik mijn vrije hand op. 'Ik weet niet hoe ik je kan overtuigen. Wat ik Sam heb verteld is de waarheid, ik ben gebeten door een andere vampier. Ze zou me vermoord hebben, maar de Cullens waren er net op tijd bij. Ze hebben niets verkeerds gedaan. Ze wilden me alleen maar beschermen.'

'Als ze zich niet met jou bemoeid hadden, was dit nooit gebeurd! Dan zou het leven van Charlie niet aan duigen liggen, en dan zou jij nog steeds zijn zoon zijn.'

Ik had deze discussie al eens eerder gevoerd, dus ik was voorbereid. 'Bonnie, er is iets wat je moet weten... Vampiers vonden mij heel erg lekker ruiken.'

Haar gezicht vertrok.

'Als de Cullens er niet geweest waren, waren die andere vampiers alsnog naar Forks gekomen. Dan hadden ze misschien nog wel meer mensen vermoord, maar ik kan je garanderen dat Charlie mij dan ook had moeten missen, als hij het al overleefd zou hebben. En dan zou er niets meer over zijn van zijn zoon. Je ziet het misschien niet, maar ik ben er nog steeds, Bonnie.'

Bonnie schudde haar hoofd, maar ik had het idee dat ze minder boos was. Eerder verdrietig. Ze keek naar Carine. 'Ik zal toegeven dat het verdrag niet geschonden is. Wat zijn jullie toekomstplannen?'

'We blijven nog een jaar. Als Edythe en Archie eindexamen hebben gedaan, gaan we weg. Dan valt het niet op.'

Bonnie knikte. 'Goed dan. Dan wachten we daarop. Ik bied mijn excuses aan voor het feit dat we naar jullie toe zijn gekomen. Ik...' Ze zuchtte. 'Het was een vergissing. Ik was... uit mijn doen.'

'Dat begrijpen we,' zei Carine zacht. 'Er is niets ergs gebeurd. Misschien is het juist wel goed geweest. Het is beter om elkaar zo goed mogelijk te begrijpen. Misschien kunnen we zelfs nog eens afspreken en...'

'Het verdrag is niet geschonden,' zei Bonnie ruw. 'Meer kun je niet van ons vragen.'

Carine knikte kort.

Bonnie keek me nog eens aan en haar gezicht betrok.

De wind draaide.

Edythe en Carine grepen allebei tegelijk mijn armen vast. Bonnies ogen werden groot en knepen toen boos samen. Sam gromde kort.

'Wat doen jullie met hem?' vroeg Bonnie verontwaardigd.

'We beschermen jóú,' snauwde Edythe.

De donkerbruine wolf kwam een halve stap naar voren.

Ik haalde snel adem en maakte me klaar om weg te rennen als het erg zou zijn.

Het was erg.

Bonnies geur brandde in mijn keel, maar ik voelde meer dan pijn. Haar geur was oneindig veel aantrekkelijker dan alle dieren waar ik op had gejaagd – die kwamen niet eens in de buurt. Het was alsof iemand een perfect gebraden ossenhaas onder mijn neus hield terwijl ik een jaar lang alleen maar droge crackers had gegeten. Erger nog zelfs. Ik had nog nooit drugs gebruikt, maar de heroïnevergelijking van Edythe kwam volgens mij het dichtst in de buurt.

En toch, ook al wilde ik mijn dorst... heel graag lessen, ik wist meteen dat het niet nódig was. Ik wilde niet dichter bij haar komen, nee, maar ik wist vrij zeker dat ik het zelfs dan nog aan zou kunnen. Ik had verwacht dat ik niet meer helder na zou kunnen denken, geen beslissingen meer zou kunnen nemen, als dat nieuwelingending de kop opstak. Dat ik geen mens meer zou zijn, maar een dier.

Ik was nog steeds mezelf. Een heel dorstige versie van mezelf weliswaar, maar gewoon mezelf.

Het duurde ongeveer een halve seconde om dat allemaal te bedenken.

'Nee, maak je maar geen zorgen, Bonnie,' zei ik snel. 'Dit is allemaal nog nieuw voor me, en ze willen niet dat ik... doordraai, snap je? Maar het gaat goed.'

Edythe liet langzaam mijn arm los. Carine keek me aan, en ze leek... onder de indruk.

Bonnies ogen waren nog steeds spleetjes, maar ik zag dat zij ook in de war was. Misschien had ik niet verwacht dat ik nog zo op mezelf zou lijken. Ik besloot de onverwachte gelegenheid te benutten. Ik haalde diep adem, en hoewel het nog net zo veel pijn deed, wist ik dat ik het kon.

'Zo te horen is dit mijn enige kans om je te spreken,' zei ik. 'En het spijt me dat het zo moet. Ik geloof dat ik nog niet alle regels ken. Maar nu je hier toch bent, wil ik je graag om een gunst vragen...'

Haar gezicht verstrakte. 'Wat dan?'

'Mijn vader.' Mijn adem begon weer zo gek te horten en ik zweeg even voordat ik verder kon praten. Edythe legde haar hand op mijn rug, maar om me te troosten deze keer. 'Wil je alsjeblieft... goed voor hem zorgen? Zorg dat hij niet te veel alleen is. Ik heb dit nooit voor hem gewild, en voor mijn moeder ook niet. Dat is het allermoeilijkste van dit hele proces. Voor mijzelf is het prima. Met mij gaat alles goed. Als ik iets kon doen om het makkelijker voor hem te maken, dan zou ik dat doen, maar er is niets. Kun je hem alsjeblieft een beetje onder je hoede nemen?'

Bonnie keek even nietsziend voor zich uit. Haar gezicht was ondoorgrondelijk. Ik wou dat ik haar net als Edythe kon horen.

'Dat zou ik hoe dan ook gedaan hebben,' zei Bonnie uiteindelijk.

'Dat weet ik. Maar ik moest het toch vragen. Denk je... Kun je het me laten weten als ik ooit iets voor hem kan doen? Achter de schermen, zeg maar?'

Ze knikte langzaam. 'Misschien is er toch wel iets van de oude Beau achtergebleven.'

Ik zuchtte. Ze zou me niet geloven als ik zei dat ik er nog helemaal was, dat er alleen wat bijgekomen was.

'Kan ik iets voor jóú doen?'

Ik verstarde een fractie van een seconde, want haar aanbod overviel me. Ik merkte dat Edythe en Carine ook verrast waren. Maar er was inderdaad nog iets wat ik wilde.

'Als...' begon ik. 'Ga je dit ooit aan Jules vertellen?' Ik keek naar de enorme wolven aan weerszijden van Bonnie. 'Of blijft het altijd geheim?'

Ik begreep de blik die over haar gezicht trok niet. 'Jules komt er snel genoeg achter.'

'O. Oké. Nou, als ze van mijn bestaan mag weten, wil je dan tegen haar zeggen dat het goed met me gaat? Het is best te doen, dat hele vampierding.'

Bonnie huiverde. 'Ik zal het doorgeven.'

'Bedankt, Bonnie.'

Ze knikte, keek naar het lange meisje dat haar droeg en gebaarde met haar kin naar de auto.

Toen ze zich omdraaiden, zag ik een traan uit haar ooghoek ontsnappen. De wolven trokken zich ook terug.

Ik hoopte dat dit niet de laatste keer was dat ik Bonnie zou zien. Ik hoopte dat ik Jules ook zou mogen zien, als zij eenmaal op de hoogte was. Of dat ik haar in elk geval weer eens zou spreken. Ik hoopte dat de wolven op een dag zouden inzien dat de Cullens ook helden waren.

Bonnies auto reed weg. De wolven verdwenen tussen de bomen. Ik wachtte tot Edythe naar hun vertrek had geluisterd.

'Ik wil alles horen,' zei ik.

Ze glimlachte. 'Ik vertel het als we thuis zijn, dan hoef ik het niet te herhalen. Het is nogal veel.' Ze schudde haar hoofd, alsof ze het allemaal niet kon geloven.

We begonnen te rennen. Minder snel dan op de heenweg.

'Huh. Echte weerwolven. Deze wereld is nog raarder dan ik dacht,' zei ik.

'Mee eens,' zei Edythe.

'Dat is waar ook – jullie dachten dat er hier geen weerwolven meer waren. Dat zal voor jullie ook wel een schok geweest zijn.'

'Ik heb vanavond wel schokkender dingen gezien.'

Ik keek naar haar en toen naar Carine. Carine glimlachte alsof ze een binnenpretje had.

'Ik bedoel, ik wist dat je bijzonder was, Beau, maar wat je daar deed was echt waanzinnig. Jessamine zal haar oren niet kunnen geloven.'

'O. Maar...' Ik staarde haar aan. 'Jij zei dat je wist dat ik het kon.'

Kuiltjes. 'Nou, ik wist vrij zeker dat de wind niet zou draaien.'

Carine lachte en wisselde een blik met Edythe. Ze versnelde terwijl Edythe vertraagde. Binnen een tel waren we alleen.

Ik hield Edythe bij en bleef staan toen zij bleef staan. Ze legde haar handen om mijn gezicht.

'Het is een lange dag geweest. Een zware dag. Maar ik wil dat je weet dat je buitengewoon bent, en dat ik van je hou.'

Ik trok haar stevig tegen me aan. 'Ik kan alles aan zolang jij maar bij me bent.'

Ze sloeg haar armen om mijn nek. 'Dan blijf ik bij je.'

'Voor altijd,' zei ik.

'Voor altijd,' beaamde ze.

Ik boog me voorover tot mijn lippen de hare vonden.

Voor altijd werd echt fantastisch.

Nawoord

Daar zijn we weer, beste lezer.

Ik weet dat het veelgevraagd is om te verwachten dat je een voorwoord én een nawoord leest, maar ik wilde nog een paar dingen zeggen die niet aan het begin konden omdat ik dan delen van het verhaal zou weggeven.

Maar ja, ik heb dus vals gespeeld. Aan het einde van mijn omkering ben ik afgeweken van het originele verhaal, en dat spijt me niet. Het was spannend, en ik vond het heel erg leuk om het alternatieve einde te schrijven.

Maar ik wil meteen zeggen dat het feit dat Beau een vampier wordt niets te maken heeft met het feit dat hij een jongen is, en geen meisje. Deze verandering betekent ook niet dat ik dit einde leuker vind dan het origineel of denk dat het originele einde 'verkeerd' was. Dit is gewoon één groot 'stel dat?'-verhaal, en ik wilde weten hoe het zou voelen als het verhaal bij *Twilight* was geëindigd. Als Bella, net als Beau, vijf minuutjes eerder van het vliegveld was vertrokken.

Het geeft erg veel voldoening om Beau en Edythe samen te laten komen, om dat grote struikelblok tussen hen al zo veel eerder weg te halen. Maar het geeft ook veel verdriet. Als mens moest Bella veel meer lijden dan Beau, maar uiteindelijk weet ik zeker dat ze tegen je zou zeggen dat het het allemaal waard was. Het komt wel goed met Beau – meer dan goed, hij wordt heel gelukkig – maar dat ene grote verdriet zal hij altijd met zich meedragen. Bella kon haar huis op orde brengen, en ze is ervan overtuigd dat zij de beste versie van het verhaal heeft gekregen.

En daarmee is het verhaal van Beau en Edythe ten einde. Voel je vrij om de rest er zelf bij te verzinnen: wanneer, waar en hoe ze gaan trouwen... wat Victor zou kunnen doen om wraak te nemen... wat Beau en Jules tegen elkaar zullen zeggen als ze elkaar weer zien... of Beau en Royal ooit vrienden worden... of de Volturi onder Sulpicia een goedaardigere, minder corrupte organisatie zijn (ík denk van wel)...

Ik hoop dat je deze andere kijk op *Twilight* die eigenlijk niet zo heel anders is

(behalve het einde, waar ik me niet voor verontschuldig) leuk hebt gevonden.
Nogmaals dank voor alles wat je de afgelopen tien jaar voor me hebt betekend.

Dank je wel!

Stephenie

P.S. Ik heb voor dit boek geen playlist gemaakt zoals ik normaal gesproken wel doe, omdat de muziek waar ik nu naar luister nog niet bestond in 2005, wanneer het verhaal begint, en dat voelde raar. Maar mocht je het willen weten, de 'soundtrack' in mijn hoofd voor dit boek bestaat in principe uit drie albums: *Royal Blood* van Royal Blood, *Seeds* van TV on the Radio en *2.0* van Big Data.

Lees *Twilight* aan
de andere zijde van
dit boek...

Lees *Leven en dood*
aan de andere zijde
van dit boek...

Aan al mijn fantastische vrienden en lezers,

Gefeliciteerd met het tienjarig bestaan van *Twilight*! Ik kan nauwelijks geloven dat het alweer zo lang geleden is dat het allemaal begon. Maar mijn kleine kleutertjes zijn uitgegroeid tot gigantische pubers, dus ik kan de waarheid niet ontkennen.

Bedankt voor tien jaar avontuur dat mijn stoutste levensverwachtingen overtrof. Ik ben een heel prozaïsch mens, maar door mijn ervaringen met deze groep lezers ben ik – een heel klein beetje – in magie gaan geloven.

Om deze mijlpaal te vieren heb ik wat nieuw bonusmateriaal geschreven om jullie nog meer van de wereld van *Twilight* te laten genieten. (En typisch Stephenie Meyer: het bonusmateriaal is langer dan *Twilight*.) Je vindt *Leven en dood* als je dit boek omdraait en aan de achterkant begint. Ik vond het heel erg leuk om terug naar Forks te gaan, en ik hoop dat jullie dat ook zullen vinden.

Jullie zijn geweldig en ik hou van jullie.

Dank je wel!

Stephenie

Twilight

Jubileum editie

Uit het Engels vertaald door Anneliet Bannier en Maria Postema

STEPHENIE MEYER

Van Goor

ISBN 978 90 00 34188 7
ISBN 978 90 00 34989 0 (e-book)
NUR 285

Uitgeverij Unieboek | Het Spectrum bv, postbus 97, 3990 DB Houten

oorspronkelijke titel *Twilight*

www.unieboekspectrum.nl
www.facebook.com/youngadultboeken

vertaling Anneliet Bannier en Maria Postema

omslagontwerp Gail Doobinin

zetwerk binnenwerk Mat-Zet bv, Soest

Voor mijn grote zus, Emily,
want zonder haar enthousiasme was
dit verhaal misschien nog niet voltooid.

Van de boom van kennis van goed en kwaad
moogt gij niet eten, want op de dag
dat gij daarvan eet, zult gij sterven.
Genesis 2:17

Inhoudsopgave

Proloog

Ik heb nooit echt nagedacht over hoe ik dood zou gaan, hoewel ik daar de laatste maanden redenen genoeg voor had. Maar zelfs al had ik dat gedaan, dan nog zou ik nooit bedacht hebben dat het zo zou gaan.

Ik staarde met ingehouden adem naar de andere kant van de lange ruimte, in de donkere ogen van de jager, die vriendelijk terugblikte.

Het was wel een goede manier om dood te gaan: in plaats van iemand anders, iemand van wie ik hield. Nobel, zelfs. Dat zou toch wat waard moeten zijn.

Ik wist dat als ik nooit naar Forks was gegaan, ik de dood nu niet in de ogen zou staren. Maar hoewel ik doodsbang was, had ik toch geen spijt van die beslissing. Als het leven je een droom biedt die zo ver buiten alle verwachtingen ligt, is het niet redelijk om het einde ervan te betreuren.

De jager glimlachte licht toen hij op me af liep om me te doden.

1. Op het eerste gezicht

Mijn moeder bracht me naar het vliegveld. De autoraampjes stonden open, want het was 24 graden in Phoenix en de wolkeloze lucht was strakblauw. Ik had mijn favoriete bloes aan: mouwloos, van witte broderie. Ik droeg het als afscheidsgebaar. Mijn parka trok ik wel aan in het vliegtuig.

Op het Olympic Peninsula in het noordwesten van de staat Washington ligt, onder een bijna altijd aanwezige wolkendeken, de kleine provinciestad Forks. Er valt meer regen op deze onbetekenende stad dan waar ook in de Verenigde Staten van Amerika. Juist deze stad en zijn duistere, altijd aanwezige schaduw was mijn moeder samen met mij ontvlucht toen ik een paar maanden oud was. En in deze stad had ik tot mijn veertiende elke zomer een maand moeten doorbrengen. Vanaf toen had ik mijn poot stijf gehouden en de afgelopen drie zomers hadden mijn vader Charlie en ik twee weken doorgebracht in Californië.

En nu verbande ik mijzelf naar Forks – een actie die ik met groot afgrijzen ondernam. Ik verafschuwde Forks.

Ik was dol op Phoenix. Ik hield van de zon en de verzengende hitte. Ik hield van de levendige, uitgestrekte stad.

'Bella,' zei mijn moeder tegen me – de laatste van duizend keer – voor ik op het vliegtuig stapte. 'Je hoeft dit niet te doen.'

Mijn moeder lijkt op mij, maar heeft kort haar en lachrimpels. Ik voelde een vlaag van paniek toen ik in haar grote, kinderlijke ogen staarde. Hoe kon ik mijn liefhebbende, verstrooide, onbezonnen moeder aan haar lot overlaten? Natuurlijk had ze nu Phil, dus de rekeningen zouden waarschijnlijk wel betaald worden, er zou eten in de koelkast liggen, er zou voldoende benzine in de auto zitten, en er zou iemand zijn die ze kon bellen als ze verdwaalde, maar toch...

'Ik wíl gaan,' loog ik. Ik was altijd al een slechte leugenaar geweest, maar ik had deze leugen de laatste tijd zo vaak verteld dat hij nu bijna geloofwaardig klonk.

'Doe Charlie de groeten.'

'Doe ik.'

'Tot gauw,' drong ze aan. 'Je kunt thuiskomen wanneer je wilt. Ik kom meteen terug als je me nodig hebt.'

Maar ik kon aan haar ogen zien wat een zelfopoffering deze belofte inhield.

'Maak je geen zorgen om mij,' drukte ik haar op het hart. 'Het wordt geweldig. Ik hou van je, mam.'

Ze omhelsde me stevig, en toen stapte ik op het vliegtuig en was ze verdwenen.

Het is vier uur vliegen van Phoenix naar Seattle, nog eens een uur met een klein vliegtuig naar Port Angeles en vandaar is het nog een uur met de auto naar Forks. Vliegen vind ik niet erg, maar ik maakte me een beetje zorgen om dat uur in de auto met Charlie.

Charlie had overigens behoorlijk makkelijk gedaan over dit hele gedoe. Hij leek oprecht blij dat ik voor het eerst voor wat langere tijd bij hem kwam wonen. Hij had me al ingeschreven bij de middelbare school en zou me helpen bij het vinden van een auto.

Maar het leven zou vast moeizaam worden bij Charlie. We waren geen van beiden erg spraakzaam, en bij hem wist ik überhaupt niet waarover ik moest praten. Ik wist dat hij mijn beslissing niet echt begreep, want net als mijn moeder, had ik mijn afschuw van Forks nooit onder stoelen of banken gestoken.

Toen ik landde in Port Angeles, regende het. Ik zag het niet als een voorteken, het was gewoon onvermijdelijk. Ik had al afscheid genomen van de zon.

Charlie wachtte op me met de surveillancewagen. Ik had niet anders verwacht. Charlie is *police chief* Swan voor de brave burgers van Forks. De belangrijkste reden waarom ik een eigen auto wilde, ondanks mijn gebrek aan geld, was dat ik weigerde rondgereden te worden in een auto met rode en blauwe zwaailichten op het dak. Niets trekt zoveel aandacht als een politieagent.

Charlie omhelsde me onhandig met één arm toen ik het vliegtuig uit kwam struikelen.

'Fijn je te zien, Bells,' zei hij glimlachend terwijl hij me automatisch opving en op mijn benen zette. 'Je bent niet veel veranderd. Hoe is het met Renée?'

'Met mam gaat het goed. Ook fijn je te zien, pap.' Ik mocht hem niet aanspreken met Charlie.

Ik had maar een paar tassen. De meeste van mijn kleren uit Arizona waren niet waterproof genoeg voor Washington. Mijn moeder en ik hadden ons geld bij elkaar gelegd om mijn wintergarderobe aan te vullen, maar hij was nog steeds niet uitgebreid. Het paste allemaal gemakkelijk in de achterbak van de surveillanceauto.

'Ik heb een goede auto voor jou gevonden, heel goedkoop,' kondigde hij aan toen we onze gordels vastmaakten.

'Wat voor auto?' De manier waarop hij *een goede auto voor jou* zei in plaats van *een goede auto*, maakte me wantrouwig.

'Nou, het is eigenlijk een pick-up, een Chevy.'

'Waar heb je hem vandaan?'

'Ken je Billy Black nog uit La Push?'

La Push is het piepkleine indianenreservaat aan de kust.

'Nee.'

'Hij ging 's zomers met ons mee vissen,' zei Charlie.

Dat verklaarde waarom ik me hem niet herinnerde. Ik ben er goed in pijnlijke, onnodige dingen uit mijn geheugen te wissen.

'Hij zit nu in een rolstoel,' ging Charlie verder toen ik geen antwoord gaf, 'dus hij kan geen auto meer rijden, en ik kon zijn pick-up voor weinig geld overnemen.'

'Van welk bouwjaar is hij?' Ik zag aan de veranderde uitdrukking op zijn gezicht dat hij gehoopt had dat ik dat niet zou vragen.

'Eh, Billy heeft de motor goed onderhouden – hij is eigenlijk maar een paar jaar oud.'

Ik hoopte dat hij niet dacht dat ik daar genoegen mee zou nemen. 'Wanneer heeft hij hem gekocht?'

'In 1984, geloof ik.'

'Heeft hij hem nieuw gekocht?'

'Nou, nee. Ik geloof dat hij begin jaren zestig, of eind jaren vijftig op zijn vroegst, nieuw was,' gaf hij schaapachtig toe.

'Char-pap, ik heb helemaal geen verstand van auto's. Ik kan hem niet zelf repareren als er iets kapot gaat, en een garage kan ik niet betalen.'

'Geloof me, Bella, dat ding doet het prima. Zo maken ze ze niet meer.'

Dat ding, dacht ik bij mezelf... daar zat wat in, als bijnaam in elk geval.

'Hoe goedkoop is goedkoop?' Want dat was per slot van rekening het onderdeel waarbij geen compromissen mogelijk waren.

'Eh, liefje, ik heb hem eigenlijk al voor je betaald. Als een welkom-thuiscadeau.' Charlie gluurde met een hoopvolle uitdrukking naar mij.

Wauw. Gratis.

'Dat had je niet hoeven doen, pap. Ik zou zelf een auto kopen.'

'Ik vond het leuk om te doen. Ik wil dat je hier gelukkig bent.' Hij keek voor zich op de weg terwijl hij dit zei. Charlie had moeite met het hardop uitspreken van zijn gevoelens. Dat had ik van hem geërfd. Dus keek ik voor me uit toen ik antwoordde:

'Dat is lief, pap. Dankjewel. Dat vind ik echt heel aardig.'

Het had geen zin om toe te voegen dat ik hier met geen mogelijkheid gelukkig kon worden. Hij hoefde niet met mij mee te lijden. En ik keek een gratis pick-up niet in de bek – of de motor.

'Eh, nou, graag gedaan,' mompelde hij, opgelaten door mijn dankbaarheid.

We wisselden nog wat opmerkingen uit over het weer – dat nat was – en daarmee was de conversatie afgelopen. We staarden zwijgend uit het raam.

Het was natuurlijk prachtig buiten, dat kon ik niet ontkennen. Alles was groen: de bomen, hun bemoste stammen, hun takken met gordijnen van mos, de bodem bedekt met varens. Zelfs het licht scheen groen door de bladeren.

Het was té groen, een vreemde planeet.

Uiteindelijk kwamen we bij Charlies huis. Hij woonde nog altijd in het kleine huis met twee slaapkamers dat hij en mijn moeder gekocht hadden in de begintijd van hun huwelijk. Dat was overigens de enige tijd die hun huwelijk gekend had – het begin. Daar, geparkeerd op de weg voor het huis dat nooit veranderde, stond mijn nieuwe – nou ja, voor mij nieuwe – pick-up. De rode lak was verkleurd en hij had dikke ronde bumpers en een bolle cabine. Tot mijn grote verrassing was ik er meteen dol op. Ik wist niet eens of hij het wel deed, maar ik zag mezelf er al in rijden. Bovendien was het een van die stevige metalen gevallen die nooit beschadigd raken. Het soort dat je ziet bij een ongeluk en dat zelf geen enkel deukje heeft maar dat wel omringd

wordt door de brokstukken van de auto van buitenlands fabrikaat waar hij op gebotst is.

'Wauw, papa, ik vind hem geweldig!' Nu zou mijn afgrijselijke dag morgen iets minder afschuwelijk zijn. Ik zou niet voor de keuze staan om of door de regen drie kilometer naar school te lopen, of een lift te moeten aanvaarden in de surveillanceauto van de *chief*.

'Fijn dat je hem mooi vindt,' zei Charlie bruusk, opnieuw opgelaten.

We hoefden maar een keer te lopen om al mijn spullen naar boven te brengen. Ik kreeg de slaapkamer op het westen, die uitkeek op de voortuin. De kamer was bekend; sinds mijn geboorte was dit mijn kamer. De houten vloer, de lichtblauwe muren, het plafond dat in een punt liep, de vergeelde vitrage voor het raam... ze waren allemaal onderdeel van mijn jeugd. De enige veranderingen die Charlie ooit had aangebracht, waren het vervangen van de wieg door een bed en het toevoegen van een bureau toen ik ouder werd. Op het bureau stond nu een tweedehands computer en over de vloer liep het telefoonsnoer voor het modem naar de aansluiting in de muur. Dit was een eis van mijn moeder, zodat we gemakkelijk contact konden houden. De schommelstoel uit de tijd dat ik een baby was stond nog in de hoek.

Er was maar één badkamer boven aan de trap, die ik zou moeten delen met Charlie. Daar probeerde ik maar niet te veel aan te denken.

Een van de beste eigenschappen van Charlie is dat hij niet om je heen blijft hangen. Hij liet me alleen zodat ik kon uitpakken en me kon installeren. Iets wat voor mijn moeder volslagen onmogelijk zou zijn geweest. Het was fijn om alleen te zijn, niet te hoeven glimlachen en blij te kijken. Een opluchting om mismoedig uit het raam te kunnen staren naar de stromende regen en een paar tranen te laten lopen. Ik was niet in de stemming voor een echte jankbui. Die bewaarde ik voor vanavond in bed, wanneer ik zou moeten denken aan morgenochtend.

Forks High School had een angstaanjagend totaal van slechts driehonderdzevenenvijftig, nu driehonderdachtenvijftig, leerlingen. Thuis zaten er alleen al in mijn jaar meer dan zevenhonderd leerlingen. Hier waren alle kinderen samen opgegroeid – hun grootouders hadden al als kleuter bij elkaar gespeeld. Ik zou het nieuwe meisje uit de grote stad zijn, een rariteit, een uitzondering.

Als ik eruit zou zien als een meisje uit Phoenix, zou ik daar misschien mijn voordeel mee kunnen doen. Maar wat betreft uiterlijk had ik nooit ergens bij gepast. Ik zou gebruind moeten zijn, sportief, blond. Een volleybalspeelster of misschien een cheerleader. Allemaal dingen die horen bij een leven in de *Valley of the sun*.

In plaats daarvan was mijn huid ivoorkleurig – zonder het excuus van blauwe ogen of rood haar – ondanks de voortdurende zonneschijn. Ik was altijd slank geweest, maar op een of andere manier zacht, duidelijk geen sportvrouw: ik miste de noodzakelijke hand-oogcoördinatie om sport te beoefenen zonder mezelf voor paal te zetten, zodat ik zowel mezelf als iedereen dicht in mijn buurt blesseerde.

Toen ik mijn kleren had opgeborgen in de oude houten kast, pakte ik mijn toilettas en ging naar de gemeenschappelijke badkamer om mezelf na een dag reizen op te frissen. Ik keek naar mijn gezicht in de spiegel terwijl ik de klitten uit mijn natte haar borstelde. Misschien lag het aan het licht, maar ik zag er gelijk al valer, ongezonder uit. Mijn huid kon mooi zijn – hij was erg licht, bijna doorschijnend – maar dat hing volledig af van kleur. Ik had hier geen kleur.

Tegenover mijn bleke reflectie in de spiegel was ik gedwongen toe te geven dat ik mezelf voor de gek hield. Ik paste niet alleen wat betreft uiterlijk nergens bij. Als ik al geen plekje voor mezelf kon vinden op een school met drieduizend leerlingen, wat zouden mijn kansen hier dan wel niet zijn?

Ik kon niet goed overweg met mensen van mijn leeftijd. Misschien was het wel zo dat ik niet goed overweg kon met mensen, punt. Zelfs mijn moeder, die mij het meest nabij was van alle mensen die ik kende, zat nooit helemaal op dezelfde golflengte als ik. Soms vroeg ik me af of mijn ogen wel dezelfde dingen zagen als de rest van de wereld. Misschien maakte iets kortsluiting in mijn hoofd.

Maar de oorzaak deed er niet toe. Het enige wat er toe deed was het gevolg. En morgenochtend was nog maar het begin.

Die nacht sliep ik slecht, zelfs toen ik uitgehuild was. Het voortdurende *woesj*-en van de regen en de wind tegen het dak wilde maar niet naar de achtergrond verdwijnen. Ik trok de verkleurde oude quilt over mijn hoofd en later legde ik daar mijn kussen bovenop. Maar ik viel pas na middernacht in

slaap, toen de regen eindelijk overging in een zachtere miezer.

Dichte mist was alles wat ik de volgende ochtend zag uit mijn raam, en ik voelde hoe claustrofobie bezit van me nam. Je kon hier nooit de lucht zien, het was als een kooi.

Het ontbijt met Charlie was een stille aangelegenheid. Hij wenste me veel succes op school. Ik bedankte hem, wetend dat zijn hoop vergeefs was. Veel succes ging meestal aan mij voorbij. Charlie vertrok als eerste, op naar het politiebureau dat zijn familie vormde. Na zijn vertrek zat ik in een van de drie niet bij elkaar passende stoelen aan de oude, vierkante eiken tafel en bestudeerde de keuken. Hij had donkere houten wanden, heldergele kastjes en een witte linoleum vloer. Er was niets veranderd. Mijn moeder had de kastjes achttien jaar geleden geschilderd in een poging het huis wat zonniger te maken. Boven de kleine open haard in de aangrenzende miniwoonkamer hing een serie foto's. Een trouwfoto van Charlie en mijn moeder in Las Vegas, een van ons drietjes in het ziekenhuis vlak na mijn geboorte genomen door een vriendelijke verpleegster, en een opeenvolging van schoolfoto's van mij tot en met die van het afgelopen jaar. Het was gênant om naar te kijken. Ik moest maar eens proberen Charlie zo ver te krijgen dat hij ze ergens anders ophing, in elk geval zolang ik hier woonde.

Hier in dit huis was het onmogelijk niet te beseffen dat Charlie mijn moeder nooit vergeten was. Het gaf me een ongemakkelijk gevoel.

Ik wilde niet te vroeg op school komen, maar ik hield het niet meer uit in dit huis. Ik deed mijn jack aan – dat aanvoelde als een anti-stralingspak – en stapte de regen in.

Het miezerde alleen nog een beetje, niet voldoende om gelijk doorweekt te raken. Ik tastte naar de voordeursleutel die altijd verstopt was onder de dakrand bij de deur en sloot af. Het klossen van mijn nieuwe waterdichte laarzen werkte op mijn zenuwen. Ik miste het gebruikelijke knersen van grind terwijl ik liep. Hoewel ik dat graag wilde, kon ik niet stil blijven staan om mijn pick-up opnieuw te bewonderen, want ik wilde snel weg uit die mistige vochtigheid die om mijn hoofd wervelde, aan mijn haar plakte en onder mijn capuchon bleef hangen.

In de pick-up was het aangenaam droog. Het was duidelijk dat Billy of Charlie, een van de twee, hem had opgeruimd, maar de met donkere stof

beklede stoelen roken nog steeds een beetje naar sigaretten, benzine en pepermunt. De motor startte tot mijn grote opluchting snel maar luidruchtig: hij kwam brullend tot leven en bleef met veel lawaai draaien. Tja, met een pick-up van deze leeftijd moest er wel iets mis zijn. De antieke radio werkte; een onverwachte meevaller.

Het was niet moeilijk om de school te vinden, hoewel ik er nog nooit geweest was. Hij lag, net als de meeste andere dingen, vlak langs de autoweg. Het was niet gelijk duidelijk dat dit een school was; ik merkte het alleen aan het bord waarop stond dat dit de Forks High School was. Hij zag eruit als een verzameling identieke gebouwen van donkerbruine bakstenen. Er stonden zoveel bomen en struiken dat ik aanvankelijk niet kon zien hoe groot de campus was. Waar was het gevoel dat dit een instituut is, vroeg ik me vol heimwee af. Waar waren de stalen hekken en de metaaldetectoren?

Ik parkeerde voor het eerste gebouw, waar een klein bord boven een deur hing met *Secretariaat*. Er stonden verder geen auto's dus ik was ervan overtuigd dat je hier niet mocht parkeren, maar ik besloot binnen de weg te vragen in plaats van als een idioot in de regen rondjes te rijden. Met tegenzin stapte ik uit de hete cabine van de pick-up en volgde een klein stenen paadje met aan weerszijden donkere heggen. Ik haalde diep adem voordat ik de deur opendeed.

Binnen was het licht schel en het was nog warmer dan ik gehoopt had. Het kantoor was klein: een wachtgedeelte met klapstoelen, oranje gevlekte vloerbedekking, muren bedekt met aankondigingen en mededelingen, en een grote klok die luidruchtig tikte. Overal stonden planten in grote plastic potten, alsof het buiten niet al groen genoeg was. De ruimte werd in tweeën gedeeld door een lange balie, bedekt met bakjes van metaaldraad vol paperassen en op de voorkant waren talloze kleurige folders geplakt. Achter de balie stonden drie bureaus. Aan een ervan zat een grote vrouw met rood haar en een bril. Ze droeg een paars T-shirt, waardoor ik me gelijk overdressed voelde.

De roodharige vrouw keek op. 'Kan ik iets voor je doen?'

'Ik ben Isabella Swan,' vertelde ik en ik zag aan haar ogen dat ze meteen wist wie ik was. Ik werd verwacht, ongetwijfeld het onderwerp van roddels. De dochter van de wispelturige ex-vrouw van de chief was eindelijk thuisgekomen.

'Juist,' zei ze. Ze groef door een vervaarlijk opgestapelde berg documenten op haar bureau tot ze vond wat ze zocht. 'Hier heb ik je rooster en een plattegrond van de school.' Ze liep met de papieren naar de balie.

Ze nam mijn rooster met me door, markeerde de snelste route naar alle lessen op de kaart, en gaf me briefjes mee die elke docent moest tekenen en die ik aan het eind van de dag weer moest inleveren. Ze glimlachte naar me en hoopte, net als Charlie, dat ik het hier in Forks leuk zou vinden. Ik glimlachte zo overtuigend als ik kon terug.

Toen ik terugliep naar mijn pick-up, begonnen er andere leerlingen te arriveren. Ik reed om de school heen achter de andere auto's aan. Het was fijn om te zien dat de meeste auto's al ouder waren, net als de mijne, en niet zo opzichtig. Thuis had ik in een van de weinige niet zo rijke buurten gewoond die het Paradise Valley District kent. Het was heel normaal dat er op de leerlingenparkeerplaats een nieuwe Mercedes of Porsche stond. De mooiste auto hier was een glimmende Volvo, en die viel op. Toch deed ik de motor uit zodra ik op een plekje stond, zodat het donderende lawaai geen aandacht zou trekken.

In de auto bestudeerde ik de plattegrond in een poging hem in mijn geheugen te prenten; hopelijk hoefde ik dan niet de hele dag met dat ding vlak voor mijn neus rond te lopen. Ik propte alles in mijn tas, hing hem over mijn schouder en zoog mijn longen vol lucht. Ik kan het, loog ik zwakjes tegen mezelf. Niemand zou me bijten. Ik ademde eindelijk uit en verliet de pick-up.

Ik hield mijn gezicht verborgen onder mijn capuchon terwijl ik naar de stoep vol tieners liep. Mijn eenvoudige zwarte jas viel niet op, merkte ik opgelucht.

Eenmaal voorbij de kantine was gebouw drie eenvoudig te vinden. Op de linkerhoek was een grote zwarte 3 op een wit vlak geschilderd. Ik voelde hoe mijn ademhaling langzaamaan veranderde in hyperventilatie toen ik de deur naderde. Ik probeerde mijn adem in te houden terwijl ik twee uniseks regenjassen naar binnen volgde.

Het lokaal was klein. De mensen voor me stopten gelijk achter de deur om hun jassen op te hangen aan een lange rij haken. Ik deed hen na. Het waren twee meisjes, de één een porseleinkleurige blondine, de ander ook bleek met lichtbruin haar. Mijn huid zou hier tenminste niet opvallen.

Ik bracht het briefje naar de leraar, een lange, kalende man die volgens het bordje op zijn bureau meneer Mason heette. Hij gaapte me aan toen hij mijn naam zag – echt heel bemoedigend – en natuurlijk kleurde ik bietrood. Uiteindelijk stuurde hij me naar een lege tafel achterin zonder me aan de klas voor te stellen. Het was lastiger voor mijn nieuwe klasgenoten om mij achterin aan te staren, maar op de een of andere manier lukte het hen toch. Ik hield mijn blik gericht op de leeslijst die de leraar me gegeven had. Hij was nogal standaard: Brontë, Shakespeare, Chaucer, Faulkner. Ik had alles al gelezen. Dat was een troost... en saai. Ik vroeg me af of mijn moeder me mijn map met uittreksels zou willen sturen, of dat ze dat oneerlijk zou vinden. In mijn hoofd hield ik verschillende discussies met haar terwijl de leraar maar doordreunde.

Toen de bel ging – een nasaal gezoem – leunde een slungelige jongen met een pukkelige huid en haar zo zwart als een olievlek over het gangpad om me aan te spreken.

'Jij bent toch Isabella Swan?' Hij zag eruit als het al te hulpvaardige schaakclubtype.

'Bella,' verbeterde ik. Iedereen binnen een straal van drie stoelen draaide zich om en keek naar me.

'Waar is je volgende les?' vroeg hij.

Dat moest ik nakijken in mijn tas. 'Eh, maatschappijleer van Jefferson, in gebouw zes.'

Ik kon geen kant op kijken zonder nieuwsgierige blikken te zien.

'Ik moet naar gebouw vier. Ik kan je de weg wijzen...' Absoluut té hulpvaardig. 'Ik ben Eric,' voegde hij toe.

Ik glimlachte aarzelend. 'Dank je.'

We pakten onze jassen en stapten de regen in, die weer was verhevigd. Ik zou zweren dat verschillende mensen zo vlak achter ons liepen dat ze ons konden afluisteren. Ik hoopte dat ik niet paranoïde werd.

'Is het hier nou heel anders dan in Phoenix?' vroeg hij.

'Heel erg.'

'Het regent daar niet veel, hè?'

'Drie of vier keer per jaar.'

'Wauw, hoe zou dat zijn?' vroeg hij zich af.

'Zonnig,' kon ik hem vertellen.

'Je ziet er niet erg bruin uit.'

'Mijn moeder is half albino.'

Hij keek me dommig aan en ik zuchtte. Het zag ernaar uit dat wolken en gevoel voor humor niet samengingen. Nog een paar maanden en ik zou geen sarcastische opmerking meer kunnen maken.

We liepen weer om de kantine heen, naar de gebouwen bij de gymzaal. Eric liep mee tot aan de deur, hoewel het duidelijk was aangegeven.

'Nou, succes,' zei hij toen ik naar de knop tastte. 'Misschien hebben we nog wat lessen samen.' Hij klonk hoopvol.

Ik glimlachte vaag naar hem en ging naar binnen.

De rest van de morgen ging min of meer op dezelfde manier voorbij. Mijn wiskundeleraar, meneer Varner, aan wie ik alleen al vanwege het vak waarin hij lesgaf een hekel had, was de enige die me voor de klas liet staan om mezelf voor te stellen. Ik stamelde, bloosde en struikelde over mijn eigen voeten op weg naar mijn plek.

Na twee lessen begon ik verschillende gezichten te herkennen. Er was altijd iemand die dapperder was dan de rest en zich aan me voorstelde, om vervolgens te vragen hoe ik het vond in Forks. Ik probeerde diplomatiek te zijn, maar over het algemeen loog ik veel. Ik had in elk geval geen plattegrond nodig.

Een meisje zat naast me tijdens zowel wiskunde als Spaans en ze liep met me mee naar de kantine voor de lunch. Ze was klein, een aantal centimeter kleiner dan mijn een meter zestig, maar door haar donkere, wild krullende haar leek het verschil niet zo groot. Ik kon me haar naam niet herinneren, dus glimlachte en knikte ik terwijl zij doorratelde over de leraren en de lessen. Ik deed geen moeite haar verhaal te volgen.

We zaten aan het eind van een volle tafel met een aantal van haar vriendinnen, die ze aan me voorstelde. Ik vergat al hun namen gelijk nadat ze die genoemd had. Ze leken onder de indruk van het feit dat zij gewaagd had mij aan te spreken. De jongen uit mijn Engelse les, Eric, zwaaide naar me vanaf de andere kant van de kantine.

Daar, in de kantine, tijdens mijn pogingen een gesprek te voeren met zeven nieuwsgierige vreemdelingen, zag ik hen voor het eerst.

Ze zaten in de hoek van de lange ruimte, zo ver mogelijk van waar ik zat.

Ze waren met z'n vijven. Ze spraken niet, en ze aten niet, hoewel ze allemaal een blad eten voor zich hadden staan. En ze gaapten me niet aan, zoals de meeste andere leerlingen, dus kon ik rustig naar hen staren zonder bang te hoeven zijn een overmatig geïnteresseerde blik te ontmoeten. Maar toch was het geen van deze dingen die mijn aandacht trokken en vasthielden.

Ze leken totaal niet op elkaar. Van de drie jongens was er een groot: gespierd als een bodybuilder, met donker, krullend haar. De tweede was langer, peziger, maar toch gespierd en honingblond. De laatste was slungelig, minder zwaar gebouwd, met rommelig, bronskleurig haar. Hij was jongensachtiger dan de anderen, die eruitzagen alsof ze eigenlijk studenten waren of zelfs leraren hier, in plaats van leerlingen.

De meisjes waren elkaars tegenpolen. De lange was statig. Ze had een schitterend figuur, het soort dat je ziet op het omslag van de badpakeditie van *Sports Illustrated*, het type waardoor elk meisje een deuk oploopt in haar gevoel voor eigenwaarde alleen doordat ze zich in dezelfde ruimte bevindt. Haar haar was goudkleurig, lichtgolvend en hing tot halverwege haar rug. Het korte meisje was elfachtig, extreem dun, met fijne gelaatstrekken. Haar haar was diepzwart, kort geknipt en stond alle kanten op.

En toch waren ze allemaal exact hetzelfde. Allemaal waren ze krijtwit, het bleekst van alle leerlingen uit deze zonloze stad. Bleker dan ik, de albino. Ze hadden allemaal heel donkere ogen, ondanks hun uiteenlopende haarkleuren. En ze hadden ook donkere kringen onder hun ogen, paarse schaduwen als van een blauw oog. Alsof ze allemaal leden aan slapeloosheid, of bijna hersteld waren van een gebroken neus. Maar hun neuzen, al hun gelaatstrekken, waren kaarsrecht, perfect.

Maar dat alles was niet de reden waarom ik niet weg kon kijken.

Ik staarde omdat hun gezichten, zo verschillend, zo gelijk, allemaal fabelachtig, onmenselijk mooi waren. Het waren gezichten die je nooit verwacht te zien, behalve misschien op de geretoucheerde bladzijden van een modetijdschrift. Of geschilderd door een oude meester als dat van een engel. Het was moeilijk te bepalen wie het mooist was. Misschien het perfecte blonde meisje, of de jongen met de bronzen haren.

Ze keken allemaal weg – weg van elkaar, weg van de andere leerlingen, weg van wat dan ook, voor zover ik het kon zien. Terwijl ik keek, pakte het kleine meisje haar blad – ongeopend blikje fris, ongegeten appel – en liep

weg met een snelle, sierlijke pas die thuishoorde op de catwalk. Ik keek, verrast door haar lenige danseressenstap, hoe ze haar blad leegkiepte en door de achterdeur gleed, sneller dan ik voor mogelijk hield. Mijn ogen schoten terug naar de anderen, die nog in dezelfde houding zaten.

'Wie zijn dát?' vroeg ik het meisje uit mijn Spaanse les, wier naam ik vergeten was.

Toen ze opkeek om te zien wie ik bedoelde – hoewel ze het allang wist, waarschijnlijk door mijn toon – keek hij plotseling naar haar: de dunne, jongensachtige, de jongste wellicht. Hij keek slechts een fractie van een seconde naar mijn buurvrouw, en toen blikten zijn donkere ogen in de mijne.

Hij keek snel weg, sneller dan ik kon, hoewel ik in een vlaag van verlegenheid meteen mijn blik afwendde. In die korte flits van een glimp toonde zijn gezicht totaal geen interesse. Het was alsof zij zijn naam geroepen had en hij ongewild had opgekeken, hoewel hij al besloten had niet te antwoorden.

Mijn buurvrouw giechelde opgelaten, terwijl ze net als ik naar de tafel keek.

'Dat zijn Edward en Emmett Cullen, en Rosalie en Jasper Hale. Het meisje dat net opstond is Alice Cullen. Ze wonen allemaal bij dr. Cullen en zijn vrouw.' Ze zei het fluisterend.

Ik gluurde zijdelings naar de beeldschone jongen, die nu naar zijn blad keek en met lange, bleke vingers een bagel verkruimelde. Zijn mond bewoog razendsnel, zijn perfecte lippen gingen nauwelijks open. De overige drie keken nog steeds een andere kant op maar toch had ik het gevoel dat hij zachtjes tegen hen sprak.

Vreemde, ongebruikelijke namen, dacht ik. Het soort namen dat grootouders hebben. Maar misschien was dat mode hier – kleinsteedse namen? Ik herinnerde me ineens dat mijn buurvrouw Jessica heette, een heel gewone naam. Er zaten twee Jessica's in mijn geschiedenisklas in Phoenix.

'Ze zien er... goed uit.' Ik worstelde met het overduidelijke understatement.

'Ja!' stemde Jessica in met nog een giechel. 'Maar ze gaan allemaal met elkaar: Emmett en Rosalie, en Jasper en Alice, bedoel ik. En ze wónen samen.' Haar stem bevatte de shock en veroordeling van een kleine stad, dacht ik kritisch. Maar, als ik eerlijk was, moest ik toegeven dat dit zelfs in Phoenix roddels zou veroorzaken.

'Wie van hen zijn de Cullens?' vroeg ik. 'Ze zien er niet uit als familie van elkaar...'

'O, dat zijn ze niet. Dr. Cullen is nog erg jong, eind twintig of begin dertig. Ze zijn geadopteerd. De Hales zijn broer en zus, tweelingen – die met het blonde haar – en zij zijn pleegkinderen.'

'Zijn ze niet een beetje oud voor pleegkinderen?'

'Dat zijn ze nu. Jasper en Rosalie zijn allebei achttien, maar ze leven sinds hun achtste bij mevrouw Cullen. Zij is hun tante of zoiets.'

'Dat is wel heel aardig, dat ze zomaar voor al die kinderen zorgen terwijl ze zelf nog zo jong zijn en zo.'

'Tja,' gaf Jessica aarzelend toe.

Ik kreeg de indruk dat ze de dokter en zijn vrouw om de een of andere reden niet mocht. Vanwege de blikken die ze op hun geadopteerde kinderen wierp, nam ik aan dat die reden jaloezie was.

'Ik denk dat mevrouw Cullen geen kinderen kan krijgen,' voegde ze toe, alsof dat afdeed aan hun vriendelijkheid.

Gedurende dit hele gesprek dwaalde mijn blik steeds maar weer naar de tafel waar het vreemde gezin zat. Ze bleven naar de muur kijken en aten niet.

'Hebben ze altijd al in Forks gewoond?' vroeg ik. Maar dan waren ze me vast opgevallen tijdens een van mijn zomers hier.

'Nee,' zei ze op een toon die aangaf dat dat toch wel duidelijk moest zijn, zelfs voor een nieuwkomer als ik. 'Ze zijn twee jaar geleden vanuit Alaska hiernaartoe verhuisd.'

Ik voelde een vlaag van medelijden, en opluchting. Medelijden omdat, mooi als ze waren, het buitenstaanders waren, duidelijk niet geaccepteerd. Opluchting omdat ik niet de enige nieuwkomer was hier, en in alle opzichten zeker niet de interessantste.

Terwijl ik hen bestudeerde, keek de jongste, een van de Cullens, weer op en ontmoette mijn ogen, ditmaal met een overduidelijk nieuwsgierige uitdrukking. Toen ik snel wegkeek, leek het me dat in zijn blik een onbeantwoorde verwachting lag.

'Wie is die jongen met dat roodbruine haar?' vroeg ik. Ik gluurde naar hem vanuit mijn ooghoeken, en hij staarde nog altijd naar mij, maar gaapte me niet aan zoals de andere leerlingen vandaag hadden gedaan. Hij had een licht gefrustreerde blik. Ik keek snel weg.

'Dat is Edward. Hij is natuurlijk een kanjer, maar verspil je tijd niet aan hem. Hij gaat niet uit. Blijkbaar is geen van de meisjes hier knap genoeg voor hem.' Ze snoof. Die had duidelijk een blauwtje gelopen. Ik vroeg me af wanneer hij haar had afgewezen.

Ik beet op mijn lippen om mijn glimlach te verbergen. Toen gluurde ik opnieuw naar hem. Zijn gezicht was weggedraaid, maar het leek alsof zijn wang wat boller was, alsof ook hij glimlachte.

Na een paar minuten stonden ze alle vier tegelijk op. Ze bewogen zich allemaal opvallend sierlijk – zelfs de grote spierbundel. Het was gewoon niet normaal. De jongen die Edward heette keek me niet meer aan.

Ik zat langer aan de tafel met Jessica en haar vriendinnen dan ik gedaan zou hebben als ik alleen was geweest. Maar ik wilde op mijn eerste dag niet te laat komen. Een van mijn nieuwe kennissen, die zo vriendelijk was mij eraan te herinneren dat ze Angela heette, had het volgende uur samen met mij biologie II. We liepen zwijgend naar onze klas. Zij was ook verlegen.

Toen we de klas binnenkwamen, ging Angela zitten aan een zwarte labtafel die er net zo uitzag als die in Phoenix. Zij had al een buurvrouw. Eigenlijk waren op een na alle tafels bezet. Ik herkende Edward Cullen, die naast het middenpad zat, aan zijn ongewone haarkleur. Hij zat naast de enige lege plek.

Terwijl ik naar voren liep om mezelf voor te stellen aan de leraar en mijn briefje te laten tekenen, wierp ik hem steelse blikken toe. Op het moment dat ik langsliep, verstijfde hij plotseling. Hij staarde weer naar me, met een heel vreemde uitdrukking op zijn gezicht: vijandig, woedend. Ik keek snel weg, geschrokken, werd weer rood. Ik struikelde over een boek op de vloer en moest me vastgrijpen aan de hoek van een tafel. Het meisje dat daar zat giechelde.

Zijn ogen waren zwart, pikzwart.

Meneer Banner tekende mijn briefje en gaf me een boek, zonder onzin over dat ik me moest voorstellen. Ik wist nu al dat we het goed zouden kunnen vinden. Natuurlijk moest hij me wel naar die ene lege plek achter in de klas sturen. Ik hield mijn ogen naar beneden gericht toen ik naast hém ging zitten, verward door de agressieve manier waarop hij naar me had gekeken.

Ik keek niet op toen ik mijn boek op tafel legde, maar vanuit mijn ooghoeken zag ik hoe zijn houding veranderde. Hij leunde van me weg, zat op het

uiterste randje van zijn stoel en wendde zijn gezicht af alsof hij iets smerigs rook. Onopvallend snoof ik aan mijn haar. Het rook naar aardbeien, de geur van mijn favoriete shampoo. Het leek een heel onschuldige geur. Ik liet mijn haar over mijn rechterschouder vallen zodat het als een gordijn tussen ons hing, en probeerde op de leraar te letten.

Helaas ging de les over de anatomie van cellen, een onderwerp dat ik al had gehad. Toch maakte ik keurig aantekeningen terwijl ik steeds naar beneden bleef kijken.

Ik kon er niets aan doen, maar af en toe gluurde ik door mijn haren naar de vreemde jongen naast me. Tijdens de hele les bleef hij gespannen op het randje van zijn stoel zitten, zo ver mogelijk bij me vandaan. Ik zag dat de hand op zijn linkerdij gebald was tot een vuist; de pezen strak onder zijn bleke huid. Hij had de lange mouwen van zijn witte shirt tot boven zijn ellebogen geschoven en zijn voorarm was verrassend hard en gespierd onder de lichte huid. Hij was lang niet zo slungelig als hij had geleken naast zijn potige broer.

Deze les leek veel langer te duren dan de andere. Was het omdat de dag eindelijk op zijn einde liep, of was het omdat ik zat te wachten tot zijn vuist zich ontspande? Dat gebeurde niet. Hij bleef zo stil zitten dat het leek alsof hij geen adem haalde. Wat was er met hem aan de hand? Was dit normaal? Ik twijfelde aan mijn oordeel over Jessica's verbittering tijdens de lunch vandaag. Misschien was ze minder wrokkig dan ik had gedacht.

Het kon onmogelijk met mij te maken hebben. Hij had me nog nooit eerder gezien.

Ik gluurde nog een keer naar hem en had daar onmiddellijk spijt van. Hij keek me weer woedend aan, zijn zwarte ogen vol afkeer. Terwijl ik ineenkromp, weg van hem, schoot de uitdrukking *als blikken konden doden* door mijn hoofd.

Op dat moment klonk luid de bel, zodat ik overeind schoot. Edward Cullen stond al naast zijn stoel. Hij kwam vloeiend overeind – hij was veel langer dan ik had verwacht – met zijn rug naar me toe en verdween door de deur nog voordat iemand anders was opgestaan.

Ik zat vastgevroren aan mijn stoel en staarde hem ongelovig na. Hij was zo gemeen. Het was niet eerlijk. Ik begon langzaam mijn spullen bij elkaar te rapen en probeerde de boosheid die in me opkwam te onderdrukken,

bang dat mijn ogen zich met tranen zouden vullen. Om de een of andere reden stond mijn humeur rechtstreeks in verbinding met mijn traanbuizen. Ik begon meestal te huilen als ik boos was, een vervelende gewoonte.

'Ben jij niet Isabella Swan?' vroeg een jongensstem.

Ik keek op en zag een leuke jongen met een kinderlijk gezicht en bleekblond haar dat met gel in nette piekjes was geplakt, vriendelijk naar me glimlachen. Hij vond duidelijk niet dat ik stonk.

'Bella,' verbeterde ik, met een lachje.

'Ik ben Mike.'

'Hoi Mike.'

'Heb je hulp nodig bij het vinden van je volgende les?'

'Ik moet naar het gymlokaal, dus ik denk dat ik het wel kan vinden.'

'Daar moet ik ook naartoe.' Hij keek blij, hoewel dit natuurlijk niet zo'n groot toeval was op zo'n kleine school.

We liepen samen naar gym. Hij was een kletskous en hield het gesprek gaande, wat voor mij erg prettig was. Tot zijn tiende had hij in Californië gewoond, dus hij wist hoe ik dacht over de zon. Hij bleek ook tegelijk met mij Engels te hebben. Hij was de aardigste persoon die ik vandaag ontmoet had.

Maar toen we het gymlokaal binnenliepen, vroeg hij: 'Wat heb je met Edward Cullen gedaan, hem met een potlood geprikt of zo? Ik heb hem nog nooit zo zien doen.'

Ik kromp in elkaar. Het was dus nog iemand opgevallen. En blijkbaar was dat niet Edward Cullens normale gedrag. Ik besloot me van de domme te houden.

'Was dat de jongen die naast me zat bij biologie?' vroeg ik argeloos.

'Ja,' zei hij. 'Hij zag eruit alsof hij pijn had of zo.'

'Geen idee,' antwoordde ik. 'Ik heb geen woord met hem gesproken.'

'Het is een vreemde gozer.' Mike bleef bij me staan in plaats van naar de jongenskleedkamer te gaan. 'Als ik het geluk had gehad naast je te zitten, had ik wel met je gepraat.'

Ik glimlachte naar hem voordat ik de meisjeskleedkamer binnenging. Hij was vriendelijk en duidelijk een aanbidder. Maar het was niet voldoende om mijn irritatie weg te nemen.

De gymleraar, coach Clapp, vond een tenue voor me, maar ik hoefde vandaag niet mee te doen. Thuis was gym maar twee jaar verplicht. Hier moest

je het de volle vier jaar doen. Forks was letterlijk mijn persoonlijke hel op aarde.

Ik keek naar vier volleybalwedstrijden tegelijk. Toen ik me herinnerde hoeveel blessures ik had opgelopen – en toegebracht – bij het spelen van volleybal, werd ik een beetje misselijk.

Eindelijk klonk de laatste bel. Ik liep langzaam naar het secretariaat om mijn briefjes in te leveren. De regen was overgedreven, maar de wind was hard en kouder. Ik sloeg mijn armen om me heen.

Toen ik het warme kantoor binnenstapte, had ik de neiging me om te draaien en weer naar buiten te gaan. Edward Cullen stond bij de balie. Ik herkende het warrige bronzen haar meteen. Hij leek mijn binnenkomst niet gehoord te hebben. Tegen de muur gedrukt wachtte ik tot de administratrice klaar was.

Hij discussieerde met haar met een lage, aantrekkelijke stem. Het werd snel duidelijk waar het over ging. Hij probeerde biologie om te wisselen voor een ander vak – maakte niet uit welk vak.

Ik kon niet geloven dat dit over mij ging. Het moest iets anders zijn, iets dat gebeurd was voordat ik het biologielokaal was binnengekomen. Zijn boze gezicht moest een heel andere ergernis betroffen hebben. Het was onmogelijk dat deze vreemdeling mij zo plotseling en zo intens verafschuwde.

De deur ging weer open en de koude wind woei plotseling door de ruimte, liet de papieren wapperen en blies mijn haar in mijn gezicht. Het meisje dat binnenkwam liep gelijk naar de balie, legde een briefje in een bakje en ging weer naar buiten. Maar Edward Cullens rug verstijfde. Hij draaide zich langzaam om en keek me boos aan – zijn gezicht was belachelijk knap – met doordringende ogen vol haat. Een ogenblik voelde ik een rilling van oprechte angst waardoor de haren op mijn armen overeind gingen staan. De blik duurde slechts een tel, maar ik kreeg het er kouder van dan van de bijtende wind. Hij wendde zich weer tot de administratrice.

'Laat maar,' zei hij snel met een fluwelen stem. 'Ik begrijp dat het niet mogelijk is. Heel erg bedankt voor uw hulp.' Hij draaide zich om en verdween door de deur zonder me nog een blik waardig te keuren.

Ik liep bedeesd naar de balie, mijn gezicht wit in plaats van rood, en gaf haar de getekende briefjes.

'Hoe was je eerste dag, meiske?' vroeg de administratrice moederlijk.

'Prima,' loog ik met zwakke stem. Ze leek niet overtuigd.

Toen ik bij de pick-up kwam, stonden er vrijwel geen auto's meer op de parkeerplaats. Het leek een veilige schuilplaats, waar ik me nu al meer in thuis voelde dan waar ook in dit klamme groene gat. Binnen bleef ik een tijdje zitten en tuurde met lege ogen door de ruit. Maar algauw had ik het zo koud dat de verwarming aan moest. Dus draaide ik de contactsleutel om en de motor sloeg brullend aan. Ik reed terug naar Charlies huis, vechtend tegen mijn tranen.

2. Open boek

De volgende dag was beter... en erger.

Het was beter omdat het nog niet regende, hoewel de wolken dicht en dreigend waren. Het was gemakkelijker omdat ik wist wat me te wachten stond. Mike kwam naast me zitten bij Engels en liep met me mee naar de volgende les, terwijl schaakclub-Eric de hele tijd boos naar hem keek – wat mijn ego streelde. De mensen keken niet meer zo veel naar me als gisteren. Ik zat tijdens de lunch met een grote groep aan tafel, waaronder Mike, Eric, Jessica en verschillende anderen wier namen en gezichten ik me nu kon herinneren. Ik had het gevoel dat ik aan het watertrappelen was, in plaats van te verdrinken.

Het was erger omdat ik bekaf was. Ik kon nog steeds niet slapen door de wind die om het huis gierde. Het was erger omdat meneer Varner me een beurt gaf bij wiskunde hoewel ik mijn hand niet had opgestoken en ik het antwoord fout had. Het was afschuwelijk omdat ik volleybal moest spelen en de enige keer dat ik niet wegdook voor de bal, ik hem tegen het hoofd van mijn teamgenoot mepte. En het was verschrikkelijk omdat Edward Cullen helemaal niet op school kwam.

De hele ochtend zag ik op tegen de lunch, bang voor zijn vreemde kwade blikken. Een deel van mij wilde de confrontatie aangaan en vragen wat er aan de hand was. Toen ik wakker in mijn bed lag, had ik bedacht wat ik zou zeggen. Maar ik kende mezelf te goed om te denken dat ik dit echt zou durven doen. In vergelijking met mij leek de Laffe Leeuw uit de Tovenaar van Oz wel de Terminator.

Maar toen ik met Jessica de kantine binnenliep, en vruchteloos probeerde niet rond te kijken op zoek naar hem, zag ik dat de vier die voor zijn broers en zussen doorgingen aan hun vaste tafel zaten en dat hij er niet bij was.

Mike kwam ons tegemoet en dirigeerde ons naar zijn tafel. Jessica scheen dolblij met alle aandacht en haar vriendinnen kwamen algauw bij ons zit-

ten. Maar tijdens het luisteren naar hun vrolijke gekwebbel, voelde ik me totaal niet op mijn gemak en wachtte ik zenuwachtig op het moment dat hij binnen zou komen. Ik hoopte dat hij me domweg zou negeren en dat mijn achterdocht ongegrond zou blijken te zijn.

Hij kwam niet en met het verstrijken van de tijd raakte ik steeds meer gespannen.

Ik liep met meer vertrouwen naar biologie toen hij, aan het eind van de lunch, nog niet verschenen was. Mike, die trekken van een golden retriever begon te vertonen, liep trouw met me mee naar de les. Bij de deur hield ik mijn adem in, maar ook daar was Edward Cullen niet. Ik ademde uit en liep naar mijn plek. Mike volgde, vertellend over een uitje naar het strand dat hij aan het organiseren was. Hij bleef bij mijn tafel hangen tot de bel ging. Hij glimlachte verlangend naar me en ging naast een meisje met een beugel en een slechte permanent zitten. Het zag ernaar uit dat ik iets aan Mike moest doen, en dat zou niet eenvoudig zijn. In een stadje als dit, waar iedereen boven op elkaar leeft, was het van het grootste belang diplomatiek te zijn. Ik was nooit erg tactvol geweest: ik had geen ervaring in het omgaan met al te vriendelijke jongens.

Ik was opgelucht dat ik de tafel voor mezelf had, dat Edward er niet was. Dat zei ik herhaaldelijk tegen mezelf. Maar ik kon het knagende gevoel dat ik de reden was van zijn afwezigheid niet van me afschudden. Het was belachelijk en egocentrisch om te denken dat ik zo'n sterk effect op iemand zou hebben. Het was onmogelijk. En toch bleef ik me afvragen of het niet toch waar was.

Toen de schooldag eindelijk voorbij was en het schaamrood over het volleybalincident van mijn kaken verdwenen, schoot ik weer in mijn spijkerbroek en donkerblauwe trui. Ik verliet snel de meisjeskleedkamer, blij te merken dat ik mijn retrieverachtige vriend even had afgeschud. Ik liep vlug naar de parkeerplaats. Het zag er zwart van de leerlingen. Ik stapte in mijn pick-up en doorzocht mijn tas om er zeker van te zijn dat alles erin zat wat ik nodig had.

Gisteravond was ik erachter gekomen dat Charlie niet kon koken, behalve gebakken eieren met spek. Dus had ik om kookcorvee gevraagd voor de duur van mijn verblijf. En dat liet hij maar al te graag aan mij over. Ik kwam er ook achter dat er geen eten in huis was. Dus had ik een boodschappenlijst

bij me en geld uit de pot met het etiket *boodschappengeld*, en was ik op weg naar de supermarkt.

Ik bracht mijn oorverdovende motor tot leven, negeerde de hoofden die mijn kant op draaiden, en reed achteruit naar een plekje in de rij auto's die stonden te wachten tot ze het parkeerterrein konden verlaten. Terwijl ik wachtte, en probeerde te doen alsof de enorme herrie uit iemand anders auto kwam, zag ik de twee Cullens en de Hale-tweeling in hun auto stappen. Het was de glanzend nieuwe Volvo, natuurlijk. Hun kleren waren me nog niet opgevallen – ik was te gefascineerd geweest door hun gezichten. Maar nu ik goed keek, was het duidelijk dat ze allemaal zeer goed gekleed gingen: eenvoudig, maar zo te zien toch wel in designerkleding. Maar met hun opvallend knappe uiterlijk en de elegante manier waarop zij zich bewogen, hadden ze ook vodden kunnen dragen zonder dat het iemand zou opvallen. Het leek nogal overdreven dat ze zowel mooi waren als geld hadden. Maar voor zover ik wist zat het leven meestal zo in elkaar. Het zag er echter niet naar uit dat dit bijdroeg aan hun acceptatie hier.

Nee, dat was het toch niet helemaal. Het isolement moest hun eigen keuze zijn. Ik kon me niet voorstellen dat er een deur was die niet open zou gaan voor deze mate van schoonheid.

Zij keken naar mijn luidruchtige pick-up toen ik langs hen reed, net als alle anderen. Ik keek recht vooruit en was blij toen ik het schoolterrein eindelijk achter me liet.

De winkel was niet ver van school, een stukje verderop langs de autoweg. Het was prettig om in een supermarkt te zijn; het voelde normaal. Thuis deed ik ook de boodschappen en ik nam de bekende taak met plezier op me. De supermarkt was zo groot dat ik de regen op het dak niet hoorde, zodat deze me er niet aan kon herinneren waar ik was.

Toen ik thuiskwam, pakte ik de boodschappen uit en borg ze op waar ik maar een gaatje kon vinden. Ik hoopte dat Charlie het niet erg vond. Ik wikkelde aardappels in folie en legde ze in de oven om te poffen, bedekte een biefstuk met marinade en zette hem boven op een doos eieren in de koelkast.

Toen ik daarmee klaar was, ging ik met mijn boekentas naar boven. Voordat ik aan mijn huiswerk begon, trok ik een droog joggingpak aan, deed mijn klamme haar in een staart en keek voor het eerst of ik e-mail had. Er waren drie berichten.

'Bella,' schreef mijn moeder...

> Schrijf me zodra je bent aangekomen. Hoe was je vlucht. Regent het? Ik mis je nu al. Ik ben bijna klaar met inpakken om naar Florida te gaan, maar ik kan mijn roze bloes niet vinden. Weet je waar ik hem heb gelaten? Phil doet de groeten. Mama.

Ik zuchtte en opende het volgende bericht. Het was acht uur na de eerste verzonden.

> Waarom heb je me nog niet gemaild? Waarom duurt het zo lang. Mama

Het laatste was van vanochtend.

> Isabella,
> Als ik om 17.30 nog niets van je gehoord heb, bel ik Charlie.

Ik keek op de klok. Ik had nog een uur, maar mijn moeder liep graag op de zaken vooruit.

> Mama,
> Rustig. Ik schrijf je zo meteen uitgebreid. Doe geen domme dingen.
> Bella

Dat verzond ik en toen begon ik opnieuw.

> Mam,
> Alles gaat goed. Natuurlijk regent het. Ik wilde wachten tot ik iets had om over te schrijven. De lessen vallen mee, sommige dingen heb ik al gehad. Ik heb een paar aardige kinderen ontmoet, met wie ik samen lunch.
> Je bloes is bij de stomerij – je had hem vrijdag al kunnen ophalen.
> Charlie heeft een pick-up voor me gekocht, echt waar. Hij is te gek. Wel een beetje oud, maar heel degelijk en dat komt natuurlijk goed uit.

Ik mis je ook. Ik schrijf je snel, maar ik ga niet elke vijf minuten kijken of ik mail heb. Ontspan, blijf ademhalen. Ik hou van je.
Bella

Ik had besloten *Wuthering Heights,* de roman die we op dit moment behandelden bij Engels, opnieuw te lezen, gewoon, omdat ik dat leuk vond. En daar was ik mee bezig toen Charlie thuiskwam. Ik was de tijd vergeten en holde naar beneden om de aardappelen uit de oven te halen en de biefstuk onder de grill te zetten.

'Bella?' riep mijn vader toen hij me op de trap hoorde.

Wie anders, dacht ik bij mezelf. 'Hé pap, ook goedemiddag.'

'Dank je.' Hij hing zijn holster op en trok zijn laarzen uit terwijl ik aan de slag ging in de keuken. Voor zover ik wist had hij zijn pistool nog nooit gebruikt tijdens zijn werk. Maar hij hield hem gereed. Toen ik hier als kind kwam, haalde hij altijd gelijk de kogels eruit zodra hij thuiskwam. Nu dacht hij waarschijnlijk dat ik groot genoeg was om mezelf niet meer per ongeluk neer te schieten, en niet depressief genoeg om het expres te doen.

'Wat eten we?' vroeg hij wantrouwig. Mijn moeder was een fantasievolle kok en haar experimenten waren niet altijd eetbaar. Ik was verrast, en bedroefd, dat hij zich dat nog kon herinneren.

'Biefstuk en gepofte aardappelen,' antwoordde ik en hij keek opgelucht.

Hij voelde zich duidelijk niet op zijn gemak in de keuken waar hij niets kon doen, en slenterde naar de woonkamer om tv te kijken terwijl ik kookte. Dat was voor ons allebei prettiger. Terwijl de biefstuk bakte, maakte ik een salade en dekte de tafel.

Ik riep hem toen het eten klaar was en hij snoof waarderend toen hij binnenkwam.

'Ruikt lekker, Bell.'

'Dank je.'

We aten een paar minuten zwijgend. Het was niet vervelend. We hadden geen van beiden last van de stilte. In sommige opzichten waren we geknipt om samen te wonen.

'En, hoe vind je het op school? Heb je al vrienden gemaakt?' vroeg hij terwijl hij nog een keer opschepte.

'Ik heb een paar lessen samen met een meisje Jessica. Ik lunch met haar

en haar vriendinnen. En dan is er nog een jongen, Mike, die erg aardig is. Iedereen is heel vriendelijk.' Met één opvallende uitzondering.

'Dat moet Mike Newton zijn. Aardige knul, aardige familie. Zijn vader is de eigenaar van de buitensportzaak aan de rand van de stad. Hij verdient goed aan alle rugzaktoeristen die hier komen.'

'Ken je de Cullens?' vroeg ik aarzelend.

'Dr. Cullen? Zeker. Dr. Cullen is een fantastische man.'

'Ze... de kinderen... zijn anders. Ze lijken nergens bij te horen op school.'

Charlies boze blik verbaasde me.

'Wat is dat toch met die mensen hier,' mopperde hij. 'Dr. Cullen is een uitstekend arts die waarschijnlijk in elk ziekenhuis ter wereld zou kunnen werken en tien keer zo veel kan verdienen als hier.' Hij sprak steeds harder. 'We hebben geluk dat hij hier werkt, geluk dat zijn vrouw in een kleine stad wilde wonen. Hij is een aanwinst, en die kinderen zijn goed opgevoed en beleefd. Ik had zo mijn twijfels toen ze hier kwamen wonen, met al die geadopteerde tieners. Ik verwachtte dat we problemen zouden krijgen met hen. Maar ze zijn heel volwassen, ze hebben nog nooit overlast veroorzaakt. En dat kan ik niet zeggen van de kinderen van sommige mensen die hier al generaties lang wonen. En ze zijn heel hecht, als een echt gezin: om het weekeinde gaan ze kamperen... Maar omdat ze nieuw zijn, wordt er over hen geroddeld.'

Het was het langste verhaal dat ik Charlie ooit had horen houden. Hij had blijkbaar een uitgesproken mening over wat de mensen zeiden.

Ik krabbelde terug. 'Ze lijken me erg aardig. Het viel me gewoon op dat ze weinig contact zoeken. Ze zijn allemaal heel aantrekkelijk,' voegde ik toe in een poging complimenteuzer te zijn.

'Je zou de dokter eens moeten zien,' zei Charlie lachend. 'Het is maar goed dat hij gelukkig getrouwd is. Veel verpleegsters in het ziekenhuis hebben concentratieproblemen als hij in de buurt is.'

We zwegen weer gedurende de rest van het eten. Hij ruimde de tafel af terwijl ik begon met afwassen. Hij ging terug naar de tv, en toen ik klaar was met afwassen – geen vaatwasser – ging ik met tegenzin naar boven om mijn wiskundehuiswerk te doen. Ik voelde hoe er een traditie aan het ontstaan was.

Die nacht was het eindelijk rustig. Ik viel snel in slaap, uitgeput.

De rest van de week gebeurde er weinig. Ik raakte gewend aan de routine van de lessen. Aan het eind van de week herkende ik al een aantal leerlingen op school, al wist ik lang niet alle namen. Bij gym hadden mijn teamgenoten snel door dat ze mij geen bal moesten toespelen, en dat ze snel vóór me moesten stappen als de tegenstander gebruik probeerde te maken van mijn zwakheden. Ik bleef met liefde uit hun buurt.

Edward Cullen kwam niet terug naar school.

Elke dag wachtte ik angstig af tot de rest van de Cullens zonder hem de kantine binnenkwam. Dan kon ik ontspannen en aan de gesprekken deelnemen. Meestal ging het over het uitstapje naar het La Push Ocean Park over twee weken dat Mike aan het organiseren was. Ik was uitgenodigd en ik had gezegd dat ik zou gaan, meer uit beleefdheid dan dat ik zo graag wilde. Stranden hoorden heet en droog te zijn.

Tegen de tijd dat het vrijdag was, ging ik op mijn gemak het biologielokaal binnen, niet meer bang dat Edward daar zou zijn. Voor hetzelfde geld was hij van school gegaan. Ik probeerde niet aan hem te denken, maar ik kon het gevoel dat ik de oorzaak was van zijn voortdurende afwezigheid niet van me afzetten, hoe belachelijk het ook was.

Mijn eerste weekeinde in Forks ging zonder bijzonderheden voorbij. Charlie, niet gewend tijd door te brengen in het normaal gesproken lege huis, werkte het grootste deel van het weekeinde. Ik maakte het huis schoon, werkte vooruit aan mijn huiswerk en schreef mijn moeder nog meer onware vrolijke e-mails. Op zaterdag reed ik naar de bibliotheek, maar die was zo slecht voorzien dat ik niet de moeite nam lid te worden. Ik zou met iemand moeten afspreken om binnenkort eens naar Olympia of Seattle te gaan om een goede boekwinkel te zoeken. Ik vroeg me af hoeveel benzine de pick-up zou verbruiken... en rilde bij de gedachte.

De regen bleef het hele weekeinde zacht, stil, dus ik sliep goed.

Maandagochtend werd ik door verschillende mensen begroet op de parkeerplaats. Ik wist niet al hun namen, maar ik zwaaide terug en glimlachte naar iedereen. Het was kouder die ochtend, maar gelukkig regende het niet. Bij Engels ging Mike weer naast me zitten. We hadden een onverwachtse overhoring over *Wuthering Heights*. Hij was nogal standaard, erg gemakkelijk.

Alles bij elkaar voelde ik me meer op mijn gemak dan ik verwacht had op dit moment. Meer op mijn gemak dan ik ooit had gedacht me hier te zullen voelen.

Toen we de klas uitliepen, was de lucht gevuld met dwarrelende witte dingetjes. Ik hoorde mensen uitgelaten naar elkaar roepen. De wind beet in mijn wangen, mijn neus.

'Gaaf,' zei Mike. 'Het sneeuwt.'

Ik keek naar de plukjes katoen die zich opstapelden op de stoep en warrig langs mijn gezicht dansten.

'Jak.' Sneeuw. Daar ging mijn goede dag.

Hij keek verbaasd. 'Houd je niet van sneeuw?'

'Nee. Het betekent dat het te koud is voor regen.' Logisch. 'Bovendien horen het toch vlokken te zijn, weet je wel, allemaal uniek en zo. Dit ziet eruit als plukjes watten.'

'Heb je nog nooit sneeuw gezien?' vroeg hij ongelovig.

'Natuurlijk wel.' Ik wachtte. 'Op tv.'

Mike lachte. Toen smakte een grote natte bal kledderige sneeuw tegen de achterkant van zijn hoofd. We draaiden ons om om te zien waar hij vandaan kwam. Ik verdacht Eric, die wegliep in de verkeerde richting, niet naar zijn volgende les. Mike dacht blijkbaar hetzelfde. Hij boog voorover en schraapte een berg witte derrie bij elkaar.

'Ik zie je in de kantine, goed?' Ik bleef lopen terwijl ik sprak. 'Als mensen met nattigheid gaan gooien, ben ik weg.'

Hij knikte alleen maar, zijn ogen gericht op Erics verdwijnende rug.

De hele morgen sprak iedereen opgewonden over de sneeuw. Blijkbaar was het de eerste sneeuw van het nieuwe jaar. Ik hield mijn mond. Tuurlijk, het was droger dan regen – totdat het smolt in je sokken.

Op mijn hoede liep ik met Jessica na Spaans naar de kantine. Overal vlogen druipende ballen door de lucht. Ik hield een map in mijn handen, klaar om hem als schild te gebruiken. Jessica vond mij erg grappig, maar iets in mijn gezicht weerhield haar ervan zelf een sneeuwbal mijn kant op te mikken.

Mike haalde ons in toen we net naar binnen gingen, lachend, met smeltend ijs in de stekeltjes van zijn haar. Hij en Jessica waren in een levendig gesprek verwikkeld over het sneeuwballengevecht toen we in de rij gingen

staan om eten te halen. Gewoontegetrouw keek ik naar de tafel in de hoek. En ik verstijfde ter plekke. Er zaten vijf mensen aan tafel.

Jessica trok aan mijn arm. 'Hallo? Bella? Wat wil je eten?'

Ik keek naar beneden, mijn oren waren warm. Er was geen reden waarom ik me niet op mijn gemak zou voelen, herinnerde ik mezelf. Ik had niets verkeerd gedaan.

'Wat is er met Bella?' vroeg Mike aan Jessica.

'Niets,' antwoordde ik. 'Ik neem vandaag alleen wat te drinken.' Ik liep naar het einde van de rij.

'Heb je geen honger?' vroeg Jessica.

'Eigenlijk voel ik me niet zo lekker,' zei ik, mijn ogen nog altijd op de vloer gericht.

Ik wachtte tot zij hun eten hadden en liep met hen mee naar de tafel, mijn blik op hun voeten.

Ik dronk langzaam mijn drinken op, mijn maag in de knoop. Twee keer vroeg Mike, onnodig bezorgd, hoe het met me ging. Ik zei dat er niets aan de hand was, maar ik vroeg me af of ik niet toch had moeten overdrijven, zodat ik de volgende les kon schuilen in het kantoortje van de schoolverpleegster.

Belachelijk. Weglopen zou niet nodig moeten zijn.

Ik besloot mezelf een blik op de tafel van de familie Cullen te gunnen. Als hij boos naar me keek, zou ik spijbelen bij biologie, lafaard die ik was.

Ik hield mijn hoofd naar beneden en gluurde door mijn wimpers. Geen van hen keek deze kant op. Ik tilde mijn hoofd een beetje op.

Ze lachten. Het haar van Edward, Jasper en Emmett zat vol met smeltende sneeuw. Alice en Rosalie bogen opzij toen Emmett zijn druipende haar in hun richting schudde. Ze genoten van de sneeuw, net als alle anderen. Alleen zagen zij eruit als een tafereel uit een film, in tegenstelling tot ons.

Maar afgezien van het gelach en de speelsheid, was er nog iets anders, al kon ik daar niet precies de vinger op leggen. Ik bekeek Edward het zorgvuldigst. Zijn huid was minder bleek, vond ik – misschien doorbloed door het sneeuwgevecht – de kringen onder zijn ogen minder opvallend. Maar er was nog iets. Ik peinsde, starend, in een poging te bedenken wat het was.

'Bella, waar kijk je naar?' onderbrak Jessica mijn gedachten, haar ogen volgden mijn blik.

Precies op dat moment keek hij naar mij.

Ik keek gelijk naar beneden, zodat mijn haar mijn gezicht verborg. Ik was er echter van overtuigd dat, op het moment dat onze blikken elkaar kruisten, hij niet zo boos of onvriendelijk keek als de vorige keer. Hij keek gewoon weer nieuwsgierig, onbevredigd op de een of andere manier.

'Edward Cullen kijkt naar je,' giechelde Jessica in mijn oor.

'Hij kijkt toch niet kwaad?' Ik moest het vragen.

'Nee,' zei ze verbaasd. 'Moet dat dan?'

'Volgens mij vindt hij me niet aardig,' vertrouwde ik haar toe. Ik voelde me nog steeds raar. Ik legde mijn hoofd op mijn armen.

'De Cullens vinden niemand aardig... althans, ze besteden te weinig aandacht aan anderen om hen aardig te vinden. Maar hij kijkt nog steeds naar je.'

'Niet terugkijken,' siste ik.

Ze giechelde, maar keek weg. Ik keek een beetje omhoog om te zien of ze het echt deed, want anders zou ik geweld moeten gebruiken.

Toen onderbrak Mike ons: hij probeerde een historisch sneeuwballengevecht te organiseren op het parkeerterrein als de school uit was en wilde dat we meededen. Jessica stemde enthousiast toe. Uit de manier waarop ze naar Mike keek, bleek duidelijk dat ze met alles wat hij voorstelde zou meedoen. Ik hield mijn mond. Ik zou moeten schuilen in de gymzaal tot de parkeerplaats leeg was.

Tijdens de rest van de pauze hield ik mijn ogen zorgvuldig op mijn eigen tafel gericht. Ik besloot me aan mijn eigen afspraak te houden. Omdat hij niet boos keek, zou ik naar biologie gaan. Mijn maag maakte angstige sprongetjes bij de gedachte dat ik weer naast hem zou zitten.

Ik had niet zoveel zin om zoals gewoonlijk met Mike naar de les te lopen, want hij was blijkbaar een populair doelwit voor sneeuwbalschutters. Maar toen we bij de deur kwamen zuchtte iedereen teleurgesteld, behalve ik. Het regende. Alle resten sneeuw spoelden in ijzige, heldere stroompjes langs de stoep. Ik deed mijn capuchon omhoog, stiekem blij. Ik kon gelukkig gelijk na gym naar huis.

Mike klaagde op weg naar gebouw vier onafgebroken.

Eenmaal in de klas zag ik tot mijn opluchting dat mijn tafel nog leeg was. Meneer Banner liep door de klas en zette op elke tafel een microscoop en

een doosje glasplaatjes. De les begon pas over een paar minuten en overal klonk geroezemoes. Ik keek niet naar de deur, maar kliederde op het omslag van mijn schrijfblok.

Ik hoorde duidelijk hoe de stoel naast mij verschoof, maar mijn ogen bleven gericht op het patroon dat ik aan het tekenen was.

'Hallo,' zei een zachte, melodieuze stem.

Ik keek op, stomverbaasd dat hij tegen me sprak. Hij zat zo ver bij me vandaan als de tafel toeliet, maar zijn stoel stond naar me toe gedraaid. Zijn haar was druipnat, in de war – maar zelfs zo zag hij eruit alsof hij uit een reclame voor haargel gestapt was. Zijn oogverblindende gezicht was vriendelijk, open, een kleine glimlach om zijn perfecte lippen. Maar zijn blik was behoedzaam.

'Ik ben Edward Cullen,' ging hij verder. 'Ik was niet in de gelegenheid mezelf voor te stellen vorige week. Jij moet Bella Swan zijn.'

Mijn hoofd tolde van verwarring. Had ik alles verzonnen? Hij was nu uitermate beleefd. Ik moest iets zeggen, hij wachtte. Maar ik kon niets bedenken.

'H-hoe weet je mijn naam?' stamelde ik.

Hij lachte een zachte, betoverende lach. 'O, ik denk dat iedereen jouw naam kent. De hele stad heeft gewacht op je komst.'

Ik trok een gezicht. Ik wist dat het zoiets moest zijn. 'Nee,' hield ik koppig vol. 'Ik bedoelde, waarom noem je me Bella?'

Hij leek verward. 'Heb je liever Isabella?'

'Nee, ik vind Bella leuker,' zei ik. 'Maar volgens mij noemt Charlie, ik bedoel mijn vader, me Isabella achter mijn rug. Althans, zo kent iedereen me hier,' probeerde ik uit te leggen, terwijl ik me een ongelofelijke sukkel voelde.

'O.' Hij ging er niet op door.

Ik keek gegeneerd weg.

Gelukkig begon meneer Banner op dat moment met de les. Ik probeerde me te concentreren terwijl hij uitlegde wat voor onderzoek we vandaag zouden doen. De glasplaatjes in de doos lagen door elkaar. Met z'n tweeën moesten we de plaatjes met de kiemcellen van een ui op volgorde leggen volgens de verschillende fasen van mitose en de juiste fase erbij schrijven. We mochten ons boek niet gebruiken. Over twintig minuten zou hij door de klas lopen om te kijken wie het goed had.

'Begin maar,' beval hij.

'Dames eerst, partner?' vroeg Edward. Ik keek op en zag een scheve glimlach op zijn gezicht die zo mooi was dat ik hem alleen nog maar als een malloot kon aanstaren.

'Ik kan ook beginnen, als je wilt.' De glimlach verdween. Hij vroeg zich natuurlijk af of ik geestelijk wel in orde was.

'Nee,' zei ik, kleurend, 'ik ga wel eerst.' Ik probeerde, een heel klein beetje, indruk te maken. Ik had dit onderzoek al eerder gedaan en wist waar ik op moest letten. Dit zou een makkie moeten zijn. Ik legde het eerste glasplaatje onder de microscoop en stelde de lens snel scherp. Ik bekeek het plaatje even.

Vol overtuiging zei ik wat het was: 'Profase.'

'Mag ik ook even kijken?' vroeg hij toen ik het glasplaatje wilde weghalen. Toen hij het vroeg raakte zijn hand de mijne, om me tegen te houden. Zijn vingers waren ijskoud, alsof hij ze voor de les in een berg sneeuw had gehouden. Maar dat was niet waarom ik mijn hand zo snel terugtrok. Toen hij me aanraakte, prikte het alsof er een elektrische vonk oversprong.

'Sorry,' mompelde hij en trok zijn hand gelijk weg. Maar hij pakte wel de microscoop. Ik keek naar hem, onthutst, terwijl hij nog korter naar de cel keek dan ik had gedaan.

'Profase,' was hij met me eens en schreef het netjes in het eerste vakje van ons werkblad. Hij wisselde snel het eerste glasplaatje voor het tweede en keek er kort naar.

'Anafase,' mompelde hij en schreef het op terwijl hij sprak.

Ik hield mijn stem onverschillig. 'Mag ik?'

Hij lachte zelfgenoegzaam en duwde de microscoop naar mij.

Ik keek gretig door de lens, maar werd teleurgesteld. Verdorie, hij had gelijk.

'Plaatje drie?' Ik hield zonder kijken mijn hand op.

Hij gaf het aan me; het leek alsof hij ervoor zorgde niet nogmaals mijn huid aan te raken.

Ik keek zo kort als ik maar kon. 'Interfase.' Ik gaf hem de microscoop voordat hij erom kon vragen. Hij keek even en schreef het toen op. Ik had kunnen schrijven terwijl hij keek, maar zijn duidelijke, elegante handschrift weerhield me. Ik wilde het vel niet ontsieren met mijn hanenpoten.

We waren ruim voor de anderen klaar. Ik zag hoe Mike en zijn partner twee glasplaatjes steeds opnieuw met elkaar vergeleken, en een ander paar had onder tafel hun boek open.

Omdat ik niets anders te doen had, probeerde ik heel hard niet naar hem te kijken... zonder succes. Ik keek op, en hij staarde naar me met diezelfde onverklaarbaar gefrustreerde blik in zijn ogen. Ineens wist ik wat dat subtiele verschil in zijn uiterlijk was.

'Heb je contactlenzen?' flapte ik er zonder nadenken uit.

Hij leek verbaasd door mijn onverwachte vraag. 'Nee.'

'O,' mompelde ik. 'Ik dacht dat je ogen er anders uitzagen.'

Hij haalde zijn schouders op en keek weg.

Eigenlijk was ik ervan overtuigd dat ze anders waren. Ik herinnerde me levendig hoe zwart zijn ogen de laatste keer waren geweest toen hij me boos had aangekeken. De kleur viel duidelijk op tegen de achtergrond van zijn bleke huid en zijn kastanjebruine haar. Vandaag hadden zijn ogen een totaal andere kleur: een vreemd soort oker, donkerder dan karamel maar met diezelfde goudkleurige tint. Ik begreep niet hoe dat mogelijk was, tenzij hij om een of andere reden loog over de lenzen. Of misschien werd ik letterlijk gek van Forks.

Ik keek naar beneden. Zijn handen waren weer tot harde vuisten gebald.

Meneer Banner kwam naar onze tafel, om te zien waarom we niets uitvoerden. Hij wierp over onze schouders een blik op het ingevulde werkblad en keek nog eens beter om de antwoorden te controleren.

'Zo, Edward, vond je niet dat Isabella ook een kans verdiende met de microscoop?' vroeg meneer Banner.

'Bella,' corrigeerde Edward automatisch. 'Overigens heeft ze drie van de vijf herkend.'

Meneer Banner keek nu naar mij, zijn blik was sceptisch. 'Heb je dit onderzoek al eerder gedaan?' vroeg hij.

Ik lachte schaapachtig. 'Niet met ui.'

'Blastula van een vis?'

'Ja.'

Meneer Banner knikte. 'Volgde je in Phoenix het aangepaste lesprogramma voor gevorderden?'

'Ja.'

'Tja,' zei hij na een korte pauze, 'ik denk dat het goed is dat jullie naast elkaar zitten.' Hij mompelde nog iets terwijl hij wegliep. Toen hij weg was, begon ik weer op mijn schrijfblok te kliederen.

'Jammer hè, van de sneeuw?' vroeg Edward. Ik had het gevoel dat hij zichzelf dwong met me te kletsen. Ik werd weer overvallen door paranoia. Het was alsof hij mijn gesprek met Jessica tijdens de lunch gehoord had en probeerde te bewijzen dat mijn indruk van hem niet klopte.

'Niet echt,' antwoordde ik eerlijk, in plaats van te doen alsof ik normaal was, zoals ieder ander. Ik probeerde nog steeds het stomme gevoel van achterdocht van me af te schudden en kon me niet concentreren.

'Je houdt niet van de kou.' Het was geen vraag.

'Of nattigheid.'

'Forks moet een moeilijke plek voor je zijn om te wonen,' zei hij peinzend.

'Je moest eens weten,' mompelde ik donker.

Hij leek gefascineerd door wat ik zei, hoewel ik me dat niet kon voorstellen. Zijn gezicht leidde me zo af dat ik probeerde er niet langer naar te kijken dan absolute beleefdheid vereiste.

'Waarom ben je dan hiernaartoe gekomen?'

Niemand had me dat gevraagd – niet rechtstreeks zoals hij deed, bijna eisend.

'Het is... ingewikkeld.'

'Ik ben een slimme jongen,' drong hij aan.

Ik zweeg een tijd en maakte toen de fout hem aan te kijken. Zijn donkere, gouden ogen brachten me in de war, en ik antwoordde zonder nadenken.

'Mijn moeder is hertrouwd,' zei ik.

'Dat klinkt niet zo ingewikkeld,' wierp hij tegen, maar hij was plotseling vol medeleven. 'Wanneer is dat gebeurd?'

'Afgelopen september.' Mijn stem klonk treurig, vond ik.

'En je vindt hem niet aardig,' nam Edward aan, zijn toon nog steeds vriendelijk.

'Nee, Phil is oké. Te jong misschien, maar best aardig.'

'Waarom ben je dan niet bij hen gebleven?'

Ik wist niet waarom hij zo geïnteresseerd was, maar hij bleef met doordringende ogen naar me staren, alsof mijn saaie levensgeschiedenis op een of andere manier van levensbelang was.

'Phil reist veel. Hij is professioneel honkbalspeler.' Ik glimlachte half.

'Is hij bekend?' vroeg hij, terugglimlachend.

'Niet echt. Hij speelt niet zó goed. Uitsluitend *minor league*. Hij wisselt vaak van club.'

'En je moeder heeft je hiernaartoe gestuurd zodat ze met hem mee kan.' Het was weer een conclusie, geen vraag.

Mijn kin kwam een stukje omhoog. 'Nee, ze heeft me niet hiernaartoe gestuurd. Ik heb mezelf gestuurd.'

Zijn wenkbrauwen fronsten. 'Dat begrijp ik niet,' gaf hij toe en hij leek uitermate gefrustreerd daardoor.

Ik zuchtte. Waarom legde ik hem dit uit. Hij bleef me duidelijk nieuwsgierig aanstaren.

'Ze bleef eerst bij mij, maar ze miste hem. Ze werd ongelukkig... dus besloot ik dat het een goed moment was om wat tijd door te brengen met Charlie.' Bij dat laatste klonk mijn stem mistroostig.

'Maar nu ben jij ongelukkig,' zei hij.

'En wat dan nog?' daagde ik uit.

'Dat lijkt me niet eerlijk.' Hij haalde zijn schouders op, maar zijn ogen waren nog steeds intens.

Ik lachte cynisch. 'Heeft niemand je dat ooit verteld? Het leven ís niet eerlijk.'

'Ik geloof inderdaad dat ik dat ooit eerder heb gehoord,' stemde hij droogjes in.

'Dus dat is alles,' zei ik, me afvragend waarom hij nog steeds zo naar me staarde.

Zijn blik werd waarderend. 'Je speelt goed toneel,' zei hij langzaam. 'Maar ik wil wedden dat je ongelukkiger bent dan je laat merken.'

Ik trok een gezicht, weerstond de aandrang om als een klein kind mijn tong naar hem uit te steken en keek weg.

'Heb ik gelijk?'

Ik probeerde hem te negeren.

'Dat dacht ik al,' mompelde hij zelfvoldaan.

'Wat kan jóú dat schelen?' vroeg ik hem geïrriteerd. Ik bleef wegkijken, mijn ogen gericht op de leraar die door de klas liep.

'Dat is een heel goede vraag,' mompelde hij, zo zachtjes dat ik me afvroeg

of hij wel tegen mij sprak. Maar na een paar seconden stilte nam ik aan dat dat het enige antwoord was dat ik kreeg.

Ik zuchtte en keek nijdig naar het schoolbord.

'Erger ik je?' vroeg hij. Hij klonk alsof hij het grappig vond.

Zonder nadenken keek ik weer naar hem op... en sprak opnieuw de waarheid. 'Niet echt. Het is meer dat ik me aan mezelf erger. Mijn gezicht is zo gemakkelijk te lezen – mijn moeder noemt me altijd haar open boek.' Ik fronste.

'Integendeel, ik vind je erg moeilijk te doorgronden.'

Ondanks alles wat ik gezegd en hij geraden had, klonk het alsof hij het meende.

'Dan moet je een goede verstaander zijn,' antwoordde ik.

'Meestal wel.' Hij glimlachte breed zodat zijn perfecte, ultrawitte tanden zichtbaar werden.

Op dat moment maande meneer Banner de klas tot stilte en richtte ik opgelucht mijn aandacht op hem. Ik kon niet geloven dat ik zojuist mijn saaie leven uit de doeken had gedaan aan deze bizarre, beeldschone jongen die wel of geen hekel aan me had. Het had geleken alsof hij volledig opging in ons gesprek, maar nu zag ik uit de hoeken van mijn ogen dat hij weer van me weg leunde en dat zijn handen de rand van de tafel strak omklemden.

Ik probeerde op te letten terwijl meneer Banner met een overheadprojector liet zien wat ik zonder problemen had gezien door de microscoop. Maar mijn gedachten vlogen alle kanten op.

Toen de bel eindelijk ging, snelde Edward net zo vlug en sierlijk de klas uit als hij afgelopen maandag had gedaan. En ik staarde hem, net als afgelopen maandag, vol verbazing na.

Mike kwam snel naar me toe en pakte mijn boeken bij elkaar. Ik stelde me hem voor met een kwispelende staart.

'Dat was verschrikkelijk,' kreunde hij. 'Ze zagen er allemaal precies hetzelfde uit. Je had mazzel dat Cullen naast je zat.'

'Ik vond het helemaal niet moeilijk,' zei ik, gepikeerd door zijn veronderstelling. Ik had meteen spijt van mijn kattigheid. 'Ik heb dit al een keer eerder gedaan,' voegde ik toe voordat hij zich gekwetst kon voelen.

'Cullen leek vandaag wel vriendelijk,' merkte hij op toen we onze regenjassen aantrokken. Hij leek het niet leuk te vinden.

Ik probeerde onverschillig te klinken. 'Ik vraag me af wat er aan de hand was, afgelopen maandag.'

Ik kon me niet concentreren op Mikes geklets toen we naar gym liepen, en ook daar kon ik mijn gedachten niet bij de les houden. Mike zat vandaag in mijn team. Ridderlijk ving hij zowel mijn als zijn eigen ballen op, dus mijn verstrooidheid werd alleen doorbroken toen ik moest serveren. Iedere keer als ik aan de beurt was dook mijn team angstvallig opzij.

De regen was nog slechts mist toen ik het parkeerterrein op liep, maar ik was blij toen ik in de droge auto zat. Ik deed de verwarming aan zonder te letten op het oorverdovende gebrul van de motor. Ik ritste mijn jas los, deed de capuchon naar beneden en woelde mijn vochtige haar los zodat het kon drogen op weg naar huis.

Ik keek om me heen om te zien of er geen auto aankwam. Op dat moment zag ik de stille, bleke figuur. Edward Cullen leunde tegen het voorportier van de Volvo, drie auto's bij me vandaan, en staarde strak in mijn richting. Ik keek snel weg, schakelde in zijn achteruit en knalde in mijn haast bijna boven op een roestige Toyota. Gelukkig voor de Toyota trapte ik op tijd op mijn rem, want het was precies het soort auto dat door mijn pick-up in schroot zou veranderen. Ik haalde diep adem, keek nog steeds de andere kant op en reed voorzichtig weg, nu met meer succes. Ik keek recht voor me uit toen ik langs de Volvo reed, maar ik zou zweren dat ik hem uit mijn ooghoeken zag lachen.

3. Fenomeen

Toen ik de volgende ochtend mijn ogen opendeed, was er iets veranderd.

Het was het licht. Het had nog steeds de grijsgroene kleur van een bewolkte dag in het bos, maar het was op een of andere manier helderder. Ik realiseerde me dat er geen mist voor mijn ramen hing.

Ik sprong op om naar buiten te kijken en kreunde van afgrijzen.

Een dun laagje sneeuw bedekte de voortuin, lag op het dak van mijn auto en kleurde de weg wit. Maar dat was niet het ergste. Alle regen van gisteren was stijf bevroren; de naalden aan de bomen waren bedekt met schitterende kristallen en de oprit was spekglad. Het kostte me al genoeg moeite niet om te vallen als de grond droog was, dus het was misschien veiliger om gelijk terug mijn bed in te gaan.

Toen ik beneden kwam was Charlie al naar zijn werk vertrokken. In veel opzichten was wonen bij Charlie net alsof ik op mezelf woonde, en ik vond het heerlijk om alleen te zijn zonder dat ik me eenzaam voelde.

Ik werkte snel een bord muesli naar binnen en dronk wat sinaasappelsap uit het pak. Ik kreeg een opgewonden gevoel bij de gedachte aan school, en dat vond ik griezelig. Ik wist dat ik me niet verheugde op de interessante lessen of mijn nieuwe vrienden. Als ik eerlijk was, wist ik dat ik graag naar school wilde omdat ik daar Edward Cullen zou zien. En dat was ontzettend, ongelooflijk stom.

Na mijn onzinnige en beschamende gewauwel van gisteren zou ik hem volledig moeten mijden. En ik wantrouwde hem: waarom loog hij over zijn ogen? Ik was nog altijd bang voor de vijandigheid die hij soms kon uitstralen en ik kon nog altijd geen woord uitbrengen als ik dacht aan zijn perfecte gezicht. Ik was me er maar al te goed van bewust dat hij en ik tot verschillende klassen behoorden die niet met elkaar mengden. Dus zou ik er helemaal niet happig op moeten zijn om hem vandaag te zien.

Ik moest me tot het uiterste concentreren om het einde van de ijzige bak-

stenen oprit levend te bereiken. Ik verloor bijna mijn evenwicht toen ik eindelijk bij mijn pick-up kwam, maar ik kon nog net de zijspiegel grijpen en mezelf redden. Vandaag zou duidelijk een nachtmerrie worden.

Op weg naar school leidde ik mezelf af van mijn angst om te vallen en mijn ongewenste speculaties over Edward Cullen door te denken aan Mike en Eric en het duidelijke verschil in de manier waarop jongens hier op mij reageerden. Ik was ervan overtuigd dat ik er precies hetzelfde uitzag als in Phoenix. Misschien kwam het omdat de jongens thuis me de verschillende gênante fases van de puberteit hadden zien doorlopen en me nog altijd zo zagen. Misschien kwam het omdat ik hier nieuw was, waar nieuwe dingen zeldzaam zijn. Misschien vonden ze mijn verlammende onhandigheid schattig in plaats van lastig en zagen ze mij als een dame in nood. Hoe dan ook, Mikes jonge-hondengedrag en Erics duidelijke rivaliteit met hem waren vermoeiend. Ik vroeg me af of ik niet liever genegeerd werd.

Mijn pick-up leek geen moeite te hebben met het zwarte ijs dat de wegen bedekte. Toch reed ik heel langzaam, want ik wilde geen spoor van verwoesting achterlaten in Main Street.

Toen ik bij school uit mijn auto stapte, zag ik waarom het zo makkelijk was gegaan. Ik zag iets zilverkleurigs glinsteren en liep naar de achterkant van de pick-up – voorzichtig steunzoekend bij de zijkant – om mijn banden te bekijken. Er zigzagden dunne kettingen over. Charlie moest wie weet hoe vroeg zijn opgestaan om sneeuwkettingen om mijn banden te doen. Mijn keel voelde opeens droog. Ik was niet gewend dat er voor me gezorgd werd, en Charlies onuitgesproken bezorgdheid overviel me.

Ik stond bij de achterkant van mijn auto, pogend de plotselinge golf van emoties die de sneeuwkettingen veroorzaakten terug te dringen, toen ik een raar geluid hoorde.

Het was een hoog, gierend geluid dat algauw pijnlijk luid werd. Ik keek op, geschrokken.

Ik zag een aantal dingen op hetzelfde moment. Niets bewoog in slowmotion, zoals in de film. De adrenaline die door mijn lijf gierde leek er juist voor te zorgen dat mijn hersenen veel sneller werkten dan normaal, waardoor ik me van verschillende dingen tegelijk bewust was.

Edward Cullen stond vier auto's bij me vandaan en staarde me geschrokken aan. Zijn gezicht viel op in een zee van gezichten die allemaal dezelfde

geschokte blik hadden. Maar veel belangrijker op dit moment was het donkerblauwe busje dat met geblokkeerde wielen en piepende remmen naar opzij gleed, wild tollend over het ijs van de parkeerplaats. Een botsing met de achterkant van mijn pick-up was onvermijdelijk en ik stond ertussenin. Ik had zelfs geen tijd om mijn ogen dicht te doen.

Vlak voordat ik de donderende klap hoorde van het busje dat tegen de bak van de pick-up knalde, werd ik hard door iets geraakt, maar niet vanuit de richting die ik verwachtte. Mijn hoofd smakte tegen het ijzige asfalt en ik voelde hoe iets stevigs en kouds me tegen de grond drukte. Ik lag op de weg bij de achterkant van de bruine auto waar ik mijn pick-up naast geparkeerd had. Maar ik kreeg de kans niet om iets anders te zien, want het busje kwam nog altijd mijn kant op. Het was knersend langs de achterkant van de pick-up geschoven en was, nog steeds tollend en glijdend, opnieuw op weg naar mij.

Een zachte vloek maakte me ervan bewust dat er iemand bij me was en het was onmogelijk de stem niet te herkennen. Twee lange, witte handen schoten beschermend voor me uit en het busje kwam trillend tot stilstand, zo'n dertig centimeter voor mijn gezicht. De grote handen pasten wonderbaarlijk in een diepe deuk in de zijkant van het busje.

Toen bewogen zijn handen zo snel dat ze wazig werden. Een hand greep plotseling de onderkant van het busje, en iets trok aan mij, zwaaide mijn benen weg als van een lappenpop, tot ze tegen het wiel van de bruine auto sloegen. Een kreunende metalen dreun deed pijn aan mijn oren en het busje plofte in een regen van glas op het asfalt – precies waar een seconde eerder mijn benen nog lagen.

Gedurende een lange seconde was het doodstil, toen begon het geschreeuw. In het enorme kabaal hoorde ik hoe meer dan een persoon mijn naam riep. Maar duidelijker dan al het gebrul hoorde ik Edward Cullens lage, angstige stem in mijn oor:

'Bella? Is alles goed met je?'

'Ja.' Mijn stem klonk vreemd. Ik probeerde te gaan zitten en realiseerde me dat hij mij met een ijzeren greep tegen zijn lichaam aandrukte.

'Voorzichtig,' waarschuwde hij tijdens mijn geworstel. 'Volgens mij heb je je hoofd behoorlijk hard gestoten.'

Ik voelde ineens een kloppende pijn vlak boven mijn linkeroor.

'Auw,' zei ik verrast.

'Dat dacht ik al.' Het klonk vreemd genoeg alsof hij zijn best moest doen niet te lachen.

'Hoe in godsn...' Ik zweeg en probeerde mijn gedachten op een rijtje te krijgen. 'Hoe ben je hier zo snel naartoe gekomen?'

'Ik stond gewoon naast je, Bella,' zei hij, nu weer serieus.

Ik ging zitten, en dit keer liet hij dat toe. Hij liet zijn greep op mijn middel los en gleed zo ver van me weg als mogelijk was in de kleine ruimte. Ik keek naar zijn bezorgde, onschuldige gezicht en raakte opnieuw in verwarring door de kracht van zijn goudkleurige ogen. Wat vroeg ik aan hem?

En toen vonden ze ons, een menigte mensen met tranen stromend over hun gezicht, schreeuwend naar elkaar, naar ons.

'Niet bewegen,' beval iemand.

'Haal Tyler uit het busje!' brulde iemand anders.

Het was een drukte van belang om ons heen. Ik probeerde op te staan, maar Edwards koude hand drukte op mijn schouder.

'Blijf nog even zitten.'

'Maar het is koud,' klaagde ik. Tot mijn verbazing grinnikte hij zachtjes. Het klonk een beetje scherp.

'Jij stond daar,' herinnerde ik me plotseling, en hij hield meteen op met grinniken. 'Je stond bij je auto.'

Zijn blik werd hard. 'Nee, daar stond ik niet.'

'Ik zag je.' Om ons heen heerste chaos. Ik hoorde de lagere stemmen van de volwassenen die op het toneel verschenen. Maar ik ging koppig door met onze discussie: ik had gelijk en hij ging dat toegeven.

'Bella, ik stond naast je en ik trok je weg.' Hij liet de volle, verwoestende kracht van zijn ogen op me los, alsof hij iets belangrijks probeerde duidelijk te maken.

'Nee.' Ik klemde mijn kaken op elkaar.

Het goud in zijn ogen vlamde. 'Alsjeblieft, Bella.'

'Waarom?' eiste ik.

'Vertrouw me nou maar,' smeekte hij, zijn zachte stem overweldigend.

Ik hoorde de sirenes nu. 'Beloof je het me later allemaal uit te leggen?'

'Goed,' beet hij me toe, ineens geërgerd.

'Goed,' antwoordde ik boos.

Er waren zes ambulancemensen en twee leraren nodig – meneer Varner en coach Clapp – om het busje zo ver bij ons vandaan te schuiven dat ze er met brancards bij konden. Edward weigerde hevig erop te gaan liggen, en ik probeerde hetzelfde te doen, maar die verrader zei dat ik mijn hoofd gestoten had en waarschijnlijk een hersenschudding had. Ik ging bijna dood van schaamte toen ze me een halskraag omdeden. Het zag eruit alsof de complete school er was, stil kijkend hoe ik in de ambulance gezet werd. Edward mocht voorin meerijden. Het was om woest van te worden.

Om de boel nog erger te maken, arriveerde chief Swan ter plekke voordat ze me konden wegbrengen.

'Bella,' schreeuwde hij paniekerig toen hij zag wie er op de brancard lag.

'Alles is in orde, Char–pap,' zuchtte ik. 'Er is niets met me aan de hand.'

Hij wendde zich tot de dichtstbijzijnde verpleegkundige voor een second opinion. Ik keek de andere kant op om na te kunnen denken over de stroom onverklaarbare beelden die door elkaar buitelden in mijn hoofd. Toen ze me optilden, had ik een diepe deuk gezien in de bumper van de bruine auto – een heel opvallende deuk die precies de vorm had van Edwards schouders... alsof hij zich met zoveel kracht schrap had gezet tegen de auto dat de carrosserie beschadigd raakte.

En dan was er nog zijn familie, die vanaf een afstand toekeek met uitdrukkingen op hun gezicht die uiteenliepen van afkeuring tot woede, maar zonder ook maar enige bezorgdheid om hun broer.

Ik probeerde een logische verklaring te bedenken voor alles wat ik net had gezien. Een verklaring niet gebaseerd op het idee dat ik krankzinnig was.

Natuurlijk kreeg de ziekenauto een politie-escorte naar het ziekenhuis. Ik voelde me belachelijk toen ze me uit de ambulance haalden. Het werd nog erger doordat Edward gewoon op eigen kracht naar binnen liep. Ik klemde mijn kaken op elkaar.

Ze brachten me naar de eerstehulp: een lange ruimte met een rij bedden, die van elkaar gescheiden werden door pastelkleurige gordijnen. Een verpleegster deed een bloeddrukband om mijn arm en een thermometer onder mijn tong. Omdat niemand de moeite nam het gordijn dicht te doen om me wat privacy te geven, besloot ik dat ik niet meer verplicht was die stomme halskraag te dragen. Toen de verpleegster wegliep, maakte ik hem snel los en wierp hem onder mijn bed.

Er kwam nog een kluitje verpleegkundigen binnen, en een tweede brancard werd naar het bed naast me gereden. Onder het met bloed bevlekte verband dat strak om zijn hoofd gewikkeld was, herkende ik Tyler Crowley die met mij maatschappijleer had. Tyler zag er honderd keer erger uit dan ik me voelde. Maar hij staarde bezorgd naar mij.

'Bella, het spijt me echt ontzettend!'

'Ik heb niets, Tyler. Maar jij ziet er verschrikkelijk uit, is alles goed met je?' Terwijl we spraken begonnen verpleegsters het bebloede verband van zijn hoofd te wikkelen, zodat een wirwar van kleine sneetjes op zijn voorhoofd en linkerwang zichtbaar werd.

Hij negeerde me. 'Ik dacht dat ik je dood zou drukken! Ik reed veel te snel en kwam verkeerd op het ijs...' Hij kromp ineen toen een verpleegster zijn gezicht begon te deppen.

'Geeft niets. Je hebt me niet geraakt.'

'Hoe ben je zo snel weggekomen? Je stond er, en toen was je weg...'

'Euh, Edward trok me weg.'

Hij keek verward. 'Wie?'

'Edward Cullen. Hij stond naast me.' Ik was altijd al een slechte leugenaar geweest en nu klonk ik absoluut niet overtuigend.

'Cullen? Ik heb hem niet gezien... wauw, het ging allemaal zo snel, denk ik. Is alles goed met hem?'

'Volgens mij wel. Hij loopt hier ergens rond; hij hoefde niet op een brancard.'

Ik wist dat ik niet gek was. Wat was er gebeurd? Er was geen verklaring mogelijk voor wat ik gezien had.

Ze reden me weg om foto's van mijn hoofd te maken. Ik zei dat er niets aan de hand was, en ik had gelijk. Zelfs geen hersenschudding. Ik vroeg of ik weg mocht, maar de verpleegster zei dat ik eerst met de dokter moest spreken. Dus zat ik vast op de eerstehulp, te wachten, en moest ik Tylers voortdurende verontschuldigingen en beloften om het goed te maken aanhoren. Hoe vaak ik ook probeerde hem ervan te overtuigen dat er niets met me aan de hand was, hij hield vol. Uiteindelijk deed ik mijn ogen dicht en negeerde hem. Hij bleef berouwvol mompelen.

'Slaapt ze?' vroeg een melodieuze stem. Mijn ogen vlogen open.

Edward stond aan het voeteneinde van mijn bed te grijnzen. Ik keek hem

boos aan. Dat was niet eenvoudig, want flirten zou logischer zijn.

'Hé, Edward, het spijt me heel erg...' begon Tyler.

Edward hief zijn hand op om hem te stoppen. 'Geen bloed, niets aan de hand,' zei hij met zijn oogverblindende glimlach. Hij ging op het voeteneinde van Tylers bed zitten, met zijn gezicht naar mij. Hij grijnsde zelfgenoegzaam.

'Zo, wat is het vonnis?' vroeg hij.

'Er is helemaal niets aan de hand met me, maar ze willen me niet laten gaan,' klaagde ik. 'Waarom ben jij niet op een brancard gegespt, zoals wij tweeën?'

'Dat hangt van de juiste contacten af,' antwoordde hij. 'Maar wees niet bang, ik kwam je bevrijden.'

Op dat moment kwam er een dokter de hoek om, en mijn mond viel open. Hij was jong, hij was blond... en hij was knapper dan elke filmster die ik ooit gezien had. Maar hij was bleek, en zag er moe uit, met kringen onder zijn ogen. Afgaand op Charlies beschrijving moest dit Edwards vader zijn.

'Zo, mejuffrouw Swan,' zei dokter Cullen met een opvallend aantrekkelijke stem, 'hoe voelt u zich?'

'Prima,' zei ik, hopelijk voor de laatste keer.

Hij liep naar de lichtbak aan de muur boven mijn hoofd en deed hem aan.

'De röntgenfoto's zien er goed uit,' zei hij. 'Doet je hoofd pijn? Edward zei dat je het behoorlijk hard gestoten hebt.'

'Ik voel me goed,' herhaalde ik zuchtend, met een nijdige blik op Edward.

De koele vingers van de dokter betastten voorzichtig mijn schedel. Hij voelde hoe ik ineenkromp.

'Gevoelig?' vroeg hij.

'Niet echt.' Ik had pijnlijker bulten gehad.

Ik hoorde een grinnik en zag Edward minzaam glimlachen. Ik kneep mijn ogen samen.

'Je vader zit in de wachtkamer, je mag met hem mee naar huis. Maar kom terug als je duizelig wordt of minder scherp begint te zien.'

'Mag ik niet terug naar school?' vroeg ik, terwijl ik bedacht hoe Charlie zou proberen me te verzorgen.

'Misschien moet je het vandaag rustig aan doen.'

Ik keek naar Edward. 'Mag hij vandaag nog naar school?'

'Iemand moet het goede nieuws dat we het overleefd hebben verspreiden,' zei Edward zelfvoldaan.

'Volgens mij,' wees dokter Cullen hem terecht, 'zit bijna de hele school in de wachtkamer.'

'O nee,' kreunde ik en sloeg mijn handen voor mijn gezicht.

Dr. Cullen trok zijn wenkbrauwen op. 'Wil je liever blijven?'

'Nee, nee!' riep ik, zwaaide mijn benen over de rand van het bed en sprong er snel af. Te snel: ik wankelde en dr. Cullen greep me vast. Hij keek bezorgd.

'Niets aan de hand,' verzekerde ik hem opnieuw. Het had geen zin om uit te leggen dat mijn evenwichtsproblemen niets te maken hadden met het stoten van mijn hoofd.

'Neem wat aspirine voor de pijn,' stelde hij voor terwijl hij me losliet.

'Het doet heus geen pijn,' bezwoer ik.

'Ik geloof dat je erg veel mazzel gehad hebt,' glimlachte dr. Cullen, terwijl hij zwierig mijn ontslagpapieren tekende.

'Mazzel dat Edward toevallig naast me stond,' verbeterde ik met een harde blik op het onderwerp van mijn opmerking.

'O, nou, goed,' stemde dr. Cullen in, opeens druk bezig met de papieren in zijn hand. Toen keek hij naar Tyler en liep naar zijn bed. Mijn intuïtie flakkerde: de dokter wist ervan!

'Ik ben bang dat jíj wat langer bij ons moet blijven,' zei hij tegen Tyler en begon de wondjes na te kijken.

Zodra de dokter zijn rug naar ons toe gedraaid had, liep ik naar Edward.

'Kan ik even met je praten?' siste ik. Hij deed een stap achteruit, zijn mond opeens strak.

'Je vader zit op je te wachten,' zei hij met opeengeklemde kaken.

Ik keek naar dr. Cullen en Tyler.

'Ik wil je graag onder vier ogen spreken,' drong ik aan.

Hij keek kwaad, draaide zich toen om en liep met grote stappen de zaal uit. Ik moest bijna rennen om hem bij te houden. Zodra we de hoek om sloegen en in een korte gang kwamen, draaide hij zich naar me toe.

'Wat wil je nou?' vroeg hij geërgerd. Zijn ogen waren koud.

Zijn onvriendelijkheid bracht me van mijn stuk. Mijn woorden kwamen er minder streng uit dan ik van plan was geweest. 'Je bent me een verklaring schuldig,' herinnerde ik hem.

'Ik heb je leven gered, dus ik ben je niets verschuldigd.'

Ik kromp ineen door de boosheid in zijn stem. 'Je hebt het beloofd.'

'Bella, je hebt je hoofd gestoten, je weet niet waar je het over hebt.' Zijn stem was snijdend.

Nu werd ik ook boos en ik keek hem uitdagend aan: 'Er is niets mis met mijn hoofd.'

Hij keek kwaad terug. 'Wat wil je nou, Bella?'

'Ik wil de waarheid weten,' zei ik. 'Ik wil weten waarom ik voor je lieg.'

'Wat dénk je dat er gebeurd is?' snauwde hij.

Het kwam er in een stortvloed uit: 'Het enige wat ik weet is dat jij bij lange na niet in mijn buurt was. Tyler heeft je ook niet gezien, dus zeg niet dat ik mijn hoofd te hard heb gestoten. Dat busje zou ons allebei doodgedrukt hebben, maar dat is niet gebeurd. En je hebt een deuk gemaakt in die andere auto, maar je bent helemaal niet gewond. En het busje zou mijn benen verpletterd hebben, maar jij tilde het op...' Ik hoorde zelf hoe krankzinnig het allemaal klonk en kon niet verder gaan. Ik was zo kwaad dat ik tranen voelde opkomen. Ik probeerde ze terug te dringen door mijn tanden op elkaar te knersen.

Hij staarde me ongelovig aan, maar zijn gezicht was gespannen, afwerend.

'Jij denkt dat ik een busje van je af tilde?' Zijn toon twijfelde aan mijn geestelijke vermogens, maar het maakte me alleen maar argwanender. Het klonk als een perfect uitgesproken zin door een ervaren acteur.

Ik knikte alleen, kaken op elkaar.

'Dat zal niemand geloven, dat snap je toch wel?' Zijn stem klonk nu een beetje neerbuigend.

'Ik was niet van plan het aan iemand te vertellen.' Ik sprak de woorden langzaam uit, zorgvuldig mijn boosheid in toom houdend.

Er vloog een verbaasde blik over zijn gezicht. 'Wat maakt het dan uit?'

'Mij maakt het wat uit,' hield ik vol. 'Ik houd niet van liegen. Dus moet er een heel goede reden zijn waarom ik het doe.'

'Kun je me niet gewoon bedanken en het verder laten zitten?'

'Nee.'

'In dat geval... hoop ik dat je tegen teleurstellingen kunt.'

Zwijgend en kwaad staarden we elkaar aan. Ik was de eerste die weer iets

zei, om te zorgen dat ik niet afdwaalde. Het gevaar bestond dat ik werd afgeleid door zijn woedende, prachtige gezicht. Het was alsof ik probeerde een verwoestende engel van zijn stuk te brengen.

'Waarom heb je het überhaupt gedaan?' vroeg ik kil.

Hij wachtte even, en een ogenblik lang was zijn beeldschone gezicht onverwachts kwetsbaar.

'Geen idee,' fluisterde hij.

En toen draaide hij zich om en liep weg.

Ik was zo kwaad dat het een paar minuten duurde voordat ik me kon bewegen. Toen ik weer kon lopen, zocht ik langzaam mijn weg naar het einde van de gang.

De wachtkamer was nog onaangenamer dan ik vreesde. Het leek alsof ieder gezicht dat ik kende in Forks hier was en naar me staarde. Charlie racete naar me toe – ik hield mijn handen omhoog.

'Er is niets met me aan de hand,' verzekerde ik hem nors. Ik was nog steeds nijdig, niet in de stemming voor gebabbel.

'Wat heeft de dokter gezegd?'

'Dr. Cullen heeft me onderzocht en hij zei dat alles in orde was en dat ik naar huis mocht.' Ik zuchtte. Mike, Jessica en Eric waren er allemaal en kwamen op ons af. 'Laten we gaan,' drong ik aan.

Charlie hield een arm achter mijn rug, maar raakte me niet aan, en leidde me naar de glazen deuren van de uitgang. Ik zwaaide schaapachtig naar mijn vrienden, in de hoop dat ze begrepen dat ze zich geen zorgen meer hoefden te maken. Het was een enorme opluchting – de eerste keer dat ik dat zo voelde – om in de surveillanceauto te stappen.

We reden zwijgend naar huis. Ik was zo verdiept in mijn eigen gedachten dat ik nauwelijks merkte dat Charlie naast me zat. Ik was ervan overtuigd dat Edwards afwerende houding in de gang een bevestiging was van de bizarre gebeurtenissen waarvan ik nog nauwelijks kon geloven dat ik ze had meegemaakt.

Toen we bij het huis kwamen, zei Charlie eindelijk iets.

'Eh, je zult Renée moeten bellen.' Schuldig liet hij zijn hoofd hangen.

Ik was geschokt. 'Je hebt het mam verteld!'

'Sorry.'

Ik knalde het portier van de auto harder dicht dan nodig was.

Mijn moeder was natuurlijk hysterisch. Ik moest minstens dertig keer zeggen dat er niets aan de hand was voordat ze wat rustiger werd. Ze smeekte me naar huis te komen, maar vergat even dat er thuis momenteel niemand was. Maar het was eenvoudiger haar smeekbeden te weerstaan dan ik had verwacht. Ik werd volledig in beslag genomen door het mysterie dat Edward vormde. En was meer dan een beetje geobsedeerd door Edward zelf. Stom, stom, stom. Ik was minder gretig om Forks te verlaten dan ik zou moeten zijn, als elk normaal, verstandig mens zou zijn.

Ik besloot dat ik die avond net zo goed vroeg naar bed kon gaan. Charlie bleef me angstig aankijken en dat werkte op mijn zenuwen. Onderweg hield ik halt bij de badkamer om drie paracetamol te pakken. Dat hielp, en terwijl de pijn verdween viel ik in slaap.

Dat was de eerste nacht dat ik droomde over Edward Cullen.

4. Uitnodigingen

In mijn droom was het erg donker en het beetje licht dat er was, leek afkomstig te zijn van Edwards huid. Ik kon zijn gezicht niet zien, alleen zijn rug toen hij bij me wegliep, me achterlatend in het duister. Het maakte niet uit hoe hard ik rende, ik kon hem niet inhalen; of hoe hard ik riep, hij draaide zich nooit om. Onrustig werd ik midden in de nacht wakker en het leek uren te duren voor ik weer in slaap viel. Daarna kwam hij bijna elke nacht voor in mijn dromen, maar altijd aan het randje, net buiten bereik.

De maand na het ongeluk was ongemakkelijk, gespannen en, aanvankelijk, gênant.

Tot mijn ongenoegen stond ik de rest van de week in het middelpunt van de belangstelling. Tyler Crowley was onmogelijk. Hij volgde me overal en probeerde voortdurend het op de een of andere manier goed te maken. Ik probeerde hem ervan te overtuigen dat ik het liefste had dat hij het gewoon liet zitten, vooral omdat er feitelijk niets met me gebeurd was, maar hij bleef volhouden. Hij volgde me als we van lokaal wisselden en zat aan onze inmiddels overbevolkte lunchtafel. Mike en Eric waren nog onvriendelijker tegen hem dan tegen elkaar, waardoor ik het angstige vermoeden kreeg dat ik er nog een ongewenste aanbidder bij had.

Niemand leek zich echter zorgen te maken om Edward, hoewel ik steeds maar weer uitlegde dat hij de held was; hoe hij me had weggetrokken en zelf bijna ook verpletterd was. Ik probeerde overtuigend te klinken. Jessica, Mike, Eric en alle anderen merkten altijd op dat ze hem helemaal niet hadden gezien, totdat het busje werd weggeschoven.

Ik vroeg me af waarom niemand anders gezien had dat hij zo ver weg stond, voordat hij plotseling, onmogelijk, mijn leven redde. Teleurgesteld bedacht ik de vermoedelijke reden: niemand was zich zo bewust van Edward als ik. Niemand hield hem in de gaten zoals ik. Ik was gewoon zielig.

Edward werd nooit omringd door hordes nieuwsgierige omstanders die

graag uit eerste hand zijn verslag wilden horen. De mensen vermeden hem, zoals gewoonlijk. De Cullens en de Hales zaten zoals altijd aan hun vaste tafel, aten niet en spraken alleen tegen elkaar. Niemand van hen, vooral Edward niet, keek nog mijn kant op.

Als hij naast me zat tijdens de les, zo ver mogelijk bij me vandaan als de tafel toeliet, leek hij zich totaal niet bewust van mijn aanwezigheid. Een heel enkele keer, als zijn vuisten zich plotseling balden – de huid nog witter en strakker over zijn botten – vroeg ik me af of hij zich echt nergens van bewust was.

Hij wenste dat hij me niet had weggetrokken voor het busje van Tyler – dat was de enige conclusie die ik kon trekken.

Ik wilde dolgraag met hem praten, en de dag na het ongeluk probeerde ik het. De laatste keer dat ik hem had gezien, in het ziekenhuis, waren we allebei woedend geweest. Ik was nog steeds kwaad dat hij me de waarheid niet toevertrouwde, zelfs nu ik me keurig aan mijn deel van de afspraak hield. Maar hij had inderdaad mijn leven gered, ongeacht hoe hij dat gedaan had. En na verloop van tijd veranderde mijn boosheid in eerbiedige dankbaarheid.

Hij zat al toen ik het biologielokaal binnen kwam en keek recht voor zich uit. Ik ging zitten en verwachtte dat hij zich naar me toe zou draaien. Maar hij liet niet merken dat hij wist dat ik er was.

'Hallo Edward,' zei ik vriendelijk, om te laten zien dat ik me zou gedragen.

Hij draaide zijn hoofd een fractie naar me toe, zonder me aan te kijken, knikte een keer en keek weer de andere kant op.

En dat was het laatste contact dat ik met hem had gehad, hoewel hij daar dag in dag uit zat, een halve meter bij mij vandaan. Soms keek ik naar hem, niet in staat mezelf tegen te houden, maar van een afstandje, in de kantine of op de parkeerplaats. Ik zag hoe zijn gouden ogen dag na dag duidelijk donkerder werden. Maar tijdens de les liet ik niet merken dat hij bestond, net zomin als hij dat bij mij deed. Ik was ongelukkig. En de dromen gingen door.

Ondanks mijn pertinente leugens merkte Renée aan de toon van mijn e-mails dat ik gedeprimeerd was, en ze belde een paar keer bezorgd op. Ik probeerde haar ervan te overtuigen dat het gewoon aan het weer lag dat ik zo somber was.

Mike was in elk geval blij met de overduidelijke afstandelijkheid tussen mij en mijn biologiepartner. Ik kon zien dat hij verwacht had dat Edwards gewaagde redding indruk op mij zou maken, en hij was opgelucht dat het omgekeerde aan de hand leek te zijn. Hij kreeg meer zelfvertrouwen, zat op de rand van mijn tafel voordat de biologieles begon en negeerde Edward net zo volledig als Edward ons negeerde.

Na die ene gevaarlijk ijzige dag was de sneeuw volledig verdwenen. Mike vond het erg jammer dat hij nooit zijn sneeuwballengevecht had kunnen organiseren, maar was blij dat het uitstapje naar het strand steeds dichterbij kwam. Het bleef echter stevig regenen en de weken gingen voorbij.

Jessica maakte me erop attent dat ons een ander evenement boven het hoofd hing. Ze belde de eerste dinsdag van maart op om mij te vragen of ze Mike mocht uitnodigen voor het lentebal over twee weken, waarbij de meisjes een jongen moesten meenemen.

'Weet je zeker dat je het niet erg vindt? Je wilde hem toch niet zelf vragen?' hield ze vol toen ik haar zei dat ik het prima vond.

'Nee, Jess, ik ga toch niet,' verzekerde ik haar. Dansen lag totaal buiten mijn vermogens.

'Het wordt echt heel leuk.' Haar poging mij over te halen was halfslachtig. Ik vermoedde dat Jessica meer genoot van mijn onverklaarbare populariteit dan van mijn daadwerkelijke aanwezigheid.

'Veel plezier met Mike,' moedigde ik aan.

Ik was verrast dat Jessica de volgende dag tijdens wiskunde en Spaans niet zo spraakzaam was als gebruikelijk. Ze zweeg toen ze naast me naar de volgende les liep, en ik wilde haar er niet naar vragen. Als Mike haar had afgewezen, was ik de laatste aan wie ze dat zou willen vertellen.

Mijn angst werd versterkt toen Jessica tijdens de lunch zo ver mogelijk bij Mike vandaan zat en druk praatte met Eric. Mike was ongewoon stil.

Mike was nog steeds stil toen hij met me meeliep naar de les; de ongemakkelijke uitdrukking op zijn gezicht was een slecht voorteken. Maar hij begon er niet over totdat ik zat en hij tegen mijn tafel leunde. Als altijd was ik me elektrisch bewust van Edward, die zo dichtbij zat dat ik hem kon aanraken, maar zo ver weg dat hij slechts een bedenksel van mijn verbeelding leek.

'Zo,' zei Mike terwijl hij naar de vloer keek. 'Jessica vroeg me mee naar het lentebal.'

'Wat leuk.' Ik liet mijn stem helder en enthousiast klinken. 'Ik wens jullie alvast veel plezier.'

'Nou...' Hij aarzelde toen hij mijn glimlach zag, duidelijk niet blij met mijn reactie. 'Ik heb haar gezegd dat ik erover na moest denken.'

'Waarom zou je?' Ik liet mijn afkeuring doorklinken in mijn stem, hoewel ik blij was dat hij niet gelijk nee had gezegd.

Zijn gezicht werd knalrood en hij keek weer naar beneden. Uit medelijden kwam ik bijna terug op mijn besluit.

'Ik vroeg me af... ehm, of jij misschien van plan was mij te vragen.'

Ik aarzelde even. Ik haatte het schuldgevoel dat me overspoelde. Maar ik zag uit mijn ooghoeken dat Edwards hoofd een beetje mijn kant op bewoog.

'Mike, ik denk dat je haar uitnodiging moet aannemen,' zei ik.

'Heb je al iemand gevraagd?'

Zag Edward hoe Mikes ogen even zijn kant op keken?

'Nee,' verzekerde ik hem. 'Ik ga helemaal niet naar het dansfeest.'

'Waarom niet?' wilde Mike weten.

Ik wilde de veiligheidsproblemen die dansen met zich meebracht liever niet bespreken, dus maakte ik snel nieuwe plannen.

'Ik ga die zaterdag naar Seattle,' legde ik uit. Ik moest sowieso de stad uit en opeens was dit het perfecte moment om te gaan.

'Kun je niet een ander weekeinde gaan?'

'Sorry, nee,' zei ik. 'Dus laat Jessica maar niet langer wachten, dat is niet aardig.'

'Ja, je hebt gelijk,' mompelde hij, draaide zich om en liep teleurgesteld naar zijn plek. Ik deed mijn ogen dicht en drukte mijn vingers tegen mijn slapen in een poging het schuldgevoel en het medelijden uit mijn hoofd te duwen. Meneer Banner begon te praten. Ik zuchtte en deed mijn ogen open.

En Edward staarde me nieuwsgierig aan, diezelfde bekende glimp van frustratie nu nog duidelijker in zijn zwarte ogen.

Ik staarde verrast terug en verwachtte dat hij snel weg zou kijken. Maar in plaats daarvan bleef hij me onderzoekend opnemen. Er was geen sprake van dat ik weg zou kijken. Mijn handen begonnen te trillen.

'Meneer Cullen,' riep de leraar die een antwoord wilde op een vraag die ik niet had gehoord.

'De Krebscyclus,' antwoordde Edward die zich met tegenzin tot meneer Banner leek te wenden.

Zodra zijn ogen me loslieten, keek ik in mijn boek om te zien waar we waren. Laf als ik was liet ik mijn haar over mijn rechterschouder hangen om mijn gezicht te verbergen. De stroom van emoties die door me golfde kon ik niet geloven – alleen maar omdat hij me voor de eerste keer in anderhalve maand toevallig aankeek. Ik kon niet toestaan dat hij zoveel invloed op me had. Het was gewoon zielig. Meer dan zielig, het was ongezond.

De rest van het uur probeerde ik heel hard me niet van hem bewust te zijn, en omdat dat onmogelijk was, hem niet te laten merken dat ik me bewust was van hem. Toen de bel eindelijk klonk, draaide ik hem mijn rug toe om mijn spullen in te pakken, in de verwachting dat hij zoals gewoonlijk meteen zou vertrekken.

'Bella?' Zijn stem zou niet zo bekend moeten klinken, alsof ik het geluid ervan al mijn hele leven kende in plaats van slechts een paar weekjes.

Ik draaide me langzaam, onwillig om. Ik wilde niet voelen wat ik wist dat ik zou voelen als ik naar zijn te perfecte gezicht zou kijken. Mijn blik was bedachtzaam toen ik me eindelijk had omgedraaid; zijn blik was onleesbaar. Hij zei niets.

'Wat? Spreek je weer tegen me?' vroeg ik uiteindelijk met een stem die ongewild een beetje kregel klonk.

Zijn lippen trilden, hij onderdrukte een glimlach. 'Nee, niet echt,' gaf hij toe.

Ik sloot mijn ogen en ademde langzaam in door mijn neus. Ik wist dat ik aan het tandenknarsen was. Hij wachtte.

'Wat wil je dan, Edward?' vroeg ik met gesloten ogen. Op die manier was het makkelijker om iets zinnigs tegen hem te zeggen.

'Vergeef me.' Hij klonk oprecht. 'Ik ben erg onbeschoft, ik weet het. Maar het is beter zo, echt waar.'

Ik opende mijn ogen. Zijn gezicht was heel serieus.

'Ik begrijp niet wat je bedoelt,' zei ik voorzichtig.

'Het is beter dat we geen vrienden zijn,' legde hij uit. 'Geloof me nou maar.'

Ik kneep mijn ogen samen. Dát had ik eerder gehoord.

'Jammer dat je dat niet eerder bedacht hebt,' siste ik door mijn tanden.

'Dan had je jezelf al die spijt kunnen besparen.'

'Spijt?' Dat woord, en mijn toon, brachten hem duidelijk van zijn stuk. 'Spijt waarvan?'

'Dat je me niet hebt laten verpletteren door dat stomme busje.'

Hij was stomverbaasd en staarde me ongelovig aan.

Toen hij eindelijk iets zei, klonk hij bijna woedend. 'Jij denkt dat ik er spijt van heb dat ik je leven heb gered?'

'Dat wéét ik,' snauwde ik.

'Jij weet helemaal niets.' Hij was inderdaad woest.

Ik keek kwaad opzij en klemde mijn kaken op elkaar om te voorkomen dat ik allerlei wilde beschuldigingen naar zijn hoofd zou slingeren. Ik pakte mijn boeken, stond op en liep naar de deur. Ik was van plan dramatisch naar buiten te schrijden, maar natuurlijk bleef de punt van mijn laars achter de deurpost hangen en liet ik mijn boeken vallen. Ik bleef even staan en overwoog ze te laten liggen. Toen zuchtte ik en knielde om ze op te rapen. En daar was hij; hij had ze al opgestapeld. Hij gaf ze aan me, zijn gezicht hard.

'Dank je,' zei ik ijzig.

Zijn ogen werden kleiner.

'Graag gedaan,' ketste hij terug.

Ik ging snel rechtop staan, draaide me om en liep zonder om te kijken naar gym.

Gym was rampzalig. We waren begonnen met basketbal. Mijn team speelde me nooit de bal toe, dus dat was goed, maar ik struikelde vaak. Soms nam ik mensen mee in mijn val. Vandaag was ik erger dan anders omdat mijn hoofd zo vol zat met Edward. Ik probeerde me op mijn voeten te concentreren, maar hij kroop steeds weer terug in mijn gedachten, precies op de momenten dat ik mijn evenwicht het hardste nodig had.

Als altijd was het een opluchting om te vertrekken. Ik rende bijna naar mijn auto; er waren zoveel mensen die ik wilde vermijden. De pick-up was maar een klein beetje beschadigd door het ongeluk. De achterlichten waren vervangen en eigenlijk moest de lak worden bijgewerkt. Tylers ouders hadden het busje naar de schroothoop moeten brengen.

Ik kreeg bijna een hartaanval toen ik de hoek om kwam en een lange, donkere persoon tegen de zijkant van mijn auto zag leunen. Toen zag ik dat het Eric was en ik begon weer te lopen.

'Hé Eric,' riep ik.

'Hoi Bella,'

'Wat is er?' vroeg ik terwijl ik het portier opendeed. Ik lette niet op de ongemakkelijke klank van zijn stem, dus zijn volgende zin verraste me volledig.

'Eh, ik vroeg me af of... of je met mij naar het lentebal zou willen gaan?' Zijn stem struikelde over het laatste woord.

'Ik dacht dat de meisjes een jongen mee moesten vragen,' zei ik, te verrast om diplomatiek te zijn.

'Eh, ja, dat klopt,' gaf hij beschaamd toe.

Ik had mijn zelfbeheersing terug en probeerde warm te glimlachen. 'Dankjewel voor de uitnodiging, maar ik zit die dag in Seattle.'

'O,' zei hij. 'Nou, misschien de volgende keer dan.'

'Goed,' gaf ik toe en beet toen op mijn lip. Ik wilde niet dat hij dat letterlijk zou nemen.

Met gebogen schouders liep hij terug naar school. Ik hoorde een zacht gegniffel.

Edward liep zonder op of om te kijken langs de voorkant van mijn pick-up, zijn lippen op elkaar geklemd. Ik rukte het portier open, sprong naar binnen, en knalde het portier achter me dicht. Ik gaf oorverdovend gas en reed achteruit weg. Edward zat al in zijn auto, twee plaatsen verder. Hij gleed soepeltjes uit zijn parkeervak en sneed me af. Midden op de weg stopte hij, om te wachten op zijn familie. Ik zag hoe ze met z'n vieren deze kant op liepen, maar ze waren nog bij de kantine. Ik overwoog de achterkant van zijn glanzende Volvo een zetje te geven, maar er waren te veel getuigen. Ik keek in mijn achteruitkijkspiegel. Er begon een rij te ontstaan. Direct achter me stond Tyler Crowley in zijn pas gekochte Nissan Sentra. Hij zwaaide. Ik was te boos om terug te zwaaien.

Terwijl ik daar zat en alle kanten op keek behalve naar de auto voor me, hoorde ik een tikje tegen het raam aan de passagierskant. Ik keek opzij. Het was Tyler. Ik keek weer in mijn achteruitkijkspiegel, verward. Zijn motor liep nog, het portier stond open. Ik leunde naar rechts om het raampje open te draaien. Het ging zwaar. Ik kreeg het half open en gaf toen op.

'Sorry, Tyler, ik zit vast achter Cullen.' Ik was geïrriteerd – de file was duidelijk niet mijn schuld.

'O, dat weet ik – maar nu we hier toch vast staan wilde ik je wat vragen.' Hij grijnsde.

Dit kon niet waar zijn.

'Ga je me mee vragen naar het lentebal?' ging hij verder.

'Ik ben dan de stad uit, Tyler.' Mijn stem klonk een beetje scherp. Ik mocht niet vergeten dat het niet zijn schuld was dat Mike en Eric mijn portie geduld voor vandaag al hadden opgebruikt.

'Ja, dat zei Mike al,' meldde hij.

'Maar waarom...'

Hij haalde zijn schouders op. 'Ik hoopte dat het een smoesje was om hem niet te kwetsen.'

Oké, het was volledig zijn eigen schuld.

'Sorry, Tyler,' zei ik terwijl ik mijn irritatie met moeite verborg. 'Ik ga echt de stad uit.'

'Geeft niets. We hebben ook nog het eindejaarsbal.'

En voor ik iets kon zeggen, liep hij al terug naar zijn auto. Ik was volledig in shock. Ik keek voor me en zag Alice, Rosalie, Emmett en Jasper in de Volvo stappen. Via zijn achteruitkijkspiegel waren Edwards ogen op mij gericht. Hij zat zichtbaar te schudden van het lachen, alsof hij elk woord dat Tyler had gezegd, gehoord had. Mijn voet kroop naar het gaspedaal... een klein stootje zou geen van hen kwaad doen, maar alleen die glimmende zilveren lak beschadigen. Ik gaf gas.

Maar ze zaten allemaal en Edward racete weg. Ik reed langzaam naar huis, voorzichtig, de hele weg in mezelf mopperend.

Toen ik thuiskwam besloot ik enchilada's met kip te maken voor het avondeten. De bereidingstijd was lang zodat ik iets had om me bezig te houden. Terwijl ik de uien en pepers liet smoren, ging de telefoon. Ik was bijna bang om op te nemen, maar het zou Charlie of mijn moeder kunnen zijn.

Het was Jessica en ze was in een juichstemming. Mike had haar na school opgewacht om haar uitnodiging aan te nemen. Ik juichte kort met haar mee terwijl ik in de pan roerde. Ze moest ophangen, want ze wilde Angela en Lauren ook bellen om het te vertellen. Ik stelde nonchalant onschuldig voor dat Angela, het verlegen meisje uit de biologieles, Eric wel kon vragen. En Lauren, een afstandelijk meisje dat me altijd negeerde tijdens de lunch, Tyler – ik had gehoord dat hij nog niet gevraagd was. Jess vond dat een geweldig

idee. Nu ze zeker was van Mike, klonk ze echt oprecht toen ze zei dat ze wilde dat ik ook zou gaan. Ik vertelde haar mijn Seattle-smoes.

Nadat ik had opgehangen, probeerde ik me te concentreren op het eten; vooral op het snijden van de kip. Ik wilde niet nog een keer op de eerstehulp terechtkomen. Maar mijn hoofd tolde toen ik probeerde elk woord dat Edward vandaag gezegd had te analyseren. Wat bedoelde hij met dat het beter zou zijn als we geen vrienden waren?

Mijn maag keerde zich om toen ik me realiseerde wat hij waarschijnlijk bedoelde. Hij had vast in de gaten hoe geobsedeerd ik was door hem. Hij wilde me niet aan het lijntje houden... dus konden we zelfs geen vrienden zijn... want hij was totaal niet in mij geïnteresseerd.

Natuurlijk was hij niet in mij geïnteresseerd, dacht ik boos met prikkende ogen – een verlate reactie op de uien. Ik was niet interessant. En hij wel. Interessant... en briljant... en mysterieus... en perfect... en beeldschoon... en vermoedelijk in staat met één hand een heel busje op te tillen.

Oké, goed. Ik kon hem met rust laten. Ik zóú hem met rust laten. Ik zou mijn zelf opgelegde verbanning in het vagevuur hier doorstaan, en hopelijk zou een universiteit in het zuidwesten of misschien op Hawaï me een beurs aanbieden. Ik richtte mijn gedachten op zonnige stranden en palmbomen terwijl ik de enchilada's vulde en in de oven legde.

Charlie keek wantrouwig toen hij thuiskwam en de groene pepers rook. Dat was begrijpelijk – het dichtstbijzijnde fatsoenlijke Mexicaanse eten was waarschijnlijk te vinden in Zuid-Californië. Maar hij was politieagent, al was het maar in een klein stadje, dus hij was dapper genoeg om een flinke hap te nemen. Hij leek het lekker te vinden. Het was grappig om te merken hoe hij me langzaamaan begon te vertrouwen in de keuken.

'Pap,' vroeg ik toen hij bijna klaar was.

'Ja, Bella?'

'Eh, ik wilde je zeggen dat ik volgende week zaterdag naar Seattle ga... als je het goed vindt?' Ik wilde geen toestemming vragen, dat zou verkeerde verwachtingen scheppen, maar eigenlijk vond ik dat onbeschoft, dus plakte ik de vraag toch maar aan mijn mededeling vast.

'Waarom?' Hij klonk verrast, alsof hij zich niet kon voorstellen dat er iets was wat Forks niet te bieden had.

'Nou, ik wil wat boeken kopen – de bibliotheek hier is erg klein – en mis-

schien naar kleren kijken.' Ik had meer geld dan ik gewend was, omdat ik dankzij Charlie geen auto hoefde te kopen. Niet dat die auto me geen vermogen aan benzine kostte.

'Die pick-up rijdt waarschijnlijk niet erg zuinig,' zei hij, alsof hij mijn gedachten kon lezen.

'Weet ik. Ik stop in Montesano en Olympia, en Tacoma als het moet.'

'Ga je helemaal alleen?' vroeg hij, en ik wist niet of hij zich af vroeg of ik stiekem een vriendje had, of dat hij gewoon bang was dat ik pech onderweg zou krijgen.

'Ja.'

'Seattle is een grote stad, je kunt er verdwalen,' ging hij bezorgd verder.

'Pap, Phoenix is vijf keer zo groot als Seattle, en ik kan kaartlezen. Dus maak je geen zorgen.'

'Wil je dat ik met je mee ga?'

Ik probeerde slim te zijn terwijl ik mijn afgrijzen onderdrukte. 'Hoeft niet, pap. Ik zit waarschijnlijk de hele dag in kleedkamers, erg saai.'

'O, oké.' De gedachte dat hij ook maar een ogenblik zou moeten doorbrengen in een dameskledingzaak schrikte hem gelijk af.

'Fijn,' glimlachte ik naar hem.

'Ben je op tijd terug voor het dansfeest?'

Grrr. Alleen in een stad zo klein als deze wist een vader wanneer de dansfeesten op school waren.

'Nee. Ik dans niet, pap.' Juist hij zou dat moeten begrijpen; ik had mijn evenwichtsproblemen niet van mijn moeder.

Hij begreep het. 'O ja,' realiseerde hij zich.

Toen ik de volgende morgen op het parkeerterrein kwam, zette ik mijn auto expres zo ver mogelijk bij de zilveren Volvo vandaan. Ik wilde mezelf niet aan te veel verleiding blootstellen zodat ik hem niet een nieuwe auto schuldig zou zijn. Toen ik uitstapte, liet ik mijn sleutel uit mijn handen vallen en hij viel in een plas water bij mijn voeten. Ik boog voorover om hem te pakken, maar een witte hand schoot naar voren en raapte hem razendsnel op. Ik vloog overeind. Edward Cullen stond naast me en leunde nonchalant tegen mijn pick-up.

'Hoe dóé je dat?' vroeg ik verbaasd en geïrriteerd.

'Wat?' Hij stak me de sleutel toe terwijl hij sprak. Ik reikte ernaar en hij liet hem in mijn hand vallen.

'Uit het niets opduiken.'

'Bella, het is niet mijn schuld dat je buitengewoon onoplettend bent.' Zijn stem was zacht, zoals gebruikelijk, fluwelig, gedempt.

Ik keek kwaad naar zijn perfecte gezicht. Zijn ogen waren weer licht vandaag, een diepe, gouden honingkleur. Toen moest ik wegkijken, om mijn inmiddels verwarde gedachten te ordenen.

'Waarom blokkeerde je het verkeer gistermiddag?' vroeg ik, nog altijd niet opkijkend. 'Ik dacht dat je deed alsof ik niet bestond, in plaats van ervoor te zorgen dat ik me dood erger.'

'Dat was voor Tyler, niet voor mij. Ik moest hem zijn kans geven.' Hij grinnikte vals.

'Jij...' Ik hapte naar adem. Ik kon geen scheldwoord bedenken dat erg genoeg was. Het voelde alsof de hitte van mijn woede hem fysiek zou moeten verbranden, maar hij leek het alleen maar erg grappig te vinden.

'En ik doe niet alsof je niet bestaat,' ging hij verder.

'Dus je probeert echt me dood te laten ergeren, nu Tyler dat niet voor elkaar heeft gekregen?'

Zijn geelbruine ogen waren ineens boos. Zijn lippen knepen samen tot een smalle streep, alle tekenen dat hij iets grappig vond verdwenen.

'Bella, je bent volslagen belachelijk,' zei hij. Zijn lage stem klonk koud.

Mijn handpalmen tintelden – ik wilde dolgraag iets een mep geven. Ik verbaasde mezelf, normaal gesproken was ik niet gewelddadig. Ik draaide me om en begon weg te lopen.

'Wacht,' riep hij. Ik bleef lopen, boos klotsend door de regen. Maar hij was al naast me en hield me gemakkelijk bij.

'Het spijt me, dat was onbeschoft,' zei hij terwijl we liepen. Ik negeerde hem. 'Ik zeg niet dat het niet waar is,' ging hij door, 'maar het was wel onbeschoft om het te zeggen.'

'Waarom laat je me niet met rust?' gromde ik.

'Ik wilde je iets vragen, maar je leidde me af,' grinnikte hij. Hij leek zijn goede humeur weer te hebben hervonden.

'Heb je soms een gespleten persoonlijkheid?' vroeg ik heftig.

'Je doet het weer.'

Ik zuchtte. 'Goed. Wat wilde je vragen?'

'Ik vroeg me af of je volgende week zaterdag – je weet wel, de dag van het lentebal...

'Probeer je soms grappig te zijn?' onderbrak ik hem terwijl ik me naar hem toe wendde. Mijn gezicht werd kletsnat toen ik omhoog keek.

Hij zag eruit alsof hij zichzelf ontzettend geestig vond. 'Mag ik alsjeblieft uitpraten?'

Ik beet op mijn lip en sloeg mijn handen in elkaar, waarbij ik mijn vingers verstrengelde, zodat ik geen domme dingen kon doen.

'Ik hoorde je zeggen dat je die dag naar Seattle gaat, en ik vroeg me af of je een lift wilt.'

Dat was onverwachts.

'Wat?' Ik begreep niet helemaal waar hij het over had.

'Wil je een lift naar Seattle?'

'Van wie?' vroeg ik verbijsterd.

'Van mij natuurlijk.' Hij sprak elke lettergreep met nadruk uit, alsof hij praatte tegen iemand die niet helemaal goed bij zijn hoofd is.

Ik was nog steeds perplex. 'Waarom?'

'Nou, ik was toch van plan om de komende weken een keer naar Seattle te gaan, en eerlijk gezegd vraag ik me af of jouw pick-up dat wel haalt.'

'Mijn pick-up doet het prima.' Ik begon weer te lopen, maar ik was te verbaasd om nog net zo boos te blijven als eerst.

'Maar haalt jouw auto het op één tank benzine?' Hij liep weer met me op.

'Ik geloof niet dat jou dat iets aangaat.' Stomme, glanzende Volvo-bezitter.

'Het verspillen van energiebronnen gaat iedereen aan.'

'Eerlijk gezegd, Edward,' – ik voelde een siddering door me heen gaan toen ik zijn naam zei, en ik vond het verschrikkelijk – 'kan ik je niet volgen. Ik dacht dat je geen vrienden wilde zijn.'

'Ik heb gezegd dat het beter was als we geen vrienden waren, niet dat ik dat niet wilde.'

'O, dank je, nu is alles duidelijk.' Zwaar sarcasme. Ik realiseerde me dat ik weer was blijven stilstaan. We stonden inmiddels onder het afdak van de kantine, dus kon ik iets gemakkelijker opkijken naar zijn gezicht. Wat zeker niet bijdroeg aan de helderheid van mijn gedachten.

'Het zou... verstandiger zijn om niet met mij bevriend te zijn,' legde hij

uit. ‘Maar ik heb geen zin om je nog langer te proberen te mijden, Bella.’

Zijn blik was heel intens toen hij die laatste zin uitsprak, zijn stem smeulend. Ik wist niet meer hoe ik moest ademhalen.

‘Wil je met me meegaan naar Seattle?’ vroeg hij, nog steeds intens.

Ik kon niet praten, dus knikte ik maar.

Hij glimlachte even, maar toen werd zijn gezicht weer serieus.

‘Je doet er echt beter aan bij me uit de buurt te blijven,’ waarschuwde hij. ‘Ik zie je bij biologie.’

Hij draaide zich abrupt om en liep snel terug in de richting waaruit we net gekomen waren.

5. Bloedgroep

Nietsziend zocht ik mijn weg naar Engels. Toen ik het lokaal binnenliep, realiseerde ik me aanvankelijk niet eens dat de les al begonnen was.

'Fijn dat u er ook bent, mevrouw Swan,' zei meneer Mason geringschattend.

Ik bloosde en ging snel zitten.

Pas tegen het einde van de les realiseerde ik me dat Mike niet op zijn gebruikelijke plek naast mij zat. Ik voelde me een beetje schuldig. Maar hij en Eric wachtten op me bij de deur, zoals gebruikelijk, dus nam ik aan dat hij me vergeven had. Mike leek meer en meer zichzelf te worden toen we liepen, en hij werd steeds enthousiaster toen hij sprak over de weersvoorspelling voor dit weekeinde. De regen zou korte tijd wegblijven, dus misschien was zijn tochtje naar het strand mogelijk. Ik probeerde gretig te klinken, om de teleurstelling die ik hem gisteren bezorgd had goed te maken, maar dat was moeilijk: regen of geen regen, het zou slechts zo'n acht graden zijn, als we geluk hadden.

De rest van de morgen ging in een waas voorbij. Het was moeilijk te geloven dat ik me Edwards woorden, de manier waarop hij gekeken had, niet verbeeld had. Misschien was het een heel levendige droom waarvan ik dacht dat hij echt was. Dat leek waarschijnlijker dan dat hij mij ook maar enigszins aantrekkelijk vond.

Dus was ik ongeduldig en bang toen Jessica en ik de kantine binnenliepen. Ik wilde zijn gezicht zien, om te zien of hij weer de koude, onverschillige persoon geworden was van de afgelopen weken. Of dat, als door een wonder, ik echt gehoord had wat ik dacht dat ik deze ochtend gehoord had. Jessica babbelde verder over haar plannen voor het dansfeest – Lauren en Angela hadden de andere jongens gevraagd en ze zouden allemaal samen gaan – zich volledig onbewust van mijn gebrek aan aandacht.

Teleurstelling stroomde door me heen toen mijn ogen feilloos zijn tafel

vonden. De andere vier waren er, maar hij was afwezig. Was hij naar huis gegaan? Verpletterd volgde ik de nog altijd kletsende Jessica door de rij. Ik had geen honger meer en kocht alleen een flesje fris. Ik wilde alleen nog maar zitten en mokken.

'Edward Cullen zit weer naar je te staren,' zei Jessica die eindelijk mijn aandacht wist te trekken met zijn naam. 'Waarom zou hij vandaag alleen zitten?'

Ik keek meteen op. Ik volgde haar blik en zag Edward, met een scheve glimlach, die mij aanstaarde vanaf een lege tafel aan de andere kant van de kantine van waar hij gewoonlijk zat. Toen hij eenmaal mijn aandacht had, hief hij een hand op en wenkte mij met zijn wijsvinger. Toen ik ongelovig keek, knipoogde hij.

'Bedoelt hij jóú?' vroeg Jessica met beledigende verbijstering in haar stem.

'Misschien heeft hij hulp nodig bij zijn huiswerk voor biologie,' mompelde ik om haar te sussen. 'Eh, ik kan maar beter even gaan vragen wat hij wil.'

Ik voelde haar ogen in mijn rug toen ik wegliep.

Toen ik bij zijn tafeltje kwam, bleef ik onzeker achter de stoel tegenover hem staan.

'Waarom kom je vandaag niet bij me zitten?' vroeg hij glimlachend.

Ik ging automatisch zitten en keek hem achterdochtig aan. Hij glimlachte nog steeds. Het was moeilijk te geloven dat iemand die zo mooi was, echt was. Ik was bang dat hij plotseling in een wolk van rook zou verdwijnen en dat ik wakker zou worden.

Hij leek te wachten tot ik iets zou zeggen.

'Dit is anders,' wist ik er eindelijk uit te krijgen.

'Tja...' Hij hield even stil en toen volgde de rest in een stortvloed van woorden: 'Ik heb besloten dat als ik toch naar de hel ga, ik het maar beter goed kon doen.'

Ik wachtte tot hij iets begrijpelijks zou zeggen. De seconden tikten voorbij.

'Ik heb echt geen idee waar je het over hebt,' meldde ik hem uiteindelijk.

'Weet ik.' Hij glimlachte weer en toen veranderde hij van onderwerp. 'Ik geloof dat je vrienden kwaad op me zijn omdat ik je gestolen heb.'

'Daar komen ze wel overheen.' Ik voelde hun ogen in mijn rug boren.

'Maar misschien geef ik je wel niet terug,' zei hij met een ondeugende blik in zijn ogen.

Ik slikte.

Hij lachte. 'Je kijkt bezorgd.'

'Nee,' zei ik, maar belachelijk genoeg brak mijn stem. 'Eerder verbaasd... vanwaar die verandering?'

'Heb ik al gezegd. Ik was het zat om steeds te proberen je te mijden. Dus geef ik het op.' Hij glimlachte nog steeds, maar zijn goudgele ogen waren serieus.

'Je geeft het op?' herhaalde ik verward.

'Ja, ik geef het op. Ik probeer niet meer goed te zijn. Ik ga nu gewoon doen wat ik wil en ik zie wel wat ervan komt.' Zijn glimlach verdween toen hij dit uitlegde, en een harde toon kwam in zijn stem.

'Ik begrijp echt niet waar je het over hebt.'

De adembenemende scheve glimlach verscheen weer.

'Ik zeg altijd te veel als ik met jou praat; dat is een van de problemen.'

'Maak je maar geen zorgen, ik begrijp er toch niets van,' zei ik droogjes.

'Daar reken ik op.'

'Dus, in gewoon Engels, we zijn nu vrienden?'

'Vrienden...' weifelde hij.

'Of niet,' mompelde ik.

Hij grijnsde. 'Tja, we kunnen het proberen. Maar ik waarschuw je alvast dat ik geen goede vriend voor je ben.' De waarschuwing achter zijn glimlach was serieus.

'Dat heb je al vaker gezegd,' merkte ik op. Ik probeerde de plotselinge siddering in mijn buik te negeren en mijn stem vlak te houden.

'Ja, omdat je niet naar me luistert. Ik wacht er nog steeds op dat je me eindelijk gelooft. Als je slim bent, mijd je me als de pest.'

'Volgens mij heb je meer dan duidelijk gemaakt hoe je over mijn geestelijke vermogens denkt.' Ik kneep mijn ogen samen.

Hij glimlachte verontschuldigend.

'Dus, zo lang ik toch niet... slim ben, proberen we vrienden te zijn?' Moeizaam poogde ik deze verwarrende woordenwisseling samen te vatten.

'Daar komt het zo'n beetje op neer.'

Ik keek naar mijn handen die het flesje omklemden en wist niet wat ik nu moest doen.

'Waar denk je aan?' vroeg hij nieuwsgierig.

Ik keek in zijn diepgouden ogen, raakte in verwarring en flapte, zoals gewoonlijk, de waarheid eruit.

'Ik probeer erachter te komen wat je bent.'

Zijn kaak verstrakte, maar met enige moeite hield hij de glimlach op zijn gezicht.

'En, lukt het een beetje?' vroeg hij op een onverschillige toon.

'Niet echt,' erkende ik.

Hij grinnikte. 'Welke theorieën heb je bedacht?'

Ik bloosde. De laatste maand had ik getwijfeld tussen Batman en Spiderman. En dat zou ik van mijn leven niet vertellen.

'Wil je het me niet vertellen?' vroeg hij terwijl hij zijn hoofd een beetje scheef hield met een uiterst verleidelijke glimlach.

Ik schudde mijn hoofd. 'Te gênant.'

'Dat is écht frustrerend, weet je,' klaagde hij.

'Nee,' was ik het gelijk oneens, mijn ogen samengeknepen: 'Ik kan me niet vóórstellen dat dat frustrerend is. Alleen maar omdat iemand weigert je te vertellen wat hij denkt, ook al maakt hij de hele tijd onbegrijpelijke opmerkingen die speciaal bedoeld zijn om je 's nachts wakker te houden omdat je je afvraagt wat er bedoeld wordt... waarom zou dat nou frustrerend zijn?'

Hij vertrok zijn gezicht.

'Of liever gezegd,' ging ik verder nu de opgebouwde ergernis vrijelijk wegstroomde, 'stel dat die persoon ook nog allerlei bizarre dingen deed, van het redden van je leven onder onmogelijke omstandigheden de ene dag tot het je behandelen als uitschot de andere, en zonder ook maar ooit iets uit te leggen, ook al had hij dat beloofd. Dat zou ook helemáál niet frustrerend zijn.'

'Je bent aardig opvliegend, weet je dat?'

'Ik houd niet van meten met twee maten.'

Zonder glimlachen staarden we elkaar aan.

Hij keek even over mijn schouder en toen grinnikte hij onverwachts.

'Wat?'

'Je vriendje schijnt te denken dat ik onaardig tegen je ben. Hij vraagt zich af of hij wel of niet moet ingrijpen.' Hij grinnikte weer vals.

'Ik heb geen idee over wie je het hebt,' zei ik ijzig. 'Maar ik weet zeker dat je het mis hebt.'

'Ik niet. Ik heb je al gezegd dat de meeste mensen makkelijk te lezen zijn.'

'Behalve ik, natuurlijk.'

'Ja, behalve jij.' Zijn stemming veranderde opeens, zijn ogen werden broedend. 'Ik vraag me af waar dat aan ligt.'

Ik moest wegkijken van zijn intense blik. Ik concentreerde me op het losdraaien van het dopje van mijn flesje fris. Ik nam een slok terwijl ik nietsziend naar de tafel staarde.

'Heb je geen honger?' vroeg hij, afgeleid.

'Nee.' Ik had geen zin om te vertellen dat mijn maag al vol zat... met vlinders. 'Jij?' Ik keek naar de lege tafel voor hem.

'Nee, ik heb geen honger.' Ik begreep zijn blik niet. Het leek alsof hij een grapje maakte dat alleen hij begreep.

'Wil je iets voor me doen?' vroeg ik na enige aarzeling.

Hij was opeens op zijn hoede. 'Dat hangt er vanaf.'

'Het is niet veel,' verzekerde ik hem.

Hij wachtte, behoedzaam maar nieuwsgierig.

'Ik vroeg me af of... je me van tevoren kunt waarschuwen als je weer eens besluit me voor mijn eigen bestwil te negeren. Dan ben ik erop voorbereid.' Terwijl ik dit zei keek ik naar mijn flesje en maakte met mijn pink rondjes om de opening van de hals.

'Geen probleem.' Hij perste zijn lippen op elkaar om niet in lachen uit te barsten toen ik opkeek.

'Dank je.'

'Mag ik dan ook een antwoord?' eiste hij.

'Eéntje dan.'

'Vertel me één theorie.'

Oeps. 'Dat niet.'

'Sorry, verkeerde antwoord. Je hebt het me net beloofd,' hielp hij mij herinneren.

'Alsof jij je steeds aan je beloften houdt,' hielp ik hem herinneren.

'Een theorie maar. Ik beloof dat ik niet zal lachen.'

'Dat doe je wel.' Daar was ik van overtuigd.

Hij keek naar beneden en toen weer op naar mij door zijn lange zwarte wimpers, zijn goudgele ogen verzengend.

'Alsjeblieft,' fluisterde hij terwijl hij naar me toe leunde.

Ik knipperde, mijn hoofd werd leeg. Allemachtig, hoe dééd hij dat?

'Eh, wat?' vroeg ik bedwelmd.

'Vertel me alsjeblieft een theorie?' Zijn ogen smeulden nog steeds.

'Eh, nou eh, gebeten door een radioactieve spin?' Was hij ook een hypnotiseur? Of was ik gewoon een ontzettend watje?

'Dat is niet erg fantasievol,' schimpte hij.

'Sorry, dat is alles wat ik heb,' zei ik gekrenkt.

'Je bent niet eens warm,' plaagde hij.

'Geen spinnen?'

'Nee.'

'En geen radioactiviteit?'

'Nee.'

'Shit,' zuchtte ik.

'Ik kan ook tegen kryptonite,' grinnikte hij.

'Je zou niet lachen, weet je nog?'

Met moeite trok hij zijn gezicht weer in de plooi.

'Ik kom er heus wel achter,' waarschuwde ik hem.

'Ik zou willen dat je dat niet probeerde.' Hij was weer serieus.

'Want...?'

'Wat als ik geen superheld ben? Wat als ik de slechterik ben?' Hij glimlachte speels, maar zijn ogen waren ondoorgrondelijk.

'O,' zei ik, toen verschillende van zijn opmerkingen ineens op hun plaats vielen. 'Ik snap het.'

'Echt?' Zijn gezicht was ineens heel streng, alsof hij bang was dat hij per ongeluk te veel had gezegd.

'Je bent gevaarlijk?' gokte ik. Mijn hart begon sneller te kloppen toen mijn intuïtie me deed beseffen hoe waar mijn woorden waren. Hij wás gevaarlijk. Dat had hij me de hele tijd al proberen te vertellen.

Hij keek me alleen aan, zijn ogen vol met een emotie die ik niet begreep.

'Maar niet slecht,' fluisterde ik hoofdschuddend. 'Nee, ik geloof niet dat je slecht bent.'

'Toch wel.' Zijn stem was bijna onhoorbaar. Hij keek naar beneden, stal mijn flessendop en liet hem tussen zijn vingers tollen. Ik staarde naar hem en vroeg me af waarom ik niet bang was. Hij meende wat hij zei, dat was duidelijk. Maar ik was nerveus, zenuwachtig... en meer dan wat dan ook, gefascineerd. Hetzelfde wat ik altijd voelde als ik bij hem in de buurt was.

De stilte duurde tot ik merkte dat de kantine bijna leeg was.

Ik sprong overeind. 'We komen te laat.'

'Ik ga vandaag niet,' zei hij terwijl hij de dop zo snel liet tollen dat hij nauwelijks nog te zien was.

'Waarom niet?'

'Het is heel gezond om af en toe te spijbelen.' Hij glimlachte naar me, maar zijn ogen waren nog bezorgd.

'Nou, ik ga wel,' zei ik hem. Ik was een lafaard, bang om gesnapt te worden.

Hij richtte zijn aandacht weer op de dop. 'Ik zie je wel weer.'

Ik aarzelde, verscheurd, maar toen klonk de eerste bel en holde ik de deur uit. Een laatste blik over mijn schouder bevestigde dat hij geen centimeter bewogen had.

Ik rende bijna naar de les, mijn hoofd tolde sneller dan de flessendop. Er waren zo weinig vragen beantwoord in vergelijking tot het aantal nieuwe vragen dat opgeroepen was. Maar het was tenminste gestopt met regenen.

Ik had geluk. Meneer Banner was nog niet in het lokaal toen ik aankwam. Snel ging ik zitten, me ervan bewust dat zowel Mike als Angela naar me keken. Mike keek boos, Angela verrast en enigszins onder de indruk.

Toen kwam meneer Banner het lokaal binnen en maande de klas tot stilte. Hij hield een paar kleine kartonnen dozen onder zijn armen. Hij zette ze neer op Mikes tafel en vroeg hem ermee de klas rond te gaan.

'Oké, jongens. Iedereen pakt een ding uit elke doos,' zei hij terwijl hij een paar rubber handschoenen uit zijn labjas haalde en ze aantrok. Het scherpe geluid van de handschoenen die tegen zijn polsen kletsten klonk me onheilspellend in de oren. 'Het eerste is een kaartje met antiserum,' ging hij verder terwijl hij een wit kaartje omhoog hield met daarop vier vakjes. 'Het tweede is dit instrument met vier tanden' – hij hield iets omhoog dat op een bijna tandeloze kam leek – 'en het derde is een steriel prikkertje.' Hij hield een klein stukje blauw plastic omhoog en scheurde het open. Het puntje was vanaf hier onzichtbaar, maar mijn maag keerde zich om.

'Ik kom langs met een pipet water om jullie kaarten te prepareren, dus begin alsjeblieft pas als ik bij je geweest ben.' Hij begon weer bij Mikes tafel en liet voorzichtig een druppel op elk van de vier vakjes vallen. 'Dan wil ik dat jullie voorzichtig in jullie vinger prikken met de prikker...' Hij greep

Mikes hand en prikte in de punt van Mikes middelvinger.

O nee. Klam zweet brak uit op mijn voorhoofd.

'Doe een druppeltje bloed op elk van de vier tanden.' Hij demonstreerde dit door in Mikes vinger te knijpen tot er bloed uit kwam.

Ik slikte heftig, mijn maag verzette zich.

'En breng dit aan op de kaart,' eindigde hij terwijl hij de druipende rode kaart omhoog hield zodat wij het konden zien. Ik sloot mijn ogen en probeerde door het geruis in mijn oren nog iets op te vangen van wat hij zei.

'Het Rode Kruis zamelt volgend weekeinde in Port Angeles bloed in, dus leek het me een goed idee als jullie allemaal jullie bloedgroep weten.' Hij klonk trots op zichzelf. 'Degenen die nog geen achttien zijn, hebben toestemming van hun ouders nodig voor het doneren van bloed, de formulieren liggen op mijn tafel.'

Hij liep verder door de klas met zijn pipet. Ik drukte mijn wang tegen de koele zwarte tafel en probeerde bij bewustzijn te blijven. Om me heen hoorde ik gilletjes, geklaag en gegiechel toen mijn klasgenoten hun vingers doorboorden. Ik ademde langzaam in en uit door mijn mond.

'Bella, gaat het?' vroeg meneer Banner. Zijn stem klonk vlak bij mijn hoofd. Hij was een beetje angstig.

'Ik ken mijn bloedgroep al, meneer Banner,' zei ik zwakjes. Ik durfde mijn hoofd niet op te tillen.

'Ben je duizelig?'

'Ja,' mompelde ik, terwijl ik mezelf wel voor m'n kop kon schieten omdat ik niet was gaan spijbelen toen het nog kon.

'Kan iemand Bella naar de verpleegster brengen?' riep hij.

Ik hoefde niet op te kijken om te weten dat die iemand Mike zou zijn.

'Kun je lopen?' vroeg meneer Banner.

'Ja,' fluisterde ik. Ik wil weg hier, dacht ik. Desnoods kruipend.

Mike leek gretig toen hij zijn arm om mijn middel legde en mijn arm over zijn schouder sjorde. Ik leunde zwaar op hem toen we het lokaal verlieten.

Mike zeulde me langzaam over het schoolterrein. Toen we bij de kantine de hoek om waren, buiten het zicht van gebouw vier, voor het geval meneer Banner ons nakeek, stopte ik.

'Mag ik alsjeblieft even een minuutje zitten?' smeekte ik.

Hij liet me op de rand van de stoep zakken.

'En wat je ook doet, houd je hand in je zak,' waarschuwde ik. Ik was nog steeds verschrikkelijk duizelig. Ik liet me op mijn zij zakken, mijn wang tegen het ijskoude, klamme beton van de stoep, en deed mijn ogen dicht. Dat leek een beetje te helpen.

'Wauw, je ziet groen, Bella,' zei Mike nerveus.

'Bella?' riep een andere stem van een afstandje.

Nee! Ik hoopte dat ik me die afschuwelijk bekende stem verbeeldde.

'Wat is er aan de hand? Is ze gewond?' Zijn stem was dichterbij nu en hij klonk bezorgd. Het was niet mijn verbeelding. Ik kneep mijn ogen stijf dicht en hoopte dat ik doodging. Of in elk geval niet zou overgeven.

Mike leek gestresst. 'Ik geloof dat ze is flauwgevallen. Ik weet niet wat er gebeurde. Ze heeft niet eens in haar vinger geprikt.'

'Bella,' Edwards opgeluchte stem klonk in mijn oor. 'Kun je me horen?'

'Nee,' kreunde ik. 'Ga weg.'

Hij grinnikte.

'Ik was met haar op weg naar de verpleegster,' legde Mike uit op verdedigende toon, 'maar ze wil niet verder gaan.'

'Ik breng haar wel,' zei Edward. Ik hoorde nog altijd de lach in zijn stem. 'Je kunt teruggaan naar de les.'

'Nee,' protesteerde Mike. 'Ik zou haar brengen.'

Plotseling verdween de stoep waarop ik lag. Van schrik vlogen mijn ogen open. Edward had me met een zwaai opgetild, alsof ik vijf kilo woog in plaats van vijftig.

'Zet me neer!' Alsjeblieft, laat me hem niet onderkotsen. Hij liep al voordat ik was uitgesproken.

'Hé!' riep Mike, gelijk al tien stappen op ons achter.

Edward negeerde hem. 'Je ziet er afschuwelijk uit,' meldde hij grinnikend.

'Leg me terug op de stoep,' kreunde ik. De schommelende beweging van het lopen maakte het alleen maar erger. Hij hield me van zijn lichaam af, voorzichtig, en droeg mijn hele gewicht met alleen zijn armen. Het leek hem geen moeite te kosten.

'Dus je valt flauw als je bloed ziet?' vroeg hij. Hij leek het erg vermakelijk te vinden.

Ik gaf geen antwoord. Ik deed mijn ogen weer dicht en vocht met al mijn kracht tegen de misselijkheid, mijn lippen op elkaar geperst.

'En het was niet eens je eigen bloed,' ging hij verder, duidelijk geamuseerd.

Ik weet niet hoe hij de deur open kreeg terwijl hij mij droeg, maar opeens was het warm dus wist ik dat we binnen waren.

'Lieve help,' hoorde ik een vrouwenstem schrikken.

'Ze viel flauw bij biologie,' legde Edward uit.

Ik deed mijn ogen open. Ik was in het kantoortje van het secretariaat, en Edward liep met grote passen langs de balie naar de kamer van de verpleegster. Mevrouw Cope, de roodharige administratrice, rende voor hem uit om de deur open te doen. De grootmoederlijke verpleegster keek op van haar boek, verbluft, toen Edward me binnendroeg en voorzichtig op het krakende papier legde dat het bruine plastic matras op het bed bedekte.

Toen ging hij tegen de muur staan zo ver mogelijk aan de andere kant van de smalle kamer. Zijn ogen schitterden opgewonden.

'Ze is alleen een beetje duizelig,' verzekerde hij de verraste verpleegster. 'Ze zijn bloedgroepen aan het bepalen bij biologie.'

De verpleegster knikte ernstig. 'Er is er altijd wel een.'

Hij onderdrukte een grijns.

'Blijf maar even liggen, meiske, dan gaat het zo over.'

'Weet ik,' zuchtte ik. De misselijkheid was al aan het wegtrekken.

'Gebeurt dit wel vaker?' vroeg ze.

'Soms,' gaf ik toe. Edward kuchte om nog een lachje te verbergen.

'Je kunt teruggaan naar de les,' zei ze tegen hem.

'Ik moest bij haar blijven.' Hij zei het met zo'n zelfverzekerde autoriteit dat de verpleegster – hoewel ze haar lippen samenkneep – er niet verder op inging.

'Ik zal wat ijs pakken voor op je voorhoofd,' zei ze tegen me en verdween uit de kamer.

'Je had gelijk,' steunde ik terwijl ik mijn ogen dicht liet vallen.

'Dat heb ik meestal, maar waarmee dit keer?'

'Spijbelen is gezond.' Ik probeerde rustig te ademen.

'Je hebt me wel even aan het schrikken gemaakt,' bekende hij na een pauze. Zijn stem klonk alsof hij een beschamende zwakheid opbiechtte. 'Ik dacht dat Newton je dode lichaam wegsleepte om het in het bos te begraven.'

'Haha.' Mijn ogen waren nog dicht, maar ik voelde me met de minuut beter.

'Echt waar, ik heb lijken gezien met een betere kleur. Ik was even bang dat ik je dood zou moeten wreken.'

'Arme Mike. Hij is vast woest.'

'Hij heeft een grondige hekel aan me,' zei Edward vrolijk.

'Dat weet je niet,' wierp ik tegen, maar ik vroeg me af of hij het niet toch wist.

'Ik zag zijn gezicht en dat sprak boekdelen.'

'Hoe kreeg je me in de gaten? Ik dacht dat je aan het spijbelen was.' Ik voelde me bijna helemaal goed, hoewel de duizeligheid waarschijnlijk sneller was overgegaan als ik bij de lunch iets gegeten had. Aan de andere kant was het misschien maar goed dat mijn maag leeg was geweest.

'Ik zat in mijn auto naar een cd te luisteren.' Zo'n normaal antwoord, het verraste me.

Ik hoorde de deur en opende mijn ogen. De verpleegster kwam binnen met een koud kompres in haar hand.

'Alsjeblieft.' Ze legde het op mijn voorhoofd. 'Je ziet er al beter uit,' voegde ze toe.

'Het gaat geloof ik wel weer,' zei ik en ging zitten. Alleen wat gesuis in mijn oren, geen getol van mijn hoofd. De mintgroene muren bleven op hun plaats staan.

Ik zag dat ze op het punt stond te zeggen dat ik weer moest gaan liggen, toen de deur opnieuw openging en mevrouw Cope haar hoofd om de hoek stak. 'We hebben er nog een,' waarschuwde ze.

Ik sprong van het bed af om plaats te maken voor het volgende slachtoffer.

Ik gaf het kompres terug aan de verpleegster. 'Hier, dat heb ik niet meer nodig.'

En toen strompelde Mike naar binnen terwijl hij nu een bleek uitziende Lee Stephens, ook een jongen uit de biologieles, ondersteunde. Edward en ik drukten ons tegen de muur om plek te maken.

'O nee,' mompelde Edward. 'Ga naar het kantoortje, Bella.'

Verbaasd keek ik naar hem op.

'Vertrouw me nou maar en ga!'

Ik draaide me om en greep de deur vast voor hij dichtsloeg en schoot de verpleegkamer uit. Ik voelde dat Edward gelijk achter me aan kwam.

'Je luisterde gewoon naar me.' Hij was stomverbaasd.

'Ik rook het bloed,' zei ik met opgetrokken neus. Lee was niet misselijk geworden bij het zien van het bloed van anderen, zoals ik.

'Mensen kunnen geen bloed ruiken,' sprak hij tegen.

'Welles, ik kan het, en daar word ik misselijk van. Het ruikt naar roest... en zout.'

Hij staarde me met een ondoorgrondelijke uitdrukking aan.

'Wat?' vroeg ik.

'Niets.'

Mike kwam naar buiten en keek van mij naar Edward. De blik die hij op Edward wierp, bevestigde wat Edward had gezegd over zijn gevoelens. Hij keek mij weer aan, zijn ogen somber.

'Jíj ziet er beter uit,' beschuldigde hij.

'Zolang je je hand maar in je zak houdt,' waarschuwde ik hem opnieuw.

'Het bloedt niet meer,' mompelde hij. 'Ga je terug naar de les?'

'Ben je gek? Dan lig ik binnen de kortste keren weer hier.'

'Ja, dat zal wel... Ga je nog mee dit weekeinde? Naar het strand?' Terwijl hij sprak wierp hij nog een boze blik op Edward, die tegen de overvolle balie leunde, bewegingloos als een standbeeld, en in de verte staarde.

Ik probeerde zo vriendelijk mogelijk te klinken. 'Tuurlijk. Ik heb toch gezegd dat ik meeging.'

'We verzamelen bij mijn vaders winkel om tien uur.' Zijn ogen schoten weer naar Edward. Hij vroeg zich blijkbaar af of hij niet te veel informatie prijsgaf. Zijn lichaamstaal maakte duidelijk dat dit geen open uitnodiging was.

'Ik zal er zijn,' beloofde ik.

'Ik zie je straks wel bij gymnastiek,' zei hij en liep onzeker naar de deur.

'Tot straks,' antwoordde ik. Hij keek me nog een keer aan, zijn ronde gezicht een beetje pruilend, en toen hij naar buiten stapte, gingen zijn schouders een beetje hangen. Ik werd gegrepen door een golf van medelijden. Ik vroeg me af of ik zijn enigszins teleurgestelde gezicht weer zou zien... bij gym.

'Gym,' kreunde ik.

'Dat regel ik wel.' Ik had niet gemerkt dat Edward naast me was komen staan, maar hij sprak nu in mijn oor. 'Ga zitten en zie bleek,' mompelde hij.

Dat kostte me weinig moeite: ik zag altijd bleek, en door deze laatste aan-

val lag er een dun laagje zweet over mijn gezicht. Ik ging op een van de krakende klapstoelen zitten en liet mijn hoofd met gesloten ogen tegen de muur rusten. Van flauwvallen raakte ik altijd uitgeput.

Ik hoorde Edward zachtjes praten bij de balie.

'Mevrouw Cope?'

'Ja?' Ik had haar niet terug horen komen.

'Bella heeft het volgende uur gym, maar ik denk dat ze nog niet voldoende is opgeknapt. Eigenlijk dacht ik dat ik haar beter naar huis kan brengen. Denkt u dat u een briefje kunt schrijven?' Zijn stem was als smeltende honing. Ik kon me goed voorstellen dat zijn ogen nog veel overweldigender waren.

'Heb jij ook een briefje nodig, Edward?' zei mevrouw Cope met opgewonden stem. Waarom kon ik zoiets niet?

'Nee, ik heb mevrouw Goff, zij vindt het niet erg.'

'Oké, het komt in orde. Sterkte, Bella,' riep ze naar me. Ik knikte zwakjes, een beetje overdrijvend.

'Kun je lopen of wil je dat ik je weer draag?' Met zijn rug naar de administratrice werd zijn blik sarcastisch.

'Ik kan lopen.'

Ik stond voorzichtig op en het ging nog steeds goed. Hij hield de deur voor me open, zijn glimlach beleefd, maar zijn ogen spottend. Ik liep naar buiten, de koude, fijne miezer in die net begon te vallen. Het was aangenaam – de eerste keer dat ik genoot van de voortdurende nattigheid die uit de lucht kwam – te voelen hoe het plakkerige zweet van mijn gezicht gespoeld werd.

'Dank je,' zei ik toen hij ook naar buiten kwam. 'Het is bijna niet erg meer om ziek te zijn nu ik daardoor gym mis.'

'Graag gedaan.' Hij staarde recht vooruit en tuurde de mist in.

'Dus eh, ga je mee? Komende zaterdag bedoel ik?' Ik hoopte van wel, hoewel het onwaarschijnlijk leek. Ik kon me hem niet voorstellen in een auto vol andere jongeren van school; hij hoorde niet thuis in dezelfde wereld. Maar alleen de hoop dat hij misschien kwam gaf me het eerste gevoel van enthousiasme voor dit uitstapje.

'Waar gaan jullie precies heen?' Hij keek nog altijd recht vooruit, uitdrukkingsloos.

'Naar La Push, naar First Beach.' Ik bestudeerde zijn gezicht, probeerde het te lezen. Zijn ogen leken zich een heel klein beetje dicht te knijpen.

Hij keek naar mij uit de hoeken van zijn ogen en glimlachte wrang. 'Ik geloof niet dat ik uitgenodigd ben.'

Ik zuchtte. 'Ik heb je net uitgenodigd.'

'Ik denk dat jij en ik Mike deze week niet verder onder druk moeten zetten. We willen niet dat hij breekt.' Zijn ogen dansten; hij genoot meer van het idee dan hij zou moeten.

'Mike-de-pike.' mompelde ik, in beslag genomen door de manier waarop hij *jij en ik* gezegd had. Ik vond het prettiger dan ík zou moeten.

We waren inmiddels vlak bij het parkeerterrein. Ik liep naar links, naar mijn pick-up. Iets greep mijn jas vast, trok me terug.

'Waar denk je dat je naartoe gaat?' vroeg hij woedend. Met één hand hield hij mijn jas stevig vast.

Ik was verward. 'Ik ga naar huis.'

'Hoorde je me niet beloven dat ik je veilig thuis zou brengen? Denk je dat ik je in deze staat zelf naar huis laat rijden?' Zijn stem was nog steeds verontwaardigd.

'Welke staat? En hoe moet het dan met mijn auto?' klaagde ik.

'Ik vraag Alice of ze hem na school langs brengt.' Hij sleepte me nu aan mijn jas naar zijn auto. Ik moest moeite doen om niet achterover te vallen. Hij zou me waarschijnlijk gewoon meesleuren als dat gebeurde.

'Laat los,' zei ik. Hij negeerde me. Ik struikelde zijdelings mee over de natte stoep tot we bij de Volvo waren. Toen liet hij me eindelijk los. Ik viel half tegen het portier.

'Jij bent zo bazig!' gromde ik.

'Hij is open,' was zijn enige antwoord. Hij ging achter het stuur zitten.

'Ik ben heel goed in staat zelf naar huis te rijden!' Razend stond ik naast de auto. Het regende nu harder en ik had mijn capuchon niet omhoog gedaan, dus mijn haar droop op mijn rug.

Hij liet het elektrische raampje zakken en leunde naar me toe over de passagiersstoel. 'Stap in, Bella.'

Ik gaf geen antwoord. In mijn hoofd berekende ik mijn kansen om de pick-up te bereiken voordat hij me te pakken had. Ik moest toegeven, die waren klein.

'Ik sleep je gewoon terug,' dreigde hij, mijn plan radend.

Ik probeerde nog enige waardigheid te behouden toen ik in de auto stapte. Het lukte niet echt: ik zag eruit als een halfverdronken kat en mijn laarzen piepten.

'Dit is volslagen onnodig,' zei ik stijfjes.

Hij gaf geen antwoord. Hij rommelde wat op het dashboard, draaide de verwarming hoog en zette de muziek zacht. Toen hij wegreed, was ik van plan geen woord meer te zeggen – mijn gezicht in volledige pruilstand – maar toen herkende ik de muziek en won mijn nieuwsgierigheid het.

'Clair de Lune?' vroeg ik verrast.

'Ken je Debussy?' Hij klonk ook verrast.

'Niet goed,' erkende ik. 'Mijn moeder speelt veel klassieke muziek thuis. Ik ken alleen mijn favorieten.'

'Dit is ook een van mijn favorieten.' Hij staarde naar de regen buiten, verdiept in zijn gedachten.

Ik luisterde naar de muziek en ontspande me in de lichtgrijze leren stoel. Het was onmogelijk niet te reageren op de bekende, kalmerende melodie. De regen veranderde alles buiten in wazige grijze en groene vlekken. Ik begon me te realiseren dat we erg snel reden; de auto bewoog zo rustig, zo gelijkmatig dat ik de snelheid niet voelde. Je merkte het alleen aan de stad die voorbijvloog.

'Wat is je moeder voor iemand?' vroeg hij ineens.

Ik keek naar hem en zag dat hij me onderzoekend aankeek met nieuwsgierige ogen.

'Ze lijkt op mij, maar ze is mooier,' zei ik. Hij trok zijn wenkbrauwen op. 'Ik heb te veel Charlie in me. Zij is extraverter dan ik ben, en dapperder. Ze is onverantwoordelijk en een beetje excentriek, en ze is een erg wisselvallige kok. Ze is mijn beste vriendin.' Ik stopte. Ik werd depressief van het praten over haar.

'Hoe oud ben je, Bella?' Zijn stem klonk gefrustreerd maar ik kon me niet voorstellen waarom. Hij stopte de auto en ik realiseerde me dat we al bij Charlies huis waren. Het regende zo hard dat ik het huis bijna niet kon zien. Het leek alsof de auto ondergedompeld was in een rivier.

'Ik ben zeventien,' antwoordde ik, enigszins verward.

'Je lijkt geen zeventien.'

Zijn toon was verwijtend; ik moest erom lachen.

'Wat?' vroeg hij, weer nieuwsgierig.

'Mijn moeder zegt altijd dat ik bij mijn geboorte al vijfendertig jaar oud was en dat ik elk jaar bejaarder wordt,' lachte ik en zuchtte toen. 'Jij lijkt zelf ook niet bepaald een leerling uit de derde klas van high school,' merkte ik op.

Hij trok een gezicht en veranderde van onderwerp.

'Waarom is je moeder eigenlijk met Phil getrouwd?'

Ik was verrast dat hij zijn naam onthouden had. Ik had hem slechts een keer genoemd, bijna twee maanden geleden. Het duurde even voordat ik antwoord gaf.

'Mijn moeder... is erg jong voor haar leeftijd. Ik denk dat Phil ervoor zorgt dat ze zich nog jonger voelt. In elk geval is ze stapelgek op hem.' Ik schudde mijn hoofd. De aantrekkingskracht was voor mij onbegrijpelijk.

'Ben je het ermee eens?' vroeg hij.

'Maakt dat uit?' reageerde ik. 'Ik wil dat ze gelukkig is... en hij is degene die ze wil.'

'Dat is erg genereus. Ik vraag me af...' mijmerde hij.

'Wat?'

'Zou ze omgekeerd ook zo reageren, denk je? Ongeacht wie jij zou kiezen?' Hij was ineens gespannen, zijn ogen onderzochten de mijne.

'I-ik denk het wel,' stamelde ik. 'Maar zij is uiteindelijk de ouder. Dat is wel wat anders.'

'Geen al te eng iemand, dus,' plaagde hij.

Ik grinnikte terug. 'Wat bedoel je met eng? Allemaal gezichtspiercings en bedekt met tatoeages?'

'Tja, dat is een definitie.'

'Wat is jouw definitie?'

Maar hij negeerde mijn vraag en stelde er nog een. 'Denk je dat ik 'eng' kan zijn?' Hij trok een wenkbrauw op en een vage glimlach deed zijn gezicht oplichten.

Ik dacht even na, me afvragend of de waarheid of een leugen in dit geval beter zou zijn. Ik besloot de waarheid te zeggen. 'Hmm... ik denk dat je het zou kúnnen zijn, als je wilt.'

'Ben je nu bang voor me?' De glimlach verdween en zijn hemelse gezicht was plotseling serieus.

'Nee.' Maar ik antwoordde te snel. De glimlach kwam terug.

'Ga je me nog iets vertellen over jouw familie?' vroeg ik om hem af te leiden. 'Het zal beslist een interessanter verhaal zijn dan het mijne.'

Hij was meteen op zijn hoede. 'Wat wil je weten?'

'De Cullens hebben je geadopteerd?' verifieerde ik.

'Ja.'

Ik aarzelde even. 'Wat is er met je ouders gebeurd?'

'Ze zijn lang geleden overleden.' Zijn toon was zakelijk.

'Sorry,' mompelde ik.

'Ik kan me ze niet goed herinneren. Carlisle en Esmé zijn al jaren mijn ouders.'

'En je houdt van ze.' Het was geen vraag. Het bleek duidelijk uit de manier waarop hij over ze sprak.

'Ja.' Hij glimlachte. 'Ik kan me geen twee betere mensen voorstellen.'

'Je hebt veel geluk gehad.'

'Dat weet ik.'

'En je broer en zus?'

Hij wierp een blik op de klok van het dashboard.

'Mijn broer en zus, en Jasper en Rosalie trouwens ook, zullen niet blij met me zijn als ze in de regen op me moeten staan wachten.'

'O, sorry, je moet er natuurlijk vandoor.' Ik had helemaal geen zin om uit te stappen.

'En je wilt waarschijnlijk je pick-up terughebben voordat chief Swan thuiskomt, zodat je hem niet hoeft te vertellen wat er bij biologie is gebeurd.' Hij grijnsde tegen me.

'Ik ben ervan overtuigd dat hij het al gehoord heeft. Niets blijft geheim hier in Forks.' Ik zuchtte.

Hij lachte, maar het klonk niet van harte.

'Veel plezier op het strand... lekker weer om te zonnebaden.' Hij wierp een blik op de gietende regen.

'Zie ik je morgen dan niet?'

'Nee. Emmett en ik beginnen vroeg met het weekeinde.'

'Wat gaan jullie doen?' Een vriendin mocht dat toch wel vragen? Ik hoopte dat mijn teleurstelling niet al te veel doorklonk in mijn stem.

'We gaan kamperen in de Goat Rocks Wilderness, iets ten zuiden van Rainier.'

Ik herinnerde me dat Charlie gezegd had dat de Cullens vaak gingen kamperen.

'O, nou, veel plezier.' Ik probeerde enthousiast te klinken. Maar ik geloof niet dat ik hem voor de gek hield. Een glimlachje speelde om zijn mondhoeken.

'Wil je iets voor me doen dit weekeinde?' Hij draaide zich om en keek me recht aan, met de volle kracht van zijn brandende gouden ogen.

Ik knikte hulpeloos.

'Niet beledigd zijn, maar je bent geloof ik een van die mensen die problemen aantrekken als een magneet. Dus... probeer niet in zee te vallen of overreden te worden of zoiets, oké?' Hij glimlachte scheef.

Het hulpeloze gevoel verdween terwijl hij sprak. Ik keek hem kwaad aan.

'Ik zal het proberen,' snauwde ik en sprong de regen in. Ik knalde de deur zo hard ik kon dicht.

Hij glimlachte nog steeds toen hij wegreed.

6. Enge verhalen

Toen ik in mijn kamer zat en probeerde me te concentreren op de derde akte van *Macbeth*, was ik eigenlijk aan het luisteren of mijn auto er al aankwam. Ik had gedacht dat ik de herrie van de motor zelfs boven de klaterende regen uit zou horen. Maar toen ik voor de zoveelste keer door het raam ging kijken, stond hij er plotseling.

Ik keek niet echt uit naar vrijdag, en hij voldeed helemaal aan mijn slechte verwachtingen. Natuurlijk kreeg ik opmerkingen over het flauwvallen. Vooral Jessica leek een kick te krijgen van dat verhaal. Gelukkig had Mike zijn mond gehouden, en niemand leek op de hoogte van Edwards rol. Maar ze had een heleboel vragen over mijn lunch met hem.

'En, wat wilde Edward Cullen gisteren van je?' vroeg Jessica tijdens wiskunde.

'Weet ik niet,' antwoordde ik eerlijk. 'Hij heeft het me nooit gezegd.'

'Je keek nogal kwaad,' viste ze.

'Was dat zo?' Ik bleef neutraal kijken.

'Weet je, ik heb hem nog nooit met iemand anders dan zijn familie aan een tafel zien zitten. Dat was vreemd.'

'Ja, vreemd,' was ik het met haar eens. Ze leek geïrriteerd; ze schudde ongeduldig met haar donkere krullen. Ik denk dat ze hoopte iets te horen dat ze als een goed verhaal kon doorvertellen.

Het ergste van vrijdag was dat, hoewel ik wist dat hij er niet zou zijn, ik toch bleef hopen. Toen ik met Jessica en Mike de kantine binnenliep, keek ik toch naar zijn tafel, waar Rosalie, Alice en Jasper zaten te praten, hun hoofden dicht bij elkaar. En ik kon niets doen tegen het sombere gevoel dat over me kwam toen ik me realiseerde dat ik niet wist hoe lang ik moest wachten voor ik hem weer zag.

Aan mijn gebruikelijke tafel was iedereen vol van de plannen voor de volgende dag. Mike was weer vrolijk en had het volste vertrouwen in de lokale

weerman die voor morgen zon beloofde. Dat moest ik eerst zien voor ik het geloofde. Maar het was vandaag warmer: bijna vijftien graden. Misschien werd het uitstapje toch niet een complete ramp.

Ik onderschepte een paar onvriendelijke blikken van Lauren tijdens de lunch, die ik totaal niet begreep totdat we allemaal samen naar buiten liepen. Ik liep recht achter haar, slechts een halve meter van haar steile, zilverblonde haar vandaan, en zij had dat duidelijk niet in de gaten.

'... begrijp niet dat Béllа' – ze zei mijn naam hatelijk – 'vanaf nu niet gewoon bij de Cullens gaat zitten,' hoorde ik haar zachtjes zeggen tegen Mike. Het was mij nog nooit opgevallen wat een onaangename, nasale stem ze had en ik was verrast door de kwaadaardigheid van haar toon. Ik kende haar helemaal niet zo goed, in elk geval niet goed genoeg voor haar om een hekel aan me te hebben – althans, dat dacht ik.

'Ze is mijn vriendin, dus ze zit bij ons,' fluisterde Mike trouw, maar ook een beetje bezitterig. Ik liet Jess en Angela voorbijlopen. Ik wilde niet nog meer horen.

Die avond tijdens het eten leek Charlie enthousiast over mijn tochtje naar La Push de volgende ochtend. Ik denk dat hij zich schuldig voelde dat hij me alleen thuis liet in de weekeinden, maar hij had te veel jaren zijn gewoontes kunnen volgen om er nu mee te breken. Natuurlijk kende hij de namen van alle kinderen die meegingen, en hun ouders en overgrootouders waarschijnlijk ook. Hij leek het goed te keuren. Ik vroeg me af of hij mijn plan om met Edward Cullen naar Seattle te rijden ook goed zou keuren. Niet dat ik hem dat zou vertellen.

'Pap, ken jij een plek die Goat Rocks of zoiets heet? Ik geloof dat het ten zuiden van Mount Rainier is,' vroeg ik terloops.

'Ja, hoezo?'

Ik haalde mijn schouders op. 'Een paar kinderen hadden het erover om daar te gaan kamperen.'

'Dat is niet zo'n goede plek om te kamperen.' Hij klonk verbaasd. 'Te veel beren. De meeste mensen gaan daar naartoe tijdens het jachtseizoen.'

'O,' mompelde ik. 'Misschien heb ik de naam niet goed verstaan.'

Ik wilde uitslapen, maar een ongewone helderheid wekte me. Ik deed mijn ogen open en zag helder geel licht door mijn raam schijnen. Ik kon het niet

geloven. Ik snelde naar het raam om het te controleren, en inderdaad, daar was de zon. Hij stond op de verkeerde plek aan de hemel – te laag – en hij leek niet zo dichtbij als hij zou moeten zijn, maar het was absoluut de zon. Langs de horizon lagen wolken, maar in het midden was een grote blauwe vlek zichtbaar. Ik bleef zo lang ik kon bij het raam staan, bang dat als ik wegging, het blauw weer zou verdwijnen.

De *Olympic Outfitters Store* van de Newtons lag iets ten noorden van de stad. Ik had de winkel gezien, maar was er nooit gestopt: ik had geen spullen nodig gehad om langere tijd buiten door te brengen. Op de parkeerplaats herkende ik Mikes Chevrolet Suburban en Tylers Nissan Sentra. Toen ik naast hun auto's parkeerde, zag ik de groep staan bij de voorkant van de Suburban. Eric was er, samen met nog twee jongens die bij mij in de klas zaten; ik was er bijna zeker van dat hun namen Ben en Conner waren. Jess was er, geflankeerd door Angela en Lauren. Drie andere meisjes stonden naast hen. Over een van hen was ik, geloof ik, gestruikeld tijdens gym. Zij keek me vuil aan toen ik uit mijn auto stapte en fluisterde iets tegen Lauren. Lauren schudde haar lange haar en keek me minachtend aan.

Dus het werd zó'n dag.

In elk geval leek Mike blij me te zien.

'Je bent gekomen!' riep hij verrukt. 'Ik had toch gezegd dat het zonnig zou zijn?'

'Ik had toch gezegd dat ik zou komen,' herinnerde ik hem.

'We wachten nog op Lee en Samantha... tenzij jij nog iemand hebt uitgenodigd,' voegde Mike toe.

'Nee,' loog ik, hopend dat de waarheid me niet zou achterhalen. Maar ook wensend dat er een wonder zou gebeuren en dat Edward zou opduiken.

Mike keek tevreden.

'Rijd je mee in mijn auto? De anderen gaan met het minibusje van Lee's moeder.'

'Tuurlijk.'

Hij glimlachte gelukzalig. Het was zo eenvoudig om Mike blij te maken.

'Je mag voorin zitten,' beloofde hij. Ik verborg mijn tegenzin. Ik kon zien hoe Jessica nu nijdig naar ons keek.

Het aantal mensen werkte echter in mijn voordeel. Lee had nog twee mensen uitgenodigd en opeens was elke stoel nodig. Ik slaagde erin Jessica

tussen mij en Mike in te proppen op de voorstoel van de Suburban. Mike had het wat eleganter kunnen opvatten, maar Jessica leek in elk geval tevreden.

Het was ruim twintig kilometer naar La Push vanaf Forks. Gedurende vrijwel de hele rit reden we door schitterende, dikke groene bossen, en de Quillayute-rivier slingerde twee keer onder de weg door. Ik was blij dat ik bij het raam zat. We hadden de raampjes naar beneden gedraaid – de Suburban was een beetje benauwd met negen mensen erin – en ik probeerde zo veel mogelijk zonlicht te absorberen.

Tijdens mijn zomers bij Charlie in Forks was ik vaak naar de stranden bij La Push geweest, dus het anderhalve kilometer lange, halfronde strand van First Beach was bekend. Het was nog altijd adembenemend. Het water was donkergroen, zelfs in het zonlicht, met witte koppen, en spatte uiteen op de grijze, rotsige kust. Uit de stalen golven van de inham rezen eilandjes omhoog met steile kliffen, die ongelijke toppen bereikten en gekroond waren met strenge, rijzige pijnbomen. Het strand had maar een smal reepje echt zand aan de rand van het water, waarna het overging in miljoenen grote, gladde stenen die vanaf een afstandje allemaal dezelfde kleur grijs leken, maar van dichtbij alle tinten hadden die een steen kon hebben: terracotta, zeegroen, lavendel, blauwgrijs, dof goud. De vloedlijn was bezaaid met enorme aangespoelde bomen, wit gebleekt in de zoute golven, soms opgestapeld tegen de rand van het bos, soms alleen liggend, net buiten bereik van de golven.

Er kwam een stevige bries van de golven, koel en zilt. Pelikanen dreven op de rollende zee, terwijl zeemeeuwen en een eenzame adelaar erboven zweefden. De wolken omringden nog altijd de lucht en dreigden elk moment binnen te dringen, maar op het moment scheen de zon nog dapper in zijn cirkel van blauw.

We zochten onze weg naar het strand beneden. Mike leidde ons naar een kring van aangespoelde stukken hout die duidelijk eerder was gebruikt door groepen als de onze. Er was al een vuurplaats aangelegd, vol zwarte as. Eric en de jongen van wie ik dacht dat hij Ben heette, verzamelden afgebroken takken uit drogere stapels aan de rand van het bos, en al gauw stond er op de vuurplaats een piramidevormige constructie.

'Heb je ooit een vuur gezien van wrakhout?' vroeg Mike aan me. Ik zat op een van de gebleekte banken; de andere meisjes zaten – opgewonden rodde-

lend – in groepjes aan weerszijden van me. Mike knielde bij het vuur en stak een van de kleinere takken aan met een aansteker.

'Nee,' zei ik terwijl hij het brandende twijgje voorzichtig tegen de piramide legde.

'Je vindt het vast mooi, kijk goed naar de kleuren.' Hij stak nog een twijg aan en legde hem naast de eerste. De vlammen begonnen snel aan het droge hout te likken.

'Het is blauw,' zei ik verbaasd.

'Dat komt door het zout. Mooi, hè?' Hij stak een derde tak aan, legde hem op een plek waar het vuur nog niet gepakt had, en kwam toen bij me zitten. Gelukkig zat Jess aan zijn andere kant. Ze draaide zich naar hem om en trok zijn aandacht. Ik keek naar de vreemde blauwe en groene vlammen die naar de hemel knetterden.

Na een halfuur kletsen wilden een paar jongens naar de nabijgelegen getijdenpoelen wandelen. Dat was een dilemma. Aan de ene kant was ik dol op de getijdenpoelen. Ze hadden me als kind al gefascineerd: ze waren een van de weinige dingen waar ik naar uitkeek als ik naar Forks kwam. Aan de andere kant was ik er ook vaak in gevallen. Dat is niet erg zolang je zeven bent en je vader mee is. Het herinnerde me aan Edwards verzoek: dat ik niet in zee zou vallen.

Lauren was degene die de beslissing voor me nam. Ze wilde niet meewandelen en ze droeg absoluut de verkeerde schoenen daarvoor. De meeste andere meisjes, behalve Angela en Jessica, besloten ook op het strand te blijven. Ik wachtte tot Tyler en Eric besloten hadden bij hen te blijven voordat ik stilletjes op stond om me bij de wandelgroep aan te sluiten. Mike schonk me een enorme grijns toen hij zag dat ik meeging.

Het was niet ver lopen, hoewel ik het verschrikkelijk vond dat ik in het bos de lucht niet meer kon zien. Het groene licht van het bos paste helemaal niet bij het gelach van tieners, te troebel en dreigend om samen te gaan met het luchtige geplaag om me heen. Ik moest bij elke stap die ik zette oppassen, wortels onder me vermijden en takken boven me, en ik raakte algauw achter. Uiteindelijk verliet ik het smaragdgroene bos en vond de rotsige kust terug. Het was eb en een getijdenrivier stroomde langs ons op weg naar de zee. Langs de met stenen bedekte oevers waren ondiepe poelen, die nooit helemaal leegliepen, barstensvol leven.

Ik paste goed op dat ik niet te ver boven de kleine zeevijvers leunde. De anderen kenden geen angst en sprongen over de rotsen en balanceerden gevaarlijk op de randen. Ik vond een erg stabiel uitziende rots aan de rand van een van de grootste poelen en ging voorzichtig zitten, betoverd door het natuurlijke aquarium onder me. Boeketten schitterende anemonen golfden onophoudelijk in de onzichtbare stroming, gedraaide schelpen krabbelden langs de randen, de krabben erin onzichtbaar, zeesterren hingen bewegingloos aan de rotsen en elkaar, en een kleine zwarte aal met witte racestrepen weefde door het heldergroene wier, wachtend op de terugkeer van de zee. Ik werd er volledig door in beslag genomen, afgezien van een klein deel van mijn hoofd dat zich afvroeg wat Edward nu aan het doen was, en dat zich probeerde voor te stellen wat hij zou zeggen als hij hier bij me zou zijn.

Eindelijk hadden de jongens honger en ik stond stijf op om hen terug te volgen. Ik probeerde hen nu beter bij te houden door het bos, dus viel ik natuurlijk een paar keer. Ik kreeg wat ondiepe schrammen op mijn handpalmen en de knieën van mijn spijkerbroek waren groen bevlekt, maar het had erger kunnen zijn.

Toen we terugkwamen bij First Beach was de groep die we hadden achtergelaten gegroeid. Toen we dichterbij kwamen, konden we het glanzende, steile haar en de koperkleurige huid van de nieuwkomers zien: jongeren uit het reservaat die een praatje kwamen maken.

Het eten werd al rondgedeeld en de jongens gingen snel hun deel opeisen, terwijl Eric ons voorstelde toen we de kring van wrakhout binnenkwamen. Angela en ik waren de laatsten die aankwamen en toen Eric onze namen zei, zag ik dat een jongere jongen die op de stenen bij het vuur zat, geïnteresseerd naar me opkeek. Ik ging naast Angela zitten en Mike bracht ons sandwiches en allerlei soorten fris om uit te kiezen, terwijl een jongen die eruitzag als de oudste van de bezoekers de namen opratelde van de zeven anderen die met hem mee waren gekomen. Alles wat ik opving was dat een van de meisjes ook Jessica heette, en dat de jongen die naar me gekeken had Jacob genoemd werd.

Het was ontspannend om bij Angela te zitten. Ze was een rustgevende persoon om mee om te gaan: ze had niet de behoefte om elke stilte te vullen met gekwebbel. Ze liet me vrij om ongestoord te denken terwijl we aten. En ik bedacht hoe ongelijkmatig de tijd leek te verstrijken in Forks, de ene keer

in een waas waarbij bepaalde beelden meer opvielen dan andere. En dan, andere keren, was elke seconde van belang, gegrift in mijn geheugen. Ik wist precies waardoor dat verschil veroorzaakt werd, en dat verontrustte me.

Tijdens de lunch drongen de wolken zich op, sluipend over het blauw, af en toe voor de zon langs schietend, waarbij ze lange schaduwen over het strand wierpen en de golven zwart kleurden. Toen ze klaar waren met eten, begonnen sommige mensen in twee- en drietallen weg te slenteren. Sommigen wandelden naar de rand van het water en probeerden stenen over het onrustige oppervlak te keilen. Anderen verzamelden zich voor een tweede expeditie naar de getijdenpoelen. Mike – met Jessica in zijn schaduw – ging op weg naar de enige winkel in het dorp. Enkele van de kinderen uit de buurt gingen met hen mee, andere gingen mee met de wandeling. Tegen de tijd dat iedereen uitgewaaierd was, zat ik alleen op mijn wrakhouten bank. Lauren en Tyler hielden zich bezig met de cd-speler die iemand had meegenomen, en drie tieners uit het reservaat zaten op de rand van de kring, onder wie de jongen die Jacob heette en de oudste jongen die als woordvoerder had gefungeerd.

Een paar minuten nadat Angela vertrokken was met de wandelaars, slenterde Jacob naar me toe en ging op haar plek zitten. Hij leek veertien, misschien vijftien, en had lang, glanzend zwart haar dat met een elastiekje in zijn nek bij elkaar werd gehouden. Zijn huid was prachtig, zijdeachtig en roestkleurig. Zijn ogen waren donker, diep gelegen boven de hoge vlakken van zijn jukbeenderen. Hij had nog wat kinderlijke rondingen bij zijn kin. Alles bij elkaar een heel mooi gezicht. Maar mijn positieve mening van zijn uiterlijk werd geschaad door de eerste woorden die uit zijn mond kwamen.

'Jij bent toch Isabella Swan?'

Het was alsof ik de eerste dag op school weer helemaal opnieuw beleefde.

'Bella,' zuchtte ik.

'Ik ben Jacob Black.' Hij stak met een vriendelijk gebaar zijn hand uit. 'Je hebt de pick-up van mijn vader gekocht.'

'O,' zei ik opgelucht en schudde zijn hand. 'Jij bent Billy's zoon. Ik zou me je moeten herinneren.'

'Nee, ik ben de jongste van het gezin – je herinnert je misschien mijn oudere zussen.'

'Rachel en Rebecca,' wist ik ineens weer. Charlie en Billy hadden ons tij-

dens mijn bezoeken vaak bij elkaar gezet, om ons bezig te houden terwijl zij visten. We waren allemaal te verlegen om echt vriendinnen te worden. Natuurlijk had ik tegen de tijd dat ik elf was genoeg driftaanvallen gekregen om een eind te maken aan de vistochtjes.

'Zijn ze hier?' Ik bestudeerde de meisjes bij het water en vroeg me af of ik ze nog zou herkennen.

'Nee.' Jacob schudde zijn hoofd. 'Rachel heeft een beurs gekregen voor Washington State University en Rebecca is getrouwd met een Samoaanse surfer. Ze woont nu op Hawaï.'

'Getrouwd. Wauw.' Ik was stomverbaasd. De tweeling was maar iets meer dan een jaar ouder dan ik was.

'En, hoe vind je de pick-up?' vroeg hij.

'Ik vind hem te gek. Hij loopt prima.'

'Ja, maar hij is supertraag,' lachte hij. 'Ik was zo opgelucht toen Charlie hem kocht. Mijn vader wilde me niet aan een andere auto laten bouwen toen we nog een auto hadden die het goed deed.'

'Zo langzaam is hij niet,' wierp ik tegen.

'Heb je geprobeerd harder dan negentig te rijden?'

'Nee,' gaf ik toe.

'Goed. Niet doen.' Hij grijnsde.

Ik kon er niets aan doen en grijnsde terug. 'Hij doet het prima tijdens botsingen,' meldde ik ter verdediging van mijn pick-up.

'Ik denk dat zelfs een tank dat oude monster niet plat zou krijgen,' stemde hij lachend in.

'Dus je bouwt auto's?' vroeg ik, onder de indruk.

'In mijn vrije tijd, en als ik onderdelen heb. Je weet toevallig niet waar ik een hoofdremcilinder kan krijgen voor een Volkswagen Golf uit 1986?' vroeg hij grappend. Hij had een aangename, hese stem.

'Sorry,' lachte ik, 'ik heb er de laatste tijd geen gezien, maar ik zal mijn ogen open houden.' Alsof ik wist wat dat was. Hij was een makkelijk persoon om mee te praten.

Jacob liet een blinkende glimlach zien en bekeek me waarderend op een manier die ik begon te herkennen. Ik was niet de enige die het opviel.

'Ken je Bella, Jacob?' vroeg Lauren – op een beledigende toon, of verbeeldde ik me dat – vanaf de andere kant van het vuur.

'We kennen elkaar al min of meer sinds ik een baby was,' lachte hij en glimlachte weer naar me.

'O, dat is leuk.' Ze klonk helemaal niet alsof ze het leuk vond, en haar bleke vissenogen werden kleiner.

'Bella,' riep ze weer, nauwkeurig naar mijn gezicht kijkend. 'Ik zei net tegen Tyler dat het zo jammer is dat geen van de Cullens vandaag kon komen. Heeft niemand eraan gedacht hen uit te nodigen?' Haar bezorgde uitdrukking was niet overtuigend.

'Je bedoelt het gezin van Dr. Carlisle Cullen?' vroeg de lange, oudere jongen voordat ik antwoord kon geven, tot Laurens grote irritatie. Hij was eigenlijk meer een man dan een jongen, en zijn stem was heel zwaar.

'Ja, ken je ze?' vroeg ze neerbuigend, zich half naar hem omdraaiend.

'De Cullens komen hier niet,' zei hij op een toon waarmee het onderwerp gesloten werd en negeerde haar vraag.

Tyler, die probeerde haar aandacht terug te krijgen, vroeg Laurens mening over de cd die hij in zijn handen had. Ze was afgeleid.

Ik staarde verbaasd naar de jongen met de zware stem, maar hij keek naar het donkere bos achter ons. Hij had gezegd dat de Cullens hier niet kwamen, maar zijn toon had nog iets meer ingehouden: dat ze hier niet mochten komen, dat het verboden was. Zijn gedrag maakte een vreemde indruk op me en ik probeerde het zonder succes te negeren.

Jacob onderbrak mijn overpeinzingen. 'Word je al helemaal gek van Forks?'

'O, dat is wat zwakjes uitgedrukt.' Ik trok een gezicht. Hij grinnikte begrijpend.

Ik dacht nog steeds aan de opmerking over de Cullens en ineens kreeg ik een idee. Het was een stompzinnig plan, maar ik had geen beter. Ik hoopte dat de jonge Jacob nog geen ervaring had met meisjes, zodat hij mijn ongetwijfeld armzalige pogingen tot flirten niet zou doorzien.

'Heb je zin om een stukje met me over het strand te lopen?' vroeg ik, terwijl ik probeerde de manier waarop Edward van onder zijn wimpers kon opkijken na te doen. Het kon nauwelijks hetzelfde effect hebben, daarvan was ik overtuigd, maar Jacob sprong toch gretig op.

Terwijl we naar het noorden liepen over de veelkleurige stenen richting de muur van wrakhout, sloten de wolken zich eindelijk aaneen waardoor de

zee donkerder werd en de temperatuur daalde. Ik stak mijn handen diep in de zakken van mijn jas.

'Hoe oud ben je, zestien?' vroeg ik. Ik probeerde er niet als een idioot uit te zien terwijl ik met mijn oogleden knipperde zoals ik meisjes op tv had zien doen.

'Ik ben net vijftien,' bekende hij gevleid.

'Echt?' Mijn gezicht was vol valse verbazing. 'Ik dacht dat je ouder was.'

'Ik ben lang voor mijn leeftijd,' verklaarde hij.

'Kom je vaak in Forks?' vroeg ik schalks, alsof ik hoopte dat hij ja zou zeggen. Ik vond zelf dat ik belachelijk klonk. Ik was bang dat hij me vol afschuw zou aankijken en zou beschuldigen van aanstellerij, maar hij leek nog steeds gevleid.

'Niet zo vaak,' bekende hij met een frons. 'Maar als mijn auto klaar is, kan ik net zo vaak komen als ik wil – als ik mijn rijbewijs heb,' verbeterde hij zichzelf.

'Wie was die andere jongen waarmee Lauren praatte? Hij leek een beetje te oud om met ons rond te hangen.' Ik deelde mezelf bewust in bij de jonkies, in een poging duidelijk te maken dat ik de voorkeur gaf aan Jacob.

'Dat is Sam, hij is negentien,' informeerde hij me.

'Wat bedoelde hij eigenlijk met wat hij zei over het gezin van de dokter?' vroeg ik onschuldig.

'De Cullens? O, zij mogen niet op het reservaat komen.' Hij keek weg, over zee naar James Island, terwijl hij bevestigde wat ik dacht dat ik gehoord had in Sams stem.

'Waarom niet?'

Hij keek naar me en beet op zijn lip. 'Oeps, daar mag ik eigenlijk helemaal niets over vertellen.'

'O, ik zal het aan niemand doorvertellen, ik ben gewoon nieuwsgierig.' Ik probeerde verleidelijk te glimlachen en vroeg me af of ik het er niet te dik oplegde.

Maar hij glimlachte terug en keek verleid. Toen trok hij een wenkbrauw op en zijn stem was nog heser dan daarvoor.

'Houd je van enge verhalen?' vroeg hij onheilspellend.

'Ik ben er dól op,' deed ik enthousiast en probeerde hem smeulend in de ogen te kijken.

Jacob liep naar een aangespoelde boom waarvan de wortels uitstaken als de spits toelopende poten van een enorme bleke spin. Hij ging op een van de kronkelige wortels zitten, terwijl ik lager plaats nam op de stam van de boom. Hij staarde naar de rotsen, een glimlachje om zijn brede lippen. Ik kon zien dat hij ging proberen dit zo spannend mogelijk te vertellen. Ik deed mijn best de grote interesse die ik voelde uit mijn ogen te houden.

'Heb je wel eens een van onze oude verhalen gehoord, over waar we vandaan komen – de Quileutes bedoel ik?' begon hij.

'Niet echt,' bekende ik.

'Er zijn veel legendes, van sommige wordt beweerd dat ze teruggaan tot de Zondvloed – ze zeggen dat de oude Quileutes hun kano's vastbonden aan de toppen van de hoogste bomen op de berg om te overleven, net als Noach en de ark.' Hij glimlachte om me te laten zien hoe weinig geloof hij hechtte aan de verhalen. 'Volgens een andere legende stammen we af van wolven – en de wolven zouden nog steeds onze broeders zijn. Het is tegen de wetten van de stam om ze te doden.

En dan zijn er nog de verhalen over de koude wezens.' Zijn stem werd nog wat zachter.

'De koude wezens?' vroeg ik en ik hoefde niet langer te doen alsof ik gefascineerd was.

'Ja. Er zijn verhalen over de koude wezens die net zo oud zijn als de wolflegendes, en sommige zijn veel recenter. Volgens een legende kende mijn eigen overgrootvader enkele van hen. Hij was degene die een verdrag met hen sloot waardoor ze niet meer op ons land mogen komen.' Hij rolde met zijn ogen.

'Jouw overgrootvader?' moedigde ik aan.

'Hij was een stamoudste, net als mijn vader. De koude wezens zijn de natuurlijke vijanden van de wolf, moet je weten – althans niet de echte wolf, maar van de wolven die in mensen kunnen veranderen, zoals onze voorouders. Jullie noemen ze weerwolven.'

'Weerwolven hebben vijanden?'

'Slechts een.'

Ik staarde hem dringend aan en hoopte dat ik kon doen alsof mijn ongeduld bewondering was.

'Dus,' ging Jacob verder, 'de koude wezens zijn van oudsher onze vijanden.

Maar de groep die naar ons gebied kwam toen mijn overgrootvader leefde was anders. Zij jaagden niet op de manier zoals de rest van hun soort deed – mijn overgrootvader ging ervan uit dat zij ongevaarlijk waren voor de stam. Dus sloot mijn overgrootvader een wapenstilstand met hen. Als zij beloofden niet op ons land te komen, zouden wij hen niet verraden aan de bleekgezichten.' Hij knipoogde naar mij.

'Als ze niet gevaarlijk waren, waarom...?' Ik probeerde het te begrijpen, maar deed mijn best hem niet te laten merken hoe serieus ik zijn spookverhaal nam.

'Het is altijd riskant voor mensen om bij de koude wezens in de buurt te zijn, zelfs als ze beschaafd zijn zoals deze clan. Je weet nooit wanneer ze zo hongerig worden dat ze zich niet meer in kunnen houden.' Hij liet zijn stem met opzet extra dreigend klinken.

'Wat bedoel je met 'beschaafd'?'

'Ze beweerden dat ze niet op mensen jaagden. Ze schenen om de een of andere manier in staat te zijn uitsluitend op dieren te jagen.'

Ik probeerde mijn stem nonchalant te houden. 'Wat heeft dat dan te maken met de Cullens? Zijn zij net zoals de koude wezens die je overgrootvader heeft ontmoet?'

'Nee.' Hij wachtte even theatraal. 'Zij zíjn die wezens.'

Hij dacht vast dat de uitdrukking op mijn gezicht angst was, ingegeven door zijn verhaal. Hij glimlachte tevreden en ging verder.

'Het zijn er nu meer, een nieuw vrouwtje en een nieuw mannetje, maar de rest is hetzelfde. In mijn overgrootvaders tijd kenden ze de leider al: Carlisle. Hij was hier geweest en al weer vertrokken voordat jóúw soort kwam.' Hij probeerde een lachje te onderdrukken.

'En wat zijn ze?' vroeg ik tenslotte. 'Wat zijn de koude wezens?'

Hij glimlachte donker.

'Bloeddrinkers,' antwoordde hij met een griezelstem. 'Jullie noemen hen vampiers.'

Na zijn antwoord staarde ik naar de ruige branding, omdat ik niet wist wat er op mijn gezicht te lezen viel.

'Je hebt kippenvel,' lachte hij verrukt.

'Je bent een goede verteller,' complimenteerde ik hem, nog steeds naar de golven kijkend.

'Krankzinnig verhaal, hè? Logisch dat mijn vader niet wil dat we er met iemand over praten.'

Ik kon mijn gezichtsuitdrukking onvoldoende onder controle houden om hem nu al aan te kijken. 'Wees maar niet bang, ik zal je niet verraden.'

'Ik heb zojuist het verdrag verbroken,' lachte hij.

'Ik zwijg als het graf,' beloofde ik, en toen rilde ik.

'Serieus, niets tegen Charlie zeggen, hoor. Hij was behoorlijk boos op mijn vader toen hij hoorde dat sommigen van ons niet meer naar het ziekenhuis gaan sinds dr. Cullen daar werkt.'

'Dat beloof ik.'

'En, vind je ons nu een stelletje bijgelovige indianen?' vroeg hij op speelse toon, maar ook een heel klein beetje bezorgd. Ik had nog niet weggekeken van de oceaan.

Ik draaide me om en glimlachte zo normaal als ik kon naar hem.

'Nee. Ik vind dat je heel goed enge verhalen kunt vertellen. Kijk, ik heb nog steeds kippenvel.' Ik hield mijn arm omhoog.

'Gaaf,' lachte hij.

En toen waarschuwde het geluid van tegen elkaar klaterende strandstenen ons dat er iemand naar ons toe kwam. We keken op hetzelfde moment op en zagen Mike en Jessica, ongeveer vijftig meter bij ons vandaan, naar ons toelopen.

'Daar ben je, Bella,' riep Mike opgelucht, zwaaiend met zijn arm.

'Is dat je vriendje?' vroeg Jacob, gealarmeerd door het jaloerse toontje in Mikes stem. Ik was verrast dat het zo opvallend was.

'Nee, absoluut niet,' fluisterde ik. Ik was Jacob ongelooflijk dankbaar en wilde hem graag zo blij mogelijk maken. Ik knipoogde naar hem, zorgvuldig wegdraaiend van Mike toen ik dat deed. Hij glimlachte, dolblij met mijn onhandige geflirt.

'Dus als ik mijn rijbewijs heb...' begon hij.

'Moet je bij me langskomen in Forks. Dan kunnen we samen wat doen.' Ik voelde me schuldig toen ik dit zei, wetend dat ik hem had gebruikt. Maar ik vond Jacob echt heel aardig. Hij was iemand met wie ik makkelijk vrienden kon worden.

Mike had ons nu bereikt en Jessica liep een paar stappen achter hem. Ik zag zijn ogen Jacob opnemen en tevreden kijken toen hij duidelijk aan de jonge kant bleek te zijn.

'Waar was je?' vroeg hij, hoewel het antwoord voor hem stond.

'Jacob vertelde me wat lokale legendes,' meldde ik. 'Het was heel interessant.'

Ik glimlachte warm naar Jacob, en hij grijnsde terug.

'O.' Mike aarzelde en beoordeelde de situatie opnieuw toen hij onze camaraderie zag. 'We zijn de spullen bij elkaar aan het pakken: het ziet ernaar uit dat het zo gaat regenen.'

We keken allemaal omhoog naar de dreigende lucht. Het zag er inderdaad regenachtig uit.

'Oké.' Ik sprong op. 'Ik kom.'

'Leuk je weer gezien te hebben,' zei Jacob en ik was ervan overtuigd dat hij Mike een beetje aan het jennen was.

'Vond ik ook. De volgende keer dat Charlie langsgaat bij Billy kom ik mee,' beloofde ik.

Hij grijnsde van oor tot oor. 'Dat zou gaaf zijn.'

'En bedankt,' voegde ik ernstig toe.

Ik deed mijn capuchon omhoog toen we terugliepen over de rotsen naar de parkeerplaats. Een paar druppels begonnen te vallen en maakten zwarte vlekken op de stenen waar ze neerkwamen. Toen we bij de Suburban kwamen, waren de anderen al bezig alles in de achterbak te stoppen. Ik kroop op de achterbank, bij Angela en Tyler, met de mededeling dat ik mijn beurt op de voorstoel al gehad had. Angela staarde alleen maar uit het raam naar de toenemende storm, en Lauren draaide zich om op de middenstoel om Tylers aandacht te trekken, dus kon ik gewoon mijn hoofd tegen de rugleuning leggen en mijn ogen dicht doen en heel hard proberen niet na te denken.

7. Nachtmerrie

Ik zei tegen Charlie dat ik veel huiswerk had en dat ik geen zin had in eten. Er was een basketbalwedstrijd die hij dolgraag wilde zien, terwijl ik natuurlijk geen idee had wat er zo bijzonder aan was, dus hij merkte niets ongewoons aan mijn gezicht of stem.

Eenmaal in mijn kamer deed ik de deur op slot. Ik groef in mijn bureau tot ik mijn oude koptelefoon vond en sloot hem aan op mijn kleine cd-speler. Ik pakte een cd die Phil me voor Kerst had gegeven. Het was een van zijn favoriete bands, maar ze gebruikten een beetje te veel bas en geschreeuw naar mijn smaak. Ik deed hem in de speler en ging op bed liggen. Ik deed de koptelefoon op, drukte op *play* en zette het volume zo hoog dat het pijn deed aan mijn oren. Ik sloot mijn ogen, maar het licht was nog steeds hinderlijk, dus legde ik een kussen over de bovenste helft van mijn gezicht.

Ik concentreerde me zorgvuldig op de muziek, probeerde de tekst te begrijpen en de ingewikkelde drumpatronen te ontwarren. Toen ik de cd voor de derde keer gehoord had, kende ik in elk geval alle teksten. Verbaasd ontdekte ik dat ik de band toch wel erg leuk vond, toen ik eenmaal gewend was aan de herrie. Ik moest Phil nog maar eens bedanken.

En het werkte. De oorverdovende beats maakten nadenken onmogelijk. En dat was tenslotte de bedoeling hiervan. Ik luisterde steeds opnieuw naar de cd tot ik met alle liedjes meezong en uiteindelijk in slaap viel.

Ik opende mijn ogen op een bekende plek. Ergens in mijn onderbewustzijn wist ik dat ik droomde. Ik herkende het groene licht van het bos en hoorde de golven slaan tegen de rotsen in de buurt. En ik wist dat als ik de zee kon vinden, ik de zon zou kunnen zien. Ik probeerde het geluid te volgen, maar toen was Jacob Black er en trok me aan mijn hand terug naar het donkerste deel van het bos.

'Jacob, wat is er aan de hand?' vroeg ik. Zijn gezicht was angstig en hij trok uit alle macht aan mijn arm: ik wilde het duister niet in.

'Ren, Bella, je moet rennen!' fluisterde hij, doodsbang.

'Hierheen, Bella!' Ik herkende Mikes stem die kwam van onder de donkere bomen, maar ik kon hem niet zien.

'Waarom?' vroeg ik, me nog steeds verzettend tegen Jacobs greep, wanhopig op zoek nu naar de zon.

Maar Jacob liet mijn hand los, gaf een gil en viel, plotseling trillend, op de donkere bodem van het bos. Hij kronkelde over de grond terwijl ik vol afschuw toekeek.

'Jacob!' schreeuwde ik. Maar hij was verdwenen. In plaats daarvan stond er een grote, roodbruine wolf met zwarte ogen. De wolf keek van me weg, in de richting van de kust. Het haar op zijn schouders stond overeind en een laag gegrom kwam tussen zijn onblote kaken vandaan.

'Bella, ren!' riep Mike opnieuw achter me. Maar ik draaide me niet om. Ik keek naar een licht dat op me toekwam vanaf het strand.

En toen stapte Edward tussen de bomen vandaan, zijn huid gloeide zachtjes, zijn ogen zwart en gevaarlijk. Hij hief een hand omhoog en wenkte me. De wolf gromde aan mijn voeten.

Ik deed een stap naar voren, naar Edward. Hij glimlachte, en zijn tanden waren scherp, puntig.

'Vertrouw me,' zei hij spinnend.

Ik nam nog een stap.

De wolf lanceerde zich over de open plek tussen mij en de vampier, zijn muil gericht op Edwards keel.

'Nee!' krijste ik en schoot overeind in mijn bed.

Door mijn plotselinge beweging trok de koptelefoon de cd-speler van het nachtkastje en die viel kletterend op de houten vloer.

Het licht brandde nog en ik zat op bed met mijn kleren en schoenen nog aan. Ik keek gedesoriënteerd op de klok op mijn toilettafel. Het was halfzes 's ochtends.

Ik kreunde, viel terug, en rolde op mijn buik terwijl ik mijn laarzen uitschopte. Maar ik lag te ongemakkelijk om weer enigszins in slaap te vallen. Ik rolde weer terug, knoopte mijn spijkerbroek los en wriemelde er moeizaam uit terwijl ik horizontaal probeerde te blijven. Ik voelde de vlecht in mijn haar, een onaangename bult achterop mijn hoofd. Ik draaide op mijn zij en trok het elastiek eruit. Snel haalde ik met mijn vingers mijn haar los.

Ik trok het kussen weer over mijn ogen.

Allemaal voor niets, natuurlijk. Mijn onderbewustzijn had precies die beelden opgeroepen die ik zo wanhopig had proberen te vermijden. Ik moest de confrontatie nu wel aangaan.

Ik ging zitten, en mijn hoofd tolde even toen het bloed weer wegstroomde. Maar eerst wat anders, dacht ik bij mezelf, in een poging het zo lang mogelijk uit te stellen. Ik greep mijn toilettas.

Helaas duurde het douchen niet zo lang als ik had gehoopt. En zelfs al nam ik de tijd om mijn haar te föhnen, algauw had ik niets meer wat ik kon doen in de badkamer. In een handdoek gewikkeld liep ik terug naar mijn kamer. Ik wist niet of Charlie nog sliep, of dat hij al vertrokken was. Ik keek uit mijn raam en zag dat de surveillanceauto weg was. Weer aan het vissen.

Ik trok langzaam mijn favoriete joggingpak aan en maakte toen mijn bed op; iets wat ik normaal nooit deed. Ik kon het niet langer uitstellen. Ik ging naar mijn bureau en zette mijn oude computer aan.

Ik vond het verschrikkelijk om hier internet te moeten gebruiken. Mijn modem was hopeloos ouderwets, mijn gratis abonnement supertraag. Alleen het inbellen duurde al zo lang dat ik besloot een bord muesli te gaan eten terwijl ik wachtte.

Ik at langzaam, kauwde zorgvuldig op elke hap. Toen ik klaar was, waste ik de kom en lepel af, droogde ze af en borg alles op. Met slepende voeten klom ik de trap op. Ik ging eerst naar mijn cd-speler, pakte hem van de vloer en legde hem precies in het midden van de tafel. Ik trok de koptelefoon eruit en legde hem in het laatje van mijn bureau. Toen zette ik dezelfde cd op, met het volume zo zacht dat het achtergrondmuziek werd.

Met nog een zucht ging ik achter de computer zitten. Natuurlijk stond het beeldscherm vol met pop-up-advertenties. Ik zat op mijn harde klapstoel en begon al de kleine vensters te sluiten. Eindelijk kwam ik bij mijn favoriete zoekmachine. Ik sloot nog een paar pop-ups en typte toen een woord in:

Vampier.

Het was om razend van te worden, zo lang als het duurde. Maar de resultaten die omhoog kwamen, omvatten echt van alles: van films en tv-series tot rollenspellen, underground metal en gothic cosmeticabedrijven.

Toen vond ik een veelbelovende site: *Vampier A-Z.* Ik wachtte ongeduldig tot hij geladen was, snel alle advertenties wegklikkend die op het scherm ver-

schenen. Eindelijk stond de site er: eenvoudige witte achtergrond met zwarte tekst. Het zag er wetenschappelijk uit. Op de homepage stonden twee citaten:

In de enorme schaduwrijke wereld van geesten en demonen is er geen verschrikkelijker figuur, geen figuur zo gevreesd en verafschuwd, maar toch zo bejegend met angstige fascinatie, als de vampier, die zelf geest noch demon is, maar die niettemin de duistere karaktertrekken en de mysterieuze en vreselijke eigenschappen van beiden bezit.

- Ds. Montague Summers

Als er één legende in deze wereld goed gedocumenteerd is, dan is het wel die van de vampier. Niets ontbreekt: officiële rapporten, verklaringen van bekende mensen, van chirurgen, priesters, magistraten; de gerechtelijke bewijzen zijn het meest compleet. Maar daarbij komt: wie gelooft er nu in vampiers?

- Rousseau

De rest van de site was een gealfabetiseerd overzicht van alle verschillende mythes over vampiers uit de hele wereld. De eerste waarop ik klikte, de *Danag*, was een Filipijnse vampier die verantwoordelijk zou zijn voor het planten van taro-knollen op de eilanden, lang geleden. De mythe vertelde verder dat de Danag vele jaren met mensen samenwerkten, maar dat er aan die samenwerking een eind kwam toen een vrouw op een dag in haar vinger sneed en een Danag het bloed oplikte. Hij vond de smaak zo lekker dat hij haar lichaam helemaal leeg zoog.

Ik las zorgvuldig de beschrijvingen, op zoek naar iets dat bekend klonk of zelfs geloofwaardig. Het leek alsof de meeste vampiermythen gingen over demonen die eruitzagen als beeldschone vrouwen, en kinderen die het slachtoffer werden; ze leken bedacht als verklaring voor de hoge sterftecijfers onder jonge kinderen, en als excuus voor mannen om vreemd te gaan. In veel van de verhalen kwamen lichaamloze geesten voor en werd er gewaarschuwd voor een verkeerde manier van begraven. Er was niet veel dat overeenkwam met de films die ik had gezien, en er waren maar heel weinig vampiers, zoals de Hebreeuwse *Estrie* en de Poolse *Upier*, die zich zelfs maar bezighielden met het drinken van bloed.

Slechts drie beschrijvingen trokken echt mijn aandacht: de Roemeense *Varacolaci*, een krachtig ondood wezen dat kon verschijnen als een beeldschone, bleekhuidige mens; de Slowaakse *Nelapsi*, een wezen dat zo sterk en snel was dat het een heel dorp kon uitmoorden in het ene uur na middernacht; en tot slot de *Stregoni benefici*.

Over die laatste stond er maar een kort zinnetje.

Stregoni benefici: een Italiaanse vampier waarvan beweerd wordt dat hij aan de kant van het goede staat, en een aartsvijand van alle slechte vampiers.

Het was een opluchting, dat ene kleine zinnetje, die ene mythe die beweerde dat er goede vampiers bestonden.

Maar over het algemeen was er weinig dat overeenkwam met Jacobs verhalen of wat ik zelf geobserveerd had. Ik had een kleine lijst gemaakt in mijn hoofd en hem tijdens het lezen zorgvuldig vergeleken met elke mythe. Snelheid, kracht, schoonheid, bleke huid, ogen die van kleur veranderen; en dan Jacobs criteria: bloeddrinkers, vijanden van de weerwolf, koude huid en onsterfelijk. Er waren weinig mythen waarin ook maar een van deze kenmerken genoemd werd.

En dan was er nog een ander probleem, dat ik me herinnerde van het kleine aantal griezelfilms dat ik had gezien en dat werd onderschreven door wat ik vandaag gelezen had: vampiers konden daglicht niet verdragen, de zon zou hen gelijk verschroeien. Ze sliepen de hele dag in doodskisten en kwamen alleen 's nachts buiten.

Geërgerd drukte ik op de uitknop van de computer. Ik had niet het geduld de boel netjes af te sluiten. Naast mijn irritatie voelde ik vooral schaamte. Het was allemaal zo stom. Waarom zat ik in mijn kamer onderzoek te doen naar vampiers? Wat was er met me aan de hand? Ik besloot dat het voornamelijk de schuld was van Forks, en eigenlijk ook van het hele rottige Olympic Peninsula.

Ik moest het huis uit, maar er was niets waar ik naartoe wilde wat niet drie dagen rijden was. Toch deed ik mijn laarzen aan, niet wetend waar ik heen ging, en liep de trap af. Ik trok mijn regenjas aan zonder te kijken wat voor weer het was en stampte naar buiten.

Het was bewolkt, maar het regende nog niet. Ik liet mijn auto staan en liep naar het oosten, dwars over Charlies grasveld naar het steeds verder oprukkende woud. Algauw was ik zo diep in het bos dat ik het huis en de weg

niet meer kon zien, het enige geluid dat hoorbaar was, was het gezomp van de vochtige aarde onder mijn voeten en de plotselinge kreten van de vogels.

Het pad liep hier als een smal lint door het bos, anders zou ik het niet riskeren om zo alleen te gaan wandelen. Mijn richtingsgevoel was hopeloos: ik verdwaalde makkelijk. Het pad kronkelde dieper en dieper het bos in, voornamelijk in oostelijke richting voor zover ik kon zien. Het slingerde langs Sitka-sparren en Canadese dennen, taxusbomen en esdoorns. Ik kende vaag de namen van de bomen om me heen, en alles wat ik wist kwam omdat Charlie ze vroeger had aangewezen vanuit de surveillanceauto. Er waren er veel die ik niet kende en andere waarvan ik niet zeker was omdat ze zo bedekt waren met groene parasieten.

Ik volgde het pad zo lang mijn boosheid op mezelf me voortdreef. Toen die verdween, ging ik langzamer lopen. Een paar druppels water spetterden van het bladerdak boven me, maar ik wist niet of het begonnen was met regenen of dat het gewoon nattigheid was van gisteren, die zich verzameld had op de bladeren hoog boven me en nu langzaam naar beneden droop naar de aarde. Een pas gevallen boom – ik wist dat het pas was, want hij was nog niet volledig bedekt met mos – leunde tegen de stam van een van zijn broers, zodat er een beschut bankje was ontstaan op een paar veilige passen van het pad. Ik stapte over de varens en ging voorzichtig zitten, ervoor zorgend dat mijn jas zich tussen de klamme zetel en mijn kleren bevond op de plek waar ze elkaar raakten, en leunde mijn hoofd met capuchon tegen de levende boom.

Dit was de verkeerde plek geweest om naartoe te gaan. Ik had het moeten weten, maar waar kon ik anders naartoe? Het bos was diepgroen en leek veel te veel op het tafereel uit de droom van afgelopen nacht om mij te kalmeren. Nu het geluid van mijn zompige voetstappen niet meer klonk, was de stilte doordringend. De vogels waren ook stil, de druppels namen in aantal toe, dus het moest hierboven regenen. Nu ik zat kwamen de varens boven mijn hoofd uit en ik wist dat iemand kon langslopen over het pad, een meter verder, zonder me te zien.

Hier tussen de bomen was het veel eenvoudiger te geloven in de belachelijke dingen waar ik me binnenshuis voor geschaamd had. Niets was veranderd in dit duizenden jaren oude woud, en al de mythen en legenden van honderd verschillende landen in dit groene waas leken veel waarschijnlijker dan in mijn lichte slaapkamer.

Ik dwong me te richten op de twee belangrijkste vragen die ik had, maar ik deed het met tegenzin.

Eerst moest ik bepalen of het mogelijk was dat wat Jacob verteld had over de Cullens waar was.

Onmiddellijk antwoordde mijn verstand met een klinkend nee. Het was stom en ziekelijk om zulke belachelijke ideeën te hebben. Maar wat dan, vroeg ik me af. Er was geen rationele verklaring voor het feit dat ik op dit moment nog in leven was. Ik somde in mijn hoofd de dingen op die ik zelf had gezien: de onmogelijke snelheid en kracht, de verandering van de oogkleur van zwart naar goud en weer terug, de onmenselijke schoonheid, de bleke, ijskoude huid. En meer, kleine dingen die ik me langzaam bewust werd: hoe ze nooit leken te eten, de verontrustende gratie waarmee ze bewogen. En de manier waarop híj soms sprak, met ongewone toonval en zinnen die beter pasten bij de stijl van een honderd jaar oude roman dan die van een leslokaal in de eenentwintigste eeuw. Hij had gespijbeld toen we bloedgroepen gingen bepalen. Hij had geen nee gezegd tegen het tochtje naar het strand tot hij hoorde waar we heen gingen. Hij leek van iedereen om hem heen te weten wat ze dachten, behalve van mij. Hij had me gezegd dat hij de slechterik was, gevaarlijk...

Konden de Cullens vampiers zijn?

Tja, ze waren íéts. Voor mijn ongelovige ogen vond iets plaats dat buiten de mogelijkheid van rationele logica lag. Of het nou Jacobs koude wezens waren of mijn eigen superheldentheorie, Edward Cullen was niet... menselijk. Hij was iets meer.

Dus... misschien. Daar moest ik het voorlopig maar mee doen.

En de belangrijkste vraag van allemaal: wat zou ik doen als het waar was?

Áls Edward een vampier was – het kostte me moeite het woord te denken – wat moest ik dan doen? Er was geen sprake van dat ik iemand anders erbij zou betrekken. Ik kon het zelf nauwelijks geloven; iedereen aan wie ik het vertelde zou me gelijk laten opnemen.

Slechts twee opties leken mogelijk. De eerste was zijn advies opvolgen: slim zijn en hem zo veel mogelijk mijden. Doen alsof er een ondoordringbare dikke glazen muur tussen ons in stond tijdens die ene les waar we gedwongen naast elkaar zaten. Hem zeggen me met rust te laten – en het dit keer echt menen.

Toen ik die mogelijkheid overdacht werd ik plotseling gegrepen door diepe pijn en wanhoop. Mijn verstand wees de pijn af en sprong snel over op de volgende optie.

Ik kon alles zo laten. Tenslotte had hij, als hij al iets... boosaardigs was, mij tot nog toe geen pijn gedaan. Integendeel, ik zou een deuk in Tylers bumper zijn als hij niet zo snel had gereageerd. Zo snel, wierp ik mezelf tegen, dat het gewoon automatisme had kunnen zijn. Maar als het een automatisme was om levens te redden, hoe slecht kon hij dan zijn? antwoordde ik. Mijn verstand draaide rond in antwoordloze cirkels.

Er was een ding dat ik zeker wist, als ik al iets zeker wist. De donkere Edward Cullen in mijn droom afgelopen nacht was een afspiegeling van mijn eigen angst voor het woord dat Jacob had gezegd, en niet voor Edward zelf. En toch, toen ik van pure angst gegild had toen de weerwolf sprong, was het geen angst voor de weerwolf waardoor mijn lippen 'nee' schreeuwden. Het was angst dat híj gewond zou raken; ook al riep hij me met ontblote, scherpe tanden, ik was bang om hem.

En ik wist dat dat mijn antwoord was. Ik wist niet of ik ooit een keus had gehad. Ik zat er al te diep in. Nu ik het wist – als ik het wist – kon ik niets beginnen met mijn beangstigende geheim. Want als ik aan hem dacht, aan zijn stem, zijn hypnotiserende ogen, de magnetische kracht van zijn persoonlijkheid, wilde ik niets liever dan bij hem zijn. Zelfs al... maar ik kon er niet aan denken. Niet hier, alleen in het donker wordende bos. Niet terwijl de regen het zo schemerig maakte onder het bladerdak en klaterde als voetstappen op de aardbodem. Ik rilde en stond snel op van mijn geheime plek, bang dat de regen het pad had uitgewist.

Maar het was er nog, veilig en duidelijk, naar buiten kronkelend uit de groene doolhof. Ik volgde het haastig, mijn capuchon dicht om mijn gezicht. Ik verbaasde me, toen ik bijna tussen de bomen door holde, hoe ver ik had gelopen. Ik begon me af te vragen of ik wel het bos uit liep, of juist het pad dieper het woud in volgde. Voordat ik al te zeer in paniek kon raken, zag ik hier en daar open plekken door de wirwar van takken. En toen hoorde ik een auto over de weg rijden en lag het bos achter me. Charlies grasveld strekte zich voor me uit, het huis wenkte me met de belofte van warmte en droge sokken.

Het was pas twaalf uur toen ik weer binnenkwam. Ik ging naar boven en

trok gewone kleren aan: een spijkerbroek en een T-shirt, omdat ik toch binnen bleef. Het kostte me niet al te veel moeite me te concentreren op de taak van die dag, een werkstuk over *Macbeth* dat we woensdag moesten inleveren. Tevreden begon ik een ruwe opzet te maken. Ik voelde me rustiger dan ik me gevoeld had sinds... nou, sinds donderdagmiddag, als ik eerlijk was.

Dat was altijd hoe ik het deed. Beslissingen nemen was het pijnlijkste gedeelte voor me, het deel waar ik moeilijk over deed. Maar als de beslissing eenmaal genomen was, hield ik me er gewoon aan, meestal opgelucht dat de keuze gemaakt was. Soms werd de opluchting gekleurd door wanhoop, zoals toen ik besloten had naar Forks te gaan. Maar het was nog altijd beter dan worstelen met de alternatieven.

Het was belachelijk eenvoudig om met deze beslissing te leven. Gevaarlijk eenvoudig.

En dus was de dag stil, productief – ik had voor acht uur mijn werkstuk af. Charlie kwam thuis met een flinke vangst, en ik bedacht dat ik eraan moest denken een viskookboek te kopen als ik volgende week in Seattle was. De rillingen die over mijn rug liepen elke keer als ik daaraan dacht waren niet anders dan die ik gevoeld had voordat ik een praatje gemaakt had met Jacob Black. Ze zouden anders moeten zijn, dacht ik. Ik zou bang moeten zijn. Ik wist dat ik dat zou moeten zijn, maar ik kon niet het juiste soort angst voelen.

Die nacht had ik geen dromen, uitgeput van het vroege begin van de dag en het slechte slapen van de nacht ervoor. Ik werd wakker, voor de tweede keer sinds ik in Forks was, met het heldergele licht van een zonnige dag. Ik huppelde naar het raam, verbaasd te zien dat er bijna geen wolkje aan de lucht was. En de wolken die er waren, waren luchtige witte vlokjes die onmogelijk regen konden bevatten. Ik deed het raam open – verbaasd dat het stilletjes opengging, zonder te klemmen, omdat het al ik weet niet hoeveel jaar niet open was geweest – en zoog de relatief droge lucht naar binnen. Het was bijna warm en er stond nauwelijks wind. Het bloed in mijn aderen was elektrisch.

Charlie was net klaar met ontbijten toen ik beneden kwam, en nam gelijk mijn goede humeur over.

'Lekker weer vandaag,' merkte hij op.

'Ja,' was ik het met een grijns eens.

Hij glimlachte terug, met rimpeltjes rond zijn bruine ogen. Als Charlie glimlachte was het eenvoudig te zien waarom mijn moeder te snel en te jong met hem getrouwd was. Het grootste deel van de jonge romanticus die hij in die tijd geweest was, was verdwenen voordat ik hem leerde kennen, net zoals het krullende bruine haar – dezelfde kleur, maar niet dezelfde textuur als dat van mij – verdwenen was en er langzaamaan steeds meer zichtbaar werd van de glimmende huid van zijn voorhoofd. Maar als hij glimlachte kon ik een glimp zien van de man die er met Renée vandoor was gegaan toen ze amper twee jaar ouder was dan ik nu.

Ik ontbeet vrolijk, terwijl ik keek naar de stofjes die dansten in het zonlicht dat door het raam naar binnen scheen. Charlie riep gedag en ik hoorde zijn auto wegrijden. Ik aarzelde op weg naar buiten, mijn hand op mijn regenjas. Hem thuis laten was de goden verzoeken. Zuchtend vouwde ik hem over mijn arm en stapte het felste zonlicht in dat ik in maanden gezien had.

Na eindeloos zwengelen had ik beide ramen van de pick-up bijna helemaal naar beneden gedraaid. Ik was een van de eersten op school. In mijn haast om naar buiten te gaan had ik zelfs niet op de klok gekeken. Ik parkeerde en ging naar de zelden gebruikte picknicktafels aan de zuidzijde van de kantine. De bankjes waren nog een beetje vochtig, dus ging ik op mijn jas zitten, blij dat ik hem toch nodig had. Mijn huiswerk was klaar, het gevolg van een beperkt sociaal leven, maar er waren nog wat wiskundeopgaven waar ik over twijfelde. IJverig pakte ik mijn boek, maar halverwege het controleren van de eerste opgave zat ik te dagdromen, kijkend hoe het zonlicht speelde op de rode bast van de bomen. Gedachteloos zat ik in de kantlijn van mijn huiswerk te tekenen. Na een paar minuten realiseerde ik me opeens dat ik vijf paar donkere ogen had getekend die vanaf het papier naar me staarden. Ik veegde ze uit met mijn gum.

'Bella,' hoorde ik iemand roepen en het klonk als Mike. Ik keek op en zag dat de school bevolkt was geraakt terwijl ik hier verstrooid had zitten zijn. Iedereen droeg T-shirts, sommigen zelfs korte broeken, hoewel het niet veel warmer kon zijn dan zestien graden. Mike kwam zwaaiend naar me toe met kaki shorts en een gestreept rugbyshirt.

'Hé Mike,' riep ik en zwaaide terug, niet in staat op een dag als vandaag halfhartig te zijn.

Hij kwam bij me zitten, de nette stekeltjes van zijn haar goud glanzend in

het zonlicht, een brede grijs op zijn gezicht. Hij was zo blij me te zien, dat ik me wel goed moest voelen.

'Het was me nog niet opgevallen, maar er zit rood in je haar,' merkte hij op terwijl hij een lok die in de lichte bries gewapperd had vastpakte.

'Alleen in de zon.'

Ik voelde me niet helemaal op mijn gemak toen hij de lok achter mijn oor stopte.

'Heerlijke dag, hè?'

'Mijn soort dag,' was ik het eens.

'Wat heb je gisteren gedaan?' Zijn toon was net iets te bezitterig.

'Ik heb voornamelijk gewerkt aan mijn werkstuk.' Ik vertelde niet dat ik het al klaar had, er was geen reden om op te scheppen.

Hij sloeg met de palm van zijn hand tegen zijn voorhoofd. 'O ja, dat moeten we donderdag inleveren, toch?'

'Eh, woensdag, dacht ik.'

'Woensdag?' Hij fronste. 'Dan heb ik een probleem. Waar gaat het jouwe over?'

'Of Shakespeares behandeling van de vrouwelijke personages vrouwonvriendelijk is.'

Hij keek me aan alsof ik net iets in het Chinees gezegd had.

'Ik geloof dat ik er vanavond maar aan moet beginnen,' zei hij zuchtend. 'Ik had willen vragen of je met me uit wilde gaan.'

'O.' Ik voelde me overvallen. Waarom kon ik nooit een leuk gesprek hebben met Mike zonder dat het moeizaam werd.

'Eh, we zouden uit eten kunnen gaan of zoiets... en dan begin ik er wat later aan.' Hij glimlachte hoopvol naar me.

'Mike...' Ik vond het vreselijk om zo voor het blok gezet te worden. 'Ik geloof niet dat dat een heel goed idee is.'

Zijn vrolijke blik verdween. 'Hoezo?' vroeg hij op zijn hoede. Mijn gedachten flikkerden naar Edward en ik vroeg me af of zijn gedachten dat ook deden.

'Ik geloof – en als je ooit doorvertelt wat ik nu ga zeggen dan sla ik je met plezier dood,' dreigde ik, 'maar ik geloof dat Jessica daardoor enorm gekwetst zou worden.'

Hij was verbijsterd. Dat was totaal niet in hem opgekomen. 'Jessica?'

'Jemig, Mike, ben je soms blind?'

'O,' blies hij, duidelijk verward. Ik maakte er gebruik van om te ontsnappen.

'De les begint en ik kan niet weer te laat komen.' Ik pakte mijn boeken en propte ze in mijn tas.

We liepen zwijgend naar gebouw drie. Mike was ergens anders met zijn gedachten. Ik hoopte dat waar hij ook aan dacht, het hem in de juiste richting zou sturen.

Toen ik Jessica bij wiskunde zag, borrelde ze van enthousiasme. Zij, Angela en Lauren zouden vanavond naar Port Angeles gaan om jurken te kopen voor het bal, en ze vroeg of ik meeging, ook al had ik niets nodig. Het zou leuk zijn om de stad uit te gaan met een paar vriendinnen, maar Lauren zou er ook bij zijn. En wie wist wat ik vanavond zou kunnen doen... Maar dat waren beslist de verkeerde gedachten. Natuurlijk was ik blij met het zonlicht. Maar dat was niet volledig verantwoordelijk voor mijn euforische stemming, absoluut niet zelfs.

Dus zei ik dat ik het eerst met Charlie moest overleggen.

Op weg naar Spaans had Jessica het over niets anders dan het bal, en toen de les vijf minuten te laat afgelopen was, ging ze op weg naar de lunch gewoon verder alsof ze nooit onderbroken was. Ik werd te veel in beslag genomen door mijn eigen drukke verwachtingen om veel te horen van wat ze zei. Ik wilde niet alleen hem, maar alle Cullens pijnlijk graag zien, om hen te vergelijken met de nieuwe verdenkingen die mijn verstand plaagden. Toen ik over de drempel van de kantine stapte, voelde ik de eerste echte tinteling van angst over mijn rug lopen en in mijn maag terechtkomen. Zouden ze kunnen horen wat ik dacht? En toen gierde er een ander gevoel door me heen: zou Edward weer willen dat ik bij hem kwam zitten?

Zoals gebruikelijk keek ik eerst even naar de tafel van de Cullens. Een scheut paniek trilde in mijn maag toen ik merkte dat hij leeg was. Mijn verwachtingen werden steeds kleiner toen mijn ogen de rest van de kantine afzochten in de hoop hem alleen te vinden, wachtend op mij. Het was er bijna vol – door Spaans waren we laat – maar er was geen Edward te bekennen, of iemand anders van zijn familie. Eenzaamheid trof me met verlammende kracht.

Ik sukkelde verder naast Jessica en nam niet de moeite nog te doen alsof ik luisterde.

We waren zo laat dat iedereen aan onze tafel er al was. Ik vermeed de lege stoel naast Mike en koos die bij Angela. Vaag zag ik dat Mike de stoel beleefd naar achteren schoof voor Jessica en dat haar gezicht in reactie daarop ging stralen.

Angela stelde stilletjes een paar vragen over het *Macbeth*-werkstuk, die ik zo natuurlijk mogelijk beantwoordde terwijl ik me steeds ellendiger voelde. Zij nodigde me ook uit om vanavond mee te gaan, en dit keer zei ik ja, elke mogelijkheid om mezelf af te leiden aangrijpend.

Ik realiseerde me dat ik nog altijd een sprankje hoop had gehad toen ik het biologielokaal binnenkwam, zijn lege stoel zag en een nieuwe golf van teleurstelling voelde.

De rest van de dag ging langzaam, mistroostig voorbij. Bij gym kregen we les over de regels van badminton, de volgende marteling die ze voor me in petto hadden. Maar het betekende gelukkig wel dat ik mocht zitten en luisteren, in plaats van over het veld te strompelen. Het beste deel was wel dat de coach zijn verhaal niet af had, waardoor ik morgen ook vrij had. Ik zou er nog even niet aan denken dat ze me overmorgen zouden bewapenen met een racket voordat ze me loslieten bij de rest van de klas.

Ik was blij dat ik het schoolterrein kon verlaten, zodat ik in alle rust kon pruilen en kniezen voordat ik vanavond met Jessica en co op pad zou gaan. Maar op het moment dat ik Charlies huis binnenliep, belde Jessica om af te zeggen. Ik probeerde blij te zijn dat Mike haar mee uit eten gevraagd had – ik was echt opgelucht dat hij het eindelijk door leek te krijgen – maar mijn enthousiasme klonk me vals in de oren. Ze verzette ons winkelavondje naar de volgende dag.

Daardoor had ik buitengewoon weinig om me af te leiden. Ik deed de vis voor het avondeten in een marinade, met een salade en brood van de vorige dag, dus daar hoefde ik weinig meer aan te doen. Ik concentreerde me een halfuur op mijn huiswerk, maar toen was ik ook daar mee klaar. Ik keek of ik nog mail had en werkte me door de enorme berg nieuwe berichten van mijn moeder, die pissiger van toon werden naarmate ze recenter waren. Ik zuchtte en typte een kort antwoord.

Mam,
Sorry, ik was veel weg. Ik ben naar het strand geweest met een paar vrienden. En ik moest een werkstuk maken.

Mijn smoesjes waren nogal zwak, dus hield ik er snel mee op.

> Het is vandaag zonnig. Ja, ik ben ook geshockeerd – dus ga ik lekker naar buiten om zoveel mogelijk vitamine D op te nemen. Ik hou van je.
> Bella

Ik besloot een uur te doden met het lezen van boeken die niet voor school waren. Ik had een paar boeken meegenomen naar Forks, waarvan het verzameld werk van Jane Austen het meest stukgelezen was. Dat pakte ik en ik ging naar het grasveld achter het huis. Onderweg nam ik een versleten oude quilt mee uit de linnenkast boven aan de trap.

Buiten op Charlies kleine vierkante grasveld vouwde ik de quilt dubbel en legde hem ver bij de schaduw van de bomen vandaan op het dikke gras dat altijd enigszins vochtig zou zijn, ook al scheen de zon nog zo lang. Ik lag op mijn buik, enkels gekruist in de lucht, en bladerde door de verschillende romans in het boek om te beslissen welke mij het meeste bezig zou houden. Mijn favorieten waren *Pride and Prejudice* en *Sense en Sensibility*. De eerste had ik pas nog gelezen, dus begon ik aan *Sense and Sensibility*, maar na drie hoofdstukken herinnerde ik me dat de held van het verhaal toevallig Edward heette. Boos begon ik aan *Mansfield Park*, maar de held daarvan heette Edmund, en dat leek er ook te veel op. Waren er geen andere namen aan het eind van de achttiende eeuw? Geërgerd deed ik het boek met een klap dicht en ging op mijn rug liggen. Ik schoof mijn mouwen zo ver mogelijk omhoog en deed mijn ogen dicht. Ik zou aan niets anders denken dan aan de warmte op mijn huid, zei ik streng tegen mezelf. De bries was nog steeds licht, maar hij blies sliertjes haar in mijn gezicht en dat kriebelde een beetje. Ik legde mijn haar boven mijn hoofd, als een waaier op de quilt, en concentreerde me weer op de hitte die mijn oogleden raakte, mijn wangen, mijn neus, mijn lippen, mijn armen, mijn nek en die door mijn dunne shirt drong...

Het volgende waar ik me bewust van was, was het geluid van Charlies auto op de oprit. Ik ging verbaasd zitten, realiseerde me dat het licht verdwenen was achter de bomen en dat ik in slaap was gevallen. Duf keek ik om me heen, met het plotselinge gevoel dat ik niet alleen was.

'Charlie?' vroeg ik. Maar ik hoorde zijn portier voor het huis dichtslaan.

Ik sprong op, nerveus, en raapte de nu vochtige quilt en mijn boek op. Ik

rende naar binnen om te beginnen met koken en bedacht dat we nu laat zouden eten. Charlie hing net zijn holster op en trok zijn laarzen uit toen ik binnenkwam.

'Sorry, pap, het eten is nog niet klaar – ik ben buiten in slaap gevallen.' Ik onderdrukte een gaap.

'Geeft niets,' zei hij, 'ik wilde toch even kijken wat de stand is van de wedstrijd.'

Na het eten keek ik tv met Charlie, om iets te doen te hebben. Er was niets dat ik graag wilde zien, maar hij wist dat ik niet van basketbal hield, dus zette hij een of andere stompzinnige comedy op waar we geen van beiden iets aan vonden. Hij leek echter blij dat we iets samendeden. En het voelde goed, ondanks mijn sombere bui, om hem blij te maken.

'Pap,' zei ik tijdens de reclame, 'Jessica en Angela gaan morgenavond naar Port Angeles om jurken voor het dansfeest te kopen, en ze vroegen of ik meeging om hen te helpen kiezen... vind je het goed als ik ga?'

'Jessica Stanley?' vroeg hij.

'En Angela Weber,' zuchtte ik.

Hij begreep het niet. 'Maar jij gaat toch niet naar het bal?'

'Nee, pap, maar ik ga mee om hen te helpen met het uitkiezen van jurken – weet je wel, opbouwende kritiek en zo.' Bij een vrouw had ik dit niet hoeven uitleggen.

'Nou goed.' Hij leek zich te realiseren dat hij niets van vrouwenzaken begreep. 'Maar het is een doordeweekse avond.'

'We vertrekken vroeg, zodat we ook vroeg terug zijn. Red jij je met het eten?'

'Bells, ik heb zeventien jaar voor mezelf gezorgd voordat jij hier kwam,' herinnerde hij mij.

'Ik snap niet hoe je dat overleefd hebt,' mompelde ik, en toen harder: 'Ik zet wat dingen in de koelkast zodat je broodjes kunt maken. Helemaal bovenin.'

De volgende ochtend was het weer zonnig. Ik werd wakker met nieuwe hoop, die ik grimmig probeerde te onderdrukken. Vanwege het warme weer trok ik een diepblauwe bloes aan met een V-hals – die ik in Phoenix alleen midden in de winter droeg.

Ik zorgde ervoor dat ik zo laat op school kwam dat ik bijna te laat was. Steeds moedelozer reed ik rondjes over het parkeerterrein op zoek naar een plekje, en naar de zilveren Volvo die duidelijk niet aanwezig was. Ik parkeerde in de laatste rij en holde naar Engels, waar ik buiten adem maar beheerst aankwam voordat de laatste bel ging.

Het was hetzelfde als gisteren: ik kon er niets aan doen dat kleine sprankjes hoop de kop op staken, die echter pijnlijk geplet werden toen ik tevergeefs de kantine rondkeek en aan mijn lege biologietafel zat.

Het Port Angeles-plan stond op stapel voor vanavond en werd alleen maar aantrekkelijker toen bleek dat Lauren andere verplichtingen had. Ik wilde graag de stad uit zodat ik kon stoppen met over mijn schouders kijken in de hoop dat hij plotseling opdook, zoals hij altijd deed. Ik zwoer bij mezelf dat ik vanavond in een goede bui zou zijn en het plezier van Angela en Jessica bij de speurtocht naar jurken niet zou vergallen. Misschien kon ik zelf ook nog wat kleren kopen. Ik weigerde te bedenken dat ik dit weekeinde misschien alleen zou winkelen in Seattle, dat hij niet langer geïnteresseerd was in de eerdere plannen. Hij zou toch niet afzeggen zonder het me te vertellen.

Na school reed Jessica in haar oude witte Mercury achter me aan naar huis, zodat ik mijn boeken en mijn pick-up thuis kon afzetten. Toen ik binnen was haalde ik snel een borstel door mijn haar. Ik voelde me een beetje opgewonden bij de gedachte dat ik Forks uit zou gaan. Ik liet een briefje achter voor Charlie op het tafeltje, waarin ik nog eens uitlegde waar hij zijn eten kon vinden, haalde mijn versleten portemonnee uit mijn schooltas en stopte hem in een handtas die ik zelden gebruikte, en rende naar buiten naar Jessica. We reden vervolgens naar Angela's huis, om haar op te halen. Mijn opwinding nam exponentieel toe toen we echt de stadsgrenzen verlieten.

8. Port Angeles

Jess reed sneller dan de chief, dus waren we tegen vieren in Port Angeles. Het was al een tijdje geleden dat ik voor het laatst een meidenavond had gehad en de overdosis oestrogeen deed me goed. We luisterden naar liefdesliedjes terwijl Jessica maar doorkletste over de jongens met wie we omgingen. Jessica's etentje met Mike was heel goed verlopen en ze hoopte dat ze zaterdagavond toe zouden zijn aan hun eerste kus. Ik glimlachte tevreden. Angela had best zin om naar het bal te gaan, maar was niet echt geïnteresseerd in Eric. Jess probeerde uit te vissen wie haar type was, maar na een tijdje schoot ik Angela te hulp door het onderwerp op de jurken te brengen. Angela schonk mij een dankbare blik.

Port Angeles was een prachtige kleine stad: veel eleganter en leuker dan Forks. Maar Jessica en Angela kwamen hier regelmatig, dus waren ze niet van plan tijd te verspillen aan de pittoreske boulevard langs de baai. Jess reed gelijk door naar het enige grote warenhuis van de stad, een paar straten van de kust af, waar minder toeristen kwamen.

Volgens de aankondigingen zou het dansfeest semi-formeel zijn, maar we wisten niet precies wat dat betekende. Zowel Jessica als Angela leek verbaasd en bijna ongelovig toen ik ze vertelde dat ik in Phoenix nog nooit naar een dansfeest was geweest.

'Ben je nooit samen met je vriendje of zo gegaan?' vroeg Jessica aarzelend toen we door de glazen deuren naar binnen liepen.

'Echt niet,' probeerde ik haar te overtuigen, want ik had geen zin om mijn dansproblemen op te biechten. 'Ik heb nog nooit een vriendje of zo gehad. Ik ging niet vaak uit.'

'Waarom niet?' wilde Jessica weten.

'Niemand vroeg me,' antwoordde ik eerlijk.

Ze keek sceptisch. 'Hier word je voortdurend uit gevraagd,' herinnerde ze me, 'en je wijst ze af.' We waren nu bij de juiste afdeling aangekomen en zochten de rekken af naar feestelijke kleding.

'Behalve Tyler, dan,' verbeterde Angela zachtjes.

'Pardon?' hapte ik naar adem. 'Wat zei je?'

'Tyler heeft iedereen verteld dat hij je meeneemt naar het eindejaarsbal,' vertelde Jessica met achterdocht in haar ogen.

'Wát heeft hij gezegd?' Het klonk alsof ik stikte.

'Ik zei toch dat het niet waar was,' mompelde Angela tegen Jessica.

Ik zweeg, geschokt maar ook steeds kwader. Maar we hadden het rek met jurken gevonden dus we moesten aan het werk.

'Daarom heeft Lauren een hekel aan je,' giechelde Jessica terwijl we de kleren bekeken.

Ik knerste mijn tanden op elkaar. 'Denk je dat hij eindelijk ophoudt zich schuldig te voelen over het ongeluk als ik hem met mijn pick-up overrijd? Dat hij dan stopt met compenseren omdat we quitte staan?'

'Misschien,' grinnikte Jessica. 'Als dat is wat hij aan het doen is.'

Het rek met jurken was niet groot, maar allebei vonden ze een paar dingen die ze wilden passen. Ik zat op een lage stoel in de kleedkamer, naast de driedubbele spiegel, en probeerde mijn woede onder controle te houden.

Jessica twijfelde tussen twee modellen: een eenvoudige lange zwarte strapless jurk en een knalblauwe jurk op knielengte met spaghettibandjes. Ik raadde haar de blauwe aan, omdat hij prachtig stond bij haar ogen. Angela koos een bleekroze jurk die mooi om haar lange lichaam viel en haar lichtbruine haar liet oplichten. Ik complimenteerde beiden overvloedig en hielp hen met het terughangen van de afgekeurde jurken. Het hele proces had veel korter geduurd en was een stuk eenvoudiger dan vergelijkbare uitstapjes met Renée thuis. Ik denk dat er wel iets te zeggen is voor een beperkte keuze.

We gingen naar de schoenen- en accessoireafdeling. Terwijl zij van alles pasten, keek ik alleen toe en gaf commentaar, want ik was niet in de stemming om iets voor mezelf te kopen, hoewel ik nieuwe schoenen nodig had. Het euforische gevoel van de meidenavond was aan het verdwijnen door mijn ergernis over Tyler, zodat er weer ruimte ontstond voor mijn sombere stemming.

'Angela,' begon ik aarzelend, terwijl zij een paar hooggehakte sandaaltjes aanpaste – ze was dolblij dat ze met een lange jongen ging zodat ze tenminste hoge hakken kon dragen. Jessica was naar de sieraden gelopen en we waren alleen.

'Ja?' Ze strekte haar been uit en draaide haar voet om beter zicht te krijgen op het schoentje.

Ik durfde niet. 'Die zijn leuk.'

'Dan neem ik deze, hoewel ze alleen maar bij die ene jurk passen.'

'Gewoon doen, ze zijn in de uitverkoop,' moedigde ik aan. Ze glimlachte en deed het deksel terug op de doos waarin de meer praktisch uitziende crèmekleurige schoenen zaten.

Ik probeerde het nog eens. 'Eh, Angela...' Ze keek nieuwsgierig op.

'Is het normaal dat de... Cullens' – ik hield mijn ogen op de schoenen gericht – 'zo vaak niet op school zijn?' Mijn poging nonchalant te klinken mislukte jammerlijk.

'Ja, als het mooi weer is, gaan ze altijd lange wandeltochten maken, zelfs de dokter. Ze houden erg van de buitenlucht,' zei ze zachtjes, terwijl ze ook haar schoenen bekeek. Ze stelde geen enkele vraag, laat staan de honderden waaronder Jessica me bedolven zou hebben. Ik begon Angela echt aardig te vinden.

'O.' Ik liet het onderwerp los want Jessica kwam aanlopen om de sieraden te laten zien die ze gevonden had voor bij haar zilveren schoenen.

We wilden gaan eten in een Italiaans restaurantje aan de boulevard, maar het winkelen had lang niet zoveel tijd gekost als we verwacht hadden. Jess en Angela wilden hun jurken naar de auto brengen en dan naar het strand gaan. Ik zei dat ik ze over een uur bij het restaurant zou zien, want ik wilde een boekwinkel zoeken. Ze boden allebei aan met me mee te gaan, maar ik vond dat ze zelf iets leuks moesten doen. Ze wisten niet hoe zeer ik in beslag genomen word als ik omringd ben door boeken. Het was iets dat ik liever alleen deed. Ze verdwenen vrolijk kletsend naar de auto, en ik zette koers in de richting die Jess me gewezen had.

Ik had de boekwinkel zo gevonden, maar het was niet wat ik zocht. De etalage lag vol met halfedelstenen, dreamcatchers en boeken over spirituele genezing. Ik ging niet eens naar binnen. Door het raam zag ik een vijftigjarige vrouw met lang grijs haar los op haar rug, gekleed in een jurk die regelrecht afkomstig was uit de jaren zestig, vriendelijk glimlachend van achter de toonbank. Ik besloot dat dat een gesprek zou worden waar ik geen behoefte aan had. Er was vast ook een normale boekwinkel in de stad.

Ik wandelde door de straten die langzaam volstroomden nu de avondspits

begon, en hoopte dat ik naar het centrum liep. Ik lette niet zo goed op waar ik naartoe ging als had gemoeten; ik worstelde met mijn wanhoop. Ik probeerde heel hard niet aan hem te denken en aan wat Angela gezegd had, en nog harder om niet te opgewonden te zijn over zaterdag, bang voor een teleurstelling die nog pijnlijker zou zijn dan de vorige. Tot ik opkeek en een zilverkleurige Volvo langs de weg zag staan waardoor ik ineens helemaal instortte. Stomme, onbetrouwbare vampier, dacht ik bij mezelf.

Ik stampte verder in zuidelijke richting, naar een paar winkels die er veelbelovend uitzagen. Maar toen ik er was, bleken het slechts een reparatiewerkplaats en een leeg pand te zijn. Ik had nog altijd te veel tijd over om terug te gaan naar Jessica en Angela en ik moest beslist iets aan mijn humeur doen voordat ik hen weer zag. Ik haalde mijn vingers een paar keer door mijn haar en nam een paar diepe ademteugen voordat ik de hoek omsloeg.

Toen ik weer een straat overstak begon ik me te realiseren dat ik de verkeerde kant op ging. De weinige voetgangers die ik gezien had, gingen naar het noorden, en het zag ernaar uit dat de meeste gebouwen hier pakhuizen waren. Ik besloot bij de volgende hoek naar het oosten te gaan en na een paar blokken nog eens af te slaan om zo weer in de richting van de baai te komen en te zien of ik in een andere straat misschien vond wat ik zocht.

Een groep van vier mannen kwam om de hoek waar ik naartoe liep. Ze waren niet netjes genoeg gekleed om vanuit hun werk op weg te zijn naar huis, maar ze waren te smoezelig om toeristen te zijn. Terwijl ze op me af liepen, zag ik dat ze niet zo veel ouder waren dan ik. Ze maakten luidruchtige grappen, lachten ruw en boksten elkaar op de armen. Ik schoot zo ver mogelijk naar de binnenkant van de stoep om hun de ruimte te geven en liep snel door met mijn ogen gericht op de hoek achter hen.

'Hé daar!' riep een van hen toen ze langsliepen. Hij moest het wel tegen mij hebben want er was verder niemand. Ik keek automatisch op. Twee van hen stonden stil, de andere twee liepen langzamer. De dichtstbijzijnde, een zware, donkerharige man van begin twintig, leek degene te zijn die had gesproken. Hij droeg een flanellen shirt dat openhing over een vies T-shirt, een afgeknipte spijkerbroek en sandalen. Hij zette een halve stap in mijn richting.

'Hallo,' mompelde ik als vanzelf. Toen keek ik vlug weg en liep nog sneller door naar de hoek. Ik hoorde hen hardop lachen achter me.

'Hé, wacht!' riep een van hen me achterna, maar ik hield mijn hoofd naar beneden en sloeg met een zucht van verlichting de hoek om. Ik hoorde ze nog altijd achter me grinniken.

Ik bevond me op een stoep die langs de achterkant van een aantal somber gekleurde pakhuizen liep, elk met grote roldeuren voor het uitladen van vrachtauto's, voorzien van hangsloten voor de nacht. Aan de andere kant van de straat was er helemaal geen stoep, alleen een metalen hek met prikkeldraad erop om een soort van opslagterrein met motoronderdelen af te schermen. Ik had het deel van Port Angeles dat bedoeld was voor bezoekers allang achter me gelaten. Ik merkte dat het donker begon te worden; de wolken kwamen eindelijk terug, stapelden zich op langs de westelijke horizon en veroorzaakten een vroege schemering. De oostelijke hemel was nog helder, maar grijs aan het worden met strepen roze en oranje erdoor. Ik had mijn jas in de auto laten liggen en een rilling deed me mijn armen voor mijn borst slaan. Een busje reed langs me en toen was de straat leeg.

De lucht werd opeens donkerder en toen ik over mijn schouder keek naar de wolk die de boosdoener was, zag ik met een schok dat twee mannen me stilletjes op een meter of vijf volgden.

Ze waren van dezelfde groep die ik bij de hoek gepasseerd was, hoewel de donkere man die me had aangesproken er niet bij was. Ik keek gelijk weer voor me en versnelde mijn pas. Een kilte die niets te maken had met het weer deed me opnieuw rillen. Mijn handtas hing aan een schouderband schuin over mijn borst, zoals je moet doen wanneer je wilt dat hij niet gejat wordt. Ik wist precies waar mijn pepperspray was: netjes opgeborgen in mijn reistas onder mijn bed. Ik had niet veel geld bij me, alleen een briefje van twintig en een paar van een. Ik dacht erover mijn tas 'per ongeluk' te laten vallen en weg te lopen. Maar een kleine, angstige stem in mijn hoofd waarschuwde me dat ze misschien iets ergers waren dan dieven.

Ik luisterde gespannen naar hun stille voetstappen, die veel te zacht waren in vergelijking met het luidruchtige lawaai dat ze eerst hadden gemaakt, en het klonk niet alsof ze versnelden of dichter bij me kwamen. Blijf ademhalen, moest ik mezelf zeggen. Je weet niet of ze je volgen. Ik bleef zo snel mogelijk doorlopen zonder echt te rennen en richtte me op een straat naar rechts die nog maar een paar meter van me vandaan was. Ik hoorde hen, ze bleven net zo ver achter me als eerst. Een blauwe auto kwam vanaf het

zuiden de straat in en reed snel langs me. Ik dacht erover ervoor te springen, maar ik aarzelde, durfde niet helemaal, want ik wist niet zeker of ik wel echt achtervolgd werd, en toen was het te laat.

Ik kwam bij de hoek, maar een snelle blik maakte duidelijk dat het een doodlopende steeg was naar de achterkant van een of ander gebouw. Ik was al half gedraaid, maar moest mijn richting nu gauw corrigeren en de smalle weg oversteken, terug naar de stoep. De straat eindigde bij de volgende hoek, waar een stopteken stond. Ik concentreerde me op de zachte voetstappen achter me en vroeg me af of ik nu wel of niet moest wegrennen. Het klonk alsof ze verder weg waren, maar ik wist dat ze me toch zo zouden inhalen. Ik zou gegarandeerd struikelen en vallen als ik nog sneller probeerde te lopen. De voetstappen waren beslist verder weg. Ik riskeerde een snelle blik over mijn schouder; opgelucht zag ik dat ze zich nu op misschien tien meter afstand bevonden. Maar ze staarden allebei naar me.

Het leek eeuwen te duren voor ik bij de hoek was. Ik bleef stevig doorlopen en de mannen achter me raakten met elke stap iets verder achterop. Misschien realiseerden ze zich dat ze me bang hadden gemaakt en speet hen dat. Ik zag twee auto's naar het noorden rijden langs de kruising waarnaar ik op weg was, en ik zuchtte opgelucht. Er zouden meer mensen om me heen zijn als ik deze verlaten straat eenmaal uit was. Ik snelde de hoek om met een dankbare zucht.

En kwam met piepende remmen tot stilstand.

Aan weerszijden van de straat bevonden zich kale, deurloze en raamloze muren. In de verte, twee kruisingen verder, zag ik straatlantaarns, auto's en meer voetgangers, maar ze waren allemaal te ver weg. Want tegen een van de gebouwen, halverwege de straat, leunden de twee andere mannen van de groep, allebei met opgewonden glimlachen op hun gezicht, terwijl ik stokstijf bleef staan. Ik realiseerde me dat ik niet gevolgd werd.

Ik werd opgedreven.

Ik wachtte slechts een seconde, maar het leek een heel lange tijd. Toen holde ik snel naar de andere kant van de straat. Ik had het wanhopig gevoel dat het een zinloze poging was. De voetstappen achter me waren nu harder.

'Eindelijk!' De harde stem van de stevige, donkerharige man verbrak de intense stilte en liet me schrikken. In de toenemende duisternis leek het alsof hij langs me keek.

'Ja,' riep een luide stem achter me, zodat ik opnieuw schrok terwijl ik door de straat snelde. 'We hebben een omweg genomen.'

Ik moest langzamer gaan lopen, want de afstand tussen mijzelf en de mannen bij de muur werd veel te snel kleiner. Ik kon goed hard schreeuwen en ik zoog lucht naar binnen, klaar om die naar buiten te gooien, maar mijn keel was zo droog dat ik niet wist hoeveel volume ik kon produceren. Met een snelle beweging haalde ik mijn tas over mijn hoofd en greep de schouderband in een hand om hem af te staan of als wapen te gebruiken, afhankelijk van wat nodig was.

De dikke man zette zich af tegen de muur toen ik argwanend tot stilstand kwam, en liep langzaam de straat op.

'Blijf uit mijn buurt,' waarschuwde ik met een stem die krachtig en zelfverzekerd had moeten klinken. Maar dat van die droge keel klopte: geen volume.

'Niet zo onaardig, liefje,' riep hij, en het ruwe gelach achter me begon weer.

Ik zette me schrap, mijn voeten uit elkaar, en probeerde me in mijn paniek te herinneren wat ik aan zelfverdediging wist. Onderkant van de hand met een stoot omhoog, in de hoop de neus te breken of hem de hersenen in te rammen. Vinger in de oogkas, proberen hem achter de oogbol te krijgen en het oog eruit te wippen. En de standaard knie in het kruis, natuurlijk. Dezelfde pessimistische stem in mijn achterhoofd meldde zich weer, herinnerde me eraan dat ik waarschijnlijk geen kans maakte tegen een van hen, laat staan vier. Kop dicht! beval ik de stem voordat de angst me lam zou slaan. Ik zou niet ten onder gaan zonder iemand mee te nemen. Ik probeerde te slikken zodat ik een fatsoenlijke schreeuw eruit kon krijgen.

Plotseling schoten er koplampen de hoek om, de auto raakte bijna de stevige man, zodat hij gedwongen was achteruit te springen naar de stoep. Ik schoot de weg op: deze auto zou moeten stoppen, of mij raken. Maar de zilveren auto zwenkte plotseling en kwam een paar stappen bij me vandaan slippend tot stilstand met de passagiersdeur open.

'Stap in,' beval een woedende stem.

Het was verbazingwekkend hoe snel de verstikkende angst verdween, hoe plotseling een gevoel van veiligheid me overspoelde – zelfs nog voor ik van de straat was – zodra ik zijn stem hoorde. Ik sprong naar binnen en knalde het portier achter me dicht.

Het was donker in de auto. Er was geen lichtje gaan branden met het openen van het portier, en ik kon zijn gezicht nauwelijks zien in de gloed van het dashboard. De banden piepten toen hij de auto keerde, te snel optrok, en op de mannen op straat afreed. Ik zag nog hoe ze naar de stoep doken terwijl wij vaart maakten en naar de haven raceten.

'Doe je riem om,' beval hij, en ik realiseerde me dat ik me met twee handen aan de zitting vastklemde. Ik gehoorzaamde snel. Het klikken van de gordel in de vergrendeling klonk hard in het donker. Hij nam een scherpe bocht naar links, knalde rechtdoor en negeerde diverse stopborden.

Maar ik voelde me volkomen veilig en maakte me, op dat ogenblik, totaal geen zorgen over waar we naartoe gingen. Ik staarde met diepe opluchting naar zijn gezicht, opluchting die verder ging dan mijn onverwachte redding. Ik bestudeerde zijn perfecte gelaatstrekken in het weinige licht, wachtte tot mijn ademhaling zich genormaliseerd had, totdat het me opviel dat zijn blik moorddadig was.

'Gaat het wel met je?' vroeg ik, verrast door de heesheid van mijn stem.

'Nee,' zei hij kortaf en zijn toon was razend.

Ik zweeg en keek naar zijn gezicht terwijl zijn woeste ogen recht vooruit keken, totdat de auto plotseling stopte. Ik keek om me heen, maar het was te donker om iets te zien behalve de vage omtrekken van bomen vlak langs de weg. We waren niet meer in de stad.

'Bella?' vroeg hij, zijn stem strak, beheerst.

'Ja?' Mijn stem was nog rauw. Ik probeerde zachtjes mijn keel te schrapen.

'Is alles goed met je?' Hij keek me nog steeds niet aan, maar de woede was duidelijk van zijn gezicht te lezen.

'Ja,' kraakte ik zachtjes.

'Leid me alsjeblieft af,' beval hij.

'Sorry, wat?'

Hij ademde hard uit. 'Babbel gewoon maar over iets onbelangrijks tot ik gekalmeerd ben,' verduidelijkte hij. Hij sloot zijn ogen en kneep met duim en wijsvinger in zijn neusbrug.

'Eh.' Ik groef in mijn hoofd naar iets triviaals. 'Ik ben van plan Tyler Crowley morgen te overrijden voordat de school begint.'

Hij had zijn ogen nog altijd dichtgeknepen, maar zijn mondhoeken trilden. 'Waarom?'

'Hij vertelt aan iedereen dat hij me meeneemt naar het eindejaarsbal: hij is of krankzinnig, of hij probeert nog steeds te compenseren dat hij me bijna vermoord heeft vorige... nou, je weet wel, en hij denkt dat het eindejaarsbal de juiste manier is om dat te doen. Dus dacht ik dat als ik zijn leven in gevaar breng, we quitte staan en hij kan ophouden zijn excuses te maken. Ik heb geen zin in vijanden en misschien laat Lauren me met rust als hij dat ook doet. Waarschijnlijk moet ik zijn Sentra volledig in de prak rijden, dat wel. Als hij geen vervoer heeft, kan hij ook niemand meenemen naar het eindejaarsbal...' kwebbelde ik verder.

'Dat had ik gehoord.' Hij klonk iets beheerster.

'Jij ook?' vroeg ik ongelovig en mijn irritatie van daarstraks laaide weer op. 'Als hij vanaf zijn nek verlamd is, kan hij ook niet naar het eindejaarsbal,' mompelde ik, terwijl ik mijn plan verder uitwerkte.

Edward zuchtte en deed eindelijk zijn ogen open.

'Beter?'

'Niet echt.'

Ik wachtte, maar hij zei niets meer. Hij legde zijn hoofd tegen de hoofdsteun en staarde naar het plafond van de auto. Zijn gezicht was strak.

'Wat is er aan de hand?' Mijn stem kwam er fluisterend uit.

'Soms kan ik nogal driftig worden, Bella.' Hij fluisterde ook, en terwijl hij naar buiten staarde versmalden zijn ogen zich tot spleetjes. 'Maar het zou niet echt zinvol zijn om om te draaien en die eikels te...' Hij maakte zijn zin niet af, keek weg, en worstelde even om zijn woede opnieuw onder controle te krijgen. 'Tenminste,' ging hij verder, 'dat is wat ik mezelf probeer voor te houden.'

'O.' Die reactie leek niet echt passend, maar ik kon geen beter antwoord bedenken.

We zwegen weer. Ik keek op de klok op het dashboard. Het was halfzeven geweest.

'Jessica en Angela zullen zich zorgen maken,' mompelde ik. 'Ik had met hen afgesproken.'

Zonder een woord te zeggen startte hij de motor, keerde soepeltjes en reed terug naar de stad. In een mum van tijd waren we onder de straatlantaarns, reden nog steeds te snel, en zoefden tussen de auto's door die langzaam over de boulevard gleden. Hij parkeerde langs de stoeprand in een ruimte waar-

van ik dacht dat hij veel te klein was voor de Volvo, maar hij zette hem er zonder problemen in één keer in. Door het raam zag ik de lichtjes van *La Bella Italia*, en Jess en Angela die net weggingen; met bezorgde gezichten liepen ze de andere kant op.

'Hoe wist je waar...?' begon ik, maar toen schudde ik mijn hoofd. Ik hoorde de deur opengaan. Ik draaide me om en zag dat hij uitstapte.

'Wat doe je?' vroeg ik.

'Ik neem je mee uit eten.' Hij glimlachte lichtjes, maar zijn ogen waren hard. Hij stapte de auto uit en knalde het portier dicht. Ik frunnikte aan mijn gordel en stapte toen ook snel uit. Hij wachtte op me op de stoep.

Voor ik iets kon zeggen, zei hij: 'Houd Jessica en Angela tegen voordat ik ook hen moet gaan zoeken. Ik denk niet dat ik me in kan houden als ik je andere vrienden weer zou tegenkomen.'

De dreiging in zijn stem deed me rillen.

'Jess! Angela!' brulde ik hen achterna en zwaaide toen ze omdraaiden. Ze renden naar me terug; de overduidelijke opluchting op hun gezichten veranderde simultaan in verbazing toen ze zagen wie er naast me stond. Een paar passen bij ons vandaan bleven ze aarzelend staan.

'Waar was je nou?' Jessica's stem was argwanend.

'Ik was verdwaald,' gaf ik schaapachtig toe. 'En toen kwam ik Edward toevallig tegen.' Ik gebaarde naar hem.

'Is het goed als ik me bij jullie voeg?' vroeg hij met zijn zijdezachte, onweerstaanbare stem. Aan hun verblufte gezichten kon ik zien dat hij nog nooit zijn talenten op hen had losgelaten.

'Eh... tuurlijk,' blies Jessica.

'Eh, eigenlijk, Bella, hebben we al gegeten terwijl we op je wachtten. Sorry,' bekende Angela.

'Geeft niet, ik heb geen honger,' haalde ik mijn schouders op.

'Ik denk dat je wel iets moet eten.' Edwards stem was zacht maar vol autoriteit. Hij keek naar Jessica en sprak ietsje harder. 'Vind je het goed als ik Bella vanavond naar huis breng? Dan hoeven jullie niet te wachten terwijl ze eet.'

'Eh, geen probleem, denk ik...' Ze beet op haar lip en probeerde van mijn gezicht af te lezen of dat was wat ik wilde. Ik knipoogde naar haar. Ik wilde niets liever dan alleen zijn met mijn eeuwige redder. Er waren zoveel vragen

die ik niet op hem kon afvuren zolang er mensen bij ons waren.

'Oké.' Angela was sneller dan Jessica. 'Tot morgen, Bella... Edward.' Ze greep Jessica's hand en trok haar mee naar de auto, die ik iets verderop zag staan aan de andere kant van de kruising met First Street. Toen ze instapten, draaide Jess zich om en zwaaide, haar gezicht vol nieuwsgierigheid. Ik zwaaide terug en wachtte tot ze weggereden waren voordat ik me naar hem omdraaide.

'Echt, ik heb geen honger,' hield ik vol en keek omhoog om zijn gezicht te bestuderen. Dat was onleesbaar.

'Doe mij dan een plezier.'

Hij liep naar de deur van het restaurant en hield hem met een koppige blik open. Er was duidelijk geen verdere discussie mogelijk. Ik liep langs hem het restaurant in met een berustende zucht.

Het restaurant was niet overvol – het was laagseizoen in Port Angeles. We werden naar ons tafeltje gebracht door een gastvrouw, en ik begreep de blik in haar ogen toen ze Edward opnam. Ze verwelkomde hem net iets hartelijker dan noodzakelijk was. Het verraste me hoe vervelend ik dat vond. Ze was bijna 10 cm langer dan ik en geblondeerd.

'Een tafel voor twee?' Zijn stem was betoverend, of hij dat nu met opzet deed of niet. Haar ogen schoten naar mij en toen weer weg, tevreden met mijn duidelijke gewoonheid en met de voorzichtige, geen-contact afstand die Edward tussen ons bewaarde. Ze leidde ons naar een tafel groot genoeg voor vier in het midden van het drukste deel van de ruimte.

Ik wilde gaan zitten, maar Edward schudde zijn hoofd tegen me.

'Heeft u niet iets rustigers?' drong hij vriendelijk aan. Ik was er niet zeker van, maar het leek erop alsof hij haar een fooi toeschoof. Ik had nog nooit iemand een tafel zien weigeren, behalve in oude films.

'Tuurlijk.' Ze klonk net zo verbaasd als ik was. Ze draaide zich om en leidde ons langs een scheidingswand naar een kleine kring zitjes, allemaal leeg. 'Is dit goed?'

'Perfect.' Hij schonk haar een stralende glimlach, waardoor ze even verblind werd.

'Eh' – ze schudde haar hoofd en knipperde – 'er komt zo iemand bij jullie.'

'Dat kun je mensen echt niet aandoen,' bekritiseerde ik hem. 'Het is gewoon niet eerlijk.'

'Wat niet?'

'Hen zo van hun stuk brengen. Ze staat nu vast in de keuken te hyperventileren.'

Hij leek het niet te begrijpen.

'O, toe nou,' zei ik twijfelend. 'Je wéét heus wel wat voor een effect je hebt op mensen.'

Hij hield zijn hoofd schuin en zijn ogen waren nieuwsgierig. 'Ik breng mensen van hun stuk?'

'Is het je niet opgevallen? Denk je dat iedereen zo makkelijk zijn zin krijgt?'

Hij negeerde mijn vragen. 'Breng ik jou van je stuk?'

'Regelmatig,' gaf ik toe.

En toen kwam de serveerster, haar gezicht vol verwachting. De gastvrouw had duidelijk gekletst en dit nieuwe meisje leek niet teleurgesteld. Ze duwde een lok kort zwart haar achter een oor en glimlachte met onnodige warmte.

'Hallo. Ik ben Amber en ik ben vanavond jullie serveerster. Wat willen jullie drinken?' Ik merkte dat ze alleen tegen hem sprak.

Hij keek naar mij.

'Doe maar een cola.' Het klonk als een vraag.

'Twee cola,' zei hij.

'Ik kom het zo brengen,' verzekerde ze hem met nog een onnodige glimlach. Maar hij zag het niet. Hij keek naar mij.

'Wat?' vroeg ik toen ze wegliep.

Zijn ogen bleven gevestigd op mijn gezicht. 'Hoe voel je je?'

'Goed,' antwoordde ik, verrast door zijn intense aandacht.

'Je bent niet misselijk, duizelig, koud...?'

'Moet dat dan?'

Hij grinnikte om mijn verbaasde toon. 'Nou, ik wacht er nog steeds op dat je in shock raakt.' Zijn gezicht veranderde in die perfecte scheve glimlach.

'Ik geloof niet dat dat gaat gebeuren,' zei ik toen ik weer kon ademhalen. 'Ik ben altijd erg goed geweest in het onderdrukken van onaangename dingen.'

'Toch vind ik het prettiger als je wat suiker en eten in je hebt.'

Precies op dat moment kwam de serveerster terug met onze drankjes en een mandje brood. Ze stond met haar rug naar me toen ze het op tafel zette.

'Willen jullie al bestellen?' vroeg ze aan Edward.

'Bella?' vroeg hij. Ze draaide zich onwillig naar mij toe.

Ik koos het eerste gerecht dat ik op de kaart zag. 'Eh... ik wil de ravioli met champignons.'

'En jij?' Met een glimlach draaide ze zich terug naar hem.

'Niets voor mij,' zei hij. Natuurlijk niet.

'Zeg het maar als je van gedachten verandert.' De kokette glimlach zat nog op zijn plek, maar hij keek niet naar haar en onbevredigd vertrok ze.

'Drink,' beval hij.

Ik nipte gehoorzaam aan mijn frisdrank en dronk toen met flinke teugen, verrast dat ik zoveel dorst had. Ik realiseerde me dat ik het hele glas had leeggedronken toen hij zijn glas naar me toe schoof.

'Dank je,' mompelde ik, nog altijd dorstig. De kou van de ijskoude cola verspreidde zich door mijn lichaam en ik rilde.

'Heb je het koud?'

'Het komt door de cola,' legde ik uit en rilde opnieuw.

'Heb je geen jas?' Zijn stem was afkeurend.

'Ja.' Ik keek naar het lege bankje naast me. 'O, die heb ik in Jessica's auto laten liggen,' realiseerde ik me.

Edward was zijn jasje al aan het uittrekken. Ik bedacht me opeens dat ik nooit gelet had op wat hij droeg – niet alleen vanavond, maar helemaal nooit. Het leek wel alsof ik alleen maar naar zijn gezicht kon kijken. Ik dwong mezelf nu naar zijn kleren te kijken. Het jasje dat hij uittrok was van lichtbeige leer, eronder droeg hij een ivoorkleurige coltrui. Hij sloot nauw om zijn lijf en benadrukte hoe gespierd hij was.

Hij gaf me het jasje en onderbrak mijn gestaar.

'Dank je,' zei ik opnieuw en stak mijn armen in zijn jas. Die was koud – zoals mijn jas aanvoelde als ik hem 's morgens pakte in de tochtige gang. Ik rilde opnieuw. Hij rook heerlijk. Ik ademde diep in en probeerde de verrukkelijke geur te herkennen. Het rook niet naar parfum. De mouwen waren te lang, dus schoof ik ze omhoog zodat mijn handen vrij waren.

'Die kleur blauw past prachtig bij je huid,' zei hij terwijl hij naar me keek. Ik was verbaasd, keek weg en kleurde natuurlijk.

Hij duwde het broodmandje naar me toe.

'Heus, ik raak niet in shock,' protesteerde ik.

'Dat zou wel moeten – een normáál mens zou dat wel doen. Je lijkt zelfs niet geschrokken.' Hij leek van zijn stuk gebracht. Hij staarde in mijn ogen en ik zag hoe licht zijn ogen waren, lichter dan ik ze ooit gezien had: goudkaramel.

'Ik voel me erg veilig bij jou,' bekende ik, opnieuw verleid om de waarheid te zeggen.

Daar was hij niet blij mee; zijn spiegelgladde voorhoofd rimpelde. Hij schudde zijn hoofd, fronsend.

'Dit is veel ingewikkelder dan ik gepland had,' mompelde hij tegen zichzelf.

Ik pakte een broodje en begon eraan te knabbelen terwijl ik zijn uitdrukking probeerde te doorgronden. Ik vroeg me af wanneer het oké zou zijn om hem te ondervragen.

'Meestal ben je beter gehumeurd als je ogen zo licht zijn,' merkte ik op in een poging hem af te leiden van de gedachte waardoor hij nu fronste en somber was.

Hij staarde me niet-begrijpend aan: 'Wat?'

'Je bent altijd chagrijniger als je ogen zwart zijn – dan ben ik erop voorbereid,' ging ik door. 'Ik heb daar een theorie over.'

Zijn ogen werden kleiner. 'Meer theorieën?'

'Mm-hm.' Ik kauwde op een hap brood en probeerde onverschillig te kijken.

'Ik hoop dat je dit keer wat creatiever bent geweest... of jat je nog steeds uit stripboeken?' Zijn lichte glimlach was spottend, zijn ogen nog altijd toegeknepen.

'Nou, nee, ik heb het niet uit een stripboek, maar ik heb het ook niet zelf bedacht,' bekende ik.

'En?' drong hij aan.

Maar de serveerster kwam met mijn eten om de scheidingswand gelopen. Ik realiseerde me dat we onbewust over de tafel naar elkaar toe leunden, want we gingen alletwee rechtop zitten toen ze naderbij kwam. Ze zette het bord voor me neer – het zag er best lekker uit – en keek snel naar Edward.

'Ben je nog van gedachten veranderd?' vroeg ze. 'Is er niets dat ik voor je kan doen?' Misschien beeldde ik me de dubbelzinnigheid van haar woorden alleen maar in.

'Nee, dank je, maar nog wat drinken zou fijn zijn.' Hij gebaarde met een lange witte hand naar de lege glazen voor me.

'Tuurlijk.' Ze pakte de lege glazen en liep weg.

'Wat wilde je zeggen?' vroeg hij.

'Ik vertel het wel in de auto. Als...' Ik pauzeerde.

'Zijn er voorwaarden?' Hij trok een wenkbrauw op, zijn stem onheilspellend.

'Ik heb natuurlijk een paar vragen.'

'Natuurlijk.'

De serveerster kwam terug met nog twee cola. Ze zette ze deze keer zonder een woord te zeggen neer en verdween weer.

Ik nam een slok.

'Nou, brand maar los,' drong hij aan, zijn stem nog steeds hard.

Ik begon met de minst veeleisende. Althans, dat dacht ik. 'Waarom ben je in Port Angeles?'

Hij keek naar beneden, vouwde langzaam zijn grote handen over elkaar op de tafel. Zijn ogen blikten even op naar mij van onder zijn wimpers, het begin van een grijns op zijn gezicht. 'Volgende.'

'Maar dat is de gemakkelijkste,' protesteerde ik.

'Volgende,' herhaalde hij.

Ik keek naar beneden, gefrustreerd. Ik rolde mijn bestek uit het servet, pakte mijn vork en prikte er voorzichtig een ravioli aan. Ik stopte hem langzaam in mijn mond, nog altijd naar beneden kijkend, en kauwde terwijl ik nadacht. De champignons waren lekker. Ik slikte en nam nog een slok cola voordat ik opkeek.

'Goed dan.' Ik keek hem boos aan en sprak langzaam verder: 'Laten we ervan uitgaan, hypothetisch natuurlijk, dat... iemand... kan weten wat andere mensen denken, gedachten lezen, je weet wel – met een paar uitzonderingen.'

'Slechts één uitzondering,' corrigeerde hij, 'hypothetisch.'

'Oké, een uitzondering.' Ik was dolblij dat hij meespeelde, maar ik probeerde kalm te lijken. 'Hoe werkt dat? Wat zijn de beperkingen. Hoe zou... die iemand... iemand anders kunnen vinden op precies het juiste moment? Hoe zou hij weten dat ze in de problemen zat?' Ik vroeg me af of mijn omzichtige vragen wel begrijpelijk waren.

'Hypothetisch?' vroeg hij.

'Tuurlijk.'

'Nou, als... die iemand...'

'Laten we hem 'Joe' noemen,' stelde ik voor.

Hij glimlachte zuur. 'Zoals je wilt. Joe, dus. Als Joe had opgelet, dan had de timing niet zo heel nauwkeurig hoeven zijn.' Hij schudde zijn hoofd, rolde met zijn ogen. 'Alleen jíj kan in zo'n kleine stad als deze in de problemen raken. Je zou hun criminaliteitscijfers voor de komende tien jaar explosief hebben laten stijgen.'

'We hadden het over een hypothetisch geval,' herinnerde ik hem ijzig.

Hij lachte naar me, zijn ogen warm. 'Ja, dat is zo,' zei hij. 'Zullen we jou 'Jane' noemen?'

'Hoe wist je het?' vroeg ik, niet langer in staat mijn nieuwsgierigheid te bedwingen. Ik realiseerde me dat ik weer naar hem toe leunde.

Hij leek te twijfelen, verscheurd door een of ander innerlijk dilemma. Zijn ogen hechtten zich aan de mijne en ik vermoedde dat hij daar ter plekke besloot of hij me wel of niet domweg de waarheid zou zeggen.

'Je kunt me vertrouwen, dat weet je toch,' mompelde ik. Zonder nadenken reikte ik naar voren om zijn gevouwen handen aan te raken, maar hij schoof ze zwijgend iets opzij en ik trok mijn hand terug.

'Ik weet niet of ik nog een keuze heb.' Hij fluisterde bijna. 'Ik had het fout – je bent veel oplettender dan ik dacht.'

'Ik dacht dat je altijd gelijk had.'

'Dat had ik ook.' Hij schudde weer zijn hoofd. 'Iets anders over jou had ik ook fout. Je trekt geen problemen aan als een magneet – die omschrijving is veel te beperkt. Je trekt ongelukken aan als een magneet. Als er in een straal van 15 kilometer ook maar iets gevaarlijks is, zal het jou ongetwijfeld vinden.'

'En je rekent jezelf daar ook toe?' raadde ik.

Zijn gezicht werd koud, uitdrukkingsloos. 'Absoluut.'

Ik strekte mijn hand weer uit over de tafel – negeerde hem toen hij weer iets terugtrok – om de rug van zijn hand schuw aan te raken met mijn vingertoppen. Zijn huid was koud en hard, als steen.

'Nog bedankt.' Mijn stem liep over van dankbaarheid. 'Dat is de tweede keer.'

Zijn gezicht werd zachter. 'Laten we proberen er geen drie van te maken, oké?'

Ik keek kwaad, maar knikte. Hij haalde zijn hand onder die van mij vandaan en legde ze beide onder de tafel. Maar hij leunde naar me toe.

'Ik heb je gevolgd naar Port Angeles,' bekende hij snel. 'Ik heb nog nooit geprobeerd een bepaald persoon in leven te houden, en het is veel moeilijker dan ik had verwacht. Maar dat komt misschien doordat het om jou gaat. Gewone mensen lijken op een dag niet zoveel catastrofes mee te maken.' Hij wachtte. Ik vroeg me af of ik er moeite mee zou moeten hebben dat hij me volgde; in plaats daarvan voelde ik een vreemd soort blijdschap. Hij staarde en vroeg zich misschien af waarom mijn lippen zich krulden in een onwillekeurige glimlach.

'Heb je je ooit afgevraagd of mijn laatste uur misschien had geslagen die eerste keer, met het busje, en dat je je bemoeit met het lot?' speculeerde ik om mezelf af te leiden.

'Dat was niet de eerste keer,' zei hij met nauwelijks verstaanbare stem. Ik staarde hem verbluft aan, maar hij keek naar beneden. 'Toen ik jou voor het eerst zag had jouw laatste uur al geslagen.'

Ik voelde een schok van angst bij deze woorden en de herinnering aan zijn woedende zwarte blik die eerste dag kwam meteen terug... maar het overweldigende gevoel van veiligheid dat ik in zijn nabijheid voelde liet dit gelijk verdwijnen. Tegen de tijd dat hij opkeek om mijn ogen te lezen, was er geen spoortje angst meer in te bekennen.

'Weet je nog?' vroeg hij, zijn engelengezicht ernstig.

'Ja.' Ik was rustig.

'En toch zit je hier.' Er was een spoortje ongeloof in zijn stem; hij trok een wenkbrauw op.

'Ja, ik zit hier... dankzij jou.' Ik viel stil. 'Omdat je me vandaag op de een of andere manier hebt weten te vinden...' drong ik aan.

Hij perste zijn lippen op elkaar, staarde me met toegeknepen ogen aan en nam opnieuw een beslissing. Zijn ogen vlogen naar mijn volle bord en toen terug naar mij.

'Jij eet, ik praat,' bedong hij.

Snel prikte ik nog een hap aan mijn vork en stopte hem in mijn mond.

'Het is moeilijker dan het zou moeten zijn – je in de gaten houden. Meestal vind ik iemand heel snel, als ik zijn gedachten al een keer eerder heb gehoord.' Hij keek me benauwd aan en ik besefte dat ik versteend was. Ik

dwong mezelf te slikken, prikte nog een ravioli op en propte hem naar binnen.

'Ik hield Jessica in de gaten, niet heel zorgvuldig – zoals ik zei ben jij de enige die in Port Angeles in de problemen zou weten te komen – en eerst merkte ik niet dat je er in je eentje op uit ging. Toen ik besefte dat je niet meer bij haar was, ging ik op zoek naar de boekwinkel die ik in haar gedachten zag. Ik merkte dat je niet naar binnen was gegaan en dat je naar het zuiden liep... en ik wist dat je gauw zou moeten omkeren. Dus wachtte ik op je terwijl ik willekeurig de gedachten van de mensen op straat afzocht – om te zien of iemand je gezien had zodat ik wist waar je was. Er was geen reden om bezorgd te zijn, maar toch voelde ik me niet echt op mijn gemak...' Hij was in gedachten verzonken, staarde langs me en zag dingen die ik me niet kon voorstellen.

'Ik begon in rondjes te rijden, nog altijd... luisterend. De zon ging eindelijk onder en ik stond op het punt om uit te stappen en je te voet te volgen. En toen...' Hij stopte, klemde zijn kaken in plotselinge woede op elkaar, maar probeerde zichzelf te kalmeren.

'Toen wat?' fluisterde ik. Hij bleef langs me staren.

'Ik hoorde wat zij dachten,' gromde hij. Zijn bovenlip krulde een beetje omhoog tot boven zijn tanden. 'Ik zag je gezicht in hun gedachten.' Hij leunde plotseling naar voren, een elleboog verscheen op de tafel, zijn hand bedekte zijn ogen. De beweging was zo snel dat ik ervan schrok.

'Het was erg... moeilijk – je kunt je niet voorstellen hoe moeilijk – voor mij om jou gewoon mee te nemen en hen te laten... leven.' Zijn stem werd gedempt door zijn arm. 'Ik had je bij Jessica en Angela kunnen achterlaten, maar ik was bang dat als ik je alleen zou laten ik naar hen op zoek zou gaan,' bekende hij fluisterend.

Ik zat stil, sprakeloos, mijn gedachten in wanorde. Mijn handen lagen gevouwen op mijn schoot en ik leunde slap tegen de achterwand van de bank. Zijn gezicht rustte nog in zijn hand en hij zat zo stil dat hij gehouwen leek te zijn uit het steen waarop zijn huid leek.

Uiteindelijk keek hij op. Zijn ogen zochten de mijne, vol met zijn eigen vragen.

'Ben je klaar om naar huis te gaan?' vroeg hij.

'Klaar om te gaan,' verbeterde ik, dankbaar dat we samen nog de rit

naar huis van een uur hadden. Ik was er nog niet klaar voor om afscheid te nemen.

De serveerster verscheen alsof ze geroepen was. Of had toegekeken.

'Alles in orde?' vroeg ze Edward.

'De rekening, alstublieft.' Zijn stem was zacht, ruwer, weerspiegelde nog ons moeilijke gesprek. Het leek haar te verwarren. Hij keek afwachtend op.

'T-tuurlijk,' stotterde ze. 'Alsjeblieft.' Ze haalde een kleine leren map uit de zak van haar zwarte schort en gaf hem aan Edward.

Hij had al een biljet in zijn hand. Hij stopte het in het mapje en gaf het gelijk terug.

'Zo is het goed.' Hij glimlachte. Toen stond hij op en ik krabbelde klungelig overeind.

Zij glimlachte nog eens uitnodigend naar hem. 'Fijne avond nog.'

Hij bleef naar mij kijken terwijl hij haar bedankte. Ik onderdrukte een glimlach.

Hij liep vlak achter me naar de deur, maar zorgde er nog steeds voor dat hij me niet aanraakte. Ik herinnerde me wat Jessica had gezegd over haar relatie met Mike en dat ze bijna bij het eerste-kus-stadium waren aangekomen. Ik zuchtte. Edward leek het te horen en keek me nieuwsgierig aan. Ik keek naar de stoep, dankbaar dat hij niet in staat leek te weten wat ik dacht.

Hij deed de passagiersdeur open, hield hem vast terwijl ik instapte en deed hem zachtjes achter me dicht. Ik keek hoe hij om de voorkant van de auto heenliep, weer verbaasd over hoe sierlijk hij zich bewoog. Je zou denken dat ik daar nu toch wel aan gewend was, maar dat was ik niet. Ik had het gevoel dat Edward niet het soort persoon was waar je aan gewend raakte.

Eenmaal in de auto startte hij de motor en draaide de verwarming hoog. Het was erg koud geworden en ik vermoedde dat er aan het mooie weer een einde was gekomen. Dankzij zijn jas had ik het echter warm. Als ik dacht dat hij het niet zag, ademde ik de geur ervan in.

Edward reed weg, ogenschijnlijk zonder op of om te kijken, en keerde de auto om naar de snelweg te gaan.

'Goed,' zei hij betekenisvol, 'jij bent aan de beurt.'

9. Theorie

'Mag ik nog een vraag stellen?' smeekte ik toen Edward veel te hard optrok op de stille straat. Hij leek totaal niet op de weg te letten.

Hij zuchtte. 'Nog één,' stemde hij in. Hij perste zijn lippen samen tot een bedachtzame lijn.

'Nou... je zei dat je wist dat ik niet de boekwinkel binnen was gegaan en dat ik naar het zuiden liep. Ik vroeg me af hoe je dat wist.'

Hij keek weg, overlegde met zichzelf.

'Ik dacht dat we open kaart zouden spelen,' gromde ik.

Bijna glimlachte hij.

'Goed dan. Ik volgde je geur.' Hij keek naar de weg zodat ik even tijd had om mijn gezicht weer in de plooi te krijgen. Ik kon geen fatsoenlijk antwoord daarop bedenken, maar borg dit feit zorgvuldig op om er later over na te kunnen denken. Ik probeerde mijn gedachten weer op een rijtje te krijgen. Ik wilde niet dat hij ophield nu hij eindelijk dingen begon te verklaren.

'En je hebt een van mijn eerste vragen nog niet beantwoord...' hield ik het gesprek gaande.

Hij keek me afkeurend aan. 'Wat dan?'

'Hoe werkt het, gedachten lezen? Kun je van iedereen de gedachten lezen, overal? Hoe doe je het? Kan de rest van jouw familie...' Ik voelde me stom, alsof ik vroeg naar de verklaring van een fantasie.

'Dat is meer dan één vraag,' wees hij terecht. Ik vlocht domweg mijn vingers in elkaar en staarde hem afwachtend aan.

'Nee, alleen ik kan dat. En ik kan niet iedereen overal horen. Ik moet vrij dicht in de buurt zijn. Hoe bekender iemands... 'stem' is, hoe verder weg ik hem kan horen. Maar toch niet verder dan een paar kilometer.' Hij verzonk in gedachten. 'Het is een beetje alsof je in een grote zaal vol mensen staat die allemaal tegelijk praten. Tot ik me richt op een stem, en dan kan ik helder horen wat ze denken.

Meestal sluit ik me ervoor af. Het kan erg afleidend zijn. Bovendien is het eenvoudiger om normáál te lijken' – hij fronste toen hij dat zei – 'als ik niet per ongeluk iemands gedachten beantwoord in plaats van hun woorden.'

'Waarom denk je dat je mij niet kunt horen?' vroeg ik nieuwsgierig.

Hij keek me aan, zijn ogen raadselachtig.

'Geen idee,' mompelde hij. 'Het enige dat ik kan bedenken is dat jouw hersenen niet op dezelfde manier werken als die van hen. Alsof jouw gedachten op de AM-frequentie zitten en ik alleen FM ontvang.' Hij grijnsde tegen me, opeens geamuseerd.

'Mijn hersenen werken niet goed, hè? Ik ben gek?' Ik vond zijn opmerking vervelender dan zou moeten, waarschijnlijk omdat zijn vermoeden wel eens zou kunnen kloppen. Ik had altijd al zoiets gedacht en ik vond het niet leuk dat dit nu bevestigd werd.

'Ik hoor stemmen in mijn hoofd en jij bent bang dat jíj gek bent,' lachte hij. 'Wees maar niet bang, het is slechts een theorie...' Zijn gezicht verstrakte. 'Waarmee we weer terug bij jou komen.'

Ik zuchtte. Hoe moest ik beginnen.

'We zouden toch open kaart spelen?' bracht hij zachtjes in herinnering.

Voor de eerste keer keek ik weg van zijn gezicht en probeerde woorden te vinden. Ik zag toevallig de snelheidsmeter. 'Goeie God!' schreeuwde ik. 'Niet zo hard!'

'Wat is er?' Hij was verrast. Maar de auto vertraagde niet.

'Je rijdt honderdvijftig kilometer per uur!' Ik schreeuwde nog steeds. Ik wierp een paniekerige blik uit het raam, maar het was te donker om veel te kunnen zien. De weg was alleen zichtbaar in de lange streep blauwachtig licht van de koplampen. Het bos aan beide zijden van de weg was als een zwarte muur: net zo hard als een stalen wand als we met deze snelheid van de weg zouden raken.

'Relax, Bella.' Hij rolde met zijn ogen maar vertraagde nog steeds niet.

'Probeer je ons te vermoorden?' wilde ik weten.

'We krijgen geen ongeluk.'

Ik probeerde mijn stem zachter te laten klinken. 'Waarom heb je zo'n haast?'

'Zo rijd ik altijd.' Hij draaide zich naar me toe en glimlachte scheef.

'Let op de weg!'

'Bella, ik heb nog nooit een ongeluk gehad – ik heb zelfs nog nooit een boete gehad.' Hij grinnikte en tikte tegen zijn voorhoofd. 'Ingebouwde radardetector.'

'Erg grappig,' zei ik kwaad. 'Charlie is een politieagent, weet je nog? Ik heb geleerd om me aan de verkeersregels te houden. Bovendien, als je ons in een Volvo-wokkel rond een boomstam verandert, kun jij waarschijnlijk zo opstaan en weglopen.'

'Waarschijnlijk wel,' was hij met een korte, harde lach eens. 'Maar jij niet.' Hij zuchtte, en ik zag tot mijn opluchting de naald langzaam naar 130 zakken. 'Zo goed?'

'Bijna.'

'Ik haat langzaam rijden,' mopperde hij.

'Vind je dit langzaam?'

'Genoeg commentaar op mijn rijstijl,' blafte hij. 'Ik wacht nog altijd op je nieuwste theorie.'

Ik beet op mijn lip. Hij keek naar me, zijn honingkleurige ogen onverwachts zacht.

'Ik zal niet lachen,' beloofde hij.

'Ik ben eerder bang dat je boos op me zult zijn.'

'Is het zo erg?'

'Nogal, ja.'

Hij wachtte. Ik keek neer op mijn handen, dus kon ik zijn gezicht niet zien.

'Brand maar los.' Zijn stem was rustig.

'Ik weet niet hoe ik moet beginnen,' bekende ik.

'Waarom begin je niet bij het begin... je zei dat je het niet zelf bedacht had.'

'Nee.'

'Hoe ben je erop gekomen, een boek, een film?' polste hij.

'Nee. Het was zaterdag, op het strand.' Ik waagde een blik op zijn gezicht. Hij keek verbaasd.

'Ik kwam een oude vriend van de familie tegen: Jacob Black,' ging ik verder. 'Zijn vader en Charlie zijn al bevriend vanaf dat ik een baby was.'

Hij keek nog steeds niet-begrijpend.

'Zijn vader is een van de stamoudsten van de Quileute.' Ik keek ingespan-

nen naar hem. Zijn verbaasde blik bevroor. 'We maakten een wandelingetje...' – ik liet mijn flirtpogingen weg uit het verhaal – '... en hij vertelde me enkele oude legendes...' Ik aarzelde.

'Ga door,' zei hij.

'Over vampiers.' Ik merkte dat ik fluisterde. Ik kon nu niet naar zijn gezicht kijken. Maar ik zag zijn knokkels spastisch verstrakken om het stuur.

'En je dacht meteen aan mij?' Nog altijd rustig.

'Nee. Hij... had het over jouw familie.'

Hij zweeg en staarde naar de weg.

Opeens maakte ik me zorgen, zorgen om Jacobs veiligheid.

'Hij dacht gewoon dat het dom bijgeloof was,' zei ik snel. 'Hij verwachtte niet dat ik er iets van zou denken.' Het klonk niet erg waarschijnlijk; ik moest bekennen: 'Het was mijn schuld, ik dwong hem het me te vertellen.'

'Waarom?'

'Lauren zei iets over jou, ze probeerde me te provoceren. En een oudere jongen van de stam zei dat jouw familie niet op het reservaat kwam, maar het klonk alsof hij iets anders bedoelde. Dus nam ik Jacob apart en wist hem aan het praten te krijgen,' bekende ik met hangend hoofd.

Zijn lach verraste me. Ik keek nijdig op. Hij lachte, maar zijn ogen waren fel, keken vooruit.

'Hoe wist je hem aan het praten te krijgen?' vroeg hij.

'Ik probeerde te flirten... het lukte beter dan ik dacht.' Ongeloof kleurde mijn stem toen ik het me herinnerde.

'Dat had ik graag meegemaakt.' Hij grinnikte donker. 'En jij beschuldigt me ervan mensen van hun stuk te brengen. Arme Jacob Black.'

Ik bloosde en keek uit mijn raam de nacht in.

'Wat heb je toen gedaan?' vroeg hij na een minuut.

'Ik heb wat rondgezocht op internet.'

'En dat overtuigde je?' Zijn stem klonk nauwelijks geïnteresseerd, maar zijn handen omknelden strak het stuur.

'Nee. Niets klopte. Het meeste was nogal stom. En toen...' Ik stopte.

'Wat?'

'Besloot ik dat het er niet toe deed,' fluisterde ik.

'Dat het er niet toe dééd?' Zijn stem deed me opkijken – ik had eindelijk zijn zorgvuldig in stand gehouden masker doorbroken. Zijn gezicht was on-

gelovig, met slechts een kleine glimp van de boosheid waar ik bang voor was geweest.

'Nee,' zei ik zachtjes. 'Het maakt me niet uit wat je bent.'

Zijn stem kreeg een harde, spottende klank. 'Het maakt je niet uit dat ik een monster ben? Dat ik niet menselijk ben?'

'Nee.'

Hij zweeg en staarde weer voor zich uit. Zijn gezicht was somber en kil.

'Je bent boos,' zuchtte ik. 'Ik had niets moeten zeggen.'

'Nee,' zei hij, maar zijn stem klonk net zo hard als zijn gezicht. 'Ik weet liever wat je denkt, zelfs als wat je denkt krankzinnig is.'

'Dus ik heb het weer mis?' daagde ik uit.

'Daar had ik het niet over. "Het maakt niet uit!"' citeerde hij met opeengeklemde kaken.

'Ik heb gelijk?' snakte ik.

'Máákt het uit?'

Ik haalde diep adem. 'Niet echt.' Ik was even stil. 'Maar ik ben wel nieuwsgierig.' Mijn stem was gelukkig vast.

Hij was opeens gelaten. 'Wat wil je dan weten?'

'Hoe oud ben je?'

'Zeventien,' antwoordde hij meteen.

'En hoe lang ben je al zeventien?'

Zijn lippen trilden terwijl hij naar de weg keek. 'Al een tijdje,' bekende hij ten slotte.

'Oké,' glimlachte ik, blij dat hij nog steeds eerlijk tegen me was. Hij keek me behoedzaam aan, net zoals eerder toen hij bang was dat ik in shock zou raken. Ik glimlachte breder ter aanmoediging en hij fronste.

'Niet lachen, maar hoe kun je overdag buiten komen?'

Hij lachte toch. 'Mythe.'

'Verbrand door zonlicht.'

'Mythe.'

'Slapen in doodskisten?'

'Mythe.' Hij aarzelde even en zijn stem kreeg een vreemde klank. 'Ik kan niet slapen.'

Ik had even nodig om dat te verwerken. 'Helemaal niet?'

'Nooit,' zei hij, zijn stem bijna onhoorbaar. Hij keek me aan met een me-

lancholische blik. De gouden ogen hielden de mijne vast en ik wist niet meer wat ik wilde zeggen. Ik staarde naar hem tot hij wegkeek.

'Je hebt me nog niet de belangrijkste vraag gesteld.' Zijn stem was nu hard en toen hij me weer aankeek waren zijn ogen koud.

Ik knipperde, nog altijd verblind. 'Wat is dat dan?'

'Maak je je geen zorgen over wat ik eet?' vroeg hij sarcastisch.

'O,' mompelde ik. 'Dat.'

'Ja, dat.' Zijn stem was kil. 'Wil je niet weten of ik bloed drink?'

Ik kromp ineen. 'Nou, Jacob heeft daar iets over gezegd.'

'Wat heeft Jacob daarover gezegd?' vroeg hij vlak.

'Hij zei dat jullie niet op... mensen jaagden. Hij zei dat ze ervan uitgingen dat jouw familie ongevaarlijk was omdat jullie alleen op dieren jagen.'

'Hij zei dat we niet gevaarlijk waren?' Zijn stem was uiterst sceptisch.

'Niet met die woorden. Hij zei dat ze ervan uitgingen dat jullie ongevaarlijk waren. Maar desondanks willen de Quileutes jullie niet op hun land, voor het geval dat.'

Hij keek voor zich, maar ik wist niet of hij op de weg lette of niet.

'Had hij gelijk? Jagen jullie niet op mensen?' Ik probeerde mijn stem zo vlak mogelijk te houden.

'De Quileutes hebben een goed geheugen,' fluisterde hij.

Ik beschouwde het als een ja.

'Maar je moet er niet onvoorzichtig door worden,' waarschuwde hij me. 'Ze hebben gelijk dat ze ons op een afstand houden. We zijn nog altijd gevaarlijk.'

'Ik begrijp het niet.'

'We proberen het,' legde hij langzaam uit. 'Meestal zijn we erg goed in wat we doen. Soms maken we fouten. Ik, bijvoorbeeld, omdat ik mezelf alleen laat zijn met jou.'

'Is dat een fout?' Ik hoorde de droefenis in mijn stem, maar wist niet of hij het ook hoorde.

'Een heel gevaarlijke,' mompelde hij.

Toen zwegen we allebei. Ik keek hoe de koplampen meedraaiden met de bochten in de weg. Ze bewogen te snel. Het leek niet echt maar zag eruit als een videospelletje. Ik was me ervan bewust dat de tijd voortsnelde, net als de zwarte weg onder ons, en ik was zo ontzettend bang dat ik nooit meer

een tweede kans zou krijgen om weer zo met hem samen te zijn; open, alle muren tussen ons geslecht. Ik kon geen minuut van mijn tijd met hem verspillen.

'Vertel me meer,' vroeg ik wanhopig. Het maakte me niet uit wat hij zei, als ik zijn stem maar kon horen.

Hij wierp een snelle blik op me, verrast door mijn andere toon. 'Wat wil je nog meer weten?'

'Vertel me waarom jullie op dieren jagen en niet op mensen,' stelde ik voor, mijn stem nog altijd gekleurd door wanhoop. Ik realiseerde me dat mijn ogen vochtig waren en ik vocht tegen de pijn die me dreigde te overmeesteren.

'Ik wíl geen monster zijn.' Zijn stem was heel laag.

'Maar dieren zijn niet voldoende?'

Hij wachtte even. 'Ik weet het natuurlijk niet zeker, maar je kunt het vergelijken met een dieet van tofoe en sojamelk. We noemen onszelf vegetariërs, het is ons grapje. Het stilt de honger niet helemaal... of eigenlijk de dorst. Maar het houdt ons sterk genoeg om weerstand te bieden. Meestal dan.' Zijn stem klonk onheilspellend. 'Soms is het moeilijker dan anders.'

'Is het nu erg moeilijk voor je?' vroeg ik.

Hij zuchtte: 'Ja.'

'Maar je hebt nu geen honger,' zei ik vol vertrouwen – het was geen vraag maar een constatering.

'Waarom denk je dat?'

'Je ogen. Ik zei toch dat ik een theorie had. Ik heb gemerkt dat mensen – vooral mannen – humeuriger zijn als ze honger hebben.'

Hij grinnikte. 'Je bent erg oplettend, hè?'

Ik gaf geen antwoord. Ik luisterde alleen naar het geluid van zijn lach en prentte het in mijn geheugen.

'Was je dit weekeinde aan het jagen met Emmett?' vroeg ik toen het weer stil was.

'Ja.' Hij was even stil, alsof hij besloot iets wel of niet te vertellen. 'Ik wilde niet weggaan, maar het moest. Het is iets makkelijker om bij je in de buurt te zijn als ik geen dorst heb.'

'Waarom wilde je niet weggaan?'

'Ik ben... onrustig... als ik niet bij je in de buurt ben.' Zijn ogen waren

zacht maar intens en ze leken mijn botten in pap te veranderen. 'Ik maakte geen grapje toen ik je afgelopen donderdag vroeg niet in zee te vallen of overreden te worden. Ik was het hele weekeinde afgeleid, maakte me zorgen om je. En na wat er vanavond gebeurd is, ben ik verbaasd dat je het hele weekeinde ongeschonden bent doorgekomen.' Hij schudde zijn hoofd en leek zich toen iets te herinneren. 'Nou ja, bijna ongeschonden.'

'Wat dan?'

'Je handen,' herinnerde hij me. Ik keek naar mijn handpalmen, naar de bijna genezen schrammen. Zijn ogen zagen alles.

'Ik ben gevallen,' zuchtte ik.

'Dat dacht ik al.' Zijn lippen krulden bij de hoeken omhoog. 'Maar in jouw geval had het veel erger kunnen zijn – en die mogelijkheid kwelde me de hele tijd dat ik weg was. Het waren drie heel lange dagen. Ik werkte Emmett echt op de zenuwen.' Hij glimlachte gemaakt zielig naar me.

'Drie dagen? Ben je niet pas vandaag teruggekomen?'

'Nee, we zijn zondag teruggekomen.'

'Waarom waren jullie dan niet op school?' Ik was gefrustreerd, bijna boos toen ik me herinnerde hoe teleurgesteld ik was geweest door zijn afwezigheid.

'Je vroeg me of de zon me kon kwetsen, maar dat is niet zo. Maar ik kan niet in het zonlicht lopen, tenminste, niet waar iedereen me kan zien.'

'Waarom?'

'Ik laat het je wel een keer zien,' beloofde hij.

Ik dacht even na. 'Je had me kunnen bellen,' besloot ik.

Hij begreep me niet. 'Maar ik wist dat je veilig was.'

'Maar ik niet dat jíj veilig was. Ik...' Ik aarzelde en sloeg mijn ogen neer.

'Wat?' Zijn stem was verleidelijk.

'Ik vond het niet leuk. Je niet zien. Het maakt me ook onrustig.' Ik bloosde toen ik dit hardop zei.

Hij was stil. Ik keek op, aarzelend, en zag dat hij gekweld keek.

'Ah,' kreunde hij stilletjes. 'Dit is verkeerd.'

Ik begreep zijn reactie niet. 'Wat heb ik gezegd?'

'Snap je het niet, Bella? Het is een ding dat ik mezelf ongelukkig maak, maar iets heel anders dat jij er zo bij betrokken bent.' Hij richtte zijn gekwelde ogen op de weg, zijn woorden stroomden bijna te snel naar buiten om te

kunnen volgen. 'Ik wil niet horen dat jij je zo voelt.' Zijn stem was laag en dringend. Zijn woorden sneden door me heen. 'Het is verkeerd. Het is niet veilig. Ik ben gevaarlijk, Bella. Begrijp dat alsjeblieft.'

'Nee.' Ik probeerde heel hard niet op een pruilend kind te lijken.

'Ik meen het serieus,' gromde hij.

'Ik ook. Ik heb je gezegd dat het me niet uitmaakt wat je bent. Het is te laat.'

Zijn stem trof me als een zweepslag, laag en ruw. 'Zeg dat nooit.'

Ik beet op mijn lip en was blij dat hij niet kon weten hoeveel pijn het deed. Ik staarde weg. We moesten er nu bijna zijn. Hij reed veel te snel.

'Wat denk je nu?' vroeg hij, zijn stem nog rauw. Ik schudde alleen mijn hoofd, niet zeker of ik kon praten. Ik voelde zijn blik op mijn gezicht, maar ik keek voor me uit.

'Huil je?' Hij klonk ontsteld. Ik had niet gemerkt dat mijn ogen waren overgelopen. Snel veegde ik met mijn hand over mijn wang, en ja hoor, daar waren de verraderlijke tranen.

'Nee,' zei ik, maar mijn stem brak.

Ik zag hem aarzelend zijn rechterhand naar me uitsteken, maar toen stopte hij en legde hem weer terug op het stuur.

'Sorry.' Zijn stem liep over van de spijt. Ik wist dat hij zich niet alleen verontschuldigde voor de woorden waarmee hij me gekwetst had.

Het duister gleed in stilte langs ons.

'Vertel eens,' vroeg hij na nog een minuut stilte, en ik hoorde hoe hij probeerde een lichtere toon aan te slaan.

'Ja.'

'Waar dacht je aan, vanavond, vlak voordat ik de hoek om kwam? Ik begreep je uitdrukking niet: je zag er niet bang uit, maar alsof je je heel erg hard op iets concentreerde.'

'Ik probeerde me te herinneren hoe je een aanvaller van je af slaat. Zelfverdediging en zo. Ik was van plan zijn neus zijn hersenen in te rammen.' Met een golf van haat dacht ik aan de man met de donkere haren.

'Je wilde hen van je af slaan?' Dit bracht hem van de kaart. 'Dacht je er niet aan weg te rennen?'

'Ik val nogal vaak als ik ren,' bekende ik.

'Wat dacht je van schreeuwen om hulp?'

'Ik stond op het punt om dat te doen.'

Hij schudde zijn hoofd. 'Je hebt gelijk – ik ga beslist tegen het lot in met mijn pogingen je in leven te houden.'

Ik zuchtte. We reden langzamer, de bebouwde kom van Forks binnen. We hadden er minder dan twintig minuten over gedaan.

'Zie ik je morgen?' wilde ik weten.

'Ja, ik moet ook een werkstuk inleveren.' Hij glimlachte. 'Ik houd een stoel voor je vrij bij de lunch.'

Het was belachelijk, na alles wat we vanavond hadden meegemaakt, dat die kleine belofte vlinders in mijn buik veroorzaakte en ik geen woord meer kon uitbrengen.

We stonden voor Charlies huis. De lichten brandden, mijn pick-up stond op zijn plek, alles was volledig normaal. Het was alsof ik wakker werd uit een droom. Hij stopte de auto, maar ik bewoog me niet.

'Beloof je me dat je er morgen bent?'

'Ik beloof het.'

Ik moest er even over nadenken, toen knikte ik. Ik trok zijn jack uit, na nog een laatste snuif.

'Hou maar aan, je hebt je jas nog niet terug morgenochtend,' zei hij.

Ik gaf het toch terug. 'Ik leg dit liever niet uit aan Charlie.'

'O, goed.' Hij grinnikte.

Ik aarzelde, mijn hand op de greep, in een poging het moment te rekken.

'Bella?' vroeg hij op een andere toon: serieus maar aarzelend.

'Ja?' Iets te gretig draaide ik naar hem terug.

'Wil je me iets beloven?'

'Ja,' zei ik en had gelijk spijt van mijn onvoorwaardelijke instemming. Wat als hij me vroeg uit zijn buurt te blijven? Die belofte kon ik niet houden.

'Ga niet in je eentje het bos in.'

Niet begrijpend keek ik hem aan. 'Hoezo?'

Hij fronste en zijn ogen waren samengeknepen toen hij langs me uit het raam staarde. 'Ik ben niet altijd het gevaarlijkste wezen daar. Laten we het daar maar op houden.'

Ik rilde een beetje door de plotselinge kilheid in zijn stem, maar ik was opgelucht. Dit was een belofte die ik eenvoudig kon houden. 'Wat je wil.'

'Ik zie je morgen,' zuchtte hij en ik wist dat hij wilde dat ik nu wegging.

'Tot morgen, dan.' Onwillig opende ik het portier.

'Bella?' Ik draaide me om en hij leunde naar me toe. Zijn bleke, prachtige gezicht bevond zich maar een paar centimeter van het mijne. Mijn hart hield op met kloppen.

'Slaap lekker,' zei hij. Zijn adem blies in mijn gezicht, verdoofde me. Het was dezelfde exquise geur die aan zijn jack hing, maar in meer geconcentreerde vorm. Ik knipperde, volkomen daas. Hij ging weer rechtop zitten.

Ik was niet in staat me te bewegen totdat ik de boel weer op een rijtje had. Toen stapte ik klungelig uit de auto. Ik moest het portier vastgrijpen om niet om te vallen. Ik dacht dat ik hem hoorde grinniken, maar het geluid was te zacht om het zeker te weten.

Hij wachtte tot ik naar de voordeur gestrompeld was, en toen hoorde ik hem zachtjes gas geven. Ik draaide me om en zag de zilveren auto om de hoek verdwijnen. Ik voelde dat het erg koud was.

Automatisch reikte ik naar de sleutel, ontsloot de deur en stapte naar binnen.

Charlie riep vanuit de woonkamer: 'Bella?'

'Ja, pap, ik ben het.' Ik liep naar hem toe. Hij keek naar een honkbalwedstrijd.

'Je bent vroeg thuis.'

'Is dat zo?' Ik was verbaasd.

'Het is nog geen acht uur,' zei hij. 'Hebben jullie het leuk gehad?'

'Ja, het was heel gezellig.' Mijn hoofd tolde toen ik me probeerde te herinneren wat we gedaan hadden tijdens onze meidenavond. 'Ze hebben allebei een jurk gevonden.'

'Is alles goed met je?'

'Ik ben gewoon moe. Ik heb veel gelopen.'

'Misschien moet je vroeg naar bed gaan.' Hij klonk bezorgd. Ik vroeg me af hoe mijn gezicht eruitzag.

'Ik moet eerst Jessica nog even bellen.'

'Je hebt haar toch net nog gezien?' vroeg hij verrast.

'Ja, maar ik heb mijn jas in haar auto laten liggen. Ik wil vragen of ze hem morgen meeneemt.'

'Geef haar dan wel de kans om thuis te komen.'

'Eh, goed,' zei ik.

Ik ging naar de keuken en plofte uitgeput neer op een stoel. Ik voelde me nu echt duizelig en vroeg me af of ik niet toch in shock begon te raken. Zeur niet, vermande ik mezelf.

Plotseling ging de telefoon en ik schrok op. Ik rukte hem van de haak.

'Hallo?' vroeg ik buiten adem.

'Bella?'

'Hé Jess, ik wilde je net bellen.'

'Ben je al thuis?' Haar stem was opgelucht... en verbaasd.

'Ja. Ik heb mijn jas in je auto laten liggen. Kun je hem morgen meenemen?'

'Tuurlijk. Maar vertel me wat er gebeurd is!' eiste ze.

'Eh, morgen, bij wiskunde, oké?'

Ze begreep het onmiddellijk. 'O, je vader is thuis?'

'Ja, inderdaad.'

'Goed. Dan spreek ik je morgen. Dag!' Ik hoorde het ongeduld in haar stem.

'Dag Jess.'

Ik liep langzaam de trap op, een ondoordringbare wattenwolk vormde zich in mijn hoofd. Zonder te letten op wat ik deed, maakte ik me klaar om te gaan slapen. Maar pas onder de douche – het water te heet, brandend op mijn huid – realiseerde ik me dat ik het ijskoud had. Ik stond een aantal minuten flink te rillen voordat de hete straal mijn stijve spieren eindelijk liet ontspannen. Zo stond ik te douchen, te moe om me te bewegen, terwijl het warme water langzaam opraakte.

Ik strompelde naar buiten en wikkelde mezelf in een handdoek in een poging de hitte van het water vast te houden zodat de pijnlijke rillingen niet terug zouden komen. Ik trok snel mijn pyjama aan en klom onder de wol, rolde me op tot een bal met mijn armen om me heen. Een paar kleine rillingen trilden door me heen.

Mijn hoofd tolde nog steeds, vol beelden die ik niet begreep, en een paar die ik probeerde te onderdrukken. Eerst leek niets duidelijk, maar toen ik langzaamaan dichterbij een staat van bewusteloosheid kwam, werden een paar zaken duidelijk.

Van drie dingen was ik absoluut overtuigd. Ten eerste: Edward was een vampier. Ten tweede: een deel van hem – en ik wist niet hoe sterk dat was

– snakte naar mijn bloed. En ten derde: ik was onvoorwaardelijk en onherroepelijk verliefd op hem.

10. Ondervragingen

De volgende ochtend was het erg moeilijk om in discussie te gaan met het deel van me dat ervan overtuigd was dat gisteravond slechts een droom was. Logica had ik niet aan mijn zijde, net zomin als gezond verstand. Ik klampte me vast aan die dingen die ik niet verzonnen kon hebben – zoals zijn geur. Ik was ervan overtuigd dat ik die zelf nooit gedroomd zou hebben.

Buiten was het mistig en donker. Helemaal perfect. Hij had geen reden om vandaag niet op school te zijn. Ik trok mijn dikke kleren aan, want ik herinnerde me dat ik geen jas had. Nog meer bewijs dat mijn herinneringen echt waren.

Toen ik beneden kwam, was Charlie alweer vertrokken. Ik was later dan ik had gedacht. Ik werkte met drie happen een mueslireep weg, gevolgd door melk rechtstreeks uit het pak, en racete toen de deur uit. Hopelijk bleef het droog tot ik Jessica gevonden had.

Het was ongewoon mistig. De lucht leek bijna rokerig en voelde ijskoud aan op de stukken blote huid van mijn gezicht en nek. Ik kon niet wachten tot ik de verwarming van mijn auto aan had. De mist was zo dik dat ik nog maar een paar stappen van de oprit vandaan was toen ik me realiseerde dat er een auto op stond: een zilveren auto. Mijn hart bonkte, haperde, en begon toen twee keer zo snel te kloppen.

Ik zag niet waar hij vandaan kwam, maar ineens was hij er en hield het portier voor me open.

'Wil je vandaag met me meerijden?' vroeg hij, geamuseerd door mijn gezichtsuitdrukking omdat hij me weer verrast had. Er klonk onzekerheid in zijn stem. Hij gaf me echt een keuze. Ik mocht weigeren en een deel van hem hoopte daarop. Die hoop was tevergeefs.

'Ja, graag,' zei ik en probeerde mijn stem rustig te houden. Toen ik in de warme auto stapte, zag ik zijn beige jack over de hoofdsteun van de passagiersstoel hangen. Het portier sloot achter me, en sneller dan mogelijk was zat hij naast me en startte de auto.

'Ik heb mijn jas voor je meegenomen. Ik wil niet dat je ziek wordt of zo.' Zijn stem was behoedzaam. Ik zag dat hij zelf geen jas aan had, alleen een lichtgrijs shirt met V-hals en lange mouwen. Ook nu sloot de stof nauw om zijn perfect gespierde borst. Het was een compliment voor zijn gezicht dat mijn ogen niet op zijn lichaam bleven hangen.

'Zo kwetsbaar ben ik niet,' zei ik, maar ik trok het jack op mijn schoot en schoof mijn armen in de te lange mouwen, nieuwsgierig of de geur inderdaad net zo lekker was als ik me herinnerde. Hij was lekkerder.

'Dacht je?' wierp hij tegen met een stem die zo laag was dat ik niet zeker wist of die opmerking voor mij bestemd was.

We reden door de in mist gehulde straten, de hele tijd te snel, en voelden ons niet op ons gemak. Tenminste, ik niet. Gisteravond stond er niets tussen ons in... bijna niets. Ik wist niet of we vandaag ook zo eerlijk en open waren. Daardoor kon ik geen woord uitbrengen. Ik wachtte tot hij iets zei.

Grijnzend keek hij me aan. 'Wat, vandaag geen vraag-en-antwoordspelletjes?'

'Vind je mijn gevraag vervelend?' vroeg ik opgelucht.

'Niet zo vervelend als je reacties.' Hij zag eruit alsof hij een grapje maakte, maar ik wist het niet zeker.

Ik fronste. 'Reageer ik soms verkeerd?'

'Nee, dat is juist het probleem. Je vat alles zo rustig op – het is niet normaal. Daardoor vraag ik me steeds af wat je echt denkt.'

'Ik vertel je altijd wat ik echt denk.'

'Je laat dingen weg,' zei hij beschuldigend.

'Niet veel.'

'Genoeg om me gek te maken.'

'Je wilt het niet weten,' mompelde ik bijna fluisterend. Zo gauw ik dit gezegd had, had ik er spijt van. De pijn in mijn stem was heel vaag en ik kon alleen maar hopen dat hij het niet gehoord had.

Hij antwoordde niet en ik vroeg me af of ik de stemming bedorven had. Zijn gezicht was onleesbaar terwijl we de parkeerplaats van school op reden. Nogal laat bedacht ik me iets.

'Waar is de rest van je familie?' vroeg ik – meer dan blij dat ik alleen met hem was, maar ik herinnerde me dat zijn auto meestal vol zat.

'Ze zijn met Rosalies auto.' Hij haalde zijn schouders op terwijl hij naast

een glimmend rode convertible met gesloten kap parkeerde. 'Nogal opvallend, vind je niet?'

'Eh, wauw,' blies ik. 'Als ze zo'n auto heeft, waarom rijdt ze dan met jou mee?'

'Zoals ik zei, nogal opvallend. We proberen gewoon te lijken.'

'Dat lukt je niet.' Ik lachte en schudde mijn hoofd terwijl we uitstapten. Ik was niet meer te laat; zijn krankzinnige manier van rijden had ervoor gezorgd dat ik ruim op tijd was. 'Maar waarom ging Rosalie vandaag dan met haar auto als hij zo opvallend is.'

'Heb je het nog niet gemerkt? Ik ben nu alle regels aan het overtreden.' Hij kwam naast me staan bij de voorkant van de auto en bleef vlak bij me terwijl we het schoolterrein op liepen. Ik wilde die kleine ruimte tussen ons laten verdwijnen, hem aanraken, maar ik was als de dood dat hij dat niet zou willen.

'Waarom hebben jullie überhaupt dat soort auto's,' vroeg ik me hardop af, 'als je je juist gedeisd wilt houden?'

'Een gril,' gaf hij toe met een schalkse glimlach. 'We houden allemaal van snelle auto's.'

'Logisch,' mompelde ik zachtjes.

Onder het overhangende dak van de kantine stond Jessica te wachten, en haar ogen rolden bijna uit hun kassen. Over haar arm hing, gelukkig, mijn jas.

'Hé Jessica,' zei ik toen we vlak bij haar waren. 'Fijn dat je eraan gedacht hebt.'

Ze gaf me de jas zonder een woord te zeggen.

'Goedemorgen Jessica,' zei Edward beleefd. Hij kon toch echt niet helpen dat zijn stem zo onweerstaanbaar was. Of wat zijn ogen teweeg konden brengen.

'Eh... hoi.' Ze keek weer naar mij en probeerde haar verwarde gedachten op een rij te krijgen. 'Ik zie je wel bij wiskunde.' Ze gaf me een betekenisvolle blik en ik onderdrukte een zucht. Wat moest ik haar in hemelsnaam vertellen.

'Ja, tot dan.'

Ze liep weg, maar stopte twee keer om over haar schouder naar ons te gluren.

'Wat ga je haar vertellen?' mompelde Edward.

'Hé, ik dacht dat je mijn gedachten niet kon lezen!' siste ik.

'Kan ik ook niet,' zei hij verbaasd. Toen lichtten zijn ogen op. 'Maar, ik kan die van haar wel lezen... Ze kan niet wachten tot jullie samen les hebben om je uit te horen.'

Ik kreunde terwijl ik zijn jack uittrok en teruggaf, waarna ik mijn eigen jas aantrok. Hij vouwde hem over zijn arm.

'En, wat ga je haar vertellen?'

'Help me alsjeblieft?' smeekte ik. 'Wat wil ze weten?'

Hij schudde zijn hoofd en grijnsde vals. 'Dat is niet eerlijk.'

'Nee, dat je niet vertelt wat je weet – dát is niet eerlijk.'

Hij dacht even na terwijl we verder liepen. We stopten voor de deur van mijn eerste leslokaal.

'Ze wil weten of we stiekem wat hebben. En ze wil weten wat je voor me voelt,' zei hij uiteindelijk.

'Jesses. Wat moet ik daar nou op zeggen?' Ik probeerde mijn gezichtsuitdrukking heel onschuldig te houden. Mensen liepen langs ons op weg naar hun lokaal, staarden waarschijnlijk, maar ik lette nauwelijks op hen.

'Hmm.' Hij zweeg even, ving een lok haar die ontsnapt was uit de knot in mijn nek en duwde hem terug op zijn plek. Mijn hart pruttelde hyperactief. 'Ik denk dat je op de eerste vraag 'ja' kunt zeggen... als je het niet erg vindt – dat is eenvoudiger dan alles te moeten uitleggen.'

'Ik vind het niet erg,' zei ik met zwakke stem.

'En wat haar andere vraag betreft... tja, naar dat antwoord zal ik zelf ook vol spanning luisteren.' Een kant van zijn mond krulde omhoog in mijn favoriete ongelijke glimlach. De adem stokte in mijn keel zodat ik niet kon reageren op die opmerking. Hij draaide zich om en liep weg.

'Ik zie je bij de lunch,' riep hij over zijn schouder. Drie mensen die net naar binnengingen stopten om me aan te staren.

Ik ging snel het lokaal binnen, blozend en geïrriteerd. Hij was zo'n valsspeler. Nu maakte ik me nog meer zorgen over wat ik tegen Jessica moest zeggen. Ik zat op mijn vaste plek en smeet kwaad mijn tas neer.

'Morgen Bella,' zei Mike vanaf de stoel naast me. Ik keek op en zag een vreemde, bijna gelaten uitdrukking op zijn gezicht. 'Hoe was het in Port Angeles?'

'Het was...' Er was geen goede manier om het te vertellen. 'Leuk,' voltooide ik lamlendig mijn zin. 'Jessica heeft een heel mooie jurk gevonden.'

'Zei ze nog iets over maandagavond?' vroeg hij en zijn ogen lichtten op. Ik glimlachte vanwege de wending die het gesprek nam.

'Ze zei dat ze het heel gezellig had gevonden,' verzekerde ik hem.

'Zei ze dat?' vroeg hij gretig.

'Absoluut.'

Meneer Mason maande de klas tot stilte en vroeg ons onze werkstukken in te leveren. Engels en maatschappijleer gingen in een waas voorbij, terwijl ik me zorgen maakte over hoe ik de dingen aan Jessica moest uitleggen en bang was dat Edward echt zou luisteren naar wat ik zei door middel van Jessica's gedachten. Dat talent van hem was af en toe knap lastig – wanneer hij het niet gebruikte om mijn leven te redden.

Tegen het einde van het tweede uur was de mist bijna verdwenen, maar het was nog altijd donker door de laaghangende dichte wolken. Ik glimlachte tegen de lucht.

Edward had natuurlijk gelijk. Toen ik het wiskundelokaal binnenkwam, zat Jessica op de achterste rij en stuiterde bijna van haar stoel van opwinding. Met tegenzin ging ik naast haar zitten en probeerde mezelf ervan te overtuigen dat ik dit maar beter zo snel mogelijk achter de rug kon hebben.

'Vertel me alles!' beval ze voor ik goed en wel zat.

'Wat wil je weten?' zei ik terughoudend.

'Wat is er gisteravond gebeurd?'

'Hij heeft me mee uit eten genomen en toen heeft hij me thuisgebracht.'

Ze keek me nijdig aan, haar blik vol scepsis. 'Hoe ben je zo snel thuisgekomen?'

'Hij rijdt als een bezetene. Het was doodeng.' Ik hoopte dat hij dat hoorde.

'Was het een afspraakje? Heb je hem gezegd je daar te ontmoeten?'

Daar had ik niet aan gedacht. 'Nee, ik was totaal verbaasd toen ik hem daar zag.'

Haar lippen pruilden van teleurstelling bij de duidelijke eerlijkheid in mijn stem.

'Maar hij heeft je vandaag voor school opgehaald?' viste ze.

'Ja, dat was ook een verrassing. Hij zag dat ik geen jas had gisteravond,' legde ik uit.

'Gaan jullie nog een keer uit samen?'

'Hij heeft aangeboden me zaterdag naar Seattle te brengen omdat hij denkt dat mijn pick-up het niet haalt – telt dat ook?'

'Ja,' knikte ze.

'In dat geval, ja dus.'

'W-au-w.' Ze zei het zo overdreven dat het drie lettergrepen werden. 'Edward Cullen.'

'Ik weet het,' was ik het met haar eens. 'Wauw' was wel heel zwak uitgedrukt.

'Wacht!' Haar handen schoten omhoog, de palmen naar mij toe alsof ze verkeer tegen hield. 'Heeft hij je gekust?'

'Nee,' mompelde ik. 'Zo is het niet.'

Ze keek teleurgesteld. En ik weet zeker dat ik dat ook deed.

'Denk je dat hij zaterdag...' Ze trok haar wenkbrauwen op.

'Ik denk echt van niet.' De ontevredenheid in mijn stem klonk duidelijk door.

'Waar hebben jullie over gepraat?' Ze viste fluisterend naar meer informatie. De les was begonnen, maar meneer Varner lette niet echt op en we waren niet de enigen die nog kletsten.

'Weet ik veel, Jess, van alles,' fluisterde ik terug. 'We hebben het ook nog even over het werkstuk voor Engels gehad.' Heel, heel even. Ik geloof dat hij het even genoemd heeft.

'Alsjeblieft, Bella,' smeekt ze, 'ik wil details horen.'

'O... oké, goed dan. Je had moeten zien hoe de serveerster met hem flirtte – het was echt overdreven. Maar hij besteedde totaal geen aandacht aan haar.' Eens zien wat hij daarvan zou maken.

'Dat is een goed teken,' knikte ze. 'Was ze knap?'

'Nogal, en waarschijnlijk negentien of twintig.'

'Nog beter. Hij moet je echt leuk vinden.'

'Dat denk ik, maar het is moeilijk te zeggen. Hij is altijd zo cryptisch,' zuchtte ik. Dat laatste was voor hem bestemd.

'Ik begrijp niet dat je alleen met hem durft te zijn,' zei ze.

'Hoezo?' Ik schrok, maar zij begreep mijn reactie niet.

'Hij is zo... intimiderend. Ik zou niet weten wat ik tegen hem moest zeggen.' Ze trok een gezicht en dacht waarschijnlijk aan vanochtend of gister-

avond, toen hij de overweldigende kracht van zijn ogen op haar had losgelaten.

'Daar heb ik ook last van als ik bij hem in de buurt ben,' gaf ik toe.

'Maar ja, hij is een waanzinnig lekker ding.' Jessica haalde haar schouders op alsof dit al zijn fouten goedmaakte. Wat het volgens haar waarschijnlijk ook deed.

'Hij is veel meer dan alleen maar knap.'

'O ja, wat dan?'

Ik wou dat ik er niet op ingegaan was. Maar ik hoopte nog harder dat hij niet serieus was geweest over dat meeluisteren.

'Ik kan het niet goed uitleggen... maar innerlijk is hij nog veel geweldiger.' De vampier die goed wilde zijn, die rondrende om mensen te redden zodat hij geen monster zou zijn... Ik staarde naar de andere kant van het lokaal.

'Kan dat dan?' giechelde ze.

Ik negeerde haar en probeerde eruit te zien alsof ik luisterde naar meneer Varner.

'Dus je vindt hem leuk?' Ze was niet van plan los te laten.

'Ja,' zei ik kortaf.

'Maar vind je hem echt leuk?' drong ze aan.

'Ja,' zei ik weer, blozend. Ik hoopte dat haar gedachten dat niet zouden zien.

Ze had genoeg van de eenlettergrepige antwoorden. 'Hoe leuk vind je hem?'

'Te leuk,' fluisterde ik terug. 'Meer dan hij mij leuk vindt. Maar ik weet niet wat ik daaraan kan veranderen.' Ik zuchtte en de ene blos ging over in de andere.

Toen vroeg meneer Varner Jessica gelukkig om een antwoord.

Ze kreeg de kans niet om het onderwerp nog eens aan te roeren tijdens de les, en zodra de bel ging veranderde ik van onderwerp.

'Bij Engels vroeg Mike of je nog iets gezegd had over maandagavond,' zei ik haar.

'Niet waar! Wat heb je gezegd?!' vroeg ze verschrikt, volledig afgeleid.

'Ik heb gezegd dat je het heel leuk had gehad. Dat leek hij fijn te vinden.'

'Vertel me precies wat hij gezegd heeft, en wat je daarop gezegd hebt.'

De rest van onze wandeling naar de volgende les werd besteed aan zins-

ontleding en het grootste deel van Spaans aan een exacte beschrijving van Mikes gezichtsuitdrukkingen. Ik zou niet hebben meegedaan aan het eindeloos rekken van dit onderwerp als ik niet zo bang was geweest dat ik anders weer uitgehoord zou worden.

En toen ging de bel voor de lunchpauze. Ik sprong van mijn stoel en schoof mijn boeken ruw in mijn tas. Jessica moet aan mijn blije gezicht gezien hebben wat er aan de hand was.

'Je komt vandaag niet bij ons zitten, hè?' gokte ze.

'Ik geloof het niet.' Ik wist niet of hij niet weer toevallig zou verdwijnen.

Maar Edward wachtte op me buiten de deur van ons Spaanse lokaal, leunend tegen de muur. Hij leek meer op een Griekse god dan fatsoenlijk was. Jessica wierp een blik op ons, rolde met haar ogen en verdween.

'Tot straks, Bella,' Haar stem was vol uitgesproken suggesties. Ik zou de telefoon waarschijnlijk moeten uitschakelen.

'Hallo.' Zijn stem klonk geamuseerd en geïrriteerd tegelijk. Hij had meegeluisterd, dat was duidelijk.

'Hoi.'

Ik wist niets anders te zeggen, en hij zweeg – wachtte af, neem ik aan – dus was het een stille wandeling naar de kantine. Samen met Edward door de drukke kantine lopen tijdens de lunch deed me denken aan mijn eerste dag hier: iedereen staarde.

Hij ging me voor naar de rij, zei nog altijd niets, maar hij wierp elke paar seconden een speculerende blik op mijn gezicht. Ik dacht van zijn gezicht af te lezen dat irritatie het aan het winnen was van geamuseerdheid. Ik frummelde zenuwachtig aan de rits van mijn jas.

Hij liep naar de toonbank en vulde een blad met eten.

'Wat ben je aan het doen?' wierp ik tegen. 'Dat is toch niet allemaal voor mij?'

Hij schudde zijn hoofd en liep naar de kassa.

'De helft is voor mij, natuurlijk.'

Ik trok een wenkbrauw op.

Hij liep voor me uit naar dezelfde tafel waar we de vorige keer aan hadden gezeten. Toen we tegenover elkaar gingen zitten, staarde een groep vierdeklassers verbaasd naar ons vanaf de andere kant van de lange tafel. Edward leek er geen erg in te hebben.

'Pak maar wat je wilt,' zei hij en schoof het blad naar me toe.

'Ik vroeg me af,' zei ik terwijl ik een appel pakte en hem in mijn handen ronddraaide, 'wat je zou doen als iemand je uitdaagde om iets te eten.'

'Je vraagt je altijd dingen af.' Hij trok een gezicht en schudde zijn hoofd. Hij keek naar me, hield mijn ogen vast terwijl hij een stuk pizza van het blad pakte, een hap nam, snel kauwde en toen doorslikte. Ik keek met grote ogen toe.

'Als iemand je uit zou dagen aarde te eten, zou je daartoe in staat zijn, toch?' vroeg hij.

Ik trok mijn neus op. 'Ik heb het wel eens gedaan... het was een weddenschap,' bekende ik. 'Het viel best mee.'

Hij lachte. 'Waarom verbaast me dat niet.'

Iets achter mij leek zijn aandacht te trekken. 'Jessica analyseert alles wat ik aan het doen ben, ze zal het je straks allemaal uitleggen.' Hij duwde de rest van de pizza mijn kant op. De naam Jessica bracht een glimp van zijn eerdere irritatie terug op zijn gezicht.

Ik legde de appel neer, nam een hap pizza en keek weg, want ik wist dat hij van wal zou steken.

'Dus die serveerster was knap?' vroeg hij terloops.

'Is het je echt niet opgevallen?'

'Nee, ik lette niet op haar. Ik had andere dingen aan mijn hoofd.'

'Arme meid.' Nu kon ik het me veroorloven aardig te zijn.

'Er was iets wat je tegen Jessica zei waar ik mee zit.' Hij weigerde afgeleid te worden. Zijn stem was hees en hij keek op met een zorgelijke blik vanonder zijn wimpers.

'Het verbaast me niets dat je iets gehoord hebt wat je niet leuk vindt. Je weet wat ze zeggen over luistervinken,' vermaande ik hem.

'Ik had je gewaarschuwd dat ik mee zou luisteren.'

'En ik had je gewaarschuwd dat je niet alles wilt weten wat ik denk.'

'Dat klopt,' gaf hij toe, maar zijn stem was nog steeds hees. 'Maar je hebt niet helemaal gelijk. Ik wil weten wat je denkt – alles. Ik zou alleen willen... dat je sommige dingen niet dacht.'

Ik keek boos. 'Dat is iets heel anders.'

'Dat doet op dit moment niet ter zake.'

'Wat dan wel?' We leunden inmiddels over de tafel naar elkaar toe. Zijn

grote witte handen waren gevouwen onder zijn kin. Ik leunde naar voren, mijn rechterhand in mijn nek. Ik moest mezelf eraan herinneren dat we in een drukke kantine zaten, met waarschijnlijk veel nieuwsgierige blikken op ons gericht. Het was zo makkelijk om helemaal op te gaan in onze eigen kleine, gespannen zeepbel.

'Denk je echt dat je meer om mij geeft dan ik om jou?' zei hij zachtjes. Terwijl hij dat zei, leunde hij nog dichter naar me toe. Zijn donkergouden ogen keken me doordringend aan.

Ik probeerde niet te vergeten door te ademen. Ik moest wegkijken alvorens ik dat weer kon.

'Je doet het weer,' mopperde ik.

Zijn ogen gingen wijd open van verbazing. 'Wat?'

'Je brengt me van mijn stuk,' bekende ik en probeerde me te concentreren terwijl ik terugkeek.

'O.' Hij fronste.

'Het is niet jouw schuld,' zuchtte ik. 'Je kunt er niets aan doen.'

'Krijg ik nog een antwoord?'

Ik keek naar beneden. 'Ja.'

'Ja, ik krijg nog een antwoord, of ja, dat denk je echt?' Hij was weer geïrriteerd.

'Ja, dat denk ik echt.' Ik hield mijn ogen op de tafel gericht, volgde de lijnen van het houtpatroon in het formica. De stilte duurde voort. Koppig weigerde ik dit keer hem als eerste te verbreken en ik vocht hard tegen de verleiding op te kijken naar zijn gezicht.

Eindelijk zei hij wat, zijn stem was van fluweel. 'Je hebt het mis.'

Ik keek op en zag dat zijn ogen zacht waren.

'Dat weet je niet,' was ik het fluisterend oneens. Vertwijfeld schudde ik mijn hoofd, hoewel mijn hart bonkte bij zijn woorden en ik niets liever wilde dan hem geloven.

'Waarom denk je dat?' Zijn ogen van vloeibare topaas boorden zich in de mijne. Ik nam aan dat hij tevergeefs probeerde de waarheid rechtstreeks uit mijn hoofd te halen.

Ik staarde terug, probeerde ondanks zijn gezicht helder te blijven denken, een manier te vinden om het uit te leggen. Terwijl ik zocht naar woorden zag ik hem ongeduldig worden, gefrustreerd door mijn zwijgen begon hij

boos te worden. Ik haalde mijn hand uit mijn nek en hield een vinger omhoog.

'Ik moet nadenken,' benadrukte ik. Zijn blik werd rustig nu hij wist dat ik van plan was antwoord te geven. Ik liet mijn hand op tafel vallen en bewoog mijn linkerhand naar het midden zodat mijn handpalmen tegen elkaar drukten. Ik staarde naar mijn handen, vlocht mijn vingers in en uit elkaar, toen ik eindelijk wat zei: 'Nou, afgezien van het voor de hand liggende, soms...' ik aarzelde. 'Ik weet het niet zeker – ik kan geen gedachten lezen – maar soms lijkt het alsof je afscheid probeert te nemen terwijl je iets anders zegt.' Beter dan dat kon ik het gekwelde gevoel dat zijn woorden soms in mij opriepen niet omschrijven.

'Scherpzinnig,' fluisterde hij. En daar was het gekwelde gevoel weer, het kwam op toen hij mijn angstige vermoedens bevestigde. 'En dat is precies de reden waarom je het mis hebt,' begon hij uit te leggen, maar toen versmalden zijn ogen. 'Wat bedoel je met "het voor de hand liggende"?'

'Nou, kijk eens naar me,' zei ik. Het was overbodig want hij staarde me al aan. 'Ik ben heel gewoontjes. Nou ja, met uitzondering van alle bizarre dingen zoals die bijna-doodervaringen en dat ik zo onhandig ben dat ik wel gehandicapt lijk. En kijk eens naar jou.' Ik wapperde mijn hand naar hem en zijn verbijsterende perfectie.

Een ogenblik fronste hij nijdig zijn voorhoofd, toen werd het weer glad en kregen zijn ogen een begrijpende blik. 'Je ziet jezelf niet op een realistische manier. Ik geef toe dat je helemaal gelijk hebt wat die bizarre dingen betreft,' hij grinnikte donker, 'maar jij hebt niet gehoord wat elke jongen hier op school dacht op jouw eerste dag.'

Ik knipperde verbaasd met mijn ogen. 'Niet waar...' mompelde ik in mijzelf.

'Geloof me nou maar een keer – je bent alles behalve gewoontjes.'

Mijn ongemak was sterker dan het fijne gevoel bij de blik die in zijn ogen kwam toen hij dit zei. Snel herinnerde ik hem aan mijn oorspronkelijke argument. 'Maar ík neem geen afscheid.'

'Snap je het niet? Daarom heb ik gelijk. Ik geef het meeste om jou, want als ik dit kan'– hij schudde zijn hoofd, leek met de gedachte te worstelen – 'als afscheid nemen het juiste is om te doen, dan doe ik mezelf pijn om te voorkomen dat ik jou pijn doe, om te zorgen dat je veilig bent.'

Ik keek kwaad. 'En jij denkt dat ik niet hetzelfde zou doen?'

'Jij hoeft die keuze niet te maken.'

Abrupt veranderde zijn wisselvallige stemming weer: een ondeugende, oogverblindende glimlach liet zijn gelaatstrekken oplichten. 'Maar ervoor zorgen dat jij veilig bent lijkt een fulltime bezigheid te worden waardoor ik voortdurend bij je in de buurt moet blijven.'

'Niemand heeft vandaag geprobeerd me om zeep te helpen,' meldde ik hem, blij met het luchtigere onderwerp. Ik wilde dat hij het niet meer over afscheid nemen zou hebben. Als het moest, zou ik mezelf natuurlijk met opzet in gevaar kunnen brengen om ervoor te zorgen dat hij in de buurt bleef... Ik verdrong die gedachte gelijk voordat zijn snelle ogen hem op mijn gezicht zouden lezen. Dat zou me ongetwijfeld ernstig in de problemen brengen.

'Nog niet,' voegde hij toe.

'Nog niet,' erkende ik. Normaal was ik er tegenin gegaan, maar nu wilde ik dat hij rampen verwachtte.

'Ik heb nog een vraag voor je.' Zijn gezicht was nog steeds nonchalant.

'Vertel.'

'Moet je zaterdag echt naar Seattle of was het slechts een excuus om al je aanbidders niet af te hoeven wijzen?'

Ik trok een gezicht. 'Weet je, ik heb je dat gedoe met Tyler nog niet vergeven,' waarschuwde ik hem. 'Het is jouw schuld dat hij nu in de waan is dat ik met hem mee ga naar het eindejaarsbal.'

'O, zonder mij zou hij ook een mogelijkheid hebben gevonden om je mee te vragen – ik wilde alleen heel graag je gezicht zien,' grinnikte hij. Ik zou veel kwader zijn geweest als zijn lach niet zo fascinerend was. 'Als ik je gevraagd had, had je mij dan afgewezen?' vroeg hij, nog altijd lachend.

'Waarschijnlijk niet,' bekende ik. 'Maar ik zou later afgezegd hebben – gedaan alsof ik ziek was of mijn enkel verzwikt.'

Hij begreep het niet. 'Waarom zou je dat doen?'

Ik schudde droevig mijn hoofd. 'Je hebt me nog nooit bij gym gezien, maar ik dacht dat je het wel zou begrijpen.'

'Heb je het over het feit dat je niet over een vlakke, stabiele ondergrond kunt lopen zonder over je eigen tenen te struikelen?'

'Uiteraard.'

'Dat zou geen probleem zijn,' Hij was erg overtuigd van zichzelf. 'Het hangt er namelijk helemaal van af hoe je met dansen geleid wordt.' Hij zag dat ik op het punt stond om te protesteren en kapte me af. 'Maar je hebt me nog niet geantwoord: ben je van plan om naar Seattle te gaan, of vind je het goed als we iets heel anders gaan doen?'

Zolang het over 'wij' ging, kon het me niets schelen wat we deden.

'Ik sta open voor alternatieven,' zei ik. 'Maar ik wil wel een gunst vragen.'

Hij keek argwanend, zoals hij altijd deed wanneer ik een open vraag stelde. 'Wat?'

'Mag ik rijden?'

Hij fronste. 'Waarom?'

'Nou, voornamelijk omdat toen ik Charlie vertelde dat ik naar Seattle ging, hij specifiek vroeg of ik alleen ging en op dat moment was dat zo. Als hij het nog eens zou vragen, zou ik waarschijnlijk niet liegen, maar ik denk niet dat hij dat zal doen, en als ik mijn auto thuis laat komt dit onderwerp weer ter sprake en dat lijkt me niet echt nodig. En ook omdat ik jouw rijstijl doodeng vind.'

Hij rolde met zijn ogen. 'Van alle dingen aan mij die je doodeng zou kunnen vinden, maak jij je zorgen om mijn rijstijl.' Hij schudde zijn hoofd vol gemaakte ontzetting, maar toen waren zijn ogen weer serieus. 'Wil je niet aan je vader vertellen dat je die dag met mij doorbrengt?' Zijn vraag bevatte een ondertoon die ik niet begreep.

'Charlie kun je beter zo min mogelijk informatie geven.' Daar was ik heel beslist in. 'Waar gaan we trouwens naartoe?'

'Het wordt mooi weer, dus blijf ik uit de buurt van mensen... en als je wilt kun je met me mee gaan.' Wederom liet hij de keus aan mij.

'En dan laat je me zien wat je bedoelde, over het zonlicht?' vroeg ik, opgewonden bij de gedachte om weer een van zijn geheimen te ontrafelen.

'Ja.' Hij glimlachte en zweeg even. 'Maar als je liever niet... alleen met me bent, heb ik nog altijd graag dat je niet in je eentje naar Seattle gaat. Ik moet er niet aan denken wat voor een problemen jij allemaal tegen kunt komen in een stad van die omvang.'

Wrevelig zei ik: 'Phoenix is drie keer zo groot als Seattle, alleen al wat aantal inwoners betreft. In omvang...'

'Maar blijkbaar,' onderbrak hij mij, 'had jouw laatste uur nog niet gesla-

gen in Phoenix. Dus heb ik liever dat je bij mij in de buurt blijft.' Zijn ogen hadden weer die oneerlijke smeulende blik.

Daar kon ik niet tegenop, die ogen of die redenering, bovendien was het een uitgemaakte zaak. 'Toevallig vind ik het niet erg om met jou alleen te zijn.'

'Weet ik,' zuchtte hij mismoedig. 'Maar je zou het wel tegen Charlie moeten zeggen.'

'Waarom moet ik dat in hemelsnaam doen?'

Zijn ogen waren plotseling fel. 'Om me een reden te geven je weer terug te brengen.'

Ik slikte. Maar na even nagedacht te hebben, wist ik het zeker. 'Ik denk dat ik dat risico maar neem.'

Hij zuchtte boos en keek weg.

'Laten we het ergens anders over hebben,' stelde ik voor.

'Waar wil je het over hebben?' vroeg hij. Hij was nog steeds geïrriteerd.

Ik keek om ons heen om er zeker van te zijn dat niemand kon meeluisteren. Terwijl ik door de kantine keek, zag ik zijn zus Alice naar mij staren. De anderen staarden naar Edward. Ik keek snel weg, terug naar hem, en vroeg hem het eerste dat in mij opkwam. 'Waarom ging je eigenlijk naar die plek, Goat Rocks, vorig weekeinde... om te jagen? Charlie zei dat het geen goede locatie was om te wandelen vanwege de beren.'

Hij keek naar me alsof ik iets heel voor de hand liggends over het hoofd zag.

'Beren?' vroeg ik ongelovig, en hij grimaste. 'Maar het berenseizoen is nog niet geopend,' zei ik streng, om mijn schok te verbergen.

'Als je goed leest, gaat de wet alleen over het jagen met wapens,' informeerde hij mij. Vrolijk keek hij naar mijn gezicht terwijl ik die informatie verwerkte.

'Beren?' herhaalde ik moeizaam.

'Emmett is dol op grizzly.' Zijn toon was nog steeds luchtig, maar zijn ogen letten scherp op mijn reactie. Ik probeerde kalm te blijven.

'Hmm,' zei ik en nam nog een hap pizza als excuus om naar beneden te kijken. Ik kauwde langzaam en nam toen een grote slok cola zonder op te kijken.

'En,' zei ik toen ik eindelijk in zijn nu bezorgde ogen keek. 'Wat is jouw lievelingseten?'

Hij trok een wenkbrauw op en de hoeken van zijn mond gingen afkeurend naar beneden. 'Poema.'

'O,' zei ik op een beleefde, ongeïnteresseerde toon en pakte mijn glas met drinken weer.

'Natuurlijk,' zei hij en zijn stem klonk net zo neutraal als de mijne, 'moeten we ervoor zorgen dat we het ecosysteem niet verstoren door overbejaging. We proberen ons te richten op gebieden met een te grote populatie roofdieren – we gaan daarvoor zo ver weg als nodig is. Er zijn altijd meer dan genoeg herten en elanden en die voldoen ook, maar daar is geen aardigheid aan.' Hij glimlachte plagend.

'Nee, natuurlijk niet,' mompelde ik met een mondvol pizza.

'De vroege lente is Emmetts favoriete berenseizoen: ze zijn net wakker uit hun winterslaap, dus dan zijn ze nogal prikkelbaar.' Hij glimlachte alsof hij zich iets grappigs herinnerde.

'Niets leukers dan een prikkelbare grizzly beer,' stemde ik knikkend in.

Hij grinnikte en schudde zijn hoofd. 'Vertel me wat je echt denkt, alsjeblieft.'

'Ik probeer me er een voorstelling van te maken, maar dat kan ik niet,' bekende ik. 'Hoe jaag je zonder wapens op een beer?'

'O, maar we hebben wel wapens.' Hij liet zijn tanden blikkeren in een korte, dreigende glimlach. Ik onderdrukte een rilling voordat deze me zou verraden. 'Alleen niet het soort waar ze het over hebben als ze jachtwetten opstellen. Heb je ooit op televisie gezien hoe een beer aanvalt? Nou, zo moet je je voorstellen dat Emmett jaagt.'

De volgende rilling die langs mijn ruggengraat liep kon ik niet tegenhouden. Ik gluurde door de kantine naar Emmett, blij dat hij niet mijn kant op keek. De dikke spieren die als banden rond zijn armen en lichaam liepen, leken nu op de een of andere manier nog angstaanjagender.

Edward volgde mijn blik en grinnikte. Ik staarde nerveus naar hem.

'Lijk jij ook op een beer?' vroeg ik zacht.

'Meer op een leeuw, althans, dat zeggen ze,' zei hij luchtig. 'Wellicht zijn onze voorkeuren een aanwijzing voor hoe we jagen.'

Ik probeerde te glimlachen. 'Wellicht,' herhaalde ik. Maar mijn hoofd was gevuld met tegenstrijdige beelden die ik niet kon samenvoegen. 'Is dat iets wat ik misschien te zien zou krijgen?'

'Absoluut niet!' Zijn gezicht werd nog witter dan gewoonlijk en zijn ogen waren opeens woedend. Ik leunde naar achteren, verbijsterd en – hoewel ik dat nooit zou toegeven aan hem – bang door zijn reactie. Hij leunde ook naar achteren en vouwde zijn armen voor zijn borst.

'Te eng voor mij?' vroeg ik toen ik mijn stem weer onder controle had.

'Als dat het was, zou ik je vanavond gelijk meenemen,' zei hij met snijdende stem. 'Je hebt een gezonde dosis angst nodig. Niets zou beter voor je zijn.'

'Wat dan wel?' drong ik aan en probeerde zijn boze blik te negeren.

Hij staarde me een lange minuut kwaad aan.

'Later,' zei hij uiteindelijk. Met een soepele beweging stond hij op zijn voeten. 'We zijn laat.'

Ik keek om me heen en was verbaasd te zien dat hij gelijk had en dat de kantine bijna helemaal leeg was. Als ik bij hem was, werden tijd en plaats zo'n vage vlek dat ik het gevoel voor beide volledig kwijtraakte. Ik sprong op en griste mijn tas van de rugleuning.

'Later dan,' zei ik. Ik zou het niet vergeten.

11. Complicaties

Iedereen keek naar ons toen we samen naar onze labtafel liepen. Ik zag dat hij zijn stoel niet meer zo ver mogelijk van me vandaan zette als de tafel toeliet. In plaats daarvan zat hij zo dicht naast me dat onze armen elkaar bijna raakten.

Toen kwam meneer Banner achteruit het lokaal in lopen – wat had die man een fantastische timing – terwijl hij een metalen tafel op wielen trok waarop een ouderwetse tv en videorecorder stonden. Filmtijd: de opluchting in de klas was bijna voelbaar.

Meneer Banner schoof de band in de weerbarstige videorecorder en liep naar de muur om de lichten uit te doen.

En toen, terwijl het lokaal donker werd, was ik me er opeens hyperbewust van dat Edward op minder dan twee centimeter naast me zat. Ik werd overvallen door onverwachte tintelingen die door me heen liepen, verbaasd dat het mogelijk was me nog bewuster van hem te zijn dan ik al was. Ik werd bijna overweldigd door een krankzinnige drang mijn hand uit te strekken en hem aan te raken, zijn perfecte gezicht een keer te strelen in het duister. Ik kruiste mijn armen strak over mijn borst en balde mijn handen tot vuisten. Ik was gek aan het worden.

De optiteling begon zodat het lokaal schaars verlicht werd. Mijn ogen gingen vanzelf naar hem. Ik glimlachte schaapachtig toen ik zag dat zijn houding een kopie van de mijne was: van de gebalde vuisten onder zijn armen tot aan zijn ogen die vanuit de hoeken naar me gluurden. Hij grijnsde terug en zelfs in het donker lukte het hem zijn ogen op een of andere manier te laten smeulen. Ik keek weg voordat ik begon te hyperventileren. Het sloeg echt helemaal nergens op dat ik duizelig werd.

De les duurde erg lang. Ik kon me niet concentreren op de film, ik wist zelfs niet waar hij over ging. Zonder succes probeerde ik me te ontspannen, maar de elektrische schokken die ergens uit zijn lichaam vandaan leken te komen, bleven aanhouden. Af en toe stond ik mezelf toe een snelle blik

te werpen in zijn richting, maar ook hij leek zich niet te ontspannen. Het overweldigende verlangen hem aan te raken weigerde ook af te nemen en ik plette mijn vuisten veilig tegen mijn ribben totdat mijn vingers er pijn van deden.

Ik slaakte een zucht van verlichting toen meneer Banner de lichten weer aandeed aan het einde van de les, strekte mijn armen voor me uit en bewoog mijn stijve vingers. Edward grinnikte naast me.

'Nou, dat was interessant,' mompelde hij. Zijn stem was donker en zijn ogen behoedzaam.

'Hm-mm,' was het enige antwoord dat ik eruit kon krijgen.

'Zullen we?' vroeg hij terwijl hij elegant overeind kwam.

Ik kreunde bijna. Tijd voor gym. Ik stond voorzichtig op, bang dat mijn evenwichtsgevoel aangetast zou zijn door de vreemde, nieuwe intensiteit tussen ons.

Zwijgend liep hij met me mee naar mijn volgende les en wachtte bij de deur; ik keerde me naar hem toe om gedag te zeggen. Zijn gezicht verraste me: zijn blik was verscheurd, bijna gepijnigd, en zo verschrikkelijk mooi dat het verlangen hem aan te raken net zo sterk opvlamde als eerst. Mijn afscheid bleef in mijn keel hangen.

Hij tilde zijn hand op, aarzelend – strijd woedde in zijn ogen – en streelde toen snel met zijn vingertoppen langs mijn wang. Zijn huid was als altijd ijskoud, maar het spoor dat zijn vingers achterlieten op mijn huid was alarmerend warm: alsof ik me verbrand had, maar de pijn nog niet voelde.

Zonder een woord te zeggen draaide hij zich om en liep van me weg.

Ik liep naar het gymlokaal, mijn hoofd licht en wiebelig. Ik zweefde naar de kleedkamer, kleedde me als in trance om en was me er slechts vaag van bewust dat er andere mensen om me heen waren. De realiteit werd pas weer duidelijk toen ik een racket in mijn handen gedrukt kreeg. Het was niet zwaar, maar het voelde erg onveilig in mijn hand. Ik zag dat een paar klasgenoten me heimelijke blikken toewierpen. Coach Clapp beval ons teams van twee personen te vormen.

Gelukkig was er nog wat van Mikes ridderlijkheid over en kwam hij naast me staan.

'Wil je met mij een team vormen?'

'Dank je, Mike. Je hoeft dit niet te doen, hoor.' Ik grimaste verontschuldigend.

'Geeft niets. Ik blijf uit je buurt.' Hij grijnsde. Soms was het zo makkelijk om Mike aardig te vinden.

Het ging niet gladjes. Op de een of andere manier slaagde ik erin mezelf voor mijn kop te slaan met mijn racket en in een en dezelfde zwaai Mikes schouder te raken. De rest van het uur bracht ik door achter in het veld, waar ik het racket veilig achter mijn rug hield. Ondanks dat hij door mij gehandicapt was, was Mike behoorlijk goed. In zijn eentje won hij drie van de vier potjes. Hij gaf me een onverdiende high-five toen de coach eindelijk op zijn fluitje blies ten teken dat de les was afgelopen.

'Zo,' zei hij toen we van het veld liepen.

'Wat zo?'

'Jij en Cullen, hè?' vroeg hij, zijn toon opstandig. Mijn eerdere gevoel van affectie verdween.

'Dat gaat je niets aan, Mike,' waarschuwde ik terwijl ik van binnen Jessica vervloekte naar de diepste duisternis van Hades.

'Ik vind het maar niets,' mompelde hij niettemin.

'Dat hoeft ook niet,' snauwde ik.

'Hij kijkt naar je alsof... alsof je hij je wil opvreten,' ging hij verder, mij negerend.

Ik slikte het hysterische gevoel dat dreigde te exploderen in, maar ondanks mijn pogingen ontsnapte er toch een kleine giechel. Hij keek me nijdig aan. Ik zwaaide en vluchtte naar de kleedkamer.

Snel kleedde ik me om. Iets sterkers dan vlinders bonsde wild tegen de wanden van mijn buik, mijn ruzie met Mike was al een vage herinnering. Ik vroeg me af of Edward op me zou wachten, of dat ik hem bij zijn auto zou zien. Wat als zijn familie er ook was? Ik voelde een golf echte angst. Wisten zij dat ik het wist? Was het de bedoeling dat ik wist dat zij het wisten dat ik het wist, of niet?

Tegen de tijd dat ik het gymlokaal verliet, had ik net besloten dat ik gelijk naar huis zou lopen zonder een blik op de parkeerplaats te werpen. Maar mijn zorgen waren voor niets geweest. Edward wachtte op me. Hij leunde nonchalant tegen de muur van het gymlokaal en zijn adembenemende gezicht was nu rustig. Toen ik naar hem toe liep, voelde ik een vreemd gevoel van bevrijding.

'Hoi,' zei ik zacht met een enorme glimlach.

'Hallo.' Zijn glimlach was schitterend. 'Hoe was gym?'

Mijn blijdschap zakte een beetje in. 'Prima,' loog ik.

'Echt?' Hij leek niet overtuigd. Zijn ogen veranderden enigszins van richting, keken over mijn schouder en werden kleiner. Ik keek achter me en zag Mikes rug terwijl hij wegliep.

'Wat?' vroeg ik.

Zijn ogen, nog steeds klein, keken weer in de mijne. 'Newton werkt op mijn zenuwen.'

'Je luisterde toch niet weer?' Ik schrok me dood. Alle sporen van mijn plotselinge goede humeur verdwenen.

'Hoe is het met je hoofd?' vroeg hij onschuldig.

'Dit is niet te geloven!' Ik draaide me om en stampte weg in de richting van de parkeerplaats, hoewel ik de optie om te gaan lopen ook nog openhield.

Hij hield me gemakkelijk bij.

'Jij was degene die zei dat ik je nog nooit tijdens een gymles had gezien. Ik was gewoon nieuwsgierig.' Het klonk niet alsof het hem speet, dus negeerde ik hem.

We liepen zwijgend verder – een boze, beschaamde stilte aan mijn kant – naar zijn auto. Maar een paar stappen daarvandaan bleef ik gedwongen stilstaan: de auto werd omringd door een meute mensen, alleen maar jongens.

Toen realiseerde ik me dat ze niet om de Volvo stonden, maar om Rosalies rode convertible, met een onmiskenbaar wellustige blik in hun ogen. Geen van hen keek ook maar op toen Edward tussen hen door gleed om zijn portier open te doen. Ik klom snel op de passagiersstoel, ook onopgemerkt.

'Erg opvallend,' mompelde hij.

'Wat voor een auto is het?' vroeg ik.

'Een M3.'

'Ik lees geen *Car and Driver.*'

'Het is een BMW.' Hij rolde met zijn ogen zonder naar mij te kijken en probeerde van de parkeerplaats weg te rijden zonder een van de bewonderaars te raken.

Ik knikte. Daar had ik van gehoord.

'Ben je nog steeds boos?' vroeg hij terwijl hij voorzichtig met de auto manoeuvreerde.

'Absoluut.'

Hij zuchtte. 'Vergeef je me als ik mijn excuses aanbied?'

'Misschien... als je het meent. Én als je belooft het niet meer te doen,' drong ik aan.

Zijn ogen stonden plotseling sluw. 'Wat vind je ervan als ik het meen én ik het goed vind dat jij zaterdag rijdt?' was zijn tegenbod.

Ik overwoog dit en besloot dat het waarschijnlijk het beste bod was dat ik zou krijgen. 'Goed,' zei ik.

'Dan spijt het me heel erg dat ik je boos heb gemaakt.' Hij keek hierbij oprecht uit zijn ogen – waardoor mijn hart volledig van slag raakte – en toen werd zijn blik speels. 'En zaterdagochtend sta ik voor dag en dauw bij je op de stoep.'

'Eh, het helpt niet echt met de Charlie-situatie als er de hele dag een onbekende Volvo op de oprit staat.'

Zijn glimlach was nu neerbuigend. 'Ik was niet van plan met de auto te komen.'

'Hoe...'

Hij onderbrak me. 'Maak je geen zorgen. Ik zal er zijn, zonder auto.'

Ik ging er niet verder op in. Ik had een dringender vraag.

'Is het al later?' vroeg ik betekenisvol.

Hij fronste. 'Misschien wel.'

Hij zette de auto stil. Ik keek verrast op: natuurlijk waren we al bij Charlies huis. Het was gemakkelijker om met hem mee te rijden als ik pas keek wanneer het voorbij was. Toen ik weer naar hem keek, zag ik dat hij me aanstaarde, me opnam met zijn ogen.

'En je wilt nog steeds weten waarom je niet kunt toekijken als ik jaag?' Hij leek ernstig, maar ik dacht een glimp van humor te zien diep in zijn ogen.

'Nou,' verduidelijkte ik, 'ik wilde vooral zien hoe je zou reageren.'

'Heb ik je bang gemaakt?' Ja, er zat beslist humor in.

'Nee,' loog ik. Hij geloofde me niet.

'Het spijt me dat ik je bang heb gemaakt,' hield hij vol met een lichte glimlach, maar toen verdwenen alle tekens van plagerij. 'Het was alleen de gedachte al dat jij in de buurt zou zijn... terwijl we jagen.' Hij klemde zijn kaken op elkaar.

'Dat zou verkeerd zijn?'

Hij sprak van tussen zijn opeengeklemde kaken. 'Heel erg.'

'Want...'

Hij haalde diep adem en staarde door de voorruit naar de dikke, rollende wolken die naar beneden leken te komen, bijna binnen bereik.

'Als we jagen,' hij sprak langzaam, met tegenzin, 'geven we ons over aan onze zintuigen... beheersen onszelf minder met ons hoofd. Vooral ons reukvermogen is heel sterk. Als je dan bij me in de buurt zou zijn terwijl ik op die manier de controle verlies...' Hij schudde zijn hoofd en keek nog steeds met duistere blik naar de zware bewolking.

Ik hield mijn gezichtspieren stevig in bedwang, want ik rekende op een snelle blik om mijn reactie te peilen, en die volgde inderdaad. Op mijn gezicht was niets te lezen.

Maar onze ogen hielden elkaar vast en de stilte werd dieper – en veranderde. Schokjes van dezelfde elektriciteit als die ik vanmiddag had gevoeld, zorgden voor een gespannen sfeer terwijl hij meedogenloos in mijn ogen bleef staren. Pas toen mijn hoofd begon te tollen realiseerde ik me dat ik geen adem meer haalde. Toen ik naar adem hapte, en de stilte verbrak, sloot hij zijn ogen.

'Bella, ik denk dat je beter naar binnen kunt gaan.' Zijn lage stem klonk ruw, zijn ogen waren weer op de wolken gericht.

Ik opende de deur en de poolwind die de auto binnengierde hielp om mijn hoofd weer helder te maken. Bang dat ik in mijn verdwaasde staat zou struikelen, stapte ik voorzichtig uit de auto en sloot het portier achter me zonder om te kijken. Het gezoem van het elektrische raam dat naar beneden schoof deed me omdraaien.

'O, Bella?' riep hij me achterna, zijn stem kalmer. Hij leunde naar me toe met een flauwe glimlach om zijn lippen.

'Ja?'

'Morgen is het mijn beurt.'

'Jouw beurt voor wat?'

Hij glimlachte breder zodat zijn tanden oplichtten. 'Vragen te stellen.'

En toen was hij weg. De auto racete door de straat en verdween om de hoek voordat ik zelfs maar mijn gedachten weer geordend had. Ik glimlachte toen ik naar het huis liep. Het was duidelijk dat hij van plan was morgen naar school te komen.

Die nacht speelde Edward, zoals gewoonlijk, een hoofdrol in mijn dromen. Maar het klimaat van mijn onderbewustzijn was veranderd. Het vibreerde met dezelfde elektrische lading als die ik de afgelopen middag had gevoeld, en ik lag rusteloos te woelen en te draaien en werd vaak wakker. Pas vroeg in de ochtend zakte ik weg in een uitgeputte, droomloze slaap.

Toen ik wakker werd, was ik nog steeds moe, maar ook zenuwachtig. Zuchtend trok ik mijn bruine coltrui aan en de onvermijdelijke spijkerbroek, terwijl ik dagdroomde over spaghettibandjes en shorts. Het ontbijt was als altijd een rustige aangelegenheid. Charlie bakte eieren voor zichzelf; ik at mijn bord muesli. Ik vroeg me af of hij vergeten was wat er komende zaterdag op de agenda stond. Hij beantwoordde mijn onuitgesproken vraag toen hij opstond om zijn bord in de gootsteen te zetten.

'Wat betreft zaterdag...' begon hij terwijl hij door de keuken liep en de kraan opendraaide.

Ik kromp ineen. 'Ja, pap?'

'Ben je nog steeds van plan naar Seattle te gaan?' vroeg hij.

'Ja, dat ben ik.' Ik trok een gezicht en wenste dat hij er niet over begonnen was zodat ik geen halve waarheden hoefde te fabriceren.

Hij spoot wat afwasmiddel op zijn bord en wreef het uit met de borstel. 'En je weet zeker dat je niet op tijd terug bent voor het bal?'

'Ik ga niet naar het bal, pap,' zei ik nijdig.

'Heeft niemand je gevraagd?' vroeg hij terwijl hij zijn zorgen probeerde te verbergen door zich te concentreren op het afspoelen van het bord.

Ik omzeilde het mijnenveld: 'De meisjes moesten iemand meevragen.'

'O.' Hij fronste terwijl hij zijn bord afdroogde.

Ik had medelijden met hem. Het is vast heel moeilijk om een vader te zijn; altijd bang dat je dochter iemand ontmoet die ze leuk vindt, maar ook bang dat ze misschien niemand ontmoet. Hoe afschuwelijk zou het zijn, bedacht ik gruwend, als Charlie ook maar enig idee had van wát ik leuk vond.

Charlie zwaaide gedag en vertrok, en ik ging naar boven om mijn tanden te poetsen en mijn boeken te pakken. Toen ik de surveillanceauto hoorde wegrijden, kon ik maar een paar seconden wachten voor ik uit het raam keek. De zilveren auto stond er al, wachtend op Charlies plek op de oprit. Ik sprong de trap af en de deur uit, me afvragend hoe lang dit bizarre ritueel zou doorgaan. Ik wilde dat het nooit zou ophouden.

Hij wachtte in de auto, maar leek niet op te kijken toen ik de voordeur achter me dichttrok zonder de moeite te nemen hem dubbel op slot te doen. Ik liep naar de auto en aarzelde even verlegen voordat ik het portier opendeed en instapte. Hij glimlachte ontspannen en was zoals gebruikelijk zo perfect en beeldschoon dat het ondraaglijk was.

'Goedemorgen.' Zijn stem was zijdezacht. 'Hoe is het met je?' Zijn ogen bestudeerden mijn gezicht, alsof zijn vraag meer was dan simpelweg beleefdheid.

'Goed, dank je.' Het ging altijd goed met me, meer dan goed zelfs, als ik bij hem was.

Zijn blik bleef hangen op de kringen onder mijn ogen. 'Je ziet er moe uit.'

'Ik kon niet slapen,' bekende ik en zwiepte als vanzelf mijn haar over mijn schouder zodat ik enige beschutting had.

'Kon ik ook niet,' plaagde hij terwijl hij de motor startte. Ik begon gewend te raken aan het zachte zoemen. Ik was er zeker van dat ik me suf zou schrikken van het gebrul van mijn pick-up als ik er ooit weer in zou rijden.

Ik lachte. 'Ja, dat geloof ik graag. Ik denk dat ik net iets meer geslapen heb dan jij.'

'Wedden dat dat zo is.'

'Wat heb je gedaan afgelopen nacht?' vroeg ik.

Hij grinnikte. 'Vergeet het maar. Vandaag stel ik de vragen.'

'Dat is waar ook. Wat wil je weten?' Ik fronste mijn voorhoofd. Ik kon niets bedenken over mezelf dat hij ook maar een beetje interessant zou kunnen vinden.

'Wat is je lievelingskleur?' vroeg hij met een ernstig gezicht.

Ik rolde met mijn ogen. 'Dat verandert elke dag.'

'Wat is vandaag je lievelingskleur?' Hij was nog altijd serieus.

'Waarschijnlijk bruin.' Ik trok meestal kleren aan in kleuren die overeenkwamen met mijn humeur.

Hij snoof en liet zijn serieuze blik varen. 'Bruin?' vroeg hij ongelovig.

'Tuurlijk. Bruin is warm. Ik mis bruin. Alles wat bruin hoort te zijn – boomstammen, rotsen, aarde – is hier bedekt met zompige groene zooi,' klaagde ik.

Hij leek gefascineerd door mijn kleine uitbarsting. Hij overdacht het even en keek me aan. 'Je hebt gelijk,' besloot hij, weer ernstig. 'Bruin is warm.'

Hij strekte zijn hand uit om snel, maar toch ook aarzelend, mijn haar weer naar achter te duwen.

We waren inmiddels bij school aangekomen. Hij keek weer naar me toen hij de auto parkeerde.

'Welke muziek zit er op dit moment in je cd-speler?' vroeg hij, zijn gezicht somber alsof hij me gevraagd had een moord te bekennen.

Ik bedacht me dat ik nooit de cd van Phil had opgeborgen. Toen ik de naam van de band noemde, glimlachte hij scheef met een vreemde uitdrukking in zijn ogen. Hij deed een vakje onder de cd-speler van zijn auto open, viste er een doosje uit tussen de ongeveer dertig cd's die in de kleine ruimte gepropt waren en gaf dat aan mij.

'Van Debussy tot dit?' Hij trok een wenkbrauw op.

Het was dezelfde cd. Ik bekeek de bekende voorkant en hield mijn ogen naar beneden gericht.

Zo ging het de hele dag door. Terwijl hij meeliep naar Engels, toen hij me ophaalde na Spaans, tijdens de hele lunchpauze, ondervroeg hij me meedogenloos over elk onbetekenend detail van mijn bestaan. Films die ik mooi of verschrikkelijk vond, de paar plaatsen waar ik geweest was en de vele waar ik nog naartoe wilde, en boeken, eindeloos veel boeken.

Ik kon me niet herinneren wanneer ik voor het laatst zoveel gepraat had. Het grootste deel van de tijd voelde ik me niet op mijn gemak, ervan overtuigd dat ik hem verveelde. Maar de volledige aandacht op zijn gezicht en zijn nooit aflatende stroom vragen, stimuleerden me door te gaan. Meestal waren zijn vragen makkelijk, slechts een paar lieten mijn snelle blos opkomen. En als ik bloosde, veroorzaakte dat weer een nieuwe ronde vragen.

Zoals toen hij me vroeg wat mijn favoriete edelsteen was en ik 'topaas' er uitflapte voordat ik er erg in had. Hij had zo snel vragen op me afgevuurd dat ik het gevoel had dat ik een van die psychiatrische tests deed waarbij je met het eerste wat in je opkomt moet antwoorden. Ik was ervan overtuigd dat hij zou zijn doorgegaan met het afwerken van de lijst die hij blijkbaar in zijn hoofd had, als ik niet gebloosd had. Mijn gezicht kleurde, omdat tot voor heel kort granaat mijn favoriete edelsteen was. Het was onmogelijk om me de reden voor die verandering niet te herinneren terwijl ik terugstaarde in zijn topaaskleurige ogen. En natuurlijk hield hij pas op toen ik bekende waarom ik me ongemakkelijk voelde.

'Vertel het me,' beval hij uiteindelijk toen overtuigingskracht niet werkte – en dat kwam alleen maar omdat ik mijn ogen veilig van zijn gezicht afgewend hield.

'Het is vandaag de kleur van je ogen,' gaf ik me zuchtend over. Ik keek naar mijn handen die plukten aan een lok haar. 'Als je het me over twee weken zou vragen, zeg ik waarschijnlijk onyx.' In mijn onwillige eerlijkheid had ik meer informatie gegeven dan nodig was en ik was bang dat het de vreemde woede zou oproepen die steeds weer oplaaide wanneer ik per ongeluk te duidelijk liet merken hoe geobsedeerd ik was.

Maar zijn pauze was heel kort.

'Welk bloemen heb je het liefst?' ging het spervuur verder.

Ik zuchtte opgelucht en ging verder met de psychoanalyse.

Biologie was weer lastig. Edward was doorgegaan met zijn ondervraging tot het moment dat meneer Banner het lokaal binnenkwam, terwijl hij weer de tv meezeulde. Toen de leraar naar het lichtknopje liep, merkte ik dat Edward zijn stoel iets verder bij me vandaan schoof. Het hielp niet. Zodra het lokaal verduisterd was, voelde ik weer de elektrische vonken, dezelfde rusteloze drang als gisteren om mijn hand uit te strekken om die kleine ruimte te overbruggen en zijn koude huid aan te raken.

Ik leunde naar voren op de tafel, liet mijn kin op mijn gevouwen armen rusten en greep met mijn verborgen vingers de rand van de tafel vast in een poging het irrationele verlangen te negeren dat me zo van mijn stuk bracht. Ik keek niet naar hem, bang dat als hij naar mij keek het nog moeilijker zou zijn mezelf in bedwang te houden. Ik probeerde echt naar de film te kijken, maar aan het einde van de les had ik geen flauw idee wat ik zojuist gezien had. Ik zuchtte weer van opluchting toen meneer Banner het licht aandeed en wierp eindelijk een blik op Edward; hij keek naar mij, zijn ogen dubbelzinnig.

Hij stond zwijgend op en bleef toen staan, wachtend op mij. Net als gisteren liepen we zwijgend naar het gymlokaal. En net als gisteren raakte hij zwijgend mijn gezicht aan – dit keer met de rug van zijn koele hand, waarmee hij een keer van mijn slaap naar mijn kaak streelde – voordat hij zich omdraaide en wegliep.

Gym ging snel voorbij terwijl ik naar Mikes eenmansbadmintonshow keek. Hij zei vandaag niets tegen me, in reactie op mijn lege blik of omdat

hij nog altijd boos was over onze ruzie van gisteren. Ergens in mijn achterhoofd voelde ik me daar rot over. Maar ik kon me niet op hem concentreren.

Na de les holde ik weg om me om te kleden, want ik wist dat hoe sneller ik was, des te eerder ik bij Edward zou zijn. Door deze druk werd ik onhandiger dan normaal, maar uiteindelijk kon ik weg. Ik voelde dezelfde opluchting toen ik hem zag staan en een grote grijns verscheen vanzelf op mijn gezicht. Hij glimlachte terug voordat hij doorging met zijn kruisverhoor.

Zijn vragen waren nu anders van aard, niet zo eenvoudig te beantwoorden. Hij wilde weten wat ik het meeste miste aan thuis en drong aan op beschrijvingen van alles wat hij niet kende. We zaten urenlang voor Charlies huis, terwijl de lucht donkerder werd en de regen in een plotselinge stortbui om ons heen klaterde.

Ik probeerde onmogelijke dingen te beschrijven, zoals de geur van de creosootstruiken – bitter, enigszins harsachtig, maar toch lekker –, het hoge, klagelijke geluid van de cicaden in juli, de luchtige kaalheid van de bomen, de enorme omvang van de lucht die zich witblauw uitstrekt van horizon tot horizon, nauwelijks onderbroken door de lage bergen bedekt met paars vulkanisch gesteente. Het moeilijkste uit te leggen was waarom ik het zo mooi vond: het verklaren van een schoonheid die niet afhing van de schaarse, stekelige vegetatie die er vaak halfdood uitzag, een schoonheid die meer van doen had met de kale vorm van het land, met de ondiepe komvormige valleien tussen de kartelige heuvels, en de manier waarop zij de zon vasthielden. Ik merkte dat ik mijn handen gebruikte toen ik dit aan hem probeerde te beschrijven.

Door zijn rustige, indringende vragen bleef ik vrijuit praten en vergat ik, in het halfduister van de storm, me ongemakkelijk te voelen omdat ik het gesprek domineerde. Eindelijk, toen ik klaar was met een gedetailleerde beschrijving van mijn overvolle kamer thuis, zweeg hij in plaats van met een nieuwe vraag te reageren.

'Ben je klaar?' vroeg ik opgelucht.

'Nog lang niet, maar je vader komt zo thuis.'

'Charlie!' Ik was me ineens weer bewust van zijn bestaan en zuchtte. Ik keek naar de donkere regenlucht, maar werd daar niet wijzer van. 'Hoe laat is het?' vroeg ik me hardop af terwijl ik op de klok keek. Ik werd verrast door de tijd: Charlie zou nu op weg zijn naar huis.

'Het schemert,' mompelde Edward terwijl hij naar de westelijke horizon keek die door de wolken aan het oog onttrokken werd. Zijn stem klonk peinzend, alsof hij met zijn gedachten ergens ver weg was. Ik staarde naar hem terwijl hij zonder iets te zien uit het raam tuurde.

Ik staarde nog steeds toen zijn ogen zich plotseling weer op de mijne richtten.

'Het is het veiligste tijdstip van de dag voor ons,' zei hij in antwoord op de onuitgesproken vraag in mijn ogen. 'De gemakkelijkste tijd. Maar ook de treurigste, in zekere zin... het einde van weer een dag, de terugkeer van de nacht. Het duister is zo voorspelbaar, vind je niet?' Hij glimlachte weemoedig.

'Ik houd van de nacht. Zonder het duister zouden we nooit de sterren kunnen zien.' Ik fronste. 'Niet dat je ze hier zo vaak ziet.'

Hij lachte en de stemming werd meteen luchtiger. 'Charlie kan hier elk moment zijn. Dus tenzij je hem wilt vertellen dat je zaterdag met mij doorbrengt...' Hij trok een wenkbrauw op.

'Nee, dank je.' Ik pakte mijn boeken en merkte dat ik stijf was van het lange stilzitten. 'Ben ik morgen weer aan de beurt?'

'Absoluut niet!' Hij keek gemaakt boos. 'Ik zei toch dat ik nog niet klaar was?'

'Wat wil je dan nog meer weten?'

'Daar kom je morgen wel achter.' Hij boog langs me heen om het portier voor me open te doen, en zijn plotselinge nabijheid liet mijn hart onstuimig bonzen.

Maar zijn hand bevroor op de greep.

'Niet goed,' mompelde hij.

'Wat is er?' Verbaasd zag ik dat zijn kaak gespannen was en zijn ogen verontrust.

Hij wierp een snelle blik op me. 'Nog een complicatie,' zei hij somber.

Met een snelle beweging gooide hij de deur open en bewoog, kromp bijna ineen, snel bij me vandaan.

De lichtbundel van koplampen in de regen trok mijn aandacht toen een donkere auto met de voorkant naar ons toe langs de stoep parkeerde.

'Charlie is net om de hoek,' waarschuwde hij terwijl hij door de stromende regen naar het andere voertuig staarde.

Ik sprong gelijk naar buiten, ondanks mijn verwarring en nieuwsgierigheid. De regen klonk luider toen hij op mijn jas roffelde.

Ik probeerde de mensen te herkennen op de voorstoelen van de andere auto, maar het was te donker. Ik zag dat Edward verlicht werd door de koplampen van de nieuwe auto: hij staarde nog steeds voor zich uit, zijn blik gevestigd op iets of iemand die ik niet kon zien. Zijn gezichtsuitdrukking was zowel gefrustreerd als uitdagend, een vreemde combinatie.

Toen gaf hij gas en de banden piepten op het natte asfalt. De Volvo was binnen luttele seconden uit het zicht verdwenen.

'Hé Bella,' riep een bekende, hese stem vanaf de bestuurderskant van de kleine zwarte auto.

'Jacob?' vroeg ik turend door de regen. Op dat moment draaide Charlies auto de hoek om en schenen zijn lichten op de inzittenden van de auto voor me.

Jacob was al aan het uitstappen, zijn brede grijns duidelijk zichtbaar ondanks de duisternis. Op de passagiersstoel zat een veel oudere man, een zwaar gebouwde man met een gedenkwaardig gezicht. Een gezicht dat overliep: de wangen rustten op zijn schouders, met diepe vouwen in de roodbruine huid alsof het een oude leren jas was. En verrassend bekende ogen, zwarte ogen die zowel te jong als te oud leken voor het brede gezicht waarvan ze deel uitmaakten. Jacobs vader Billy Black. Ik herkende hem meteen, hoewel ik in de vijf jaar sinds ik hem voor het laatst had gezien zijn naam vergeten was en me hem dus niet herinnerde toen Charlie over hem sprak vlak na mijn aankomst. Hij staarde naar me, bestudeerde mijn gezicht, dus glimlachte ik aarzelend naar hem. Zijn ogen waren groot, alsof hij geschrokken of bang was, zijn neusvleugels trilden. Mijn glimlach verdween.

Nog een complicatie, had Edward gezegd.

Billy staarde nog steeds naar me met ingespannen, bezorgde ogen. Ik kreunde vanbinnen. Had Billy Edward zo snel herkend? Geloofde hij echt in de onmogelijke legendes waar zijn zoon mee gespot had?

Het antwoord was duidelijk in Billy's ogen. Ja. Ja, dat deed hij.

12. Balanceren

'Billy!' riep Charlie zodra hij uit zijn auto stapte.

Ik liep naar het huis en wenkte Jacob me te volgen. Ik hoorde hoe Charlie hen achter me luidruchtig begroette.

'Ik zal doen alsof ik je niet achter dat stuur zag zitten, Jake,' zei hij afkeurend.

'We krijgen jong ons rijbewijs in het reservaat,' zei Jacob, terwijl ik de deur openmaakte en het buitenlicht aandeed.

'Tuurlijk,' lachte Charlie.

'Ik moet me toch op een of andere manier kunnen verplaatsen.' Ik herkende Billy's diepe stem gelijk, ondanks de jaren. Door het geluid ervan voelde ik me ineens jonger, een kind nog.

Ik ging naar binnen, liet de deur achter me open en deed de lampen aan voordat ik mijn jas ophing. Toen stond ik in de deuropening te kijken hoe Charlie en Jacob Billy uit de auto en in zijn rolstoel tilden.

Ik stapte opzij toen zij drieën zich naar binnen haastten en de regen van zich afschudden.

'Dat is een verrassing,' zei Charlie.

'Het is te lang geleden,' antwoordde Billy. 'Ik hoop dat we niet op een slecht moment komen?' Zijn donkere ogen keken weer naar mij, zijn blik onleesbaar.

'Nee, helemaal niet. Ik hoop dat jullie kunnen blijven voor de wedstrijd.'

Jacob grinnikte. 'Ik geloof dat dat juist de bedoeling was. Onze tv heeft het vorige week begeven.'

Billy trok een gezicht tegen zijn zoon. 'En natuurlijk wilde Jacob Bella graag weer zien,' voegde hij toe. Jacob keek boos en boog zijn hoofd terwijl ik een schuldgevoel onderdrukte. Misschien was ik te overtuigend geweest op het strand.

'Hebben jullie honger?' vroeg ik en liep naar de keuken. Ik wilde graag ontsnappen aan Billy's onderzoekende blik.

'Neuh, we hebben gegeten vlak voordat we weggingen,' antwoordde Jacob.

'En jij, Charlie?' riep ik over mijn schouder terwijl ik de hoek om vluchtte.

'Ik wel,' antwoordde hij. Zijn stem bewoog in de richting van de voorkamer en de tv. Ik hoorde dat Billy's rolstoel hem volgde.

De tosti's lagen in de koekenpan en ik was een tomaat aan het snijden toen ik iemand achter me voelde staan.

'En... hoe staat het leven?' vroeg Jacob.

'Best goed.' Ik glimlachte. Zijn enthousiasme was moeilijk te weerstaan. 'En jij? Is je auto klaar?'

'Nee.' Hij fronste. 'Ik heb nog steeds onderdelen nodig. Dat ding hebben we geleend.' Hij wees met zijn duim in de richting van de voortuin.

'Sorry. Ik heb geen ... – wat zocht je ook alweer – gezien.'

'Hoofdremcilinder.' Hij grijnsde. 'Is er iets mis met je pick-up?' vroeg hij plotseling.

'Nee.'

'O. Ik vroeg het me gewoon af omdat je er niet in reed.'

Ik staarde naar de pan en tilde een tosti op om de onderkant te controleren. 'Ik kreeg een lift van een vriend.'

'Mooie auto heeft ie.' Jacobs stem was vol bewondering. 'Maar ik herkende de jongen die erin reed niet. Ik dacht dat ik zo'n beetje alle jongeren hier kende.'

Ik knikte vaagjes en bleef naar beneden kijken terwijl ik de tosti's omdraaide.

'Mijn vader leek hem ergens van te kennen.'

'Jacob, zou je mij een paar borden aan kunnen geven? Ze staan in het kastje boven de gootsteen.'

Zwijgend pakte hij de borden. Ik hoopte dat hij er niet meer over zou beginnen.

'En, wie was het?' vroeg hij terwijl hij twee borden op het aanrecht naast me zette.

Ik zuchtte verslagen. 'Edward Cullen.'

Tot mijn verrassing begon hij te lachen. Ik wierp een blik op hem. Hij leek een beetje beschaamd.

'Dat verklaart veel,' zei hij. 'Ik vroeg me al af waarom mijn vader zich zo vreemd gedroeg.'

'Dat is waar ook.' Ik trok een onschuldig gezicht. 'Hij heeft iets tegen de Cullens.'

'Bijgelovige oude vent,' mompelde Jacob zachtjes.

'Je denkt toch niet dat hij iets tegen Charlie zal zeggen?' Ik kon er niets aan doen, ik moest het gewoon vragen.

Jacob staarde me even aan en ik kon de blik in zijn donkere ogen niet lezen. 'Ik denk het niet,' zei hij tenslotte. 'Ik geloof dat Charlie hem de vorige keer behoorlijk heeft uitgekafferd. Daarna hebben ze elkaar niet veel meer gesproken. Vanavond is een soort reünie, denk ik. Ik denk niet dat hij er nog over zal beginnen.'

'O,' zei ik in een poging ongeïnteresseerd te klinken.

Nadat ik het eten naar Charlie had gebracht, bleef ik in de voorkamer en deed alsof ik naar de wedstrijd keek terwijl Jacob tegen me kletste. Eigenlijk luisterde ik naar het gesprek van de mannen, waarbij ik vooral lette op signalen dat Billy me zou verraden, en probeerde ik manieren te bedenken om hem te stoppen als hij erover begon.

Het was een lange avond. Ik had veel huiswerk waar ik nu niets aan deed, maar ik was bang om Billy alleen te laten met Charlie. Eindelijk was de wedstrijd afgelopen.

'Komen jij en je vrienden binnenkort nog naar het strand?' vroeg Jacob terwijl hij zijn vader over de drempel duwde.

'Geen idee,' hield ik af.

'Het was gezellig, Charlie,' zei Billy.

'Kom de volgende wedstrijd ook kijken,' moedigde Charlie aan.

'Graag, graag,' zei Billy. 'We zullen er zijn. Slaap lekker, zo meteen.' Zijn blik richtte zich op mij en zijn glimlach verdween. 'Pas goed op jezelf, Bella,' voegde hij ernstig toe.

'Dank je,' mompelde ik de andere kant opkijkend.

Ik liep naar de trap terwijl Charlie vanuit de deuropening zwaaide.

'Wacht, Bella,' zei hij.

Ik kromp ineen. Had Billy iets gezegd voordat ik bij hen ging zitten in de woonkamer?

Maar Charlie was ontspannen, grijnsde nog van het onverwachte bezoek.

'Ik heb de kans niet gehad vanavond met je te praten. Hoe was je dag?'

'Goed.' Ik aarzelde met een voet op de onderste tree, op zoek naar details

die ik zonder problemen kon vertellen. 'Mijn badmintonteam heeft alle wedstrijden gewonnen.'

'Tjonge, ik wist niet dat je kon badmintonnen.'

'Nou, eigenlijk kan ik dat ook niet, maar mijn partner is erg goed,' bekende ik.

'Wie is dat dan?' vroeg hij voor de vorm.

'Eh... Mike Newton,' zei ik met tegenzin.

'O ja, je vertelde dat je bevriend was met die jongen van Newton.' Hij veerde op. 'Aardige familie.' Hij dacht eventjes na. 'Waarom heb je hem niet meegevraagd naar het dansfeest dit weekeinde?'

'Pap!' kreunde ik. 'Hij heeft min of meer iets met mijn vriendin Jessica. Bovendien weet je dat ik niet kan dansen.'

'O ja,' mompelde hij. Toen glimlachte hij verontschuldigend naar me. 'Nou, dan is het denk ik maar goed dat je er zaterdag niet bent... ik heb plannen gemaakt om te gaan vissen met de jongens van het bureau. Volgens de weersverwachting wordt het lekker warm. Maar als je je tochtje wilt uitstellen tot er iemand met je mee kan, blijf ik thuis. Ik weet dat ik je te vaak alleen laat.'

'Pap, je doet het echt prima.' Ik glimlachte in de hoop dat mijn opluchting niet zichtbaar was. 'Ik heb het nooit erg gevonden om alleen te zijn – ik lijk te veel op jou.' Ik knipoogde naar hem, en hij glimlachte zijn kraaienpootjesglimlach.

Die nacht sliep ik beter, te moe om weer te dromen. Toen ik in de parelgrijze ochtend wakker werd, was mijn stemming hemels. De gespannen avond met Billy en Jacob leek nu heel onschuldig. Ik besloot hem volledig te vergeten. Ik betrapte mezelf erop dat ik floot toen ik een haarspeldje in mijn pony deed en later toen ik de trap af huppelde. Het viel Charlie op.

'Jij bent vrolijk vanmorgen,' zei hij tijdens het ontbijt.

Ik haalde mijn schouders op: 'Het is vrijdag.'

Ik haastte me, zodat ik klaar was om naar school te gaan zodra Charlie vertrokken was. Mijn tas stond klaar, ik had mijn schoenen aan, tanden gepoetst, maar hoewel ik de deur uit rende zodra ik zeker wist dat Charlie uit het zicht was, was Edward sneller. Hij zat te wachten in zijn glimmende auto, ramen naar beneden, motor uit.

Dit keer aarzelde ik niet, maar klom snel op de passagiersstoel zodat ik des te sneller zijn gezicht zou zien. Hij glimlachte zijn scheve glimlach naar me, zodat mijn ademhaling en hartslag stokten. Ik kon me niet voorstellen dat een engel glorieuzer zou kunnen zijn. Er was niets aan hem dat nog voor verbetering vatbaar was.

'Hoe heb je geslapen?' vroeg hij. Ik vroeg me af of hij enig idee had hoe aantrekkelijk zijn stem was.

'Goed. Hoe was jouw nacht?'

'Aangenaam.' Hij glimlachte geamuseerd; ik had het gevoel dat ik de pointe miste.

'Mag ik vragen wat je hebt gedaan?' vroeg ik.

'Nee,' Hij grijnsde. 'Vandaag is nog van mij.'

Hij wilde vandaag alles weten over mensen: meer over Renée, haar hobby's, wat we samen deden in onze vrije tijd. En toen de ene oma die ik gekend had, de paar schoolvrienden. Hij bracht me in verlegenheid toen hij vroeg naar de vriendjes die ik had gehad. Ik was opgelucht dat ik nooit echt een vriendje had gehad, dus dat gespreksonderdeel hoefde niet lang te duren. Hij leek net zo verbaasd als Jessica en Angela door mijn gebrek aan romantisch verleden.

'Dus je hebt nooit iemand ontmoet met wie je wat wilde?' vroeg hij op een serieuze toon zodat ik me afvroeg waar hij aan dacht.

Met tegenzin was ik eerlijk. 'Niet in Phoenix.'

Zijn lippen persten zich op elkaar tot een harde lijn.

Op dit punt zaten we inmiddels in de kantine. De dag was voorbij geracet in een waas die snel routine aan het worden was. Ik maakte gebruik van zijn korte pauze om een hap van mijn bagel te nemen.

'Ik had je vandaag zelf moeten laten rijden,' kondigde hij onverwachts aan terwijl ik kauwde.

'Waarom?' wilde ik weten.

'Omdat ik na de lunch met Alice wegga.'

'O.' Ik knipperde met mijn ogen, verbijsterd en teleurgesteld. 'Geeft niet, het is niet ver lopen.'

Hij fronste ongeduldig naar me. 'Ik laat je niet naar huis lopen. We zullen je pick-up ophalen en hier achterlaten.'

'Ik heb de sleutel niet bij me,' zuchtte ik. 'Ik vind het echt niet erg om te

lopen.' Wat ik wel erg vond was dat ik mijn tijd met hem kwijt was.

Hij schudde zijn hoofd. 'Je auto zal hier zijn en de sleutel zal in het contact zitten, tenzij je bang bent dat iemand hem zal stelen.' Hij lachte bij de gedachte.

'Oké,' stemde ik toe en perste mijn lippen op elkaar. Ik was er vrijwel zeker van dat de sleutel in de zak van een spijkerbroek zat die ik woensdag had gedragen en die nu onder op een stapel kleding bij de wasmachine lag. Zelfs als hij in mijn huis inbrak, of wat hij ook van plan was, dan zou hij hem nooit vinden. Hij glimlachte zelfgenoegzaam, volledig overtuigd van zichzelf.

'Waar ga je eigenlijk naartoe?' vroeg ik zo nonchalant mogelijk.

'Jagen,' antwoordde hij grimmig. 'Als ik morgen met jou alleen ben, zal ik alle mogelijke voorzorgsmaatregelen nemen.' Zijn gezicht werd stuurs... en smekend. 'Je kunt het nog altijd afzeggen, hoor.'

Ik keek naar beneden, bang voor de overtuigingskracht van zijn ogen. Ik weigerde bang te worden gemaakt, ongeacht hoe reëel het gevaar ook was. *Het maakt niet uit,* herhaalde ik in mijn hoofd.

'Nee,' fluisterde ik en keek weer naar zijn gezicht. 'Dat kan ik niet.'

'Misschien heb je gelijk,' mompelde hij somber. Terwijl ik keek leken zijn ogen donkerder van kleur te worden.

Ik veranderde van onderwerp. 'Hoe laat zie ik je morgen?' vroeg ik, nu al depressief bij de gedachte dat ik hem zo meteen moest verlaten.

'Dat hangt ervan af... het is een zaterdag, dus misschien wil je uitslapen?' bood hij aan.

'Nee,' antwoordde ik te snel. Hij onderdrukte een glimlach.

'Dezelfde tijd als gebruikelijk, dus,' besloot hij. 'Is Charlie er dan?'

'Nee, hij gaat morgen vissen.' Ik straalde toen ik me realiseerde hoe goed alles uitkwam.

Zijn stem werd scherp. 'En als je niet thuiskomt, wat zal hij dan denken?'

'Ik heb geen idee,' antwoordde ik koeltjes. 'Hij weet dat ik van plan ben de was te doen. Misschien denkt hij dat ik in de wasmachine gevallen ben.'

Hij keek me kwaad aan en ik keek kwaad terug. Zijn woede was veel indrukwekkender dan de mijne.

'Waar ga je vanavond op jagen?' vroeg ik toen ik zeker wist dat ik de booskijkwedstrijd verloren had.

'Wat er te vinden is in het natuurpark. We gaan niet ver weg.' Hij leek verbaasd door mijn nonchalante opmerking over zijn geheime werkelijkheid.

'Waarom ga je met Alice?' vroeg ik me af.

'Alice staat het meeste... achter ons.' Hij fronste toen hij dit zei.

'En de anderen?' vroeg ik bedeesd. 'Hoe denken zij erover?'

Even kreukelde zijn voorhoofd. 'De meesten kunnen het nauwelijks geloven.'

Ik wierp een snelle blik op zijn familie achter me. Ze zaten in verschillende richtingen te staren, precies zoals op de eerste dag dat ik hen gezien had. Alleen waren ze nu met hun vieren; hun beeldschone broer met zijn bronzen haren zat tegenover me, zijn goudkleurige ogen bezorgd.

'Ze vinden me niet aardig,' gokte ik.

'Dat is het niet,' sprak hij tegen, maar zijn ogen waren te onschuldig. 'Ze begrijpen niet waarom ik je niet met rust kan laten.'

Ik trok een gezicht. 'Dat begrijp ik overigens ook niet.'

Edward schudde langzaam zijn hoofd en rolde met zijn ogen voordat hij me weer aankeek. 'Ik heb het al eerder gezegd... je hebt geen objectief beeld van jezelf. Je lijkt op niemand die ik ken. Je fascineert me.'

Ik keek hem boos aan, ervan overtuigd dat hij me plaagde.

Hij glimlachte toen hij mijn blik doorgrondde. 'Dankzij mijn gave,' mompelde hij terwijl hij discreet zijn voorhoofd aanraakte, 'heb ik een beter begrip van de menselijke aard dan de meesten. Mensen zijn voorspelbaar. Maar jij... jij doet nooit wat ik verwacht. Je weet me altijd te verrassen.'

Ik keek weg, mijn blik ging weer naar zijn familie. Ik voelde me ongemakkelijk en ontevreden. Door zijn woorden voelde ik me net een wetenschappelijk experiment. Ik kon mezelf wel uitlachen omdat ik iets anders had verwacht.

'Dát deel is heel goed uit te leggen,' ging hij verder. Ik voelde zijn blik op mijn gezicht rusten, maar kon hem nog niet aankijken, bang dat hij de teleurstelling in mijn ogen zou lezen. 'Maar er is meer... en dat is niet zo eenvoudig onder woorden te brengen...'

Ik staarde nog steeds naar de Cullens terwijl hij sprak. Opeens draaide Rosalie, zijn blonde, bloedmooie zus, zich om en keek me aan. Ze keek me niet zomaar aan, maar staarde met woedende, donkere, koude ogen naar me. Ik wilde wegkijken, maar haar blik hield me gevangen totdat Edward halver-

wege een zin afbrak en een laag boos geluid maakte. Het was bijna gesis.

Rosalie draaide haar hoofd weg en ik was blij dat ik bevrijd was. Ik keek weer naar Edward en wist dat hij de verwarring en angst op mijn gezicht kon zien.

Zijn gezicht stond strak toen hij het uitlegde: 'Het spijt me. Ze maakt zich gewoon zorgen. We hebben al zoveel tijd met elkaar in het openbaar doorgebracht, en het is niet alleen gevaarlijk voor mij als...' Hij keek naar beneden.

'Als?'

'Als het slecht afloopt.' Hij liet zijn hoofd in zijn handen zakken, net als die avond in Port Angeles. Hij werd duidelijk gekweld. Ik wilde hem zo graag troosten, maar ik had geen flauw idee hoe. Onwillekeurig strekte ik mijn hand naar hem uit, maar ik liet hem snel op de tafel vallen, bang dat een aanraking de zaak alleen maar zou verergeren. Ik realiseerde me langzaam dat zijn woorden me bang zouden moeten maken. Ik wachtte op die angst, maar alles wat ik kon voelen was een knagend gevoel vanwege zijn pijn.

En frustratie. Frustratie omdat Rosalie onderbroken had wat hij van plan was te zeggen. Ik wist niet hoe ik er weer over moest beginnen. Hij liet nog altijd zijn hoofd in zijn handen rusten.

Ik probeerde op gewone toon iets te zeggen. 'En je moet nu weg?'

'Ja.' Hij tilde zijn hoofd op. Zijn gezicht was even serieus en toen veranderde zijn stemming en glimlachte hij. 'Het is waarschijnlijk maar beter ook. We moeten bij biologie nog vijftien minuten van die verschrikkelijke film doorstaan. Ik geloof niet dat ik dat volhoud.'

Ik schrok op. Alice – haar korte, inktzwarte haar als een warrige stralenkrans rond haar exquise, elfachtige gezicht – stond plotseling naast zijn schouder. Haar tengere lichaam was soepel, gracieus, zelfs als ze doodstil stond.

Hij begroette haar zonder van me weg te kijken. 'Alice.'

'Edward,' antwoordde ze. Haar hoge stem was bijna net zo aantrekkelijk als die van hem.

'Alice, Bella – Bella, Alice,' stelde hij ons aan elkaar voor met een nonchalant gebaar van zijn hand en een wrange glimlach op zijn gezicht.

'Hallo Bella.' Haar glanzend zwarte ogen waren onleesbaar, maar haar glimlach was vriendelijk. 'Leuk je eindelijk te ontmoeten.'

Edward zond haar een duistere blik.

'Hoi Alice,' mompelde ik verlegen.

'Ben je er klaar voor?' vroeg ze hem.

Zijn stem was koel. 'Bijna. Ik zie je bij de auto.'

Ze vertrok zonder nog een woord te zeggen. Haar passen waren zo vloeiend, zo soepel dat ik een scherpe steek van jaloezie voelde.

'Moet ik zeggen 'veel plezier' of is dat niet toepasselijk?' vroeg ik.

'Nee, 'veel plezier' kan heel goed.' Hij grinnikte.

'Nou, veel plezier dan.' Ik probeerde oprecht te klinken. Natuurlijk hield ik hem niet voor de gek.

'Ik zal het proberen.' Hij grinnikte nog steeds. 'En jij, wees voorzichtig, alsjeblieft.'

'Voorzichtig in Forks, wat een uitdaging.'

'Voor jou is het een uitdaging.' Zijn kaak verstrakte. 'Beloof het me.'

'Ik beloof voorzichtig te zijn,' dreunde ik braaf op. 'Ik doe vanavond de was. Heel gevaarlijk dus.'

'Val er niet in,' spotte hij.

'Ik doe mijn best.'

Toen stond hij op, en ik ook.

'Ik zie je morgen,' zuchtte ik.

'Voor jou lijkt het een heel lange tijd, hè?' zei hij peinzend.

Ik knikte somber.

'Ik zal er zijn morgen,' beloofde hij met zijn scheve glimlach. Hij boog over tafel om mijn gezicht aan te raken en streek weer zachtjes langs mijn kaak. Toen draaide hij zich om en liep weg. Ik staarde hem na tot hij verdwenen was.

Ik kwam ernstig in de verleiding de rest van de dag te spijbelen, of in elk geval bij gym, maar een waarschuwend gevoel hield me tegen. Ik wist dat als ik nu zou verdwijnen, Mike en de anderen zouden aannemen dat ik bij Edward was. En Edward maakte zich zorgen over de tijd die we samen in het openbaar hadden doorgebracht... voor als er iets misging. Ik weigerde daar nog langer over na te denken en concentreerde me in plaats daarvan op een manier om de dingen veiliger te maken voor hem.

Intuïtief wist ik – en ik voelde dat hij het ook wist – dat morgen van cruciaal belang was. Onze relatie kon niet langer op het puntje van een mes ba-

lanceren, zoals hij nu deed. We zouden er afvallen, maar het hing af van zijn beslissing of zijn instincten of het aan de goede kant zou zijn. Mijn beslissing was genomen, genomen voordat ik ook maar bewust gekozen had, en ik was van plan me er tot het bittere einde aan te houden. Want er was niets dat me banger maakte, me meer verscheurde, dan de gedachte me van hem af te keren. Dat was onmogelijk.

Ik ging braaf naar de les, maar ik zou echt niet kunnen zeggen wat er bij biologie gebeurd was. Mijn hoofd was te vol met gedachten over morgen. Bij gym sprak Mike weer tegen me: hij wenste me veel plezier in Seattle. Ik legde voorzichtig uit dat ik had besloten niet te gaan, bang dat mijn auto het zou begeven.

'Ga je naar het dansfeest met Cullen?' vroeg hij gemelijk.

'Nee, ik ga helemaal niet naar het feest.'

'Wat ga je dan doen?' vroeg hij, té geïnteresseerd.

Het liefst had ik hem gezegd dat het hem geen moer aanging. In plaats daarvan loog ik vrolijk.

'De was, en ik ga leren voor het wiskundeproefwerk want anders haal ik een onvoldoende.'

'Helpt Cullen je studeren?'

'Édward,' zei ik met nadruk, 'helpt mij niet met leren. Hij gaat dit weekeinde ergens naartoe.' De leugens kwamen er gemakkelijker uit dan gewoonlijk, merkte ik verbaasd.

'O.' Hij was gelijk een stuk vrolijker. 'Je kan natuurlijk ook met ons groepje meegaan naar het feest, dat zou cool zijn. Dan dansen we allemaal met je,' beloofde hij me.

Het beeld in mijn hoofd van Jessica's gezicht maakte mijn toon scherper dan nodig was.

'Ik ga níét naar het dansfeest, Mike. Begrepen?'

'Oké.' Hij mokte weer. 'Ik bood het alleen maar aan.'

Toen de lessen eindelijk waren afgelopen, liep ik zonder enthousiasme naar de parkeerplaats. Ik had niet bepaald veel zin om naar huis te lopen, maar ik wist niet hoe hij mijn pick-up opgehaald had moeten hebben. Niettemin begon ik zo langzamerhand te geloven dat niets onmogelijk was voor hem. Dat laatste gevoel bleek juist: mijn auto stond op dezelfde plek waar hij deze ochtend zijn Volvo had neergezet. Ongelovig schudde ik mijn hoofd

toen ik het niet afgesloten portier opendeed en de sleutel in het contact zag zitten. Er lag een vel opgevouwen wit papier op mijn stoel. Ik pakte het en sloot het portier voor ik het openvouwde. In zijn elegante handschrift stonden twee woorden geschreven:

Wees voorzichtig

Het lawaai van de motor die brullend tot leven kwam liet me schrikken. Ik lachte om mezelf.

Toen ik thuis kwam, zat de voordeur op slot, maar niet dubbel. Precies zoals ik hem vanmorgen had achtergelaten. Binnen ging ik rechtstreeks naar het washok. Ook dat zag er nog exact zo uit als ik het had achtergelaten. Ik zocht naar mijn spijkerbroek en controleerde de zakken toen ik hem gevonden had. Leeg. Misschien had ik mijn sleutels toch opgehangen, dacht ik hoofdschuddend.

Hetzelfde instinct dat me had aangezet tegen Mike te liegen, deed me nu bellen met Jessica onder het mom dat ik haar veel plezier wilde wensen bij het dansfeest. Toen ze mij hetzelfde toewenste voor mijn dag met Edward, vertelde ik haar dat het niet doorging. Ze was meer teleurgesteld dan strikt noodzakelijk was. Daarna hing ik snel op.

Charlie was stil tijdens het avondeten. Ik vermoedde dat hij zich zorgen maakte om iets op het werk, of misschien over een basketbalwedstrijd, of misschien genoot hij gewoon van de lasagna. Je wist het nooit met hem.

'Weet je, pap,' onderbrak ik zijn gepeins.

'Wat is er, Bell?'

'Ik denk dat je gelijk hebt met Seattle. Ik denk dat ik wacht totdat Jessica of iemand anders mee kan.'

'O,' zei hij verrast. 'Oké. Wil je dan dat ik morgen thuisblijf?'

'Nee, pap. Je hoeft voor mij niet thuis te blijven. Ik heb duizend dingen te doen: huiswerk, de was... ik moet nog naar de bibliotheek en boodschappen doen. Ik ben de hele dag bezig. Ga maar lekker vissen.'

'Weet je het zeker?'

'Absoluut, pap. Bovendien is de voorraad vis in de vriezer gevaarlijk aan het slinken. Ik ben bang dat we nog maar voor twee, misschien drie jaar vis hebben.'

'Wat ben je toch makkelijk om mee samen te wonen, Bella.' Hij glimlachte.

'Ik zou hetzelfde over jou kunnen zeggen,' zei ik lachend. Het geluid van mijn lach klonk vals, maar hij leek het niet te merken. Ik voelde me zo schuldig dat ik tegen hem loog, dat ik bijna Edwards advies volgde en hem vertelde met wie ik de dag zou doorbrengen. Bijna.

Na het eten vouwde ik kleren op en stopte nog een lading in de droger. Helaas hield dit soort werk alleen je handen bezig. Mijn hoofd had duidelijk te veel vrije tijd en sloeg volledig op hol. Mijn gevoel slingerde heen en weer tussen een verwachting die zo intens was dat het bijna pijn deed en een geniepige angst die morrelde aan mijn besluit. Ik moest mezelf blijven herinneren dat ik mijn keuze gemaakt had en er niet op terug zou komen. Ik haalde steeds maar weer zijn briefje uit mijn zak om de twee woorden die hij erop geschreven had in me op te nemen. Hij wil dat ik veilig ben, hield ik mezelf steeds voor. Ik moest gewoon blijven geloven dat dat verlangen van hem het uiteindelijk zou winnen van zijn andere verlangens. En wat was mijn andere optie: hem uit mijn leven te bannen? Ondraaglijk. Bovendien leek het echt alsof mijn leven sinds ik naar Forks gekomen was om hem draaide.

Maar een klein stemmetje in mijn achterhoofd maakte zich zorgen, vroeg zich af of het heel erg pijn zou doen als... het slecht zou aflopen.

Ik was opgelucht toen het laat genoeg was om naar bed te gaan. Ik wist dat ik veel te gestresst was om te slapen, dus deed ik iets wat ik nog nooit gedaan had. Ik nam bewust medicijnen in die ik niet nodig had; van het soort waardoor ik acht uur lang van de wereld zou zijn. Normaal gesproken had ik dergelijk gedrag van mezelf niet getolereerd, maar morgen zou gecompliceerd genoeg zijn zonder dat ik ook nog eens suf was van het slaapgebrek. Terwijl ik wachtte tot de medicijnen gingen werken, droogde ik mijn gewassen haar tot het perfect steil was en maakte ik me druk over wat ik morgen zou aantrekken.

Toen alles gereed was voor de volgende ochtend, ging ik eindelijk in bed liggen. Ik voelde me hyper, bleef maar woelen. Ik stond op en rommelde in mijn schoenendoos met cd's tot ik een verzameling van Chopins nocturnes vond. Ik zette hem heel zachtjes op en ging weer liggen. Ik concentreerde me op het ontspannen van de verschillende delen van mijn lichaam. Ergens halverwege die oefening begonnen de pillen te werken en zakte ik gelukkig weg in bewusteloosheid.

Ik werd vroeg wakker. Dankzij mijn stevige medicijngebruik had ik goed en droomloos geslapen. Hoewel ik uitgerust was, viel ik gelijk terug in de hectiek van de avond ervoor. Ik kleedde me supersnel aan, legde mijn kraag plat, frummelde aan de lichtbruine trui tot hij precies goed over mijn spijkerbroek hing. Ik wierp een snelle blik door het raam en zag dat Charlie al weg was. Een dunne, pluizige laag wolken hing als een sluier in de lucht. Ze zagen er niet duurzaam uit.

Ik ontbeet zonder iets te proeven en waste snel af toen ik klaar was. Ik keek weer uit het raam, maar er was niets veranderd. Ik was net klaar met tandenpoetsen en weer op weg naar beneden, toen een zachte klop op de deur mijn hart tegen mijn ribben deed bonken.

Ik vloog naar de voordeur. Ik had een beetje moeite met de toch eenvoudige grendel, maar toen rukte ik de deur open en daar was hij. Alle opwinding verdween zodra ik zijn gezicht zag, en er kwam rust voor in de plaats. Ik slaakte een zucht van opluchting – alle angsten van gisteren leken belachelijk nu hij hier stond.

Eerst glimlachte hij niet. Zijn gezicht was somber. Maar toen hij me bekeek werd zijn blik allengs vrolijker en hij lachte.

'Goedemorgen,' grinnikte hij.

'Waarom lach je?' Ik keek naar beneden om me ervan te verzekeren dat ik niets belangrijks vergeten was, zoals schoenen of een broek.

'We passen bij elkaar.' Hij lachte opnieuw. Ik zag dat hij ook een lange, lichtbruine sweater droeg, waar een witte kraag bovenuit kwam en een blauwe spijkerbroek. Ik lachte met hem mee terwijl ik een heimelijk gevoel van spijt onderdrukte: waarom zag hij eruit als een fotomodel en ik niet?

Ik trok de deur achter me dicht, terwijl hij naar de pick-up liep. Hij wachtte bij het rechterportier met een gekwelde uitdrukking die eenvoudig te begrijpen was.

'We hadden een afspraak,' herinnerde ik hem zelfvoldaan terwijl ik op de chauffeursstoel klom en opzij boog om zijn portier te ontgrendelen.

'Waar naartoe?' vroeg ik.

'Doe je gordel om, ik ben nu al zenuwachtig.'

Ik wierp hem een nijdige blik toe terwijl ik gehoorzaamde.

'Waar naartoe?' herhaalde ik zuchtend.

'Neem de één-nul-één naar het noorden,' beval hij.

Het was verrassend lastig om me te concentreren op de weg terwijl ik zijn blik op mijn gezicht voelde. Ik compenseerde dit door nog voorzichtiger door de nog slapende stad te rijden dan anders.

'Was je van plan om Forks nog voor het donker te verlaten?'

'Deze pick-up is oud genoeg om de opa te zijn van jouw auto. Een beetje respect, graag,' was mijn antwoord.

Algauw hadden we, ondanks zijn gezeur, de stadsgrenzen verlaten. Dicht kreupelhout en in groen gehulde stammen vervingen de huizen en gazons.

'Rechtsaf naar de één-tien,' instrueerde hij net voor ik het wilde vragen. Zwijgend gehoorzaamde ik.

'Nu doorrijden tot het einde van de weg.'

Ik kon een glimlach horen in zijn stem, maar ik was te bang dat ik van de weg zou rijden – waarmee hij gelijk zou krijgen – om naar hem te kijken en het zeker te weten.

'En wat is er aan het einde van de weg?' vroeg ik.

'Een pad.'

'Gaan we wandelen?' Gelukkig had ik gympen aangetrokken.

'Is dat een probleem?' Hij klonk alsof hij dat wel verwacht had.

'Nee.' Ik probeerde de leugen met overtuiging te brengen. Maar als hij mijn auto al langzaam vond...

'Maak je geen zorgen, het is maar zo'n zeven kilometer en we hebben geen haast.'

Zeven kilometer. Ik gaf geen antwoord zodat hij niet kon horen hoe mijn stem kraakte van paniek. Zeven kilometer vol verraderlijke wortels en losse stenen die probeerden mijn enkels te laten zwikken of mij anderszins te verwonden. Dit zou een ramp worden.

We reden een tijdje zwijgend verder terwijl ik nadacht over wat me voor gruwelijks te wachten stond.

'Waar denk je aan?' vroeg hij na een tijdje ongeduldig.

Ik loog weer. 'Ik vroeg me gewoon af waar we heen gaan.'

'Een plek waar ik graag naartoe ga als het mooi weer is.'

Nadat hij dit gezegd had, keken we allebei uit ons raam naar de dunner wordende bewolking.

'Charlie zei dat het vandaag warm zou worden.'

'En heb je Charlie verteld wat je ging doen?' vroeg hij.

'Nee.'

'Maar Jessica denkt dat we samen naar Seattle gaan?' Hij leek op te vrolijken van die gedachte.

'Nee, ik heb haar gezegd dat je dat had afgezegd – wat waar is.'

'Niemand weet dat je bij me bent?' Boos nu.

'Dat hangt ervan af... Ik neem aan dat je het Alice verteld hebt?'

'Daar schieten we echt wat mee op, Bella,' snauwde hij.

Ik deed alsof ik het niet gehoord had.

'Maakt Forks je zo depressief dat je er zelfmoordneigingen van krijgt?' wilde hij weten toen ik hem negeerde.

'Jij zei dat je in de problemen zou kunnen komen als we te veel samen in het openbaar gezien werden,' herinnerde ik hem.

'Dus je maakt je zorgen over de problemen waarin ík terecht kan komen als jíj niet thuiskomt?' Zijn stem klonk nog steeds boos, en bijtend sarcastisch.

Ik knikte maar hield mijn ogen op de weg gericht.

Hij mopperde zachtjes iets, maar zei het zo snel dat ik het niet kon verstaan.

De rest van de rit zwegen we. Ik voelde de golven woedende afkeuring die hij uitstraalde en kon niets bedenken om te zeggen.

En toen eindigde de weg; hij versmalde tot een voetpad gemarkeerd door een klein houten bord. Ik parkeerde in de smalle berm en stapte uit, bang dat hij nog steeds boos op me was. Ik was niet meer aan het rijden zodat ik geen excuus had om hem niet aan te kijken.

Het was warm nu. Warmer dan het ooit geweest was sinds ik in Forks was aangekomen, bijna klam onder het wolkendek. Ik trok mijn trui uit en knoopte hem om mijn middel, blij dat ik er een lichte, mouwloze bloes onder droeg; vooral als we nog zeven kilometer moesten lopen.

Ik hoorde zijn portier dichtslaan en keek op. Ik zag dat hij ook zijn trui had uitgetrokken. Hij keek van me weg, naar het dichte bos naast mijn auto.

'Die kant op,' zei hij en wierp over zijn schouder een blik op me, zijn ogen nog steeds geërgerd. Hij liep het donkere bos in.

'En het pad dan?' De paniek in mijn stem was duidelijk te horen toen ik om mijn auto heen liep om hem in te halen.

'Ik zei dat er een pad was aan het eind van de weg, niet dat we dat zouden nemen.'

'Geen pad?' vroeg ik wanhopig.

'Ik zorg ervoor dat je niet verdwaalt.' Hij draaide zich om met een spottend lachje en ik bleef met moeite ademhalen. Zijn witte overhemd was mouwloos en hij droeg het open, zodat de gladde witte huid van zijn keel ononderbroken overging in het marmer van zijn borst; zijn perfecte gespierdheid was niet langer een suggestie onder verhullende kleding. Hij was te perfect, realiseerde ik me met een priemende steek van wanhoop. Dit goddelijke wezen kon nooit voor mij bestemd zijn.

Hij staarde naar me, in verwarring gebracht door mijn gekwelde blik.

'Wil je liever naar huis?' vroeg hij zachtjes en zijn stem was doordrenkt van een andere pijn dan de mijne.

'Nee.' Ik liep naar voren tot ik vlak naast hem stond; ik wilde geen seconde verliezen van de tijd die me nog met hem restte.

'Wat is er dan?' vroeg hij met tedere stem.

'Ik ben geen goede wandelaar,' antwoordde ik dof. 'Je zult veel geduld met me moeten hebben.'

'Ik kan geduldig zijn... als ik heel erg mijn best doe.' Hij glimlachte, hield mijn blik vast in een poging me uit mijn plotselinge depressieve bui te halen.

Ik probeerde terug te glimlachen, maar miste overtuiging. Hij bestudeerde mijn gezicht.

'Ik zorg ervoor dat je thuiskomt,' beloofde hij me. Het was niet duidelijk of die belofte onvoorwaardelijk was, of beperkt tot onmiddellijk vertrek. Ik wist dat hij dacht dat ik bang was en ik was opnieuw dankbaar dat hij mijn gedachten niet kon horen.

'Als je wilt dat ik zeven kilometer door de jungle ga zwoegen voor de zon ondergaat, kunnen we maar beter vertrekken,' zei ik kil.

Hij fronste toen hij probeerde mijn toon en gezichtsuitdrukking te begrijpen. Na een ogenblik gaf hij het op en ging me voor het bos in.

Het was niet zo moeilijk als ik gevreesd had. De route was vrijwel overal vlak en hij hield de vochtige varens en gordijnen van mos voor me opzij. Als zijn rechte pad ons over gevallen bomen of rotsen leidde, hielp hij me, tilde me op bij mijn elleboog en liet me gelijk los als ik eroverheen was. Iedere keer als zijn koude huid de mijne raakte, begon mijn hart wild te kloppen. Twee keer zag ik een blik op zijn gezicht waardoor ik er zeker van was dat

hij het op een of andere manier kon horen.

Ik probeerde zo veel mogelijk niet naar zijn perfectie te kijken, maar ik faalde vaak. Elke keer doorboorde zijn schoonheid me met droefenis.

Het grootste gedeelte legden we af in stilte. Af en toe stelde hij een vraag waar hij de afgelopen twee dagen tijdens zijn verhoor niet aan toe gekomen was.

Hij vroeg naar mijn verjaardagen, mijn leraren, mijn huisdieren. En ik moest bekennen dat ik daar de brui aan had gegeven nadat ik drie vissen achter elkaar vermoord had. Daar moest hij om lachen, luider dan ik gewend was: diepe echo's galmden door het lege woud.

Ik had het grootste deel van de ochtend nodig voor de wandeling, maar hij toonde nooit enig teken van ongeduld. Het bos strekte zich rond ons uit als een grenzeloos labyrint van eeuwenoude bomen, en ik begon me zenuwachtig af te vragen of we ooit de weg terug zouden kunnen vinden. Hij was volkomen op zijn gemak, voelde zich thuis in de groene doolhof en leek nooit enige twijfel te voelen over de richting die we moesten volgen.

Na een paar uur veranderde het licht dat door het bladerdak kwam: de troebele olijfkleur werd heldere jade. Het was zonnig geworden, precies zoals hij voorspeld had. Voor de eerste keer sinds we het bos in waren gegaan, voelde ik een golf van opwinding, die snel overging in ongedurigheid.

'Zijn we er al bijna?' plaagde ik terwijl ik deed alsof ik chagrijnig was.

'Bijna.' Hij glimlachte om de verandering in mijn stemming. 'Zie je dat licht daar voor ons?'

Ik tuurde het dichte bos in. 'Eh... waar dan?'

Hij grijnsde. 'Misschien is het nog iets te ver weg voor jóúw ogen.'

'Tijd voor een bezoek aan de opticien,' mompelde ik. Zijn grijns werd breder.

Maar toen, na nog eens honderd meter, zag ik duidelijk dat het lichter werd onder de bomen voor ons: een gloed die geel was in plaats van groen. Ik ging sneller lopen en mijn verlangen groeide met elke stap. Hij liet me nu voorop gaan en volgde me geluidloos.

Ik kwam bij de poel van licht en stapte door de laatste slierten varens de lieflijkste open plek binnen die ik ooit had gezien. De wei was klein, perfect rond en stond vol met wilde bloemen: paars, geel en zacht wit. Ergens in de buurt hoorde ik de borrelende muziek van een beekje. De zon stond

pal boven ons en vulde de cirkel met een waas van botergeel zonlicht. Diep onder de indruk liep ik langzaam door het zachte gras, de wuivende bloemen en de warme, vergulde lucht. Halverwege keek ik om, want ik wilde hier samen van genieten, maar hij was niet achter me zoals ik verwachtte. Ik draaide me wild om, geschrokken zoekend naar hem. Eindelijk zag ik hem, nog altijd onder de dichte schaduw van het bladerdak aan de rand van de open plek terwijl hij me nauwlettend in de gaten hield. Alleen toen herinnerde ik me wat de schoonheid van het weitje uit mijn gedachten verdreven had: het raadsel van Edward en de zon, dat hij beloofd had vandaag te onthullen.

Ik nam een stap in zijn richting, mijn ogen vol nieuwsgierigheid. Zijn ogen waren behoedzaam, aarzelend. Ik glimlachte bemoedigend, wenkte hem met mijn hand en nam nog een stap in zijn richting. Hij hield zijn hand waarschuwend omhoog en ik stopte, viel terug op mijn hielen.

Edward leek eens diep adem te halen en toen stapte hij het felle licht van de middagzon in.

13. Bekentenissen

Edward in het zonlicht was een schok. Ik kon er maar niet aan wennen, hoewel ik al de hele middag naar hem staarde. Zijn huid, wit ondanks de vage blos van de jacht van gisteren, schitterde letterlijk, alsof er in het oppervlak duizenden piepkleine diamantjes waren ingebed. Hij lag doodstil in het gras, zijn gebeeldhouwde, glinsterende borst zichtbaar onder zijn open shirt en zijn flonkerende armen bloot. Zijn glanzende, bleek paarsblauwe oogleden waren gesloten hoewel hij natuurlijk niet sliep. Een perfect beeld uitgehakt uit een of andere onbekende steensoort, glad als marmer, schitterend als kristal.

Zo nu en dan bewogen zijn lippen, zo snel dat het leek alsof ze beefden. Maar toen ik ernaar vroeg, zei hij dat hij zachtjes voor zich uit zong; zo laag dat ik het niet kon horen.

Ik genoot ook van de zon, hoewel de lucht niet droog genoeg was naar mijn smaak. Ik was graag gaan liggen, zoals hij, zodat de zon mijn gezicht kon warmen. Maar ik bleef ineengedoken zitten, mijn kin op mijn knieën, omdat ik mijn ogen niet van hem af kon houden. De wind was zacht: hij speelde met mijn haar en woelde door het gras dat rond zijn bewegingloze gestalte ruiste.

De weide, die ik eerst zo spectaculair had gevonden, verbleekte naast zijn pracht.

Aarzelend, altijd bang, zelfs nu, dat hij zou verdwijnen als een luchtspiegeling, te mooi om waar te zijn... aarzelend stak ik een vinger uit en streelde de bovenkant van zijn sprankelende hand, waar hij binnen mijn bereik lag. Ik verbaasde me weer over de perfecte textuur, zijdezacht, koel als steen. Toen ik weer opkeek, waren zijn ogen open en keken ze naar me. Karamel vandaag, lichter, warmer na de jacht. Zijn snelle glimlach liet de hoeken van zijn perfecte lippen omkrullen.

'Ik schrik je niet af?' vroeg hij speels, maar ik kon de serieuze nieuwsgierigheid in zijn zachte stem horen.

'Niet meer dan gewoonlijk.'

Zijn glimlach werd breder, zijn tanden glansden in de zon.

Ik ging wat dichterbij zitten, strekte nu mijn hele hand uit om de contouren van zijn onderarm met mijn vingertoppen te volgen. Ik zag dat mijn vingers trilden en wist dat dit niet aan zijn aandacht zou ontsnappen.

'Vind je het niet vervelend?' vroeg ik, want hij had zijn ogen weer gesloten.

'Nee,' zei hij zonder zijn ogen open te doen. 'Je kunt je niet voorstellen hoe dat voelt.' Hij zuchtte.

Lichtjes bewoog ik mijn hand over de spieren van zijn arm, volgde het vage patroon van blauwige aderen in de plooi bij zijn elleboog. Met mijn andere hand wilde ik zijn hand omdraaien. Toen hij zich realiseerde wat ik wilde doen, draaide hij zijn handpalm naar boven in een van zijn oogverblindend snelle, onthutsende bewegingen. Ik schrok ervan; een korte seconde verstijfden mijn vingers op zijn arm.

'Sorry,' mompelde hij. Ik keek net op tijd op om te zien dat hij zijn gouden ogen weer sloot. 'Het is te gemakkelijk om mezelf te zijn bij jou.'

Ik tilde zijn hand op en draaide hem alle kanten op terwijl ik keek hoe de zon glinsterde op zijn handpalm. Ik hield hem dichter bij mijn gezicht in een poging de verborgen facetten in zijn huid te zien.

'Zeg me wat je denkt,' fluisterde hij. Ik zag dat hij naar me keek, opeens gespannen. 'Ik vind het nog steeds vreemd om niet te weten wat je denkt.'

'De rest van ons voelt zich altijd zo, weet je.'

'Het leven is hard.' Beeldde ik het me in, of klonk zijn stem een beetje spijtig? 'Maar je hebt nog geen antwoord gegeven.'

'Ik dacht er net aan dat ik wel zou willen weten wat jij denkt...' Ik aarzelde.

'En?'

'Ik zou willen dat ik kon geloven dat je echt bent. En ik zou willen dat ik niet bang was.'

'Ik wil niet dat je bang bent.' Zijn stem was slechts een zacht gemurmel. Ik hoorde wat hij niet naar waarheid kon zeggen: dat ik niet bang hoefde te zijn, dat er niets was om bang voor te zijn.

'Nou, dat is niet helemaal de angst die ik bedoelde, hoewel dat wel iets is om over na te denken.'

Zo snel dat ik zijn beweging niet zag, zat hij half overeind, leunend op zijn rechterarm, zijn linkerhand nog in de mijne. Zijn engelengezicht

was slechts een paar centimeter van het mijne verwijderd. Ik had kunnen – moest eigenlijk – terugdeinzen voor zijn onverwachte nabijheid, maar ik was niet in staat me te bewegen. Zijn gouden ogen hielden me gevangen.

'Waar ben je dan bang voor?' vroeg hij gespannen.

Maar ik kon geen antwoord geven. Net als die ene andere keer rook ik zijn koele adem op mijn gezicht. Zoet, heerlijk, de geur liet het water in mijn mond lopen. Hij was nergens mee te vergelijken. Instinctief, zonder nadenken, leunde ik naar hem toe en ademde diep in.

En weg was hij, zijn hand uit de mijne gerukt. In de tijd die mijn ogen nodig hadden om te focussen, stond hij zes meter bij me vandaan, aan de rand van het weitje in de diepe schaduw van een enorme spar. Hij staarde naar me, zijn ogen donker in de schaduw, zijn gezichtsuitdrukking onleesbaar.

Ik voelde de pijn en de schrik op mijn gezicht. Mijn lege hand schrijnde.

'Het... spijt me... Edward,' fluisterde ik. Ik wist dat hij het hoorde.

'Ik heb even nodig,' riep hij, net hard genoeg dat mijn niet zo gevoelige oren het konden horen. Ik zat heel stil.

Na tien ongelooflijk lange seconden liep hij terug, langzaam voor zijn doen. Hij stopte, nog steeds een paar passen bij me vandaan, en zonk elegant op de grond met gekruiste benen. Zijn ogen verlieten de mijne niet. Hij ademde twee keer diep in en glimlachte toen verontschuldigend.

'Het spijt me heel erg.' Hij aarzelde. 'Begrijp je wat ik bedoel als ik zeg dat ik ook maar een mens ben?'

Ik knikte een keer, niet echt in staat te glimlachen om zijn grap. Adrenaline gierde door mijn aderen toen het besef van gevaar langzaam postvatte. Hij kon het ruiken vanwaar hij zat. Zijn glimlach werd spottend.

'Ben ik niet het beste roofdier ter wereld? Alles aan mij trekt jou aan: mijn stem, mijn gezicht, zelfs mijn geur. Alsof ik dat nodig heb!' Onverwachts stond hij overeind, beende weg, onmiddellijk uit het zicht om weer onder dezelfde boom als eerst te verschijnen. Hij had in een halve seconde om het weiland heen gelopen.

'Alsof je me voor zou kunnen blijven,' lachte hij bitter.

Hij stak een hand omhoog en rukte zonder moeite met een oorverdovend gekraak een zestig centimeter dikke tak van de boom. Hij balanceerde hem even op een hand en gooide hem toen met enorme snelheid weg. De tak ver-

splinterde tegen een andere enorme boom, die schudde en trilde onder het geweld.

En toen stond hij weer voor me, op twee passen afstand, doodstil.

'Alsof je me van je af zou kunnen slaan,' zei hij zachtjes.

Ik zat bewegingloos, banger voor hem dan ik ooit geweest was. Ik had hem nog nooit zo bevrijd gezien van die zorgvuldig gecultiveerde façade. Hij was nog nooit onmenselijker geweest... of mooier. Asgrauw gezicht, ogen wijdopen – ik was als een vogel die gevangen was in de blik van een slang.

Zijn lieflijke ogen leken te gloeien van opwinding. Toen, terwijl de seconden voorbijgleden, werden ze doffer. Zijn uitdrukking verdween langzaam achter een masker van eeuwenoude droefenis.

'Niet bang zijn,' mompelde hij, zijn fluwelen stem onbedoeld verleidelijk. 'Ik beloof...' Hij aarzelde. 'Ik zweer dat ik je geen kwaad zal doen.' Hij leek vooral te proberen zichzelf te overtuigen.

'Niet bang zijn,' fluisterde hij weer terwijl hij dichterbij kwam, met overdreven traagheid. Vloeiend ging hij zitten, met bewust onthaaste bewegingen, tot onze gezichten even hoog waren op dertig centimeter afstand van elkaar.

'Vergeef me alsjeblieft,' zei hij formeel. 'Ik kán mezelf beheersen. Je overrompelde me. Maar vanaf nu zal ik me gedragen.'

Hij wachtte, maar ik kon nog steeds geen woord uitbrengen.

'Ik heb vandaag geen dorst, echt waar.' Hij knipoogde.

Daarom moest ik lachen, hoewel het geluid gammel en ademloos was.

'Gaat het wel?' vroeg hij teder en legde langzaam, voorzichtig, zijn marmeren hand weer in de mijne.

Ik keek naar zijn gladde, koude hand en toen in zijn ogen. Ze waren zacht, berouwvol. Ik keek weer naar zijn hand en begon toen bewust weer de lijnen op zijn hand te volgen met mijn vingertop. Ik keek op en glimlachte bedeesd.

Zijn glimlach terug was verblindend.

'Zo, waar waren we voordat ik me zo onbehouwen gedroeg?' vroeg hij met de zachte cadans van een vorige eeuw.

'Ik kan het me eerlijk gezegd niet herinneren.'

Hij glimlachte, maar zijn gezicht was beschaamd. 'Ik geloof dat we het erover hadden waarom je bang was, afgezien van de voor de hand liggende redenen.'

'O. O, ja.'

'En?'

Ik keek naar beneden en bewoog mijn vinger kriskras heen en weer over zijn gladde, glinsterende handpalm. De seconden tikten voorbij.

'Wat raak ik toch gemakkelijk gefrustreerd,' zuchtte hij. Ik keek in zijn ogen en begreep gelijk dat dit net zo nieuw was voor hem als voor mij. Ondanks de vele jaren van onpeilbare ervaring die hij had, was dit ook moeilijk voor hem. Die gedachte gaf mij moed.

'Ik was bang... omdat ik om, nou, voor de hand liggende redenen, niet bij je kan blijven. En ik ben bang dat ik graag bij je wil blijven. Meer dan goed voor me is.' Ik keek weer naar zijn handen terwijl ik sprak. Het was moeilijk om dit hardop te zeggen.

'Ja,' zei hij langzaam. 'Dat is inderdaad iets om bang voor te zijn. De wens om bij me te blijven. Dat is echt niet wat goed voor jou is.'

Ik fronste.

'Ik had lang geleden weg moeten gaan,' zuchtte hij. 'Ik zou nu weg moeten gaan, maar ik weet niet of ik dat kan.'

'Ik wil niet dat je weggaat,' mompelde ik dramatisch en keek weer naar beneden.

'En dat is precies waarom het wel zou moeten. Maar maak je geen zorgen. Ik ben in wezen een zelfzuchtig type. Ik verlang te veel naar jouw gezelschap om te doen wat ik zou moeten doen.'

'Daar ben ik blij om.'

'Nee!' Hij trok zijn hand terug, langzamer dit keer. Zijn stem was ruwer dan anders. Ruw voor hem, maar nog altijd mooier dan welke menselijke stem ook. Het was moeilijk te volgen: ik liep altijd achter bij zijn stemmingswisselingen.

'Ik verlang niet alleen naar jouw gezélschap! Dat mag je nooit vergeten! Je mag nooit vergeten dat ik gevaarlijker voor jou ben dan voor wie dan ook.' Hij stopte en ik zag dat hij nietsziend naar het bos staarde.

Ik dacht even na.

'Ik geloof niet dat ik precies begrijp wat je bedoelt, met dat laatste in elk geval,' zei ik.

Hij keek weer naar me en glimlachte, zijn stemming wisselde weer.

'Hoe leg ik dat uit?' vroeg hij zich af. 'Zonder je weer angst aan te jagen...

hmmm.' Schijnbaar zonder er bij na te denken legde hij zijn hand terug in de mijne. Ik hield hem stevig tussen beide handen. Hij keek ernaar.

'Dat is verbazingwekkend aangenaam, die warmte.' Hij zuchtte.

Een ogenblik ging voorbij terwijl hij zijn gedachten op een rijtje zette.

'Je weet dat iedereen andere smaken lekker vindt?' begon hij. 'Sommige mensen zijn dol op chocolade-ijs, anderen op aardbeien?'

Ik knikte.

'Sorry voor de vergelijking met eten, maar ik kon geen andere manier bedenken om het uit te leggen.'

Ik glimlachte, hij glimlachte berouwvol terug.

'Iedereen heeft een andere geur, een andere essence. Als je een alcoholist opsluit in een kamer vol verschaald bier, zal hij het gewoon opdrinken. Maar hij zou het kunnen weerstaan, als hij dat zou willen, als hij van zijn verslaving af is. Maar als je in die kamer nu eens een glas honderd jaar oude cognac zet, van de lekkerste, bijzonderste soort, en de kamer vult met het warme aroma daarvan – hoe denk je dat hij zich dan houdt?'

We zwegen, keken in elkaars ogen en probeerden elkaars gedachten te lezen.

Hij verbrak als eerste de stilte.

'Misschien is dat niet de beste vergelijking. Misschien is het te gemakkelijk om de cognac te laten staan. Misschien had ik van onze alcoholist een drugsverslaafde moeten maken.'

'Dus wat je wilt zeggen, is dat ik voor jou een soort heroïne ben?' plaagde ik in een poging de stemming luchtiger te maken.

Hij glimlachte snel, leek mijn poging te waarderen. 'Ja, je bent voor mij de lekkerste soort heroïne.'

'Gebeurt dat vaak?' vroeg ik.

Hij keek over de boomtoppen en dacht na over zijn antwoord.

'Ik heb het er met mijn broers over gehad.' Edward keek nog steeds in de verte. 'Voor Jasper zijn jullie allemaal tamelijk hetzelfde. Hij houdt zich het kortst van ons aan deze manier van leven en worstelt nog altijd met de onthouding. Hij heeft nog niet genoeg tijd gehad om gevoelig te worden voor de verschillen in geur, in smaak.' Hij wierp een snelle blik op me, zijn gezicht verontschuldigend.

'Sorry,' zei hij.

'Geeft niet. Maak je over mij geen zorgen. Je beledigt me niet, of je maakt me niet bang, of wat dan ook. Dat is de manier waarop jij denkt. Ik kan het begrijpen, of ik kan het in elk geval proberen. Leg het maar uit zoals je kunt.'

Hij haalde diep adem en keek weer naar de lucht.

'Dus Jasper wist niet zeker of hij ooit iemand was tegengekomen die net zo' – hij aarzelde en zocht naar het juiste woord – 'aantrekkelijk was als jij voor mij. Dus denk ik van niet. Emmett gaat al langer mee, zo te zeggen, dus hij begreep wat ik bedoelde. Hij zegt twee keer, voor hem, de ene keer sterker dan de andere.'

'En voor jou?'

'Nooit.'

Het woord hing even in de warme bries.

'Wat heeft Emmett gedaan?' vroeg ik om de stilte te doorbreken.

Het was de verkeerde vraag. Zijn gezicht werd donker, zijn hand in de mijne balde zich tot een vuist. Hij keek weg. Ik wachtte, maar hij was niet van plan te antwoorden.

'Ik denk dat ik het wel weet,' zei ik eindelijk.

Hij keek op, zijn blik was melancholiek, smekend.

'Zelfs de sterksten verliezen wel eens hun zelfbeheersing, toch?'

'Wat wil je vragen? Mijn toestemming?' Mijn stem was scherper dan ik bedoelde. Ik probeerde mijn toon zachter te maken. Ik kon wel raden hoe moeilijk het was voor hem om zo eerlijk te zijn. 'Ik bedoel, is er dan helemaal geen hoop?' Hoe rustig kon ik mijn eigen dood bespreken!

'Nee, nee!' Hij was meteen schuldbewust. 'Natuurlijk is er hoop! Ik bedoel, natuurlijk zal ik niet...' Hij liet de zin in de lucht hangen. Zijn ogen brandden in de mijne. 'Voor ons is het anders. Emmett... dat waren vreemdelingen die hij toevallig tegenkwam. Het was lang geleden en hij was niet zo... geoefend, zo voorzichtig als hij nu is.'

Hij zweeg en keek me gespannen aan terwijl ik dit overdacht.

'Dus als we elkaar in een... eh, donkere steeg of zo hadden ontmoet...' Ik zweeg.

'Het vergde alles van me wat ik had om niet midden in die klas vol met kinderen op te springen en...' Hij stopte abrupt en keek weg. 'Toen je langs me liep, had ik alles kunnen bederven wat Carlisle voor ons heeft opgebouwd. Als ik mijn dorst de laatste, nou vele, jaren niet onderdrukt had, was

ik niet in staat geweest mezelf tegen te houden.' Hij wachtte en tuurde humeurig naar de bomen.

Hij keek grimmig naar mij, want we herinnerden het ons allebei.

'Je moet gedacht hebben dat ik niet goed bij mijn hoofd was.'

'Ik begreep niet wat er aan de hand was. Hoe kon je zo snel een hekel aan me hebben...'

'Voor mij was het alsof je een soort duivel was, rechtstreeks afkomstig uit mijn eigen persoonlijke hel om me te laten zondigen. De geur die van je huid afkwam... Ik dacht dat ik krankzinnig zou worden die eerste dag. In dat ene uur bedacht ik wel honderd verschillende manieren om je mee te lokken uit het lokaal, om alleen te zijn met je. En een voor een onderdrukte ik ze, denkend aan mijn familie, aan wat ik ze aan zou doen. Ik moest wegrennen voordat ik de woorden kon uitspreken waardoor je me zou volgen...'

Hij zag mijn onthutste blik toen ik probeerde zijn bittere herinneringen te verwerken. Zijn gouden ogen schroeiden onder zijn wimpers, hypnotisch en dodelijk.

'Je zou zijn meegegaan,' verzekerde hij.

Ik probeerde rustig te praten: 'Ongetwijfeld.'

Hij keek fronsend naar mijn handen zodat ik bevrijd was van de kracht van zijn blik. 'En toen, terwijl ik probeerde mijn rooster te veranderen in een vruchteloze poging je te vermijden, was je daar; in die kleine, warme ruimte was je geur om gek van te worden. Het scheelde niks of ik had je daar genomen. Er was slechts één ander zwak mens in de buurt – die kon ik zonder problemen uitschakelen.'

Ik rilde in de warme zon, zag mijn herinneringen in een nieuw licht door zijn ogen en begreep nu pas het gevaar. Arme mevrouw Cope. Ik rilde weer bij de gedachte hoe ik bijna verantwoordelijk was geweest voor haar dood.

'Maar ik verzette me. Ik weet niet hoe. Ik dwong mezelf niet op je te wachten, je niet te volgen vanaf school. Buiten was het eenvoudiger, toen ik je niet meer rook, om helder na te denken, om de juiste beslissing te nemen. Ik liet de anderen in de buurt van ons huis achter – ik schaamde me te veel om hun te vertellen hoe zwak ik was, ze wisten alleen dat er iets heel erg mis was – en ging meteen naar Carlisle in het ziekenhuis om te vertellen dat ik wegging.'

Ik keek hem verbaasd aan.

'Ik ruilde van auto met hem: hij had een volle tank benzine en ik wilde niet stoppen. Ik durfde niet naar huis te gaan en Esmé onder ogen te komen. Ze zou me niet laten gaan zonder een scène te maken. Ze zou geprobeerd hebben me ervan te overtuigen dat het niet nodig was... De volgende ochtend was ik in Alaska.' Hij klonk beschaamd, alsof hij een grote lafheid bekende. 'Daar bleef ik twee dagen, bij oude bekenden... maar ik had heimwee. Ik vond het verschrikkelijk dat ik Esmé van streek had gemaakt, en de rest, mijn geadopteerde familie. In de zuivere lucht van de bergen was het moeilijk te geloven dat je zo onweerstaanbaar was. Ik overtuigde mezelf ervan dat het zwak was om weg te rennen. Ik had eerder te maken gehad met verleiding, niet van deze omvang, absoluut niet, maar ik was sterk. Wie was je nou helemaal, een onbetekenend meisje' – hij grinnikte opeens – 'om me weg te jagen van de plek waar ik wilde zijn? Dus ik kwam terug...' Hij staarde weer in de verte.

Ik kon niets zeggen.

'Ik nam voorzorgsmaatregelen, jaagde, voedde me vaker dan gebruikelijk voor ik je weer zag. Ik was er zeker van dat ik sterk genoeg was om je te behandelen als ieder ander mens. Ik was arrogant in dat opzicht.

Het was ongetwijfeld een complicatie dat ik niet gewoon je gedachten kon lezen zodat ik wist wat je reactie op me was. Ik was niet gewend om zulke omslachtige middelen te gebruiken, te luisteren naar jouw woorden in Jessica's hoofd... haar gedachten zijn niet erg origineel, en het was vervelend dat ik me daartoe moest verlagen. En bovendien kon ik er niet zeker van zijn dat je meende wat je zei. Het was allemaal buitengewoon irritant.' Hij fronste bij de herinnering.

'Ik wilde dat je, indien mogelijk, mijn gedrag van die eerste dag vergat, dus probeerde ik met je te praten zoals ik met ieder ander zou doen. Ik was zelfs gretig, want ik hoopte een paar van je gedachten te ontraadselen. Maar je was te interessant, ik merkte dat ik verstrikt raakte in je gezichtsuitdrukkingen... en nu en dan liet je de lucht bewegen met je hand of je haar en werd ik weer overrompeld door jouw geur...

En toen werd je voor mijn ogen bijna doodgedrukt. Later bedacht ik een heel goed excuus voor de manier waarop ik toen reageerde – want als ik je niet had gered, zou je bloed daar voor mijn neus gevloeid hebben en ik denk niet dat ik mezelf ervan had kunnen weerhouden te verraden wat we zijn.

Maar dat excuus bedacht ik pas achteraf. Het enige wat ik op dat moment dacht was: zij niet.'

Hij sloot zijn ogen, ging op in zijn gepijnigde bekentenis. Ik luisterde, meer gretig dan rationeel. Volgens mijn gezond verstand zou ik doodsbang moeten zijn. In plaats daarvan was ik opgelucht dat ik het eindelijk begreep. En ik werd vervuld van medelijden omdat hij zo geleden had en nog steeds leed terwijl hij opbiechtte hoe hij ernaar verlangd had mijn leven te beëindigen.

Ik was eindelijk in staat iets te zeggen, maar mijn stem was zwak. 'En in het ziekenhuis?'

Zijn ogen vlogen naar de mijne. 'Ik was geschrokken. Ik kon niet geloven dat ik ons toch in gevaar had gebracht, dat ik me aan jou had overgeleverd – juist jou. Alsof ik nog een reden nodig had om je te doden.' We krompen allebei ineen toen dat woord eruit glipte. 'Maar het had het tegenovergestelde effect,' ging hij snel verder. 'Ik maakte ruzie met Rosalie, Emmett en Jasper toen zij voorstelden dat het nu het moment was om... De ergste ruzie die we ooit gehad hebben. Carlisle stond aan mijn kant, en Alice.' Hij trok een gezicht toen hij haar naam noemde. Ik begreep niet waarom. 'Esmé zei dat ik alles moest doen wat nodig was om bij hen te blijven.' Toegeeflijk schudde hij zijn hoofd.

'De hele volgende dag luisterde ik naar de gedachten van iedereen met wie je sprak, stomverbaasd dat je jouw woord hield. Ik begreep je totaal niet. Maar ik wist dat ik niet nog meer betrokken kon raken bij je. Ik deed mijn uiterste best zo veel mogelijk uit je buurt te blijven. En elke dag werd ik net zo hard getroffen door het parfum van je huid, je adem, je haar, als de eerste dag.'

Hij keek me weer aan en zijn blik was verrassend teder.

'Achteraf gezien,' ging hij verder, 'had ik het beter kunnen verkroppen als ik ons bij die eerste ontmoeting verraden had, dan wanneer ik je nu, hier – zonder enige getuige en niets om me tegen te houden – kwaad zou doen.'

Ik was mens genoeg om te moeten vragen: 'Waarom?'

'Isabella.' Hij sprak mijn volledige naam voorzichtig uit en woelde toen met zijn vrije hand speels door mijn haar. Er ging een schok door mijn lichaam bij deze lichte aanraking. 'Bella, ik zou niet met mezelf kunnen leven als ik je ooit pijn zou doen. Je weet niet hoe ik erdoor gekweld werd.'

Hij keek weer naar beneden, opnieuw beschaamd. 'De gedachte dat je stil, wit, koud... je nooit meer donkerrood te zien blozen, nooit meer die flits van intuïtie in je ogen te zien wanneer je mijn voorwendsels doorziet... het zou onverdraaglijk zijn.' Zijn glorieuze, getergde ogen keken me aan. 'Jij bent nu het belangrijkste voor mij. Het belangrijkste voor me ooit.'

Mijn hoofd tolde bij de snelle wending die ons gesprek had genomen. Van het vrolijke onderwerp van mijn nakende verscheiden, waren we opeens beland bij liefdesverklaringen. Hij wachtte, en zelfs al keek ik naar beneden om onze ineengestrengelde handen te bestuderen, ik wist dat zijn gouden ogen op mij gericht waren.

'Je weet natuurlijk al wat ik voel,' zei ik uiteindelijk. 'Ik ben hier... wat, grof vertaald, betekent dat ik liever sterf dan dat ik bij je uit de buurt blijf.' Ik fronste. 'Ik ben gek.'

'Ja, je bent gek,' was hij het glimlachend met me eens. Onze ogen ontmoetten elkaar en ik lachte ook. We lachten samen om de krankzinnigheid en volslagen onmogelijkheid van dit moment.

'En zo werd de leeuw verliefd op het lam...' mompelde hij. Ik keek weg, verborg mijn ogen omdat ik opgewonden werd van dat woord.

'Wat een dom lam,' zuchtte ik.

'Wat een zieke, masochistische leeuw.' Hij staarde lang naar het duistere bos en ik vroeg me af waar hij was met zijn gedachten.

'Waarom...?' begon ik, maar wachtte, niet zeker hoe ik verder moest gaan.

Hij keek me aan en glimlachte; zonlicht glinsterde op zijn gezicht, zijn tanden.

'Ja?'

'Vertel me waarom je daarstraks wegrende.'

Zijn glimlach verdween. 'Je weet waarom.'

'Nee, ik bedoel, wat deed ik precies verkeerd? Ik moet op mijn hoede zijn, snap je, dus kan ik maar beter leren wat ik niet moet doen. Dit, bijvoorbeeld'– ik streelde de rug van zijn hand – 'lijkt geen probleem te zijn.'

Hij glimlachte weer. 'Je deed niets verkeerd, Bella. Het was mijn fout.'

'Maar als het kan wil ik helpen om het niet moeilijker voor je te maken.'

'Nou...' Hij dacht even na. 'Het was gewoon hoe dichtbij je was. De meeste mensen houden afstand, worden afgestoten doordat we zo anders zijn... Ik verwachtte niet dat je zo dichtbij zou komen. En de geur van je keel.' Hij

brak af om te zien of hij me van streek had gemaakt.

'Goed dan,' zei ik spottend, in een poging om de plotseling gespannen sfeer te doorbreken. Ik trok mijn kin in. 'Vanaf nu geen blote kelen meer.'

Het werkte, hij lachte. 'Nee, serieus, het kwam vooral omdat het zo onverwachts was.'

Hij tilde zijn vrije hand op en legde hem zachtjes tegen de zijkant van mijn nek. Ik zat heel stil, de kilte van zijn aanraking een natuurlijke waarschuwing – een waarschuwing dat ik doodsbang zou moeten zijn. Maar ik voelde geen angst in me. Er waren, echter, andere gevoelens...

'Zie je,' zei hij. 'Helemaal geen probleem.'

Mijn bloed racete door mijn aderen en ik wenste dat ik het langzamer kon laten stromen, want ik voelde dat dit het allemaal nog veel moeilijker maakte: het gebons van mijn hartslag in mijn lichaam. Hij kon het vast en zeker horen.

'De blos op je wangen is schattig,' mompelde hij. Hij maakte zachtjes zijn andere hand los. Mijn handen vielen slap in mijn schoot. Voorzichtig streelde hij langs mijn wang, toen pakte hij mijn gezicht tussen zijn marmeren handen.

'Zit heel stil,' fluisterde hij, alsof ik niet al als bevroren was.

Langzaam, terwijl hij me steeds bleef aankijken, leunde hij naar me toe. Toen legde hij plotseling, maar heel voorzichtig, zijn koude wang tegen het kuiltje onder aan mijn keel. Ik was totaal niet meer in staat me te bewegen, zelfs al had ik dat gewild. Ik luisterde naar het geluid van zijn regelmatige ademhaling, keek hoe de zon en de wind in zijn bronzen haar speelden, dat menselijker was dan ieder ander deel van hem.

Met bewuste traagheid gleden zijn handen langs de zijkanten van mijn nek. Ik rilde en ik hoorde hoe hij zijn adem inhield. Maar zijn handen aarzelden niet toen ze zachtjes naar mijn schouders bewogen en daar stopten.

Zijn gezicht bewoog naar opzij, zijn neus gleed langs mijn sleutelbeen. Hij hield stil met de zijkant van zijn gezicht lichtjes tegen mijn borst gedrukt.

Luisterend naar mijn hart.

'Ah,' zuchtte hij.

Ik weet niet hoe lang we zo bewegingloos zaten. Het kunnen uren zijn geweest. Uiteindelijk werd mijn hartslag weer rustig, maar hij bewoog of sprak

niet meer terwijl hij mij vasthield. Ik wist dat het elk moment te veel kon worden en dat mijn leven zou eindigen. Zo snel dat ik het misschien niet eens in de gaten zou hebben. En ik kon me er niet toe zetten bang te zijn. Ik kon nergens aan denken, behalve aan dat hij me aanraakte.

En toen, te snel, liet hij me los.

Zijn ogen waren vredig.

'Het zal niet meer zo moeilijk zijn,' zei hij tevreden.

'Was het erg moeilijk voor je?'

'Lang niet zo erg als ik dacht dat het zou zijn. En voor jou?'

'Nee, het was niet erg... voor mij.'

Hij glimlachte: 'Je weet wel wat ik bedoel.'

Ik glimlachte.

'Hier.' Hij pakte mijn hand en legde hem tegen zijn wang. 'Voel je hoe warm die is?'

En zijn normaal gesproken ijskoude huid was bijna warm. Maar ik merkte het nauwelijks, want ik raakte zijn gezicht aan. Iets waar ik constant van gedroomd had sinds de eerste dag dat ik hem gezien had.

'Niet bewegen,' fluisterde ik.

Niemand kon stilzitten zoals Edward. Hij sloot zijn ogen en werd onbeweeglijk als steen, een beeld onder mijn handen.

Ik bewoog nog langzamer dan hij had gedaan, ervoor zorgend dat ik geen onverhoede beweging maakte. Ik streelde zijn wang, aaide voorzichtig over zijn ooglid, de paarse schaduw in de holte onder zijn oog. Ik volgde de vorm van zijn perfecte neus en toen, heel voorzichtig, zijn fraaie lippen. Zijn lippen gingen open onder mijn hand en ik voelde zijn koele adem op mijn vingertoppen. Ik wilde naar voren leunen om zijn geur in te ademen. Dus liet ik mijn hand zakken en leunde bij hem vandaan omdat ik hem niet in verleiding wilde brengen.

Hij opende zijn ogen en ze waren hongerig. Niet op een manier dat ik bang werd, maar eerder een waardoor de spieren in mijn onderbuik zich spanden en mijn hartslag weer door mijn bloedvaten denderde.

'Ik zou willen,' fluisterde hij, 'ik zou willen dat je de complexheid... de verwarring... kon voelen die ik voel. Dat je het zou begrijpen.'

Hij strekte zijn hand uit naar mijn haar en streelde toen voorzichtig over mijn gezicht.

'Vertel het me,' smeekte ik.

'Ik geloof niet dat ik dat kan. Zoals ik al zei, aan de ene kant is er de honger, de dorst, die ik, verdorven wezen dat ik ben, voor je voel. En ik denk dat je dat, in zeker opzicht, kunt begrijpen. Hoewel,' hij glimlachte licht, 'je niet verslaafd bent aan een illegale substantie, waardoor je je waarschijnlijk niet volledig kunt inleven.

Maar...' zijn vingers raakten mijn lippen aan, waardoor ik weer rilde. 'Er zijn andere hongers. Hongers die ik niet eens begrijp, die me onbekend zijn.'

'Dát begrijp ik waarschijnlijk beter dan je denkt.'

'Ik ben niet gewend me zo menselijk te voelen. Is het altijd zo?'

'Voor mij?' Ik dacht even na. 'Nee, nooit. Nooit eerder.'

Hij hield mijn handen in de zijne. Ze voelden zo zwak in zijn ijzeren greep.

'Ik weet niet hoe ik dicht bij je moet zijn,' bekende hij. 'Ik weet niet of ik het kan.'

Ik leunde heel langzaam naar voren, waarschuwde hem met mijn ogen. Ik legde mijn wang tegen zijn stenen borst. Ik kon zijn adem horen, en niets anders.

'Dit is voldoende,' zuchtte ik en sloot mijn ogen.

In een heel menselijk gebaar sloeg hij zijn armen om me heen en legde zijn gezicht op mijn haar.

'Je bent hier beter in dan je zelf denkt,' merkte ik op.

'Ik heb menselijke instincten. Ze zijn misschien diep begraven, maar ze zijn er wel.'

Weer zaten we oneindig lang zo. Ik vroeg me af of hij zich net zomin wilde bewegen als ik. Maar ik zag dat het licht aan het verdwijnen was, de schaduwen van het bos kropen onze kant op, en ik zuchtte.

'Je moet gaan.'

'Ik dacht dat je mijn gedachten niet kon lezen.'

'Ze worden duidelijker.' Ik hoorde een glimlach in zijn stem.

Hij pakte mijn schouders vast en ik keek in zijn gezicht.

'Mag ik je iets laten zien?' vroeg hij en zijn blik was plotseling opgewonden.

'Wat wil je me laten zien?'

'Hoe ik door het bos loop.' Hij zag mijn blik. 'Maak je geen zorgen, je zult

heel veilig zijn, en we zijn zo veel sneller bij je auto.' Zijn mond krulde omhoog in die prachtige scheve glimlach zodat mijn hart er bijna mee ophield.

'Verander je soms in een vleermuis?' vroeg ik wantrouwig.

Hij lachte, harder dan ik ooit had gehoord. 'Alsof ik dat nooit eerder heb gehoord!'

'Tuurlijk, dat hoor je elke dag.'

'Kom op, kleine angsthaas, klim op mijn rug.'

Ik wachtte om te zien of hij een grapje maakte, maar blijkbaar meende hij het. Hij glimlachte toen hij mijn aarzeling begreep en reikte naar me. Mijn hart reageerde; ook al kon hij mijn gedachten niet lezen, mijn hartslag verraadde me. Vervolgens slingerde hij me op zijn rug, zonder dat ik ook maar een beetje meewerkte, en ik klemde mijn armen en benen zo strak om hem heen dat een normaal persoon gestikt was. Het was alsof ik me vastklampte aan een rotsblok.

'Ik ben wat zwaarder dan de gemiddelde rugzak,' waarschuwde ik.

'Ha!' snoof hij. Ik hoorde zijn ogen bijna rollen. Ik had hem nog nooit zo vrolijk meegemaakt.

Hij verraste me door ineens mijn hand te grijpen, mijn palm tegen zijn gezicht te drukken en diep te snuiven.

'Steeds gemakkelijker,' mompelde hij.

En toen begon hij te rennen.

Als ik in zijn nabijheid ooit de dood had gevreesd, was dat niets in vergelijking met wat ik nu voelde.

Hij schoot als een kogel door het donkere, dichte kreupelhout van het bos. Er was geen geluid, geen teken dat zijn voeten de grond raakten. Zijn ademhaling veranderde niet, werd niet sneller door de inspanning. Maar de bomen vlogen met dodelijke snelheid voorbij, soms op slechts een paar centimeter afstand.

Ik was zo bang dat ik vergat mijn ogen dicht te doen, hoewel de kille boslucht in mijn gezicht sloeg en mijn ogen deed branden. Ik had het gevoel alsof ik stom genoeg mijn hoofd uit het raam van een vliegtuig stak. En voor de eerste keer van mijn leven voelde ik de misselijkmakende duizeligheid van wagenziekte.

Toen was het voorbij. Vanochtend hadden we uren gelopen om Edwards veldje te bereiken en nu waren we met een paar minuten terug bij de auto.

'Geweldig, vind je niet?' Zijn stem was hoog, opgewonden.

Hij stond bewegingloos te wachten tot ik van zijn rug zou klimmen. Ik probeerde het, maar mijn spieren reageerden niet. Mijn armen en benen bleven om hem heen zitten terwijl mijn hoofd onaangenaam draaide.

'Bella?' vroeg hij, bezorgd nu.

'Ik geloof dat ik moet gaan liggen,' bracht ik uit.

'O, sorry.' Hij wachtte op me, maar ik kon me nog steeds niet bewegen.

'Ik geloof dat ik hulp nodig heb,' bekende ik.

Hij lachte zachtjes en maakte voorzichtig mijn wurggreep om zijn nek los. Toen trok hij me om zich heen zodat ik hem aankeek, en hield me als een klein kind in zijn armen. Hij hield me even vast en legde me toen zachtjes op de veerkrachtige varens.

'Hoe voel je je?' vroeg hij.

Ik wist niet zeker hoe ik me voelde omdat mijn hoofd zo waanzinnig tolde. 'Duizelig, geloof ik.'

'Doe je hoofd tussen je knieën.'

Ik probeerde dat en het hielp een beetje. Ik ademde langzaam in en uit, terwijl ik mijn hoofd heel stil hield. Ik voelde dat hij naast me ging zitten. Minuten gingen voorbij, en na een tijdje merkte ik dat ik mijn hoofd weer kon optillen. Ik hoorde een holle galm in mijn oren.

'Ik geloof dat dat niet zo'n goed idee was,' peinsde hij.

Ik probeerde positief te zijn, maar mijn stem was zwak. 'Nee, het was heel interessant.'

'Ha! Je bent zo wit als een doek. Nee, je bent net zo wit als ik!'

'Ik geloof dat ik mijn ogen dicht had moeten doen.'

'Onthoud dat voor de volgende keer.'

'Volgende keer!' kreunde ik.

Hij lachte, zijn stemming nog steeds stralend.

'Opschepper,' mompelde ik.

'Doe je ogen open, Bella,' zei hij zachtjes.

En daar was hij, zijn gezicht vlak bij het mijne. Zijn schoonheid overrompelde me: het was te veel, een overdaad waar ik maar niet aan kon wennen.

'Ik was aan het denken tijdens het rennen...' Hij wachtte.

'Dat je geen bomen moest raken, hoop ik.'

'Malle Bella,' grinnikte hij. 'Rennen is een tweede natuur voor me. Het is niet iets waar ik over na hoef te denken.'

'Opschepper,' mompelde ik nog een keer.

Hij glimlachte.

'Nee,' ging hij verder. 'Ik bedacht me dat er iets is dat ik graag wil uitproberen.' En hij nam mijn gezicht weer in zijn handen.

Ik kreeg even geen lucht.

Hij aarzelde. Niet op de normale manier, de menselijke manier.

Niet op de manier waarop een man zou aarzelen voordat hij een vrouw kust, om haar reactie te peilen, om te zien hoe hij ontvangen wordt. Misschien zou hij aarzelen om het moment te verlengen, dat ideale moment vol verwachting, dat soms nog beter is dan de kus zelf.

Edward aarzelde om zichzelf te testen, om te zien of het veilig was, om zeker te weten dat hij zijn behoefte onder controle had.

En toen drukten zijn koude, marmeren lippen heel zacht op de mijne.

Wat geen van ons tweeën verwacht had, was mijn reactie. Bloed kookte onder mijn huid, brandde in mijn lippen. Mijn ademhaling kwam in schokken. Mijn vingers grepen in zijn haar, trokken hem tegen me aan. Mijn lippen gingen open toen ik zijn zware parfum inademde.

Onmiddellijk voelde ik hem onder mijn lippen veranderen in koud gesteente. Zijn handen duwden mijn gezicht zachtjes, maar met onweerstaanbare kracht, weg. Ik opende mijn ogen en zag zijn behoedzame blik.

'Oeps,' zei ik.

'Dat is een understatement.'

Zijn ogen waren wild, zijn kaken opeengeklemd in acute zelfbeheersing. Toch bleef zijn taalgebruik perfect. Hij hield mijn gezicht op een paar centimeter van het zijne. Hij verblindde mijn ogen.

'Moet ik...?' Ik probeerde me los te maken om hem wat ruimte te geven.

Zijn handen weigerden me ook maar iets te laten bewegen.

'Nee, het is draaglijk. Wacht heel even, alsjeblieft.' Zijn stem was beleefd, beheerst.

Ik bleef hem aankijken, zag hoe de opwinding in zijn ogen verdween en zachter werd.

Toen glimlachte hij een verrassend ondeugende glimlach.

'Zo,' zei hij, duidelijk tevreden met zichzelf.

'Draaglijk?' vroeg ik.

Hij lachte hardop. 'Ik ben sterker dan ik dacht. Dat is fijn te weten.'

'Ik wou dat ik hetzelfde kon zeggen. Het spijt me.'

'Tja, jij bent tenslotte maar een mens.'

'Dank je,' zei ik zuur.

Met een van zijn vloeiende, bijna onzichtbaar snelle bewegingen stond hij op zijn benen. Hij strekte zijn hand naar me uit, een onverwachts gebaar. Ik was zo gewend aan ons gebruikelijke, zorgvuldige vermijden van contact. Ik pakte zijn ijzige hand, want ik had de steun harder nodig dan ik dacht. Mijn evenwicht was nog niet terug.

'Ben je nog steeds duizelig van het rennen? Of was het mijn fantastische kus?' Hoe vrolijk, hoe menselijk leek hij nu hij lachte; zijn engelengezicht ontspannen. Dit was een andere Edward dan ik tot nu toe gekend had. En ik was nog gekker op hem. Het zou me nu fysiek pijn doen om van hem gescheiden te worden.

'Ik weet het niet zeker, ik ben nog steeds licht in mijn hoofd,' wist ik uit te brengen. 'Maar ik geloof dat het door allebei komt.'

'Misschien moet ik maar rijden.'

'Ben je gek geworden?' protesteerde ik.

'Ik rijd beter dan jij op je beste dag,' plaagde hij. 'Je hebt veel langzamere reflexen.'

'Daar heb je vast gelijk in, maar ik denk niet dat mijn zenuwen, of mijn auto, het aan kunnen.'

'Een beetje vertrouwen, alsjeblieft, Bella.'

Mijn hand zat in mijn zak, stevig om de sleutel geklemd. Ik tuitte mijn lippen, expres, en schudde toen mijn hoofd met een kleine grijns.

'Nee. Absoluut niet.'

Hij trok ongelovig zijn wenkbrauwen op.

Ik begon om hem heen te lopen naar de bestuurderskant. Hij had me waarschijnlijk langs laten lopen als ik niet een beetje gewankeld had. Maar misschien ook niet. Zijn arm vormde een strik om mijn middel waaruit ik niet ontsnappen kon.

'Bella, ik heb tot nog toe al een flinke hoeveelheid persoonlijke moeite gedaan om je in leven te houden. Ik laat je niet achter het stuur kruipen van een voertuig als je niet eens op je benen kunt staan. Bovendien zou ik geen echte vriend zijn als ik je dronken laat rijden,' grinnikte hij. Ik kon de ondraaglijk zoete geur van zijn borst ruiken.

'Dronken?' protesteerde ik.

'Je bent bedwelmd door mijn aanwezigheid.' Hij grijnsde weer die speelse grijns.

'Daar kan ik niets tegen inbrengen,' zuchtte ik. Er was niets aan te doen, ik kon hem niets weigeren. Ik hield de sleutel omhoog en liet hem vallen. Zijn hand schoot bliksemsnel naar voren om hem geluidloos te vangen. 'Doe rustig aan. Mijn auto is hoogbejaard.'

'Zal ik doen,' beloofde hij.

'Word jij dan helemaal niet beïnvloed door mijn aanwezigheid?' vroeg ik geërgerd.

Opnieuw veranderden zijn beweeglijke gelaatstrekken. Zijn uitdrukking werd zacht en warm. Hij gaf eerst geen antwoord, maar boog zijn gezicht naar het mijne en streelde met zijn lippen langzaam langs mijn kaak, van mijn oor tot mijn kin, heen en weer. Ik trilde.

'Desondanks,' mompelde hij uiteindelijk, 'heb ik betere reflexen.'

14. Zege van de geest op het lichaam

Ik moest toegeven dat hij goed reed, als hij de snelheid binnen de perken hield. Als zoveel andere dingen leek het hem geen enkele moeite te kosten. Hij keek nauwelijks naar de weg, maar nooit weken de banden meer dan een centimeter af van het midden van de rijstrook. Hij reed met één hand en hield met de andere die van mij vast. Soms tuurde hij in de ondergaande zon, soms keek hij naar mij: mijn gezicht, mijn haar dat uit het open raam woei, onze ineengestrengelde handen.

Hij had de radio op een zender met gouwe ouwes gezet en hij zong mee met een liedje dat ik nog nooit gehoord had. Hij kende de hele tekst.

'Houd je van muziek uit de jaren vijftig?' vroeg ik.

'Muziek in de jaren vijftig was goed. Veel beter dan de jaren zestig, of zeventig, jak!' Hij gruwde. 'De jaren tachtig waren draaglijk.'

'Ga je me ooit vertellen hoe oud je bent?' vroeg ik aarzelend, want ik wilde zijn uitstekende humeur niet bederven.

'Maakt het veel uit?' Zijn glimlach bleef tot mijn opluchting stevig op zijn plek.

'Nee, maar ik vraag het me wel af.' Ik trok een gezicht. 'Niets houdt me beter uit mijn slaap dan een onopgelost raadsel.'

'Ik vraag me af of je er moeite mee zult hebben,' mompelde hij in zichzelf. Hij staarde naar de zon; minuten gingen voorbij.

'Er is maar een manier om daar achter te komen,' zei ik uiteindelijk.

Hij zuchtte, keek toen in mijn ogen en leek een tijdlang de weg helemaal te vergeten. Wat hij daar ook zag, het moet hem moed hebben gegeven. Hij keek weer naar de zon – het licht van de ondergaande bol glinsterde robijnrood op zijn huid – en sprak.

'Ik ben geboren in Chicago in 1901.' Hij wachtte en keek uit zijn ooghoeken naar mij. Mijn gezicht was zorgvuldig neutraal, geduldig wachtend op de rest. Hij glimlachte een kleine glimlach en ging verder. 'Carlisle vond me in een ziekenhuis in de zomer van 1918. Ik was zeventien en lag dood te gaan aan de Spaanse griep.'

Hij hoorde hoe ik mijn adem inhield, hoewel ik het zelf nauwelijks kon horen. Hij keek weer in mijn ogen.

'Ik kan het me niet goed herinneren, het is heel erg lang geleden en menselijke herinneringen vervagen.' Hij was even verdiept in zijn eigen gedachten voor hij verder ging. 'Ik weet nog hoe het voelde toen Carlisle me redde. Het is erg onaangenaam, niet iets wat je vergeet.'

'En je ouders?'

'Zij waren al aan de griep overleden. Ik was alleen. Dat was de reden waarom hij me uitkoos. In de chaos van de epidemie zou niemand het merken als ik verdween.'

'Hoe heeft hij je... gered?'

Een paar seconden gingen voorbij voordat hij antwoordde. Hij leek zijn woorden zorgvuldig te kiezen.

'Het was moeilijk. Niet veel van ons hebben de zelfbeheersing die nodig is om het voor elkaar te krijgen. Maar Carlisle was altijd de meest menselijke, de meest meedogende van ons... Ik geloof niet dat je in heel de geschiedenis zijn gelijke kunt vinden.' Hij viel stil. 'Voor mij was het slechts heel, heel erg pijnlijk.'

Aan zijn samengeknepen lippen kon ik zien dat hij hier verder niets meer over wilde zeggen. Ik onderdrukte mijn brandende nieuwsgierigheid. Er waren veel dingen met betrekking tot dit ene onderwerp waar ik goed over na moest denken, dingen die nu pas in me opkwamen. Zijn snelle geest had elk aspect dat mij ontging ongetwijfeld al doorgrond.

Zijn zachte stem onderbrak mijn gedachten. 'Hij handelde uit eenzaamheid. Dat is meestal de reden voor deze beslissing. Ik was de eerste van Carlisle's familie, hoewel hij kort daarna Esmé vond. Ze viel van een klif. Ze brachten haar rechtstreeks naar het mortuarium van het ziekenhuis, hoewel haar hart op de een of andere manier nog klopte.'

'Dus je moet stervende zijn om eh... te worden?' We spraken dat woord nooit uit, en ik kon het nu ook niet zeggen.

'Nee, dat is gewoon hoe Carlisle is. Hij zou dit iemand die nog een andere keuze had nooit aan doen.' Het respect in zijn stem was diep toen hij sprak over zijn vaderfiguur. 'Maar hij zegt dat het gemakkelijker is,' ging hij verder, 'als het bloed zwak is.' Hij keek naar de nu donkere weg en ik voelde dat deze discussie weer gesloten werd.

'En Emmett en Rosalie?'

'Carlisle voegde vervolgens Rosalie toe aan ons gezin. Ik realiseerde me pas veel later dat hij hoopte dat zij voor mij zou worden wat Esmé voor hem was – hij paste goed op zijn gedachten als ik in de buurt was.' Hij rolde met zijn ogen. 'Maar zij was nooit meer dan een zus voor mij. Twee jaar later vond ze Emmett. Ze was aan het jagen – we woonden toen in de Appalachen – en vond een beer die op het punt stond hem te doden. Ze droeg hem terug naar Carlisle, meer dan honderdvijftig kilometer, bang dat ze het zelf niet voor elkaar zou krijgen. Ik begin nu pas enig idee te krijgen van hoe moeilijk die reis voor haar geweest moet zijn.' Hij wierp een veelbetekenende blik op mij en tilde onze nog altijd verstrengelde handen op om mijn wang te strelen met de achterkant van zijn hand.

'Maar ze heeft het gehaald,' moedigde ik hem aan terwijl ik wegkeek van de ondraaglijke schoonheid van zijn ogen.

'Ja,' mompelde hij. 'Ze zag iets in zijn gezicht dat haar sterk genoeg maakte. En sindsdien zijn zij samen. Soms wonen ze apart van ons, als een getrouwd stel. Maar hoe jonger we ons voordoen, hoe langer we op een bepaalde plek kunnen blijven. Forks leek perfect, dus schreven we ons allemaal in op de high school.' Hij lachte. 'Ik vermoed dat we over een paar jaar wéér naar hun bruiloft toe zullen moeten.'

'En Alice en Jasper?'

'Alice en Jasper zijn twee heel bijzondere wezens. Ze hebben allebei een geweten ontwikkeld – zoals wij dat noemen – zonder stimulering van buitenaf. Jasper was lid van een andere... familie, een héél ander soort familie. Hij werd wanhopig en ging er in zijn eentje vandoor. Alice vond hem. Net als ik heeft ze bepaalde speciale gaven boven op wat normaal is voor onze soort.'

'Echt?' onderbrak ik gefascineerd. 'Maar je zei dat jij de enige was die de gedachten van mensen kon horen.'

'Klopt. Zij weet andere dingen. Ze ziet dingen, dingen die in de toekomst zouden kunnen gebeuren, dingen die op stapel staan. Maar dat is erg subjectief. De toekomst is niet in steen gehouwen. Dingen veranderen.'

Zijn kaken verstrakten toen hij dat zei en zijn ogen vlogen zo snel naar mijn gezicht en weer weg dat ik me af vroeg of ik het me had ingebeeld.

'Wat voor dingen ziet ze dan?'

'Ze zag Jasper en ze wist dat hij naar haar op zoek zou gaan, lang voor hij het zelf wist. Ze heeft Carlisle en ons gezien, en samen kwamen ze ons zoeken. Ze is het gevoeligst voor niet-mensen. Ze ziet het bijvoorbeeld altijd als een andere groep van onze soort in de buurt komt. En of ze een bedreiging kunnen vormen.'

'Zijn er veel van jullie... soort?' Ik was verrast. Hoeveel van hen konden zich onopgemerkt onder ons bevinden?

'Nee, niet veel. Maar de meesten vestigen zich niet op een plek. Alleen degenen die net als wij gestopt zijn met jagen op jullie mensen' – een ironische blik in mijn richting – 'kunnen gedurende kortere of langere tijd met mensen samenleven. We hebben slechts één andere familie als de onze gevonden, in een klein dorp in Alaska. We hebben een tijdje samengeleefd, maar we waren met zo veel, dat we begonnen op te vallen. Degenen van ons die... anders leven, neigen er naar zich te groeperen.'

'En de anderen?'

'Over het algemeen nomaden. We hebben allemaal enige tijd zo geleefd. Het wordt saai, net als alle andere dingen. Maar we komen de anderen nu en dan tegen, omdat de meesten van ons de voorkeur geven aan het noorden.'

'Waarom?'

We stonden inmiddels voor mijn huis en hij had de motor uitgezet. Het was heel stil en donker: er was geen maan. Het licht op de veranda was uit, dus ik wist dat mijn vader nog niet thuis was.

'Had je vanmiddag je ogen wel open?' plaagde hij. 'Denk je dat ik in het zonlicht op straat kan lopen zonder ongelukken te veroorzaken? Er is een reden waarom we het Olympic Peninsula gekozen hebben, een van de minst zonnige plekken ter wereld. Het is prettig om overdag naar buiten te kunnen gaan. Je weet niet hoe de nacht je de keel uit kan komen in zo'n negentig jaar.'

'Dus daar komen de legendes vandaan?'

'Waarschijnlijk.'

'En Alice kwam van een andere familie, net als Jasper?'

'Nee, en dat is een mysterie. Alice herinnert zich haar menselijke leven helemaal niet. En ze weet niet wie haar getransformeerd heeft. Toen ze wakker werd was ze alleen. Wie haar ook gecreëerd heeft was verdwenen, en geen van ons begrijpt waarom of hoe hij dat kon doen. Als ze die andere

gave niet had gehad, als ze Jasper en Carlisle niet gezien had en geweten had dat ze hem op een dag zou ontmoeten en later bij ons zou horen, was ze waarschijnlijk volledig verwilderd.'

Er was zo veel om over na te denken, zo veel wat ik nog wilde vragen. Maar tot mijn schande rommelde mijn maag ineens. Ik was zo gefascineerd dat ik niet eens gemerkt had dat ik honger had. Ik realiseerde me nu dat ik stierf van de honger.

'Het spijt me, ik houd je van je avondeten.'

'Geeft niet.'

'Ik heb nooit veel tijd doorgebracht met iemand die voedsel eet. Ik vergeet eraan te denken.'

'Ik wil bij je blijven.' Het was eenvoudiger om dit in het donker te zeggen. Terwijl ik sprak, wist ik dat mijn stem me, mijn hopeloze verslaving aan hem, zou verraden.

'Mag ik niet binnenkomen?' vroeg hij.

'Wil je dat?' Ik kon het me niet voorstellen: dit goddelijke wezen zittend op mijn vaders oude keukenstoel.

'Graag, als dat goed is.' Ik hoorde het portier zachtjes sluiten en bijna meteen stond hij naast mijn portier en hield het voor me open.

'Erg menselijk,' complimenteerde ik hem.

'Het komt duidelijk terug.'

Hij liep naast me in de nacht, zo stil dat ik voortdurend naar hem moest kijken om er zeker van te zijn dat hij er nog was. In het donker leek hij veel normaler. Nog steeds bleek, nog steeds sprookjesachtig mooi, maar niet langer het fantastische glinsterende wezen van onze zonverlichte namiddag.

Hij was eerder bij de deur dan ik en deed hem voor me open. Ik pauzeerde halverwege de deuropening.

'Was de deur niet op slot?'

'Ja, maar ik gebruikte de sleutel van onder de dakrand.'

Ik stapte naar binnen, deed het licht op de veranda aan en draaide me naar hem om met opgetrokken wenkbrauwen. Ik was er zeker van dat ik die sleutel nooit gebruikt had in zijn bijzijn.

'Ik was nieuwsgierig naar je.'

'Heb je me bespioneerd?' Maar op de een of andere manier kon ik mijn stem niet echt verontwaardigd laten klinken. Ik was gevleid.

Hij toonde geen berouw. 'Wat moet ik 's nachts anders doen?'

Ik liet het er op dit moment bij en liep door de gang naar de keuken. Hij was er eerder, had geen gids nodig. Hij zat op precies die stoel waar ik me hem op had proberen voor te stellen. Zijn schoonheid liet de keuken stralen. Het duurde even voordat ik weg kon kijken.

Ik concentreerde me op het bereiden van mijn eten, pakte de lasagna van gisteravond uit de koelkast, legde een stuk op een bord en verwarmde het in de magnetron. Terwijl het ronddraaide, werd de keuken gevuld met de geur van tomaten en oregano. Ik hield mijn blik gericht op het bord met eten terwijl ik sprak.

'Hoe vaak?' vroeg ik terloops.

'Hm?' Hij klonk alsof ik zijn gedachten onderbrak.

Ik draaide me nog niet om. 'Hoe vaak ben je hier geweest?'

'Ik kom hier bijna elke nacht.'

Verbluft draaide ik me om. 'Waarom?'

'Je bent erg interessant als je slaapt.' Hij sprak zakelijk. 'Je praat.'

'Nee!' snakte ik. Hitte overspoelde mijn gezicht tot aan mijn haar. Ik greep het aanrecht vast voor steun. Ik wist natuurlijk dat ik praat in mijn slaap; mijn moeder plaagde me ermee. Ik had echter niet verwacht dat het iets was waar ik me hier druk over zou moeten maken.

Zijn gezicht werd onmiddellijk berouwvol. 'Ben je erg boos op me?'

'Dat hangt ervan af!' Het voelde en klonk alsof ik een klap had gehad waardoor ik geen lucht meer kreeg.

Hij wachtte.

'Van wat?' drong hij aan.

'Wat je gehoord hebt!' jammerde ik.

Onmiddellijk, stilletjes, stond hij naast me, nam mijn handen in de zijne.

'Niet boos zijn!' smeekte hij. Hij liet zijn gezicht zakken tot mijn ooghoogte en hield mijn blik gevangen. Ik schaamde me en probeerde weg te kijken.

'Je mist je moeder,' fluisterde hij. 'Je maakt je zorgen om haar. En als het regent, maakt het geluid je onrustig. Eens zei je: "Het is te groen."' Hij lachte zachtjes, in de hoop – zag ik – me niet nog bozer te maken.

'En verder?' eiste ik.

Hij begreep wat ik bedoelde. 'Je zei mijn naam,' bekende hij.

Ik zuchtte verslagen. 'Vaak?'

'Hoeveel versta je precies onder vaak?'

'O nee!' Ik liet mijn hoofd hangen.

Hij trok me zachtjes tegen zijn borst.

'Je hoeft je niet te schamen,' fluisterde hij in mijn oor. 'Als ik had kunnen dromen, zou het over jou zijn. En ik schaam me er niet voor.'

Toen hoorden we allebei het geluid van wielen op de oprit, zagen het licht van de koplampen door de ramen van de woonkamer via de gang naar ons flitsen. Ik verstijfde in zijn armen.

'Mag je vader weten dat ik hier ben?' vroeg hij.

'Ik weet het niet...' Ik probeerde snel na te denken.

'Een andere keer dan maar.'

En ik was alleen.

'Edward!' siste ik.

Ik hoorde een spookachtig gegrinnik en toen niets meer.

Mijn vaders sleutel draaide om in het slot.

'Bella?' riep hij. Ik had dat steeds vervelend gevonden; wie zou het anders kunnen zijn? Opeens leek hij gelijk te hebben.

'In de keuken.' Ik hoopte dat hij de hysterische bijklank in mijn stem niet kon horen. Ik pakte mijn eten uit de magnetron en zat aan tafel toen hij binnenkwam. Zijn voetstappen klonken lawaaiig na mijn dag met Edward.

'Heb je daar nog meer van? Ik ben doodmoe.' Hij trapte tegen de hakken van zijn laarzen om ze uit te trekken, terwijl hij op de rug van Edwards stoel leunde.

Ik nam mijn bord mee en propte het eten naar binnen terwijl ik dat van hem pakte. Ik verbrandde mijn tong. Ik schonk twee glazen melk in terwijl zijn lasagna opwarmde en goot mijn glas naar binnen om het vuur te doven. Toen ik het glas neerzette, zag ik de melk trillen en realiseerde me dat mijn hand beefde. Charlie zat op zijn stoel en het contrast tussen hem en de vorige gebruiker was komisch.

'Dank je,' zei hij toen ik zijn bord op tafel zette.

'Hoe was je dag?' vroeg ik. Ik sprak snel want ik wilde dolgraag ontsnappen naar mijn kamer.

'Goed. De vis beet... en die van jou? Heb je alles gedaan wat je wilde doen?'

'Niet echt. Het was te lekker om binnen te blijven.' Ik nam nog een grote hap.

'Het was inderdaad een lekkere dag,' stemde hij in.

Wat een understatement, dacht ik bij mezelf.

Toen ik de laatste hap lasagna had weggewerkt, pakte ik mijn glas en dronk de rest van de melk op.

Charlie bleek verrassend oplettend te zijn vanavond. 'Heb je haast?'

'Ja, ik ben moe. Ik ga vroeg naar bed.'

'Je ziet er nogal gespannen uit,' merkte hij op. Waarom, o waarom moest hij juist vanavond ineens alles zien?

'Is dat zo?' was alles wat ik kon zeggen. Ik waste mijn bord snel af en legde het ondersteboven op een theedoek om te drogen.

'Het is zaterdag,' zei hij peinzend.

Ik reageerde niet.

'Geen plannen vanavond?' vroeg hij opeens.

'Nee, pap, ik wil gewoon naar bed.'

'Geen van de jongens in de stad is jouw type, hè?' Hij was wantrouwig, maar probeerde het niet te laten merken.

'Nee, geen van de jongens vind ik tot nog toe interessant.' Ik zorgde ervoor dat ik het woordje 'jongens' niet extra benadrukte in mijn poging om eerlijk te zijn tegen Charlie.

'Ik dacht dat Mike Newton misschien... Je zei dat hij aardig was.'

'Pap, hij is gewoon een vriend.'

'Oké. Je bent trouwens te goed voor hen allemaal. Wacht maar tot je op de universiteit zit voor je rond gaat kijken.' De droom van elke vader is dat zijn dochter het huis uit is voordat de hormonen gaan opspelen.

'Lijkt me een goed idee,' stemde ik in terwijl ik de trap op liep.

'Slaap lekker,' riep hij me achterna. Hij zou ongetwijfeld de hele avond goed blijven luisteren om te horen of ik niet stiekem het huis uit zou sluipen.

'Tot morgen, pap.' Tot vannacht als je mijn slaapkamer binnensluipt om me te controleren.

Ik deed mijn best om mijn stappen langzaam en moe te laten klinken toen ik de trap op liep naar mijn kamer. Ik sloot de deur hard genoeg dat hij het kon horen en sprintte toen op mijn tenen naar het raam. Ik gooide het open en leunde naar buiten. Mijn ogen scanden het duister, de ondoordringbare schaduw van de bomen.

'Edward?' fluisterde ik terwijl ik me volslagen belachelijk voelde.

Het stille, lachende antwoord kwam van achter me. 'Ja?'

Ik wervelde rond, met een hand op mijn keel van schrik.

Hij lag met een enorme grijns op mijn bed, zijn handen achter zijn hoofd, zijn voeten bungelend over het voeteneind; het toonbeeld van iemand die op zijn gemak is.

'O!' blies ik en zakte wankel op de vloer.

'Het spijt me.' Hij perste zijn lippen op elkaar om niet te laten zien hoe grappig hij het vond.

'Ik heb even nodig om mijn hart weer aan de praat te krijgen.'

Hij ging langzaam overeind zitten om me niet nog een keer te laten schrikken. Toen leunde hij naar voren en strekte zijn lange armen uit om me op te tillen. Hij greep me bij mijn bovenarmen, alsof ik een kleuter was, en zette me naast hem op het bed.

'Waarom kom je niet bij me zitten,' stelde hij voor en legde een koude hand op de mijne. 'Hoe gaat het met je hart?'

'Dat kan ik beter aan jou vragen, want ik weet zeker dat je het beter hoort dan ik.'

Ik voelde hoe zijn stille lach het bed deed schudden.

We zaten daar even in stilte te luisteren hoe mijn hart tot bedaren kwam. Ik dacht eraan hoe het was om Edward hier in mijn kamer te hebben met mijn vader beneden.

'Mag ik even een minuutje om menselijk te zijn?' vroeg ik.

'Tuurlijk.' Hij gebaarde met een hand dat ik m'n gang mocht gaan.

'Blijf,' zei ik en probeerde streng te kijken.

'Ja, mevrouw.' En hij deed alsof hij in een standbeeld veranderde op de rand van mijn bed.

Ik sprong op, pakte mijn pyjama van de vloer en mijn toilettas van mijn bureau. Ik liet het licht uit, glipte naar buiten en sloot de deur achter me.

Ik kon het geluid van de tv de trap op horen komen. Ik knalde met de deur van de badkamer, zodat Charlie niet boven zou komen om me lastig te vallen.

Ik was van plan me te haasten. Ik poetste stevig mijn tanden, grondig en toch snel, om alle resten lasagna te verwijderen. Maar het hete water van de douche liet zich niet haasten. Het maakte de spieren in mijn rug los en mijn hartslag rustig. De bekende geur van mijn shampoo gaf me het gevoel dat

ik misschien toch dezelfde persoon was als vanochtend. Ik probeerde niet te denken aan Edward die in mijn kamer zat te wachten, want dan moest ik weer opnieuw beginnen met het kalmeringsproces. Toen kon ik het niet meer uitstellen. Ik draaide de kraan dicht, droogde me snel af en begon me weer te haasten. Ik trok mijn versleten T-shirt en grijze joggingbroek aan. Het was te laat om er spijt van te hebben dat ik de sexy zijden pyjama die mijn moeder me twee verjaardagen geleden had gegeven niet ingepakt had. Deze lag met het kaartje er nog aan in een la ergens thuis.

Ik wreef nog eens met de handdoek over mijn haar en haalde er toen snel een borstel doorheen. Ik gooide de handdoek in de wasmand, mikte mijn borstel en tandpasta in mijn toilettas. Toen vloog ik naar beneden zodat Charlie kon zien dat ik mijn pyjama aan had en dat mijn haar nat was.

'Slaap lekker, pap.'

'Slaap lekker, Bella.' Hij keek verbaasd naar mijn verschijning. Misschien zou dat hem ervan weerhouden me vannacht te controleren.

Ik nam de trap met twee treden tegelijk, maar probeerde wel stil te doen, en ging snel mijn kamer in waar ik de deur achter me sloot.

Edward was geen millimeter van plek veranderd; een standbeeld van Adonis gezeten op mijn vale quilt. Ik glimlachte en zijn lippen trilden: het beeld kwam tot leven.

Zijn ogen namen mij op, zagen het vochtige haar, de gaten in het shirt. Hij trok een wenkbrauw op: 'Leuk shirt.'

Ik trok een gezicht.

'Echt, het staat je goed.'

'Dank je,' fluisterde ik. Ik liep naar hem toe en ging met gekruiste benen naast hem zitten. Ik keek naar het patroon in de houten vloer.

'Waar was dat allemaal voor nodig?'

'Charlie denkt dat ik straks stiekem het huis uit ga.'

'O.' Daar moest hij over nadenken. 'Waarom?' Alsof hij Charlies gedachten niet veel beter kon lezen dan ik kon gokken.

'Ik zie er blijkbaar wat opgewonden uit.'

Hij tilde mijn kin op en bestudeerde mijn gezicht.

'Eerlijk gezegd zie je er erg warm uit.'

Hij boog zijn gezicht langzaam naar het mijne en legde zijn koele wang tegen mijn huid. Ik bleef heel stil zitten.

'Mmmm...' zei hij zacht.

Het was heel moeilijk om een samenhangende vraag te formuleren terwijl hij me aanraakte. Ik had even nodig om mijn concentratie bij elkaar te rapen en te beginnen:

'Het lijkt nu een stuk... gemakkelijker voor je om dicht bij me te zijn.'

'Vind je?' mompelde hij. Zijn neus gleed naar de hoek van mijn kaak. Ik voelde zijn hand, lichter dan een vlindervleugel, mijn vochtige haar naar achter vegen zodat zijn lippen het holletje onder mijn oor konden beroeren.

'Veel, veel gemakkelijker,' zei ik en probeerde uit te ademen.

'Hmm.'

'Dus ik vroeg me af...' begon ik weer, maar zijn vingers volgden langzaam mijn sleutelbeen en ik wist niet meer wat ik wilde zeggen.

'Ja,' zei hij zacht.

'Hoe komt dat, denk je?' Die rotstem van me trilde.

Ik voelde zijn adem in mijn nek toen hij lachte. 'De zege van de geest op het lichaam.'

Ik leunde naar achteren. Terwijl ik bewoog, bevroor hij – en ik kon het geluid van zijn ademhaling niet meer horen.

We staarden elkaar even argwanend aan en toen ontspanden zijn opeengeklemde kaken zich langzaam en werd zijn blik vragend.

'Deed ik iets verkeerd?'

'Nee, het tegenovergestelde. Je maakt me gek,' legde ik uit.

Hij dacht daar even over na en toen hij weer iets zei, klonk hij tevreden. 'Echt?' Een triomfantelijke glimlach gleed over zijn gezicht.

'Wil je soms een staande ovatie?' vroeg ik sarcastisch.

Hij grijnsde.

'Ik ben gewoon aangenaam verrast,' verklaarde hij. 'De afgelopen honderd jaar of zo,' zijn stem was plagend, 'heb ik me nooit iets als dit kunnen voorstellen. Ik geloofde niet dat ik ooit iemand zou vinden bij wie ik altijd zou willen zijn... op een andere manier dan met mijn broers en zussen. En om er dan achter te komen, hoewel het allemaal nieuw voor me is, dat ik er goed in ben... om met jou te zijn...'

'Je bent overal goed in,' wees ik hem terecht.

Hij haalde zijn schouders op, gaf het toe, en we lachten alletwee zachtjes.

'Maar hoe kan het nu zo gemakkelijk zijn?' drong ik aan. 'Vanmiddag...'

'Het is niet gemakkelijk,' zuchtte hij. 'Maar vanmiddag had ik nog geen... beslissing genomen. Het spijt me. Het is onvergeeflijk dat ik me zo gedroeg.'

'Niet onvergeeflijk,' wierp ik tegen.

'Dank je.' Hij glimlachte. 'Weet je,' ging hij verder terwijl hij naar beneden keek, 'ik wist niet zeker of ik sterk genoeg zou zijn.' Hij pakte een van mijn handen en drukte hem zachtjes tegen zijn wang. 'En toen nog steeds de mogelijkheid bestond dat ik misschien mijn... zelfbeheersing zou verliezen' – hij snoof de geur van mijn pols op – 'was ik kwetsbaar. Tot ik besloten had dat ik wel sterk genoeg was, dat er geen kans was dat ik zou... dat ik ooit...'

Ik had hem nog nooit zo hard naar woorden zien zoeken. Het was zo... menselijk.

'Dus er is nu geen kans meer op?'

'Zege van de geest op het lichaam,' herhaalde hij glimlachend; zijn tanden glinsterden zelfs in het duister.

'Wauw, dat was eenvoudig,' zei ik.

Hij gooide zijn hoofd naar achteren en lachte, stil als een zuchtje wind, maar toch uitbundig.

'Gemakkelijk voor jou!' verbeterde hij terwijl hij mijn neus aanraakte met het puntje van zijn vinger.

En toen was zijn gezicht ineens serieus.

'Ik doe mijn best,' fluisterde hij met gekwelde stem. 'Als het me te veel wordt, ben ik er vrijwel zeker van dat ik in staat ben weg te gaan.'

Ik keek kwaad. Ik hield er niet van als hij praatte over weggaan.

'Morgen zal het alleen nog moeilijker zijn,' ging hij verder. 'Ik heb jouw geur de hele dag in mijn neus gehad en ik ben er verbazingwekkend immuun voor geworden. Als ik ook maar even van je weg ben, moet ik weer helemaal opnieuw beginnen. Hoewel niet helemaal van voor af aan, denk ik.'

'Ga dan niet weg,' antwoordde ik, niet in staat het verlangen in mijn stem te verdoezelen.

'Daar heb ik geen problemen mee,' zei hij en zijn gezicht ontspande zich in een zachte glimlach. 'Kom maar op met de boeien, ik ben je gevangene.' Maar zijn lange handen vormden handboeien rond míjn polsen terwijl hij sprak. Hij lachte zijn zachte, melodieuze lach. Hij had vanavond meer gelachen dan in alle tijd die ik met hem had doorgebracht.

'Je lijkt optimistischer dan gewoonlijk,' merkte ik op. 'Ik heb je nog niet zo meegemaakt.'

'Is dit niet hoe het hoort te zijn?' Hij glimlachte. 'De glorie van de eerste liefde enzovoorts. Het is ongelooflijk, vind je niet, het verschil tussen iets wat je gelezen hebt, gezien hebt in de film en wat je nu zelf ervaart?'

'Enorm,' was ik eens. 'Veel heftiger dan ik verwacht had.'

'Bijvoorbeeld' – zijn woorden kwamen nu snel, ik moest me concentreren om ze allemaal te horen – 'de emotie van jaloezie. Ik heb er wel honderdduizend keer over gelezen, acteurs het zien uitbeelden in duizend verschillende films en toneelstukken. Ik dacht dat ik dat behoorlijk goed begreep. Maar ik werd er volledig door overvallen...' Hij trok een gezicht. 'Weet je nog de dag dat Mike je meevroeg naar het bal?'

Ik knikte, hoewel ik me die dag om een andere reden herinnerde. 'De dag dat je weer tegen me begon te praten.'

'Ik werd verrast door de golf van afkeer, bijna woede die ik voelde – ik snapte eerst niet wat het was. Ik was nog meer geïrriteerd dan gewoonlijk dat ik niet kon horen wat je dacht, toen je hem afwees. Was het domweg vanwege je vriendin? Was er iemand anders? Ik wist dat ik het recht niet had om me daar druk over te maken. Ik probeerde me er niet druk over te maken.

En toen stonden ze voor je in de rij,' grinnikte hij.

Ik keek kwaad in het donker.

'Ik wachtte want ik wilde dolgraag horen wat je tegen hen zou zeggen, wilde zien hoe je zou kijken. Ik kan niet zeggen hoe opgelucht ik was toen ik de ergernis op je gezicht zag. Maar ik was nog niet overtuigd.

Dat was de eerste nacht dat ik hier kwam. Ik worstelde de hele nacht, terwijl ik keek hoe je sliep, met de kloof tussen wat ik wist dat goed, moreel, ethisch was, en wat ik wilde. Ik wist dat als ik doorging je te negeren, zoals ik zou moeten, of als ik je een paar jaar met rust zou laten, tot je weg was, je op een dag ja zou zeggen tegen Mike of iemand zoals hij. Het maakte me woest.

En toen,' fluisterde hij, 'zei je mijn naam in je slaap. Je sprak zo duidelijk dat ik eerst dacht dat je wakker was geworden. Maar je draaide je rusteloos om, mompelde mijn naam nog een keer en zuchtte. Het gevoel dat door me heen stroomde verwarde me, overviel me. En ik wist dat ik je niet langer kon

negeren.' Hij zweeg even, luisterde waarschijnlijk naar het onregelmatige kloppen van mijn hart.

'Maar jaloezie is iets vreemds. Zo veel sterker dan ik had gedacht. En irrationeel! Net nog, toen Charlie je vroeg naar die vreselijke Mike Newton...' Hij schudde boos zijn hoofd.

'Ik had moeten weten dat je zou luisteren,' kreunde ik.

'Natuurlijk.'

'Werd je daar echt jaloers van?'

'Dit is nieuw voor mij. Je hebt de mens in mij weer wakker gemaakt, en alles voelt sterker omdat het vers is.'

'Maar serieus,' plaagde ik, 'dat je daar moeite mee hebt nadat ik heb moeten horen dat Rosalie – Rosalie de vlees geworden schoonheid, Rosalie – voor jou bestemd was. Emmett of geen Emmett, hoe kan ik daarmee concurreren?'

'Dat is geen concurrentie.' Zijn tanden glommen. Hij trok mijn gevangen handen om zijn lichaam en drukte me tegen zijn borst. Ik hield me zo stil mogelijk, ademde zelfs voorzichtig.

'Ik weet dat dat geen concurrentie is,' mompelde ik tegen zijn koude huid. 'Dat is het probleem.'

'Natuurlijk is Rosalie op haar manier beeldschoon, maar zelfs als ze niet als een zus voor me was, zelfs als Emmett niet bij haar hoorde, zou ze nooit een tiende, nee een honderdste van de aantrekkingskracht voor me hebben die jij hebt.' Hij was nu serieus, bedachtzaam. 'Zo'n negentig jaar heb ik rondgelopen tussen mijn soort en de jouwe. Al die tijd dacht ik dat ik voldoende had aan mezelf, realiseerde ik me niet wat ik zocht. En ik vond niets, omdat jij nog niet geboren was.'

'Dat is toch niet eerlijk,' fluisterde ik met mijn gezicht nog steeds op zijn borst, waar ik luisterde naar het komen en gaan van zijn ademhaling. 'Ik heb helemaal niet hoeven wachten. Waarom zou ik het zo makkelijk moeten hebben?'

'Je hebt gelijk,' stemde hij geamuseerd in. 'Ik moet dit absoluut moeilijker maken voor je.' Hij maakte een van zijn handen los, liet mijn pols los maar pakte hem voorzichtig in zijn andere hand. Hij streelde zachtjes mijn natte haar, van de top van mijn hoofd tot mijn middel. 'Je riskeert slechts je leven gedurende iedere minuut die je bij me bent, dat is natuurlijk niet veel. Je

hoeft alleen maar de natuur, de menselijkheid de rug toe te keren... wat betekent dat nou?'

'Heel weinig. Ik heb niet het gevoel dat ik iets moet opgeven.'

'Nog niet.' En zijn stem was plotsklaps gevuld met een oud verdriet.

Ik probeerde naar achter te leunen om zijn gezicht te zien, maar zijn hand hield mijn polsen in een onlosmakelijke greep.

'Wat...' begon ik te vragen, toen zijn lichaam alert werd. Ik hield me stil, maar hij liet ineens mijn handen los en verdween. Ik wist net te voorkomen dat ik op mijn gezicht viel.

'Ga liggen!' siste hij. In het donker wist ik niet waar hij stond.

Ik rolde me op onder mijn quilt, met opgetrokken knieën op mijn zij zoals ik meestal sliep. Ik hoorde de deur zachtjes opengaan toen Charlie naarbinnen gluurde om te kijken of ik was waar ik zou moeten zijn. Ik ademde gelijkmatig, overdreef de beweging.

Een lange minuut ging voorbij. Ik luisterde, niet zeker of ik de deur weer had horen dichtgaan. Toen was Edwards koele arm om me heen, onder de dekens, zijn lippen bij mijn oor.

'Je bent een superslechte actrice. Ik denk niet dat daar voor jou een carrière in is weggelegd.'

'Verdorie,' mopperde ik. Mijn hart bonsde in mijn borst.

Hij neuriede een melodie die ik niet kende, maar het klonk als een slaapliedje.

Hij stopte. 'Zal ik je in slaap zingen?'

'Ja hoor,' lachte ik. 'Alsof ik kan slapen met jou erbij!'

'Dat doe je de hele tijd,' herinnerde hij me.

'Maar toen wist ik niet dat je er was,' antwoordde ik ijzig.

'Nou, als je niet wilt slapen...' zei hij, mijn toon negerend. Mijn adem stokte.

'Als ik niet wil slapen...?'

Hij grinnikte. 'Wat wil je dan doen?'

Ik kon eerst geen antwoord geven.

'Weet ik niet,' zei ik uiteindelijk.

'Zeg het maar wanneer je het wel weet.'

Ik voelde zijn koele adem in mijn nek, zijn neus die langs mijn kaak gleed en snoof.

'Ik dacht dat je ongevoelig was geworden?'

'Omdat ik de wijn kan weerstaan betekent dat nog niet dat ik niet kan genieten van het bouquet,' fluisterde hij. 'Je hebt een heel bloemige geur, als lavendel... of fresia,' zei hij. 'Het doet me het water in de mond lopen.'

'Ja, ik heb een slechte dag als niemand me vertelt hoe eetbaar ik ruik.'

Hij grinnikte en zuchtte toen.

'Ik heb bedacht wat ik wil doen,' zei ik hem. 'Ik wil meer horen over jou.'

'Vraag maar raak.'

Ik zocht tussen mijn vragen naar de belangrijkste. 'Waarom doe je het?' vroeg ik. 'Ik begrijp nog steeds niet hoe je zo je best kunt doen om te weerstaan wat je... bent. Begrijp me alsjeblieft niet verkeerd, ik ben natuurlijk dolblij dat je het doet. Ik begrijp gewoon niet waarom je überhaupt die moeite neemt.'

Hij aarzelde voordat hij antwoord gaf. 'Dat is een goede vraag, en je bent niet de eerste die hem stelt. De anderen – de meeste van onze soort die heel tevreden zijn met hun lot – zij verbazen zich ook over hoe wij leven. Maar weet je, alleen omdat het leven ons... bepaalde kaarten heeft toebedeeld... betekent het nog niet dat we er niet voor kunnen kiezen ons daarboven te stellen – om de grenzen te slechten van een bestaan dat geen van ons gewild heeft. Om zoveel mogelijk de essentie van menselijkheid vast te houden.'

Ik bewoog me niet, zo zeer was ik onder de indruk.

'Ben je in slaap gevallen?' fluisterde hij na een paar minuten.

'Nee.'

'Is dat het enige wat je wilde weten?'

Ik zuchtte. 'Niet echt.'

'Wat wil je nog meer weten?'

'Waarom kun je gedachten lezen, waarom jij alleen? En Alice, die de toekomst ziet... waarom gebeurt dat?'

Ik voelde hoe hij zijn schouders ophaalde. 'Dat weten we niet precies. Carlisle heeft een theorie. Hij gelooft dat we allemaal een deel van onze sterkste menselijke eigenschappen meenemen naar het volgende leven, waar ze versterkt worden, zoals ons verstand en onze zintuigen. Hij denkt dat ik al heel gevoelig moet zijn geweest voor de gedachten van mensen in mijn omgeving. En dat Alice een soort voorgevoel had, waar ze ook was.'

'Wat heeft hij meegenomen naar zijn volgende leven, en de anderen?'

'Carlisle heeft zijn meedogendheid meegenomen. Esmé haar vermogen om gepassioneerd lief te hebben. Emmett bracht zijn kracht. Rosalie haar... vasthoudendheid. Je kunt het ook koppigheid noemen,' grinnikte hij. 'Jasper is erg interessant. Hij was in zijn eerste leven erg charismatisch, in staat de mensen om hem heen te beïnvloeden zodat ze de dingen op zijn manier zagen. Nu kan hij de emoties van degenen in zijn buurt manipuleren: bijvoorbeeld een kamer vol boze mensen kalmeren, of juist een lethargische menigte opgewonden maken. Het is een heel subtiele gave.'

Ik dacht na over de onmogelijkheden die hij beschreef en probeerde het te bevatten. Hij wachtte geduldig.

'Maar waar is het allemaal begonnen? Ik bedoel, Carlisle heeft jou veranderd, en iemand moet hem hebben veranderd enzovoorts.'

'Tja, waar kom jij vandaan? Evolutie? Schepping? Kunnen we niet op dezelfde manier ontstaan zijn als andere soorten, roofdier en prooi? Of, als je niet gelooft dat deze hele wereld helemaal uit zichzelf is ontstaan – wat ik zelf erg moeilijk vind – is het dan zo moeilijk te geloven dat dezelfde kracht die de kleine gup en de haai, het zeehondje en de orka geschapen heeft, ook onze twee soorten gecreëerd heeft?'

'Eens kijken of ik het goed begrijp: ik ben zeker het zeehondje?'

'Ja.' Hij lachte en ik voelde iets op mijn haar. Zijn lippen?

Ik wilde me omdraaien om te zien of het echt zijn lippen waren, maar ik moest me inhouden. Ik wilde niet dat dit nog moeilijker voor hem werd dan het al was.

'Ben je klaar om te gaan slapen?' onderbrak hij de korte stilte. 'Of heb je nog meer vragen?'

'Slechts een miljoen of wat.'

'We hebben morgen, en overmorgen en overovermorgen...' herinnerde hij me. Ik glimlachte, euforisch bij die gedachte.

'Weet je zeker dat je morgenochtend niet verdwijnt?' Ik wilde het zeker weten. 'Je bent tenslotte een mythe.'

'Ik verlaat je niet.' Zijn stem was als de bezegeling van een belofte.

'Nog een ding...' En ik bloosde. Het duister hielp niet. Ik was ervan overtuigd dat hij de plotselinge warmte van mijn huid kon voelen.

'Wat dan?'

'Nee, laat maar. Ik ben van gedachten veranderd.'

'Bella, je mag me alles vragen.'

Ik gaf geen antwoord en hij kreunde.

'Ik blijf maar hopen dat het minder frustrerend zal worden dat ik je gedachten niet kan horen. Maar het wordt alleen maar erger.'

'Ik ben blij dat je mijn gedachten niet kunt lezen. Het is al erg genoeg dat je stiekem luistert als ik praat in mijn slaap.'

'Alsjeblieft?' Zijn stem was zo overtuigend, zo onmogelijk te weerstaan.

Ik schudde mijn hoofd.

'Als je het me niet vertelt, ga ik er vanuit dat het iets veel ergers is dan het is,' dreigde hij somber. 'Alsjeblieft?' Weer die smekende stem.

'Nou,' begon ik, blij dat hij mijn gezicht niet kon zien.

'Ja?'

'Je zei dat Rosalie en Emmett binnenkort gaan trouwen. Is dat... huwelijk hetzelfde als voor mensen?'

Hij moest hard lachen nu hij het begreep. 'Is dat wat je wilde weten?'

Ik frummelde aan mijn quilt, niet in staat te antwoorden.

'Ja, ik denk dat het vrijwel hetzelfde is,' zei hij. 'Zoals ik al zei, zijn de meeste menselijke verlangens nog aanwezig. Alleen zijn ze verborgen onder veel sterkere verlangens.'

'O,' was alles wat ik uit kon brengen.

'Was er een reden voor deze vraag?'

'Nou eh, ik vroeg me af... of jij en ik... ooit...'

Hij was gelijk serieus. Dat merkte ik omdat hij zich ineens niet meer bewoog. Ook ik bevroor als vanzelf.

'Ik denk niet dat... dat mogelijk is voor ons.'

'Omdat het te moeilijk is voor jou als ik zo dichtbij ben?'

'Dat is zeker een probleem. Maar dat is niet waar ik aan denk. Je bent gewoon zo zacht en kwetsbaar. Elk ogenblik dat we samenzijn moet ik mijn bewegingen onder controle houden opdat ik je geen pijn doe. Ik zou je heel gemakkelijk kunnen doden, Bella, gewoon per ongeluk.' Zijn stem was een zacht gemompel geworden. Hij legde zijn ijzige handpalm op mijn wang. 'Als ik te gehaast was... als ik maar een seconde niet goed op zou letten, zou ik mijn hand kunnen uitstrekken om je gezicht aan te raken maar per ongeluk je schedel verpletteren. Je realiseert je niet hoe ongelooflijk breekbaar je bent. Ik kan het me nooit, helemaal nooit veroorloven ook maar enigszins

mijn zelfbeheersing te verliezen als ik bij jou in de buurt ben.'

Hij wachtte op mijn reactie, werd nerveus toen ik niets zei. 'Ben je bang?' vroeg hij.

Ik wachtte even voordat ik antwoordde, zodat de woorden waar zouden zijn. 'Nee, helemaal niet.'

Hij leek even na te denken. 'Nu ben ik nieuwsgierig,' zei hij, zijn stem weer luchtig. 'Heb jíj ooit...?' Hij liet de vraag suggestief open.

'Natuurlijk niet,' bloosde ik. 'Ik heb je toch verteld dat ik nog nooit zoiets voor iemand gevoeld heb.'

'Weet ik. Het is gewoon dat ik de gedachten van andere mensen ken. Ik weet dat liefde en lust niet altijd samengaan.'

'Voor mij wel. Nu in elk geval, nu ze überhaupt voor me bestaan,' zuchtte ik.

'Dat is fijn. Dan hebben we dat in elk geval gemeen.' Hij klonk tevreden.

'Je menselijke instincten...' begon ik. Hij wachtte. 'Eh, vind je mij op die manier eigenlijk wel aantrekkelijk?'

Hij lachte en woelde door mijn bijna droge haar.

'Ik mag dan geen mens zijn, maar ik ben een man,' verzekerde hij me.

Ik gaapte onwillekeurig.

'Ik heb je vragen beantwoord, nu moet je slapen,' drong hij aan.

'Ik weet niet zeker of dat lukt.'

'Wil je dat ik wegga?'

'Nee!' zei ik te hard.

Hij lachte en begon toen diezelfde, onbekende melodie te neuriën. De stem van een aartsengel zacht in mijn oor.

Vermoeider dan ik had verwacht, uitgeput van de lange dag vol mentale en emotionele stress die ik nooit eerder had gevoeld, viel ik in zijn koude armen in slaap.

15. De Cullens

Ik werd wakker van het gedempte licht van weer een bewolkte dag. Ik lag met mijn arm over mijn ogen, slaapdronken en verblind. Iets, een droom die vastgehouden wilde worden, probeerde mijn bewustzijn binnen te dringen. Ik kreunde en rolde op mijn zij in de hoop dat ik weer in slaap zou vallen. En toen herinnerde ik me ineens de vorige dag.

'O!' Ik ging zo snel zitten dat mijn hoofd tolde.

'Je haar ziet eruit als een bos stro, maar dat vind ik wel leuk.' Zijn rustige stem kwam vanuit de schommelstoel in de hoek.

'Edward! Je bent gebleven!' riep ik blij. En zonder nadenken sprong ik uit bed en wierp me in zijn armen. Op het moment dat mijn gedachten mijn daden inhaalden, verstijfde ik, geschrokken van mijn onbeheerste enthousiasme. Ik staarde hem aan, bang dat ik de verkeerde grens overschreden had.

Maar hij lachte.

'Natuurlijk,' antwoordde hij, verrast, maar duidelijk blij met mijn reactie. Zijn handen wreven over mijn rug.

Ik legde mijn hoofd voorzichtig tegen zijn schouder en snoof de geur van zijn huid op.

'Ik was ervan overtuigd dat het een droom was.'

'Zo creatief ben je niet,' spotte hij.

'Charlie!' bedacht ik me en sprong zonder nadenken weer op en rende naar de deur.

'Hij is een uur geleden weggegaan... nadat hij de accu van je auto weer had aangesloten. Ik moet toegeven dat ik teleurgesteld was. Is er echt maar zo weinig voor nodig om je tegen te houden als je vastberaden bent weg te gaan?'

Ik stond te aarzelen, wilde dolgraag terug naar hem, maar was bang dat ik uit mijn mond rook.

'Normaal gesproken ben je 's ochtends niet zo daas,' merkte hij op. Hij hield zijn armen voor me open. Een bijna onweerstaanbare uitnodiging.

'Ik heb weer een menselijk minuutje nodig,' bekende ik.

'Ik wacht wel.'

Ik huppelde naar de badkamer, mijn emoties onherkenbaar. Ik kende mezelf niet terug, van binnen noch van buiten. Het gezicht in de spiegel was bijna dat van een vreemde: ogen te fel, rode zenuwvlekken op mijn wangen. Nadat ik mijn tanden gepoetst had, probeerde ik mijn chaotische haar te ontwarren. Ik plensde koud water in mijn gezicht en probeerde normaal te ademen, zonder merkbaar succes. Ik rende bijna terug naar mijn kamer.

Het leek een wonder dat hij er was, dat zijn armen nog steeds op me wachtten. Hij strekte ze naar me uit en mijn hart bonsde onregelmatig.

'Welkom terug,' mompelde hij en nam me in zijn armen.

Hij schommelde me een tijdje zwijgend, tot ik merkte dat hij andere kleren aan had en dat zijn haar glad was.

'Je bent weg geweest?' zei ik beschuldigend en raakte de hals van zijn schone shirt aan.

'Ik kon toch moeilijk weggaan in de kleren waarin ik gekomen was. Wat zouden de buren wel niet denken?'

Ik pruilde.

'Je lag heel diep te slapen – ik heb niets gemist.' Zijn ogen glansden. 'Het praten deed je eerder.'

Ik kreunde. 'Wat heb je gehoord?'

Zijn gouden ogen werden heel zacht. 'Je zei dat je van me hield.'

'Dat wist je al,' herinnerde ik hem en boog mijn hoofd.

'Toch was het fijn om te horen.'

Ik verborg mijn gezicht tegen zijn schouder. 'Ik hou van je,' fluisterde ik.

'Jij bent nu mijn leven,' was zijn simpele antwoord.

Er was op dat moment niets meer te zeggen. Hij schommelde ons heen en weer terwijl de kamer lichter werd.

'Tijd voor ontbijt,' zei hij op een gegeven moment achteloos, waarschijnlijk om te bewijzen dat hij rekening hield met al mijn menselijke zwakheden.

Dus greep ik met twee handen naar mijn keel en staarde hem met grote ogen aan. Geschokt keek hij me aan.

'Geintje,' grinnikte ik. 'En jij zei dat ik niet kon acteren.'

Hij fronste verontwaardigd. 'Dat was niet grappig.'

'Het was heel grappig en dat weet je best.' Maar ik bestudeerde zorgvuldig zijn gouden ogen om zeker te weten dat hij me vergaf. Blijkbaar deed hij dat.

'Zal ik het anders formuleren?' vroeg hij. 'Tijd voor ontbijt voor de mens.'

'O, oké.'

Hij gooide me over zijn stenen schouder, zachtjes maar zo snel dat ik naar adem hapte. Ik protesteerde toen hij me zonder problemen de trap af droeg, maar hij negeerde me. Hij zette me neer op een stoel.

De keuken was groot, vrolijk, leek mijn stemming over te nemen.

'Wat krijg ik voor ontbijt?' vroeg ik vriendelijk.

Dat bracht hem even van zijn stuk. 'Eh, weet ik veel. Waar heb je zin in?' Zijn marmeren voorhoofd rimpelde.

Ik grijnsde en sprong op. 'Laat maar. Ik red mezelf wel. Kijk maar hoe ik jaag.'

Ik vond een kom en een pak muesli. Ik voelde zijn ogen in mijn rug toen ik er melk bij schonk en een lepel pakte. Ik zette mijn bord op tafel en bleef stil staan.

'Wil jij niets hebben?' vroeg ik uit beleefdheid.

Hij rolde met zijn ogen. 'Eet nou maar gewoon, Bella.'

Ik ging aan tafel zitten en keek naar hem terwijl ik at. Hij staarde naar me, bestudeerde elke beweging. Ik werd er ongemakkelijk van. Ik schraapte mijn keel om wat te zeggen, hem af te leiden.

'Wat staat er voor vandaag op het programma?' vroeg ik.

'Hm...'

Ik keek terwijl hij zorgvuldig zijn antwoord formuleerde.

'Wat zou je ervan vinden om mijn familie te ontmoeten?'

Ik slikte.

'Ben je nu bang?' Hij klonk hoopvol.

'Ja,' bekende ik. Hoe kon ik dat nu ontkennen, hij zag het aan mijn ogen.

'Wees maar niet bang,' meesmuilde hij. 'Ik bescherm je wel.'

'Ik ben niet bang voor hen,' verklaarde ik. 'Ik ben bang dat ze me niet aardig vinden. Zullen ze niet verbaasd zijn dat je iemand... zoals ik... mee naar huis neemt om hen te ontmoeten? Weten zij dat ik op de hoogte ben?'

'O, ze weten alles al. Ze hebben gisteren weddenschappen afgesloten,' – hij glimlachte, maar zijn stem was ruw – 'of ik je wel of niet terug zou bren-

gen, hoewel ik niet begrijp hoe iemand tegen Alice durft te wedden. In elk geval hebben we geen geheimen in onze familie. Het is niet te doen, gezien mijn vermogen om gedachten te lezen en Alice die de toekomst ziet enzo.'

'En Jasper die ervoor zorgt dat jullie allemaal een warm en prettig gevoel krijgen als je alles op tafel gooit, vergeet dat vooral niet.'

'Je hebt opgelet,' zei hij goedkeurend.

'Ja, af en toe doe ik dat.' Ik trok een gezicht. 'Dus Alice heeft me zien komen?'

Zijn reactie was vreemd. 'Zoiets,' zei hij ongemakkelijk en draaide zijn hoofd weg zodat ik zijn ogen niet kon zien. Ik staarde hem nieuwsgierig aan.

'Is dat nou lekker?' vroeg hij toen hij zich weer abrupt naar me toe draaide en met een plagende blik mijn ontbijt bekeek. 'Het ziet er eerlijk gezegd niet erg smakelijk uit.'

'Nou, het is geen prikkelbare grizzly,' mompelde ik en negeerde hem toen hij boos werd. Ik vroeg me nog steeds af waarom hij op die manier gereageerd had toen ik het over Alice' visioen had. Ik at snel van mijn muesli terwijl ik erover nadacht.

Hij stond in het midden van de keuken, weer het standbeeld van Adonis, en staarde afwezig uit het raam.

Toen waren zijn ogen weer op mij gericht en glimlachte hij zijn hartbrekende glimlach.

'En jij moet me aan je vader voorstellen, lijkt me.'

'Hij kent je al,' meldde ik hem.

'Als je vriendje, bedoel ik.'

Ik staarde hem wantrouwend aan. 'Waarom?'

'Is dat niet gebruikelijk?' vroeg hij onschuldig.

'Weet ik niet,' bekende ik. Ik had nooit een echt vriendje gehad dus wist ik niet hoe het hoorde. Niet dat de normale regels hier van toepassing waren. 'Dat is niet nodig, hoor. Ik verwacht niet dat je... ik bedoel, je hoeft voor mij niet te doen alsof.'

Zijn glimlach was geduldig. 'Ik doe niet alsof.'

Ik schoof het restant van mijn ontbijt heen en weer in de kom en beet op mijn lip.

'Ga je Charlie vertellen dat ik je vriendje ben of niet?' wilde hij weten.

'Ben je dat?' Ik onderdrukte mijn neiging om innerlijk in elkaar te krim-

pen bij de gedachte aan Edward en Charlie en het woord vriendje allemaal in dezelfde kamer op hetzelfde moment.

'We hoeven hem natuurlijk niet alle onsmakelijke details te vertellen.' Hij reikte over tafel om met een koude vinger mijn kin op te tillen. 'Maar hij heeft wel een verklaring nodig voor het feit dat ik hier zo vaak ben. Ik wil niet dat chief Swan een straatverbod tegen me uitvaardigt.'

'Ben je dat dan?' vroeg ik weer, opeens zenuwachtig. 'En zul je hier echt vaak zijn?'

'Zolang als je me wilt,' verzekerde hij me.

'Ik wil je altijd,' waarschuwde ik hem. 'Voorgoed.'

Hij liep langzaam om de tafel en stopte op een meter afstand. Hij raakte met zijn vingers mijn wang aan. Zijn blik was ondoorgrondelijk.

'Maakt je dat verdrietig?' vroeg ik.

Hij gaf geen antwoord, maar staarde oneindig lang in mijn ogen.

'Ben je klaar?' vroeg hij tenslotte.

Ik sprong op. 'Ja.'

'Kleed je aan. Ik wacht hier.'

Het was moeilijk om te bedenken wat ik aan zou trekken. Ik vroeg me af of er etiquetteboeken bestonden waarin je kon opzoeken hoe je je moet kleden als je vampierliefje je mee naar huis neemt om zijn vampierfamilie te ontmoeten. Het was een opluchting om dat woord in mezelf te zeggen. Ik wist dat ik er onbewust voor terugdeinsde.

Ik trok uiteindelijk mijn enige rok aan: lang, kakikleurig, maar toch nonchalant. Erop droeg ik de donkerblauwe bloes waarmee hij me eens gecomplimenteerd had. Een snelle blik in de spiegel leerde dat mijn haar volslagen onmogelijk was. Dus deed ik het in een staart.

'Oké.' Ik sprong de trap af. 'Zie ik er niet keurig uit?'

Hij wachtte onder aan de trap, dichterbij dan ik had verwacht, en ik botste zo tegen hem op. Hij ving me op en hield me zorgvuldig een paar seconden van zich af voor hij me opeens naar zich toe trok.

'Weer fout,' mompelde hij in mijn oor. 'Je ziet er alles behalve keurig uit: niemand zou er zo verleidelijk uit mogen zien, dat is niet eerlijk.'

'Hoezo verleidelijk?' vroeg ik. 'Ik kan...'

Hij zuchtte, schudde zijn hoofd. 'Je bent een malloot.' Hij drukte zijn koele lippen teder tegen mijn voorhoofd en de kamer draaide. De geur van zijn adem maakte het onmogelijk om na te denken.

'Zal ik laten zien hoe verleidelijk je bent?' zei hij. Het was duidelijk een retorische vraag. Zijn vingers streelden mijn ruggengraat en zijn ademhaling kwam sneller tegen mijn huid. Mijn handen werden slap op zijn borst en ik voelde mijn hoofd weer licht worden. Hij boog langzaam naar me toe en zijn koele lippen raakten de mijne voor de tweede keer, heel voorzichtig, en duwden ze een klein beetje open.

En ik zakte in elkaar.

'Bella?' Zijn stem klonk angstig terwijl hij me opving en vasthield.

'Je... liet... me... flauwvallen,' beschuldigde ik hem duizelig.

'Wat moet ik in hemelsnaam met je beginnen?' kreunde hij wanhopig. 'Gisteren kuste ik je en viel je me aan! Vandaag raak je buiten bewustzijn.'

Ik lachte zwakjes en liet me ondersteunen door zijn armen omdat mijn hoofd tolde.

'En ik was nog wel overal goed in,' zuchtte hij.

'Dat is juist het probleem.' Ik was nog steeds duizelig. 'Je bent té goed. Veel, veel te goed.'

'Ben je misselijk?' vroeg hij, want hij had me eerder zo meegemaakt.

'Nee, het was een ander soort flauwvallen. Ik weet niet wat er gebeurde.' Ik schudde mijn hoofd verontschuldigend. 'Ik denk dat ik vergat adem te halen.'

'Zo kan ik je nergens mee naar toe nemen.'

'Het gaat weer,' vond ik. 'Je familie zal toch wel denken dat ik niet goed snik ben, dus wat maakt het uit?'

Hij bestudeerde even mijn gezicht. 'Ik vind die kleur erg mooi staan bij je huid,' meldde hij onverwacht. Ik bloosde van plezier en keek weg.

'Hoor eens, ik probeer heel hard niet te denken aan wat ik op het punt sta te doen, dus kunnen we nu gaan?' vroeg ik.

'En je maakt je geen zorgen omdat je naar een huis vol vampiers gaat, maar omdat je bang bent dat die vampiers je niet aardig zullen vinden. Klopt dat?'

'Ja, dat klopt,' zei ik gelijk. Ik verborg mijn verbazing om zijn nonchalante gebruik van dat woord.

Hij schudde zijn hoofd. 'Je bent ongelooflijk.'

Toen hij met mijn pick-up het centrum van de stad verliet, realiseerde ik me dat ik geen flauw idee had waar hij woonde. We passeerden de brug over

de Calawah River, waarna de weg naar het noorden slingerde. De huizen langs de weg stonden steeds verder uit elkaar en werden steeds groter. En toen waren er geen huizen meer en reden we door nevelige bossen. Ik was net aan het bedenken of ik het moest vragen of gewoon geduld moest hebben, toen hij plots afsloeg en een onverharde weg op reed. De weg was niet aangegeven en bijna onzichtbaar tussen de varens. Het bos aan weerszijden kwam zo dichtbij dat maar een paar meter zichtbaar was van de weg die voor ons uit tussen de eeuwenoude bomen door kronkelde.

En toen, na een paar kilometer, werd het bos dunner en bevonden we ons ineens in een weiland, of was het een gazon? Het halfduister van het bos nam echter niet af, want er stonden zes prehistorische cipressen die met hun enorme takken het grootste deel van het gazon overschaduwden. De beschermende schaduw van de bomen reikte tot aan de muren van het huis dat in hun midden oprees, waardoor de diepe veranda die rond de begane grond liep overbodig werd.

Ik weet niet wat ik verwacht had, maar het was in elk geval niet dit. Het huis was tijdloos, elegant en waarschijnlijk honderd jaar oud. Het was geschilderd in een zachte, ivoorwitte kleur en drie verdiepingen hoog. De ramen en deuren waren of authentiek of perfect gerestaureerd. Mijn pick-up was de enige auto die te zien was. Ik hoorde de rivier vlakbij, verborgen in het donker van het bos.

'Wauw.'

'Vind je het mooi?' Hij glimlachte.

'Het... heeft wel iets.'

Hij trok aan mijn staart en grinnikte.

'Ben je er klaar voor?' vroeg hij en deed mijn portier open.

'Absoluut niet; dus laten we maar naar binnen gaan.' Ik probeerde te lachen, maar het leek in mijn keel te blijven steken. Ik streek nerveus mijn haar glad.

'Je ziet er mooi uit.' Hij pakte zonder erover na te denken mijn hand.

We liepen door de diepe schaduw naar de veranda. Ik wist dat hij kon voelen hoe gespannen ik was: met zijn duim streelde hij kalmerend over de rug van mijn hand.

Hij hield de deur voor me open.

Van binnen was het nog veel verrassender, minder voorspelbaar dan

van buiten. Het was heel licht, erg open en erg groot. De ruimte moet oorspronkelijk bestaan hebben uit diverse kamers, maar de muren van de begane grond waren voor het grootste gedeelte weggebroken zodat er één grote kamer ontstond. De achtermuur, die op het zuiden lag, was volledig vervangen door glas en voorbij de schaduw van de cipressen strekte het gazon zich uit tot aan de brede rivier. Een enorme, rondlopende trap domineerde de rechterkant van de ruimte. De muren, het hoge balkenplafond, de houten vloer en de dikke tapijten waren allemaal van verschillende kleuren wit.

Edwards ouders stonden op ons te wachten, iets links van de deur, op een verhoogd gedeelte van de vloer naast een schitterende vleugel.

Ik had dokter Cullen natuurlijk al eerder gezien, maar toch werd ik weer getroffen door zijn jeugdigheid en zijn onvoorstelbare perfectie. Ik nam aan dat degene die naast hem stond Esmé was, de enige van de familie die ik nog nooit gezien had. Ze had dezelfde bleke, mooie gelaatstrekken als de rest. Haar hartvormige gezicht en haar golvende, zachte, karamelkleurige haar herinnerden me op de een of andere manier aan de onschuldige meisjes uit de stomme films van lang geleden. Ze was klein, tenger, maar minder hoekig en wat ronder dan de anderen. Ze waren beiden gehuld in vrijetijdskleding met lichte kleuren die pasten bij het interieur. Ze begroetten me met een glimlach, maar maakten geen aanstalten om naar ons toe te komen. Ik vermoedde dat ze probeerden me geen angst aan te jagen.

'Carlisle, Esmé,' Edwards stem verbrak de korte stilte, 'dit is Bella.'

'Van harte welkom, Bella.' Carlisle's stappen waren afgemeten, voorzichtig toen hij op me toeliep. Hij strekte aarzelend een hand uit en ik stapte naar voren om hem de hand te schudden.

'Leuk u weer te zien, dokter Cullen.'

'Noem me alsjeblieft Carlisle.'

'Carlisle.' Ik grijnsde naar hem. Mijn plotselinge zelfvertrouwen verraste me. Ik voelde Edwards opluchting naast me.

Esmé glimlachte en stapte ook naar voren terwijl zij mij de hand reikte. Haar koude, stenen greep was precies wat ik verwacht had.

'Fijn je te ontmoeten,' zei ze oprecht.

'Dank je. Ik vind het ook leuk jullie te ontmoeten.' En dat meende ik. Het was alsof ik een sprookje ontmoette: Sneeuwwitje in het echt.

'Waar zijn Alice en Jasper?' vroeg Edward, maar niemand antwoordde want ze verschenen net boven aan de brede trap.

'Hé Edward!' riep Alice enthousiast. Ze rende de trap af: een flits van zwart haar en witte huid die plotseling en elegant voor mij tot stilstand kwam. Carlisle en Esmé wierpen haar waarschuwende blikken toe, maar ik vond het wel fijn. Het was gewoon, in elk geval voor haar.

'Hoi Bella!' zei Alice en ze sprong naar voren om me op mijn wang te kussen. Carlisle en Esmé, die aanvankelijk op hun hoede waren, keken nu geschokt. Ook in mijn ogen was schok te lezen, maar ik was ook heel erg blij dat ze me volkomen leek goed te keuren. Ik merkte dat Edward naast me verstijfde. Ik wierp een blik op zijn gezicht, maar zijn uitdrukking was onleesbaar.

'Je ruikt inderdaad lekker. Dat was me nog niet opgevallen,' merkte ze tot mijn grote verlegenheid op.

Niemand leek verder precies te weten wat hij moest zeggen, en toen stond Jasper beneden, lang en katachtig. Ineens voelde ik me volkomen op mijn gemak, ondanks de plek waar ik me bevond. Edward staarde naar Jasper, trok een wenkbrauw op, en ik herinnerde me wat Jasper kon doen.

'Hallo Bella,' zei Jasper. Hij hield afstand en gaf me geen hand. Maar het was onmogelijk me ongemakkelijk te voelen bij hem.

'Hallo Jasper.' Ik glimlachte verlegen naar hem en toen naar de anderen. 'Leuk jullie allemaal te ontmoeten. Jullie hebben een prachtig huis,' voegde ik toe voor de vorm.

'Dank je,' zei Esmé. 'We zijn blij dat je gekomen bent.' Ze sprak met gevoel en ik realiseerde me dat ze me dapper vond.

Ik realiseerde me ook dat Rosalie en Emmett nergens te zien waren, en ik herinnerde me Edwards iets te onschuldige ontkenning toen ik hem vroeg of de anderen me niet aardig vonden.

Carlisle's gezicht leidde me af van deze gedachte: hij staarde betekenisvol naar Edward met een intense blik. Uit mijn ooghoeken zag ik Edward een keer knikken.

Uit beleefheid keek ik weg. Mijn ogen dwaalden weer naar het prachtige instrument op het podium naast de deur. Ik herinnerde me ineens mijn kinderfantasie dat als ik de loterij zou winnen, ik een vleugel voor mijn moeder zou kopen. Ze was niet echt goed – speelde alleen voor zichzelf op onze tweedehands piano, maar ik vond het heerlijk om dan naar haar te kijken. Ze genoot ervan, ging er in op en kwam dan op me over als een nieuwe,

mysterieuze persoon, iemand buiten de 'mama'-persoon die ik voor gegeven hield. Ze had me natuurlijk op les gedaan, maar net als de meeste kinderen had ik net zo lang gezeurd tot ze me er weer vanaf haalde.

Esmé zag waar ik naar keek.

'Speel je?' vroeg ze met een hoofdbeweging naar de piano.

Ik schudde mijn hoofd. 'Nee. Maar het is een mooi ding. Is hij van jou?'

'Nee,' lachte ze. 'Heeft Edward je niet verteld dat hij muzikaal is?'

'Nee.' Ik keek kwaad naar zijn ineens onschuldige gezicht. 'Maar ik had het kunnen weten.'

Esmé trok verbaasd haar fraaie wenkbrauwen op.

'Edward kan alles, toch?' legde ik uit.

Jasper grinnikte meesmuilend en Esmé keek Edward afkeurend aan.

'Ik hoop dat je niet hebt lopen opscheppen, dat is niet netjes,' wees ze hem terecht.

'Een beetje,' lachte hij.

Haar gezicht werd zacht bij dat geluid en ze deelden een korte blik die ik niet begreep, hoewel Esmé er bijna zelfvoldaan uitzag.

'Eerlijk gezegd is hij te bescheiden,' verbeterde ik.

'Nou, speel dan iets voor haar,' moedigde Esmé aan.

'Je zei net dat het niet netjes is om op te scheppen,' wierp hij tegen.

'Er zijn uitzonderingen op elke regel,' antwoordde ze.

'Ik wil je graag horen spelen,' zei ik.

'Waar wacht je op?' Esmé duwde hem naar de piano. Hij trok me mee en liet me naast hem op het bankje plaatsnemen.

Hij schonk me een lange, getergde blik voor hij zich naar de toetsen wendde.

En toen vlogen zijn vingers over het ivoor en werd de kamer gevuld met een compositie die zo complex, zo uitbundig was, dat het onmogelijk was te geloven dat slechts één paar handen aan het spelen was. Ik voelde mijn kin zakken en mijn mond opengaan van verbazing, en hoorde laag gegrinnik achter me vanwege mijn reactie.

Edward keek me luchtigjes aan, zonder dat de muziek die ons omgaf stokte, en knipoogde. 'Vind je het mooi?'

'Heb jij dit geschreven?' begreep ik ineens verbluft.

Hij knikte. 'Het is Esmés favoriete muziekstuk.'

Ik sloot mijn ogen en schudde mijn hoofd.

'Wat is er?'

'Ik voel me buitengewoon onbetekenend.'

De muziek werd langzamer, veranderde in iets zachters, en tot mijn verrassing herkende ik de melodie van zijn slaapliedje in de overvloed van noten.

'Dit heb jij geïnspireerd,' zei hij zachtjes. De muziek werd ondraaglijk lieflijk.

Ik kon geen woord uitbrengen.

'Ze vinden je aardig,' zei hij tussen neus en lippen door. 'Vooral Esmé.'

Ik keek achter me, maar de enorme kamer was nu leeg.

'Waar zijn ze heen?'

'Ik denk dat ze ons heel subtiel wat privacy wilden geven.'

Ik zuchtte. 'Zíj vinden me aardig, maar Rosalie en Emmett...' Ik viel stil, want ik wist niet precies hoe ik mijn twijfels onder woorden moest brengen.

Hij keek serieus. 'Maak je geen zorgen om Rosalie,' zei hij, zijn ogen groot en overtuigend. 'Ze trekt wel bij.'

Ik tuitte sceptisch mijn lippen. 'En Emmett?'

'Tja, hij vindt wel dat ik krankzinnig ben, maar hij heeft geen problemen met jou. Hij probeert met Rosalie te praten.'

'Waarom heeft ze er zoveel moeite mee?' Ik wist niet zeker of ik het antwoord wel wilde horen.

Hij zuchtte diep. 'Rosalie heeft de meeste moeite met... wat we zijn. Het is moeilijk voor haar dat iemand van buiten de waarheid weet. En ze is een beetje jaloers.'

'Rosalie is jaloers op míj?' vroeg ik ongelovig. Ik probeerde me een universum voor te stellen waarin iemand die zo adembenemend mooi was als Rosalie ook maar enige reden zou hebben om jaloers te zijn op iemand als ik.

'Jij bent een mens.' Hij haalde zijn schouders op. 'Ze zou willen dat zij dat ook was.'

'O,' mompelde ik, nog steeds verbaasd. 'Maar zelfs Jasper...'

'Dat is eigenlijk mijn schuld,' zei hij. 'Ik heb je verteld dat hij nog maar het kortst onze manier van leven probeert. Ik heb hem gezegd dat hij afstand moest houden.'

Ik dacht na over de reden daarvoor en rilde. 'En Esmé en Carlisle?' ging ik snel verder zodat hij het niet zou merken.

'Zijn blij dat ik gelukkig ben. Trouwens, het zou Esmé niet kunnen schelen of je een derde oog en vliezen tussen je tenen had. Ze heeft zich al die tijd zorgen om me gemaakt, bang dat er iets essentieels aan me ontbrak, dat ik te jong was toen Carlisle me transformeerde... Ze is dolblij. Elke keer als ik je aanraak, blijft ze er bijna in van tevredenheid.'

'Alice leek erg... enthousiast.'

'Alice ziet de dingen op haar eigen manier,' zei hij met samengeknepen lippen.

'En je bent niet van plan me dat uit te leggen, toch?'

Even vond er een woordenloze discussie tussen ons plaats. Hij realiseerde zich dat ik wist dat hij iets achterhield. Ik realiseerde me dat hij niet van plan was het te vertellen. Niet nu, in elk geval.

'Wat zei Carlisle daarstraks eigenlijk tegen je?'

Hij keek verrast. 'Dat is je opgevallen?'

Ik haalde mijn schouders op. 'Natuurlijk.'

Hij keek me een paar seconden bedachtzaam aan voordat hij antwoord gaf. 'Hij gaf me een bericht door. Hij wist niet zeker of ik wilde dat jij het ook wist.'

'Wil je dat?'

'Ik moet wel, want ik zal de komende dagen, of weken, overmatig beschermend zijn, en ik wil niet dat je denkt dat ik van nature dominant ben.'

'Wat is er dan?'

'Eigenlijk is er niets aan de hand, maar Alice ziet dat er binnenkort bezoek komt. Ze weten dat wij hier wonen en zijn nieuwsgierig.'

'Bezoek?'

'Ja... maar ze zijn natuurlijk niet zoals wij, wat betreft hun jachtgewoonten bedoel ik. Ze komen waarschijnlijk helemaal niet in de stad, maar ik ben niet van plan je uit het oog te verliezen tot ze weer weg zijn.'

Ik rilde.

'Eindelijk, een rationele reactie!' mompelde hij. 'Ik begon al te denken dat je helemaal geen gevoel van zelfbehoud hebt.'

Ik ging er niet op in, keek weg en liet mijn ogen weer door de enorme kamer dwalen.

Hij volgde mijn blik. 'Niet bepaald wat je verwachtte, hè?' vroeg hij zelfvoldaan.

'Nee,' bekende ik.

'Geen doodskisten, geen stapels schedels in de hoeken. Ik geloof dat we zelfs geen spinnenwebben hebben... Dit moet wel een enorme teleurstelling voor je zijn,' ging hij pesterig verder.

Ik negeerde zijn geplaag. 'Het is zo licht, zo open.'

Hij was serieuzer toen hij antwoord gaf. 'Het is de enige plek waar we ons niet hoeven te verschuilen.'

De melodie die hij nog steeds speelde, mijn melodie, kwam tot een eind. De slotakkoorden waren melancholiek en de laatste noot bleef schrijnend in de stilte hangen.

'Dank je,' mompelde ik. Ik realiseerde me dat ik tranen in mijn ogen had. Beschaamd veegde ik ze weg.

Hij raakte de hoek van mijn oog aan, waar ik er een gemist had. Hij hield zijn vinger omhoog en bekeek de druppel vocht somber. Toen, zo snel dat ik niet zeker wist of hij het echt deed, stopte hij zijn vinger in zijn mond om hem te proeven.

Ik keek hem vragend aan en hij staarde doordringend terug voordat hij eindelijk glimlachte.

'Wil je de rest van het huis zien?'

'Geen doodskisten?' verifieerde ik, maar het sarcasme in mijn stem verhulde niet dat ik toch wel een beetje benauwd was.

Hij lachte, pakte mijn hand en leidde me weg van de piano.

'Geen doodskisten,' beloofde hij.

We liepen de enorme trap op. Mijn hand gleed langs de leuning die zo glad was als satijn. De lange gang boven aan de trap had een lambrisering van hetzelfde honingkleurig hout dat ook op de vloer lag.

'De kamer van Rosalie en Emmett, de werkkamer van Carlisle, de kamer van Alice,' gebaarde hij terwijl we langs de deuren liepen. Hij zou zijn doorgegaan als ik niet stokstijf was blijven staan aan het eind van de gang en vol ongeloof gestaard had naar het object aan de muur boven mijn hoofd. Edward grinnikte om mijn verbijsterde blik.

'Je mag lachen,' zei hij. 'Het ís enigszins ironisch.'

Ik lachte niet. Mijn hand ging vanzelf omhoog, met een uitgestrekte vin-

ger alsof ik het enorme houten kruis wilde aanraken. Het donkere patina contrasteerde met de lichtere kleur van de muur. Ik raakte het niet aan, maar ik vroeg me af of het oude hout net zo glad zou aanvoelen als het eruitzag.

'Dat moet behoorlijk oud zijn,' gokte ik.

Hij haalde zijn schouders op. 'Van ongeveer 1630.'

Ik keek weg van het kruis en staarde naar hem.

'Waarom hangt het hier?' vroeg ik me af.

'Nostalgie. Het is van Carlisle's vader geweest.'

'Verzamelde hij antiek?' vroeg ik weifelend.

'Nee. Hij heeft het zelf gemaakt. Het hing aan de muur boven het preekgestoelte in de pastorie waar hij predikant was.'

Ik wist niet of mijn gezicht verraadde hoe geschokt ik was, maar ik draaide me om en staarde weer naar het eenvoudige, oude kruis voor het geval dat. In mijn hoofd maakte ik snel een rekensom: het kruis moest meer dan driehonderdzeventig jaar oud zijn. De stilte duurde voort terwijl ik probeerde te bevatten hoeveel tijd dat was.

'Gaat het?' Hij klonk bezorgd.

'Hoe oud is Carlisle?' vroeg ik zachtjes, zijn vraag negerend, met mijn ogen nog steeds op het kruis.

'Hij heeft net zijn driehonderdtweeënzestigste verjaardag gevierd,' zei Edward. Ik keek weer naar hem, een miljoen vragen in mijn ogen.

Hij bestudeerde me zorgvuldig terwijl hij sprak. 'Carlisle denkt dat hij in de jaren veertig van de zeventiende eeuw in Londen geboren is. Data werden in die tijd niet zo nauwgezet bijgehouden. In elk geval niet voor het gewone volk. Maar het was vlak voor Cromwell aan de macht kwam.'

Ik hield mijn gezicht neutraal, me bewust van zijn doordringende blik terwijl ik luisterde. Het was gemakkelijker als ik het niet probeerde te geloven.

'Hij was de enige zoon van een anglicaanse predikant. Zijn moeder overleed tijdens zijn geboorte. Zijn vader was een intolerante man. Toen de protestanten aan de macht kwamen, werd hij een fanatiek vervolger van de rooms-katholieken en andere religies. Hij geloofde ook heel sterk dat het kwaad echt bestond. Hij leidde klopjachten op heksen, weerwolven... en vampiers.'

Ik werd heel stil toen hij dat woord zei. Ik weet zeker dat hij dat zag, maar hij ging zonder stoppen verder.

'Ze verbrandden veel onschuldige mensen – de echte wezens die hij zocht waren natuurlijk niet zo gemakkelijk te vangen.

Toen de predikant oud werd, plaatste hij zijn gehoorzame zoon aan het hoofd van de razzia's. In het begin was Carlisle een teleurstelling: hij beschuldigde mensen niet zo snel en zag geen demonen waar ze niet waren. Maar hij was vasthoudend en slimmer dan zijn vader. Hij ontdekte zowaar een groep echte vampiers die verborgen leefden in de riolen van de stad en alleen 's nachts naar buiten kwamen om te jagen. In die dagen, toen monsters niet alleen mythen en legendes waren, was dat de manier waarop velen leefden.

De mensen haalden natuurlijk hun hooivorken en fakkels' – zijn korte lach klonk nu bitter – 'en wachtten op de plek waar Carlisle de monsters de straat op had zien komen. Uiteindelijk kwam er een naar buiten.'

Zijn stem was heel zacht. Ik moest moeite doen om elk woord op te vangen.

'Hij moet heel oud geweest zijn, en verzwakt van de honger. Carlisle hoorde hem in het Latijn iets naar de anderen roepen toen hij de geur van de menigte opving. Hij rende door de straten, en Carlisle – hij was drieëntwintig en heel snel – leidde de achtervolgers. Het wezen had hen makkelijk te snel af kunnen zijn, maar Carlisle denkt dat hij te veel honger had. Dus draaide hij zich om en viel aan. Hij stortte zich eerst op Carlisle, maar de anderen waren vlakbij, en hij moest zichzelf verdedigen. Hij doodde twee mannen en ging er met een derde vandoor. Carlisle liet hij bloedend op straat achter.'

Hij stopte. Ik kon merken dat hij nadacht over wat hij wilde vertellen en dat hij besloot niet alles te zeggen.

'Carlisle wist wat zijn vader zou doen. De lichamen zouden verbrand worden: alles wat besmet was door het monster moest vernietigd worden. Carlisle reageerde instinctief om zijn eigen leven te redden. Hij kroop weg uit de steeg toen de menigte de demon en zijn prooi volgde. Hij schuilde in een kelder en verstopte zich gedurende drie dagen onder een berg rottende aardappelen. Het is een wonder dat hij stil wist te blijven en niet ontdekt werd. Toen was het voorbij en realiseerde hij zich wat hij geworden was.'

Ik wist niet wat er op mijn gezicht te lezen was, maar hij brak zijn verhaal ineens af.

'Hoe voel je je?' vroeg hij.

'Goed,' verzekerde ik hem. En hij moet de nieuwsgierigheid die in mijn ogen brandde gezien hebben, hoewel ik aarzelend op mijn lip beet.

Hij glimlachte. 'Me dunkt dat je nog wel wat vragen voor me hebt.'

'Een paar, ja.'

Zijn glimlach werd breder boven zijn stralende tanden. Hij liep terug door de gang en trok mij mee aan mijn hand. 'Kom maar mee,' nodigde hij uit. 'Ik zal het je laten zien.'

16. Carlisle

Hij leidde me terug naar de kamer die hij aangeduid had als Carlisle's werkkamer. Hij wachtte even voor de deur.

'Kom binnen,' nodigde Carlisle's stem ons uit.

Edward deed de deur open van een hoge kamer met grote, op het westen gerichte ramen. Ook hier waren de muren, voor zover zichtbaar, bedekt met lambrisering, dit keer van donkerder hout. Het grootste deel van de wanden werd in beslag genomen door enorme boekenkasten die tot ver boven mijn hoofd reikten en meer boeken bevatten dan ik ooit buiten een bibliotheek had gezien.

Carlisle zat in een leren stoel achter een enorm mahoniehouten bureau. Hij legde net een boekenlegger tussen de bladzijden van een enorm dik boek. De kamer zag eruit zoals ik me altijd de werkkamer van een rector op een universiteit had voorgesteld. Alleen zag Carlisle er te jong uit voor die functie.

'Wat kan ik voor jullie doen?' vroeg hij vriendelijk terwijl hij overeind kwam.

'Ik wilde Bella wat over onze geschiedenis vertellen,' zei Edward. 'Of eigenlijk, die van jou.'

'We willen u niet storen,' verontschuldigde ik me.

'Geen probleem. Waar wilde je beginnen?'

'Met het schilderij van Waggoner,' antwoordde Edward. Hij legde een hand lichtjes op mijn schouder en draaide me om zodat ik weer naar de deur keek waar we zojuist door naar binnen waren gekomen. Elke keer als hij me aanraakte, zelfs op de meest onschuldige manier, reageerde mijn hart hoorbaar. Ik vond het nog vervelender met Carlisle in de buurt.

De muur waar we nu naar keken, was anders dan de andere. In plaats van met boekenkasten was deze muur bedekt met schilderijen in allerlei formaten, soms in levendige kleuren, dan weer in doffe tinten. Ik zocht naar enige logica, een bindend motief dat de collectie gemeen had, maar mijn snelle onderzoek leverde niks op.

Edward trok me mee naar de uiterst linkerkant en plantte me voor een klein vierkant olieverfschilderij in een eenvoudige houten lijst. Het viel niet op tussen de grotere en kleurigere doeken. Het was geschilderd in verschillende tinten sepia en stelde een miniatuurstad voor met steile daken en smalle spitsen op een paar verspreid staande torens. Een brede rivier vulde de voorgrond met eroverheen een brug bedekt met bouwwerken die leken op kleine kathedralen.

'Londen halverwege de zeventiende eeuw,' zei Edward.

'Het Londen van mijn jeugd,' voegde Carlisle toe, die achter ons stond. Ik kromp ineen; ik had hem niet horen aankomen. Edward kneep in mijn hand.

'Wil jij het verhaal vertellen?' vroeg Edward. Ik draaide me een beetje zodat ik Carlisle's reactie kon zien.

Hij zag mij kijken en glimlachte. 'Ik zou het graag doen,' antwoordde hij, 'maar ik ben eigenlijk al te laat. Het ziekenhuis belde vanochtend: dokter Snow heeft zich ziek gemeld. Bovendien ken jij het verhaal net zo goed als ik,' voegde hij grinnikend toe.

Het was een vreemde combinatie die ik nauwelijks kon bevatten: de dagelijkse beslommeringen van de stadsdokter halverwege een discussie over zijn jonge jaren in zeventiende-eeuws Londen.

Na nog een warme glimlach voor mij verliet Carlisle de kamer.

Ik staarde lang naar het kleine schilderij van Carlisle's geboorteplaats.

'Wat gebeurde er toen?' vroeg ik uiteindelijk. Ik keek op naar Edward, die naar mij keek. 'Toen hij zich realiseerde wat er met hem gebeurd was?'

Hij keek weer naar de schilderijen en ik volgde zijn blik om te zien welk doek nu zijn belangstelling had. Het was een groter landschap in doffe herfstkleuren: een lege, overschaduwde weide in een bos met een grillige bergpiek in de verte.

'Toen hij wist wat hij geworden was,' zei Edward stil, 'verzette hij zich er tegen. Hij probeerde zichzelf te vernietigen. Maar dat is niet eenvoudig.'

'Hoe?' Ik had het niet hardop willen zeggen, maar het ontglipte me.

'Hij sprong van grote hoogten,' vertelde Edward me, zijn stem onbewogen. 'Hij probeerde zich te verdrinken in de oceaan... maar hij was jong toen hij zijn nieuwe leven begon, en erg sterk. Het is verbazingwekkend dat hij in staat was weerstand te bieden aan de drang om zich te... voeden... terwijl het

nog zo nieuw voor hem was. Het instinct is dan sterker, het overheerst alles. Maar hij had zoveel afkeer van zichzelf dat hij de kracht had te proberen zichzelf te doden door uithongering.'

'Is dat mogelijk?' Mijn stem was zwak.

'Nee, er zijn maar een paar manieren waarop we gedood kunnen worden.'

Ik deed mijn mond open om het te vragen, maar hij sprak verder voor ik iets kon zeggen.

'Dus hij werd heel erg hongerig en uiteindelijk zwak. Hij trok zover hij kon bij de mensen vandaan, want hij merkte dat zijn wilskracht ook aan het verzwakken was. Maandenlang zwierf hij 's nachts rond, op zoek naar de eenzaamste plekken, walgend van zichzelf.

Op een nacht kwam er een kudde herten langs zijn schuilplaats. Hij was zo wild van de dorst dat hij aanviel zonder erover na te denken. Zijn kracht keerde terug en hij realiseerde zich dat er een alternatief was en dat hij niet het afschuwelijke monster hoefde te zijn waarvoor hij vreesde. Had hij geen hertenvlees gegeten tijdens zijn vorige leven? Tijdens de daaropvolgende maanden ontstond zijn nieuwe filosofie. Hij kon bestaan zonder een demon te worden. Hij vond zichzelf terug.

Hij begon zijn tijd beter te gebruiken. Hij was altijd al intelligent geweest, leergierig. Nu had hij eindeloos veel tijd. Hij studeerde 's nachts, maakte plannen overdag. Hij zwom naar Frankrijk en...'

'Hij zwóm naar Frankrijk?'

'Mensen zwemmen regelmatig het Kanaal over, Bella,' zei hij geduldig.

'Ja, dat is waar. Het klonk gewoon vreemd in die context. Ga door.'

'Zwemmen is gemakkelijk voor ons...'

'Alles is gemakkelijk voor jullie,' mopperde ik.

Hij wachtte, zijn blik geamuseerd.

'Ik beloof je dat ik je niet meer zal onderbreken.'

Hij grinnikte duister en maakte zijn zin af. 'Omdat we, technisch gesproken, niet hoeven te ademen.'

'Je...'

'Nee, nee, je hebt het beloofd.' Hij lachte en legde zijn koude vinger zachtjes op mijn lippen. 'Wil je het verhaal horen of niet?'

'Je kunt me niet met zoiets overvallen en dan verwachten dat ik niets zeg,' mompelde ik tegen zijn vinger.

Hij haalde zijn hand weg en legde hem in mijn nek. Het ritme van mijn hart reageerde daarop, maar ik hield vol.

'Jullie hoeven niet te ádemen?' wilde ik weten.

'Nee, het is niet nodig, het is een gewoonte.' Hij haalde zijn schouders op.

'Hoe lang kun je... je adem inhouden?'

'Eindeloos, denk ik. Ik weet het niet. Het voelt een beetje ongemakkelijk: je reukvermogen verdwijnt dan.'

'Een beetje ongemakkelijk,' herhaalde ik.

Ik lette niet op mijn eigen gezichtsuitdrukking, maar iets in mijn gezicht maakte hem ineens somber. Zijn hand viel slap langs zijn zij en hij stond heel stil, zijn ogen strak op mijn gezicht. De stilte duurde voort. Zijn gelaatstrekken waren zo onbeweeglijk als steen.

'Wat is er?' fluisterde ik terwijl ik zijn bevroren gezicht aanraakte.

Onder mijn hand werd zijn gezicht zacht en hij zuchtte. 'Ik wacht nog steeds tot het gebeurt.'

'Tot wat gebeurt?'

'Ik weet dat op een gegeven moment iets dat ik je vertel of iets dat je ziet te veel zal zijn. En dan ren je van me weg, schreeuwend.' Hij glimlachte een halve glimlach, maar zijn ogen waren serieus. 'Ik zal je niet tegenhouden. Ik wil dat dit gebeurt, want ik wil dat je veilig bent. En toch wil ik bij je zijn. Die twee verlangens zijn onverenigbaar...' Zijn stem stokte. Hij staarde naar mijn gezicht en wachtte.

'Ik ren niet weg,' beloofde ik.

'We zullen zien,' zei hij, weer glimlachend.

Ik keek boos. 'Nou, ga verder. Carlisle zwom naar Frankrijk.'

Hij had even nodig om de draad weer op te pakken. Peinzend gingen zijn ogen naar een ander schilderij: het kleurrijkste van allemaal, met de weelderigste lijst, het grootste. Het was twee keer zo breed als de deur waarnaast het hing. Het doek was gevuld met kleurrijke figuren in zwierige toga's, die tegen pilaren en over marmeren balkons leunden. Ik kon niet zien of het een tafereel uit de Griekse mythologie was, of dat de personen die op de wolken bovenin dreven uit de Bijbel kwamen.

'Carlisle zwom naar Frankrijk en trok verder door Europa, naar de universiteiten daar. 's Nachts studeerde hij muziek, natuurkunde en medicijnen; en vond daarin zijn roeping, zijn boetedoening, in het redden van mensen-

levens.' Zijn gezicht was vol ontzag, bijna eerbiedig. 'Ik kan niet goed beschrijven hoe hij met zichzelf geworsteld heeft: Carlisle had twee moeizame eeuwen vol kwellingen nodig om zijn zelfbeheersing te perfectioneren. Nu is hij nagenoeg immuun voor de geur van mensenbloed en kan hij het werk dat hij zo graag doet zonder moeite verrichten. Hij vindt veel gemoedsrust, daar in het ziekenhuis...' Edward staarde lange tijd in het niets. Opeens leek hij zich zijn doel te herinneren. Hij tikte met zijn vinger tegen het enorme schilderij voor ons.

'Hij was aan het studeren in Italië toen hij de anderen daar ontdekte. Ze waren veel beschaafder en ontwikkelder dan de armzalige wezens in de Londense riolen.'

Hij wees naar een in verhouding rustig kwartet personen geschilderd op het hoogste balkon, dat naar de chaos onder hen keek. Ik bestudeerde het groepje zorgvuldig en realiseerde me, met een verbaasd lachje, dat ik de goudharige man herkende.

'Solimena werd zeer geïnspireerd door Carlisle's vrienden. Hij beeldde hen vaak af als goden,' grinnikte Edward. 'Aro, Marcus, Caius,' zei hij en wees de andere drie aan; twee met zwarte haren, een sneeuwwit. 'Nachtelijke beschermheren van de kunsten.'

'Wat is er met hen gebeurd?' vroeg ik me hardop af, met mijn vingertop op een centimeter van de figuren op het doek.

'Ze zijn er nog.' Hij haalde zijn schouders op. 'Zoals ze er al wie weet hoeveel millennia geweest zijn. Carlisle is maar korte tijd bij hen gebleven, slechts een paar decennia. Hij bewonderde hun beschaafdheid, hun verfijning enorm, maar zij bleven proberen zijn aversie tegen zijn 'natuurlijke bron van voedsel', zoals zij het noemden, te genezen. Zij probeerden hem te overtuigen, en hij probeerde hen te overtuigen, zonder succes. Op dat punt besloot Carlisle de Nieuwe Wereld te proberen. Hij droomde ervan anderen te vinden zoals hij zelf. Want hij was erg eenzaam.

Lange tijd vond hij niemand. Maar toen monsters het onderwerp van sprookjes werden, merkte hij dat hij met nietsvermoedende mensen kon omgaan alsof hij een van hen was. Hij begon als arts te werken. Maar het gezelschap waar hij zo naar verlangde kreeg hij niet; hij kon geen nauwe banden riskeren.

Toen de griepepidemie uitbrak, werkte hij tijdens nachtdiensten in een

ziekenhuis in Chicago. Hij had een idee dat hem al een paar jaar bezighield en hij had al bijna een besluit genomen: omdat hij geen metgezel kon vinden, zou hij er een creëren. Hij was er niet helemaal zeker van hoe zijn eigen transformatie had plaatsgevonden, dus hij aarzelde nog. En hij wilde niet iemands leven stelen zoals dat van hem gestolen was. Op dat punt vond hij mij. Er was geen hoop voor mij: ik lag op de afdeling van de stervenden. Hij had mijn ouders verzorgd en wist dat ik alleen was. Hij besloot een poging te wagen...'

Zijn stem, nog slechts gefluister, stierf weg. Hij staarde nietsziend door de ramen. Ik vroeg me af welke beelden nu zijn hoofd vulden: Carlisle's herinneringen of die van hemzelf. Ik wachtte geduldig.

Toen hij zich weer naar mij wendde, verlichtte een zachte engelenglimlach zijn gezicht.

'En zo is de cirkel rond,' concludeerde hij.

'Ben je al die tijd bij Carlisle gebleven?' vroeg ik.

'Bijna altijd.' Hij legde zijn hand luchtig om mijn middel en trok me met hem mee toen hij door de deur liep. Ik staarde naar de muur met schilderijen en vroeg me af of ik ooit de andere verhalen te horen zou krijgen.

Edward zei niets meer toen we door de gang liepen, dus vroeg ik: 'Bijna?'

Hij zuchtte, leek niet te willen antwoorden. 'Tja, ik had een typische periode van opstandige puberteit, ongeveer tien jaar nadat ik... geboren... gecreeerd was, hoe je het ook wilt noemen. Ik was niet overtuigd van zijn leven van onthouding, en ik was boos op hem omdat hij mijn honger in toom hield. Dus heb ik een tijd alleen geleefd.'

'Echt?' Ik was eerder geïntrigeerd dan bang, wat ik misschien wel had moeten zijn.

Hij merkte het. Ik realiseerde me vaag dat we de volgende trap op liepen, maar ik lette niet erg op de omgeving.

'Vind je dat niet weerzinwekkend?'

'Nee.'

'Waarom niet?'

'Ik denk dat het... logisch is.'

Hij blafte een lach, harder dan daarvoor. We waren nu boven aan de trap, in een andere gelambriseerde gang.

'Vanaf het moment van mijn nieuwe geboorte,' mompelde hij, 'had ik het

voordeel dat ik wist wat iedereen om me heen dacht, zowel mensen als niet-mensen. Daarom had ik tien jaar nodig om me te verzetten tegen Carlisle: ik hoorde zijn perfecte oprechtheid, begreep precies waarom hij leefde op die manier.

Ik had maar een paar jaar nodig om terug te keren naar Carlisle en me weer te houden aan zijn manier van leven. Ik dacht dat ik vrijgesteld was van de depressieve gevoelens die horen bij het hebben van een geweten. Omdat ik de gedachten wist van mijn prooi, kon ik de onschuldigen overslaan en alleen de slechteriken uitkiezen. Als ik een moordenaar volgde in een donkere steeg waar hij een jong meisje achterna zat, als ik haar leven redde, was ik vast niet zo verschrikkelijk.'

Ik rilde want ik kon me maar al te goed voor de geest halen wat hij beschreef: de nachtelijke steeg, het bange meisje, de duistere man achter haar. En Edward, Edward terwijl hij aan het jagen was, verschrikkelijk en glorieus als een jonge god, onstopbaar. Zou ze dankbaar zijn geweest, dat meisje, of nog banger dan eerst?

'Maar toen de tijd verstreek begon ik het monster te zien in mijn ogen. Ik kon de schuld van zoveel afgekapte mensenlevens niet dragen, hoe gerechtvaardigd het ook was. En ik ging terug naar Carlisle en Esmé. Ze onthaalden me als de verloren zoon. Het was meer dan ik verdiende.'

We stonden inmiddels stil voor de laatste deur in de gang.

'Mijn kamer,' meldde hij me, deed de deur open en trok me naar binnen.

Zijn kamer keek uit op het zuiden, met een raam zo groot als de muur, net als de enorme kamer beneden. De hele achterkant van het huis moest van glas zijn. Zijn uitzicht besloeg de kronkelende Sol Duc River onder ons en het ongerepte bos tot aan de Olympic Mountains. De bergen waren veel dichterbij dan ik had verwacht.

De rechter muur was bedekt met planken vol cd's. Zijn kamer was beter voorzien dan een muziekwinkel. In de hoek stond een geavanceerd uitziende stereo-installatie, van het soort dat ik niet durfde aan te raken omdat ik er zeker van was dat ik iets kapot zou maken. Er was geen bed, alleen een brede en uitnodigende zwart leren bank. De vloer was bedekt met een dik gouden tapijt en de muren waren behangen met zware stof in een iets donkerder kleur.

'Goede akoestiek?' gokte ik.

Hij grinnikte en knikte.

Hij pakte een afstandsbediening en zette de stereo aan. Hij stond zacht, maar het klonk alsof het zachte jazznummer door een band bij ons in de kamer gespeeld werd. Ik wierp een blik op zijn verbijsterende muziekverzameling.

'Hoe heb je dit ingedeeld?' vroeg ik toen ik geen enkel systeem vond in de titels.

Hij lette niet op. 'Eh, per jaar en daarbinnen op persoonlijke voorkeur,' zei hij vaag.

Ik draaide me om en hij keek me aan met een eigenaardige blik in zijn ogen.

'Wat?'

'Ik had me erop ingesteld dat ik me... opgelucht zou voelen als je alles over me wist, als ik geen geheimen meer voor je zou hebben. Maar ik had niet verwacht dat ik nog meer zou voelen. Ik vind het prettig. Het maakt me... gelukkig.' Hij haalde licht glimlachend zijn schouders op.

'Dat vind ik fijn,' zei ik en glimlachte terug. Ik was bang geweest dat hij er spijt van zou krijgen dat hij me deze dingen verteld had. Het was goed om te weten dat dat niet zo was.

Maar terwijl zijn ogen mijn gezichtsuitdrukking ontleedden, verdween zijn glimlach en rimpelde zijn voorhoofd.

'Je wacht nog steeds op het wegrennen en schreeuwen, hè?' gokte ik.

Zijn lippen krulden licht omhoog en hij knikte.

'Ik moet je helaas teleurstellen, maar je bent lang niet zo eng als je denkt dat je bent. Eerlijk gezegd vind ik je helemaal niet eng,' loog ik soepeltjes.

Hij stond stil, trok zijn wenkbrauwen vol ongeloof op. Toen grijnsde hij een brede, ondeugende grijns.

'Dát had je nou niet moeten zeggen,' grinnikte hij.

Hij gromde, een laag geluid achter in zijn keel: zijn lippen krulden omhoog over zijn perfecte tanden. Zijn lichaam nam ineens een half ineengedoken houding aan, gespannen als een leeuw klaar om zijn prooi te bespringen.

Met een nijdige blik deinsde ik achteruit. 'Je waagt het niet.'

Ik zag hem niet op me af springen, hij was te snel. Ik merkte dat ik ineens door de lucht vloog en toen smakten we neer op de bank die tegen de

muur bonkte. De hele tijd vormden zijn armen een beschermende ijzeren kooi rond mij; geen haar op mijn hoofd was gekrenkt. Maar ik hapte naar adem toen ik overeind probeerde te komen.

Hij stond dat niet toe. Hij vouwde me op tot een bal tegen zijn borst en hield me steviger vast dan ijzeren ketens. Ik keek hem geschrokken aan, maar hij leek alles onder controle te hebben. Zijn kaak ontspande terwijl hij grijnsde en zijn ogen lichtten op van plezier.

'Wat zei je ook alweer?' gromde hij speels.

'Dat je een heel, heel eng monster bent,' zei ik, mijn sarcasme werd een beetje afgezwakt doordat ik buiten adem was.

'Veel beter,' zei hij goedkeurend.

'Eh,' worstelde ik. 'Mag ik nu opstaan?'

Hij lachte alleen maar.

'Mogen we binnenkomen?' vroeg een zachte stem vanuit de gang.

Ik probeerde me los te maken, maar Edward veranderde alleen van houding zodat ik iets comfortabeler op zijn schoot zat. Ik zag dat het Alice was die in de deuropening stond en, achter haar, Jasper. Mijn wangen brandden, maar Edward leek volkomen op zijn gemak.

'Kom binnen.' Edward grinnikte nog steeds zachtjes.

Alice leek onze omhelzing heel gewoon te vinden; ze liep – danste bijna, zo sierlijk waren haar bewegingen – naar het midden van de kamer waar ze zich vloeiend op de vloer liet zakken. Jasper aarzelde echter in de deuropening, zijn blik enigszins geschrokken. Hij staarde naar Edwards gezicht en ik vroeg me af of hij de sfeer aan het proeven was met zijn ongebruikelijke gevoeligheid.

'Het klonk alsof je Bella als lunch at en we kwamen kijken of je haar met ons wilde delen,' meldde Alice.

Ik verstijfde even, tot ik merkte dat Edward grijnsde, maar ik wist niet of dat was vanwege haar opmerking of mijn reactie.

'Sorry, maar ik geloof dat er niet genoeg is,' antwoordde hij terwijl zijn armen me roekeloos tegen hem aantrokken.

'Eigenlijk,' zei Jasper die ondanks zichzelf glimlachte toen hij de kamer binnen liep, 'verwacht Alice dat er vanavond een fikse storm komt en Emmett heeft zin in een wedstrijdje. Doe je mee?'

De woorden waren gewoon genoeg, maar de context ontging me. Ik begreep wel dat Alice betrouwbaarder was dan het weerbericht.

Edwards ogen lichtten op, maar hij aarzelde.

'Natuurlijk moet je Bella meenemen,' riep Alice vrolijk. Ik dacht dat ik Jasper een snelle blik op haar zag werpen.

'Heb je zin om mee te gaan?' vroeg Edward opgewonden.

'Tuurlijk.' Ik kon hem niet teleurstellen. 'Eh, waar gaan we heen?'

'We moeten wachten tot het onweert om te kunnen spelen, je merkt wel waarom,' beloofde hij.

'Heb ik een paraplu nodig?'

Ze lachten alledrie hardop.

'En?' vroeg Jasper aan Alice.

'Nee.' Ze was overtuigd. 'De storm trekt over de stad. Op de open plek is het waarschijnlijk droog.'

'Goed.' Het enthousiasme in Jaspers stem was aanstekelijk, natuurlijk. Ik merkte dat ik er zin in had, in plaats van doodsbang te zijn.

'Laten we vragen of Carlisle ook meedoet.' Alice sprong op en danste naar de deur op een manier die het hart van een ballerina zou breken.

'Alsof je dat niet allang weet,' plaagde Jasper en ze waren verdwenen. Jasper had ongemerkt de deur achter zich dichtgetrokken.

'Wat spelen we?' vroeg ik.

'Jij speelt niets, je kijkt toe,' verduidelijkte Edward. 'Wij spelen honkbal.'

Ik rolde met mijn ogen. 'Vampiers houden van honkbal?'

'Het is de volkssport van Amerika,' zei hij gemaakt ernstig.

17. De wedstrijd

Het begon net zachtjes te regenen toen Edward mijn straat in reed. Tot dat moment was ik er zeker van dat hij bij me zou blijven tijdens de paar tussenliggende uren die ik door moest brengen in de echte wereld.

En toen zag ik de zwarte auto, een gedeukte Ford, op Charlies oprit staan, en hoorde ik Edward iets onverstaanbaars mompelen met een lage, harde stem.

Schuilend voor de regen onder het smalle afdak van de veranda stond Jacob Black achter de rolstoel van zijn vader. Billy's gezicht was zo onleesbaar als steen toen Edward mijn auto langs de stoep parkeerde. Jacob keek naar beneden, zijn blik gekwetst.

Edwards lage stem was woedend. 'Hiermee overschrijdt hij alle grenzen.'

'Hij kwam Charlie waarschuwen?' raadde ik, vooral vervuld van afgrijzen en niet van kwaadheid.

Edward knikte alleen maar en beantwoordde Billy's blik door de regen met samengeknepen ogen.

Ik voelde me slap van opluchting dat Charlie nog niet thuis was.

'Laat mij dit afhandelen,' stelde ik voor. Edwards zwarte blik maakte me zenuwachtig.

Tot mijn verbazing vond hij dat goed. 'Dat is waarschijnlijk het beste. Maar wees voorzichtig, het kind heeft geen idee.'

Ik ergerde me een beetje aan het woord 'kind'. 'Jacob is niet zo veel jonger dan ik ben,' vertelde ik hem.

Hij keek naar me en zijn boosheid verdween onmiddellijk. 'O, dat weet ik,' verzekerde hij me met een grijns.

Ik zuchtte en legde mijn hand op de deurgreep.

'Neem ze mee naar binnen,' instrueerde hij, 'zodat ik weg kan gaan. Ik ben rond zonsondergang terug.'

'Wil je mijn auto?' bood ik aan, me afvragend hoe ik de afwezigheid daarvan aan Charlie zou uitleggen.

Hij rolde met zijn ogen. 'Ik lóóp sneller naar huis dan dit geval rijdt.'

'Je hoeft niet weg te gaan,' zei ik smachtend.

Hij glimlachte om mijn sombere blik. 'Dat moet ik wel. Nadat je hen hebt weggewerkt' – hij wierp een duistere blik in de richting van de Blacks – 'moet je Charlie nog voorbereiden op een ontmoeting met je nieuwe vriendje.' Hij grijnsde breed zodat al zijn tanden zichtbaar waren.

Ik kreunde. 'Je wordt bedankt.'

Hij glimlachte de scheve glimlach waar ik zo dol op was. 'Ik kom snel terug,' beloofde hij. Zijn ogen schoten terug naar de veranda en toen leunde hij naar voren om me een snelle kus te geven vlak onder mijn oor. Billy's gezicht was niet langer uitdrukkingloos, en zijn handen omknelden de armleuningen van zijn rolstoel.

'Snel,' benadrukte ik toen ik het portier opendeed en in de regen stapte.

Ik voelde zijn ogen in mijn rug toen ik door de miezer naar de veranda rende.

'Hé Billy, hé Jacob.' Ik begroette hen zo vrolijk als ik kon opbrengen. 'Charlie is de hele dag weg – ik hoop niet dat jullie al lang staan te wachten.'

'Niet lang,' zei Billy berustend. Zijn zwarte ogen waren doordringend. 'Ik wilde dit langs brengen.' Hij wees naar een bruine papieren zak op zijn schoot.

'Dank je,' zei ik, hoewel ik geen idee had wat erin zat. 'Waarom kom je niet even binnen zodat je je kunt afdrogen?'

Ik deed alsof ik niet merkte dat hij me grondig bestudeerde terwijl ik de deur opendeed en hen voor me uit naar binnen liet gaan.

'Hier, dat neem ik wel over,' bood ik aan toen ik me omdraaide om de deur dicht te doen. Ik veroorloofde me een laatste blik op Edward. Hij wachtte, perfect stil, zijn ogen ernstig.

'Dat kun je beter in de koelkast leggen,' zei Billy toen hij me de zak overhandigde. 'Er zit gebakken vis in van Harry Clearwater; Charlie is er dol op. In de koelkast wordt het niet klef.' Hij haalde zijn schouders op.

'Dank je,' zei ik weer, maar nu meende ik het. 'Ik was al op zoek naar andere manieren om vis klaar te maken en Charlie brengt vanavond vast weer vis mee.'

'Alweer aan het vissen?' vroeg Billy met een subtiele glans in zijn ogen. 'Op zijn vaste stek? Misschien ga ik zo wel even bij hem langs.'

'Nee,' loog ik snel en mijn gezicht werd hard. 'Hij zou naar een nieuwe plek gaan, maar ik heb geen idee waar.'

Hij bekeek mijn veranderde blik, en die maakte hem bedachtzaam.

'Jake,' zei hij, terwijl hij mij nog altijd opnam. 'Waarom haal je niet even die nieuwe foto van Rebecca uit de auto? Dan laat ik die hier ook achter voor Charlie.'

'Waar is die dan?' vroeg Jacob chagrijnig. Ik keek naar hem maar hij staarde naar de grond, zijn wenkbrauwen samengetrokken.

'Ik geloof dat ik hem in de achterbak zag liggen,' zei Billy. 'Je moet misschien even zoeken.'

Jacob liep met hangende schouders terug de regen in.

Billy en ik keken elkaar zwijgend aan. Na een paar seconden begon de stilte onaangenaam te voelen, dus draaide ik me om en liep naar de keuken. Ik hoorde zijn natte wielen piepen op het linoleum toen hij mij volgde.

Ik legde de zak op de volle bovenste plank van de koelkast en draaide me naar hem om. Zijn gezicht met de diepe lijnen was onleesbaar.

'Charlie komt pas laat thuis.' Mijn stem was bijna onbeleefd.

Hij knikte maar zei niets.

'Nogmaals bedankt voor de vis,' zei ik betekenisvol.

Hij knikte weer. Ik zuchtte en vouwde mijn armen over mijn borst.

Hij leek te voelen dat ik door mijn gespreksstof heen was. 'Bella,' zei hij en toen aarzelde hij.

Ik wachtte.

'Bella,' zei hij weer, 'Charlie is een van mijn beste vrienden.'

'Ja.'

Met zijn lage stem sprak hij elk woord zorgvuldig uit. 'Ik heb gemerkt dat je omgaat met een van de Cullens.'

'Ja,' herhaalde ik kortaf.

Zijn ogen werden klein. 'Misschien gaat het me niets aan, maar ik geloof niet dat dat zo'n goed idee is.'

'Je hebt gelijk,' was ik eens. 'Het gaat je niets aan.'

Bij mijn toon trok hij zijn grijzende wenkbrauwen op. 'Je weet dit waarschijnlijk niet, maar de familie Cullen heeft een onaangename reputatie op het reservaat.'

'Toevallig weet ik dat wel,' vertelde ik hem met een harde stem. Dat ver-

baasde hem. 'Maar die reputatie kan niet verdiend zijn, toch? Want de Cullens hebben nog nooit een voet op het reservaat gezet, toch?' Ik kon zien dat mijn niet al te subtiele verwijzing naar de overeenkomst die hen beiden bond en die zijn stam beschermde, hem aan het denken zette.

'Dat is waar,' gaf hij toe, zijn ogen behoedzaam. 'Je lijkt goed... op de hoogte omtrent de Cullens. Beter op de hoogte dan ik verwachtte.'

Ik keek hem strak aan. 'Misschien beter op de hoogte dan jij bent.'

Hij tuitte zijn volle lippen terwijl hij daar over nadacht. 'Misschien,' zei hij, maar toen werden zijn ogen sluw. 'Is Charlie net zo goed op de hoogte?'

Hij had de zwakke plek in mijn wapenrusting gevonden.

'Charlie mag de Cullens erg graag,' dekte ik me in. Hij begreep mijn ontwijking. Zijn blik was ongelukkig, maar niet verbaasd.

'Het is mijn zaak niet,' zei hij. 'Maar misschien wel die van Charlie.'

'Maar het is weer mijn zaak of ik wel of niet vind dat het Charlies zaak is, vind je niet?'

Ik vroeg me af of hij mijn warrige vraag begreep terwijl ik probeerde niets compromitterends te zeggen. Maar hij leek hem te begrijpen. Hij dacht erover na terwijl de regen tegen het dak toenam, het enige geluid in de stilte.

'Ja,' gaf hij uiteindelijk toe. 'Dat lijkt me inderdaad jouw zaak.'

Ik zuchtte opgelucht. 'Dank je, Billy.'

'Denk goed na over wat je doet, Bella,' drong hij aan.

'Goed,' gaf ik snel toe.

Hij fronste. 'Wat ik bedoelde te zeggen was: stop met wat je aan het doen bent.'

Ik keek in zijn ogen die met niets anders dan zorgen om mij gevuld waren, en er was niets dat ik kon zeggen.

Op dat moment knalde de voordeur met een klap open en ik sprong in de lucht bij dat geluid.

'Er ligt helemaal geen foto in de auto.' Jacobs klagende stem bereikte ons voor we hem zagen. De schouders van zijn overhemd waren vlekkerig van de regen en zijn haar droop toen hij de keuken in kwam.

'Hm,' gromde Billy, opeens onverschillig. Hij draaide zijn rolstoel naar zijn zoon toe. 'Dan heb ik hem waarschijnlijk thuis laten liggen.'

Jacob rolde overdreven met zijn ogen. 'Fijn.'

'Goed, Bella, zeg maar tegen Charlie' – Billy wachtte even voordat hij verderging – 'dat we langs zijn geweest, bedoel ik.'

'Zal ik doen,' mompelde ik.

Jacob was verbaasd. 'Gaan we alweer?'

'Charlie komt pas laat thuis,' verklaarde Billy terwijl hij langs Jacob reed.

'O.' Jacob keek teleurgesteld. 'Nou, Bella, ik zie je wel weer, denk ik.'

'Tuurlijk,' antwoordde ik.

'Pas goed op jezelf,' waarschuwde Billy me. Ik gaf geen antwoord.

Jacob hielp zijn vader de deur uit. Ik zwaaide kort, keek snel naar mijn nu lege pick-up, en sloot de deur voordat ze weg waren.

Ik bleef nog even in de gang staan luisteren naar het geluid van hun auto die achteruit van onze oprit reed en vertrok. Ik bewoog me niet, wachtend tot de irritatie en de zenuwen verdwenen. Toen de spanning eindelijk een beetje weg was, liep ik de trap op om mijn nette kleren uit te trekken.

Ik trok verschillende bloezen aan en weer uit, want ik wist niet wat ik vanavond kon verwachten. Terwijl ik me concentreerde op wat komen ging, werd hetgeen net gebeurd was onbelangrijk. Nu ik me buiten de invloedsfeer van Jasper en Edward bevond, kwam ineens de angst op die ik eerst niet gevoeld had. Ik gaf het kiezen van wat ik zou aantrekken algauw op – ik pakte een oud flanellen overhemd en een spijkerbroek – want ik wist dat ik toch de hele avond mijn regenjas aan zou houden.

De telefoon ging en ik sprintte naar beneden om hem op te nemen. Er was maar een stem die ik wilde horen: alle andere zouden een teleurstelling zijn. Maar ik wist dat als *hij* me wilde spreken, hij waarschijnlijk gewoon in mijn kamer zou opduiken.

'Hallo?' vroeg ik buiten adem.

'Bella? Met mij,' zei Jessica.

'O, hoi Jess.' Ik had even nodig om weer terug op aarde te komen. Het voelde alsof ik Jess al maanden niet gesproken had, in plaats van een dag. 'Hoe was het dansfeest?'

'Het was zo leuk!' Meer had Jessica niet nodig om los te barsten in een minutieus verslag van de vorige avond. Ik hm-de en o-de op de juiste momenten, maar het kostte me moeite me te concentreren op haar verhaal. Jessica, Mike, het feest, de school: alles leek op dit moment vreemd irrelevant. Mijn ogen bleven blikken door het raam werpen, in een poging de hoeveelheid daglicht achter de zware wolken te bepalen.

'Heb je gehoord wat ik zei, Bella?' vroeg Jess geërgerd.

'Sorry, wat zei je?'

'Ik zei dat Mike me gekust heeft! Vind je dat niet waanzinnig?'

'Dat is geweldig, Jess,' zei ik.

'En wat heb jij gisteren gedaan?' daagde Jessica me uit. Ze klonk nog steeds bozig vanwege mijn gebrek aan aandacht. Of misschien was ze kwaad omdat ik niet naar details had gevraagd.

'Niets, eigenlijk. Ik heb gewoon buiten rondgehangen in de zon.'

Ik hoorde Charlies auto in de garage.

'Heb je niets meer gehoord van Edward Cullen?'

De voordeur sloeg dicht en ik hoorde Charlie in de trapkast rommelen, waar hij zijn hengel wegzette.

'Eh.' Ik aarzelde want ik wist niet meer welk verhaal ik had opgehangen.

'Goeienavond!' riep Charlie toen hij de keuken in liep. Ik zwaaide naar hem.

Jess hoorde zijn stem. 'O, je vader is er. Maakt niet uit, we hebben het er morgen wel over. Ik zie je bij wiskunde.'

'Tot morgen, Jess.' Ik hing op.

'Hé pap,' zei ik. Hij was zijn handen aan het schoonboenen in de gootsteen. 'Waar is de vis?'

'Die heb ik in de vriezer gelegd.'

'O, mooi. Billy heeft vanmiddag wat van Harry Clearwaters gebakken vis langs gebracht.' Ik deed mijn best om enthousiast te klinken.

'Heeft hij dat gedaan?' Charlies ogen lichtten op. 'Daar ben ik dol op.'

Charlie trok schone kleren aan terwijl ik eten kookte. Het duurde niet lang voor we aan tafel zaten, waar we zwijgend aten. Charlie genoot van zijn eten. Ik vroeg me wanhopig af hoe ik mijn opdracht moest volbrengen en probeerde een manier te vinden om het onderwerp ter sprake te brengen.

'Wat heb je vandaag allemaal gedaan?' onderbrak hij mijn gepeins.

'Nou, vanmiddag heb ik een beetje in huis rondgehangen...' Alleen het laatste deel van de middag, dat wel. Ik probeerde mijn stem vrolijk te houden, maar mijn maag was hol. 'En vanochtend ben ik bij de Cullens geweest.'

Charlie liet zijn vork vallen. 'Bij dokter Cullen?' vroeg hij stomverbaasd.

Ik deed alsof ik zijn reactie niet opmerkte. 'Ja.'

'Wat deed je daar dan?' Hij had zijn vork nog niet opgeraapt.

'Eh, nou ik heb een soort afspraakje met Edward Cullen vanavond en hij wilde me aan zijn ouders voorstellen... Pap?'

Het leek alsof Charlie een hartaanval kreeg.

'Pap, gaat het een beetje?'

'Jij gaat uit met Edward Cullen?' donderde hij.

O-oh. 'Ik dacht dat je de Cullens mocht.'

'Hij is te oud voor je,' raasde hij.

'We zitten allebei in de derde klas,' verbeterde ik, hoewel hij meer gelijk had dan hij kon weten.

'Wacht...' Hij viel stil. 'Wie van hen is Edwin?'

'Edwárd is de jongste. Die met het roodbruine haar.' De prachtige, de goddelijke...

'O, nou, dat is' – hij stotterde – 'beter, denk ik. Ik mag die grote niet. Hij is vast heel aardig en zo, maar hij ziet er te... volwassen uit voor jou. Is die Edwin je vriendje?'

'Hij heet Edward, pap.'

'Is hij je vriendje?'

'Min of meer, geloof ik.'

'Gisteravond zei je dat je niet geïnteresseerd was in een van de jongens uit de stad.' Maar hij raapte zijn vork weer op, dus het ergste was blijkbaar voorbij.

'Nou, Edward woont niet in de stad, pap.'

Al kauwend schonk hij me een geringschattende blik.

'En bovendien,' ging ik verder, 'is het nog maar heel pril. Je zet me niet voor schut, hoor, met al dat gezeur over vriendjes.'

'Wanneer komt hij?'

'Hij is er over een paar minuten.'

'Waar neemt hij je mee naartoe?'

Ik kreunde hardop. 'Ik hoop dat dit de laatste vraag is van de Spaanse Inquisitie. We gaan honkballen met zijn familie.'

Hij tuitte zijn lippen en toen grinnikte hij. 'Jíj gaat honkballen?'

'Ik zal het grootste deel van de tijd wel toekijken.'

'Je moet die jongen wel heel erg leuk vinden,' merkte hij wantrouwig op.

Ik zuchtte en rolde overdreven met mijn ogen.

Toen hoorde ik het gebrul van een motor die voor ons huis tot stilstand kwam. Ik sprong op en begon mijn bord af te ruimen.

'Laat de boel maar staan, ik was vanavond wel af. Je verwent me te veel.'

De deurbel ging en Charlie beende ernaartoe om open te doen. Ik volgde hem op zijn hielen.

Ik had me niet gerealiseerd hoe hard het inmiddels goot. Edward stond in het licht van de veranda. Hij zag eruit als een fotomodel in een advertentie voor regenjassen.

'Kom binnen, Edward.'

Ik slaakte een zucht van verlichting toen Charlie zijn naam goed zei.

'Bedankt, chief Swan,' zei Edward op respectvolle toon.

'Noem me maar Charlie. Hier, ik hang je jas wel op.'

'Dank u.'

'Ga daar maar zitten, Edward.'

Ik trok een gezicht.

Edward ging soepel zitten in de enige stoel, zodat ik gedwongen was naast chief Swan op de bank te gaan zitten. Ik keek hem even vuil aan. Hij knipoogde achter Charlies rug om.

'Ik heb gehoord dat je mijn meisje hebt overgehaald naar honkbal te gaan kijken.' Alleen in de staat Washington heeft het feit dat het bakstenen giet totaal geen invloed op het al dan niet beoefenen van buitensporten.

'Ja, meneer, dat is de bedoeling.' Hij leek niet verbaasd dat ik mijn vader de waarheid had verteld. Maar hij had misschien meegeluisterd.

'Nou, dan heb je heel wat voor elkaar, lijkt me.'

Charlie lachte en Edward lachte mee.

'Oké.' Ik stond op. 'Genoeg gelachen ten koste van mij. We gaan.' Ik liep naar de gang en trok mijn jas aan. Zij volgden.

'Niet te laat thuis, Bell.'

'Maak je geen zorgen, Charlie. Ik zorg dat ze op tijd thuis is,' beloofde Edward.

'Zorg goed voor mijn meidje!'

Ik kreunde, maar zij negeerden me.

'Ik beloof u dat ze bij mij veilig is.'

Charlie kon niet aan Edwards oprechtheid twijfelen, het klonk door in elk woord.

Ik beende naar buiten. Ze lachten alletwee en Edward volgde me.

Ik bleef stokstijf staan op de veranda. Daar, achter mijn pick-up, stond een monstrueuze Jeep. De banden waren hoger dan mijn middel. Er zaten me-

talen rekken voor de koplampen en achterlichten, en vier enorme schijnwerpers waren bevestigd aan de rolbeugel. De harde kap was knalrood.

Charlie floot zachtjes. 'Doe wel je gordel om,' zei hij met verstikte stem.

Edward liep mee naar mijn kant en deed het portier open. Ik schatte de afstand naar de stoel en wilde al springen. Hij zuchtte en tilde me toen met één hand op. Ik hoopte dat Charlie het niet zag.

Toen hij om de auto heen liep naar de bestuurderskant, in een normaal, menselijk tempo, probeerde ik mijn gordel vast te maken. Maar er waren te veel gespen.

'Wat is dit allemaal?' vroeg ik toen hij het portier opendeed.

'Dat is een zespuntsgordel.'

'O-oh.'

Ik probeerde alle gespen op de juist plaatsen vast te maken, maar daar had ik even tijd voor nodig. Hij zuchtte weer en begon me te helpen. Ik was blij dat de regen zo dicht was dat Charlie vanaf de veranda geen duidelijk zicht op ons had. Dat betekende dat hij niet kon zien hoe Edwards hand bleef hangen in mijn nek en langs mijn wangen streelde. Ik probeerde hem niet meer te helpen en deed mijn best niet te hyperventileren.

Edward draaide de sleutel om en de motor brulde tot leven. We reden weg bij het huis.

'Dit is een... eh... heel erg grote Jeep.'

'Hij is van Emmett. Ik dacht niet dat je de hele weg zou willen rennen.'

'Waar laten jullie dit ding?'

'We hebben een van de bijgebouwen verbouwd tot garage.'

'Moet jij je gordel niet om?'

Hij wierp me een ongelovige blik toe.

Toen viel er een kwartje.

'De héle weg rennen? Bedoel je dat we nog altijd een deel van de weg moeten rennen?' Mijn stem schoot een paar octaven omhoog.

Hij grinnikte kort. 'Jij gaat niet rennen.'

'Ík ga van mijn stokje.'

'Als je je ogen dichthoudt, is er niets aan de hand.'

Ik beet op mijn lip en vocht tegen de opkomende paniek.

Hij leunde opzij om de bovenkant van mijn hoofd te kussen en kreunde toen. Ik keek hem niet-begrijpend aan.

'Je ruikt zo lekker in de regen,' verklaarde hij.

'Op een goede of slechte manier?' vroeg ik voorzichtig.

Hij zuchtte. 'Alle twee, altijd alle twee.'

Ik weet niet hoe hij in staat was de weg te vinden in de schemering en de gietende regen, maar op een of andere manier vond hij een zijweg die niet zozeer een weg als wel een bergpad was. Lange tijd was een gesprek onmogelijk, omdat ik als een drilboor op en neer stuiterde in mijn stoel. Hij leek te genieten van de rit, want hij glimlachte de hele weg.

En toen kwamen we bij het einde van de weg: de bomen vormden een groene muur aan drie kanten van de Jeep. Het regende nog maar zachtjes en dat werd steeds minder, de lucht werd zichtbaar tussen de wolken.

'Sorry, Bella, vanaf hier moeten we te voet.'

'Weet je wat, ik blijf hier wel wachten.'

'Wat is er gebeurd met al je moed? Vanochtend was je nog zo dapper.'

'Ik ben de vorige keer nog niet vergeten.' Was dat nog maar gisteren?

In een flits verscheen hij aan mijn kant van de auto. Hij begon me los te maken.

'Dat doe ik wel, ga jij maar vooruit,' protesteerde ik.

'Hm...' peinsde hij terwijl hij me snel losmaakte. 'Het lijkt erop dat ik iets aan je geheugen moet veranderen.'

Voor ik kon reageren, trok hij me uit de Jeep en zette me op mijn voeten op de grond. Het miezerde nu nauwelijks nog: Alice zou gelijk krijgen.

'Iets aan mijn geheugen veranderen?' vroeg ik nerveus.

'Zoiets.' Hij keek me gespannen, zorgvuldig aan, maar diep in zijn ogen was er humor. Hij zette zijn handen tegen de Jeep aan weerskanten van mijn hoofd en leunde naar voren, waardoor ik tegen de deur gedrukt werd. Hij leunde nog dichter naar me toe, zijn gezicht vlak bij het mijne. Ik kon geen kant meer op.

'Vertel,' ademde hij en alleen al zijn geur bracht mijn gedachten in de war, 'waar maak je je precies zorgen om?'

'Nou, eh, dat ik een boom raak' – ik slikte – 'en dood ga. En dat ik misselijk word.'

Hij onderdrukte een glimlach. Toen boog hij zijn hoofd naar beneden en drukte zijn koude lippen zachtjes tegen het kuiltje onder aan mijn keel.

'Maak je je nu nog zorgen?' mompelde hij tegen mijn huid.

'Ja.' Het koste moeite me te concentreren. 'Dat we een boom raken en dat ik misselijk word.'

Zijn neus trok een lijn over de huid van mijn keel naar het puntje van mijn kin. Zijn koude adem kriebelde tegen mijn huid.

'En nu?' Zijn lippen fluisterden tegen mijn kaak.

'Bomen,' snakte ik. 'Misselijk.'

Hij hief zijn gezicht op om mijn oogleden te kussen. 'Bella, je denkt toch niet echt dat ik een boom zou raken?'

'Nee, maar ik wel.' Er was geen standvastigheid in mijn stem. Hij rook een gemakkelijke overwinning.

Hij drukte langzaam kusjes op mijn wang naar beneden en stopte precies naast mijn mondhoek.

'Zou ik een boom jou pijn laten doen?' Zijn lippen streelden amper langs mijn trillende onderlip.

'Nee,' zei ik ademloos. Ik wist dat mijn briljante verdediging uit nog een deel bestond, maar ik kon het me niet echt meer herinneren.

'Zie je nou wel,' zei hij, zijn lippen tegen de mijne, 'er is niets om bang voor te zijn.'

'Nee,' zuchtte ik en gaf het op.

Toen nam hij mijn gezicht bijna ruw in zijn handen en kuste me serieus, zijn ontoegeeflijke lippen bewogen tegen de mijne.

Er was echt geen excuus voor mijn gedrag. Ik had inmiddels beter moeten weten. En toch kon ik mezelf er niet van weerhouden te reageren zoals ik de eerste keer ook had gedaan. In plaats van veilig bewegingloos te blijven, reikten mijn armen omhoog en wikkelden zich om zijn nek, en zat ik ineens vastgeklonken aan zijn stenen lichaam. Ik zuchtte en mijn lippen gingen open.

Hij struikelde naar achteren, brak zonder moeite mijn greep.

'Verdomme, Bella!' Hij hapte naar adem. 'Je wordt nog eens mijn dood, ik zweer het je.'

Ik leunde naar voren en steunde met mijn handen op mijn knieën, anders viel ik om.

'Je bent onverwoestbaar,' mompelde ik terwijl ik op adem probeerde te komen.

'Dat dacht ik misschien voordat ik jóú leerde kennen. En nu gaan we op weg voordat ik iets ontzettend doms doe,' gromde hij.

Hij slingerde me net als de vorige keer op zijn rug, en ik merkte dat het hem extra moeite kostte om het zo zachtjes mogelijk te doen. Ik klemde mijn benen om zijn middel en legde mijn armen in een wurggreep om zijn nek.

'Vergeet niet je ogen dicht te doen,' waarschuwde hij streng.

Snel duwde ik mijn gezicht tegen zijn rug, onder mijn eigen arm, en kneep mijn ogen dicht.

Ik merkte nauwelijks dat we ons voortbewogen. Ik voelde hem bewegen onder mij, maar hij zou net zo goed over de stoep kunnen slenteren, zo licht was die beweging. Ik kwam in de verleiding even te gluren, alleen om te zien of hij echt door het bos vloog zoals gisteren, maar ik weerstond het. Het was die afschuwelijke duizeligheid niet waard. Ik stelde mezelf tevreden met het luisteren naar zijn gelijkmatige ademhaling.

Ik wist niet zeker of we stilstonden tot hij naar achteren reikte en mijn haar aanraakte.

'Het is voorbij, Bella.'

Ik waagde het mijn ogen open te doen en, inderdaad, we stonden stil. Ik maakte stijfjes mijn wurggreep rond zijn lichaam los en liet me op de grond glijden, waar ik op mijn rug belandde.

'Oef!' pufte ik toen ik de natte grond raakte.

Hij keek me ongelovig aan, duidelijk niet zeker of hij nog steeds te kwaad op me was om me grappig te vinden. Maar mijn verbijsterde blik duwde hem over het randje en hij brak uit in een bulderende lach.

Ik stond moeizaam op en negeerde hem terwijl ik de modder en het mos van de achterkant van mijn jas veegde. Daar moest hij alleen maar harder om lachen. Kwaad begon ik het bos in te lopen.

Ik voelde zijn arm om mijn middel.

'Waar ga je heen, Bella?'

'Naar een honkbalwedstrijd kijken. Jij bent daar blijkbaar niet meer in geinteresseerd, maar ik ben ervan overtuigd dat de anderen het ook wel zonder jou redden.'

'Je loopt de verkeerde kant op.'

Zonder hem aan te kijken draaide ik me om en beende in de tegenovergestelde richting. Hij ving me weer.

'Niet boos zijn. Ik kon er niets aan doen. Je had je eigen gezicht moeten zien.' Hij grinnikte voor hij zich in kon houden.

'Ben jij soms de enige de boos mag zijn?' vroeg ik met opgetrokken wenkbrauwen.

'Ik was niet boos op jou.'

'"Bella, je wordt nog eens mijn dood"?' citeerde ik zuur.

'Dat was het vaststellen van een feit.'

Ik probeerde weer bij hem weg te lopen, maar hij hield me vast.

'Je was boos,' hield ik vol.

'Ja.'

'Maar je zei net...'

'Dat ik niet boos op jóú was. Zie je dat dan niet, Bella?' Hij was opeens serieus, alle sporen van plagerij verdwenen. 'Begrijp je het niet?'

'Begrijp wat?' wilde ik weten, in verwarring gebracht door zijn plotselinge stemmingswisseling.

'Ik ben nooit boos op jou. Hoe kan ik dat nou zijn? Zo dapper, vol vertrouwen... warm als jij bent.'

'Waarop dan?' fluisterde ik terwijl ik me de zwarte buien herinnerde die hem van me verwijderden, die ik altijd geïnterpreteerd had als terechte frustratie. Frustratie om mijn zwakheid, mijn traagheid, mijn onstuimige menselijke reacties...

Hij legde zijn handen zorgvuldig om mijn gezicht. 'Ik ben kwaad op mezelf,' zei hij zacht. 'Het feit dat ik je steeds weer in gevaar breng. Het feit alleen dat ik besta is voor jou een risico. Soms haat ik mezelf echt. Ik zou sterker moeten zijn, ik zou moeten...'

Ik legde mijn hand op zijn mond. 'Niet doen.'

Hij pakte mijn hand, haalde hem van zijn lippen en drukte hem tegen zijn gezicht.

'Ik hou van jou,' zei hij. 'Het is een zwak excuus voor wat ik aan het doen ben, maar het is wel waar.'

Het was de eerste keer dat hij met zoveel woorden zei dat hij van me hield. Híj realiseerde het zich misschien niet, maar ik was me er wel degelijk van bewust.

'Nou, probeer je alsjeblieft te gedragen,' ging hij verder en hij drukte zachtjes zijn lippen tegen de mijne.

Ik hield me keurig stil. Toen zuchtte ik. 'Je hebt chief Swan beloofd dat je me op tijd thuis zou brengen, weet je nog? Dus zullen we naar de anderen gaan?'

'Ja, mevrouw.'

Hij glimlachte melancholiek en liet me op een hand na los. Hij leidde me een paar meter door hoge, natte varens en hangend mos, langs een enorme Canadese den, en toen waren we er: aan de rand van een enorm veld aan de voet van de Olympic Mountains. Het was twee keer zo groot als het grootste honkbalstadion.

Ik zag dat de anderen er allemaal waren: Esmé, Emmett en Rosalie, gezeten op een kale, uitstekende rots, waren het dichtst bij ons, op zo'n honderd meter. Veel verder weg zag ik Jasper en Alice, zeker 400 meter bij elkaar vandaan, die iets heen en weer leken te gooien, maar ik kon geen bal zien. Het leek erop dat Carlisle de honken aan het markeren was, maar lagen die echt zo ver uit elkaar?

Toen we verschenen, stonden de drie op de rots op. Esmé kwam onze kant op. Emmett volgde na een lange blik op Rosalies rug. Rosalie was sierlijk opgestaan en liep nu in de richting van het veld zonder ons een blik waardig te keuren. In reactie hierop trilde mijn maag ongemakkelijk.

'Was jij dat die we hoorden, Edward?' vroeg Esmé toen ze naderbij kwam.

'Het klonk alsof er een beer stikte,' legde Emmett uit.

Ik glimlachte aarzelend naar Esmé. 'Dat was hij.'

'Bella was onbewust grappig,' was Edwards wraak.

Alice had haar plek verlaten en kwam naar ons toe rennen, of dansen. Ze kwam vlak voor ons tot stilstand. 'Het is tijd,' kondigde ze aan.

Zodra ze dat gezegd had, deed een diepe rommelende donder het bos achter ons schudden, waarna hij naar het westen richting stad trok.

'Griezelig, vind je niet?' zei Emmett vertrouwelijk en knipoogde naar me.

'Kom op.' Alice pakte Emmetts hand en ze renden naar het enorme veld: zij rende als een gazelle. Hij was bijna net zo sierlijk en zeker net zo snel, toch zou je Emmett nooit met een gazelle kunnen vergelijken.

'Ben jij er klaar voor?' vroeg Edward met schitterende ogen.

Ik probeerde voldoende enthousiast te klinken: 'Hup, Edward!'

Hij gnuifde en, na een aai over mijn hoofd, volgde hij snel de anderen. Zijn manier van rennen was agressiever, eerder een luipaard dan een gazelle, en hij haalde hen al snel in. De elegantie en kracht waren adembenemend.

'Zullen we gaan?' vroeg Esmé met haar zachte, melodieuze stem, en ik realiseerde me dat ik hem met open mond nastaarde. Snel trok ik mijn gezicht

weer in de plooi en knikte. Esmé hield een paar passen afstand tussen ons, en ik vroeg me af of ze nog steeds haar best deed om me niet aan het schrikken te maken. Ze paste haar stappen aan aan die van mij zonder ongeduldig te worden over het tempo.

'Speel je niet mee?' vroeg ik schuw.

'Nee, ik ben liever scheidsrechter. Ik zorg ervoor dat ze eerlijk blijven,' legde ze uit.

'Spelen ze dan vals?'

'O ja, je zou ze eens moeten horen ruziemaken. Of eigenlijk liever niet, anders denk je nog dat ze opgevoed zijn door een roedel wolven.'

'Je klinkt net als mijn moeder,' lachte ik verrast.

Zij lachte ook. 'Nou, in veel opzichten beschouw ik hen ook als mijn kinderen. Ik ben mijn moederlijke instincten nooit kwijtgeraakt. Heeft Edward je niet verteld dat ik een kind verloren heb?'

'Nee,' mompelde ik verbluft. Ik probeerde te begrijpen over welk leven ze het nu had.

'Ja, mijn eerste en enige kind. Hij overleed een paar dagen na de geboorte, het arme ding.' Ze zuchtte. 'Mijn hart brak. Dat was de reden dat ik van die klif sprong,' voegde ze er terloops aan toe.

'Edward zei dat je ge–gevallen was,' stamelde ik.

'Altijd een heer.' Ze glimlachte. 'Edward was de eerste van mijn nieuwe zonen. Zo heb ik hem altijd beschouwd, zelfs al is hij ouder dan ik ben, in elk geval op één manier.' Ze glimlacht warm naar me. 'Daarom ben ik zo blij dat hij jou gevonden heeft, liefje.' Het kooswoord kwam heel natuurlijk over. 'Hij is al te lang het buitenbeentje. Het deed me pijn hem alleen te zien.'

'Vind je het dan niet erg?' vroeg ik weer aarzelend. 'Dat ik... helemaal verkeerd voor hem ben?'

'Nee.' Ze was bedachtzaam. 'Jij bent wat hij wil. Het zal vast goed komen,' zei ze, hoewel haar voorhoofd gerimpeld was door de zorgen. Een volgende donderslag weergalmde.

Esmé bleef stilstaan. Blijkbaar hadden we de rand van het speelveld bereikt. Het zag ernaar uit dat ze teams hadden gevormd. Edward stond links achter in het veld, Carlisle stond tussen het eerste en tweede honk, en Alice stond met de bal op een plek die waarschijnlijk de werpheuvel was.

Emmett zwaaide met een aluminium bat: hij zoefde bijna onzichtbaar door de lucht. Ik wachtte tot hij naar de thuisplaat zou lopen, maar realiseerde me, toen hij de slaghouding aannam, dat hij er al stond: verder van de werpheuvel dan ik voor mogelijk hield. Jasper stond een aantal meter achter hem. Hoewel hij bij Emmetts team hoorde, speelde hij nu even catcher voor het veldteam. Natuurlijk hadden ze geen van allen handschoenen aan.

'Goed,' riep Esmé met heldere stem, waarvan ik wist dat Edward hem zou horen hoe ver hij ook stond. 'We beginnen.'

Alice stond rechtop, bedrieglijk bewegingloos. Haar stijl leek eerder steels te zijn dan een intimiderende zwaai. Ze hield de bal met beide handen voor haar middel en toen, als de aanval van een cobra, flitste haar rechterhand omhoog en de bal smakte in Jaspers hand.

'Was dat een slag?' vroeg ik fluisterend aan Esmé.

'Als ze niet slaan, is het een slag,' legde ze uit.

Jasper smeet de bal terug naar de wachtende hand van Alice. Ze stond zichzelf een korte grijns toe. En toen zwiepte haar hand weer omhoog.

Dit keer zwaaide de bat op een of andere manier op tijd naar voren en raakte de onzichtbare bal. De klap waarmee dat gebeurde was oorverdovend, donderend: hij echode tegen de bergen; ik begreep gelijk waarom er onweer nodig was.

De bal schoot als een meteoor over het veld en vloog diep in het omringende bos.

'Homerun,' mompelde ik.

'Wacht,' waarschuwde Esmé, die met een hand omhoog geconcentreerd luisterde. Emmett was bijna niet te zien terwijl hij van honk naar honk snelde. Carlisle zat op zijn hielen. Ik merkte dat Edward ontbrak.

'Uit,' riep Esmé duidelijk. Ik staarde vol ongeloof naar Edward die tussen de bomen door kwam en de bal omhoog hield. Zijn brede grijns kon zelfs ik zien.

'Emmett slaat het hardst,' vertelde Esmé, 'maar Edward rent het hardst.'

De inning ging verder voor mijn ongelovige ogen. Het was onmogelijk om de snelheid waarmee de bal gegooid werd te volgen, of het tempo waarin hun lichamen over het veld raceten.

Ik kwam achter de andere reden waarom ze wachtten op onweer om te honkballen toen Jasper, die Edwards onfeilbare veldwerk probeerde te omzei-

len, een bal over de grond naar Carlisle sloeg. Carlisle rende naar de bal en volgde toen Jasper naar het eerste honk. Toen ze tegen elkaar botsten, klonk dat alsof er twee enorme rotsblokken op elkaar vielen. Ik sprong bezorgd op, maar ze bleken ongedeerd.

'Binnen,' klonk Esmés rustige stem.

Emmetts team stond een punt voor – Rosalie was erin geslaagd langs de honken te rennen na een van Emmetts lange ballen – toen Edward de bal uitving. Hij sprintte naar mij toe, sprankelend van opwinding.

'Wat vind je ervan?' vroeg hij.

'Een ding is zeker: ik zal nooit meer naar een saaie Major League-wedstrijd kunnen kijken.'

'Alsof je dat regelmatig deed,' lachte hij.

'Ik ben enigszins teleurgesteld,' plaagde ik.

'Hoezo?' vroeg hij verbaasd.

'Nou, het zou zo prettig zijn als ik iets kon ontdekken wat je niet beter doet dan ieder ander op deze planeet.'

Zijn speciale scheve glimlach verscheen, zodat ik naar adem snakte.

'Ik ben aan slag,' zei hij en liep naar de plaat.

Hij speelde slim, hield de bal laag, buiten bereik van Rosalies grijpgrage hand in het verre veld, hij wist als de bliksem twee honken te pakken voordat Emmett de bal weer terug in het spel had. Carlisle mepte er eentje zo ver uit het veld – met een knal die pijn deed aan mijn oren – dat zowel hij als Edward binnenliepen. Alice gaf hun vrolijk high fives.

De score wisselde voortdurend terwijl het spel verderging, en ze plaagden elkaar als normale honkbalspelers op straat toen ze om beurten aan de leiding gingen. Af en toe riep Esmé hen tot de orde. De donder rommelde verder, maar het bleef droog, zoals Alice had voorspeld.

Carlisle was aan slag, Edward aan het vangen, toen Alice ineens naar adem hapte. Mijn ogen waren, zoals gebruikelijk, gericht op Edward en ik zag hoe hij plotseling zijn hoofd ophief om naar haar te kijken. Ze keken elkaar aan en op dat moment vond er iets tussen hen plaats. Hij stond al naast me voordat de anderen Alice konden vragen wat er aan de hand was.

'Alice?' Esmé klonk gespannen.

'Ik heb het niet gezien – ik wist het niet,' fluisterde ze.

Alle anderen stonden inmiddels bij haar.

'Wat is er, Alice?' vroeg Carlisle met de rustige stem van iemand die gewend is de controle te behouden.

'Ze reisden veel sneller dan ik dacht. Ik zie dat ik de eerste keer het perspectief verkeerd had,' mompelde ze.

Jasper leunde naar haar toe, zijn houding beschermend. 'Wat is er veranderd?' vroeg hij.

'Ze hoorden ons spelen en zijn van richting veranderd,' zei ze berouwvol, alsof ze zich verantwoordelijk voelde voor hetgeen haar aan het schrikken had gemaakt.

Zeven paar ogen keken snel naar mijn gezicht en weer weg.

'Hoe snel?' vroeg Carlisle aan Edward.

Op zijn gezicht kwam een blik van uiterste concentratie.

'Minder dan vijf minuten. Ze rennen: ze willen meespelen.' Hij keek nijdig.

'Red je dat?' vroeg Carlisle aan hem, met weer een korte blik op mij.

'Nee, niet als ik haar draag...' Hij brak af. 'Bovendien zouden ze haar geur kunnen opvangen en daarop gaan jagen, en dat is het laatste wat we willen.'

'Hoeveel?' vroeg Emmett aan Alice.

'Drie,' antwoordde ze kortaf.

'Drie!' zei hij minachtend. 'Laat ze maar komen.' En hij spande de stalen spierbundels in zijn enorme armen.

Een fractie van een seconde die veel langer leek te duren dacht Carlisle na. Alleen Emmett leek onverstoord; de rest staarde bezorgd naar Carlisle's gezicht.

'Laten we verdergaan met spelen,' besloot Carlisle uiteindelijk. Zijn stem was kil en rustig. 'Alice zei dat ze alleen nieuwsgierig zijn.'

Dit zei hij allemaal in een stortvloed aan woorden die slechts een paar seconden duurde. Ik had zorgvuldig geluisterd en het meeste opgevangen, maar ik kon niet horen wat Esmé nu aan Edward vroeg met een stille vibratie van haar lippen. Ik zag alleen het lichte schudden van zijn hoofd en de opgeluchte blik op haar gezicht.

'Ga jij maar vangen, Esmé,' zei hij. 'Dan houd ik de score bij.' En hij plantte zich voor me.

De anderen keerden terug naar het veld, terwijl ze het donkere bos met hun scherpe ogen afzochten. Alice en Esmé leken zich te oriënteren op waar ik stond.

'Maak je haar los,' zei Edward met een zachte, vlakke stem.

Braaf trok ik het elastiekje uit mijn haar en schudde het over mijn schouders.

'De anderen komen eraan,' merkte ik overbodig op.

'Ja, blijf heel stil staan, zeg niets en wijk alsjeblieft niet van mijn zijde.' Hij wist de spanning in zijn stem goed te verbergen, maar ik kon het toch horen. Hij duwde mijn lange haar naar voren, rond mijn gezicht.

'Dat heeft geen zin,' zei Alice zachtjes. 'Ik kon haar aan de andere kant van het veld ruiken.'

'Weet ik.' Een tikje frustratie klonk door in zijn stem.

Carlisle stond bij de thuisplaat en de anderen deden met matig enthousiasme mee.

'Wat vroeg Esmé aan je?' fluisterde ik.

Hij aarzelde even voordat hij antwoord gaf. 'Of ze dorst hadden,' mompelde hij met tegenzin.

De seconden tikten voorbij; het spel was apathisch. Niemand durfde harder te slaan dan een stootslag, en Emmett, Rosalie en Jasper bleven in het middenveld hangen. Zo nu en dan was ik me, ondanks de angst die mijn hersenen verlamde, bewust van Rosalies ogen die op mij gericht waren. Ze waren uitdrukkingloos, maar iets aan de stand van haar mond gaf me de indruk dat ze boos was.

Edward had totaal geen aandacht voor de wedstrijd: zijn ogen en gedachten scanden het bos.

'Het spijt me, Bella,' mompelde hij woest. 'Het was stom, onverantwoordelijk om je zo bloot te stellen. Het spijt me verschrikkelijk.'

Ik hoorde zijn adem stokken en zijn ogen richtten zich op de rechterkant van het veld. Hij nam een halve stap en plaatste zich tussen mij en wat ging komen.

Carlisle, Emmett en de anderen draaiden dezelfde kant op. Ze hoorden voetstappen die nog te zwak waren voor mijn oren.

18. De jacht

Ze verschenen een voor een aan de rand van het bos, een tiental meters bij elkaar vandaan. De eerste man die het veld op stapte, hield gelijk zijn pas in, zodat de andere man aan kop kon komen en hij plaatste zichzelf op zo'n manier achter de lange, donkerharige man dat duidelijk bleek wie hier de leiding had. De derde was een vrouw; vanaf deze afstand was het enige wat ik van haar kon zien de felle kleur van haar haar.

Ze sloten de rijen voordat ze omzichtig doorliepen in de richting van Edwards familie, waarbij ze het instinctieve respect toonden van een stel roofdieren dat een grotere, onbekende groep van zijn eigen soort tegenkomt.

Terwijl ze ons naderden, kon ik zien hoe anders zij waren dan de Cullens. Hun manier van lopen was katachtig, ze leken zich voortdurend gereed te houden om een prooi te bespringen. Ze waren gekleed in de standaard kleding van rugzaktoeristen: spijkerbroeken en sportieve jacks van zware, waterafstotende stoffen. Maar de kleren waren versleten door het vele dragen en ze liepen op blote voeten. Beide mannen hadden kort haar, maar het lange, knaloranje haar van de vrouw zat vol bladeren en takjes uit de bossen.

Hun scherpe ogen bestudeerden zorgvuldig de meer verfijnde, stadse houding van Carlisle, die, geflankeerd door Emmett en Jasper, behoedzaam naar voren stapte om hen te begroeten. Zonder enige merkbare communicatie onderling, richtten zij zich alledrie op tot een meer nonchalante, rechtere houding.

De man voorop was veruit de mooiste: zijn huid was olijfkleurig onder de kenmerkende bleekheid, zijn haar glanzend zwart. Hij was van gemiddelde lengte en vanzelfsprekend stevig gespierd, maar niet zo stevig als Emmett. Hij glimlachte ongedwongen, zodat zijn glimmende witte tanden zichtbaar werden.

De vrouw was wilder. Haar ogen gingen rusteloos heen en weer tussen de mannen voor haar en de losse groep om mij heen. Haar warrige haar

bewoog zachtjes in de lichte bries. Haar houding was duidelijk katachtig. De andere man bleef onopvallend achter hen hangen. Hij was tengerder dan de leider, zijn lichtbruine haar en regelmatige gelaatstrekken waren niet opvallend. Zijn ogen, hoewel onbeweeglijk, leken op een of andere manier echter het oplettendst.

Hun ogen waren ook anders. Niet het goud of zwart dat ik gewend was, maar een diepe wijnrode kleur die zowel verontrustend als angstaanjagend was.

De donkerharige man stapte, nog altijd glimlachend, op Carlisle af.

'We dachten een wedstrijd te horen,' zei hij ontspannen, zijn stem had een licht Frans accent. 'Ik ben Laurent, en dit zijn Victoria en James.' Hij gebaarde naar de vampiers achter hem.

'Ik ben Carlisle. Dit is mijn familie: Emmett en Jasper, Rosalie, Esmé en Alice, Edward en Bella.' Hij duidde ons aan in groepjes, waarbij hij bewust geen aandacht vestigde op individuele personen. Ik voelde een schok toen hij mijn naam noemde.

'Kunnen jullie nog een paar spelers gebruiken?' vroeg Laurent vriendelijk.

Carlisle antwoordde op dezelfde vriendelijke manier: 'Eigenlijk waren we net uitgespeeld. Maar een volgende keer zijn jullie van harte welkom. Zijn jullie van plan lang hier in de omgeving te blijven?'

'We zijn op weg naar het noorden, maar we vroegen ons af wie er hier in de buurt was. We hebben al een hele tijd geen gezelschap gehad.'

'Nee, deze regio is voornamelijk leeg met uitzondering van ons en een enkele bezoeker, zoals jullie.'

De gespannen sfeer was langzaam overgegaan in een gewoon gesprek; ik nam aan dat Jasper zijn bijzondere gave gebruikte om de situatie te beïnvloeden.

'Wat is jullie jachtgebied?' vroeg Laurent terloops.

Carlisle negeerde de veronderstelling achter deze vraag. 'De Olympic Range hier, en af en toe de Coast Ranges. We hebben een vaste plek om te wonen hier in de buurt. Er is nog een permanente nederzetting, net als de onze, in Denali in het noorden.'

Laurent leunde licht naar achteren op zijn hielen. 'Een vaste plek? Hoe doen jullie dat?' Er was oprechte nieuwsgierigheid in zijn stem.

'Waarom gaan jullie niet mee naar ons huis zodat we wat comfortabeler kunnen praten?' nodigde Carlisle uit. 'Het is een tamelijk lang verhaal.'

James en Victoria keken verrast bij het woord 'huis', maar Laurent hield zijn gezicht beter onder controle.

'Dat klinkt erg interessant, en gastvrij.' Zijn glimlach was warm. 'We zijn al vanaf Ontario op jacht en we hebben al een tijd geen gelegenheid gehad ons te wassen.' Hij bekeek Carlisle's keurige verschijning waarderend.

'Het is niet persoonlijk bedoeld, maar we stellen het op prijs als jullie niet zouden willen jagen in de nabije omgeving. We moeten ervoor zorgen dat we geen aandacht trekken, begrijp je,' legde Carlisle uit.

'Natuurlijk,' knikte Laurent. 'We zullen geen inbreuk maken op jullie territorium. Bovendien hebben we in de buurt van Seattle al gegeten,' lachte hij.

Er liep een rilling over mijn rug.

'Ren maar met ons mee, dan wijzen we jullie de weg. Emmett en Alice, gaan jullie met Edward en Bella de Jeep halen,' voegde hij terloops toe.

Terwijl Carlisle sprak leken er drie dingen tegelijk te gebeuren. De lichte bries liet mijn haar wapperen, Edward verstijfde en de andere man, James, zwiepte zijn hoofd ineens mijn kant op en bestudeerde me met opengesperde neusgaten.

Het hele gezelschap verstijfde onmiddellijk toen James een stap naar voren nam en in elkaar dook. Edward ontblootte zijn tanden en kromde ook zijn rug ter verdediging, een dierlijke gegrom kwam uit zijn keel. Het leek in niets op zijn speelse geluiden van vanochtend; het was het allerangstaanjagendste geluid dat ik ooit gehoord had en koude rillingen liepen van de kruin van mijn hoofd naar het puntje van mijn tenen.

'Wat krijgen we nou?' riep Laurent in opperste verbazing. Noch James noch Edward liet zijn agressieve houding varen. James maakte een schijnbeweging naar opzij en Edward bewoog gelijk mee.

'Zij hoort bij ons.' Carlisle's strenge terechtwijzing was gericht aan James. Mijn geur leek op Laurent een minder sterk effect te hebben dan op James, maar nu verscheen er een begrijpende blik op zijn gezicht.

'Jullie hebben een snack meegenomen?' vroeg hij ongelovig en nam onwillekeurig een stap naar voren.

Edward grauwde nog woedender, heftiger, zijn lip krulde op tot boven zijn glinsterende, ontblote tanden. Laurent stapte weer naar achteren.

'Ik zei dat ze bij ons hoort,' corrigeerde Carlisle met harde stem.

'Maar zij is een méns,' protesteerde Laurent. Zijn woorden waren absoluut niet agressief, alleen verbijsterd.

'Ja.' Emmett was zeer aanwezig aan Carlisle's zijde, zijn ogen gericht op James. James kwam langzaam overeind uit zijn gebogen houding, maar zijn ogen verlieten mij geen moment en zijn neusgaten stonden nog wijd open. Edward bleef gespannen als een leeuw voor me staan.

Toen Laurent sprak, was zijn toon sussend, in een poging de plotselinge vijandigheid te laten verdwijnen. 'Het lijkt erop dat we veel over elkaar moeten leren.'

'Dat denk ik ook.' Carlisle's stem was nog steeds kil.

'Maar we nemen je uitnodiging graag aan.' Zijn ogen flitsten naar mij en weer terug naar Carlisle. 'En natuurlijk zullen we het mensenmeisje geen kwaad doen. Zoals ik zei: we zullen niet jagen in jullie territorium.'

James keek ongelovig en boos naar Laurent en wisselde toen een korte blik met Victoria, wier ogen nerveus van gezicht naar gezicht gingen.

Carlisle peilde een ogenblik Laurents open gezicht voordat hij sprak. 'We zullen jullie voorgaan. Jasper, Rosalie, Emmett?' riep hij. Ze groepten samen en blokkeerden het zicht op mij terwijl ze dat deden. Alice stond meteen naast me en Emmett stapte langzaam naar achteren, zijn ogen strak op James terwijl hij zich bij ons aansloot.

'Laten we gaan, Bella.' Edwards stem was laag en koud.

De hele tijd had ik aan de grond genageld gestaan, volledig verstijfd van angst. Edward moest mijn elleboog vastpakken en er een flinke ruk aan geven om mijn trance te verbreken. Alice en Emmett liepen vlak achter ons, verborgen mij. Ik strompelde voort naast Edward, nog altijd verstomd van angst. Ik kon niet horen of de andere groep al vertrokken was. Edwards ongeduld was bijna voelbaar toen we met menselijke snelheid naar de rand van het bos liepen.

Toen we eenmaal tussen de bomen waren, slingerde Edward me zonder te stoppen op zijn rug. Ik greep hem zo stevig mogelijk vast terwijl hij ervandoor ging, de anderen vlak op zijn hielen. Ik hield mijn hoofd naar beneden, maar mijn ogen – groot van schrik – wilden niet dicht.

Ze snelden als geesten door het nu zwarte bos. Het gevoel van opwinding dat normaal gesproken bezit leek te nemen van Edward als hij rende was

geheel afwezig, vervangen door een woede die hem verteerde en hem nog harder liet lopen. Zelfs met mij op zijn rug liet hij de anderen achter zich.

We bereikten de Jeep in een onmogelijk korte tijd en Edward vertraagde nauwelijks toen hij me op de achterbank wierp.

'Maak haar vast,' beval hij Emmett, die naast me ging zitten.

Alice zat al op de voorstoel en Edward startte de motor. Hij brulde tot leven en we reden achteruit, keerden en hotsten de kronkelige weg op.

Edward gromde iets wat te snel was voor mij om te horen, maar het klonk als een lange reeks vloeken.

De hobbelige rit was dit keer veel erger en het duister maakte het alleen maar beangstigender. Emmett en Alice staarden beiden uit de zijramen.

We bereikten de hoofdweg en onze snelheid nam toe. Ik kon nu veel beter zien waar we naartoe gingen. En we reden naar het zuiden, weg van Forks.

'Waar gaan we heen?' vroeg ik.

Niemand gaf antwoord. Niemand keek zelfs naar me.

'Verdomme, Edward! Waar breng je me naartoe?'

'Je moet weg van hier – ver weg – nu.' Hij keek niet achterom, zijn ogen op de weg. De snelheidsmeter gaf honderdzestig kilometer per uur aan.

'Draai om! Je moet me naar huis brengen!' schreeuwde ik. Ik worstelde met de stomme gordels en rukte aan de banden.

'Emmett,' zei Edward grimmig.

En Emmett nam mijn handen in een stalen greep.

'Nee! Edward! Nee, dit kun je niet maken.'

'Ik moet wel, Bella. Wees alsjeblieft stil nu.'

'Dat doe ik niet! Je moet me terugbrengen – Charlie zal de FBI bellen! Ze zullen je familie niet met rust laten: Carlisle en Esmé! Ze zullen weg moeten gaan, zich voor altijd schuilhouden!'

'Houd je gemak, Bella.' Zijn stem was koud. 'We hebben dit eerder meegemaakt.'

'Maar toen ging het niet om mij! Je bederft niet alles vanwege mij!' Ik worstelde woest, maar het was totaal nutteloos.

Alice zei voor het eerst iets: 'Edward, stop, zet hem aan de kant.'

Hij schonk haar een harde blik en gaf nog meer gas.

'Edward, laten we dit bespreken.'

'Je begrijpt het niet,' brulde hij gefrustreerd. Ik had hem nog nooit zo

hard horen schreeuwen; het was oorverdovend in de kleine ruimte van de Jeep. De snelheidsmeter naderde de honderdzeventig. 'Hij is een spoorzoeker, Alice, zag je dat niet? Hij is een spoorzoeker!'

Ik voelde Emmett naast me verstijven en ik verbaasde me over zijn reactie op dat woord. Het had voor hen een andere betekenis dan voor mij. Ik wilde het begrijpen, maar kreeg geen kans het te vragen.

'Zet hem aan de kant, Edward.' Alice' stem was rustig, maar er klonk een bepaalde autoriteit in door die ik nog niet eerder had gehoord.

De snelheidsmeter kroop voorbij de honderdtachtig.

'Nu, Edward.'

'Luister naar me, Alice. Ik zag wat hij dacht. Spoorzoeken is zijn passie, zijn obsessie – en hij wil haar, Alice, vooral háár. Hij begint vanavond nog met jagen.'

'Hij weet niet waar...'

Hij onderbrak haar. 'Hoe lang denk je dat het duurt voor hij haar geur tegenkomt in de stad? Hij had zijn plannen al gemaakt voordat de woorden Laurents mond uit waren.'

Ik hapte naar adem, want ik wist waar mijn geur hem naartoe zou leiden. 'Charlie! Je kunt hem niet daar laten! Je kunt hem niet achterlaten!' Ik rukte wild aan de gordels.

'Ze heeft gelijk,' zei Alice.

De auto reed iets langzamer.

'Laten we gewoon even onze opties bekijken,' zei Alice overredend.

De auto reed nog iets langzamer, merkbaarder, en toen kwamen we opeens met gierende banden tot stilstand op de vluchtstrook van de snelweg. Ik vloog tegen de gordels aan en knalde toen naar achteren in de stoel.

'Er zijn geen opties,' siste Edward.

'Ik laat Charlie niet achter!' gilde ik.

Hij negeerde me volledig.

'We moeten haar terugbrengen,' zei Emmett eindelijk.

'Nee.' Edward was vastbesloten.

'Hij is geen partij voor ons, Edward. Hij zal haar geen haar kunnen krenken.'

'Hij zal net zo lang wachten tot hij een kans krijgt.'

Emmett glimlachte. 'Ik kan ook wachten.'

'Je zag het niet, je begrijpt het niet. Als hij eenmaal besloten heeft te gaan jagen, brengt niets hem daar vanaf. We zullen hem moeten doden.'

Emmett leek daar geen problemen mee te hebben. 'Dat is een mogelijkheid.'

'En de vrouw. Zij doet met hem mee. En als het op een gevecht uitdraait, doet de leider ook mee.'

'Wij zijn met meer.'

'Er is nog een optie,' zei Alice zachtjes.

Edward draaide zich woedend om, zijn stem een razende grauw: 'Er... is... geen... andere... optie.'

Emmett en ik keken hem geschrokken aan, maar Alice leek niet verbaasd. De stilte duurde een lange minuut terwijl Edward en Alice elkaar aanstaarden.

Ik verbrak hem. 'Wil iemand misschien mijn plan horen?'

'Nee,' snauwde Edward. Alice werd nu eindelijk kwaad en keek hem boos aan.

'Luister,' smeekte ik. 'Breng me terug.'

'Nee,' onderbrak hij me.

Ik keek kwaad naar hem en ging verder. 'Breng me terug. Ik vertel mijn vader dat ik naar huis wil, naar Phoenix. Ik pak mijn tas in. We wachten tot de spoorzoeker toekijkt en dan smeren we hem. Hij volgt ons en laat Charlie met rust. Charlie zal de FBI niet op jullie familie afsturen. Dan kun je me overal naartoe brengen waar je maar wilt.'

Ze staarden me aan, stomverbaasd.

'Eigenlijk is het helemaal niet zo'n slecht idee.' Emmetts verbazing was bepaald beledigend.

'Het zou kunnen werken – en we kunnen haar vader natuurlijk niet onbeschermd laten. Dat weet jij ook wel,' zei Alice.

Iedereen keek naar Edward.

'Het is te gevaarlijk. Ik wil niet dat hij binnen honderd kilometer van haar komt.'

Emmett was buitengewoon zeker van zichzelf. 'Edward, hij komt niet langs ons.'

Alice dacht even na. 'Ik zie hem niet aanvallen. Hij zal blijven wachten tot we haar alleen laten.'

'Hij zal zich snel realiseren dat dat niet zal gebeuren.'

'Ik eis dat jullie me naar huis brengen.' Ik probeerde streng te klinken.

Edward drukte zijn vingers tegen zijn slapen en kneep zijn ogen dicht.

'Alsjeblieft,' zei ik bijna smekend.

Hij keek niet op. Toen hij sprak, klonk hij uitgeput. 'Je vertrekt vanavond, of de spoorzoeker je ziet of niet. Zeg tegen Charlie dat je het niet langer uithoudt in Forks. Maakt niet uit wat je zegt, als het maar werkt. Pak wat je nodig hebt en stap in je pick-up. Het kan me niet schelen wat hij tegen je zegt. Je hebt een kwartier. Hoor je me? Een kwartier vanaf het moment dat je naar binnen stapt.'

De Jeep kwam grommend tot leven, en Edward keerde met piepende banden. De wijzer van de snelheidsmeter begon weer omhoog te racen.

'Emmett?' vroeg ik, en ik keek veelbetekenend naar mijn handen.

'O, sorry.' Hij liet me los.

Een paar minuten verstreken in stilte, op het gebrul van de motor na. Toen sprak Edward weer.

'Dit is hoe we het gaan doen. Als we bij het huis zijn en de spoorzoeker is er niet, loop ik met haar mee naar de deur. Dan heeft ze vijftien minuten.' Hij staarde me aan in de achteruitkijkspiegel. 'Emmett, jij neemt de buitenkant van het huis. Alice, jij haalt haar auto. Ik ben net zo lang binnen als zij is. Als ze weg is, kunnen jullie twee de Jeep naar huis brengen en alles aan Carlisle vertellen.'

'Echt niet,' onderbrak Emmett. 'Ik ga met jou mee.'

'Denk na, Emmett. Ik weet niet hoe lang ik weg zal blijven.'

'Ik blijf bij je totdat we weten wat er met James gebeurt.'

Edward zuchtte. 'Als de spoorzoeker er wel is,' ging hij grimmig verder, 'rijden we door.'

'We zullen er eerder zijn dan hij,' verzekerde Alice hem.

Edward leek dat aan te nemen. Wat zijn probleem met Alice ook was, hij leek nu niet aan haar te twijfelen.

'Wat doen we met de Jeep?' vroeg ze.

Zijn stem had een harde klank. 'Jij rijdt ermee naar huis.'

'Nee, dat doe ik niet,' zei ze rustig.

De onverstaanbare reeks vloeken begon weer.

'We passen niet allemaal in mijn auto,' fluisterde ik.

Edward leek me niet te horen.

'Ik denk dat je me alleen naar binnen moet laten gaan,' zei ik nog zachter.

Dat hoorde hij.

'Bella, alsjeblieft, we doen dit op mijn manier,' zei hij door opeengeklemde kaken.

'Charlie is niet gek,' protesteerde ik. 'Als je morgen niet in de stad bent, zal hij argwaan krijgen.'

'Dat doet er niet toe. We zorgen ervoor dat hij veilig is, dat is het enige wat telt.'

'En hoe zit het dan met de spoorzoeker? Hij zag hoe je vanavond reageerde. Hij zal denken dat je bij mij bent, waar je ook bent.'

Emmett keek me aan, weer beledigend verrast. 'Edward, luister naar haar,' drong hij aan. 'Ik vind dat ze gelijk heeft.'

'Ja, dat heeft ze ook,' was Alice het eens.

'Dat kan ik niet.' Edwards stem was ijzig.

'Emmett moet ook hier blijven,' ging ik verder. 'Emmett zal ongetwijfeld indruk op hem hebben gemaakt.'

'Wat,' Emmett draaide zich naar me toe.

'Je hebt meer kans hem te grazen te nemen als je in Forks blijft,' was Alice het weer eens.

Edward staarde haar ongelovig aan. 'Jij vindt dat ik haar alleen moet laten gaan?'

'Natuurlijk niet,' zei Alice. 'Jasper en ik gaan met haar mee.'

'Dat kan ik niet,' herhaalde Edward, maar dit keer was duidelijk te horen dat hij zich gewonnen begon te geven. Hij kon niet om de logica heen.

Ik probeerde hem te overreden. 'Blijf hier nog een week...' Ik zag zijn gezicht in de spiegel en verbeterde mezelf '... een paar dagen. Laat Charlie zien dat je me niet gekidnapt hebt, en misleid deze James. Zorg ervoor dat hij mijn spoor totaal bijster is. En kom dan naar me toe. Neem natuurlijk een flinke omweg, en dan kunnen Jasper en Alice naar huis.'

Ik kon zien dat hij erover nadacht.

'Waar moet ik je ontmoeten?'

'Phoenix.' Natuurlijk.

'Nee. Hij zal horen dat je daar naar toe gaat,' zei hij ongeduldig.

'En jij zorgt er natuurlijk voor dat dat op een list lijkt. Hij weet dat wij

weten dat hij meeluistert. Hij zal nooit geloven dat ik echt ga naar waar ik zeg dat ik ga.'

'Ze is duivels,' grinnikte Emmett.

'En wat als dat niet werkt?'

'Er wonen zeven miljoen mensen in Phoenix,' vertelde ik hem.

'Een telefoonboek vinden is niet zo moeilijk.'

'Ik ga niet naar huis.'

'O?' vroeg hij met een gevaarlijke klank in zijn stem.

'Ik ben oud genoeg om op mezelf te wonen.'

'Edward, wij zijn bij haar,' herinnerde Alice hem.

'En wat gaan júllie doen in Phoenix?' vroeg hij geringschattend.

'Binnen blijven.'

'Klinkt goed.' Emmett dacht er ongetwijfeld aan hoe ze James te pakken zouden nemen.

'Houd je kop, Emmett.'

'Kijk, als we hem te grazen proberen te nemen terwijl zij nog in de buurt is, is er een veel grotere kans dat er iemand gewond raakt: zij raakt gewond, of jij terwijl je haar probeert te beschermen. Maar als hij alleen is...' Hij viel stil en er verscheen een glimlach op zijn gezicht. Ik had gelijk.

De Jeep kroop nu langzaam vooruit want we reden de stad binnen. Ondanks mijn dappere woorden, voelde ik de haren op mijn armen overeind komen. Ik dacht aan Charlie, alleen in huis, en probeerde dapper te zijn.

'Bella.' Edwards stem was heel zacht. Alice en Emmett keken uit het raam. 'Als je ook maar iets met jezelf laat gebeuren, wat dan ook, houd ik je persoonlijk verantwoordelijk. Begrepen.'

'Ja,' slikte ik.

Hij wendde zich tot Alice. 'Kan Jasper dit aan?'

'Heb een beetje vertrouwen in hem, Edward. Hij doet het heel, heel erg goed, gezien de omstandigheden.'

'Kan jíj het aan?' vroeg hij.

En elegante kleine Alice trok haar lippen op in een afgrijselijke grimas en liet een diepe grauw ontsnappen uit haar keel waardoor ik doodsbang in mijn stoel wegdook.

Edward glimlachte tegen haar. 'Maar houd je mening voor je,' mompelde hij opeens.

19. Afscheid

Charlie zat nog op me te wachten. Alle lichten in het huis waren aan. Ik kon geen enkele manier bedenken om hem over te halen me te laten gaan. Dit zou niet leuk worden.

Edward kwam langzaam tot stilstand. Hij bleef een flink eind bij mijn auto vandaan. Alle drie waren ze zeer alert en zaten kaarsrecht in hun stoelen. Ze luisterden naar alle geluiden in het bos, bekeken elke schaduw, snoven elke geur op, op zoek naar iets wat er niet thuishoorde. De motor was uit en ik zat bewegingloos terwijl zij luisterden.

'Hij is hier niet,' zei Edward gespannen. 'Laten we gaan.'

Emmett reikte voor me langs om me uit de gordels te helpen. 'Maak je geen zorgen, Bella,' zei hij met zachte maar vrolijke stem, 'we zullen de boel hier snel afhandelen.'

Ik voelde vocht opwellen in mijn ogen toen ik naar Emmett keek. Ik kende hem nauwelijks, maar toch deed de gedachte dat ik niet wist wanneer ik hem na vanavond weer zou zien me pijn. Ik wist dat dit slechts een voorproefje was van de keren dat ik de komende uren afscheid zou moeten nemen, en de gedachte daaraan liet mijn ogen overlopen.

'Alice, Emmett.' Edwards stem was bevelend. Ze gleden het duister in en waren gelijk verdwenen. Edward deed mijn portier open en pakte mijn hand, trok me toen in de beschermende holte van zijn arm. Hij liep snel met me naar het huis, maar zijn ogen bleven de nacht afzoeken.

'Vijftien minuten,' waarschuwde hij zachtjes.

'Oké,' snifte ik. Mijn tranen hadden me geïnspireerd.

Ik bleef staan op de veranda en nam zijn gezicht in mijn handen. Ik keek diep in zijn ogen. 'Ik hou van jou,' zei ik met een lage, intense stem. 'Ik zal altijd van je houden, wat er ook gebeurt.'

'Er zal je niets gebeuren, Bella,' zei hij net zo intens.

'Houd je gewoon aan het plan, oké? Zorg dat Charlie veilig is. Hij zal me hierna niet erg aardig meer vinden, en ik wil hem later wel mijn excuses kunnen aanbieden.'

'Ga naar binnen, Bella. We moeten snel zijn.' Zijn stem was dwingend.

'Nog een ding,' fluisterde ik emotioneel. 'Luister niet naar wat ik zo meteen allemaal zeg!' Hij leunde naar me toe, dus het enige wat ik hoefde te doen was op mijn tenen gaan staan om zijn verbaasde, ijskoude lippen te kussen met alle kracht die ik in me had. Toen draaide ik me om en schopte de deur open.

'Rot op, Edward!' schreeuwde ik tegen hem, rende naar binnen en knalde de deur dicht voor zijn nog steeds geschokte gezicht.

'Bella?' Charlie had in de woonkamer zitten wachten en stond al op zijn benen.

'Laat me met rust!' gilde ik tegen hem, terwijl mijn tranen nu vrijelijk stroomden. Ik rende naar boven naar mijn kamer, gooide de deur dicht en draaide de sleutel om. Ik rende naar mijn bed, plofte op de grond om mijn tas te pakken. Ik graaide snel tussen de matras en de bodem om de oude, dichtgeknoopte sok te zoeken waarin mijn geheime spaarpot zat.

Charlie bonkte op mijn deur.

'Bella, is alles goed met je? Wat is er aan de hand?' Zijn stem was angstig.

'Ik ga naar húís,' brulde ik. Mijn stem brak precies op de juiste plek.

'Heeft hij je pijn gedaan?' Hij klonk nu bozig.

'Nee!' krijste ik een paar octaven hoger. Ik liep naar de kast en Edward stond er al. Zwijgend rukte hij ladingen kleding van de planken en gaf die aan mij.

'Heeft hij het uitgemaakt?' Charlie was perplex.

'Nee!' gilde ik, iets meer buiten adem nu ik alles in de tas aan het proppen was. Edward gooide nog een lading naar me toe. De tas zat al behoorlijk vol.

'Wat is er aan de hand, Bella?' schreeuwde Charlie door de deur, waar hij weer op bonkte.

'Ík heb het uitgemaakt met hém!' schreeuwde ik terug en rukte aan de rits van mijn tas. Edwards vaardige handen duwden die van mij weg en ritsten hem snel dicht. Hij hing de tas zorgvuldig over mijn schouder.

'Ik wacht in de pick-up – ga!' fluisterde hij en duwde me naar de deur. Hij verdween uit het raam.

Ik deed de deur van het slot en duwde Charlie ruw opzij. Mijn zware tas hinderde me toen ik de trap afrende.

'Wat is er aan de hand?' brulde hij. Hij was vlak achter me. 'Ik dacht dat je hem leuk vond.'

Bij de keuken greep hij me bij mijn elleboog. Hoewel hij nog steeds verward was, hield hij me stevig vast.

Hij draaide me om zodat ik hem aankeek, en ik zag aan zijn gezicht dat hij niet van plan was me te laten vertrekken. Ik kon maar een manier bedenken om te ontsnappen en dat betekende dat ik hem zoveel pijn zou moeten doen dat ik mezelf verafschuwde omdat er ik überhaupt aan dacht. Maar ik had geen tijd en ik moest ervoor zorgen dat hij veilig was.

Ik keek kwaad naar mijn vader, nieuwe tranen in mijn ogen om wat ik op het punt stond te doen.

'Ik vind hem ook leuk, dat is juist het probleem. Ik kan er niet meer tegen! Ik kan hier niet nog verder wortelen! Ik wil niet vast komen te zitten in deze stomme saaie stad, net als mama! Ik wil niet dezelfde domme fout maken die zij gemaakt heeft. Ik haat het hier – ik wil hier geen minuut langer blijven!'

Zijn hand viel van mijn arm alsof ik hem geëlektrocuteerd had. Ik wendde me af van zijn geschokte, gekwetste gezicht en zette koers naar de deur.

'Bells, je kunt nu niet weggaan. Het is nacht,' fluisterde hij achter me.

Ik draaide me niet om. 'Ik slaap wel in de auto als ik moe word.'

'Wacht nog een week,' smeekte hij, nog steeds geschokt. 'Dan is Renée terug.'

Dat bracht me volledig van mijn stuk. 'Wat?'

Charlie ging gretig door, hij brabbelde bijna van opluchting toen ik aarzelde. 'Ze belde toen je weg was. Het gaat niet zo goed in Florida en als Phil aan het eind van de week geen contract krijgt aangeboden, gaan ze terug naar Arizona. De assistent-coach van de Sidewinders zei dat ze misschien een plekje hebben voor nog een korte stop.'

Ik schudde mijn hoofd en probeerde mijn nu verwarde gedachten op een rijtje te krijgen. Elke seconde die voorbij tikte bracht Charlie verder in gevaar.

'Ik heb een sleutel,' mompelde ik en draaide aan de knop. Hij was te dichtbij, een hand naar me uitgestrekt, gezicht verbijsterd. Ik mocht niet nog meer tijd verspillen aan deze discussie. Ik moest hem nog meer kwetsen.

'Laat me gaan, Charlie.' Ik herhaalde de laatste woorden van mijn moeder

toen ze zoveel jaren geleden dezelfde deur was uitgelopen. Ik zei ze zo boos als ik maar kon en ik smeet de deur open. 'Ik ben niet gelukkig, oké? Ik háát Forks!'

Mijn wrede woorden hadden effect; Charlie bleef als bevroren op de drempel staan, verdoofd, terwijl ik de nacht in rende. Ik was doodsbang voor de lege voortuin. Ik rende zo hard ik kon naar mijn auto, want ik dacht dat er een donkere schaduw achter me liep. Ik gooide mijn tas achterin en wrikte de deur open. De sleutel zat al in de ontsteking.

'Ik bel je morgen!' brulde ik. Ik zou niets liever willen dan dat ik hem alles nu gelijk kon uitleggen, maar ik wist dat dat niet kon. Ik gaf gas en scheurde weg.

Edward pakte mijn hand. 'Zet hem aan de kant,' zei hij toen het huis, en Charlie, verdwenen waren.

'Ik kan rijden,' zei ik door de tranen die over mijn wangen stroomden.

Zijn lange handen grepen plotseling mijn middel en zijn voet duwde de mijne van het gaspedaal. Hij trok me over zijn schoot, wrong mijn handen van het stuur en ineens zat hij op de bestuurdersstoel. De pick-up week geen centimeter van zijn koers.

'Je kunt het huis niet vinden,' legde hij uit.

Plots lichtten er achter ons koplampen op. Ik staarde uit het achterraam, ogen groot van schrik.

'Het is Alice maar,' stelde hij me gerust. Hij pakte mijn hand weer.

Mijn hoofd vulde zich met het beeld van Charlie in de deuropening. 'En de spoorzoeker?'

'Hij hoorde het einde van je voorstelling,' zei Edward grimmig.

'Charlie?' vroeg ik benauwd.

'De spoorzoeker volgt ons. Hij rent nu achter ons aan.'

Mijn lichaam werd koud. 'Kunnen we hem voorblijven?'

'Nee.' Maar hij gaf gas terwijl hij sprak. De motor van de pick-up piepte uit protest.

Mijn plan leek ineens niet meer zo briljant. Ik staarde naar de koplampen van Alice, toen de pick-up ineens schudde en een donkere schaduw in de achterbak sprong.

Mijn bloedstollende schreeuw duurde een fractie van een seconde voor Edwards hand over mijn mond sloot.

'Het is Emmett!'

Hij liet mijn mond los en sloeg zijn arm om mijn middel.

'Het is in orde, Bella,' beloofde hij. 'Je zult veilig zijn.'

We raceten door de stille stad naar de snelweg richting het noorden.

'Ik had niet in de gaten dat je het leven in een provinciestad zo saai vond,' zei hij op luchtige toon, en ik wist dat hij me probeerde af te leiden. 'Het leek erop dat je je aardig begon aan te passen – vooral de laatste tijd. Misschien vleide ik mezelf met de gedachte dat ik het leven hier interessanter maakte voor je.'

'Ik was niet erg aardig tegen hem,' bekende ik en negeerde zijn poging me af te leiden. Ik keek naar mijn knieën. 'Dat was hetzelfde wat mijn moeder zei toen ze hem verliet. Je zou kunnen zeggen dat dit een stoot onder de gordel was.'

'Maak je geen zorgen. Hij zal je vergeven.' Hij glimlachte licht, maar dat bereikte niet zijn ogen. 'Bella, het komt allemaal goed.'

'Maar het is niet goed als ik niet bij jou ben,' fluisterde ik.

'Over een paar dagen zijn we weer bij elkaar,' zei hij en knelde zijn arm om me heen. 'Vergeet niet dat dit jouw idee was.'

'Het was het beste idee – natuurlijk was het van mij.'

Zijn glimlach daarop was grimmig en verdween weer snel.

'Waarom moest dit gebeuren?' vroeg ik met overslaande stem. 'Waarom ik?'

Hij staarde somber naar het wegdek. 'Het is mijn schuld. Het was stom om je zo bloot te stellen.' De woede in zijn stem was op hemzelf gericht.

'Dat bedoelde ik niet,' hield ik vol. 'Ik was daar, nou en. De andere twee hadden er geen last van. Waarom besloot die James míj te doden? Er zijn zoveel mensen, waarom mij?'

Hij aarzelde, dacht na voordat hij antwoordde.

'Ik heb vanavond zijn gedachten goed kunnen zien,' begon hij met zachte stem. 'Ik weet niet zeker of ik iets had kunnen doen om dit te voorkomen, nadat hij je eenmaal had gezien. Het is deels jouw fout.' Zijn stem was wrang. 'Als je niet zo overweldigend lekker had geroken, zou hij misschien geen moeite gedaan hebben. Maar toen ik je in bescherming nam... nou, dat maakte het alleen maar erger. Hij is niet gewend gedwarsboomd te worden, maakt niet uit hoe onbelangrijk het voorwerp. Hij ziet zichzelf als een jager

en niets anders. Hij leeft voor het spoorzoeken en het enige wat hij vraagt van het leven is een uitdaging. Wij hebben hem ineens een schitterende uitdaging gegeven... een groep sterke vechters die allemaal gebrand zijn op het beschermen van dat ene kwetsbare element. Je zult niet geloven hoe euforisch hij nu is. Het is zijn favoriete spelletje en we hebben het zojuist zijn opwindendste jacht ooit gemaakt.' Zijn stem droop van afschuw.

Hij viel even stil.

'Maar als ik niets had gedaan, had hij je ter plekke gedood,' zei hij met hopeloze frustratie.

'Ik dacht... dat ik niet zo lekker rook voor de anderen... als voor jou,' zei ik aarzelend.

'Dat doe je ook niet. Maar dat betekent niet dat je voor de anderen niet toch verleidelijk ruikt. Als de spoorzoeker – of een van de anderen – je net zo lekker had gevonden als ik, was het gelijk op een gevecht uitgelopen.'

Ik rilde.

'Ik geloof niet dat ik nog een andere keuze heb dan hem te doden,' mompelde hij. 'Carlisle zal er niet blij mee zijn.'

Ik hoorde de banden over de brug knersen, hoewel ik de rivier in het donker niet kon zien. Ik wist dat we dichterbij kwamen. Ik moest het hem nu vragen.

'Hoe dood je een vampier?'

Hij keek me met onleesbare ogen aan en zijn stem was plotseling hard. 'De enige manier om er zeker van te zijn dat hij dood is, is om hem in stukken te scheuren en die te verbranden.'

'En de andere twee zullen zijn kant kiezen?'

'De vrouw wel. Van Laurent weet ik het niet zeker. Ze hebben niet zo'n sterke band. Hij heeft zich uit gemakzucht bij hen aangesloten. Hij schaamde zich voor James daar op het veld.'

'Maar James en de vrouw, zullen ze proberen je te doden?' vroeg ik verstikt.

'Bella, waag het niet je tijd te verspillen met zorgen om mij. Jouw enige zorg is jezelf in veiligheid te brengen en wees, alsjeblieft, alsjeblieft, niet roekeloos.'

'Volgt hij ons nog steeds?'

'Ja, maar hij zal het huis niet aanvallen. In elk geval vanavond niet.'

Hij sloeg af naar de onzichtbare oprit, met Alice vlak achter ons.

We stopten vlak bij het huis. De lichten binnen waren fel, maar hielpen nauwelijks tegen het duister van het nabije bos. Emmett had mijn portier open voordat de pick-up stilstond; hij trok me uit mijn stoel, stopte me als een bal onder zijn arm en rende naar de deur.

We vielen binnen in de grote, witte kamer, met Edward en Alice aan weerszijden. Iedereen was er, ze kwamen overeind bij het geluid van onze binnenkomst. Laurent stond in hun midden. Ik hoorde laag gegrom rommelen diep in Emmetts keel toen hij me naast Edward neerzette.

'Hij volgt ons,' meldde Edward met een onheilspellende blik op Laurent.

Laurents gezicht was ongelukkig. 'Daar was ik al bang voor.'

Alice danste naar Jasper toe en fluisterde in zijn oor; haar lippen trilden door de snelheid van haar stille woorden. Ze vlogen samen de trap op. Rosalie keek hen na en ging toen snel naast Emmett staan. Haar prachtige ogen waren gespannen en, als ze onwillekeurig naar mijn gezicht keken, woedend.

'Wat is hij van plan?' vroeg Carlisle met ijskoude stem aan Laurent.

'Het spijt me,' antwoordde hij. 'Ik was er al bang voor dat hij aangemoedigd zou worden toen jouw zoon haar verdedigde.'

'Kun je hem tegenhouden?'

Laurent schudde zijn hoofd. 'Niets houdt James tegen als hij eenmaal begonnen is.'

'Wij houden hem tegen,' beloofde Emmett. Er was geen twijfel mogelijk over wat hij bedoelde.

'Je houdt hem niet tegen. In mijn driehonderd jaar heb ik nog nooit zoiets gezien als hem. Hij is absoluut dodelijk. Daarom heb ik me bij zijn groep gevoegd.'

Zíjn groep, dacht ik, natuurlijk. De show van leiderschap op het open veld was niets meer geweest dan dat: een show.

Laurent schudde zijn hoofd. Hij keek naar mij, perplex, en weer naar Carlisle. 'Weet je zeker dat ze het waard is?'

Edwards woedende gebrul vulde de kamer; Laurent dook ineen.

Carlisle keek ernstig naar Laurent. 'Ik ben bang dat je zult moeten kiezen.'

Laurent begreep het. Hij dacht na. Zijn ogen bleven even rusten op elk gezicht en zwierven daarna door de helder verlichte kamer.

'Het leven dat jullie hier hebben opgebouwd intrigeert me. Maar ik wil me hier niet mee bemoeien. Ik draag jullie geen kwaad hart toe, maar ik keer me niet tegen James. Ik denk dat ik maar naar het noorden ga, naar die groep in Denali.' Hij aarzelde. 'Onderschat James niet. Hij is buitengewoon scherpzinnig en heeft onvergelijkbaar goede zintuigen. Hij beweegt zich net zo gemakkelijk onder de mensen als jullie lijken te doen, en hij zal jullie niet met open vizier tegemoet treden... Ik vind het vervelend wat er hier is ontketend. Echt heel vervelend.' Hij boog zijn hoofd, maar ik zag hem nog even niet-begrijpend naar mij kijken.

'Het ga je goed,' was Carlisle's formele antwoord.

Laurent keek nog even goed om zich heen en snelde toen de deur uit.

De stilte duurde minder dan een seconde.

'Hoe dichtbij?' Carlisle keek naar Edward.

Esmé was al van haar plek gekomen. Haar hand raakte een onopvallend toetsenbordje aan op de muur, en met een gekreun begonnen enorme metalen luiken voor de glazen muur te schuiven. Ik hapte naar adem.

'Ongeveer vijf kilometer voorbij de rivier. Hij loopt met een boog naar de vrouw toe.'

'En wat is het plan?'

'We lokken hem weg, en dan vluchten Jasper en Alice met haar naar het zuiden.'

'En dan?'

Edwards toon was dodelijk. 'Zodra Bella weg is, jagen we hem op.'

'Ik vrees dat dat de enige optie is,' stemde Carlisle in, zijn gezicht grimmig.

Edward draaide zich naar Rosalie. 'Neem haar mee naar boven en wissel van kleren,' beval hij.

Ze staarde terug, vol woede en ongeloof. 'Waarom zou ik?' siste ze. 'Wat betekent ze voor mij? Behalve een bedreiging, een gevaar waarin jij ons allemaal gebracht hebt?'

De haat in haar stem deed me ineen krimpen.

'Rose...' mompelde Emmett. Hij legde een hand op haar schouder, maar zij schudde hem af.

Maar ik keek naar Edward, want ik kende zijn slechte humeur en was bang voor zijn reactie.

Hij verbaasde me. Hij keek weg van Rosalie alsof ze niets gezegd had, alsof ze niet bestond. 'Esmé?' vroeg hij rustig.

'Natuurlijk,' murmelde ze.

Meteen stond ze naast me, tilde me zonder enige moeite op en snelde de trap op voor ik van schrik met mijn ogen kon knipperen.

'Wat gaat er gebeuren?' vroeg ik buiten adem toen ze me neerzette in een donkere kamer ergens op de tweede verdieping.

'We proberen je geur te verdoezelen. Het zal niet lang werken, maar het helpt je misschien te ontsnappen.' Ik hoorde haar kleren op de grond vallen.

'Ik denk niet dat ik ze pas...' aarzelde ik, maar haar handen trokken mijn shirt al over mijn hoofd. Snel stroopte ik zelf mijn spijkerbroek af. Ze gaf me iets, het voelde aan als een bloes. Ik worstelde om mijn armen in de juiste gaten te krijgen. Zodra me dat gelukt was, gaf ze mij haar broek. Ik rukte hem omhoog, maar kreeg mijn voeten niet uit de pijpen: ze waren te lang. Handig rolde ze de zoom een stuk omhoog, zodat ik kon staan. Op een of andere manier had zij mijn kleren al aan. Ze bracht me terug naar de trap, waar Alice al klaar stond met een kleine leren tas in haar hand. Ze grepen me elk bij een elleboog en droegen me half de trap af.

Het leek erop dat alles beneden beslist was in onze afwezigheid. Edward en Emmett stonden klaar om te vertrekken. Emmett droeg een zwaar uitziende rugzak over zijn schouder. Carlisle gaf Esmé iets kleins. Hij draaide zich om en gaf Alice hetzelfde: een kleine, zilverkleurige mobiele telefoon.

'Esmé en Rosalie nemen jouw auto, Bella,' zei hij toen hij langs me liep. Ik knikte en keek behoedzaam naar Rosalie. Ze keek met een nijdig gezicht naar Carlisle.

'Alice, Jasper: neem de Mercedes. In het zuiden hebben jullie de donkere ramen nodig.'

Zij knikten ook.

'Wij nemen de Jeep.'

Ik was verbaasd te horen dat Carlisle van plan was met Edward mee te gaan. Met een schok van angst realiseerde ik me ineens dat zij de jachtpartij vormden.

'Alice,' vroeg Carlisle, 'zullen ze erin trappen?'

Iedereen keek naar Alice, die haar ogen sloot en heel stil werd.

Eindelijk deed ze haar ogen weer open. 'Hij volgt jou. De vrouw gaat ach-

ter de pick-up aan. Daarna zouden we moeten kunnen vertrekken.' Ze klonk zeker van zichzelf.

'Laten we gaan,' Carlisle begon naar de keuken te lopen.

Maar Edward stond ineens naast me. Hij nam me in zijn ijzeren greep en klemde me tegen zich aan. Hij leek zich niet bewust van de ogen van zijn familie toen hij me optilde zodat mijn voeten van de vloer kwamen. Een fractie van een seconde drukten zijn ijzige, harde lippen tegen de mijne. Toen was het voorbij. Hij zette me neer en hield mijn gezicht nog even vast, terwijl zijn prachtige ogen in de mijne brandden.

Zijn ogen werden dof, vreemd doods toen hij zich omdraaide.

En toen waren ze weg.

Wij bleven staan. De anderen keken weg van mij want de tranen stroomden geluidloos over mijn gezicht.

De stilte duurde, tot Esmés telefoon rinkelde. Ze hield hem aan haar oor.

'Nu,' zei ze. Rosalie stampte de deur uit zonder mij nog een blik waardig te keuren, maar Esmé raakte even mijn wang aan toen ze langs liep.

'Pas goed op jezelf.' Haar fluisterende stem hing nog in de kamer toen zij de deur uitglipte. Ik hoorde mijn pick-up donderend starten en toen verdwijnen.

Jasper en Alice wachtten. Alice hield haar telefoon al bij haar oor nog voor hij zoemde.

'Edward zegt dat de vrouw achter Esmé aan zit. Ik haal de auto.' Ze verdween dezelfde kant op als waar Edward naartoe was gegaan.

Jasper en ik keken elkaar aan. Hij stond aan de andere kant van de deuropening... behoedzaam.

'Je hebt het mis, weet je,' zei hij zachtjes.

'Wat?' vroeg ik verschrikt.

'Ik kan voelen wat je nu voelt, en je bent het wél waard.'

'Dat ben ik niet,' mompelde ik. 'Als er ook maar iets met hen gebeurt, is alles voor niets geweest.'

'Je hebt het mis,' herhaalde hij en glimlachte vriendelijk naar me.

Ik hoorde niets, maar toen kwam Alice binnen en stak haar armen naar me uit.

'Mag ik?' vroeg ze.

'Je bent de eerste die toestemming vraagt.' Ik glimlachte wrang.

Ze tilde me met haar slanke armen net zo makkelijk op als Emmett had gedaan, hield me beschermend vast, en toen vlogen we naar buiten, de duisternis in.

20. Ongeduld

Ik werd verward wakker. Mijn gedachten waren wazig, nog steeds in de greep van dromen en nachtmerries; het duurde erg lang voor ik besefte waar ik was.

Deze kamer was zo karakterloos dat hij alleen maar van een hotel kon zijn. De aan de nachtkastjes vastgeschroefde lampjes naast het bed waren onmiskenbaar van een hotel, net als de lange gordijnen van dezelfde stof als de bedsprei, en de afgezaagde aquarellen aan de muren.

Ik probeerde me te herinneren hoe ik hier terecht was gekomen, maar in eerste instantie kwam er niets boven.

Wat ik me wel herinnerde was de gestroomlijnde zwarte auto, met glas in de ramen dat nog donkerder was dan van een limousine. De motor was vrijwel geluidloos, ook al waren we met bijna twee keer de toegestane snelheid over de duistere snelwegen geraasd.

En ik herinnerde me dat Alice naast me op de zwarte achterbank zat. Op de een of andere manier was mijn hoofd tijdens de lange nacht tegen haar granieten nek terechtgekomen. Mijn nabijheid leek haar totaal niet te storen, en haar koude, harde huid bood opvallend veel troost. De voorkant van haar dunne katoenen bloes was koud en vochtig van de tranen die uit mijn ogen stroomden tot ze, rood en zeer, leeg waren.

Ik had de slaap niet kunnen vatten; mijn pijnlijke ogen worstelden om open te blijven, zelfs toen de nacht eindelijk voorbij was en de dag aanbrak boven een lage bergtop ergens in Californië. Het grijze licht dat langs de wolkenloze lucht gleed deed pijn aan mijn ogen. Maar ik kon ze niet dichtdoen, want zodra ik dat wel deed werden de beelden, die maar al te levensecht als een diaserie achter mijn oogleden langs flitsten, ondragelijk. De geknakte uitdrukking van Charlie; de beestachtige grom van Edward, de tanden ontbloot; de woedende blik van Rosalie; de begerige scherpzinnigheid van de spoorzoeker; de doodsheid in Edwards ogen nadat hij me voor

de laatste keer gekust had... Ik kon er niet tegen om ze te zien. Dus vocht ik tegen mijn vermoeidheid terwijl de zon hoger klom.

Ik was nog steeds wakker toen we over een lage bergpas kwamen en de zon, nu achter ons, van de met dakpannen bedekte daken in de *Valley of the Sun* weerkaatste. Ik had niet genoeg emoties over om me te verbazen over het feit dat we een reis van drie dagen in één gemaakt hadden. Ik staarde wezenloos naar de grote, uitgestrekte stad die voor me lag. Phoenix – de palmbomen, de stekelige creosootstruiken, de willekeurige lijnen van de elkaar kruisende snelwegen, de groene stroken van golfbanen en de turkooizen klodders van zwembaden, allemaal gehuld in een dunne smog en omsloten door de lage, rotsachtige heuvels die niet echt hoog genoeg waren om bergen genoemd te worden.

De schaduwen van de palmbomen liepen schuin over de snelweg – scherper afgetekend dan ik me herinnerde, bleker dan ze zouden moeten zijn. In deze schaduwen kon niets zich verschuilen. De zonovergoten, open snelweg zag er ongevaarlijk uit. En toch voelde ik geen opluchting, geen gevoel van thuiskomen.

'Welke afslag gaat naar het vliegveld, Bella?' had Jasper gevraagd, en ik kromp in elkaar, ook al was zijn stem zacht en vriendelijk. Het was het eerste geluid, buiten het gebrom van de motor, dat de stilte van de lange nacht doorbrak.

'Je moet op de I-10 blijven,' had ik automatisch geantwoord. 'We rijden er vanzelf langs.'

Mijn hersens hadden traag en wazig gereageerd door het gebrek aan slaap.

'Gaan we ergens heen met het vliegtuig?' had ik aan Alice gevraagd.

'Nee, maar het is beter om er in de buurt te zijn, voor het geval dat.'

Ik herinnerde me dat we aan de rondweg om Sky Harbor International begonnen... maar niet dat we hem afmaakten. Ik neem aan dat ik op dat punt in slaap gevallen ben.

Toch had ik wel, nu ik de herinneringen achterhaald had, een vage voorstelling van het uit de auto stappen – de zon zakte net achter de horizon – mijn arm om Alice' schouder geslagen en haar arm stevig om mijn middel. Ze sleepte me voort terwijl ik door de warme, droge schaduwen strompelde.

Ik kon me deze kamer niet herinneren.

Ik keek op de digitale klok op het nachtkastje. De rode cijfers beweerden

dat het drie uur was, maar ze gaven niet aan of het 's nachts of overdag was. Door de dikke gordijnen kwam geen streepje licht, maar de kamer werd hel verlicht door de lampen.

Ik kwam stijfjes overeind en wankelde naar het raam om de gordijnen open te trekken.

Het was donker buiten. Drie uur 's nachts dus. Mijn kamer keek uit over een verlaten stuk van de snelweg en een nieuwe garage voor langparkeren van het vliegveld. Het was enigszins geruststellend om tijd en plaats te kunnen vaststellen.

Ik keek omlaag naar mezelf. Ik droeg nog steeds de kleren van Esmé, en ze pasten me eigenlijk helemaal niet. Ik keek de kamer rond, opgelucht toen ik mijn sporttas op het lage dressoir ontdekte.

Ik wilde net andere kleren gaan pakken toen een korte klop op de deur me deed opspringen.

'Mag ik binnenkomen?' vroeg Alice.

Ik haalde diep adem. 'Tuurlijk.'

Ze liep naar binnen en bekeek me omzichtig. 'Je ziet eruit alsof je langer zou kunnen slapen,' zei ze.

Ik schudde alleen maar mijn hoofd.

Zonder iets te zeggen liep ze afwezig naar de gordijnen en trok ze stevig dicht voor ze zich weer naar mij omdraaide.

'We zullen binnen moeten blijven,' vertelde ze me.

'Oké.' Mijn stem was schor, hij sloeg over.

'Dorst?' vroeg ze.

Ik haalde m'n schouders op. 'Het gaat wel. En jij?'

'Niets onbeheersbaars.' Ze glimlachte. 'Ik heb wat te eten voor je besteld, het staat in de voorkamer. Edward had me gewaarschuwd dat jullie veel meer en vaker moeten eten dan wij.'

Ik was meteen een stuk wakkerder. 'Heeft hij gebeld?'

'Nee,' zei ze en zag hoe mijn gezicht betrok. 'Dat was voordat we weggingen.'

Ze pakte voorzichtig mijn hand en nam me mee door de deur naar de woonkamer van de hotelsuite. Ik hoorde een laag gebrom van stemmen uit de televisie komen. Jasper zat bewegingloos aan de tafel in de hoek terwijl zijn ogen zonder een spoortje interesse naar het nieuws keken.

Ik ging op de grond zitten naast de koffietafel waar een dienblad met eten

klaar stond, en nam een paar hapjes zonder te proeven wat ik at.

Alice zat op de leuning van de bank en staarde net als Jasper wezenloos naar de tv.

Ik at langzaam en keek naar haar, terwijl ik me af en toe omdraaide om een snelle blik op Jasper te werpen. Het begon tot me door te dringen dat ze té stil zaten. Ze keken niet op van het scherm, ook al was er nu reclame op. Ik duwde het dienblad weg, opeens een beetje misselijk. Alice keek omlaag naar me.

'Wat is er aan de hand, Alice?' vroeg ik.

'Er is niets aan de hand.' Haar ogen waren groot, eerlijk... en ik vertrouwde ze voor geen meter.

'Wat doen we nu?'

'We wachten tot Carlisle belt.'

'En zou hij al gebeld moeten hebben?' Ik kon zien dat ik er niet ver naast zat. Alice' ogen schoten van de mijne naar de telefoon die boven op haar leren tas lag en weer terug.

'Wat betekent dat?' Mijn stem bibberde, en ik deed mijn best hem onder controle te houden. 'Dat hij nog niet gebeld heeft?'

'Het betekent alleen maar dat ze ons nog niks te vertellen hebben.' Maar haar stem klonk te vlak, en de spanning hing in de lucht.

Jasper stond opeens naast Alice, dichter bij mij dan normaal.

'Bella,' zei hij op een verdacht geruststellende toon. 'Je hoeft je nergens zorgen over te maken. Je bent hier volkomen veilig.'

'Dat weet ik.'

'Waarom ben je dan zo bang?' vroeg hij, in de war. Hij mocht misschien de strekking van mijn emoties voelen, maar hij kon de achterliggende redenen niet lezen.

'Je hebt gehoord wat Laurent zei.' Mijn stem was slechts een gefluister, maar ik wist zeker dat ze me konden verstaan. 'Hij zei dat James dodelijk was. Wat als er iets misgaat, en ze elkaar kwijtraken? Als er iets met een van hen gebeurt, Carlisle, Emmett... Edward...' Ik snakte naar adem. 'Als die bezeten vrouw Esmé iets aandoet...' Mijn stem was hoger geworden, er begon een hysterische ondertoon in te komen. 'Hoe zou ik nog met mezelf kunnen leven als het mijn schuld is? Geen van jullie zou zijn leven voor mij moeten wagen...'

'Bella, Bella, hou op,' onderbrak hij me, en zijn woorden kwamen er zo snel uit dat ze nauwelijks te verstaan waren. 'Je maakt je zorgen om de verkeerde dingen, Bella. Neem maar van mij aan – geen van ons is in gevaar. Je staat al onder te veel spanning, ga daar nou geen totaal overbodige zorgen aan toevoegen. Luister naar me!' beval hij, omdat ik weggekeken had. 'Ons gezin is sterk. Onze enige angst is om jou kwijt te raken.'

'Maar waarom zouden jullie...'

Dit keer onderbrak Alice me, mijn wang aanrakend met haar koude vingers. 'Edward is al bijna een eeuw alleen. Nu heeft hij jou gevonden. Jij kunt de veranderingen die wij zien niet zien, wij die al zo'n lange tijd bij hem zijn. Denk je dat een van ons hem de komende honderd jaar in de ogen wil kijken als hij jou kwijtraakt?'

Mijn schuldgevoel nam langzaam af terwijl ik in haar donkere ogen keek. Maar zodra de rust over me kwam, wist ik dat ik mijn gevoelens niet kon vertrouwen met Jasper in de buurt.

Het was een erg lange dag.

We bleven in de kamer. Alice belde naar de receptie en vroeg hun om voorlopig niet te komen schoonmaken. De ramen bleven dicht, de televisie aan, hoewel niemand ernaar keek. Om de zoveel tijd werd er eten voor mij bezorgd. De zilverkleurige telefoon op Alice' tas leek groter te worden naarmate de uren verstreken.

Mijn babysitters gingen beter met de spanning om dan ik. Terwijl ik niet stil kon zitten en ijsbeerde, zaten zij alleen maar steeds stiller, twee standbeelden wier ogen me haast onmerkbaar volgden terwijl ik bewoog. Ik hield mezelf bezig met het grondig bestuderen van de kamer; het streepjespatroon van de banken, geelbruin, oranjeroze, lichtgeel, matgoud, en weer geelbruin. Soms staarde ik naar de abstracte schilderijen en zag willekeurige dingen in de vormen, zoals ik als kind dingen in de wolken had gezien. Ik ontdekte een blauwe hand, een vrouw die haar haar kamde, een zich uitrekkende kat. Maar toen de bleke rode stip een starend oog werd keek ik weg.

Terwijl de middag zich voortsleepte ging ik terug naar bed, alleen maar om iets te doen. Ik hoopte dat ik in mijn eentje in het donker toe zou kunnen geven aan de afschuwelijke angsten die aan de rand van mijn bewustzijn sluimerden, niet in staat om door te breken onder Jaspers nauwlettende toezicht.

Maar Alice kwam me heel achteloos achterna, alsof zij de voorkamer door een of ander toeval op precies hetzelfde moment zat was geworden. Ik begon me zo langzamerhand af te vragen wat voor instructies Edward haar eigenlijk precies had gegeven. Ik lag dwars over het bed en zij zat in kleermakerszit naast me. Ik negeerde haar in eerste instantie, plotseling moe genoeg om te kunnen slapen. Maar na een paar minuten begon de paniek die door Jaspers aanwezigheid op een afstand gehouden was door te breken. Toen liet ik de gedachte aan slapen snel varen en krulde op tot een klein balletje, mijn armen om mijn benen geslagen.

'Alice?' vroeg ik.

'Ja?'

Ik praatte met opzet heel rustig. 'Wat denk je dat ze aan het doen zijn?'

'Carlisle wilde de spoorzoeker zo ver mogelijk naar het noorden leiden, wachten tot hij dichtbij was, en dan omdraaien en hem overvallen. Het was de bedoeling dat Esmé en Rosalie naar het westen gingen zolang ze de vrouw achter zich aan konden houden. Als zij omdraaide moesten ze teruggaan naar Forks om je vader in de gaten te houden. Dus ik neem aan dat alles goed gaat nu ze niet bellen. Het betekent dat de spoorzoeker zo dichtbij is dat ze niet willen dat hij kan meeluisteren.'

'En Esmé?'

'Ik denk dat zij terug is in Forks. Ze zal niet bellen als er ook maar een kleine kans is dat de vrouw het kan horen. Ik ga ervan uit dat ze allemaal gewoon heel voorzichtig zijn.'

'Denk je echt dat ze veilig zijn dan?'

'Bella, hoe vaak moeten we je nog vertellen dat wij geen gevaar lopen?'

'Maar zou je me wel de waarheid vertellen?'

'Ja. Ik zal je altijd de waarheid vertellen.' Haar stem was oprecht.

Ik dacht er even over na en besloot dat ze het meende.

'Vertel me dan eens... hoe je een vampier wordt?'

Mijn vraag overviel haar. Ze zweeg. Ik rolde om om naar haar te kijken, en ze leek in tweestrijd.

'Edward wil niet dat ik je dat vertel,' zei ze resoluut, maar ik voelde dat ze het er niet mee eens was.

'Dat is niet eerlijk. Ik heb het recht om het te weten.'

'Ik weet het.'

Ik keek naar haar, afwachtend.

Ze zuchtte. 'Hij zal echt verschrikkelijk kwaad worden.'

'Het gaat hem niks aan. Dit is iets tussen jou en mij. Alice, ik smeek het je, als een vriendin.' En we waren nu vriendinnen, op de een of andere manier – en zij moest al die tijd geweten hebben dat we dat zouden worden.

Ze keek naar me met haar schitterende, wijze ogen... en nam een besluit.

'Ik zal je de techniek ervan vertellen,' zei ze uiteindelijk, 'maar ik kan me er zelf niets van herinneren, en ik heb het nooit gedaan of gezien dat het gedaan werd, dus hou er rekening mee dat ik alleen maar de theorie kan vertellen.'

Ik wachtte.

'Wij hebben, als roofdieren, een hele lading wapens in ons fysieke arsenaal – veel en veel meer dan echt nodig is. De kracht, de snelheid, de gevoelige zintuigen, en dan heb ik het nog niet eens over diegenen zoals Edward, Jasper en ik, die ook nog extra zintuigen hebben. En tenslotte zijn we ook nog, net als een vleesetende bloem, fysiek aantrekkelijk voor onze prooi.'

Ik was erg stil en dacht eraan hoe doeltreffend Edward dit gedemonstreerd had in het weiland.

Ze lachte een brede, veelbetekenende lach. 'We hebben nog een ander tamelijk overbodig wapen. We zijn ook giftig,' zei ze met glinsterende tanden. 'Het gif doodt niet – het is puur en alleen bedoeld om te verlammen. Het werkt langzaam en verspreidt zich door de bloedbaan zodat onze prooi, eenmaal gebeten, in te veel fysieke pijn verkeert om te ontsnappen. Grotendeels overbodig, zoals ik al zei. Als we zo dichtbij zijn ontsnapt een prooi niet. Er zijn natuurlijk altijd uitzonderingen. Carlisle, bijvoorbeeld.'

'Dus... als het gif zich kan blijven verspreiden...' prevelde ik.

'Het duurt een paar dagen voordat de transformatie voltooid is, afhankelijk van de hoeveelheid gif in de bloedbaan en hoe dicht bij het hart het gif binnendringt. Zolang het hart blijft kloppen, verspreidt het gif zich en geneest, verandert het lichaam terwijl het erdoorheen stroomt. Uiteindelijk houdt het hart ermee op en is de transformatie compleet. Maar al die tijd, elke minuut ervan, zal een slachtoffer naar de dood verlangen.'

Ik huiverde.

'Je begrijpt dat het geen pretje is.'

'Edward zei dat het erg moeilijk was om te doen... dat snap ik niet helemaal,' zei ik.

'We lijken ergens ook wel op haaien. Als we eenmaal bloed proeven, of zelfs maar ruiken wat dat betreft, wordt het erg moeilijk om ons niet te voeden. Soms onmogelijk. Dus als je iemand daadwerkelijk bijt, het bloed proeft, dan word je dol. Het is moeilijk voor beide partijen – de bloeddorst voor de ene kant, de vreselijke pijn voor de andere.'

'Waarom denk je dat jij je het niet herinnert?'

'Ik weet het niet. Voor ieder ander is de pijn van de transformatie de levendigste herinnering die ze hebben aan hun leven als mens. Ik herinner me niets van het mens zijn.' Haar stem klonk weemoedig.

We lagen zwijgend naast elkaar, verzonken in onze eigen overpeinzingen.

De seconden tikten voorbij en ik was haar aanwezigheid bijna vergeten, zo verdiept was ik in mijn gedachten.

Toen sprong Alice zonder enige waarschuwing van het bed en kwam soepel op haar voeten terecht. Mijn hoofd schoot omhoog terwijl ik haar geschrokken aanstaarde.

'Er is iets veranderd.' Haar stem was dringend, en ze praatte niet meer tegen mij.

Ze was op hetzelfde moment bij de deur als Jasper. Hij had overduidelijk ons gesprek en haar plotselinge uitroep gehoord. Hij legde zijn handen op haar schouders en leidde haar terug naar het bed waar hij haar op de rand neerzette.

'Wat zie je?' vroeg hij gespannen, haar diep in de ogen kijkend. Haar ogen waren gericht op iets heel ver weg. Ik zat vlak bij haar, voorover geleund om haar zachte, snelle stem te kunnen verstaan.

'Ik zie een zaaltje. Hij is langwerpig, en er zijn overal spiegels. De vloer is van hout. Hij is in de zaal en hij wacht. Er is goud... een goudkleurige streep langs de spiegels.'

'Waar is die kamer?'

'Ik weet het niet. Er ontbreekt iets – een volgende beslissing is nog niet genomen.'

'Hoeveel tijd?'

'Gauw. Hij zal vandaag in de spiegelzaal zijn, of misschien morgen. Het hangt er allemaal vanaf. Hij wacht op iets. En hij is nu in het donker.'

Jaspers stem was kalm, zorgvuldig, terwijl hij haar op geoefende wijze ondervroeg. 'Wat is hij aan het doen?'

'Hij kijkt televisie... nee, hij speelt een videoband af, in het donker, op een andere locatie.'

'Kun je zien waar het is?'

'Nee, het is te donker.'

'En de spiegelzaal, wat is daar nog meer?'

'Alleen de spiegels, en het goud. Het is een streep, om de ruimte heen. En er is een zwarte tafel met een grote stereo-installatie, en een televisie. Hij zit aan de videorecorder daar, maar hij kijkt er niet naar zoals hij in de donkere kamer doet. Dit is de ruimte waar hij wacht.' Haar ogen staarden in de verte en concentreerden zich toen op Jaspers gezicht.

'Verder niets?'

Ze schudde haar hoofd. Ze keken naar elkaar, onbewegelijk.

'Wat betekent dat?' vroeg ik.

Ze gaven geen van beiden meteen antwoord, toen keek Jasper me aan.

'Het betekent dat de plannen van de spoorzoeker zijn veranderd. Hij heeft een besluit genomen dat hem naar de spiegelzaal zal brengen, en de donkere kamer.'

'Maar we weten niet waar die zijn?'

'Nee.'

'Maar wat we wel weten is dat hij niet in de bergen ten noorden van Washington wordt opgejaagd. Hij zal aan ze weten te ontkomen.' Alice' stem klonk somber.

'Moeten we bellen?' vroeg ik. Ze wisselden een ernstige blik, aarzelend.

En toen ging de telefoon.

Alice was al aan de andere kant van de kamer voor ik mijn hoofd kon bewegen om er naar te kijken.

Ze drukte een knop in en hield de telefoon aan haar oor, maar ze zei in eerste instantie niets.

'Carlisle,' fluisterde ze. Ze leek niet verbaasd of opgelucht, zoals ik.

'Ja,' zei ze met een blik op mij. Ze luisterde een tijdje.

'Ik heb hem net gezien.' Opnieuw beschreef ze het visioen dat ze had gezien. 'Wat het ook is dat hem op het vliegtuig heeft doen stappen... het leidt hem naar deze kamers.' Ze aarzelde. 'Ja,' zei Alice in de telefoon en toen keek ze naar mij. 'Bella?'

Ze hield de telefoon in mijn richting. Ik rende ernaartoe.

'Hallo?' fluisterde ik.

'Bella,' zei Edward.

'O, Edward! Ik heb me zo'n zorgen gemaakt.'

'Bella,' zuchtte hij gefrustreerd. 'Ik heb toch gezegd dat je je over niets dan jezelf zorgen moest maken.' Het was zo ongelooflijk fantastisch om zijn stem te horen. Ik voelde de sluimerende wolk van wanhoop lichter worden en wegdrijven terwijl hij praatte.

'Waar ben je?'

'We zijn vlak buiten Vancouver. Bella, het spijt me – we zijn hem kwijtgeraakt. Hij lijkt ons te wantrouwen – hij is voorzichtig genoeg om net ver genoeg uit de buurt te blijven zodat ik niet kan horen wat hij denkt. Maar nu is hij weg – waarschijnlijk is hij op een vliegtuig gestapt. We denken dat hij teruggaat naar Forks om opnieuw te beginnen.' Ik kon horen dat Alice Jasper op de hoogte bracht, haar snelle woorden smolten samen tot een gonzend geluid.

'Ik weet het. Alice zag dat hij ontsnapt was.'

'Maar jij hoeft je geen zorgen te maken. Hij zal niets vinden dat hem naar jou leidt. Je moet gewoon daar blijven en wachten tot we hem weer vinden.'

'Ik red me wel. Is Esmé bij Charlie?'

'Ja – de vrouw is in de stad geweest. Ze is bij het huis geweest, maar toen Charlie aan het werk was. Ze is niet in zijn buurt geweest, dus je hoeft niet bang te zijn. Met Esmé en Rosalie op wacht is hij veilig.'

'Wat is ze aan het doen?'

'Waarschijnlijk probeert ze het spoor op te pikken. Ze is vannacht de hele stad door geweest. Rosalie heeft haar gevolgd langs het vliegveld, alle wegen rond de stad, de school... Ze is aan het spitten, Bella, maar er is niets te vinden.'

'En weet je zeker dat Charlie veilig is?'

'Ja, Esmé verliest hem geen moment uit het oog. En wij komen eraan. Als de spoorzoeker ook maar in de buurt van Forks komt dan hebben we hem.'

'Ik mis je,' fluisterde ik.

'Ik weet het, Bella. Geloof me, ik weet het. Het is alsof je de helft van mezelf met je meegenomen hebt.'

'Kom hem dan halen,' zei ik uitdagend.

'Binnenkort, zodra ik maar enigszins kan. Ik móét er eerst voor zorgen dat je veilig bent.' Zijn stem klonk ruw.

'Ik hou van je,' hielp ik hem herinneren.

'Kun je geloven dat ik, ondanks alles wat ik je heb aangedaan, ook van jou hou?'

'Ja, dat kan ik zeker.'

'Ik kom je snel halen.'

'Ik wacht op je.'

Zodra de verbinding verbroken werd, begon de neerslachtigheid me weer te besluipen. Ik draaide me om om de telefoon terug te geven aan Alice en zag dat zij en Jasper gebogen over de tafel stonden, waar Alice iets aan het schetsen was op het briefpapier van het hotel. Ik leunde op de rug van de bank en keek over haar schouder.

Ze tekende een zaaltje: lang, rechthoekig, met een smaller, vierkant gedeelte achterin. De houten planken die op de vloer lagen strekten zich in de lengte uit door de kamer. Langs de muren liepen lijnen die de scheidingen tussen de spiegels aangaven. En tenslotte, langs de muren, een lange streep op taillehoogte. De streep waarvan Alice zei dat hij goudkleurig was.

'Het is een balletzaal,' zei ik, plotseling de vertrouwde vormen herkennend.

Ze keken naar me, verbaasd.

'Ken je deze ruimte?' Jaspers stem klonk kalm, maar er zat een ondertoon in van iets wat ik niet kon benoemen. Alice boog haar hoofd over haar werk, haar hand vloog nu over het papier terwijl de vorm van een nooduitgang verscheen tegen de achtermuur, en de stereo en de televisie op een lage tafel bij de hoek rechtsvoor.

'Het lijkt op een plek waar ik altijd balletles had – toen ik acht of negen was. Die had precies dezelfde vorm.' Ik raakte het papier aan op de plek waar het vierkante deel uitstak, waardoor de achterkant van de ruimte smaller werd. 'Daar waren de wc's – de ingang was aan de andere kant. Maar de stereo stond hier' – ik wees naar de linkerhoek – 'hij was ouder, en er was geen televisie. Er zat een raam in de wachtruimte – als je daar doorheen keek zag je de zaal vanuit deze hoek.'

Alice en Jasper staarden me aan.

'Weet je zeker dat dit dezelfde ruimte is?' vroeg Jasper, nog steeds kalm.

'Nee, helemaal niet – ik denk dat de meeste balletzalen er hetzelfde uitzien – de spiegels, de barre.' Ik ging met mijn vinger langs de tegen de spiegels geplaatste balletbarre. 'Het is gewoon de vorm die me bekend voorkomt.'

Ik raakte de deur aan, die op precies dezelfde plek zat als ik me herinnerde.

'Zou er een reden kunnen zijn voor jou om er nu heen te gaan?' verstoorde Alice mijn dagdroom.

'Nee, ik ben daar al bijna tien jaar niet meer geweest. Ik was een superslechte danseres – ik moest altijd achteraan staan bij voorstellingen,' gaf ik toe.

'Dus hij kan op geen enkele manier in verband worden gebracht met jou?' vroeg Alice gespannen.

'Nee, ik denk dat hij niet eens meer van dezelfde eigenaar is. Ik weet zeker dat het gewoon een andere balletzaal is, waar dan ook.'

'Waar was de balletschool waar jij heenging?' vroeg Jasper tussen neus en lippen door.

'Hij zat net om de hoek van mijn moeders huis. Ik liep er altijd heen na school...' zei ik en mijn stem stierf weg. De blik die ze wisselden ontging me niet.

'Hier in Phoenix, dus?' Zijn stem klonk nog steeds terloops.

'Ja,' fluisterde ik. 'Op de hoek van Fifty-eighth Street en Cactus.'

We zaten alledrie in stilte naar de tekening te staren.

'Alice, is die telefoon beveiligd?'

'Ja,' zei ze geruststellend. 'Het nummer zou alleen maar terug naar Washington leiden.'

'Dan kan ik hem dus gebruiken om mijn moeder te bellen.'

'Ik dacht dat zij in Florida zat.'

'Dat is ook zo – maar ze komt binnenkort thuis, en ze kan niet terug naar dat huis als...' Mijn stem trilde. Ik dacht aan iets wat Edward gezegd had, over de roodharige vrouw bij Charlies huis, bij de school, waar al mijn gegevens lagen.

'Hoe wil je haar dan bereiken?'

'Ze hebben geen eigen telefoon behalve thuis – als het goed is luistert ze regelmatig haar berichten af.'

'Jasper?' vroeg Alice.

Hij dacht erover na. 'Ik denk niet dat het echt kwaad kan – zolang je maar niet zegt waar je bent, natuurlijk.'

Ik reikte gretig naar de telefoon en belde het vertrouwde nummer. Hij ging vier keer over, en toen hoorde ik mijn moeders opgewekte stem zeggen dat ik een bericht moest inspreken.

'Mam,' zei ik na de piep, 'met mij. Luister, je moet iets voor me doen. Het is belangrijk. Zodra je dit bericht hoort, moet je me op dit nummer bellen.' Alice zat al naast me en schreef het nummer onder aan haar tekening voor me op. Ik las het zorgvuldig voor, twee keer. 'Ga alsjeblieft nergens heen voordat je mij gesproken hebt. Maak je geen zorgen, het gaat goed met me, maar ik moet onmiddellijk met je praten, hoe laat je dit bericht ook hoort, oké? Ik hou van je, mam. Dag.' Ik deed mijn ogen dicht en bad uit alle macht dat ze niet door een of andere onvoorziene wijziging in de plannen thuis zou komen voordat ze mijn bericht gehoord had.

Ik nestelde me op de bank en at wat van een bord waar nog wat fruit op lag, me voorbereidend op een lange avond. Ik dacht erover om Charlie te bellen, maar ik wist niet zeker of ik inmiddels thuis zou moeten zijn of niet. Ik concentreerde me op het journaal en hield in de gaten of er nieuws over Florida was, of over de voorjaarstraining – stakingen of orkanen of terroristische aanslagen – alles waardoor ze eerder naar huis zouden kunnen komen.

Onsterfelijkheid heeft blijkbaar een eindeloos geduld tot gevolg. Noch Jasper, noch Alice leek de behoefte te voelen om ook maar iets te doen. Alice was nog een tijdje bezig de vage contouren van de donkere kamer uit haar visioen te tekenen, voor zover ze iets kon zien bij het licht van de televisie. Maar toen ze klaar was ging ze simpelweg naar de lege muren zitten kijken met haar tijdloze ogen. Ook Jasper leek niet de aandrang te hebben om te ijsberen, of door de gordijnen te gluren, of gillend de deur uit te rennen, zoals ik had.

Ik moet op de bank in slaap gevallen zijn terwijl ik aan het wachten was tot de telefoon weer ging. De aanraking van Alice' koude handen toen ze me naar bed droeg maakte me even wakker, maar ik was alweer buiten bewustzijn voordat mijn hoofd het kussen raakte.

21. Telefoon

Ik merkte dat het opnieuw nog te vroeg was toen ik wakker werd, en ik wist dat ik het ritme van mijn dagen en nachten langzaam aan het omdraaien was. Ik lag in mijn bed en luisterde naar de zachte stemmen van Alice en Jasper in de andere kamer. Dat ze zo hard klonken dat ik ze überhaupt kon horen, was vreemd. Ik rolde me om tot mijn voeten de vloer raakten en wankelde toen naar de woonkamer.

De klok op de televisie gaf aan dat het net na twee uur 's ochtends was. Alice en Jasper zaten samen op de bank, Alice was weer aan het tekenen terwijl Jasper over haar schouder meekeek. Ze keken niet op toen ik binnenkwam, te verdiept in wat Alice aan het doen was.

Ik sloop naar Jasper om mee te gluren.

'Heeft ze nog meer gezien?' vroeg ik hem zachtjes.

'Ja. Iets heeft hem teruggebracht naar de kamer met de videorecorder, maar nu is het licht.'

Ik keek hoe Alice een vierkante kamer tekende met donkere balken langs het lage plafond. De muren waren bedekt met houten lambrisering, een beetje te donker, ouderwets. Op de vloer lag donker tapijt met een motiefje erin. Er was een groot raam in de achterwand, en een opening in de linkermuur die leidde naar de zitkamer. Eén kant van die doorgang was van steen: een grote stenen open haard die naar beide kamers toe open was. De tekening was vanuit dit perspectief gericht op de televisie en de videorecorder, die in de linkerachterhoek op een te klein houten tafeltje stonden. Een oude hoekbank stond tegenover de televisie, met een ronde koffietafel ervoor.

'De telefoon staat daar,' fluisterde ik wijzend.

Twee paar eeuwige ogen staarden me aan.

'Dat is het huis van mijn moeder.'

Alice was al van de bank af, de telefoon in haar hand, en belde.

Ik staarde naar de exacte weergave van mijn moeders woonkamer. Jasper

schoof dichter naar me toe, wat ongebruikelijk was voor hem. Hij raakte met zijn hand lichtjes mijn schouder aan, en het fysieke contact leek zijn kalmerende invloed groter te maken. De paniek bleef dof, onscherp.

Alice' lippen trilden door de snelheid van de woorden, het was onmogelijk het lage gebrom te ontcijferen. Ik kon me niet concentreren.

'Bella,' zei Alice. Ik keek haar verdoofd aan.

'Bella, Edward komt je halen. Hij en Emmett en Carlisle nemen je ergens mee naartoe, om je een tijdje te verbergen.'

'Komt Edward?' De woorden waren als een reddingsvest dat mijn hoofd boven water hield.

'Ja, hij neemt de eerste vlucht uit Seattle. We wachten hem op het vliegveld op, en dan ga jij met hem mee.'

'Maar, mijn moeder... hij is hier naartoe gekomen voor mijn moeder, Alice!' Ondanks Jasper borrelde de hysterie op in mijn stem.

'Jasper en ik zullen blijven tot ze veilig is.'

'Ik kan dit niet winnen, Alice. Je kunt niet iedereen die ik ken voor eeuwig bewaken. Zie je niet wat hij aan het doen is? Hij zit helemaal niet achter mij aan. Hij zal iemand vinden, hij zal iemand van wie ik hou iets aandoen... Alice, ik kan niet...'

'We krijgen hem wel, Bella,' verzekerde ze me.

'En wat als jou iets overkomt, Alice? Denk je dat ik dat niet erg vind? Denk je dat het alleen maar mijn menselijke familie is waar hij me mee kan pakken?'

Alice keek betekenisvol naar Jasper. Ik werd overspoeld door een intens, diep gevoel van loomheid, en mijn ogen sloten zich zonder mijn toestemming. Mijn hersens verzetten zich tegen de loomheid toen ze beseften wat er gebeurde. Ik dwong mezelf mijn ogen open te doen en stond op, weg van Jaspers hand.

'Ik wil niet weer gaan slapen,' snauwde ik.

Ik liep naar mijn kamer en deed de deur dicht, smeet er eigenlijk mee, zodat ik ongehinderd in mijn eentje kon instorten. Dit keer kwam Alice niet achter me aan. Drieëneenhalf uur lang staarde ik naar de muur en wiegde me opgerold tot een bal heen en weer. Mijn gedachten draaiden in een kringetje rond, probeerden een manier te vinden om uit deze nachtmerrie te komen. Er was geen ontkomen aan, geen uitstel van executie. Ik zag slechts

één mogelijk einde uit het duister opdoemen. De enige vraag was hoeveel andere mensen iets zou overkomen voordat het zover zou zijn.

De enige troost, de enige hoop die ik nog had was het besef dat ik Edward binnenkort zou zien. Misschien, als ik alleen maar zijn gezicht weer zou kunnen zien, zou ik ook in staat zijn de oplossing te zien die me nu ontging.

Toen de telefoon ging, ging ik terug naar de voorkamer, een beetje beschaamd over mijn gedrag. Ik hoopte dat ik hen geen van tweeën had beledigd, dat ze wisten hoe dankbaar ik was voor de offers die ze ter wille van mij brachten.

Alice praatte weer net zo snel als altijd, maar wat mijn aandacht trok was het feit dat Jasper voor het eerst niet in de kamer was. Ik keek op de klok – het was half zes 's ochtends.

'Ze stappen nu net op het vliegtuig,' zei Alice tegen me. 'Ze landen om kwart voor tien.' Ik hoefde het nog maar een paar uur vol te houden voordat hij hier was.

'Waar is Jasper?'

'Hij is de rekening aan het betalen.'

'Blijven jullie niet hier?'

'Nee, we gaan dichter in de buurt van je moeders huis zitten.'

Mijn maag kromp ineen van ongerustheid bij haar woorden.

Maar de telefoon ging weer en leidde me af. Ze keek verbaasd, maar ik liep al naar voren, hoopvol naar de telefoon reikend.

'Hallo?' vroeg Alice. 'Nee, hier komt ze.' Ze gaf me de telefoon aan. Je moeder, zei ze geluidloos.

'Hallo?'

'Bella? Bella?' Het was de stem van mijn moeder, met een vertrouwde klank die ik talloze keren gehoord had als kind, elke keer dat ik te dicht bij de stoeprand gekomen was of uit haar zicht was gedwaald op een drukke plek. Het was het geluid van paniek.

Ik zuchtte. Ik had dit verwacht, hoewel ik geprobeerd had mijn bericht zo onverontrustend mogelijk te laten klinken zonder hem minder dringend te maken.

'Rustig, mam,' zei ik met mijn meest geruststellende stem, terwijl ik langzaam bij Alice vandaan liep. Ik wist niet zeker of ik overtuigend genoeg kon liegen met haar ogen op me gericht. 'Alles gaat goed, oké? Ik zal je zo alles uitleggen, ik beloof het.'

Ik wachtte even, verbaasd dat ze me nog niet onderbroken had.

'Mam?'

'Pas goed op dat je niets zegt voordat ik je toestemming geef.' De stem die ik nu hoorde was net zo onbekend als onverwacht. Het was een vrij hoge mannenstem, een erg prettige, algemene stem – het soort stem dat je hoort tijdens dure-autoreclames. Hij praatte heel snel.

'Kijk, ik hoef je moeder geen pijn te doen, dus doe alsjeblieft precies wat ik zeg, dan overkomt haar niets.' Hij wachtte even terwijl ik in stil afgrijzen luisterde. 'Heel goed,' prees hij. 'Nu herhaal je wat ik zeg, en probeer wel een beetje normaal te klinken. Zeg alsjeblieft: "Nee, mam, blijf waar je bent."'

'Nee, mam, blijf waar je bent.' Mijn stem was nauwelijks meer dan een gefluister.

'Ik merk dat dit lastig gaat worden.' De stem klonk geamuseerd, nog steeds luchtig en vriendelijk. 'Waarom ga je nu niet naar een andere kamer zodat je gezicht niet alles verraadt? Er is geen reden waarom je moeder zou moeten lijden. Zeg alsjeblieft terwijl je loopt: "Mam, luister alsjeblieft naar me." Zeg het nu.'

'Mam, luister alsjeblieft naar me,' smeekte mijn stem. Ik liep heel langzaam naar de slaapkamer en voelde de ongeruste blik van Alice op mijn rug. Ik deed de deur achter me dicht en probeerde helder te denken door de paniek heen die mijn hersens in zijn greep hield.

'Kijk eens aan, ben je nu alleen? Antwoord maar met ja of nee.'

'Ja.'

'Goed dan,' ging de aangename stem verder, 'zeg: "Mam, geloof me."'

'Mam, geloof me.'

'Dit heeft een stuk beter uitgepakt dan ik verwacht had. Ik had best willen wachten, maar je moeder kwam eerder thuis dan gepland. Het is veel makkelijker zo, nietwaar? Minder spanning, minder ongerustheid voor jou.'

Ik wachtte.

'Nu wil ik dat je heel goed naar me luistert. Ik wil dat je zorgt dat je wegkomt bij je vrienden – denk je dat je dat gaat lukken? Antwoord ja of nee.'

'Nee.'

'Het spijt me dat te moeten horen. Ik had gehoopt dat je iets vindingrijker zou zijn dan dat. Denk je dat je van ze weg kunt komen als je moeders leven ervan afhangt? Antwoord ja of nee.'

Er moest toch een of andere manier zijn. Ik bedacht me dat we naar het vliegveld zouden gaan. Sky Harbor International Airport: druk, lastig ingedeeld...

'Ja.'

'Dat is beter. Ik weet zeker dat het niet makkelijk zal zijn, maar als ik ook maar het kleinste vermoeden krijg dat je gezelschap hebt, nou, dan zou dat erg vervelend zijn voor je moeder,' beloofde de vriendelijke stem. 'Je moet onderhand genoeg over ons weten om te beseffen hoe snel ik het zou weten als je iemand mee probeert te nemen. En hoe weinig tijd ik nodig zou hebben om met je moeder af te rekenen als dat het geval was. Begrijp je me? Antwoord ja of nee.'

'Ja.' Mijn stem sloeg over.

'Mooi zo, Bella. Goed, je moet het volgende doen. Ik wil dat je naar het huis van je moeder gaat. Naast de telefoon ligt een nummer. Dat bel je, en dan zal ik je vertellen waar je vervolgens heen moet gaan.' Ik wist al waar ik heen zou gaan, en waar dit zou eindigen. Maar ik zou zijn instructies nauwgezet volgen. 'Gaat je dat lukken? Antwoord ja of nee.'

'Ja.'

'Voor twaalf uur vanmiddag alsjeblieft, Bella. Ik heb niet de hele dag de tijd,' zei hij beleefd.

'Waar is Phil?' vroeg ik kortaf.

'Aha, oppassen nu, Bella. Wacht tot ik jou vraag om te praten, alsjeblieft.'

Ik wachtte.

'Goed, het is belangrijk dat je je vrienden niet achterdochtig maakt als je weer naar ze toe gaat. Zeg dat je moeder heeft gebeld, en dat je haar uit het hoofd gepraat hebt om voorlopig naar huis te komen. Zeg me na: "Dank je wel, mam." Zeg het nu.'

'Dank je wel, mam.' De tranen zaten hoog. Ik probeerde ze terug te vechten. 'Zeg: "Ik hou van je, mam, tot gauw." Zeg het nu.'

'Ik hou van je, mam.' Mijn stem was schor. 'Tot gauw,' beloofde ik.

'Tot ziens, Bella. Ik kijk ernaar uit je weer te zien.' Hij hing op.

Ik bleef de telefoon tegen mijn oor houden, want mijn gewrichten waren verlamd van angst – ik kon mijn vingers niet bewegen om hem neer te leggen.

Ik wist dat ik na moest denken, maar mijn hoofd was gevuld met het ge-

luid van mijn moeders paniek. De seconden tikten weg terwijl ik mijn zelfbeheersing probeerde terug te winnen.

Langzaam, langzaam begonnen mijn gedachten door de bakstenen muur van pijn te breken. Om een plan te bedenken. Want ik had nu geen opties meer, behalve één: naar de spiegelzaal gaan en sterven. Ik had geen enkele waarborg, niets wat ik kon geven om mijn moeder in leven te houden. Ik kon alleen maar hopen dat James genoegen zou nemen met de overwinning, dat het verslaan van Edward voldoende zou zijn. Ik werd beheerst door wanhoop; er was geen manier om te onderhandelen, niets dat ik kon bieden of achterhouden om hem te beïnvloeden. Maar ik had nog steeds geen keus. Ik moest het proberen.

Ik duwde de angst zo goed als ik kon weg. Mijn besluit stond vast. Het had geen zin om tijd te verliezen door mezelf te kwellen met speculaties over de afloop. Ik moest helder nadenken, want Alice en Jasper wachtten op me, en het was absoluut noodzakelijk dat ik aan hen zou ontsnappen – en absoluut onmogelijk.

Ik was opeens dankbaar voor het feit dat Jasper weg was. Als hij hier was geweest en mijn angst had gevoeld de afgelopen vijf minuten, hoe had ik dan moeten voorkomen dat ze achterdochtig werden? Ik slikte de angst, de ongerustheid weg en probeerde hem te onderdrukken. Ik kon het nu niet riskeren. Ik wist niet wanneer hij terug zou komen.

Ik concentreerde me op mijn ontsnapping. Ik moest erop hopen dat mijn kennis van het vliegveld in mijn voordeel zou zijn. Ik moest op de een of andere manier Alice uit de buurt zien te houden...

Ik wist dat Alice in de andere kamer op me zat te wachten, nieuwsgierig. Maar ik moest nog één ding in mijn eentje afhandelen voordat Jasper terugkwam.

Ik moest accepteren dat ik Edward nooit meer zou zien, dat ik zelfs geen laatste blik op zijn gezicht zou kunnen werpen om met me mee te nemen naar de spiegelzaal. Ik ging hem kwetsen, en ik kon geen afscheid nemen. Ik liet de golven pijn over me heen spoelen, liet ze even hun gang gaan. En toen duwde ik ook hen weg en ging de confrontatie met Alice aan.

De enige uitdrukking die ik voor elkaar kon krijgen was een doffe, doodse blik. Ik zag haar schrik en ik wachtte niet tot ze iets vroeg. Ik had maar één tekst en ik zou nu nooit kunnen improviseren.

'Mijn moeder was ongerust, ze wilde naar huis komen. Maar het is in orde, ik heb haar ervan overtuigd dat ze weg moest blijven.' Mijn stem klonk futloos.

'We zullen ervoor zorgen dat haar niets overkomt, Bella, maak je geen zorgen.'

Ik draaide me om, ik kon haar mijn gezicht niet laten zien.

Mijn oog viel op een leeg vel hotelbriefpapier op de tafel. Ik liep er langzaam naartoe terwijl ik een idee kreeg. Er was ook een envelop bij. Dat was mooi.

'Alice,' vroeg ik langzaam, zonder me om te draaien of mijn stem te verheffen. 'Als ik een brief aan mijn moeder schrijf, wil je die dan aan haar geven? In het huis achterlaten, bedoel ik.'

'Natuurlijk, Bella.' Haar stem klonk behoedzaam. Ze kon zien dat ik helemaal over mijn toeren was. Ik móést mijn emoties beter onder controle krijgen.

Ik ging weer terug naar de slaapkamer en knielde naast het nachtkastje om te schrijven.

'Edward,' schreef ik. Mijn hand beefde, de letters waren nauwelijks leesbaar.

Ik hou van je. Het spijt me zo. Hij heeft mijn moeder, en ik moet het proberen. Ik weet dat het misschien niet lukt. Het spijt me zo vreselijk erg.
Wees niet boos op Alice en Jasper. Als ik aan hen kan ontsnappen, is dat een wonder. Bedank ze voor me. Vooral Alice, alsjeblieft.
En ga alsjeblieft, alsjeblieft niet achter hem aan. Dat is wat hij wil. Denk ik. Ik kan het niet verdragen als iemand iets overkomt door mij, vooral jou. Alsjeblieft, dit is het enige wat ik je nu kan vragen. Voor mij.

Ik hou van je. Vergeef me.

Bella.

Ik vouwde de brief zorgvuldig op, stopte hem in de envelop en plakte die dicht. Uiteindelijk zou hij hem vinden. Ik hoopte alleen dat hij het zou begrijpen, en voor deze ene keer naar me zou luisteren.

En toen verzegelde ik zorgvuldig mijn hart.

22. Verstoppertje

Het had veel minder tijd in beslag genomen dan ik dacht: alle angst, de wanhoop, het breken van mijn hart. De minuten tikten langzamer voorbij dan gewoonlijk. Jasper was nog steeds niet terug toen ik me weer bij Alice voegde. Ik was bang om met haar in dezelfde kamer te zijn, bang dat ze het zou raden... en bang om me voor haar te verschuilen om dezelfde reden.

Ik dacht dat ik allang niet meer in staat was om verrast te worden, mijn gedachten gekweld en wankel, maar ik wérd verrast toen ik Alice gebogen over de tafel zag staan, de rand met beide handen vasthoudend.

'Alice?'

Ze reageerde niet toen ik haar naam zei, maar haar hoofd wiegde langzaam van links naar rechts en ik zag haar gezicht. Haar ogen waren leeg, dof... Mijn gedachten vlogen naar mijn moeder. Was ik al te laat?

Ik haastte me naar haar toe en strekte automatisch mijn arm uit om haar hand te pakken.

'Alice!' knalde Jaspers stem, en toen stond hij achter haar, zijn handen over de hare gevouwen om ze los te maken uit hun greep op de tafel. Aan de andere kant van de kamer zwaaide de deur met een zachte klap dicht.

'Wat is er?' vroeg hij dringend.

Ze draaide haar gezicht van mij weg, tegen zijn borst. 'Bella,' zei ze.

'Ik ben hier,' antwoordde ik.

Haar hoofd draaide om, haar ogen staarden in de mijne, hun uitdrukking nog steeds opvallend wezenloos. Ik besefte meteen dat ze het niet tegen mij had gehad: ze had Jaspers vraag beantwoord.

'Wat heb je gezien?' zei ik – en er was geen vraag in mijn vlakke, ongeïnteresseerde stem.

Jasper keek me scherp aan. Ik hield mijn gezicht uitdrukkingsloos en wachtte. Zijn ogen stonden verward toen ze snel heen en weer schoten tussen mijn gezicht en dat van Alice en hij de chaos voelde... want ik kon nu wel raden wat Alice had gezien.

Ik voelde hoe er om me heen een rustige sfeer neerdaalde. Ik was er blij mee en gebruikte die om mijn emoties onder controle te houden.

Ook Alice herwon zichzelf.

'Niets, eigenlijk,' antwoordde ze tenslotte, haar stem opvallend rustig en overtuigend. 'Gewoon weer dezelfde zaal.'

Ze keek me eindelijk aan, haar gezichtsuitdrukking gladgestreken en gesloten. 'Wilde je ontbijten?'

'Nee, ik eet wel op het vliegveld.' Ook ik was erg rustig. Ik ging naar de badkamer om te douchen. Het was bijna alsof ik Jaspers vreemde extra zintuig had geleend, want hoe goed ze het ook verborg, ik kon voelen hoe graag Alice mij de kamer uit wilde hebben om alleen met Jasper te zijn. Dan kon ze hem vertellen dat ze iets verkeerd deden, dat ze zouden falen...

Ik maakte me zorgvuldig klaar, concentreerde me op alle kleine dingen die ik moest doen. Ik deed mijn haar los: het waaierde om me heen. De vredige gemoedstoestand die Jasper geschapen had kreeg effect op me en hielp me helder te denken. Hielp me een plan te bedenken. Ik wroette door mijn tas tot ik mijn sok met geld gevonden had. Ik goot hem leeg in mijn zak.

Ik stond te popelen om naar het vliegveld te gaan en was blij toen we om zeven uur vertrokken. Dit keer zat ik alleen op de achterbank van de donkere auto. Alice leunde tegen de deur, met haar gezicht naar Jasper, maar om de paar seconden wierp ze vanachter haar zonnebril een blik mijn kant op.

'Alice?' vroeg ik onverschillig.

Ze was op haar hoede. 'Ja?'

'Hoe werkt dat? Die dingen die je ziet?' Ik staarde uit het zijraampje, en mijn stem klonk verveeld. 'Edward zei dat het niet vaststaat... dat er dingen veranderen?' Het was moeilijker dan ik had gedacht om zijn naam uit te spreken. Dat moet geweest zijn wat Jasper alarmeerde, waarom een nieuwe golf kalmte de auto overspoelde.

'Ja, er veranderen dingen...' mompelde ze – hoopvol, dacht ik. 'Sommige dingen zijn zekerder dan andere... net als het weer. Mensen zijn moeilijker. Ik zie alleen maar de kant die ze opgaan zolang ze die opgaan. Zodra ze van gedachten veranderen – een ander besluit nemen, hoe klein ook – dan verschuift de hele toekomst.'

Ik knikte bedachtzaam. 'Dus je kon James niet in Phoenix zien totdat hij besloot om hierheen te komen.'

'Ja,' bevestigde ze, weer op haar hoede.

En ze had mij niet in de spiegelzaal gezien met James voordat ik het besluit had genomen om hem daar te treffen. Ik probeerde niet te denken aan wat ze nog meer gezien zou kunnen hebben. Ik wilde niet dat mijn paniek Jasper nog achterdochtiger zou maken. Ze zouden me sowieso al twee keer zo oplettend in de gaten houden na het visioen van Alice. Dit was niet te doen.

We kwamen bij het vliegveld. Het geluk was met me. Edwards vliegtuig kwam aan bij terminal vier, de hal met de meeste ruimte, waar de meeste vluchten aankomen – dus het was niet verbazingwekkend dat die van hem dat ook deed. Maar het was de terminal die ik nodig had: de grootste, het minst overzichtelijk. En er was een deur op niveau drie die misschien wel mijn enige kans vormde.

We parkeerden op de vijfde verdieping van de enorme garage. Ik ging voorop, voor deze ene keer beter op de hoogte van mijn omgeving dan zij. We namen de lift naar niveau drie, waar de passagiers aankwamen. Alice en Jasper stonden een tijdlang het scherm met de aankomsttijden te bestuderen. Ik hoorde ze de voors en tegens bespreken van New York, Atlanta, Chicago. Plaatsen waar ik nooit geweest was. En ook nooit zou komen.

Ik wachtte mijn kans af, ongeduldig, niet in staat mijn tikkende voet stil te houden. We zaten in de lange rij stoelen bij de metaaldetectors, waar Jasper en Alice net deden alsof ze aan het mensen kijken waren maar eigenlijk naar mij keken. Elke centimeter die ik in mijn stoel verschoof werd gevolgd door een snelle blik vanuit hun ooghoeken. Het was hopeloos. Moest ik ervandoor gaan? Zouden ze het durven me fysiek tegen te houden op deze openbare plek? Of zouden ze gewoon achter me aan komen?

Ik haalde de ongeadresseerde envelop uit mijn zak en legde hem bovenop Alice' zwarte leren tas. Ze keek me aan.

'Mijn brief,' zei ik. Ze knikte en stopte hem weg onder de bovenste flap. Hij zou hem snel genoeg vinden.

De minuten verstreken en Edwards komst kwam dichterbij. Het was verbazingwekkend hoe elke cel in mijn lichaam leek te weten dat hij eraan kwam, leek te verlangen naar zijn komst. Dat maakte het erg lastig. Ik betrapte mezelf erop dat ik uitvluchten probeerde te verzinnen om te blijven, om hem eerst te zien en er dan vandoor te gaan. Maar ik wist dat dat onmogelijk was als ik een kans wilde hebben om weg te komen.

Alice bood meerdere keren aan om ontbijt te gaan halen met me. Straks, zei ik, nu nog niet.

Ik staarde naar het scherm met de aankomsttijden en keek toe hoe vlucht na vlucht op tijd aankwam. De vlucht uit Seattle kroop steeds dichter naar de bovenkant van het scherm.

En toen, op het moment dat ik nog maar dertig minuten had om mijn ontsnapping voor te bereiden, veranderden de cijfers. Zijn vlucht kwam tien minuten eerder aan. Ik had geen tijd meer.

'Ik denk dat ik nu wat ga eten,' zei ik vlug.

Alice stond op. 'Ik ga met je mee.'

'Vind je het goed als Jasper meegaat?' vroeg ik. 'Ik voel me een beetje...' Ik maakte mijn zin niet af. Mijn ogen stonden wild genoeg om duidelijk te maken wat ik niet zei.

Jasper stond op. Alice' ogen keken verward, maar – zag ik tot mijn opluchting – niet achterdochtig. Ze schreef de verandering in haar visioen blijkbaar toe aan een of andere manoeuvre van de spoorzoeker, en niet aan verraad van mijn kant.

Jasper liep zwijgend naast me, zijn hand op mijn onderrug alsof hij me leidde. Ik deed alsof ik niet geïnteresseerd was in de eerste paar eetgelegenheden, terwijl mijn hoofd rondspeurde naar wat ik eigenlijk zocht. En daar was het, om de hoek, uit het scherpe zicht van Alice: het damestoilet van niveau drie.

'Kan ik even?' vroeg ik aan Jasper toen we erlangs liepen. 'Ik ben zo weer terug.'

'Ik wacht hier,' zei hij.

Zodra de deur achter me dicht was begon ik te rennen. Ik kon me de keer herinneren dat ik dankzij deze toiletruimte verdwaald was, omdat hij twee uitgangen had.

Vanaf de andere deur was het slechts een korte spurt naar de liften, en als Jasper bleef waar hij was, zou ik nooit in zijn gezichtsveld komen. Ik keek niet achterom terwijl ik rende. Dit was mijn enige kans, en zelfs als hij me zou zien moest ik blijven rennen. Er staarden mensen naar me, maar ik negeerde ze. Om de hoek bevonden zich de liften, en ik schoot naar voren en duwde mijn hand tussen de sluitende deuren van een volle lift die op het punt stond naar beneden te gaan. Ik wurmde me tussen de geïrriteerde rei-

zigers, en keek of er ook echt op het knopje van de begane grond was gedrukt. Het brandde al, en de deuren gingen dicht.

Zodra de deur openschoof ging ik er weer vandoor, met het geluid van geërgerd gemompel achter me. Ik liep iets langzamer toen ik langs de beveiligingsbeambten bij de bagagebanden kwam, maar begon direct weer te rennen zodra de deuren van de uitgang in zicht kwamen. Ik kon niet weten of Jasper me al aan het zoeken was of niet. Als hij mijn geur zou volgen had ik maar een paar seconden. Ik sprong door de schuifdeuren en knalde bijna tegen het glas toen ze te langzaam opengingen.

Langs de drukke stoep was geen taxi te bekennen.

Ik had geen tijd. Alice en Jasper stonden of op het punt te beseffen dat ik er niet meer was, of ze wisten het al. Ze zouden me in een vloek en een zucht vinden.

Een paar meter achter me gingen net de deuren van een pendelbus naar het Hyatt hotel dicht.

'Wacht!' riep ik, rennend en zwaaiend naar de chauffeur.

'Deze gaat naar het Hyatt,' zei de chauffeur niet-begrijpend terwijl hij de deuren opendeed.

'Ja,' hijgde ik, 'daar moet ik naartoe.' Ik haastte me het trapje op.

Hij keek achterdochtig omdat ik geen bagage bij me had, maar haalde toen zijn schouders op, niet geïnteresseerd genoeg om ernaar te vragen.

De meeste stoelen waren leeg. Ik ging zo ver mogelijk bij de andere passagiers vandaan zitten, en keek uit het raam terwijl eerst de stoep en toen het vliegveld uit het zicht verdween. Ik kon het niet helpen om Edward voor me te zien, de plek waar hij zou staan aan de rand van de weg waar mijn spoor zou doodlopen. Ik mocht nog niet huilen, hield ik mezelf voor. Ik had nog een lange weg te gaan.

Mijn geluk hield aan. Voor de deur van het Hyatt haalde een vermoeid uitziend stel net hun laatste koffer uit de achterbak van een taxi. Ik sprong de bus uit, rende naar de auto en schoof in de stoel achter de chauffeur. Het vermoeide stel en de buschauffeur staarden me aan.

Ik gaf de verbaasde taxichauffeur het adres van mijn moeder. 'Ik moet er zo snel mogelijk heen.'

'Maar dat is in Scottsdale,' klaagde hij.

Ik gooide vier briefjes van twintig over de stoel.

'Is dat genoeg?'

'Tuurlijk, meid, geen probleem.'

Ik leunde tegen de achterbank en legde mijn armen in mijn schoot. De vertrouwde stad begon langs me te razen, maar ik keek niet uit het raam. Ik deed mijn uiterste best mijn zelfbeheersing te bewaren. Ik was vastbesloten om mezelf op dit moment niet te verliezen, nu mijn plan met succes was uitgevoerd. Er was geen reden om toe te geven aan nog meer angst, nog meer ongerustheid. Mijn pad was uitgestippeld. Ik hoefde het alleen nog maar te volgen.

Dus in plaats van in paniek te raken sloot ik mijn ogen en bracht de twintig minuten durende rit met Edward door.

Ik fantaseerde dat ik op het vliegveld was gebleven om Edward op te halen. Ik zag voor me hoe ik op mijn tenen zou staan om zijn gezicht eerder te kunnen zien. Hoe soepel, hoe gracieus zou hij zich door de hordes mensen bewegen die ons scheidden. En dan zou ik – roekeloos als altijd – rennen om de laatste meters tussen ons te overbruggen, en ik zou in zijn marmeren armen liggen, eindelijk veilig.

Ik vroeg me af waar we naartoe zouden zijn gegaan. Ergens naar het noorden, zodat hij overdag buiten kon zijn. Of misschien een heel afgelegen plek, zodat we weer samen in de zon konden liggen. Ik stelde me hem voor aan de kust, met een huid die net zo glinsterde als de zee. Het zou niet uitmaken hoe lang we ons verborgen moesten houden. Om met hem opgesloten te zitten in een hotelkamer zou een soort paradijs zijn. Ik had nog zoveel vragen voor hem. Ik zou eeuwig met hem kunnen praten, nooit hoeven slapen, nooit van zijn zijde wijken.

Ik kon zijn gezicht nu zo duidelijk voor me zien... hoorde bijna zijn stem. En ondanks alle verschrikkingen en uitzichtloosheid was ik heel even gelukkig. Ik ging zo op in mijn onwerkelijke dagdromen dat ik de voorbijvliegende seconden totaal niet meer in de gaten had.

'Hé, welk nummer is het?'

De vraag van de taxichauffeur doorboorde mijn gefantaseer en liet alle kleur uit mijn heerlijke droombeelden lopen. De angst, grauw en hard, stond alweer klaar om de lege plek die ze achterlieten in te nemen.

'Achtenvijftig eenentwintig.' Mijn stem klonk geknepen. De taxichauffeur keek me aan, bang dat ik een aanval had of zoiets.

'We zijn er.' Hij kon niet wachten tot ik de taxi uit was, hij hoopte zeker dat ik niet om mijn wisselgeld zou vragen.

'Dank u,' fluisterde ik. Er was geen reden om bang te zijn, hielp ik mezelf herinneren. Het huis was leeg. Ik moest opschieten, mijn moeder wachtte op me, ze was bang en ze rekende op mij.

Ik rende naar de deur en strekte automatisch mijn arm uit om de sleutel uit de dakgoot te pakken. Ik deed de deur open. Het was donker binnen, leeg, gewoon. Ik rende naar de telefoon en deed onderweg het licht van de keuken aan. Daar stond, op het notitiebord, een tiencijferig nummer geschreven in een klein, net handschrift. Mijn vingers struikelden over de toetsen en drukten verkeerd. Ik moest ophangen en opnieuw beginnen. Ik concentreerde me dit keer uitsluitend op de knopjes, ze nauwkeurig een voor een intoetsend. Het lukte. Ik hield de telefoon met trillende hand aan mijn oor. Hij ging maar één keer over.

'Hallo Bella,' antwoordde de aangename stem. 'Dat was heel snel. Ik ben onder de indruk.'

'Is alles goed met mijn moeder?'

'Het gaat prima met haar. Maak je geen zorgen, Bella. Ik heb niets tegen je moeder. Tenzij je niet in je eentje gekomen bent natuurlijk.'

'Ik ben alleen.' Ik was nog nooit in mijn leven zo alleen geweest.

'Heel mooi. Goed, ken je die balletschool net om de hoek van jouw huis?'

'Ja. Ik weet hoe ik er moet komen.'

'Nou, dan zie ik je snel.'

Ik hing op.

Ik rende de kamer uit, de deur door, de verzengende hitte in.

Er was geen tijd om om te kijken naar mijn huis, en ik wilde het niet zien zoals het er nu uitzag – leeg, een symbool van angst in plaats van geborgenheid. De laatste persoon die door deze vertrouwde kamers had gelopen, was mijn vijand geweest.

Vanuit mijn ooghoeken kon ik bijna mijn moeder zien staan in de schaduw van de grote eucalyptusboom waar ik als kind altijd had gespeeld. Of op haar knieën bij het modderige lapje grond rond de brievenbus, de begraafplaats van alle bloemen die ze had geprobeerd te laten bloeien. De herinneringen waren mooier dan welke werkelijkheid ook die ik vandaag zou zien. Maar ik rende ze voorbij, naar de hoek, en liet alles achter me.

Ik voelde me vreselijk langzaam, alsof ik door los zand rende – ik leek maar geen grip op het beton te krijgen. Ik struikelde een paar keer, viel, ving mezelf op met mijn handen, haalde ze open aan de stoep, en krabbelde dan weer op om me weer naar voren te storten. Maar uiteindelijk haalde ik de hoek. Nog maar één straat. Ik rende happend naar adem door, terwijl het zweet van mijn gezicht droop. De zon brandde op mijn gezicht, hij was veel te fel, weerkaatste van het witte beton en verblindde me. Ik voelde me gevaarlijk onbeschut. Ik verlangde heviger dan ik ooit gedacht had te kunnen naar de groene, beschermende bossen van Forks... van thuis.

Toen ik de laatste hoek omging, Cactus Street in, kon ik de balletschool zien liggen, precies zoals ik me hem herinnerde. De parkeerplaats voor de deur was leeg, de verticale jaloezieën voor alle ramen gesloten. Ik kon niet meer rennen – ik kon geen lucht krijgen, de inspanning en angst eisten hun tol. Ik dacht aan mijn moeder om mijn voeten in beweging te houden, de een voor de ander.

Toen ik dichterbij kwam kon ik een mededeling zien hangen aan de binnenkant van de deur. Hij was met de hand geschreven op felroze papier en meldde dat de school gesloten was in verband met de voorjaarsvakantie. Ik voelde aan de deurklink, trok er voorzichtig aan. Hij was niet op slot. Ik worstelde om weer op adem te komen en deed de deur open.

De hal was donker en leeg, koel, de airconditioning zoemde. De plastic kuipstoeltjes stonden opgestapeld langs de muren, en het tapijt rook naar schoonmaakmiddel. Ik kon door het open binnenraam zien dat de balletzaal links donker was. De balletzaal rechts, de grotere zaal, was verlicht. Maar bij dit raam waren de jaloezieën gesloten.

Ik werd zo sterk door angst overmand dat ik er letterlijk in gevangen zat. Ik kon mijn voeten niet vooruit krijgen.

En toen riep mijn moeders stem.

'Bella? Bella?' Weer diezelfde toon van hysterische paniek. Ik rende naar de deur, naar het geluid van haar stem.

'Bella, je jaagt me de stuipen op het lijf! Wil je dat alsjeblieft nooit meer doen!' Haar stem praatte door terwijl ik de lange, hoge zaal in rende.

Ik staarde om me heen om te zien waar haar stem vandaan kwam. Ik hoorde haar lachen en draaide me vliegensvlug om naar het geluid.

Daar was ze, op het televisiescherm, terwijl ze opgelucht door mijn haar

woelde. Het was Thanksgiving Day, en ik was twaalf. We waren bij mijn oma in Californië, het laatste jaar voor ze overleed. We waren een dag naar het strand gegaan, en ik had te ver over de rand van de pier geleund. Ze had me wild met mijn voeten zien schoppen in een poging mijn evenwicht terug te vinden. 'Bella? Bella?' had ze angstig naar me geroepen.

En toen werd het televisiescherm blauw.

Ik draaide me langzaam om. Hij stond heel stil bij de nooduitgang, zo stil dat ik hem in eerste instantie niet gezien had. Hij had een afstandsbediening in zijn hand. We staarden een tijd naar elkaar, en toen glimlachte hij.

Hij kwam naar me toe, behoorlijk dichtbij, en liep toen langs me om de afstandsbediening naast de videorecorder te leggen. Ik draaide me behoedzaam om om naar hem te kijken.

'Sorry hoor, Bella, maar is het niet beter dat je moeder niet echt betrokken is bij al dit gedoe?' Zijn stem klonk beleefd, vriendelijk.

En opeens drong het tot me door. Mijn moeder was veilig. Ze was nog steeds in Florida. Ze had mijn bericht nooit ontvangen. Ze was nooit doodsbang geweest voor de donkerrode ogen in het abnormaal bleke gezicht dat ik hier voor me zag. Ze was veilig.

'Ja,' antwoordde ik, mijn stem vervuld van opluchting.

'Je klinkt niet boos dat ik je in de val gelokt heb.'

'Dat ben ik ook niet.' Mijn plotselinge roes maakte me dapper. Wat maakte het nog uit? Het was bijna voorbij. Mama en Charlie zou niets overkomen, ze hoefden nergens bang voor te zijn. Ik werd er bijna duizelig van. Een wat bewuster deel van mijn hersens waarschuwde me dat ik gevaarlijk dicht bij het punt was waarop ik zou instorten van de spanning.

'Wat apart. Je meent het echt.' Zijn donkere ogen namen me geïnteresseerd op. De irissen waren bijna zwart, met slechts een zweem robijnrood om de randen. Dorstig. 'Ik moet het dat vreemde clubje van je nageven, jullie mensen kunnen best interessant zijn. Ik snap wel dat het iets aantrekkelijks heeft om jullie te bestuderen. Heel bijzonder – sommigen van jullie lijken echt geen enkel gevoel van eigenbelang te hebben.'

Hij stond een paar meter van me vandaan, zijn armen over elkaar, en keek me nieuwsgierig aan. Er sprak geen dreiging uit zijn gezicht of houding. Hij zag er zo heel gewoontjes uit, er was niets bijzonders aan zijn gezicht of lichaam. Behalve dan de witte huid en de ogen met de donkere krin-

gen waar ik zo aan gewend was geraakt. Hij droeg een lichtblauw overhemd met lange mouwen en een gebleekte blauwe spijkerbroek.

'Nu ga je me zeker vertellen dat je vriendje wraak op me zal nemen?' vroeg hij, hoopvol vond ik.

'Nee, dat denk ik niet. Tenminste, ik heb hem gevraagd om het niet te doen.'

'En hoe reageerde hij daarop?'

'Dat weet ik niet.' Het was opvallend makkelijk een gesprek te voeren met deze elegante jager. 'Ik heb een brief voor hem achtergelaten.'

'Hoe romantisch, een laatste brief. En denk je dat hij daar gehoor aan zal geven?' Zijn stem klonk nu net iets harder, een zweem van sarcasme verstoorde zijn beleefde toon.

'Ik hoop het.'

'Hmmm. Nou, dan hopen we allebei op iets anders. Kijk, dit ging allemaal een beetje te gemakkelijk, te snel. Ik ben teleurgesteld, om heel eerlijk te zijn. Ik had een veel grotere uitdaging verwacht. En uiteindelijk had ik alleen maar een beetje geluk nodig.'

Ik wachtte zwijgend af.

'Toen Victoria je vader niet te pakken kon krijgen, heb ik haar meer over jou laten uitzoeken. Het had geen enkele zin om je over de hele wereld achterna te gaan zitten als ik op mijn gemak op je kon wachten op een plek die ik uitgekozen had. Dus besloot ik, nadat ik met Victoria gesproken had, naar Phoenix te gaan om je moeder met een bezoek te vereren. Ik had je horen zeggen dat je naar huis ging. In het begin had ik nooit gedacht dat je dat ook echt zou doen. Maar toen begon ik te denken. Mensen kunnen erg voorspelbaar zijn, ze zijn graag op een vertrouwde plek, waar het veilig is. En zou het niet de perfecte list zijn als je naar de enige plek ging waar je niet zou moeten zijn om je te verbergen – de plek waar je zei dat je heen zou gaan?

Maar ik wist het natuurlijk niet zeker, het was slechts een vermoeden. Ik krijg meestal een gevoel over de prooi waar ik op jaag, een zesde zintuig, zou je kunnen zeggen. Ik heb je bericht afgeluisterd toen ik bij je moeders huis kwam, maar ik kon natuurlijk niet zeker weten waar je vandaan had gebeld. Het was heel handig om je nummer te hebben, maar je kon net zo goed op de Noordpool zitten, en dit spelletje zou alleen werken als je in de buurt was.

Maar toen stapte je vriendje op een vliegtuig naar Phoenix. Victoria hield ze natuurlijk in de gaten voor me; in een spel met zoveel spelers kun je niet in je eentje werken. En zo verraadden zij wat ik al gehoopt had, dat je uiteindelijk toch hier zat. Ik was voorbereid, ik had jullie schattige familiefilmpjes allemaal al bekeken. En toen was het simpelweg een kwestie van bluffen.

Erg gemakkelijk, zoals je ziet, niet echt mijn gebruikelijke niveau. Dus je begrijpt wel dat ik hoop dat je het mis hebt wat betreft dat vriendje van je. Edward, toch?'

Ik gaf geen antwoord. Mijn bravoure begon weg te ebben. Ik vond dat hij zich wel genoeg verkneukeld had. Het ging trouwens toch niet om mij. Er viel geen eer te behalen aan de overwinning op mij, een zwak mens.

'Zou je het heel erg vinden als ik ook een berichtje achterliet voor jouw Edward?'

Hij deed een stap naar achteren en raakte een kleine digitale videocamera aan, die zorgvuldig bovenop de stereo geplaatst was. Een klein rood lichtje gaf aan dat hij al aan het opnemen was. Hij stelde hem een paar keer bij om het beeld te vergroten. Ik staarde hem vol afschuw aan.

'Het spijt me, maar ik denk dat hij het niet zal kunnen laten om achter me aan te gaan als hij dit gezien heeft. En ik zou niet willen dat hij iets mist. Het was allemaal voor hem, natuurlijk. Jij bent maar een mens, die helaas op de verkeerde plek was, op het verkeerde moment, en zonder twijfel met de verkeerde types op stap, mag ik wel zeggen.'

Hij kwam glimlachend op me af. 'Voordat we beginnen...'

Ik voelde een golf van misselijkheid in mijn maag terwijl hij dat zei. Hier had ik niet op gerekend.

'Ik zou het er gewoon graag even in willen wrijven, een klein beetje maar. De oplossing lag al die tijd voor het oprapen, en ik was zo bang dat Edward hem ook zou zien en de lol voor mij zou verpesten. Het is me één keer gebeurd, o, eeuwen geleden. De eerste en enige keer dat mijn prooi aan me ontsnapt is.

De vampier die zo achterlijk dol was op dit slachtoffertje maakte namelijk de keus die jouw Edward niet durfde te maken. Toen die ouwe in de gaten kreeg dat ik achter zijn kleine vriendinnetje aan zat, stal hij haar uit de inrichting waar hij werkte – ik zal de obsessie die sommige vampiers voor mensen lijken te ontwikkelen echt nooit begrijpen – en zodra hij haar be-

vrijd had, maakte hij haar onkwetsbaar. Ze leek de pijn niet eens te voelen, het arme schaap. Ze had zo lang vastgezeten in haar donkere cel. Honderd jaar eerder zou ze op de brandstapel gezet zijn voor haar visioenen. In de jaren twintig van de vorige eeuw was het de inrichting en shocktherapie. Toen ze haar ogen opendeed, vol kracht door haar nieuwe jeugd, was het alsof ze nog nooit de zon had gezien. De oude vampier maakte van haar een sterke nieuwe vampier, en er was geen reden voor mij meer om haar nog iets te doen.' Hij zuchtte. 'Uit wraak heb ik die ouwe om zeep geholpen.'

'Alice,' fluisterde ik, met stomheid geslagen.

'Ja, dat kleine vriendinnetje van je. Ik was oprecht verbaasd om haar daar op de open plek te zien. Dus ik denk dat die familie van haar op de een of andere manier troost zou moeten kunnen putten uit dit hele gebeuren. Ik krijg jou, maar zij houden haar, het enige slachtoffer dat ooit aan mij ontsnapt is. Best een eer eigenlijk.

En ze rook toch zo heerlijk. Ik vind het nog steeds jammer dat ik nooit heb kunnen proeven... Ze rook zelfs nog lekkerder dan jij. Sorry – het is niet mijn bedoeling je te beledigen. Jij ruikt erg lekker. Een beetje naar bloemen...'

Hij kwam nog dichterbij, tot hij nog maar een paar centimeter bij me vandaan was. Hij tilde een pluk van mijn haar op en snoof er lichtjes aan. Toen duwde hij de streng voorzichtig weer op zijn plek, en ik voelde zijn koude vingertoppen tegen mijn keel. Hij tilde zijn hand op en streelde één keer snel met zijn duim over mijn wang, zijn gezicht nieuwsgierig. Ik wilde zo verschrikkelijk graag wegrennen, maar ik was volledig verstijfd. Ik kon niet eens achteruit deinzen.

'Nee,' mompelde hij tegen zichzelf terwijl hij zijn hand terugtrok. 'Ik snap er niets van.' Hij zuchtte. 'Goed, ik denk dat we maar eens moesten beginnen. En dan kan ik je vrienden bellen en vertellen waar ze je kunnen vinden, samen met mijn berichtje.'

Ik werd nu echt misselijk. Er kwam pijn aan, ik kon het zien in zijn ogen. Het zou niet genoeg zijn voor hem om te winnen, te voeden en weer te gaan. Het zou niet het snelle einde worden waar ik op gerekend had. Mijn knieën begonnen te knikken, en ik was bang dat ik om zou vallen.

Hij deed een stap naar achteren en begon een rondje te lopen, alsof hij een standbeeld in een museum beter wilde bekijken. Zijn gezicht stond nog

steeds open en vriendelijk terwijl hij bekeek waar hij zou beginnen.

Toen dook hij in elkaar, klaar om te springen, en zijn sympathieke glimlach werd langzaam breder, groeide, tot het helemaal geen glimlach meer was maar een verwrongen hoeveelheid tanden, ontbloot en glinsterend.

Ik kon het niet helpen – ik probeerde ervandoor te gaan. Hoe nutteloos ik ook wist dat het was, hoe slap mijn benen ook waren, de paniek kreeg de overhand en ik stormde naar de nooduitgang.

Hij stond in een flits voor me. Ik kon niet zien of hij zijn hand of zijn voet gebruikte, het ging te snel. Ik kreeg een verpletterende dreun tegen mijn borst – ik voelde mezelf naar achteren vliegen en hoorde het gekraak toen mijn hoofd tegen de spiegels knalde. Het glas barstte, en sommige delen vielen in scherven naast me op de grond kapot.

Ik was te verdwaasd om de pijn te voelen. Ik kon nog geen adem halen.

Hij liep langzaam naar me toe.

'Dat geeft een erg mooi effect,' zei hij terwijl hij de chaos van glas bekeek, zijn stem weer vriendelijk. 'Ik dacht wel dat deze ruimte visueel gezien spectaculair zou zijn voor mijn filmpje. Daarom heb ik deze plek uitgezocht om met je af te spreken. Hij is ideaal, vind je niet?'

Ik negeerde hem, terwijl ik op handen en voeten overeind krabbelde en naar de andere deur begon te kruipen.

Hij stond meteen over me heen, en zijn voet trapte hard op mijn been. Ik hoorde het misselijkmakende knappende geluid voordat ik het voelde. Maar toen voelde ik het ook, en ik kon mijn schreeuw van pijn niet onderdrukken. Ik rolde om om mijn been vast te grijpen, en hij stond glimlachend boven me.

'Zou je je laatste verzoek niet nog eens willen overdenken?' vroeg hij op vriendelijke toon. Zijn teen porde zachtjes tegen mijn gebroken been en ik hoorde een ijzingwekkende gil. Met een schok besefte ik dat ik het zelf was.

'Zou je niet liever willen dat Edward me probeerde te vinden?' drong hij aan.

'Nee!' zei ik schor. 'Nee, Edward, doe het niet...' En toen sloeg er iets in mijn gezicht, waardoor ik teruggegooid werd tegen de gebroken spiegels. Boven op de pijn in mijn been voelde ik de bijtende wond in mijn schedel waar het glas hem opengereten had. En toen begon de warme nattigheid zich met verontrustende snelheid door mijn haar te verspreiden. Ik kon voe-

len hoe het de bovenkant van mijn bloes doorweekte en hoorde hoe het op het hout onder me druppelde. De geur ervan deed mijn maag omdraaien.

Door de misselijkheid en duizeligheid heen zag ik iets dat me een onverwachts en laatste sprankje hoop gaf. Zijn ogen, die eerst alleen maar geconcentreerd hadden gestaan, brandden nu van een onbedwingbaar verlangen. Het bloed – dat zich dieprood over mijn bloes verspreidde en razendsnel een plas vormde op de vloer – maakte hem gek van dorst. Wat zijn oorspronkelijke bedoelingen ook waren, hij kon dit niet veel langer rekken.

Laat het snel afgelopen zijn, was het enige waar ik nog op kon hopen toen de stroom van bloed uit mijn hoofd mijn bewustzijn met zich mee zoog. Mijn ogen vielen langzaam dicht.

Ik hoorde, alsof ik onderwater was, de laatste grauw van de jager. Door de lange tunnels die mijn ogen waren geworden kon ik zijn donkere gestalte op me af zien komen. Met mijn laatste krachten hief mijn hand zich instinctief op om mijn gezicht te beschermen. Mijn ogen gingen dicht, en ik zweefde weg.

23. De engel

En terwijl ik zweefde, droomde ik.

Waar ik dreef, onder het donkere water, hoorde ik het mooiste geluid dat mijn geest maar kon bedenken – even mooi en hoopgevend als gruwelijk. Het was een andere grauw, een lager, woester gebrul vol van woede.

Ik werd teruggehaald, bijna tot aan de oppervlakte, door een scherpe pijn die door mijn opgeheven hand sneed, maar ik kon niet ver genoeg terugkomen om mijn ogen open te doen.

En toen wist ik dat ik dood was.

Want door het zware water heen hoorde ik het geluid van een engel die mijn naam riep, en me naar de enige hemel lokte die ik wilde.

'O nee, Bella, nee!' riep de stem van de engel ontzet.

Achter dat geluid waar ik zo naar verlangd had klonk nog iets anders – een vreselijk rumoer waar mijn geest voor terugschrok. Een boosaardige, grommende basstem, een weerzinwekkend geluid van iets dat brak en een hoog gejammer dat plotseling ophield...

Ik probeerde me in plaats daarvan op de stem van de engel te concentreren.

'Bella, alsjeblieft! Bella, luister naar me, alsjeblieft, alsjeblieft, Bella, alsjeblieft!' smeekte hij.

Ja, wilde ik zeggen, maar ik kon mijn lippen niet vinden.

'Carlisle!' riep de engel, met wanhoop in zijn perfecte stem. 'Bella, Bella, nee, o alsjeblieft, nee, nee!' En de engel huilde met hortende snikken zonder tranen.

De engel zou niet moeten huilen, zo hoorde het niet. Ik probeerde hem te vinden om hem te vertellen dat er niets aan de hand was, maar het water was zo diep, het drukte op me, en ik kon geen adem halen.

Er drukte iets tegen mijn hoofd. Het deed pijn. En toen, terwijl die pijn uit het donker tot me doordrong, voelde ik andere pijn, heviger nog. Ik

schreeuwde het uit, snakkend naar adem, en brak door de donkere poel.

'Bella!' riep de engel.

'Ze heeft wat bloed verloren, maar de hoofdwond is niet diep,' wist een kalme stem me te vertellen. 'Kijk uit voor haar been, het is gebroken.'

Aan de lippen van de engel ontsnapte een woedende brul.

Ik voelde een scherpe steek in mijn zij. Dit kon de hemel niet zijn, toch? Daarvoor was er te veel pijn.

'En ook een paar ribben, denk ik,' ging de rustige stem verder.

Maar de scherpe pijn vervaagde. Er was een nieuwe pijn, een verzengende pijn in mijn hand die al het andere overschaduwde.

Iemand was me aan het verbranden.

'Edward.' Ik probeerde het hem te vertellen, maar mijn stem klonk zo dik en langzaam dat ik mezelf niet eens kon verstaan.

'Bella, het komt allemaal goed met je. Kun je me horen, Bella? Ik hou van je.'

'Edward,' probeerde ik nog eens. Mijn stem was iets duidelijker.

'Ja, ik ben hier.'

'Het doet pijn,' piepte ik zachtjes.

'Ik weet het, Bella, ik weet het' – en toen, weg van mij, gefrustreerd – 'kun je niet iets doen?'

'Mijn tas, alsjeblieft... Rustig maar, Alice, dit zal echt helpen,' beloofde Carlisle.

'Alice?' kermde ik.

'Ze is hier, ze wist waar we je konden vinden.'

'Mijn hand doet pijn,' probeerde ik hem te vertellen.

'Ik weet het, Bella. Carlisle zal je iets geven, dan houdt het op.'

'Mijn hand verbrandt!' gilde ik, terwijl ik knipperend met mijn ogen eindelijk door het laatste beetje duisternis brak. Ik kon zijn gezicht niet zien, iets donkers en warms blokkeerde mijn zicht. Waarom zagen en doofden ze het vuur nou niet?

Zijn stem klonk bang. 'Bella?'

'Het vuur! Doof het vuur!' gilde ik terwijl het me verbrandde.

'Carlisle! Haar hand!'

'Hij heeft haar gebeten.' Carlisle's stem was niet kalm meer, maar vol afgrijzen.

Ik hoorde hoe Edward vol schrik zijn adem inhield.

'Edward, je moet het doen.' Dat was de stem van Alice, dicht bij mijn hoofd. Koude vingers veegden over de natheid in mijn ogen.

'Nee!' loeide hij.

'Alice,' kreunde ik.

'Er is misschien nog een kans,' zei Carlisle.

'Hoe dan?' smeekte Edward.

'Kijk of je het gif er weer uit kunt zuigen. De wond is redelijk schoon.' Terwijl Carlisle dat zei voelde ik meer druk op mijn hoofd, er porde en duwde iets tegen mijn schedel. De pijn ervan ging verloren in de pijn van het vuur.

'Zou dat werken?' Alice' stem klonk gespannen.

'Ik weet het niet,' zei Carlisle. 'Maar we moeten opschieten.'

'Carlisle, ik...' Edward aarzelde. 'Ik weet niet of ik dat wel kan.' Er klonk opnieuw wanhoop door in zijn prachtige stem.

'Het is jouw beslissing, Edward, hoe dan ook. Ik kan je niet helpen. Ik moet het bloeden hier stelpen als je bloed weg gaat nemen bij haar hand.'

Ik kronkelde in de greep van de vurige marteling en die beweging deed de pijn in mijn been misselijkmakend opvlammen.

'Edward!' schreeuwde ik. Ik realiseerde me dat mijn ogen weer dicht waren. Ik deed ze open, wanhopig op zoek naar zijn gezicht. En ik vond hem. Eindelijk kon ik zijn perfecte gezicht zien, het staarde me aan met een verwrongen uitdrukking van vertwijfeling en pijn.

'Alice, haal iets om haar been mee te ondersteunen!' Carlisle zat over me heen gebogen en was met mijn hoofd bezig. 'Edward, je moet het nu doen, anders is het te laat.'

Edwards gezicht stond gespannen. Ik keek naar zijn ogen en zag de twijfel plotseling plaatsmaken voor een vlammende vastberadenheid. Zijn kaken verstrakten. Ik voelde hoe zijn koude, sterke vingers mijn brandende hand pakten en op zijn plek hielden. Toen boog hij zijn hoofd eroverheen, en zijn koude lippen duwden tegen mijn huid.

In eerste instantie werd de pijn erger. Ik gilde en worstelde tegen de koude handen die me tegenhielden. Ik hoorde de stem van Alice die me probeerde te kalmeren. Iets zwaars hield mijn been tegen de vloer, en Carlisle hield mijn hoofd vastgeklemd in zijn stenen armen.

Toen werd mijn gekronkel langzaam minder en mijn hand steeds gevoellozer. Het vuur doofde en kromp ineen tot een steeds kleiner wordend punt.

Ik voelde mijn bewustzijn wegglijden terwijl de pijn afnam. Ik was bang om weer in de zwarte wateren te vallen, bang dat ik hem kwijt zou raken in de duisternis.

'Edward,' probeerde ik te zeggen, maar ik kon mijn stem niet horen. Zij wel.

'Hij is hier, Bella.'

'Blijf hier, Edward, blijf bij me...'

'Dat doe ik.' Zijn stem klonk gespannen, maar ergens ook triomfantelijk.

Ik zuchtte tevreden. Het vuur was uit, en alle andere pijn werd verdoofd door een slaperigheid die door mijn lichaam sijpelde.

'Is het er allemaal uit?' vroeg Carlisle van ergens heel ver weg.

'Haar bloed smaakt schoon,' zei Edward stilletjes. 'Ik kan de morfine proeven.'

'Bella?' zei Carlisle tegen mij.

Ik probeerde te antwoorden. 'Hmmmmm?'

'Is het vuur uit?'

'Ja,' zuchtte ik. 'Dankjewel, Edward.'

'Ik hou van je,' antwoordde hij.

'Weet ik,' fluisterde ik, zo moe.

Ik hoorde het geluid dat ik het allerliefste hoorde van de hele wereld: Edwards zachte lach, trillerig van opluchting.

'Bella?' vroeg Carlisle opnieuw.

Ik fronste; ik wilde slapen. 'Wat is er?'

'Waar is je moeder?'

'In Florida,' zuchtte ik. 'Hij heeft me erin geluisd, Edward. Hij had naar onze video's gekeken.' De woede in mijn stem klonk erbarmelijk zwak.

Maar dat deed me ergens aan denken.

'Alice.' Ik probeerde mijn ogen open te doen. 'Alice, de video – hij kende jou, Alice, hij wist waar je vandaan kwam.' Ik wilde het met nadruk zeggen, maar mijn stem was krachteloos. 'Ik ruik benzine,' voegde ik eraan toe, verbaasd door de mist in mijn hoofd heen.

'Het is tijd om haar te verplaatsen,' zei Carlisle.

'Nee, ik wil slapen,' klaagde ik.

'Je kunt ook slapen, lieverd, ik draag je wel,' suste Edward.

En ik lag in zijn armen, opgekruld tegen zijn borst – licht als een veertje, alle pijn verdwenen.

'Ga maar slapen, Bella,' waren de laatste woorden die ik hoorde.

24. Patstelling

Mijn ogen openden zich in een stralend, wit licht. Ik was in een onbekende kamer, een witte kamer. De muur naast me was bedekt met lange, verticale jaloezieën, boven mijn hoofd hingen verblindend felle lampen. Ik lag in een hard, hobbelig bed – een bed met een hekje eromheen. De kussens waren plat en bobbelig. Er klonk een irritant piepgeluid ergens vlakbij me. Ik hoopte dat dat betekende dat ik nog steeds leefde. De dood zou niet zo oncomfortabel horen te zijn.

Mijn handen waren volgepropt met doorzichtige slangen, en er was iets op mijn gezicht geplakt, onder mijn neus. Ik deed mijn hand omhoog om het eraf te scheuren.

'Ik dacht het niet.' En koude vingers grepen mijn hand.

'Edward?' Ik draaide mijn hoofd een beetje, en zijn prachtige gezicht was slechts centimeters van dat van mij verwijderd, zijn kin rustte op de rand van mijn kussen. Ik besefte opnieuw dat ik nog leefde, en deze keer met dankbaarheid en vreugde. 'O Edward, het spijt me zo!'

'Ssssst,' suste hij. 'Het is allemaal goed nu.'

'Wat is er gebeurd?' Ik kon het me niet goed herinneren, en mijn hersens kwamen in opstand toen ik het voor me probeerde te zien.

'Ik was bijna te laat geweest. Ik had te laat kunnen zijn,' fluisterde hij met gekwelde stem.

'Ik ben zo stom geweest, Edward. Ik dacht dat hij mijn moeder had.'

'Hij heeft ons allemaal misleid.'

'Ik moet Charlie bellen en mijn moeder,' realiseerde ik me door mijn wazigheid heen.

'Alice heeft ze al gebeld. Renée is hier – nou ja, hier in het ziekenhuis dan. Ze is nu iets te eten aan het halen.'

'Is ze hier?' Ik probeerde rechtop te gaan zitten, maar het tollen van mijn hoofd versnelde en zijn hand duwde me zachtjes terug tegen de kussens.

'Ze komt zo weer terug,' beloofde hij. 'En jij moet stil liggen.'

'Maar wat heb je haar dan verteld?' Ik raakte in paniek. Ik wilde helemaal niet gerustgesteld worden. Mijn moeder was hier en ík lag bij te komen van een vampieraanval. 'Wat heb je als reden gegeven dat ik hier lig?'

'Je bent van twee trappen gevallen en toen door een raam.' Hij wachtte even. 'Geef toe, het zou kunnen.'

Ik zuchtte, en dat deed pijn. Ik keek naar mijn lichaam onder de dekens, naar de enorme bult die mijn been moest voorstellen.

'Hoe erg is het met me?' vroeg ik.

'Je hebt een gebroken been, vier gebroken ribben, een paar barsten in je schedel, blauwe plekken over je hele lichaam, en je hebt een boel bloed verloren. Ze hebben je een paar transfusies gegeven. Ik vond het maar niks – je rook een tijdje helemaal verkeerd.'

'Dat moet een goede afwisseling geweest zijn voor je.'

'Nee, ik vind jouw eigen geur veel lekkerder.'

'Hoe heb je het gedaan?' vroeg ik zachtjes. Hij wist direct waar ik het over had.

'Ik weet het niet precies.' Hij keek weg van mijn vragende ogen, pakte mijn in verband gewikkelde hand van het bed en hield hem voorzichtig in de zijne, ervoor zorgend dat de draad die mij met een van de monitoren verbond niet losraakte.

Ik wachtte geduldig op de rest.

Hij zuchtte zonder mijn blik te beantwoorden. 'Het was onmogelijk om... te stoppen,' fluisterde hij. 'Onmogelijk. Maar ik heb het gedaan.' Hij keek eindelijk op, met een halve glimlach. 'Ik moet wel echt van je houden.'

'Smaak ik niet net zo lekker als ik ruik?' lachte ik terug. Dat deed pijn aan mijn gezicht.

'Nog lekkerder – lekkerder dan ik gedacht had.'

'Het spijt me,' zei ik verontschuldigend.

Hij rolde met zijn ogen naar het plafond. 'Van alle dingen om je voor te verontschuldigen.'

'Waar zou ik me dan voor moeten verontschuldigen?'

'Voor het feit dat je jezelf bijna voor altijd van mij weggenomen had.'

'Het spijt me,' zei ik, me opnieuw verontschuldigend.

'Ik weet waarom je het gedaan hebt.' Zijn stem klonk troostend. 'Het blijft

nog steeds onzinnig, natuurlijk. Je had op me moeten wachten, je had het me moeten vertellen.'

'Jij had me niet laten gaan.'

'Nee,' gaf hij grimmig toe, 'dat had ik inderdaad niet gedaan.'

Er begonnen een paar bijzonder onplezierige herinneringen bij me naar boven te komen. Ik huiverde en kromp toen ineen.

Hij was meteen bezorgd. 'Bella, wat is er?'

'Wat is er met James gebeurd?'

'Nadat ik hem van jou afgetrokken had, hebben Emmett en Jasper met hem afgerekend.' Zijn stem klonk alsof hij dat bijzonder spijtig vond.

Ik was in de war. 'Ik heb Emmett en Jasper helemaal niet gezien daar.'

'Ze moesten de kamer uit... er was erg veel bloed.'

'Maar jij bent gebleven.'

'Ja, ik ben gebleven.'

'En Alice, en Carlisle...' zei ik vol verbazing.

'Zij houden ook van je, hoor.'

Een flits pijnlijke beelden van de laatste keer dat ik Alice had gezien deden me iets herinneren. 'Heeft Alice de video gezien?' vroeg ik ongerust.

'Ja.' Zijn stem klonk duister door weer een andere klank, die van pure haat.

'Ze zat altijd in het donker opgesloten, daarom kon ze zich haar mensenleven niet herinneren.'

'Ik weet het. Ze begrijpt het nu.' Zijn stem klonk vlak, maar zijn gezicht stond strak van woede.

Ik probeerde zijn gezicht aan te raken met mijn vrije hand, maar iets hield me tegen. Ik keek omlaag en zag dat het infuus aan mijn hand trok.

'Getver,' huiverde ik.

'Wat is er?' vroeg hij bezorgd – afgeleid, maar niet genoeg. De kilte verdween niet helemaal uit zijn ogen.

'Naalden,' legde ik uit terwijl ik wegkeek van die in mijn hand. Ik concentreerde me op een scheve plafondplaat en probeerde diep in te ademen ondanks de pijn in mijn ribben.

'Bang voor een naald,' mopperde hij zachtjes in zichzelf en hij schudde zijn hoofd. 'O, een sadistische vampier die van plan is haar dood te martelen, tuurlijk, geen probleem, daar rent ze meteen naartoe. Een infuus, daarentegen...'

Ik rolde met mijn ogen. Ik was blij te ontdekken dat die beweging in elk geval pijnloos was. Ik besloot van onderwerp te veranderen.

'Waarom ben jíj hier?' vroeg ik.

Hij staarde me eerst verward en daarna gekwetst aan. Zijn wenkbrauwen trokken samen in een frons. 'Wil je dat ik wegga?'

'Nee!' protesteerde ik, vol ontzetting bij die gedachte. 'Nee, ik bedoelde, waarom denkt mijn moeder dat jij hier bent? Ik moet mijn verhaal kloppend hebben voordat ze terugkomt.'

'O,' zei hij, en zijn voorhoofd werd weer van glad marmer. 'Ik ben naar Phoenix gekomen om je wat verstand bij te brengen, om je ervan te overtuigen dat je terug naar Forks moet komen.' Zijn grote ogen stonden zo serieus en oprecht dat ik hem zelf bijna geloofde. 'Je stemde toe mij te zien, en je bent naar het hotel gereden waar ik logeerde met Carlisle en Alice – ik was hier natuurlijk wel onder ouderlijk toezicht,' onderbrak hij zichzelf deugdzaam, 'maar je struikelde over de trap onderweg naar mijn kamer en... nou ja, de rest weet je. Je hoeft je in elk geval geen details te herinneren, je hebt een goed excuus om een beetje vaag te zijn over de precieze gang van zaken.'

Ik dacht er even over na. 'Er zitten wel een paar gaten in dit verhaal. Geen gebroken raam, bijvoorbeeld.'

'Niet helemaal,' zei hij. 'Alice had een beetje te veel plezier met het creëren van bewijsmateriaal. Het zag er allemaal erg overtuigend uit – je zou het hotel waarschijnlijk aan kunnen klagen als je dat zou willen. Er is niets om je zorgen over te maken,' beloofde hij, terwijl hij vederlicht over mijn wang aaide. 'Het enige wat je nu moet doen is genezen.'

Ik was niet dusdanig verdoofd door de pijn of de medicijnen dat ik niet op zijn aanraking reageerde. De monitor begon opeens heel onregelmatig te piepen – nu was Edward niet de enige meer die kon horen hoe mijn hart zich misdroeg.

'Dit kan nog wel eens gênant worden,' mompelde ik tegen mezelf.

Hij gniffelde, en er kwam een ondeugende blik in zijn ogen. 'Hmm, ik vraag me af...'

Hij leunde langzaam naar voren, en het piepende geluid versnelde al heftig nog voordat zijn lippen me ook maar raakten. Maar toen ze dat wel deden, heel lichtjes weliswaar, hield het piepen helemaal op.

Hij trok zich abrupt terug, en zijn ongeruste blik werd opgelucht toen de monitor aangaf dat mijn hart weer begon te kloppen.

'Het lijkt erop dat ik nog voorzichtiger met je zal moeten zijn dan normaal.' Hij fronste.

'Ik was nog niet uitgekust met je,' klaagde ik. 'Ik hoef toch niet jouw kant op te komen, hè?'

Hij grijnsde en boog zich voorover om zijn lippen licht op de mijne te drukken. De monitor ging door het lint.

Maar toen verstrakten zijn lippen. Hij trok zich terug.

'Volgens mij hoor ik je moeder,' zei hij, opnieuw grijnzend.

'Niet weggaan,' jammerde ik terwijl ik overspoeld werd door een ongegronde golf van paniek. Ik kon hem niet laten gaan – straks zou ik hem opnieuw kwijtraken.

Heel even bestudeerde hij de angst in mijn ogen. 'Ik ga niet weg,' beloofde hij ernstig, en toen glimlachte hij. 'Ik ga wel even een dutje doen.'

Hij verhuisde van het harde plastic stoeltje naast mijn bed naar de turkooizen, nepleren fauteuil aan het voeteneind, zette hem naar achteren in de slaapstand en deed zijn ogen dicht. Hij lag doodstil.

'Niet vergeten adem te halen,' fluisterde ik sarcastisch. Hij ademde diep in, zijn ogen nog steeds gesloten.

Nu kon ik mijn moeder horen. Ze praatte tegen iemand, een verpleegster misschien, en ze klonk moe en van streek. Ik wilde uit bed springen en naar haar toe rennen om haar gerust te stellen, haar te verzekeren dat alles oké was. Maar ik was niet bepaald in de juiste staat om te springen, dus wachtte ik ongeduldig af.

De deur opende op een kier, en ze gluurde om het hoekje.

'Mama!' fluisterde ik, mijn stem vol liefde en opluchting.

Ze nam Edwards bewegingloze gedaante in de fauteuil in zich op, en liep op haar tenen naar mijn bed.

'Hij gaat ook nooit weg, hè?' mompelde ze tegen zichzelf.

'Mam, ik ben zo blij je te zien!'

Ze boog voorover om me voorzichtig te knuffelen, en ik voelde warme tranen op mijn wangen vallen. 'Bella, ik ben zo geschrokken!'

'Het spijt me, mama. Maar het is allemaal oké nu, niets aan de hand,' troostte ik haar.

'Ik ben gewoon blij dat je eindelijk je ogen open hebt.' Ze zat op de rand van mijn bed.

Ik besefte opeens dat ik geen idee had welke dag het was. 'Hoe lang zijn ze dicht geweest?'

'Het is vrijdag, lieverd, je bent wel even weggeweest.'

'Vrijdag?' Ik was verbijsterd. Ik probeerde me te herinneren welke dag het was geweest toen... maar daar wilde ik niet aan denken.

'Ze hebben je een tijdje onder verdoving moeten houden, schat – je hebt een boel verwondingen.'

'Ik weet het.' Ik kon ze voelen.

'Je hebt echt geluk gehad dat dokter Cullen in de buurt was. Het is zo'n aardige man... wel erg jong, trouwens. En hij lijkt meer op een fotomodel dan op een dokter...'

'Heb je Carlisle ontmoet?'

'En de zus van Edward, Alice. Wat een leuk meisje.'

'Dat is ze zeker,' gaf ik volmondig toe.

Ze wierp een blik over haar schouder naar Edward, die met zijn ogen dicht in de stoel lag. 'Je had helemaal niet verteld dat je zulke goede vrienden had in Forks.'

Ik kromp ineen, en kreunde.

'Waar doet het pijn?' vroeg ze direct bezorgd terwijl ze zich weer naar mij omdraaide. Edwards ogen schoten naar mijn gezicht.

'Niks aan de hand,' stelde ik ze gerust. 'Ik moet er gewoon aan denken dat ik me niet beweeg.' Hij verzonk weer in zijn nepslaap.

Ik maakte gebruik van het feit dat mijn moeder even afgeleid was om het onderwerp op iets anders te brengen dan mijn niet zo heel openhartige gedrag. 'Waar is Phil?' vroeg ik vlug.

'In Florida – o, Bella! Je raadt het nooit! Net toen we op het punt stonden weg te gaan, zulk goed nieuws!'

'Phil heeft een contract gekregen?' gokte ik.

'Ja! Hoe wist je dat! Bij de Suns, kun je het je voorstellen?'

'Wat fantastisch, mam,' zei ik zo enthousiast mogelijk, hoewel ik nauwelijks besefte wat dat betekende.

'En jij zult Jacksonville vast ook heel leuk vinden,' ratelde ze door terwijl ik haar wezenloos aangaapte. 'Ik maakte me enigszins zorgen toen Phil over Akron begon, ik bedoel, al die sneeuw en zo, want je weet wat een hekel ik heb aan kou, maar Jacksonville! De zon schijnt altijd, en de luchtvochtigheid

is helemaal niet zo heel vreselijk. We hebben zó'n schattig huis gevonden, geel, met wit houtwerk, en een veranda precies zoals in zo'n oude film, en een enorme eikenboom, en het ligt op maar een paar minuten van de zee, en jij krijgt je eigen badkamer...'

'Mam, wacht!' viel ik haar in de rede. Edward had zijn ogen nog steeds dicht, maar hij zag er te gespannen uit om voor slapend door te kunnen gaan. 'Waar heb je het over? Ik ga niet naar Florida. Ik woon in Forks.'

'Maar dat hoeft nu toch niet meer, gekkie,' lachte ze. 'Phil zal nu veel vaker thuis kunnen zijn... we hebben er veel over gepraat, en ik ga een compromis sluiten over de uitwedstrijden, de ene helft blijf ik bij jou thuis, en de andere helft ga ik met hem mee.'

'Mam,' aarzelde ik, en ik vroeg me af hoe ik dit zo tactvol mogelijk kon brengen. 'Ik wíl in Forks wonen. Ik ben nou al gewend op school en ik heb een paar vriendinnen' – ze wierp opnieuw een blik op Edward toen ik haar aan vrienden herinnerde, dus probeerde ik een andere richting – 'en Charlie heeft me nodig. Hij zit daar helemaal in z'n eentje, en hij kan echt níét koken.'

'Wil je in Forks blijven?' vroeg ze verbijsterd. Ze kon het zich absoluut niet voorstellen. En toen schoten haar ogen weer terug naar Edward. 'Waarom?'

'Dat zeg ik toch – school, Charlie – au!' Ik had mijn schouders opgehaald. Geen goed idee.

Haar handen fladderden hulpeloos over me heen, op zoek naar een veilig plekje om me te aaien. Ze nam genoegen met mijn voorhoofd; daar zat geen verband omheen.

'Bella, lieverd, je haat Forks,' hielp ze me herinneren.

'Het valt best wel mee.'

Ze fronste en keek heen en weer van Edward naar mij, dit keer erg nadrukkelijk. 'Is het die jongen?' fluisterde ze.

Ik deed mijn mond open om te liegen, maar haar ogen hielden mijn gezicht nauwkeurig in de gaten en ik wist dat ze daar doorheen zou kijken.

'Deels, ja,' gaf ik toe. Het was niet nodig om te bekennen hoe groot dat deel was. 'Maar, heb je al tijd gehad om met Edward te praten?' vroeg ik.

'Ja.' Ze aarzelde en keek naar zijn volmaakt bewegingloze gestalte. 'En daar wilde ik het nog met je over hebben.'

O-oh. 'Waarover?' vroeg ik.

'Ik denk dat die jongen verliefd op jou is,' zei ze beschuldigend, op gedempte toon.

'Dat denk ik ook, ja,' vertrouwde ik haar toe.

'En wat vind jij van hem?' Ze wist de razende nieuwsgierigheid in haar stem nauwelijks te verbergen.

Ik zuchtte en keek weg. Hoeveel ik ook van mijn moeder hield, dit was niet het soort gesprek dat ik met haar wilde voeren. 'Ik vind hem heel erg leuk.' Zo – dat klonk als iets wat een tiener over haar eerste vriendje zou kunnen zeggen.

'Nou, hij lijkt heel leuk, en mijn hemel, hij ziet er vreselijk goed uit, maar je bent nog zo jong, Bella...' Haar stem was onzeker; voor zover ik me kon herinneren was dit de eerste keer sinds ik acht was dat ze bijna klonk alsof ze een poging deed ouderlijk gezag uit te stralen. Ik herkende de streng-doch-rechtvaardige toon van gesprekken die ik met haar had gehad over mannen.

'Dat weet ik wel, mam. Maak je er nou maar geen zorgen over. Het is gewoon een bevlieging,' stelde ik haar gerust.

'Zo is dat,' zei ze instemmend, snel tevreden.

Toen zuchtte ze en wierp een schuldige blik over haar schouder op de grote, ronde klok aan de muur.

'Moet je weg?'

Ze beet op haar lip. 'Als het goed is belt Phil zo... Ik wist niet wanneer je wakker zou worden...'

'Geen probleem, mam.' Ik probeerde mijn opluchting een beetje af te zwakken zodat ze zich niet beledigd zou voelen. 'Ik ben niet alleen.'

'Ik kom gauw terug. Ik heb hier geslapen, hoor,' verkondigde ze, trots op zichzelf.

'O, mam, dat hoeft echt niet! Je kunt gewoon thuis slapen – ik merk het toch niet.' De roes van de pijnstillers maakte het moeilijk om me te concentreren, zelfs nu nog, terwijl ik blijkbaar al dagen geslapen had.

'Ik was te nerveus,' gaf ze schoorvoetend toe. 'Er zijn wat misdaden gepleegd in de buurt, en ik vind het niet prettig om daar alleen te zijn.'

'Misdaden?' vroeg ik verschrikt.

'Iemand heeft ingebroken in die balletschool om de hoek van ons huis

en heeft hem tot de grond toe afgebrand – er is niets meer van over! En voor de deur was een gestolen auto achtergelaten. Weet je nog dat je daar altijd danste, lieverd?'

'Ik weet het nog.' Ik huiverde en kromp ineen.

'Ik kan wel blijven, schat, als je me nodig hebt.'

'Nee, mam, het komt wel goed. Edward blijft bij me.'

Ze keek alsof dat wel eens de reden kon zijn waarom ze wilde blijven. 'Ik kom vanavond weer.' Het klonk net zozeer een waarschuwing als een belofte, en ze keek opnieuw naar Edward terwijl ze het zei.

'Ik hou van je, mam.'

'Ik hou ook van jou, Bella. Probeer wat voorzichtiger te doen als je loopt, lieverd, ik kan je niet missen.'

Edwards ogen bleven gesloten, maar er schoot een brede grijns over zijn gezicht.

Er kwam een verpleegster binnen die bedrijvig al mijn slangen en draden ging controleren. Mijn moeder gaf me een zoen op mijn voorhoofd, een klopje op mijn in gaas gewikkelde hand, en vertrok.

De verpleegster was de papieren uitdraai van mijn hartmonitor aan het controleren.

'Maak je je zorgen, lieverd? Je hartslag was hier wel erg hoog.'

'Het gaat prima,' verzekerde ik haar.

'Ik zal de hoofdzuster zeggen dat je wakker bent. Dan komt ze zo even naar je kijken.'

Zodra ze de deur dichtdeed stond Edward naast me.

'Hebben jullie een auto gestolen?' Ik fronste mijn wenkbrauwen.

Hij glimlachte, zonder berouw. 'Het was een goede auto, heel snel.'

'Hoe was je dutje?' vroeg ik.

'Interessant.' Hij kneep zijn ogen een beetje dicht.

'Wat is er?'

Hij keek naar de grond toen hij antwoord gaf. 'Het verbaast me. Ik dacht dat Florida... en je moeder... nou ja, ik dacht dat dat was wat je wilde.'

Ik staarde hem niet-begrijpend aan. 'Maar jij zou de hele dag binnen moeten zitten in Florida. Je zou alleen 's nachts naar buiten kunnen, net als een echte vampier.'

Hij glimlachte bijna, maar net niet helemaal. En toen werd zijn gezicht

somber. 'Ik zou in Forks blijven, Bella. Of zo'n soort plek,' legde hij uit. 'Ergens waar ik je geen pijn meer zou kunnen doen.'

In eerste instantie drong het niet tot me door. Ik bleef hem wezenloos aanstaren terwijl de woorden een voor een als een afschuwelijke puzzel op hun plek vielen in mijn hoofd. Ik was me nauwelijks bewust van het geluid van het versnellen van mijn hart, hoewel ik, toen mijn ademhaling in hyperventilatie veranderde, me wél bewust werd van de scherpe pijn in mijn protesterende ribben.

Hij zei niets, maar keek waakzaam naar mijn gezicht terwijl een pijn die niets te maken had met gebroken botten, een pijn die veel en veel erger was, me dreigde te verpletteren.

En toen kwam een andere verpleegster doelgericht de kamer binnen. Edward zat stokstijf terwijl ze met een geoefend oog mijn blik opnam voordat ze zich tot de monitors wendde.

'Tijd voor nog wat pijnstillers?' vroeg ze vriendelijk terwijl ze tegen de infuustoevoer tikte.

'Nee, nee,' mompelde ik, en probeerde de wanhoop uit mijn stem te houden. 'Ik heb niets nodig.' Ik kon het me nu niet veroorloven mijn ogen dicht te doen.

'Je hoeft je niet groot te houden, lieverd. Het is beter als je je nu niet te druk maakt, je moet uitrusten.' Ze wachtte, maar ik schudde mijn hoofd.

'Goed dan,' zuchtte ze. 'Druk maar op de knop naast je bed als je zover bent.'

Ze wierp Edward een strenge blik toe, en keek nog een keer bezorgd naar de apparaten voordat ze wegging.

Ik voelde zijn koude handen op mijn gezicht en keek hem met wilde ogen aan.

'Ssst, Bella, rustig maar.'

'Laat me niet alleen,' smeekte ik met gebroken stem.

'Dat doe ik niet,' beloofde hij. 'En ontspan je nou, voordat ik de verpleegster terugroep om je te verdoven.'

Maar mijn hart bleef maar razen.

'Bella.' Hij streelde bezorgd over mijn gezicht. 'Ik ga nergens heen. Zolang je me nodig hebt blijf ik bij je.'

'Zweer je dat je niet bij me weg zult gaan?' fluisterde ik. Ik probeerde ein-

delijk mijn hortende adem onder controle te krijgen. Mijn ribben bonsden.

Hij legde zijn handen elk aan een kant van mijn gezicht en bracht zijn gezicht dicht naar het mijne. Zijn ogen waren groot en ernstig. 'Ik zweer het.'

De geur van zijn adem werkte kalmerend. Het leek de pijn van mijn ademhaling te verlichten. Hij bleef mijn blik vasthouden terwijl mijn lichaam zich langzaam ontspande en het gepiep weer een normaal tempo kreeg.

'Beter?' vroeg hij.

'Ja,' zei ik behoedzaam.

Hij schudde zijn hoofd en prevelde iets onverstaanbaars. Ik dacht dat ik het woord 'overdreven' kon onderscheiden.

'Waarom zei je dat?' fluisterde ik, en ik probeerde mijn stem niet te laten trillen. 'Ben je het zat om mij de hele tijd te moeten redden? Wíl je dat ik wegga?'

'Nee, ik wil niet zonder je zijn, Bella, natuurlijk niet. Wees even reëel. En ik vind het ook geen probleem om jou te redden – als het niet zo was dat ik degene ben geweest die jou in gevaar gebracht heeft... dat ik de reden ben dat je hier ligt.'

'Ja, jij bent de reden.' Ik fronste. 'De reden dat ik hier ben – levend en wel.'

'Nauwelijks.' Zijn stem was slechts een gefluister. 'Onder het verband en gips en haast niet in staat je te bewegen.'

'Ik had het niet over mijn meest recente bijna-doodervaring,' zei ik, geïrriteerd rakend. 'Ik dacht aan de andere – je mag zelf kiezen welke. Als jij er niet was geweest, lag ik nu weg te rotten op de begraafplaats van Forks.'

Hij kromp ineen bij mijn woorden, maar de gekwelde blik verdween niet uit zijn ogen.

'Maar dat is nog niet eens het ergste,' fluisterde hij verder. Hij deed alsof ik niets gezegd had. 'Niet om je daar op de vloer te zien liggen... geknakt en gebroken.' Zijn stem klonk gesmoord. 'Niet om te denken dat ik te laat was. Niet eens om je te horen schreeuwen van pijn – al die ondraaglijke herinneringen die ik tot in de eeuwigheid met me mee zal dragen. Nee, het allerergste was om te voelen... te weten dat ik niet op kon houden. Te denken dat ik je zelf zou vermoorden.'

'Maar dat heb je niet gedaan.'

'Ik had het kunnen doen. Zo makkelijk.'

Ik wist dat ik rustig moest blijven... maar hij probeerde zichzelf over te halen om mij te verlaten, en de paniek gierde door mijn longen in een poging naar buiten te komen.

'Beloof het me,' fluisterde ik.

'Wat?'

'Dat weet je best.' Ik begon nu boos te worden. Hij was zo halsstarrig vastbesloten om zich op het negatieve te concentreren.

Hij hoorde de verandering in mijn stem. Zijn ogen vernauwden zich. 'Ik lijk niet sterk genoeg te zijn om bij je uit de buurt te blijven, dus ik denk dat je je zin wel zult krijgen... of het nou je dood wordt of niet,' voegde hij er ruw aan toe.

'Mooi.' Maar hij had het niet beloofd – dat was me niet ontgaan. De paniek werd maar ternauwernood in bedwang gehouden, en ik had niet genoeg kracht over om de boosheid te beheersen. 'Je hebt me verteld hoe het je gelukt is om te stoppen... nu wil ik weten waarom,' eiste ik.

'Waarom?' vroeg hij behoedzaam.

'Waaróm je het hebt gedaan. Waarom heb je het gif zich niet gewoon laten verspreiden? Dan zou ik nu zo ongeveer net als jij zijn.'

Edwards ogen leken helemaal zwart te worden, en ik herinnerde me dat dit iets was waarvan hij nooit gewild had dat ik het zou weten. Alice moest erg in beslag genomen geweest zijn door de dingen die ze over zichzelf te weten was gekomen... of ze was heel voorzichtig met haar gedachten geweest bij hem in de buurt – hij had duidelijk geen idee dat ze me had ingelicht over de principes van vampiertransformaties. Hij was verbaasd, en woedend. Hij sperde zijn neusgaten open en zijn mond zag eruit alsof hij uit steen gehouwen was.

Hij was niet van plan antwoord te geven, dat was wel duidelijk.

'Ik zal de eerste zijn om toe te geven dat ik geen ervaring heb met relaties,' zei ik. 'Maar het lijkt gewoon logisch... een man en een vrouw moeten toch enigszins gelijk zijn... de een kan bijvoorbeeld niet altijd maar even naar binnen stormen en de ander redden. Ze moeten elkáár redden.'

Hij deed zijn armen over elkaar op de rand van het bed en legde zijn kin op zijn armen. Zijn uitdrukking was kalm, de woede onder controle. Hij had duidelijk besloten dat hij niet boos op míj was. Ik hoopte dat ik de kans zou krijgen Alice te waarschuwen voordat hij haar te pakken kreeg.

'Je hébt me gered,' zei hij zachtjes.

'Ik kan niet altijd maar Loïs Lane zijn,' hield ik vol. 'Ik wil ook Superman zijn.'

'Je weet niet wat je vraagt.' Zijn stem was zacht, en hij staarde geconcentreerd naar de rand van de kussensloop.

'Ik denk dat ik dat wel weet.'

'Bella, dat weet je níet. Ik heb bijna negentig jaar de tijd gehad om hier over na te denken, en ik ben er nog niet eens over uit.'

'Zou je willen dat Carlisle je niet gered had?'

'Nee, dat zou ik niet willen.' Hij wachtte even voordat hij verderging. 'Maar mijn leven was voorbij. Ik gaf niets op.'

'Jij bént mijn leven. Jij bent het enige waarvan het pijn zou doen als ik het zou verliezen.' Ik begon hier beter in te worden. Het was makkelijk om toe te geven hoe zeer ik hem nodig had.

Toch bleef hij erg rustig. Vastbesloten. 'Ik kan het niet doen, Bella. Ik ga je dat niet aandoen.'

'Waarom niet?' Mijn keel raspte en de woorden kwamen er niet zo hard uit als de bedoeling was geweest. 'Ga me nou niet vertellen dat het te zwaar is! Na vandaag, of een paar dagen geleden, denk ik... hoe dan ook, na dát kan het nooit heel erg zijn.'

Hij keek me boos aan.

'En de pijn?' vroeg hij.

Ik trok wit weg. Ik kon er niets aan doen. Maar ik probeerde mijn gezicht niet te laten verraden hoe goed ik me dat gevoel kon herinneren... het vuur in mijn aderen.

'Dat is mijn probleem,' zei ik. 'Ik kan het wel aan.'

'Het is mogelijk om moed zo ver door te voeren dat het waanzin wordt.'

'Het doet er niet toe. Drie dagen. Kan mij het schelen.'

Edwards gezicht vertrok opnieuw toen mijn woorden hem eraan herinnerden dat ik beter op de hoogte was dan hij ooit gewild had. Ik zag hoe hij zijn woede onderdrukte, zag hoe zijn ogen berekenend werden.

'En Charlie dan?' vroeg hij kortaf. 'En Renée?'

Minuten gingen in stilte voorbij terwijl ik probeerde een antwoord te vinden op zijn vraag. Ik deed mijn mond open, maar er kwam geen geluid uit. Ik deed hem weer dicht. Hij wachtte, en hij kreeg een triomfantelijke uit-

drukking over zich omdat hij wist dat ik geen goed antwoord had.

'Nou, dat doet er ook niet toe,' pruttelde ik uiteindelijk, maar mijn stem was net zo ongeloofwaardig als altijd wanneer ik loog. 'Renée heeft altijd de keuzes gemaakt die voor haar het beste waren – ze zou willen dat ik dat ook deed. En Charlie is niet kapot te krijgen, hij is eraan gewend alleen te zijn. Ik kan niet altijd voor ze blijven zorgen. Ik moet mijn eigen leven leiden.'

'Inderdaad,' snauwde hij. 'En ik ga het niet voor je beëindigen.'

'Als je wacht tot ik op sterven lig, dan weet ik nog wel een leuke! Daar was ik net nog hard mee bezig!'

'Je zult genezen,' hielp hij me herinneren.

Ik haalde diep adem om mezelf te kalmeren en negeerde de pijnscheut die daardoor veroorzaakt werd. Ik staarde hem aan, en hij staarde terug. Zijn gezicht stond onverzoenlijk.

'Nee,' zei ik langzaam. 'Dat zal ik niet.'

Zijn voorhoofd rimpelde. 'Natuurlijk wel. Je zult misschien een paar littekens overhouden...'

'Je vergist je,' hield ik vol. 'Ik ga dood.'

'Echt, Bella.' Hij klonk nu ongerust. 'Binnen een paar dagen ben je hier weg. Twee weken, op z'n hoogst.'

Ik keek hem boos aan. 'Ik ga nu misschien nog niet dood... maar ooit ga ik wel dood. Elke minuut van de dag kom ik er dichterbij. En ik zal ouder worden.'

Hij fronste toen wat ik zei tot hem doordrong, hij duwde zijn lange vingers tegen zijn slapen en deed zijn ogen dicht. 'Het is de bedoeling dat het zo gaat. Zo hoort het te gaan. Zo zou het gegaan zijn als ik niet bestond – *en ik zou niet moeten bestaan.*'

Ik snoof. Hij deed verbaasd zijn ogen open. 'Dat is stom. Dat is net zoiets als naar iemand toegaan die net de loterij heeft gewonnen, zijn geld afpakken, en dan zeggen: "Luister, laten we gewoon teruggaan naar hoe de dingen zouden moeten zijn. Dat is beter." En daar trap ik niet in.'

'Ik ben niet bepaald een lot uit de loterij,' gromde hij.

'Dat klopt. Jij bent stukken beter.'

Hij rolde met zijn ogen en perste zijn lippen op elkaar. 'Bella, we gaan deze discussie niet verder voeren. Ik weiger om jou te verdoemen tot een eeuwige nacht en daarmee uit.'

'Als je denkt dat het daarmee uit is dan ken je me nog niet erg goed,' waarschuwde ik hem. 'Jij bent niet de enige vampier die ik ken.'

Zijn ogen werden weer zwart. 'Alice zou niet durven.'

En even zag hij er zo angstaanjagend uit dat ik niet anders kon dan hem geloven – ik kon me niet voorstellen dat iemand dapper genoeg zou zijn om tegen hem in te gaan.

'Alice heeft het al gezien, hè?' raadde ik. 'Daarom maken de dingen die ze zegt je zo van streek. Ze weet dat ik net als jij zal worden... ooit.'

'Ze heeft het mis. Ze heeft je ook dood gezien, en dat is ook niet gebeurd.'

'Ikzelf zou Alice altijd op haar woord geloven.'

We staarden elkaar heel lang aan. Het was stil, op het gezoem van de machines, het gepiep, het gedruppel, en het getik van de grote klok aan de muur na. Uiteindelijk werd zijn uitdrukking zachter.

'Dus waar staan we nu?' vroeg ik me af.

Hij grinnikte, zonder te lachen. 'Volgens mij heet dit een patstelling.'

Ik zuchtte. 'Au,' mompelde ik.

'Hoe voel je je?' vroeg hij en keek naar de knop om de verpleegster mee te roepen.

'Ik voel me prima,' loog ik.

'Ik geloof je niet,' zei hij beminnelijk.

'Ik ga niet weer slapen.'

'Je moet uitrusten. Al dat geruzie is niet goed voor je.'

'Geef het dan op,' hintte ik.

'Leuk geprobeerd.' Zijn hand ging naar de knop.

'Nee!'

Hij negeerde me.

'Ja?' snerpte de luidspreker in de muur.

'Ik denk dat we toe zijn aan wat meer pijnstillers,' zei hij kalm, mijn woedende blik negerend.

'Ik zal de verpleging sturen.' De stem klonk erg verveeld.

'Ik neem ze niet, hoor,' verzekerde ik hem.

Hij keek naar de zak vloeistof die naast mijn bed hing. 'Ik denk niet dat ze je gaan vragen iets door te slikken.'

Mijn hartslag ging omhoog. Hij las de angst in mijn ogen en zuchtte gefrustreerd.

'Bella, je hebt pijn. Je moet je ontspannen zodat je kunt genezen. Waarom doe je nou zo moeilijk? Ze gaan nu echt geen naalden meer in je steken.'

'Ik ben niet bang voor de naalden,' mopperde ik. 'Ik ben bang om mijn ogen dicht te doen.'

En toen lachte hij zijn scheve glimlach en nam mijn gezicht tussen zijn handen. 'Ik heb toch gezegd dat ik nergens heen ging. Niet bang zijn. Zolang jij er gelukkig van wordt blijf ik bij je.'

Ik glimlachte terug en negeerde de pijn in mijn wangen. 'Je hebt het wel over voor altijd, hoor.'

'O, het gaat wel weer over – het is maar een bevlieging.'

Ik schudde ongelovig mijn hoofd – ik werd er duizelig van. 'Ik kon niet geloven dat Renée daar intrapte. Ik weet dat jíj wel beter weet.'

'Dat is het mooie van het mens zijn,' vertelde hij me. 'Dingen veranderen.'

Mijn ogen vernauwden zich. 'Ik zou er maar niet op wachten.'

Hij lachte nog toen de verpleegster binnenkwam, zwaaiend met een spuit.

'Pardon,' zei ze bits tegen Edward.

Hij stond op en liep naar de andere kant van de kleine kamer, waar hij tegen de muur leunde. Hij sloeg zijn armen over elkaar en wachtte. Ik hield mijn ogen op hem gericht, nog steeds bezorgd. Hij beantwoordde mijn blik rustig.

'Kijk eens, lieverd.' De verpleegster glimlachte toen ze het middel in de slang spoot. 'Daar zal je je beter door voelen.'

'Dank u,' mompelde ik, onenthousiast. Het duurde niet lang. Ik voelde vrijwel meteen hoe de slaperigheid door mijn bloedbaan begon te druppelen.

'Dat moet genoeg zijn,' prevelde ze toen mijn oogleden dichtzakten.

Ze moet de kamer uit gegaan zijn, want iets kouds en glads raakte mijn gezicht aan.

'Blijf.' Het klonk als gebrabbel.

'Dat zal ik doen,' beloofde hij. Zijn stem was prachtig, als een slaapliedje. 'Zoals ik al zei, zolang het jou gelukkig maakt... zolang dat voor jou het beste is.'

Ik probeerde mijn hoofd te schudden, maar het was te zwaar. 'Da's nie hetzelfde,' mompelde ik.

Hij lachte. 'Maak je daar nou maar geen zorgen over, Bella. Als je wakker wordt mag je weer ruzie met me maken.'

Ik denk dat ik glimlachte. ''Ké.'

Ik kon zijn lippen bij mijn oor voelen.

'Ik hou van je,' fluisterde hij.

'Ook van jou.'

'Dat weet ik,' lachte hij zachtjes.

Ik draaide mijn hoofd een beetje... op zoek. Hij wist wat ik wilde. Zijn lippen raakten voorzichtig de mijne.

'Dank je,' zuchtte ik.

'Graag gedaan.'

Ik was er eigenlijk al niet echt meer bij. Maar ik vocht zwakjes tegen mijn verdoving. Er was nog één ding dat ik hem wilde zeggen.

'Edward?' Ik worstelde om zijn naam duidelijk uit te spreken.

'Ja?'

'Ik geloof Alice,' mompelde ik.

En toen sloot de nacht zich om me heen.

Epiloog

Een gelegenheid

Edward hielp me in zijn auto stappen, waarbij hij heel voorzichtig deed met de stroken van zijde en chiffon, de bloemen die hij zojuist in mijn ingewikkeld gekapte krullen had gestoken, en mijn logge loopgips. Hij negeerde de boze trek om mijn mond.

Toen ik goed zat stapte hij achter het stuur en reed terug over de lange, smalle oprijlaan.

'Wanneer ga je me nou precies vertellen wat we gaan doen?' vroeg ik chagrijnig. Ik had echt een hekel aan verrassingen. En dat wist hij.

'Ik sta ervan te kijken dat je het nog niet doorhebt.' Hij wierp me een spottende glimlach toe, en mijn adem stokte in mijn keel. Zou ik ooit kunnen wennen aan zijn volmaaktheid?

'Ik heb toch wel gezegd dat je er heel knap uitziet, hè?' controleerde ik.

'Ja.' Hij grijnsde opnieuw. Ik had hem nog nooit in het zwart gezien, en in combinatie met zijn bleke huid was zijn schoonheid absoluut onwerkelijk. Dat kon ik in elk geval niet ontkennen, ook al maakte het feit dat hij een smoking droeg me bijzonder zenuwachtig.

Maar niet zo zenuwachtig als mijn jurk. Of mijn schoen. Eén schoen maar, aangezien mijn andere voet nog veilig in het gips verpakt zat. Maar de naaldhak, alleen door satijnen linten op zijn plek gehouden, maakte het er niet bepaald gemakkelijker op als ik rond probeerde te hobbelen.

'Ik kom niet meer langs hoor, als Alice me de hele tijd als proefbarbie gaat gebruiken,' mopperde ik. Ik had het grootste deel van de dag doorgebracht in de werkelijk enorme badkamer van Alice, een hulpeloos slachtoffer terwijl zij kapper en schoonheidsspecialiste speelde. Zodra ik begon te wriemelen of te klagen, herinnerde ze me eraan dat ze helemaal niets meer wist van het mens zijn, en zei dat ik haar lol nu niet alsnog moest bederven. Toen had ze me een belachelijke jurk aangetrokken, donkerblauw, vol frutsels en met blote schouders, met Franse etiketten die ik niet kon lezen – een

jurk die beter geschikt was voor op het toneel dan voor Forks. Onze formele kledij kon in elk geval nooit veel goeds betekenen, dat wist ik wel. Tenzij... maar ik was bang om mijn vermoedens onder woorden te brengen, zelfs in mijn eigen hoofd.

Op dat moment werd ik afgeleid door het geluid van een telefoon. Edward haalde zijn mobiel uit een van zijn binnenzakken en keek snel naar de nummerherkenning voordat hij opnam.

'Hallo Charlie,' zei hij behoedzaam.

'Charlie?' zei ik fronsend.

Charlie deed... moeilijk sinds ik terug naar Forks was gekomen. Hij had op twee uitgesproken manieren gereageerd op wat mij overkomen was. Tegen Carlisle was hij vreselijk dankbaar, op het eerbiedige af. Aan de andere kant was hij er halsstarrig van overtuigd dat het Edwards schuld was – als hij er niet was geweest, zou ik immers nooit van huis zijn weggegaan. En Edward was het niet bepaald met hem oneens. Tegenwoordig kreeg ik regels opgelegd die er eerst nooit geweest waren: tijden waarop ik thuis moest zijn, bezoekuren...

Iets wat Charlie zei maakte Edwards ogen groot van ongeloof, en toen verscheen er een brede grijns op zijn gezicht.

'Dat meen je niet!' lachte hij.

'Wat is er?' wilde ik weten.

Hij negeerde me. 'Waarom laat je mij niet even met hem praten?' stelde Edward met overduidelijk plezier voor. Hij wachtte een paar seconden.

'Hallo Tyler, met Edward Cullen.' Zijn stem klonk erg vriendelijk, aan de oppervlakte. Ik kende hem goed genoeg om de zachte dreiging erin te horen. Wat deed Tyler bij mijn huis? De afschuwelijke waarheid begon tot me door te dringen. Ik keek opnieuw naar de ongepaste jurk waarin Alice me gepropt had.

'Het spijt me als er een soort miscommunicatie is geweest, maar Bella is bezet vanavond.' Edwards toon veranderde, en de dreiging in zijn stem werd opeens een stuk duidelijker toen hij verderging. 'Om heel eerlijk te zijn zal ze elke avond bezet zijn, waar het iedereen behalve mijzelf betreft. Niet lullig bedoeld, hoor. En het spijt me van je avond.' Hij klonk helemaal niet alsof het hem speet. En toen klapte hij de telefoon dicht, een grote zelfgenoegzame grijns op zijn gezicht.

Mijn gezicht en nek werden dieprood van kwaadheid. Ik voelde tranen van woede in mijn ogen staan.

Hij keek me verbaasd aan. 'Was dat laatste een beetje te veel van het goede? Ik wilde je niet beledigen.'

Dat negeerde ik.

'Je neemt me mee naar het eindejáársbal!' gilde ik.

Het was opeens beschamend duidelijk. Als ik ook maar enigszins opgelet had, weet ik zeker dat ik de datum gezien zou hebben op de posters die de schoolgebouwen sierden. Maar ik had nooit gedacht dat hij van plan was me dit aan te doen. Kende hij me nou echt helemaal niet?

Hij had de heftigheid van mijn reactie niet verwacht, dat was wel duidelijk. Hij perste zijn lippen op elkaar en zijn ogen knepen samen. 'Doe niet zo moeilijk, Bella.'

Mijn ogen schoten naar het raam – we waren al halverwege de weg naar school.

'Waarom doe je me dit aan?' vroeg ik vol afschuw.

Hij gebaarde naar zijn smoking. 'Echt, Bella, wat dacht je nou dat we gingen doen?'

Ik kon wel door de grond zakken. Ten eerste omdat ik iets overduidelijks over het hoofd gezien had. En ook omdat de vage vermoedens – verwachtingen, eigenlijk – die ik gedurende de dag had gekregen terwijl Alice me in een schoonheidskoningin probeerde om te toveren, er zo ver naast zaten. Mijn halfbange hoop leek zo onnozel nu.

Ik had wel het idee dat er een of andere speciale gelegenheid aan zat te komen. Maar het eindejaarsbal! Dat was wel het laatste waar ik aan gedacht had.

De boze tranen stroomden over mijn wangen. Ik herinnerde me tot mijn ontzetting dat ik, zeer ongebruikelijk, mascara op had. Ik veegde snel onder mijn ogen om vlekken te voorkomen. Mijn hand was niet zwart toen ik hem wegtrok, dus misschien had Alice geweten dat ik waterproof make-up nodig zou hebben.

'Dit slaat echt helemaal nergens op. Waarom huil je nou?' wilde hij gefrustreerd weten.

'Omdat ik boos ben!'

'Bella.' Hij gaf me de volle lading van zijn verzengende gouden ogen.

'Wat?' mompelde ik, afgeleid.

'Doe me een lol,' zei hij volhardend.

Zijn ogen deden al mijn razernij smelten. Het was onmogelijk om ruzie met hem te maken als hij zo vals speelde. Ik gaf me met tegenzin gewonnen.

'Goed dan,' zei ik mokkend, niet in staat zo boos te kijken als ik graag gewild had. 'Ik zal braaf meegaan. Maar wacht maar af. Er staat me nog veel meer ongeluk te wachten. Waarschijnlijk ga ik mijn andere been breken. Moet je die schoen zien! Dat ding is levensgevaarlijk!' Ik stak mijn goede been uit ter bewijs.

'Hmmm.' Hij staarde langer dan nodig was naar mijn been. 'Help onthouden dat ik Alice daar vanavond voor bedank.'

'Komt Alice ook?' Dat beurde me enigszins op.

'Met Jasper, en Emmett... en Rosalie,' bekende hij.

Het opbeurende gevoel verdween. Ik had geen vooruitgang geboekt met Rosalie, hoewel ik best goed overweg kon met haar deeltijdechtgenoot. Emmett vond het leuk als ik er was – hij vond mijn bizarre menselijke reflexen hilarisch... of misschien was het gewoon het feit dat ik zo vaak viel waar hij zo om moest lachen. Rosalie deed alsof ik niet bestond. Terwijl ik mijn hoofd schudde om de gedachten aan haar te verdrijven, moest ik ergens anders aan denken.

'Weet Charlie hiervan?' vroeg ik, opeens achterdochtig.

'Natuurlijk.' Hij grijnsde, en grinnikte toen. 'Maar Tyler blijkbaar niet.'

Ik knarste met mijn tanden. Ik snapte niet dat Tyler zo'n bord voor z'n kop kon hebben. Op school, waar Charlie zich er niet mee kon bemoeien, waren Edward en ik onafscheidelijk – op die zeldzame zonnige dagen na dan.

We waren bij de school aangekomen; de rode convertible van Rosalie sprong eruit op de parkeerplaats. De wolken waren dun vandaag, ver weg in het westen piepten er een paar banen zonlicht doorheen.

Hij stapte uit en liep om de auto heen om de deur open te doen. Hij stak zijn hand uit.

Ik bleef koppig in de auto zitten, mijn armen over elkaar, en voelde een stiekem sprankje zelfgenoegzaamheid. Er waren hordes mensen in avondkleding op de parkeerplaats: getuigen. Hij kon me niet met geweld uit de auto halen, wat hij misschien wel gedaan had als we alleen waren geweest.

Hij zuchtte. 'Als iemand je wil vermoorden ben je zo dapper als een leeuw

– maar als iemand over dansen begint...' Hij schudde zijn hoofd.

Ik slikte. Dansen.

'Bella, ik zal ervoor zorgen dat niets jou pijn zal doen – niet eens jijzelf. Ik beloof dat ik je geen seconde los zal laten.'

Ik dacht daar over na en voelde me opeens een stuk beter. Hij kon het zien aan mijn gezicht.

'Nou, kijk eens aan,' zei hij vriendelijk, 'het valt allemaal heus wel mee.' Hij boog voorover en sloeg een arm om mijn middel. Ik pakte zijn andere hand en liet hem me uit de auto tillen.

Hij hield zijn arm stevig om me heen ter ondersteuning terwijl ik naar de school hinkte.

In Phoenix werd het eindejaarsbal in de balzaal van een hotel gehouden. Dit feest was natuurlijk in de gymzaal. Het was waarschijnlijk de enige zaal in de stad die groot genoeg was voor een schoolfeest. Ik moest giechelen toen we naar binnen gingen. Er waren zelfs bogen van ballonnen en gedraaide slingers van pastelkleurig crêpepapier ter versiering van de muren.

'Dit ziet eruit als het decor van een horrorfilm,' gniffelde ik.

'Nou ja,' mompelde hij terwijl we langzaam naar de tafel van de kaartverkoop liepen – hij droeg vrijwel mijn hele gewicht, maar ik moest nog steeds mijn voeten naar voren schuifelen en wiebelen – 'er zijn meer dan genoeg vampiers aanwezig.'

Ik keek naar de dansvloer: er was een grote open plek in het midden van de vloer, waar twee stellen gracieus rondzwierden. De andere dansers persten zich tegen de zijkant van de zaal om hen ruimte te geven – niemand wilde in contrast staan met zulke pracht. Emmett en Jasper zagen er ontzagwekkend en onberispelijk uit in hun klassieke smokings. Alice was prachtig in haar zwarte satijnen jurk met geometrische uitsnijdingen die grote driehoeken van haar sneeuwwitte huid onbedekt lieten. En Rosalie was... tsja, Rosalie. Ze was ongelofelijk. Haar helderrode jurk had geen rug, en was strak tot aan haar kuiten waar hij uitwaaierde in een brede sleep met ruches, met een decolleté dat tot haar middel kwam. Ik had medelijden met elk meisje in de zaal, inclusief mezelf.

'Wil je dat ik de deuren op slot doe zodat jullie de nietsvermoedende dorpsbewoners af kunnen slachten?' fluisterde ik samenzweerderig.

'En wat is jouw rol in dat geheel?' Hij keek boos.

'O, ik hoor natuurlijk bij de vampiers.'

Hij glimlachte terughoudend. 'Alles om maar onder het dansen uit te komen.'

'Alles.'

Hij kocht onze kaartjes en draaide me toen naar de dansvloer. Ik kromp ineen tegen zijn arm en sleepte met mijn voeten.

'Ik heb de hele nacht, hoor,' waarschuwde hij.

Uiteindelijk trok hij me mee naar waar zijn familie elegant aan het rondzwieren was – zij het in een stijl die absoluut niet paste bij de huidige tijd en muziek. Ik keek vol afgrijzen toe.

'Edward.' Mijn keel was zo droog dat ik alleen maar kon fluisteren. 'Ik kan écht niet dansen!' Ik voelde de paniek omhoog borrelen in mijn borstkas.

'Maak je nou niet zo druk, mafkees,' fluisterde hij terug. 'Ik wél.' Hij sloeg mijn armen om zijn nek en tilde me op om zijn voeten onder de mijne te schuiven.

En toen zwierden wij ook rond.

'Het voelt alsof ik vijf ben,' lachte ik na een paar minuten moeiteloos walsen.

'Je ziet er niet uit alsof je vijf bent,' prevelde hij en trok me een ogenblik dichter naar zich toe zodat mijn voeten even dertig centimeter boven de grond hingen.

Alice ving mijn blik op in een draai en glimlachte bemoedigend – ik glimlachte terug. Ik besefte verbaasd dat ik het naar mijn zin had... enigszins.

'Oké, dit valt best mee,' gaf ik toe.

Maar Edward staarde naar de deuren, en zijn gezicht stond kwaad.

'Wat is er?' vroeg ik me hardop af. Ik volgde zijn blik, gedesoriënteerd door het gedraai, maar uiteindelijk zag ik wat hem dwarszat. Jacob Black, niet in smoking maar met een wit overhemd en een stropdas, zijn haar achterover in zijn gebruikelijke paardenstaart, kwam over de dansvloer naar ons toegelopen.

Na de eerste schok van herkenning kon ik het niet helpen medelijden te hebben met Jacob. Hij voelde zich duidelijk niet op zijn gemak – helemaal niet zelfs. Zijn gezicht stond verontschuldigend toen hij me in de ogen keek.

Edward gromde heel zachtjes.

'Gedráág je!' siste ik.

Edwards stem was bijtend. 'Hij wil even met je babbelen.'

Op dat moment had Jacob ons bereikt, de gêne en verontschuldiging nog duidelijker op zijn gezicht.

'Hé Bella, ik hoopte al dat je hier zou zijn.' Jacob klonk alsof hij precies het tegenovergestelde had gehoopt. Maar zijn glimlach was net zo warm als altijd.

'Hoi Jacob.' Ik glimlachte terug. 'Wat is er?'

'Mag ik aftikken?' vroeg hij aarzelend, voor het eerst een blik op Edward werpend. Ik was stomverbaasd toen ik zag dat Jacob niet op hoefde te kijken. Hij moest een kop groter geworden zijn sinds de eerste keer dat ik hem had gezien.

Edwards gezicht stond beheerst, zijn blik neutraal. Zijn enige antwoord was dat hij me voorzichtig op mijn voeten zette en een stap naar achteren deed.

'Dank je,' zei Jacob vriendelijk.

Edward knikte alleen maar en keek me doordringend aan voor hij zich omdraaide en wegliep.

Jacob legde zijn handen op mijn middel, en ik deed mijn armen omhoog om mijn handen op zijn schouders te leggen.

'Jeetje, Jake, hoe lang ben je nou?'

Hij keek zelfvoldaan. 'Eén negentig.'

We dansten niet echt – mijn been maakte dat onmogelijk. In plaats daarvan schommelden we onhandig van links naar rechts zonder onze voeten te bewegen. Dat was maar goed ook; hij zag er slungelig en ongecoördineerd uit als gevolg van zijn recente groeispurt; hij was waarschijnlijk net zo'n slechte danser als ik.

'Zo, hoe ben jij hier terechtgekomen vanavond?' vroeg ik zonder echte nieuwsgierigheid. Gezien Edwards reactie kon ik het wel raden.

'Kun je je voorstellen dat mijn vader me twintig dollar heeft betaald om naar jullie eindejaarsbal te komen?' bekende hij, enigszins beschaamd.

'Ja, dat kan ik wel,' mompelde ik. 'Nou, ik hoop dat je het in elk geval naar je zin hebt. Al iets leuks gezien?' plaagde ik, terwijl ik naar een stel meisjes knikte die in een rij langs de muur stonden als pastelkleurige gebakjes.

'Ja,' zuchtte hij. 'Maar ze is al bezet.'

Hij keek omlaag en beantwoordde heel even mijn nieuwsgierige blik – toen keken we allebei weg, opgelaten.

'Je ziet er heel mooi uit, trouwens,' voegde hij er verlegen aan toe.

'Ehm, dank je. Maar waarom heeft Billy je nou betaald om hiernaartoe te komen?' vroeg ik snel, ook al wist ik het antwoord al.

Jacob leek niet erg dankbaar voor de verandering van onderwerp, hij keek weg, opnieuw ongemakkelijk. 'Hij zei dat dit een "veilige" plek was om met je te praten. Ik zweer je dat mijn pa zijn verstand aan het verliezen is.'

Ik lachte zwakjes met hem mee.

'Maar goed, hij zei dat als ik iets tegen jou zou zeggen, ik van hem die hoofdremcilinder zou krijgen die ik nodig had,' bekende hij met een schaapachtige grijns.

'Zeg het maar, dan. Ik wil wel dat je je auto afkrijgt.' Ik grijnsde terug. Jacob geloofde in elk geval niets van dit alles. Dat maakte de situatie iets gemakkelijker. Edward, tegen de muur, keek naar mijn gezicht, zijn eigen gezicht uitdrukkingsloos. Ik zag hoe een tweedeklasser met een roze jurk hem met schuchtere afweging opnam, maar hij leek zich niet van haar bewust te zijn.

Jacob keek opnieuw weg, beschaamd. 'Niet boos worden, hoor.'

'Ik zal echt niet boos worden op jou, Jacob,' verzekerde ik hem. 'Ik zal niet eens boos worden op Billy. Zeg nou maar gewoon wat je moet zeggen.'

'Nou – dit is zo stom, het spijt me, Bella – hij wil dat je het uitmaakt met je vriend. Hij vroeg of ik "alsjeblieft" wilde zeggen.' Hij schudde vol afgrijzen zijn hoofd.

'Hij is nog steeds bijgelovig, hè?'

'Ja. Hij ging nogal... door het lint toen je gewond geraakt was in Phoenix. Hij geloofde niet...' Jacob maakte zijn zin niet af, niet op zijn gemak.

Mijn ogen vernauwden zich. 'Ik ben gevallen.'

'Dat weet ik,' zei Jacob vlug.

'Hij denkt dat Edward iets te maken heeft met het feit dat ik gewond ben geraakt.' Het was geen vraag, en ik was ondanks mijn belofte boos.

Jacob wilde me niet aankijken. We namen niet eens meer de moeite op de muziek te schommelen, hoewel zijn handen nog steeds op mijn middel lagen, en de mijne om zijn nek.

'Luister, Jacob, ik weet dat Billy dit waarschijnlijk niet zal geloven, maar zodat je het weet' – nu keek hij me aan, een reactie op de eerlijkheid die in mijn stem was gekomen – 'Edward heeft wel degelijk mijn leven gered. Als

Edward en zijn vader er niet waren geweest, was ik nu dood geweest.'

'Ik weet het,' beweerde hij, maar hij klonk alsof mijn oprechte woorden hem wel enigszins geraakt hadden. Misschien zou hij in staat zijn om Billy daar in elk geval van te overtuigen.

'Hé, het spijt me dat je dit moest doen, Jacob,' zei ik verontschuldigend. 'Jij krijgt tenminste je onderdelen, toch?'

'Ja,' mompelde hij. Hij keek nog steeds ongemakkelijk... van streek.

'Komt er nog meer?' vroeg ik ongelovig.

'Laat maar,' prevelde hij. 'Ik zoek wel een baantje en dan spaar ik er wel voor.'

Ik keek hem boos aan totdat hij mijn blik beantwoordde. 'Gooi het er nou maar uit, Jacob.'

'Het is te erg.'

'Het kan me niet schelen. Zeg het,' drong ik aan.

'Oké... maar het klinkt zo dramatisch.' Hij schudde zijn hoofd. 'Hij zei dat ik je moest zeggen, nee, je moest wáárschuwen dat – en dit is zijn meervoud, niet dat van mij' – hij tilde één hand van mijn middel en maakte kleine aanhalingstekens in de lucht – '"We de boel in de gaten zullen houden".' Hij wachtte behoedzaam mijn reactie af.

Het klonk als iets uit een maffiafilm. Ik lachte hardop.

'Het spijt me dat je dit moest doen, Jake,' gniffelde ik.

'Zó erg vind ik het niet.' Hij grijnsde opgelucht. Zijn blik was waarderend toen hij zijn ogen snel over mijn jurk liet glijden. 'Zal ik hem maar zeggen dat jij zei dat ie op kon donderen?' vroeg hij hoopvol.

'Nee,' zuchtte ik. 'Bedank hem maar voor me. Ik weet dat hij het goed bedoelt.'

Het nummer was afgelopen, en ik liet mijn armen zakken.

Zijn handen bleven aarzelend op mijn middel liggen en hij wierp een blik op mijn manke been. 'Wil je nog even dansen? Of kan ik je ergens naartoe helpen?'

Edward gaf antwoord voor me. 'Het komt wel goed, Jacob. Laat het maar aan mij over.'

Jacob kromp ineen en gaapte Edward, die vlak naast ons stond, met grote ogen aan.

'Hé, ik had je even niet aan zien komen,' mompelde hij. 'Ik zie je nog wel,

Bella.' Hij deed een stap naar achteren en zwaaide flauwtjes.

Ik glimlachte. 'Ja, tot de volgende keer.'

'Het spijt me,' zei hij opnieuw voordat hij zich omdraaide naar de deur.

Edwards armen krulden zich om me heen toen het volgende nummer begon. Het was een beetje te snel om te schuifelen, maar dat leek hem niet te deren. Ik leunde met mijn hoofd tegen zijn borst, tevreden.

'Voel je je al beter?' zei ik plagend.

'Niet echt,' zei hij kortaf.

'Je moet niet boos zijn op Billy,' zuchtte ik. 'Hij maakte zich gewoon zorgen om mij vanwege Charlie. Het is niets persoonlijks.'

'Ik ben niet boos op Billy,' wees hij me met afgemeten stem terecht. 'Maar zijn zoon irriteert me.'

Ik leunde naar achteren om naar hem te kijken. Zijn gezicht stond heel serieus.

'Waarom?'

'Ten eerste heb ik door hem mijn belofte gebroken.'

Ik staarde hem verward aan.

Hij glimlachte half. 'Ik had beloofd dat ik je vanavond niet los zou laten,' legde hij uit.

'O ja. Nou, ik vergeef het je.'

'Dank je. Maar er is nog iets anders.' Edward fronste.

Ik wachtte geduldig.

'Hij zei dat je móói was,' ging hij eindelijk verder, en zijn frons werd dieper. 'Dat is haast een belediging, zoals je er nu uitziet. Je bent veel meer dan beeldschoon.'

Ik lachte. 'Jij bent waarschijnlijk enigszins bevooroordeeld.'

'Ik denk niet dat dat het is. Bovendien heb ik heel goede ogen.'

We waren weer aan het zwieren, mijn voeten op de zijne terwijl hij me dicht tegen zich aanhield.

'Ga je me de reden voor dit alles nog uitleggen?' vroeg ik.

Hij keek omlaag naar me, in de war, en ik keek betekenisvol naar het crêpepapier.

Hij dacht er even over na, en veranderde toen van richting en draaide me rond door de menigte tot aan de achterdeur van de gymzaal. Ik ving een glimp op van Jessica en Mike, die aan het dansen waren en nieuwsgierig

naar me keken. Jessica zwaaide, en ik glimlachte vlug terug. Angela was er ook en zag er zielsgelukkig uit in de armen van de kleine Ben Cheney; ze keek niet op van zijn ogen, een hoofd lager dan dat van haar. Lee en Samantha, Lauren, die een boze blik op ons wierp, met Conner; ik kon elk gezicht benoemen dat langs me wervelde. En toen waren we buiten, in het koele, schemerende licht van een vervagende zonsondergang.

Zodra we alleen waren zwaaide hij me op in zijn armen en droeg me over het donkere terrein tot hij bij de bank kwam die onder een paar bomen stond. Daar ging hij zitten en hield mij in zijn armen tegen zijn borst. De maan stond al aan de hemel, zichtbaar door de nevelige wolken, en zijn gezicht kreeg een bleke gloed in het witte licht. Zijn mond stond hard, zijn ogen bezorgd.

'De reden?' drong ik zachtjes aan.

Hij negeerde me en keek naar de maan.

'Het schemert, alweer,' mompelde hij. 'Weer iets dat eindigt. Hoe perfect de dag ook is, er komt altijd een einde aan.'

'Aan sommige dingen hoeft geen einde te komen,' murmelde ik binnensmonds, meteen gespannen.

Hij zuchtte.

'Ik heb je meegenomen naar het eindejaarsbal,' zei hij langzaam, eindelijk mijn vraag beantwoordend, 'omdat ik niet wil dat je iets mist. Ik wil niet dat mijn aanwezigheid afbreuk aan jouw leven doet, als het even kan. Ik wil dat je als méns leeft. Ik wil dat je leven doorgaat zoals het gedaan zou hebben als ik gewoon in 1918 gestorven was.'

Ik huiverde bij zijn woorden en schudde toen boos mijn hoofd. 'In welke bizarre parallelle dimensie zou ik ooit uit vrije wil naar het eindejaarsbal gegaan zijn? Als je niet duizend keer zo sterk was als ik, had ik je me dit nooit aan laten doen.'

Hij glimlachte kort, maar niet met zijn ogen. 'Het viel best mee, dat zei je zelf.'

'Ja, omdat ik met jou was.'

We zwegen even; hij keek naar de maan en ik keek naar hem. Ik wilde dat er een manier was om uit te leggen dat ik totaal niet geïnteresseerd was in een gewoon leven als mens.

'Kun je me iets vertellen?' vroeg hij, terwijl hij met een lichte glimlach naar me omlaag keek.

'Dat doe ik toch altijd?'

'Beloof nou maar dat je het zult vertellen,' hield hij vol, grijnzend.

Ik wist dat ik hier vrijwel onmiddellijk spijt van zou krijgen. 'Best.'

'Je leek oprecht verbaasd toen je doorhad dat ik je hier mee naartoe nam.'

'Dat wás ik ook,' merkte ik op.

'Precies,' zei hij instemmend. 'Maar je moet toch een bepaald vermoeden gehad hebben... Ik ben benieuwd – waar dácht je dat ik je zo voor op liet doffen?'

Jazeker, onmiddellijke spijt. Ik tuitte mijn lippen, aarzelend. 'Dat wil ik niet zeggen.'

'Je hebt het beloofd,' protesteerde hij.

'Dat weet ik.'

'Wat is het probleem?'

Ik wist dat hij dacht dat het alleen maar schaamte was waarom ik afhield. Ik denk dat je er boos om zult worden – of verdrietig.'

Zijn wenkbrauwen trokken samen over zijn ogen terwijl hij daar over nadacht. 'Ik wil het nog steeds weten. Alsjeblieft?'

Ik zuchtte. Hij wachtte.

'Nou... ik vermoedde wel dat het een soort... gelegenheid zou zijn. Maar ik had niet gedacht dat het een afgezaagd mensending zou zijn... het eindejaarsbal!' zei ik honend.

'Mensending?' vroeg hij vlak. Hij had het belangrijkste woord er uit gepikt.

Ik keek omlaag naar mijn jurk en friemelde aan een verdwaald sliertje chiffon. Hij wachtte zwijgend af.

'Goed dan,' bekende ik, het eruit gooiend. 'Ik hoopte dus dat je misschien van gedachten was veranderd... dat je me toch ging transformeren.'

Er schoot een scala aan emoties over zijn gezicht. Sommige herkende ik: woede... pijn... en toen leek hij zichzelf onder controle te krijgen en kreeg hij een geamuseerde uitdrukking over zich.

'Jij dacht dat dat wel een gelegenheid was om avondkleding bij te dragen, of niet soms?' zei hij pesterig en raakte even de revers van zijn smoking aan.

Ik keek hem kwaad aan om mijn verlegenheid te verbergen. 'Ik weet toch niet hoe die dingen gaan. Mij leek het in elk geval logischer dan het eindejaarsbal.'

Hij grijnsde nog steeds.
'Het is niet grappig,' zei ik.
'Nee, je hebt gelijk, dat is het ook niet,' gaf hij toe, en zijn glimlach verflauwde. 'Ik maak er alleen liever een grapje van dan te geloven dat je het echt meent.'
'Maar ik meen het wel.'
Hij zuchtte diep. 'Ik weet het. En wil je het echt zo graag?'
De pijn was terug in zijn ogen. Ik beet op mijn lip en knikte.
'Zo bereidwillig om dit het einde te laten zijn,' prevelde hij, tegen zichzelf haast, 'om dit de schemering van je leven te laten zijn, ook al is je leven nog maar nauwelijks begonnen. Je bent bereid om alles op te geven.'
'Het is niet het einde, het is het begin,' wierp ik heel zachtjes tegen.
'Ik ben het niet waard,' zei hij triest.
'Weet je nog dat je tegen me zei dat ik niet erg realistisch naar mezelf keek?' vroeg ik, mijn wenkbrauwen optrekkend. 'Jij bent duidelijk net zo blind.'
'Ik weet wat ik ben.'
Ik zuchtte.
Maar zijn grillige stemming veranderde in mijn voordeel. Hij tuitte zijn lippen, en zijn ogen keken me doordringend aan. Hij keek een tijd onderzoekend naar mijn gezicht.
'Ben je er klaar voor, dan?' vroeg hij.
'Eh.' Ik slikte. 'Ja?'
Hij glimlachte en boog langzaam zijn hoofd tot zijn koude lippen de huid vlak onder de hoek van mijn kaak streelden.
'Nu?' fluisterde hij, en zijn adem streek koel langs mijn nek. Ik huiverde onwillekeurig.
'Ja,' fluisterde ik, zodat mijn stem niet de kans kreeg om over te slaan. Als hij dacht dat ik blufte zou het hem tegenvallen. Mijn besluit stond al vast, en ik wist het zeker. Het maakte niet uit dat mijn lichaam zo stijf was als een plank, mijn handen tot vuisten gebald, mijn ademhaling onregelmatig...
Hij gniffelde dreigend en leunde achterover. Zijn gezicht stond inderdaad alsof het hem tegenviel.
'Je gelooft toch zeker niet dat ik het zo makkelijk op zou geven,' zei hij met een zure ondertoon in zijn spottende stem.

'Een meisje mag toch wel dromen.'

Hij trok zijn wenkbrauwen op. 'Droom je daarvan? Om een monster te zijn?'

'Niet echt,' zei ik, fronsend door zijn woordkeuze. Een monster, toe maar. 'Ik droom er voornamelijk van om voor altijd bij jou te zijn.'

Zijn uitdrukking veranderde, zachter en verdrietig door de pijn die doorschemerde in mijn stem.

'Bella.' Zijn vingers volgden lichtjes de vorm van mijn lippen. 'Ik zál bij je blijven – is dat niet genoeg?'

Ik glimlachte onder zijn vingertoppen. 'Genoeg voor nu.'

Mijn vasthoudendheid deed hem fronsen. Geen van ons tweeën zou vanavond toegeven. Hij ademde uit, en het klonk bijna als een grom.

Ik raakte zijn gezicht aan. 'Luister,' zei ik. 'Ik hou meer van jou dan van al het andere op de wereld bij elkaar. Is dat niet genoeg?'

'Ja, dat is genoeg,' antwoordde hij, glimlachend. 'Genoeg voor altijd.'

En hij leunde voorover om zijn koude lippen nogmaals tegen mijn keel te drukken.

Woord van dank

Mijn hartelijke dank gaat uit naar: mijn ouders, Steve en Candy, voor hun levenslange liefde en steun, voor het voorlezen van geweldige boeken toen ik klein was, en voor het nog altijd vasthouden van mijn hand tijdens de dingen die me zenuwachtig maken; mijn man, Pancho, en mijn zonen, Gabe, Seth en Eli, voor het feit dat ze me zo vaak met mijn fantasievrienden delen; mijn vrienden van Writers House, Genevieve Gagne-Hawes, voor het bieden van die eerste kans, en mijn agent Jodi Reamer, voor het veranderen van de meest onwaarschijnlijke dromen in werkelijkheden; mijn redactrice Megan Tingley, voor al haar hulp om *Twilight* beter te maken dan het eerst was; mijn broers, Paul en Jacob, voor hun deskundige advies bij alle autovragen; en mijn internetfamilie, de getalenteerde redactie en schrijvers van fansofrealitytv.com, met name Kimberley "Shazzer" en Collin "Mantenna", voor hun bemoediging, advies en inspiratie.